文/白/对/照

夷堅志

上

〔宋〕洪迈　著

张万钧　主编

团结出版社

图书在版编目（CIP）数据

夷坚志 / (宋) 洪迈著 ; 张万钧主编. -- 北京 : 团结出版社, 2023.7

ISBN 978-7-5126-9732-4

Ⅰ. ①夷… Ⅱ. ①洪… ②张… Ⅲ. ①笔记小说-小说集-中国-宋代 Ⅳ. ①I242.1

中国版本图书馆CIP数据核字(2022)第193510号

出版： 团结出版社

（北京市东城区东皇城根南街84号 邮编：100006）

电话：（010）65228880 65244790 （传真）

网址： www.tjpress.com

Email： zb65244790@vip.163.com

经销： 全国新华书店

印刷： 易阳印刷河北有限公司

开本： 145×210 1/32

印张： 55.25

字数： 1339千字

版次： 2023年7月 第1版

印次： 2025年8月 第2次印刷

书号： 978-7-5126-9732-4

定价： 199.00元（全三册）

前 言

《夷坚志》是宋代文言笔记小说中最重要的一部著作，亦是我国历史上篇幅最大的一部文言小说集，又是我国古代小说史上的不朽名著。

作者洪迈(1123—1202)，字景庐，号容斋，又号野处，饶州鄱阳(今江西波阳)人。是宋代极享盛名的学者。他自幼聪敏异常，博览群书，能过目成诵。宋高宗绍兴十五年(1145)考中进士，历任两浙转运使、左司员外郎，后奉命出使金国，被金人多方困辱，他始终坚贞不屈。回国后，先后担任过赣州、婺州等地方行政长官，为官清正廉明，升敷文阁待制，仕至端明殿学士，卒谥文敏。

洪迈一生著作极丰，而其中最能代表洪氏的学术造诣和艺术水平的，就是《容斋随笔》和《夷坚志》，洪氏以毕生主要精力，完成了这两部巨著。《容斋随笔》是一部考订与评论历史、政治、典章、制度的笔记；《夷坚志》则是一部小说集。两书内容侧重不同，各有千秋，问世以后，都得到很高的称誉，因此，两书堪为洪氏著述中的姊妹作。

夷坚，传说是上古时一个博物多识的人，《列子·汤问篇》里说："夷坚闻而志之"。洪迈则正是听了不少人讲述奇闻异事，记下来而成此书，所以便取书名为《夷坚志》。小说史家们，历来习惯将《夷坚志》归诸于志怪小说之列，这是因为本书以绝大篇幅记述了大量的鬼神怪异之事；实则本书决不限于只记奇闻异事，还记载了不少宋人轶事、当时人物的诗文以及社会习俗风尚，因此被后人称之为宋代"稗官野史的宝库"。它不仅具有文学价值，同时也是研究宋代社会史的极有价值的资料。

《夷坚志》一经问世，立即引起学者、文人的重视，比洪迈仅小二岁的大诗人陆游，看了此书后，十分兴奋，专门写了一篇《题<夷坚志>后》的诗，称此书"岂惟堪史补，端是擅文豪。"（《剑南诗稿》卷三十七）略后的学者赵与时，将《夷坚志》的序言，综合大略，记于他所著的《宾退录》一书之中，并叹为"不可及"的杰作。鲁迅先生在《中国小说史略》中，认为赵氏对《夷坚志》的认识与评价，极为深刻中肯，"可谓知言者已"。

元、明二朝，《夷坚志》的影响进一步扩大，不仅出现了几部以"夷坚"为名的续书，而且《夷坚志》中记载的不少故事，被加以改编、扩充，成为话本和戏曲。如《夷坚丁志》卷九中的《太原意娘》，被改编为元杂剧《郑玉娥燕山遇故人》；《夷坚乙志》卷一中的《侠妇人》，被明代戏剧家郑之文改编为《旗亭记》。在话本小说中，这种改编则更多。如《夷坚甲志》卷四中的《吴小员外》这一篇，描写了一双青年男女对爱情的热烈追求，而被明代大作家冯梦龙改编为《金明池吴清逢爱爱》的话本，编入《警世通言》，影响较大。而在

《三言·二拍》中，依《夷坚志》故事改编的通俗话本，绝不止此。据粗略统计，《初刻拍案惊奇》和《二刻拍案惊奇》这二部书中，共写了八十个故事，而从《夷坚志》中选材改编的竟达三十多个，几乎占了一半。可见其影响之巨大。所以，《夷坚志》在元、明时代，已成为通俗话本和戏曲选取素材的一座开采不尽的宝山、用之不竭的源泉。因此，引而申之，这部《夷坚志》，又成为研究小说变迁史和戏曲史的学者、不可不读、不可不备的学术资料。

清初的大小说家蒲松龄，受《夷坚志》的启发和影响，尤为明显，他不仅受《夷坚志》的影响和启发，而决心编著《聊斋志异》，甚至在搜集素材的方法上，也借鉴了洪迈的办法。洪迈长期在南宋的江西、浙江、福建等地做官，每到一地，不仅要依做官的惯例，了解当地山川地理、名胜古迹、风土人情，而尤喜搜集当地的奇闻异事，有的甚至要亲自调查。每有客人来，洪氏总要设宴招待，茶余饭后，则请客人谈所见所闻，而摘采录入《夷坚志》一书。所以，本书各篇之后，往往记有材料来源，听某某人说的小注。因此，这部《夷坚志》，又可以说是记录了南宋初期民间传说的一部珍贵专辑。

蒲松龄决心撰写《聊斋志异》时，便完全继承了洪迈搜集素材的方法。不过，蒲松龄不像洪迈那样官高位显，足迹遍及全国，更无法用宴会来招待达官贵人、请他们谈奇闻异事；于是，蒲氏便在大路边的大树荫下，摆设凉茶一瓮，铺凉席一张，过路人口渴脚乏，蒲氏便邀请他坐下休息、喝茶，请其讲所见所闻奇异之事，这样，也搜集到了大量的传说故事，与洪迈的办法实有异曲同工之妙。

所不同的地方，只是洪迈接触的人士，多为上层人物，上至宰相，下至举人、进士，很少有百姓平民；而蒲松龄所接触的，则多为下层人士，如贩夫走卒、商人百姓，以及游学秀才等。所以，他们的著作内容，区别亦较为明显，洪迈多记述官府和官员的生活遭遇，蒲松龄则较多叙述了平民百姓的奇异故事。

洪迈是宋代的一个清官，为人刚正不阿；同时又是一个知识渊博的学者，奉信儒家“仁爱”学说。所以这部《夷坚志》总体上反映了他旨在扬善惩恶的创作思想，既对贪官恶吏、土豪恶霸做了无情地鞭笞；同时也歌颂了正直的清官、善良的百姓和纯真的爱情。对于社会弊病亦有所揭露，有一定思想深度。但由于他所处时代的局限性，使他不得不把精神寄托在“善有善报，恶有恶报”的因果报应上。因而便不可避免地描写了不少阴司、地狱的故事，有迷信之嫌。但洪迈决不是一个盲目迷信鬼神的人，在本书中，也有不少破除迷信的故事，比如对拆除神庙的热情歌颂；对有病不求医，而盲目去烧香拜神，也做了辛辣的讽刺与批判。我们在继承祖国传统文化的时候，应本着取其精华，去其糟粕的态度。对于本书，当然亦不例外。

《夷坚志》一书，卷帙浩繁，据宋人陈振孙《直斋书录解题》一书记载，计有《夷坚志》二百卷（按天干分为甲至癸十集，每集二十卷）；《夷坚支志》（即二志）、《夷坚三志》各一百卷（仍按天干数字，各分为十集，每集十卷）；《夷坚四志》二十卷（分甲、乙两集，未写完而去世），总数达四百二十卷之多，所收故事当在五千篇以上。这些书，则由洪迈自己出资刻印，据洪迈在《夷坚乙志》（即《夷坚志》的乙集）的序言中称，曾陆续刻印于闽、蜀、婺、临安。这显然是洪迈在以上各地做官时所刻。

不过，这部名著，到元朝时，便已大部分散失不传，所以在元代编纂的《宋史·艺文志》时，仅录有《夷坚志》甲、乙、丙六十卷和丁、戊、己、庚八十卷。

到清代修《四库全书》，仅收入《夷坚支志》五十卷。至于《夷坚志》甲、乙、丙、丁四集八十卷，当时已传闻尚有书存世，只是无法找到，所以在“存目”中反映了书名而无法收入《四库全书》。

近百年来，经古籍研究学者和藏书家多方搜集，才出版了一批《夷坚志》新版本，计有(1)清光绪五年(1879)陆心源重刻宋本《夷坚志》八十卷(包括甲、乙、丙、丁集各二十卷)；(2)涵芬楼排印本《夷坚志》二百零六卷(包括《夷坚志》八十卷、《夷坚支志》七十卷、《夷坚三志》三十卷、《夷坚志补》以及《夷坚志再补》一卷)；(3)《宛委别藏》本《夷坚志》七十九卷；(4)《笔记小说大观》本五十卷。共四种。

以上这些版本，以涵芬楼排印本所收内容最多，计二百零六卷，但是其中仅有《夷坚志》八十卷，是根据陆心源重刻宋本重印，至于所谓《夷坚支志》《夷坚三志》，则是根据明、清摘抄本所印，已非洪氏原书面貌，对照陆心源所重刻宋本《夷坚志》，内容多有重复出现的篇章可证。至于《夷坚志补》《夷坚志再补》，则是涵芬楼(商务印书馆)从别的零散抄本中辑补出来的，连书名都不是洪迈原有的了。

因此，我们对照了各种版本，认为清末大藏书家陆心源所藏宋刻原本《夷坚志》保持了洪迈原著的原貌，故我们仅依据陆氏所藏宋版原书加以校点，为学术界提供--个可靠的版本。

在校点中，除了将繁体字、异体字，适当改为标准简化字之外，其他一仍如旧。如原文中的不少通假字、同音借用字，如“原(来)”作“元(来)”，“(刚)才”作“(刚)财”，我们则均未改动，以保持原貌。

此外，本书由于是传世孤本，并有残缺之处，无法找到别本对照补充，故仅能依现存原文照录。其中个别篇缺文过多，所存残句不成故事的，则也不加译白。本书曾在二十世纪九十年代首次出版，受到广大读者的欢迎。此次由谦德书院组织人员，参考相关文献，对原文和译文重新做了全面修订，由团结出版社出版。

由于译者水平有限，个别不当之处，请各位读者及专家不吝赐教。

总目

上册

夷坚甲志

夷坚乙志

中 册

夷坚乙志

夷坚丙志

下 册

夷坚丙志

夷坚丁志

目 录

卷第三（十事。按实只九事）

卷第四（十六事）

卷第五（二十事。实只十九事）

卷第六（十三事）

卷第七（廿三事。按实只二十事）

卷第八（十七事）

卷第九（十四事）

卷第十（十九事）

卷第十一（十八事）

卷第十二（十五事）

卷第十三（十八事）

卷第十四（十七事）

卷第十五（十七事）

卷第十六（十五事）

卷第十七（十五事）

卷第十八（十六事）

卷第十九（十四事）

卷第二十（十二事）

夷坚乙志

卷第一（十事）

卷第二（十二事）

卷第三（十四事）

卷第四（十二事。按实只十一事）

卷第五（十三事。按实只十二事）

卷第六（十三事）

卷第一（十九事）

孙九鼎

孙九鼎，字国镇，忻州人。政和癸巳居太学。七夕日，出访乡人段浚仪于竹栅巷。沿汴北岸而行，忽有金紫人，骑从甚都，呼之于稠人中。遽下马曰："国镇，久别安乐？"细视之，乃妹夫张兟也。

指街北一酒肆曰："可见邀于此，少从容。"孙曰："公富人也，岂可令穷措大买酒？"曰："我钱不中使。"

遂坐肆中，饮啗自如。少顷，孙方悟其死，问之曰："公死已久矣，何为在此？我见之，得无不利乎？"曰："不然，君福甚壮。"乃说死时及孙送葬之事，无不知者。且曰："去年中秋我过家，令姊辈饮酒自若，并不相顾。我愤恨，倾酒壶击小女以出。"孙曰："公今在何地？"曰："见为隍城司注禄判官。”孙喜，即询前程。曰：“未也，此事每十年一下，尚未见姓名。多在三十岁以后，官职亦不卑下。”孙曰：“公平生酒色甚多，犯妇人者无月无之，焉得至此？”曰：“此吾之迹也。凡事当察其心，苟心不昧，亦何所不可！”语未毕，有从者入报曰：“交直矣。”张乃起，偕行。指行人曰：“此我辈也，第世人不识之耳！”

至丽春门下，与孙别曰：“公自此归，切不得回顾，顾即死矣！公今已为阴气所侵，来日当暴下。宜毋吃他药，服平胃散足矣。”

既别，孙始惧甚。到竹栅巷见段君。段讶其面色不佳，沃之以酒，至暮归学。明日，大泻三十余行，服平胃散而愈。

孙后连蹇无成，在金国十余年始状元及第。为秘书少监。旧与家君同为通类斋生。至北方屡相见，自说兹事。

【译文】孙九鼎，字国镇，是山西忻州人。宋徽宗政和三年（1113）在太学读书。七月七日那天到竹栅巷去拜访同乡段浚仪。他沿着汴河北岸前去，忽然有一个金紫官人，骑马而行，随从甚多，在人群中叫他的名字。定睛一看，原来是一个身佩金紫的官，连骑马的随从也很文雅气派。那人很快地跳下马说：“国镇，分别这么久，你过得还好吗？”孙九鼎仔细看他，认出是姐夫张兟。

张指着大街北面的一家酒店说：“最好能邀请我到那里坐坐，暂时可以不慌不忙地谈谈。”孙说：“您是个有钱人，怎么可以让我这个穷酸学生买酒呢？”张说：“这是因为我的钱在这里不好用呀！”

两人就到酒店中坐下，席上吃喝举止都很随意，过了一会儿，孙才想起张兟已经死去。就问他："您已经死了很久，为什么现在到了这里？我见到您，会有什么不利吗？"张回答说："不会这样，您的福分很大，可以无妨！"接着就谈起他死的时候以及孙去为他送葬的事情，没有他不知道的。张又说："去年中秋节，我回过一次家。你姐姐那些人像平时一样饮酒作乐，根本没有顾念我。我非常气愤，就弄倒酒壶打了小女儿才离开。"孙九鼎问他："您现在在哪里做事？"张说："现在任隍城司的注禄判官。"孙听后很高兴，马上询问自己的前程。张说："现在还不清楚。这类事每十年下达一次。我还没有见到您的名字。只怕要在您三十岁以后，做的官也不会太低。"孙又问："您一生好酒贪色，经常做些侵犯妇女的事，几乎每月都有。怎么会在阴间任判官呢？"张回答说："这些是我做的事情，但任何事都应当体察他的本心。如果本心并不昏昧，那么做什么事不可以呢？"话还没说完，有随从进来禀报说："到了交班的时候了。"张就起身和孙九鼎一起离开酒店，他指着行人说："这些都是我们阴间的人，只不过阳世的人看不出罢了。"

到了丽春门下，张和孙告别说："您从这里回去吧，切记不要回头看，回头看就会死。您现在已经被阴气侵扰，以后一定会暴泻，记着不要吃其他的药，吃平胃散就够了。"

分别以后，孙九鼎才开始感到非常害怕。到了竹栅巷见到段君。段为他面色很差感到惊讶，马上让他饮酒压惊，到傍晚才回到太学。第二天大泻了三十多次，吃了平胃散就平复了。

孙九鼎后来连遇坎坷，一直没有成就。流落金国十几年才考中状元，官为秘书少监。他当年和我的父亲都是通类斋生。父亲流落北方曾屡次和他相见，他亲自讲了这件事。

柳将军

蒋静叔明，宜兴人。为饶州安仁令。邑多淫祠，悉令毁撤，投诸江。且禁民庶祭享。凡屏三百区。唯柳将军庙最灵，未欲辄废，故隐然得存。

庙庭有松一株，柯干极大，蔽荫甚广，蒋意将伐之。日昼卧琴堂中，梦异人被甲乘马，叩阶而下，长揖言曰："吾姓木卯氏，居此方久矣。幸司成赐庇，不敢忘德，后十五年当复来临。"觉而知其为神，但不晓司成为何官，颇加叹讶。因置木不伐，仍缮修其堂宇。

逮秩满，诣庙告别，留诗壁间曰："梦事虽非实，将军默有灵。旧祠从此焕，古桧蔚然青。甲马宵中见，琴堂卧正冥。留诗非志怪，三五扣神扃。"今刻石尚存。

后十五年，乃自中书舍人出镇寿春、江宁，钤辖江东安仁，实隶封部，入为大司成，至显谟阁直学士而卒。

【译文】蒋静，字叔明，宜兴（今属江苏）人，他任饶州安仁（今属江西）县令时，境内有许多滥设的祠庙。他就下令全部折毁，投到江中，并且禁止百姓祭祀供奉。一共去除了三百处。只有柳将军庙最有灵验，还不想马上拆除，所以还能够得以保存。

庙的院子里有一棵松树，枝干粗大，树荫很广，蒋明想砍去它。一天他白昼在琴堂午睡。梦到一个异人披甲骑马，到台阶前下马，拱手高举地作揖说："我姓木卯，住在这里很久了。有幸得到司成的庇护，不敢忘记您的恩德。十五年以后您会再来这里。”蒋睡醒后知道这异人肯定是神灵，只是不清楚“司成”是什么官职，心中非常惊讶感叹，于是就不再砍伐这棵树，并且修整庙宇殿堂。

到了任期已满，蒋亲自到庙中告别，在墙壁上题了一首诗道：“梦事虽非实，将军默有灵。旧祠从此焕，古桧蔚然青。甲马宵中见，琴堂卧正明，留诗非志怪，三五扣神扃。”到现在诗的刻石还保存在庙里。

十五年以后，蒋以中书舍人出镇寿春（今安徽寿县）、江宁（今江苏南京），管理江东一带，安仁，正属于他管辖的范围，后调到京师任大司成，官至显谟阁直学士才死去。

宝楼阁咒

袁可久尝教其弟昶以“宝楼阁咒”。昶不甚深信，然日起必诵三五十遍，初未知其功效也。

绍兴三年夏，肄业府学。方大军之后，城邑荒残。直斋卒汪成每番宿室中，必梦魇，达旦方已，无一夕安寝。成殊以为苦。或询其所见，云：“被人捽发欲加捶，故呼叫拒之。”

昶令徙于己房犹不止。同舍生恶其妨睡，共议遣逐。昶试书咒语贴于柱，此夜晏然。由是一斋妖祟绝迹。

其咒语即所谓“唵、摩、尼、达、哩、吽、拨、吒”八字。但世俗所传讹谬，写皆从口，而亦不得其音。要当取《大藏》中善本，元初译师言为证。自有大功，昶因悔昔慢。始笃奉之，秘其事。（二事皆孙九鼎言，孙亦有书记此事甚多，皆近年事。）

【译文】袁可久曾经教他的弟弟袁昶诵习“宝楼阁咒”。袁昶不大相信，只是早上起床一定念诵三五十遍，起初并不知道咒语的功效。

宋高宗绍兴三年（1133）夏天，袁昶在府学修习学业。当时正是兵乱之后，城镇荒废残存。府学当值的士兵叫汪成，他每次住进房中一定会做恶梦，一直到天明才停下来，没有一夜睡得安稳。他很为这事儿发愁。有人问汪成梦中所见，他说：“梦到被人揪住头发，想鞭打我，所以才大喊大叫进行抗拒。”

袁昶同情汪成，就让他搬到自己房中，还是不起作用。同屋的人都讨厌汪成妨碍睡觉，就一起商量把他赶出去，袁昶就试着写咒语贴到柱子上，这一夜平安无事。从此，整个府学妖鬼作怪的事全都没有了。

“宝楼阁咒”就是所说的“唵、摩、尼、达、哩、吽、拔、吒”八个字。只是社会上流传的都错了，写的时候都带“口”旁，而不知道它的准确读音。关键应该依据《大藏经》中的善本，元初译师的话就是凭据。自从咒语有了功效，袁昶就后悔当初对咒语的不敬，开始虔诚地信奉它，不再传给外人。

三河村人

张维，字正伦，燕山三河人。家君初出使至太原，维以阳曲主簿馆伴。

尝言，宣和乙巳岁，同邑有村民颇知书，以耕桑为业，年六十余。一夕，惊魇而觉，战栗不自持，谓其妻曰：“吾命止此矣！”妻惊诘其故。曰：“适梦行田间，见道上有七胡骑。内一白衣人乘白马，怒色谓我曰：‘汝前身在唐为蔡州卒。吴元济叛，我以王民治堑，为汝所杀。我衔恨久矣，今方得见，虽累世，犹当以命偿我。’乃引弓射中吾心，因颠仆而寤，吾必不免。明日，当远窜以避此患。”妻云：“夜梦何足信，汝妄思所致耳！”

老父益恐，未旦而起。其家甚贫，止令小孙携被，欲往六十里外一亲知家避之。行草径三十余里，方出官道，又二里计，遇数人与同行。忽有骑驰至，连叱众令住，行者皆止。老父回视，正见七骑内一白衣人，骑白马，宛如梦中所睹。因大骇，绝道亟走，骑厉声呵止之，不听。白衣人大怒曰：“此煞可恶人！”遂鞭马逐之，至其前，引弓射，中心，应弦而毙。七人者，皆女真也。

【译文】张维，字正伦，是燕山三河（今属河北）人。我父亲第一次出使金国到太原时，张维以阳曲（今属山西）主簿的身份做幕宾。

他曾讲了一件事，徽宗宣和七年（1125），张维同乡有一位村民，知书达礼，以耕田养蚕为生，年纪六十多岁。一天夜里做恶梦惊醒，浑身发抖，几乎不能控制自己。他对妻子说：“我的命就要完了！”妻子很吃惊，问他什么原因。他说：“刚才梦到我在田间行走，看见大路上有七个骑马的胡人。其中一个穿白衣骑白马的，满脸怒气对我说：‘你前世唐朝时在蔡州（今河南汝南）当兵，吴元济叛乱，我作为百姓去挖护城河，被你杀害。我含恨很久了，现在才又见到你。虽然已经过了几代，你还是应该偿命。就拉弓射中了我的心，我摔倒在地才惊醒。我一定活不成了，明天应该逃得远远的来躲避这场灾祸。”妻子说：“夜里的梦怎么能相信，这是你胡思乱想造成的呀！”

村民越想越害怕，天没亮就起了床。他们家很穷，只让小孙子带着被子，想到六十里外一个好朋友家躲避。走了三十多里小路，刚上官道，又走了二里左右，遇到几个人一起同行。忽然有人骑马赶到，连连喊着让大家停下。众人都停了下来。老头子回头一看，正好见到七个骑马的人中有一个穿白衣骑白马的，就像梦中看到的一模一样。于是更加害怕，离开官道就跑。骑马的人厉声让他停下他也不听。白衣人大怒说：“这家伙真可恶！”就策马追赶，到了跟前，拉弓射中心脏，老头子应声倒地就死去了，这七个人都是女真人。

铁塔神

蔚州城内浮图中有铁塔神，素著灵验，郡人事之甚谨。契丹将亡，州民或见其神奔走于城外。亟诣寺观之，神像流汗被体。虽颇惊异，然莫测其故。

至夜，神见梦于寺主讲师曰：“吾奉天符，令拘蔚城中合死人。连日奔驰，始克就绪。来日午时，女真兵至破城。城中当死者一千三百有畸，而本寺僧四十余。和尚亦在籍中。吾久处兹地，平日仰师戒德，辄为以它名易之。诘旦从此而逝，庶万一可脱。”

讲师既寤，以语寺众，皆笑其妄。遂独挈囊登寺后山颠避之。行约五里，忽忆所遗白金盂，复下至寺。适有修供者，众竟挽留之，曰：“和尚聪明如此，顾乃信梦！今檀越在此，正欲和尚升堂演法，无故舍去，则此寺不可为矣。况边上不闻有警。勉徇众意，斋罢而行，亦何晚耶？”僧不得已，遂升堂讲毕，各就食。方半，有报女真自草地至，即围城。城素无备，不可守，顷刻而陷。僧苍皇失措，不暇走，兵已大掠。城中人与寺僧死者，如神告之数，讲师亦不免。

【译文】蔚州（今河北蔚县）城中寺院里有铁塔神，一向以灵验著称，城中人供奉他非常小心恭谨。契丹（指辽国）将要亡国时，蔚州百姓中有人看到铁塔神在城外奔跑。急忙再赶到寺院去看，只见神像满身是汗。虽然感到很惊讶奇怪，但也猜测不出其中的原因。

到了夜里，铁塔神向寺院主持讲师托梦说：“我奉有天符，命我拘拿蔚州城中该死的人。接连几天奔忙，才算安排就绪。明天午时，女真（指金国）大兵前来破城，城中要死的人有一千三百多，本寺的和尚也有四十多人，您也列在死亡册上。我长时间待在寺院中，平时仰慕您守戒的功德，所以就用他人的名字来作顶替。明天一早你从寺院中逃走，希望能有一线生机。”

讲师醒后，把这些话告诉给寺中的和尚，大家都讥笑他胡言乱语。他就一个人带上行囊登上寺后的山顶躲避灾祸。走了大约五里，忽然想起丢下了白金盂钵，就又下山回到寺中。正赶上有人到寺院中设斋供奉，大家一再挽留他，说：“和尚如此聪明的一个人，反而相信梦话！现在有施主在此，正需您升堂演法。无故离去，这座寺院就算得罪了施主，以后谁还会再来呢？何况边境上没有传来警报，希望尽力顺从大家的意思，设斋完毕再走，又有什么晚呢?”讲师没有办法,就登堂讲法,完后各自就餐。正吃到一半,有人来报金兵从草地方面杀来,马上包围了城。城中一向没有防备,无法坚守,很快被攻陷。众僧仓惶失措,来不及逃走,金兵已经开始全城抢掠。城里人和寺院中的僧人被杀死的,完全符合铁塔神所说的数目。讲师也未能幸免。

观音偈

张孝纯有孙五岁,不能行。或告之曰:“顷淮甸间一农夫,病腿足甚久,但日持观世音名号不辍,遂感观音示现,留四句偈曰:‘大智发于心,于心无所寻。成就一切义,无古亦无今。’农夫诵偈满百日,故病顿愈。”于是孝纯遂教其孙及乳母斋戒持诵,不两月,孙步武如常儿。后患腿足者诵之皆验。

又,汀州白衣定光“行化偈”亦云:“大智发于心,于心何处寻?成就一切义,无古亦无今。”凡人来问者,辄书与之,皆于后书:“赠以之中”四字,无有不如意。了不可晓。

【译文】张孝纯的孙子五岁时还不会走,有人告诉他说:“不久前淮河边上有一个农人,腿脚有病很长时间,他只是每天念诵观世音的名号不停,就感动观音现身,于是留下了四句偈语。说是:‘大智发于心,于心无所寻。成就一切义,无古亦无今。’农夫口诵偈语满一百天,原来的病一下子全好了。”于是,李纯就教他的孙子和孙子的奶妈斋戒吟诵。不到两个月,孙子走路就孔武有力,正常孩子一样。后来,腿脚有病的人念诵偈语,都很灵验。

另外一件事是,汀州(今福建长汀)白衣(此指未出家而信佛的人）定光有一首“行化偈”也说：“大智发于心，于心何处寻？成就一切义，无古亦无今。”凡是有人来求教的，就写下来给他们。并且都在最后写上“赠以之中”四字，虽然没有不如意的，但却一点儿也不明白是什么意思。

刘厢使妻

金国兴中府有刘厢使者，汉儿也。与妻年俱四十余，男女二人，奴婢数辈。

一日，尽散其奴婢从良，竭家赀建孤老院。缘事未就，其妻施左目，以铁杓挖出，去面二三寸许。方举刀断其筋脉，若有物翕然收睛入其目，俨然如是者三。流血被体，众人力劝而止。明日举杓间，目已失所在，不克剜。

又明日，复如故。精神异常，众皆骇而怜之，争施金帛，院宇遂成。

时金国皇统元年，即绍兴十年庚申也。

【译文】金国兴中府（今辽宁朝阳）刘厢使是个汉人，和他的妻子都是四十多岁。家中夫妻二人，还有几个仆人使女。

一天，他们让仆人使女全部恢复自由，离开刘家，并用尽家产建孤老院。由于资金短缺，事情没有办成，他的妻子就要献出左眼，她用铁杓剜出眼珠，眼睛离脸有二三寸的样子，正要用刀割断相连的筋脉，忽然好像有什么东西一下子把眼珠收进眼眶，连续剜了三次都是这样。鲜血流遍全身，大家极力劝阻才停了下来。第二天再剜，刚举起铁杓，眼珠又已经不在眼眶里了，没办法去剜。

过了一天眼珠又回眶，并且精神异常。众人看了都很吃惊，又都同情她的行为，争着施舍钱财，孤老院就建成了。

这时正是金国熙宗皇统元年（1140），也就是宋高宗绍兴十年。

天台取经

绍兴丁巳岁，伪齐济州通判黄塍死三日复苏。言："有数人追之往一公庭，见服绯绿人坐云：'差汝押僧五百人至五台。'吾辞以家贫多幼累，不可行。左右吏前曰：'可差李主簿代之。兼它非晚，自有差使。'复遣元追人送归，故得活。"

后两日，本州山口县报帅司差李主簿赴州点视钱粮，舍县驿中。一夕落枕暴亡。塍心知其代已死，为尽送终之礼。

居一岁，忽沐浴更衣，告妻子曰："今当别汝，缘宫中差我往天台取经。我平生得力者，缘看了《华严经》一遍。"语讫，瞑目而逝。

【译文】宋高宗绍兴七年（1137），伪齐（金人傀儡刘豫所建）济州（今山东济宁）通判黄塍死了三天后又苏醒过来。他说："有几个人拘拿他到了一处公庭，看到一个穿着红绿官衣的人坐在那儿说：'派你押解五百名僧人到五台山。'我用家里穷，孩子多，年纪小，有拖累为理由推辞，说自己不能去。那人手下的小吏上前禀告说：'可以派李主簿代替他。让这个人做其他的事也不晚，将来自然有他的差使。'就派原来拘拿我的人送我回来，所以又能复活。"

过了两天，本州山口县报帅司派李主簿到州里清点巡视钱粮。他住在县内驿馆中，一天夜里从枕头上滚下来突然死亡。黄塍心里清楚李是代自己死的，就为他尽送终的礼数。

过了一年，黄滕忽然沐浴更衣，对妻子说："现在要和你告别了。因为官府要派我到天台取经。我平生得益的就是由于看了一遍《华严经》。"说完，眼睛一闭就死去了。

冰　龟

戊午夏五月，汴都太康县一夕大雷雨，下冰龟亘数十里。龟大小不等，首足卦文皆具。

【译文】高宗绍兴八年（1138）夏天的五月，汴京（今河南开封）太康县（今属河南），一天夜里大雷雨，方圆几十里都落下冰龟。冰龟大小不一，头、脚以及背上的花纹都很完备。

阿保机射龙

阿保机尝居西楼，夜宿毡帐中。晨起见黑龙长十余丈，蜿蜒其上。引弓射之，即腾空夭矫而逝，坠于黄龙府之西，相去已千五百里，才长数尺。今见置金国内库，蕃相陈王悟室长子源尝见之，尾鬣支体皆具，双角已为人截去。云与吾家所藏董羽画出水龙绝相似，谓其背上鬣不作鱼鬣也。

【译文】辽国耶律阿保机曾经住在西楼，一天夜里他睡在帐蓬里，早上起来看到一条十几丈长的黑龙，蜿蜒盘在帐蓬上。他拉弓去射，黑龙腾空屈身远去，最后落在黄龙府（今吉林农安）的西面，离开西楼已有一千五百里，身子才有几尺长。黑龙的骸骨现今收藏在金国的内库，金国丞相、陈王悟室的大儿子源曾经见到过。黑龙的尾巴、龙鬣和肢体都全，只是双角已经被人截去。说是和我们家收藏的董羽（北宋画家）画的出水龙非常相似，又说背上的龙鬣不像鱼鳍那样。

冷山龙

冷山去燕山几三千里，去金国所都五百里，皆不毛之地。绍兴乙卯岁，有二龙，不辨名色，身高丈余，相去数步而死。冷气腥焰袭人，不可近。一已无角，如被截去，一额有窍，大如当三钱，类斧凿痕。陈王悟室欲遣人截其角，或以为不祥乃止。先君所居，亦曰冷山，又去四百里。

【译文】冷山离燕山将近三千里，离金国京城也有五百里，都是些不长草木的荒地。宋高宗绍兴五年（1135），有两条龙，不清楚是什么种类，龙身高一丈有余，相距几步死去。又冷又腥的气味逼人，不能靠近。其中一条已经没有龙角，像是被人截去；一条龙额上有孔，就像当三钱那样大，好像斧凿的痕迹。金国的陈王悟室想派人截去另一条的龙角，有人认为不吉利就没有去做。我父亲在金国住的地方也叫冷山，又距这里有四百里路。

熙州龙

戊午夏，熙州野外泺水有龙见三日。

初于水面见苍龙一条，良久即没。次日见金龙以爪托一婴儿，儿虽为龙所戏弄，略无惧色。三日金龙如故，见一帝者乘白马，红衫玉带如少年中官状。马前有六蟾蜍，凡三时方没。郡人竟往观之，相去甚近而无风涛之害。

熙州尝以图示刘齐，刘不悦，赵伯璘曾见之。

【译文】宋高宗绍兴八年（1138）年夏天，熙州（今甘肃临洮）野外泺水上有龙出现了三天。

刚开始在河面上见到一条苍龙，很长时间才隐入水中。第二天，见到一条金龙用龙爪托着一个婴儿，婴儿虽然被龙嘻戏，却一点儿也没害怕的神态。第三天金龙像昨天一样出现，又见到一个帝王样子的人骑着白马，他身穿红衫，腰佩玉带，就像一个青年中官的打扮。马前面有六只蟾蜍，总共三个时辰才消失。熙州的百姓争着前去观看，离得很近却没有风涛的侵扰。

熙州的官员曾经画图呈示伪齐刘豫，刘看后心情不悦，赵伯璘曾经见到这件事。

酒驼香龟

徽庙有饮酒玉骆驼，大四寸许，贮酒可容数开。香龟小如拳，类紫石而莹。每焚香以龟口承之，烟尽入其中。二器因以黄蜡，遇游幸必怀以往。去窒蜡，即驼出酒，龟吐香。禁中旧无之，或传林灵素所献也。

【译文】徽宗有能装酒的玉骆驼，大约有四寸高，存酒能容纳几升。香龟小的就像拳头，和紫石类似而有莹光。每次焚香时用龟口承接，全部烟都可以收入腹中。二件宝物都用黄蜡密封，遇到出外游玩一定怀揣前往。取下封蜡，玉驼就可以出酒，龟就可以吐香。宫中原来没有这两件东西，有人传说是道人林灵素献进宫的。

伪齐咎证

伪齐受册之初，告天祝板，吏误书年号为“靖康”。又纯用赵野家庙器。识者以为不祥，率为金人所废。又作纸交子，自一贯至百贯，右语云“过八年，不再行”。用至其年被废，其数已兆矣！

【译文】伪齐刘豫开始受金国册封时，在祝板上祭告天神，书吏误写年号为“靖康”（“靖康”是宋钦宗赵桓的年号）。又全部用赵野家的庙堂礼器，有见识的人认为不吉祥。最终被金人废黜。又制作纸交子（即纸币），从“一贯”到“一百贯”，右边印着“过八年，不再行”（意谓纸币用八年后就不再流通）的字样。果然用到第八年刘豫就被废了，他的命数已经有了先兆呀！

犬 异

金国天会十四年四月，中京小雨，大雷震。群犬数十，争赴土河而死。所可救者才一二耳。

【译文】金国熙宗天会十四年（1136）四月，中京（今河北平泉东北）下了场小雨，但雷声隆隆震地。几十只狗争着跳进土河溺死，能救起来的只有一两只而已。

石氏女

京师民石氏开茶肆，令幼女行茶。

尝有丐者病癞，垢污蓝缕，直诣肆索饮。女敬而与之，不取钱。如是月余，每旦择佳茗以待。其父见之，怒逐去。笞女，女略不介意，供伺益谨。

又数日，丐者复来，谓女曰：“汝能啜我残茶否？”女颇嫌不洁，少覆于地，即闻异香，亟饮之，便觉神精体健，丐者曰：“我吕翁也！汝虽无缘尽饮吾茶，亦可随汝所愿。或富贵，或寿考，皆可。”女，小家女，不识贵，止求长寿、财物不乏。既去，具白父母。惊而寻之，已无见矣。

女既笄，嫁一管营指挥使。后为吴燕王孙女乳母，受邑号。所乳女嫁高遵约，封康国太夫人，石氏寿百二十岁。

【译文】京城有户人家姓石，开了一家茶馆，就让自己的小姑娘在店内给客人送茶。

曾经有个乞丐，身患癞病，衣服又脏又破，全身污垢，径直闯进店里要茶喝。姑娘很有礼貌地给他茶喝，不收茶费。像这样有一个多月，每天早上姑娘都选择最好的茶等着他。她的父亲见了很生气，就把乞丐赶出茶馆。还打自己的姑娘，姑娘一点儿也不放在心中，供茶侍候的更加小心。

又过了几天，乞丐再次来到茶馆，他对姑娘说："你能够喝我的剩茶吗？"姑娘嫌剩茶不干净，稍微倒在地上一些，马上闻到一阵异香，就很快喝了它，喝完感到精神一振，身体也有了劲。乞丐说："我就是八仙中的吕洞宾！你虽然没有缘分全部喝下我的剩茶，但也可以满足你的愿望。或是富贵，或是长寿，都可以达到。"石女是小户人家的姑娘，不清楚富贵会怎样，只希望长寿和不缺钱财。吕翁离开后，姑娘把这件事禀告了父母，他们听了大惊，马上寻找，却再也不见踪影。

姑娘成年以后，嫁给了一个管营指挥使。后来做了吴燕王孙女的奶妈，受封为邑君。所乳姑娘后来嫁给高遵约，受封为康国太夫人。石氏最终活了一百二十岁。

王天常

元丰中，京师有富人王天常，高鲁王家婿也。

一夕，梦二急足追至一处，令闭目露坐，无得窃窥人物。"吾检会文字毕，当复来。"既行，天常回顾，见门阙甚伟，榜曰"三坤城"。庭下桎梏者颇众，皆僧、道、尼，亦有狱吏卫守。复坐移时，急足至，令同行。

趋入公府，主者朝服坐，众吏侍立。问："何处来？"答曰："京师。"一吏禀曰："误矣！所追王天常非京师人。当速令此人归。"

天常见他吏乃故友，死已年余，赍抱一大册，降阶相揖道旧曰："公可亟去，此非世人所处之地。"问册中何事，曰："记世间生死者。"天常再三欲视己事，吏辞不获，遂开一页。但见“某年月日，以一刀死。”急掩卷，令人送出。

既寤，为亲戚言之。恐罹非命，积忧成劳疾而终。后人思之，一刀，盖劳字也。（右二事赵伯璘言。）

【译文】神宗元丰（1078—1093）年间，京城里有个富人叫王天常，他是高鲁王家的女婿。

一天夜里，他梦见两个快腿的差人拘拿他到了一处。命他闭上眼露天坐着，不许偷偷睁眼观看。说他们检核公文完毕就会再来。他们走了之后，天常回头看宫殿的大门，阙楼非常雄伟，上面写有“三坤城”的榜额。庭院中带刑具的人很多，都是和尚、道士和尼姑，也有狱吏看守着，他又坐了下来。不久，差人到了，让天常和他们一起走。

进了公府，看到主管人穿着朝服坐在那里，许多官吏在两旁侍立。问：“从哪里来？”回答说：“从京城。”一个下吏禀告说：“错了！要拿的王天常不是京城人，应该火速让这个人回去。”

天常看到有一个下吏是他的老朋友，但已经死了一年有余。他抱着一本大册子走下台阶，向天常行礼话旧。说：“您需要急切离开，这里不是阳间人待的地方。”问他册中记些什么，回答说：“记阳世间人的生死。”天常一再要求看看自己的事。那人无法推辞，就打开一页，只见记着：“某年某月某日，由于一刀死去。”下吏急忙合上册子，命人送天常出府。

梦醒之后，天常对亲戚讲了此事，他担心遭到横祸而死，结果忧愁过度得了劳病死去。后人琢磨这件事，大概“一刀”就是指“劳”字吧。

黑风大王

汾阴后土祠在汾水之南四十里，前临洪河，连山为庙，盖汉唐以来故址，宫阙壮丽，绍兴间陷虏。

女真统军黑风大王者，领兵数万，将窥梁、益，馆于祠下，腥膻污秽，盈积如阜，不加扫除。

一夕，乘醉欲入寝阁，观后真容，且有媟渎之意。左右固谏，弗听，率十余奴仆径往。未及举目，火光勃郁，杂烟雾而兴。冷逼于人，立不能定。统军惧，急趋出，殿门自闭。有数辈在后，足径为关阒剪断。统军自拜祷谢，乞以翼旦移屯。

至期，天宇清廓，杲日正中。片云忽从祠上起，震电注雨，顷刻水深数尺。向之粪污，荡涤无纤埃。统军斋洁致祭，捐钱五万缗以赎过。士卒死者什二三。

【译文】汾阴（今山西万荣）奉祀土地神的后土祠在汾水以南四十里，前临着洪河，依山盖庙，仍是在汉唐时期的故址上，宫殿修建的非常壮丽，绍兴年间沦陷于金人之手。

金人的一名统军称“黑风大王”，带着几万兵将准备进攻梁（今陕西南部）、益（今四川），临时驻扎在后土祠前，丢弃的垃圾腥膻肮脏，堆积的就像土山一样，金兵也不清扫。

一天夜里，黑风大王借着酒劲儿想进正殿去看看地后的模样，并且有轻薄的意思。手下人一再劝解他也不听，带着十几个奴仆照直闯去。进殿后还没来及观看，火光夹杂着烟雾回旋而起，冷气逼人，使人站不稳脚跟。黑风大王怕了，急忙跑出，殿门自动关闭。有几个动作慢跑在后面的，腿脚都被大门夹断。黑风大王连连叩头祈祷谢罪，乞告说第二天一早移驻他处。

到了第二天。天空晴朗辽阔，明亮的太阳照在当头。一片黑云忽然从祠上升起，雷鸣电闪，大雨如注。一会儿功夫，地上水深数尺，先前的那些粪便垃圾，冲洗的干干净净。黑风大王吃斋沐浴，祭拜土地神，并且捐钱五万缗来赎罪。死的士兵有十分之二三。

韩郡王荐士

绍兴中，韩郡王既解枢柄，逍遥家居。常顶一字巾，跨骏骡，周游湖山之间，才以私童吏四五人自随。

时李如晦，晦叔，自楚州幕官来改秩，而失一举将，忧挠无计。当春日，同邸诸人相率往天竺。李辞以意绪无聊赖。皆曰："正宜适野散闷可也！"强挽之行。各假僦鞍马。

过九里松，值暴雨，众悉迸避。李奔至冷泉亭，衣袖沾湿，愁坐长叹。遇韩王亦来，相顾揖，矜其憔悴可怜之状，作秦音发问曰："官人有何事萦心，而悒快若此！"李虽不识韩，但见姿貌魁异，颇起敬，乃告以实。韩曰："所欠文字，不是职司否？"答曰："常员也。""韩世忠却有得一纸，明日当相赠。"命小史详问姓名、阶位，仍询居止处。李巽谢感泣。

明日，一吏特举牍授之，曰："郡王送来，仍助以钱三百千。"李遂升京秩。修笺诣韩府。欲展门生之礼，不复见。

【**译文**】绍兴中期，韩世忠被解除枢密使的职务，在家中逍遥自在的过日子。他经常戴着一字巾，骑一匹很漂亮的骡马，漫游湖山之间，只让四五个随身的童仆跟着。

当时有个李如晦，字晦叔的人，以楚州幕官的身份到京城改官，但是荐举人却少了一员将官，他忧愁万分想不出什么好办法。当时正是春暖花开，同住旅舍者相约到天竺寺游玩，李以心情不好推辞。大家都说："这正适合到野外散心解闷。"强拉着他前往。每人却去租来鞍马，然后出发。

过了九里松，忽然遇到了暴雨，大家全都四散避雨。李如晦跑进了冷泉亭，衣服都被淋湿，坐在那里愁绪万端，放声长叹。这时，韩世忠也来此避雨，大家互相致礼。韩看到李如晦憔悴可怜的样子很同情，就用家乡的秦（今陕西一带）地口音发问说："官人有什么发愁的事心烦吗？闷闷不乐到这个样子！"李虽然不认识韩世忠，但看到他身材魁梧，相貌异于常人，心中不由升出敬意，就把实情告诉他。韩说："是不是缺少了指定的现职官员的那份举荐？"回答说："不是，是常员。""那我韩世忠可以写一份举荐书，明天就会派人送上。"接着命小童详细询问李的姓名，官阶，现在住在什么地方。李如晦衷心致谢，感动地流下热泪。

第二天，一个下吏拿着举荐书交给李如晦，说："这是郡王让送来的，并且资助你三百缗钱。"李于是顺利升为京官。他写了一封信到韩府致谢，想作为韩的门生进见，韩世忠没有出来见他。

卷第二（十四事）

张夫人

张子能夫人郑氏，美而艳。张为太常博士，郑以疾殂。临终与张诀曰："君必别娶，不复念我矣。"张泣曰："何忍为此？"郑曰："人言那可凭，盍指天为誓？"曰："吾苟负约，当化为阉，仍不得善终。"郑曰："我死当有变相，可怖畏。宜置尸空室中，勿令一人守视，经日然后殓也。"言之至再三，少焉气绝。

张不忍从，犹遣一老妪设榻其旁。至夜半，尸忽长叹，自揭面帛，蹶然而坐，俄起立。妪惧，以被蒙头，觉其尸行步踸踔，密窥之，呀然一夜叉也。妪既不可出，震栗丧胆，大声叫号，家人穴壁观之，尽呼直宿数卒，持杖环立于户外。夜叉行百匝乃止，复至寝所，举被自覆而卧。久之，家人乃敢发户入视，见依然故形矣。

后三年，张为大司成。邓洵仁右丞欲嫁以女，张力辞。

邓公方有宠，取中旨令合婚。成礼之夕，赐真珠复帐，其直五十万缗。

然自是多郁郁不乐。尝昼寝，见郑氏自窗而下，骂曰：“旧约如何，而忍负之，我幸有二女，纵无子，胡不买妾？必欲娶，何也？祸将作矣。”遽登榻，以手拊其阴。张觉痛，疾呼家人，至无所睹。自是若阉然，卒蹈奇变。

【译文】张子能的夫人郑氏非常漂亮。张官为太常博士时，郑因病死去。临死时与丈夫诀别，郑说：“君一定会再娶他人，不再想念我了。”张流着泪说；“我怎能忍心做这种事呢？”郑说：“随便说的话怎么能让人相信。你为什么不指天发誓呢？”张说：“我如果背弃誓约，就让我变成阉人，而且不得好死！”郑说：“我死后样子会改变，让人恐怖害怕。应该把尸体放在一间空房子里，不要让一个人守视。过一天以后再收殓。”再三叮嘱，一会儿就断气了。

张子能不忍心按夫人的话做，还是派了一个老婆婆在尸体旁放了一张床守视。到了半夜，尸体忽然长叹一声，自己揭下盖脸巾，忽的一下坐了起来，一会儿又站起身来。老婆婆心中害怕，用被子蒙着头，感觉到尸体走得跌跌撞撞的。她偷偷去看，原来是个高大的夜叉。老婆婆无法出去，浑身发抖，吓得魂飞丧胆。她大声叫喊求救，家里的人从墙洞往里看，把值夜的几个士兵都喊来，让他们拿着木棍环立在门外。夜叉在房内走了一百圈才停下来，又回到原来睡的地方，举起被子自己盖好躺下。过了很长时间，家里的人才敢开门去看，可仍旧是原来的样子。

过了三年，张升为大司成。右丞邓洵仁想把女儿嫁给他。张子能极力推辞，可邓公正受皇旁宠幸，他从宫中取来圣旨，命张、邓两家合婚。成亲的那天晚上，皇上赐给珍珠复帐，价值有五十万缗之多。

从此以后，张经常闷闷不乐。他一次白天在房中躺卧，看到郑氏从窗子进来，骂道："原来的誓约你怎么遵守的？就这样忍心背弃我！幸亏我有两个女儿。即使没有孩子，为什么不买一个小老婆？一定要娶正妻，这是为什么？你的祸事就要来了！"骂完，很快上床把手拍在张的阴部。子能觉得疼痛，急忙喊叫家人，家人赶到却什么也看不见。从此，张子能就像被阉割过一样。最终遇到一场奇变身亡。

宗立本小儿

宗立本，登州黄县人。世世为行商，年长未有子。

绍兴戊寅盛夏，与妻贩缣帛抵潍州，将往昌乐。遇夜，驾车于外，就宿一古庙，数仆击柝持仗守卫。明旦蓐食讫，登途。值小儿可六七岁，遮拜于前。语言猬利可喜。问其谁家人，自哪处来。对曰："我昌邑县公吏之子也。亡父姓名是王忠彦，与母氏俱化去，鞠养于它人，将带到此，潜舍我而去。兹无所归，必死于狼虎魑魅矣！"立本拊之曰："肯从我乎？"又再拜感泣。遂收而育之，命名曰"神授"。

儿性质警敏，每览读文书，一过辄忆。又能把巨笔作一丈阔字，篆、隶、草不学而成。见名贤古贴墨迹，稍加摹临，必曲尽其妙。立本盖市井小民耳，遽弃旧业，而携此儿行游，使习路岐贱态，藉以自给。

后二年之春，至济南章丘。逢了一胡僧，神貌瑰杰。指儿谓立本曰："尔在何处拾得来？"立本瞠曰："吾妻实生之，奚乃轻妄发问？"僧笑曰："是吾五台山五百小龙之一也，失之三岁矣，方导访见之。尔久留定掇大祸！吾已密施法禁，彼亦无所复肆其虐。"于是索水喷噀，立化为小朱蛇，盘旋于地。僧执净瓶呼神授名，蛇即跃入其中。僧顶笠不告而去。

立本夫妇思念，久而不忘。淮东钤辖王易之亲睹厥异。

【译文】宗立本是登州黄县（今属山东）人，几代都以行商为业，年纪很大了还没有儿子。

高宗绍兴二十八年（1158）盛夏，他和妻子贩丝绸到了潍州（今山东潍坊），准备到昌乐（今属山东）去。夜里驾车赶路，只好在一座古庙中住下，几个仆人拿着棍棒打更守卫。第二天早上，在地铺上吃完饭上路，碰到一个大约六七岁的小孩子，拦住去路行礼。他说话机敏利落，让人喜爱，问他是谁家的孩子，从哪里来。回答说："我是昌邑（今属山东）县公吏的孩子。父亲名叫王忠彦，和母亲一起都故世了。我被别人扶养，他们把我带到这里，偷偷地丢下我离开了。我无处可去，一定会死在虎狼和鬼魅之中！"立本抚摸着他说："愿意跟着我吗？"孩子再次行礼，感动地流下了眼泪。立本就收下并抚养他，给他取名叫"神授"。

神授天性机灵聪明，每次阅读文章一遍就可以记下来。又能掌握大笔写一丈方圆的字，篆、隶、草各种字体，不用学就能写得很好。见到名家墨迹和古帖，稍微临摹，就可以维妙维肖。立本是个市井平民，于是就抛开自己的本业带着这个孩子四方游学。让他观察学习社会百态，借此使他成熟自立。

两年之后的春天，他们到了济南章丘（今属山东）。路上碰到一个胡僧，神态容貌瑰异奇伟。他指着神授对立本说：“你是在哪里拾到这个孩子？”立本睁大眼睛说：“确实是我妻子生的，你怎么能随意乱问。”胡僧笑着说：“这是我们五台山五百小龙中的一条，跑下山已经三年了，现在正巧找到了他。你长时间收养他一定会有大灾祸！我已经暗中施法，他已经不能够再施展威力了。”于是就找来水向神授喷去，马上化作一条红色小蛇，在地上盘着。胡僧拿出净瓶，叫着神授的名字，小蛇立即跳进瓶中。胡僧带上斗笠什么也没说就离开了。

立本夫妇想念神授儿，很长时间也无法忘怀。淮东钤辖王易之亲眼见到了这件怪事。

齐宜哥救母

江阴齐三妻欧氏，产乳多艰，几于死，乃得免。

一子宜哥，年六岁，警悟解事，不忍母困苦。咨于老人，问何术可脱此厄。老人云：“唯道家《九天生神章》，释教《佛顶心陀罗尼》为上。”

即求二经，从一史道者学持颂，三日，悉能暗忆。于是每以清旦，各诵十过，焚香仰天，输写诚恳，凡越两岁。

绍熙元年，欧有孕，更无疾恼。至十月，将就蓐。宜哥焚诵之次，见神人十辈立侍于旁，异光照室，少焉生。

【译文】江阴（今属江苏）齐三的妻子欧氏，生孩子非常艰难，几乎就要死去，最后勉强活了下来。

他们的儿子叫宜哥，六岁了，聪明懂事。他不忍心母亲生孩子痛苦，就去向老人请教，问有什么办法可以免去这种痛苦。老人说："只有道家的《九天生神章》和佛教的《佛顶心陀罗尼经》经最有灵验。"

宜哥马上找来二经，跟着一个史道人学习诵经，三天后全部能够默诵。于是，宜哥每天清晨各诵十遍，焚香对天施礼，表示自己的虔诚，这样一共做了两年。

光宗绍熙元年（1990），欧氏有了身孕，却再也没有疾病痛苦。到了十月就要临产时，宜哥焚香诵经的时候，出现了十个神人侍立在一旁，满室生辉，不一会儿，孩子就出生了。

东坡山谷题画

燕邸莱州洋川公家，装褫古今画为十册。东坡过之，因为书签，仍题其后云："高堂素壁，无舒卷之劳，明窗净几，有坐卧之安。"又题王霭画《如来出山相》云："头髳鬙，耳卓朔。适从何处来，碧色眼有角。明星未出万象闲，外道天魔犹奏乐。错不错，安得无上菩提成等正觉。"山谷诗云："萧寺吟双竹，秋醪荐二螯。破尘归骑速，横日雁行高。"又"拥膝度残腊，攀条惊浅春。"皆洋川公"养浩堂"故事，而集中不载。家君在北方，宗室子伯璘言如此。

予家有大年画小景二幅，山谷亲书两绝名其上曰："水色烟光上下寒，忘机鸥鸟恣飞还。年来频作江湖梦，对此身疑在故山。""轻鸥白鹭定吾友，翠柏幽篁是可人。海角逢春知几度，卧游到处总伤神。"今集中亦无。

【译文】燕邸莱州洋川公家，把古今名画装裱为十册。苏轼到他们家时，就为画册题写签条，并在画册后题词道："高堂素壁，无卷舒之劳；明窗净几，有坐卧之安。"又为王霭画的《如来出山相》题词道："头鬅鬙，耳卓朔。适从何处来，碧色眼有角。明星未出万象闲，外道天魔犹奏乐。错不错，安得无上菩提成等正觉。"黄庭坚也题诗道："萧寺吟双竹，秋醪荐二螯。破尘归骑速，横日雁行高。"又有"拥膝度残腊，攀条惊浅春"之句。这些都是洋川公"养浩堂"上发生过的事情。苏、黄的集子中都没有收录。我父亲在北方时，皇室的子孙赵伯璘讲了这些。

我们家收藏有杨亿画的两幅小山水画。黄庭坚在上面亲笔题了两首绝句，第一首是："水色烟光上下寒，忘机鸥鸟恣飞还。年来频作江湖梦，对此身疑在故山。"第二首是"轻鸥白露定吾友，翠柏幽篁是可人。海角逢春知几度，卧游到处总伤神。"现今，黄的集子中也没有这两首诗。

陈、苗二字

陈珦，字中玉，郑州人，文惠公诸孙也。政和中为蔡州守。始视事，谒裴晋公庙。读《平淮西碑》，用段文昌所制者。怪而问，邦人曰："自韩文公碑刻石后，为李愬卒所诉。以为不述愬功而专美晋公。宪宗诏文昌别撰。事已久矣。"珦忿然不平，即日磨去旧碑。别诿能书者写韩文刻之。

苗仲先者，字子野，通州人。为徐州守。徐旧有东坡《黄楼碑》，方崇宁党禁时，当毁，徐人惜之，置诸泗浅水中。政和末，禁稍弛，仍钩出复立之旧处。打碑者纷然，敲杵之声不绝。楼与郡治相连，仲先恶其烦聒。令拽之深渊，遂不可复出。二事相反如此。（朱新仲说。）

【译文】陈琦，字中玉，郑州人，是文惠公的孙子。徽宗政和（1111—1117）中期蔡州（今河南汝南）太守。他刚到任就去拜谒晋公裴度庙。看到庙中的《平淮西碑》是段文昌所写，感到奇怪，问当地人是什么原因。当地人回答说："自从文公韩愈写的《平淮西碑》刻石后，李愬的部下就向宪宗申诉。认为韩碑不记李的功绩而一味赞美裴度，所以宪宗下诏命段文昌另写了一篇。事情已经发生很久了。"陈琦听了愤愤不平，当天就把段碑磨去，另外请了善书法的人重写韩文刻石。

苗仲先，字子野，通州（今属河北）人，曾任徐州太守。徐州原有苏轼写的《黄楼碑》。在崇宁（1102—1106）党禁时，朝廷下令毁去。徐州人爱惜它，就把它藏在泗水的浅水之中。政和末年党禁稍有放松，徐人就把碑捞出，又立在原来的地方。许多人纷纷前来拓碑，击打拓制的声音连续不停。黄楼与州府相邻，仲先觉得拓碑的噪声让人心烦，就下令把碑沉入深渊。《黄楼碑》从此就无法再见。二件事这样截然相反，让人感叹。

鳖　报

承节郎怀景元，钱塘人。宣和初，于秀州多宝寺为蔡攸置局应奉，性嗜鳖。

一卒善庖，将烹时，先以刀断颈沥血，云味全而美。后患瘰疬，首大不可举，行必引首。既久，蔓延不已，肤肉腐烂，首坠而死，宛若受刃之状。

景元自是不敢食鳖。

【译文】承节郎怀景元是钱塘（今浙江杭州）人。徽宗定和初年（1119），他在秀州（今浙江嘉兴）多宝寺为蔡攸设置应奉局，特别爱吃老鳖。

手下一个士卒擅长烹调，烹制老鳖之前，先用刀割断老鳖的脖子把血滴尽，说这样做味道完整鲜美。后来他得了瘰疬（淋巴结核）。头肿大的抬不起来，走路一定要托扶着头。时间长了，蔓延不止，皮肤肌肉腐烂。头掉下来死去，就好像被刀砍掉一样。

怀景元从此再也不敢吃老鳖了。

玉津三道士

大观中，宿州士人钱君兄弟游上庠。方春月，待试，因休暇出游玉津园。

遇道士三辈来揖谈，眉宇修耸，语论清婉可听。顷之，辞去，曰："某有少名酝，欲饮二公。日云莫矣。明日正午复会于兹，尚可款，稍缓恐相失。"钱许诺。独小道士笑曰："公若愆期，可掘地觅我。"皆以为戏，大笑而别。

翌日，钱以他故滞留，至晚方抵所会处。则肴核狼藉，不复见人，怅然久之。弟曰："得非仙乎？"试假畚锸凿地，才尺许，得石函。启之，乃三道士象。冠巾俨然，如昨所见者。外有方书，言锻水银为白金事。弟曰："兄取其书，弟愿得道象，归奉香火。”兄欣然许之。

既试，弟中选，兄复归宿。验其方，无一不酬。不数年，买田数万亩，为富人。居一日，坐庑下，外报三道士来谒。既见，一人起致词曰：“昔年玉津之会君忆之否？君得吾仙方，不以赈恤贫乏，而贪冒无厌。禄过其分，天命折君算。今日即自改，尚延三岁。如其不然，旦暮死矣！吾以泄天机谪为人，当来主之矣。”

既去，钱君始大悔。即焚方毁灶，阖质户不复启。明日，小道士复至。未及坐，闻侍妾免乳。亟入视之，生一男，出陪客，无所见，问诸仆皆莫知，钱不三年而殂。

【译文】徽宗大观（1107—1110）年间，宿州（今安徽宿县）士人有姓钱的兄弟两个住在京城太学中。当时正是春天，因等待应试，两兄弟就趁着空闲到玉津园游玩。

在园中，他们碰到三个道士很有礼貌地前来交谈。他们个个额高眉长，言谈清丽婉约，使人爱听。过了一会儿，他们告辞离去，说：“我们有一点名酒想请二位饮用，今日天色已晚。明天正午，你们再到这里聚会，还可以招待，迟了就见不到我们了。”钱氏兄弟满口答应。只有小道士笑着说：“你们如果过了时间，可以挖地找我。”二人以为是开玩笑，大笑着与道士分别。

第二天，二钱因为其他的事缠身，到了晚上才赶到与道士相会的地方。那里吃剩的东西乱七八糟，却不见道士，二人感到非常失望。弟弟说：“他们莫非是仙人？”就借来筐子铁锹试着挖地，挖了大约一尺，见到一个石匣。打开石匣，是三个道士的画像，衣装整齐，就像昨天见到的一样，另外还有一本方书，讲的是煅烧水银使它变成白金的方法，弟弟说："大哥拿去这本书，我愿意要这幅画像，回去焚香礼拜。"哥哥很高兴地同意了。

应试结束，弟弟考中，哥哥又回到宿州家中。检验书中的方法，没有一种不成功的。没有几年，就买田几万亩，成为富人。一天，他正在廊房闲坐，下人来报外面有三个道士拜访。见面之后，一个道士起身说："过去在玉津园相会，您还记得吗？您得到我们的仙方，不用钱赈济帮助穷人，却贪得无厌，自己独享。一个人福分超过他应得的，上天就会减少他们寿命。从今天起马上痛改前非，还可以延长三年，如果不这样做，早晚之间就会死的。我们因为泄漏天机被贬为凡人，就会来你们家做主人的。"

道人走了之后，大钱才觉得非常后悔。他马上烧掉方书，拆去炼银炉灶，关闭当铺不再经营。第二天，小道士又来了。还没来及让坐，就听说内室侍妾生了孩子。大钱马上进去探看，原来生了一个男孩。他又走出来陪客，却看不到小道士。问家中的那些仆人，都不知道到哪儿去了，大钱不到三年就死了。

陆氏负约

衢州人郑某，幼旷达能文。娶会稽陆氏女，亦姿媚俊爽，伉俪绸缪。郑尝于枕席间语陆氏曰："吾二人相欢至矣！如我不幸死，汝无复嫁；汝死，我亦如之。"对曰："要当百年偕老，何不祥如是！"凡十年，生二男女，而郑生疾病，对父母复申言之。陆氏但俯首悲泣，郑竟死。

未数月而媒妁来，陆氏与相周旋，舅姑责之，不听。才释服，尽携其资适苏州曾工曹。

成婚才七日，曾生奉漕檄考试它郡。行信宿，陆氏晚步厅屏间，有急足拜于厅，称郑官人有书。命婢取之，外题“示陆氏”三字，笔札宛然前夫手泽也，急足已不见。启缄读之，其辞云：“十年结发夫妇，一生祭祀之主。朝连暮以同欢，俸有余而共聚。忽大幻以长往，慕他人而辄许。遗弃我之田畴，移资财而别户。不恤我之有子，不念我之有父。义不足以为人之妇，慈不足以为人之母。吾已诉诸上苍，行理对于幽府。”陆氏叹恨不怿，三日而亡。

其书为郑从弟匍所得，尝出示胡翛然。

【译文】郑某是衢州（今属浙江）人，从小性格旷达，文笔通畅，娶会稽（今浙江绍兴）陆家姑娘为妻。陆氏也长得恣色妩媚，才华出众，两口子感情非常融洽缠绵。郑曾经在夫妻恩爱时对陆氏说：“我们两人相爱相欢已经到了极点！如果我不幸死去，你不要再嫁；你死了，我也不会再娶！”回答说：“我们应该终生偕老，为什么说这些不吉利的话！”他们共同生活了十年，生了一男一女两个孩子。郑某得了重病，对父母又重说了那番话。陆氏只是低着头流泪悲伤，郑某最终死去。

郑某死后只有几月，说媒的人就上门了，陆氏与她们交谈应酬，公婆指责她也不听。挨到才脱去孝服，陆氏就带着她的财产嫁给了苏州（今属江苏）一位姓曾的工曹。

二人成婚才七天，曾生就接到转运司的公文到其他州郡考查。他走后两夜，陆氏傍晚在大厅随意闲步，看到一个信使到院中下拜，说是郑官人有信要递交。陆氏命丫环拿给自己，见信封上写着：“示陆氏”三个字，笔迹很像前夫的字体，这时信使已经不见了。打开信去，见上面写道："十年的结发夫妻，一生的家祭之主，从早到晚相亲相爱，俸禄有余共同积攒。忽然我死去永离人间，不料你变心轻许婚约。抛弃我在那郊野田间，携财产你转嫁别人。不爱我的子女，不念我的父母。做人妇你失去仁义，做人母你没有慈爱。我已经向苍天上诉，和你到阴间说理。"陆氏读后忧叹恨恼不悦，三天就死去了。

这封信后来被郑某的堂弟郑甸收存，曾经拿出让胡儵然看过。

张颜泽遁甲

绍兴四年，李参政少愚（回）为江西帅，遣总管杨惟忠讨贼，以四月壬申日寅时出师鄱阳。胡儵然送之渡江，回谒道友陈生。

有道士张彦泽者，洛阳人，顷事徐神翁，多居西山好道之家，偶来会语，问何人选日时。儵然曰："穆茂才也。"彦泽曰："何其缪邪！幸而非寅时则可，若然，贼虽自擒，主将将不利。以正午卜之，苟无大雨则善。"时天色清霁，已有微暑，三人食已，散步僧舍。俄阴云四合，雨下如注，沟壑皆盈。彦泽拊掌曰："必寅时也，杨公其危哉！"

时贼众万二千，官军才三之二。先锋将傅选悉五军旗帜行，以壮军声。贼谍知之曰："先锋尚如此，若全师而来，何可当也！"遂遣使迎降。

次日，杨公所乘青骡马忽毙，杨亦得疾，即反豫章，翌日而卒。

【译文】宋高宗绍兴四年(1134),参知政事李回兼任江西帅,派总管杨惟忠讨贼,命四月壬申这天的寅时从鄱阳(今江西波阳)出兵。胡倫然送惟忠渡江,回来时拜访道友陈生。

有个道士叫张彦泽的,是洛阳人。不久前跟过徐神翁,经常住在西山信道的人家。这次偶然前来一起聚谈,张问是什么人挑选的日子时辰。倫然说:"是穆茂才。"彦泽说:"真是大错特错!万幸的是只要不在寅时还可以,如果在寅时出兵,贼人虽然能主动投降,但是将会对主将不利。凭中午的天气来卜算,假如没有大雨就好。"当时天气晴朗,已经稍微有些暑热。三个人吃罢饭,在寺院里散步。一会儿,乌云聚集,大雨如注,水沟山涧都溢满。彦泽以手击掌说:"一定是寅时出兵呀,杨公要有危险!"

当时贼兵有一万二千人,官军只有贼兵的三分之二。先锋傅选为了壮大军威,把五军的旗帜全部带上,贼人侦察到军情,说:"先锋就这样军容整壮,如果全军到来,怎么能抵挡呢!"就派使者出迎投降。

第二天,杨公骑的青骡马忽然死去,杨公也得了急病,他马上返回豫章(今江西南昌),只过一天就故世了。

谢与权医

杨惟忠病时,面发赤如火,群医不能疗。子婿陈槱忧之,以问胡倫然。有蕲人谢与权,世为儒医,倫然引之视疾。

既入,不诊脉,曰:"证候已可见。"杨公夫人滕氏,令与众议药饵。朱、张二医曰:"已下正阳丹、白泽圆,加钟乳、附子矣。"谢曰:"此伏暑证也,宜用大黄、黄檗等物。"因疏一方，议不合。时杨公年六十余，新纳妾嬖甚，夫人意其以是得疾，不用谢言。

谢退，谓储然曰："公往听诸人所议。"才及门，众极口诋谢曰："此乃《千金》中一治暑方，用药七品，渠只记其五，乃欲疗贵人疾邪！"储然以告谢，谢曰："五药本以治暑，虑其太过，故加二物制之。今杨公病深矣，当专听五物之为，不容复制。若果服前两药，明日午当躁渴，未时必死，吾来助诸公哭吊也。"

储然语陈槱，槱不敢泄。明日，杨卒，皆如谢言。（四事皆胡储然说。）

【译文】杨惟忠生病时，面色通红如火，许多医生都不能治疗。他的女婿陈槱很忧虑，就向胡储然求教。有一个蕲州（今湖北蕲春）人叫谢与权，世代相传都是儒医，储然就引荐他为杨公看病。

谢到了杨府，不去诊脉，说："症状已经看到了。"杨公的夫人滕氏就让他和其他的医生商议如何用药。朱、张二位医生说："已经开出正阳丹、白泽圆，外加钟乳和附子的药方。"谢说："这是中暑的病症，应该用大黄、黄檗等药。"于是就写了一个药方，但大家都不同意。当时杨公已经六十多岁，新纳了一个小妾非常宠爱，夫人认为是房事过度得病，就不采纳谢的意见。

谢退出后，对储然说："您进去听听那些人的议论。"胡才走到门口，就听到众人尽力诋毁谢说："这张药方是孙思邈《千金方》中治中暑的一张药方，应该用七味药，他只记住了其中的五味，就想为贵人治病吗！"储然把这些话告诉谢与权，谢说："这五味药本来是为了治中暑，孙思邈认为药力过猛，所以就加了二味药来抑制它们。现在杨公病得很重，应该尽发挥五味药的效力，不允许再加抑制。如果真得服了他们开的药，明天正午杨公就会又躁又渴，未时（下午一至三点）一定会死。到时我会来和你们一道吊唁扬公。”

翛然把这些话告诉陈槱，陈不敢泄露。张二天，杨公过世，情形就像谢所预言的那样。

赵表之子报

赵令衿，字表之。宣和五年，赴南康司录，过蕲州，游五祖山，冒风雨独履绝顶。至白莲池亭，憩磐石上，若梦寐间见一老僧，倚杖而言曰；“公此去庐阜无苦，但至晋州当有哭子之戚，以昔守晋州，固事系民母，遂失所生子，今报也。”言讫不见。表之审非梦所，又思虑未尝及，而晋在河东，意他时当官于彼。归为家人说，嗟异之。

自祖山至黄梅县。翌日，以雨不行，幼子善郎忽感疾。县令吴宇至，偶言邑之因革，曰：“唐时尝为南晋州，鲜有知者。”表之惊叹，知僧言有证，疑其子必不久，乃许祝发为浮屠。

越四日，竟死于白湖驿，去邑才三十余里，表之亲记其事。

【译文】赵令衿，字表之。徽宗宣和五年（1123），到南康（今江西星子县）军任司录参军。经过蕲州（今湖北蕲春）时，游五祖山，他一个人冒着风雨登上了最高处，到了白莲池亭，在一块大石上休息。恍恍惚惚好像在睡梦中见到一个老和尚，那和尚拄着拐杖对他说：“您这一次去庐山没有太辛苦，只是到了晋州会有失去孩子的悲痛。由于您过去在晋州做官，因事拘押了一个民妇，使她失去了自己的儿子，现在是报应呀！”说完就不见了。表之觉得这里并非做梦的地方，又细想没做过拘押民妇的事。晋州（今山西平阳）远在河东（今山西一带），也许将来会到那里做官。回去对家人说起这件事，大家都很感叹诧异。

全家从祖山又到了黄梅县（今属湖北）。第二天，因为下雨没有赶路。小儿子善郎忽然得了急病。县令吴宇赶到，偶然谈起本县的地理沿革。说：“本县唐朝时曾属于南晋州，很少有人知道这件事。”表之惊叹，知道和尚的话有凭据，疑心自己的儿子一定活不长，就许愿要剃去头发当和尚。

过了四天，善郎终于死在白湖驿站，离黄梅县不过三十多里。表之亲自记下这件事。

神告方

建昌人黄袭云：“有乡人为贾，泊舟浔阳，月下仿佛见二人对语曰：‘昨夕金山修供甚盛，吾往赴之，饮食皆血腥不可近。吾怒庖者不谨，渍其手鼎中，今已溃烂矣。’其一曰：‘彼固有罪，责之亦太过。’曰：‘吾比悔之，顾无所及。’其一曰：‘何难之有！吾有药可治。但捣生大黄，调以美醋，傅疮上，非唯愈痛，亦且灭瘢。兹方甚良，第无由使闻之耳。’贾人适欲之金山，闻其语，意冥冥之中，假手相告。

后诣寺询之，乃是夜设水陆，庖人挥刀误伤指，血落食中。恍惚之际，手若为人所掣，入镬内，痛楚彻骨，号呼欲死。

贾人依神言疗之，两日而愈。

【译文】建昌（今江西南城）人黄袭说："他的同乡有一个商人，一次在浔阳（今江西九江）停船，月光下仿佛看到两个人在交谈。只听一人说："昨天晚上金山寺（在今江苏镇江）祭神的供品非常丰盛，我前去享用，觉得食物中有一股血腥气，让人不可接近。我恼怒厨子不经心，就把他的手浸在沸鼎中，现在已经溃烂了。"另一个人说："他的确有罪，但你对他的责罚也太过分了。"前者说："现在我也后悔了，不过没有什么办法补救。"后者说："有什么难办的！我有药可以医治，只要把生大黄捣烂，再用好醋调和，然后敷在溃烂处，不仅能止痛，而且可以不留疤痕。这个药方非常有效，只是没有办法让那人知道罢了。"商人正巧要赶往金山，听了这些话，心想这是上天有意要通过他去告知那个人。

后来他到寺院中询问这件事，原来那天夜里寺中设水陆道场，厨师不小心砍伤了自己的手指，鲜血落入食品中。他恍惚觉得手好像被人硬拉进大锅内，烫得疼痛难忍，大喊大叫，简直就要死去。

商人按照神的话给他疗伤，那人两天就全好了。

诗　谜

元佑间，士大夫取达官姓名为诗谜。如"雪天晴色见虹霓，千里江山遇帝畿，天子手中朝白玉，秀才不肯著麻衣。”谓韩公绛、冯公京、王公珪、曾公布也。又取古人名而傅以今事。如“人人皆戴子瞻帽，君实新来转一官，门状送还王介甫，潞公身上不曾寒。”谓仲长统，司马迁、谢安石、温彦博也。

【译文】哲宗元佑（1086—1093）年间，士大夫中有好事的人选取那些达官的姓名来作诗谜。如“雪天晴色见虹霓，千里江山遇帝畿，天子手中朝白玉，秀才不肯著麻衣。”分指韩绛、冯京、王珪、曾布数公。又取古人的名字却以当今的事情来附会。如“人人皆戴子瞻（苏轼）帽，君实（司马光）新来转一官，门状送还王介甫（王安石），潞公（文彦博）身上不曾寒”。说得是仲长统（东汉）、司马迁（西汉）、谢安（东晋）、温彦博（唐）四人。

武承规

武承规，字子正，长安人。政和七年，监台州宁海县县渚镇酒税，好延道流，日食于门者常数辈。家君时为主簿，戒之曰：“君官卑俸薄，而冗食若此，何以给邪？”曰：“吾无美酒大肉与之，但随缘而已。遇有酒则醉，有海鱼则一饱，他无所费。其无能者，旬日自去，安知吾不遇至人哉！”他日，复劝之，不听。

一日，气貌洋洋，若有得色，曰：“公笑有接道人，近有授我内交法者，每日子午时，运虎龙气，相摩移时，美畅不减房室之乐，而无所损。虽未可度世，亦安乐奇术也。”家君曰：

“公妻甚少，又未有子，奈何？”曰：“亦得一术仿此者授之，渠亦自得其乐。舍弟多男，兄弟之子犹子也，夫人有后足矣。家君欲闻其略，曰：“公方效官，又有父母妻子，与承规异。六十岁以后，倘再相遇，是时方可。”

旬日复来，曰：“承规欲往闽中访先生，旦夕遣妻孥归侍下，才有可配即嫁之。”其父揆时为越州将领。家君曰：“既托身于公，何忍如此？已绝欲事，异室而居可也，何必遣？”曰：“毕竟为累，无此人则吾身轻，要行则行矣。”曰：“胡不一归与亲别？”曰：“骨肉之情，见面必留，卒未可脱。”

及再见，曰：“妻已行矣。承规替期已及，官课皆不亏，而代者未至，愿为白州郡，遣牙校交界。”如其言，吏方至，其室虚矣。

【译文】武承规，字子正，长安（今陕西西安）人。徽宗政和七年（1117），他担任台州宁海县（今属浙江）县诸镇的酒监，喜爱接待道士，每天在家里吃饭的常常有好几个。我父亲当时在县里担任主管，告诫他说：“君官职低下，俸禄微薄，而吃白食的却这样多，你怎样供得起呢？”武说：“我没有美酒大肉供给他们，只是随缘罢了。遇到有酒时就让他们喝够，有海鱼时就让他们吃饱，其他的不用花费。那些没本事的人，过上十天就自己走了，你怎么知道我不会遇到真人呢？”又过了几天，再劝他，还是不听。

一天，他意气洋洋，带着很自得的神情来见我父亲，说：“您笑我随意接待道人，可最近有人传授我内交妙法。每天子时与午时，运龙虎二气，相交一个时辰以上，快乐舒畅与夫妇房事差不多，而且自己毫无损失。虽然还不可以成仙出世，但也是安乐的一种奇术。”父亲说：“您的妻子很年轻，又没有孩子，怎么办呢？”武说：“也有一种和内交妙法类似的奇术传给她，她也感到自得其乐。我弟弟有好几个儿子，兄弟的儿子和自己的儿子一样，只要有后就可以了。”父亲想大致听听他所说的奇术。武说：“公正尽力做官，家中又有父母妻子，和我不一样。你六十岁以后如果我们还能见面，那时才可以讲给你听。”

十天后他又来了，说：“我想到闽地（今福建）寻访先生，早晚要让妻子回父母那里，只要有合适的就让她再嫁。”他的父亲武揆这时是越州（今浙江绍兴）将领。父亲说：“她既然把终身托付给您，怎么忍心这样做？已经没有了夫妻房事，分开住就可以了，为什么一定要让她离开呢？”武说：“她毕竟是个托累，没有她我就一身轻快，要走就可以马上离开。”父亲又问他：“为什么不回家和父母告别？”武说：“骨肉之情，见面的话一定会挽留我，结果就无法脱身了。”

到了再见面，武说：“妻子已经走了，我的任期已经到了，官府的税收也不亏欠，可是接任的人还没到。希望您替我报告州郡长官，派牙校（低级武官）来办理交接手续。”父亲按照他的话去做，郡吏刚到，他的家已经空了。

崔祖武

崔祖武，河东威胜军人。政和癸巳，与家君同处太学通类斋，自言少好色，无日不狎游。年二十六岁，成瘵疾将死。有牛道人来，曰：“苟能绝欲，吾救汝。”父母曰：“是儿将死，倘能生之，有何不可！”遂授以药，及教以练气术，令与妻异处，其病良已。三年方同房，而欲心不复萌。在学时年三十五六，肌干丰硕，仪状秀伟，亦与人和。率之游狭邪，不固拒，但不作色想耳。饮食不肯醉饱，曰：“大醉大饱，最为伤气，须六十日修持，始复初。”后归乡里，不知其所终。

【译文】崔祖武是河东路（今山西一带）威胜军人。徽宗政和三年（1113），和我父亲一同住在太守通类斋。崔说自己年轻时喜爱女色，没有一天不寻欢作乐的。二十六岁时，患了重病就要死去。有个姓牛的道人说：“如果能断绝色欲，我可以救他。”父母说：“这个孩子就要死了，只要能够救活他，怎么样都可以！”牛道士就对他用药，并且传授他练气的方法。让他和妻子分居，他的病就好了起来。三年之后夫妻才同房，可行房事的欲望却不再有了。在太学时，崔已经三十五六岁了，身体结实，肌肉丰满。他模样秀伟，为人很温和。拉他去秦楼楚馆游逛，也不坚决推辞，只是没有狎妓的念头。吃饭不愿暴食暴饮，他说：“大醉大饱，最易伤人。要经过六十天的修养控制，才能恢复正常，”后来他回到原籍，不知最终结果如何。

卷第三（十事。按实只九事）

扫码听谦德
君为您导读

万岁丹

徽州婺源县怀金乡民程彬，邀险牟利，储药害人。

多杀蛇埋地中，覆之以苫，以水沃灌，久则蒸出菌草，采而曝干，复入它药。始生者，以食，人即死。恐为累，不敢用，多用其次者。先以饲蛙，视其跃多寡以为度，美其名为“万岁丹”。愚民有欲死其仇者，以数千金密市之。

尝有客至，欲置毒，误中妇翁。翁归而悟，已不可救。彬有弟曰正道，雅以为非，不敢谏，至徙家避诸数十里外。

彬既老始悔，不复作，稍用伪物代之。药既不验，遂无售者。既死，贫甚，唯一子丐食道亡，其后遂绝。

尝有里胥督租，以语侵彬，彬怒，毒而饮之。胥行未几，脑痛呕血，亟反卧其门，大呼乞命，彬汲水饮之即愈，盖有物解其毒也。（县人董猷说。）

【译文】徽州婺源县（今属江西）怀金乡有个百姓叫程彬，冒险牟利，从事卖药害人的勾当。

他经常杀蛇埋在地下，用草帘盖上，然后再用水浇洒，时间长了就会长出毒蘑。采下来晒干后，加进其他的药物就制成毒药，开始长出的毒蘑人吃了马上会死，他担心连累自己，不敢使用，大多收取后来长出的。他先用不等量毒蘑去喂青蛙，根据青蛙食后跳的次数多少来控制用药，并且给药起了个好听的名字叫“万岁丹”。那些愚昧的百姓有想毒死仇人的，就用几千金偷偷地去买。

曾经有客人到程家，程彬想下毒，谁知错让岳父吃下。老头儿回到家知道中了毒，已经无法救治。程彬有个弟弟叫程正道，一向认为哥哥做得不对，但不敢劝说，只好把家搬到几十里以外逃避。

程彬老了之后开始后悔，不再生产毒蘑，稍稍用一些假药来代替它。药既然不灵，便没人来买了。他死了之后，家里很穷，只有一个儿子，也做了乞丐死在路旁，程彬也就绝了后。

曾经有个乡吏到程家催交赋税，言语间触犯了程彬。程很生气，就在水中下了毒让乡吏喝。乡吏走了没有多远，就头痛吐血，急忙返回躺在程家门口，大声呼救，乞求饶命。程彬舀来水让他喝下就好，看来还是有东西可以解“万岁丹”的毒啊。

李辛偿冤

宣和末，饶州庾人李辛，为吏凶横，郡人仄目。

因大雪入府治，一人遇诸涂，辛被酒恃力，奋拳击死之。观者如堵，恐累己，绝不言。辛舍去，街卒以为暴亡，呼其家人葬之。辛益自肆，所居在城外，夜多逾垣归。

经三岁，忽遇死者曰：“吾寻汝久，乃在此邪！”辛归，语其妻，甚惧，明日死。

辛家养数鹿，每以竹击柱，则应声而至。户曹白生以七月勒令市鹿，不可得。为之呼所养者，才击竹，一最大鹿至，乃杀之。取肉以应命，召所知洪端共食其余，经日辛死。咸以为中毒，不知为冤鬼所杀也。（洪端说。）

【译文】徽宗宣和（1119—1124）末年，饶州（今江西上饶）庚地有个叫李辛的，作吏强悍不讲道理，饶州人对他都不敢正视。

一次下大雪，李辛到州府去，路上遇到一个人，两人发生冲突，李辛喝醉了酒，依仗自己力气大，奋力挥拳把对方打死。当时看的人围得很多，都害怕牵连自己，不敢说话。李辛离开后，巡街的士卒认为是突然死亡，就叫他的家人埋了完事。李辛从此更加放肆，他住的地方在城外，夜里经常翻城而回。

过了三年，李辛忽然遇到那个死去的人。那人说：“我找了你很久，原来在这里呀！”李辛回家后告诉妻子，心中非常害怕，第二天就死了。

辛家养了几头鹿，每次用竹竿敲打柱子，鹿就会应声到来。州里的白户曹七月命李辛去买鹿，集市上买不到。李辛只好捉自己家的鹿，才一敲柱，一条最大的就赶来了，杀了它，把肉送上去交差。又请来好朋友洪端共享剩下的鹿肉，过了一天李辛就死了。大家都认为是吃鹿肉中毒而死，不知道实际上是被冤鬼杀死的呀！（这件事是洪端所讲。）

陈氏负前夫

陈德应（橐）侍郎之女，为会稽石氏妇，生一男而石生病。将终，执妻手与诀曰：“我与若相欢，非寻常夫妇比，汝善视吾子，必不嫁以报我。”陈氏迟疑未应，石怒曰：“好事新夫，无思故主。”遂卒。

陈氏哭泣悲哀，思慕瘠甚。未几，其父帅广东，挈以俱往。怜其盛年，为择婿，得莆田吴璲。陈氏辞不免，遂受币。

既嫁岁余，忽见其前夫至，骂曰：“汝待我若是，岂可以事它人？先取我子，次及汝。”至暮而子夭，逾旬陈氏病亡。（陈灌世明说，陈与吴璲善。）

【译文】陈德应侍郎的女儿，是会稽（今浙江绍兴）石某的妻子。生了个男孩后石得了重病。临死前，石拉着妻子的手和她诀别说：“我和你相亲相爱，不是平常夫妇可比的。你要好好对待我的儿子，一定不要改嫁来报答我。”陈氏有些迟疑没有回答。石某生气地说：“喜好事奉新丈夫，不想过去的夫主（旧时以丈夫为家主）。”说完就死了。

陈氏哭泣悲伤，因为思念丈夫瘦了很多。不久，她的父亲到广东任安抚使，带着他一同前往。陈父可怜女儿还年轻，就为她挑选夫婿，最后选中了莆田（今属福建）人吴遂。陈氏无法推辞，就接受了聘礼。

陈氏嫁了一年多，忽然见到他的前夫赶来。石某骂道：“你对我就这样，怎么可以改嫁他人呢？我要先带走儿子，然后就轮到你，”到了傍晚儿子就夭折了，十天过后陈氏也有病身亡。

李尚仁

王承可，绍兴辛酉岁提举浙东茶盐，公廨在会稽子城东，盖古龙兴寺。

承可第三子洧，尝梦一丈夫衣紫袍。来言曰：“我朽骨埋桃树下，幽魂无所归。君幸哀我，使得徙葬。”洧觉，白其父。视舍旁有巨桃一本，因下穿求骨，弗获。

明年八月晦，又梦有通谒者曰：“朝请大夫李尚仁。”既进，乃向所梦者，俯首惨蹙，以旧恳申言，袖诗一纸以赠洧曰：“桃林隐伏厌清芬，去岁幽魂得见君。八十寿龄人未有，一堂风采世无闻。济时革弊忠为主，救物哀亡德作恩。白骨可怜埋近地，愿公举手报无垠。”洧觉，急烛火笔于简。

会承可将代还，以李君精爽不可负，亟集吏卒尽西庑之桃下，大索数日，无所见。承可躬督参锸，复穿尺许，乃得之。有小象梳二，已朽，乌巾财余方寸，骨旁存大钉四，乃迁葬于禹庙后三乔松下，具酒食祭之。吴兴莫寿朋（俦）、洛阳朱希真（敦儒）皆记其事，意以梦中诗为吉祥。

后十四年，洧以事谪广东，而广东自有寓客曰“李尚仁”云。

【译文】王铁，字承可，高宗绍兴十一年（1141）到浙东任提举茶盐官，办公的地点在会稽（今浙江绍兴）子城的东面，就是古代的龙兴寺。

承可的第三个儿子名洧，曾经梦到一个穿紫袍的男子前来对他说：“我的骨殖埋在桃树下，阴魂无处可归。希望您可怜我，使我能得到迁葬。”王洧醒后，告诉给父亲。看到屋旁有一棵大桃树，于是就向下挖寻尸骨，可是没有找到。

第二年八月的最后一天，王洧又梦到有人通报说：“朝请大夫李尚仁前来拜访。”进来以后，看出就是去年梦见过的那个人。他低着头愁容满面，把原来的恳请又说了一遍，并从衣袖中拿出一首诗赠给王洧说：“桃林隐伏厌清芬，去岁幽魂得见君。八十寿龄人未有，一堂风采世无闻。济时革弊忠为主，救物哀亡德作恩。白骨可怜埋近地，愿公举手报无垠。”王洧惊醒，马上点上蜡烛把诗记了下来。

这时，正逢承可将要任满离去。他觉得李君的魂灵不能辜负，急忙召集吏卒把西厢房前的桃树下全部挖遍，反复寻找了几天，什么也没有找到。承可亲自督促手持工具运土挖掘，又挖了一尺左右，结果找到了，有二把小象梳，已经朽烂；黑色头巾只剩下一寸见方；白骨旁有四枚大钉。最后把这些东西都迁葬在禹庙后面的三乔松下，摆设酒食祭奠了他。吴兴（今属浙江）人莫俦，洛阳（今属河南）人朱敦儒都有文章记这件事，认为梦中诗是吉祥的。

十四年后，王因事贬谪广东，而广东却有个寓客叫“李尚仁”。

段宰妾

段宰者，居婺州浦江县僧舍。其妻尝观于门，有妇人行丐，年甚壮。询其姓氏始末。自云无夫，亦无姻戚。段妻云：

“既如是，胡不为人妾而乞食？肯从我乎？”曰：“非不欲也，但人以其贫贱，不肯纳耳。若得供执爨之役，实为天幸。”

遂呼入，令沐浴，与更衣，遣庖者教以饮膳，旬日而能。继以乐府训之，不逾月皆尽善。调习既久，容色殊可观。段名曰“莺莺”，以为侧室。凡五六年，唯恐其去。

一夕，已夜分，段氏皆就寝，有自门外呼阍者曰：“我莺莺夫也。”仆曰：“莺莺不闻有夫，纵如尔言，俟天明来未晚，何必中夜为？”其人颇怒曰：“若不启门，我当从隙中入。”仆大怒，即叩堂门，以其事语段。莺莺闻之，若有喜色，曰：“他来也。”亟走出。段疑其窜，自篝火追至厅厢，但闻有声极响，灯即灭。妻遣婢出视，段已死，七窍皆流血。外户扃鐍如故，竟不知何怪。

浦江人何叔达说，予得之程资忠。

【译文】段宰住在婺州浦江县（今属浙江）的寺院中。他的妻子一次在门前闲看，见到一个女子乞讨，那人年富力强。段妻就打听她的姓名以及个人的情况。那女子说自己没有丈夫，也没有亲友。段妻说：“既然这样，你怎么不去为人做妾，反而四处乞讨？愿意到我们家吗？”回答说：“我不是不想，只是别人因为我贫贱，不肯收容罢了。如果能够让我给您烧火煮饭，实在是天幸。”

段妻就叫这位女子进家，让她洗澡换衣。派厨师教她烹饪，十天她就学会了。接着又让上教她音乐，不到一个月都学得很好。学习调教的时间长了，她的模样也漂亮多了。段宰为她取名叫“莺莺”，让她作偏房。一起生活了五六年，只担心她会离去。

一天夜里，已经到了半夜，段家都已入睡。有人在门外叫看门的，说："我是莺莺的丈夫。"仆人说："没听说莺莺有丈夫，即使像你说的，等到天明再来也不晚，为什么半夜来呢？"那人很生气地说："如果不开门，我就要从门缝中进去了。"仆人大怒，马上去敲段宰的房门，把这件事告诉段。莺莺听了，脸上露出笑容，说："他到底来了！"急忙走了出去。段宰怀疑她要出走，自己举灯追到大厅的厢房。只听到很响亮的一声，灯就灭了。妻子派丫环出来察看，段宰已经死去，七窍都在流血。外面的门关闭的像原来一样，最终也不知道是什么妖怪作祟。

浦江人何叔达说，我是从程资忠那里听到的。

窦道人

桂缜，字彦栗，信州贵溪人，所居至龙虎山才三十里，道流日过门，桂氏必与钱。缜素病疝，每作皆濒死。医者教以从方士受服气诀，故尤属意。

绍兴庚申六月二十有三日晚，浴毕散步小径。有老道人来，年八九十矣，鬓须皤然，曲偻丰下。缜揖与语曰："请至弊庐，取汤茗之资。"曰："日已暮，不可至君家，君苟有意，能延我旬日否？"缜不应，遂行。

复回首呼缜使前，入林间，坐古松根上。自云姓窦氏，声音如山东人，剧谈良久，语颇侵缜。缜见其老，虽貌敬而心不平。细视其目，清耸入鬓，着青幅巾，暑行不汗，未忍遽去。复询以气术，道人曰："吾行气二百年，治病瘥易耳。"为诵所习书千余言，天文、地理、兵法、道要，错综其间，略不可晓。缜曰："先生幸教我，此非我所能，盍言其粗者？"道人曰："汝似可教。吾有一编书，藏衡山中，今往取之。又三十三年，当以授汝。”缜曰：“得非般运导引诀邪？”曰：“未也。姑以方书济众，稍储阴功。”缜曰：“万一及期，寻先生何所？”曰：“非汝所知，吾当来访汝。”遂邀缜欲偕逝，缜以亲年高及孥累为解。道人不怿，间忽不见。缜且骇且惧，急归，不敢语人。

后数日，一道者及门问曰：“八十三承事何在？”（缜之父）家人辞以出。呼者怒曰：“吾非有所求，先生使来授公书耳。胡为不出？”掷卷于阶而去。取视之，乃《吕洞宾传》也，缜始悔之。

至壬戌年擢第，调鄱阳尉。归至严衢间，疾大作，不可舆，行数里必下，投逆旅中，傍外户而卧。有商人过，倚担问曰：“官人有疾邪？”曰：“然。”曰：“始发时行坐之卧皆不可，某处最痛，祈死不能。证候若是否？”曰：“然，尔何以知之？”客曰：“某豫章人也，少亦病此，今日负百斤而不害，盖有药以疗之耳。”遂解囊，如有所索，得一裹如细锉桑叶者，教以酒三升浸服之。缜素不饮，未敢服，以千金谢客而行。

及家，疾益甚，遍服它药，皆弗验。姑如客言，以药投酒中，甫酌一杯，其甘若饴蜜，随渴随饮，至晓而酒尽。病瘳什八，信宿脱然，后不复作。细思商人乃昔所遇窦君也。

【译文】桂缜，字彦栗，信州（今属江西）贵溪人。住的地方距龙虎山只有三十里。道人每天都从他的门前经过，桂缜都会给他们施舍。他一直患有疝气，每次发作都接近死亡。医生让他跟着道士学习炼气的要诀，所以他特别留意。

宋高宗绍兴十年（1140）六月二十三日晚上，他洗完澡在小路上散步，见一个老道人走来。那个年龄大约八九十岁，头发胡子都白了，腰背有些弯曲但脸颊却很丰满，桂缜向老人施礼说：“请到我家，给您送上一些茶钱。”老人说：“天色已晚，不能再到您家。您如果有诚心的话，能不能请我到家住上十天？”桂没有回答，老人就走了。

走了几步，老人又回过头来叫桂缜到跟前。两人走进林中，他坐在一棵古松的树根上，说自己姓窦，口音像是山东人。两人畅谈了很久，老人言谈中对桂有些不客气。桂缜见他年纪大了，表面上很尊敬但心里却不大满意。细看老人的双眼细长鬓，戴着青巾，虽是盛夏行路却没有出汗，就不太想匆忙离开，又询问老人炼气的方法，老人说：“我炼气已经二百年，治好病是很容易的。”接着就为桂背诵读过的书一千多字。其中天文、地理、兵法、道典错杂，桂缜一点儿也听不明白。桂说：“先生能指点我真是三生有幸，不过这些不是我所能理解的，为什么不讲一些粗浅的呢？”老人说：“看来你是可以指点的。我有一部书，收藏在衡山（今在湖南南部）中，现在我去取来。再过三十三年，就会传授给你。”桂说：“莫非是搬运导引的秘诀？”回答说：“不是。姑且用方书救助世人，多少积些阴德。”桂说：“万一到了那个时候，我到什么地方找到先生呢？”答：“这不是你要知道的，我会来找你。”就邀请桂缜和他一起修隐，桂以父母年迈，子女拖累为理由推辞，道人不高兴，说话间就消失了。桂缜又惊又怕，急忙回家，不敢告诉别人。

过了几天，一个道士到桂家问：“八十三承事（桂的父亲）在家吗？”家里的人告诉他出门了。那人生气地说：“我不是有什么希求，是先生让我来送给他一本书，为什么不出来见面呢？”把书扔在台阶上就走了。拿来一看，原来是《吕洞宾传》，桂缜这才后悔。

到了绍兴十二年（1142），桂缜中举，被任命为鄱阳（今江西波阳）县尉。回家时走到严州（今浙江建德）、衢州之间，疝病剧烈发作，无法缓解，坐轿走几里一定要停下。到旅店里休息，邻着大门躺在那儿。有一个旅客经过，靠着担子问："官人有病吗？"答："是的。"问："开始发病时走、坐、站、躺都不行，某个地方最疼，希望死却不能够。病症是不是这样？"答："是这样，你怎么会知道这病症呢？"旅客说："我是南昌人，年轻时也有这种病。现在每天背一百斤东西行路也不要紧，因为有药可以医治啊！"就解开背囊，把手伸进去寻找，最后拿出一包东西，好像切得很细的桑叶。让桂用三升酒泡服。桂缜一向不喝酒，不敢服用，拿出千金酬谢客人继续赶路。

回到家后，病更加厉害，吃遍了其他的药，都没有效果。姑且像旅客教的那样，把送的药泡入酒中。刚喝了一杯，觉得甘甜就像糖、像蜜，随渴随喝，到了早晨就喝完了药酒，病也好了十分之八，过了两夜就全好了，以后再也没有重犯。桂缜这时细想，觉得旅客就是过去遇到过的窦道人。

祝大伯

桂缜祖安时，自少慕道。年二十有四，即委妻子，挈金帛之名山，十载而归。遇方士过门，必延入，日饭堂上者数十辈，家赀枵然。尽室尤之，而安时执意愈笃。

野仆祝大伯，服薪水之劳，愚钝而谨敕。一日自外至，举措异常，曰："适遇道人，与我药服之，能不食矣。"验之信然。诘其方，无有也。或盛夏暴烈日中，冬覆冰上，皆不寒暑，而隶役如故。桂氏之人皆敬事之，呼为祝仙人。欲延以客礼，辞曰："吾合在人间为仆使，岁满自当去。"

如是三年，告安时曰："白花岩有人见招，愿主翁同往。"乃俱行。未至岩下，丝竹之声泛泛盈耳，彩云郁然，蔽覆山谷。安时叹异未已，祝君遽声喏辞，遂不见。安时自是不意，以至捐馆，时大观二年也。白花岩去桂氏所居十里。

【译文】桂缜的祖父桂安时，从年轻时就好道。二十四岁就丢下妻子儿女，带着金银游访名山，十年后才回家。遇到有道士从门前经过，一定请进来。每天在堂上吃饭的有几十人，家产全都花尽。全家人都埋怨他，可安时信道却越来越虔诚。

桂家有个干粗活的仆人祝大伯，每天做些打柴担水之类的事，虽然又笨又迟钝，做事却谨慎周到。一天，他从外面回来，举止和平常不一样，说："刚才遇见一个道人，他给我服了一种药，以后能够不吃东西了。"经过检验果然是真的。问他是什么药，他答不上来。有时盛夏在太阳下猛晒，隆冬躺在冰上，他也不感到冷热，还是照常干他的活，桂家的人都很尊敬他，叫他祝仙人。想用待客的礼节对他，他推辞说："我就应该在人世作奴仆，时间到了自然会离开。"

这样过了三年。一天，他告诉安时说："白花岩有人要见我，希望主人一同前去。"两人同行。还没到岩下，就听到清妙的音乐，彩云飘飘，笼罩着山谷。安时惊叹不止，祝大伯急说告辞，人就不见了。安时从此更加厌世，最终死去，时间是徽宗大观二年（1108）。白花岩离桂家十里。

郑氏得子

李处仁者，亦贵溪人。妻郑氏尝梦至高山下，有绿衣小儿戏于颠，急抱取得之，遂寤。

已而有娠，生男，命之曰“嵩老”。稍长，极隽敏。父命习进士业，即名嵩，字梦符。

绍兴十五年，年十八岁，一举擢第。后五年为建州建阳尉。盗入其邑，重亲皆死焉，郑梦亦非吉也。（三事桂缜说。）

【译文】李处仁也是贵溪人。他的妻子郑氏曾经梦见到了一座高山下，有一个穿绿衣的小孩儿在山顶玩耍，她急忙跑上前去抱住，于是就醒了。

不久，她就有了身孕，生了一个男孩儿，取小名叫：“嵩老”。稍稍大了，孩子非常聪明机灵。父亲让他读书应举，大名就叫嵩，字梦符。

高宗绍兴十五年（1145），李嵩十八岁，一举考中。五年后被任命为建州建阳（今属福建）县尉。强盗攻进县城，李嵩的祖父母和父母都被杀死，郑氏的梦看来也是不吉利的。（以上三件事由桂缜讲。）

邵南神术

邵南者，严州人，颇涉书记，好读《天文》《五行志》。遂于遁甲，占筮如神。然使酒尚气，好面折人，人皆谓之狂。

宣和四年，游临安，胡尚书少汲（直孺）以秘阁修撰为两浙转运使，闻其名，召使筮之。曰："六十日内仍旧职作大漕，替姓陈人。"

时郭太尉仲荀为路钤辖，欲仿三路式与部使者序官，蔡尚书文饶（嶷）帅杭，常抑之，须日日揖阶下，乃得坐。不胜忿，奏乞致仕，亦召南决之。南曰："候胡修撰除发运，更四十日，太尉亦得郡北方，衔内带安抚字，但非帅耳。"郭曰："某已丐休致矣，岂有是事！"

才五十七日，发运使陈亨伯被召，少汲带焉。郭具饭延南，复扣之。对曰："兆与前卦同，无闲退像，前言必不妄。"既敕下，郭守本官致仕，复问南，南对如初。郭怒，取敕牒示之，南意不自得，曰："若尔，则某亦不能晓。"会谭稹与郭善，荐之，未旬日，以旧官起知代州兼沿边安抚司公事。

翁中丞端朝（彦国）守金陵，过杭访少汲，南适在坐，少汲因言其奇中事。翁问钱塘如何，南大书卓上曰："火。"翁曰："近已爇矣。"曰："祸未息也，不出三日当验。中丞须见之，它日却来镇此。"翁不敢泄，时十二月五日也。

明日，蔡帅生朝，大张乐置酒。会京畿戍卒代归，当得犒绢，蔡榜于市，不许买，官以贱直取之，皆大怒。至夜，数处举火，欲蔡出救而杀之。蔡已醉，知事势汹汹，逾垣入巡检寨，家人皆趋中和堂避之，于是州治皆煨烬。

端朝未行，见蔡曰："两日前见邵先生言此事，未敢信，果然。"蔡素不喜卜筮，试呼询之，对曰："十五日内，当移官别京。”蔡曰：“得非分司乎？何遽也！”居二日，适为言者论击，罢为提举南京鸿庆宫。未几，又落龙图阁直学士，如朝拜命而徙。

端朝镇杭，提举常平许子大之侄调官上部，久不归。侄妇白子大，令诣南卜，南批曰：“令侄已出京，遇亲舅邀往西落差遣，见托两火人受得官之州，当从水边，必滨州也。非县官、曹官而又兼狱，必士曹掾也。”子大曰：“邵生言多中，然此亦太诞。”月余，侄书来曰：“已出水门，逢舅氏力邀往洛差遣，只托书铺家耳。”已惊其验。俄得报，果拟滨州士曹掾，兼左推院，乃其叔炎所受也。

南与衢人郑甸为酒侣，甸好博，然胜败不过数千。南曰：“子小胜，无所济。可办进十万，召博能相敌者，吾为子择一日与之战。”甸曰：“吾囊中空空，岂能办？”曰：“我当以物假子。”及期，聚博于灵隐山前冷泉亭上。南人僧寮偃卧，忽出门呼甸曰：“子有可止，已溢数矣！”急视之，正百千余八百也。

南昔至通州，郎官范之才以言巢湖有鼎非是被责，来问休咎。南曰：“更十年当于婺女相见。”范曰：“量移邪？”曰：“作郡守也。”后范罪拔拭，果得婺。闻南在杭，使召之。时相去九年矣，南不肯往，复书曰：“昔年虽有约，然吾自筮二人出城而不出，若往必死。”范连遣使赍酒礼，请意益勤。既度岁，遂行。

过严州，严守周格非问：“吾此去官何地？”曰：“旦夕为假龙，再任仍与范婺州同命。”曰：“复当如何？”曰：“更一官而死。”周大怒，速汤遣去。

至婺，范喜甚。南曰："公当与周严州皆为假龙。"一日，又至曰："某昨通夕不寐，细推之，公来日当拜命。然某适当死，使巳时至，犹及旅贺公，迁延可至午，缓则无及矣。"范曰："先生何遽至此？"来日复谒范，屏人语曰："告命且至，偶使人未到城二十里，为石踠足，愿选一健步者往取之。"范曰："某备位郡守，无故为此举，岂不被邦人所笑！兼邸报尚未闻，不应如是之速。"曰："某忍死相待，何惜此！"范即命一卒曰："去城二十里外，遇持文字者，急携来。"遂解带款语，令具食。移时，所遣卒流汗而至，拜庭下，大呼曰："贺龙图！"取而观之，乃除直龙图阁告也。时王黼为相，促告命付婺州回兵，仍令兼程而进，故外不及知。少顷，南促馔，遂食。食已，范入谢亲。南趋至客次，使下帘，戒曰："诸人敢至此者，当白龙图挞治。"范家人喜抃，争捧觞为寿。良久方出，急召南，已坐逝矣。

南在杭，与家君善，尝欲以其书传授，家君不领。南无子，既死，其学遂绝云。

【译文】邵南是严州（今浙江建德）人，读了很多书，最喜爱《天文》《五行志》。精通遁甲之术，占卜预测极神。但是他爱喝酒使性子，当面给人难堪，大家都认为他很狂。

徽宗宣和四年（1122），他到了临安（今浙江杭州）。尚书胡直孺正以秘阁修撰的身份担任两浙转运使，听到他的名声，就请他为自己占卜。邵说："六十天以内你会改职任发运使，接替一个姓陈的人。"

这时，太尉郭仲荀任两浙路兵马钤辖，想仿照三路的方式与监司序官次。尚书蔡嶷任杭帅，常常压制他，每天要在台阶下行礼，然后才能坐下。郭心中很生气，就向朝廷请求退休，也请来邵南为他预测将来。邵说："等到胡修撰任命发运使以后四十天，您也可以到北方某郡任职，官衔内有'安抚'的字样，但不是作帅。"郭说："我已经请求退休，怎么会有这种事！"

才过了五十七天，发运使陈亨伯被召入京，胡直孺代任。郭备设酒宴请邵南，又一次问他。邵南回答："这次的卦象和上回一样，没有退休的迹象，上次的话一定不会错！"不久，朝廷的文告下达，郭以原来的官阶退休。又去问邵南，他回答的仍和开始一样。郭很生气，拿出文告让他看，邵南面色有些尴尬，说："如果是这样，那我也不能解释。"这时，碰巧谭稹和郭仲荀关系不错，向朝廷推荐，没有十天，郭就以原来的官阶重新被任命为代州（今山西代县）知州，兼沿边安抚司公事。

中丞翁彦国任职金陵（今江苏南京），到杭州拜访胡直孺，正巧邵南也在座，于是胡就谈起邵南料事如神。翁问邵钱塘会有什么事，邵在桌上写了个大"火"字。翁说："最近城中已经有火灾了。"邵说："大祸并没有平息呀！不出三天我的话会应验。中丞会亲眼见到的，将来你会到这里做长官。"翁听后不敢外传，当时是十二月五日。

第二天，蔡嶷过生日，大肆奏乐设宴。碰上京城一带的守军被按期替换回杭州，他们手中有些朝廷犒赏的丝绸。蔡在集市上贴告示，不许人买，官府想用低价收购，士兵们都很生气。到了夜里，州府中好几处着火，士兵们想趁蔡出来救火时杀了他。蔡已经喝醉了，他知道事情已经闹大，就爬墙逃到巡检寨中，家里的人都跑到中和堂避难，于是州府全部烧成灰烬。

翁这时还没走，他去见蔡嶷说："两天前见到邵先生说这件事，我还不敢相信，现在果然是这样！”蔡一向不喜欢占卜，听后就试着请邵来问前程。邵说：“十五天内，会移官到别的京城。”蔡说：“莫非是要做分司吗？为什么这么急！”过了两天，蔡嶷被言官弹劾，罢官为南京（今河南商丘）鸣庆宫的提举。不久，又被免去龙图阁直学士，按期领命去了。

翁彦国镇守杭州，提举常平官许子大的侄子到吏部转官，很长时间没有回来。侄媳妇告诉子大，子大就让她去拜见邵南问问情况。邵南批道：“您的侄儿已经出京，途中遇到舅舅邀他到洛阳（今属河南）差遣。现在依靠一个有两个“火”字的人到州里做官。州名有“水”字旁，一定是滨州（今山东滨县）。不是县官，曹官而又要兼管狱讼，那一定是士曹掾。”子大说：“邵生的话大多很准，但这一次也太离谱了。”一个多月后，侄子来信说：“已经出了汴京水门，碰到舅舅极力邀我到洛阳差遣，只好让开店铺的人带信给你们。”大家已经为邵南的话应验而吃惊。一会儿，又得到官报，侄子果然被授滨州的士曹掾，兼任左推院，是他的叔叔名“炎”的给予的。

邵南和衢州（今浙江衢县）人郑甸是酒友。郑甸喜欢赌博，不过输赢都不过几千钱。邵南说：“你赌博都是些小赢，不顶事。可准备十万钱，召集能与你不相上下的赌徒，我替你选一天和他交手，一定会赢。”郑说：“我的衣袋中空空的，怎能筹来钱呢？”邵说：“我可以把钱借给你。”到了那一天，大家在灵隐山前的冷泉亭中聚赌。邵南走进僧舍躺下休息，过了一阵子，他忽然出门叫郑甸说：“你应该停手了，赢得钱数已经超过。”急忙查看，已经整十万还多了八百。

邵南以前曾经到过通州（今江苏南通），郎官范之才因为上奏巢湖有鼎，结果不实被责罚，他找邵南卜问吉凶。南说：“再过十年我们会在婺州（今浙江金华）相见。”范问：“是贬谪后再移官吗？”邵说：“要去做太守。”后来范的处分被免除后果然做了婺州的知州。他听说邵在杭州，就派人去请邵。这时距第一次相见已经九年了。邵南不肯去，回信说：“当年虽然有信约，但是我自己算了算，二人入城而不出，如果去了一定会死。”范接连派人送来酒礼，邀请的愈来愈迫切。等到过完年，邵南才上路。

经过严州（今浙江建德）时，严州太守周格非问：“我这次任满后要到哪里做官？”邵说：“你最近就会担任龙图阁，再任仍和范知州同命。”问：“然后会怎么样？”邵答：“再转一次官就会死去。”周大怒，马上送茶让邵离开。

到了婺州，范非常高兴。邵南说：“您会和周严州一起担任龙图阁。”一天，邵南又见范说：“我昨天整夜都没有睡觉，细细地推算，您明天就会有任命，然而我也会明天死去。如果使者巳时（九时—十一时）赶到，还来得及和大家一起祝贺您，最多可以拖到午时（十一时—十三时），再晚我就赶不上了。”范说：“先生怎么突然说这些话！”第二天又去拜访范，让下人走开后对范说：“任命的文书就要到了，不过使者在离城二十里的地方不小心被石块扭了脚，希望派一个走得快的人去取回来。”范说：“我现在做知州，无缘无故这样做，会被州里人讥笑的！况且朝廷的官报还没听说有这回事，不应该像你说的这样快。”邵说：“我现在忍死等着这件事，怎么就不愿这样做呢！”范马上命令一个士兵说：“到城外二十里外，如果碰到一个带文告的人，尽快带来。”两人就解带交谈，让奴仆准备饭菜。不久，派的那个士兵汗流满面的回来了。他在院中下拜，大声说：“恭贺龙图。”拿来文告观看，正是任命范担任龙图阁的文告。当时王黼做宰相，紧急文告命令交给婺州的回兵，让他日夜兼程赶路，所以外人都不知道。一会儿，邵南催促备饭。吃完以后，范进内宅礼谢父母，邵走进客房，让人放下帘子，告诫大家说：“你们谁敢进这房中，我就告诉龙图惩罚你们。”范的家里人都很高兴，争着举杯祝贺，范很长时间才出内室，急忙请邵南，邵已经坐在那里死去了。

邵南在杭州时，与我父亲关系很好。曾经想把他的书相传授，我父亲不接受。邵南没有儿子，死了之后，他的妙算就失传了。

卷第四（十六事）

扫码听谦德
君为您导读

郑邻再生

绍兴十四年三月四日，江东宪司驺卒郑邻久疾，梦二使追之，曰：“大王召。”行数十里，楼观巍然。使引之登阶，入朱门，庭下列男女僧道，鸡犬牛羊。殿前挂大镜，照人心腑历历可见。

顷之王出，二使拥邻，声喏追到郑邻，王问何处人，何事到此，邻俯首答曰：“本贯信州，被追来，不知何故。”王命将到头事祖来，以笔点一字，顾吏曰：“又却是此邻字，莫误否？”判官携符前曰云：“合追处州松阳郑林。”王曰：“若尔，则不干此人事，教回。”复命检勾生死簿，称邻寿尚有一纪半，遂呼邻前曰：“看汝是一善人，在生曾诵经否？”邻曰：“默念《高王经》，看本念《观世音经》。”王曰：“汝视此间因不作善事。”邻举首观殿下铁柱，系者甚众，五木被体，羸瘠裸立，绝无人状。柱上立粉牌志其罪，某人咒诅，某人杀生，某人斗杀。狱户施金钉，图大海兽张口衔之，两庑皆鞫狱官，内有戴牛耳幞头者，周览而旋。王曰："汝已见了，还生时依旧积善。若见戮人，只念阿弥陀观世音佛名，令渠受生，汝得消灾介福。"邻曰："领圣旨。"遂退。

行数步，回首已无所睹，唯一叟白衣柱杖。邻问去饶州路，叟以杖指之："由此而左，得路宜极行，稍缓有豺虎虫虺之毒。"邻忧挠奔回，遂寤，遍体流汗。乃初六夜矣。

【译文】高宗绍兴十四年（1144）三月四日，江东宪司有一个赶车的仆人叫郑邻，他已经病了很久。这天，他梦到两个使者拘拿他，说："大王召见。"走有几十里，看到一处楼台巍峨雄伟。使者带着他登上台阶，走进朱红大门。庭院中排列着有男有女的僧人、道士，还有鸡、犬、牛、羊。殿前挂着一面大镜，可以照出人的内脏，一件件看得很清楚。

一会儿，大王走出来。两个使者拥着郑邻上前叩拜，说是已经抓到郑邻。大王问："你是什么地方的人？为了什么事到这里？"郑邻低头回答："籍贯是信州（今江西上饶），是被抓来的，不知道什么原因。"大王命手下把档案拿来从头细查，用笔点着一个字，看着书吏说："却是这个'邻'字，莫非错了吗？"判官拿着书册上前禀告说："应该拘拿的是处州松阳（今属浙江）的郑林。"大王说："如果这样，就不关这个人的事。让他回去吧！"又命查看一下生死簿，说郑邻还有十八年的寿限。就叫郑邻上前，说："看你的样子是个善人。活着时曾经诵经吗？"郑回答："能默诵《高王经》，看着书诵《观世音经》。"大王说："你看这里的囚犯不做善事的下场。"郑邻抬头看殿下的铁柱上，捆着许多人，都是刑具在身，骨瘦如柴，一个个光着身子，没有人样。柱子上有粉牌写着他们的罪状。有人咒骂，有人杀生，有人斗殴杀人。牢狱大门上满布金钉，上面画着大海兽张嘴衔着。两边走廊上有许多审案的官员，其中有带着牛耳软巾的。看了一遍回来，大王说："你已经都看到了，回去后要依然积善。如果见到杀人，只要口诵阿弥陀观世音菩萨的名字，让他能够转生善处，你就可以消灾存福。"郑说："领圣旨。"就退了下来。

他离殿走了几步，回头看什么都不见了，只有一个白衣老人拄拐杖站在那里。郑邻问去饶州（今江西波阳）的路，老人用拐杖指着说："从这里向左，找到大路就快步，稍微慢些就会受到豺虎蛇蝎的伤害。"郑惊慌奔跑，结果就醒了，浑身大汗淋漓。这时已经是初六的夜晚了。

吴小员外

赵应之，南京宗室也，偕弟茂之京师，与富人吴家小员外日日从游。春时至金明池上，行小径，得酒肆。花竹扶疏，器用罗陈，极萧洒可爱，寂无人声。当垆女年甚艾，三人驻留买酒。应之指女谓吴生曰："呼此侑觞如何？"吴大喜，以言挑之，欣然而应，遂就坐。方举杯，女望父母自外旧，亟起。三人兴既阑，皆舍去。时春已尽，不复再游，但思慕之心，形於梦寐。

明年相率寻旧游，至其处，则门户萧然，当垆人已不见。复少憩索酒，询其家曰："去年过此，见一女子，今何在？"翁媪颦蹙曰："正吾女也。去岁举家上冢，是女独留。吾未归时，有轻薄三少年从之饮，吾薄责以未嫁而为此态，何以适人？遂悒怏不数日而死，今屋之侧有小丘，即其冢也。”三人不敢复问，促饮毕，言旋，沿道伤惋。

日已暮，将及门遇妇人幂首摇摇而前，呼曰：“我即去岁池上相见人也，员外得非往吾家访我乎？我父母欲君绝望，诈言我死，设虚冢相绐。我亦一春寻君，幸而相值。今徙居城中委巷，一楼极宽洁，可同往否？”三人喜，下马偕行。既至，则共饮。吴生留宿。

往来逾三月，颜色益憔悴。其父责二赵曰：“汝向诱吾子何往？今病如是，万一不起，当诉於有司！”兄弟相顾悚汗，心亦疑之。闻皇甫法师善治鬼，走谒之，邀同视吴生。皇甫才望见大惊曰：“鬼气甚盛，祟深矣！宜急避诸西方三百里外，倘满百二十日，必为所死，不可治矣！”

三人即命驾往西洛。每当食处，女必在房内，夜则据榻。到洛未几，适满十二旬。会诀酒楼，且愁且惧。会皇甫跨驴过其下，拜揖祈哀。皇甫为结坛行法。以剑授吴曰：“子当死，今归，试紧闭户。黄昏时有击者，无问何人，即刃之。幸而中鬼，庶几可活，不幸误杀人，即偿命。均为一死，犹有脱理耳。”如其言。及昏，果有击户者。投之以剑，应手仆地。命烛视之，乃女也，流血滂沱。为街卒所录，并二赵，皇甫法师，皆絷囹圄。鞫不成，府遣吏审池上之家，父母告云：“已死。”发冢验视，但衣服如蜕，无复形体。遂得脱。（江续之说。）

【译文】赵应之是南京（今河南商丘）的皇家宗室，和弟弟茂之一起住在京城（今河南开封）里，与富家子弟吴小员天天出外游玩。春天，他们到金明池，在小路上看到一处酒家。周围鲜花翠竹繁茂，店内陈设精致，幽静无人，看上去非常舒畅可爱。卖酒的姑娘年轻美丽，三人停下买酒。应之指着姑娘对吴生说："叫她来陪我们喝酒怎样？"吴生很高兴，用话挑逗姑娘，她高兴地答应了，就和大家坐在一起。正在举杯，姑娘看到父母从外边回来，马上离开。三个人兴致顿消，就辞别离开。这时已经到了晚春，三人不再出游，但是对姑娘的思念爱慕，却一直萦绕心头，有时还在梦里出现。

第二年三人又一起到了那家酒店，只见门前萧条冷落，卖酒的姑娘已经不在了。停下来休息买酒，向她的家人打听："去年我们经过这里，见到一位姑娘，她现在那里？"两个老人皱着眉伤心地说："那是我们的女儿。去年全家去上坟，她一个人留下来看店。我们没回来时，有三个轻薄年轻人陪她一起喝酒。我们责备了几句，说她还没嫁人就做这样的事，以后怎么出嫁呢？从此她就闷闷不乐，没有几天就死了，现在屋旁的那个小土堆，就是她的坟呀。"三个人不敢再问，互相催促喝完酒就回去了，一路感伤叹息。

傍晚时分，三个人就要到家，见到一个女子蒙着面纱轻盈地走来，说："我就是去年在金明池和你们见面的那位姑娘，员外莫非是去我家看望我吗？我的父母想让您绝望，就骗您说我死了，还建了一个假坟来让您相信。我也是一个春天都在找您，幸亏在这里遇上了。现在我搬到城中的一条小巷里居住，小楼宽敞整洁，能不能一同前去呢？三个人很高兴，就下马和她同行。到了就共同饮酒。吴生当晚住了下来。

来往了三个多月，吴生的脸色越来越憔悴。他父亲责备赵家兄弟说："你们先前引诱我儿子去那里？现在病成这样子，万一卧床不起，我就到官府告你们！”兄弟二人面面相觑，吓得汗都流了出来，心里也觉得这件事古怪。听说皇甫法师善于治鬼，跑去拜访他，邀他一同去看吴生。皇甫法师一见吴生，大吃一惊说：“你身上鬼气很盛，被鬼作祟已经很深。要立即躲到西去三百里以外，如果满一百二十天，一定会被鬼害死，不可救治！”

三个人马上动身到洛阳去，一路上每当吃饭住宿，那个女子一定会在房中出现，夜里就睡在床上。到洛阳不久，就到了一百二十天。三人到酒楼上诀别，又愁又怕。恰好碰上皇甫法师骑驴过楼下，就跪下去行礼哀求。皇甫法师为吴生结坛行法，把一柄剑交给吴生说：“你就要死了。现在回去，试着关紧门窗。黄昏时会有人敲门，不要问什么人，用剑刺他。侥幸刺中鬼，可能会活下来，不幸误杀了别人，就到官府偿命。横竖都是一死，这样做也许会解脱。”吴生就按法师说的去做。到了黄昏，果然有敲门的，用剑刺去，那人随手倒地。让人点蜡来看，就是那个女子，鲜血流了一地。吴生被巡逻的士兵抓获，连二赵，皇甫法师都关在狱中。因为事涉人鬼，案子无法审问，官府派人到金明池姑娘家去问，她的父母说：“已经死了”挖开坟验看，只有衣服却没有尸体，就把他们无罪释放。

鼠　灾

绍兴丙寅夏秋间，岭南州县多不雨，广之清远，韶之翁源，英之贞阳，三邑苦鼠害，虽鱼、鸟、蛇、皆化为鼠。数十成群，禾稼为之一空。贞阳报恩寺耕夫获一鼠，臆犹蛇纹。渔父有夜设网，旦得数百鳞者，取而视之，悉成鼠矣。逾数月始息，以是米价翔贵。次年秋始平。（僧希赐说。）

【译文】高宗绍兴十六年（1146）夏秋之间，五岭以南的州县大多没有雨。广州的清远（今属广东），韶州的翁源（今属广东），英州的贞阳，（今广东英德），三县被老鼠侵害，就是鱼、鸟和蛇，也都变成老鼠，成群结队，庄稼被吃得干干净净。贞阳报恩寺有个农夫抓到一只老鼠，胸脯上有蛇纹。有一个渔夫夜里架网，早上捕到几百条鱼，拿出来一看，全部都变成了老鼠。过了几个月鼠灾才平息，从此粮价飞涨，一直第二年秋天才降了回来。

李乙再生

李乙，字申叔，京师人，元名象先。政和中，通判池州，为梅山寺主僧可久言，前二年因病亟，梦人（以下宋本缺一页）。二十六日也。（余因说）

蒋保亡母

乡人马叔静之仆蒋保，尝夜归，逢一白衣人，偕行至水滨，邀同浴。保已解衣，将入水，忽闻有呼其姓名者，声甚远。稍近听之，乃亡母也。大声疾言曰："同行者非好人，切不可与浴。"已而母至，即负保急涉水至岸。值一民居，乃掷於竹间。

居人闻外有响，出视之，独见保在，其母及白衣皆去。（叔静弟登说。）

【译文】同乡马叔静的仆人叫蒋保。一次，他夜晚回家，路上碰到一个穿白衣服的人，就同路走到了河边，那人邀蒋下河洗澡。蒋保已经脱去衣服，正要下水，忽然听到有人叫他的名字，声音很远。渐渐近了再听，原来是他死去的母亲。蒋母大声呼道："同路的不是好人，千万不可和他一同洗澡。"一会儿，蒋母到了，就背起蒋保很快趟过了河。到了一家住户前，就把他扔在竹林中间。

那家人听到外面有声音，出来查看，只见到蒋保还在，蒋母和白衣人都走远了。

俞一公

俞一公，字彦辅，徽州婺源人。使气陵铄乡里，小民畏法不敢与之竟者，必以术吞其赀，年益老，不改悔。

绍兴壬戌岁，大病，时作马嘶。一日，家人皆不在侧，彦辅忽起阖户，外人闻咆掷声，亟入视，则彦甫手足皆成马蹄，身首未及化，腰脊已软，数起数仆，不能言。

其家畏恶声彰露，舁入棺而瘗之。

【译文】俞一公，字彦辅，徽州婺源（今属江西）人。经常意气用事，欺负邻里乡亲。遇到那些害怕打官司不敢和他争斗的小百姓，一定想法侵吞他们的财产。年事越来越高，却不知道改过自新。

高宗绍兴十年（1140），他得了场大病，经常学马嘶鸣。一天，家里的人都不在身边，彦辅忽然起身关门，外边的人听到里面乱喊乱叫，投扔东西，急忙进去察看，见彦辅手脚都已变成马蹄。身子和脑袋还没有变，只是腰背已软，几次想起身都摔倒了，也不能说话。

他家人害怕坏名声传出去，就把他抬进棺材埋掉了。

方客遇盗

方客者，婺源人，为盐商。至芜湖遇盗。先缚其仆，以刃剖腹投江中。次至方，方拜泣乞命。盗曰："既杀君仆，不可相舍。"方曰："愿一言而死。"问其故，曰："其自幼好焚香，今箧犹有水沉数两。容发箧取之，焚谢天地神祇，就死未晚。"许之。移时，香尽。盗曰："以尔可悯，奉免一刀。"只缚手足，缒以大石，投诸水。

时方出行已数月，其家讶不闻耗。一日忽归，妻责之曰："尔既归，何不先遣信？"曰："汝勿恐。我某日至芜湖，为贼所杀，尸见在某处。贼乃其人，今在其处，可急以告官。"妻失声号泣，遂不见。

具以事诉于太平州，如其言擒盗。（二事皆县人李镛说。）

【译文】方某，婺源人，是个盐商，一次，他到芜湖（今属安徽）遇上强盗。强盗先捆起他的仆人，用刀剖开肚子扔进大江。接着就轮到了方，方哭着跪拜请求饶命。强盗说："已经杀了你的仆人，不能放过你。"方说："希望让我说句话再死。"强盗问他理由，方说："我从小就喜好烧香。现在箱中还有几两沉水香，请让我开箱取出来，焚香祭拜天地众神，然后再去死也不晚。”强盗答应了。一会儿，香烧完了。强盗说：“因为你让人可怜，让你免受一刀之苦吧。”就捆住他的手脚，缒上大石头投进江中。

此时方出门做生意已经几个月，他的家人为听不到他的消息而不安。一天，方忽然到家，他的妻子责备说：“你既然能回来，为什么不事先派人送封信呢？”方说：“你不要害怕。我某天在芜湖被贼人杀害。尸体现在某地。杀我的贼人是某某，目前在某处。你可以马上去报官。”妻子放声痛哭，方某就不见了。

方妻到太平州（今安徽当涂）上告，按照方某的话，抓获了强盗。

水府判官

齐琚，字仲玉，饶州德兴人。温厚好学，家苦贫，教生徒以自给。

绍兴丁卯，就馆于同邑董时敏家。约已定，过期不至，董遣书促之。才及门，闻哭声，则琚死两日矣。

琚所善汪尧言：“琚以去年季冬得疾，梦人持文书至，曰：‘某王请秀才为水府判官。’发书视之，中云：‘不得顾父母，不得恋妻子。’琚与约正月十三日当去。既觉，语家人曰：‘我明年正月十三日死。’自是谢医却药，食饮尽废，时时自言曰：‘彼中大有好处，那能久住此！’家人初窃忧之，至期虽无它，然自此遂困殆，不复语。又八日，乃不起。”（尧说。）

【译文】齐琚，字仲玉，饶州德兴县（今属江西）人。他性格温和厚道，喜爱读书，家里非常贫寒，靠教学生养活一家。

高宗绍兴十七年（1147），他到同县董时敏家里教书。双方已经定约，但过期了他还没到。董派人送信催促他。送信人才到齐家门口，就听到里面的哭声，原来齐琚已经死去两天了。

齐琚的好友汪尧说："齐从去年十二月就得病，梦到有人拿着文书前来，说："大王请秀才任水府判官。"打开信一看，其中写着："不能舍不得父母，不能留恋妻子儿女。"齐琚和他约好正月十三日前去，梦醒之后，齐对家人说："我明年正月十三日死。"从此谢绝医生，不再服药，连饮食也停止了。经常自言自语说："那里大有好处，怎能在这里长住！"家中的人开始心中很忧虑，到了正月十三虽然人没有死，但从此就濒于垂危，不再能说话。又过了八天，才死去。"

陈五鳅报

秀州人好以鳅为干，谓於水族中性最暖，虽孕妇病者皆可食。

陈五者，所货最佳，人竞往市，其徒多端伺其术，不肯言。后得疾，踯躅床上，才著席，即呼謈，掖之使起，痛愈甚。旬日死，遍体溃烂。

其妻方言："夫存时，每得鳅，置器内。如常法用灰盐外，复多拾陶器屑满其中，鳅为盐所蜇，不胜痛，宛转奔突。皮为屑所伤，盐味徐徐入之，故特美。今其疾宛然如鳅死时云。

【译文】秀州（今浙江嘉兴）人喜爱把泥鳅制成肉干，说是在水产中它的物性最暖。即使是孕妇和病人都可以吃。

有个叫陈五的，制的干最好，大家都争着买。那些卖鳅干的人用尽手段打听他的制作方法，他不肯讲。后来陈五得了一种病，在床上翻来覆去。身体才沾席，就马上叫疼，搀扶他起来，疼得更加厉害。十天陈五就死去了，死的时候全身溃烂。

他的妻子这时才说："丈夫活着时，每次得到泥鳅，就放在罐子中，除了按一般方法放入盐外，又加进许多陶器的碎屑。泥鳅被盐水浸蜇，忍不住痛，在罐中扭动着乱钻。鳅皮被陶屑划伤，盐味就慢慢地渗入肉中，所以特别好吃。现在陈五的病状就好像泥鳅死时的模样。

侯元功词

侯中书元功（蒙），密州人。自少游场屋，年三十有一，始得乡贡。人以其年长貌侻，不加敬。有轻薄子画其形於纸鸢上，引线放之。蒙见而大笑，作《临江仙》词题其上曰："未遇行藏谁肯信，如今方表名踪。无端良匠画形容，当轻风借力，一举高空。才得吹嘘身渐稳，只疑远赴蟾宫，雨余时候夕阳红，几人平地上，看我碧霄中。"蒙一举登第，年五十余，遂为执政。

【译文】中书侍郎侯蒙是密州（今山东诸城）人。他从年轻时就读书应举，三十一时才中了乡贡。别人因为他年纪大长得又难看，对他很不礼貌。有个轻薄的年轻人把他的模样画在风筝上，拉线放在空中。侯蒙见大笑，写了一首《临江仙》题在风筝上。"未遇行藏谁肯信，如今方表名踪，无端良匠画形容，当风轻借力，一举入高空。才得吹嘘身渐稳。只疑远赴蟾宫。雨余时候夕阳红，几人平地上，看我碧霄中。”侯蒙后来一举考中，五十多岁就做了中书侍郎。

驿舍怪

侯元功自密州与三乡人偕赴元丰八年省试，止道旁驿舍室中。四隅各有榻，四人行路甚疲，分憩其上，皆熟寝。

二仆附火坐，闻西北角窸窣有声，灯忽暗。一物毛而四足，如猪状，直登榻嗅士人之面至足，其人惊魇。顷之，方定，物既下，别登一榻，如前，其人亦惊呼。最后至元功卧榻，未暇嗅，如有逐之者，苍黄而下。急窜去，复由西北角而灭。

元功亦觉，呼三人者起食，皆言梦中有怪兽压吾体。不知何物也。仆始道所见，元功心独喜自负。

既入京，元功擢第，而三人者遭黜，俱客死京师云。（高思远说。）

【译文】侯蒙从密州和三个同乡一起赶赴神宗元丰八年（1085）的礼部考试，住在路旁客店房中，屋子四角各有一张床，四个人赶路都很疲乏，分别在床上休息，结果都睡着了。

两个仆人靠着火坐着，听到西北角发出窸窸窣窣的声音，灯忽然也暗了下来。一个怪物长着四只脚，浑身是毛，有些像猪的样子，照直登床用鼻子从头到脚去闻，那人吓得梦中惊叫。一会儿才安定下来。怪物下了床，又上了另一张，仍然又从头到脚闻了一遍，床上的人也吓得梦中大叫。最后到了侯蒙睡的地方，还没来及闻，好像被人驱赶似的，从床上仓皇跳下，急急忙忙逃窜，还是到北角消失了。

侯蒙这时也醒了，就叫三人起来吃东西，他们都说梦中有怪兽压着自己，不知是什么东西。仆人讲了看到的情况，侯蒙心中高兴，觉得好兆头。

到了京城，侯蒙考中，其他三人名落孙山，最后都客死在京城。

孙巨源官职

孙洙，字巨源，年十四，随父锡官京东。尝至登州谒东海庙，密祷于神，欲知它日科第及爵位所至。夜构有告之者曰："汝当一举成名，位在杂学士上。"既觉，颇喜。然年尚幼，未识杂学士何等官，问诸人，人曰："吉梦也。子必且为龙图阁学士。"后擢第入朝，历清近，眷注隆异，数以梦语人。

元丰二年，拜翰林学士，宾客皆贺，孙愀然曰："曩固相告矣，翰苑班冠杂学士，吾其止是乎？今日之命，宜吊不宜庆也。"

才阅月，省故人城外，于坐上得疾。神宗连遣太医诊视，幸其愈，且以为执政，后果愈。上喜，使谓曰："何日可入朝？即大用矣。"省吏闻之，络绎展谒，冠盖填门不绝。孙私语家人："我指日至二府，神言何欺我哉！"临当朝，顾左右曰："我病久，恐不堪跪起，为我设茵褥，且肆习之。"方再拜，疾复作，不能兴，遂扶视之，已绝矣。

孙公在时，尝一日锁院，宣召者至其家，则已出。数十辈踪迹之，得於李端愿太尉家。时李新纳妾，能琵琶。孙饮不肯去，而迫于宣命，不敢留。遂入院，草三制罢，复作长短句，寄恨恨之意。迟明，遣示李。其词曰："楼头尚有三通鼓，何须抵死催人去。上马苦匆匆，琵琶曲未终。回头凝视望处，那更廉纤雨。漫道玉为堂，玉堂今夜长。"或以为孙将亡时所作，非也。（李益谦相之说。相之，孙公曾外孙也。）

【译文】孙洙，字巨源。十四岁时，父亲在京东路（今山东一带）任官。他跟着父亲到任，曾经到登州（今山东蓬莱）拜谒东海神庙，心中向神祷告，想知道日后应举和做官能到哪个等级的情况。夜里梦见有神告诉他："你将来会一试成功，最终官位在杂学士以上。"梦醒之后，心里很高兴。由于年纪还小，不知道杂学士是什么等级，就去询问别人，别人告诉他："这是个吉祥的梦。你将来一定会做龙图阁学士。"孙洙后来考中进士入朝做官，连任清贵而接近皇上的官职，恩宠异常。他也几次把以前梦中的话讲给别人。

神宗元丰二年（1079），官拜翰林学士，兵客都来祝贺。孙面有忧色地说："过去神已经告诉我了。翰林院正是杂学士的最高一级，我大概做官只能到这个位置。今天的任命，应该吊问而不应该庆贺呀！"

过了一个月，孙到城外探望老朋友，在朋友家得了病。神宗接连派大医为他看病，希望他能够痊愈，让他担任执政。后来孙果然好了，神宗很高兴。派使者对他说："哪一天可以上朝？就要大用你了。"中书省的官员们听到这个消息，络绎不绝的前来拜见祝贺，门前官员的车马不断。孙私下对家里人说："我马上就可以任职二府，神的话为什么骗我呢！"就要上朝之前，孙对左右说："我病了很长时间，恐怕受不了上朝的跪拜之礼。替我铺上垫子，还是练习练习吧。”当再次跪拜时，病又发作，不能起身。下人马上前去搀扶，一看他人已经死了。

孙公活着时，一次遇上翰林院休假。宣召的人到他家中时，孙已经出门。十人去寻找，最后在太尉李端家找到。当时李新收了一个侍妾，能弹琵琶。孙听乐饮酒不愿离开，便被朝命催促，不敢停留。到了翰林院，写了三份制诰之后，又填了一首词，寄托自己遗憾的心情。第三天黎明，派人送给李太尉。词道：“楼头尚有三通鼓，何须抵死催人去。上马苦匆匆，琵琶曲未终。回头凝望处，那更帘纤雨。温道玉为堂，玉堂今夜长。”有人认为是孙临死时所写，实际上是错误的。

胡克己梦

胡克己，字叔平，温州人。绍兴庚申应乡举，语其妻曰：“吾梦棘闱晨辰，他人未先进，独先入堂上，今兹必首选。”妻曰：“不然。君不忆《论语》乎?《先进》者，第十一也。”暨揭榜，果如妻言。

【译文】胡克己，字叔平，瘟州（今属浙江）人。高宗绍兴十年（1140）参加考试，对他的妻子说：“我梦到贡院考试清晨开门，其他人还没来及进去，只有我先进去坐在大堂上，这次肯定能考中头名。”妻子说：“不是这样。您不记得《论语》吗?《先进》这一篇是第十一章呀！”后来发榜，果然就像妻子所说。

项宋英

项宋英，温州人，宣和中，浪游婺女，乡人萧德起振为仪曹，馆之书室，与语至夜，留酒一壶曰："我且归，不妨独酌。"

项方弛担疲甚，即就枕，俄有妇人至，与之言，酌巨觥以劝。意其萧公侍儿，不敢狎，不得已少饮，妇人强之使尽。项疑且恐，乃大呼。萧公之弟扩闻之，亟至，扣户问所以，妇人始去。扩入见衾席间皆为酒沾，验之，则向所留酒也。

明日问诸人，乃某官昔年尝殡亡女于此。项即徙室，自是复遇。

绍兴八年试南京，馆于临安逆旅。一夕，在室中终夜如与人对语，同邸者询问，项曰："婺女所见之人，今复来矣。"然亦亡它，又十年方卒。

【译文】项宋英是温州人。徽宗宣和（1119—1125）中期，他浪游到了婺州（今浙江金华）。同乡萧振在婺州任仪曹，就让他住在书房中。一起谈话到了夜里，留下一壶酒说："我就要回去了，你不妨自己喝吧。"

项连日赶路，放下行李后感到很疲乏，马上就睡了。一会儿有个女子来到，和项谈话，并且斟了一大杯酒相劝。项想她是萧公的侍女，不敢过分亲近，不得已稍稍喝了些，那女子却硬逼着他喝完。项又疑又怕，就大声叫人。萧的弟弟萧扩听到了，急忙赶来，敲门问有什么事，那个女子才离去。萧扩进房看到床上，被子上都被酒打湿，仔细查看，原来是萧振留下的酒。

第二天询问别人，才知道过去有位官员曾经房中停放过死去女儿的灵柩。项马上搬出书房，从此就再没见到这位女子。

高宗绍兴八年（1138），项到南京应试，住在临安（今浙江杭州）的旅店中。一天夜里，在房中整夜好像与人对话。同房的人问他，项说："在婺州见到的那位女子，现在又来了。"不过，也没有造成什么妨碍。项宋英又过了十年才去世。

江心寺震

绍兴丙寅岁，温州小民数十，诣江心寺赴诵佛会。或自外入，言江水极清，非复常色，竟出门观之。众僧方坐禅，顾廊庑间有烟焰，惧不敢起。

顷之，黑雾内合，对面不能辨，雷电震耀，两刻而止。观者五人死泥中，余皆不觉。

有行者方在厨涤器，一神身绝长大可畏，引其手以出。将及门，复有一神至，曰："莫错，莫错。"即舍之。复入厨，引一人出，亦陨于外。凡死者六人。（三事皆林熙载宏照说。）

【译文】高宗绍兴十六年（1146），温州（今属浙江）有几十名百姓赶赴江心寺参加佛法会。有人从外面来，说江水非常清澈，不是平常的颜色，大家争着出门观看，和尚们正在坐禅，看到廊上有烟雾火光，害怕不敢起身。

过了一会儿，黑雾渐渐弥漫，对面不见人影，雷鸣电闪，两刻才停了下来。出门看的百姓五个死在泥中，其余的都没有感觉。

有一个信徒正在厨房里洗东西，看到一个神将身材高大异常，让人胆战心惊。拉着他的手就出了厨房，快到大门又有一神来到，说：“不要错了！不要错了！”就放下他，又进厨房拉出一人，后者也死在外面，一共死六个人。

卷第五（二十事。实只十九事）

扫码听谦德
君为您导读

宗回长老

僧宗回者，累建法席，最后住南剑之西岩，道行素高。寺多种茶，回令人芟除繁枝，欲异时益茂盛，实无它心。

有僧不得志于寺，诣剑浦县诉云：“回虑‘经界法’行，茶税或增，故尔。”县知其妄，挞逐之。僧复告于郡，郡守亦素闻回名，不然其言，复挞之。僧不胜忿，诣漕台言所诉皆实，而为郡县抑屈如此，乞移考它郡。漕使下其事于建州，州遣吏逮回。

吏至，促其行，回曰：“幸宽我一夕，必厚报。”吏许为留。回谓其徒曰：“是僧已再受杖，吾若往自直，则彼复得罪，岂忍为此！吾不自言，则罪及吾，吾亦不能甘，不如去此。”僧徒意其欲遁，或有束装拟俱去者。明旦，回命击鼓升座，慰谢大众毕，即唱偈曰：“使命来追不暂停，不如长往事分明。从来一个无生曲，且喜今朝调得成。”瞑目而化。时绍兴十九年。

【译文】僧人宗回，多次担任寺院主持，最后住在南剑州（今福建南平一带）的西岩，道行一向极高。寺中种了很多茶树，宗回让人剪去多余的枝条，希望将来茶树更加茂盛，并没有其他的想法。

有一个僧人在寺中很不得志，就跑到剑浦县（今属福建）告状。说："宗回考虑到'经界法'实行之后，茶税也许会增加，所以要这样做。"县里知道他是胡言乱语，就把他打了一顿赶出去。僧人又告到州里，知州也素来就听说宗回的道行，不听他的申诉，又打了他一顿板子。僧人非常气愤，到转运使司再次上告，说自己讲的都是实话，县、州这样压制他，希望这件官司让其他州郡审理。转运使就把这件事交给建州（今福建建瓯）处理，州里就派官吏捉拿宗回。

州吏到了之后，催促宗回上路，宗说："希望宽限一夜，一定有厚报。"州吏同意了。宗对他的徒弟们说："这个僧人已经两次挨板子，我如果前去讲出自己的理由，那他一定会再次受处罚，我怎能忍心这样做！如果我不去辩解，那就会判我有罪，我也不能甘心。不如离开这里。"徒弟们都想着他是想逃走，有人收拾行装准备和师父一起离开。第二天一早，宗回击鼓升座，先向大家表示慰谢，随即口念偈子道："使命来追不暂停，不如长往事分明。从来一个无生曲，且喜今朝调得成。"合上双目就坐化了。这一年是高宗绍兴十九年（1149）。

义　鹘

绍兴十六年，林熙载自温州赴福州侯官簿，道过平阳智觉寺。见殿一角无鸱吻，问诸僧。僧曰："昔日双鹳巢其上，近为雷所震，有蛇蜕甚大，怪之未敢葺。”

僧因言寺素多鹳，殿之前大松上三鹳共一巢，数年前，巨蛇登木食其雏，鹳不能御，皆舍去。俄顷，引同类盘旋空中，悲鸣徘徊，至暮始散。明日复集。次一健鹘自天末径至，直入其巢，蛇犹未去，鹘以爪击之，其声革革然。少选飞起，已复下，如是数反。蛇裂为三四，鹘亦不食而去。”

林诵老杜《义鹘行》示之，始验诗史之言，信而有证。（二事熙载说。）

又台州黄岩县定光观岳殿前有塔，鹳巢于上。一蛇甚大而短，食其子，其母鸣号辛酸，瞥入海际。少时，引二鹘至，经趋塔表，衔蛇去。（陈灌说）

【译文】高宗绍兴十六年（1146），林熙载从温州到福州侯官（今福州）任主簿。路上经过平阳（今属浙江）智觉寺，看到大殿的一角缺了“鸱吻”，就问僧人，僧人说：“过去有一对鹳鸟在上面做窝，最近被大雷震毁，见到有蜕去的蛇皮很大，觉得怪异，不敢修补。”

于是僧人又讲了一件事，说：“寺中一向有很多鹳鸟，大殿前日松树上有三只鹳共同有一个窝。几年以前，一条大蛇爬上树吃小鹳，大鹳无法抵挡，都飞走了。一会儿，引来许多鹳鸟在空中盘旋，叫声非常悲哀，一直到傍晚才散开。第二天又聚集在一起。接着一只猛鹘从天边一直飞来。扑进巢中。蛇还没有离开，鹘用爪子攻击大蛇，发出很大的声响。过一会儿飞起来，然后再冲进窝中，这样反复了几次。大蛇被分成三、四段，猛鹘没有吃它就飞走了。”

熙载背诵杜甫的《义鹘行》让僧人听，这才明白“诗史”的话，都是真实有凭据的。

又，台州黄岩县（今属浙江）定光观大殿前有一座塔，鹳鸟在上面筑巢。一条身体很短的大蛇吃了小鹳。鹳母悲痛凄厉地叫着，一下子飞向大海。过了一会儿，带着两只鹘飞来，径直飞到塔上，把蛇衔去。

陈国佐

陈公辅国佐，台州人。父正，为郡大吏，归老，居于城中慧日巷。时国佐在上庠。

有僧谒正，指对门普济院曰：“俟此寺为池，贡元当上第。”正曰：“一刹壮丽如此，使其不幸为火焚则可，何由为池？君知吾儿终无成，以是相戏耳。”僧：“不过一年，吾言必验。”

普济地卑下，每春雨及梅溽所至，水流不可行，寺中积苦之。偶得旷土于郡仓后，即徙焉，而故基卒为池，与僧言合。

政和癸巳，国佐遂魁辟雍，释褐第一，后至礼部侍郎。

【译文】陈国佐，字公辅，台州（今浙江临海）人。父亲陈正，曾任州郡长官，退休后住在城中的慧日巷。当时国佐正在京城太学中读书。

有个僧人拜访陈正，指着对门的普济院说：“等到这座寺院成为池塘，贵公子一定会上舍及第。”陈正说：“一座寺院这样壮丽，即使不幸被大火烧毁还可能，有什么理由变为池塘？您知道我儿子最终不会考中，拿这个来给我开玩笑罢了。”僧人说：“不出一年，我的话一定会应验。”

普济寺所在地很低洼，每到春雨和黄梅雨季节，积水流不出去，寺中一向为此很伤脑筋，一次偶然的机会，寺院在郡仓后面得到一片空地，就把寺院迁了过去，原来的地方最终成了池塘，和僧人说的话相符。

徽宗政和三年（1113），国佐在学校名列前茅，以第一名的身份被任官，最后官至礼部侍郎。

巾山菌

台州资圣寺僧觉升，筑庵巾山上。

尝早出户，有大蟒横道，命仆舁去之。是日，偶行松径中，见数菌鲜泽可爱，即摘以归。烹饪犹未熟，蛇以百数，绕釜蟠踞，升大惧，急入室，坐榻上。方欲就枕，则满榻皆蛇，不可复避，而同室僧皆无所睹，升即死。

【译文】台州资圣寺僧人觉升，在巾山上修了一个小庵。

一天早上出门，见到一条大蟒横在道路上，就命仆人抬去。这天，他偶然在松林小路上散步，看到几个蘑菇鲜亮可爱，就摘了回来。蘑菇还没有煮熟，就有几百条蛇绕着锅台盘踞着。觉升非常害怕，急忙跑进房中坐在床上。正想躺下，发觉满床都是蛇，无法躲避，而同屋的僧人都没看到什么，觉升就死了。

许叔微

许叔微，字知可，真州人。家素贫，梦人告之曰："汝欲登科，须积阴德。"许度力不足，惟从事于医乃可，遂留意方书。久之，所活不可胜计。

复梦前人来，持一诗赠之，其词曰："药有阴功，陈楼间处。堂上呼卢，唱六作五。"既觉，姑记之于牍。

绍兴壬子，第六人登科，用升甲恩如第五。得职官，其上陈祖言，其下楼材也，梦已先定矣。呼卢者，胪传之义云。

【译文】许叔微，字知可，真州（今江苏仪征）人。家中一直贫寒，梦到有人对他讲："你想要中举，一定要积阴德。"叔微考虑自己财力不足，只有从医才能这样，于是就钻研医书。时间久了，救活的人不可胜数。

后来，他又梦到以前托梦的那人来了，拿着一首诗赠给他。诗道："药有阴功，陈楼间处。堂上呼卢，唱六作五。"醒了之后，不明白什么意思，只好暂时记在一片木简上。

高宗绍兴二年（1132），中第六名进士，因"升甲"恩优待至第五，被授于官职，他前面的人叫陈祖言，后面的叫楼材，梦中的话全部应验。"呼卢"（原为赌博时欲取胜的大声喊叫）的意思，就是指朝堂唱名。

陈良器

陈良器，好施食。绍兴十一年，子爟为婺州武义尉，迎之官，尝同至郡，忘携食盘。行次，夜梦旧友夏、吕二人者来曰：“连日门下奉候不见，不知乃在此。”觉而言之，方审其故，亟就邸中施焉。（右四事皆陈爟说）

【译文】陈良器喜爱做佛事施舍鬼食，高宗绍兴十一年（1141），他的儿子陈爟被任命为婺州武义（今属浙江）县尉。来迎接陈良器到任上去，一同到州里，可是忘记带施舍的食盘。路上，夜里梦到夏、吕两个老朋友来说：“接连几天去家中拜访都没有见到，不知原来在这里。”醒后谈论，才知道忙中忘记了施舍，马上就在府第中做施舍的事。

人生鳖

予宗人，性喜猎，遇其兴发，虽盛寒暑不废。

末年得疾，背生三物，隐隐皮肉间。数日，头足皆具，俨然三鳖也。已而能动。或以鱼诱之，则其头闯然，如欲食状。稍久，左右啮食，痛不可忍，凡月余而死。

死五日，其灵凭子岳之妇语曰：“我坐好猎，生受苦报，今日犹未已。冥间方遣使追我猎具为证，及其未至，可取罔罟之属急焚之，无重吾罪。”岳如其言，遂去。

时绍兴七年也。

【译文】我的同族中有一人，喜爱捕鱼打猎，遇到兴致大发即使是盛夏隆冬也不停止。

晚年他得了一种病，背上皮肉之间生出三个突起的东西。过了几天，可以看出头脚，俨然就是三只老鳖。不久就能动。如用鱼去引逗它，头就会突然前伸，像是要吞吃的样子。又过了一段，会向左右乱咬，疼得让人无法忍受，过了一个多月他就死了。

死去五天以后，他的亡魂借儿子洪岳妻子的嘴说："我因为喜爱捕鱼捉鳖，活着时受罪报应，现在还不算完。阴间就要派使者来取我的猎具作为证据，趁他们还没有到，马上把我的渔网和捕鳖的工具都烧毁，不要再加重我的罪。"洪岳按照他的话去做，然后他才离开。

这时是高宗绍兴七年（1137）。

黄平国

黄衡，字平国，建州浦城人。绍兴十年，自秘书省正字出通判邵武军，未赴任而卒。

卒之三年，里人有为商而死于宣城者，其家未知，魂归附语家人曰："我某月某日以疾终于宣州，从行某仆实殡我，殓时仓率，遂遗一履。既入幽府，遇黄省元（即衡也）怜我跣足行，以鞋一緉与我，仍令一介引我归，是以至此。"家人曰："黄公今何在？"曰："现判阴间一司，极雄紧。"家人方持泣，遽舍去。

其子即日往宣州取丧，欲火之，后棺验视，果跣一足。

【译文】黄衡，字平国，是建州浦城（今属福建）人。高宗绍兴十年（1140），以秘书省正字到郡武军（治所在今福建邵武）任通判，还没有到任就死去了。

黄死了三年以后，同乡有个人经商死在宣城（今属安徽），他的家人还不知道。商人的鬼魂回到家中附在一人身上说："我某月某日因病死在宣城，跟我一起去的那个仆人把我收殓，由于仓促紧迫，穿衣时掉了一只鞋。到了阴间，遇到黄省元（贡举礼部试第一名）可怜我光脚行路，就送给我一双鞋，又命一个人带我回来，因此我才能到家。"家人问："黄公现在哪儿？"回答说："现在在阴间一个司里任判官，职权非常重要。"家人正拉着他哭泣，他突然就离开了。

他的儿子当天就到宣州取丧，准备火化时，打开棺材查验，果然光着一只脚。

闽丞厅柱

绍兴己巳二月二十五日，福州大雷雨。

闽丞薛允功未明起，闻霹雳声甚近。及旦，厅事一柱已斧为三，附栋椽泥皆坠，碎土如爪迹，印于书几及狼藉西庑间。时将迓新丞，胡床雨盖之属皆倚柱侧，意必震动，乃徙在壁下，略无所损。

先是，薛之子尝见一青蛇入柱下，戏掣其尾，不可出。既震，皆疑其物盖龙云。（薛丞说。）

【译文】高宗绍兴十九年（1149）二月二十五日，福州下了场大雷雨。

闽丞薛允功天不明就起了床，听到霹雳声很近。到了天明，看到大厅的一根柱子已经断为三截。和柱子相连的椽子以及房上的泥土都落了下来，碎土上像有爪子的痕迹，印在书桌以及散乱在西庑之间。这时将要迎接新丞，胡床、雨盖等一些用品都放在柱子旁边，想着一定会震坏，就搬到了墙下，谁知一点也没有受损。

先前，薛的儿子曾经看到一条青蛇爬入柱子下面，他开玩笑去拉蛇的尾巴，却拉不出来。柱子被震断后，大家都疑心那条蛇就是龙的化身。

皮场大王

席旦，字晋仲，河南人，事徽庙为御史中丞，后两镇蜀。政和六年，终于长安。

其子大光（益）终丧后，调官京师。时皮场庙颇著灵响，都人日夜捐施金帛。大光尝入庙，识其父殓时一履，大惊怆。既归，梦父曰："我死即为神，权势甚重，不减在生作帅时。知汝苦窘用，明日以五百千与汝。"大光悸而寤。闻扣户声甚急，出视之。数卒挽一车，上立小黄帜云："皮场大王寄相公钱三百贯。"置于地而去。时正暗，未辨色，犹疑之。既明，乃真铜钱也。

大光由此自负，以为必大拜。绍兴初参知政事，后以大学士制置四川，蜀人皆称为席相公。已而丁其母福国太夫人忧，未除服而薨。（严康以子祁说。）

【译文】席旦，字晋伸，是河南人。他在徽宗朝任御史中丞，后来两次镇守蜀地。徽宗政和六年（1116）死在长安（今陕西西安）。

他的儿子席益守孝期满，调任京城（今河南开封）。当时皮场庙以灵验名气很大，京城的人每天都有捐施钱财的。席益一次进庙，认出了收殓父亲时的一只鞋，他又惊又悲。回家后，梦到父亲说："我死后就成为神，有很大的权势，丝毫不比活着时做帅守差。我知道你生活窘困，明天会给你五百贯钱。"席益吃了一惊就醒了，这时听到敲门声很急，就开门去看。见几个小卒拉着一辆车，上面插着一面小黄旗，写着"皮场大王寄席相公钱三百贯。"放在地上就离开了。当时天还较黑，看不清钱的颜色. 心里还有些怀疑。天明之后，看出果然是真的铜钱。

从此席益就很自信，认为将来一定会被朝廷重用。他高宗绍兴初年担任参知政事，后来以大学士的身份任四川的制置大使，蜀地人都叫他"席相公"。不久，他为母亲福国太夫人守孝，还没有除去孝服就死去了。

蒋通判女

钱符，字合夫，绍兴十三年为台州签判，往宁海县决狱。

七月二十六日，憩于妙相寺，方凭案戏书，有掣其笔者，回顾无所见。是夜睡醒，觉床前仿佛似有物，呼从卒起张灯，作誓念诘问，遂不见。

次夜复至，立于故处。符问之："若果是鬼，可击屏风。"

言未既，自上至下，凡击数十声。符大惧，命燃两炬于前，便有大飞蛾扑灯灭。物踞坐蹋床上，背面不语。审视，盖一妇人，戴圆冠，著淡碧衫，系明黄裙，状绝短小，久之不动。符默诵天蓬咒数遍，遽掀幕而出。宿直者迭相惊呼，问其故。曰：“有妇人自内出，行甚亟，践诸人面以过。”说其衣服，乃向所见者。

符谓已去，且夜艾，不暇徙，复就枕。梦前人径登床，枕其左肩，体冷如冰石，自言：“我是蒋通判女，以产终于此。”强符与合。符力拒之，遂寤。

次日，询诸寺中寓居郭元章者，言其详，与符所见无异。设榻处正死所也。（符说。）

【译文】钱符，字合夫，高宗绍兴十三年（1143）任台州{今浙江临海）签判。一次，他到宁海县（今属浙江）审理官司。

七月二十六日，在妙相寺休息。他在书案前随便写字，忽然觉得有人抽他的笔，回过头来却什么人也没看见。这天晚上睡觉醒来，觉得床前仿佛有东西，就叫跟随的士卒点灯，自己念咒语责问，结果那东西就不见了。

第二天夜里，那东西又来了，就站在昨天的老地方。钱符问它：“你如果是鬼，就拍打一下屏风。”话还没说完，就听到从上到下，总共拍打了几十下。钱符非常害怕，让人在床前点起两只蜡烛，马上就有大飞蛾把灯扑灭。那东西很放肆地背坐在榻床上，也不说话。钱符仔细去看，原来是个女子，戴着圆冠，身穿淡绿色的上衣，系一条明黄色裙子。身材非常矮小，长时间坐在那里动也不动。钱符默念了几遍《天蓬咒》，那女子一下子掀开帷幕走了出去。

外面值夜的人接二连三惊呼。问他们为什么，都说：“有个女子从里面出来，走得很快，从大家的脸上踩了过去。”说起那女子的衣服，就是钱符先前看到的样子。

钱符心想她已经离开，而且夜就要过完，来不及再挪地方，就又躺了下去。梦到先前那女子径直登床，枕在他的左肩上，身体就像冰石那样冷。那女子说：我是蒋通判的姑娘。因为难产死在这里。”接着，硬逼钱符和他交合。钱尽力抵抗，就醒了。

第二天，向暂住在寺中的郭元章打听。郭说起他所了解的情况和钱符见到的完全一样。放床之处正是那女子死的地方。

叶若谷

承信郎叶若谷，洪州人。为铸钱司催纲官，廨舍在虔州。叶不挈家，独处泉司签厅。

绍兴甲子岁正月十六日，未晡时，有女子款扉而入，意态闲丽，前与叶语。初意其因观灯误至，未敢酬，恍惚间不觉就睡。女亦至，则并寝，以言挑之，阳为羞避之状。已而遂合，凝然一处子耳。良久，欢甚。

一老妪自外至，手持钱篋，据胡床箕踞而坐，傍若无人。径趋床揭帐，以两手拊席曰：“你两个好也。”叶疑女家人，惧甚。女摇手掩叶口，令勿语，妪遂退。女迨夜分方去。

自是连日或隔日一至，至必少留，叶犹以为旁舍女子，往来几两月，渐觉羸悴，继得疾惙甚，徙居就医，乃绝不至。

方初见时，著粉青衫，水红绔襦。既久来尝易衣，然常如新，亦其异也。（若谷说。）

【译文】承信郎叶若谷是洪州（今江西南昌）人。任铸钱司催纲官，办公地点在虔州（今江西赣县）。叶没有带家属，一个人住在铸钱司的签厅内。

高宗绍兴十四年（1144）正月十六日，不到申时（下午三时—五时），有个女子开门进来，长得闲雅漂亮，上前和叶交谈。叶开始以为她是因观灯无意走进来的，没敢冒失应酬，但不知怎的恍恍惚惚就想上床睡觉。那女子也到了床上，两人并肩就寝。女子用话去挑逗叶，并且做出害羞推辞的娇态。不久，两人就共携鱼水之欢，那女子原来是个处女。过了很长时间，两人非常欢乐。

后来一个老婆婆从外面进来，她手里拿着一个钱箱，在胡床上大摇大摆在坐下，旁若无人。过了一会儿，她径直走到床前揭开帐子，用两手支着席子说："你们两个好快乐呀！"叶怀疑是女子的家里人，心中非常害怕。女子对叶摆手，然后捂住他的嘴，让他不要说话。老婆婆就离开了。女子等到半夜才走。

从此她每天或是隔天就来一次，到了一定会停些时间，叶一直认为她是附近人家的姑娘。这样往来了近两个月，叶渐渐感到削瘦憔悴，接着就得了病，虚弱得很厉害。从签厅搬出去看医生，那女子就再也不来了。

叶若谷当初见到姑娘时，她上身穿粉青色衣衫，下身是水红的裤子。时间久了也没见她换，但常常像新的一样，这也是一件怪事。

刘氏冤报

高君赘，福州人，登进士第，为檀氏脔婿，生一子。既长，纳同郡刘氏女为妇。生二男一女，而子死。君赟仕至朝散郎，亦亡。

长孙不慧，次孙幼，唯檀氏与刘共处。刘年尚壮，失妇道，与一僧宣淫于家。姑见而责之，刘恚且惧。会姑病，不侍药，幸其死。置蛊以毒姑之二婢，及绝，强殓而焚之。

后数月，刘得疾，日日呼所杀婢名曰："我颐极痛，勿搊我发。"又曰："捶我已多，幸少宽我。"其家问之，曰："阿姑与二婢守笞我。"旬日而死。

其子以祖致仕恩得官，亦不立。今家道萧然。（君赟从子介卿说。）

【译文】高君赟是福州人，考中进士后，成为檀家的女婿，有一个儿子。儿子成人后，娶同州的刘家姑娘为妻，生了两个儿子一个女儿，女儿早亡。君赟官做到朝散郎也故世了。

君赟的大孙子不太聪明，二孙子年纪小，只有婆婆檀氏和儿媳刘氏共同生活。刘氏还年轻，不守妇道，与一个僧人在家中通奸。婆婆见了就责骂她，刘氏又气又怕。后来赶上婆婆有病，刘就不服侍婆婆吃药治病，希望她早死。又放置毒虫去害婆婆的两个丫环，丫环还没有断气，就硬让人收殓并火化了。

又过了几个月，刘也得了病。她天天叫着所害丫环的名字说："我的脸太疼了，不要揪我的头发！"又说："你们鞭打我已经很多了，希望能稍稍饶恕我！"她的家人问她，她说："婆婆和两个丫环守着鞭打我。"十天刘氏就死了。

她的儿子因为爷爷退休的缘故后来被任官，但也没有成就。现在高家的情况非常贫寒。

江阴民

林扬明甫言，绍兴六年，寓民江阴时，淮上桑叶价翔涌，有村民居江之洲中，去泰州如皋县绝近，育蚕数十箔，与妻子谋曰："吾比岁事蚕，费至多，计所得不足取偿，且坐耗日力，不若尽去之，载见叶货之如皋，役不过三日，而享厚利，且无害。"妻子以为然。乃以汤沃蚕，蚕尽死，瘗诸桑下。

悉取叶，棹舟以北。行半道，有鲤跃入，民取之，刳腹，实以盐。俄达岸，津吏登舟视税物，发其叶，见有死者。民就视之，乃厥子也，惊且哭。吏以为杀人，拘系之。鞫同舟者，皆莫知。问其所以来，民具道本末。

县遣吏至江阴物色之，至其家，门已闭。坏壁以入，寂无一人。试启蚕瘗验之，又其妻也，体已腐败矣。益证为杀妻子而逃。无以自明，吏亦不敢断，竟毙于狱。

此事与《三水小牍》载《王公直事》相类。

【译文】林明甫说了一件事，高宗绍兴六年（1136），他在江阴（今属江苏）寓居时，淮河一带桑叶价格飞涨。有一个村民住在长江中的小洲上，离泰州如皋县（今属江苏）非常近，家中养了几十箔蚕。一天，他与妻子商量说："我每年养蚕，费用都非常多，最后算一下收入还不够本，而且天天都要花费很多力气。不如把蚕全部处理，拉上桑叶到如皋去卖。劳累不会超过三天，赚到的钱却很多，又不会有什么损害。"妻子同意他的话。就用开水把蚕烫死，全部埋在了桑树下。

村民摘取了全部的桑叶，驾船到江北去。走到半道，有一条鲤鱼跳上船头。村民抓到后，剖开肚子，用盐淹上放了起来。一会儿到了岸边，渡口的小吏上船看看有什么要上税。他们扒了扒桑叶，看到有个死人。村民靠近去看，原来是他的儿子，他非常吃惊，放声痛哭。小吏认为他杀了人，就扣押了他，审问同船的，大家都不清楚。问村民从哪里来，他详细地讲了事情的经过。

县里派了官吏到江阴所辖的小洲上调查。到了村民的家，房门紧紧关闭。官吏破门而入，发现家中静悄悄地没有一个人。又试看挖开埋蚕的地方去查验，里面却是村民的妻子，身体已经腐烂发臭。这些更加证明村民是因为杀了老婆孩子而逃跑的。村民没有证据为自己辩白，县吏也不敢审理，最后他死在了狱中。

这件事与唐代皇甫枚《三水小牍》一书中的《王公直事》相类似。

蛇报犬

世传犬能禁蛇，每见，必周旋鸣跃，类巫觋禹步者。人误逐之，则反为蛇所啮。

林明甫家犬夜吠，烛火视之，见一蛇屈蟠，犬绕而吠。凡十数匝，蛇死，其体元无所伤，盖有术以禁之也。

林宏昭言：“温州平阳县道源山资福寺有犬名“花子”，善制蛇。蛇无巨细，遇之必死，前后所杀以百数。一日，大蟒现于香积厨，见者奔避。僧急呼花子，令噬之。未及有所施，蛇遽前迎啮其颔，犬鸣号宛转，须臾，死于阶下。蛇亦不见。岂非其鬼所为乎？物类报复盖如此。

【译文】世人传说狗能够克制蛇。每次见到蛇，狗一定会绕着圈子又叫又跳，好像巫师作法时走的步子一样。假如有人不明白错把狗赶开，那他反而会被蛇咬。

林明甫家有条狗夜里狂叫，点亮灯火去看，见一条蛇盘在地上。狗绕着它叫，共绕了十几圈，蛇就死了。可蛇的身体却没有丝毫伤痕，这是因为狗有办法克制蛇呀。

林宏昭说："温州平阳县（今属浙江）道源山资福寺中有一条狗叫"花子"，长于降蛇。蛇无论大小，遇到花子一定会死，前后杀死蛇有一百多条。一天，香积厨里发现大蟒，看到的人都跑开躲避。僧人急忙叫花子，让它去咬蟒。花子还没来及动作，大蟒突然上前咬住它的下巴。花子疼得放声长叫，一会儿，就死在台阶下。蛇也突然不见了。莫非这是蛇的鬼魂化身做的事吗？物类也是这样冤相报啊！

蒋宁祖

蒋宁祖者，待制瑎之子，年十四，官至朝请郎。当迁大夫，不肯就。父母强之，不得已自列。既受命，即丐致仕。自是不御朝衣，常著练布道服，请于（按：此下宋本阙一页又五行。）

【译文】蒋宁祖是待制蒋瑎的儿子，十四时，就官为朝请郎。当他被提升为大夫时，却不愿再做官。父母硬要他去做，没办法只好听命。但接受任命后马上就请求退休。从此不穿官服，经常穿着一件粗丝织成的道服。请于……

赵善文

抚州金溪县有神庙，甚灵显，祈请者施金帛无虚日，积钱至二千缗。宗室善文过庙下，心资其利，焚香祷曰："损有余补不足，人神一也。善文至贫，愿神以二十万见假，不然，将白于官，悉籍所有而焚庙。神虽怒，若我何！"既祷，即呼庙祝取钱。祝无辞以却，但曰："神许则可。"善文取杯珓掷之，连得吉卜，再拜谢，运镪以出。

如是十年，梦神来谓曰："曩日所贷，今可偿矣。"梦中窘甚，约以纸钱还之，神不可。曰："此特虚名耳。"又欲倍其数，亦不可。善文计穷，以情告曰："一时失计为之，今实无可偿，愿神哀释。"神沉思良久，曰："必无钱见归，但诵《金刚经》，每卷可折一十，他无以为也。"

既觉而惧，遽斋戒取经讽读。凡三日，得二百过，默祷以谢之，后不复梦。（陈寅伯明说。）

【译文】抚州金溪县（今属江西）有一座神庙，由于非常灵验而名声很大。乞福还愿的每天都施舍很多钱财，积累达二千缗。

宗室子弟赵善文一次经过神庙，看到施舍的钱财就动了心。他焚香祷告说："损有余来弥补不足，人和神都是一个道理。我太穷了，希望神能够借给我二十万。不然的话，我要向官府告状，全部没收这些钱财并且把庙烧掉。上神即使发怒，又能把我怎么样！"祷告完了，马上叫庙祝取钱来。庙祝说不出什么来拒绝，只是讲："神答应了我就给。"赵取来占卜吉凶的珓交去掷，接连几次都是上上签。他再次拜谢，把钱运出了神庙。

这样过了十年，一次，赵梦见神来对他说：“过去借的钱，现在应该偿还了！”赵梦中被逼得毫无办法，就和神商量用冥钱还债。神不同意，说：“这只不过是虚名罢了！”又说可以还加倍的冥钱，神还是不同意。赵无法可想，就把实情老老实实地告诉给神。他说：“我是一时没有办法才做了这件事，现在真的是没钱还债。希望上神能可怜并放过我。”神沉思了很久，说：“真的是没钱还债，只要能念《金刚经》，一卷可以折合十钱。其他就无法可想了。”

赵醒了之后非常害怕，急忙沐浴斋戒，找来《金刚经》诵读。一共念了三天，达到二百遍，又心中向神祷告谢罪，以后再也没有做梦。

林县尉

绍兴初，莆田人林迪功为江西尉。秩满，用捕盗赏改京官，未得调。

时临安多火，士大夫寓邸中者，每出必挟敕告之属自随。林性尤谨畏，纳告袖中，时时视之。初未尝坠失，然每归辄不见，则悬赏三十千求之。不经日，必有得而归之者，如是数四。林亦不能测。

独宿室中，外间常闻人共语者，怪之，不敢问。一夕，辩论喧甚，久之寂然。明旦，门不启，店媪集同邸者发壁以入，已仆于榻上，旁有剪刀股存，盖用此以自刺也。

林初获贼时，两人颇疑似，林欲就其赏，锻炼死之，是以获此报。

【译文】高宗绍兴（1131—1162）初年，莆田（今属福建）人林迪功任江西尉。期满后，用捕盗赏钱活动改任京官，还没有正式任命。

当时临安（今浙江杭州）多火灾，士大夫暂住在旅店中，每次出门一定把朝廷颁发的文书之类随身携带。林的性格尤其谨慎怕事，把文书放在袖中，不时察看。出门在外时并没有丢失，但一回来就找不到，只得悬赏三十贯让人去找。不出一天，一定会有找到送回来的。这样一连发生了四次。林也不知道究竟怎么回事。

林一个人住一间房子，但外面的人常常听到有人和他对话，虽然奇怪，可谁也不敢去问。一天夜里，又听到屋里辩论的声音非常大，过了很长时间才静下来。第二天早上，门没有开。老板娘召集同旅店的人挖开墙壁进去，看到林已经僵卧在床上，旁边还有一半剪刀，大概是用它自杀的。

林当初捕贼时，有两个人只是令人怀疑，证据并不充分。但林为了取得赏金，严刑逼供使他们死去，因此就得到如此报应。

卷第六（十三事）

扫码听谦德
君为您导读

史丞相梦赐器

史丞相登科时，年恰四十矣。未策名之时，清贫特甚。尝当岁除之夕，随力享先。既罢，就寝，梦若在都城，二中贵人乘马来，宣唤甚急，遂随入大殿下。王者正坐，左右金紫侍立，容卫华盛。中贵引趋谒，稽首拜舞，类人间朝仪。殿庭两旁，各设一案，金银器皿罗陈其上，晶莹夺目。未几，殿上人传呼，奉圣旨赐史某金器若干，银器若干，凡四百七十件。史倥偬骇异，莫之敢承。两青衣掖之使拜，乃跪谢而出。中贵复导之还，过巨川高桥，方陟数板，失足坠水，悸而寤。

正旦日，以语其夫人，夫人笑曰："昨夜大年节，民俗所重，我家尚无杯酒脔肉，虚度岁华，安得有金银如是之富？真是奸鬼相戏侮耳。"史亦为之解颜。已而擢绍兴乙丑第，逾一纪，始充太学官。至己卯岁，自秘书郎除司封郎，为建王直讲。财三岁，际遇飞龙在天之恩，遂跻位辅相，穷富极贵三十余年。计前后锡赉，正与梦中四百七十之数同。一时所蒙，荣绝伦辈，决非偶然，神明其知之矣。

【译文】史浩丞相科举及第之时，刚好四十岁。他在没及第之前，家境极为清贫。有一年，除夕之夜，他尽自己的力量操办了一些食物供奉祖先，祭罢祖先他便入睡了，睡梦中他似乎是在京城里，有两个皇宫中的贵人骑着马前来宣召他，催促得很紧，史浩就跟着他们来到一个大殿下面。有帝王模样的人坐在正中间，左右两边站立着服饰华丽、仪容端庄的侍从，场面盛大。两个贵人带着史浩上前求见，叩头拜见的礼节，跟人间的朝拜仪式相似。大殿的厅堂两旁各摆设一个案子，上面摆满各种金银器皿，晶莹耀眼。不一会儿，殿上的侍从人员传出话来，说奉圣旨赏赐给史浩金器多少多少，银器多少多少，共计四百七十件。史浩慌乱而又惊异不敢接受。两个青衣拽着史浩的胳膊让他下拜，史浩这才跪下拜谢，之后便退出来了。两个贵人又带他往回走，途中经过一条大河，刚踏上河桥走了几步，便失足掉落河中，一下把史浩惊醒了。

第二天，正是大年初一，史浩把梦中之事讲给妻子听，他妻子听后笑着说："昨天晚上是大年夜，民间非常重视这个节日，但我们家连一杯酒一片肉也没有，白过了一个年，哪里会有那么多金银财富？不过是邪恶狡诈的鬼魂恶作剧取笑你罢了。"史浩也因为做这个梦而发笑。但是过了不久，史浩于宋高宗绍兴十五年（1145）科举及第，过了十二年才得以充当太学官。到了宋高宗绍兴二十九年（1159），史从秘书郎被提升为司封郎，做了建王的老师。仅仅过了三年，宋高宗让位，建王即位（宋孝宗），宋孝宗让史浩做了丞相，此后史丞相大富大贵地生活三十多年。算算先后得到的赏赐。恰好是梦中得到赏赐的数目四百七十件。一时所得，远远超过他人，这决不是偶然如此，神灵知道得一清二楚。

俞一郎放生

俞一郎者，荆南人。虽为市井小民，而专好放生及装塑神佛像。绍熙三年五月，被病危困，为二鬼卒拽出，行荒野间。遂至一河，见来者甚众，皆涉水以度，独得从桥到彼岸。别有鬼使，引飞禽走兽万计，尽来迎接。稍抵前路，又遇千余僧。及一门楼，使者导入，望殿上，十人列坐，著王者之服。问为何所，曰："地府十王也。"判官两人持文簿侍侧。俄押往殿下，检生前所为。王者问："有何善业，可以放还？"判官云："此人天年尚余一纪，并有赎放物命，已受生人身者三千余，合增寿二纪。"王遂判："俞一本寿只六十三岁，今来既增二纪，日下差童子押回。"俄两青衣引行青草路，至一缺墙，推其背使过，不觉复活。左手掌内有朱字数行，不可认，盖批判语也。

【译文】俞一郎是荆南（今湖北西部至四川东部一带）人。虽然是市井小民，却专门喜欢释放动物生命和装塑神像佛像。宋光宗绍熙三年（1192）五月，俞一郎身患重病、生命垂危，昏迷中被两个小鬼拉出来，在荒郊野地里行走。走到一个河边，俞一郎看到来这里的人很多，并且他们都是徒步从水中过河的，唯独俞一郎自己能从桥上走到对岸。另外还有鬼的使节率领数以万计的飞禽走兽，前来迎接俞一郎。向前走了不远，又遇见一千多僧人。走到一个门楼里，鬼的使节引着俞一郎向里走，俞一郎看到殿上并排坐着十个人，他们都穿着王服。俞一郎问这是什么地方，鬼使说："这些是阴曹地府的十个大王。”两个判官手里拿着文簿，站立在一旁。片刻，俞一郎被押往殿下，查看他在人世间的所作所为，有大王问：“都有哪些善事、功德，能够让他返回人世？”判官说：“这个人的天然寿命还有十二年，并且赎买释放的生灵已有三千多脱胎成人，因此应该增加二十四年寿命。”大王于是宣判：“俞一郎本来只有六十三年寿命，现在既然增加了二十四年寿命，就派童子把他押回人世吧。”不一会儿，两个青衣童子便领着俞一郎沿青草路往回走，走到一个断墙前，青衣童子推着俞一郎的背让他过去，俞一郎不知不觉便复活了。俞一郎活过来之后，左手掌上写有几行红字，但辨认不出写的是什么，大概是地府批的判语吧。

李似之

李子约生六子，长弥性，次弥伦、弥大，皆预乡贡未第。子约议更其名，以须申礼部乃得易，先改第四子弥远曰正路。正路年十六，入太学，梦人告曰：“李秀才，君已及第。”出片纸，阔二寸许，上有“弥逊”二字，以示之。李曰：“我旧名弥远，今为正路，是非我。”其人曰：“此真郎君也，何疑之有？”辩论久之，方寤，颇喜。惮其父严毅，未敢白。以告母柳夫人，夫人为言之。遂令名弥逊，而以似之为字。

后数年，兄似矩尚书主曹州冤句簿，子约罢兖签就养。似之试上舍毕，亦归侍旁。报榜者一人先至，曰：“已魁多士。”索其榜，无有。但探怀出片纸，上书“李弥逊”三字。方疑未信，似之云：“五年前所梦，岂非今日事乎？纸上广狭，字之大小，无不同，但梦中不著姓耳。必可信！”已而果然，时大观戊子也。

【译文】李子约有六个儿子，长子叫弥性，次子叫弥伦，三子叫弥大，他们兄弟三人都参加了乡贡考试但都没考取。李子约打算给他们改改名字，因为事先要给礼部申明才能给他们三个改名，李子约便先把四子弥远的名字改为正路。李弥远十六岁上太学，他曾梦见有人对他说："李秀才，你科举及第了。"并拿出一片两寸多宽的纸，上面写着"弥逊"二字，让李弥远看了看。李弥远说："我过去叫弥远，现在叫正路，'弥逊'不是我。"那人说："这的确是你，有什么好怀疑的？"李弥远和那个人争论了好长时间才从梦中醒来，他十分高兴。李弥远害怕严厉的父亲，不敢对父亲讲梦中之事。便对母亲柳氏讲了，柳氏又对李子约说了这件事，于是李子约给弥远改名为弥逊，字似之。

过了几年，弥逊之兄李似矩后来当了工部尚书，当时尚任曹州冤句（今山东菏泽西南）主簿的小官，李子约也辞掉兖州文书之职到李似矩处生活。有一个报告考试结果的人先来告知："弥逊在众多考生中得了第一。"问他要名次榜，却没有。那人只从怀里取出一片纸，上面写着："李弥逊"三字，大家都怀疑这消息是否真实，李弥逊说："我五年前梦见的事难道不是今天的事吗？纸片的宽窄，字迹的大小，跟梦中所见没有区别，只是梦中的纸上没写姓氏罢了。这消息一定是真实的。"过了一会儿，得知事实果然如此。此时是宋徽宗大观二年（1108）。

胡子文

苏州常熟县福山东岳行宫，庙貌甚严。士人胡子文乘醉入庙，望善恶二判官相对，戏掣其恶者笔。同行者以为不可，乃还之。归至舟次，俄一使来曰：“被判官命收君。”子文已醒，忆醉时事，甚惧，沿道默诵《金刚经》。既至庙，两人相向坐，西向者怒甚，叱曰：“汝为士人，当识去就，何得侮我！”对曰：“为狂药所迷，了不自觉，愿丐微命以归。”不应。子文但密诵经，至第三分，二人皆起。又二章，则举手加额。东向者解之曰：“此子一时酒失，原其情，似可恕。”怒者曰：“正以同官太宽，使人敢尔。”子文扣头曰：“某能诵《金刚经》，若蒙赐之更生，当日诵七卷以报。”怒者曰：“若尔，亦宜小惩。”以所执笔点其背曰：“去。”觉遍身如冰，遂寤。所点处生一疽，痛不可忍，百日方愈。自是日持经七遍，虽剧冗不敢辍。

【译文】苏州常熟县（今属江苏）福山东岳行宫，庙宇威严壮观。读书人胡子文酒醉后走进庙里，看到善恶二判官的塑像面对面坐落在庙里，便从恶判官手中拽出判官笔以寻开心。和他一起的人认为不能开这样的玩笑，于是又把判官笔放回恶判官手中。回到所住的船上，不大功夫来一使者对胡子文说：“判官让我来逮捕你。”胡子文已清醒过来了，回想起酒醉时干的事情，心里十分害怕，他一边走一边在心里背诵《金刚经》。胡子文来到庙里，有两个人面对面坐着，面朝西的人非常愤怒，他高声呵斥胡子文：“你是读书人，应当明白该干什么不该干什么，怎么能侮辱我呢！”胡子文回答说：“我喝醉酒了，我自己一点儿也不知晓醉后都干了些什么，希望你能让我活着回去。”判官不予理睬。胡子文只是暗暗地背诵《金刚经》，背了一部分，那两人都站起来了。又背诵了两章，那两人就把手举到额头。面朝东的人调解说：“这人一时酒醉做错了事，追究当时的情况，似乎可以宽恕他。”那个愤怒的人说：“就因为你太宽大了，人们才敢做这样的事。”胡子文边叩头边说：“我能背诵《金刚经》，如果承蒙你们宽恕，我能活着回去，我每天应当背诵七卷经来报答你们。”那个愤怒的人说：“如果能这样做，也应该给你一点惩罚。”那人用手中的笔往胡子文的背上点了一下说：“走吧。”胡子文感到全身像冰一样，于是从梦中醒了。梦中被判官点的地方长了一个毒疮，疼痛难忍，过了一百天才好。从此以后，胡子文每天坚持诵经七遍，即使十分繁忙也不敢停止诵经。

宗演去猴妖

福州永福县能仁寺护山林神，乃生缚猕猴，以泥裹塑，谓之猴王。岁月滋久，遂为居民妖祟。寺当福泉到剑兴化四郡界，村俗怖闻其名。遭之者初作大寒热。渐病狂不食，缘篱升木，自投于地，往往致死，小儿被害尤甚。于是祠者益众，祭血未尝一日干也。祭之不痊，则召巫觋，乘夜至寺前，鸣锣吹角，目曰取摄。寺众闻之，亦撞钟击鼓与相应，言助神战，邪习日甚，莫之或改。

长老宗演闻而叹曰：“汝可谓至苦。其杀汝者，既受报，而汝横淫及平人，积业转深，何时可脱！”为诵梵语大悲咒资度之。是夜独坐，见妇人人身猴足，血污左腋，下旁一小猴，腰间铁索系两手，抱稚女再拜于前曰：“弟子猴王也，久抱沉冤之痛，今赖法力得解脱生天，故来致谢。”复乞解小猴索，演从之，且说偈曰：“猴王久受幽沉苦，法力冥资得上天。须信自心元是佛，灵光洞耀没中边。”听偈已，又拜而隐。

明日，启其堂，施锁三重，盖顷年曾为巫者射中左腋，以是常深闭。猴负小女如所睹，乃碎之。并部从三十余躯，亦皆乌鸢枭鸱之类所为也。投之溪流，其怪遂绝。

【译文】福州永福县（今属福建）能仁寺供养的护山林神，是把一个活猕猴捆绑起来，涂抹上泥塑造成神像的，这个神像被称为猴王。时间长了，猴王就成了危害民众的妖怪。能仁寺处于福州、泉州、南剑（今南平）、兴化（今莆田）的交界处，民众害怕听到能仁寺这个名字。碰到寺中猴妖的人开始忽冷忽热，慢慢地就病得失却常态，不吃饭，攀沿篱笆，爬上树木，自己往地上摔下，常常被摔死，小孩儿遭受的危害更大。因此祭祀猴妖的人越来越多，祭祀猴妖的血不曾有一天干过。但祭祀没能让病人恢复健康，人们便招来男巫，趁着夜晚来到能仁寺前，敲锣鼓吹号角，说是捉拿猴妖。寺里的众多和尚听到外面的声响，也敲鼓撞钟，来对付外面的锣鼓声，说是为护山林神猴王助战，这种陋习越来越厉害，无法改变。

宗演长老听到这事后叹息道：“猴王可以说是十分痛苦。不过杀死猕猴的人已遭到报应，而猴王却过分残暴地伤害普通人，积恶过多，什么时候才能解脱呢！”于是宗演便念佛经大悲咒来帮助猴王的阴魂脱离苦难。一天夜里，宗演独自坐着，看到一个妇人躯干是人却长着猴足，左腋污染有血，旁边一个小猴子，腰里缠着一根铁索捆着它的两只手，那个妇人怀抱着幼女在宗演面前拜了两拜说：“弟子是猴王，长时间深受怨恨的痛苦，现在靠长老的法力得以解脱升天，因此前来感谢。”说完又请求宗演解除小猴的铁索，宗演答应了，并且对那妇人说了偈语：“猴王久受幽沉苦，法力冥资得上天。须信自心元是佛，灵光洞耀没中边。”那妇人听完偈语，又拜了拜便不见了。

第二天，打开放猴王塑像的殿堂，里面设置三道锁链，大概是几年前猴王曾经被巫者射中左腋，因此常常关着门。猴王抱着小女孩，跟那天夜里看到的情形一样，于是宗演便把塑像打碎了。连同猴王统率的三十多个塑像，也都是用乌鸦，老鹰、枭、鸱等塑成的。宗演把这些都扔到河里去了，于是妖怪就消亡了。

福州两院灯

福州左右司理院，每岁上元，必空狱设醮。因大张灯，以华靡相角，为一郡最盛处。旧皆取办僧寺。绍兴庚午，侍郎张公渊道作守，命毋扰僧徒。狱吏计无所出，耻不及曩岁，相率强为之。前一夕，左司理陈爟，梦朱衣吏著平上帻揖庭下曰：“设醮钱已符右院关取。”明旦，有负万钱持书至，取而视，乃闽清令以助右院者。方送还次，群吏曰：“今夕醮事，正苦乏使，留之何害！”陈亦悟昨梦，乃自答令书而取其金。醮筵之外，其费无余。是虽出于一时之误，然冥冥之中，盖先定矣。

【**译文**】福州、右司理院，每年元宵节一定要空着监狱，设坛祭祀神灵。左、右司理院都张挂大量灯笼，以华丽奢侈相较量，这是全郡最热闹兴盛的地方，过去都是选取僧徒办理此事。宋高宗绍兴二十年（1150），侍郎张渊道任福州太守，下令不让打扰僧徒。狱吏们想不出什么办法，他们觉得今年赶不上往年而羞耻，但又得竭力操办此事。元宵节的前一天夜里，左司理陈燿，梦见一个穿红衣服的官吏戴着头巾在厅堂下拱手行礼后说："设坛祭神所需费用已下了符令由右司理院拿出。"第二天，有人带着很多钱和一封信来了，左司理陈燿拿过来一看，原来是闽清县（今属福建）县令为帮助右司理院而派人送钱来的。陈燿正要把信和钱归还送钱的人，他的下属们说："今晚设坛祭神，正愁缺钱呢，把这些钱留下有什么害处！"陈燿也悟出昨天所做之梦的含义了，于是他自己给闽清县令写了回信，留下了所送的钱。这些钱在设坛祭神、摆设酒席之后，没什么剩余。这件事虽然是一时失误造成的，但这一切大概是事先已注定了的。

绛县老人

周公才，字子美，温州人。政和初为绛州绛县尉，沿檄晋州，过姑射山，进谒真人祠。方下山，一人草衣丫髻，坐道左，睨周曰："尊官大好，然须过六十方快。"周时年三十余又与绛守同姓，守为经营荐书数章，自意后任当改秩。闻其言，颇怒，而言不已，益忿忿，取剑欲击之。忽腾上树杪，复跃下，入木根穴中。周举剑击树，其人呼曰："我乃青羊也，与公诚言，何相苦如此！"周舍去，会日将暮，即止山下邸中。

有道人先在，以一鹤及仆铁鬼自随，揖周曰："天气差寒，能饮一杯乎？"酒至冷，不可饮。道画案作"火"字，置杯其上，俄顷即热。饮毕，含余沥噀壁间，复噀周面曰："为君祓除不祥。君今日必见异物。"具以前事告。曰："是矣，是矣，然亦不足怪。君知之乎？此正昔所遇吕洞宾老树精辈也。"又取鲤鲊共食。时落日斜照盘上，鲊皆作五色。笑曰：“略见张华手段。”迨夜，各就寝。拂旦行，道人已起，曰：“欲与君款语，而行李甚遽，奈何！”

是日，入邑境，薄晚，不值驿舍，就民家假室。铁鬼忽至曰：“先生以昨日不成款，今当相就，令我先携酒果来。”周曰：“先生安在？”曰：“至矣。”周出迎，遥望道人跨鹤，去地数尺而行。既至，民帅妻子以下罗拜，道人亦慰接之曰：“尔家皆无恙否？”民跪白曰：“县尉至，方患无伴，而先生偶来，某家有麦面，适又得驴肉，欲作不托为供，何如？”道人颔之，步至墙下共饮，周连引满，颇醉，不觉坐睡。及醒，但铁鬼在旁，曰：“先生不能待，已去矣。”献一桃甚大，曰：“先生令君食此，当终身无病。后八十年相会于罗浮山。”周逊谢，且赠钱二百。大笑曰：“我何所用！”长揖而别，指顾间已不见。民曰：“是古绛县老人也，今为地仙，时一游人间。识之者皆过百岁。某自少获见之，今亦八十矣。”周始悔恨。果连蹇二十余年甫得京秩，后监进奏院。

绍兴十六年，以正旦朝谒，感疾，召乡人林亮功饭，具言平生所履，乃及此事。又三日而亡，寿止六十八。所谓罗浮再会之语不可晓云。（林君说）

【译文】周公才，字子美，温州人。宋徽宗政和初年（1121年前后），周公才任绛州绛县（今属山西）县尉，前往晋州（今山西临汾）送交公文，途中经过姑射山时，他拜谒了山上的真人祠。下山时，遇见一个穿着粗糙衣服、扎丫形发髻的人坐有路边，那人斜视着周公才说道："这位官人相貌很好，但是要到六十岁以后才能走好运。"周公才当时三十多岁，又跟绛州太守同姓，太守为他写了几次推荐奏章，周公才料想以后会得到提升。听到那人说他这不吉利的话，十分恼怒，那人却说个没完，周公才更加愤怒了，拔出宝剑要砍那个人。那人轻捷地飞腾到树枝的细梢上，又跳下来，钻进树根的洞穴里。周公才举剑砍树，那个人叫喊道："我是青羊，对你说的是实话，你为什么要这样伤害我呢！"周公才便离开了，当时太阳快落了，他便在山下的客店里住了下来。

有个道人先在这家客店住下了、他带着一只鹤和一个仆人铁鬼，道人对周公才拱手行礼后说："天气比较寒冷，能喝杯酒吗？"酒极凉，不能喝。道人在桌案上写了个"火"字。然后把酒杯放在上面，一会儿酒就热了。喝完酒，道人用嘴含着喝剩下的一点酒喷吐墙壁，然后又喷吐到周公才的脸上，并说："这是给你驱除不祥之气。你今天一定见到怪异之物了吧。"周公才便把在山上遇到的怪事对道人讲了。道人说："原来是这样，原来是这样，不过这不值得惊疑。你知道吗？这正是吕洞宾遇到过的老树精之类的东西。"道人又拿出腌鲤鱼和周公才一起吃。当时落日的余辉斜照在盘子上，腌鱼呈现出五彩缤纷的颜色。道人笑着说："大致看到了张华的手段。"到了夜晚，各自入睡了。周公才天亮起程时，道人已经起床了，道人说："我想跟你诚恳地谈谈，但行程匆促，怎么办呢！"

这一天，周公才到了晋州地界，天快黑了，又没碰到客店，便在一老百姓家里借宿。忽然，铁鬼来对周公才说："我们先生昨天没能跟你交谈，今天应当聚聚，他让我先带着酒果来了。"周公才问道："先生在哪里？"铁鬼说："马上就到了。"周公才出门，看见远处有一道人骑着鹤，离地几尺高正往前飞来。道人来到之后，那个百姓带着妻子、儿孙等人出来拜迎，道人慰问百姓说：“你们全家身体都好吧？”那百姓跪着说：“周县尉来了，正发愁没人陪伴呢，碰巧先生你来了。我家里有小麦面，刚又得到些驴肉，就用这两样做饭吃，怎么样？”道人点了点头。百姓拱手行礼后面向东入坐，周公才坐客席，吃完饭，来到墙下喝酒，周公才接连端饮满杯，喝得大醉，不知不觉坐着睡着了。等周公才酒醒后，只有铁鬼在旁边，铁鬼说：“先生不能久等，已经走了。”铁鬼拿出一个很大的桃子给周公才并说：“先生让你把这个桃吃了，往后就不生病了，八十年后在罗浮山再相会。”周公才恭顺致谢，并赠送给铁鬼两百文钱。铁鬼大笑着说：“我要这些钱有什么用！”并拱手行礼告别，说话间已不见身影了。那百姓对周公才说：“这就是过去的绛县老人，现在是地仙，他时常到人间游玩。认识他的人都一百多岁了。我小时候见过他，到现在已八十年了。”周公才感到十分遗憾。周公才果然困苦失意二十多年才得到提升，后来才掌管进奏院。

宋高宗绍兴十六年（1146），周公才因清晨朝见皇上而患病，他请同乡人林亮功吃饭时，说起平生的经历，并提到了这件事。又过了三天，周公才便死了，他只活了六十八岁。铁鬼所说的罗浮山再相会，不知道是怎么回事。

黄子方

黄琮，字子方，莆田人。宣和初为福州闽清令。平日多蔬食，但日市肉四两供母。为人方严，不畏强御。

时方兴道藏，郡守黄冕仲尚书使十二县持疏敛之民，琮独不应命。既闻他县皆数百万，乃自诣郡，以己俸四月输之。

冕仲虽不平，然以直在彼，莫敢诘。内臣为廉访使者，数干以私，皆拒不答，常切齿思报。

会奏事京师，每见朝士，必以谥恶之言诋琮。尝入侍，徽庙问："汝在闽时知属县有贤令否？"其人出不意，错愕失对，唯忆琮一人姓名，极口称赞之。即日有旨，改京官通判漳州。使者既出，始大愧悔，乃知吉人之报，转祸为福如此。（刘图南说）

【译文】黄琮，字子方，莆田县人。宋徽宗宣和初年（1119）任福州闽清县（今属福建）县令。他平常多吃蔬菜，但是他每天都给老母亲买四两肉，黄琮又为人正直威严，不畏权势。

当时道教兴盛，太守黄冕仲尚书命令下属的十二个县的县令向老百姓征收钱款，唯独闽清县令黄琮不听从太守的命令。黄琮听说别的县都征收到几百万钱款，他这才到福州，把自己四个月的薪俸缴纳给太守。太守黄冕仲虽然心里不满，但是因为黄琮的所作所为都在理，所以太守不敢责怪黄琮。有位宫廷派来的廉访使，多次私下暗示索贿，黄琮每次都拒不理睬，廉访使常常咬牙切齿想报复黄琮。

廉访使趁进京奏事的机会，每次见到朝廷官员，都要说些充满恶意的话来诋毁黄琮。有一次廉访使进宫陪侍皇上，宋徽宗问他："你在福州的时候，知道福州下属各县有没有贤德的县令？"廉访使没料到皇上问这样的问题？惊慌失措，不知如何回答，他唯独记得黄琮一人的姓名，便极力称赞黄琮贤德。当天皇帝便下了圣旨，提升黄琮为漳州（今属福建）通判。廉访使从朝中出来之后，十分后悔替黄琮说了好话，他这才知道吉人天相，常常这样转祸为福。

张谦中篆

张有，字谦中，吴兴道士也，以篆名天下。为人退静好古，非古文所有字，辄阙不书。

宣和中，年已七十余，中书侍郎林彦振丧其母魏国夫人，归葬于湖。将刻埋铭，请篆额，书魏字为巍下山。彦振以为不类今字，命去之，不从。彦振虽不乐，然度能书者无出其右，则召所亲委曲镌说之，且许厚谢。张不可，曰："世俗魏字，我法所无。林公不肯用，宜以见还，决不易也。"彦振知不可强，遂止。自是人益贤之。

余伯舅沈祖仁为归安丞，与张善，惮其人，不敢求字。一日，被酒，亟造门索绢一端，作大字数十，尤高古可爱，至今宝藏之。有所著《复古编》行于世。

【译文】张有，字谦中，吴兴郡（今浙江湖州）的道士，因篆字写得非常好而名闻天下。为人谦让安稳而好古，凡是古文中没有的字，他总是不肯写。

宋徽宗宣和年间（1122年前后），张有已经七十多岁了，中书侍郎林彦振的母亲魏国夫人去世了，送回老家埋葬。林彦振要为他母亲刻埋于墓中的"墓志铭"，请张有写牌匾，张有写的魏字是魏字下面加有一个山字。林彦振认为这个字不像当时通用的字，让张有去掉此字重写，张有不肯重写。林彦振虽然不高兴，但他考虑到擅长写字的人还没有谁能超过张有，于是就派亲信去委婉地劝说张有重写魏字，并许诺将重谢张有。张有还是不答应，并说："世俗所写魏字，我是不会写的。既然林彦振不愿用我写的字，就应把我写的字还给我，我决不会改这个字。”林彦振知道不能勉强，就也不再坚持让张有改了。从此以后，人们更加崇尚、尊重张有了。

我大舅沈祖仁是归安县（今浙江湖州）县丞，与张有是好朋友，但怕张有脾气古怪，不敢求张有为他写字。有一天，张有喝酒后到我舅家要了六丈绢，在上面写了几十个大字，特别高古可爱，这些字现在还珍藏着，张有有著作《复古编》流传在世间。

凤池山

福州闽县东十五里凤池山，其上有池，冬夏不涸。俗传唐末有樵者，尝见五色雀群浴于彼，以故得名。其南鼓山，山之半有涌泉寺，凤池隶焉。

熙宁中，元章简公出守，访之，鼓山寺惮其数至为扰，嫁其名于兆山报慈院。主僧颇黠，逢元公之意，刻木作凤，立之小沼上，以喙吐水。公至，大喜，为赋诗。数年间参大政，凤池之事，遂成先兆。后温左丞出守，亦喜为此游，且如元公诗。未几，亦至两地，然实非真凤池山也，而休证如此，岂偶然耶!

【译文】福州闽县（今福建闽侯）城东十五里有个凤池山，山上有个水池，池水终年不干。传说唐朝末年有个打柴人曾看见一群五颜六色的雀鸟在这个池塘里洗浴，凤池山因此而得名。凤池山南边的鼓山半山腰里有个涌泉寺，凤池隶属于涌泉寺管辖。

宋神宗熙宁年间（1072年前后），元绛出任福州太守，询问凤池所在处。鼓山涌泉寺的僧人害怕他常来，便谎称凤池在北山的报慈院。报慈院的主僧十分狡猾，他迎合元绛的意愿，用木头刻制一个凤，把它设立在一个小水池上，这个木制的凤能从嘴里往外吐水。元绛见到之后，十分高兴，并且作了诗。在任几年后，便升为翰林学士，参知政事的高官，凤池本是翰林学士的别称，他来到这个凤池，真成为升官的预兆了。后来温益出任福州太守，也喜欢游凤池，并且依照元绛当年写的诗来作诗。归隔不久，温益也升到同样的二个官位，不过这报慈院的凤池，实际上并不是真正的凤池山，而却有这样灵验的预兆，难道是偶然如此吗？

古田倡

陈筑，字梦和，莆田人。崇宁初登第，为福州古田尉，惑邑倡周氏。周能诗，赠筑绝句曰："梦和残月到楼西，月过楼西梦已迷。唤起一声肠断处，落花枝上鹧鸪啼。"首句盖寓筑字也。又《春晴》诗曰："瞥然飞过谁家燕，蓦地香来甚处花，深院日长无个事，一瓶春水自煎茶。"后与筑作合欢红绶带，自经于南山极乐院，从者知之，共排闼救解，二人皆活。已而事败，筑失官去。周至绍兴初犹在，既老且丑，门户遂冷落云。

【译文】陈筑，字梦和，莆田县（今属福建）人。宋徽宗崇宁初年（1102）科举及第，出任福州古田县（今属福建）县尉，被县城的娼妓周氏所迷惑。周氏会作诗，赠给陈筑一首绝句："梦和残月到楼西，月过楼西梦已迷。唤起一声肠断处，落花枝上鹧鸪啼。"第一句里隐含着陈筑的字"梦和"。还有《春晴》一首："瞥然飞过谁家燕，蓦地香来甚处花。深院日长无个事，一瓶春水自煎茶。”后来周氏跟陈筑用红绸刺绣了一条合欢绶带，双双用这条带子在南山极乐院上吊寻死，随从陈筑的人员发觉了，共同推开房门解救他们，两人都被救活了。不久，恋妓的事败露了，陈筑丢了官职走了。周氏直到宋高宗绍兴初年（1131）还活着，因又老又丑，门前也就冷落了。

猾吏为奸

福州老胥夏铧者，自治平时为吏。政和中，以年劳得官，首尾四纪。尝言阅郡将多矣，无不为其党所欺，不能欺者，惟得二人焉，其一程公辟，其一罗侍老。罗公初精明，人莫敢犯，后亦有罅可入云。罗好学，每读书必研究意义，苟有得，则怡然长啸，或未会意，则搔首踟蹰。吏伺其长啸，即抱牍以入，虽包藏机械，略不问。或遇其搔首，虽小奸欺，无不发摘。以故得而欺之。铧曰：“彼好读书，尚见欺于吾曹，况于他哉！”

【译文】福州的老年官吏夏铧，从宋英宗治平年间（1065年前后）就开始充当小官吏。宋徽宗政和年间（1115年前后），因有功得以升官，前后做了四十八年官吏。夏铧曾经说过他跟随过许多州郡的武官，这些武官没有谁没受过他们这些小奸吏的欺骗，不能欺骗的只有两个人，一个是程公辟，一个是罗侍老。罗侍老当初很精明，没人敢冒犯他，但后来亦有机可乘。罗侍老喜欢学习，每逢读书时，一定要探究其意义，如有所得，就会很愉快地长啸；有时弄不明白书中的意思，就用手挠着头来回走动。小吏等到他长啸的时候，立即抱着文书进去请他审批，即使文书内暗藏有舞弊的机关，罗俦老也丝毫不问，有时遇到罗俦老挠头，即使小奸吏在文书中略微做点手脚，他都能发现加以指责。小官吏们因此也能够欺骗罗俦老。夏铧说："罗俦老喜欢学习，尚且被我们欺骗，何况别的人呢！"

周史卿

周史卿，建州浦城人。元祐初，如京师赴省试，中途遇道者云云，即归与妻子入由果山炼丹，声价籍籍。士大夫经山下，无不往见。吕吉甫自建安移宣州，苦足疾，不能行，来谒周。周请吕伸足直前为布气，令人以扇扇之。少顷，足底火热，炎上彻心，良久，痛遂已。

凡在山二十年，丹垂成。一夕，风雷大作，霹雳甚震。晓视药炉，丹已失矣。周不意，遂出神求之，谓妻曰："我当略往七日，且复回，未死也，切勿焚我。"妻如其言。周平生与一僧善，僧亦在他山结庐，闻周死来吊，力劝其妻曰："学道之人，视形骸如粪土。既去矣，安足惜！"妻信僧言，泣而焚之。明日而周回，则已无形何可生矣。空中咄咄责其妻而去。

异日，僧复来，妻以前事告之。僧曰："吾适方闻讣，故来，前日未尝至。"乃悟魔所化也。

其家后置周影像于僧舍，日轮一行者奉香火，必于地得四钱。又留醋一瓮，至今不败，往往为人取去，然未尝竭。县人刘翔云："由果山甚浅隘，气象索然，非神仙所居也。"

【译文】周史卿，是建州浦城县（今属福建）人，宋哲宗元祐初年（1086），前往京城参加省试，半路上遇见一个道人谈了很久，于是周史卿便返回家乡，带着妻子到由果山炼丹，名声很大。从由果山下经过的士大夫都要上山拜见周史卿。吕吉甫从建安郡（今属福建）前往宣州（今属安徽省），被脚病所困，不能走路，前来拜谒周史卿。周史卿让吕吉甫把脚向前伸直，为他疏通元气，周史卿让人用扇子扇吕吉甫的脚。不大一会儿，吕吉甫的脚底就火热火热的，一直热到心里，过了一段时间，吕吉甫的脚就不疼了。

周史卿在由果山住了二十年，丹丸快炼成功了。一天夜里，风雷突起，雷声很大。天明之后，周史卿发现炼丹炉中的丹丸不见了。周史卿没料到会出这事，于是便用灵魂离开躯体的方法去寻找丹丸，并对妻子说："我大概出去七天便返回来了，我并没有死，千万不要焚烧我的躯体。"周史卿平时跟一个僧人要好，这个僧人在别的山上居住，听说周史卿死了，便前来悼念，并极力劝说周史卿的妻子，他说："学道修仙之人，把肉体看作粪土。既然周史卿已经死了，怎能舍不得焚烧他的躯体呢！"周史卿的妻子听信僧人的话，便哭着把周史卿的躯体烧掉了。第二天，周史卿的灵魂返回来了，但已经失去了凭借投生的躯体。周史卿的灵魂非常惊异，便在空中斥责他的妻子，之后就走了。

次日，那个僧人又来了，周史卿的妻子便把周史卿灵魂返回之事对他讲了一遍。那个僧人说："我刚刚得到周史卿死讯，所以才来悼念他，前天我并没有来这儿。"周史卿的妻子这才明白前天那个僧人是魔鬼变的。

周史卿的画像后来被安放在僧人的房屋里，每天轮流一个行者给周史卿进献香火，每次进香火的人必定要在地上得到四文钱。周史卿还留下一瓮醋，直到现在还不变味，常常有人来取走一些醋，但醋瓮能永远取不干。本县人刘翔说：“由果山过于浅小狭窄，气像萧索，不是神仙居住的地方。”

卷第七（廿三事。按实只二十事）

扫码听谦德君为您导读

蒋员外

明州定海县人蒋员外者，轻财重义，闻子侄不肖鬻田产者，必随其价买之。既久，度其无以自给，复举以还，不取钱。已而又卖，既买又还，至有数四者。

尝泛海欲趋郡，往舵楼便，旋为回风所击，遂溺水。舟人挽其衣救之，不可制，舟行如飞。方号呼次，遥见一人冉冉立水上，随风赴舟所，视之，乃蒋也。急取之，问所以。曰："方溺时，觉有一物如蓬藉足，适顺风吹蓬相送，故得至。"人以为积善报云。（李郁光祖说）

【译文】明州定海县（今属浙江）的蒋员外，轻财重义，听说不成器的侄子要卖田产，就按照所卖价格买下这些田产。过了一段时间，蒋员外估计侄子已经没法生活了，便又把所买田产还给侄子，并且不要钱。不久，侄子又要卖田产，蒋员外又买下了田产，过一段时间再还给侄子，总共这样做了多次。

蒋员外曾经坐船去州府，到船上的舵楼里解手，被旋风吹落水中。船上的人想抓住蒋员外的衣服救他上船，但没成功，船跑得飞快。船上的人正在大声惊呼时，看到远处的水面上站着一个人，随着风力向船边漂过来。定睛一看，正是蒋员外。船上的人便急忙把他拉上船，问他是怎么回事。蒋员外说："刚沉入水中的时候，感到有蓬草一样的东西垫在我脚下，又刚巧有风吹送蓬草，所以到了船边。"人们认为这是蒋员外平时积德的报应。

李少愚

李少愚参政。建康人，所居在秦淮畔，年二岁，因家人拜扫登舟，乳母怀抱间，失手坠水中。水急不可寻，举舟号恸。至明日，有渔舟闻哭声，问知其故，即舟中取一儿还之，乃少愚也。曰："夜来遥望滩上，数人附火，就视之，但见一婴儿卧地上，四面火环绕。意谓魍魉窃取，故抱得之。"（林亮功说）

【译文】参知政事李少愚，是建康（今南京）人，家住秦淮河畔。李少愚两岁的时候，由于家里人要去拜扫祖坟，便都上了船，奶妈抱着李少愚，不慎失手，李少愚掉入河里。由于水流很急，没法找寻李少愚，全船上的人都大声悲哭。到了第二天，有个渔人听到哭声，问明白他们悲哭的原因后，马上从渔船里抱出一个小孩送还他们，这个小孩正是李少愚。渔人说："昨天夜里，我远远地看到河滩上有几个人围着一堆火，上前一看，只见一个小孩儿睡在地上，周围一圈火。我以为是鬼怪偷谁家的小孩儿，因此便抱走了这个孩子。"

法道变饿鬼

绍兴六年三月二十一日，平江虎丘山有常州僧法道，因病入延寿堂，忽变形作饿鬼，头目极大，颈窄咽青，口吐猛火。人以食与之，则呼曰："铁丸也，不可食。"如是七日。长洲令为请道法师救之，谓曰："汝生前想有隐恶，急自言，佛法容人悔谢。我为汝诵咒解释。"病僧久之方自言："向时在庐山慧日寺作典座，盗常住菜，日换酒一升。后作江州能仁副院，将宽剩米沽酒。有是二罪。"法师曰："汝既知过，吾救汝。"即抉其口，灌咒入。僧昏然遂睡，天明方醒。已索汤粥，渐进食，数日愈。（宣僧日智说）

【译文】宋高宗绍兴六年（1136）三月二十一日，平江（今苏州）虎丘山有个常州僧人法道，因有病而进入延寿堂，忽然变成了饿鬼，头和眼睛都很大，脖子细长，咽喉发青，口吐大火。有人给他食物让他吃，他却大喊道："这是铁丸，不能吃。"就这样过了七天。长洲县（今属苏州）县令请来一个法师救法道，法师对法道说："你活着的时候隐瞒有坏事，你自己赶快说出来，佛是允许人们忏悔的。我替你念诵咒语以解脱你。"法道停了许久才说："过去我在庐山慧日寺当典座时，曾经常偷菜，每天用菜换一升酒喝。后来在江州（今江西九江）能仁寺当副院，用宽余的米买酒喝。我有这两个坏事没对佛讲。"法师说："你已经知错了，我来救活你。"法师随即撬开法道的嘴，给他灌了些咒水。法道便昏昏迷迷地睡着了，天亮时才睡醒。这时他已开始要稀粥喝，慢慢便开始吃饭了，几天之后病就好了。

张佛儿

绍兴二年十月，宣僧日智至台州黄岩县西乡，寓宿山寺。次日，寺僧留斋，有村民张、陈二老，来请主僧施戒。

张曰："某女孙佛儿，年十五，昨夕暴死。至五更将殓，其祖母不忍，抱之以泣。女欻然开目呼曰：'我通身是水，手足皆痛。'问其故，曰：'夜有二使来，追缚我，押过叉岭，辞不能行，遭铁椎击背两下，极痛。岭下有池，池中有桥，遂令我桥上立，别见人以黑被裹两人入门内，此二使亦欲以花被裹我，曰："汝欠他家钱千五百，今当偿之。"我力恳曰："容我归从祖母请钱。"不许，旁绿衣人言曰："此人曾听说般若，可恕也。"二使不得已，掷我水中而去。池水甚浅，我逾岸得出，遂急归。'某惊异其事，即往叉岭验之，果见陈氏者门有池，访其主翁问曰："翁家昨日生何物？'曰：'犬生三子，二黑一斑。斑者为犬母衔置池中，已死，独二黑者在。'某具以孙女言告，仍以千五百金偿之。陈者曰：'元无钱在公女处。'不肯受。某自度不偿此债，小孙他日亦不免，遂率陈老来此。"主僧乃为施戒，而以其金嚫日智。问其听般若之因，乃曾同母往县中洪福寺，听景祥师开堂说法。

【译文】宋高宗绍兴二年（1132）十月，宣州（今属安徽）僧人日智来到台州黄岩县（今属浙江）西乡，在一个山寺中住宿。第二天，山寺中的僧人让日智留下吃斋，这时有两个老年人来到山寺，他们一人姓张、一人姓陈，他们是来请山寺主僧为他们施戒消灾的。

张老汉说："我的孙女张佛儿，今年十五岁，昨天夜里突然死了。到天快明时将要装殓，她祖母舍不得她，抱着她的尸体哭泣。张佛儿忽然睁开眼睛喊叫：'我全身是水，手和脚都疼痛。'问她是什么缘故，张佛儿说：'昨天夜里来了两个使者，追着捆绑我，把我押过叉岭，我推辞说走不动了，背上便被铁椎打了两下，十分疼痛。叉岭下面有个水池，水池中有座桥，两个使者便让我站到桥上，我看见另外有人用黑被子包着两个人走进门里，这两个使者也想用花被子把我包住，并对我说："你欠他家一千五百文钱，现在应当偿还给他。"我恳切地对他们说："让我回去向祖母要钱来还。"他们不让我走。旁边一个穿绿衣服的人说："这个人曾经听过僧人讲解佛经，可以宽恕她。"两个使者没办法，便把我扔到水里，他们便走了。水池中的水很浅，我爬上池岸便赶紧跑回来了。'我觉得张佛儿说的事很奇怪，就立即前往叉岭验证，到了叉岭，看到陈氏门前果然有个水池，我便询问陈老汉：'你们家里昨天生了什么？'陈老汉说：'我家的狗生了三个小狗，两个黑的，一个花的。小花狗被母狗叼扔水池中淹死了，现在只有两个小黑狗。'我便把孙女张佛儿所说的话全都告诉了陈老汉，并且拿出一千五百文钱还他。陈老汉说：'你孙女并不欠我的钱。'陈老汉不接这些钱。我心想不偿这笔债，小孙女张佛儿日后还不免遭难，于是就带着陈老汉来到这里。"主僧于是就为他们施戒消灾，而反那些钱送给了日智。主僧问及张佛儿听僧人讲解佛经的事，张老汉说张佛儿曾经跟她母亲去洪福寺听过景祥法师讲经说法。

张屠父

平江城中草桥屠者张小二，绍兴八年，往十五里外黄埭柳家买狗。狗见张屠有喜色，直前抱之。张提其耳以度轻重，用钱三千得之。狗不待束缚，径随张归。

至齐门外，惧其逸，方以索絷之。狗忽人言曰："我乃尔父，又不欠尔债，不可杀我。"张醉且困，不省其言，遂以归。令妻具饭，狗又告其妻曰："新妇来，我乃阿翁也。七八年不见尔夫妻面，今幸得归。只欠柳家钱三千，已偿了，切不可杀我。尔夫寿甚短，只一二年，宜急改业，后世不可为人矣。我觉饥甚，可持饭来。"妻急以其夫饭分半与之，夫不知也。夫食毕复索，则已无，甚怒。妻曰："分一半与阿翁食矣。"具以狗言白。夫始大惧，留饲养，不敢杀。三日后，出至蒋氏家啮人，为所杀。张屠遂改业，为卖油家作仆云。

【译文】平江（今苏州）城中草桥屠夫张小二，宋高宗绍兴八年（1138）到离平江城十五里的黄埭村柳家买狗。狗看到张小二显得很高兴，径直上前抱住张小二。张小二提着狗的耳朵估量狗的重量，用三千文钱买下这只狗。狗不等张小二拴它，便跟着张小二返回平江城。

到了平江城齐门外边时，张小二害怕狗逃跑，才用绳子把狗拴住。狗忽然会说话了，它对张小二说："我是你爹，又不欠你的债，你不能杀我。"张小二喝醉了并且很疲倦，没听到狗说的话，便回到了家里。张小二让妻子准备饭菜，狗又对张小二的妻子说："你过来，我是你公爹。已有七八年没见到你们夫妻的面了，现在侥幸得以回来。我只欠柳家三千文钱，现在已经偿还他们了，你们千万不能杀我。你丈夫的寿命只剩一两年了，应马上改换职业，他下辈子不能再做人了。我感到很饿，给我端些饭来。”张小二的妻子急忙把张小二的饭分给狗一半，张小二不知此事。张小二吃完碗里的饭后又给妻子要，可是已没有饭了，张小二十分恼怒。张小二的妻子说：“我把给你做的饭分一半给公爹吃了。”她又把狗说的话对丈夫说了。张小二听后非常害怕，就留下那只狗喂养，不敢杀它。三天以后，狗跑到蒋氏家里咬人被打死了。张小二就不敢再做屠夫，他改行在一个卖油为生的人家做了仆人。

陈承信母

常州无锡县村民陈承信，本以贩豕为业，后极富。其母平生尤好豢豕，绍兴四年死。死之七日，其家正作佛事，闻棺中有声，意为再生，甚喜，遽取斧开棺，则已化一老牝猪矣。急复掩之。明日，请常州太平寺标讲主施戒，遂葬。时天色晴爽，丧车才出门，滂沱大雨，送者不可行，皆回。及墓坎，穴中水已满，乃以石压葬之。

【译文】常州无锡县（今属江苏）有个村民叫陈承信，他本来是以贩卖猪为职业的，后来家境十分富裕。陈承信的母亲平生特别喜欢养猪，宋高宗绍兴四年（1134）死了。陈承信的母亲死后七天，陈承信家正在作佛事的时候，听到棺材中有声音，心想是死尸复活了，便立即用斧头把棺材打开了，一看尸体已变成一头老母猪了。又急忙把棺材盖住了。第二天请来了常州太平寺的一个僧人，为陈承信家施戒消灾，之后便准备埋葬。当时天气晴朗，但丧车刚出门，天便下起瓢泼大雨来了，送葬的人没法行走，都返回家中了。等把棺材送到墓坑的时候，墓坑里已灌满了水，人们就用石头把棺材压到墓坑里埋葬了。

龙翔行者

（此下宋本缺二十四行）

刘粲民官

刘粲民，字光世，衢州人，丞相德初犹子。少时梦人告云："君仕宦遇中则止。"凡十余岁，又梦如是者三四。

及年五十余，官至朝议大夫，积年劳不敢求迁秩，常以语人。其妻数趣之曰："中散大夫，世俗所谓十段锦，不隔郊祀任子，利害甚重，梦何足凭，勿信也。"刘不得已，竟自列。命将下，谓其所亲叶黯晦叔曰："中散将至矣，万一如梦，奈何！"受命不两月，诣祖茔拜扫，得疾，一日而卒，寿止五十九。

【译文】刘粲民，字光世，是衢州（今属浙江）人。刘粲民小时候曾梦见有人对他说："你做官该升中散大夫时就别升迁了。"在后来的十几年里，刘粲民做三四次梦都是这样的内容。

到了五十多岁的时候，刘粲民当了朝议大夫，整年辛劳但不敢请求提升官职，并常常把他做的梦说给别人听。刘粲民的妻子多次催促他，对他说："中散大夫就是世人所说的十段锦，可以不隔年便能荫子为官，有很多好处，梦是虚的，不要相信梦中的话。"刘粲民没办法，终于要求提升官职了。提升刘粲民的任命书即将发下的时候，刘粲民对他的亲信叶黯说："我就要当中散大夫了，万一事实像梦中所暗示的那样，可怎么办呢！"刘粲民当上中散大夫不到两个月，到祖坟拜祭祖先时得了重病，病了一天便死了，他只活了五十九岁。

罗巩阴谴

罗巩者，南剑沙县人。大观中，在太学。学有祠，甚灵显，巩每有前程事朝夕默祷。一夕，神现梦曰："子已得罪阴间，亟宜还乡，前程不须问也。"巩平生操守鲜有过，原告以获罪之由。神曰："子无他过，惟父母久不葬之故耳。"巩曰："家有弟兄，罪独归巩，何也？"神曰："以子习礼义为儒者，故任其咎。诸子碌碌，不足责也。"巩既悟悔，乃急束装遽归。乡人同舍者问之，以梦告。行未及家而卒。

【译文】罗巩，是南剑沙县（今属福建）人。宋徽宗大观年间（1107—1110），在太学读书。太学里有祠堂，祠堂的神很灵验，罗巩常常到祠堂里默默祈祷，求神指点前程。有一天晚上，神给罗巩托梦说："你已经得罪阴曹地府了，应从速回家，不必问你的前程了。"罗巩平生做事很少有过错，他请神告知得罪阴曹地府的缘由。神说："你没有其他过错，只是你父母死了很长时间还没埋葬罢了。”罗巩说：“我有哥有弟，不埋葬父母的罪过全都归我，这是为什么？”神说：“因为你是读书人，常学习礼义，所以你应承担这一罪过。你的兄弟们都碌碌无知，不值得怪罪他们。”罗巩醒悟了，感到愧悔，于是就收拾好行李急忙返回家去。跟罗巩住在一起的老乡问他为啥回家，罗巩把梦中之事说给老乡听。罗巩没回到家便死在路上。（曹绩说）

不葬父落第

陈杲，字亨明，福州人。贡至京师，往二相公庙祈梦。夜梦神曰：“子父死不葬，科名未可期也。”杲犹疑未信。明年，果黜于礼闱。遂遗书告其家亟庀襄事。后再试登第。（宁德人李舒长说）

【译文】陈杲，字亨明，福州人。陈杲以贡生的身份到京城读书，到京城后陈杲曾去二相公庙祈祷求梦。晚上陈杲梦见神对他说：“你父亲死了，你却不埋葬他，科举考试不必抱什么希望。”陈杲怀疑梦不可信。第二年，科举考试，陈杲果然没考中。于是就送信给家人，让他们赶快办理丧事，安葬陈杲的父亲。后来陈杲又科举考试便考中了。

祸福不可避

李似之侍郎云：“艰难以来，士大夫祸福皆有定数。”

建炎丁未，傅国华尚书为舒州守，闻武昌寇作，自武昌才隔蕲黄即至舒，惧其侵轶，又尝再使高丽，橐中装甚厚，惜之，乃令其弟挈家避诸江宁。既至，泊江下，舟人曰："外多草窃，不若入闸便。"时宇文仲达镇江宁，与傅公善，家人即遣白宇文假钥启闸，舟得入。自意安全无虞。是夜，卒周德为变，劫其舟，一家尽死，惟存一老婢，而舒城帖然。

吴昉顾彦成为两浙漕，杭卒陈通积怒于有官君子，将为乱。会顾君出巡吴兴，通强抑众不发，须其归。凡一月而顾至，杭之官吏及漕台人皆出迎。是夜变作，官吏尽死。而顾君乃与其家泊城外僧寺作佛事未入，闻乱。复走湖州，遂免。

傅公有心于避祸，一家不免，杭卒一月待顾君而竟脱，皆非人所能为也。

【译文】侍郎李似之说："自从大宋京城南迁以来，士大夫们的祸福遭遇显然都是命中注定的。"

宋高宗建炎元年（1127），尚书傅国华任舒州太守，他听说武昌有盗匪作乱，而从武昌到舒州之间仅仅隔着蕲州和黄州（今属湖北），傅国华害怕武昌的作乱盗匪打到舒州来，他曾经两次出使高丽（今朝鲜），带回不少东西，他舍不得这些东西被盗匪抢走，就让他弟弟带着一家人到江宁（今南京）避难。到了江宁，把船停在长江里，船夫说："城外盗贼很多，不如把船开到水闸里边。"当时镇守江宁的官员叫宇文仲达，他与傅国华要好，傅国华的弟弟便派人去向宇文仲达借钥匙开闸门，于是便把船开到了城里。他们认为把船停在城里非常安全。这天夜里，一个叫周德的士兵发动叛乱，抢劫了傅国华的船，傅国华的全家人都被杀了，仅有一个老女仆得以活命，而舒州城这时却安然无事。

吴昉顾彦成为两浙（今浙江、江苏、上海一带）漕运官，杭州的小士卒陈通痛恨杭州的官吏，准备发动兵变。恰巧这时顾彦成到吴兴（今属浙江省）巡视去了，陈通竭力劝告准备发难的众多士兵等顾彦成回到杭州以后再行动。过了一个月，顾彦成返回杭州时，杭州的官吏和漕运官府的人都出来迎接顾彦成。这天夜里发生了士兵暴动，城中的官吏都被杀死了。而顾彦成和他的全家人这天夜里在城外一个寺庙中作佛事，没有进城，听说城里发生了士兵暴动，又跑到湖州（今属浙江省）去，于是得免于难。

傅国华存心躲避灾祸，但全家仍不免遭难；杭州叛乱士兵等了一个月终于等到了顾彦成，但顾彦成竟避开了灾难。是否遭灾遇难不是人们自身所能决定的。

岛上妇人

泉州僧本称说，其表兄为海贾，欲往三佛齐。法当南行三日而东，否则值焦上，船必糜碎。此人行时，偶风迅，船驶既二日半，意其当转而东，即回舵，然已无及，遂落焦上，一舟尽溺。此人独得一木，浮水三日，漂至一岛畔。度其必死，舍木登岸。行数十步，得小径，路甚光洁，若常有人行者。

久之，有妇人至，举体无片缕，言语啁啾不可晓。见外人甚喜，携手归石室中，至夜与共寝。天明，举大石窒其外，妇人独出。至日晡时归，必赍异果至，其味珍甚，皆世所无者。留稍久，始听自便。如是七八年，生三子。

一日，纵步至海际，适有舟抵岸，亦泉人以风误至者，及旧相识，急登之。时妇人继来，度不可及，呼其人骂之。极口悲啼，扑地，气几绝。其人从蓬底举手谢之，亦为掩涕。此舟已张帆，乃得归。

【译文】泉州僧人本称说，他的一个表哥是海上商人，想到三佛齐（今印度尼西亚）去。按照常规航行办法，应当往南航行三天再往东航行，不然就会遇到礁石，一旦碰到礁石上，船必定要被撞得粉碎。本称的表哥前去三佛齐时，有风，船行驶较快，航行两天半时，他心想船应当转而向东航了，便调舵向东，但这时船还没到该向东航行的地方，于是船便碰到礁石上了，全船上的人都落入海中了。只在本称的表哥得到一根木头，在水上漂了三天，漂到一个岛边。本称的表哥自己寻思这次是必死无疑了，他抛弃了木头登上小岛。走了几十步，他遇到一条小路，路面光滑坚实，好像经常有人在这条路上走。

过了很久，有个妇女过来了，她全身一丝不挂，说的话也叽叽喳喳听不懂。她见到本称的表哥很高兴，拉着他的手回到石室中，到了夜里，他们睡在一起。天一亮，妇女便搬来很大的石头堵在石室门外，妇女自己出去了。到太阳快落时，妇女便返回石室，抱回一些奇异果实，果实的味道十分鲜美，都是本称的表哥不曾见过的。住的时间长了之后，妇女便不再把本称的表哥关在石室中了，让他自己随便走动。这样过了七八年，他们生了三个孩子。

有一天，本称的表哥信步来到海边，恰好有只船到了岛边，船上的人也是泉州的，因为有风而错把船开到了岛边，船上有本称的表哥的老熟人，他便急忙登上了船。这时，妇女紧跟着过来了，他估计已赶不上本称的表哥了，便大声喊叫着骂他。妇女高声悲哭，用力跺着地，悲痛欲绝，本称的表哥从船蓬底下举着手跟妇女告别，并且也哭了。这时船已扬帆启航，本称的表哥得以返回泉州。

查市道人

常德府查市富户余翁家，岁收谷十万石，而处心仁廉，常减价出粜。每粜一石，又以半升增给之。它所操持，大抵类比。

庆元元年六月，在书室诵经，雷电当昼暴作，有樵夫避雨立门外。忽一道人，青巾布衣，引入余宅，扣书室见翁，谓之曰："可令此村叟蹲伏经棹下，暂避雷声。"道人遂就坐。少顷，雷火闪烁入室，旋绕数匝而息。

及雨霁，一仆报言："门楣上有新书朱字。"出视之，云："樵夫董二，前世五逆，罪恶贯盈，上帝有敕罚之，被陈真人安于慈喜菩萨诵经桌下护之，诸神不敢近。"凡三十九字。读毕，失道人所在。未几，余翁坐亡。

【译文】 常德（今属湖南）府查市富户余翁家里，每年收入十万石粮食，余翁为人慈善仁爱而不贪婪，他常常减价出卖粮食。如果有人买一石粮食，余翁还多给人半升。余翁的所作所为，大致都是这样宽厚仁慈。

宋宁宗庆元元年（1195）六月，余翁在书房里诵经，突然之间雷电交加，有一个樵夫站在余家大门外避雨。忽然有一个道人，头戴青巾，身穿布衣，把樵夫带进了余家大院，道人敲开余翁的书房门，对余翁说："你让这个樵夫蹲在你的经桌下面，避避雷电。"说完道人便坐了下来。过了一会儿，雷电的强光照射入室，雷电之光闪了几闪就止息了。

等到雨过天晴之后，一个仆人对余翁说："门楣上面有刚写的红字。"余翁出来看到门楣上面写着："樵夫董二，上辈子不孝顺，恶贯满盈，上帝让惩罚他，却被陈真人安置在慈喜菩萨的经桌下面保护起来了，各位雷神不敢靠近他。"总共是三十九个字。余翁读完，已不见道人了。不久，余翁坐着死去了。

仁和县吏

乾道间，仁和县一吏早衰病瘠，齿落不已。从货药道人求药，得一单方，只碾生硫黄为细末，实于猪脏中，水煮脏烂，同研细，用宿蒸饼为丸，随意服之。两月后，饮啖倍常，步履轻捷，年过九十，略无老态，执役如初。因从邑宰出村，醉食牛血，遂洞下数十行，所泄如金水。自是尫悴，少日而死。

李巨源得其事于临安人内医官管范，尝与王枢使言之。王云："但闻猪肪脂能制硫黄，兹用脏尤为有理，亦合服之，久当见功效也。"

【译文】宋孝宗乾道年间（1165—1173），仁和县一个小官吏过早地衰老多病骨瘦如柴，牙齿不断地掉落。这个小官吏向一个卖药的道人求药，得到一个单方，只需把生硫磺碾成细末，装进猪的内脏，用水煮烂后研成细末，蒸成饼做成药丸，随意服用。两个月以后，这个小官吏的饮食量比往常增加了一倍，走起路来脚步轻盈，虽然已年过九十但并不显老，仍像当初一样做着小官吏。后来因跟着邑宰在喝醉酒后吃了牛血，便开始泻肚拉黄水。从此便日渐羸弱憔悴，不久就死了。

李巨源从临安（今浙江杭州）人朝廷医官管范处得知此事，并曾对王枢使说过。王枢使说："听说猪的脂肪能克制硫磺，这个单方用猪内脏调配硫磺做药，很有道理，可以服用这种药，服用一段时间应当发挥功效。"

周世亨写经

鄱阳主使周世亨，谢役之后，奉事观世音甚谨。庆元初，发愿手写经二百卷，施人持诵。因循过期，遂成疾，乃祷菩萨祈救护。既小安，即以钱三千、米一石付造纸江匠，使抄经纸。江用所得别作纸入城贩鬻，周见而责之。江以贫告，复增界其直。售纸于此，每幅皆断为六七，惧而亟还家，悉力缉制，纳于周。周倩一僧摺成册，斋戒缮写，方及二十卷，正昼握笔，群鸦数十鸣噪屋上，逐之不退。起祷像前，追出视，盖一鸦中箭流血，众鸦为拔之不能得，故至悲哄。周连诵宝胜如来、救苦观世音二佛，以笔指之，箭脱然自拔，鸦飞入空中。周赞叹之际，箭从天井内掷落于佛龛。灵感如此。

【译文】鄱阳（今属江西）主使周世亨，辞官以后，小心谨慎地侍奉观世音菩萨。宋宁宗庆元初年（1195），周世亨打算亲手抄写二百卷佛经，送给世人诵读。由于急于抄写，周世亨便急病了，他就祈祷菩萨，请菩萨保佑他赶快康复。等病情略有好转，周世亨就把三千文钱和一石米交给造纸匠江氏，让江氏造制抄写佛经的纸。江氏却用周世亨给他的钱造制其他纸进城销售，周世亨碰见之后严厉地斥责了江氏。江氏便对周世亨说他太穷了，周世亨又多给江氏一些钱。等江氏又进城卖纸时，每张纸都断碎成六七片，江氏害怕了，便急忙返回家里，全力制造抄写佛经的纸，然后交给周世亨。周世亨请一个僧人替他把纸折叠成册，周世亨斋戒之后便开始抄写佛经，刚抄写到二十卷，还未全部完工时，有几十只乌鸦飞到他的房顶上一起悲鸣，周世亨想赶走乌鸦，但乌鸦又不飞走。周世亨便来到佛像前祷告，等他出来一看，原来是一只乌鸦被箭射中，因而流血不止，别的乌鸦想把箭拔掉但又拔不掉，因此飞到房顶上闹哄。周世亨连连念诵宝胜佛如来、救苦观世音菩萨，又用笔指着乌鸦，那箭便自己从乌鸦身上脱落下来，乌鸦便飞上了天空。周世亨正在赞叹的时候，那只箭从天井里落到了佛龛上。神佛就这么灵验。

金钗辟鬼

温州瑞安县筼筜村民张七妻，久病，一夕正服药，忽不见。急呼邻里，烛火巡山寻之。至一洞，甚深，众疑其在，噪而入。至极深处，见妇人面浮水上，取以归。云："数人邀我去，初在洞口，见火炬来，急牵我入。我衣领间有镀金钗，恐失之，常举手扪索，鬼辄有畏色，以故面得不沉。"

【译文】温州瑞安县（今属浙江）筼筜村民张七的妻子生病已经很长时间了，一天晚上正在喝药，忽然失踪了。张七急忙叫喊邻居，他们打着火把满山找寻张七的妻子。到了一个洞口，他们发现洞很深，怀疑张七的妻子就在洞里，他们便叫喊着进入洞内。到了洞内很深的地方，发现张七的妻子的头脸漂在水上，便把她从水中捞出来返回村里。张七的妻子说："有几个人请我出去，开始站在洞口，后来他们看到火把往洞口这边来了，急忙把我拉进洞里。我的衣领里有个镀金的钗，我怕丢了，不时用手去摸金钗，那些鬼很怕金钗，因此，我的头脸才没有沉入水中。"

搜山大王

温州瑞安道士王居常，字安道，后还俗，居东山。因贩海往山东，为伪齐所拘。脱身由陆路将归，至开封，夜梦人告曰："汝来日当死。如遇乘白马着戎袍挟弓矢者，乃杀汝之人，宜急呼搜山大王乞命。若笑，则可生，怒，则死。缘汝曩世曾杀他人，故今受报。"居常次日行荒陂中，果见一人乘马，宛如昨梦所言，即拜呼搜山大王乞命，其人笑而去，遂得脱。后归乡，绘其像事之。（后二事亦朱亨叟说）

【译文】温州瑞安县（今属浙江）道士王居常，字安道，后来又还俗了，住在东山。由于从海上前往山东贩卖东西，被伪齐拘留起来了。后来王居常得以逃脱，从陆路返回家乡，到了开封，夜里梦见有人对他说："你明天该死了。如果你遇见一个骑白马、穿战袍、带弓箭的人，他就是要杀你的人，你应该赶紧呼叫搜山大王饶命。如果那个人发笑，你还可以活命，如果那人发怒，你就会被杀死。因为你上辈子曾经杀死过人，所以现在要遭受报应。"王居常第二天走到一个荒凉的山坡上时，果然见到一个人骑着马，跟昨天夜里梦中所说的情形一样，王居常立即大喊搜山大王饶命，那个骑马人笑着离去了，王居常于是便得以活命。后来王居常回到家里之后，便绘制了所见骑马人的画像悬挂在家里奉事祭祀。

炽盛光咒

瑞安士人曹珏，字觉老，少出家为行者。其家累世病传尸，主门户者一旦尽死，无人以奉祭祀，珏乃还儒冠。后数年亦病作，念无以为计，但昼夜诵炽盛光咒。一日，读最多，至万遍，觉三虫自身出，二在项背，一在腹上，周匝急行，如走避之状。珏恐畏，不敢视，但益诵咒。忽项上有光如电，虫失所之，疾遂愈。（郡人戴宏中履道说）

【译文】瑞安县读书人曹珏，字觉老，少年时代出家当了行脚乞食的行者。后来曹珏家染上了当时的传尸病，当家人全都死了，没有人供奉祭祀祖先，因此曹珏就还俗为读书人。过了几年，曹珏也发病了，他想不出什么办法，只是日夜念诵炽盛光咒。有一天，曹珏读的遍数特别多，达到上万遍，他忽然感到从他身上钻出三个虫子，两个在脊背上，一个在肚子上，一圈一圈地跑，好像是为了躲避什么东西。曹珏感到十分害怕，不敢看虫子，只是更快地念诵着咒语。忽然曹珏的头顶有一道强光，像雷电闪的光一样，不知去了哪里，虫子便消失了，曹珏的病也就好了。

海大鱼

漳州漳浦县敦照盐场在海旁，将官陈敏至其处，从渔师买沙鱼作线。得一鱼，长二丈余，重数千斤。剖及腹，一人偃然横其间，皮肤如生，盖新为所吞也。

又绍兴十八年，有海鳅乘潮入港，潮落，不能去，卧港中。水深丈五尺，人以长梯架巨舟登其背，犹有丈余。时岁饥，乡人争来剖肉。是日所取，无虑数百担，鳅兀不动。次日，有剜其目者，方觉痛，转侧水中，旁舟皆覆，幸无所失亡。取约旬日方尽，赖以济者甚众，其脊骨皆中米臼用。

【译文】漳州漳浦县（今属福建）敦照盐场位处海边，武将陈敏来到这里，向打渔人买沙鱼用于作线。陈敏得到一个鱼，这个鱼有两丈多长，几千斤重。剖开鱼腹后，发现一个人横卧在里面，看那人的皮肤颜色跟活着一样，大概是刚被这个大鱼吞进腹中的。

宋高宗绍兴十八年（1147），有一头露脊鲸趁涨潮时游进港口里，潮水退落以后，露脊鲸游不走了，就卧在港口里。当时港口里的水有一丈五尺深，人们把长梯子架在大船上，想爬上露脊鲸的脊背，但还差一丈多仍够不到露脊鲸的脊背。当时粮食欠收，周围的人都来割露脊鲸肉回家去吃。这一天割掉的露脊鲸肉大约有几百担，但露脊鲸一动也不动。第二天，有人剜露脊鲸的眼睛，露脊鲸才感到疼痛，在水里摇晃着身体，露脊鲸旁边的船都被掀翻了，幸而没造成伤亡。大约有十来天才把露脊鲸的肉割净。依靠露脊鲸肉渡过难关的人很多，露脊鲸的骨头都能作舂米臼用。

卷第八（十七事）

吴公诚

兴化人吴公诚，字君与，年七十，以大夫致仕。梦人告曰：“公犹有俸金七百千在官。”既觉，取券历会之，凡积留未请者正如其数。乃谓诸子曰：“我所得止此，且置勿请，庶稍延我寿。”子如戒缄封，不复言。后一年而卒。计挂冠后所入半俸，适满七百千，乃非昔日所积者。既服除，其子与郡守有旧，悉以向所当得者复给之。

【译文】兴化（今福建莆田）人吴公诚，字君与，七十岁时以大夫的身份辞官还乡。梦见有人对他说：“你还有七十万文薪俸钱在官府里。”吴公诚醒来以后，便找出官府尚未发给他的薪俸的凭证，逐一计算，积累未领的薪俸数正是所梦之数。吴公诚就对他的儿子们说：“我当官所得薪俸到此为止，尚未领取的薪俸就放在官府里不要领取了，这样我的寿命可能会长一点儿。”吴公诚的儿子们听从父亲的告诫，闭口不提薪俸的事儿。一年之后，吴公诚死了。吴公诚死时，他辞官还乡后每月领取的一半薪俸，累计刚好七十万文，原来梦中所说钱数，不是指他当官时积累未领的薪俸。吴公诚的儿子服丧期满后，因为吴公诚的儿子和兴化太守有交情，太守便把吴公诚原应领取的薪俸，如数交给了吴公诚的儿子。

金四执鬼

福州城南禊游堂下有公莲池数十亩，民金四榷其利。其居在南台，去池七里，虑有盗，每夕辄往巡逻。尝遇一人行支径中，诘之，曰："我以事它适，偶夜归耳。"时已三鼓，金素有胆，视其举措不类人，又非人所常行路，乃好谓之曰："我家在江南，偶饮酒多，觉醉不可归，欲与汝相负。汝先自此负我至合沙门，我乃负汝至马铺，汝复负我过浮桥。"其人欣然如所约而去。至马铺欲下，金执之甚急，连声呼家人烛火来视，已化为一老鹞，乃缚而焚之。

【译文】福州城南面禊游堂下面有公家的一个莲池，莲池有几十亩大，有个叫金四的老百姓专门管理这个莲池。金四家在南台，离莲池有七里地，金四担心有人偷莲藕，每天晚上总要到莲池去巡视。有一次，金四在莲池中碰到一个人在一个小路上走，金四上前盘问那个人，那人说："我因有事到别处去了，偶然在夜里回家罢了。"当时已是深夜时分了，金四向来胆大，他发现那人的举止不像是人，他走的路平常很少有人走，于是金四就颇为友好地对那人说："我家住在江南，我偶然喝多了酒，感到喝醉了，怕不能返回家里，想和你相互背负着走。你先从这儿把我背到合沙门，我再把你背到马铺，你再把我背过浮桥。”那人高高兴兴地按约定的方法往前走了。到了马铺，那人想下来，金四却紧紧地背着他，并连声叫喊，让家人打着火把来看，等金四的家人赶到面前时，那人已变成了一只老鸱鹰，金四便把它绑住烧掉了。

佛救宿冤

临安民张公子者，尝至一寺，见败屋内古佛无手足，取归，庄严供事之。岁余，即有灵响，其家吉凶事辄先告之。凡二三十年。

建炎间，金人犯临安，张窜伏眢井，似梦非梦，见所事佛来与之别曰：“汝有难当死，吾无策可救，缘前世在黄巢作乱中曾杀一人，其人今为丁小大，明日当至此，杀汝以报，不可免矣。”张怖惧。明日，果有人携矛临井，叱张令出。既出，即欲刃之。张呼曰：‘公非丁小大乎？”其人骇问曰：“何以知我名氏？”具告佛语。其人怃然掷刃于地曰：“冤可解不可结。汝昔杀我，我今杀汝，汝后世又当杀我，何时可了？今释汝以解之。然汝留此必为后骑所戕，且与我偕行。”遂令相从数日，度其脱也，乃遣去。丁生盖河北民为金人签军者。（三事皆陈秀若说）

【译文】临安（今浙江杭州）百姓张公子，曾到过一个寺庙，他在倒塌的庙房里见一个古佛像没有手和脚，他就把这个佛像带回家里，庄严地供奉起来。一年多时间，神佛就显灵说话了。神灵总是事先告知张公子家的吉凶祸福之事，二三十年里一直是这样。

宋高宗建炎年间（1127—1130），金兵侵犯临安，张公子躲进一个枯井内，朦朦胧胧中，张公子看见他供奉的神佛来与他告别并对他说："你有灾难应当死去，我没办法救护你，由于你上辈子在黄巢作乱期间曾经杀死一个人，这个人现世叫丁小大，明天他就会来到这里，并要杀死你以报前世之仇，你此难难逃。"张公子十分恐惧。第二天，果然有个人拿着长矛来到枯井外，斥责张公子并让他出来。张公子出来以后，那人就想要杀他。张公子喊道："你不是丁小大吗？"那人十分惊异，问张公子道："你怎么知道我的姓名？"张公子便把佛说的话对丁小大讲了。丁小大茫然若失地把长矛扔到地上并说："冤仇宜解不宜结。你前世杀了我，我今世杀了你，你下辈子又当杀我，如此冤冤相报，什么时候才能了结呢？现在我放了你以化解冤仇。但是你留在此地，必然会被后边的骑兵杀死，你就暂且和我一起走吧。"于是丁小大便让张公子跟着他走了几天，估计张公子已脱离了险境，丁小大就让张公子走了。丁小大大概是黄河北边的人，在金兵中担签军的小官。

京师异妇人

宣和中，京师士人元夕出游，至二美楼下，观者阗咽不可前。少驻步，见美妇人，举措张皇，若有所失。问之，曰："我逐队观灯，适遇人极隘，遂迷失侣，今无所归矣。"以言诱之，欣然曰："我在此稍久，必为他人掠卖，不若与子归。"士人喜，即携手还舍。

如是半年，嬖宠殊甚，亦无有人踪迹之者。一日，召所善友与饮，命妇人侍酒，甚款。后数日，友复来曰："前夕所见之人，安从得之？"曰："吾以金买得之。"友曰："不然，子宜实告我。前夕饮酒时，见每过烛后，色必变，意非人类，不可不察。"士人曰："相处累月，焉有是事！"友不能强，乃曰："葆真宫王文卿法师善符箓，试与子谒之。若有祟，渠必能言。不然，亦无伤也。"遂往。

王师一见，惊曰："妖气极浓，将不可治。此祟异绝，非寻常鬼魅比也。"历指坐上它客曰："异日皆当为左证。"坐者尽恐。士人已先闻友言，不敢复隐，备告之。王师曰："此物平时有何嗜好？"曰："一钱箧极精巧，常佩于腰间，不以示人。"王即朱书二符授之曰："公归，俟其寝，以一置其首，一置箧中。"

士人归，妇人已大骂曰："托身于君许久，不能见信，乃令道士书符，以鬼待我，何故？"初尚设辞讳，妇人曰："某仆为我言，一符欲置吾首，一置箧中，何讳也？"士人不能辩，密访仆，仆初不言，始疑之。迨夜伺其睡，则张灯制衣，将旦不息。士人愈窘，复走谒王师。

师喜曰："渠不过能忍一夕，今夕必寝，第从吾戒。"是夜，果熟睡，如教施符。天明，无所见，意谓已去。

越二日，开封遣狱吏逮王师下狱，曰："某家妇人瘵疾三年，临病革，忽大呼曰：'葆真宫王法师杀我。'遂死。家人为之沐浴，见首上及腰间箧中皆有符，乃诣府投牒，云王以妖术取其女。"王具述所以，即追士人并向日坐上诸客，证之皆同，始得免。王师，建昌人。（林亮功说）

【译文】宋徽宗宣和年间（1119—1125），京城一个读书人在元宵之夜出门游玩观灯，他来到二美楼前时，观灯的人特别多，不能近前观看。稍稍停了一下，读书人看见一个漂亮妇人张皇失措，好像丢了什么东西似的。读书人询问妇人，妇人说："我跟随着别人来观灯，刚才人群极为拥挤，我找不到我的伙伴了，现在不知该往哪儿走了。"读书人用话语引诱妇人，妇人高兴地说："我在这儿待的时间再长些，必定会被别人拐卖掉，倒不如跟你回去。"读书人十分高兴，立即拉着那妇人的手回家了。

这样过了半年，读书人极为宠爱妇人，也没有谁来找寻妇人。有一天，读书人请他的一个好朋友到家里喝酒，让那妇人伺候倒酒，妇人显得很热情。几天之后，读书人的好友又来了，并问读书人："前天晚上那个妇人，你是从哪儿得来了？"读书人说："是我用钱买来的。"好友说："不是买来的，你应对我说实话。前天晚上喝酒时，我发现她每次从灯后经过，颜色就变了，我怀疑她不是人，你不能不仔细观察。"读书人说："我已和她相处几个月了，哪有这等事！"好友不能勉强，就说："葆真官的王文卿法师善于画符驱邪，我跟你一块去拜见他。如果有妖邪，王文卿一定会说出来。如果这妇人并非妖邪，也坏不了什么事。"于是读书人便跟着好友去找王文卿。

王文卿一见读书人，惊异地说："你身上的妖气很浓，怕是很难治。这个妖怪十分怪异，不是寻常的鬼怪。"王文卿逐一指着在坐的其他客人说："日后你们都应为我作证。"在坐的客人都很害怕。读书人事先已经听好友说过王文卿的法力高超，现在王文卿已看出妖邪之气，读书人不敢再隐瞒实情了，便把事情的来龙去脉都告诉王文卿了。王文卿问："这妖物平时有什么嗜好？"读书人说："她有一个十分精巧的小钱箱，经常佩戴在腰里，从不给别人看。"王文卿当即用红笔画了两个符交给读书人，并说："你回去等那妖物睡着以后，把一个符放在她的头上，另一个放进她的小钱箱里。"

读书人回到家里，那妇人便骂道："我以身相许已很长时间了，还得不到你的信任，你竟然让道士为你画符，把我当作鬼怪，这是为什么？"读书人一开始还搪塞几句，那妇人说："某某仆人对我说，你要把一个符放在我头上，另一个放在我的小钱箱里，你为啥要隐讳？"读书人无法辩解，偷偷地询问仆人，仆人不言语，读书人更怀疑那妇人了。到了晚上，读书人等着妇人入睡，但那妇人却点着灯缝制衣服，天都快亮了，她还不休息。读书人毫无办法，就又去找王文卿。

王文卿高兴地对读书人说："她只能熬一夜，今天晚上她一定要睡，你只管按我说的去做就是了。"这天夜里，那妇人果然睡得很熟，读书人便按王文卿都的方法放好符。天亮以后，读书人发现那妇人不见了，认为妖邪已除去。

过了两天，开封府派遣狱吏把王文卿抓去坐牢，狱吏对王文卿说："某家妇人患肺结核已经三年了，病危之际，忽然大喊：'葆真宫王文卿法师杀我。'随后就死了。她家里的人为她洗澡时，发现她的头上和腰里的箱中都有符，于是就到开封府告状，告你王文卿用妖术杀死了那女人。"王文卿详细地讲述了事情的前因后果，开封府便派人找来读书人和那天在坐的各位客人，他们的证词跟王文卿说的一样，王文卿才得到释放。王文卿，是建昌（今江西省南城县一带）人。

永福村院犬

福州永福县有村律院，伯仲二僧同房。伯僧爱一犬，每食必呼使前。仲甚恶之，见必叱逐，或继以鞭箠，如是累岁。

伯尝出外旬日，归不见犬，责仲曰："汝常日仇犬特甚，乘我之出，必杀食之矣。"仲力辩，不得已，乃言："因其窃食，误击杀之，埋诸后圃，非食也。"伯殊不信，潜往瘗所发视，急归语仲曰："犬虽异类，心与人同，汝与结冤非一日。适吾视其体，头已为蛇，会当报汝。汝不宜往，可倩所知者再观之。"洎别一人往视，则头愈长。始大恐，问所以解冤之策。伯教以尽鬻衣钵，对佛忏谢。遂入忏堂，昼夜不息，凡数年。

一夕，焚纸镪，觉盆中有物，意其鼠，拨灰视之，蛇也。乘仲张口，急奔入喉口，遂死。（本县般若长老惟学说）

【译文】福州永福县（今属福建）有个寺院，寺院里有两个僧人本是兄弟，出家后同住一室。兄喜欢一条狗，每次吃饭都要把狗叫到面前。弟十分厌恶这条狗，见到狗就把它赶跑，有时还有鞭子打狗，多年间一直是这样。

兄有一次外出十来天，返回寺院后找不到狗了，便责问其弟说："平常你特别厌恶狗，一定是趁我外出之时，你把狗杀掉吃了。"弟极力辩解，后来不得不承认他杀了狗，他说："因为狗偷东西吃，我失手杀死了它，把它埋在后面的菜园里，不过我没吃狗肉。"兄不相信其弟所说，便暗自去菜园挖开埋狗的地方察看，看后便急忙回到寺院里对其弟说："狗虽不是人，但它跟人一样具有心思。你同狗结下冤仇已经很久了。刚才我看到狗的头已变成蛇头了，将来他定会报复你的。你不能去看，你可以找别人替你再去看看。”等别人去看时，蛇头长得更长了。弟十分惊恐，询问有什么办法能化解这一冤仇。兄让弟把衣钵都卖掉，买物品作供养，再在佛的面前忏悔。于是弟就进入忏堂昼夜不停地忏悔了几年。

有一天晚上，弟烧纸钱时，发觉纸盆中有东西在动，他以为是老鼠，便拨开纸灰去看，原来是一条蛇。蛇趁弟张嘴之际，窜入他的喉中，弟便死了。

金刚灵验

青州人柴注，为寿春府司理。因鞫劫盗狱，一囚言：“离城三十里间，开旅邸，每遇客携囊橐独宿，多杀之，投尸于白沙河下，前后不知若干人。惟谋一老妪不得。”注问其故。囚曰：“顷年老妪独寄宿，某与兄弟言：‘今夜好个经纪。’至更深。遣长子推户，久乃还，云：‘若有人抵户而立，不可启。’某不信，提刀自行，及门，穴壁窥之，见红光中一大神，与房上下等，背门而立，气象甚怒。某惊惧失声，几于颠仆。天将晓，门方开。妪正起理发，诵经不已。问何经，曰：‘《金刚经》也。’乃知昨夜神人盖金刚云。”

【译文】青州（今山东益都、博兴、昌邑一带）人柴注，在寿春府（今安徽寿县）作司理。柴注在审理一个抢劫掠夺案时，一囚犯说：“我在城外三十里处开了一个客店，每当碰到有人独自带着包裹来住宿时，便把他杀了，把尸体扔到白沙河里，前后杀了不少人。

惟独一个老太婆到客店住宿时，我没能杀掉她。”柴注问其原因。囚犯说：“不久前，一个老太婆独自来店住宿，我对弟弟说：‘今晚好生意。’到了半夜，我派大儿子去推开老太婆的房门，过了很久儿子才回来对我说：‘好像有人站在门后抵着门，因此推不开。’我不相信，便自己提着刀去了，到了门外，我在墙上钻了个洞，从洞中往房间里偷看，只见满屋红光、一个神人与房屋一样高，神人靠着房门站着，显得十分恼怒。我被吓得失声惊叫，差点儿跌倒在地。天快亮时，房门才打开。老太婆起床后正在梳理头发，还不停地念着经。问她念的是什么经，老太婆说：‘我念的是《金刚经》。’我这才知道昨天夜里的神人是金刚神。”

南阳驿妇人诗

靖康远年，邓州南阳县驿有女子留题一诗曰：“流落南来自可嗟，避人不敢御铅华。却怜当日莺莺事，独立春风雾鬓斜。”字画柔弱，真妇人之书。次韵者满壁。

【译文】宋钦宗靖康元年（1126），邓州南阳县（今属河南）驿站里有一女子题留的一首诗：“流落南来自可嗟，避人不敢御铅华。却怜当日莺莺事，独立春风雾鬓斜。”字迹笔画柔弱，实出自妇人手笔。后人依其韵唱和的诗，满墙都是。

王彦楚梦中诗

王彦楚，□□□州人。少年时梦作诗曰：“春罢鸡□□，

□行犬吠篱。溪深水马健，霜重橘怒肥。”

建炎初，将漕京西，遇寇至，彦梦脑间中刃，奔走墟落，闻农家舂声。正如昔年梦中作诗景象云。（三事黄礿说）

【译文】王彦楚少年时曾在梦中作诗一首：“舂罢鸡□□，□行犬吠篱。溪深水马健，霜重橘怒肥。”

宋高宗建炎初年（1127），王彦梦打算从水路去京西郡府（今洛阳），途中碰到了盗匪，王颜楚的头上被砍了一刀，他逃进村里，听到农户家舂米的声音。正与早年梦中所作诗中的景象一样。

刘氏子

刘敏求，字好古，居开封郊外。生一子，两岁而病，将死，不忍视，徙置比舍民家，须其绝而殓之。

乳媪方抱以泣，有道人过，见之曰：“儿未死也。”取药一饼饵之，遂苏。复索纸书十数字，缄封以授媪，祝令谨藏去，勿得发视，视则儿死。媪先密窥之，能认“十九”两字，余不识也。自此儿浸安，母意其十九岁当不免。

至是年，为食素祝延之，既而无恙。及绍兴十九年，敏求官建康，子四十三岁矣，得疾，以三月二十六日不起，媪犹在。始启所缄书，乃大书九字，其文曰：“十九年三月二十六日。”

【译文】刘敏求，字好古，家住开封郊外。刘敏求生了个儿子，这孩子两岁时得了重病，即将死去，刘敏求不忍心看着儿子死去，就把儿子放到附近一个老百姓家里，准备等儿子死后再去收殓他。

奶妈正抱着刘敏求的儿子在哭泣时，有个道人路过此地，道人对奶妈说：“孩子并没有死。”道人取出药喂孩子吃了，那孩子就苏醒过来了。道人又向奶妈要来纸写了十几个字，密封起来之后交给奶妈并让奶妈藏好，道人说不能拆开看里面内容，看了小孩就会死。奶妈在道人写字时已偷偷地看了一眼纸上的字，她只认出“十九”二字，其他的字她没识别清楚。从这以后，小孩儿慢慢地病愈了。奶妈心想这孩子十九岁时可能会死。

刘敏求的孩子十九岁那年，奶妈吃素食以求延长孩子的寿命，这一年刘敏求的儿子安然无恙。到了宋高宗绍兴十九年（1149），刘敏求在建康（今江苏南京）做官，他的儿子已经四十三岁了。这一年刘敏求的儿子得病，于三月二十六日病死，奶妈还活着。这才拆开道人密封起来的纸，纸上写着九个大字：“十九年三月二十六日。”

潘璟医

潘璟，字温叟，名医也。虞部员外郎张咸妻孕五岁，南陵尉富昌龄妻孕二岁，团练使刘彝孙妾孕十有四月，皆未育。璟视之曰：“疾也，凡医妄以为有娠耳。”于是作大剂饮之。虞部妻堕肉块百余，有眉目状。昌龄妻梦二童子色漆黑，仓卒怖悸，疾走而去。彝孙妾堕大蛇，犹蜿蜒不死。三妇人皆平安。

贵江令王霁，夜梦与妇人歌讴饮酒，昼不能食，如是三岁。璟治之，疾益平，则妇人色益沮，饮酒易怠，歌讴不乐。久之，遂无所见。温叟曰：“病虽衰，然未也。如梦男子青巾而白衣则愈矣。”后果梦，即能食。

【译文】潘璟，字温叟，是有名的医生。虞部员外郎张咸的妻子怀孕已经五年了，南陵尉富昌龄的妻子怀孕已两年了，团练使刘彝孙的妾怀孕也已经十四个月了，她们都还没生下来。潘璟看过之后说：“这是病，平庸的医生错误地认为是怀孕了。”潘璟于是就开了大剂量的药让她们喝。喝了药剂之后，张咸的妻子生下一百多个肉块，上面有眼睛的形状。富昌龄的妻子梦见两个小孩儿，颜色漆黑，忽然间这两个小孩儿显得很害怕，飞快地跑开了。刘彝孙的妾生下一条大蛇，那蛇还能动。三个妇人都平安无事。

贵江县令王霁，夜里在梦中和一妇人一起喝酒唱歌，白天却吃不下饭，三年当中天天如此。潘璟给王霁治疗，王霁的病越来越轻，王霁梦中所见妇人的表情越来越沮丧，喝酒时很容易疲倦，唱歌时也不高兴。时间长了，王霁就不再梦见那个妇人了。潘璟说：“你的病虽然减轻了，但并没有痊愈。如果你梦中见到一个男子戴青头巾、穿白衣服，你的病就痊愈了。”后来王霁果然做了这样的梦，马上便能正常进食。

黄山人

赠太师叶助天佑，缙云人，为睦州建德尉。年壮无子，问命于日者黄某。黄云：“公嗣息其贵，位至节度使，然当在三十岁以后。若速得之，亦非令器也。”天佑不乐。后官拱州，黄又至，令以《周易》筮之，得《贲卦》。黄曰：“今日辰居土，土加贲为坟字，君当生子，但必有悼亡之戚。”果生男。数岁而晁夫人卒。其子即少蕴也，既擢第，为淮东提刑周种婿。

周尝延一黄山人，少蕴命之筮，遇《晋卦》。黄曰：“三年后当孪生二女。晋之卦，坤下离上，二阴也。晋之字，从两口，女辞曰：‘昼日三接，三年之像也。’俟此事验，当以前程奉告。”少蕴深恶其说。已而果然。自淮扬归吴兴，复见之。少蕴曰：“君昔日所言果中，异时休咎，盍以告我。”黄曰：“公贵人也，自此当遍清要，登政府，终于节度使。宜善自爱。”少蕴异之，以白乃父。父曰：“忆三十年前，有客亦姓黄，为吾言得汝之期，且谓当建节钺，岂非此人乎？”试使召之，真昔所见者。父子相视而笑，待黄生如神。

建炎中，少蕴为尚书左丞。绍兴十六年，年七十，上章告老。自观文殿学士除崇庆军节度使，致仕二年而薨，竟如黄言。（黄礿说得之左丞）

【译文】赠太师（即因子贵而追封为太师）叶助，字天佑，是缙云人，任睦州建德县（今属浙江）县尉。叶助年近三十还没儿子，他让一个姓黄的人给他算命。黄某说：“你的子嗣是贵人，将来能当上节度使，但这孩子应当在你三十岁以后才会出生。如果你过早得子，也不是什么好事。”叶助听后很不高兴。后来叶助到拱州（今河南睢县西）做官，黄某又来了，叶助让黄某用《周易》占卜，得到一个《贲卦》。黄某说：“现在的时辰占土，土字加贲字是坟字（繁体），你应生一儿子，但是一定有死亡亲属的忧愁。”叶助果然生得一子。几年之后，叶助的妻子便死了。叶助的儿子便是著名学者叶梦得，字少蕴，叶少蕴科举及第后，做了淮东（今江苏扬州、淮安一带）提刑周种的女婿。

周种曾请过一个姓黄的人，叶少蕴让黄某为他占卜，得到一个《晋卦》。黄某说：“三年之后你将生得孪生女儿。《晋卦》的卦象是坤为下卦、离为上卦，坤、离都是阴卦。晋字包含着两个口字，《晋卦》的爻辞是：‘昼日三接，三年之象也。’等这事儿应验之后，我会告知你的前途。”叶少蕴十分厌恶黄某说的话。后来黄某说的话果然应验了。后叶少蕴从扬州府返回吴兴（今浙江湖州），又见到黄某。叶少蕴说：“你过去说的话果然应验了，希望你不要怪罪我当时的态度，请你告知我的前途。”黄某说：“你是贵人，从此以后就会官运亨通，一直升到节度使。你应善自珍重。”叶少蕴认为黄某是个奇人，便告诉他的父亲叶助。叶助说：“三十年前，也有一个姓黄的人，告知我生得你的时间，并且说你将来能当节度使，莫非就是这个人吧。”叶助让人把黄某请来一看，正是三十年前见到的那个人。叶助父子相视而笑，像对待神仙一样招待黄某。

宋高宗建炎年间（1127—1130），叶少蕴任尚书左丞。宋高宗绍兴十六年（1146），叶少蕴已经七十岁了，他给朝廷写了告老还乡的奏章。叶少蕴从观文殿学士改授崇庆军节度使，辞官还乡两年后便死了，自始至终正如黄某说的那样。

饶州官廨

饶州谯门之南一官廨，素有怪。绍兴十一年，常平主管官韩参居之，延乐平博士人胡价为馆客，郡守程进道亦遣其子从学。会程受代，价纳官奴韩秀赂，白程为落籍，程许之。韩倡乘夜携酒肴窃入价书室，与饮，且坚嘱之，遂得自便。他夕，倡复携具至，既饮，又遍以余尊犒从者，自是数至。

一夕，过三鼓，西邻推官厅会客散，望价书室灯尚明，呼之，犹与相应答。及天明，则价卧榻上死矣。主人诘问侍童及外宿直者，皆云："每夜有妇人自宅堂取酒炙以出，意宅中人，不敢言，及旦则去。昨宵已鸡唱，闻先生大呼，疑其梦魇，不谓遽死。"盖鬼诈为倡以惑价，而价不悟。

后三年，通判任良臣居之，其女十余岁，常见二人相携以行，因大病，急徙出。后以为驿舍云。

【译文】饶州（今江西波阳）谯门南边有一个官署，一向有鬼怪。宋高宗绍兴十一年（1141），常平主管官韩参住在这里，韩参请乐平（今属江西）人胡价来官署做馆官，郡守程进道也让他的儿子跟胡价学习。后来程进道代理韩参的职务，胡价接受了官妓韩秀的贿赂，请程进道为她除去乐户的户籍，程进道答应了。韩秀在夜里带着酒菜偷偷地进入胡价的书房，和胡价一起喝酒，并且再三叮嘱胡价不要说出去，韩秀便能随便到胡价书房来。又一天夜里，韩秀又带着酒菜到胡价书房里和他喝酒，他们喝过之后，把剩下的酒送给随从人员喝，从此以后，韩秀又来过几次。

有一天夜里，已过三更时分，在西边的推官厅会客完毕，看到胡价的书房里还亮着灯，推官便呼喊胡价，胡价还答应了。等到天亮之后，发现胡价躺在床上死了。程进道盘问胡价的侍童和值夜班的人，他们都说："每天夜里都有一妇人从官署的房屋里拿出酒肉到胡价的书房里，我们认为是官署里的人，不敢查问，等到天明就走了。昨天夜里鸡已叫了，听到胡价大声喊叫，我们怀疑是胡价在做恶梦，没想到他暴死了。"大概是鬼怪伪装成韩秀以迷惑胡价，而胡价不知道。

三年之后，通判任良臣住进这个官署，任良臣有个十多岁的女儿，她经常看到有两个人拉着手在官署里走动，因此生了大病，任良臣便急忙搬出官署。后来这个官署就改作驿站了。

闭籴震死

饶州余干县桐口社民段二十八，绍兴乙卯岁为雷所击，挈尸至云外，有朱衣人云："错也。"复扑于平地，段如梦中，移时方苏，项上并胁下皆有斧迹，出青黑汁数升。同村港西亦有段二十六者，即时震死。此人元储谷二仓，岁饥，闭不肯出，故天诛之。既死，谷皆为火焚。而桐口之段至今犹在。

【译文】饶州余干县（今属江西）桐口社平民段二十八，宋高宗绍兴五年（1135）被雷电所击，雷神把他的尸体提到空中，有个穿红衣服的人说："错了。"段二十八又被扔到地上了，他好像是在梦中，过了些时间他才死而复生，脖子上和胁下都有斧头砍的痕迹，从中流出几升青黑色的液体。同村港西有个段二十六，当即被雷震死。段二十六原本储藏有两仓粮食，当年粮食欠收，他不肯出卖粮食，所以上天就杀了他。段二十六死后，粮食都被大火烧掉了。而桐口社的段二十八至今还活着。

不孝震死

鄱阳孝诚乡民王三十者，初，其父母自买香木棺二具，以备死。王易以信州之杉，已而又货之，别易株板。及母死，则又欲留株板自用，但市松棺殓母。既葬旬日，为雷击死，侧植其尸。或走报厥子，子急往哭，且扶尸仆地。正日中，震雷起，忽挈子往他处，约相去五里许。洎复回，父已复倒立矣。凡两瘗之，皆震出。遂斫棺一窍，表以竹而掩之，始得宁。

【译文】鄱阳孝诚乡平民王三十，当初，他的父母自己买了两具香木棺材，准备死后用。王三十把棺材换成杉木棺，不久又把杉木棺卖了，另外换成株板棺材。等他母亲死后，他又想把株板棺材留下自己用，又买了个松木棺材装殓母亲。王三十把母亲埋葬后，过了十来天便被雷电击死，并且尸体侧立在地上。有人跑去告诉王三十的儿子，他儿子急忙跑到他的尸体旁哭泣，并且把尸体放倒在地上。当时正是午时，雷电突起，雷神把王三十的儿子提到了别的地方，离王三十的尸体大约有五里多地。等王三十的儿子又回到王三十的尸体旁时，王三十的尸体又倒立在地上了。王三十两次被埋入土中，都被雷电震出地面。王三十的儿子就把棺材砍了个洞，在棺材外面裹上竹子，然后掩埋了，这才得以安定。

梅三犬

饶州东湖旁居民梅三者，绍兴二十八年除夕，缚一牝犬欲杀，已刺血煮食，恍惚间不见。夜梦犬言曰："我犬也，被杀不辞，但欠君家犬子数未足，幸少宽我。"梅许诺。明日，自外归，恬然无所伤，乃复育之。

【译文】饶州东湖旁居民梅三，宋高宗绍兴二十八年（1158）

除夕，把一条母狗绑起来，准备杀死煮肉吃，已用刀刺出狗血煮成肉食，恍惚间狗就不见了。梅三夜里梦见狗说："我是一只狗，你要杀我我不能推辞，但我还欠你家一些小狗，希望你能宽限我。"梅三答应了。第二天，狗从外边回来了，安然无伤，梅三就留养了这条狗。

安昌期

安昌期，昭州恭城人，少举进士。皇祐中，朝廷平侬智高，推恩二广，凡进士曾试礼部者，皆特试于廷。昌期因是得横州永定尉。以事去官，遂不复仕。独与小童游广东，放浪山水间。

同年曲江胡浚为惠州海丰令，昌期往过之，留甚久。杯酒间多为嬉戏小技，娱悦坐人。尝结纸数纽。覆而咒之，良久，器遂动，徐徐启之，皆为鼠矣，咀嚼举动如真。复覆之。则依然结纸也。时采山药，嚼而吐之，以示人，津著药上，皆如胶饴。或通夕不寐。指其童曰："勿轻此童，它日与吾偕隐。"

治平二年，游清远峡山寺，谓僧曰："久闻山中有和光洞，故来游。"遂与童俱往，数日不返。僧疑为虎所食，遍求之，无所见。于洞前石壁上得诗曰："蕙帐将辞去，猿猱不忍啼。琴书自为乐，朋友孰相携。丹灶非无药，青云别有梯。峡山余暂隐，人莫拟夷齐。"后题云："前横州永定县尉守昌期笔。"

【译文】安昌期，是昭州恭城（今广西平乐）人，少年时便考中进士。宋仁宗皇祐年间（1049—1054），朝廷因平定了南方侬智高叛乱，故对二广地方的士人给一次特殊恩典，凡是参加过礼部考试的贡士，都特准参加廷试。安昌期因此得以出任横州永定县（今广西横县境内）县尉。后来安昌期因事罢官，此后就不再做官，独自带一小童在广东游山玩水。

和安昌期同科考中进士的曲江（今属广东韶关）人胡浚任惠州海丰县令，安昌期前去拜访他，在那里停留很长时间。他们喝酒的时候，常玩些小巧杂技，让在坐的人开心。安昌期曾经用纸结成几个纸带子，用别的器具把纸带掩盖起来，再念咒语，过了些时候，器具便开始晃动，慢慢掀开器具，纸带都变成老鼠了，并且像真老鼠一个咀嚼、走动。再把纸变的老鼠盖起来，就又仍旧变成纸带子。安昌期还把采摘的山药含在嘴里咀嚼，然后再吐出来，拿给别人看，他的唾液粘在山药上，就像胶一样。有时通宵不睡。安昌期曾指着小童对别人说："不要轻视此童，将来他要跟我一起隐居。"

宋英宗治平二年（1065），安昌期游览清远峡山寺，他对寺僧说："早就听说这座山上有个和光洞，所以才来游览。"于是安昌期就和小童一直前往和光洞，好几天还没返回寺庙。僧人怀疑他们被老虎吃掉了，到处寻找都没找到他们。僧人在和光洞的石壁上看到这样一首诗："蕙帐将辞去，猿猱不忍啼。琴书自为乐，朋友孰相携。丹灶非无药，青云别有梯。峡山余暂隐，人莫拟夷齐。"诗后题写道："前横州永定县尉安昌期笔。"

海　马

绍兴八年，广州西海滩，地名上弓弯。月夜，有海兽状如马，蹄鬣皆丹，入近村民家，民聚众杀之。将晓，如万兵行空中，其声汹汹，皆称寻马。客有识者，虑其异，急徙去。次日，海水溢，环村百余家尽溺死。

【译文】宋高宗绍兴八年（1138），广州西海滩上的上弓弯村。一个月夜里，有一个海兽形状像马，蹄子和毛都是红色的，进入一个村民的家里，那个村民叫来许多人把海兽杀死了。天快明时，空中好像有上万兵马，声音极大，都说是来找寻马。有知识的外来客人感到事情奇异，急忙走了。第二天，海水暴涨，上弓弯村一百多家人全被淹死了。

卷第九（十四事）

邹益梦

邹益者，饶州乐平人，为进士。初兴三舍时，乞梦于州城隍庙，夜梦往官府，见壁间诗一联云："邹益若为饶解首，朱元天下第三人。"即觉，大喜，谓必冠乡举。时舍法初行，挟书假手之法甚严，益首犯禁。朱元者，徽州人。蔡京改茶法，元为茶商，坐私贩抵罪。正第三人云。

【译文】邹益是饶州乐平县（今属江西）人，是个进士。刚开始兴起三舍法（宋代科举制度）时，邹益到城隍庙求梦，夜里他梦见他到官府去了，他看到墙壁上写有一联诗："邹益若为饶解首，朱元天下第三人。"梦醒后，邹益十分高兴，认为他一定会在乡举考试中取得第一。当时三舍法刚开始推行，禁止考生作弊的制度十分严格，邹益第一个违犯考试制度被黜落。朱元，是徽州（今安徽歙县）人。蔡京修改茶法时，朱元是个茶商，因为私自贩卖茶叶而犯法，他是第三个违犯茶法而判罪的人。

王李二医

李医者，忘其名，抚州人。医道大行，十年间，致家资巨万。崇仁县富民病，邀李治之，约以钱五百万为谢。李拯疗旬日，不少瘥，乃求去，使别呼医，且曰："他医不宜用，独王生可耳。"时王李名相甲乙，皆良医也。病者家亦以李久留不效，许其辞。李留数药而去。

归未半道，逢王医。王询李所往，告之故。王曰："兄犹不能治，吾技出兄下远甚，今往无益，不如俱归。"李曰："不然。吾得其脉甚精，处药甚当，然不能成功者，自度运穷不当得谢钱耳，故告辞。君但一往，吾所用药悉与君，以此治之必愈。"王素敬李，如其戒。

既见病者，尽用李药，微易汤，使次第以进。阅三日有瘳。富家大喜，如约谢遣之。

王归郡，盛具享李生曰："崇仁之役，某略无功，皆兄之教。谢钱不敢独擅，今进其半为兄寿。"李力辞曰："吾不应得此，故主人病不愈。今之所以愈，君力也，吾何功？君治疾而吾受谢，必不可。"王不能强。他日，以饷遗为名，致物几千缗，李始受之。

二医本出庸人，而服义重取予如此，士大夫或有所不若也。今相去数十年，临川人犹喜道其事。

【译文】李医生，是抚州（今江西临川）人。李医生治病有方，远近闻名，十来年时间，他就挣了数万家产。崇仁县有个富人病了，请李医生为他治疗，事先约定治好病就酬李医生五百万文钱。李医生为富人治疗了十来天，富人的病并未减轻，李医生就要求离去，他让富人另请医生治疗，并说："别的医生不要请，只有王医生能治好你的病。"当时王医生和李医生的名望不相上下，都是良医。病人的家人也因为李医生已经治疗很长时间但不见疗效，而同意让李医生走。李医生留下一些药就离去了。

李医生回家途中碰到了王医生。王医生问李医生到什么地方去了，李医生把情况对王医生说了。王医生说："你尚且不能治疗，我的医术跟你相差很远，我现在去了也治不好，不如咱们一块回去。"李医生说："富人的病并非治不好，我精心为他诊脉看病；用药也很恰当，但我之所以没能治好他的病，我想不过是因为我的好运已尽，不应得到那一大笔酬金罢了，所以我才告辞。你只要前去治疗，我把我所开药方全都给你，按照这些药方给他治疗，一定能治好他的病。"王医生向来敬重李医生，便听从李医生的话去为富人治疗。

王医生见到病人后，全用李医生的药方，只是略加变动，让病人服用。经过三天治疗，富人的病就好了。富人家十分高兴，付了事先约定的酬金，送走了王医生。

王医生回去以后，拿了很多钱送给李医生，并说："给崇仁县的富人治病，我没什么功劳，都是你教给我的办法。酬金我不敢独自占有，现在送一半酬金给你祝寿。"李医生力推辞说："我不应得到这些钱，所以我治不好富人的病。现在富人的病之所以能治好，都是你的功劳。我有什么功？你治病而我拿酬金，是绝对不行的。"王医生不能勉强。后来，王医生以送礼为名，送给李医生很多东西，差不多值一百万文钱，李医生才接受了。

王、李二医生本是平庸之人，却如此重视道义而不贪财，有些士大夫恐怕还不如这两个医生。这事儿已过去几十年了，现在临川的人们还喜欢谈论此事。

花果异

绍兴二十一年四月，池州建德县定林寺，桑树生李，栗树生桃，极甘美异常。鄱阳石门民张二公仆家竹篱上，生重台牡丹一枝甚大。吾家田人汪二十一家，镬内现金色莲花，有僧立其上，自四月八日至十日不退，其家以煮犬，遂灭。闻自彭泽至石门，民家镬多生花，但无僧。此异所未闻也。是年，雨泽及时，乡老以为大有年之祥。

【译文】宋高宗绍兴二十一年（1151）四月，池州建德（今属浙江）定林寺，桑树上结李子，栗树上结桃子，味道非常甘甜、十分鲜美。鄱阳（今江西波阳）石门人张二公的仆人家的竹篱笆上，有一枝牡丹花开两层，花朵很大。我们家的种田人汪二十一家，大锅里长出金色莲花，莲花上站着一个和尚，从四月八日到十日一直不消，汪二十一家的人用这个大锅煮狗肉，锅里的莲花、和尚就消失了。听说从彭泽到石门，老百姓家的大锅大都生花，但没有和尚。花上站着和尚这种奇特观象，还没听说过。这一年，降雨及时，乡里的老年人认为这些奇特现象是丰收的吉祥之兆。

黄履中祷子

黄钺，字元受，建昌人，汪应辰榜登科。言其祖履中无子，祷于君山庙。梦人以彩笼盛五色凤三，别以筠笼盛一鸟，并授之。后正室生三子，皆擢第；妾生一子，无所能。

【译文】黄钺，字元受，建昌人，汪应辰榜登科。黄钺说他的祖父黄履中当初没有儿子，便到君山庙祈祷求子。后来黄履中梦见有人用彩笼装着三只五色凤，另外用竹笼装着一只鸟，一并交给了黄履中。后来黄履中的正妻生了三个儿子，都科举及第了；黄履中的妾也生了一个儿子，但没什么才能。

絇纺三梦

絇纺，字公素，元姓句，犯上嫌名，遂增系为絇，其音如章句之句。宣和甲辰，赴省试，梦人告曰：“遽得逢州便得。”纺喜，谓遽得者，即得也。已而不利。

至建炎戊申，试维扬，梦如初，纺曰：“遽者，絇也，我已姓絇，又试于扬州，其必得。”又不利。久之，复梦其人来，以实告曰：“君年四十八方登科，今未也。”纺时三十八矣，度犹有十年，以未可得，不敢萌进取意，屏居道州。富家翁召教其子。

及绍兴甲寅科诏下，纺四十五岁矣，以为必无成，不肯往。主人强之曰：“所以延君者，正欲挟小儿俱入举场，君必行。”阴令其子自为下家状求试。纺不得已从之，遂与富子俱荐送。明年，缴公据纳礼部，漫启视，则所具年甲，误以为四十七，是年正四十八也。默喜，以为神助，独未晓逢州便得之语。及坐图混榜出，纺名之左一人姓冯，右一人姓周，是岁遂登第。

首尾十二年，凡三见梦方验，曲折明白如此。

【译文】絇纺，字公素，原来姓句，犯上嫌名，于是就增加一系字便成了絇，絇字的读音和章句之句相同。宋徽宗宣和六年（1124），絇纺去参加省试，梦见有人对他说：“遽得逢州便得。”絇纺很高兴，他以为“遽得”就是马上可以考中的意思。但不久考过之后，絇纺并未考中。

到了宋高宗建炎二年（1128），絇纺到扬州府参加考试，他又做了同样的梦。絇纺心里想：“遽，就是絇，我已经改为姓絇了，现在又在扬州考试，这次大概一定能考中吧。”但是这一次絇纺又未考中。过了一段时间，絇纺又梦见那个人来对他说：“你四十八岁才会考中，现在不会考中。”当时絇纺三十八岁，他想还有十年时间才能考中，便不敢再参加考试了，就闲居在道州（今湖南道县）。一个富翁请絇纺去教他的儿子。

到了宋高宗绍兴四年（1134），朝廷又下了科举考试的诏书，当时絇纺四十五岁，他以为一定不会考中，便不想去参加考试。富翁极力促使絇纺参加考试，并说：“我之所以请你来教我儿子，就是想让你带着他一起去考试，你一定得去。”富翁还暗地里让他儿子代絇纺报上参加考试的申请书。絇纺没办法，就答应了，于是他就与富翁的儿子一起报名参加考试。第二年，报考人员的名册上交礼部时，絇纺发现他的年龄误写成四十七岁了，而这一年他正好四十八岁。他暗自高兴，以为是神灵相助，但他还不明白“逢州便得”是什么意思。等到考场坐次榜公布出来时，絇纺名字的左边一人姓冯，右边一人姓周，这一年絇纺才科举及第。

前后十二年，做了三次梦才得以应验，期间的曲曲折折，又显得如此明白。

黄司业梦

元符戊寅岁，睦州建德人黄司业者，失其四岁男子，日夜悲泣。梦之曰：“儿已受生，无用相忆。儿前生尝为宰相，坐诬陷善人，谪为公家子。偶又有小过，复再谪，今只在数里间方十四秀才家。他日当有官，毕此一世后，却生佳处矣。”

明日，访方秀才，果得子。以十二月一日生，正与黄氏子亡日同。黄请观之，儿跃然甚喜。与之物，即举手如欲取状。黄归，遂不复哭。

十四秀才者，名逸，官至朝请郎。所生子名序，绍兴十二年登科。然仕才至常山丞以死，寿五十有三。（右三事皆余执度文特言）

【译文】宋哲宗元符元年（1098），睦州建德（今属浙江）人黄司业的儿子四岁就死了，黄司业日夜悲哭。黄司业梦见他的儿子对他说：“我已投生了，不要牵挂我。我上辈子曾当过宰相，因为诬陷好人获罪，被贬谪为你的儿子。又有别的过错，我又再次被贬谪，现在我在离此几里地的方十四秀才家。日后我应当做官，过了这一辈以后，就会投生到好地方。”

第二天，黄司业去拜访方秀才，方秀才果然生得一个儿子。这孩子是十二月一日出生的，与黄司业的儿子死的时间相同。黄司业要看小孩儿，孩子见到黄司业高兴得很。黄司业拿东西给孩子，孩子就举起手好像要去接东西的样子。黄司业回到家里就不再哭了。

方十四秀才，名叫方逸，是朝请郎。方逸生的那个孩子叫方序，宋高宗绍兴十二年（1142）科举及第。但方序做官只做到常山县丞就死了，他活了五十三岁。

俞翁相人

邵武俞翁者，善相人，尤能听器物声验吉凶。先世仕南唐为太史令，后主归朝，俞氏举族来居邵武之泰宁。翁年既高，人尊之，呼为翁云。

叶祖洽儿童时，好骑羊为戏，翁见之曰：“郎君当魁天下士，勉之，无戏。”祖洽遂折节读书。会黄右丞丁内艰，乡居，祖洽与邑子上官均执弟子礼，师事之。尝过小山寺，遇翁，翁逆谓曰：“状元、榜眼，何自来此？”二人相视而笑曰：“宁有是。”翁曰：“不特尔，又同年焉。吾为子选一题，可预为之备。”二人未之信，戏曰：“题目谓何？”翁指庭下竹一束曰：“当作此。”二人笑而去。熙宁三年，廷试进士，罢诗赋论三题，易以策问。祖洽遂首选，均次之。方悟竹一束，盖策字也。

祖洽父恪，少不学，尝过翁门，县之士子群集，无一可翁意，独指恪曰："此人年六十，当官七品，服银绯。"众皆怃然。恪后以子贵，封累朝请郎，赐朱绂，正年六十云。

翁尝行田间，闻水声曰："水流悲，田将易主。"已而果然。又尝入市，闻乐声曰："金声亢，其有兵，当在申酉间。然我无伤，兵四人当溺死。"至期，果有戍卒自汀州还，过市群饮争倡女，抽戈相戕。度不自安，乘幕乱流而渡，正春涛怒涨，溺死果四人。或问其故，曰："日在子，又属水，水旺于子，金至此死焉。"其巧发奇中类是。今邵武人犹传其《相书》一编，然去翁远矣。

【译文】邵武人俞翁，擅长相面算命，尤其是他能从物体发出的声音预测吉凶祸福。俞翁的祖先曾任南唐王朝的太史令，南唐后主李煜归降大宋后，俞氏家族便来邵武泰宁县居住。因为俞翁的年岁已高，人们尊敬地称他为翁。

叶祖洽小时候，喜欢骑着羊玩耍。俞翁对叶祖洽说："你将来应当在科举中夺魁，应努力学习，不要贪玩。"叶祖洽就不再贪玩了，开始读书学习。刚好担任过尚书右丞的黄履遇到母丧，回家住在乡里守孝，叶祖洽和上官均便拜黄右丞为师，跟他学习。有一次，叶祖洽和上官均经过一个小山寺时，碰见俞翁，俞翁便迎着他们说："状元、榜眼，你们从哪儿到这儿来的？"叶祖洽和上官均相视而笑，并说："但愿我们是状元、榜眼。"俞翁说："你们不但能考取状元、榜眼，而且是同时考取。我给你们选一个题目，你们可以预先准备。"叶祖洽和上官均不相信俞翁的话，开玩笑说："题目是啥？"余翁指着庭下的一束竹子说："应当作这个题目。"叶祖和上官均笑着走了。宋神宗熙宁三年（1070），进士参加廷试，废除考试诗、赋、论，改为考试策问。叶祖洽果然考取了状元，上官均考取了榜眼。这时叶祖洽和上官均才明白余翁指的一束竹子，原来是个“策”字。

叶祖洽的父亲叶恪，小时候不读书，曾从俞翁门口经过，县里士人们的孩子成群，但没一个能让俞翁中意的孩子，俞翁单指着叶恪说：“这个人六十岁时应当官至七品，穿红袍银鱼带的官服。”众人都茫然若失。后来叶恪因儿子叶祖洽显贵而被封为朝请郎，朝廷还赏赐了红色官服，当时叶恪正是六十岁。

有一次，俞翁从田间走过，他听到田里的水声后说：“水流的声音很悲哀，这块地要归属新主人了。”后来果然如此。又有一次，俞翁到街市上，听到音乐声后说：“金属乐器的声调很高，大概有军队要来了，军队应在申酉时分到来。不过我不会受害，应当有四个兵卒被淹死。”到了申酉时分，果然有一批戍边兵卒从汀州（今福建省三明市、永安、漳平等地）来了，经过街市时，兵卒们在一起喝酒，为了争抢倡妓，他们便拔刀相斗。一些兵卒害怕危及自身，趁天快黑时抢着渡河，正遇上河水暴涨，果然淹死四个兵卒。有人问俞翁怎么知道要发生这些事情。俞翁说：“日在子，又属水，水旺于子，金至此死焉。”俞翁的卜算技艺出人意料的准确，应验大抵如此。现在在邵武一带还流传着俞翁的《相书》，不过他们的技艺跟俞翁相差很远。

宗本遇异人

僧宗本者，邵武田家子。宣和元年因饷田行山峡中，遇道人，麻衣椎髻，丐食。本曰：“吾父未晡餐，可同至家取食否？”道人怒，唾左拇端，抽一剑胁之。本对如初，道人笑曰：“獠子可教。”解衣带小瓢，倾红药三颗授之。本举掌欲服间，其二坠地，不可得，但咽其一。道人复笑曰：“分止此耳。”忽不见。

本不复归家，入近村双林院，止佛殿上，即能谈僧徒隐事。咸惊异，走告其家。妻子来视，斥去，不使入。明日讙传一乡，来询休咎者系道不绝，郡将以下咸遣书乞颂。本握笔瞑目，颂立成，笔法清劲可爱。寺僧指为生佛，欲令久居，以壮声势。本曰：“吾缘不在是，当往汀州谒定光佛。”奋臂便行，至泰宁之丰岩，乐其山水秀邃，亦梦紫衣金章人挽留，遂止不去。县人共出钱为祝发，得废丹霞院额，标其岩。

未几，罗畸畴老自沙县遣信招迎，欣然而往。时李伯纪丞相自右史斥监邑征，本与颂曰：“青共立，米去皮，此时节，甚光辉。”伯纪罔测。洎靖康初得君，骤拜执政，方悟其语。邓肃志宏以诸生见本，本指伯纪谓肃曰：“君他日贵由此人。”及伯纪登庸，志宏白衣至左正言。本留沙县逾年，复还丹霞。

建炎四年，伯纪自岭外归见本，本大书机上作“绍兴”二字。明年，果改元。语伯纪曰：“兹地血腥触人，当有兵起，公可居福州。”从之。二月，环境盗起，邑落焚刘无余。二年六月，伯纪帅长沙，过邵武，迂道访本。本送至建宁，趣其速行，戒之如泰宁，复大书邑厅壁曰：“东烧西烧。”又连书七七数字。才出境，江西贼李敦仁入邑，纵火，正七月七日也。

本初住丹霞，有飞雀立化于佛前香炉上，畴老为著《瑞雀颂》，人以为师所感云。绍兴十六年，豫言某日当去，至期，无疾而化。本晚工诗，殖货不已，尤吝啬，视出一钱如拔齿，其徒多谏之。曰：“此吾宿业也。”

【译文】僧人宗本，是邵武（今属福建）某种田人家的儿子。宋徽宗宣和元年（1119），宗本因往地里送饭经过一个山峡，在山峡中他遇到一个道人，道人身穿麻衣、留着椎形发髻，道人向宗本要饭吃。宗本说：“我父亲还没有吃早饭，这饭是送给我父亲的，你能否跟我一块到家中吃饭呢？”道人生气了，往左拇指上吐了口唾沫，抽出一只剑来威胁宗本。宗本仍像当初一样应付，道人笑着说：“你这小子可以教导。”道人从身上解下一个小葫芦，从中倒出三粒红药交给宗本。宗本举手想一起吃下，但其中两粒掉到地上便找不到了，宗本只吃了一个。道人又笑着说：“只有这点缘分了。”道人忽然间就不见了。

宗本没再回家，而是进了近村的双林院，宗本停在佛殿里，当即就能说出僧徒的隐私。僧徒们都很惊异，跑出去告诉了宗本的家人。宗本的妻子带着孩子来双林院看宗本，宗本斥责了他们，不让他们进寺院。第二天，众人纷纷传言，全乡皆知，来问祸福的人络绎不绝。郡将以下的官吏，都派人送信来，求宗本为他们作颂。宗本闭着眼睛一相，挥笔写字，颂语很快就写好了，字迹笔法清劲可爱。双林院的僧人们把宗本当作活佛，想让他长住寺院，以壮声势。宗本说：“我的缘分不当在此，我应到汀州（今属福建）去拜谒定光佛。”宗本说完便走了，走到泰宁县的丰岩，宗本喜爱丰岩的青山秀水和幽静的环境，他又梦见紫衣金章人挽留他，于是他就停下来不走了，泰宁县的人纷纷出钱让宗本在丰岩落发为僧，他们得到一个废弃的“丹霞院”匾额，便把匾额标挂在丰岩。

不久，有个罗畸字畴老的人从沙县送信来请宗本，宗本欣然前往。当时李纲从右史贬官为监邑征，宗本为他作颂道：“青共立，米去皮，此时节，甚光辉。”当时李纲没法推测颂语的含义。等到宋钦宗靖康初年（1126），李纲得到皇上信任，立即授予丞相官职得以执掌政权，这时李纲才明白宗本所说颂语的含义。邓肃和人一起见到宗本时，宗本指着李纲对邓肃说：“你将来就要依靠此人得以显贵。”等到李纲掌权后，邓肃便从平民被提升为左正言。宗本在沙县停留一年多，又返回丹霞院去了。

宋高宗建炎四年（1130），李纲从岭南返回泰宁县见到宗本，宗本在桌上大写了“绍兴”二字。第二年，朝廷果然改元为“绍兴”。宗本对李纲说：“此地有血腥味，将发生兵乱，你可以到福州去住。”李纲听从宗本的话去了福州。二月，泰宁县境内强盗作乱，县里的城镇都被焚烧了。宋高宗绍兴二年（1132）六月。纲任长沙统帅，经过邵武时，绕道拜访宗本。宗本把李纲送到建宁县，催促李纲赶快走，像在泰宁县时一样告诫李纲，又在墙上大写“东烧西烧”几个字，又连着写了“七七”两个数字。李纲刚走出建宁县境，江西盗贼李敦仁就进入了建宁县城并放火烧城，当时正是七月七日。

宗本刚在丹霞院住下时，有一只飞雀站在佛前的香炉上死了，罗畴老为此写了《瑞雀颂》，人们认为飞雀被宗本感化了。宋高宗绍兴十六年（1146），宗本预言他将死于某日，到了那一天，宗本无病而亡。宗本晚年工于诗，并不断做生意赚钱，而且特别吝啬，拿出他的一文钱就跟拔他的牙一样，他的徒弟大都劝谏他别太吝啬了。宗本说：“这是我的宿业。”

惠吉异术

僧惠吉张氏，饶州余干人。少亡赖，为县五伯，因追胥村社，少休山麓，遇妇人乘竹舆，无所服，惟用匹布蔽体。讶其韶秀而结束诡异，揖而讯之。曰："非汝所知也。"取一卷书授之，曰："勉旃，后当为僧。"言旋，舆去如飞，二仆夫冉冉履空中。

张归，即能谈人意间事。弃妻子，出游，过抚州宜黄县，行止佯狂，人无知者。时大旱，县人作土龙祷雨，张投牒请自祈禬，约明日午必雨，不尔，愿焚躯以谢。即趺坐积薪上。民之轻剽祸贼者，争益薪。及明，烈日滋炽，万众族观，至秉炬以须。如期，果大雨，四境沾足，邑人始谨事之。

邹柄居是邑，恶其惑众。张往见之曰："吾宿负公杖，幸少宽我。"会张为邑人甃治衢陌，裒金数百万。或谮于邹曰："彼干没其半，间道以遗妻孥。"邹怒，言于县宰，捕笞之。已而悔，诣张谢。张曰："曩固言之矣，无伤也。"

宣和三年，适邵武泰宁，谓县人黄温甫曰："吾与若隔生同为五台僧，若尝病，费吾药饵，今当馆我以偿。"黄为筑庵香炉峰顶。买僧牒落发。师能咒水起疾，数百里间，来者络绎。通直郎叶武为令，梦一女子持火，东西焚庭庑，复爇鼓门，惊觉。迟明，师造县迎问曰："昨夕恐否？"叶愕然，具以梦告。师命舆土地木胎至庭斧之，血津津然。初，县有祟物，化为美姝，惑宿直吏，至是遂已。

县丞江定国母吕氏，有眩疾，每发，头涔涔不可忍。以扣师，师曰："无它故，要是银儿为孽。"定国骇惧。银儿者，其父时故姬，吕氏阴杀之。于是丐为禳谢。师引纸画为禽畜百十种，令秉火炬，设瓜果，宾主置榻。戒其家人皆就寝勿顾，独一二仆使在。迨夜，师入吕氏寝，物色之，得于妆合。仆者咸见好女子，年可十六七，绿衣黄裙，对之掩泣，若不从状。师徐徐谕解，已而肯首。乃以所画并楮镪付之，送使出门。吕氏明日疾不作。

富人江景渊，尝与人争田，不胜，用计杀之。忽得脾疾，诣师请救。师具数其过，景渊叩头哀祈。为至其居，命斫地丈许，得苍狗，咋牙怒视，左右皆恐。视之，乃块石。师以杖击之，应手糜碎，景渊即愈。

又有倡，弃籍归一胥，同谒师。师所居山椒林樾蔽绕，来者未至门不知也。师逆告其徒曰："某人夫妇少选至，勿令其婢子入。"及二人至，元无婢自随。师言状，倡惊泣求救。乃昔日曾逼一婢赴井死，胥固未之知。

尝入市，见搏者立道左，呼使前，扪其项下如揭物状，曰："后不得复尔。"人问故，盖此人昨夕负博进，恚而投缳，救至得不死。

师白昼捕魑魅，逆说祸福，甚多，不胜载。绍兴四年死，泰宁人至今绘事其像，不呼其名，惟曰张公，或曰张和尚云。

【译文】僧人惠吉姓张，饶州余干县（今属江西）人。张氏小时候是个无赖，是余干县的县衙刑卒，因为追赶一个小官吏，在一个山脚下遇见一个妇人坐着竹舆，那妇人没穿衣服，只用一块布遮盖着身体。张氏因为那妇人容貌秀美，而装束诡异，而感到惊讶，他便上前拱手施礼，并询问那妇人。妇人说："这不是你应知道的事。"妇人拿出一卷书交给张氏，并说："努力学好这本书，日后你应成为僧人。"妇人说完，竹舆便飞快地离去，两个抬竹舆的仆夫慢慢地抬轿升向空中而消失。

张氏回家后，就能说出别人心里的事。后来张氏抛下妻子、孩子，外出游玩，他经过抚州宜黄县（今属江西）时，举止假装疯狂，没有人了解他。当时天气异常干旱，宜黄县的人们用土做成龙以祈祷求雨，张氏毛遂自荐，请求让他祈祷，并约定第二天午时一定降雨，如到时天不下雨，他就自愿自焚以谢罪。张氏当即坐到柴堆上面。一些不务正业的奸刁小民便争着往柴堆上面加柴。到了第二天，烈日当空，天气越来越热，数万百姓前来围观，一直到有人拿着火把等待午时到来。到了午时，天果然下了大雨，宜黄县周围都下得很大。此后，宜黄县的人们才恭敬地对待张氏。

曾任过太守的邹柄居住在宜黄县，他厌恶张氏迷惑众人。张氏前去拜见邹柄，并说："我过去曾欠下你的杖打，希望你再稍稍宽限些时日再打我。"后来张氏为宜黄县的人铺修道路，筹集资金数百万。有人到邹柄那里诬陷张氏说："张氏贪污了修路资金的一半，从小路送回他家里了。"邹柄十分恼怒，前去对县宰说了此事，张氏便被逮起来打了一顿。不久，邹柄知道错怪了张氏，他十分后悔，便找到张氏道歉。张氏说："过去我已说过你应该打我一顿，这事儿当然不怪你了，没关系的。"

宋徽宗宣和三年（1121），张氏到邵武泰宁县（今属福建）对黄温甫说："我与你上上一辈子同在五台山做僧人，你曾生过病，用了我的药，现在你应该给我建造一个馆舍以偿还上一辈子欠我的债。”黄温甫便在香炉峰顶给张氏建造了一个庵。张氏便在这里落发为僧了，此后张氏便成了惠吉法师。惠吉法师能咒水治病。方圆数百里，前来求惠吉治病的人络绎不绝。通直郎叶武是泰宁县县令，他曾梦见一个女子拿着火，把县衙的房屋烧了，又点燃了鼓门，叶武被吓醒了。第二天，惠吉法师到县衙问叶武：“昨天夜里你没受惊吧？”叶武感到惊异，便把梦里所见对惠吉说了。惠吉法师让人把土地神的木胎抬到庭院里用斧头砍，木胎被砍出血迹来了。当初，泰宁县城里有妖邪之物，变成美女迷惑夜间值班的官吏，惠吉法师砍了土地神的木胎之后，县里便不再出现妖怪了。

县丞江定国的母亲吕氏，患有眩疾，每次发病时，吕氏头上汗流不断、难以忍受。江定国便去询问惠吉法师，惠吉说：“没有别的原因，只是银儿在作怪。”江定国感到惊异又十分惊怕。银儿，是江定国的父亲的妾，吕氏暗杀了银儿。江定国于是就请惠吉法师为他母亲驱除妖邪。惠吉法师在纸上画了百十种禽畜，让人打着火把，摆设瓜果，分宾主安置了床铺，然后又告诫江定国一家人都去睡觉，不让他们观看，只留下一两个仆人。到了夜里，惠吉法师走进吕氏的卧室，捕捉妖邪，在妆盒里捉住了妖怪。仆人们都看见一个美貌女子，大约十六七岁，穿着绿衣服、黄裙子，站在惠吉法师对面掩面哭泣，似乎不愿服从惠吉法师。惠吉法师慢慢地开导她，不久，那女子点头应允。惠吉法师就把他画的禽畜连同纸钱交给了那个女子，把她送出门去。第二天，吕氏的病便不发作了。

富人江景渊，曾经和别人争夺田地，江景渊没争到地，就设计杀了对方。后来江景渊忽然得了脾疾，到惠吉法师那里求救。惠吉法师一一列举了江景渊的罪过。江景渊不断的叩头哀求惠吉法师救他。惠吉法师来到江景渊家，让江景渊把地面挖了一丈多深，挖出一只苍狗，那苍狗龇牙怒视，周围的人都很害怕。仔细一看，却是一块石头。惠吉法师用杖击石，石块就粉碎了，江景渊的病马上就好了。

有一个倡妓嫁给了一个小官吏，他们一同去拜谒惠吉法师。惠吉法师住的那座山，林木环绕，来拜谒惠吉的人不到门前是不会看到的。惠吉法师预先告诉他的徒弟说："有一对夫妇马上就到了，你们不要让他们的女仆进来。"等倡妓夫妇二人到了之后，并没有跟随仆人。惠吉法师却说出了仆人的形状，倡妓惊惧地哭着乞求惠吉法师救她。原来，过去这个倡妓曾经逼着一个女仆跳井淹死了，那个小官吏却不知道这件事。

惠吉有一次到了街市上，看见了个人站在路边，惠吉便叫那人走近前来，惠吉扶住那人的脖子，好像是从那人的脖子上扯掉什么东西似的，惠吉对那人说："以后不要再这样了。"有人问惠吉这是怎么回事，原来那人头一天夜里赌博时输了，非常恼怒便去上吊自杀，遇救而未死。

惠吉法师白天捉鬼怪，预言祸福，这类事很多，不能一一记录。宋高宗绍兴四年（1134），惠吉法师死去。泰宁县的人们至今还绘制着惠吉法师的画像供奉，人们不叫惠吉法师的名字，只叫他张公，有的人叫他张和尚。

卓笔峰

泰宁县东十五里，有仙棺石。相传往年因风雨，白昼晦冥，人闻空中音乐声，及霁，见棺木在岩间。其处峭绝，人莫能上，疑仙人蜕骨送于此。因名音山，亦名圣石。遇大旱，祈雨即应。

蒋颖叔使福建日，过之，为赋诗，更名卓笔峰。宣和五年，复大雷电，风雨霁塞，及霁，而棺旁又列一棺，题凑不异世俗作者。次年春，山边人见舆马旌幢，骑从呵殿，腾云至其地，作乐而去。乐声泠然，非世间音。

村民能猱援者尝登之。云棺不施钉，可开视。骨色青碧，葬具悉古制，惟一小剪刀，细腰修刃，同人间用者。将挈而下，忽霹雳挟崖起，大蛇旁午。民惊怖坠地，体无所伤，而病狂，半年方愈。为乡人言如此。（右五事皆邵武士人黄文幕说）

【译文】泰宁县城东十五里处有个仙棺石。相传早些年因为有风雨，白天的天色显得异常昏暗，人们听到空中有音乐声，等雨过天晴后，人们看见高峻的山崖上放置着一个棺材。放置棺材的地方山岩非常险峻，没有人能攀登上去，人们怀疑是仙人把他们的蜕骨装在棺材里面送来放置在山崖上的。因此人们便称此山为音山，也叫圣石。遇到天气干旱时，只要到这里来祈祷求告，天就会下雨。

蒋颖叔出使福建的时候，曾去探访过仙棺石，并为之赋诗，改山名为卓笔峰。宋徽宗宣和五年（1123），又有一次雷电大作，风雨交加天色昏暗，等到雨过天晴后，仙棺旁又放置了一个棺材，两个棺材排列得整齐而又紧凑，跟世俗凡人摆放的一样。第二年春天，山边的人看见有车马旗帜，后边还跟随着很多骑马的人，他们腾云来到放置棺材的地方，演奏音乐之后便离去了。他们演奏的乐声清越美妙，不是世俗的音乐。

有一个善于攀登陡峭山崖的村民，曾经登上了放置棺材的山崖。这个村民说仙棺没有用钉钉上，可以打开棺材观看。棺材里的骨头是青碧色的，里边的随葬物品都是古代制作的，只有一个小剪刀，中间细窄，刀刃修长，跟世人用的剪刀一样。村民正要拿着剪刀下来时，忽然间雷电交加，棺材旁边有大蛇纵横交错。村民惊恐万分，从山崖上掉落到地面，他的身上没有受伤，但病得很厉害，过了半年病才好。村民对别人讲了这些事情。

张琦使臣梦

左武大夫荣州刺史张琦，绍兴十六年自建康解军职，为江东兵钤，驻饶州三年而病。琦有田在池州建德县，命使臣掌之。

是岁，使臣梦黄衣数人，持一朱书漆牌云："摄饶州钤辖张琦、潭州长沙知县赵伯某。"即寤，意谓琦被召命，诣鄱阳庆之，琦病已笃，不得见。家人恐其梦不祥，不敢言。而琦数询其子云："赵知县到未？"子谓病中谵语，不敢对。凡月余，果有赵君者罢长沙县归至饶，泊城下，卒于舟中。琦登时亦死。

【译文】左武大夫荣州刺史张琦，宋高宗绍当十六年（1146）在建康（今南京市）被解除军职，任江东（今浙江、福建、江苏、江西等省）兵钤，张琦在饶州（今江西波阳）住了三年后患病了。张琦在池州建德县（今属安徽）有田产，他让当地官员代他掌管田产。

这一年，当地官员梦中见到几具穿黄衣服的人，拿着一个红漆牌说："拘捕饶州钤辖张琦、潭州长沙县（今湖南长沙）知县赵伯。"地方官醒后，心想是张琦又得到朝廷的提升了，他便到鄱阳

（今江西波阳）去祝贺张琦，但当时张琦已病得很重，没能相见。张琦的家人怕使臣的梦不吉利，不敢对张琦说。但张琦却多次问他儿子："赵知县到了没有？"张琦的儿子以为张琦是在说胡话，便不敢回答。过了一个多月，赵伯果然被罢免了长沙县令而回到饶州，坐船停在饶州城下时，赵伯便在船上死了。张琦也当即死去。

周滨受易

周滨，字东老，福州闽人，佳士也。陈了翁以兄之女妻之。滨受《易》于翁，如有所悟。翁喜参禅，见滨论死生之说，禅者所不能言，甚讶之。

宣和中，以疾卒。前一日，作诗与蔡氏甥曰："三舅报无常，诸甥脚手忙。熟捶三挺皂，烂煮一锅汤。垢腻从君洗，形骸任尔扛。六钉声寂寂，千古路茫茫。"

【译文】周滨，字东老，福州闽县（今福建闽侯）人，周滨是个有才能的人。陈了翁把他哥哥的女儿嫁给了周滨。周滨从陈了翁处得到一本《易经》，周滨从《易经》中明白了一些道理。陈了翁喜欢参禅，他听过周滨谈论生死的方论后，觉得周滨所谈的道理是参禅的人所不能谈论的，陈了翁感到很惊讶。

宋徽宗宣和年间（1119—1125），周滨因病而死。周滨在他去世的前一天写给他的外甥蔡氏一首诗："三舅报无常，诸甥脚手忙。熟捶三挺皂，烂煮一锅汤。垢腻从君洗，形骸任尔扛。六钉声寂寂，千古路茫茫。"

蔡振悟死生

蔡振，字子玉，闽县人。年甫冠，从乡先生郑东卿学《易》，忽悟死生之理。其家在鼓山下。绍兴十七年，闻莆田郑樵入山从老僧问禅，振作书抵樵，论儒释之学。樵见其年少而论高，疑假手于人，亲叩之，益奇怪。乃见东卿，问振所学。东卿曰："不知也。"

十九年四月，振来谒东卿，问《尚书·禹贡》，得病，归家遂笃。叱出其妻，呼弟抡，告以死。令抡把笔，口占一诗，曰："俟同舍生来吊，可出示之。"其语云："生也非赘，死兮何缺？与时俱行，别是一般风月。"诗毕而逝。

【译文】蔡振，字子玉，闽县人。蔡振不到二十岁便跟乡先生郑东学习《易经》，忽然间便明白了死生之理。蔡振家住鼓山下。宋高宗绍兴十七年（1147），蔡振听说莆田县的郑樵进入山中向老僧问禅，蔡振便给郑樵写了封信，在信中谈论儒学和佛教理论。郑樵见蔡振年龄很小，学识却很高深，怀疑蔡振信中的内容是抄袭别人的，郑樵便当面叩问蔡振，结果让他更加惊奇。郑樵便去见郑东卿，问蔡振都学过哪些知识。郑东卿说："不知道。"

宋高宗绍兴十九年（1149）四月，蔡振来拜谒郑东卿，请教有关《尚书·禹贡》中的疑难问题时，蔡振病了，返回家里之后病就更重了。蔡把把妻子呵斥到室外，喊来他的弟弟蔡抡，告诉蔡抡他要死了。蔡振让蔡抡拿着笔记录，蔡振做了一首诗，他对蔡抡说："等我的同学来吊丧时，可以拿出这首诗给他们看。"诗云："生也非赘，死兮何缺？与时俱行，别是一般风月。”蔡振作完诗就死了。”

许氏诗谶

许太尉未第时，居福州罾浦巷。夜有虎自东山逾破城，入其园，伤圈豕而去。及旦，举室虑其复至。太尉不以为异，且高吟曰：“昨夜虎入我园，明年我作状元。”叔母戏续其下云：“颠狗不要乱吠，且在屋里低蹲。”邻里传以为笑。

明年，太尉魁天下士，后登政府。叔母之子特以得官至大夫，谓之许工部。旧所居室，太尉悉以与之。后工部得心疾，家人闭不使出。所谓“颠狗低蹲”之语，乃其母诗，实先谶也。（三事郑东卿说）

【译文】太尉许将未及第的时候，住在福州罾浦巷。一天夜里，有只老虎从东山越过破城墙，进入许将家的院子里，咬伤了圈里的猪便走了。到了天明以后，全家人都担心老虎还会再来。许将认为这事并不奇怪，并且高声吟颂道：“昨夜虎入我园，明年我作状元。”许将的叔母戏弄他，接续道：“颠狗不要乱吠，且在屋里低蹲。”邻居便把这事当笑话传说。

第二年，许将考取了状元，后来便到官府任职了。许将的叔母的儿子只不过蒙朝廷恩典得到一个大夫头衔，人们称之为许工部。许将把过去的住房都给了许工部。后来许工部得了心病，他家的人把他关在屋里不让他出来。所谓“颠狗低蹲”的话，是许工部的母亲作的诗，实际上是一个谶语。

卷第十（十九事）

扫码听谦德
君为您导读

桐城何翁

舒州桐城县何翁者，以资豪于乡，嗜酒及色，年五十得风疾，手足奇右不能举。與之同郡良医李百全几道家，治疗月余，而病良已。将去，几道饮之酒，酒半，问之曰："死与生孰美？"翁愕然曰："公，医也，以救人为业，岂不知死不如生，何用问？"几道曰："吾以君为不畏死耳。若能知死之可恶，甚善。君今从死中得生，宜永断房室，若不知悔，则必死矣，不复再相见也。"翁闻言大悟。

才归，即于山颠结草庵屏处，却妻妾不得见，悉以家事付诸子。如是二年，勇健如三十许人。徒步入城，一日行百二十里。几道见之曰："君果能用吾言，如持之不懈，虽未至神仙，必为有道之士。"翁自是愈力，但多酿酒，每客至，与奕棋饮酒，清谈穷日夜，凡二十有五年。

建炎初，江淮盗起，李成犯淮西。公度其且至，语诸子曰："急窜尚可全。"诸子或顾恋妻孥金帛，又方治装，未能即去。翁即杖策，腰数千钱，独行至江边，贼尚远，犹有船可渡，径隐当涂山寺中。诸子未暇走而贼至，皆委锋刃。

翁在寺，与邻室行者善，一日，呼与语曰："吾欲买一棺，烦君同往取之，可乎？"曰："何用此？"笑不应。遂买棺归，置室内，数自拂拭。又谓行者曰："吾终慁公矣。吾屋后储所市薪，明日幸以焚我柩。恐有吾家人来，但以告之。"行者且疑且信，密察其所为。至幕，卧棺中，自托盖掩其上。明日就视，死矣。时年七十九。后岁余，翁有侄亦脱贼中，访翁踪迹。至是寺，方闻其死。

翁与中书舍人朱新仲翌有中外之好，朱公尝记其事以授予云。

【译文】舒州桐城县的何翁，家里富有钱财，何翁嗜好喝酒并且贪恋女色。何翁五十岁时得了风疾，右手、右腿不能动。何翁被抬到同郡良医李百全家，经过一个多月的治疗，何翁的病好了。何翁即将回家时，李百全请何翁一起喝酒，饮酒期间，李百全问何翁："活着好还是死了好？"何翁说："你是医生，以治病救人为业，难道你会不知道死了不如活着好，还用得着问我？"李百全说："我以为你不怕死呢！既然知道死是可恶的，这很好。你现在死里逃生，今后要永远杜绝房事，如果你不知悔改，就必然会送命，咱俩就再也见不着面了。"何翁闻听此言便醒悟了。

何翁刚回到家里，便马上在山上建了个草庵，何翁住在山上不与妻妾见面，家中的事情全都交给了儿子。这样过了两年，何翁像三十多岁的人一样健壮。何翁徒步进城，一天能走一百二十里地。

李百全碰见何翁时说："你果然能听从我的劝告。如果你能持之以恒，将来即使成不了神仙，也一定会成为有道之士。"何翁从此以后更加尽力了。何翁酿了很多酒，每有客人到来，就一起下棋、喝酒，日夜闲谈。何翁就这样在山上生活了二十五年。

宋高宗建炎初年（1128年前后），江淮一带盗匪作乱，盗匪李成侵入淮西。何翁估计盗匪即将来到桐城县了，便对他的儿子们说："赶快逃跑尚且可以活命。"何翁的儿子们携家带口、又贪恋家中的钱财，忙着整治行装，没能立即逃跑。何翁当即便拄着手杖、带了几千文钱独自来到江边。当时盗贼尚未到来，还有船可以渡河，何翁过了河便在途中的一个山寺里隐居下来。何翁的儿子们来不及逃走，盗匪就到了，他们全都被盗匪杀了。

何翁住在山寺里，他与邻家的一个行者要好。有一天，何翁对行者说："我想买一个棺材，麻烦你跟我一起去把棺材抬回来，行不行？"行者问道："买棺材干什么？"何翁笑了笑，没有回答行者。何翁把买回来的棺材放置在他的室内，他又把棺材拂拭了几遍。何翁又对行者说："我死了之后，还要烦劳你帮忙。我买了些柴放在我的屋后，明天你用这些柴把我的灵柩烧了。恐怕以后会有我家的人到这儿来，你就把情况告知他们。"行者听了何翁的话，半信半疑，便暗中观察何翁都干些什么事。到了天黑，何翁便躺进棺材里，自己把棺材盖盖上了。第二天，行者到棺材前一看，何翁已死在棺材中了。当时何翁七十九岁。一年多以后，何翁的一个侄子从盗匪作乱的地方逃出来了，他逃出来之后，便探询何翁的下落。到了山寺，何翁的侄子才知道何翁已经死了。

何翁与中书舍人朱新仲有深交，朱新仲就把何翁的事记下来交给我了。

庞安常针

朱新仲祖居桐城时，亲识间一妇人妊娠将产，七日而子不下，药饵符水，无所不用，待死而已。名医李几道偶在朱公舍，朱邀视之。李曰："此百药无可施，惟有针法，然吾艺未至此，不敢措手也。"遂还。而几道之师庞安常适过门，遂同谒朱。朱告之故，曰："其家不敢屈先生。然人命至重，能不惜一行救之否？"安常许诺，相与同往。

才见孕者，即连呼曰："不死。"令家人以汤温其腰腹间。安常以手上下拊摩之。孕者觉肠胃微痛，呻吟间生一男子，母子皆无恙。其家惊喜拜谢，敬之如神，而不知其所以然。安常曰："儿已出胞，而一手误执母肠胃，不复能脱，故虽投药而无益。适吾隔腹扪儿手所在，针其虎口，儿既痛，即缩手，所以遽生，无他术也。"令取儿视之，右手虎口针痕存焉。其妙至此。

【译文】朱新仲在桐城县居住时，他的一个熟人家里有个孕妇即将分娩，但生了七天还没把孩子生下来，药物、符水都用了，但还是生不下来，孕妇只有等死的份儿。当时的名医李百全偶然来到朱新仲家，朱新仲便请李百全去给孕妇诊治。李百全给孕妇检查之后说："这种情况什么药都不管用，只有用针法，但我的技艺水平有限，还不能治疗这种病症。"于是李百全就又返回家里去了，这时，恰好见他的老师庞安常来他家，于是他们便一起去拜谒朱新仲。朱新仲对庞安常讲了孕妇的情况，并说："孕妇家不敢劳驾你，但是人命关天，你能否去一趟以救治孕妇呢？”庞安常答应了，于是他们就一起到孕妇家去了。

庞安常一见孕妇便连声说：“不会死的。”庞安常让孕妇的家人用热水暖孕妇的腰腹部位。庞安常用手给孕妇按摩。孕妇感到肠胃微微作痛，呻吟之间生下一个男孩儿，母子都平安无事。孕妇的家人十分惊喜，连忙拜谢庞安常，敬之如神，但他们并不知道孕妇为什么能顺利生下孩子。庞安常说：“小孩已经脱离胎衣了，但他的一个手抓住了孕妇的肠胃之处，因此孕妇生不下来，所以用什么药都没用。刚才我隔着孕妇的肚皮摸到了小孩儿的手，便扎了小孩儿的虎口，小孩儿一疼就松开了手，所以立刻就生下来了。没有别的技巧。”庞安常让人把小孩儿抱出来一看，右手虎口上的针痕还在。庞安常的技艺就这么精妙。

红象卦影

绍兴二年，庐陵董良史廷试罢，诣红象道人作卦影，欲知其低昂。卦成，有诗曰：“黑猴挽长弓，走向天边立，系子独高飞，中人嗟莫及。”良史不能晓。占者曰：“事应乃可解。”

及唱名，张子韶为榜首。张生于壬申，所谓黑猴者也。长弓，张字也。良史在三甲，其上孙雄飞，所谓系子高飞也，其下仲并，所谓中人莫及也。（良史说）

【译文】宋高宗绍兴二年（1132），庐陵（今江西省吉安）人董良史参加廷试之后，到红象道人那里让道人给他作卦影，董良史想知道他廷试名次的高低。卦成，有诗曰：“黑猴挽长弓，走向天边立，系子独高飞，中人嗟莫及。”董良史不明白诗中的含义。占卜者说：“等事情应验时才能解释诗的含义。”

等廷试的名次出来后，张子韶名列榜首。张子韶是猴年出生的，他便是诗中所说的黑猴。张弓，合在一起是张字。董良史的名字在第三榜，在他名字的上边是孙雄飞，就是诗中所说的“系子高飞”，在董良史名字的下边是仲并，就是诗中所说的“中人莫及。”

谭氏节操

英州真阳县曲江村人吴琪，略知书，其妻谭氏。绍兴五年闰二月，本邑观音山盗起，攻剽乡落，琪窜去。谭氏与其女被执，并邻社村妇数人偕行。谭在众中颇洁白，盗欲妻之。诟曰：“尔辈贼也，官军旦夕且至，将为齑粉。我良家女，何肯为汝妇！”强之不已，至于捶击。愈极口肆骂，竟毙于毒手。

后盗平，邻妇同执者皆还，曰：“使吴秀才妻不骂贼，今日亦归矣。”因备言其死状，吴生始知之。闻者高其节。予尝为之传云。

【译文】英州真阳县（今广东英德县东）曲江村人吴琪，略知书，他的妻子是谭氏。宋高宗绍兴五年（1135）闰二月，真阳县观音山盗匪作乱，抢掠乡村，吴琪逃跑了。谭氏和她的女儿都被盗匪逮住了，被逮住的还有谭氏邻村的几个妇女。谭氏在被逮住的妇女当中比较漂亮、白皙，一个盗匪想让谭氏做他的妻子。谭氏骂道：“你们这伙盗贼！官军马上就会到来，你们将砍成碎末。我是良家妇女，怎肯嫁给你这盗贼！”盗匪逼迫谭氏，以至于动手打她。谭氏愈发放口咒骂。最后被盗匪打死了。

盗匪被平定以后，和谭氏一起被逮住的邻村妇女都返回家里了，她们说："假如吴琪的妻子不骂盗匪，现在也回来了。"她们详细地讲述了谭氏被打致死的惨状，吴琪这才知道妻子已死。听说这件事的人都说谭氏的节操很高尚。我曾经为谭氏做了传记。

草药不可服

绍兴十九年三月，英州僧希赐，往州南三十里洸口扫塔。有客船自番禺至，舟中士人之仆，脚弱不能行，舟师悯之曰："吾有一药，治此病如神，饵之而瘥者不可胜计，当以相与。"既赛庙毕，饮胙颇醉，入山求得药，渍酒授病者，令天未明服之。如其言，药入口即呻呼云："肠胃极痛，如刀割截，"迟明而死。

士人以咎舟师，舟师恚曰："何有此！"即取昨夕所余药自渍酒服之，不逾时亦死。盖山多断肠草，人食之辄死，而舟师所取药，为根蔓所缠结，醉不暇择，径投酒中，是以及于祸。则知草药不可妄服也。

【译文】宋高宗绍兴十九年（1149）三月，英州僧人希赐，到英州南三十里处的洸口去扫塔。有一个客船从番禺来到洸口，船上一个士人的仆夫有脚疾不能行走，舟师同情地对仆夫说："我有一个药方，治疗你这种脚疾极为有效，服了这种药治好病的人不计其数，我把药配好送给你服用。"赛庙结束后，舟师喝醉酒后进山采来药草，他把药草浸泡在酒中交给那个仆夫，让仆夫在天明之前服用。仆夫按舟师的要求服了药，但他刚喝下药便喊叫道：“我的肠胃疼得厉害，就像是刀割的一样。”天明仆夫便死掉了。

仆夫的主人便去怪罪舟师，舟师恼怒地说：“决不会发生这种情况！”舟师当即拿出昨天夜里剩下的药草，用酒浸泡后，他自己喝了，不到一个时辰，舟师也死掉了。大概是因为山上长有很多断肠草，人吃了断肠草就会死掉，而舟师采摘的药草上缠绕有断肠草的根蔓，舟师又在酒醉之中，没有把断肠草挑出来便把药草泡进酒中了，因此造成了灾祸。由此可知草药不能胡乱服用。

南山寺

郑良，字少张，英州人。宣和中，仕至右文殿修撰。广南东西路转运使，累资为岭表冠。既奉使两路，遂于英筑大第，垩以丹碧，穷工极丽，南州未之有也。靖康元年，或诉其于朝。朝廷遣直龙图阁陈述为漕，俾鞫之。

述至英。良居家，初不知其故，盛具延述，述亦推心与饮，缔同官之好。至广州，始遣使逮良下狱，穷治其赃，榜笞不可计。奏案上，方得出狱，出之一日而良死。比断敕至，止于停官编隶，已无及矣。家人未能葬，权厝于英之南山寺。所追录宝货甚多，述遂摄帅事。建炎二年代还，以它事复为转运使许君所劾，下廷尉，削籍，编置英州。太守置之南山，时良已迁葬数日，殡宫空，欲述居之。或告以实，述曰：“吾前治其狱，王事也。今已死，何足畏？”即居之。才三四日，白昼见良，惊曰：“郑良何敢来！”即感疾死，时建炎二年也。

良之宅，今三分为天庆观、州学、驿舍，其家徙江西云。

（三事英僧希赐说）

【译文】郑良，字少张，英州（今广东英德）人。宋徽宗宣和年间（1119—1125），郑良官至右文殿修撰、广南东西路转运使，他所积累的钱财在岭南没有人能与之相比。郑良被任命为广南东西路转运使之后，便在英州建造很大一个住宅，并用丹砂、玉石装饰住宅，极为富丽豪华，江南各州郡都没有这样的住宅。宋钦宗靖康元年（1126），有人在朝中告发郑良，朝廷派直龙图阁陈述去审讯郑良。

陈述来到英州。当时郑良住在家里，开始郑良不知道陈述是来审讯他的，他准备了丰盛的饭菜宴请陈述，陈述在饭桌上与郑良推心置腹和交谈并结为官场朋友。到了广州，陈述才派人把郑良抓进监牢，严厉审讯郑良，并多次严刑拷打郑良。陈述把审讯的案卷送上朝廷之后，才把郑良放出监牢，郑良从监牢中出来一天就死了。等到朝廷的判决书送到后，陈述才知道朝廷只是把郑良削去官职，降为奴隶，但郑良已经死了。郑良的家人未能埋葬郑良，暂时把郑良的灵柩放置在英州的南山寺。陈述从郑良那里追逼出很多钱财珠宝，陈述便暂时掌握了广南东西路转运使的大权。宋高宗建炎二年（1128），陈述交还了广南东西路转运使的大权。因为其他事情，陈述又被转运使许君弹劾，陈述被抓进监牢，后来陈述的户籍被编入英州。英州太守把他安置到南山寺，当时，郑良的灵柩已迁葬几天了，原停灵的房子空着，太守想让陈述住到里面。有人把实对陈述说了，陈述说："当时我治郑良的罪，是朝廷的事。现在郑良已经死了，没什么可怕的。"陈述便在南山寺住下了。才住了三四天，陈述便在白天见到了郑良，陈述感到惊惧，叫道："郑良怎么敢来！"当即患病而死，当时是宋高宗建炎二年（1128）。

郑良建造的住宅，现在已经分为天庆观、州学和驿舍。郑良的家人迁到江西去了。

贺氏释证

贺氏者，吉州永新人，嫁同乡士人江宽行，有二子。自夫死不茹荤，日诵《圆觉经》，释服不辍。或劝更诵他经，贺氏曰："要知真性，本圆本觉，不觉不圆，是名凡夫，我不诵经，要遮眼耳。"

长子楹，登进士第，绍兴六年，为贺州签判，迎母至官。贺氏从容语其妇曰："吾诵经以来，了无梦想，比年夜艾，常见瑞光中有猊坐，欲升之未果。今白日闭目，亦见佛相。"是岁五月甲戌，沐浴易衣，明日，食罢，盥漱如常，忽收足端坐，两中指结印，瞑目而逝。家人仓黄召医，已无及矣。

郡守范直清帅其属瞻礼，叹曰："大丈夫不能如此。"命画工写其像。像成，惟目睛未点，乃祷曰："精神全在阿堵中，愿赐开视。"俄两目烨然，子孙扶视，皆谓再生。点睛旋，复瞑。时年七十七。

【译文】贺氏，是吉州永新县（今属江西）人，她嫁给了同乡的士人江安行，有两个儿子。她的丈夫死后，她就不吃荤菜了，天天念诵《圆觉经》，为她丈夫服丧期满后，仍不停止念经。有人劝贺氏改念别的经，贺氏说："要知真性，本圆本觉，不觉不圆，是名凡夫，我不诵经，要遮眼耳。"

贺氏的长子江楹，进士及第，宋高宗绍兴六年（1136），江楹任贺州签判，他把母亲贺氏接到官府里住。贺氏不慌不忙地对她的儿媳说："自从诵经以来，我全无梦想，等到年纪大了，我常常看见瑞光之中有一尊贵的佛坐，我想登上尊贵的佛坐但没能成功。现在我白天闭上眼睛也能看见佛的容貌。"这一年五月甲戌日，贺氏沐浴更衣。第二天，贺氏吃罢饭，像往常一样洗手漱口，突然之间贺氏收足端坐，两中指放于大拇指上，佛家称为结印。便闭上眼睛。贺氏的家人慌忙找来医生时，贺氏已经离世。

贺州太守范直清带着他的僚属去瞻仰贺氏的遗容时，长叹道："大丈夫尚且不能如此。"便请来画师为贺氏画像。画成了，只有眼睛没画，画师便祷告说："精神全在眼神中，请贺氏恩赐，睁开眼睛。"不大功夫贺氏的两只眼睛睁开了，并且闪动着光亮，贺氏的子孙们都以为贺氏又复活了。画师画好贺氏的眼睛后，贺氏的眼又闭上了。当时贺氏七十七岁。

昌国商人

宣和间，明州昌国人有为海商，至巨岛泊舟，数人登岸伐薪，为岛人所觉，遽归。一人方溷，不及下，遭执以往。缚以铁绠，令耕田。后一二年，稍熟，乃不复絷。

始至时，岛人具酒会其邻里，呼此人当筵，烧铁箸灼其股，每顿足号呼，则哄堂大笑。亲戚间闻之，才有宴集，必假此人往，用以为戏。后方悟其意，遭灼时，忍痛啮齿不作声，坐上皆不乐，自是始免其苦。

凡留三年，得便舟脱归，两股皆如龟卜。

【译文】宋徽宗宣和年间（1119—1125），明州昌国县（今浙江定海）有几个海商，把船驶到一个大岛边停泊下来，几个人登上岛去砍柴，被岛上的人发现后，他们马上就跑回船上了。当时有一个人正在解手，来不及下岛便被岛上的人逮走了。岛上的人用铁丝拴住这个人，让他耕地。过了一两年，慢慢地熟识了，岛上的人才不再拴这个人。

昌国县的这个人刚被逮住时，岛上的人准备了酒菜宴请他的邻居，并把逮住的这个人叫到酒宴旁，用烧红的铁筷子烫他的大腿，这个人疼得又跺脚又喊叫，在坐的人便哄堂大笑。后来岛上别的人每有宴会，必定把这个人借去用以戏耍取笑。后来这个人才明白岛上的人的用意，再被烧烫时他便咬紧牙关，强忍疼痛，不再喊叫，在坐的人都不再哄笑了，从此以后这个人才免受烧烫之苦。

昌国县的这个人在岛上过了三年，后来得以乘船逃脱返回家中，他的两个大腿都被烫得像龟卜一样。

盘谷碑厄

孟州济源县韩文公送李愿归盘谷序碑，唐元和中县令崔浃所立。岁月既久，湮没为民井甃。政和三年，县尉宋巩巡警至其地，洗濯视之，曰："此至宝也。"村民愚，以为真有宝，伺宋去，碎之，无所获，弃于道上。

高密人孟温舒为令，闻之，舁归县，龛于出治堂中。出治堂者，元佑中宰傅君愈所建，秦少游作记，且书之刻石。崇宁时，为观望者砻去。温舒得旧本于民间，再刊之，但隐其姓名。亦好事君子也。

【译文】孟州济源县（今属河南）《韩愈送李愿归盘谷序碑》，是唐宪宗元和年间（806—820）济源县令崔浃立的。岁月既久，盘谷序碑被老百姓砌井用了。宋徽宗政和三年（1113），济源县尉宋巩巡警时来到盘谷序碑所在处，他把石碑冲洗净后看了看并说："这块碑，是块至宝。"村民愚昧无知，以为石碑中真有宝物，等宋巩走后，村民便把盘谷序碑给打碎了，但一无所获，村民便把打碎的盘谷序碑弃置路上。

高密（今属山东）人孟温舒任济源县令，得知盘谷序碑的下落后，便把盘谷序碑命手下众人抬回县城，放置在出治堂中。出治堂是宋哲宗元佑年间（1080—1106）县宰傅君愈建造的，秦观为之作记，并把记文刻在石碑上。宋徽宗崇宁年间（1102—1106），碑文被观望者磨平了。孟温舒从民间得到一个秦观所作记文的旧本，又雕刻在石碑上，但隐去了秦观的名字。孟温舒也是个好事君子。

孟温舒

孟温舒为濮州雷泽令，吏不敢欺。尝有喑者，投空牒诉事，左右皆愕。温舒械之曰："彼恃废疾来侮我。"命二吏随扶以出，肆诸通衢，复潜遣谨厚者物色其旁，曰："有所闻即告。"果有语者曰："是人佣于某家，累年负其直不偿，故诣令诉，特口不能言耳。今乃获罪，安用令？"吏以白，温舒遗执语者讯之，遂得直。一县称为神明。

【译文】孟温舒是濮州雷泽县（今山东菏泽）县令，官吏们都不敢欺骗孟温舒。有一次，有一个哑巴投递一个空白状纸告状，孟温舒的下属都感到惊讶。孟温舒给哑巴戴上镣铐并说："哑巴依仗他是残疾人，便来侮辱我。"孟温舒让两个小吏把哑巴押到大街上，他又暗地里派了一个谨厚小吏站在旁边观察，并叮嘱说："听到有人说了什么，便立即来告诉我！"果然有人说："这个哑巴受雇于某家，雇主连年拖欠哑巴的工钱，所以哑巴才到县令处告状，只是他不能说话罢了。现在竟然被判罪了，要县令有什么用！"小吏把这人的话报告了孟温舒。孟温舒便派人去把那个说话的人带进县衙讯问。于是哑巴便得到了他的工钱。全县的人都称赞孟温舒断案神明。

盗敬东坡

绍兴二年，虔寇谢达陷惠州，民居官舍，焚荡无遗。独留东坡白鹤故居，并率其徒，葺治六如亭，烹羊致奠而去。

次年，海寇黎盛犯潮州，悉毁城堞，且纵火，至吴子野近居。盛登开元寺塔见之，问左右曰："是非苏内翰藏图书处否？"麾兵救之，复料理吴氏岁寒堂。民屋附近者赖以不爇甚众。

两人皆剧贼，而知尊敬苏公如此。彼欲火其书者，可不有愧乎！

【译文】宋高宗绍兴二年（1132），虔州（今江西赣州）寇谢达攻陷惠州（今广东惠阳），民房、官府，都被谢达烧掉了。谢达单单留下了苏轼的白鹤故居，并带着他那一伙人修补了六如亭，又烹羊祭奠苏轼，然后才离去。

第二年，海寇黎盛侵入潮州，毁坏城池并放火烧城，火势已蔓延到吴子野住宅。黎盛登上开元寺塔看到吴子野的住宅，便问他的下属说："这不是苏轼藏图书的地方吗？"于是黎盛便指挥士兵扑救大火以保吴子野的住宅，又修整了岁寒堂。附近的许多民房也因此而免于火灾。

谢达、黎盛二人都是大贼寇，但他们尚且如此尊敬苏轼。那些想焚烧苏轼著作的人，能不感到羞愧吗！

鬼呼学士

范镗，字宏甫，建州浦城人。布衣时，至日中无炊，里人未之奇也。一夕，寒甚，自村墅回邑，假寐溪桥中。夜闻人声从桥出，若有询之者，应曰："学士寝于是。"镗不疑其鬼，徐徐听之，皆涉水而济。黎明，镗还。浦城人目教授生童者为学士，意所称谓此。

未几，镗登第。终龙图阁学士。盖宿桥之夕，相去五里许一家设水陆，呼学士者鬼也。

【译文】范镗，字宏甫，建州浦城（今属福建）人。范镗还是平民百姓的时候，常常到了中午还没有烧火做饭，邻里居民也不把这事儿当什么稀罕事儿。一天晚上，天气很冷，范镗从乡间返回县城的途中，在一个桥上似睡非睡，夜里他听见从桥中传出说话声，似乎有人询问是谁睡在桥上，有人回答说："是学士睡在这里。"范镗没有把说话者当成鬼，慢慢地听着，那些人都是趟水渡河的。天刚亮时，范镗返回县城了。浦城人把教授生童的人叫做学士，范镗以为夜里听到的学士称呼就是指教授生童的学士。

不久，范镗科举及第。范镗死时已官至龙图阁学士。原来范镗睡在桥上的那天夜里，离桥五里远近有一家人设道场向鬼施食，称范镗为学士者是一个鬼。

惠兵喏声

黄荐可，字宋翰，福州长溪人。绍兴中除惠州守，迓兵已至。有日者过门，闻从吏声喏，告其人曰："吏声无土，公必不赴。"未行果罢。（三事黄文谟说）

【译文】黄荐可，字宋翰，福州长溪（今属福建）人。宋高宗绍兴年间（1131—1162），黄荐河被任命为惠州（今广东省部分地区）太守，迎接他上任的士兵已经到了。有一个算命先生从门前经过，他听到随从官吏的诺声之后，对其中的一个人说："吏声无土，黄荐可必定不能赴任。"黄荐可还没上路，果然又被免了太守官职。

廖用中诗戏

廖尚书用中，崇宁初，以士人为辟雍录，已而擢第。宣和中，复以命士为录于太学。时蔡鲁公方盛。用中尝戏作诗寄所善者曰："二十年前录辟雍，而今官职俨然同。何当三万六千岁，赶上齐阳鲁国公。"好事者传以为口实。（郑樵说）

【译文】尚书廖用中，宋徽宗崇宁初年（1102），以士人的身份被征召到太学里担任录事，不久科举及第，宋徽宗宣和年间（1119—1125），朝廷考试三舍学生，廖用中又被派往太学，担任考试录事官，当时鲁国公蔡京的权势正盛。廖用中曾经做了一首游戏诗寄给他的好朋友，诗曰："二十年前录辟雍，而今官职俨然同。何当三万六千岁，赶上齐阳鲁国公。"好事者便把这首诗当作口实传颂。

观音医臂

湖州有村媪，患臂久不愈。梦白衣女子来谒曰："我亦苦此，尔能医我臂，我亦医尔臂。"媪曰："娘子居何地？"曰："我寄崇宁寺西廊。"媪既寤，即入城至崇宁寺，以所梦白西舍僧忠道者。道者思之，曰："必观音也。吾室有白衣像，因葺舍误伤其臂。"引至室中瞻礼，果一臂损。媪遂命工修之。佛臂既全，媪病随愈。

【译文】湖州（今属浙江）有一个村妇膀臂疼痛很久，一直没好。一天夜里，村妇梦见一个白衣女子来拜访她，并对她说："我也被臂疾所苦，你把我的臂治好，我也把你的臂治好。"村妇问："你住在什么地方？"白衣女子说："我寄居在崇宁寺西廊。"村妇醒来之后，当即进入城中来到崇宁寺，把她梦中的见闻对住在崇宁寺西舍的僧人忠道说了。忠道想了想便对村妇说："一定是观音菩萨。我的室内有个白衣观音菩萨像，因为修补房舍损伤了菩萨像的臂膀。"僧人把村妇带进室内瞻仰菩萨像，果然有一个臂膀损坏了。村妇便请来工匠修补菩萨像。菩萨像的臂膀修好之后，村妇的臂疾也就好了。

李八得药

政和七年，秀州魏塘镇李八叔者，患大风三年，百药不验。忽有游僧来，与药一粒令服。李漫留之，语家人曰："我三年间，化主留药多矣，何尝有效！"不肯服。

初，李生未病时，诵大悲观音菩萨满三藏。是夜，梦所惠药僧告之曰："汝尚肯三藏价诵我，却不肯服我药。"既寤，即取服之。凡七日，遍身皮如脱去，须眉皆再生。

【译文】宋徽宗政和七年（1116），秀州（今浙江省部分地区）魏塘镇李八叔患麻风三年，服用多种药物都不见效。忽然有个云游僧人来到李八叔家，给李八叔一粒药让他服用。李八叔随便把药留下了，他对家人说："我患病这三年当中，化缘僧人留下的药多了，都不曾见效。"李八叔不肯服用那粒药。

当初，李八叔没患病时，诵大悲观音菩萨满三藏。这天夜里，李八叔梦见送给他药的僧人对他说："你尚肯三藏价诵我，却不肯服用我的药。"李八叔醒后，立即拿出那粒药服用了。七天之内，李八叔全身脱去一层皮，毛发都又长出来了。

佛还钗

平江民徐叔文妻，遇金人破城，独脱身贼手。出郭，于水中行，惟诵观音佛名。首插金钗，恐为累，掷置水中。半途，迷所向，有白衣老媪在岸，呼之令上，指示其路曰："遇僧即止。"又云："恐汝无裹足，赠汝金钗。"视之，盖向所弃者。至一林中，见寺遂止，乃荐福也。次日，其婿蒋世永适相值，乃携以归。

【译文】平江（今江苏苏州）平民徐叔文的妻子，碰到金兵攻破城池，独自得以逃脱。徐妻逃出城后，在水中行走，她只是念诵着观音佛名。徐妻头上插有一个金钗，她怕被金钗所带累，便把金钗扔进水里。徐妻半途中迷了路，有一个白衣老妇站在岸上喊叫徐妻，让徐妻上岸，白衣老妇给徐妻指了路，并说："你遇见僧人就停下来别再走了。"又说："恐怕你没有带足够的钱，送给你一个金钗。"徐妻一看正是她刚才扔掉的金钗。徐妻走到一个树林中见到一个寺庙，她就停下了，这个寺庙是荐福寺。第二天，徐妻的女婿蒋世永刚好碰到徐妻，就把她带回家乡去了。

佛救翻胃

平江僧惠恭病翻胃，不能饮食。夜梦一狸猫自项背入腹中，从此日甚。每过市见鱼，深起嗜想。遂发意诵观音菩萨百万声，日持大悲咒百八遍。复梦至山中，遇道人相慰问曰："吾与汝药。"俄青衣童笼一鸡至前，猫自僧口出，径入笼擒鸡，因惊觉，病顿愈。

【译文】平江（今江苏苏州）僧人惠恭病翻胃，吃不下饭。有一天夜里，惠恭梦见一只狸猫从他的后背进入腹中，从此以后病情日益加重。惠恭每次经过街市看到鱼就非常想吃。于是惠恭便决心念诵观音菩萨百万声，每天念诵一百零八遍大悲咒。后来惠恭又梦见他来到一个山上，碰见一个道人安慰他说："我给你药。"不大一会儿一个青衣童子用竹笼装着一只鸡来到他面前，猫从惠恭的口中窜出来径直进入竹笼去捕捉鸡子。惠恭被吓醒了，病当时就好了。

欧十一

湖州民欧十一，坐误杀人配广中。其妻在家斋素，日诵观音。

欧在配所，见一僧呼曰："汝家妻孥极念汝，欲归否？"曰："固所愿。"遂出药擦其腕，初无疼梦，腕已堕地，血流不止。僧曰："可持以告官，当得归。收汝断手，勿失也。"欧如言，得放还。及中途，复见僧，曰："汝断手在否？"曰："在。"取而续之，吻合如初。

【译文】湖州（今属浙江）平民欧十一，因为误杀人而被发配广东。欧十一的妻子在家里吃斋，天天念诵观音菩萨。

欧十一在发配的地方见到一个僧人，僧人对他说："你的妻子和孩子在家里非常想念你，你想不想回去？"欧十一说："我固然愿意回家。"于是僧人就取出药往欧十一的手腕上擦，开始欧十一不觉得疼痛，手腕已掉落地上，血流不止。僧人说："你可以拿着手腕去告知当官的，应当能放你回去。你把你的断手收着，不要丢了。”欧十一便按僧人说的去做，于是他便被放出来了。欧十一在回家的途中又见到了那个僧人，僧人问：“你的断手在不在？”欧十一说：“在。”僧人便把欧十一的断手接上了，欧十一的手又跟当初一样完好了。

卷第十一（十八事）

梅先遇人

予宗人庆善郎中（兴祖），绍兴十二年为江东提刑，治所在鄱阳。王元量尚书鼎从，假二卒往夔峡，既回，拜于廷。其一梅先者，独着道服，拜至十数不已。庆善讶之，答曰："伺郎中治事退，当请间以白。"

少顷，庆善坐书室，梅复至，曰："初至夔州数日，有道者历问所从来，令某随之去。某应曰：'诺。'道者曰：'汝当有妻孥，安能舍而从我？'某曰：'惟一妻一子，今得从先生，视彼如涕唾耳。'道者甚喜，曰：'汝能若此，良可教。吾将试汝。'即于粪壤中拾人所弃败履令食。初极臭秽，强啮，不能进。道者笑，自取啖之，曰：'如我法以食。'历数日，觉不复臭，而味益甘软。又问：'所以来此为何事？'答曰：'奉王公命，为王尚书取租入。'曰：'如是，当归毕之。此公家钱，如未了，不可从我，他日未晚也。'某曰：'家在江东，相距数千里，岂能再来？'曰：'汝思我，我即至矣。'又授药方三道，曰：'若乏用时，可合此药货，视一日所用留之。有余，弃诸道上，以惠贫窭。或无食，则茹草履。人与酒食，但享之，特不可作意，大抵无心乃得道耳。'某拜之数十。又与某道服，曰：'汝归见王公时，拜之如拜我，但著此衣，勿易也。'"庆善曰："果如此，勿复为走卒。"命直书阁以自近。

尝召使坐，取草履试之。梅展足据地坐，净涤履而食。每数口，即饮水少许，久之，吐其滓，莹滑如碧玉。以示庆善，庆善复还之。梅径取投口中，食履尽乃已。

时方二十四岁，即与妻子异榻，曰："人世只尔，殊可厌恶，汝盍同我学道？不然，随汝所之。"妻始犹勉从，不一年，竟改嫁。

庆善后予告，令往丹阳茅山预三月鹤会。山有洞，常人欲入须秉烛，然极不过数十步即止。梅素手而入，无所碍，闻石壁中若人叩齿行持者。至最深处，得一涧，涧中水数尺，细视有书数轴，取得之，才沾渍其半，乃元祐中刘法师所受法箓也。

后送庆善还丹阳。庆善有外兄病，每食辄吐。梅曰："瓢中药正尔治此。"取数粒与服，一日即思食，旬时，病尽失去。庆善寓讯代者，为除兵籍，既得文书，遂辞去。后数年，曾一归乡里，今不知所之。

【译文】我的同族人郎中洪光祖，字庆善。高宗绍兴十二年（1142）任江东提刑，官衙在鄱阳（今江西波阳）。王元量尚书鼎从，借两个士卒到夔峡去，士卒回来后，到堂上叩拜。其中一个叫梅先的，穿着道服，接连拜了十几次还不停。庆善感到很奇怪，梅说："等到郎中处理完公事，我会找机会禀告。"

一会儿，庆善到书房坐下，梅又来了，说："开始到夔州（今四川奉节）几天，有个道人详细地询问我的经历，让我跟他走。我回答说：'可以。'道人说：'你应当有老婆孩子，怎能丢下跟着我呢？'我说：'只有妻子和一个儿子。现在能跟随先生，我看他们真是太不足挂齿了。'道人非常高兴，说：'你能够这样，确实可教。不过我将要试试你。'就从粪土堆上拾了一只别人丢弃的破鞋让我吃。开始时觉得又脏又臭，勉强去咬，也实在咽不下去。道人笑了，自己拿过去吃了几口，说：'按我的方法去吃。'过了几天，就不觉得臭了，味道也变得更加甜软。道人又问：'你来这里为了什么事？'我说：'奉主人的吩咐，为王尚书收取租税。'道人说：'这样的话，你应该回去做完这件事，这是公家的钱，如果没有收完，不可跟随我。将来再跟我也不晚。'我说：'家在江南，离这里几千里，怎么能够再来呢？'说'你想着我，我就会到你那里。'又给了我三个药方，说：'如果缺钱用，可以制这些药去卖。按一天的所用把钱留下，多余的就扔在道路旁，用来救济穷人。如果没有食物吃，就吃草鞋。别人给你酒肉，尽管享用，只是不可以矫揉造作，大凡无心才能得真道呀！'我拜了他几十拜。他又送我一件道袍，说：'你回去见到主人时，拜他就像拜我一样。记着只穿这件道袍，不要换。'"庆善说："果然这样，就不要再做走卒了。"命他到书房当值以便接近自己。

庆善曾经叫梅先来让他坐下，拿草鞋试着让他吃。梅伸开腿坐在地上，把草鞋洗净就吃。每吃几口，就喝一点儿水。过了好一会儿，吐出渣子，明亮光滑就像碧玉一样。他拿给庆善看，庆善看完又还给他。梅拿回后直接投进口中，一直把鞋吃完了才停下来。

当时梅先才二十四岁，就和妻子分床睡眠。说："人世只是这样，真让人厌恶，你为什么不和我共同学道？不然的话，随便你到哪儿去都行！"妻子开始时还勉强听从，但不到一年就改嫁了。

庆善来后被批准辞官，让他到丹阳（今属江苏）茅山顶上参加三月鹤会。山上有一深洞，普通人想进去一定要点燃蜡烛，即使如此最深不过走几十步就停了下来。梅先空手进洞，没有一点障碍。只听到石壁中像有人击打着牙齿修行道法。到了洞的最深处，见到一条山涧，涧水有几尺深，细看其中有几轴书卷。取出来观看，书卷只被浸湿了一半，原来是哲宗元祐（1086—1093）中期刘法师得到的道家秘文。

以后梅先送庆善回到丹阳。庆善的表兄有病，每次吃东西都会呕吐。梅说："我葫芦中的药正好治这种病。"取出几粒让他服用，一天就想吃东西，十天后病就完全好了。庆善便写信给接替自己后任官员，为梅解除了军籍。梅先拿到正式文书后，就告辞离去。

几年以后，他曾经回过家乡。现在不知他到了什么地方。

食蟹报

洪庆善从叔母好食蟹，率以糟治之。一日正食，见机上生蟹散走，大恐，呼婢撤去。婢无知，复取食，为一蟹钤其颊，尽力不可取，颊为之穿，自是不敢食蟹。

【译文】洪庆善的堂叔母喜爱吃螃蟹，一般用糟腌制。一天她正在吃，忽然看到桌上的螃蟹活了起来，四散爬开。她非常害怕，大叫丫环撤下。丫环并不知道，又拿螃蟹来吃，结果被大螯夹住腮帮，用力也取不下来。最后腮帮都被夹透，从此再也不敢吃螃蟹。

瓦陇梦

洪庆善妻丁氏，温州人。虽居海滨，而性不嗜杀。后至江阴，有惠瓦陇百余枚，不忍食，置之盆中，将以明日放诸江。

夜梦丐者甚众，裸体臞瘠，前后各以一瓦自蔽，皆有喜色。别有十余人愀然曰："尔辈甚乐，我抑何苦也！"

丁氏寤而思之，以瓦蔽形，必瓦陇也。梦中能密记其数，取视之，已为一妾窃食十余枚乃愀然者也。得活者与梦中数同。

【译文】洪庆善的妻子丁氏是温州人。虽然生长在海边，但天性不爱杀生。后来到了江阴（今属江苏），有人送来一百多枚蚶（别名瓦陇），她不忍心吃，就放在盆里，准备明天放生到大江中。

夜里她梦到许多乞丐，一个个光着身体，瘦骨伶仃，只在前后用一片瓦遮身，脸上都很高兴。另有十几个人满脸忧愁说："你们那样高兴，我们怎么这样命苦呀！"

丁氏梦醒后细想，用瓦来遮身，那一定是瓦陇。她还能记得那些人的数目，叫人取来那盆蚶察看，已经被一个侍妾偷吃了十几枚，正是那些满面忧愁人的数目。查一查还活着的蚶，也与梦中那些高兴的人数目相同。

促织怪

洪庆善为湖州教授日，当秋晚，宴坐堂上，闻庭下促织声极清，诣其所听之，则声如在房外，复往房外，则又在庭下，甚怪之。别令一人往听，则移在床下。又诣床下，则乃在其女床侧，竟不能测。是年，妻丁氏捐馆。次年，女亡。

【**译文**】洪庆善任湖州教授时，一个秋天的晚上，他坐在堂上吃饭，忽然听到庭院中促织（蟋蟀）的叫声非常清晰。走到近处去听，又觉得声音好像在房子外面。再到房外去听叫声反而到了院中，他感到很奇怪。就另外再让一个人去听，声音又移到床下。到了床下，声音又跑到女儿的床边，最终也搞不清促织在哪里。这一年，他的妻子故世。第二年，女儿也死了。

陈大录为犬

秀州华亭县吏陈生者为录事，冒贿稔恶，常带一便袋，凡所谋事，皆书纳其中。

既死，梦于家人曰："我已在湖州显山寺为犬矣。"家人惊惨，奔诣寺省问。一犬闻客至，急避伏众寮僧榻下，连呼不出，意若羞赧，其家不得已遂还。

既去，僧语之曰："陈大录宅中人去矣。"方振尾而出。此犬腹下垂一物，正方，宛如便袋状，皮带周匝系其腹，犹隐隐可辨。

洪庆善尝与葛常之侍郎至寺见，询诸僧云然。

【译文】秀州华亭县（今上海松江）有个姓陈的在县里做录事。他收受贿赂，干尽坏事。常常随身带一个便袋，凡是要做的事，都记下来放进袋中。

他死了之后向家人托梦说："我已经在湖州显山寺转生为犬了。"家里有的又吃惊又悲痛，就跑到寺中去探问。一条狗听到有客人到了，急忙跑进僧人的床下躲避，多次呼叫也不出来，好像是羞愧不愿见人。家人没有办法只好回去。

陈家人走后，僧人对它说："陈大录家中人走了。"它这才摇着尾巴走了出来。这狗肚子下面垂着一个东西，四四方方，就像便袋的样子，还可以依稀看出是用皮带缠着系在肚子上的。

洪庆善和葛常之侍郎到显山寺见过这条狗，也向僧人询问过这件事。

蔡衡食鲙

蔡攸之子衡，为保和殿学士。将入朝，家人呼之不醒，意其熟睡，乃为谒告。至辰巳之交方觉，谓家人曰："我非睡，乃入冥身。初寝时，有人云：'某官召。'随以行。至官府，其人入极曰：'追蔡衡至。'既入狱，吏问曰：'近日杀生何也？'答曰：'某举家戒杀，无有是事。'吏曰：'此间不容抵讳。'吾徐思之，近往池上得鲜鲤，因脍食之，但此一罪耳，吏曰：'是也。'即取铁钩贯颏挂树间，数武士脔肉，顷刻而尽。约食顷，体已复故。主者延升厅事，抗礼拱手问曰：'保和相识否？吾乃太师门人沈某也。太师今安否？’答曰：‘适才受刑，痛楚未定，少憩当言之。’主者命饮以汤，即不痛。徐问诸兄弟及它事甚详。将退，吾祷之曰：‘衡作恶如此，不知何以自赎？’曰：‘尽舍平生服用，庶可救。’可悉取所衣朝服、金带、鞍马之属，施存在林寺。且饭僧数百，为吾谢过。”

是日，洪庆善适游寺，见主僧言之。云：“可以为戒。”未几时，复以六百千赎所施物去，竟以是年死。（六事皆庆善说。）

【译文】蔡攸的儿子蔡衡，官居保和殿学士。一天，就要上朝了，家人叫他他也不醒。家人认为他是睡得太熟了，就为他请了假。一直到了辰时、巳时相交的时候（今九点左右）才醒过来，对家人说：“我不是睡得太熟，是到了阴间了。我刚入睡时，就有人对我说：‘上官召见你。’我就跟着他走。到了官府，那人进府禀报说：‘拘押蔡衡来到。’关进监狱之后，狱吏审问我，说：‘最近为什么杀生？’我说：‘我们全家都严禁杀生，没有这回事。’狱吏说：‘在这里是不允许抵赖的。’我认真想了想，最近果然在池边钓到一条鲤鱼，做成鱼脍吃了，就只有这一件罪过。狱吏说：‘这就对了。’就命人用铁钩挂穿我的上颏吊在树上，几个武士用刀割我的肉，一会儿就全部割完。又过了大约一顿饭的功夫，身体又恢复了原状。主管的人请我到了大厅上，以平等的礼节拱手问：‘保和还认得我吗？我是太师（指其祖蔡京）的门人沈某呀！太师现在还好吗？’我说：‘刚刚受刑，疼得还很厉害，请让我缓口气再和您交谈。’他让人端来茶水让我喝，身体马上就不疼了。一件一件问众兄弟以及其他一些事非常详细。就要离开时，我向他求告说：‘我犯了这样的大罪，不知道怎样才能补救？’他说：‘全部舍弃平时的享用，或许可以挽救！’你们把我穿的，用的朝服、金带以及鞍马之类的东西全部施舍给慧林寺，并且舍饭给几百个僧人，好替我谢罪。”

这一天，洪庆善正巧也到了慧林寺。见到了主持，听他讲了这件事。主持说：“应该以这件事为戒。”没过多长时间，蔡衡又用六百贯钱把他施舍的东西赎回去，结果在这一年就死去了。

李邦直梦

孙巨源、李邦直少时同习制科。熙宁中，孙守海州，李为通判。

行厅与郡圃接，孙季女常游圃中，李望见，目送之。后每出，闻其声，辄下车便旋。邦直妻韩夫人，于牖中窥见屡矣，诘其故，李以实告。

一夕，梦至圃，见孙女，踵之不可及，亟追之，蹑其鞋，且以花插其首，不觉惊寤。以语韩夫人，韩大恸曰：“簪花者，言定之像。鞋者，谐也。君将娶孙氏，吾死无日矣。”李曰：“思虑之极，故和于梦，宁有是。”

未几，韩果卒。李徐令媒者请于孙公，孙怒曰：“吾与李同砚席交，年相若，岂吾季女偶邪！”李不敢复言。

已而孙还朝，为翰林学士，得疾将死。客见之，孙以女未出适为言，客曰：“今日士大夫之贤尤出李邦直，何不以归之？”曰：“奈年不相匹。”客曰：“但得所归，安暇它问。”未及绸缪而孙亡。

其家竟以女嫁之，后封鲁郡夫人。邦直作巨源墓志曰："三女：长适李公彦，二在室。"盖作志时未为婿也。邦直行状，晁无咎所作，实再娶孙氏云。（强行父幼安说。）

【译文】孙洙，字巨源，李清臣，字邦直。年轻时曾一起参加制科考试。神宗熙宁（1068—1077）年间，孙任海州（今江苏东海）知州，李任通判。

海州通判的办公处与知州的花园相连，孙的三女儿经常到花园游玩。李清臣看到后，被孙女吸引，一直目送她离开。从此他每次外出，只要听到花园中有动静，就下车往回走，想去偷看。李的妻子韩夫人从窗口多次看到这种情况，就问李为什么这样做，清臣就把实情告诉了她。

一天夜里，清臣梦到自己也去了花园，看到孙女，想跟着走却跟不上。只好快步追赶，结果踩了孙女的鞋子，并且把花插到了她的头上，一下子就醒了。把这件事讲给韩夫人，韩听后非常伤心，说："插花，这是下定礼的征兆；鞋，又和"谐"字同音。你就要娶孙氏了，我很快就会死的。"李说："想得太迫切了，所以才会有梦。怎么会有你说的这种事。"

没过多久，韩夫人果然死了。清臣就慢慢托媒人向孙求婚。孙洙生气地说："我和李做过同学，年龄又相似，怎么会是我三女儿的配偶呢！"李就不敢再提这件事。

后来孙洙回到京城，官拜翰林学士。他得病快死的时候，有客人去探望他。孙就谈起姑娘还没出嫁的事，客人说："现在士大夫中贤能没有超过李邦直的，为什么不把姑娘嫁给他呢？"孙说："怎奈他们的年龄不相配。"客人说："只要有个好的归宿，哪有时间去考虑其他六鲤乞命。"但还没来及商议婚嫁孙就过世了。

孙家最终把女儿嫁给了李邦直，后来被封为鲁郡夫人。邦直为巨源写墓志铭说："三个姑娘：大女儿嫁李公彦；另两个女儿没有出嫁。"是因为写墓志时还没有成为孙家的女婿。邦直死后的诗事略文章是晁无咎（名补之）写的，如实记了李再娶孙氏的话。

赵敦临梦

明州赵敦临为太学生，政和戊戌年，诣二相公庙乞梦。梦云："状元今岁方生。"绍兴乙卯，敦临始登第。状元乃汪圣锡，生于戊戌，时年十八岁。果符昨梦。

【译文】明州（今浙江宁波）赵敦临是太学生。徽宗政和七年（1118），他到二相公庙求梦。后来梦中有人告诉他："状元今年才出生。"高宗绍兴五年（1135），敦临才考中进士。这一科状元是汪圣锡，他生于政和七年，只有十八岁。果然和以前的梦相符。

张太守女

南安军城东嘉佑寺，绍兴初，有太守张朝议女，因其夫往岭外不还，怏怏而夭，藁葬于方丈，遇夜即出，人多见之。既久，寺僧亦不以为怪。

过客至，必与之合，有所得钱若绢，反遗僧。尝有二武弁，自广东解官归，议投宿是寺。一人知之，不欲往。一人性颇木强，不谓然，独抵寺，方驰担，女子已出，曰："尊官远来不易。"客大恐，诱之使去，即驰入城。解潜谪居而卒，有孙营葬憩寺中，为所荏苒，得疾几死。

绍兴二十年郡守都圣与洁率大庚令迁之于五里外山间，今犹时出，与村落居人接。予尝至寺，老僧言之。犹及见其死时事云。

【译文】南安军（今江西大余）城东有嘉佑寺。绍兴初年，太守张朝议的女儿，因丈夫到岭外多年不回家，忧郁死去，灵柩草草寄存在寺里。一到夜里她就出现，很多人都看到过。时间长了，寺中的僧人也不以为怪。

过路客人到了寺中，这女子一定会和他们交合。得到一些钱和绢，都转送给僧人。曾经有两个武官，是从广东解任回家，商量着到寺里投宿。一个人听说这件事，不想去。另一人性格质朴而倔强，不以为然，独自到了寺中。他刚刚放下行李，女子就出现了，说："尊官从远方来，真是不容易呀！"那人也害了怕，哄着她让她离开后，马上跑回城中。解潜被谪后死在贬所，他的孙子办丧事住在寺中，被女子勾引，得病后差点死掉。

高宗绍兴二十年（1150），郡守都洁，字圣与，率领大庚（今江西大余）县令把棺木迁葬到五里外的山里边。现在那女子有时还会出来，和村子里的居民交合。我曾经到过寺中，老和尚对我讲了这些事，他还见到了这女子死时的情况。

大庾震吏

绍兴二十一年二月晦，大庾令连潜正午治事，书吏抱文书环立。忽黑气自庭入，须臾，一厅尽暗。雷电大震，吏悉仆

地。令悸甚，手足俱弱，亦仆于案下。少顷即散，众掖令起。吏死者四人：二录事，二治狱者。盖昔皆为经界吏云。（连令说）

【译文】高宗绍兴二十一年（1157）二月最后一天，大庾令连潜中午办公，书吏们怀抱文书在周围站立。忽然一道黑气从庭院飞入，片刻功夫，整个大厅全部黑暗。电闪雷鸣，书吏们全都震倒在地。连潜心惊肉跳，手脚都软了，也倒在书案下。又过了一会儿，黑气散开，大家把县令搀扶起来。书吏被震死了四个：两个录事，两个审理官司的。都是过去曾经有过贪污行为的。

张端悫亡友

张端悫，处州人。曾为道士，平生好丹灶炉火。初与一乡友同泛海如泉州。舟人意欲逃征税，乘风绝海，至番禺乃泊，二人不得已少留。乡友者得疾死，张为殡殓，寄柩僧寺。

一夕，寝未熟，而友至，呼其字曰："正父，公酷好炉鼎，何为也？"张悟其死，应曰："吾自好之，何预君事！"即闭目默颂大悲咒。才数句，友已知，曰："偶来相过，何为尔也！"即去。

久之，复梦曰："我与君相从久，今当远别，不复再见，幸偕我行数步相送。"张诺之。与俱行数步，至一红桥，友先行，语张曰："君且止，此非君所宜过。"挥泪而别。即觉，不能晓。

后数日，广帅王承可侍郎令诸刹，凡寄殡悉出焚。张念其

故人，令僧具威仪，火之城下，收其骨。至一桥，掷水中，乃梦中所至处也。时绍兴十八年。（张生说）

【译文】张端悫公正父，是处州（今属浙江）人，曾经做过道士，平生喜爱丹灶炉火。当初，他和一个同乡的朋友乘海船到泉州（今属福建）去，船家想逃税，顺风到了深海，一直到番禺（今属广东）才停船，二人无法只好稍作停留。后来朋友得病死去，张替朋友殓尸殡葬，暂时寄存在寺院中。

一天夜里，张还没睡熟，朋友来了，叫着他的字说："正父，你特别喜爱炉鼎，为什么呢？"张清楚他已经死了，回答说："我喜欢归我喜欢，和你有什么关系！"就闭上眼睛默诵大悲咒。才念了几句，朋友已经知道了，说："偶而前来拜访，为什么这样做！"马上就离开了。

过了一段时间，又梦到朋友说："我和你互相交往时间不短了，现在要远别，以后不会再见了。希望和我一起走几步相送。"张答应了。和朋友一起走了一会，到了一座红桥边。朋友先走，对张说："你还是停下吧，这不是你应该过的。"两个人洒泪分别。张梦醒之后，不明白是怎么回事。

又过了几天，广帅王承可侍郎命令所有的寺院，凡是寄存的棺柩全都要火化。张想着那人是自己多年的朋友，就让僧人准备了隆重的仪式，到城下火化。张收拾了朋友的骨灰，到了一座桥边扔到水中，就是梦中曾经到过的地方。这时是高宗绍兴十八年（1148）。

六鲤乞命

汪丞相廷俊，宣和中为将作少监。郑深道资之为同寮。

一日，坐局，汪得六鲜鲤，将脍之，郑不知也。方假寐，梦六人立阶下，自赞之："李秀才乞公一言，干少监乞命。"郑曰："不知君等何罪？"俱曰："只在公一言。"郑许诺。

既寤，达之汪公。汪曰："适得六鲤，将设脍，岂为是邪？"遂放之，郑自是不食鱼。（深道说）

【译文】汪廷俊（名伯彦）丞相徽宗宣和（1119—1125）中任将作少监，郑深道（名资之）是他的同僚。

一天，在将作监办公，汪得到六条活鲤鱼，准备做成鱼烩食用。郑并不知道，正在打盹儿，梦到六个人站在台阶下，自我引荐说："李秀才请求郑公说一句话，劳驾到汪少监那里救我们的性命。"郑说："不知你们犯了什么罪？"都说："只凭郑公一句话就行。"郑答应了。

醒了之后，就到汪公那里。汪公说："刚才得到六条鲤鱼，就要做成鱼脍。难道是为这件事吗？"于是就把鲤鱼放了。郑公从此不再吃鱼。

五郎鬼

钱塘有女巫曰四娘者，鬼凭之，目为五郎。有问休咎者，鬼作人语酬之。或伺先世，验其真伪，虽千里外，酬对如响，莫不谐合。

故咸安王韩公兄世良尤信昵，导王令召之。巫至韩府，而五郎者不至，巫踧踖不自安，乃出。

后数日，偶至灵隐寺，鬼辄呼之。巫诘其曩日不应命，曰：

“门神御我于外，不能达也。”

【译文】钱塘（今浙江杭州）有个女巫叫四娘，她可以使鬼附身显灵，称鬼为五郎。有卜问吉凶的，鬼就用人语和他们答对。有人为了检验鬼语的真假，就问他前代的事。即使是远在千里以外，鬼答对的就像回声那样快，没有不对的。

已故威安王韩（世忠）公的哥哥韩世良特别相信鬼语，并且与四娘很熟悉，就劝说韩公召见四娘。女巫到了韩府，可五郎却不附身显灵，四娘惶恐不安，只好退出。

过了几天，四娘偶然到灵隐寺，鬼前来和她打招呼。女巫问他前几天为什么不附身，鬼说：“韩府门神把我挡在外面，我无法进去呀！”

东坡书《金刚经》

东坡先生居黄州时，手抄《金刚经》，笔力最为得意，然止第十五分，遂移临汝。已而入玉堂，不能终卷，旋亦散逸。其后谪惠州，思前经不可复寻，即取十六分以后续书之。置于李氏潜珍阁。

李少愚参政得其前经，惜不能全，所在辄访之，冀复合。绍兴初，避地罗浮，见李氏子辉，辉以家所有坡书悉示之，而秘金刚残帙，少愚不知也。

异日，偶及之，遂两出相视，其字画大小高下，黑色深浅，不差毫发，如成于一旦，相顾惊异。辉以归少愚，遂为全经云。（黄文谟说）

【译文】苏东坡先生住在黄州（今属湖北）时，亲手抄写《金刚经》，笔力挥洒，得心应手，但只抄写了十五分，就调官到临汝（今河南汝州）。后来进了翰林院，一直未能再抄，连抄好的经也都散失了。东坡贬谪惠州（今属广东）时，想以前抄的经不再能够找到，就从十六分以后续抄，抄完后存在李氏的潜珍阁中。

李少愚参政后来得到了东坡抄的前经，惋惜不够完整，每到一地就用心寻访，希望能够合成全璧。高宗绍兴初年，他避兵灾到了罗浮（今属广东），见到李氏的儿子李辉。李辉把家中收藏的所有东坡墨迹都拿出来让他看，只是把《金刚经》的后一部分密藏，少愚并不知道这回事。

一天，两人偶然谈到《金刚经》的事，就拿出自己的收藏品玩。看到金经字体的大小高低，墨色的深浅浓淡。分毫不差，就好像一天抄完似的，两人相视惊叹。李辉就把后经送给了少愚，成为一部完整的《金刚经》。

何丞相

缙云何丞相（执中）在布衣时贫甚，预乡贡，将入京师。无以为资，往谒大姓假贷，阍人不为通，捧刺危坐俟命。

主人昼寝，梦里龙蟠户外，惊寤出视，则何公在焉。问之："五秀何为至此？"（何第五，五秀者，乡人呼秀才云。）以所欲告。主人举万钱赠之，且曰：'君异日言归，无问得失，必过我。"

何试竟，复选其家，馆于外庑。迨日暮，执卷徙倚楹间，主人仿佛又见黑龙蜿蜒而下，攀绕厅柱。就视之，则又何公也。心异之，密告何曰："君且大贵，毋相忘。"

已而何擢第，调台州判官。有术者能听物声知吉凶，闻谯门鼓角声曰："是中有贵人，谁其当之！"或意郡守贰，视之不然。凡阅数日，不可意。一日，何乘轿出，术者见之曰："此真贵人。角声之祥，不吾欺也！"

何后以徽宗皇帝藩邸恩至宰相，终于太傅，赠清源郡王。

【译文】何执中丞相是缙云（今属浙江）人，他做百姓时非常贫寒。考中举人后要到京城参加省试，因为缺少路费，就到大姓人家去借钱。看门人不为他通报，他就捧着自己的名帖在门口端坐等候。

主人在家中正睡午觉，梦到一条黑龙蟠踞在门外，惊醒后出门察看，见何公正在门口坐着。主人问："五秀（何执中排行第五，五秀，是乡里人对秀才的称呼。）为什么到这里？"何就把来意相告，主人拿出一万钱送给他，并且说："你将来回乡，不管考中考不中，一定要来见我。"

何考完后，又到了大姓的家，住在外厢房里。一日天晚，何拿着书在走廊时走时倚。主人仿佛又看到一条黑龙从天蜿蜒而降，绕柱攀援。走近再细看，原来又是何公。主人心里很惊异，私下告诉何说："君将来大贵，请不要忘了我。"

不久，何考中进士，调台州（今浙江临海）任判官。有个算卦的能听声音判断吉凶，他听到谯门内的鼓角声就说："这里面有贵人，谁能和这个吉兆相应呢？"有人认为是郡守或者通判，他看了都说不是。一连看了几天，都没有符合的。有一天，何公乘轿出门，算卦的见了，说："这才是真贵人，号角声的吉兆，并没有欺骗我呀！"

何公后来因曾任徽宗藩邸的官被提升至宰相，临死时官为太傅，赠清源郡王。

潘君龙异

缙云富人潘君少贫，尝贸易城中。天且暮，值大雨，急避止道傍人家。不能归，因丐宿焉，不知其倡居也。

倡夜梦里龙绕门左，旦起视之，正见潘卧檐下。心以为异，延入，厚礼之。欲与之寝，潘自顾贫甚，力辞至再三，强之不可。

一日醉以酒，合焉。自是倾家赀济之，不问其出入。潘藉以为商，所至大获，积财逾数十百万。因聘倡以归。

生子擢进士第，至郡守，其家至今为富室云。

【译文】缙云县富人潘君年轻时很穷。一次他到城中做小买卖，傍晚时碰上一场大雨，急忙跑到路边一户人家躲避。由于雨太大无法回家，只好请求暂住一晚，不知道这是妓女的住处。

妓女夜里梦到一条黑龙盘绕在门的左边，早上起来察看，正好见到潘睡在屋檐下。妓女有心要与他睡觉，潘自知一文不名，就极力再三推辞，妓女怎么勉强他也没有答应。

一天，妓女把潘灌醉，两人就有了关系。从此妓女用全部家财资助潘，并且不打听潘的收入支出情况。潘凭借这些钱财经商，赚了很多，最后竟超过了百万，就正式娶妓女为妻。

他们后来有个儿子一举考中进士，官至太守。潘家到现在仍是缙云县的富户。

横山火头

常州横山观火头，暑月汲井，得冰一片，有蛙立其上。方以手执冰，蛙跃去，乃食其冰，遂绝而不食。初不知书，自此晓然。后不知所之。宣和中也。（李弥正似表说。）

【译文】常州（今属江苏）横山观有个火头（厨师），夏天到井上提水，得到了一块冰，上面还站着一只青蛙。他正要用手拿冰，青蛙跳走了。他就把冰吃下，从此就可以不吃东西。这个人原先不识字，但从此却明白许多书本上的道理。后来不知道他到了哪里。这件事发生在徽宗宣和（1119—1125）年间。

松江鲤

平江王子简，以四月八日至松江，市鱼虾放生，得巨鲤以为脍。庖人取鱼，断尾去鳞，惟头腹未殊，忽跃入江中。顷之索脍，庖人以告。子简不加责，然意其鱼死矣。

明年，复以是日游松江，如前市鱼，一鲤鳞尾歼焉。庖人视之，盖昨岁鱼也，竟食之。

【译文】平江（今江苏苏州）人王子简，四月八日到松江（今属上海市）买鱼虾放生，买到一条大鲤鱼做鱼鲙。厨子取鱼断尾刮鳞，只有头和肚子还没有动刀，忽然鱼一下子跳进江中，过了一会儿子简要鱼鲙吃，厨子就讲了这件事。子简没有责备他，心想那鱼一定死了。

第二年，子简又在四月八日到了松江，像上次一样买鱼放生，看到一条鲤鱼无鳞无尾。叫厨子来看，就是去年的那条，最后还是吃了它。

卷第十二（十五事）

林积阴德

林积，南剑人。少时入京师，至蔡州，息旅邸。

觉床第间物逆其背，揭席视之，见一布囊，中有锦囊，又其中则绵囊，实以北珠数百颗。明日，询主人曰："前夕何人宿此？"主人以告，乃巨商也。林语之曰："此吾故人，脱复至，幸令来上庠相访。"又揭其名于室曰："某年某月日剑浦林积假馆。"遂行。

商人至京师，取珠欲货，则无有。急沿故道处处物色之。至蔡邸，见榜即还，访林于上庠。林具以告曰："元珠具在，然不可但取，可投牒府中，当悉以归。"商如教。林诣府，尽以珠授商。府尹使中分之，商曰："固所愿。"林不受，曰："使积欲之，前日已为己有矣。"秋毫无所取。商不能强，以数百千就佛寺作大斋，为林君祈福。

林后登科，至中大夫。生子又，字德新，为吏部侍郎。

【译文】林积是南剑州（今福建南平）人。年轻时进京，途经蔡州（今河南汝南），住进了一家旅店。

他晚上躺在床上，觉得有东西顶着脊背。揭开席看到一个布袋，找开布袋，里面又有锦袋，锦袋之中是绵袋，绵袋里装着几百颗珍珠。第二天，他问店主："前天夜里什么人住在这里？"店主告诉他，原来是个大商人。林对店主说："这是我的老朋友，假如他再来，希望让他到京城太学看望我。"又在房内墙壁上清楚地写道："某年某月某日剑浦（今属福建）林积住此。"然后就继续赶往京城。

商人到了京城，想取珍珠来卖，却找不到。急忙沿着来路一处处寻找。到了蔡州旅店，见到林积的题字就赶回京城，到太学拜访林积。林把全部情况都讲给他，说："你的那些珠子一颗不少，但你现在不能拿走。要到州府中备案，然后全部归还你。"商人就按林积的要求去做。林到了州府，把珍珠都交还商人。知府大人让他们均分，商人说："这本来就是我心甘情愿的。"林积不接受，说："如果我想要它，前些时候它们已经属于我了。"最后一颗也没有收。商人不能勉强，就用几百贯到寺院中做场大斋，为林积求福。

林后来一举登第，官至中大夫。生子名又，字德新，任吏部侍郎。

林氏富证

姑苏人殿中丞吴感，初造宅，圩墁既毕，明日，墙壁间遍印鹤爪，仿佛若"林"字。

居数月，颇有怪异。往往至夜分，则白衣数人泣而出。吴君卒，其家他徙，同郡林茂先大卿售得之。卜居才一日，见庭前小儿数十，皆白衣，行至屋角不见。即命斫其地，未数尺，得银孩儿数十枚，下皆刻“林”字。悉贷之，自此巨富。

【译文】殿中丞吴感是姑苏（今江苏苏州）人，他当初营选新宅时，粉刷已毕，第二天，墙壁上布满鹤爪印，仿佛好像“林”字。

住了几个月，家中很有些怪事，往往半夜时分，会有几个白衣人哭着走出。吴君死后，他们家就搬走了，也住在姑苏的林茂先大卿买到了这所房子。搬进去才一天，见到庭院中有几十个小孩，都穿着白衣，走到屋角就不见了，林就命人挖掘，没挖几尺，就得几十个银孩儿，上面都刻有“林”字。把银孩儿全部卖了，林家从此成为巨富。

雷震石保义

绍兴十六年夏，镇江大雨，雷电发屋撤木，火球数十滚于地。长人不可数，皆丈余，朱衣青袖，持巨斧，入一屠家，屠者死之。又入数家，询巡辖递铺石保义所在，至军营中，得其居。石生正抱子，长人挥去之，死斧下。（焦山湛志说）

【译文】高宗绍兴十六年（1146）夏天，镇江（今属江苏）大雨，雷电震塌房屋，劈倒树木，有几十个大火球在地上滚动。数不清的巨人，个个一丈多高，红衣服青袖子，手持大斧，进到一个屠户家中，屠户被砍死。接着，他们又进了几家，打听巡辖递铺石保义住在那里。在军营找到石家，石生正抱着孩子，巨人挥斧砍去，石保义就死于斧下。

食鳝戒

绍兴戊辰三月，平江小民醉中食鳝鱼，误吞其钩，线犹在口旁，急以手牵之。线中断，钩不可出，痛楚之甚，几不救。旬日始能食。

【译文】高宗绍兴十八年（1148）三月，平江府（今江苏苏州）有个百姓喝醉酒吃鳝鱼，不小心把钓鳝的钩子吞进肚子，钓线还留在口外。他急忙用手往外拉，谁知钓线从中扯断，钩子无法取出。他疼的非常厉害，几乎要了命，十天后才能吃东西。

缙云鬼仙

处州缙云鬼仙，名英华，姿色绝艳，肌肤绰约如神仙中人，居主簿廨中。建炎间，主簿王传表弟齐生者与之相好，交欢如夫妇。簿家亦时见之，以诘齐，齐笑不答。

一日，与英偶坐，而簿至。英急入帐中，簿求见甚力。英曰："吾容色迥出世人，若见我，必有惑志。子有室家，恐嫌隙遂成，非令弟比，决不可得见也。"

居无何，簿妻病心痛，濒死，更数医，莫能疗。英以药一剂授齐生云："以饮尔嫂，当有瘳。世间百药不能起其疾，若不吾信，则死矣。"齐先以白簿，簿曰："人有疾而服鬼药，何邪？”妻虽病困，然微闻其言，亟攘药服之，少顷即苏，明日而履地。举室大感异之。

逾年，齐辞归，英送至临安城外，曰：“帝城多神明，不可入，将告别。”英泣曰：“相从之久，不忍语离。观子异日必死于兵，吾授子一炷香，愿谨藏去，脱有难，焚之。吾闻香烟即来救子。但天数已定，恐不可免尔。”既别，而齐生从张王（俊）军淮上，与李成战，竟死。

久之，他盗犯缙云，吏民奔窜。及盗去，堂吏某中奉者，据主簿官舍，簿乃居山间。英至山间。问簿妻何以未反邑，具以告英曰：“吾能去之。”盛饰造中奉宅，因称主簿侍儿，厉声谯责，忽不见。中奉大恐，急徙出。

尝有部使者至邑，威严凛然，官吏重足，正从厅事，一妇人缓行庑下，历阶阤而升。讶之，以询从吏，皆不敢对。会邑官白事，语之曰：“诸君婢媵，不为提防，乃令得至此。”从以英为解，惧甚，即日治行。

后转之丞厅，丞为所染，沿檄案行经界，英亦同途。丞未几死。

邑令赵道之欲去其害，斋戒数日，将奏章上帝。英已知之，语令曰：“吾非下鬼比也，若我何！”俄斋室振动，令家大小皆病，遂不敢奏。至今犹存。（闾丘宁孙叔永说）

【译文】处州缙云县（今属浙江）有一鬼仙，名英华，姿色绝艳，她肌肤白嫩，身材窈窕，就像姑射山上的仙女，住在本县主簿的官衙内。高宗建炎（1127—1130）年间，主簿王传的表弟齐生和她相好，关系融洽欢乐就像夫妻一样。王家的人也经常见到她，向齐生打听，齐生笑而不答。

一天，齐生正与英华一起座谈，主簿偶然进房。英华急忙躲进帐中，主簿一再极力请求相见。英华说："我的姿色远远超出世人，如果见到我，你一定会被我迷住。你有家小，恐怕家中要产生矛盾。你的情况和令弟不同，决不能够见我。"

过了一段时间，王的妻子得了心疼病，病势重危，换了几个医生，都没能治好。英华把一付药交给齐生说："把这药拿给你嫂子服用，病就会好的。人世间无论什么药也治不好她的病，如果不信我的话，她一定会死。"齐生先告诉主簿，主簿说："人有病却吃鬼药，有用吗？"王妻虽然病重，却隐约听到了他们的谈话，就夺过药来吃。药刚服下一会儿病势就减轻，第二天就可下地走路。全家人都感到非常惊异。

一年以后，齐生要告辞回家，英华一直把他送到临安（今浙江杭州）城外。说："京城里神灵很多，我不能进去，我们还是分手吧。"英华流着泪又说："和你在一起这么久，真不忍心说别。我看你将来一定会死于兵乱，我给你一炷香，希望你小心收藏。如果有灾难就把它复燃。我闻到香烟就会来救你。只是天数已定，恐怕难以挽回呀！"分别以后，齐生跟着张俊的大军驻扎在淮河附近，在和李成作战时死去。

又过了很久，有强盗进犯缙云，官吏百姓纷纷逃命。等到强盗离开县城，堂吏中有位中奉占了主簿的官舍，主簿只好住在山间。英华到过山中，问主簿的妻子为何没有返回县城，就把全部情况告诉她。英华说："我能让他搬走。"她就盛装打扮到中奉的家中，说自己是主簿的丫环，厉声呵斥中奉，然后忽然就消失了。中奉非常害怕，马上搬了出去。

曾经有个监司到缙云来，威风凛凛，县里的官员个个小心谨慎，不敢乱说乱动。他正在厅堂端坐，看到一个妇人在庑下慢慢行走，然后沿着台阶一侧的斜石走上来。他感到很奇怪，就向从吏打听，都不敢说出实情。正巧县里的官员，汇报公务，监司说："你们诸位有内眷侍女，没有约束限制，竟让她们到了这里。"大家把英华的事告诉他。监司非常害怕，当天就离开了缙云。

后来英华又到了县丞的官衙，县丞和她有了关系。县丞遵朝廷的命令巡视经界，英华和他同行。不久县丞死去。

县令赵道之想除去危害，斋戒几天，准备向天帝上奏章。英华知道这件事，就对赵说："我不是一般的鬼所能比的，能使我怎么样！"一会儿，斋室震动，全家老小都生了病，赵于是就不敢上奏。到今天英华还住在缙云。

宣和宫人

宣和中，有宫人得病，谵语，持刀纵横，不可制。诏宝箓宫法师治之，不效。尽访京城道术者，皆不能措手，于是闭之空室，不给食，如是数年。

有程道士者，从龙虎山来，或以其名闻，命召之。上曰："切未可启户，彼挟刃将伤人。"道士请以禁卫数百，执兵器围其室三匝，隔门与之语，且投符使服。宫人笑曰："吾服符多矣，其如予何！"遂吞之，已而稍定，曰："此符也得。"道士遂启门。宫人哓哓不已，然既为符所制，不能出。道士以刀划地为狱，四角书"火"字，叱之曰："汝为何鬼所凭，尽以告我。不然，举轮火焚汝矣。"不肯言。取火就四角延烧，始大叫曰："幸少宽，我将吐实。"道士为灭去两角火。乃言曰："吾亦龙虎山道士，死而为鬼。凡丹咒法箓，皆素所习，故能解之。不意仙师有真符，今不敢留，愿假数日而去。"道士怒曰："宫禁中岂宜久，此必速去。"

即入奏曰："此鬼若不诛殛，必贻祸他处，非臣不可治。"遂缚草为人，书牒奏天讫，斩之。宫人即苏。

【译文】徽宗宣和（1119—1125）中期，皇宫中有宫女得了怪病，胡说八道，拿着刀东冲西撞，无法制止。下诏让宝箓宫的法师来医治，毫无效果。把京城里有道术的人都找遍了，谁都束手无策。于是把她关到空室中，不给饮食，这样关了几年。

有一位程道士，从江西龙虎山来，有人把他的名字事迹上奏朝廷，皇帝就召见他。徽宗说："千万不要开门，她拿着刀会伤人的。"道士请求用几百名禁卫，拿着兵器把房子围了三圈，然后隔门与宫女对话，把神符扔进去让她服用。宫女笑着说："我服用的神符多了，能拿我怎么样！"就吞了下去。不久，宫女稍微有些安定，说："这种符威力不小。"道人就打开门。宫女因恐惧而叫嚷，但已经被神符限制，不能出门。道士用刀在地上划线为牢狱，在四角都写上"火"字，喝叱宫女道："你被什么鬼附身，全部讲给我听。不然的话，就要用轮火烧你。"宫女不说。道士取火从四角往里烧，宫女这才大喊："希望停一停，我就要说实话。"道士就熄灭两处的火。宫女说："我也是龙虎山的道士，死后变成了鬼。凡是丹咒法术，一向都练习很熟，所以都能破解。没想到仙师有真符，现在不敢在此停留，望能宽限几天让我离开。"道人发怒说："宫廷禁地怎能容你长待，必须马上离开。"

道人随即禀奉徽宗说："这个鬼如果不诛杀，一定就给其他的地方留下祸害，只有我才能根治。"就扎了个草人，写法牒禀告天帝完毕，一刀把鬼斩首。宫人立刻清醒。

京师道流

京师有道流，居城外，梦一神将告之曰："帝遗我等五百辈，日侍左右，从师行持。"自是法大振。

尝骑驴入城，见一村民，急下驴语之曰："有妖道随汝，不可不除。"命俱至茶肆。市人千百聚观，道流遣神将杖之，民号呼不已。杖毕，饮之以符，即如平常。

有恶少年语众曰："第能杖有鬼者，不能杖我。"道士大怒，又叱神将杖之二百，恶少年受杖，号呼如前人，且谢罪，乃释之。

未几，复梦神人来告曰："帝以师妄笞平民，今吾持牒尽索神将。"既寤，法不复行，得大病，几死。（二事强幼安说）

【译文】京城有个道士，住在城外，一夜，他梦到一个神将告诉他："天帝派我们五百人，每天在您身边侍候，帮助法师为民造福。"从此法名大振。

道士曾经骑驴进城，见到一个村民，他急忙下驴对他说："有妖鬼跟着你，不能不除去。"就让他和自己一起到了茶馆。成千上百的市民围绕观看，道士命神将用大棒打他，村民不停叫喊。打完，让他喝了一道神符，马上就和没挨打时一样。

有个年轻无赖对众人讲："他只能打那些有鬼缠身的人，不能够打我。”道士大怒，又喝令神将打了无赖二百大棒。年轻人被打时，大喊大叫和刚才的村民一样。他向道士请罪，最后才放了他。

不久，道士又梦到神将对他说：“天帝因为法师随意笞打百姓，命我拿法牒收回神将。”醒来之后，法术就不再灵验，道士得了一场大病，差点死掉。

仓卒有智

秀州士大夫家有一小儿，才五岁，因戏剧，以首入捣药铁臼中，不能出，举室无计。或教之使执儿两足，以新汲水急浇之。儿惊啼体缩，遂得出。

又有一儿，观打稻，取谷芒置口中，粘着喉舌间，不可脱。或令以鹅涎灌之，即下，盖鹅涎能化谷也。

二者皆一时甚急，非仓卒有智，未易脱也。（闻人茂德说）

【译文】秀州（今浙江嘉兴）士大夫家有一个小孩儿，才五岁，因玩耍把头伸进捣药的铁臼中，无法再出来，一家人都毫无办法。有人教他们抓住小孩儿的两只脚，用刚从井中提的凉水猛冲。小孩儿受惊哭喊身体收缩，头就退了出来。

又有一个小孩儿，在谷场上看打稻，把谷芒放进了嘴里，谷芒粘在舌头喉咙之间，一时间无法去除。有人让用鹅涎来灌，结果全部冲了下来，因为鹅涎能化解谷物。

这两件事都是一时间非常急迫的，如果不是仓促间急中生智，是不容易解决的。

汪彦章跋启

钱塘关景仁子开，为税官，为其下告讦，郡守械之狱。子开弟子东（注）往会稽，告急于兵部侍郎汪彦章。汪为驰书属杭守，事遂释。子开具启谢汪，未达而死。子东为致之，汪书其后曰："解晏子之骖，昔曾伸于贤者，挂徐君之剑，今有感于斯文。"

【译文】钱塘（今浙江杭州）人关景仁，字子开，是个税务官，被他的属下告发诬陷，郡守把他关进牢狱。子开的弟弟子东前往会稽（今浙江绍兴），向兵部侍郎汪彦章告急。汪为他写了封信飞马送给太守，事情就解决了。子开写了封信感谢汪，信还没有发出他就死了。子东替哥哥送这封信，彦章在信后题跋说："当年晏子用骖马为越石父赎罪，那是为了帮助贤人；季札把宝剑挂在徐君墓前，是为了满足亡友的心愿。这封信让我想起这两件千古流传的佳话。"

六合县学

真州六合县，自兵戈后，学舍焚燎无遗，诸生相与筑茅屋十数间以居。久之，议欲迁徙。

初，邑有废寺，当群盗既息，一僧出力丐钱经营之。尝取石郊外，得两大石，颇平，移置诸殿前之沟上，若桥然。凡累年，寺略成而主僧死，无有继者，县因即其宫为学。

方聚工葺治，揭沟石去之，其阴大刻“县学”两字，莫知何岁月也。则此寺当为学校，疑若冥数云。（县人崔岩叔詹说）

【译文】真州六合县（今属江苏）自从兵乱之后，县学校舍被烧得片瓦不存，学生们只好合力动手盖了十几间茅屋暂住。时间长了，大家商议搬迁。

起初，县里有座荒废的寺院。当盗贼平息之后，有个僧人出力募钱重建它。僧人曾经到郊外取石，找到两块大石头，非常平，就搬到佛殿前的大沟上摆放，像桥一样。几年过后，寺院大致修成，但主事的僧人却死了，没有人接手再做这件事。县里于是准备在寺院的基础上建学。

召集工匠修整时，抬起沟上的石块，发现大石的背面刻着“县学”两个大字，谁也不知道什么时候刻上的。那么此寺院就应当成为六合县学，让人觉得冥冥中都是天意。

高俊入冥

昔东坡先生居儋耳，有处女病死，已而复苏云：“追至地狱，其系者率儋耳人也。”近夔州戍兵高俊事大类此。岂非所谓地狱者，一方各有之，时托人以传，用为世戒欤！

俊家睢阳，世为卒，隶雄威军。绍兴二十二年正月辛亥，登夔之高山，逢一人，披发执杖，出符示俊曰：“受命追汝。”俊恐怖，亟归。彼人随之不置。俊至家，举食器掷之，彼人怒扼其喉，俊立仆地，即觉从而西。

且行且出其符，凡大书数行，后有押字，俊不识也。行久之，路正黑，俄，豁然明，见城郭严峻，四隅铁扉甚高。四顾廛市列肆，如一郡邑，其中若大府，两庑囚系几满，一女子悬足于桁。吏曰："前生妄费膏油以涂发，故悬以沥之。"又一女反缚。以钳钳其舌。吏曰："生前好摇唇鼓舌者。"后所识宁江都将，荷铁校，曳铁索，狱卒割剔其股文，血肉淋漓，形容枯瘠不类人。左右破脑者，折胫者、折肱者、穴胸者，百十人环守之。吏曰："生前贼杀无辜者也。"一部将亦同系，箠掠无全肤。次则市之鬻面者曰"冉二"，死已数年矣。前列一大瓮，畜腐水败泔，其七已空。吏曰："是尝弃面与水浆，今积于此，日使尽三杯。又有鬻锡者黄小二，为狱卒，劳问俊曰："汝何时来耶？"与俊同曹追者凡三百余人，奉节令赵洪先一夕死，亦彷徨庭下。

堂上黄绶主者呼俊曰："汝以何年月日时生乎？"俊曰："俊年二十五岁，六月二十四日辰时生。"主者披籍曰："吾所追，乃生于巳时者。"使俊止以俟命。其他一一问如前。有即荷校驱而东去者，亦有闭诸庑者。庭中壮士金甲持斧立，俊进揖曰：'主者留俊而未有以命，奈何？"曰："吾为汝入白。"顷之，出曰："可去也。"戒一童曰："速与偕行，或埋瘗，则无及矣。"

童寻俊由始来之路，其正黑者既穷，即失此童，惟望西而行。殆数里，登山，下有河流，溺者不可计。官曹坐岸上，使卒徒押行人入于河。入者为鱼龙所啖食，能涉而得岸者，百不一二也。益大恐，奔及重岭，乃东行。至平川，二经交午，不知所适。憩川上，伺过者将向津，有犬来牵俊衣，趋左径，凡七里许，复失犬。独进，逾前冈，抵大溪，甫过桥而桥坏。后一骑来，迫坏桥呼曰："急治桥。"寻有四五人，负大木横其溪，骑者不克渡，俊愈益疾步，逾时达夔之东津，视其体则裸也。或诟之，殴其背，遂惊寤。盖死二日，家方谋瘗之云。（晁公逆作说）

【译文】当年苏东坡先生被贬儋耳（今海南儋县），听说一个姑娘病死，不久又苏醒过来说："被押到地狱，那里囚禁的人都是儋耳人。"近来夔州（今四川奉节）守兵高俊的事和这件事大致相近。难道人们所说的地狱，各地都有，经常借人来传布，以成为世人的警戒吗！

高俊是睢阳（今河南商丘）人，家里世代都当兵，隶属于雄威军。高宗绍兴二十二年（1152）正月辛亥这一天，高俊登上夔州的高山，碰到一个人。那人披着头发手持刑杖。拿出公文让高俊看，说："我接到命令要拘拿你。"高害怕极了，急忙回家。那人在后面紧追不舍。到家后，高俊拿起碗碟扔地，那人发怒，用双手掐住高俊的喉咙。高马上摔倒在地，感到自己在跟他向西走去。

那人边走边拿出公文，上面写着几行大字，最后还有签名，高俊也不认识。走了很长时间，路上正非常黑暗时，忽然，一下子明亮起来。高俊看到高大雄伟的城墙，四角有很高的铁门。城内到处是集市店铺，好像一座府城，其中有一处像是府衙，两边厢房几乎关满了犯人。一个女子捆着两只脚倒吊在房檩上，狱吏说："她上辈子随意浪费膏油抹头发，所以倒吊在这里让她把油滴尽。"又有一个女子被反绑，用大钳夹她的舌头。狱吏说："这是活着时喜爱搬弄是非的。”后面见到他认识的一个宁江都将，肩带铁枷，身拖铁锁。狱吏用刀挖、割他的大腿，血肉淋漓，样子又干又瘦不像人样。他两边还有被破脑的，被打断小腿的，打断臂的，穿胸的，一百多个狱卒围着看守他们。狱吏说：“这些都是生前乱杀无辜百姓的。”有一个部将也被关在一起，被打得全身没有一块好皮肤。接着又看到集市上，一个卖面的叫“冉二”，已经死了好几年。他面前摆着一个大瓮，里面盛着腐败的泔水，还有七个瓮已经全空了。狱吏说：“这是他曾经扔掉的面和汤水，现在都积存在这里，每天让他喝完三杯。”有一个卖糖的黄小二，在这里是狱卒，问高俊：“你是什么时候来的？”和高俊同组拘押的一共三百多人，奉节令赵洪是前一天夜里死的，现在也是院子里走来走去。

大堂上一个佩黄色印绶的主管官员叫高俊说：“你是哪年哪月哪天什么时辰出生的？”高俊答：“我今年二十五岁，六月二十四日辰时出生。”那人翻阅簿子说：“我要拘拿的是出生在巳时的人。”就让高俊停在那里等候命令。对其他的人一一提出同样的问题，有的马上就被戴上枷锁赶着向东去，也有的就关那些厢房里。庭院中有金甲壮士手持大斧守在那里，高俊上前作揖说：“主管人把我留下，到现在还没有命令，我该怎么办？”壮士说：“我进去替你禀告一下。”一会儿，金甲壮士出来说：“你可以离开了。”就向一个童子告诫说：“你马上和他一起走，如果他的家人把他埋葬，那就来不及了。”

童子带着高俊由来的路回去，到把黑路走完，童子就不见了，高俊只好向西走去。大约走了几里，登上一座山，山下有河流，河中被淹的人多得无法数清。一个官员坐在岸上，让手下的士卒拉着行人到河里。到河中的大多被鱼龙吃掉，能涉水登上对岸的，一百个人中不到一两个。高俊更加害怕，就向山的深处跑去，转而向东走。后来到了一片平原，有两条道路交叉，不知道走哪条路。只好暂作休息，想等经过的人问路。这时有一条狗来拉高俊的衣服，让他走左面的道路，共走了七里左右，那条狗也不见了，只能一个人往前走。又过了一道山梁，遇到一条大溪，高俊刚过桥桥就坏了。后面一个人骑马跑来，到桥边大叫："快快修桥。"随即就有四五个人，扛着大树横在溪上。骑马的人还没有过桥，高俊就加快脚步向前跑，跑了一个多时辰到达夔州东边的渡口。再看自己原来光着身体，路上有人骂他，殴打他的脊背，他一下子就惊醒了。这时高俊已经死了两天，家里的人正在商量埋葬他的事。

鼠坏经报

邵武泰宁瑞云院僧有贵，持律甚严。尝坐方丈，有新生鼠三四，继堕于前。谛视，悉无足，命取梯探其穴，乃鼠母用《金刚经》碎以为窠，是以获此报。（黄文谟说）

【译文】邵武泰宁县（今属福建）瑞云院僧人有贵，一向守戒律很严。他曾经在方丈打坐，有三四个刚生下的老鼠接连落在他的面前。留心细看，这些老鼠全部都没有脚，命人搬来梯子去察看鼠洞，原来母鼠把《金刚经》咬碎来垫窝，因此得到了这种报应。

诵天尊止怖

陈季若言："平生多梦怖，不能独寝。每寝熟，必惊魇，甚患之，梦有教者曰：'但持元始天尊、灵宝护命天尊号，每日晨兴，焚香诵二号各三十过，久当有益，’如其言，不一岁，怖心不萌。或夜独到古驿中，亦无苦。至今不少懈。”

【译文】陈季若说：“平生经常做恶梦，不能一个人睡。每次睡熟，一定会梦中惊叫，为此很伤脑筋。后来梦到有人教他说：‘只要记着元始天尊、灵宝护命天尊法号，每天早晨起来，焚香念诵法号各二十遍，时间长了一定会有益处。’按照他的话去做，不到一年，再也不做恶梦。有时夜里一个人睡在偏僻的客店中，也没有丝毫干扰。所以到现在念诵法号一点儿也不松懈。”

僧为人女

僧善旻者，长沙人。住持洪州观音院，已而退居光孝之西堂。

绍兴二十三年秋得疾。鄱阳董述为司户参军，摄新建尉，居寺侧。怜其病，日具粥饵供之。旻每食必再三致谢，光孝主僧祖璇诮之曰：“汝为方外人，而受俗人养视，如此惓惓，有欲报之意，以我法观之，他生必为董氏子矣。”旻虽感其言，终不能自克。

时董妻汪氏方娠，璇阴以为虑，而董且暮供食，情与亲骨肉等。旻病益笃，以十月二日巳时死。寺中方撞钟诵佛，外人入者云：司户妻免身，得女矣。”较其生时，旻适死云。

女数月而夭。（祖璇说。）

【译文】僧人善旻是长沙（今属湖南）人，曾在洪州（今江西南昌）观音院当住持，不久辞去主持住在光教寺的西堂。

绍兴二十三年（1153）秋天善旻得病，鄱阳（今江西波阳）人董述官拜司户参军，代理新建（今属江西）县尉，住在光孝寺旁边。他可怜善旻患病，每天准备粥饭供给他。善旻每次吃完都再三致谢。光孝寺的主持祖璇讥笑他说："你是一个方外的僧人，但去受俗人的供养看护。感激是这样的诚恳，看来是有报答的意思，依我们佛法来看，来生是会成为董氏的子女呀！"善旻虽然对祖璇的话很有感触，但最终还是不能自理。

这时董的妻子汪氏正在怀孕，祖璇私下里很是忧虑。董述早晚供应善旻饮食，对待他就像亲骨肉一样。善旻的病越来越重，终于在十月二日巳时死去。寺中正在撞钟诵佛，外面有人进来说："司户的妻子临产，生了个女儿。"算一下生的时辰，正是善旻死的时候。

这个女孩几个月后就夭折了。

向氏家庙

钦圣宪肃皇后侄向子骞周氏，贤妇人也。初归向氏，自以不及寡姑之养，及尽孝家庙，行定省如事生，未尝一日废。岁时节腊，于烹饪涤濯，必躬必亲。

政和间，随夫居开封里第，得疾。于梦中了了见五六人，若世间神庙所画鬼物。内一个取所佩箧椟，出纸小幅，满书其上，字不宜识，既而断裂作丸，如所服药状，取案上汤饮，劝周曰："服此即安。"周取服不疑。既觉，即苦咽中介介噎塞，饮食不能下，疾势且殆。周念此非医所能为，而世间禳禬事又素所不信，但默祷家庙求佑。

数日后，因服药大吐，始能进粥，且肉食。既有间，梦仙官乘羽盖车冉冉从空下，仪从甚盛，升堂坐，取前五六鬼捶扑于廷，如鞫问状。诸鬼取医所治药。与所余粥肉之属，各执以进曰："所见惟此耳。"内一鬼乃书纸作丸者，独战栗慢慢，于唾壶中探取丸书，展之复成小幅，文字历历如故。上之仙官，坐间命行文书，械诸鬼付狱，徐整驾而去。

周涣然痞，即履行复常，后享寿七十。仙官盖家庙神灵也。（周仲子防说。）

【译文】钦圣宪肃向皇后侄向子骞的妻子周氏，是一个很贤德的女子。她开始嫁到向家时，自己认为没有赶上孝敬公婆，所以就到向氏家庙尽点儿孝心。早晚问安，就好像公婆活着一样，没有一天停止过。遇到年节的大祭，无论烹饪洗涮，都一定要亲自去做。

徽宗政和（1111—1117）年间，她随着丈夫居住在开封（今属河南）的府第中，得了病。在梦中很清楚地见到五六个人，就像世间神庙里画的鬼怪。其中一个拿出随身携带的小箱子，取出一片小纸，在上面写满字，字不大好认，然后撕碎团成丸，就像平时服用的药丸一样，取过案上的热水，劝周说："服下这药，马上就会好。"周毫不怀疑，拿过来就服下了。醒了之后，就觉得喉咙里有什么东西堵塞，非常痛苦，饮食也不能下咽，病情更加危险。周心想这不是医生所能治好的，而世上对祈禳消灾的事又一向不信，只是心里向家庙祈求保佑。

几天后，因为服药大吐，才能够喝粥，逐渐能够进肉食。不久，周氏梦列仙官乘坐羽盖车，缓缓从空中落下，仪仗随从都很盛大。仙官升堂从定，抓来先前的五六个鬼怪在堂上拷打，好像审理官司的样子。那些鬼怪取出给周氏的药物以及剩下的粥、肉之类东西，各人拿着献上说："见到的就是这些。"其中那个在写字做药丸的鬼，只有他又惊又怕浑身发抖，从唾壶中取出药丸，展开后又成为一片小纸，上面的字清楚的像原来一样，呈给仙官。仙官命书吏写好公文，把那些鬼戴上刑具交给狱吏，然后慢慢启驾而去。

周氏浑身轻快，一下子就醒了。随即就可以像平时一样下地走路。她后来一直活到七十岁。仙官原来就是家庙的神灵。

卷第十三（十八事）

扫码听谦德
君为您导读

狄术卦影

狄武襄之孙偁，得费孝先分定书，卖卜于都市。

芗林向伯共（子湮），自致仕起贰版曹，偁为写卦影，作乘巨舟泛澄江，舟中载歌舞妇女，上列旗帜，导从之属甚盛。岸侧一长竿，竿首幡脚猎猎从风靡。诗云："水畔幡竿险，分符得异恩。潮回波似镜，聊以寄君身。"向读之甚喜，自以必复得谢，浮家泛宅而归，但未尽晓。

一日，上殿占对颇久，中书舍人潘子贱（良贵）摄记注侍立，前呼曰："日晏，恐勤圣听。"向子湮退，而天语未终，向不为止，潘还就班。少焉，复出其言如前，向乃趋下。明日各待罪，上两平之，已而各丐外。向章再上，以学士知平江府。列官三月余，力请谢事，优诏进秩以归，始尽悟卦意："水畔幡竿"，指潘公也。而出守辅郡，上眷益厚，所谓"分符得异恩"也。"潮回"者，言自朝廷还。"波似镜"者，平江也。"聊以寄

君身”，谓姑寓郡斋，终当归休耳。（郑次南说）

【译文】武襄公狄青的孙子狄偁，得了一本费孝先的讲命分已定的书，在都市里卖卜算卦。

芗林居士向子湮，从退休又再次复任户部侍郎，狄偁为画了一幅卦影预示出来。上面画着他乘坐大船在清江上行驶，船中有侍女歌舞，上面排列旗帜，开道跟随的下人非常多。江岸上有一长竿，竿顶旗幡随风猎猎。卦影上有诗道：“水畔幡竿险，分符得异恩。潮回波似镜，聊以寄君身。”向看了非常高兴，认为自己一定会再次谢官致仕，全家一起乘船归乡，只是对诗句还没有全部理解。

一天，上朝时向子湮与皇上交谈了很长时间，中书舍人潘良贵代理记录皇上起居言行，在一旁侍立，就上前启奏，说：“天色已晚，担心圣听辛劳。”向准备退下，但皇上话还没讲完，只好继续，潘退回班列。过了一会儿，潘又出列把先前的话讲了一遍，向于是退下归班。第二天两人都表示请罪，皇上分别抚慰。不久双方都要求外任，向子湮奏章再上，就以学士的身份出任平江（今江苏苏州）知府。到任三个多月，又一再请求辞官，皇上下特诏提升子湮官阶允许他退休归乡，向子湮这时才完全明白狄称卦影的含义：“水畔幡竿”，指潘公。而出任知府，皇上恩遇优厚，就是所说的“分符得异恩。”“潮回”，是说自朝廷还乡。“波似镜”，指平江府。“聊以寄君身”，是说暂时住在知府衙门，最终会退休归乡呀。

死卒致书

绍兴戊午，吕丞相居天台。族婿李修武寓会稽虞氏馆，方与妻对食，一走卒以丞相书至，李接书展读。其人曰：“本府某提辖已在大善寺，使邀修武。”李诺之。

须臾，起更衣，久不出。妻往寻之，乃见在圃内池水上，身没至腹矣。急呼童仆共拯之，得不死。徐问所见，曰：“适与某提辖饮梅花酒，乐作正欢，而尔辈挟我出，不能终席，殊败人意也。”池四面有桃梅数十本，遣视走卒，已失所在。

后半月，有自天台来，言提辖者死几月矣。走卒乃丞相所遣至李氏者，道死嵊县，县人检尸得其券贴，独不见丞相书。是日，盖李得书日也，死卒能致生人书，亦异矣。（傅世修说）

【译文】高宗绍兴八年（1138），丞相吕颐浩退居天台（今属浙江）。他的族婿李修武临时住在会稽（今浙江绍兴）的虞氏馆。一天，正在和妻子一起吃饭，一个士卒带来丞相的家信。李接过信打开看。那人又说：“本府的提辖大人已经在大善寺等候，让我来邀请你。”李答应了。

一会儿，李起身上厕所，很长时间也没有回来。妻子就去寻找，看到李落进花园的池塘中，水已经淹到肚子上了。她急忙叫仆人一起救李。这才没被淹死。慢慢问他看到的情况，说：“正在和提辖饮梅花酒，音乐动听，兴致高盎，却被你们这些人拉我出来，不能够终席，真是太扫兴了。”池塘的四面有几十棵桃树、梅树，派人去看那个士卒，已经找不到了。

半月以后，有人从天台来，说那个提辖已经死几个月了。士卒是丞相派他到李家送信的，但路上死在了嵊县（今属浙江）。县里的人检查尸体找到了他的券帖，只是不见丞相的那封信。这天就是李收到信的日子，死的士卒能给活人送信，也是一件奇怪的事呀！

傅世修梦

傅世修，会稽人。乡举不利，梦入省闱，试《德隆则晷星赋》。次夜，又梦如初。试卷内画巨钩，钩下有髯龙用爪覆李伯时马至五六纸。传以梦稍异，因志之。后三年分贡。明年省试《天子以德为车赋》，默念车有轨，轨者，晷也。当□□，已而不利。

又三年，复赴省，试《天地之大德曰生赋》，策问马政，遂中第。

乃悟昨梦。自解曰："德隆者，大德也。星者，曰生也。卷中画马，马政也。"而不了髯龙之义。

既奏名，竭谢座主。见勾龙庭实校书，言傅所试卷，在其房中。勾龙状貌甚伟而富髯须，乃尽晓画中意。时绍兴十二年。

【译文】傅世修是县会稽（今浙江绍兴）人，乡试没有考中，梦中却参加了省试，考题是《德隆则晷星赋》。第二夜，又做了同样的梦。试卷上画着一个大钩，钩下有一条髯龙用爪子盖着李伯时画的五六张马。因为这梦有些离奇，就用笔记了下来。

过了三年，傅通过了乡试，第二年省试题目是《天子以德为车赋》。他心中默念车有轨，轨就是晷。当考中，已而不利。又过了三年，再次参加复试。考题是《天地之德曰生赋》，策问考的是"马政"。最后考中。

傅世修到此才明白以前梦的含义，他自己解释说："德隆，就是大德，'星'字，分开就是'曰生'二字。试卷中有李伯时的画马，是说的马政。"只是不清楚"髯龙"的意义。

到了奏名朝廷参加殿试完毕，傅去拜谢考官，见到勾龙庭实校书，勾龙庭实说傅的试卷就由他批阅。勾龙的相貌非常威严而且有很多胡须，这才完全明画中的意义。这时是高宗绍兴十二年（1142）。

樊氏生子梦

衢人樊国均说：

建炎庚戌岁，其父察调宣州通判，代乡人徐昌言，明年八月当赴官。

是岁十二月七日，樊夜梦是月二十五日，宣卒携书来迎，抱一小儿拜廷下，讶其无仪从之物。答曰："途间盗梗，不敢以器皿来，只有青盖及数轿耳。"问所以抱子状，曰："家无妻室，唯此一子，爱之，故以自随。"

次日，以白父。父曰："心思之官，故梦如是。"是时樊妻柴氏孕，当以正月免身，岁未尽五日，忽苦腹痛，将就蓐。宣卒张德以徐通判书来，云已得祠禄归乡，就携迓兵来。攀视其人，绝类所梦者，但不抱子，而询赍物，其答与梦中言无异。

至暮，柴诞一子，既阅月，俱往宣城。张德者来谒告，曰："向被差时，一子才六岁，以无母，留姑氏拊养之。今归，则死矣。"问其日，乃与柴氏诞子时同，则梦中之祥，盖当为樊氏子也。

【译文】衢州（今浙江衢县）人樊国均说：

高宗建炎四年（1130），他的父亲樊察调任宣州（今安徽宣城）通判，接替同乡徐昌言，第二年八月应当赴官任。

这一年十二月七日，国均夜里做梦，梦到本月二十五日，宣州派士卒带文书来表示欢迎。士卒抱着一个小孩儿在庭中跪拜，国均见他不带贺仪之类，感到很惊讶。那人说："路上有盗贼骚扰，不敢带贺礼来，只带来青盖和几顶轿子。"问他为什么带着孩子，他回答："家中妻子已死，只有这一个儿子，非常疼爱他，所以让他跟着自己。"

第二天，国均告诉父亲。父亲说："心里老想着到宣州官所，因此会做这样的梦。"这时，国均的妻子柴氏正身孕，应该在明年正月分娩。可是到了年前的五天，紫氏忽然腹中疼痛难忍，就要临产。这时宣州士卒张德带着徐昌言通判的信来到，说徐已经得到祠官回乡，就要带着迎官的士卒来衢州，国均看张德，非常像梦中的士卒，只是没有抱孩子。询问他带来的东西，回答的和梦中的话完全一样。

到了傍晚，柴氏生了个儿子。满月之后，就一起前往宣城。张德前来请假，说："先前受命出差时，一个儿子才六岁，因为母亲死了，留在姑母家中抚养，现在回来，儿子已经死了。"问他死的日子，和柴氏生孩子的时间相同。那么国均梦中的小孩预兆，是要托生为樊家的儿子呀。

杨大同

杨大同，怀州人，未第时，随兄官下。

尝与兄之小儿肩舆为戏，儿已下轿，杨揭帘，见妇人抱幼女坐轿中，大惊异，即以兄子归，急出外舍，思所以挑招之策。旋踵间，妇已在卧内，笑曰："在此待子。"遂与之狎，问其故，曰："我某家妇，夫行役不归累年，以子独居，故逸而从子。子勿泄勿娶，我虽久此，外不能知。"自是与同寝食。

历数月，杨颜色日枯悴，兄家疑之。亦尝闻夜榻人声，意有淫厉，呼道士以天心六丁符箓治之，妇忽变形，作可畏相，欲杀杨。杨哀鸣恳拜曰："请后不敢。"遂如初。

少时，自垂泣辞去曰："我乃尔三生前妻。此女，尔女也。尔为商往他州，顾恋倡女，不知还，我贫困不能自存，携此女赴井死。诉三帝，帝令天狱，法曰："尔逐利忘家，致妻子死于非命，虽有别善业当登科，然终不能享，自此十年间将受报。我以前缘未断，来寻盟，今数尽当去，亦从受生矣。"出门，即不见。

绍兴五年，杨登科，再仕为广西帅属，以事至柳州，过灵文庙。庙祝请入谒，杨不可。祝曰："不然，神且谴怒。"杨叱之，径谒太守。饮汤未毕，盏落手而仆，即死。皆云柳侯所怒，不知其向来事也。相距正十年云。（傅世修说）

【译文】杨大同是怀州（今河南沁阳）人，他未考中进士时，在哥哥的任所随哥哥一起生活。

一次，他和哥哥的小孩儿互抬轿子做游戏，侄儿已经下轿，杨揭开轿帘，看到一个妇人抱着小女孩儿坐在轿中。他非常惊讶奇怪，马上把侄儿送回去，再尽快到外院，想着如何挑逗勾引女子的方法。谁知说话之间，那女子已经到了他的卧室。笑着说："我在这里等您呀。"于是大同就和妇人有了关系。事后，大同问她为什么要这样做，她说："我是某家的媳妇，丈夫出门在外几年都没有回家，因为您一个人孤单，所以逃出来跟随您。千万不要泄露，不要娶妻，我虽然长时间在这里，外人也不会知道。"从此杨就和妇人同吃同睡。

过了几个月，杨的面色一天比一天憔悴消瘦，哥哥家的人都觉得可疑。他们也曾经听到夜里杨床上有女子说话，想到杨受了淫鬼的纠缠，就叫道士用天心六丁符录治疗大同。那妇人忽然变形，样子让人恐怖胆寒，要杀大同。杨哭叫着跪拜恳求说："请不要杀我，以后不敢再请道士。"于是两人和好如初。

过了一段，妇人流泪主动告辞说："我是你三生以前的妻子。这个女孩儿就是你的姑娘。你到其他州郡经商，被娼女迷恋，不愿回家。我贫困无法维持生活，就带着女儿跳井自尽。然后向天帝申诉，天帝命天狱官施法说：'你谋利忘家，使妻子和女儿死于非命。即使做了一些善事可以中举，但最终却不能享用，从此十年内将受到报应。'我因为前世因缘藕断丝连，所以来找你再续夫妻之好。现在命数已尽应当离开，也要从此投生去了。"走出门后，立刻就消失了。

高宗绍兴五年（1135），杨大同考中进士，再次改任为广西帅的僚属。因为公务到柳州（今属广西）去，经过灵文庙。庙祝请他进庙拜谒，杨不愿进去。庙祝说："如果不这样，神就会发怒惩罚。"杨喝叱了庙祝，直接拜访太守。见面后，茶还没有喝光，茶杯失手落地，人也倒下死去。大家都说这是柳侯（柳宗元）发怒造成的，却不知原来的孽缘导致的呀，两件事相距正巧十年。

董白额

饶州乐平县白石村民董白额者，以侩牛为业，所杀不胜纪。绍兴二十三年秋，得疾。每发时，须人以绳系其首及手足于柱间，以杖痛捶之，方欣然忘其病之在体，如是七日方死。董平生杀牛正用此法，其死也，与牛死无少异云。

【译文】饶州乐平县（今属江西）白石村村民董白额以杀牛为职业，平生杀的牛数也数不清。高宗绍兴二十三年（1153）秋天，他得一种怪病。每次发作，要人用绳索捆住他的头和手脚拴在柱子中间，再用大棍使劲抽打，才会高高兴兴地忘记身体有病，这样过了七天才死。董过去杀牛用的就是这种办法，他的死，和牛死时状况完全一样。

婺源蛇卵

徽州婺源县，绍兴二十三年七月三日大雷雨。邑中有老树，蟠结数十围，震为数截，中藏蛇卵十余斛，或取碎之，每壳中必一物诘屈其间，如鳝然。鸡、猪食之则死，小民食死猪肉者亦死。卵大小如弹丸、如小桔。去县十五里，有巨蟒同时震裂，皆疑其为蛇母云。予族人邦直时为邑尉，尝取其卵碎之，实然。

【译文】徽州婺源县（今属江西）绍兴二十三年（1153）七月三

日下了场大雷雨。县里有棵多年老树，盘根错节，树干有几十围粗，也被雷劈成几截。树干中藏有十几斛蛇卵，有人取出敲碎，每个卵中都有东西弯曲盘在里面，就像小黄鳝一样。鸡、猪吃了这卵就会死，百姓吃了死猪的肉也会死。蛇卵大小如同弹丸、如同小桔子。离县城十五里，有条大蟒也同时被劈死，大家都怀疑它就是蛇母。我的同族人洪邦直当时在婺源任县尉，他曾经取蛇卵敲碎过，确实如此。

郑氏女震

婺州武义县郑亨仲资政，族中三女，从姊妹也，皆未适人。长者十八岁，次十四岁，次十二岁。

绍兴二十四年二月六日，族有姻会，三女往观之。会罢，亲族相聚博戏，忽大雨震电，三女皆舍去，自便道小户欲还家，未至而火灭，共憩一小亭上，族人遣婢明灯视之，则皆扑地。其一已震死，裸卧雨中，衣服粘着柱间，其一体半焦，衣皆破碎。其一无所伤，扶归，明日方苏。

问之，曰："方行次，忽满归黑暗，无所睹，遂惊蹶如睡，他皆莫知也。"身焦者数日方能言，亦不死。（刘邦翰于宣说。）

【译文】婺州武义县（今属浙江）郑亨仲资政同族有三个姑娘，是堂姐妹，都没有嫁人，最大的十八岁，其次十四岁，再次十二岁。

高宗绍兴二十四年（1154）二月六日，族中联姻聚会，三个姑娘都去看热闹。会罢，亲友在一起赌博游戏，忽然大雨雷电。三个姑娘一起离去，想从便道小门回家。谁知没走到，照路的灯火被吹灭，只好一起到小亭中暂歇。族人派丫环点亮灯去察看，全部倒在地上。一个已经震死，光身躺在雨中，衣服粘附在柱子中间。一个身体烧焦一半，衣服都破碎成片。还有一个丝毫没有受伤，搀扶她回家，第二天才苏醒过来。

大家问她发生了什么事，她说："正在向前走，忽然一片黑暗，什么也看不到。受惊倒地就像睡着一样，其他的就不知道了。"身体被烧焦一半的姑娘几天后能说话，也没有死去。

郑升之入冥

衢人郑升之，宣和间为枢密院医官，后居湖州累年。

尝往临安，于轿中遇急足持文书来，视之，乃追牒也。上列官爵姓名二十余人郑在其末，读毕，即恍惚如醉，还家而病。前使亦至，呼之，遂随以行。

路半明半暗，如月食夜。到冥府，使者先入。郑窥窗间，见两廊皆囚，而以泥泥其首。少顷，呼入，主者问曰："汝当死，有阴德否？"曰："无。""尝从军乎？"曰："然。"曰："汝昔宣和中随诸将往燕山，有二卒得罪于将，欲斩之，以汝谏获免。又汝在京师时，好以药施人。有之否？"郑曰："颇忆有之。"主者曰："有此二美，当会汝还。"取元牒判云："特与展年放还。"郑拜谢。

即出门，询向使者曰："吾复活几何年？"应曰："不知也。"将行，使者云："汝平生好饮，余沥沾几案间，积已数斗，须饮讫乃可去。”即举一瓮，甚臭，强郑令饮。饮到斗许，不能进。失手坠瓮，乃醒。

又病一月方愈。自以阴限不明书年号，常恐死，乃别所知者，自还乡置冢地。明年，其所知者邢怀正（孝肃）为衢签，见郑之子，则郑已死矣。计其复生仅旬月云。（邢怀正说）

【译文】衢州（今浙江衢县）人郑升之，徽宗宣和年（1119—1125）在枢密院任医官，后来在湖州（今浙江吴兴）住了多年。

他一次到临安（今浙江杭州）去，在轿中遇到一个使者手拿文书赶来，验看文书，原来是拘捕的公文。上面写着二十多人的官爵、姓名，郑排在最后。看完，马上恍恍惚惚就像喝醉一样，回到家中就生了病。那个使者也赶到家中，叫郑的名字，郑就跟着他上路。

一路半明半暗，好像月食的夜里。到了冥府，使者先进。郑从窗间向里偷看，见两边走廊都是囚犯，而且用泥巴涂满全头。一会儿，有人叫郑进去。主管的官员问他：“你命该死，有阴德吗？”郑答：“没有。”“曾经到过军队中吗？”郑说：“是的。”“你在宣和中期跟随将领们到燕山前线，有两个士卒得罪了将军，要杀他们，因为你的劝谏免死。还有你在京城时，喜欢用药施舍别人。有这些事吗？”郑说“似乎有这些事。”主管的官员说：“有这两件善事，应当让你生还。”拿来原先的拘捕文书批道：“特许宽延寿限回阳世生还。”郑拜谢。

等到出门时，郑问使者：“我再次还阳能活多少年？”回答说：“不知道。”临上路，使者说：“你平生好喝酒，抛洒浪费在席间的已经积存了几斗，必须喝完才能够离开。”随即举起一个大瓮，很臭，强令郑喝。喝了一斗左右。再也喝不下去，失手把瓮掉在地上，升之就醒了。

郑病了一个月才痊愈。因为心里明白寿限没有标明准确年数，常常担心死去。就和朋友告别，回乡亲自买地修墓。第二年，他的朋友邢怀正到衢为州任签判，见到郑的儿子，郑升之已经死去。算一下再生的时间，只有十个月左右。

黄十一娘

福州侯官县黄秀才女十一娘，立帘下观人往来，一急足直入曰："官追汝。"女还房，即苦心痛死。经日复生。曰："追者与我俱行数十里，忽有恐色，曰'吾所追乃王十一娘，误唤汝。今见大王，便称是王氏。若实言，当捶杀汝。'我强应之。至官府，见人鼎足而坐。中坐者乃我父也。望我来，即凭轩问曰：'汝何为来此？'曰'正在帘内，为人追至。及中途，则言当追王十一娘而误追我，戒我不得言。'父还坐，谓东向者曰：'所追王氏，今误矣。'曰：'公何以知之？'曰：'此吾女也。'东向者即命吏阅簿，顾曰：'果误矣。'又笑曰：'王法无亲，今日却有亲。'皆大笑，乃放我还。"（郑彦和知刚说）。

【译文】福州侯官县（今福建闽侯）黄秀才的女儿十一娘，一天站在帘内看街上人来人往，一个使者照直闯进来说："奉官命拘拿你。"十一娘回到房中，随即难忍心疼死去。过了一天又活了过来。说："拘使的人和我一起走了几十里，忽然脸上露出害怕的神色。说'我要拘拿的是王十一娘，错叫了你。现在见到大王，你只说姓王，如果说实话，我一定会打死你。'我勉强答应了他。到了官府，看见三个人鼎足对坐，中间坐的是我父亲。他看到我来了，马上到窗前问我：'你为什么来这里？'我说：'正在帘内闲看，被人抓到这里。到了半路，他说应该拘拿王十一娘却错抓了我，告诫我不要说实情。'父亲回到座位上，对面向东坐的人说：'要拘拿的是王氏，现在抓错了。'那人：说'公如何知道错了？'父亲说：'这是我的女儿呀。'那人随即让书吏查阅文簿，回头说：'果然错了。'接着又笑着说：'王法无亲，今天却有了亲。'都大笑起来，就放我还生。"

谢希旦

徐人窦思永，居洪州。妻郑氏方娠。绍兴二十三年闰十二月一日，思永梦洪州监税秉义郎谢希旦来，拜不已。思永不敢受，梦中愧谢。

睡觉至亥时，妻生一子，旋闻寺击钟，问之，则谢生正以是时死矣。思永名其子曰："宜哥"。谢氏后知之云："希旦小字实曰'宜哥'。"则窦氏子为希旦后身昭昭矣。

希旦，邵武人，亦知书。思永登二十四年进士，与予妻族有连，闻其说。

【译文】徐州（今属江苏）人窦思永，家住洪州（今江西南昌），他的妻子郑氏正要分娩。高宗绍兴二十三年（1153）闰十二月一日，思永梦到洪州监税秉义郎谢希旦前来，一再叩拜不停。思永不敢受礼，在梦中愧谢。

思永醒后已经是亥时，妻子生了一个儿子。随即又听到寺院中敲钟，一打听，原来谢希旦正在这时死去。思永就给儿子取名叫“宜哥”。谢家的人后来知道这件事，说：“希旦的乳名就是叫‘宜哥’。”那么窦家的儿子是希旦的后身看来是很明白的了。

希旦是邵武（今属福建）人，也知书达礼。思永绍兴二十四年中进士，他和我的妻子那一族有姻亲，所以听到过这件事情。

卢熊母梦

卢熊，邵武人，校书郎（奎）之子。绍兴二十一年，赴试南宫。母樊氏梦数人舁棺木至中堂，曰：“此夫人母也。”号泣而寤。

以告奎曰：“人言梦棺得官。若三郎者（熊行第三），恐有登科之兆。如君者，或有迁官之喜。今乃吾亡母，此何祥也？”奎未能遽晓。

质明，出视事。既归，有喜色，遥呼其室曰：“吾为尔释昨梦矣，尔母何姓？”樊氏矍然悟，盖其母乃熊氏也。于是知熊必擢第，已而果然。（熊说。）

【译文】卢熊是邵武人，校书郎卢奎的儿子。高宗绍兴二十一年（1151），到尚书省应试。他的母亲樊氏梦见几个人抬着棺材到了中堂，说：“这是夫人的母亲。”樊氏放声痛哭梦就醒了。

樊氏把梦讲给卢奎说：“大家都说梦到棺材的就是得官。如果应在三郎（熊排行第三），恐怕会是登科的先兆。如果应在你身上，也许会有升官的喜讯。但现在是说我死了母亲，这是什么兆头呢？”卢奎不能一下子解释清楚。

等到天时，卢奎出外办公。回家后，面有喜色，远远地就对内室喊道："我替你解出昨天的梦了！你的母亲姓什么？"樊氏猛然一惊，也完全明白了，原来她的母亲姓熊。于是他们知道卢熊一定会高中，不久果然如此。（卢熊说）

范友妻

张渊道，绍兴五年为右司郎官。兵士范友居于门侧，其妻以九月二十四日死，已殓而未盖棺。

翌日五鼓，张六参入朝，方传呼，范妻忽自棺中举手撼其夫。夫惊问之，曰："适有数鬼来此，一判官绿袍，满面皆猪毛逆生，问我踪迹。答曰：'夫范友，本黄河埽岸兵士，因张郎中入西川，差为水手。后从至行在，今为院子。'判官颔之。方徘徊间，忽闻人呼'右司来。'诸鬼皆奔散，独判官叹恨曰：'收气不尽矣。'方出门去，犹未远也。"

妻复起，能饮食，又十日竟死。

【译文】张渊道高宗绍兴五年（1135）任右司郎官。士兵范友住在大门一侧，他的妻子九月二十四日死去，已经装殓但还没有盖上棺盖。

第二天五更时分，张渊道上朝。侍人正在传呼通告，范妻忽然从棺材里举手摇动丈夫。范友吃了一惊，问她为何又活了过来。范妻说："刚才有几个鬼来到这里，一个判官身穿绿袍，满脸都是猪毛，逆向长着，问我出身履历，我说：'丈夫范友，本来是黄河边上防洪的士兵，因为张郎中到西川做官，被派去当水手。后来跟着张大人到临安，现在是看门的。’判官边听边点头。正在徘徊时，忽然听到有人呼喊‘右司来’！那些鬼都四散逃避。只有判官叹气惋惜说：‘你被拘拿的气数还没有完呀！’这才走出门去，现在走得还不太远。”

范妻又能起身，可以饮食，十天以后终于死了。

妇人三重齿

郑公肃右丞，侄某，家于拱州。时京东饥，流民日过门。

有妇人尘土其容，而貌颇可取。郑欲留为妾。妇人曰：“我在此饥困不能行，必死于是，得为婢子，幸矣。”乃召女侩立券，尽以其当得钱为市脂泽衣服。妇人慧而丽，郑嬖之，凡数月。

一夕，大雷雨，闻寝门外人呼曰：“以向者妇人见还，此是我饿死数，不当活。”郑初犹与问答，已而悟其怪，拒不应。旦而念之，欲遣去，又恋恋不忍，计未决。

他夜，扣门者复至，郑骂曰：“何物怪鬼敢然！任百计为之，我终不遣。”相持累夕，妇人忽苦齿痛，通昔呻吟。天明视之，已生齿三重，极聱牙可畏。郑氏皆惧，即日遣出。

形状既异，无复有敢取之者，竟死于丐中。会稽唐闶信道，郑出也。云少时闻母言云然，而失其舅名。

【译文】右丞郑雍的侄子郑某，家住拱州（今河南睢县）。当时京东一带饥荒，逃难的灾民每天都从门前经过。

有个妇人满面尘土，可相貌很不错。郑某想留下她做妾。妇人说："我流落这里又饿又累，不能再向前走了，一定会死于此地，能够做个丫环都是幸运的。"郑某就找来女中人立下买卖文书，把她卖自己得到的钱全部去买脂粉衣服。妇人聪明漂亮，郑某很宠爱她，共同生活了几个月。

一天夜里，大雨雷电，郑某听到寝门外面有人大喊："把过去收留的妇人还给我，她属于饿死的数内，不应该活。"郑开始还和他对答了几句，后来明白他是鬼怪，就不再回答。早上郑某反复思量，想让她离开，又恋恋不舍，最后还是拿不定主意。

另一夜，敲门的人又来了。郑某骂道："什么鬼怪敢这样放肆！任凭你想尽办法，我就是不赶她走。"双方互相对持了几晚，妇人忽然牙疼难忍，整夜呻吟不止。天明起来再看，已长出三层牙齿。獠牙龇露，让人看了胆寒。郑家人都吓破了胆，当天就把妇人赶了出去。

妇人的样子已经和以前全然不同，再没有敢收留她的人，最终死在乞丐堆中。会稽（今浙江绍兴）唐阅是郑家的外甥。他说小时候听母亲讲过这件事，只是忘记了舅舅的名字。

马简冤报

秦州人马简，本农家子，因刈粟田间，有妇人窃取其遗穗，为所殴，至折足而死，里胥执赴府。简长六尺余，躯干伟然。府帅奇其人，曰："汝肯为兵，吾宥汝。"简从命，遂黥为卒。

后童贯择健儿好身手者为胜捷军，简隶焉。兵罢后，从张渊道郎为仆。

张公为桂林守，尝令曝画于檐间，简取三足木床登之，才一级，失足而坠，旁观者以为无伤。简起坐，大声呻痛曰："损我脚矣。"拔所佩小刀欲自刺，人急视之，则臁骨已出，伤处流血如注。

简曰："方登梯时，觉眼界昏然，如人自空推我下，故跌。"乃自言旧事曰："必此冤为之。"数日死。

【译文】秦州（今甘肃天水）人马简本是农家子弟，因为在田间割粟，一个妇人拾他掉在地上的谷穗，被他殴打，脚打断后死去。乡吏把他捆起来押送州府。马简身高六尺有余，长得非常魁梧。府帅对他有些欣赏，问："你愿意当兵，我就饶恕你。"马简听命，就在脸上刺字当了兵。

后来童贯挑选身手矫健的士兵组成胜捷军，马简也隶属其中。兵罢后，跟着张渊道侍郎作仆人。

张公守桂林时，曾经让他在房檐晒画。马简找来三只腿的木床，才登了一级，失脚摔倒在地，旁观的人以为不会受伤。谁知马简坐起来，大声喊疼说："我的腿骨折了。"拔出佩带的小刀就要自杀。别人急忙拦住，一看，小腿两侧的骨头已经露出，受伤的地方血流如注。

马简说："正登梯时，觉得眼前发昏，如像人从空中推我下去，所以摔倒。"就讲了自己过去的事，最后说："一定是那个被我打死的冤魂干的。"几天后死去。

陈升得官

邵武威果卒陈升，嗜酒，尝大醉，感其身世微贱，叹曰：“何日脱此厄？”少顷，如梦非梦，有人告曰：“明日为官人，何叹也！”升明旦醒，能忆其语，曰：“鬼神戏我如此，我何从得官！”

其日薄暮，欲至军校之舍，闻一卒与军校耳语。卒既出，升随其后，与俱至酒家饮，又与之钱，稍醉，问之曰：“尔适告管营何事？”卒具以语之曰：“营中某人等谋乱，欲以夜半烧谯门，伺太守出救火，即杀之为变。”升亟与之同谒军校，三人偕列名走告于郡。

郡守亟召兵官，密将他营兵，如状中人数捕之，皆狱。狱具，悉斩之。告者皆得官，升为承信郎。

时绍兴十三年。

【译文】邵武（今属福建）威果军士兵陈升，喜欢喝酒，一次喝得大醉，为自己出身低微而感慨，他长叹说：“哪一天能熬出头呢？”一会儿，似梦非梦，有人对他说：“你明天就要做官，为什么要叹气呢！”第二天早上醒来，还能记得起那些话。陈升苦笑着说：“鬼神和我开这样的玩笑，我凭什么做官！”

这天傍晚，他想到军校宿舍，听到一个士兵和军校窃窃私语。士兵走出去后，陈升跟着他，邀他一起到酒店喝酒，又给了他一些钱。等他稍稍有些醉意，就问他：“你刚才对管营讲些什么？”士兵就把详情告诉他说：“军营中有些人密谋造反，想在半夜时放火烧谯门，等到太守出来救火，就杀掉他病变起事。”陈升马上和他一起去见军校，三人带着作乱人的名单跑到州府告密。

太守紧急召集士兵守卫，又密调其他军营的士兵，按开列的名单搜捕乱党，结果全部抓获。审理完毕后，一律斩首。告密的人都得到官职，陈升被提为承信郎。

这时是高宗绍兴十三年（1143）。

了达活鼠

吉州隆庆长老了达言：

尝寓袁州仰山寺，与同参数人，约往他郡行脚。取笠欲治装，见笠内有鼠窠，实以碎绢纸，新生鼠未开目者五枚，啾啾然。达欲去之，恐其死，乃谢同行者，托以他故不往。

又数日，五鼠能行，达以粥食饲之，每夕宿笠中，旬余始不见，其中洁然无滓秽。得净笠衣及茶一角，达意其窃以来，悬之僧尝，三日无取者。于是白主者告于众，以其茶为供而行。

自是所至不蓄猫，鼠亦不为害。

【译文】吉州（今江西吉安）隆庆长老了达说：

他曾经寓居袁州（今江西宜春）仰山寺，和几个师兄一道相约到其他郡云游。取下竹笠准备整理行装，看到竹笠中有一个鼠窝，里面垫着碎绢纸，有五个刚出生还没有睁开眼的小老鼠“唧唧”叫着。了达想把它们挪走，又担心会死，就向同行的人道歉，以其他的原因为借口不去了。

过了几天，五只小鼠能够跑动，了达用粥喂养它们。小鼠每天晚上都住在竹笠中，十几天后才不见，竹笠中非常干净没留一点脏物。又留下一件干净的笠衣和一角茶，了达以为这是老鼠偷别人的，就把它们挂在僧堂里，三天也没人取走。于是了达把这件事让主持讲给大家听，用那角茶当作供品就离开了。

从此了达走到哪里都不养猫，老鼠也不为害。

鱼顾子

井度为成都漕，出行部，到蜀州新津，买鱼于江，其重数斤，命庖人脍之。

方操刀间，鱼跃入水中。庖惧得罪，有渔舟过其下，乃郑重嘱之，许以千钱，约必得如前鱼巨细相若者。渔人问向所买处，曰："去此一里许，得之江潭窟中。"渔人即鼓棹往所指处。一举网，获长鱼以还。

庖视之，乃适所坠者也。盖方春时，鱼产子苇间，其母日往来顾之，至成鱼乃去，或母获则子不能育，故渔者以是候之云。（杜萃老起莘说）

【译文】井度任成都转运使，出外巡视。到蜀州新津县（今属四川）时，在江边买了一条大鱼，有几斤重，命厨子做成鱼脍食用。

厨子正要拿刀，没留神大鱼跳入水中。厨子害怕大人怪罪，这时碰巧有一条渔船经过，他郑重叮嘱打渔人，答应给一千钱，但一定要再打一条和先前大小相似的鱼来。渔人问先前买鱼的地点，厨子说："离这儿一里左右，在江潭的一个深洞中打到的。"渔人随即划船到所说的地方，一下网，就打到一条大鱼回来了。

厨子看那条鱼，就是刚才跳进江水中的。原来这时正是春天，鱼在江岸边的芦苇中产卵，鱼母每天来往其间看顾，到变成鱼才离开。如果鱼母被捉，小鱼就无法生长，所以渔人就凭这一点在原处又打到它。

卷第十四（十七事）

开源宫主

刘允，字厚中，潮州海阳人，登绍圣四年进士第。宣和甲辰，除知循州，命下，遽乞致仕。会朝廷以复燕云肆赦，虽已告老，并许复从宦。刘独不起，而出入闾里，饮食起居，了无衰相。亲旧交口劝勉，确然不回。

明年春，丁母忧感疾，正昼忽起，呼其子昉曰："有诏授我奎文殿学士。"昉听未审，复质之。刘挽其手。书"奎文"二字曰："须为作劄子，辞不获命，则具谢表。"又数日，复言："天官已除他人，吾免矣。"家人喜相贺。遂浸安，然绝不茹荤。至四月一日，又曰："吾此得开源宫主，盖仙官之最清要者，吾甚乐之。"家人曰："岂其梦邪！"曰："非也。适有人报甚明，非久去矣。"即索纸笔疏数事，大抵以丧葬过度为戒。又三日，整衣起坐，呼二子昉、景，告以从治命，中夜而卒。

前数夕，乡人李正甫梦谒刘，见吏卒盈门，云："来迎新君。”其邻许氏妇，亦梦所居苍陌间，幡幢宝盖，飞扬杂沓。顷之，刘冉冉从导者而去。既卒数日，肌体柔滑如生，四肢皆可伸屈，时方烝暑，而色不少变。

刘少时，当元祐甲寅中秋之夕，梦游一洞府，见塑像道装，青娥在旁指曰：“此公前身也。”既寤，作八诗以纪之。至是颇应云。其诗曰：

银筑层台玉砌成，五云深映百花明。
兽环响彻重门启，无限青娥喜笑迎。（一）
青环前引度回廊，帘卷云间旧院堂。
松桂满庭龟鹤在，俨然丰观道家装。（二）
徐入东堂百步余，虚堂犹记旧来居。
窗纱掩映琼签轴，尽是当时读遍书。（三）
曈昽瑞日照觚棱，溶曳祥烟远栋甍。
松桧雅知人趣向，风来偏作步虚声。（四）
侧金坛畔虬松老，甃玉池边绶鹳长。
吟折紫芝香满手，数声鸣凤在修篁。（五）
兽炉烟和百花香，玉叶琼枝倚两旁。
一曲云和鸾鹤舞，劝人争捧九霞觞。（六）
云母屏间看旧题，醉吟阿母碧桃枝。
群仙指点未题处，更乞凌虚白鹤词。（七）
步出朱宫日渐移，青环罗拜问归期。
尘缘若断人间世，看取蟠桃正熟时。（八）

潮人陈安国尝叙其事。昉后更名旦，仕至太常少卿。绍兴庚午，终于直龙图阁知潭州。景尝知台州。

【译文】刘允，字厚中，潮州海阳（今广东潮安）人，哲宗绍圣四年（1097）中进士。徽宗宣和六年（1124）被任命为循州（今广东惠州）知州。朝命下达，他竟然请求退休。赶上朝廷因为收复燕、云（今河北北部）地区，广施皇恩，那些即使已经告老还乡的官员，也允许再次任官，只有刘坚持回乡。他每天出入乡里，起居饮食，没有一点儿衰老的样子。亲戚朋友纷纷劝告勉励，他也毫不动心。

第二年春天，他为母亲守孝期间得了病。一日，他大白天忽然坐起，叫他的儿子刘昉说："有诏命任我为奎文殿学士。"刘昉没有听清，又问了他一遍。刘允拉着他的手，写了"奎文"两个字，说："需要写谦谢辞让的札子，如果辞谢不了，那就要准备谢恩表。"过了几天，刘又说："天官已经任命他人，我可以不做了。"家人都为他高兴庆贺。于是逐渐恢复，然而绝不吃荤腥。到了四月一日，又说："我就要任开源宫主，这是仙宫中职位最清贵的，我很高兴能担任这个职务。"家里人说："恐怕是做梦吧！"刘说："不是。刚才有人禀报得非常明白，不要多久就离开你们了。"随即要了纸笔写了几件事，大致是告诫家人丧葬不能铺张。过了三天，刘整衣起坐，叫两个儿子昉、景来到身边，告诉他们按自己说的去做，半夜就去世了。

前几天的一个夜晚，同乡李正甫梦见自己去拜访刘允，看到刘家从吏士卒盈门，说："来迎接新主人。"刘家的邻居许氏妇，也梦到这条街上充满旗帜仪仗，热闹非凡。一会儿，刘允渐渐地跟着此官离去。刘允死后几天，他的身体还是柔软润泽像活着一样，四肢都可以弯曲伸展。这时正是天气很热的夏季，可他的脸色却没有丝毫改变。

刘允年轻时，在哲宗元祐元年（1086，按：元祐无"甲寅"年，此按“丙寅”译）中秋节的夜里，做梦游一神仙洞府。见塑像身穿道装，仙女在旁边指点说：“这是您的前身呀。”梦醒之后，曾经写了八首记这件事。现在看这八首诗很有些应验。诗道：

银筑层台玉彻成，五云深映百花明。
兽环响彻重门后，无限青娥喜笑迎。（一）
青环前引度回廊，帘卷云间旧院堂。
松桂满庭龟鹤在，俨然丰观道家装。（二）
徐入东堂百步余，虚堂犹记旧来居。
窗纱掩映琼签轴，尽是当时读遍书。（三）
曈昽瑞日照觚棱，溶曳祥烟远栋甍。
松桧雅知人趣向，风来偏作步虚声。（四）
侧金坛畔虬松老，甃玉池边绶鹳长。
吟折紫芝香满手，数声鸣凤在修篁。（五）
兽炉烟和百花香，玉叶琼枝倚两旁。
一曲云和鸾鹤舞，劝人争捧九霞觞。（六）
云母屏间看旧题，醉吟阿母碧桃枝。
群仙指点未题处，更乞凌虚白鹤词。（七）
步出朱宫日渐移，青环罗拜问归期。
尘缘若断人间世，看取蟠桃正熟时。（八）

潮人陈安国曾经说起这件事。

刘昉后来改名“旦”，官至太常少卿。高宗绍兴二十年（1150）以直龙图阁知潭州（今湖南长沙）时去世。刘景曾经任台州（今浙江临海）知州。

漳民娶山鬼

建州人范周翰为漳州司理参军。郡近村民有以负薪为业而无妻者，久之，得一妇人，遂与归。以二笼自随，其家皆喜。唯民妹独见妇一足，不敢言。至夜同寝，日高不启门。父母坏壁以入，但白骨在床，发其箧，皆瓦石及纸钱耳。盖山魈类也。

【译文】建州（今福建建瓯）人范周翰在漳州（今福建龙海）任司理参军。州城附近有个村民以背柴贩卖为业，没有妻子。时间长了，他在山里遇到一位妇人，就带她一同回家。那妇人随身带着两个箱子，家里人都很高兴，只有村民的妹妹看到妇人一只脚，不敢说出来。到了夜里两个人睡在一起，第二天太阳很高了还没开门。父母破墙进屋，只看到床上一具白骨，打开箱子，都是些瓦片，石块以及纸钱之类。这大概是山魈一类的怪物。

王刊试卷

梁山军人王刊，字梦锡，初名某。尝梦至大官府，见巨牌揭于壁间，有“王刊”二字，遂更今名。已而预贡，崇宁五年赴省。白昼遇黄衣卒于通衢，持试卷三通与之。刊愧谢，但有三百钱以劳之，曰：“我若及第，当厚报汝。”其人唯唯而去。遂以所得卷子入试，其年登科。竟不知为何人也。刊官至朝奉郎。

【译文】王刊是梁山军（今四川梁山）人，字梦锡，原名不详。他曾梦到了一处大官府，看见墙壁上挂着一块巨牌，上刻“王刊”二字，就改成现在的名字。不久，他中了乡贡。徽宗崇宁五年（1106）到京城省试，白天在大道上遇到一个穿黄衣的士卒。那人拿着三份试卷给他，王衷心致谢，心中又很惭愧，身边只有三百钱回投那人。王说：“我如果考中，一定会很丰厚地报答你。”那人随口答应着就离开了。王刊就凭得到的三份试卷应试，这一年果然考中，但始终也不知对方是什么人。王刊后来官至朝奉郎。

杨晖入阴府

绍兴二十二年，虔卒齐述叛。未扑灭间，吉州吉水县民杨晖，梦追入阴府，见数百人身披五木，系庭下。主者责晖曰：“汝何敢与齐述为乱？”晖曰：“晖乃吉水村民，与述了无干涉。”主者曰：“然则误矣。”即遣还。

【译文】高宗绍兴二十二年（1152），虔州（今江西赣州）士兵齐述叛乱。还没有扑灭之时，吉州吉水县（今属江西）百姓杨晖，梦到被押到阴府。看到有几百人都身戴刑具，关押在庭中。主管的官员责问杨晖说：“你怎么敢和齐述一起作乱？”杨晖说：“我是吉水的一个普通百姓，和齐述毫无牵连。”主管人说：“真是这样，那就是抓错了。”马上放他还生。

吴仲弓

郑州人吴仲弓，建炎末知桂阳监。时湖湘多盗，仲弓一切绳以重法，入狱者多死。

及得疾，绕项生痈，久之，疮溃，喉管皆见，如受斩刑者。一日，命家人作蒸鸭，欲食未及而死。

死之二日，司理院推吏忽自语曰："官追我证吴知郡公事。"即死。

时衡州人刘式为司理，亲见之。

【译文】吴仲弓是郑州人，高宗建炎末年（1130）被任命为相当于知府的桂阳监使。当时湖南一带多盗匪，仲弓事无大小都以重法惩处，关进牢狱的大多都会死去。

后来仲弓患病，绕着脖子生了很多恶疮。时间长了，脓疮溃烂，连喉管都看得见，就像受斩刑的人。一天，他让家人做了蒸鸭，想吃但还没来及吃就死了。

他死后两天，司理院有一位推吏忽然自言自语说："官府押我去指证吴知郡所做的事。"随即也死去。

当时衡州（今湖南衡阳）人刘式任当地司理，他亲眼看到了这件事。

芭蕉上鬼

绍兴初，连南夫帅广东，曹绅以宣义郎摄机宜。连公前所杀海寇不可计，或同日诛一二百人，曹皆手处其事，不暇细问也。以是论功，迁官至朝奉大夫，后为广倅。

公宇在净慧寺，到官未几而病。每吏卒衙时，其家婢使咸闻寺后芭蕉林间有人声，或见人坐叶上，见群婢亦不惊。婢问："何人？"曰："来从通判索命。我辈二十六人，分四道寻觅，今我六个先至此。"曹闻之惧，力祷之，许以水陆醮设，皆不应。曰："但相从去乃可。"曹竟死。

未死前，一妾生子，遍体皆长毛，瘗之山下，经三日发视，犹不死，甚怪其事。盖冤鬼所托云。（五事皆张可久说）

【译文】高宗绍兴初年（1131—1162），连南夫任广东帅，曹绅以宣义郎代管机要大事。连公前后杀掉的海盗不可胜数。有时一天就杀一二百人，曹绅随手处理这些事情，不花时间细心地推问。并因此论功，升官至朝奉大夫，后来被任命为广州副帅。

曹绅的官舍在净慧寺，他到任不久就生了病。每次书吏、士卒上衙时，他家的丫环使女都会听到寺后芭蕉林中有人说话，有时看到人坐在叶子上，见了那些丫环们也不害怕。丫环们问："你们是什么人？"他们回答说："是来向通判索命的。我们总共二十六个人，分四路寻找，现在我们六人先找到这里。"曹绅听了很害怕，极力祈祷，答应他们设水陆道场祭祀，他们都不同意。说："只要跟我们走就行。"曹绅终于死了。

曹绅没死以前，一个侍妾生了个男孩儿，浑身长满长毛，只好埋在山下。过了三天挖开再看，毛孩儿还没有死，大家都为这件事感到奇怪。大概是冤鬼所托吧！

董氏祷罗汉

乡人董燿彦明，三十余岁来有子，与其妻自番阳偕诣庐山圆通寺，以茶供罗汉，且许施罗帽五百顶以求嗣。董躬携瓶瀹茶，至第一百二十四尊者，茶方点罢，盏已空，董祷曰："岂尊者有意应缘乎？当以真珠庄严一帽以献。"

既归，经旬月，妻手自裁帽，命族人董道人持以往。道士回，董有侍妾先见之，迎问曰："道士归邪。"是月，妾有身。

未诞之前，家人数梦一僧顶帽往来室中。凡十有二月而生一子，才逾月旬，闻人诵经声，虽正啼哭，必止。董为日诵《金刚经》一卷。已而每闻经，必欲前，如倾听之状。既过百晬，董偶问之曰："汝酷爱此，岂前世曾诵乎？"儿急张目作老人声曰："我曾念来。"董惊愕，再问之，遂不答，自是不甚食乳，既而有疾，将死，两目数开阖，如不忍去者。董拊之曰："汝即方外人，去留皆任意自在，要行即行，何须尔！"即闭目。扪其体，已冷矣。其生正一百二十四日云。（董说）

【译文】我的同乡董燿三十多岁还没有儿子，和妻子一起从鄱阳（今江西波阳）到庐山圆通寺，用茶供祭罗汉，并且答应施舍五百顶罗帽来求子。董亲自提水煮茶，供到第一百二十四尊罗汉时，茶刚倒上，杯子已经空了。董祈祷说："难道尊者有意满足我的心愿吗？我会制一顶珍珠庄严法帽献给您。"

回家之后，满一个月，董妻亲手裁制法帽，让同族的董道士带着到圆通寺。道士回来时，董的一个侍妾最先看到，她上前迎接问候说："道士回来了。"就在这个月，侍妾有了身孕。

孩子没出生时，家里人几次梦到一个僧人戴着法帽在房中走来走去。共过了十二个月侍妾生了个男孩。孩子刚过满月，只要听到有人诵经的声音，即使正在啼哭，也一定会停止。董每天为他念诵一卷《金刚经》，后来每次听经，一定要到前面，像是倾听的样子。百天过后，董一次偶然问他："你酷爱这个，难道前世曾经念诵过吗？"小孩儿马上睁开眼睛发出老人的声音说："我曾经念过。"董大吃一惊，再问他，就不回答了。从此不大吃奶，接着就得了病。快要死的时候，两眼几次睁开又合上，好像不忍离开。董抚摸着他说："你既然是方外之人，去留都全凭你的意思，要走就走，何须这样呢！"孩子马上合上了双眼，再去摸他的身体，已经冷了。孩子活的时间整整是一百二十四天。

王夫人

献穆大主之孙李振妻王夫人，嫁十余年无子。

尝晚步家园，仿佛见一黄鸟飞舞树间，戏逐之，即没于地。疑其异，亟呼童斫土视之，得黄金钱一块，如斗大。王祝曰："此天赐妾也。虽然，暗昧之物，妾不敢当，但愿得一子耳。"遂归。明日，试再发之，已空矣。

是月有孕，生子曰景直，崇宁末仕至工部侍郎。（景直从弟景通说）

【译文】献穆长公主的孙子李振妻王夫人，结婚十多年没有儿女。

她一次傍晚在花园散步，仿佛见到一只黄鸟在树间飞舞，就上前戏耍追赶，黄鸟马上钻进地下。她觉得这件事很奇怪，急忙叫小童挖看，谁知挖到一块像斗那样大的黄金。王祝告说："这是上天恩赐我的。但是，来历不明的东西，我不敢收，只愿能有一个儿女。"就回去了。第二天，试着再挖开去看，黄金已经不见了。

就在这个月王夫人有了身孕，孩子出生时取名"景直"。徽宗崇年末年（1106）官至工部侍郎。

舒民杀四虎

绍兴二十五年，吴传朋（说）除守安丰军，自番阳遣一卒往呼吏士。

行至舒州境，见村民穰穰，十百相聚，因驰担观之。其人曰："吾村有妇人为虎衔去，其夫不胜愤，独携刀往探虎穴，移时不返。今谋往救也。"

久之，民负死妻归，云："初寻迹至穴，虎牝牡皆不在，有二子戏岩窦下，即杀之，而隐其中以俟。少顷，望牝者衔一人至，倒身入穴，不知人藏其中也。吾急持尾，断其一足，虎弃所衔人，踉跄而窜。徐出视之，果吾妻也，死矣。虎曳足行数十步，堕涧中，吾复至窦伺牡者，俄咆跃而至，亦以尾先入，又如前法杀之。妻冤已报，无憾矣。"

乃邀邻里往视，舆四虎以归，分烹之。

【译文】高宗绍兴二十五年（1152），吴说任安丰军（今安徽霍丘）最高长官，从鄱阳（今江西波阳）派一个士卒前去征调吏士。

士卒走到舒州（今安徽安庆）境内，看到村民众多，成十上百地聚在一起，就停下来休息观看。那些人说："我们村里有个妇人被老虎衔走，她的丈夫非常气愤，一个人提刀去查探虎穴。过了一个时辰还没有回来，现在商议前去救他。"

过了一会儿，那人背着死去的妻子回来了。他说："开始，我沿着虎迹找到洞穴，公虎母虎都不在，有两个虎崽在岩洞前戏耍，就把它们杀了，我藏在洞中等着大虎。等了片刻，看到母虎衔着一个人来了，它倒着身子退进洞穴，不知道我藏在洞中，我急忙拉住它的尾巴，砍断它一只脚，母虎丢下衔的人，跌跌撞撞地逃走。我慢慢出洞察看，果然是我妻子，已经死了。母虎拖着断脚跑了几十步，掉到涧中。我又进入虎穴等公虎。一会儿，它咆哮着窜回来，也是把尾巴先伸进来，我又用刚才的办法杀了它。妻子的大仇已报，我没有什么遗憾了。"

于是邀请邻居乡亲前去观看，把四只死虎用车拉回来，大家分开煮着吃了。

妙靖炼师

妙靖炼师陈氏，名琼玉，婺州金华人，年十有七。

一日，邀兄游四明海中。兄乘舟，而妙靖行水上，阅数日，衣裳不濡。既还，语人曰："我水中遇婺女星君，相导往蓬莱，始知元是第十三洞主。"遂省悟，从此绝食，便能诗词，及知人间祸福。公卿士庶日往叩之，户外履满。

政和七年，郡守刘安上部使者卢天骥、王汝明等，闻于朝，召至京赐对，妙靖炼师对讫，即乞还山。

师所居，前面葛仙峰，后枕仙姑坛，独处一室。邑宰柯庭坚赠诗曰："绝粒栖神知几年，闭关终日更翛然。高风更与麻姑契，妙法亲从婴女传。功行素超三界外，姓名清彻九重天。凭谁与问西王母，师是金华第几仙？"赠诗者多，师独喜此篇。

师作诗前后无虑数千首，弟昭尝曰："诗词所言，其应如响，何从而知？"师曰："声其里系，即仙官持簿来，五百年过去未来皆知。恐泄天机，姑以风花雪月为咏，而吉凶寓其中。非苟知之，又且掌之。昨权无常县尉，管人间生死。后权阴典，管人间六犯事，谓逋官钱、五逆、不孝、奸盗，逾滥，故杀也。世人冒犯，故多夭厉。不犯者，三世中出神仙。近又管月台仙籍，凡士大夫聪明者皆上籍，若有功行，可作月台仙。"大抵勉人以忠、孝、诚、信。"至八九十岁容貌不衰。

【译文】妙靖炼师姓陈，名琼玉，婺州金华（今属浙江）人，十七岁。

一天，邀兄长到四明（今属福建罗源）海上遨游。兄长乘船，而妙靖徒步海面，一连经过几天，她的衣服也没有浸湿。回来之后，对人说："我在水中遇到婺女星君，她带着我前往蓬莱仙山，我才知道自己原来是十三洞主。"从此大彻大悟，不吃东西，能写诗赋词，知道人间祸福。上至公卿下至百姓每天都前去卜问吉凶，门外人满为患。

徽宗政和七年（1117），郡守刘安、监司卢天骥、王汝明等人。将炼师的事迹奏报朝廷，皇上召她到京城面圣。妙靖法师回答了皇上的问题之后，马上请求回山。

法师住的地方，前面是葛仙峰，屋后枕仙姑坛，自己独处一室。金华县令柯庭坚赠诗道："绝粒栖神知几年，闭关终日更翛然。高风默与麻姑契，妙法亲从婴女传。功行素超三界外，姓名清彻九重天。凭谁与问西王母，师是金华第几仙？"赠给法师的诗很多，但她只喜欢这一篇。

法师写诗前后有几千首之多，她的弟弟陈昭曾经问："诗词里所讲的，应验就像回声那样迅速、准确，你是从哪里知道这些的？"法师说："只要讲出籍贯，出身，随即仙官就会拿着文簿来，五百年过去未来上面都写得明白。我担心泄露天机，姑且借歌咏风花雪月，把吉凶蕴含在里面。我不仅只是了解这些，并且可以主管。先前曾经代理无常县尉，掌管人间的生死大权。后来又代管阴间法典的执行，负责处理人间的六大恶事，即拖欠官税、五逆，不孝、奸盗、逾滥，故杀。世人违犯法条，所以许多人夭亡或受到惩罚。能不违犯的，三代里就可以出神仙。我最近又管月台的仙籍。士大夫凡是聪明的都在籍中，如果有功德善行，就可以做月台仙人。"法师的话都是用忠、孝、诚、信来勉励人。到了八九十岁，她的容颜丝毫不见衰老。

芜湖储尉

建炎间，太平州寇陆德叛，烧劫居民，杀害官吏。

芜湖尉储生窜避不及，为贼党缚去，德自临斩之。已脱衣搦坐，德见其顶有毫光三道出现，乃释之，且令主邑事，付以仓库。

后盗平，用此策勋改京官。宣城僧祖胜云："储尉每日诵

《圆觉经》一部，观世音菩萨千声，率以为常，以故获果报，得免横逆。

【译文】高宗建炎年间（1127—1130），太平州（今安徽当涂）强盗陆德叛乱，烧抢居民，杀害官吏。

芜湖（今属安徽）县尉储星来不及逃避，被叛贼活捉，陆德亲自来杀害他。已经脱去衣服按他坐下，陆德看到他的头顶有三道毫光出观，就放了他。并且让他主管县里的事务，把仓库也交给他管理。

后来平息贼寇，储尉因为保护百姓和国库立了大功，升职改任京官。宣城（今属安徽）僧人祖胜说："储尉每天念诵一部《圆觉经》，一千遍观世音菩萨的法名，已经成为常规，因此他得到了善报，能够免除横祸。"

鹳坑虎

罗源鹳坑村有一岭，不甚高，上有平巅，居民称为篱上田家。

一妇尝归宁父母，过其处，见一虎蹲踞草丛，惧不得免，立而呼之曰："斑哥，我今省侍爷娘，与尔无冤仇，且速去。"虎弭耳竦听，遽曳尾趋险而行，妇得脱。

世谓虎为灵物，不妄伤人。然此妇见鸷兽不怖悸，乃能谕之以理，亦难能也。

【译文】罗源县（今属福建）鹳坑村有一道岭，不太高，山顶比较平，居民们都叫它荞上田家。

一次，一个女子回娘家，经过这里，见一只老虎在草丛中蹲伏，她担心自己不能脱身，就站住大声对老虎说：“斑哥，我现在回家看望爸妈，和你无冤无仇，你还是快快离开吧！”老虎支起耳朵伸长脖子听后，立刻拖着尾巴向险要处跑去，这女子得以脱险。

世人都说老虎是通灵的动物，不会无故伤人。然而这个女子见到猛兽不心惊胆战，还能和它讲明道理，也是难能可贵的呀。

蔡主簿治寸白

蔡定夫（戡）之子康积，苦寸白虫为孽。医者使之碾榔细末，取石榴根东引者煎汤调服之。先炙肥猪肉一大脔，置口内，咽咀其津膏而勿食。云：“此虫惟月三日以前，其头向上，可用药攻打，余日则头向下，纵有药，皆无益。虫闻肉香，起咂啖之意，故空群争赴之。觉胸间如万箭攻钻。是其候也，然后饮前药。”

蔡悉如其戒，不两刻，腹中鸣雷，急奏厕，虫下如倾。命仆以竿挑拨皆联绵成串，几长数丈，尚蠕蠕能动。举而抛于溪流，宿患顿愈。

此方亦载杨氏集验中。蔡游临安，为钱仲本说，欲广其传济后人云。

【译文】蔡定夫的儿子蔡康积，被寸白虫折磨得很痛苦。医生让他把槟榔碾成碎末，用石榴根向东伸的做药引煎成汤药服用。服药前先烤一大块肥猪肉放在嘴里，只咀嚼而不要下咽。说：“寸白虫只有每月三日之前是头向上，可以用药消除。其余的日子是头向下，即使有药也不起作用。虫闻到肉香，就都想去吃。所以争先恐后向上爬，你会感觉胸口像万箭射穿，这时就把前面的那付药喝下。”

蔡完全按医生的叮嘱去做，不到两刻时间，肚子里“咕噜咕噜”就像打雷。急忙上厕所，泻下的虫子就像倒出来一样。让仆人拿棍子去拨动，虫子一个个相连成串，有几丈长，还能够慢慢蠕动。把它们挑起抛进溪流，旧病顿时痊愈。

这个方子也记录在杨氏的集验中。蔡康积游临安（今浙江杭州）时曾对钱仲本讲过，希望能广为传布，帮助以后得这种病的人。

许客还债

许元惠卿，乐平士人也。其父梦有乌衣客来语曰：“吾昨贷君钱三百，今以奉还。”未及问为何人及何时所负而觉。明日思之，殊不能晓。

平常蓄十余鸭，是日归。于数外见一黑色者，小童以为他人家物，约出之。鸭盘旋憩于傍，堕一卵乃去。自是历一月，每日皆然。凡诞三十卵，遂不至。

竟不知为谁氏者，计其直，恰三百钱。

【译文】许惠卿是乐平（今属江西）的士人。他的父亲曾经梦见一个黑衣的客人来对他说：“我过去借您三百钱，现在奉还给您。”没来及问他是什么人以及什么时候借的钱就醒了。第二天再三思量，还是不能明白。

他们家平时养了十几只鸭子，这天鸭子归窝，发现多了一只黑色的，小童认为是其他人家养的，就把它赶了出去。黑鸭在鸭舍旁转来转去，下了个蛋才离开。从此过了一个月，每天都是如此。一共下了三十个蛋，就不再来了。

许家最终也不知道鸭子是谁家的，算一下鸭蛋的价值，正巧是三百钱。

黄主簿画眉

黄祝绍先为鄱阳主簿，庆元二年四月，有偷儿入室，收拾衣衾，分置两囊，临欲去。

黄氏育画眉颇驯，解人语。是夜，一家熟睡。禽忽踯躅笼中，鸣呼不辍。闻者以遭猫搏噬遽起视之，盗惊惧急走，遗一囊。黄亦觉，遣仆追蹑，已失之。

一禽之微，怀哺养之恩而知所报如此，人盖有愧焉。

【译文】黄祝是鄱阳县（今江西波阳）主簿。宁宗庆元二年（1196）四月，有小偷进了他家，收拾衣物，分装两只袋子里，马上就要离开。

黄家养了只画眉很通人意，会说话。这天夜里，一家人都熟睡。画眉忽然在笼中飞来跳去，叫个不停。听到声音的人以为是猫来偷吃鸟，急忙起床察看看，小偷受惊害怕赶快逃去，丢下了一个袋子。黄这时也发觉了，派仆人去追赶，小偷已经跑远了。

一只小小的鸟儿，受了人喂养的恩惠还知道这样报答，那些忘恩负义的人应该惭愧呀。

潮部鬼

明州兵士沈富，父溺钱塘江死，时富方五、六岁，其母保养之。

数被疾祟，访诸巫，皆云："父为厉。"母沥酒祷之曰："尔死惟一子，吾恃以为命，何数数祸之？有所须，当梦告我。"

是夕，见梦曰："我死为江神所录，为潮部鬼，每日职推潮，劳苦备至，须草履并杉板甚急，宜多焚以济用，年满方求代脱去矣。"

母如其言，焚二物与之，富自是不复病矣。

【译文】明州（今浙江宁波）士卒沈富，父亲在钱塘江中淹死，当时他只有五、六岁，由母亲抚养。

父亲死后，他几次得病，被妖鬼作祟。母亲领他去找巫师们看，巫师都说："这是他父亲造成的。"母亲酹酒祝祷说："你死后只有一个儿子，他就是我的命根子，为什么要多次伤害他呢？有什么要求，可以托梦告诉我。"

当天夜里，父亲就托梦说："我死后被钱塘江神录用，成为潮部的鬼卒。每天的工作就是推潮。实在是太辛苦了。我急需草鞋和杉板，你要烧得多一些来供我使用，年限满了才能够请求替代离开潮部。"

母亲按他的话去做，烧了二样东西给他，从此沈富就不再生病了。

建德妖鬼

祈门汪氏子，自番阳如池州，欲宿建德县。未至一舍间，过亲故居，留与饮。行李已先发，饮罢，独乘马行，遂迷失道，与从者不复相值。

深入支经榛莽中，日且熏黑，数人突出执之。行十里许，至深山古庙中，反缚于柱。数人皆焚香酌酒，拜神象前，有自得之色，祷曰："请大王自取。"乃扃庙门而去。

汪始知其杀人祭鬼，悲怏不自胜。平时习《大悲咒》，至是但默涌乞灵而已。中夜大风雨，林木振动；声如雷吼，门轧然豁开，有物从外入，目光如炬，照映廊庑。视之，大蟒也，奋迅张口，欲趋就汪。汪战栗诵咒愈苦，蛇相去丈余，若有碍其前，退而复进者三，弭首径出。

天欲晓，外人鼓箫以来，欲饮神胙，见汪依然，大骇。问故，具以事语之。相顾曰："此官人有福，我辈不当得献也。"解缚谢之，送出官道，戒勿敢言。

汪即脱，竟不能穷其盗。（王嘉叟说）

【译文】祁门（今属安徽）一个姓汪的年青人，从番阳（今江西波阳）到池州（今安徽贵池）去，路上准备在建德县投宿。离建德还有三十里左右时，他到了一家亲友的住处探望，对方留下他喝酒，仆人和行李都先走了。喝罢酒，他一个人骑马上路。后来迷了路，和随从们不再能相遇。

他顺了一条叉路走了很远，两旁荒林茂密，太阳也就要落山。突然几个人冲出把他捆了起来。他们带着他走了大约有十里，到了深山中的一座古庙里，把他反绑在柱子上，几个人都焚香洒酒，在神像前跪拜，脸上都有自得的神情，他们祝祷说："请大王自己取用。"就关上庙门离开了。

汪这时才知道他们是在杀人祭鬼，心中充满了悲愤和恐惧。他平时诵习《大悲咒》，身隐此境，只有默念，乞求神灵保佑而已。半夜狂风暴雨，林木呼啸，就像雷声滚动。庙门发出"轧轧"声响，一下子全部打开。有怪物从门外进来，两眼如同火炬，把走廊厢房都照亮了。汪生定睛细看，是一条大蟒，它张开大口，想上前吞下汪生。汪浑身发抖更加念咒不停。大蟒离他有一丈多远，似乎有东西挡在前面，它先后三次退下来再向前冲，都不能通过，最后垂下头就离开了。

天快亮的时候，外面有人奏乐而来，是想食用祭神后的物品以求福。他们看到汪生还活着，非常吃惊。问他缘故，汪生讲了全部经过。他们互相对视着说："这个官人有福，我们不应该把他做祭品。"就为他解开绳子并请罪，送他到大路，告诫他不要把这些事讲出去。

汪生脱身以后，竟然不能够找出这些强盗。

卷第十五（十七事）

薛检法妻

薛度，绍兴初为夔路提刑司检法官，官舍在恭州。其妻病，召医者刘太初疗之，不效以死。移时复开目，问医姓名乡里甚详，已而竟死。

后数年，刘徙居荆南，白昼有绯衣妇人蒙首入门，云有疾求治。刘不在家，家人以实告。妇人径入，及中堂端坐以待。或发其首幕，乃一髑髅，惊呼间遂不见，刘自是医道浸衰，家日贫悴。

时薛君为潭之衡山宰，闻其事，泣曰："吾妻也。"

【译文】薛度绍兴初年任夔州路提刑司检法官，官舍在恭州（今四川重庆）。他的妻子生病，请刘太初医生治疗，没有见效，结果死了。谁知过了一阵儿，薛妻又睁开眼睛，详细询问了医生的姓名、籍贯，然后终于死了。

又过了几年，刘搬到荆南（今湖北江陵）居住。一次，大白天有个穿红衣服的女子蒙着头走进刘家，说是有病请大夫看。刘不在家，家里人以实相告。那女子却一直往里走，到了中堂端坐等候。有人揭开她的蒙头巾，看到原来是一具死人头骨，惊叫之间女子就不见了。刘从此医术逐渐衰退，家境也一天不如一天。

这时薛君已经任潭州衡山（今属湖南）县令，听到这件事，流泪说："那就是我的妻子呀！"

雷震二蛮

邕州守臣兼经略都监，每岁至横山塞与交人互市。

绍兴二十三年，赵愿为守，至寨市马。蛮千余人，往来憧憧为过，二民行省地中为所杀，掠同行一妇人以去，愿不能捕诘。

明日，天无云，雷震一声，陨二蛮于地，尸一仰一俯，正如二民死时状。蛮酋恐怕，访知其事，即送妇人还邕。（刘襄子思说）

【译文】邕州（今广西南宁）太守兼经略都监，每年到横山寨和交趾人互相交易。

高宗绍兴二十三年（1153），赵愿任太守，到横山寨买马。上千蛮人来来往往不停经过，两个汉人在本州地面被蛮人杀死，并且抢走了一个同行的妇女，赵愿无法拘捕审理。

第二天，天空无云，忽然一声霹雳，从空中落下两具蛮人尸体，一仰一俯，和被杀的两个汉人死时情况完全一样。蛮人首领非常害怕，查问了这件命案，立即送被抢的妇人回邕州。

马仙姑

果州马仙姑者，以女子得道。尝为一亡赖道人醉以药酒而淫之，后忽忽如狂。

靖康元年闰十一月二十五日，衣衰麻杖绖，哭于市曰："今日天帝死，吾为行服。"市人皆唾骂逐之。

后闻京师以是日失守。（杨朴公全说，时为王曹掾。）

【译文】果州（今四川南充）马仙姑，以女子得道术。她曾经被一个无赖道人用药灌醉后玷污，从此就疯疯癫癫。

钦宗靖康元年（1127）闰十一月二十五日，她身穿孝衣手持丧杖，丧带赫然在集市上说："今天上帝死，我为他穿孝。"集市上的人都唾骂她，把她赶走。

后来才听到京城在这一天失守的消息。

陈尊者

阆州僧陈尊者，居常落拓如狂，而言事多先见，人莫能测。

绍兴元年四月十四日，忽衣衰麻，望谯门大哭。或曰："此州治也，何得尔！"曰："今日佛下世，故哭。"闻者皆以为诞。

逾月而奉隆佑遗诰。其哭之日，乃上仙日也。（外舅说）

【译文】阆州（今四川阆中）僧人陈尊者，平常放浪不羁就像狂人一样，但料事经常有先见之明，大家都不知道是怎么回事。

高宗绍兴元年（1131）四月十四日，他忽然穿上丧服，望着谯门放声大哭。有人说："这里是政府驻地，你怎么能这样！'他说："今天佛离开人世，所以哭。"听的人都认为是胡说八道。

过了一个月，阆州接到隆佑皇太后的遗诏。陈哭的那天，正是皇太后去世的日子。

贾思诚马梦

贾思诚，守彦孚，绍兴十七年为夔州帅。

梦受命责官，厩卒挟马来迎，临欲揽辔，细视马有十三足，叹异而觉。

明日，背疽发，十三日死。贾生于庚年，近马祸云。（张达说）

【译文】贾恩诚，字彦孚，绍兴十七年（1147）任夔州路（今四川东部一带）安抚使。

一次，他梦到受朝命责官，喂马的士人卒牵马让他骑，正要上马提缰，细心一看这匹马竟有十三条腿，觉得很奇怪就醒了。

第二天，背上恶疮发作，十三天就死了。贾出生于庚午之时，近马就会有灾祸。

净居岩蛟

衡山县西北净居岩，有蛟窟于中。僧宗誉初至，乐其幽阒，谋结庵，为妇人数出扰，不敢留，避诸岳寺。

绍兴十一年，僧善同来居之，才草屋数间。游僧妙印在他舍，妇人来与合，自腰以下即冷如冰，数日死。行者祖渊采木于山后，迷不还，凡五日，求得于老虎岩中，云："一妇人令住此，今出求果饵以饲我。"岩口甚窄，仅容人身，而其中颇广，盖蛟所穴也。祖渊归亦病。

是年四月几望，风雨暴至，遍山皆黑，雷电掣旋屋外。善同素不睡，宴坐龛中，夜且半，起明灯，闻声出龛下，如鼓鞴然，视之，乃巨蟒蟠结数匝，尾犹在户外。善同呼从僧以杖击去，即去复回，又击之，始趋入石罅，未及而震死。山水大至，冲室屋太半，已而月星粲然。

明旦，视死蟒，长二丈许，围数尺，体皆黑方花纹。祖渊即日发狂，嗟惜数月。亦死。前后僧仆为所杀者凡八人。向时每夜山辄昏昧，虽月出亦然。自蟒死，夜色始明。

今有屋数十间，僧十辈云。（善同说）

【译文】衡山县（今属湖南）西北的净居岩，有一条蛟在其中打洞，僧人宗誉刚到此地，喜爱这里幽静，很想在此筑庵修行。但几次被夜里出现的女子骚扰，就不敢继续停留，只好躲避到南岳寺中。

高宗绍兴十一年（1141），僧人善同来净居岩住下，只修了几间草屋。游方僧人妙印住在另外的房中，夜里有女子来和他交合，妙印腰部以下寒冷如冰，几天就死了。行者祖渊到山后砍柴，迷了路没有回来，经过五天，才在老虎岩中找到。他说："一个女子让我住在这里，她现在出去寻找食物让我吃。"岩口很窄，只能通过一个人，但里面却很宽敞，这就是蛟龙打的洞呀！祖渊回来后亦生了病。

这一年四月快到十五的时候，突然狂风暴雨，全山一片黑暗，屋外电闪雷鸣。善同夜里一向不睡觉，在龛中坐禅。将近半夜时分，他起身挑亮灯，听到龛下有声音，就像拉风箱吹火一样。走近一看，原来是一条大蟒，在那儿盘了几圈，尾巴还在屋外。善同叫来众僧用棍子把它赶走。大蟒出去又回来，众僧人再打，才很快地向石缝爬去，没有爬到就被雷击死。这时山洪大量涌至，把房屋冲毁了一大半，不久，天色放晴，星月灿烂。

第二天一早，大家去看死蟒，长有二丈左右，腰围几尺，全身都是黑色花纹。祖渊当天发狂，悲叹了几个月，也死了。僧人工役前后被害死的共有八人。原先每天夜里山中总是昏暗不明，即使有月亮也是如此。自从大蟒死后，夜色才开始明亮。

现在净居岩有几十间房屋，十个僧人。

伊阳古瓶

张虞卿者，文定公齐贤裔孙。居西京伊阳县小水镇，得大古瓦瓶于土中，色甚黑，颇爱之，置书室养花。

与冬极寒，一夕忘去水，意为冻裂。明日视之，凡他物有水者皆冻，独此瓶不然，异之。试注以汤，终日不冷。张或与客出郊，置瓶于箧，倾水瀹茗，皆如新沸者。自是始知秘惜。

后为醉仆触碎，视其中，与常陶器等，但夹底厚几二寸，有鬼执火以燎，刻画其精，无人能识其为何时物也。

【译文】张虞卿是文定公张齐贤的后代子孙，住西京伊阳（今属河南）小水镇。他曾经在地下挖到一个古瓦瓶，颜色很黑，非常喜爱，放在书房中养花。

一年冬天，天气非常寒冷。他有一夜忘记把瓶中的存水倒掉，心想瓦瓶一定会被冻裂。第二天去看，凡是盛水的器皿都上冻了，只有这个花瓶没冻，心里很奇怪。试着灌进开水，整天都不凉。张有时和客人到郊外游玩，把盛开水的瓦瓶放进小箱，届时倒水泡茶，水都像才滚开似的。从此才知道珍藏爱惜。

后来花瓶被一个喝醉的仆人打碎，看看里面，和平常的陶器一模一样，只是夹底差不多有两寸厚。上面画有小鬼拿着火把在烧，刻画得非常精美，没有人能看出这是什么朝代的东西。

晁安宅妻

邓州晁氏，大族也。相传云："自汉以来居南阳，刘先生尝从贷钱数万缗，诸葛孔明作保立券，犹存其家。

建炎二年，邓民残于胡兵，或俘或死。晁氏男女数百人，皆囚以北，至汾州青灰山，为红巾邵伯邀击，尽失所掠而去。晁安宅之妻某氏，并其女及乳母，皆为邵之党王生所得。张丞相宣抚陕蜀，邵举军来降，王生为右军小将，与晁妇同处于阆中。

阆有灵显王庙，妇与乳妪以月二日焚香。妪视道旁一丐者病，以敝纸自蔽，形容甚悴。谛观之，以告妇曰："有丐者，绝类吾十一郎。"遣询其乡里姓行，果安宅也。妇色不动，令妪持金钗与之，约十六日复会，且戒无易服。及期相见，又与金二两，曰："以其半诣宣抚司投牒，其半买舟置某所以待我。"

安宅既通诉，宣抚下军吏逮王生。会王出猎，妇携已所有直数千缗，与妪及女赴安宅舟，顺流而下。王生家资巨万，一钱不取也。王晚归不见其妻，而追牒又至，视室中之藏皆在，喟然曰："素闻渠为晁家妇，今往从其夫，理之常也。"了不以介意。

晁氏夫妇离而复合如初。妇人不忘故夫于丐中，求之古烈女可也，惜逸其姓氏。王虽武夫，曾亦知义理，可喜者。

【译文】邓州（今属河南）晁氏是大族。相传说：晁氏从汉代以来就世代居住南阳（今属河南）。先主刘备曾经从晁家借钱几万贯，诸葛亮作保人写借据，至今还保存在家中。

高宗建炎二年（1128），邓州百姓被金人残害，有的被俘虏，有的被杀死。晁家男女几百人都当了俘虏被金人带回地方。走到汾州（今山西汾阳）青灰山，被红巾义军邵伯拦路截击，金人丢下抢掠的东西逃跑。晁安宅的妻子和女儿以及奶妈，都被邵的部下王生得到。丞相张浚任川陕宣抚制置使，邵伯率领全军归降，王生任右军小将，和晁妻一同住在阆中（今属四川）。

阆中有灵显王庙，晁妻和奶妈在一个月的初二前去烧香。

奶妈看到路旁有一个乞丐生病，他用硬纸遮盖身体，样子非常憔悴。奶妈注目细看，告诉晁妻说："有个乞丐，非常像我们家的十一郎。"晁妻就让奶妈打听那人的籍贯姓名，果然是晁安宅。晁妻当时不动声色，让奶妈拿金钗送给他，约好十六日再相会，并且告诫他不要换衣服。届时夫妻相见，晁妻又给了他二两黄金，说："用一半到宣抚司投状子，一半买船停在某处等着我。"

安宅上告以后，宣抚司派军兵捉拿王生。正巧王生出外打猎，晁妻带着自己的私房，价值有几千贯，和奶妈、女儿一起到安宅的船上，顺流而下。王生家产上万，晁妻一个钱也没拿。王生晚上回来不见妻子，而宣抚司拘拿他的公文又到了，再看家中的财产都在，喟然长叹说："早就听人讲她是晁家的媳妇，现在去跟随她的丈夫，这也是常理呀。"就不再把这件事放在心上。

晁氏夫妻分离而能再见和好如初，妇人在丈夫乞讨时而仍不忘旧情，这足可以和古代的烈女贞妇相比，可惜的是没有记下她的姓氏。王生虽然是一介武夫，但也懂得大义，让人可喜。

犬啮张三首

唐州方城县典吏张三之妻，本倡也，凶暴残虐。婢使小过，辄以钱缒其发，使相触有声，稍怠，则杖之。或以针签爪，使爬土。或置诸布囊，以锥刺之。凡杀数妾，夫畏之，不敢言。

后杀其子妇，妇家诣县诉，县檄尉检尸。小婢出呼曰："床下又有死者，可并验也。"狱具，以倡非正室，与平人相杀等，尸于唐州市。

张自是亦病，左支皆废，涕泪出不禁，以首就案始得食，三年而死。既葬，为野犬啮墓，揭棺衔首，掷之县门外而去。（三事皆妻叔张宗一贯道说）

【译文】唐州方城县（今属河南）典吏张三的妻子本来是娼妓，性格凶暴残忍。丫环使女犯有小错，就用钱系在发梢，让互相碰撞出响声。干活稍有松懈，就用棍子打她们。或者用针刺手指，再让她们扒土。或者装进布袋，用锥子刺戳。一共杀了几个侍妾，丈夫害怕，也不敢说话。

后来，她又杀了儿子的妻子，娘家人到县里告状，县令命县尉验尸。张家的小丫环出来喊道："床下又有一个死人，可以一起验看。"审理完毕，因为娼妓不是张三的正室，不能享有官妻的权利，就和普通百姓杀人做相同处理，在唐州（今河南唐河）闹市斩首。

张三从此也有了病，左身偏瘫，鼻涕眼泪都无法控制，只有把头放在案子上才能吃东西，三年就死了。他被埋后，又被野狗把坟墓扒开，野狗揭开棺材衔走了头，扔到县门外面才跑开。

蛇王三

方城民王三，善捕蛇。每至人门，则能知其家蛇多少，现在某处。有为害者，取食之，人目为"蛇王三"。

方城令得一蛇，召之使食，为爪所伤。抉二齿。近村民苦毒蟒出没为害，醵金十万，命王作法以捕。王划地为三沟，语人曰："若是县常蛇，越一沟即死，极不过二。如能历三沟，则我反为所噬矣。"既而蛇经前，无所畏，欲就王。王甚窘，亟脱绔中裂之。蛇分为两，死焉。

尝适麦陂村，谓富室曰："君家有巨黑蛇，方旺财，不宜取。"富室欲验其言，强夜取之。王书片纸，命其人投于厨后墙左角小穴，呼曰："蛇王三唤汝。"即急走，勿反顾，恐伤汝。其人不信，投纸毕，少留观之，则巨黑蛇已出。其人惊仆。蛇从旁径出至王所，王袖之而行。其家自是果破。

予妇家居麦陂，数呼之。至建炎盗起，不知所终。或以为蛇精云。

【译文】方城（今属河南）有个百姓叫王三，擅长捕蛇。他每次到人家门口，就能知道哪家有多少蛇，现在藏身在哪里。有造成危害的，就抓出来吃掉，大家都叫"蛇王三"。

方城县令捕获一条蛇，叫他来吃，被蛇咬伤，拔掉了蛇的两个牙齿。附近村民被毒蟒危害，大家很伤脑筋，就凑集十万钱，让王三作法捕捉。王在地上画了三道沟，对大家说："如果是一般的蛇，爬过一条沟就会死，最多也不会爬过第二条。如果能够连爬三沟，那我反而会被它咬死呀。"一会儿蛇照直爬来，一点也不害怕，想靠近王三。王非常窘迫，急忙脱下裤子从中撕成两半。蛇也分为两半，死了。

王三曾经到麦陂村，对一家有钱人说："你们家有条大黑蛇，正在兴旺你们家的财运，不适宜去抓。"有钱人想证实他的话，硬要王三捕捉。王三在一片纸上写了几个字，让他投进厨房后墙左边墙角的小洞中，叫道："蛇王三叫你。"随即马上跑开，不要回头看，恐怕会伤害你。那人不大相信，投进纸条后，稍作停留想看一看，那条大蛇已经爬出。富人受惊摔倒，蛇从他身旁径直爬过，到了王三身边，王收进袖中就走了。这一家从此果然破败。

我妻子娘家住在麦陂，曾几次叫王三捉蛇。到了高宗建炎（1127—1130）年间盗贼四起，不知王三到了何处，有人认为他就是蛇精化身。

应声虫

永州能判厅军员毛景，得奇疾，每语，喉中辄有物作声相应。

有道人教令学诵本草药名，至“蓝”而默然，遂取蓝捩汁饮之。少顷，呕出肉块，长二寸余，人形悉具。

刘襄子思为永倅，景正被疾，逾年亲见其愈。予记前书载应声虫因服雷丸而止，与此相类。

【译文】永州（今湖南零陵）通判厅有军员叫毛景，得了一种怪病，每次说话，喉咙中就会有东西发声呼应。

有个道人教他个办法，让他逐个读《本草》中的药名，到了“蓝”，那东西不再发声，就取来蓝草挤汁喝下。片刻，吐出一肉块，有二寸多长，像是人的样子。

刘襄任永州通判时，毛景正患病，过了一年，刘亲眼见到毛景痊愈。我在前书中记应声虫是因服下雷丸而停止，与这件事相类似。

辛中丞

辛企李（次膺），绍兴八年，自右正言出为湖南提刑。舟列武昌，大将岳飞来江亭通谒，辛以道上不见宾客为解，岳不肯去。良久，不获已，见之。即欲门明日具食，意殊恳切，不得辞。

既宴，酒三行，延辛入小阁，尽出平生所被宸翰，凡数百纸，具言眷遇之渥。执辛手曰："前夕梦为棘寺逮对狱，狱吏曰：'辛中丞被旨推勘。'惊寤，遍体流汗。方疑惧不敢以告人，而津吏报公至。公自谏官补外，他日必为独坐，飞或不幸下狱，原公救护之。"辛悚然不知所对。才罢酒，即解维。

后数年，飞罢副枢奉朝请，故部将王贵迎时相意，告其谋叛，系大理狱，命新除御史中丞何伯寿（铸）治其事。方悟昨梦，乃新中丞也。何公后辞避不就，乃以付万俟丞相云。（二事刘襄子思说）

【译文】辛次膺，字企李，高宗绍兴八年（1138）以右正言的身份出京任湖南提刑。官船到了武昌（今属湖北），大将岳飞到江边码头通名拜访。辛以路上不见宾客为理由推辞不见，岳飞却坚持不肯离开。过了很久，辛不得已，只好见面。岳飞随即邀请明日赴宴，态度非常恳切，使辛无法推辞。

第二天宴会上，酒喝过三巡，岳飞请辛到密室上，拿出收到的皇上的全部信件，详细讲了皇上对他宠遇之厚。岳飞拉着辛的手说："前天夜里梦到被押到大理寺拘押审理，狱吏说：'由辛中丞领旨推问审理。'惊醒后，浑身流汗。正在又疑又怕不敢对别人讲时，渡口小吏来报您到了武昌。公以谏官补外任，将来一定会成为朝廷大员。我如果不幸被下狱，希望公救护我。"辛非常吃惊不知道回答什么。酒席刚散，就急忙下令解船离去。

过了几年，岳飞被免去枢密副使和奉朝请的官职，他原来的部将王贵迎合宰相秦桧，诬告他谋反，岳飞被关进大理寺监狱，命新任御史中丞何伯寿审理这件事。岳飞这时才明白原来梦中所说的“辛中丞”是“新任中丞”的意思。后来何公推辞不干，才又交给万俟丞相处理。

猪 精

绍兴十年春，乐平人马元益赴大理寺监门，与婢意奴俱行，至上饶道中，同谒一神祠丐福。是岁六月，婢梦与马至所谒祠下，有亲事官数辈传呼曰：“大卿请。”指前高楼云：“大卿在彼宰猪为庆，会召僚属。”明日，马以语寺卿周三畏，意建亥三月，当有迁陟。

明年冬，寺中作制院鞫岳飞，遇夜，周卿往往间行至鞫所。一夕月微明，见古木下一物，似豕而角，周疑骇却步。此物徐行，往狱旁小祠而隐。经数夕，复往，月甚明，又见前怪。首上有片纸书“发”字。

周谓狱成当有恩渥，既而闻岳之门僧惠清言：“岳微时居相台，为市游徼，有舒翁者善相人，见岳必烹茶设馔，尝密谓之曰：‘君乃猪精也。精灵在人间，必有异事，它日当为朝廷握十万之师，建功立业，位至三公。然猪之为物，未有善终，必为人屠宰。君如得志，宜早退步也。’岳笑，不以为然。至是方验。”（元益说）

【译文】高宗绍兴十年（1140）的春天，乐平（今属江西）马元益赶赴京城大理寺任门官，和丫环意奴同行，途经上饶（今属江西），一起到神祠中去求福。这一年的六月，意奴又梦到和马重回那个拜谒过的神祠中。有几个亲事官传呼道："大卿有请。"又指着前面一座高楼说："大卿在那里宰猪庆贺，召会同僚下属。"第二天，马把这件事告诉大理寺卿周三畏，认为十月（建亥之月）时，应该会有升迁。

第二年冬天，朝命大理寺作为制勘院审理岳飞一案。夜里，周三畏经常秘密到审讯的地方。一天晚上月色微明，看到古树下有一样东西，像猪却头上有角，周又惊又疑退了几步。这东西慢慢向前走，到监狱旁的小祠前就不见了。过了几夜又去，月光非常明亮，再次见到上次的怪物。头上有一片纸，上面写着"发"字。

周三畏心想这大概预示审理完毕会受到皇上恩赏，后来听到岳飞门僧惠清说："岳飞未显达时住在相州（今河南安阳），在集市上任察捕奸盗的巡官。有一个善于相面的舒姓老人，见到岳飞必定煮茶设饭。他曾经私下里对岳飞说：'君是猪精下凡呀。精灵来到人间，一定会有非常的事。君将来会为朝廷带领十万雄师，建功立业，做官可以达到三公的位置。只是猪这种东西，没有好的结果，一定会被人杀掉。君如果得志，应该早些急流勇退呀。'岳飞听后笑了笑。没把他的话放在心上。到现在果然应验了。"

沃焦山寺

绍圣中，有僧游天台，迷失道，入越州新昌县沃焦山上，遇大佛刹，寂无人声，颇叹丛林之整肃如此。既登堂，望官吏治事甚严，疑深山中不应尔。徐入法堂，过屋两重，始见长老数人，相对默坐。僧前欲问讯，摇手止之，不敢问。却下僧堂，侧立以视。

有顷，闻："请第一员长老升堂。"其人号泣就坐。紫衣金章者立于前。瞬息间，火从坐者体中起，延烧其身，并及金紫者，不留遗烬。次第升堂，周而复始。

僧问吏何为？吏言："平生无戒业，妄作主持人，谤佛正法，故受此报。金紫者，请主也。"僧惧，亟出。

至山腰，逢数卒驱一老妇人，仿佛认其母，回首留顾。老妇呼曰："以汝平生妄谈般若，累我至是。"其行甚遽，不得复语。僧下山觅路，问居人："此山何寺？"曰："路绝人行，安得有寺？"指别路示之云："此去天台道。"问其日，则已三宿矣。

不复东游，经还家，母已死，时播传此事，长老退居者数人。关子东、强幼安皆作文以记。

【译文】哲宗绍圣（1094—1097）年间，有个僧人游天台山，迷了路，走到越州新昌县（今属浙江）沃焦山上，他在山里遇到一座大佛寺，静悄悄没有一点声音，他很感慨偏僻丛林中有这样整齐严肃的寺院。登上大堂，远远看到有官员在非常严厉的处理公事，他觉得深山中似乎不应该这样。慢慢地走进法堂，过了两重房屋，才见到几个长老，他们默默地互相对坐着。僧人想上前问讯，对方摆手制止，就不敢再问。退下僧堂，站在一边观看。

一会儿，听到有人说："请第一位长老升堂。"那个长老哭叫着老实就座，有一个穿紫衣佩金章的人站在他前面。眨眼功夫，有火从坐着的长老体内燃起，逐渐烧遍全身，并且漫延到那个穿紫衣佩金章人的身上，烧得不留一点灰烬，那些长老一个接一个升堂，轮过一遍，再从头开始。

僧人问从吏为什么这样，从吏说："这些人平生没有戒业，妄作主持，谤毁佛家正法，所以受到这种报应。"穿紫带金的官员都是请主。僧人听了胆寒，急忙退出。

他走到半山腰，碰到几个士卒赶着一个老妇走来，仿佛认得是自己的母亲，回头不停地看。老妇喊道："因为你平日乱讲佛法智慧，连累我被抓到这里。"那些人走得很快，不能够再说下去。

僧人下山找路，问当地居民："这山上是什么寺？"回答说："这里很少有人到来，怎么会有寺院。"指另外一条路给他看，说："这是去天台的路呀。"问今天是什么日子，才知道已经过了三天。

僧人就不再东游，一直回家，到家后母亲已经死了。当时这件事传播很广，有几家寺院的长老都主动辞退。关子东、强幼安也一起写文章记这件事。

罗浮仙人

蓝乔，字子升，循州龙川人。母陈氏无子，祷罗浮山而孕。及期，梦仙鹤集其居，是夕生乔，室有异光，年十二已能为诗文。有相者谓陈曰："尔子有奇骨，仕宦当致将相，学道必有神仙。"乔曰："将相不足为，乃所愿则轻举耳。"自是求道书读之，患独学无师友，因辞母，之江淮，抵京师。

七年而归，语母曰："儿本漂然江湖，所以复反者，念母故也。"瓢中出丹一粒馈焉，曰："服之可长年无疾。"留岁余，复有所往，以黄金数斤遗母曰：“是真气嘘冶所成。母宝用之，儿不归矣。”

潮人吴子野遇之于京师，方大暑，同登汴桥买瓜。乔曰：“尘埃污吾瓜，当于水中啖耳。”自掷于河。吴注目以视，时时有瓜皮浮出水面，龁迹俨然。至夜不出。吴往候其邸，则已酣寝，鼻间气如雷。徐开目云：“波中待子食瓜，久之不至，何也？”吴始知乔已得道，再拜愧谢，遂与执爨。

后游洛阳，布衣百结，每入酒肆，辄饮数斗。常置纸百番于足下，令人片片拽之，无一破者，盖身轻乃尔。语人曰：“吾罗浮仙人也，由此升天矣。”

一日，货药郊外，复置纸足底，令观者取之，纸尽足浮，风云倏，蹑而上征。仙鹤成群，自南来迎，望之隐然。历历闻空中笙箫音，犹长吟李太白诗云：“下窥夫子不可及，矫首相思空断肠。”母寿九十七而终，葬之曰，樵枚者闻墟墓间哭声，识者知其来归云。（英州人郑总作传）

【译文】蓝乔，字子升，循州龙川（今属广东）人。母亲陈氏生他之前没有儿子，到罗浮山祝祷求子后有了身孕。临产前，梦见仙鹤聚集在家中。就在这天夜里生下蓝乔，当时室内有异光。

蓝乔十二岁就能诗会文，有个相面的对陈氏说：“你儿子有奇骨，做官的话会出将入相，学道的话一定成仙。”蓝乔说：“将相不值得去做，我所希望的是成仙呀！”从此访求道书阅读，又担心一个人学习没有师友指点促进，于是就辞别母亲，到江、淮一带游学，最后至京城。

七年后归家，对母亲说：“我本来要在江湖飘然度世，之所以又返回家乡，是挂念母亲的缘故。”他从葫芦中拿出一粒丹药送给母亲，说：“服下它可以长年没有疾病。”在家待了一年多，又要去其他地方。走前把几斤黄金留给母亲，说：“这是真气吹炼成的。希望母亲爱惜点儿使用，以后儿子不回来了。”

潮州人吴子野在京城遇到了他。当时正值盛暑，两人一起登上汴桥买西瓜。蓝乔说：“尘土把我的瓜都弄脏了，应该到水中去吃。”说完就跳进汴河。吴注目去看，不时有瓜皮浮出水面，瓜皮上啃咬的痕迹清清楚楚。吴一直等到夜里还不见蓝乔出来，就到蓝乔住的地方等候。谁知他正在房中酣睡，鼻孔间出气就像打雷。蓝乔慢慢睁开眼说：“我在水里等你吃瓜，很长时间你都不下来。为什么呢？”吴这才知道蓝乔已经得道，他为自己有眼无珠而惭愧，一再下拜谢罪，就成了蓝乔的随从，给他烧火煮饭等等。

蓝乔后到了洛阳（今属河南）。他穿着破破烂烂的衣服，每到酒店，就要喝下几斗酒，他经常把几百张纸踩在脚下，让人一张张往外拽，没有一张撕破的，这是因为身轻才能如此。他对别人说：“我是罗浮仙人，要从此地升天。”

一天，他到郊外卖药，又把纸踩在脚下，让围观的人往外拽。纸抽完了脚浮在空中，风云互生，蓝乔登上去升到天空。这时有成群的仙鹤，从南方飞来迎接，看上去明明白白，然后又听到空中奏起仙乐，有人慢声吟诵李太白的诗句道：“下窥夫子不可及，矫首相思空断肠。”

蓝母一直活到九十七岁才去世，埋葬那一天，砍柴放牧的都听到坟场上有哭声，明白的人都知道是蓝乔回来为母送终。

毛氏父祖

衢州江山县士人毛璇，当舍法时，在学校，以不能治生，家事堙替，议鬻居屋，未及售。

晨起，见亡祖父母、父母四人列作厅上，衣冠容貌，不殊生人。璇惊拜问白：“去世已久，安得至此？”皆不答。惟父曰：“见汝无好情况。”因仰视屋太息曰：“汝前程尚远，可宽心。”璇问：“地狱如何？”父曰：“有罪始入耳。吾无罪，当受生，但资次未到。”曰：“既未有所归，还只在坟墓否？”曰：“不然。日间东来西去闲游，惟夜间不可说。近日汝预叶氏墦间祭，我亦在彼。”指门外五通神曰：“神力甚大，闲野之鬼不可入。”又指所事真武曰：“谨事之，死后不入狱，便指北斗下为弟子。”璇曰：“大人且在是，当呼大兄来。”父止之曰：“我脚头紧，便去矣。”令璇入门，数人皆下庭中，向空飞去，为鸟鹊然，直上不见。

璇方怅望，而一仆自外至。盖不欲与生人接，所以亟去也。

【译文】衢州江山县（今属浙江）士人毛璇，当舍法施行时，他正在学校。因为不能从事其他职业谋生，家景逐渐衰败。大家商量要卖掉所住的祖屋，暂时还没有出售。

一天清晨起床，毛见到已经死去的祖父母、父母都在大厅上排开坐着。他们的衣着容貌，都和活人完全一样，毛璇大吃一惊，急忙下拜问道：“已经去世很久了，怎么能够到这里呢？”都不回答，只有父亲说：“是看你情况不好啊！”又抬头看着屋顶长叹说：“你前面的路还远，应该放宽心。”毛问：“地狱的情形怎么样？”父亲说：“有罪的人才会进地狱。我没有罪孽，应该托生为人，只是按资历还没有排到。”“既然还没有归宿，还是只在坟墓里吗？”“不是的。白天东来西往闲逛，只是夜里不能够说。最近你参加叶氏坟上的祭拜，我也在那里。”父亲又指着门外祭的五道神说：“他的神力非常大，游荡的野鬼不能够进来。”又指着毛家供奉的真武大帝说：“小心供奉他，死后可以不入地狱，就会到北斗门下成为他的弟子。”毛璇说：“大人暂且在这里，我应当去叫兄长来。”父亲制止他说：“我们的脚力快，就要离开了。”说完让毛璇进门，几个人都到了院中，向天上飞去。像鸟儿一样，一直向上就不见了。

毛璇正在怅然远望，一个仆人从外面进来，原来他们是不想和生人接触，所以要马上离开。

方典簿命

方典，字大常，莆田人，累举进士不第，术者多言其无禄。

同县人刘仲敏为泉州同安宰，典之兄与为丞。刘谓与曰：“贤弟不应得官，若罢举，然可延数年之命。”与不信也。

绍兴十五年，典试南宫，刘又谏其勿行，典不听，是岁擢第。榜至同安，与持往诮刘，刘曰：“一第未足喜，恐不能得禄耳。”典调晋江尉，归待次之。

明年，莆中春试，诸生例以寄居同教官考校，郡以使典。即入院，日获餐钱千余，旬日间，所得盈万钱，暴卒于院。（陈应求说）

【译文】方典，字大常，莆田县（今属福建）人。几次参加进士考试都没能考中，相面的人大多都说他没有官命。

同县人刘仲敏任泉州同安（今属福建）县令，典的兄长方与任县丞。刘对方说：“令贤弟命中不应做官。他如果不再应试，也许可以延长几年的寿命。”方与不相信他的话。

高宗绍兴十五年（1145），方典到尚书省应试，刘又劝他不要去，方典不听，这一年考中进士。考榜到同安县时，方与拿着去讥讽刘仲敏。刘说：“考中进士不值得高兴，我担心他不能享受官禄呀。”方典结果被任命为晋江（今属福建）县尉，回到家乡等候上任。

第二年，莆城县春试，考生们照例由寄居本地与教官有相同资格的官员考校，州里命方典主持。到了考院之后，方典每天得到用餐钱一千多。十天之内，共有万钱还有富裕，谁知却在考院中突然死去。

卷第十六（十五事）

扫码听谦德
君为您导读

卫达可再生

卫仲达，字达可，秀州华亭人。为官职时因病入冥府，俟命庭下。四人坐其上，西向少年者呼曰："与他检一检。"三人难之。少年曰："若不检，如何行遣！"三人曰："渠已是合还，何必检，恐出手不得尔。"

少年意不可回，呼朱衣吏谕意，吏捧牙盘而上，中置红黑牌二。红者金书"善"字，黑者得书"恶"字。少年指黑牌，吏持以去。少焉，数人捧簿书盈庭，一称横前，两首皆有盘。吏举簿东盘，盘重压至地，地为动摇。卫立不能安。三人皆失色曰："向固云不可检，今果尔，奈何？"少年亦惨沮有悔意。须臾口："更与检善。"番吏又持红牌去。忽西北隅微明，如落照状。一丰衣道士捧玉盘出，四人皆起立。道士至居中而坐。望玉盘中文书，仅可箸大。吏持下置西盘，盘亦压地，而东盘高举向空，大风欲起，卷其纸蔽天如乌鸢乱飞，无一存者。

四人起相贺，命席延卫坐。卫拱手曰："仲达年未四十，平生不敢为过恶，何由簿书充塞如此？"少年曰："心善者恶轻，心恶者恶重。举念不正，此即书之，何必真犯，然已灰灭无余矣。"卫谢曰："是则然矣。敢问善状向事也？"少年曰："朝廷兴工修三山石桥，君曾上书谏，此乃奏稿也。"卫曰："虽曾上书，朝廷不从，何益于事？"曰："事之在君尽矣。君言得用，岂只活数万人命。君当位极人臣。奈何恶簿颇多，犹不失八座，勉之。"遂遣人导归。卫后至吏部尚书。（徐樽说，闻之于卫仲达子）

【译文】卫仲达，字达可，秀州（今浙江嘉兴县）华亭人。当他在崇文院任馆职时，生了一场病，恍惚之中到了阴曹地府，他站在庭下听命。上边坐着四个人，靠西边的一个少年喊："给他查一查。"其他三个人面有难色。少年说："如果不查，怎么派遣他！"那三人说："他已经是应该送回去的，何必再查，查了恐怕不好。"

那少年志不可夺。唤出一个穿红衣的小吏传谕下去，那红衣小吏捧着一个牙盘上来。牙盘之上有两个牌子，一红一黑。红牌上用金色写着"善"字；黑牌上是一个白色的"恶"字。那少年指了一下黑牌，红衣小吏拿着黑牌下去了。不多一会儿，几个人捧来一堆书簿，把一杆秤称放在庭前。秤两头各有一盘。红衣小吏把那些书簿放在东边盘上，那盘重重压在地上，地也为之震动。卫达在这时站立不安。那三个人面带恐慌，说："刚才我们坚持说不可查，现在果然麻烦了，怎么办？"那少年也神情沮丧，有后悔之意。停了一会儿，说："再查他的善。"看着那红衣小吏拿着红牌走了。忽然西北角露出一点亮光，如落日的霞照。一红衣道士托着玉盘走出来。

四个人一齐起立。红衣道士来到庭中坐下。看那盘上放的文书，小的只像筷子那么大。红衣小吏便把那文书放在秤称西边盘上，这盘也压在地上，把东边的盘撬向高空。这时大风忽的而起，把东盘上那些书簿卷向空中，如纸鸢般飞舞，终于荡然无存了。

四个人站起来，向卫仲达表示祝贺，命摆下宴席，请卫仲达坐下。卫仲达拱手施礼，说："我卫仲达不到四十岁，平生不敢做什么恶事，为什么记载我恶事的书簿有那么多呢？"那少年说："心地善良罪恶就轻；心地险恶罪恶就重。一产生不良的念头这里就记录下来了，不必等到真正犯罪，不过这都灰飞烟灭，毫无余迹了。"卫仲达表示感谢，他说："是这样，那就对了。请问我所做善事的文书上写的是什么？"少年说："朝廷兴工修建三山石桥，您曾上书进谏，这是您的那篇奏稿。"卫仲达说："我虽有过上疏，朝廷不听，于事何补！"少年说："此事对您来说，已尽了自己应尽之力。您所说的要是得以实现，救活的岂止是万人的生命！那您就该位极人臣了。无奈的是有那颇为不少的恶的记录。不过还不失达到坐八人大轿的官位。请你自勉吧！"接着他们派人把卫仲达送回。卫仲达后来官做到吏部尚书。

郁老侵地

镇江金坛县吴干村，张、郁二家邻居。后为火焚，皆散而之它，所存唯空址焉。

同邑汤氏子病热疾死。至有司，云："当复生。"令出门，需送者。至门外，见市廛邸列，与人世不异，遂坐茶肆。时郁氏之老死已十余年矣。相见如平生。喜曰："数日闻公当来，故候于此。今知得还，将奉托以事。吾家故宅颇忆之乎？”曰：“然。”郁曰：“生时与张氏比邻，吾屋住址已尽吾境，而檐溜所滴者张地也。吾阴利其处，巧讼于官而夺之，凡侵地三尺许。张翁死诉于地下，吾既伏前愆，约使宅人反之，然二居皆已煨烬，张既转徙，吾儿又流落建昌为南丰符氏婿。幽明路殊，此意无从可达。公幸哀我，烦一介谕吾儿，使亟以归张氏，作券焚之，吾得此，则事释，复受生矣。”汤许之。少焉，送者到，即告别。

既苏，呼张氏子语之故，答曰：“昔日实争之，今已徙居无用也。”汤以郁所嘱不忍负，讫遣报其子，取券授张，而书其副焚之。宅日，梦来致谢。

【译文】镇江金坛县吴干村，张、郁两家是邻居。后来因为一场大火烧了两家的房子，他们都迁散到了其他地方，原址仅仅留下一片空地。

同县有一姓汤的儿子因病发烧而死，来到冥间，一个当官的说他应该再活，叫他出去等送他的人。他来到门外见那市场房舍与人间没什么区别，就坐在茶肆里等候。这时已经死了十多年的郁家老翁忽来相见，还像过去平常那样。老人高兴地说：“早几天就听说你要来，所以我就在这里恭候。现在知道你要回去，我有事相托，我家原来那座老宅子你还记得吗？”汤生说：“记得。”郁老汉说：“我活着时与张家是邻居，我的房子已盖到我那地皮的边缘，而我房檐滴水却滴到了张家的地皮上。我利用这种地界暗中取巧，告到官府夺了他三尺多的地皮。张老汉死后又告到地府，我已经认了前边的错误，答应让我的家人还他地皮，可是两处房屋均已烧成灰烬，张家已经搬走，我儿又流落建昌为南丰（今属江西）符家的女婿。阴曹阳间，道路不通，此意无可表达。希望您能同情我的处境。回去给我儿一信，让他赶紧写一张归还张家地皮的券状烧掉，我得到它，就可以结案转生了。”汤生答应办理。不一会儿。送汤生的人来了，他们随之告别。

汤生醒后，就找张老汉的儿子说了以上情况，张家儿子说：“过去实有其事，如今却已迁走，没什么用处了。”汤生不忍负郁老汉所托，终于将此事告知了郁家儿子，要来了退地的券状给了张家，又照着写了一张烧掉。几天后郁老汉梦中向他致谢。

车四道人

蔡元长初登第，为钱塘尉，巡捕至汤村，薄晚休舍，有道人状貌甚伟，求见。蔡平日喜接方士，亟延与语，饮之酒而去。明日宿它所，复见之。又明日泊近村，道人复至，饮酒尽数斗，恳曰：“夜不能归，原托宿可乎？’蔡始犹不可，其请之再，不得已许之。且同榻，命蔡居外，已处其内，戒曰：“中夜有相寻觅者，可勿言。”蔡意其奸盗亡命，将有捕者，身为尉，顾匿之不便也，然无可奈何。展转至三更，目不交睫。闻舍外人声，俄顷渐众，遂排户入，曰：“车四元在此，何由可耐！”欲就床擒之。或曰：“恐损床外人，帝必怒，吾属且获罪。”蔡大恐，起坐呼从吏，无一应者。道人安寝自如，撼之不动。外人云：“又被渠弹了六十年，可怪可怪！”咨嗟良久，闻室内如揭竹纸数万番之声，鸡鸣乃寂。呼从者始应，问所见，皆不知。

道人矍然兴谢曰：“某乃车四也。赖公脱此大厄，又可活一甲子，已度世第三次矣，自此无所患。公当贵穷人爵，吾是以得免，如其不然，与公皆死矣。念无以为报，吾有药，能化纸为铁，铁为铜，铜为银，银又为金，公欲之乎？”蔡拒不受，强语干汞之术。曰：“它日有急，当用之。”天且明别去，后不复见。

蔡唯以其说传中子翛。蔡死，翛家窜广西，赖是以济。

蔡之客陈丙，尝为象郡守，云然。

【译文】蔡京，字元长，中进士后最初任职是钱塘（今浙江杭州）县尉，一次执行巡捕任务来到汤村，天已傍晚，找了馆舍休息，有一位相貌很雄伟的道人求见。蔡元长平时喜欢和修仙炼丹的方士接近，就迫不及待地请道士进来谈话。道士饮酒之后离去。第二天蔡元长夜宿到另外一个地方，道士又来相见。第三天蔡元长住到近村，道士又来了。干了几杯酒以后，道士恳求说：“天已晚我回不去了，想借一宿可以吗？”蔡元长开始还不同意，那道士恳求再三，不得已才答应下来。而且同床睡时，道士让蔡睡在外边，自己却睡里边，他告诫蔡元长说：“半夜有来找人的，不要理他们。”蔡元长想着这道士可能是奸盗亡命之徒，在受着追捕，自己身为武官，保护隐藏他是太不对了，但也无可奈何了。辗转反侧，难以入眠，直到夜里三更，还没合眼。这时听到房外有人声，不一会儿，声音嘈杂，像是有不少人。接着破门而入，听有人说：“车四原来在这里，我们没有任何理由可以忍耐了！”就要到床上来抓他。这时又听有人说：“恐怕伤着床外边的人，天帝发怒，我们就都是罪人了。”蔡元长大惊坐起，呼喊他的侍从，没有一个人答应。而那道士安然熟睡。推也推不醒他。外边来的人说：“又被这家伙躲避掉了，多活六十年，可怪可怪！”嗟叹好久，听到室内好像是揭几万张竹纸的声音，直到雄鸡高唱，才归于寂然。这时蔡元长呼喊他的从人，人们好像梦中才醒，问他们见到了什么？他们却一无所知。

道士精神抖擞地起来，高兴地向蔡元长道谢。他说：“我就是车四，靠您脱了大难，又可以再活一个甲子了，我在世上已度过三次危险，今后就没有什么可害怕了。先生今世应该贵极爵高，我因此才得以脱身，不然的话我和先生就都死了。先生大恩无以为报，我这里有药，能使纸化为铁，铁化为铜，铜化为银，银又可以化为金，先生您想要吗？”蔡元长拒绝不受，那道士坚持给他说了化汞取利之术，说：“改日急时可以派上用场。”天将明时道士告别而去，以后再没见到他。

蔡元长仅以化汞的方法传给他的一个儿子蔡翛。蔡元长死后，蔡翛家被流放到广西，就是靠着化汞的技术来接济家庭。

象州（今广西像县）郡陈丙曾在蔡家做过门客，这故事是他讲的。

女子穿溺珠

湖州人王概，绍兴十六年八月，赴邵武建宁丞，宿信州玉山驿。便溺已，且就寝，见美女在旁，探手虎子中，拾碧粒如珠者三、四颗，串以红缕，挂颈上。概惊问：“汝何人？”已不见。

自是每溺，其旁辄地裂，女子盛服出，或器内，或溷厕，必得珠乃没。概日以困悴，医巫束手莫能疗。

几二年久，女所穿累累绕颈至腹数十匝。其后，珠益减，至才一、二颗，而色渐白。女惨容谢曰："得君之赐厚，吾事济矣，但恨伤君之生，无以极，当亦徐图之。"再拜而去。概是夕不复溺，翌日大汗而卒。（三事皆徐溥说）

【译文】湖州（今属浙江）人王概，于南宋高宗绍兴十六年（1146）月去邵武建宁（今福建建瓯）任县丞，一天晚上就宿于信州玉山驿站。他解完小手就要睡时，见美女在旁，将手伸进便器掏出三、四个如珠子般的碧绿颗粒，用红线穿了挂在脖子上。王概吃惊地问："你是什么人？"女子已经不见。

自此为始，王概每逢撒尿，他旁边的地就裂开，那女子穿着盛装出现，或者在便器里，或者在厕所内，她必得珠子而后消失。王概的身体一天天因乏憔悴，医生、巫师都束手无策。

这样将近二年之久，那女子所穿的珠子从脖子到腹部，累累有数十圈。以后王概小便时那女子捞到的珠子日渐甚少，只能得二颗或者一颗，而且颜色也渐渐淡了。那女子满脸愁容很抱歉地对王概说："我得到先生很厚的恩赐，我的事成了；但遣恨的是害了先生的一生，无以回报，让我慢慢想办法吧。"她拜了又拜，告别而去，王概这天晚上再没有小便，第二天大汗淋漓，告别了人世。

李知命

李知命，建昌人。绍兴二十四年八月宿豫章村落。就枕未睡，月色皎然，见窗外人往来。少焉，回首与窗对，如一男子，缁巾汗衫而立，恍忽间已入室。李疑其盗也，熟伺所为。俄至前绕床而行，床之东北皆距壁，而其人行通无所碍，方知鬼也。

如是十余匝，径揭帐，执李项。李有胆力，举手承之，复以左手来，又与相拒。欲大叫而喉中介介如咽，良久方能呼，两仆同应曰："喏！"李曰："常常叫汝数声不应，今何谨如此！既不寐，何不早觉我？"皆曰："见一男子至主公之前，相撑柱甚力。欲起则是不可动，欲叱则气不得出。适闻主公之声，男子始去，某等方能言耳。"

【译文】李知命，建昌（今江西永修）人。宋高宗绍兴二十四年（1154）八月在豫章（今江西南昌）一个村落就宿。落枕尚未入睡，看窗外月色皎洁，人来人往。一小会儿，回头看到与窗相对像是一个男子，穿着黑巾汗衫站在那里，恍恍惚惚那个人已到室内。李知命怀疑他是小偷，仔细观察他要干什么。不一会儿，那人走向前来绕床而行。床的东面、北面都是墙壁，而那人却通行无阻，李知命才知道他原来是鬼了。

那鬼绕床转了十多周后，便径直的揭开帐子来抓李知命的脖子。李知命素来有胆力，就抓住了那鬼的手，鬼又用左手抓来，李知命又用手接住。这时他想喊叫，而喉中哽塞像噎住了一样。好一阵才喊出了声音，两个仆人这才齐声答应。李知命说："深夜我叫你们几声都不答应，为什么这么胆小。既没有睡觉为什么不早点应我？"两个仆人都说："看见一个男子到主人面前，你们二人用力抗拒，想起身而脚不能动；想喊而气出不出来。刚才听到主人的声音，那男子一走，我们才能说话了。"

光州墓怪

光州士人孔元举，居城外数里间，每人城辄经乱葬垅，常日诣州学，晨往暮归必过之。

一夕归差晚，日犹衔山。闻有人高诵“维叶萋萋，黄鸟于飞”之句。至于再三审其声，当所行道上，少顷差近，则闻声在墓间。回首视之，一物如蹲鸱，毛毵毵覆体，赤目猪喙，瞠视孔生，厉声曰：“维叶萋萋”。孔大骇，亟步归即病，旬日死。

【译文】光州（今河南潢川）文人孔元举，家住城外数里地。每次进城都要经过一个乱葬岗。他天天到州府学堂，早去晚归必经过这个地方。

一天回来，落日还没下山。走到乱葬岗处，听到有人高声诵读《诗经》“维叶萋萋，黄鸟于飞”的句子。他谛听再三，声音应当在路上；过了一会儿走近了，声音又在墓间。及至一回头，看见一个东西，像鸱鸟在地上蹲着，浑身盖着毵毵长毛，红眼猪嘴，两眼圆睁，瞪着孔生，厉声大叫：“维叶萋萋！”孔元举惊恐万分，拔步飞奔，到家就病倒在床，十来天就死了。

碧澜堂

南康建昌县民家，事紫姑神甚灵。每告以先事之利，或云下江茶贵可贩，或云某处乏米可载，以往必如其言获厚利。

一日书来曰：“来日贵客至，宜善待之。其家夙戒子弟奴仆数辈侯门，尽日无来者，将阖门，一丐者至，即延以入，为具沐浴更衣。丐者虽喜过望，而惧其家或事神杀己，恳请曰：“虽乞丐至贱，亦惜微命，幸贷其死。”主告以昨日之故，丐者曰：“若然幸复致祷，将得自询之。”始焚香而神至，书九字于纸上曰：“吁！君忘碧澜堂之事乎！”丐者观之则闷绝，久之方苏，泣而言：“少年时本富家子，与一倡有终身之约。惮父母不容，遂挟以窜。已而窘穷日甚，又虑事败，因至吴兴游碧澜堂，乘醉推倡入水，遂亡命行丐。今公家所致，盖其冤也。”言已复泣，其家赠以数百金遣去，自是不复事神云。（三事李绍祖说）

【译文】南康建昌县（今江西永修县）民家多崇信紫姑神，甚为灵验。紫姑神常预示人们去做有利的事情，或者说下江茶价昂贵可以经营，或者说什么地方缺米可以贩运，人们按神谕行事，果然屡应不爽，常常获得厚利。

有一天，某家接到神谕：“来日贵客到，切宜善待之。”这家早早就安排子弟奴仆多人，迎门恭候，一直等到日落还不见人。他们就要关门的时候，来了一个要饭的乞丐，他们马上把乞丐请到家里，给他准备了热水、衣服，请他洗澡、更换。乞丐大喜过望，但又怕这家主人为了敬神而杀害自己，于是他向主人恳求道：“乞丐虽然卑贱，也珍惜自己小小的生命，能饶我不死，就是我的大幸。”主人当然没有害他的意思，就把紫姑神预示要热情接待贵客的事告诉了他。乞丐说：“原来如此，就请再祈祷一次，让我自己问问看。”于是焚香膜拜，求下了“神”赐的九个字：“啊，碧澜堂之事你忘了吗！”乞丐见了这几个字：突然气绝晕倒，好一会儿才苏醒过来。他哭着说:“我本是富家子弟,年轻时和一个妓女订了终身,怕父母不容,我们二人相携而逃,后来,日益穷困,又怕事情败露。由于在吴兴(今浙江湖州)游碧澜堂,我趁醉把她推落水中,自己就亡命当了乞丐。看来您家抬来的不是紫姑神,而是被我害死的妓女的冤魂呀!”说完他仍然哭泣不已。这家如梦方醒,赠了几百钱打发了乞丐,从此再不敬神了。

戴氏宅

常州无锡戴氏,富家也。十三郎者于邑中营大第,备极精巧。至铸铁为范,度椽其中,稍不合必易之。又曳绵往来,无少留碍则止。岁余将落成,梦士人东向坐堂上,顾戴曰:“吾李谟秀才也。”既寤,绝恶之。

又数年,邑子李谟登科,戴嫁之以女。戴且死,嘱其二子曰:“汝曹素不立,必不能善守遗绪,此屋当货于汝手。与其归他人不若归李郎也。”后如父言,以宅予李氏。

建炎绍兴间,乱兵数取道,邑屋多经焚毁,唯李宅岿然独存,至今居之。

谟字茂嘉,尝帅浙西,官至中大夫直宝文阁。(外舅说)

【译文】常州无锡有一姓戴的,是富豪之家。戴十三郎在县里修建了豪华的住宅,十分精巧。以至房屋椽子都是用铸铁的壳子为模,一根根规范出来,稍不合格必要换掉;还用绵线在木料上来回拉曳,以检查它的光洁程度,直到不留不挂才罢。一年多的时间,房子将要建成,一天夜里十三郎梦见一个文人面向东坐在新宅的堂上，对他说："我是秀才李谟！"醒来后，想着梦中的情景，心里真不是滋味。

几年以后，县里有个青年叫李谟的中了科举，十三郎触起往事，就把女儿嫁给了他。十三郎将死时，对他的两个儿子说："尔等平时立业不成，将来也必不会守业，我留下的这房子将会在你们手中卖出，与其归他人不如归李谟。"他死后，两个儿子遵照遗言，将房子给了李谟。

宋高宗建炎，绍兴年间，乱兵多次从他们县里经过，许多房屋被烧毁，只有李家宅子安然独存，一直住以如今。

李谟，字茂嘉，曾统管浙西，官做到中大夫，是朝中直宝文阁学士。

二兔索命

予妇叔张宗正，家方城之麦陂，性好弋猎。其父祖茔侧，长林巨麓，禽兽成聚，日与其徒从事，罘网弥山，号曰："漫天网"，一网所获亡虑数百计，不暇拾取。唯恶少年数辈驰逐其上，压死之各分挈以去，虽风雪不止也。

遭乱渡江，绍兴九年，随兄待郎居无锡，亦时时弹射自娱。尝于明阳观旁得一兔甚小，耳有缺，如攫伤痕。未几感疾如狂，自取猎具焚弃，筑道室独处。忽见二兔作人言，其一曰："我为兔三百年矣，往在张氏东坟，为尔所杀。"其一曰："我百八十岁矣，隐于明阳观侧，与樵人俱出入。尝为鹰所搦，力窜得脱，伤吾耳焉。凡鹰犬网罟吾悉能避，不虞君之用弩矢也。今当以命见偿。

张逊辞求解，旁人悉闻之。病数月小愈，然恹恹如痴人，后十年乃死。

【译文】我岳叔张宗正，家住言城麦陂村，性好打猎。他父亲、祖父的坟地就在高山脚下大森林的旁边，那里禽兽成群。他天天和他的同伙在山上遍地撒网，号称“漫天网”，一网擒获的禽兽就是数以百计，都顾不得去拾取。只有那一群恶少，在上边驰骋追逐，把猎物压死后分别拿走，不管刮风下雪，他们的捕猎活动都没有停止过。

绍兴九年，张宗正因遭动乱，随他当侍郎的哥哥迁居无锡，还常常以射猎娱乐。在明阳观附近他曾经打着一只小兔，小兔耳朵上有抓裂的伤。不久张宗正就得了狂病，他把自己狩猎的工具烧毁丢弃，盖一小屋自己独自住进去。在这屋他忽然见两只兔子，口吐人言，一个说：“我做兔活了三百年，以往就在张家坟东边住，被你给杀害了！”另一个说：“我活了一百八十岁，藏在明阳观附近，与打柴人一起出入。曾经被老鹰抓住过，我用力挣脱，伤了耳朵。大凡鹰犬网罗我都能躲避，想不到你会用弓箭射我。如今该是你以命相抵的时候了。”

张宗正好言求情，希望获得谅解，许多人在门外都听到了。几个月后他病情好转，但神情恹恹，犹如痴人，十年后就死了。

蒲大韶墨

阆中人蒲大韶，得墨法于山谷，所制精甚，东南士大夫喜用之。

尝有中贵人持以进御，上方留意翰墨，视题字曰：“锦屏蒲舜美。”问何人？中贵人吾曰：“蜀墨工蒲大韶之字也。”即掷于地，曰：“一墨工而敢妄作名字，可罪也！”遂不复用。其薄命如此。自是印识只言姓名云。

大韶死，子知微传其法，与同郡史威皆著名。夔帅韩球，令造数千斤，愆期不能就，遣人逮之。舟覆江中，二工皆死。今所售者皆其役所作，窃大韶名，以自贵云。（杜起莘说）

【译文】蒲大韶，四川阆中人，学得了大书法家黄庭坚的制墨方法，他所做的墨十分精良，特别是东南方的文人、官吏很喜欢用。

一个在朝中受宠的宦官拿了蒲大韶制的墨进给皇上，皇上仔细的审视以后，看上面的题字是：锦屏蒲舜美。就问这蒲舜美是何许人也！宦官道：“这是四川墨工蒲大韶的表字。”皇上大怒，把墨扔在地上：“一个普通墨工也敢狂妄的用表字，真是罪过呀！”以后再也不用蒲大韶的制墨了。蒲大韶就是这样的命薄。从此他所制的墨，上边只印着姓名而已。

蒲大韶死后，他的儿子蒲知微继承了这种制墨技术，和同郡另一个制墨巧匠史威齐名。夔州（今四川奉节县）武官韩球命令他们造墨几千斤，过期了没有完成，就派人把他们抓走。因船翻江中，两个制墨巧匠都被淹死了。如今市上出售的蒲墨，是他过去所用的工人制作的，他们盗用了蒲大韶的名义自己发财。

升平坊官舍

洪平坊一官舍多怪，绍兴二十一年空无人居。有鬻冠珥者过后门，二妇人呼之入，遍阅所货物，买二冠，先偿半值，令自大门取余金，鬻者信之，至前候伺。守舍老兵扣其故，具以告，兵曰："此空室耳，安得有所谓妇人者！"率与俱入。堂宇凝尘如积，二冠高挂壁间，始悟为鬼。出视所偿钱，亦无有矣。

又一年，予族弟爟为江西漕属，居之。其侄城夜被酒如厕，见桃树下人，白发鬅鬙，身甚大，箕踞而坐。城方醉不问。及从厕还。尚如故，渐近渐小。仅高数寸，叱之乃灭。（爟说）

【译文】洪州（今江西南昌）升平街有一官家的住宅常出怪事，绍兴二十一年空着无人居住。有一个卖帽子、珠子的货郎从后门经过，有两个妇人把他唤了进去，把他所有的货物都看了一遍，买了他两顶帽子，先给他一半钱，其余的让他到前门去取。货郎信以为真，就到前门等候。前边出门的老兵问他干什么，货郎把情况告诉了他。老兵说："这是一座空宅，哪里会有你所说的妇人呢！"于是就领货郎一起进去。里边房屋到处积满了灰尘，刚才卖的那两顶帽子却高高挂在墙上，他这才想到妇人是鬼。赶快掏妇人给他的帽钱，哪里还有分文呢！

一年以后，在江西水道运粮部门供职的我的族弟洪灌，住进了这座宅子。他侄子洪城酒后上厕所，在旁边桃树下有一人，白发蓬松，身材高大，两腿叉开，箕踞而坐，洪城正醉着没想到问他，等他从厕所出来，白发人还是那副状态，他越走越近，那人越来越小，最后仅有几寸高。洪城大喝一声，那人不见了。

晏氏媪

晏元献家老乳媪燕氏，在晏氏数十年，一家颇加礼，既死，犹以时节祭之。

尝见梦曰："冥间其乐，但衰老须人挟持，苦乏使耳。"其家为画二妇人焚之。复梦曰："赐我多矣，奈软弱不中用何？"其家感异，嘱匠者厚以纸为骨，且绘二美婢。它日来谢曰："新婢绝可人意，今不寂寞矣。"

明年寒食，家人上冢归，复梦曰："向所得婢，今又舍我去。"曰："何得尔？"曰：'初不欲言，以少年淫荡，皆为燕三诱去。"家人曰："燕三，人也，安得取媪侍女？"曰："亦已来矣。"曰："然则，当为办之，不难也。"明日相语，皆大笑。

燕三者媪侄也。素不检，自媪死，不复闻其在亡。遣询之，果已死。遂复画二老者与之，又来致谢。盖前后五梦而得二老婢云。

【译文】仁宗朝的宰相元献公晏殊，家有一个老奶妈姓燕。她在晏元献家已经几十年。全家对她都礼仪有加。她死后逢过节还祭祀她。

一日燕氏回来托梦，说："在阴间过的也很快活，但衰老之人须要服侍，苦的是没有使人。"晏家就画了两个妇人像烧了。梦中又见燕氏来，说："给我的人是不少了，只是她们软弱不中用，怎么办？"晏家很感惊异，就请来匠人，用厚纸做成的人骨架，并给画成两个美婢烧了。过几天。梦中燕氏又来，表示感谢。她说："新来的使女很可人意，如今我不再寂寞了。”

第二年寒食节，晏家人上坟回来，梦中燕氏又来，说：“过去给我的两个婢女，如今又舍下我去了。”晏家人问：“这是什么原因呢？’燕氏说：“开始我并不想说。因为少年人淫荡，都被燕三诱骗去了。”晏家人说：“燕三是人，怎么能把您的侍女骗走呢？”燕氏说：“燕三也到阴间来了。”晏家人说：“既如此，应当给您老办理。这事没有什么难处。”天明提起这件事，晏家人都哈哈大笑。

上边所说的燕三，是燕氏的娘家侄子。平素行为不检点，自燕死后不再往来，也不知他是死是活。派人去打听，他果然死了。晏家遂即又画了两个年纪老一些的给燕氏，燕氏夜里又一次来致谢—燕氏前后托了五个梦，而最后得到了两个老婢女。

郑亶妻

郑畯，字敏叔，福州人，宝文阁侍制闳中之子也。

先娶王氏，生一女泰娘。王氏且死，执夫手嘱之曰：“切勿再娶，善为我视泰娘。”

既卒郑买妾以居。久之，京师有滕氏女将适人，郑闻其美，乃背约纳币。

一日将趋朝尚未起，见王氏入其室，自取杌子坐床畔，以手挂帐，拊郑与语生死阔别，且问再娶之故。郑曰：“家事付一妾殊不理，不免为是。”

王曰：“既已成约，吾复何言。若能抚养泰娘如我在时，亦何害？吾不复措意矣。”又语过去它事甚悉，忽曰：“盛宠已来呼，君当上马矣。”遂去。郑急问之曰：“何时当再会？”曰：

"更十年于江东舟上相见。"

郑明日与其弟语，悲叹不乐，然卒婚滕氏。

建炎初，自提举湖南茶盐罢官，买巨杉数千，如维、扬，时方营行在官府，木价踊贵，获息十倍。

未几，金虏犯扬州，人多窜徙，郑以钱为累，恋恋不肯去，乃谋买舟泛江而下，而江中舟如织，不得前。又闻寇已至，急复入城，买金百余两，才出门，胡骑已在后。郑乘马驰去，一骑自后射之。郑回顾曰："我郑提举也，不可害我。"骑知其官人，追及之投以刀，即坠马，骑取金而返。

郑创甚，困卧草间。仆走视之，已不可救，两日死。

郑无子，去王氏所言，整十年。（二事尚定国说）

【译文】郑畯，字敏叔，福州人氏。是朝中宝文阁侍制郑闳中的儿子。

郑畯先娶夫人王氏，生有一女名叫泰娘。王氏将死的时候，拉住丈夫的手嘱咐他说："千万不要再娶，为我好好看护泰娘。"

王氏死了以后，郑畯买了个小妾住下。时间长了，京都有一个姓滕的女儿将要嫁人，郑畯听说这滕家小姐长得很美，就背约去滕家交了聘金。

一天，郑畯将要赴朝，尚未起床，见王氏来到室内，自己取小登子坐到床边，用手撩着帐子，拍着郑畯说："生死阔别，请问你为什么再娶！"郑说："家中事情交给一个小妾很不合道理，这样做是难免的。"

王氏说："既已经订了婚约，我还能再说什么。要是抚养泰娘和我在时一样，那又有什么害处呢？我不再说别的意思了。"

他们又谈起过去的一些事情，王氏都十分清楚。正说着，王氏忽然说："你宠爱的人已经来叫你，你该上马了。"说了就走。郑畯急问："咱们什么时候再会？"王氏答："再过十年，在江上船中相见。"

郑畯第二天和兄弟谈起这件事，悲叹不已，郁郁很久。但最后还是娶了滕家姑娘。

宋高宗建炎初年，郑畯从湖南提举茶盐罢官后，买了巨大的杉木几千根到扬州府（今江苏扬州），那时刚好开始修建皇帝行宫和各衙门官府，木价昂贵，郑畯一下获利十倍。

不久，金兵进犯扬州，扬州人纷纷迁逃。郑畯因为钱多受累，恋恋不舍，不肯就走。于是想着买船沿江东下，但江中舟船密集如网，不能离去，又听说金兵将到，赶紧折回城里，买了百余两金子，刚刚出门，就看到金兵已在身后。他骑马飞驰而走，后边那骑马的金兵一箭射来。郑畯回头说："我是郑提举，不要害我。"那个金兵知道他是当官的，追上来砍他一刀。把郑畯砍倒在地，那人下马取了金子，乘马而返。

郑畯伤势很重，困卧于草丛之中。他的仆人走来看他时，已经无可救药了。两日后郑畯死去。

郑畯没有儿子。死时离王氏所说，整整是十年。

化成寺

沈持要为江州彭泽丞。绍兴二十四年六月，被檄往临江，过湖口县六十里宿于化成寺。

已就客馆，至夜访主僧，僧留止丈室别榻，方谈客馆之怪。曰：“旧有旅榇在房中，去年一客投宿，望棺中有光，颇骇，起坐，凝思谛观，觉光中如人动作状，愈恐。所居邻佛殿。客度且急，则当开门径趋殿上。方启帐伸首，次棺中鬼亦揭棺伸首，客下一足，鬼亦下一足，客复收足，鬼亦然，如是数四。

客恐骇，知不可留，急走出，鬼起逐之。客入殿环走，且大呼乞救，群僧共赴之。未至，客气乏仆地，几为所及。鬼忽与殿柱相值，有声铿然，遂寂无所闻。

僧至，扶客起，就视其物，则枯骨纵横，碎于地矣。

它日，死者之家来，疑寺中之人发其柩，讼于官，数月乃得解。”

【译文】姓沈名持要的人是江州彭泽（今江西彭泽）的县令。绍兴二十四年六月，一纸公文调他去临江（今江西清江），途中过湖口县六十里，在化成寺里就宿。

在客馆安顿已毕，沈持要夜里去访问住持和尚，住持僧留住了他，在方丈室里另架一床，这才给他谈起了这馆里曾发生过的怪事：“过去有一家人把棺材寄存在寺里客房中。去年一客投宿。夜里看到棺材有光，客人十分惊骇地坐起来，凝神思索，仔细观察，发现光中好像有人在动作，他更加恐慌。他所住的房紧靠佛殿，他想：急切时就开门直奔殿上。他刚刚掀开帐子伸出头来，接着棺中之鬼也揭开棺盖伸出头来；他伸下一条腿，鬼也伸下一条腿；他把腿又收回来，鬼也照样把腿收了回去，这样反复了好几次。

他害怕至极，知道这地方不可再留，急忙跳下就跑，鬼也起身追赶。到了大殿他绕殿而走，并大声呼救，惊起了众僧，大家跑进殿来，没有赶到跟前，客人已经气虚倒在地上，几乎被鬼抓住。鬼忽然撞到大殿的柱子上，咣当一声，接着就静下来了。

众僧人前把客人扶起，走近看那撞在柱上的东西，则是纵横破碎的一堆枯骨。

过了些时日，死者家属来了，他们怀疑寺中人偷开了他们的棺材，告到官府，几个月这官司才得到解决。

吴公路

吴逵，字公路，建州人。政和间自太学谒归，过钱塘，梦吏卒迎入大府，金章贵人在焉。揖吴坐上坐，吴辞曰："逵布衣也，今遽尔，恐涉冒仕之嫌，必不敢。"贵人舍去。

吴踞床正面，吏抱案牍盈几上，以手摘读。吴意郡县间胥吏，乘已初视事，以此困我。未有以决，望庭下已驱数囚，皆美男子妇人荷械立，大抵所按尽奸事也。

吴大书曰："检法呈。"别一吏捧巨册至。视其词云："奸人妻者以绝嗣报，奸人室女者以子孙淫佚报。"

吴判曰："准法。"

吏相顾骇伏其敏，曰："事毕矣。"遂悟。

吴还京师，为同舍金彦行言之。(金侍郎说)

【译文】吴逵，字公路，建州（今福建建瓯）人。宋徽宗政和年间，去最高学府太学拜谒回来，路过钱塘时梦见一吏卒将他迎入官衙，有一个穿紫金官服的贵人在那里。他以礼相迎，请吴逵坐上座。吴逵不肯，他说："我吴逵布衣之士，现在忽然如此，恐有越礼之嫌，绝对不敢。”贵人也就作罢。

吴逵坐在案的正面，有官吏抱来的案卷，满满地堆在条几上，他且读且抄。吴逵想：郡县间文书们趁自己刚刚管事，可能用这些案卷来考核我。他还没有拿好主意，庭下已赶来几个囚犯，有男有女，长得很漂亮，都带着刑具立在下边，所犯罪状都是奸淫之事。

吴逵大笔一挥；对照当律，分别处理。这时另一个小官吏，捧着一大册法典进来。吴逵看那边的条文写着：“奸淫别人妻子的，让他绝嗣断后。”“奸人家女儿的，让他的子孙淫恶荡邪。”

看后，吴逵提笔判决：以此法为准！

其他官吏互相审看，对吴逵判决的敏捷表示惊服。他听到有人说：“事情完毕了。”吴逵也一梦醒来。

后吴逵回到京都，对他同馆的金彦行讲了这个故事。

卷第十七（十五事）

扫码听谦德君为您导读

土偶胎

仙井监超觉寺九子母堂在山颠。一行者姓黄，主给香火。顾土偶中乳婢乳垂于外，恍之，每至，必摩拊咨惜。

一旦偶人目动，遂起行，携手入屏后狎昵。自是日以后常累月矣。积以卧病，犹自力登山不已。

主僧阴伺之，至半山即有妇人迎笑。明日尾其后。妇人复至，以拄杖击之，铿然仆地。于碎土中得一儿胎，如数月孕者。今行者取归，暴为屑，和药以食，遂愈。

【译文】在四川仙井监（今仁寿）一座山顶上有一个寺。叫超觉寺。超觉寺里有一个九子母堂。九子母堂里有个专供香火的黄和尚。黄和尚看着土偶中奶娘的乳房高耸，露于衣外，十分喜爱，每到她跟前一定要的摸捏嗟叹一番。

一天早上，黄和尚又去捏她的乳房，土偶的眼忽然转动起来。两人遂携手躲到屏风后面，欢会缱绻一番。自此开始，日以为常，连着月余不断，黄和尚积劳卧病，但仍强打精神，登山不止。

方丈老僧暗中观察：黄和尚每到半山，就有妇人出来迎笑。于是于一日尾随其后，等那妇女出来，抡起拄杖，猛然一击。铿然一声，土偶倒地，碎土片中竟有像是数月的土胎儿。老僧让黄和尚将它带回，捣为碎末，配着一起服用，黄和尚霍然病愈。

永康倡女

永康军有倡女谒灵显王庙，见门外马卒欣然而长，容状伟顾，两股文绣飞动，谛观慕之，眷恋不能去。至暮家人强挽以归，如有所失，忽忽不乐。

过一夕，有客至求宿，其仪观与所慕丈夫等。倡喜不胜情，自以为得客晚。其人迟明即去，黄昏复来，留连数宿。忽泣曰："我实非人，乃庙中厩卒也，以尔悦我，故犯禁相就，屡不赴夜直，为主所纠得罪，明日当杖脊流配，至时，过尔家门，幸多买纸钱赠我。"倡亦泣许之。

如期，此卒荷铁校，血流满体，刺面曰："配某处。二健卒随之，过辞倡家。倡家设奠焚钱，哭而送之。

他日，诣庙，偶人仆地矣。

【译文】永康军（今四川灌县）有一个妓女到灵显王庙拜谒求灵。庙门外有泥塑的马夫，身体修长，貌美伟岸，两条飘带飞动，神采不凡。妓女凝神谛观，倾慕眷恋，至晚不返。她的家人勉强拉她回去，到家闷闷不乐，郁郁不欢。

一夕过后，第二晚有客来求宿。这人的仪表外观与她倾慕思念的马夫真可说是等量齐观，妓女喜不胜情，自以为相见恨晚。这位客人天将明离去，黄昏复来，如此一连几晚。有一天他忽然哭着对妓女说："老实给你说，我不是人而是灵显王庙前的马夫。为报你的爱怜之情，我违犯禁条前来和你相亲，夜里值班多次不到，被上边发觉而治罪，明天杖刑后还要流放外地，到时从你的门前经过，请你多为我买些纸钱，这就是我的大幸了！"妓女哭着答应了他。

第二天，那马夫身带铁枷，通体血污，面上刺字，说发配某处。身后跟着两个壮健的狱卒，在妓女家门前走过辞别。妓女痛哭流涕，为他焚香烧钱，设奠相送。

过后再到灵显王庙，那庙前的偶人马夫，已倒在地上了。

人死为牛

永康军导江县人王某者，以刻核强鸷处官，绍兴五年为四川都转运司干办公事，被檄榷盐于潼川路。

躬诣井所，召民强与约，率令倍差认课：当得五千斤者辄取万斤，来岁所输不满额者，籍其资。王知其不能如约规，欲没入之，使官自监煎。既复命，计使以盐额倍增，荐诸宣抚使，得利州路转运判官，未几死。

眉州彭山人杨师锡，以合州守待次田间。梦王来谒，公服后穿出一牛尾。方惊怛，侍婢亦魇寤。言见王运使来，衣后有牛尾。相语未了，外报一犊生。遽取火视之，犊仰首泪下。

事既著闻，有资中人马某者，亦为都漕司干官。每出郡邑督钱，唯以多为贵，不问额之虚实赢缩，必得为期，且以此自负。

蜀人以其虐于刷钱，目曰："马刷"。或以王君事警之，马曰："正使见世生两尾，亦何必问！"

已而疽发于背之左，疮稍愈复发于右。两疽相对，宛如杖疮，其深数寸，隔膜洞见肺腑，臭满一室。同僚往问病，马生但云："当以某为戒，某悔无及也。"

死时与王相距才一年。

【译文】永康军导江县（今四川灌县）有一个姓王的，靠着苛刻又阴鸷的手段剥削百姓做官。绍兴五年从四川统管官运的机关——四川都转运司干办公事，被行檄调动，派往潼川路（今四川三台）管理盐业税事宜。

王盐官实权在握，独断专行。他亲临各个井所，召集盐民，强行规定苛刻条约，要盐民以成倍的差额交纳盐税：该交五千斤的他常收取万斤，第二年所交数额不满的，没收其资产。他明知老百姓不能如约完成，目的是想没收盐井，由官府监煎获利。他的使命"胜利"完成，征收的盐税成倍增加，因而被推荐给宣抚使，被升为利州路转运判官。但好景不长，不久就一命呜呼了。

眉州彭山（今四川眉山）人杨师锡，在赴任合州（今四川合川）太守住所时，于途中停留，夜里梦见王盐官来拜会，他官服后却露出一条牛尾巴。正在惊异时，他的婢女也从梦中惊醒。说看见王运使来访，身后长着牛尾巴。说话不及，外边忽然来报：有一牛犊生了下来。他们连忙掌灯去看。那牛犊仰着头看着他们，两眼潸潸泪下。

这事传开后，资中（今四川资阳）有个姓马的，亦是统管水运的机关—都漕司的办事官员。此人每出府催款，不管钱数的虚实多少，他的宗旨是以多为贵，多多益善，期在必得，而且以此自豪。

四川人对于马某在搜刮钱方面所显示出的贪婪和暴虐，把他看作是“马刷”。还有人把王某人死后为牛的事说给他，以示警告，但“马刷”不以为意地说：“就是今世生出两条牛尾巴，又何必在乎它。”

不久，“马刷”左背上长了一个疮。此疮尚未痊愈，右背上也长出了一个。两疮相对，有如杖疮，其深数寸，从洞能看到肺腑，臭满一室，人不可闻。

同僚前往探病，马生满面惭容。只是说：“我应当以某某为戒，我追悔莫及也。”

“马刷”最后死去，死时离王盐官死后才一年。

倪辉方技

成都人倪辉，妙于数术。靖康丁未之春，王室不靖。蜀去朝廷远，音驿断绝，识者以为忧。

成都倅虞齐年、窦审度同谒辉，询之曰：“国势如此，先生当知之。”

辉曰：“此正古人所谓三月无君之时。历家以闰月为天纵，去年置闰在十一月，北方愈盛，火至此衰歇。京城苟不守，必以是月。使日官有先见之明。移闰在五月，以助火德，犹有可扶之理。今无及矣。

然吾以数推之，国家历数至丙午才余一算，今年五月一日算当复生，其数无穷。然去今尚两月，未知能及此日否。”

因请虞、窦各布课。虞之占得申酉戌，窦之占得戌酉申。卦成，喜曰：“无忧矣。二课初传极艰棘，中传而定，末传极佳。宋祚当从是愈永，然课中赦书神动，不出百日，定有大霈，可验也。”

二公且喜且惧，既而闻京师果以闰月陷。五月一日上即位于南京。赦书至成都，与辉筮日相去盖九十五日。

绍兴二年冬，虞之子并甫过辉，辉曰：“与君相见无日矣，明年吾入末限，名曰父子不相见，欲遣小儿往它郡禳之，顾已无及，吾必死。”至立春日，果死。

【译文】倪辉，成都人，精于占卜气数之术。靖康丁未（1127）春天，北宋王室不安，徽钦二帝被虏，四川又离京都很远，通信的驿道不通，音信断绝，许多有识之士甚为耽忧。

成都副职虞齐年、窦审度二人为询问京师前途，一起去拜访倪辉。他们说：“国家形势到了这个程度，先生该是知道的吧？”

倪辉说：“这正是古人所说的三月无君的时候，历家向来把闰月看作天纵，去年闰在十一月，北方盛火时间过去，到此已经衰竭了，京城如果失守，必是在这个月。历官如果有先见之明，把闰移在五月，去帮助火德，那么朝廷还有可能保扶，现在已经来不及了。”

倪辉接着说道：“但是，我用数推算，国家历数到丙午只有一算，因而我算今年五月一日大宋应该复生。而且其气数无穷。不过离现在还有两个月，不知能不能到这一天。

倪辉接着请虞齐年，窦审度各占一课，以便进一步推算。虞齐年占的是申酉戌，窦审度占的是戌酉申，卦一占完，倪辉大为高兴，他说："不用发愁了！这两课传示出来的是：开头艰辛棘手；中间逐步安定；最后走向佳境。宋室皇位自此为始该是更加长远。然而，课中显着赦书神动，百日之内必当有皇恩降临，这是可以检验的。"

虞、窦二人听了又喜又怕。果然，不久就传来了京师于上年闰十一月陷落。五月一日宋高宗于南京即位发布大赦，赦书传到成都，是倪辉占卜后的第九十五天，果在百日之内。

虞齐年的儿子虞并甫在绍兴二年冬天去到倪辉那里。倪辉说："和你相见的时间不多了。明年我就进入自己寿限的最后。这就叫'父子不相见，欲遣小儿往'，到外地祷告想着已经来不及了。我必死无疑。"到明年立春，倪辉果然死去。

解三娘

兴州后军统领赵丰，绍兴二十七年春，以帅檄按兵诸郡，次果州，馆于南充驿，使命吏置榻中堂。驿人前白曰："是堂有怪，夜必闻哭声。常时宾客至此，多避不敢就，但舍于厅之西阁。"丰笑曰："吾岂畏鬼者耶！"竟寝堂上。

至夜，闻哭声从外来，若有物直赴寝所。丰曰："汝岂有冤欲言者乎？言之，吾为汝直，否则亟去。"果去，顷之又来。群从者皆闻履声趾趾然。明日以语太守王中孚，王以为妄也。

是夕赴郡宴，夜归方酒酣。未得寐，倚胡床以憩。一女子散发在前立曰：

"妾乃解通判女三娘者也，名莲奴。本中原人，遭乱入蜀，失身于秦茶马司。李态户部家，实居此馆。李有女嫁郡守马大夫之子绍京，以妾为媵。不幸以资貌见私于马君，李氏告其父，杖妾至死，气犹未绝，即命掘大窖倒下妾尸，瘗之。今三十年矣，幸将军哀我，使得受生。”

丰曰：“汝死许久，士大夫日日过此，何不早自直？”

曰：“遗骸思葬，未尝须臾忘。是间有神司守，不许数出。十年前，妾夜哭出诉，地神告曰：“后有赵将军来此，是汝冤获伸之时。日夜望将军至，故敢以请。”

丰曰：“果如是，吾当念之。”女谢去。遣人随视之，至堂外墙下，没不见。

明日，召僧为诵佛书，作荐事。遂行，晚到潼川之东关县，止县驿，女子复在前，已束发为高髻。丰曰：“吾既为汝作佛事，何为相逐？”曰：“将军之赐固已大矣，但白骨尚在堂外墙下，非将军谁为出之？”

丰曰：“吾为客，又已去彼，岂能为汝出力。胡不诉于郡守王郎中？”

曰：“非不知也，戟门神明，讵容辄入？然妾之冤，非王郎中不能理，非将军为之地，何以达于王郎中乎？妾骨不出，则妾不得生，使妾骨获出而得生，在将军一言宛转间耳。”

丰又许之，再具其事，走介白王守。王乃访昔时李户部听使从卒，独有谭咏一人在。委咏访其骨。

咏率十数兵来墙下，发土求之，凡两日，迷不得所在。咏致一巫母问之。

巫自称圣婆，口作鬼语，呼咏责曰：“汝当时手埋我，岂真忘所在耶？今发土处即是，但尚浅耳。当时倒下我，盖以木床，木今尚在，若得木骨即随之。顶骨最在下，千万为我必取，我不得顶骨不可生。”咏惊怖伏状。

又明日，果得尸。郡为徙葬于高原。时绍京为渠州邻水尉，未几，就调普州推官。见解氏来说当日事，绍京继踵亦卒。

关寿卿初赴官，适馆于此，尝为作记。

虞并甫为渠州守，绍京正作尉云。

【译文】兴州（今陕西略阳）后军统领赵丰。宋高宗绍兴二十七年（1157）春天，奉帅命到各郡巡察军情。在果州（今四川南充）停留时，住在南充的驿站里。晚上命军卒把床放在中堂。驿站里的人上前禀报。说：“这个堂里有怪事，夜里总要听到哭声，平常客人到这里没人敢住，都住到厅的西阁。”赵丰笑着说：“我岂是怕鬼的人吗？”他就毫不介意地住在堂上。

到了夜里，听到哭声从外而来，好像有人走向他的住室。赵丰说：“你是不是有冤想诉说？说了我为你伸冤，如不是就立刻离开。”听声音果然走了。停了一会儿又来了。来来回回，脚步轻而有声，他的侍从许多人都听到了。第二天赵丰把这事说给太守王中孚时，王中孚竟摇头不信。

这天晚上，赵丰从郡守的宴会上回来，酒意酣畅，尚未入睡，只是靠床小憩，忽见一个女子披头散发，立于面前，她对赵丰诉说了自己的身世遭遇：

“我是解通判女儿三娘，名叫莲奴。本是中原人氏。遭兵乱流落四川，在陕西的茶马司失了身。原来户部大人李家就住在这个馆里。李户部的女儿嫁给了郡守马大人的儿子马绍京，我陪嫁来到马家。不料姿貌好成了我的不幸，我被马少爷看中并为他占有了。李氏将此情况告诉了她父亲，李户部对我一顿乱杖之后，在我还没绝气之时，就挖大坑把我扔了进去，我已被埋三十年了。如果有幸，请将军可怜我，使我得以托生。”

赵丰感叹不已，对她说：“你死了这么久，许多官员天天在这里经过，为什么不早说？”

三娘说：“一时一刻我也没忘遗骸思葬这件事。只是中间有神负责守卫，不许外出。十年前我有机会夜出，向地神哭诉，他告诉我：‘以后有赵将军要来这里，是你获得伸冤之时。’因此我日夜盼望将军来到，已经十年，所以敢向您提出请救。”

赵丰说：“如真是这样，我当然要记着这事。”三娘拜谢而去。赵丰派人跟着察看，三娘到堂外墙下不见了。

第二天，赵丰请来了和尚，诵佛经，作荐事，为三娘超度。事后遂即出发，到达潼川的东关县，晚上住在县的驿站。解三娘又来到赵丰面前。她容貌娇美，散发已梳成高髻。赵丰问她：“我已经为你做了佛事，为什么还跟着我？”三娘答道：“将军对我的恩赐固然很大了，但白骨还在堂外墙下，不是将军谁能把它发出来！”

赵丰感到为难，对三娘说：“我巡察为客在外，又离开了你那个地方，怎么为你出力。为什么不去找郡守王郎中？”

三娘说：“我知道应该去找王郎中，但郡府设有戟门，神明守护，岂容我随便出入！而我冤枉不靠王郎中不能办理，不是将军出面办理，我又怎能见到王郎中！我骨不发出，就不能得生，我出骨获生，全在将军一句通融的话了。”

赵丰又答应了她。又将此事写信派一个仆人送给了王郡守。王郡守查找当时李户部埋三娘时所用的役卒，只找到了一个叫谭咏的人，就委托潭咏去发三娘遗骨。

谭咏领了十来个兵丁，来到堂前墙下发土寻找，找了两天也没有找到地方。他只好找了一个巫婆请教。

那巫婆自称圣婆。她口中发出鬼的声音，喊着谭咏，指责他说："当时是你亲手埋了我，会真的忘了地方吗？现在你发土的地方就是，只是还有点浅。当时把我推倒以后，上边盖了木床。如今木板还在，骨就在板的下边。顶骨在最下边，千万为我取出来，没有顶骨我不能再生。"谭咏听了，惊怖伏俯于地谢罪。

第二天，果然找到了尸骨。王郎中把它迁葬到高原上。这时，当初占有三娘的马绍京已从渠州邻水县（今四川渠县）的县尉调往普州（今四川安岳县）任推官。梦中见到解三娘来说以往的事情。马绍京旋即就死去了。

关寿卿最初为官赴任时在这个驿馆住过，曾为此事作过记。

马绍京在渠州作县尉时，渠州县太守是虞并甫。

梦药方

虞并甫绍兴二十八年自渠州守被召至临安，憩北郭外接待院。因道中冒暑得疾，泄痢连月。

重九日，梦至一处，类神仙居。一人被服如仙官，延之坐。视壁间有韵语药方一纸，读之数过，其词曰：

暑毒在脾，湿气连脚。

不泄则痢，不痢而虐。

独炼雄黄，蒸面和药。

甘草作汤，服之安乐。

别作治疗，医家大错。

梦回尚能记，即录之。盖治暑泄方也。如方服之，遂愈。

【译文】渠州（今四川渠县）太守虞允文，字并甫，绍兴二十八年（1158）被调往临安（今浙江杭州），住在城北门外的接待院。因为路上中暑得了病，几个月一直泄痢。

九月九日重阳节，他做梦到了一个地方，像仙宫一样。一个人穿戴也像仙人，把他请到室内坐下。虞并甫看到墙上贴着一张有韵脚的药方，连看读了几遍，那药方写着：

暑热之毒侵入脾，湿气下行连着脚。

如若不泄则转痢，如若不痢则转虐。

单味独炼需雄黄，配以蒸面和为药。

加之甘草为汤羹，服之以后得安乐。

别做治疗徒枉功，实乃医家之大错。

一梦醒来，虞并甫对此药方还记得清楚。随即记录下来，原来这是治暑泄的妙方。他如方配药，服后病就好了。

孟蜀宫人

陈甲字元父，仙井仁寿人，为成都守李西美馆客，舍于治事堂东偏之双竹斋。

绍兴二十一年四月，西美浣花回，得疾。旬日间，甲已寝，闻堂上妇人语笑声，即起，映门窥观，有女子十余，皆韶艾好容色，而衣服结束颇与世俗异。或坐或立或步厅中，甲犹疑其为帅家人，以主人翁病辄出，但怪其多也。

顷之一人曰："中夜无以为乐，盍赋诗乎！"即口占曰："晚雨廉纤梅子黄，晚云卷雨月侵廊。树荫把酒不成饮，识著无情更断肠。"一人应声答之曰："旧时衣服尽云霞，不到迎仙不是家。今日楼台浑不识，只因古木记宣华。"余人方缀思，甲味其诗语，不类人，方悟为鬼物，忽寂无所见。

后以语蜀郡父老，皆云："王氏有国时，尝造宣华殿于摩诃池上，名见于《五代史》，孟氏因之。今郡堂乃其故址，赋诗之鬼，盖宫妾云。"

西美病遂不起。

旧蜀郡日晡不击鼓，击之则闻妇人哭声，数十为群者。相传孟氏尝用晡时杀宫人，以鼓声为节，故鬼闻之辄哭。

承宣使以钤辖摄帅事，为文祭之，命击鼓如仪，哭亦止，后复罢云。甲以绍兴三十年登乙科。

【译文】陈甲，字元父，仙井仁寿（今四川仁寿）人。他是成都太守李西美的馆客，住在治事堂东边的双竹斋。

宋高宗绍兴二十一年（1151）四月，太守李西美参加成都最热闹的浣花溪的宴游回来得了病。在他得病十天左右，一天晚上陈甲已经睡了，听堂上有妇人笑语喧哗，他就起来照着门偷偷窥视，是有十几个年轻女子，个个娟美艳丽、容色动人，而衣服穿戴却和世俗不大一样。她们有的坐，有的站，有的在庭中踱步。陈甲还以为是李家的侍婢，因李西美病，没差事，她们都出来了，但怎么出来这么多人呢？他又感到奇怪。

不一会儿，听一个妇女说："深夜没什么好玩的，何不作诗。"接着她就占诗一首："晚风细雨梅子已经变质，晚云带雨月色映照画廊。树荫下把酒难以成饮，但做了无情物更叫人断肠。”另一妇也应声作了一首：“旧时衣裳满身云霞，不到瑶池仙境不以为家。今日楼台叫人浑然难认，这古木朽株都不忘宣华。”其他的妇女还在思索，陈甲品味这诗句悲凉不像人的作品，才想到她们是鬼，忽然一切都寂然不见了。

陈甲将此事说给府衙的一些父老，他们都说：“五代王建在这里建立前蜀，称帝时，曾在这摩诃池上建造宣华殿。后蜀孟知祥沿袭了王建，如今这郡堂就是他们宫殿的故址。赋诗的鬼都是他们的宫妾。”

李西美的病也就没有好起来。

按旧规矩蜀郡（成都）到日晚不许击鼓，如击鼓就会听到妇女哭声，而且是几十人的群体在哭。相传后蜀孟知祥曾在晚上杀宫女，并在杀人时以鼓声为节奏，所以鬼晚上听到鼓声就哭。

郡府军事长官兵马钤辖承宣使孙渥，为这些无辜被杀的冤魂写了祭文，命令按礼仪击鼓，以后就不再有哭声了。陈甲绍兴三十年（1160）成为乙科进士。

鱼腹佛头

资州人何慈妻范氏，事佛甚谨。家尝烹鱼，已刳腹，见脂裹一物极坚韧，剖之，乃二佛头也。其家断木为全体以承之，至今供奉。

慈以宣和甲辰登科后为开州守。（八事皆虞并甫说，范氏其表姊也）

【译文】何慈，资州（今四川资中县北）人，他妻子范氏敬佛十分虔诚。有一次家里烹鱼，切开鱼腹，鱼肉里裹着一件东西，极为坚硬。剖开以后原来是两个佛头。何家就用木头刻了两个佛身，把佛头按上，到现在还供奉着。

何慈在宋徽宣和甲辰（1124）考中进士，以后到开州（今四川开县）当了太守。

徐国华

建安人徐国华，宣和中入太学，梦登高楼上，楼悬大钟，有金甲伟人立钟旁，视徐击钟而言曰："二十七甲。"再击云："官不过员外。"三击云："系七科。"

徐悟而言曰："行必取科甲，官至员外郎，足矣。"因记于牍中。但不能晓"七科二十七甲"之说。

靖康丙午，胡骑攻城，庠序诸生多被脚气死，徐亦以是疾终。乡人董纵矩欲葬之东城墓园，而垣中列兆已无余地，乃与后死者皆瘗于垣外。董以标揭识其处，正居第二十七行之第七穴。归啃其父，因出其手书，则梦中神告无少差者。（邵德升说）

【译文】建安（今福建建瓯）人徐国华，在宋徽宗宣和时期进入最高学府太学为生员。梦见自己登上了一座高楼。楼上悬着一口大钟，钟旁边站着一个身穿金甲的人，身材高大。那人看着徐国华，敲了一下大钟，说："二十七甲"；又敲了一下钟说："官不过员外。"第三次敲钟说："属于第七科。"

徐国华醒来后，回忆梦境，以为吉兆，他说："这一生能够取科甲当进士，官能做到朝中的员外郎，也不错了。"因而他把梦中金甲人所说的话都记在本子上，但就是不知道那"七科""二十七甲"是什么意思。

靖康丙午（1126）金兵攻城，学府众生员不少人因患脚气而死，徐国华也因这种病丧了性命。同乡生员董纵矩本想把他埋葬到东城的墓园之中，但墙里边各个墓域都已没有余地，就把徐国华和后来的死者一起都埋到墙外（垣外，谐音'员外'——译者）了。董生列了标识，以便记住徐国华的墓所，发现他的墓正好排在第二十七行的第七穴。董生回到老家向徐国华的父亲吊唁，出示了徐国华的那些手记，正和他梦中神谕的"垣外七科二十七甲"话吻合，没有少许差别。

清辉亭

广西昭州，最为疠毒之地，而山水颇清婉。郡圃有亭名"天绘"，建炎中，郡守李丕以与金国年号同，欲更之，乞名于寓公徐师川，久而未得。有范滋者为易曰"清辉"，已揭榜。

徐谒李，同坐亭上。少焉，策杖于四隅，视积壤中有片石，斑斑如文字然。命取而涤之，乃丘睿所作记，其略云："予择胜得此亭，名曰天绘，取其景物自然也。后某年月日，当有俗子易名'清辉'者，可为一笑。"

考范生初命名之日，不少差。

【**译文**】广西昭州（今平乐），是烟瘴疠毒多发的地方，但山水景色颇为清秀婉丽。郡府的园圃中有一个亭子，名字叫“天绘亭”宋高宗建炎年间，郡太守李丕，因为这亭名字和金国太宗年号“天会”同音，想把它改换个名字，曾向住闲的遗老叫徐师川的求名，好长时间没有构思满意。过程中，有个叫范滋的给亭子改了一个大名叫“清辉”，这名字被采用并已发榜公布。

徐师川拜访郡守李丕，他们在亭上坐了一小会儿，便拄着拐杖到四周转悠，发现积土之中有一片石头，石面斑班剥剥，好像是文字，就命人把石头洗净，原来是建亭人丘睿所作的碑文，其大概意思说：我选择胜地建得这个亭子，名叫：“天绘”是取这里景物自然。后某年某月某日，会有俗水可耐之人把它的名字改为“清辉”，实在可笑。

查范滋为此亭改名的日期，正好与碑文上说的相符，一点不差。

巴蕉精

兴化人陈忱，崇宁中以上书得罪，送德安府学自讼。斋与郡士刘、李二生同榻，李在内陈居中，刘最处外。

一夕，刘觉体畔甚热，见一物如茜被包裹卧其旁，大惊，明夜先二人未寝，径趋床内与李易住。李所睹亦然，皆不敢言，至夜争据便处。陈曰：“岂有所畏也，我请尝之。”

既寝，闻户外叹息声，若欲入而不敢者。他夕，陈先就枕，刘奏厕方来，不得已复居外，见如前时，始以实告陈，陈奋然以身挡之。复闻有声，即大呼而去，其物踉跄越窗外，至巴蕉丛而灭。

明日，尽伐去蕉，又穿地丈余，无所得，自是怪遂绝。咸以为巴蕉精云。

【译文】兴化（今江苏兴化县）人陈忱，崇宁中（宋徽宗时期）因为上书当朝招来罪过，被送到德安府（今湖北安陆县）进府学反省。在卧室与府中学士刘、李二人同住一床。李在床里，陈忱居中，刘生睡在最外边。

一天晚上，刘生觉着身体旁边很热，扭头一看，是一个东西像茜草一样满体通红，用包裹着睡在他身旁，他惊惧万分。第二天晚上，他先于二人，提前睡到床里，与李互换了位置。其实李生昨夜也看到了那个怪物，二人都不敢说。到晚上睡时，两人急着睡里边的位置，谁也不肯睡在床边。陈忱说："难道有什么可怕的吗？我来试试。"

他们睡下之后，听到户外有叹息声，好像想进而又不敢进的意思。又一天晚上，陈忱已经先睡，刘生入厕晚来，不得又睡在了外边，又是那物登床共卧，他才把自己害怕的原因对陈忱以实相告。陈忱自告奋勇，自己挡在外边。当听到又有声音时，陈忱大喝一声，追了出来。那东西踉踉跄跄，越穿而逃，到外边巴蕉丛处不见了。

到了明天，他们把巴蕉尽行砍掉，又挖地一丈多深，毫无所得，但从此怪也不再出现。都怀疑那东西是巴蕉精。

姚仲四鬼

姚仲，始为吴玠军大将。尝与敌人战，小衄，吴欲诛之。

仲曰："以裨将四人引军先退，故败。"吴召四将斩之而释仲。

后数岁仲领兵宿山驿，见四无首人，皆长二尺许，揖于庭曰：我辈败事当死，然公不言则可全。今皆死，故来索命。"

仲曰："向者奔北，我自应以军法行诛，既屈意相贷，而少师见责，我若不自明，则代汝曹死矣。"

四人曰："当时之退，当择一人先遁者足以塞责，何至是？"仲无以对，四鬼渐喧勃欲上，忽有白发老人出于地，亦长二尺余，诘之曰："汝等败军，伏法乃其分，安得复诉！"叱去之，应声而没，老人亦不见。

人以是知仲之必贵。又十年，以节度使都统兴元军。（路彬直夫说）

【译文】吴玠军队里有一员大将叫姚仲，一次在和敌军作战时受到小挫，吴玠想要杀他，姚仲说："这是因为四个副将领兵先退，才遭到这次败绩。"吴玠就将四将召来杀掉，而释放了姚仲。

几年后姚仲领兵驻宿在山中驿站，看见四个身长二尺左右的无头人，在庭前向姚仲拱手，说："我们打败仗应该死，但是，你如果不讲就可以保全，而今全都死了，故此前来索命。"姚仲对他们说："那时候你们败北而逃，我自己就应该对你等以军法处死。我已经违意饶了你们。而少师将军责怪，不说明真实情况，我就要代替你等死了！"

那四个人说："对当时的退兵，你如选择先退的一个人足可以搪塞过去，何至于此！"姚仲一时无法回答。四鬼进而喧闹、愤怒，想上前动手。忽然从地下出来一个白须老人，也是身长二尺多，质问那四个无头鬼："尔等败军之将，伏法乃理所应得，还有什么可说！”喝令他们退下，四个鬼应声泯灭，而白须老人也随之不见。

人们因此知道姚仲必是大贵之人。过了十年，姚仲升节度使，成为兴元地区掌管军政大权的都统。

陈茂林梦

福州长乐士人陈茂林，梦至大殿下与数十人班谒，笏记云：官职初临，朝仪未熟。既寤，谓必登第为龙首，谒至尊也。遂更名梦兆。

绍兴十七年为解头赴鹿鸣宴，与同荐送者谒大成殿。旧例以年齿最高者为首，陈不可，曰：吾为举首，应率先多士，众莫与之争。

既焚香，当再拜礼毕，陈误下三拜。有闻其梦者笑曰：“此所谓‘官职初临，朝仪未熟’也。”

陈亦惘然，以为已应梦。果不第。（林之奇少颖说）

【译文】福州长乐秀才陈茂林，梦中来到一大殿下，与几十个人一起朝班拜谒皇上，他朝拜的笏板上写着：“官职初临，朝仪未熟”几个字。醒后他认为这个梦预示着自己必然皇榜高中，朝拜圣上。因此改名为梦兆。

绍兴十七年（1147）陈茂林为省试第一名解元，赴州府为新中举人举办的“鹿鸣宴”，他和其他中举的同年，一同去拜谒孔庙的大成殿。按以往惯例是以年龄最大的为首，陈梦林不以为然，他说：“我是举人的头名，应该领先。”其他众多的举子也就不和他争辩了。

焚香之后，应当再拜一次就礼成了，而陈梦林再拜之后又拜，错误地下了三拜。这时听过他那梦的人笑了，说："这就是你梦中所谓的'官职刚将临近，朝拜仪式未熟'呀！"

陈梦林感到茫然，想着梦中预言已经验应了。以后殿试，果然未中。

张德昭

建阳人张德昭，老于进士，以特恩补官。

得伤寒疾，为黄衣人持符逮去，至幽府，抗声庭下曰："追到建州张德昭。"主者怒曰："命尔追某州孔昭德，今误，何也！"使吏治其罪，命张还。

张恳曰："业儒白首矣，仅自得一官。今日获至此，欲一知寿禄几何，幸哀许之。"主者曰："天机理不容泄，寿数难言也。"又拜乞官禄所至，则沉思移时，如阅籍者，曰："位至作邑。"

张遂出，逢一婢子于途，问所以来，曰："到此已数日，家中并无恙。"乃前行，抵深谷边，足跌而寤。问其家始知此婢相继死，才一日耳。张益愈，访刘彦冲子翚于崇安山中，以事告，曰："老矣，讵复荣望！今下摄丞簿尉，果若所言，得宰一邑犹须十年间，□自喜也。

是岁，调补汀之清流尉，至官逾岁，会县令罢去，暂摄其治。遂亡。距入冥时仅三年。（刘共甫说）

【译文】福建建阳人张德昭，年轻时就应科举，如今已经老了，仍然未考中进士，因而受到特别恩典，等待后补做官。

张德昭得了伤寒病，被拿着符命的黄衣人逮走，到了阴曹地府，那黄衣人在庭下高声复命：“建州张德昭追到！”堂上主管勃然大怒，“命令你追某州孔昭德，你为什么搞错！”就把那黄衣人交付公差治罪，这边就命张德昭仍然回阳间。

张德昭向那主管恳求说：“我以儒学为业勤读一生，现在已经白了头，仅希望能得一官，如今有幸来到您这里，想知道我的寿禄能有多少，希望有幸能得到您的同情许喏。”主管说：“天机不可泄露，寿数不大好说。”张德昭再三拜谢，又问官禄能到何处。主管沉思少时，好像翻阅了典簿，说：“官职，可以到县令。”

张德昭出来，在路上碰着他家的女婢，问她从何而来，女婢告诉他：到此已经几天，家中一切安然。他继续往前走，来到一个深沟边上，一失足跌了下去，猛然惊醒。问他的家人，知道那婢女和他相继而死，才有一天时间。他病情日益痊愈，就到崇安山中拜访了著名的理学家、文学家刘子翚，把梦中之事相告。他说：“老了，还能有什么荣华，希望能当个县丞、主簿或县尉这样的佐辅官、如果真像梦中所说，能当一县主宰，犹须十年时间，也值得自己高兴了。”

这年，张德昭分配到福建汀州，补了清流县县尉，至官一年，遇到县令罢官而去，他暂代县令执政，不久死去。这离他到阴府时只有三年。

峡山松

广州清远县之东峡山寺，山川盘纡，林木茂盛，有古飞来殿，殿西南十步许，大松傍崖而生，婆娑偃盖。

大观元年十月，南昌人皇城使钱师愈罢广府兵官北还，舣舟寺下，从者斧松根取脂照夜。明年殿直钱吉老自广如连州，过寺，梦一叟鬓须皤然，面有愁色，曰："吾居此三百年，不幸值公之宗人不能戢从者，至斧吾膝以代烛，使我至今血流，公能为白方丈老师，出毫发力补治，庶几盲风发作，无动摇之患，得终天年，为赐大矣。"吉老问其姓氏及所居，曰："吾非圆首方足，乃植物中含灵性者。飞来之西南，即所处也，幸无忘。"

吉老觉，疑其松也。以神异彰灼，须寺启关将入告。时晓钟未鸣，复甘寝，至明，则舟人解綍已数里，怅然不能忘，过浛光，以语令建安彭球。政和二年，球解官如广府。过寺，即以吉老言访之，果见巨松，去根盈尺，皮肤伤剥，膏液流注不止，盖七年矣。乃白主僧，和土以补之，围大竹护其外。

曲江人人胡愈作《松梦记》述其事。予尝往来是寺，松至今犹存。

【译文】广州清远县东边有个寺名叫峡山寺，寺处山川盘绕，林木茂盛，古老知名的飞来殿就在这里。飞来殿西南十多步，有一棵大松树，树靠着山崖而生，枝叶茂密，婆娑掩盖。

宋徽宗大观元年（1107）十月，南昌人朝中大使钱师愈，被免去广州府兵官职务后，在北上回京的路上停舟寺下，他的侍从用斧头砍破松树，取松油照明。第二年又逢着钱吉老自广州去连州（今广东连县），路过峡山寺，夜里梦着一个老者，银须银发，面有愁色，对钱吉老说："我在这里已住了三百年，不幸遇到您的同宗不能管束从人，以至用斧砍破我的膝盖，取油代灯，使我至今血流不止。先生如能替我向方丈老师说一下，以毫发之力给我补治，狂风大作之时我也就无动摇之患，得以安然度过天年。这样您对我的赐惠就很大了。”钱吉老问他的姓名和住处，那老者说：“我不是圆头方脚之辈，而是从有灵性的植物中飞来，这大殿的西南方向就是我的住处。先生不忘，就是我的大幸了。”

钱吉老醒来，想着可能就是那棵松树。想到这个梦如此神奇明白，需要在大殿开门的时候再进去告诉方丈。这时，庙里的晨钟尚未敲响，时间还早，于是就又酣然入睡了。到天明醒来时，船家已经解缆出发，驶到数里之外。钱吉老怅然不乐，难忘老者之托。车船过浛光镇（今广东英德）时，把此事交给了县令建安（今福建建瓯县南）人彭球。宋徽宗政和二年（1112）彭球解职回广州，路过峡山寺时，按吉老所说往访，果见那棵巨松在离地一尺左右的地方，树皮剥落，旁液渗流不止，已经七年了。他就对主持老僧说了此事，僧人和土补上，外边又用大竹圈上保护。

曲江（今属广东）人胡愈有《松梦记》篇，记述了这个故事。我也曾经来峡山寺，那大松到如今还在。

卷第十八（十六事）

杨靖偿冤

临安人杨靖者，始以衙校部花石至京师，得事童贯。积官武功大夫，为州都监。将满秩，制造螺钿火柜三合，穷极精巧，买土人陈六舟，令其子十一郎赍入京，以一供禁中，一献老蔡，一与贯，以营再任。子但以一进御，而货其二于相国寺，得钱数百千为游冶费，愆期不归。

靖望之久，乃解官北上，遇诸宿、泗间。子畏父责己，乃曰："所献物皆为陈六所卖，儿几不得免"。靖信之，至京呼陈六诘问，陈出语不逊，靖杖之，方三下，陈呼万岁，得释。还至舟谓其妻曰："杨大夫不能训厥子，反以其言罪我，我不能堪。"遂赴汴水死。

靖得州钤辖以归，都转运使王复领应奉局，辟靖兼干官，常留使院中。时宣和七年也。是岁四月某日，靖在签厅，有网船挽卒醉相殴，破鼻出血，突入漕台，纷纷间，靖矍然如有所睹，急趋入屏后，遂扑地。舁归家，即卧病，语言头绪，不食。

时临平镇有僧，能以秽迹法治鬼，与靖善，遣招之。至则见鬼曰："我梢工陈六也，顷年以非罪为杨大夫所杀，赴愬于东岳，岳帝命自持牒追逮，经年不得近。复还白，帝怒，立遣再来，云：'杨靖不至，汝无庸归！今又岁余矣。公门多神明，久见壅遏，前日数人被血入，土地辈皆惊避，乘间而进，乃得至此。"

僧谕之曰："汝他生与是人有冤，今世故杀汝。汝又复取偿，反复无穷，何时可已？吾令杨氏饭万僧，营大水陆斋荐谢汝，汝舍之如何？"

鬼拜而对曰："畴昔之来，苟闻和尚此语，欣然去矣。今已贻怒主者，惧不返命则冥冥之中，长无脱期。非得杨公不可也。

僧无策可出。视靖项下有锁，曰："事已尔，姑为启锁使之饱食，且理家事可乎？"鬼许诺，前拔锁，靖即起，如平常。然与僧才异处，则复昏困，数日死。

宿阳人吴兴举旧为杨仆，亲见靖病及其死亡。

【译文】临安人杨靖，起初当宦官童贯为徽宗搜罗珍宝时，以送府衙校部的花石纲进京，得到童贯的赏识和重用，换来了武功大夫的官衔，当了州里掌管军务的都监，当届期将满时，杨靖又制作了名贵的装饰工艺品螺钿火柜三合，工艺极精巧，买了当地人陈六的船，打发他的儿子十一郎送入京去，让一合送宫中，一合送太师蔡京，一合给童贯，以此经营再任。但他的儿子进京后，只把一合进献皇宫，而把其余两合拿到相国寺，卖了几千吊钱，作为狎妓游宴用，拖延很久没有回来。

杨靖盼了好长时间，只好辞官北上，进京找他，结果在江苏的泗阳县和宿迁县之间遇到了他。十一郎害怕父亲责备自己，编造假话说："所献的东西都叫陈六卖了，儿差一点不能回来。"杨靖信以为真，赶到京城，找到陈六追问，陈六很恼火，也出言不逊，杨靖仗势，举杖就打，陈六高呼"万岁！"杨靖才打了三下就住手了。陈六回到船上，对他妻子说："杨大夫不能教训他的幼子，反以他的谎言来怪罪我，我不能忍受。"说罢就跑到汴河，跳水而死。

杨靖得到州钤辖的官位回来，都转运使王复，正任应奉局的主管，便委派杨靖兼任干官，常常留驻在转运使院中。此时是宋徽宗宣和七年（1125）。这年四月的一天，杨靖正在登记大厅里，有船工醉后打架，有人鼻子被打出血，突然跑进水运署台。在人来人往纷纷喧闹中，杨靖突然好像看见了什么，急忙奔向屏风后面，接着就倒在地上。把他抬到家里，从此卧病不起，语言混乱无章，不进饭食。

这时临平镇（即今浙江余杭临平镇）有一个和尚，与杨靖友好，会以秽迹法制鬼。就派人把他请来。鬼见到和尚对他说："我是梢公陈六。那年没有罪而被杨大夫所杀。我投诉于东岳大帝，岳帝命我自持牒文追捕他，一年了难以见到他。近来我向岳帝复命，岳帝大怒，派我立即再来，说：'拿不到杨靖，你也不用回来！'如今又一年了，杨大夫门前多神把守，久久被挡塞阻止。前日几个人带血进来，土地门军等都惊慌回避，我才乘机得以进来。"

和尚开导他说："你上辈子与他存有冤，所以今生他杀了你，你又再取报偿，如此无穷反复，何时可以了结？我可以叫杨家请来上万名僧人，设水。旱大道场，为你做荐事谢罪，你放了他如何？"

陈六鬼魂给和尚施礼，说："上次来时如果听到法师这样讲，我就高高兴兴地去了。如今已惹恼了岳主，如不回去复命，怕冥冥之中我长期难以解脱。因此，不得到杨大夫是万万不可的。"

和尚再也拿不出对策来。看杨靖颈下有锁，对陈六说："事已这样了，请你暂把锁打开，让他吃顿饱饭，并且把家事理理，可以吗？"陈六答应了，上前把锁开了。杨靖随即起来，和平常一样，但一离开和尚到别的地方，就又昏迷不醒。几天以后便死去。

富阳（今浙江富阳）人吴兴举，原来是杨家的仆人，亲眼看到杨靖得病和死去的情况。

杨公全梦父

杨公全，资州人，其父于政和癸巳卒，未葬。明年春，梦父归家。公全问何年当得贡，曰："有冥司主簿，正掌文籍，乃吾故旧，尝取簿阅之，汝三舍中无名，至科举始可了耳。"又云："汝知朝廷已行'五礼'否？"对曰："不知。"又杂询家事甚悉。语毕，其去如飞。

是年八月始颁"五礼"新仪，士人父母未葬者。不许入学。公全悟父言，是冬襄事，至丁酉岁升贡，谓梦不验，既而无所成。宣和辛丑，罢舍法，复行科举，乃以甲辰登科。

【译文】杨公全，资州（今四川资中北）人，他的父亲于宋徽宗政和癸巳（1113）死去，尚未埋葬。第二年春天他梦见父亲回来。他问父亲：自己哪年能够成为省推荐参加全国会考的贡生，他父亲说："阴司掌管文书的主簿是我的故旧，我曾取簿看过，你在太学内舍、上舍、外舍这三舍之中成不了名堂，到科举才可以了此心愿。”父亲又问他：“朝廷已开始施行‘五礼’，你知道吗？”他回答：“不知道。”又杂七杂八问了家中一些事情，他父亲好像都很熟悉。说完话他父亲如飞地走了。

这年八月，朝廷颁布了“五礼”，“五礼”有一条新规定：读书人的父亲死而未葬者不许入学。他这才明白了父亲说的关于“五礼”的话。这年冬天，他就为父亲办了埋葬仪式。到丁酉年（1117）他升为贡生，他认为父亲梦中的话并不灵验。但接着好几年毫无所成，直到徽宗宣和辛丑（1121）废除从太学舍生中选拔人才的三合法，恢复科举，他才在三年以后的甲辰（1124）会试时，皇榜高中，得了进士。

赤土洞

资州城外三十里赤土培之侧有洞穴，相传深不可测。

普州人梁子英煮荣州盐井，数经从洞口。尝率同辈数人，具三日糗粮，持桦炬入焉。始入路绝暗，皆狐粪，蝙蝠纵横。过百余步地净如扫，石上钟乳下垂如珠缨状。度半日许，闻水碓声出于上，盖嘉陵江也。惧而亟出，终不能穷其源云。

【译文】资州（今四川资中县北）城外三十里处红土堆旁边有一个洞穴。相传这个洞穴极深，无人可测。

普州（今四川安岳县）人梁子英，因在荣州盐井煮盐，多次从这洞口经过。他曾经带着几个同辈，准备了三天的干粮，以桦木作火炬。进到洞里。刚进去路极黑暗，蝙蝠纵横，遍地狐粪。向前走百余步后，地面就干净的像扫过一样，洞顶上面下垂的钟乳石形状像珠缨一般。走了半天，听到上边有像舂米一样的水碓声，原来这洞上边就是嘉陵江。人们恐惧不已，赶快出来，终于也没能穷极这洞穴到底源于何处。

席帽覆首

王龙光、字天宠，资州人。入京赴上舍试，过剑州梓潼县七曲山，谒英显武烈王庙，梦一人持榜，正面无姓名，纸背乃有之。又有持席帽蒙其首者，觉而喜，谓士人登第则戴席帽。是岁免省不逮，但补升内舍。次举当政和八年方登科，方悟纸背之说。

时方禁以龙、天、君、玉、王、主等为名字。唱第之日，面赐名“宠光”。头上加帽盖谓是云。

【译文】王龙光、字天宠，资州（今四川资中县）人。某年进京参加太学上舍生的考试，途中经过剑州梓潼县的七曲山，到文昌宫去拜谒主宰功命、禄位之神的文昌帝君时，他梦见一个人拿着考榜，榜正面没有姓名，背面却有。又有人拿着席制的帽子蒙在他的头上。醒来后他十分高兴，因为有文人考中登第有戴席帽的说法。但是这年太学上舍生不招人，他只补列太学中次一等的内舍，到政和八年（1118）才登第，这时他如梦初醒，明白了纸背有名字的意思了。

当时皇上刚刚明文禁止人们的名字中用龙、天、君、玉、王、主等字，因而在唱读登第名单时，他本名“龙光”而被赐名为“宠光”，“头上加帽”原来是这个意思。

林孝雍梦

林孝雍，字天和，明州人。政和七年贡入辟雍学，将试上舍。林少时尝预荐书，先应免解，或劝其先以免举试，如不利先则留今贡以待来年，林不听。同舍生杨公全扣问其故，林曰：“吾年甫二十蒙乡举，梦对策大廷，坐于西南隅，将出，有小黄门从吾求砚，心颇自负，以为必擢第。询诸筮人，筮人曰：君年四十八乃得官，今未也。”吾意殊不平。讫黜于春官。自是连蹇几三十年，今春秋四十七矣，当可觊幸，不为再战地也？”

是岁果中选，庭试出，又告公全曰：“试日正坐西南隅，小黄门乞砚，皆如梦中所睹。”三十年前梦，与卜者所言，无毫厘差。

【译文】林孝雍，字天和，明州（今浙江宁波）人，宋徽宗政和七年（1117），以省里的贡生进入中央最高学府太学的预备学校——辟雍，将参加太学最高一级的学生上舍生的考试。孝雍年轻时曾获得荐书可以免试，有人劝他先免举人的考试，如果不利的话可以将今年的入贡留待来年。林孝雍不听这个意见，于是来到了太学外舍。同为外舍生的杨公全问他为什么？他说：“我刚二十就中了举。当时梦见我参加了朝廷的‘廷试’。当时我是坐在西南角，廷试完毕将出来时，小宦官都向我求取墨砚，我很自信，以为必然要登第。我问了算命先生，算命先生说我四十八岁得官，如今不行。我思想上很不平静。但终于被吏部罢黜，连着近三十多年不走运。到如今已经四十七岁了，我能够希望侥幸而不努力争取吗！”

这年他果然中选，进入廷试，廷试出来时，他又告诉杨公全：“廷试时我正好坐在西南角，小太监也真向我求取墨砚，和梦中的情景一样。三十年前的梦和算命的占卜预言，竟然没有丝毫的差别。”

宋应辰

宣和六年，诸道贡士赴会试者几万人。以六侍从典贡举，其下参详点检官又六十员。有旨令令过试院外户，则亲书姓名，以防伪入者。

既合籍，凡六十一人，主司疑之，悉召考官会坐，一一数之，又审于监门，曰：“每一人至，必下马自书，何容有两名理！”及取历阅示，果多其一，曰“宋应辰”。验诸铨曹，云“中外无有此姓名”，始知神物所为。于是主司遍谕群公曰：“宋者国号，而名为应辰，必造化之中主张是者。考校之际不可不谨也。”

是岁登第者八百五人，为一代最盛之举。杨公全居前列，闻之于知举官王唐翁云。

【译文】宋徽宗宣和六年（1124），各路进京参加会试的贡生近万人。吏部从翰林院学士、殿阁学士等侍从官员中抽六人，担任试官，以下又有参与监考的点检有六十名。明文规定：这六十人经过试院大门，都要亲自写上姓名，以防有人冒充进入。

人过完后合计登记簿时，却是六十一人！主考官十分怀疑，把考官全部召来，一一点过，又检查了试院的大门，说：“每一个人来到，都必须下马，并且亲自签名，怎么会有两名的道理！”等到把簿本取来，本上果然是多了一个，这多出的名字叫宋应辰。接着查吏部各司，都说：各司并无此人，才猛然醒悟到，这是神人所为。于是主考官就晓谕所有的考官，他说：“多了一个宋应辰，宋者国号也。名为应辰，而应了今年为申辰年，天神监察这次会考，大家监考管理之中不可不谨慎从事呀！”

这一年考试中第的有八百零五人，成为这一时期最大的盛举。杨公全在这次考试中名列前茅。这故事是他从考官王唐翁那里听到的。

资州鹤

资中衙校何氏，有弟好弋射，日持弩挟弹往山中，目之所见，无得免者。尝荫大木下，望其颠红鹤巢甚大，数雏啾啾然。已而其母归，方憩枝上，衔食向巢立，何生彍弩射之，中其腹，势且坠，犹忍死引颈吐哺饲其子。乃坠地，何虽无赖，亦为之恻然，即折弃弓矢，不复射。（六事皆杨公全说）

【译文】四川资中县衙校尉何某，有一个弟弟喜爱射猎。每日拿着弓弹到山中，凡是被他见到的禽兽没有可以幸免的。有次他隐藏在大树下边，看到树顶上有一个很大的红鹤巢，巢里有几只雏鹤啾啾地叫着，一会儿，母鹤飞回来，嘴里衔着食物，刚刚站在巢边的树枝上，何生满弓劲射，射中母鹤腹，眼看就要掉下来时，它仍然忍着死伸着脖子吐哺，喂它的孩子，之后它就跌落下来。何生虽然无赖，这种情景也使他产生了恻隐之心，当即折弓弃矢，以后不再射猎了。

乘氏疑狱

兴仁府乘氏县豪家傅氏子，岁贩罗绮于棣州，因与一倡狎。累年矣，妪独不乐，禁止之。倡忿怨自绞死，傅子不知也。

一旦，遇之于乘氏，曰："我为养母所虐，不可活，讼于官得为良人，脱身来相就，君能纳我乎？"傅子喜，虑妻妒不容，为筑室于外。

明年，复往棣州，寻旧游息耗，闻其死，甚骇。然牵于爱，溺于色，迷不省。口语籍籍，妻始得之，惧其夫以鬼死也。

傅有弟颇壮勇，与嫂谋，刻日欲杀之。先具酒肴，使夜饮而伺于外。傅坐室中东偏，妇人居西。坐已定，弟挟刀往趋西边，且至，手误触灯灭。暗中剚刃而出，暨烛至，则傅子流血洞腋死矣，妇人无所见。

县捕两人下狱，劾以杀夫及兄。且鞫奸状，期年不得情。

使信孺（古）与诸傅往来，亲见其事。府以为疑狱，上诸朝，时宣和七年矣。会京师多故，不暇报，竟不知为何也。（任信孺说）

【译文】兴仁府乘氏县（今山东菏泽）有一姓傅的富豪之家。这家有个儿子因做丝绸生意到了棣州（今山东惠民），与一妓女嫖宿，已经一年。娼家老鸨不高兴此事，禁止他们往来。这个妓女忽然上吊自杀，那位傅家少爷已经回到乘氏县不知道发生了这件事。

一日，傅少爷在乘氏县碰到了那位妓女，妓女对他说："我受养母虐待，不能生存，经打官司判我从良，因此脱身来投靠你，你能收我吗？"傅子当然很高兴，但怕妻子醋意难容，就给她在外又找了房子。

第二年傅少爷又到了棣州，访寻故旧，得到他们的相好已死过的消息。他很害怕，但又耽于爱溺和色迷，久不醒悟，说话语无伦次。他妻子才知道了这件事情，怕她丈夫被鬼缠死了。

傅少爷还有个弟弟，壮而且勇，他们叔嫂密谋定计：即日就要将那女鬼杀死。当晚买肉沽酒，在傅与妓女夜饮时他们暗伏于外边。他们看到傅坐室内靠东，那妇人居西，刚已坐定，傅的弟弟就持刀直奔西边，就要到那妇人跟前了，不小心误将灯碰灭。他照着认定的方向刺了一刀之后出来，及至灯到，则看见那傅少爷腋下一洞，流血而死，那妇人却已经不见。

县衙把嫂弟二人入狱，判定为杀兄、杀夫罪，推测是叔嫂通奸，审问一年时间也弄不清楚。

任信孺与傅家有往来，此事为他亲眼目睹。后县府将此事作为疑案，于宣和七年（1125）上报朝中，因京师有变，金兵来犯，无暇顾及此事，结果便不知如何了。

邵昱水厄

邵昱，徐州沛人，从其妇翁任信孺居衢州，绍兴丁卯，张巨山舍人为郡，端午日兢渡，舟舫甚盛。郡人争往浮石寺前浮桥上观。昱先与数友人入寺，既而独还，行至桥半道铁缆中断，船皆漂流，桥板片片分拆，在前者数百人尽溺。昱已坠水，觉有物承其足，故项以上不沉。眼界恍惚，见同溺人乍出乍没，其形已变。或蟹首人身，或人首鱼身，或如江豚龟鳖状。桥柱下数大神，皆可长三丈，执钺立。又两大神从云端下，其一亦蟹首，一如鬼，神空中语曰："三百人逐一点过。"顾昱曰："汝是姓邵人，不合死。"掖而掷之破船上，仅得达岸。既归，不敢语人。

明年，同任公如明州，过余姚之象亭待潮，乃东登亭上观题壁。有从后呼者曰："君不易过得去年水厄，非素积阴德，何以致此！"昱回顾乃一道人，甚颀伟，著白苎衫，色漆黑。昱曰："先生岂非同脱此厄乎？何以知我？"其人不答，乃曰："岁在癸酉，君当有重灾，宜百事谨畏，或再相见，可免也。"昱识其异人，即下拜，才起，道人已在平地，其行如飞。长髯飘飘，下拂腰股间，遂不见。

昱常惧不得免，兢兢自持。至癸酉岁，梦数卒荷轿至。邀入府，如张巨山平生时。行约十数里，天气阴阴如欲雪。至一大城有市井，遂舁之入。昱觉非衢州，又忆巨山已谢世，自意其死，甚惨沮。行至廷下，殿上垂帘，闻二人相对语。追者与俱至廊下，一吏持薄书入白，闻主者责怒曰："何得妄追人？"一人曰："韩君已得旨了。"吏复下，捧杯水欲噀昱面，傍人止之曰："不可，如是，将出手不得。"吏无计，遂遣追者送昱回。

轿行至深岸，前者足跌，惊寤，已鸡唱矣。道人不复再见，昱亦无他。

【译文】邹昱，徐州沛县（今属江苏）人。跟着他的岳父任信孺住在衢州。宋高宗绍兴丁卯年（1117）曾任朝中舍人的张巨山为郡守。在端阳节那天，赛船是这里的一大盛事。郡人都争着到浮山寺前面的浮桥上观看。邵昱开始与几个朋友进到寺里，不久自己一个人又回来。当他走到浮桥的一半，悬浮桥的铁缆断了，船到处漂流，桥板被裂成碎片，走在前面的几百人尽行落水。邵昱也掉进水里，但觉着有东西在托着他的脚，所以他自脖子以上没有被水淹着。他眼前一片模糊，看见和自己一块落水的人时出时没，人已经变形：有的蟹头人身；有的人首鱼身，有的像江豚龟鳖。桥柱下有几个大神，身高三丈，手执大斧站着。又有两大神自云端而下，一个也是蟹首，另一个貌如鬼。神在空中说："三百人都挨个点过了。"他们对邵昱说："你是邵姓人，这次不该死。"拽着把他扔到了破船之上，邵昱才因此而上了岸。回来后他没敢给别人说。

第二年，邵昱同任信孺去明州（今浙江宁波），路过余姚（今属宁波）的象亭。等待涨潮，他就登上东边的亭子观看壁上的题字，听到后边有人给他说话："先生能够躲过去年的水灾实在是不容易呀，如果不是积了阴德这是不可能的。"邵昱回头一看原来是一个道人，身体高大，白麻衫已穿的漆黑。邵昱说："先生莫非也是从那次灾难中逃出来的吗？不然怎么会知道我！"那道人没有直接回答，却说："癸酉之年，君有大难，百事谨慎，再见可免。"邵昱知道自己遇到了奇人，赶快下拜，及至起来，道人已离开亭子到了下边平地上。那道人步行如飞，飘飘长髯，下垂到腰股之间，转眼人已不见。

想到自己难以摆脱厄运，邵昱常常感到恐惧。战战兢兢，慎行自守。到了癸酉年，有一天梦见几个小兵抬着轿子，把他请到一家府邸，好像张巨山平生那样。又走了十多里，阴霾蔽空，好像要下雪的样子。轿子来到一座大城市，市井俨然，人们把他推了进去。邵昱感到这里不像衢州。想他张巨山已经逝世，意识到自己已经死了，情绪甚为沮丧。来到亭下，看殿上竹帘下垂，帘内有二人对话。把邵昱追来的人也候在廊下。另有一个官吏拿着一个簿子进去报告，这时听上边主人怒斥的声音："为什么乱追人？"另一个说："韩君已得旨了。"拿簿子的官这时下来，捧了杯水想照邵昱脸上喷去，另一人止住了他："不能这样，这将出不得手了。"那官吏没有办法，就又叫原来追邵昱的人把他重新送回。

邵昱坐的轿子来到沟边，前边轿夫失足跌倒，邵昱忽然惊醒。这时雄鸡高唱，天色已明。以后那道人也没再来，邵昱也平安无事了。

李舒长仆

福州宁德人李舒长，字季长。政和初，偕乡里五人补试京师，共雇一仆，曰陈四。仆愿而朴，多迟钝不及事，四人者日日诃责，唯李不然，且时与酒钱慰恤之。

既至京，四人皆中春选，李独遭黜，及秋，始入学，而仆谢去。

又二年，李谒告至保康门内，闻有再呼李十一秘校者，回顾，则陈四也。邀李至食肆食毕，李亟欲去，陈问故，李曰："比日窘索，谋鬻少物耳。"陈遗以银一笏，曰："姑用之，不必外求也。”

越数日，又遇于马行市中，邀饮于庄楼，告李曰：“观郎之分不应登第，若学道当有所得。”李曰：“我不远数千里游学，须得一官，归为父母荣，何谓学道？且汝仆隶也，何从知之？”陈曰：“自前岁别后，随一道人给薪水。道人携我入崆峒山，授以要法，且使我物色求人，我告以公平生所为，颇有意。今能同一往否？”因口授养生旨诀，皆简易径妙。然李卒不肯从，复出银一笏与之，遂去，绝不再睹。

李自是亦无意于世，以表兄余承相恩补官，隐居不仕。尝游县之支提山，谒天冠千佛，行深山中，奏溷无水盥手，方折草挼莎，一人在旁，持铜盘盛水以奉之，又执布巾以进。见其手青色，面亦然，不觉顾之笑。青面者亦笑，已而隐不见，盖山灵所为也。

【译文】李舒长，字季长，是福州宁德（今属福建）人。徽宗政和初年偕同乡里一共五人到京城赴考，他们共雇了一个仆人叫陈四。陈四很高兴接受，而且人也质朴，就是比较迟钝，事情常常办得不好。那四个人天天斥责他，独有李舒长不是那样，并且还不断给陈四一些酒钱来安慰抚恤他。

到了京城以后，那四个都在春试中入选，而独有李舒长一人落榜，只到秋试时他才入学。这时陈四也拜谢而去。

过了两年，有一次李舒长请假来到保康门内，听到有人喊：“李十一秘校！”他回头一看原来是陈四。陈四请李舒长到饭店吃了饭，李急着要走，陈问他要干什么，李舒长说：“连日来手中钱紧，想找地方卖些东西。”陈四就给了他一锭银子，说：“你暂时用着，不必再去求别人了。”

几天以后，李长舒又在马行市里碰到陈四，他们相邀到酒楼上喝酒。陈四对李舒长说：“我看李先生分内不会登第，如果学道一定会有成就。”李舒长说：“我不远千里来京求学，必须得官而回，以使父母感到光荣，怎么说去学道！而且你一个仆役，怎么知道这些？”陈四告诉他：“自前年分别以后，一个道人雇用了我，我随道人进了崆峒山，他给我传授秘法，并让我物色找人。我把先生平生为人告诉了道人，他很有意，现在你能和我一同前往吗？”陈四并向李传授了养生旨诀，都简易洁妙。然而李舒长最终不肯从他。李四又取出一锭银子送给他，然后告别，以后再没相见。

李舒长自此也无意于世俗之争，又因为他表兄余丞相受恩补官而不赴任，他便以山水为乐。有次到县里的支提山拜谒天冠千佛，深山中便后没有水洗手，刚刚要折捋草叶，一个人就出现在他身旁，他手执铜盘，把盘里的水给他用，并送上了毛巾。李舒长见那人手是青色的，脸也是青色的，看着忍不住笑了，青面人也跟着笑，转瞬就隐而不见。原来这一切都是山灵所为。

余待制

福州余丞相贵盛时，家藏金多，率以银百铤为一窖，以土坚覆之，砖蒙其上。余公死，其子待制日章将买田，发其一窖，砖甓甃闭了，无少动，而白金乌有矣。

郡有巫，居进酒岭，能通神。往扣焉。巫曰：“公银本不失，但以徙土地祠宇，贻神之怒，故藏去耳。若能具牲酒谢过，且设醮作水陆，当可得。然须吾先往讲解之。许施银为香炉及币帛之属，后三日宜复来询可否也。”

余氏如期往，巫曰：“神许我矣，可归取之，然勿负约也。”既归，复掘地，则所窖宛然具在。始大叹息，即日赛神如巫言云。（李季长目睹）

【译文】福州余丞相家庭富豪兴旺时，有许多金银，大多以百锭银子为一窖，用土坚实地封住，上面再蒙上砖。余公死后，他的儿子为政府文官待制，家中日益发展，为了买地他们掘开了一个银窖，四壁砖瓦严闭没有一点动过的痕迹，而白金却不翼而飞。

此地住着一个巫师，住在进酒岭，可以通神。余待制就前往扣问，巫师告诉他说：“你的银子本来没有丢失，只因为你迁动了土地的庙宇，招来了神怒，所以给你藏了起来。如果能设置牲酒供香谢罪，并摆下水陆道场，做一番拜祭就可得到你的金子了，但须我先前往讲解一番，许给他以银作香炉以及一些财帛之类，是否可以你三天后可来听回音。”

三天后余待制按期前往询问，巫师说：“神已经答应我了，你回去可以取你的东西，但不可负约。”余待制回家后又一次把地掘开，他所窖的东西则完好无缺。他大为叹息，当天就按巫师所说，办了隆重的赛神祭典仪式。

天津丐者

王槐者，绍武人。赴调京师，过天津桥，遇丐者为人殴击甚苦。王问之，曰：“负钱五百，久不偿我。”王恻然，为以囊中钱代偿而去。

他日复至桥上，丐者探囊取一饼饷之，王恶其衣服垢腻，鼻涕垂颐，谢不取。他日又见，拉王访其家，乃委巷穷阎，败席障门，亦具酒果为礼，王复不食。

既得官南还，行汴堤上，大风雨作，跬步不可前。望道间小旗亭，亟下车少驻。主人出迎，审其貌，则向丐者也。相见良悦，酌杯酒以进。王念曩日污秽，终不肯饮。其人曰：天气苦寒，非酒无以御，公强为我酹此。”再三乞劝讫，不濡吻。其人殊怏怏，乃包果实数种为赠曰：“姑以是别。”王不忍重违，勉受之。上车数步，欲授其仆，觉甚重，启视之，桃、李、石榴皆黄金也。方怪为异人，大痛恨以手捣双目而哭。丐者又至，曰：“此自官人无仙骨耳。此去二十年当再访公，勿恨也。”指顾间，酒家与人皆不见。

后二十年，以饵丹砂，疽发背死。（三事皆朱汉章说。王尝为会稽倅，亲以事语朱公）

【译文】邵武县有一人名叫王槐，在求官往京师时路过天津桥。遇到一个乞丐被人殴打，痛苦不堪。王怀问为什么打人，回答是因为这乞丐欠了那人五百钱久不偿还。王怀动了恻隐之心，慨然解囊，代乞丐还了五百钱后走了。

又一天，还是在那个桥上，王怀与乞丐相遇，乞丐从怀中取出一个饼让王怀吃。王看那乞丐，满是污垢脏腻，鼻涕流到下颏，恶心还来不及，哪里还有一点食欲，于是称谢而去。几天之后两人又见了面，乞丐拉王到他家访问。那乞丐的家，穷街僻巷，破席作门。乞丐也备酒果招待，王槐仍然没有吃。

王槐得官以后回南方，走到汴堤上，风狂雨暴，一步也难行走。看到路旁有挂着小旗的亭子间，连忙下车稍驻，主人出迎，一看那相貌，原来是以往见过的那个乞丐。两人相见都喜出望外，乞丐忙备酒菜接风，王槐想起往日他那污秽的样子，连一杯酒也不喝。那乞丐说：“天气如此冷，非酒不能御寒，先生请勉强喝上这杯！”劝之再三，王槐始终没让滴酒沾唇。那人就有点怏怏不乐，就包了几种果子赠给他，说：“姑且以此作为分别留念吧！”王槐不忍过分违背主人好意，勉强接受了。上车走了几步，他想把这些东西给了仆人，但觉着分量很重，打开一看，那些桃、李、石榴全都是黄金，方才省悟到乞丐是个异人。他为自己不认识人而大为痛恨，用手捣着自己的两眼啼哭不止。此时那乞丐又来了，说：“这是官人你没有仙骨呀，今后二十年当再来访你，先生不要恼恨。”说话指顾之间，酒肆与乞丐忽而不见。

二十年后，王槐因误服丹砂，背上发疮死了。

赵良臣

赵良臣者，缙云人。绍兴十五年与同志肄业于巾子山之僧舍，去城十五里。薄晚还郡中，道间遇妇人，青衣而红裳，哭甚哀。问其故曰：“不容于后母，日夕箠楚，不能堪，求死未忍，故哭。”赵曰：“若是，可与我归乎？”妇人收泪许喏，即相随至家。谓其妻曰：“适过田间，见一女无所归，偶与偕来，吾家正乏使，可以婢妾蓄也。”妻亦柔顺，无妒志，使呼以入。赵氏素贫，室惟一榻，乃三人共寝。明日，复同盘以食。赵妻谓之曰：“吾夜扪汝体，殊冷峭，何也？”妇人不答，而意像惭恚，舍匕箸径出。赵责妻言之失，起自呼之。妻停食过，尽开户而视，不见其夫矣。乃告邻里相与求索，三日始得之于门外溪旁，半体在水中半体沙际，已死。同舍生共以其尸归，竟不晓何怪。或以为鱼蛟之精云。（朱熙载舜咨说）

【译文】赵良臣，缙云（今浙江缙云）人，绍兴十五年（1145），与同志在巾子山僧人房舍里读书。这里离城有十五里地。一日薄暮，赵良臣在回城的路上遇到一个妇人，黑衣红裙，哭声悲凉。赵良臣问她为何哭泣，她说："家有后母，不容于我，天天拷打，痛苦不堪。求死而又不忍，所以才哭。"赵良臣说："要是这样，能到我家去吗？"那妇人点头答应，止住了哭泣，随即跟着来到赵良臣家。赵对他妻子说："方才在田间遇到一个妇女，无家可归，偶然把她带回，我们家正缺少使人，可以把她当婢妾养起来。"赵妻性情柔顺，没有一点妒意，便让丈夫把她带进了家。赵家素来贫穷，家中只有一张床，夜晚就三人共寝。第二天又是三人同盘吃饭。吃饭时赵妻问那女人："昨晚我摸着你的身体，为什么那么冷？"妇人没有回答，但面露羞恼之色，便停下筷子出去了。赵良臣埋怨妻子失言，便起身去叫那女人。赵的妻子吃过饭，打开所有的门户都不见赵良臣，便告诉邻居到处寻找，找了三天才在门外的河里找到，赵良臣一半身体在水里，一半埋在沙中，人已死去。他的同学把他抬回家中，竟不知道这是何物作怪。有人以为是鱼蛟精之类。

贡院小胥

绍兴二十四年正月，沈太虚以吏部郎中为省试参详官。丁夜如厕，既还，书吏篝火先行，至直舍，忽惊扑地，灯即灭。沈大恐，疾声叫呼。院中人皆已寝，亟起相视，则守舍小胥已缢于梁间，足去地五六尺，盖非人力可至。

有仪鸾老兵曰："此鬼所为也，幸无害，"遽取数桌垒起，徐徐解缚，抉其口，以汤灌之，久而能言，曰："郎中读程文，夜过半。某与书吏假寐。有自外入青衣布袍如道人状者，语某曰：'何为在此'以首□两旁而去。已而此吏从郎中出户，某独坐，其人复来，曰："外间大有好处，无用兀坐也。"携手偕行，见门外灯烛晶荧，车马杂沓，与闹市不异。试探首隙中窥之，但觉门渐窄，眼渐暗，遂冥无所知耳。"明日，默默如痴。沈遣出，经月始复常。

【译文】宋高宗绍兴二十四年（1154），吏部郎中沈太虚，作为考场的要员担任了省乡试的参详官。一天夜里上厕所回来，前面有书吏掌灯先行，走到他值班的房子时，书吏忽然惊厥倒地，灯也随之而灭。沈太虚惊恐的大声呼叫，此时院中人已经入睡，听到喊声都起来观看，原来守房值班的小吏已经吊到梁上，两脚离地有五、六尺高，不是人力可做到的。

有在朝中当过鸾驾仪仗的老兵说："这是有鬼作祟。幸亏还不要紧。"他们赶紧用几张桌子垒起来，轻轻解掉绳子，把小吏放下来，把他的嘴撬开，灌以热汤，好长时间小吏才能说话。他讲了事情的经过，他说："郎中读呈文已过夜半，我和书吏和衣小睡，我看到有一个头戴青巾，身穿布袍像道士模样的人从外边进来。他对我说：'你为什么在这儿？'并伸头看了两边出去了。之后书吏跟随郎中出门，我一人独自坐着，那人又回来说：'外边大有好处，不用在此呆坐。’便拉着我的手一块走，这时我见门外灯火晶明，车来马往，像闹市一样。我试着伸头从门缝中向外偷看，只觉得门越来越小，眼越来越黑，就黯然失去了知觉。”

第二天这小吏默默不语，如痴呆状，沈太虚把他派到外边一个多月才恢复正常。

东庭道士

宋州士人陈方石，与知东庭观道士善。陈尝检校村墅，梦至官府，见廷下阅囚诉。有吏大声曰：“追到泉州道士某”，视之乃东庭黄冠也。又一吏从旁授以文牍一卷，使读之，陈不晓其语，独闻一事云：某年月日取常住谷若干斛酿酒，顷之，读彻，吏问曰：“是乎？”道士辞服。就取所读文书包裹之，自顶至踵皆遍，推扑地，一再展转，化为大水牛。

陈惊寤，遽访道士，正以是夕死。

【译文】泉州（今属福建）文人陈方石，和知东庭观里的道士黄冠相友善。有一次陈方石去检查村中的房宅，梦中到了官府。见公堂里正在查办囚徒。有一官吏大声喊着，追到泉州道士某人，陈方石看到正是东庭观的道士黄冠。这时又有一个官吏从旁边给了他一卷文书让读，有许多话陈方石不懂，独听到有一件事，某年某月某日，黄冠拿储备的粮食若干斗酿酒。一会儿读毕，官吏问道士：“是这样吗？”道士表示服罪。那官吏就用所读的文书把道士从头到脚包裹起来，把他推倒在地。道士在地上打了几个滚儿就变成了一只大水牛。

陈方石惊醒之后，急忙到东庭观去访问道士，那道士正是在他做梦的那天晚上死去了。

黄氏少子

黄汝能，徽州黟人。绍兴十七年为临安北厢官。少子年十七矣，生平不能诗，忽如有物凭依，作诗十数篇，飘飘然有神仙之志。多喜道巫山神女事。汝能群从中，尝有一少年子，亦如是以死，心以为虑，密谕之曰：“汝得非于居民家有染者，致妄思若此乎？我官于斯，苟有一事，则累我矣。”子谢曰：“无之。”

它日与父母对食，径往篱畔，引首凝睇，若望焉而未至者。母追之还，坚扣其故，答曰：“适有所念耳，无它也。”自是神观如痴，日甚一日。汝能欲令其甥挈以还乡，而甥待试成，均未遽去。乃闭之一室，戒数仆昼夜环视之，连夕稍怠，守者微假寐，已失其处。则跪膝于窗下，以衣带自绞死矣。（程泰之说）

【译文】黄汝能，安徽黟（今安徽歙县）人，宋高宗绍兴十七年（1147）为临安（今浙江杭州）北厢官。他最小的儿子已经十七岁，生平不会作诗。忽然之间他好像有了什么凭借，做了十几首诗。诗中显示出一种洒脱飘逸之气。但写的多是巫山神女，情情爱爱之事。黄汝能从侍中曾经有一个少年孩子也是因为这样死了，黄大人心里深为忧虑。他密密地给儿子晓以大义，说：“你莫非是和居民家中某位小姐有了关系，以致妄想到如此地步。我就在这个地方做官，如果出了什么事就牵累着我了！”他儿子再三推卸说：“没有。”

有一天，那孩子与父母正在一桌吃饭，就离开饭桌照直地走到篱笆旁边，伸着脖子，两眼凝视，好像有所等待而人未到的样子。他的母亲把他叫回来，坚持着问他这是什么原故，他回答说：“刚才是我想到了什么，别无其他。”但自此开始，陈家少子眼神痴呆，一日比一日厉害。黄汝能想让他外甥把儿子带回乡间，而外甥必须在应试之后才能走。黄汝能就把儿子关在一个屋内，命令几个仆役昼夜包围监视。一连几夜稍有懈怠，看守的人刚刚和衣而眠，黄公子已经失踪。及至找到他时，他在窗下跪着，已经用衣带把自己绞死了。

卷第十九（十四事）

僧寺画像

平江士人徐赓，习业僧寺，见室中殡宫有妇人画像垂其上，悦之。才返室，即梦妇人来与合，自是，夜以为常，未几遂死。

家中有尝闻其事者，至寺中踪迹得之，其像以竹为轴，剖之，精满其中。（魏志几道说）

【译文】平江文人徐赓，以庙舍为寒窗苦读经书。一天他忽然发现寺中临时寄存灵柩的殡宫中，墙上挂着一张妇人像，他很喜欢那张像。刚回到自己室内就梦见那妇人来和他交合，从此夜夜无虚，习以为常，不久他就一命呜呼了。

他家的亲属有人听到他梦画与之交合而死的故事，便顺着踪迹找到了那张画，那画两端有竹做的轴子，他们剖开竹轴，里面满是精液。

恩稚所稚院

王师道，字深之，绵州人。绍兴二十八年，挈妻子自蜀赴调，行在明年正月晦。

梦有人类三省大程官状，来曰："公有新命，"出黄敕示之，乃除管某院云云。王不暇细视，曰："我已通判资序，今且作郡守，何乃反充监当邪？"其人曰："此官不易得，又上帝敕，岂可拒也！迎官且至，治所不远，可即往视事。"

少顷，从者皆至，亟升车行。才一二里，到大曹局，门户洞开，视题额五字曰：恩稚所稚院，吏曰："所辖天下物命也。"其中皆禽鸟，种类不可名状，而雀最多。周览未竟而寤，以告家，誓不复杀生。自恐不能永，颇料理后事，戒其子遍谒乡人之在朝者。

梦后半月除知达州，又十许日出谒归，得疾轿中，至舟而卒，时三月四日也。

【译文】王师道，字深之，四川绵州人。宋高宗绍兴二十八年（1158）接令：将在明年正月底从四川赴调新任所。

一日，他梦见一人，好像朝中门下省，中书省，尚书省这三省中的什么大官，来对他说："公有新命。"说罢向他出示了黄色的诏书。那上边写的是任命他去管理什么院之类。王师道来不及细看，说："我的资历已是州里的副手通判，并将要任命为郡守，为何要我去做那管理盐茶税务的监当？"那人说："这种官是不容易当的，而且又是上帝敕旨，怎么能够抗拒呢！欢迎你的官吏就要到了，你的官所离此地不远，可马上前往主持公事。”

顷刻间从侍接他来了，赶紧上车出发。才走一、二里到了他的官署，见门户开着，门楣上五个大字写着官署的名称：恩稚所稚院。那官吏告诉他：“这里所管辖的是天下物的生命呀”，署里都是禽鸟，种类繁杂，不可名状，而尤以雀鸟最多。没有浏览完毕梦醒过来，他告诉家人，以后决不再杀生。他恐怕自己生命不久，把后事提前周详料理一番，叫他的儿子到处拜谒在朝做官的同乡。

梦后半个月他被任命为达州（治所在今四川达县）郡守。上任后十多天，他出外拜访回来，在轿中得病，到舟上死去。死时是三月四日。

玉带梦

张子韶侍郎，谪居大庾，得目疾。后为永嘉守，中风，手足不能举，目遂内翳。丐祠禄，还盐官旧隐。

绍兴二十九年三月望夜，梦青衣人引至大寺，门金书牌八字，但记其二曰：开福。一僧如禅刹知客，见张甚喜，延入坐，张问主僧为谁？曰：“沈元用给事也。”张曰：“吾与沈先生久不相见，亟欲谒之。”命取公服，随语即至。见沈再拜，沈答其半礼，劳苦如平生。且曰：“尊公在此。”命青衣人导往方丈东小堂，其父母方对坐长啸，张趋拜号泣。旁人叱曰：“此不是哭处。”复至法堂前问曰：“何故无佛殿？”青衣曰：“以此十方法界为佛殿。”张曰：“我病废，又失明，未知他日有眼可见佛，有口可诵经否？”曰：“侍郎何尝不见佛，何尝不诵经？”

又行及门侧，有小池清泠，外设栏楯。青衣曰：“八功德水也。”酌一杯饮之，凉彻肌骨。西庑一室极洁，中挂画像，视之，乃张写真。大骇曰：“何以得此？”青衣曰：“异日当主此地，然待公见玉带了即来。”遂寤，召门人郎晔，使书其事。皆谓玉带为吉证，若疾愈，且大拜。

至六月二日两疾顿除。即日出谒先墓，继往所亲家燕集，如是五月，偶与诸生读江少虚所集《事实类苑》，至章圣东封丁晋公取玉带事，怒曰：“丁谓真奸也，虽人主物，亦以术取！”因不怿，废卷而入，疾复作，不能言，翌日卒。人始悟玉带之梦。张寿六十八云。（窦思永说。时为盐官）

【译文】张子韶侍郎，被贬谪后住在大庾（今江西大余），眼睛有了毛病，后被任为永嘉太守。接着，他因为中风，手脚不灵，眼内也遂着长了云翳，经请求恩准让他拿祠官之禄免去盐官职务，回故居退隐。

绍兴二十九年三月（1159）十五夜，他梦见青衣人把他领到一个大庙前，庙门边有八个金字，他只记得其中的两个字是“开福”。一个好像是专司接待的知客和尚，看见张子韶到来十分高兴，请他到屋里坐下。张子韶问他：“主持和尚是谁？”知客僧答道：“是给事沈元用。”张子韶说：“我与沈先生久不相见，正急着要拜见他。”他命下人赶快把官服取来，说话之间已经来到沈元用处。张见到沈一拜再拜，沈只答以半礼，其疲劳之状如平时。他对张子韶说：“您的尊公也在这里。”就命青衣人领张子韶到方丈东边的小屋里。他父母二人正在小屋里相对而坐，语声朗朗。张子韶紧步上前，拜倒号泣。青衣人呵斥他：“这里不是哭的地方！”于是又把他领到法堂前。张子韶问：“为什么没有佛殿？”青衣人说：“这十法界就是我们的佛殿。”张子韶说：“疾病使我成为废人，两眼又看不见，不知以后能否亲眼见佛，亲口诵经？”青衣人答：“侍郎何尝不见佛，何尝不诵经呢？”

他们继而向前，到了一处，门旁有一小池塘，池水清冷，圈着栏杆。青衣人说：“这水名曰八功德水。”他取了一杯，张子韶喝了感到那水凉透肌骨。看西边厢房，有一屋很是清洁，屋中挂一画像，张子韶一看，原来是自己的写真，他大为吃惊：“我的像怎么挂在这里？”青衣人说：“改日先生将成为这里的主持，只是要等先生看见了玉带以后才来。”接着张子韶醒来，马上召门人叫郎晔的把这梦中之事写下来。都说梦见玉带是吉祥之兆，预示着病要好转，并且还有拜为丞相的好运。

到六月二日，张子韶的眼病和中风两种顽症一齐消失。当天他就外出拜谒祖墓，到亲友家中宴聚，如此一连五天。一次偶尔与几个人读天台学官江少虚所看的《事实类苑》，读到宋真宗东封泰山，丁晋公取玉带那章时，张子韶大为恼火地说：“丁谓这人实在奸邪，皇上的东西他也敢用诈术去取。”因为不高兴就把书一扔，到里边去了。他的病因而复发，不能说话，翌日死去。这时人们才明白了玉带的梦。张子韶死时六十八岁。

毛烈阴狱

泸州合江县赵市村民毛烈，以不义起富。他人有善田宅，辄百计谋之，必得乃已。

昌州人陈祈，与烈善，祈有弟三人皆少，虑弟壮而析其产也，则悉举田质于烈，累钱数千缗。其母死，但以见田分为四，于是载钱诣毛氏，赎所质。烈受钱，有干没心，约以他日取券。祈曰："得一纸书为证，足矣。"烈曰："君与我待是耶？"祈信之。后数日往，则烈避不出。祈讼于县，县吏受烈贿曰："官用文书耳，安得交易钱数千缗而无券者，吾且言之令。"令决狱果如吏旨，祈以诬罔受杖。诉于州、于转运使，皆不得直。乃具牲酒诅于社。梦与神遇，告之曰："此非吾所能办，盍往祷东岳行宫，当如汝请。"

既至殿上，于幡帷蔽映之中，屑然若有言曰："夜间来。"祈急趋出。迨夜复入拜谒，置状于几上，又闻有语曰："出去"，遂退。时绍兴四年四月二十日也。

如是三日，烈在门内，黄衣人直入，捽其胸殴之，奔进得脱，至家死。又三日，牙侩一僧死，一奴为左者亦死。最后，祈亦死。少焉复苏，谓家人曰："我往对毛张大事，善守我七日至十日，勿殓也。"

祈入阴府，追者引烈及僧参对，烈犹以无偿钱券为解，狱吏指其心曰："所凭唯此耳，安用券！"取业镜照之，睹烈夫妇并坐受祈钱状，曰："信矣。"引入大庭下，兵卫甚盛。其上衮冕人，怒叱吏械烈，烈惧，乃首服，主者又曰："县令听决不直，已黜官，若干吏受赇者，尽火其居，仍削寿之半。"

烈遂赴狱，且行，泣谓祈曰："吾还无日，为语吾妻多作佛果救我。君元券在某椟中。又吾平生以诈得人田，凡十有三契，皆在室中钱积下，幸呼十三家人并偿之，以减罪。"

主者又命引僧前，僧曰："但见初质田时事，他不预知也。"与祈俱得释。既出，经聚落屋室，大抵皆囹圄，送者指曰："此乃杀降者、不孝者、巫祝淫祠者、逋诳佛事者，其类甚众。自周秦以来，贵贱华夷悉治，不择也。"又谓祈曰："子来七日矣，可急归。"遂抵其家而寤。遣子视县吏，则其庐焚矣。视僧，荼毗已三日矣。

往毛氏述其事，其子如父言，取券还之。是夕僧来击毛氏门骂曰："我坐汝父之故被逮，得还，而身已焚，将何以处我？"毛氏曰："业已至此，唯有□为作佛事耳。"僧曰："我未合死，鬼录所不受，又不可为人，虽得冥福，无用也。俟此世数尽，方别受生，今只守尔门，不可去矣。"自是，每夕必至。久之，其声渐远曰："以尔作福我稍退舍，然终无生理也。"后数年，毛氏衰替始已。（杜起莘说。时刘夷叔居泸，为作传）

【译文】泸州合江县（今属四川）赵市村，有一个村民叫毛烈。此人以发不义之财而富。别人的良田宅院，只要被他看中，他常常百计千方，直到得之而后已。

昌州（今四川大足县）人陈祈与毛烈相友善。陈祈有三个弟弟年少，四肢发达，头脑简单，陈祈顾虑他们把田产分掉，就把自己家的田地，一亩不留悉数抵押给了毛烈，押金累计好几千缗。其母亲死后，几个兄弟要求把土地一分为四，于是陈祈就载着钱去找毛烈，还回钱以赎回自己的土地。毛烈收起钱以后顿起歹心，想把这笔钱昧掉，就借故让陈祈改日再来取契券。陈祈说："那么你给我打个收条为证就够了。"毛烈说："咱们俩还能到这一步！"陈祈听信了他的话，空着手走了。几天后再找毛烈时，毛烈避而不见。陈祈告到县里，一个县吏受了毛烈的贿赂，他对陈祈说："官凭文书私凭印，交易几千吊钱怎么竟没有券状！我且给县令说说吧。"结果县太爷的裁决和这官吏说的一样，并且还以陈祈诬告把他打了一顿。陈祈不服，接着他又上告到州里，败诉，上告到负责监察各州官吏违法及发生疾苦的转运使那里，仍然是有理难伸。陈祈万般无奈，就准备了牛、羊、猪三牲和酒肴祭品，向社神土地倾诉。夜里梦到神告诉他："此事不是我所能办的，你何不去东岳行宫祷告，那就会按你的请求办理了。"

陈祈来到东岳庙的大殿祭请。在帷帘蔽遮之中，似乎有人悄声告诉他："夜间来。"陈祈急忙出来，到夜里又去拜谒，并把自己的诉状放在案几之上，这时又听到说："出去。"陈祈就退了出来。这时是绍兴四年（1134）四月二十日。

三天以后，毛烈正在家中门里，突然有黄衣人进来，揪住他的前胸抡拳便打。毛烈狼奔豕突，拼命挣脱。回到屋里就死了。又过三天，一个牙商和尚死去，他雇佣一个帮忙的也死了。最后是陈祈死去。但陈祈死后一小会儿又苏醒过来，告诉他的家属："我去对质毛、张两家的大事，好好看守我七至十天，不要把我装殓了。"

陈祈来到阴府，阴府捕快领毛烈、僧人到一起对质。毛烈仍然以陈祈没有还钱文书为自己解脱。有一个官吏用手指着毛烈的心说："最好的凭证在这里，还用得着证券吗！"他们取来检查人们心、口、意"三业"活动的业镜照着毛烈，看到毛烈夫妇坐着，陈祈交钱的情形都在镜子里反映着。他们说："确实如此啊！"于是把这一行人引进大庭。大庭下有许多兵丁卫士，大庭上端坐一人，皇冠皇袍，他怒喝下边官吏，要给毛烈用刑，毛烈害怕，点头认罪。皇冠说："县官不按事实决断，已经罢了他的官。其他若干受贿官吏，用火烧掉他们的房子，寿限削去一半。"

毛烈即要进监狱，临行他哭着对陈祈说："我没有生还之日了，请给我妻子捎信，让他们多做佛事救我。你原来的契券在一个盒子里，还有，我平生以诈骗手段得人家田地的，有十三张券契，都在钱积下边放着，有幸请把那十三家人叫去，一块把券契偿还给他们，以减少我的罪恶。”

堂上主官又命把和尚带来，和尚说：“我只见当初他们办理田地抵押的事，其他许多事情我事先一点不知。”陈祈和这和尚都无罪释放。从大庭出来，经过村落房屋，大多是囚禁犯人的监狱。送他们回来的狱吏指着告诉他们：那里关押的犯人，有杀人犯、有忤逆不孝的、有淫秽邪荡的、有逃骗佛事的……各式各样。种类繁多。自周、秦以来，不论贵贱，不分华、夷，一律严治不赦。他又对陈祈说：“先生出来已经七天了，赶快回去吧。”随着陈祈来到家里，也就苏醒过来。他派儿子去看那个县吏的家，他家已经被烧了。去看那个和尚，那和尚已经被火葬三天了。

陈祈到毛烈家，向毛的妻子和儿子述说情况，毛烈的儿子按照他父亲所说，把钱契还给了陈祈，当夜，那个和尚来扣毛家的门，骂着说：“我受你父的牵累被逮，如今回来了而身子已被焚烧，你们怎么来安排我？”毛家对他说：“已经到了这个地步，只有为你办道场，做佛事了。”那和尚说：“我不到死的时候，录鬼薄上没有他们不收，回来又做不了人，你们虽可以给我一点阴福，又有何用！等我这一世气数到头才能到别处转生，现在我只有守着你们家，别的地方是不去了。”从此，他每晚必到。久而久之，他的声音渐渐远去，他说：“因为你们给我积了福，我就稍稍离开你们一些。但我终于没有生还之理了。”后几年，毛家开始衰落，这声音再也没有了。

邢氏补颐

晏肃，字安恭，娶河南邢氏，居京师。邢生疽于颐，久之颐颔连下颚及齿脱落如截，自料即死，访诸外医，医曰：“此易耳，与我钱百千当可治。”问其方，曰：“得一生人颐与此等者，合之则可。”晏氏惧，谢去之。

儿女婢仆辈相与密货医，使试其术。是夜，以帛包一物至，视之，乃妇人颐一具，肉色阔狭长短，勘之不少差。以药缀而封之，但令灌粥饮，半月发封，疮已愈。

后避乱寓会稽，唐信道与之姻家，尝往拜之。邢氏口角间有赤缕如线，隐隐连颐。凡二十几年乃亡。

【译文】晏肃，字安恭，娶河南人邢氏为妻，住在京师。邢氏脸上生了一个疮，久而久之，脸颔连下颚以及牙齿全部脱落，边沿整齐像用锯截的一样，自己想着必死无疑。访求外科医生，医生说：“治这病容易，给十万钱就可以治。”问用什么办法治，医生说：“用一个和她的脸一样的活人脸，把它们合在一块就可以了。”他这办法使晏肃感到可怕，于是连忙拜谢告辞而去。

晏家的儿女、婢仆等辈却与晏肃相反，他们合伙密谋后，偷偷地买通了医生，给了他许多钱让他一试医术。这天夜里那医生包了一件东西前来，打开一看，是一个女人的下半截脸，这脸的肉色，宽窄，长短，相比之下和邢氏的没有多少差别。他用了药就把这脸缝上并包起来，规定只能给邢氏灌稀粥，半月去掉包布，疮已经愈合了。

后因为避乱就住在会稽（今浙江绍兴），唐信道和晏肃是联姻的亲家，曾经去拜访他们，看到邢氏口角间有一缕像红线似的，隐隐连着下颐。邢氏补颐后又过了二十几年死去。

误入阴府

李成季（昭玘），少时得热疾，数日不汗，烦躁不可耐，自念若脱枕席，庶入清凉之境，便觉腾上帐顶。又念此未为快，若出门，当更轩畅，即随想跃出。信步游行，历旷野，意殊自适。

俄抵一大城廓，廛市邑屋，如人间州郡。李尝与街中，有旧识贩缯媪，死已久矣，遇李惊曰："何为至此？此阴府也。"李惧求救，媪曰："我无能为也。幸常贩缯，出入右判官家，试为扣之。"乃相随至其门，止李于外曰："勿妄动，舍此一步，则真死矣。"

媪入，移时喜而出曰："事济矣，但当更与左判官议乃可。"俄闻索马之声，暨出，乃绿衣少年。媪呼李尾其后，至所谓左判官之舍，绯衣人出迎。绿衣曰："适有阳间人游魂至此，须遣人送还。"绯衣曰："谁令渠自来？既至矣，又非此间人追呼，何必遣！"李侧耳倾听，益恐。绿衣曰："试为检藉，恐或有官禄。"再三言之。绯衣人始持不可，不得已命吏取籍至。吏读曰："李昭玘，位至起居舍人。"绿衣咤曰："如何，如何？渠合有许大官职，擅留之得否？"绯衣颇惭，乃相与作符，共押之，用印毕，授一小鬼，使送李。

李重谢媪始行。有问者，即示以符。小鬼疮疡满头，脓血腥秽，歌呼不绝声。每数十步，辄称足痛而坐，哀祈之，乃行。前至旷野，曰："我只当至此，还汝符。"掷之于地。李俯欲拾，蹶而寤。盖昏然冥卧经日矣。

自是李氏春秋设媪位祠之，果终于右史。

【译文】李成季，名昭玘。年轻时得病高烧，但又干着急不出汗，烦躁的难以忍受。他默默想：如果能离开床铺枕席，或许可到清爽凉快的地方了。真奇怪，心想事成，他飘飘乎就上了帐顶。他又想，这还不算快活，如果能到门外那就更舒畅了。想着想着他已经跃出门外。他信步漫游旷野历历在目，心中十分惬意。

不一会儿功夫他来到一座大城市，府邑民舍，犹如人间州郡。李成季曾与街上一个卖丝绸的老妇相识，老妇已死了多年，忽然相遇，老妇很为吃惊："你到此何干？这里是阴间呀。"李成季害怕了，求老妇救他。老妇说："我是无能为力，幸而卖绸缎时我常出入右判官家，我试着为你去扣问他。"两人相随来到右判官家门口，老妇让李成季候在门外，嘱咐他："不要轻举妄动，丢掉这个机会你可要真死了。"

那老妇进去不久，高高兴兴地出来了。说："事成了，但还得和左判官商量才行。"顷刻间听门里备马的声音，接着出来一位绿衣少年。老妇叫着李成季，尾随其后。来到所说的左判官家，一个红衣人出来迎接。绿衣人告诉他说："刚才有阳间一个人游魂来到这里，须派人把他送回去。"红衣人说："谁让他自己来的！既然来了，又不是我们去追叫的，何必再送！"李侧耳倾听，更为恐惧。这时又听绿衣人说："试着查一下他的籍簿，恐怕他会有什么官禄。"绿衣人一说再说，红衣人开始坚持不行，后来不得已便命小吏去取籍簿。拿来后小吏念道："李昭玘，位至书录皇上言行的起居舍人之职"。绿衣人抓住了理由，大声吵着红衣人："怎么样，怎么样！他该有这么大的官职，我们擅自把他留下来，能行吗！"红衣人也颇惭愧。两人便一块作符，共同签押。盖完章后把符交给一个小鬼。让他把李成季送回阳间。

李成季重谢了老妇才动身。如遇到有人查问，小鬼就示之以符。那小鬼满头溃疮，脓血腥污，而一路上欢歌不止。他每走几十步就喊着："脚痛"，坐下休息。李成季哀告祈求，他才继续前行。当走到一处旷野时，小鬼说："我就管到这里，还你的符。"把符扔在地上走了。李成季俯下身去拾符，踉跄倒地，忽儿惊醒，不知道自己已经冥目卧床一天了。

从此，李成季常年为老妇设下牌位，供以香果。后来他当上了记录皇帝言行的右史，在位上善终。

秽迹金刚

漳泉间人，好持秽迹金刚法治病禳禬，神降则凭童子以言。

绍兴二十二年，僧若冲住泉之西山广福院，中夜有僧求见，冲讶其非时。僧曰："某贫甚，衣钵才有银数两，为人盗去。适请一道者行法，神曰：须长老来乃言，幸和尚暂往。"冲与偕造其室，乃一村童按剑立椅上。见冲即揖曰："和尚且坐，深夜不合相屈。"冲曰："不知尊神降临，失于焚香，敢问欲见若冲何也？"曰："吾天之贵神，以寺中失物，须主人证明，此甚易知，但恐兴争讼，违吾本心。若果不告官，当为寻索。"冲再三谢曰:"谨奉戒。"

神曰:"吾作法矣。"即仗剑出,或跃或行,忽投身入大井,良久跃出,径趋寺门外牛粪积边,周匝跳掷,以剑三筑之,瞥然扑地。

逾时,童醒,问之莫知。乃发粪下,见一砖臬兀不平。举之,银在其下。盖窃者所匿云。

【译文】漳泉一带的人喜欢用秽迹金刚法治病祭祷,神下降时常附在一个童子身上。

绍兴二十二年,和尚若冲住在漳泉西山的广福院里,夜里有一个和尚来求见他。若冲僧很惊讶他来的不是时候,那来访的和尚解释说:"我很穷,衣服里仅有的几两银子被人偷了,刚才去请一位道者施行法术,神说必须长老您到场,因此特别让前来请您。"若冲就跟着这和尚一块来到他的住处,屋内一个村童按剑立在椅子上,见若冲进来他作了一揖,说:"和尚且坐,深夜本不该劳驾。"若冲说:"不知贵神降临,没有焚香迎候,深为失礼。敢问要见若冲为何?"那童子说:"我乃上天之贵神,因寺中丢失了东西,须主人证明,这很容易知道,只怕引起争讼,不合我的本愿。如果不告官我就为你们寻找。"若冲再三感谢,说:"愿意尊奉您的训诫。"

神说:"我作法了!"说罢,举起宝剑出去,一会跳跃,一会行走,忽然投身入井,好一会从井里跃出,直奔寺门外牛粪堆边,围着跳跃,并用剑向粪上捣了三次。忽然扑身倒地。

停一会儿,童子醒来,问他刚才的一切,他说不知道。他们把粪扒开,见粪下有一块砖头,凸翘不平。拿起砖头,银子就在下边。

原来是盗窃的人藏的。

飞天夜叉

赵清宪丞相夫人郭氏之侄郭大，以盛夏往青社外邑，乘月以行。中路马惊，鞭策不肯进。左顾瓜田中，一物高丈余，形如蝙蝠，头如驴，两翅如席，一爪踞地，一爪握瓜食之，目光灿然。郭丧胆，回马疾驰数十步间反顾，犹未去。

他日入神祠，见壁画飞天夜叉，盖其物也。

【译文】清宪公赵鼎丞相的夫人郭氏有个侄子，名叫郭大，在盛夏大热时到青社去。月色朦胧，他骑马前进。忽然马惊慌不前，他用鞭子抽马仍然不肯前进。他向左一看，瓜田中有一个东西，身高一丈开外，形如蝙蝠，驴头，有两只席一般大的翅膀。它一只爪子抓着地，一爪子抓着一个瓜在吃，两只眼睛炯炯放光，郭大魂飞胆丧，回马飞驰，当马跑了几十步时，他回头看了一下，那东西还在那里。

过了些时，郭大去神庙时，看见壁画上有飞天夜叉，正是他所见的那个东西。

晦日月光

赵清宪赐第在京师府司巷。长女适史氏。以暑月不寐，启户纳凉。见月满中庭如昼，方叹曰："大好月色。"俄庭下渐暗，月痕稍稍缩小，斯须光灭。仰视星斗灿然。而是夕乃晦日，

竟不晓为何物光也。(四事皆王嘉叟说)

【译文】赵清宪赐进士及第后住在京师的府司巷。他的大女儿与史氏结婚。因暑天大热，夜不能寐，为了纳凉，她走到院中，见月色皎洁，亮如白昼，她喟叹一声：大好月色！忽然庭中渐暗，月痕稍稍缩小，须臾之间，光已泯灭。仰视天空，满天星斗明亮。这天恰是月底，而没有月光的晦日，竟不知是什么东西发的光。

沈持要登科

沈持要，潮州安吉人。绍兴十四年妇兄范彦辉监登闻鼓院，邀赴国子监秋试，既至则有旨：唯同族亲乃得试，异族无预也。

范氏亲戚有欲借助于沈者，有欲令冒临安户籍为流寓，当召保官，其费二万五千，沈不可。范氏挽留之，为共出钱以集事。约已定，沈殊不乐。而潮州当于八月十五日引试，时相去才二日耳，虽欲还，亦无及。

是日晚忽见室中长人数十，皆如神祇，叱之曰："此非尔所居，宜速去，不然将杀汝。"沈惊怖得疾，急遣仆者买舟归。行至河滨见小舟，呼舟人平章之，曰：我安吉人，贩米至此，官方需船，不敢归，若得一官人，当不取其僦直，然所欲载何人也？"曰："沈秀才。"复询其居，曰："吾邻也，虽病，不可不载。"即悉率舟中人共舁以登。薄暮出门，疾已脱然如释。

十六日早，抵吴兴城下，见白袍纷纷往来，问之云：昨日已入举场，而试卷遇暴雨多沾渍，需易之，移十七日矣。沈遂得趁试，所亲者来贺曰："徙日之事，特为君没耳。"试罢，且揭榜，梦大雷震而觉。出庭视之，月星灿然，心以为惑，欲决之蓍龟。迟明，有占轨革者过门，筮之，得震卦，画一妇人病卧床上，一人趋而前，旁书"奔"字，其词有龙化之语。占者曰："公占文书甚吉，但家中当有阴人病，然无伤也。"卜者出，报榜人已至，姓名曰"贲胜"。沈中魁选。及还家，妻果卧疾。

明年赴省，以范为考官，避入别院，一之日，试经义，且出，有厢部逻者守之不去。时挟书假手之禁甚严，沈颇讶其相物色，曰："何为者？"曰："见君箧中一、二烛甚佳，非潮州者耶？若无用幸见与。"沈悉以与之。次日，试诗赋，其人又来曰："适诣誊录所，见主司抄一试卷，至于五、六，绝类君所书，必高捷。今夕勿遽毕，吾已设一席于户外矣。"沈竟其欲得烛，又以赠之，受而还其一，曰："请君留此以自照，三年一来，不可不致详也。"晚出中门，引手招就坐，设一几，四顾无人。沈欲纳卷出挽使再读，至家藏孝经诗，乃觉误押两方字，亟更焉。明日，入访之，了不复见，始验神以其误，委曲为地也。

是年，遂擢第，盖旅中所见，邻人拏舟，雨污试卷，轨革之卜，逻者之言，皆有默相之者，异哉！

【译文】沈持要，湖州安吉（今浙江安吉）人，绍兴十四年（1144）他的岳兄范彦辉在京师，是在登闻鼓院任职，掌管文武官员，市民章奏表疏以及军机，恩赏、方术等文件的官员，邀他赴当时的最高学府国子监秋天的考试。他到京以后，国子监秋试奉旨规定：必须是朝中官员的同族亲人才得参试，异姓人不得参与。

亲戚范家要给他以帮助，有人想让他冒充京师临安户籍的“流寓”——常住临安的外地人，这样需有担保的官员，要出费二万五千。沈持要不同意这样做，他岳兄范彦辉却盛情挽留，为他集资办事，协约已经定好，沈持要为此深感不安。而湖州地方的考试是在八月十五，只剩下两天时间，想走已是来不及了。

这天晚上，沈持要忽然见屋里来了几十个高大的伟人，都像是神人，大声喝斥他：“这里不是你所住的地方，最好赶快走，不然，将要杀掉你！”一梦醒来，沈持要得了病。于是急忙派仆人买舟回家。他们来到河滨，见有小舟，唤来舟子，船上的人说：“我是安吉人，贩米来到京师，因官家需要船只，没敢回去。如果有官人坐船，不仅可以回去，而且连船的租赁费也可以不要了。但不知要搭船的是谁？”人们告诉他是沈秀才，舟子又问了沈的住处，他们恰恰都是安吉人，船上人说：“原来是我的邻居，虽然有病也不能不载。”随即率领大家扶了沈持要上了船。傍晚船只驶出水门，沈的病情霍然而愈。

十六日早到达吴兴（今浙江湖州），见穿着白袍的秀才来来往往，一打听，原来是昨天考试入了举场，试卷被暴雨淋坏需要更换，因此考试改到了十七日。这个变化使沈持要获得了参考的机会。亲友为他祝贺，说：“更改考试的日期这事，是特为你安排的！”考试后将要发榜，沈持要夜里被大雷震惊醒，他来到院里，却是满天星斗，他心里犯了猜疑，想借占卜的蓍龟来算一算，天还不大明，恰恰就有占轨革的人从他们前经过。他抽得的是八卦中的第四位“震”卦，卦上显有一妇人病卧在床；一个人趋而上前，旁边还写个“奔”字。卦词中有“龙化”之类的语言。算卦先生说：“先生如算文书，甚是吉祥，只是家中当有阴性的人生病，不过没有多大妨碍。”算卦人刚刚出去，报榜的人已经进来，报榜人名贲胜，报告沈持要中了头名。沈持要回到家里，果然是妻子卧病在床。

第二年，沈持要参加省试。因为他岳兄范彦辉为考官，他避入别院。一天考试经义，他就要出去，有一位地方行政—厢部派的巡逻考场的人一直守着他。当时考场上对于带书，替考之类的作弊行为查禁的很严，而这位巡逻的人却给他暗中帮忙，沈持要感到奇怪，就问他这是为什么？那人说：“我看见先生书箱中蜡烛很好，是湖州的吧，如果无用，希望能送我。”沈持要就给了他两支。第二天要考试诗赋，那人又来了，告诉他：“刚才我到缮录所，见主司抄一试卷以至抄了五、六张，那绝对像是你写的，这次你一定会捷足先登。今晚不要早早结束，我在户外已准备了席位了。”沈持要以为他还想要蜡烛，就又给他一些，那人收住后又还回一支，说：“这一支请先生留着自己照吧，三年来考一次，不可以不准备得周详一些。”晚上，出了中门，那人招沈持要就座，坐处已摆好一张条几。四下看着没有人沈持要想交了卷子出来，那人拉住他，让他再读，到家藏孝经诗处，他才觉到自己有两个地方的字弄错了，连忙改了过来。明天去拜访那人，已经杳如黄鹤，再没见到。他才想到那是神人，因为自己对书的误解，所以才拉自己再看一遍。

沈持要这年中第，回到旅中所见，邻人泛舟，雨污试卷，轨革算卦，和这巡逻者的启发，默默之中都有联系，这也算神奇了。

杨道人

温叔皮之女，嫁秀州陈氏子，既而仳离，居家学道。有杨道人者亦士大夫家女子，与之同处。

绍兴二十四年，温赴漳州寺过泉南，馆于漕使行宇，女与杨及二婢在西房，夜半忽大呼："捕贼！"温仗剑往，见杨之婢高举手向梁间，初无绊缚，而牢不可脱。其旁青衣童，年可十四五，腰下佩一物，类药茇。温叱之曰："汝何人，敢中夜至此！"曰："我京师人也，杨道人欠我药钱百万，今来取之，关君何事！"又连呼数声。正争辩间倏已灭。

温遣招天庆观道士郑法询治之，及至，婢缚既释，无所施其术。

时杨氏年未三十，江南所生。谓京师药钱之语，或以为宿世事云。

【译文】温叔皮的女儿嫁给了秀州（今浙江嘉兴）陈家。继而夫妻分居，回来住在娘家学道。有一个杨道人，原来也是士大夫家庭的女子，和温女同住一起。

绍兴二十四年（1154年，高宗时期），温叔皮赴漳州（今属福建）太守任所，路过泉南，住在水运官署。使女儿与杨道人及两个女婢住在西房。夜半时忽然听到大喊："捉贼"的声音，温叔皮仗剑来到西屋，看到杨道人的女婢两手向梁上高举，没有用什么东西缚绑，但却牢不可脱。她旁边站着一个青衣童子，年龄约十四、五岁，腰中挂着一件东西，好像药箱之类。温叔皮怒斥他说："你是什么人，竟敢半夜来这里！"那童子说："我是京师人，杨道人欠我药钱上百万，现在来取钱，关你什么事！"又喊了几声。两人正争辩间，那童子倏然不见。

温叔皮派人把天庆观道士郑法询请来，让他处置此事。等到道士来到，那女婢的无形之缚已经解脱，无所施其术了。

当时杨道人年不过三十，江南所生。所谓京师药钱之说，有人认为这可能是前世宿怨。

陈王猷子妇

潮州人陈王猷为梅州守，子妇死焉，葬之于郡北山之上，其魂每夕归，与其夫共寝。夫惧，宿于母榻，妇复来即之，不可却，虽家人相见无所避。

一子数岁矣，韶秀可爱，每欲取以去，举家争而夺之，妇出入自若。陈氏甚惧，乃召道士醮设及祷于神，皆不能遣。时绍兴庚午三月也，又三月陈守卒。

【译文】梅州（今广东省梅县）太守陈王猷，潮州人。他的儿媳死了，埋葬到郡府北山上。但是她的魂每晚都要回来和她丈夫共寝。她的丈夫害怕，就睡到她母亲床上，但那妇人照样来相就，没办法摆脱她。就是家中其他人看见也毫不回避。

他们有一个儿子已经几岁，生得清秀可爱，那妇人每每想把他带走，全家人和她争而夺之。那妇人就这样镇定自若，随意出入。陈家害怕之极，就请道士设祭坛，求神祷告，都不能把她赶走。这是宋高宗绍兴庚午（1150）三月的事，又过三个月，陈王猷在郡守的任上死去。

郝氏魅

郝光嗣为广州录事参军，有魅扰其家，房闼庖湢无不至也。尝火作于衣笥，郝往救，其手皆焦灼。告身一通，但存字及印，余皆爇焉。朝服衣裘，悉穿穴不可著，一日，发印欲用，封鐍宛然，而中无有矣。

始犹命巫考治，久而不效，则扫一室，严香火事之。凡失印二十许日，广之官吏待禀俸者，需粮料，印未得，咸以为苦，忽闻如大石坠于所事室中，三击几而止，视之，印也。

初，郝氏以几不佳，蒙以白纸，盖施三印于几上而去，自是七日，郝生死，其家徙出，魅随之不置，迨北归乃已，时绍兴二十年。（三事皆谢芷茂公说）

【译文】广州掌管州院庶务，纠查各曹延误遗失的录事参军名叫郝光嗣。他家里遭鬼魅侵扰。屋室、房门、厨房、浴室等地，无处不受其害。有一次衣箱里着火，郝光嗣赶去扑救，手被烧伤，朝廷颁发的证明官员身份的告身书，恰恰留下字和印章，其余都烧掉了。上朝参君的官服以及其他单衣毛裘，都烧成洞眼不能再穿。一天拿印要用，箱子上的锁完好无损，而印章却不翼而飞了。

郝光嗣开始还请巫师来惩治，久而无效以后，就专门腾出一间房，打扫干净，摆香上供，虔心敬祠。印章丢了二十多天，广州官府等待发饷需盖粮料印而不得，大家都等得很苦，一天，忽然听到像有大石头掉到那供香屋内，而且在条几上砸了三下，跑进去一看，原来就是那颗急需用的印。

起初，郝光嗣嫌那条几不干净，在几上蒙了白纸，这白纸上就盖上了三个印。七天以后，郝光嗣死了。郝的亲属搬了家，而那怪物仍随之不放。等到回北方时才作罢，这时是绍兴二十年。

王权射鹊

建康都统制王权，微时好射弩，矢不虚发。绍兴初，从韩咸安往建州征范汝为，尝挟弩往山间，望树上有鹊巢，即射之，不知其中与否也。闻有人在其后言曰：“使汝眼为箭所中，当如何？”反顾，无所见。权悟其异，亟登木视之，一鹊中目，宛转巢内，即死。权惊悔，技佩刀碎其弩。

未几，与贼战，流矢集于鼻眦之间，去眼不能以寸，病金疮久之乃愈。

【译文】建康（今南京）统领各军的武官都统制名叫王权，贫穷的时候喜欢玩弓弩，箭不虚发。绍兴初（宋高宗绍兴二年，1132）随韩世忠往建州（今福建建瓯）征伐农民军范汝为。曾带着弓箭去到山里，看到树上有鹊巢，挽弓劲射，也不知道射中了没有。忽然听到背后有人说：“如果你的眼被箭射中，你该当如何？”王权急回头，什么也没看到。他省悟到这事有点奇异，赶快爬到树上去看，见一只鹊鸟被箭射中眼睛，在窝内挣扎，很快就要死去了。王权惊悔交加，拔出佩刀，把那弩砍碎。

不久之后，在和民军作战中，王权被流矢射中脸部，矢射于鼻眦之间，离眼不到一寸。用金疮药敷了好久才愈。（韩王子彦直子温说）

卷第二十（十二事）

扫码听谦德
君为您导读

木先生

汪致道，徽州歙人。绍兴十八年以司农少卿总领湖北财赋。尝赴大将田师中宴集，最后至。漕使鄂守先在，与田奕棋。道人木先生者亦坐于旁。见汪揖曰：“久别，健否？”汪愕曰：“相与昧平生，何言久别？”道人曰：“公已为贵人，忘之耶！独不记宣州道店谈牛奇章事乎？”汪矍然起谢。

道人去，汪谓诸客曰：

“崇宁五年初登第，得宣州教授，以冬月单车之官，投宿小村邸。唯有一室，一秀才已先居之。日甚暮，大雨，不可前，不得已推户径入，曰：‘值暮至此，与公同此室，可乎？’秀才方踞火坐，顾曰：‘唯，唯。’良久忽言曰：‘公曾读《唐书》否？’某愠曰：‘某虽寡学，宁鄙陋至是！’又笑曰：‘记得《牛僧孺传》否？’某不答。秀才曰：‘吾言无它，公乃僧儒后身。前生为武昌节度使，缘未尽。今生当再往，异时官禄多在彼土矣。’某异其语，以为相师。问其姓氏，徐对曰：‘公知有雍孝闻者乎？吾是也。’自崇宁之初，殿廷駮放，浪迹山林，偶有所遇尔。”扣之，不肯言，终夕相对，论文而已，至晓而去，不复再见，适睹道人之貌，盖雍君也。风采与四十年前不少异。真得道者也。”坐客莫不惊叹。

汪再漕湖北，又守鄂州，为总领，累年皆在武昌。

木生名广莫，往来汉沔间。见人唯谈文墨，殊不及他事，无有知其为异人者。

沈道原亦识之，云：政和中以道士入说法，徽宗谓其得林灵素之半，故以木为姓。（汪说）

【译文】汪致道，徽州歙（今安徽歙县）人。绍兴十八年（1148，宋高宗时期）作为掌管朝中籍田、青苗、水利、保甲、校考、升黜诸路官员的司农寺的副总管在湖北总领财赋。有一次他到大将田师中家参加宴聚，到的最晚，管水运的漕使和鄂州太守都已经先到，正在和田将军下棋，另外还有一个道人木先生也在座。汪致道一进来，木先生上前一揖：“分别已久，身体可好！”汪道感到惊愕：“素昧平生，彼此不认识，怎么说：“久别！”木道人说：“贵人多忘事，难道不记得宣州路上在店中我们谈论牛奇章的事情了吗？”汪致道肃然起立向木道人致歉。

一会儿木道人离去，汪致道给大家说了过去他和木道人交往的经过：

“崇宁五年（1106，徽宗时期）我初登第得以任宣州教授之职，在十二月单车赴任时在一个小村庄投宿，这家唯有的一间房子已先住进一个秀才。天已很晚，大雨滂沱，行进为难，我不得已推门直入，对那个秀才说：‘在这么晚的时候我赶到了这里，与先生同住这房子里可以吗？’那秀才刚坐在火炉边，对我‘啊，啊’了两声。好大会儿忽然问我：‘先生可读过《唐书》吗？’我有些恼火地回答：‘我虽然学浅，竟至于鄙陋到连《唐书》也没读过的程度吗？’那秀才呵呵一笑，说：‘唐书中的《牛僧孺传》你还记得吧？’我没有回答，他接着说：‘我说的没有别的意思，先生您就是牛僧孺后世的转身。前半生武昌节度使的缘分还没有尽，今生当继续，过此时您的官禄多在那里。’他的话使我感到奇异，这不是常人所能知道的，我怀疑他是个相面的大师。就问他的姓名，他慢慢回答我：‘先生可知道有一个叫雍孝闻的吗，我就是呀！’自徽宗崇宁之初，既敢像猛兽驳一样肆放于宫廷，又可以无拘无束的浪迹于山林，偶然碰到一起，你问他的来历他不肯说，长夜相对，议论的只是学问，天明飘然而去，以后不再相见。刚才我看那道人的相貌，就是雍君，他的风采与四十前没有一点差异，是一个真正得道的人啊！”在场的人都为之叹服。

以后，汪致道果然由宣州教授又升为湖北漕运主官。再迁鄂州（即今武汉武昌）太守成为总领，长年累月都在武昌。

木道人名叫广莫，他就往来于汉水和沔水之间，见人只谈文墨学问，绝口不谈其他的像他和汪致道有过交往之类的事，因而没人知道他是一个奇人。

沈道原也认识木道人，他说：“雍孝闻政和年间曾以道士进入宫中说法，徽宗说他已经达到了被徽宗赏识称为‘道真达灵先生”的林灵素的一半，因此他就以木为姓了。

灵芝寺

绍兴十二年，唐信道廷对毕，馆于西湖灵芝寺。时已五月，二仆纳凉湖边，呼声甚急。唐往视之，二仆挽一僧，云：“僧走欲赴水，一足已溺，呼之不肯回，力挽其衣犹不能制。”随与归室中。

寺之人云：“顷寇犯临安，两僧死于湖，今其鬼耳。”

问溺者所见，曰：“两僧来告，孤山设浴甚盛，邀同舟以行，一足已登而为人掣其后，故不得去，心殊恨恨也！”

坐少定，复发笥取新衣著之，并易履袜，若有导之者，径趋水滨。僧急尾救之。既还诋救者曰：“我适游处甚佳，尔辈何见疾，必强我归，我终一去耳。”

主僧遣三人护之于室而扃其外。唐所寓舍与之邻，唯以苇席为限，闻为鬼所凭，作诗云云。唐唯记其一句曰：“日日移床趁下风，”盖窃东坡语也。唐诮之曰：“汝生为出家子，视形骸如土木，虽不幸死，当超然脱去，乃甘留恋为游魂滞魄，真可羞也！”

答曰：“吾非为厉者，欲度此僧故与之俱。且何预尔事！”唐曰：“吾视人垂死而不救，可乎？且汝既不能自脱，又枉以非命害一人，何益于汝？空令湖中增一鬼耳。”

相往复至夜半，鬼益怒，叱曰：“只尔也非了生死者。”唐嘻笑应之曰：“我当死即死，必无幽滞，终不效汝，加非理于生人。”鬼似悟唐说，不复有语，久之僧始昏睡。

迨晓，问之，乃会稽人，主僧令送归其家。唐后见之于临湖鉴台寺，云："只忆初赴水时事，余皆不知也。"

【译文】绍兴十二年（1142）唐信道参加科举最高级的考试"廷试"完毕后，住西湖灵芝寺。这时已是五月，两个仆人到湖边纳凉去了。唐信道忽然听到二人呼声很急，跑去一看，两仆人一块儿拉着一个和尚，他们说："这和尚想跳水，一只脚已经淹着，喊他也不肯回头，用力拉他的衣服也制不住他。"他们就一起把和尚扶回到寺院内。

庙里的人告诉他：过去贼寇进犯临安（今杭州）时有两个和尚死到湖里，现在这是那鬼来作祟的。

问这要跳水的和尚看见什么？他说："两个和尚来告诉我，说孤山佛会办的很热闹，邀请我同船前往，一只脚刚刚上船，身后就被人拽住，所以走不了，心里颇为忿恨！"

刚坐定，那和尚就动手打开箱子，拿出新衣穿上，并且换了鞋袜。好像有人领着似的径直向水滨走去。几个和尚紧跟出去救了他。回来后他还诋毁救他的人，说："我要去的游玩地方十分美妙，尔等看见什么了，慌忙把我强拉回来！我终究要去一次！"

主持僧派三个人守护着他，并把门从外边扣上。唐信道正好住在那房子隔壁，中间只隔一道苇席。听到鬼还借助那僧人的口作什么诗，唐信道只记住其中一句是"日日移床趁下风"，原来偷的是苏东坡的句子。唐信道就讽刺他说："你身为出家子弟，应该把形骸看如土木，虽然不幸死了，应该超脱而去，但你却甘愿留恋，使自己成为游荡的魂，滞留的魄。实在可羞啊！"

隔壁回答说："我并非是恶鬼，只是想超度这个和尚，所以才和他在一起。而且这事与你什么相干！"唐信道说："我看着人要死而不救行吗！况且，你既然不能自己解脱，又枉自害人于非命，对你有什么好处，徒自叫湖中多一个鬼罢了！”

就这样，你来我往直到半夜，鬼更加恼火，大声喝道：“就你这样子，也不是知道生死为何物的人！”信道却嬉笑着说：“我该死就死，必不会像幽灵般的停留，永远不会学你们那样子，用非理性的行为强加给活人！”鬼似乎听明白了这话的道理，于是不再说话。好一会儿，那和尚才昏然睡去。

待到天明，问那和尚，他原来是会稽人，主僧令人把他送回老家。唐信道以后在临湖鹫台寺见到了他。他说：“那时只记得开始去跳水的事，其余一切都不知道了。”

王璧魁荐

王璧，字炳文，明州人。靖康元年，赴淮南试于楚州，寓龙兴寺，寺大门内有人题曰：“东壁之光，下照斗牛，今年王璧当魁荐。”问诸僧及阍者，皆不知何人所书。是岁王果为解头。（两事皆唐信道说）

【译文】王璧，字炳文，明州（今浙江宁波）人，钦宗靖康元年（1126）赴淮南在楚州（今江苏淮安）赴试以后，住在龙兴寺。寺大门内有人题字，那字写的是：“东边之壁有光，下照北头金牛，今年王璧当中魁被荐。”王问寺内的和尚和看门的人，都不知道是何人所写。这年，王璧果然在省里考试中夺得头名解元。

太山府君

孙点，字与之，郑州人，温靖公固诸孙也。

建炎四年，知泉州晋江县，居官以廉介自持。是岁七月，叛将杨勍自江西轶犯郡境，点出御寇，归而疽发于背。主簿入卧内省之，胥吏数人在旁。点顾户外曰："何人持书来？"皆莫见。少焉，点举手左右，口中嗫嚅为发书疾读之状。主簿问："何书？"曰："檄召点为太山府君。"顾吏曰："此有石倪及徐楷二人乎？"吏曰："有石教授者，居别村；无徐楷，但有涂楷解元耳。"点曰："何用措大为？"诸吏怪其语不伦，无敢问。后三日卒。

石倪者字德初。方待次乡里，绍兴三年，以官期未至，诣临安欲有所易。得疾于抱剑邸中，以七月中死。

涂楷字正甫，时为州学谕。同舍生每戏之曰："君往太山，他日朋友游岱，借君为地也。"楷闻倪死，颇不乐，从天宁寺长老慧胜学禅。绍兴六年七月，休日还家，沐发罢，端坐而逝。

三人之死相去各三载，皆以七月，疑亦三年一受代云。

点当官时，杖一里胥死。闻其贫，即召其子，俾代父。胥家不致憾于死者，而感点之录其子。点既亡无以为殓，皂吏为合钱买棺，葬之城外，里胥家至今岁时享祀之。

【译文】孙点，字与之，郑州人，是温靖公固的孙子。

建炎四年（1130）他任泉州晋江的知县，为官廉洁正直。这年七月，叛将杨勍从江西流窜犯境，孙点在和流寇作战回来，后背上长了疮。掌管县文书薄籍印鉴的主簿到卧室里看他，还有几个小官吏也在旁。孙点看着门外问：“那个拿着书来的人是谁？”大家都没看见有人。不一会儿，孙点举起手左右移动着，嘴里还嗫嗫嚅嚅，急急如读什么东西的样子，主簿问他是什么书？孙点说：“是上边来的檄书，召我为太山府君。”他看着大家问：“这里有石倪和徐楷这两个人吗？”有人回答他：“石倪是这里的教授，在别村住着，没有徐楷这个人，只有一个涂楷，他是解元。”孙点听了后，说：“用这些穷酸书生干什么！”这不伦不类的话使大家感到奇怪，也不敢问他，三天以后，孙点离开人世。

石倪，字德初，绍兴三年（1133）正在家里待命，因宫期不到，就到京师临安碰碰机会，在抱剑邸中得了病，七月中旬死去。

涂楷，字正甫，为州学的训导官。他的同学曾经和他开玩笑：“你往太山，以后朋友们游泰安，可以借你的地方了。”涂楷听说石倪死的消息颇为不乐，有点万念俱灰，他跟天宁寺长老慧胜修佛学。绍兴六年七月休息回到家里，洗罢头端端正正地坐着死去。

三个人之死，间隔都是三年，而且都在七月，有人为这是三年传一代的说法。

孙点当官时曾经用刑杖死一个乡里的小官胥吏。听说这胥吏家中很穷，就用他儿子接替了父职。胥吏家里不怨恨胥吏的被处死，而对起用他的儿子深感孙点的厚德。孙点死后因穷没有钱入殓，差役们凑钱为他买了棺木，葬到城外。直到如今那胥吏家还不时祭祀他。

邓安民狱

邵博，字公济，康节先生之孙。绍兴二十年为眉州守。郡有贵客，素以持郡县长短，通赇谢为业。二千石来者多委曲结奉。邵虽外尽礼，而凡以事来请辄不答。客衔之。

会转运副使吴君从襄阳来，多以襄人自随，分属州取奉给，邵独不与，客知吴已怒，乃诬邵过恶数十条以啖，吴大喜，立劾奏之，未得报即逮邵系成都狱。习理参军韩抃懦不能事，吴择深刻吏签判杨均主鞫之，时二十二年。

眉州都监邓安民以谨力得邵意，主仓庾之出入。首录置狱中，数日掠死。其家乞收葬，不许，裸其尸验之。邵惧，每问即承。如是十月许，凡眉之吏民连系者数百，而死者且十余辈。

提点刑狱缙云周彦约知其冤，亟自嘉州亲诣狱疏决，邵乃得出。阅实其罪无有也。但得以其酒馈游客，使用官纸札过数等事。方具狱，杨生即死，狱吏数人继亡。明年，命下，邵坐贬三官，归犍为之西山。

其秋，眉山士人史君，正燕处，人邀迎出门。从者百人，皆绣衫花帽，驭卒控大马甚神骏。上马绝驰目不容启。到一甲第，朱门三重洞开，马从中以人，史欲趋至客次，驭者不可，径造厅事。坐上绯绿衣数十，皆揖史居东向，辞曰：“身是布衣，安得对尊客如此！”其一人曰：“今日之事公为政，何必辞之。”前白曰：“帝召公治邓安民狱，今未也，俟公登科毕，即奉迎矣。”史不获已，就坐欠伸而寤。不为家人言，密书之。

又明年，史赴廷试，过荆南，时吴君适帅荆，得疾。亲见鬼物往来其前，避正堂不敢居。未几而死。

史调官还至夔峡，小疾，语同舟者曰：“吾当死，君今报吾家，令取去秋所书者观之，可知也。”是夕果卒。

又二年，所谓贵客者，暴亡于成都驿舍。

又明年十一月，邵见安民露首持文书来，白曰：“安民冤已得伸，阴狱已具。须公来证之，公无罪也。”指牍尾请书名，已而复进曰：“有名无押字不可用。”邵又花书之，始去。

邵知不免，盛具延亲宾乐饮。逾六日，正食间，觉肠中微痛，却去医药，具衣冠待尽，中夜而卒。（成都人周时字行可说。邵守眉日行可为青神令）

【译文】邵博，字公济，是康节先生的孙子，绍兴二十年（1150）为眉州（今四川眉山）太守。他所辖的郡地有一位贵客，素来好用挟持郡县长长短短的把柄，以求得贿赂，以此为业。二千石以内的官吏，凡新任官吏，不得已对他只有委曲奉承。邵公济却不然，他对外迎奉尽管礼貌周到，但凡来请办此类事的常置之不理。这位贵客于是就对他怀恨在心。

这时正好转运副使吴某人从襄阳来，跟随的多是襄阳人，而又分到各州去取俸薪。邵公济却也不听他这一套。那位贵客知道这位手握重权的转运副使正恨着邵公济，于是捏造了邵公济的“罪状”几十条，“喂”给了吴副史。这位吴官人喜出望外，立即写了弹劾的奏表送京，并且没有得到回示就把邵公济抓起来，送到成都监狱。他嫌掌管监狱的司理参军韩抃办事不力，就选派了精明强悍的签判杨均来主审此案。这是绍兴二十二年的事。

眉州的另一个主要官员是都监邓安民，他办事谨慎有力，深得邵公济的赏识，让他主掌仓庾出入，军戍等重要部门，吴大人把他抓进监狱之后，几天就拷打致死，并且不允许家人收葬，让他暴尸街头。邵公济被这血淋淋的恐怖所震慑，问他一条条“罪状”，他回答只有一个“是”字。这样到十月份，眉州的官民被牵入此事的数百人，十几个人已死于冤狱！

掌管所辖地区司法刑狱、复查有关文牍的提点刑狱是缙云（今浙江永康）人周彦约，他知道这是个冤案，立即从嘉州（今四川乐山）赶来，亲自封狱中复查裁决，邵公济才得以解脱。经复审落实那些罪名根本是子虚乌有。只有以酒招待游客，滥用官家纸札过量等几条过失。邵公济进狱不久，原来主审此案的杨均死去，几个狱吏也相继而亡。到第二年命令才下来，邵公济被贬三级，便回到犍为（今属四川）的西山去了。

秋天，眉山秀才史君正在饮宴，被人邀请出门，上百人的欢迎队伍，穿着绣衫，带着花帽，牵着神骏的大马。上马以后，马驰如飞，眼也难睁。到一处大宅院门前，三道朱红大门启开，马从中而进。史君想去宾馆，请他的人不允，直接把他送到大厅前，厅上有几十个穿红绿官服的人，向他施礼，请他坐到东边上坐。史君慌忙辞谢，他说：“我身为布衣百姓，怎敢受尊客如此款待！”其中一个人说：“今天的事，先生是正席，不必过谦。”他走上前来，说明了原委：“玉帝要召先生办理邵安民狱案，但不是现在，等先生登科以后就要奉迎你了，”史君推卸不得，就座欠伸，忽然醒来了。醒后他没有把梦中所遇告诉家人，而秘密地将它记录下来。

明年，史君赴廷试从荆南路过时，那位制造冤狱的转运副使吴大官人正在荆南任行政长官，他在任上得了病，亲眼看见鬼物在他面前来来往往，吓得他不敢住在正堂，没有多久就死去了。

史君从京师调官回来，走到夔峡得了小病，他告诉船家："我不会活了，你回去给我家报个信，让他们把我去年秋天所写的东西拿出来，一看便知是为什么了。"尔后他果然死了。

又二年，那位捏造假罪状的所谓贵客，在成都驿舍里暴亡。

又到明年十一月，邵公济看见邓安民拿一卷文书来，说："我邓安民的冤已经得到澄清，阴狱已经具备，需要您来证明您是无罪的。"他指着文书后面请邵公济签名，之后又说："有名无押字不能用。"邵公济又画了押，邵安民拿着文书而去。

邵公济知道自己也免不了离开了，他大摆宴席邀请亲友，连着欢饮六日。这天正在吃饭，觉肠中有一点痛，他谢绝医药，穿好衣服等待，中夜以后便辞世。

盐官孝妇

绍兴二十九年闰六月，盐官县雷震，先雷数日，上管场亭户顾得谦妻张氏，梦神人以宿生事责之曰："明当死雷斧下。"觉而大恐，流泪悲咽。姑问之，不以实对，姑怒曰："以我尝贷汝某物未偿故耶？何至是！"张始言之，姑殊不信。

明日暴风起，天斗暗。张知必死，易服出屋外桑下立。默自念："震死既不可免，姑老矣，奈惊怖何！"俄，雷电晦冥，空中有人呼张氏曰："汝实当死，以适一念起孝，天赦汝。"又曰："汝归益为善，以此语世人也。"

【译文】绍兴二十九年（1159）闰六月，盐官县（今浙江海宁县西南）遇到大雷震。先打雷好几天。上官场亭有一家盐户叫顾得谦，他妻子张氏，夜里梦见来了一位神人，责备她前世有罪，并宣布："明日你当死在雷斧之下！"醒来后她万分恐慌，流泪悲咽。婆母问她为什么，她也不以实相告。婆母大怒，说："是不是因为我曾经拿了你什么东西未还的原故吗？何至于这样呢！"婆母生气了，她只好把梦中的事说了出来。婆母颇为不信。

明日，狂风大作，天昏地黑。张知道自己必死无疑，就换了衣服到门外桑树下站着。她思量：自己震死已不可免，可是婆母已经老了，她如何能经得起这样的惊吓呢？"顷刻间，雷电黑暗中听到空中有人喊张氏，说："张氏，你原来实在应当死，因为刚才起了一个孝的念头，上天饶恕了你。"又说："你回去以后，应该更多地为善，用这样的视例来告诫世人的。

曹氏入冥

靳师益，济州人。父守中，官至尚书郎。

绍兴二十九年，靳为余杭主簿。妻曹氏以六月病卒，已殓经夕，一足忽屈伸。靳惊视之，面衣沾湿，有泣涕处。靳号痛曰："得无以后事未办乎？它何所欲言？"抚其体，渐温，已而叹曰："我欲钱用"，靳命其纸钱数车，曰："未也"，又焚之如初，久而稍苏。掖之起坐，流泪滂沱，言曰：

"先姑唤耳。忆病昏之际，二妇人来云：'恭人请，'即俱出门，肩舆去甚速。至官府，户内列四曹，只记其一曰《南步军司》方袭。回无所之，遇阿舅生时所使老兵，遮拜曰：'何得至此？'以姑命对。即引入两庑间，皆系囚，呻吟之声相属。

开自东阶，舅金冠绛袍，若今王者。与紫衣白衣人鼎足议事，且置酒。闻舅语云：'三官更代，有无未了事件？'顷之送二客还，我自屏间趋出拜，舅骇曰："谁呼汝来？'亦以姑对。舅与俱入。

姑冠帔坐堂上，若神祠夫人，侍儿持雉扇，环立甚众。舅责曰：'渠家儿女多，何得招致？'姑曰：'以乏钱故也'，吾又趋拜，且问：'需钱何用？'姑曰：'吾长女以妒杀婢媵，久絷幽狱，狱吏邀贿，无所从得，不获已，从汝求之。'又曰：'汝为我转轮藏已尽用了，更为诵梁武忏救者吾女。'

少时舅促归，命询肩舆者食，曰已食，遂遣吾出。相戒曰：'勿泄此事，恐不利于汝'，送至车上，从者十余人，皆黄衣金甲，其行如飞，既到家，黄衣人求金，凡两焚钱始去。"

自此痊愈，然才旬日复死。人谓其漏言不免云。

【译文】靳师益，济州（今山东济宁）人，他的父亲靳守中做官曾做到朝中的尚书郎。

绍兴二十九年（1159）靳师益为余杭（今浙江余杭县）掌文簿典籍钤印的主簿。他妻子曹氏在六月病死，已经入殓。过了一夜忽然看到她的一只脚一屈一伸，靳主簿吃惊地注视着，发现死者脸上和衣服上有几处湿渍，这是哭泣留下的痕迹。靳师益悲声大恸，说："是不是以为后事未办？其他你还想说啥？"他哭着摸摸死者的身体，感到渐渐有了体温。少停，听到她说："我要钱用"，靳师益赶快叫烧了几束纸钱，她又说："不够"，又烧了一次。好一阵子，她稍为苏醒，扶她坐起来，她涕泗滂沱，说：

"是先前婆母唤我的。我记得在病昏之中，来了两个妇人，说

‘恭人（大夫之妻的封号）有请’，我们就一起出门。坐上轿子走得很快，到一个官府户内，站着四位军曹，只记得其中一个叫南步军司方裴。回头没处可去，遇见阿公生时使用的老兵，拜见后他问我：‘怎么到这个地方来了？’我就把婆母的命令说给他。他把我引了进去。看两边小厢房里都关着囚犯，交织着一片呻吟之声。

我看到公公从东边台阶上来，他头戴金冠，身穿红袍，像现在的王公一样。他和一个穿紫，一个穿白的两人成三角状在议论公事，而且还摆着酒。我听到公公说：‘天、地、水这三官的更替还有没有什么事件？’不一会儿他送客回来，我从屏风后边出来拜见，公公见了我大吃一惊：‘谁唤你来的？’我说是婆婆。公公和我就一块进里边了。

进去后见婆母头上戴冠，身上着帔坐在堂上，像神庙的夫人。一群侍女手中拿着雉鸡扇站了半圈。公公埋怨她：‘她家中儿女那么多，怎么能把她招来！’婆母说：‘因为乏钱的原故’，我就上前拜问：‘为什么需要钱？’姑说：‘我的大女儿因妒意杀死了媵妾，囚在幽狱已经很久，狱官索贿我无处可求，不得已才找你帮助。’她又说：‘你给我转运的东西我都用上了，再为我多诵佛经，以救我的女儿。’

停了会儿，公公催我回来，命令轿夫吃饭，有人说已吃过了，就送我出来。告诫我：‘今日的事不能泄露，恐怕对你不利，’送我上车，车上有从人十几个，都是黄衣金甲，行动如飞。回到家来以后，这些黄衣人向我要钱，前后烧了两次钱他们才走了。”

曹氏的病从此就好了，但才十几天又死了过去。有人说这是因为她漏了嘴，死是难免的。

断妒龙狱

郭三雅妻陆氏，秀州海盐人。平时端靖有志操。绍兴二十八年六月十五日，呼其子昭，戒曰："吾数日后当死，切记勿即殓。"叮咛数四，昭忧之，亦未敢尽信。

及期，无疾而逝，心犹微温，奄奄有出入息。十日复生，曰："姑苏某龙王嬖一妾，遭夫人妒忌，以箠死。鞫讯天狱，累年不能决。上帝命我诘其情，一问而得之。奏牍已上，信宿当就刑，是时必暴风雨至。

至七月五日，平江大风驾潮，漂溺数百里，田庐皆被其害。（三事窦思永说）

【译文】郭三雅的妻子姓陆，秀州（今浙江嘉兴）海盐人。陆氏平素品德端正，性情娴静，有志而讲操守。绍兴二十六年（1156）六月十五日，把她的儿子郭昭叫到跟前，告诫他说："我几天后会死，千万不要马上入殓。"她叮咛了又叮咛。郭昭很为此发愁，但也不敢绝对相信。

到时候陆氏没有病就死了，胸口还微微发温，鼻息奄奄还出气回气。这样过了十天，郭氏苏醒过来，她说："姑苏（即今苏州）有一个龙王，宠爱着一个小妾，夫人因妒忌把那小妾打死了。天狱审询盘问一年多决断不清。上帝命我去查问情由，我一问就弄清是怎么回事。上奏的文书已经报去，两晚后就要用刑，到时候暴雨必来。

七月五日，平江大风挟着潮水，漂流淹没几百里，许多田地、房舍都深受其害。

义夫节妇

建炎四年五月，叛卒杨勍寇南剑州道出，小当村，掠一民妇，欲与乱，妇人毅然，誓死不受污，遂遇害，弃尸道旁，贼退，人为收瘗之。尸所枕藉处迹宛然不灭，每雨则干，晴则湿，往来者咸叹异焉。或削去之，随即复见，覆以他土，则迹愈明，至今犹存。

又有顺昌县军校范旺者，当范汝为乱时，邑中群盗余胜等亦窃发，土军陈望素喜祸，欲举寨应之。旺叱众曰："吾等父母妻子皆取活于国，今力不能讨贼，更助为虐，岂不惭负天地！"凶党忿其语切，亟杀之，一子曰佛胜，年二十，以勇闻，贼诈以父命召之，至则俱死。

妻马氏闻夫、子皆死，哭于道，贼胁污之，不从，磔于木，节解之。

后数月，贼平，旺死处砖上隐隐留尸迹，不少翳，邑人相与揭其砖，聚而祠之，已又图像于城隍庙中。

绍兴六年，建安人吴逵通判州事，以其事闻，诏赠承信郎，许立庙。顺昌丞苏灏领役，梦旺具簪笏进谒，具谢董督之意，且曰："初被害时，为凶徒剔去左目。"引苏视之，又别有一僵尸在地，著短白衫。复指庙之东南偶曰："遗迹犹在是，已寓意于邑令矣，幸公念之。"苏明日入庙中，问旺死时状，皆曰然，莫有知其剜目者。东南偶则砖祠故处也，于是访得其妻子尸并葬之。

县令黄亮闻之，以语妻蔡氏，蔡氏惊曰："昨夕亦梦紫衣人谒君于廷，君揖之升厅，及阶逊谢而去，其姓名则范旺也。岂丞所谓寓意者乎？"

旺一卒以忠死，妇人以节死，没而不朽，岂不信云！

【译文】建炎四年（1130），叛军杨勍进犯南剑州（今福建南平）在路过小当村时劫了一个民妇，想要强占她，她誓死不从，结果被贼人杀死，把尸体丢弃在路旁。贼人退走后人们把她掩埋了。但原来存尸的地方尸迹宛然不灭，下雨天这尸迹是干的，天晴时它又是湿的，用别处的土盖上，尸迹看得更清楚，到现在仍然是这样。

又有顺昌县有个军校叫范旺的。当范汝作乱时，县里的土匪也蠢蠢欲动。余胜等已暗中发兵，平时唯恐天下不乱的陈望也想起而接应。孤身在贼窝的范旺大义凛然，怒斥群贼："我们的父母妻子因为有了国家才能生存，现在不能出力征讨贼子，反而助纣为虐，岂不愧对天地！"万恶的贼党恼羞成怒，气急败坏地把范旺杀害了。范旺有个儿子叫佛胜，以勇敢闻名，贼人怕留后患，便以范旺名义把他骗来，他们父子先后遇难。

范旺的妻子马氏听说夫、子都死了，在路上痛哭，贼人威胁要污辱她，她抵死不从，最后被残忍的贼人肢解了。

几个月后贼乱被平息下去，范旺被杀害的地方，砖上隐隐留下尸体的迹印，没有被少少的掩盖。县里人就把这地上的砖揭起来集中为其盖了座祠堂，并把范旺的图像挂到城隍庙里。

绍兴六年（1136）建安（今福建建瓯）人吴逵在州当通判，接到朝廷发来的诏书，诏书赠封范旺为承信郎，允许给他立庙纪念。

顺昌县丞（县令的助手）苏灏领工兴建，他梦见范旺头戴缨簪，手执朝笏来见，感谢苏灏费神督工，并说："当初被害时凶犯曾挖去了他的左眼。"他领着苏灏看了一下，又一具僵尸在地，那僵尸穿着短白衫。又指了指庙的东南方向，说："遗迹还在，我已经给县令示意过了，希望你记着此事。"第二天苏灏到庙里问了范旺死时的情景，许多人说的都一样，但是没人知挖眼的情节。庙的东南角就是原来立祠纪念的地方。于是又寻访了范旺的夫人和儿子的尸体，也安置在庙内。

县令黄亮听说此事后把它告诉了妻子蔡氏，蔡氏吃惊地说："昨晚我也梦见一个穿紫衣服的人来见你，你从院里把他请到厅里，到台阶处他拜谢后走了。听他说的名字原来就是范旺。这是不是就是苏灏所说的"示意"那句话？"

范旺，一个军卒死于忠，妇人死于节，人虽然不在了，但可以不朽，这岂不是一个确切的道理吗！

葵山大蛇

王履道左丞葬于泉州之葵山，去城四十余里。山多蛇，墓人张元者，养羊十余头，往往为所吞噬。

元操刈镰出迹捕。正见大蛇擒一羊，蟠束数匝，先啮肤吮血，已乃喷毒其中，羊渐缩小，软若无骨，始吞之。元旁立伺隙奋刃而前。蛇昂其首，高五尺许，摇舌鼓怒，为搏人之势。元投以刃，刃坠，元奔归，呼其子，别携刀往。蛇犹在故处未去。迎刺之。断首而死。尾有两歧，利如钩。秤其肉重，六十斤，背皮至阔一尺五寸。守冢僧曰："此特其小者耳。一窟于山者，身粗若瓮，每出时大木皆振动”云。

【译文】左丞相王履道死后埋葬在泉州（今属福建）的葵山，离城四十多里，山里蛇很多。有个修墓人名叫张元的，养了十多头羊，常常被蛇吃掉。

有一天，张元拿着割草的镰刀出来，顺着踪迹寻找，正见一条大蛇擒着一只羊，它用身子把羊盘绕几圈，先咬开皮肤吸血，接着往羊身上喷毒，羊渐渐缩小，软的好像没有骨头一样，蛇开始张嘴去吞羊。张元在一旁站着，趁机会拿镰刀上去，那蛇马上昂起头，高有五尺多，摇舌怒目，一副准备搏击的架势。张元把镰刀投去，掉在地上。他奔跑回家，喊着儿子，又拿别的刀去了。那蛇乃然在原地未走。他们迎上前去，蛇头被砍断死去。他们看时，蛇尾有两个分叉，锋利有如秤钩，蛇肉重六十斤，蛇背部的皮宽一尺五寸。守墓的和尚说：“这还是特别小的，山上洞里有一条大的，蛇身像瓮一般粗，每一出来，大树都为之振动。”

融州异蛇

马扩子充谪融州，居天宁寺，营厕于竹间。尝持矛奏溷，闻若有叱之者，周视之，则无人焉。复闻再叱声，乃一蛇在屋角，开口吐舌，头如斗大，马舂之以矛，刃入于栋。亟出唤仆共视，蛇已死。但不见其体。注目寻索，仅如细绳，缠榱桷数十匝。取以视邦人，虽戴白之老亦无有识其为何等蛇者。

【译文】马扩子被贬谪到融州（今广西融水）住在天宁寺。他在竹林里修了一个厕所。有一次他拿着矛去解手，听到好像有喝斥他的声音，他四周看了看并没有人。接着他又听到了那种声音，循声看去，原来屋角上有一条蛇，张着嘴，吐着舌头，头好像斗那么大。马扩子拿矛便投矛刺入梁中，他赶快出来，唤了仆人一块儿去看，那蛇已被刺死，但不见蛇身。仔细寻找，才看到蛇身像细绳一样，在椽子上缠了几十圈。他们把蛇取下来让当地人看，就是白发老翁也不知道这是什么种类的蛇。

一足妇人

绍兴十七年泉州有妇人货药于市，二女童随之，凡数日。好事者窃迹其所止，乃入封崇寺之僧堂，堂空无人，独三女者共处。旁人夜夜闻捣药声，旦则复出，初未尝见其寝食处也。

他日，寺僧密窥之，乃皆一足，失声叹咤，妇人如已闻之，明日不复见。（三事王田嘉叟说）

【译文】绍兴十七年（1147）泉州（今属福建）有一个妇女在市场卖药，还跟有两个女孩。一连卖了好几天。有好事的人跟踪看她们落脚的地方，原来她们进了封崇寺的僧堂里，这堂里空无人住，就这三个女的共处。旁人夜夜都听到她们捣药的声音，天明就再出来，从未见到过她们是在什么地方吃饭睡觉。

有一天，寺里的和尚偷偷地窥看，发现三个女人都只有一只脚，他们十分惊异，一不小心失声咤叹，那妇人好像已经听到了，第二天再没见到她们。

夷坚乙志

卷第一（十事）

更生佛

仙井监兰池乡民鲜逑，因病误服药，病且亟。恍忽不知人，见三黄衣吏，持檄来追。别有二白衣者，啸于梁上。逑命其家焚纸钱祝之，曰："有子买药未还，愿延须臾。"三人喜，载钱以出。至暮子归，三人从以入，逑遂死。与二白衣同行，盖亦就逮者，一曰蜍充，一曰税中定。行久之，入大城，门阙三重，宫室甚壮，遇故人曹惟吉，先死数岁矣，问逑来故，逑曰："被追至此，不知何事也。"曹贺曰："有乡人在，可勿忧。"曰："谁邪？"曰："虞太博，今判更生道，明日为更生佛矣。宜速往。"

少焉，吏引入殿下。王者旒冕坐其上，先呼中定及充，皆释去，相去颇远，不知所云如何也。既而问逑，平生修何善，对曰："家贫无力，但尝游瓦屋山，瞻辟支佛，瑞色甚盛，及以一木施天翁堂耳。”吏与纸笔，使录所言，持以上。王书其后曰：“放还。”逑拜于庭，回数步间，有呼之者，王临阶语曰：“为我报家人，令设更生道场，且诵更生佛名。”语毕，白光腾上，室宇赫然。逑又拜而出。至大楼阙下，望题榜绿牌金字，曰：“大慈大悲更生如来”。才出门，即苏。妻子正哭泣，具棕将敛矣。时绍兴十八年六月二十六日也。

明日，奔诣虞氏，述所见，适虞公小祥日云。虞名祺，字霁年，平生不读佛书，尝为夔潼漕。方军兴时，诸道以聚敛为先务，惟虞所部独晏然不扰。最后在潼川，当绍兴十七年，属微疾，至六月二十七日，凭几不语，忽睨座客曰：“古佛俱来，吾亦归矣。”子允文，旁立泣下。又顾曰：“身得为佛，有何不可？”客异其言，已含笑而逝。及逑事传，然后虞成佛之证益显。更生佛名，见《大涅槃经》中。（新宁丞陈潰作记）

【译文】仙井监（今四川仁寿）兰池乡有个百姓名叫鲜逑，因为有病吃错了药，使他病情加重，已到快要死亡的地步。这时他精神恍惚，分不清人事，忽然看见三个身穿黄衣的差人，拿了文书来追他魂魄，还有两个穿白衣的人，在房梁上跳跃喊叫。鲜逑便叫家里人焚烧纸钱，祝求说：“我的儿子买药还没回来，请稍等一会儿再把我带走吧。”三个黄衣人脸上露出高兴的样子，拿了钱便出门去了。到了傍晚时，他儿子从外边回来，那三个黄衣人也就跟着进来，于是鲜逑便死了。和那二个白衣人一同行走的，也是被拘走的，一个名叫蜍充，一个名叫税中定。他们一行人走了很久，来到一座城池前，走过三道阙门，只见城内宫殿房屋十分巍峨壮观。在路上，忽然遇到去世好几年的朋友曹惟吉。曹便问他是因为什么事被拘来的，鲜逑说：“我被他们拘了来，并不知道犯了什么罪恶的事。”曹惟吉听了十分高兴，便向他祝贺说：“有同乡人在这里，你不必发愁了。”鲜逑问：“是谁呀？”曹惟吉说：“就是曾在太学任教的虞博士。今天他要来判几个更生回阳的人，明天他就要成为更生佛了。你要快去撞这个机会。”

停不到一会儿，公差已经把拘来的三个人领到大殿底下。只见一个穿着帝王服装，戴着王冠的神祇坐在殿上，先把税中定和蜍充唤上殿去问话，问罢，都叫释放他们回去。因为距离很远，鲜逑也听不出都问了他们什么。既把那二人处理完毕，又叫唤鲜逑上殿，询问鲜逑一生都做过什么善事。鲜逑说：“因为家里贫穷没力量做善事，不过曾经去游览瓦屋山，瞻仰过山寺里奉供的辟支佛，看到佛像吉祥瑞气十分宏盛，便捐了一根木头做修葺天翁堂耳房使用。”殿上的书吏便拿出纸笔，让他把刚才说的事写到纸上。然后把纸呈给那帝王模样的神祇，神祇看了后，便在纸上批示：“放还。”于是鲜逑再三向神祇拜谢，刚下殿走不到几步，听到有人喊他站住。回头看时，只见那神祇已走下公案，站在台阶上说：“回去告诉我家里人，让他们给我设立更生道场，同时要唱诵更生佛的名字。”说罢，只见白光腾腾，整个殿宇变得十分明亮。鲜逑便跪下再拜后，才走出宫来，来到大楼前的阙下，只见上边挂有绿牌金字的大匾，题着：“大慈大悲更生如来”。鲜逑刚走出阙门，便发现自己已经复活。这时，他的妻子正在哭泣，并且棺材也准备好了，正准备把他入殓呢。这是宋高宗绍兴十七年六月二十六日发生的事。

第二天，鲜逑便到虞家去拜访，把自己所见的事告诉虞家的人。这天正是虞公去世一周年。虞公名祺，字齐年，生平并没读过佛经，曾当过夔潼（今四川奉节和绵阳）一带征收和运输漕粮的官员。当时，正值发生宋金战争的时候，各地征集、运送军饷的官兵，都是尽量从百姓身上苛征暴敛，唯独虞公的部下，纪律严明，从不滋扰百姓。后来他驻在潼川（今四川三台），绍兴十七年得了点小病。至六月二十七日那天，坐在几案前边，一句话不讲，忽然看着在座的客人说："古佛们都来了，我也该西归了。"这时他的儿子虞允文正倚立在一旁，听到这话便哭起来。虞公又看着他说："我自能成佛，又有什么不好呢？"在座的客人对他这些话十分惊异，这时虞公已经含笑去世。等到鲜逑复活的事传开以后，虞公成佛的事流传得更广了。更生佛这个名称，在《大涅槃经》里可以找到。

臭　鬼

开封人张俨说：政和末年清明日，太学士人某，与同舍生出郊纵饮，还，缘汴堤而上，见白衣人在后，相去十数步，堂堂一丈夫也，但臭秽逆鼻。初犹意其偶相值，已而接踵入学。问同舍，皆莫见，殊怪之。逮反室，则立左右。扣之不答，叱之则隐。倏忽复见，追随不少置，臭日倍前。士人不胜其惧。或教之曰："恐君福浅，或为冤所劫，盍还家养亲，无以功名为念，脱可免。"乃如之。甫出京，其人日以远，遂不见。

士人家居累年，不能无壹郁，二亲复督使修业，心忘前怪矣。遂如京师参告。逾月，因送客至旧饮酒处，复遇其人，厉声曰："此度见汝不舍矣！"相随如初，而臭益甚。士人登时恍忽，遂卧病旬日卒。

【译文】开封人张俨说过一个故事：宋徽宗政和末年，清明节那天，在太学读书的一个学生，和同住一个寝室的同学，一同出郊游玩，尽情饮酒游乐以后，沿着汴堤回城，看见一个穿一身白衣服的人跟在后边，相去不过十几步远，是个容貌十分威武端正的男子，不过浑身散发着刺鼻的臭气。起初，这个学生还以为是偶然相遇的同路人，并不在意。不料这白衣人一直跟着他走进了太学。这个学生十分疑心，便问同学的人，都说没看见这个白衣人，因此使他十分奇怪。等到他回宿舍以后，却看见这个白衣人站在身旁。便问他是谁？白衣人不回答；这学生便生气了，大声斥责他，那白衣人便忽然不见，不一会，又现出身来，跟着这个学生一刻不离，而臭气一天比一天厉害。这个学生才知道白衣人是个鬼物，心中十分害怕，把这事讲给同学。有人告诉他说："这恐怕是你的福泽太薄，或是什么冤魂缠上了你；你不如退学回家，奉养自己的双亲，不要老想着读书做官的念头，或者可以免去这鬼的纠缠。"这学生听从了劝告，便退学回家，才出了京城，便见那白衣人虽跟着自己，但距离却一天比一天远，最后终于看不见了。

这学生在家住了一年多，总觉得自己退学失去了毕业后做官的前途，因而心中一直十分忧郁不快。而他的父母，又督促他在家继续学习，作将来应科举的准备。这样，他便慢慢忘记了过去那件怪事。不久，又动身往京师，寻找做官的门路。过了一个月，因为送客，又经过从前和同学郊游饮酒的那个地方，又遇见那个白衣人。白衣人狠狠地说："这次又见到你，我决不再舍弃你了。"于是和过去一样，紧紧跟着这个学生，而散发出的臭气更狠了。这学生顿时吓得精神恍惚，便得了病，过了十天。就死去了。

庄君平

李伯纪丞相少弟季言云："福州有道人，无他技，独传相神仙之术。曰："有道之士，所以异于人者，眼碧色也。"尝于市中见老叟，须发如雪，而两脸红润，瞳子深碧，窃迹其所往，正在一客邸中。明日徒就之，执弟子礼甚谨，同室而居。凡岁余，邈然无所契。

一夕寒甚，叟起，将便，旋为捧溺器以进。叟讶其暖，答曰："惧冷气伤先生，置诸被中尔。"叟大感异之，曰："吾不知子之有心如此，其可不以实告。吾乃汉庄君平也。行天下千岁矣，未见有如子者。"探囊取一书授之曰："读此可得道。"天明叟出，遂不归。

其书乃五言诗百篇，皆修身度世之说。季言颇能诵之，今但记其语云："事业与功名，不值一杯水。"又云："独立秋江水。"三句而已。道人留闽久之，亦不见。

【译文】丞相李纲，字伯纪，他的小弟弟李纶，字季言，曾说过一个故事，福州有一个道士，没有别的本事，惟独学到了一种识别神仙的方法。那道士曾说："修炼道术到高深程度的仙人，他们不同于普通人的地方，在于仙人的眼珠是碧绿色的。"这个道士曾经在集市上看见一个老叟，头发和胡子都像雪一样的白，而面孔却十分红润，两眼的瞳子是深绿色的。因此，暗暗地跟着那老叟走，探看老叟的住所，却是在一家客店里住。

第二天，就去拜访这个老叟，表现得十分恭敬谨慎，求老叟收他当了徒弟。这样，他跟着老叟同住在一间房子里，一直过了一年多，老叟对他仍然十分冷淡。

有一天夜里，天气十分寒冷，老叟想起来小解。这道士很快捧来溺器给老叟送上。老叟觉得这溺器十分温暖，很是惊异，问是什么缘故。道士说："天这么冷，我怕先生使用溺器受凉，伤了身体，所以把溺器放到被窝里暖着，才能这样。"老叟听了十分感动，并且十分惊讶地说："我还不知道你细心到这种地步，对我这么周道，我怎能不给你说实话呢。现在告诉你，我是汉朝时的庄君平，游历天下，至今已有一千年了，还没有见过一个像你这样的人。"说罢，从口袋中取出一本书来给了道士，说："读了这本书，便可以得道了。"天明以后，老叟起身外出，便再也不见他回来了。

他给道士的书，是五言诗一百篇，都是讲修道和济世的方法。李季言还能背诵一些，不过现在能记得的，只有"事业与功名，不值一杯水"和"独立秋江水"这三句诗而已。这个道士在福建很久，后来也不知去向。

仙　弈

南剑尤溪县浮流村民林五十六，樵于山，见二人对弈，倚担观之。旁有两鹤，啄杨梅，堕一颗于地。弈者目林，使拾之。俯取以食，遽失二人所在。林归，即辟谷不食，不知其所终。

【译文】南剑州尤溪县（今属福建）浮流村，有个居民叫林五十六，在山中打柴，遇见二个人在那里下棋，便倚着扁担，在一旁观看他们下棋。那二个人旁边，有两只仙鹤在啄食树上结的杨梅。有一颗梅子落到地上。下棋的人用眼看了一下林五十六，示意让他拾起来。林五十六便俯下身子，拾起杨梅吃掉，那两个下棋的人便突然不见了。林五十六回到家以后，便不再吃人间的饭食，而保持不饥。后来，也不知他到哪里去了。

蟹　山

湖州医者沙助教之母，嗜食蟹。每岁蟹盛时，日市数十枚，置大瓮中，与儿孙环视。欲食，则择付鼎镬。

绍兴十七年死，其子设醮于天庆观，家人皆往。有十岁孙，独见媪立观门外，遍休皆流血。媪语孙曰："我坐食蟹业，才死，即驱入蟹山受报，蟹如山积，狱吏叉我立其上，群蟹争以螯爪刺我，不得顷刻止苦痛不可具道。适冥吏押我至此受供，而里域司又不许入。"

孙具告父母，泣祷于里域神。顷之，媪至设位所曰："痛岂复可忍！为我印九天生神章焚之，分给群蟹，令持以受生，庶得免。"遂隐不见。其家即日镂生神章板，每夕焚百纸，终丧乃罢。（徐博说）

【译文】湖州医生沙助教的母亲，喜欢吃螃蟹，每年产蟹的旺季，每天总要到集市上买上几十只螃蟹来，放到一个大瓮中，与儿孙们围着观看。想吃的时间，便选出几只，放到锅中煮了吃。

宋高宗绍兴十七年（1147），这个老太婆死了，她的儿子便在天庆观里设了道场来祭祀超度她，沙家的人都到场拜祭。这时，有一个十岁的小孩子，看见他死去的祖母在观门外站着，浑身流血。老太婆看见孙子，便对孙子说："我是吃螃解作孽才死的，刚刚死去，便被阴司赶到蟹山上去受报应。那里的螃解多得数不清，重重叠叠堆成一座大山，狱吏把我叉到山上，群蟹便争着来报复，有的用螯来钳，有的用爪来刺，片刻也没有停止，所受的痛苦，真是难用语言表达出来。刚才狱吏又押着我来这里受供，可是这观里的守护神又不让我进观门。"

孙子听了，把这话告诉了父亲，沙助教听后哭泣起来，便祈祷乞求守护神能放他母亲进观。停了一会，老太婆终于来到供案前边。她对家人说："这痛苦我实在忍耐不下去了。你们要替我印刷《九天生神章》烧化，分给群蟹的鬼魂，让他们拿了，好去托生，只有这样才能免除我的痛苦。"说罢，老太婆便不见了。他家的人当天便找工匠，刻了一版《生神章》，印刷了很多，每天晚上焚烧一百张，直到丧事结束才停止。

佐命功臣

李希亮，政和中为郎官，其邻士甚贫，以教授为业。尝借马出城，归而言曰："一月前，梦金紫人言：'吾汝六世祖也。国初为佐命功臣，墓在京城外十数里之某村，有祀享田，岁可得米二百斛。去世已久，不知子孙凋零如此，今田故在，但为掌墓者所擅，汝往料理，足以糊口矣。'既觉，未敢遽往，昨夕复梦，颇见谯责。某谢曰：'自少孤苦，不省先垅所在，与墓人亦不相识，且无契卷，何以能取？'祖曰：'汝言大有理，此田尝有碑具载，今为守者瘗于门外草中，第如吾言发视，必可得。'

某以再梦之验，故以今日往，得大墓园良是，而荒秽殊甚。呼守者出，责以不治之罪。答曰：'久无人拜扫，故至此。'问田之所在？谩云：'无之。'令取碑为证，曰：'不知所在矣。'命锹锸筑地，果在近门草间尺许得之，守者惊惧惭服，乃具说田处，亦颇有为豪右吞并者，今当讼于开封，乞正之。"

希亮大异基事，为赞于府官，尽得其田。

居数月，复谓希亮曰："夜梦祖告云，'行得官矣。吾同时佐命有来为相者，以汝属之，渠当不忘旧好也。'"未几，郑达夫拜相，首乞甄录创业勋臣之裔，于是例得一官。（王嘉叟说。忘士人姓名）

【译文】李希亮在宋政和年间担任郎官职务，他邻居有个读书人，家景十分贫苦，以教书以职业。有一次借李希亮的马出城，回来告诉李说："一个月前，我梦见一个穿着金紫官服的人对我说："我是你的六世祖，开国的时候，是跟随皇帝打天下的功臣。我的墓在京城郊外十几里外的某村，那里有祭祀我的享田，每年可以得到二百斛的租米。因为我去世很久了，不知道子孙现在这样贫苦。现在田地虽然还在，但已为管墓人占了。你应该去料理下这些田地，收入的租米也就够度日糊口了。"醒来后，觉得不过是个梦，所以我便没去。昨天又梦见我的祖先，他责备我为什么不去？我回答说：'我自幼孤苦伶仃，不知道先辈还有田存下来。我又不认识守墓人，况且没有契约，怎能收回那些田地呢？'祖上说：'你说的非常有理，这块田是有碑记载的，被看守墓园的人埋在大门外的草地里，你按我说的话去做，肯定可得到田地。'我因为连梦二次，以为必然有验，所以今天才借你的马去了一趟，果然找到了那个大墓园，却十分荒废破落。我把守墓人找来，责备他管理得不好。守墓人回答说是因为好多年没有人来扫祭坟墓，所以才成这个样子。又问他享田的位置，他推说没有。我叫他把墓田碑记找出来作证，他又说不知丢在哪里去了。于是我便找了几个农民，拿了工具挖掘，果然在大门外草丛中挖出来了。守墓人十分害怕惭愧，只好承认事实。并且告诉我说原来的田地，也有不少已被邻近的土豪霸占了。所以我要到开封府去告状，把田收回。”

李希亮听了十分惊奇，便写了一封介绍信给开封府知府，请帮助处理。不久，果然把全部田地收回了。

又停了几个月，那邻居又来告诉李希亮，说又梦见了祖先来告诉他说：“你快要得到官职了，有个和我一块儿打天下的开国功臣，现转世要做宰相了，我已把你托嘱给他，他大概不会忘记老朋友的。”停了不久，郑达夫当了宰相，上奏章请皇帝甄别录用一批开国元勋的后代，皇上批准了。这样，那个邻人便因此得到了一个官职。

变古狱

大观初，司勋郎官郭权，死而复生，言遍至阴府，多见近世贵人。其间一狱，系甚众，问之，曰：“此新所立变古狱也。”（陈方石说）

【译文】宋徽宗大观初年（1107），担任司勋郎官职的郭权，死后又复活。他说他在阴间游遍了所有阴曹地狱，其中囚犯有很多是近阳世上的达官贵人。其中有一个地狱，关押的囚犯更多。问狱吏，他说是新成立的一个监狱，名叫“变古狱”。

侠妇人

董国庆，字元卿，饶州德兴人，宣和六年登进士第，调莱州胶水县主管，会北边动兵，留家于乡，独处官下。中原陷，不得归。弃官走村落，颇与逆旅主人相往来。怜其羁穷，为买一妾。不知何许人也，性慧解，有姿色。见董贫，则以治生为己任，罄家所有，买磨驴七八头，麦数十斛，每得面，自骑驴入城鬻之。至晚，负钱以归，率数日一出，如是三年，获利愈益多，有田宅矣。

董与母、妻隔阔滋久，消息杳不通，居闲戚戚，意绪终不聊赖。妾数问故，董嬖爱已甚，不复隐，为言："我故南官也，一家皆处乡里，身独漂泊，茫无还期，每一深念。几心折欲死。"妾曰："如是，何不早告我？我有兄，喜为人谋事，旦夕且至，请为君筹之。"

旬日，果有估客，长身而虬髯，骑大马，驱车十余乘过门。妾曰："吾兄也。"出迎拜，使董相见，叙姻连。留饮至夜，妾始言前日事以属客。是时，虏下令：宋官亡命，许自言，匿不自言，而被首者死。董业已漏泄，又疑两人欲图己，大悔惧。乃抵曰："无之。"客奋髯怒，且笑曰："以女弟托质数年，相与如骨肉，故冒禁欲致君南归，而见疑若此，脱中道有变，且累我。当取君告身与我以为信。不然，天明缚君告官矣。"董益惧，自分必死，探囊中文书，悉与之。终夕涕泣，一听客。

客去，明日控一马来，曰："行矣。"董呼妾与俱。妾曰：

“适有故，须少留，明年当相寻、吾手制纳袍以赠君，君谨服之。惟吾兄马首所向，若反国，兄或举数十万钱为馈，宜勿取，如不可却，则举袍示之。彼尝受我恩，今送君归，未足以报德，当复护我去。万一受其献，则彼责塞，无复顾我矣，善守此袍，勿失去也。”董愕然怪语不伦，且虑邻里觉，即挥涕上马，疾驰到海上，有大舟临解维，客麾董使登，揖而别。

舟遽南行，略无资粮道路之备，茫不知所为。而舟中人奉视甚谨，具食食之，特不相问讯。才达南岸，客已先在水滨，邀诣旗亭上，相劳苦，出黄金二十两曰：“是以为太夫人寿。”董忆妾别时语，力拒之。客曰：“赤手还国，欲与妻子饿死耶？”强留金而出。董追及，示以袍。客骇笑曰：“吾智果出彼下，吾事殊未了。明年当挈君丽人来。”径去，不反顾。

董至家，母、妻与二子俱无恙。取袍示家人，俾缝绽处，黄色隐然，折视之，满中皆箔金也。既诣阙自理，得添差宜兴尉。逾年，客果以妾至。

秦丞相与董有同陷虏之旧，为追叙向来岁月，改京秩，干办诸军审计。才数月，卒。秦令其母汪氏哀诉于朝，自宣教郎特赠朝奉郎，而官其子仲堪者。时绍兴十年五月云。（范致能说）

【译文】董国庆，字元卿，是饶州德兴县（今属江西）人。宋徽宗宣和六年（1124）考中进士，后来调任山东莱州胶水县（今平度）主管。其时北方正发生宋金战争，他便把家属留在故乡，独自一人去上任，后来中原一带被金兵占领，他无法回家，便弃官逃了一个乡村中寄居。乡村旅店的老板和他关系很不错，可怜他的穷困潦倒，光身一人，便出钱给他买了一个小妾，这个女子不知道是哪里人，但是十分聪慧，善解人意，容貌也很标致。她见董国庆十分穷苦，便挑起养家糊口的担子，搜尽家中所有钱财，购买了石磨和七八头驴子，又买了几十斛小麦；每次磨出一批面粉后，便亲自骑着驴，将面粉驮到城中卖掉，到晚上，便带着卖面的钱回家。就这样，每隔几天都要出去卖一次面。不觉已经过了三年，赚了不少钱，并且也有了田地，盖起了宅院。

不过，董国庆因为和母亲、妻子离别多年，一直不通音信，所以每当无事时，常常想念她们，心中总是戚戚不乐，精神忧郁。那小妾见了这种情况，多次追问董国庆有什么心事，董因为对她十分宠爱，也就不再隐瞒，便给她说："我本是宋国的官员，一家人都在老家原籍，只我一个人飘泊在外，茫然没有回去的日期，每当想起这事，心里总是难受得要死。"小妾说："原来是这样，你为什么不早点告诉我呢？我有个兄长，很喜欢替别人解决困难的事，这几天内，他就要来这里看我，等他来到后，我请他给你想办法解决。"

十天以后，果然来了一个商人模样的人，生得身材高大，连腮胡，骑着一匹大马，赶了十几辆装货的马车来到，小妾说："这就是我的兄长了。"便出门迎接拜见。让董国庆与他相见，认了姻亲。留他在家饮酒吃饭，直到深夜。董的小妾才把前几天讲的事，请客人帮忙。原来当时金国占了中原后，下令凡是原来宋国的官员，没有南逃的，允许他们自首免罪。如果隐藏不自首，被别人告发，则都要处死。董国庆曾当过宋朝官员，现已漏泄给他们兄妹二人知道了，因又怀疑他们二人想告发自己而受赏，所以又十分懊悔，便抵赖说没有这回事。客人听了大怒，胡子都竖起来了，又怒又笑地说："我妹子托身给你已经好几年了，已是一家骨肉，所以才愿冒着危险，送你回南方故乡，而你却这样三心二意的疑心。如果这次送你南归，中途发生变故，岂不连我都要受你牵累吗？你应该把你做官的文件，证书给我，我才相信你；如果不相信我，明天天明以后，我就把你捆起来，送官告发。”董国庆更加害怕，认为自己死定了。没办法，只好把自己的一切证明文件都给了那客人。终夜的哭泣，一切听从客人摆布。

客人走了后，第二天，牵着一匹马来，说道：“现在动身送你南归。”董唤出小妾，想让她一同走。小妾说：“正碰上一些事，所以还得留下来。到明年时，我再去找你。现在我亲手缝的一件袍子给你，你一定要小心地穿着它，一路上，不论什么事，都要听我兄长的安排，回到宋国后，我兄长也许还要拿出几十万钱送给你，你千万不要收下，如果他非让你收下不可，你就举起这件袍子让他看，就没事了。他过去受过我的恩惠，如今虽然办了送你回乡这一件事，但仍然不够报答我对他的恩惠，还得再护送我去南方。如果万一你收了他的钱，那么他以为可以抵消我对他的恩德了，便不会再管我的事。所以你一定好好保存这件袍子，千万不要丢失。”董国庆听了，十分愕然，觉得她说的话十分奇怪，不伦不类，同时又怕说多了，被乡村人发觉，惹出事来，只好不再说，擦干眼泪，随着客人，上马飞奔去了。到了海边，海上停着一只大般，正准备开船。客人便催促董国庆快快上船，客人却不上船，在岸上向董拱手为礼，便告别而去。

船很快的往南驶去，董国庆坐在船上，才想到自己既没带路费，又没带干粮这些旅途必备的东西，因此心中不知怎样才好。可是船上的人，却对他侍候得十分周到，按时送饮食来给董国庆吃，可是一句话也不问他。后来船到了宋国境内，才一靠岸，便看见那个客人已经先到，站在岸上等候。董国庆下了船，那客人便邀请他到旗亭上饮酒洗尘。又拿出二十两黄金，对董国庆说："这些钱是我送给老太太的礼物。"董国庆想起小妾在临别时说的话，便竭力推辞不收。客人说："你空手回国，难道想和妻子一道饿死吗？"硬是把金子留下就走。董国庆追上前去还他金子，并且举起袍子让客人看。客人十分骇异，笑着说："看来我的智慧的确不如她，我的事还没办完呢。明年，我一定替你把那漂亮女人送来。"说罢，头也不回地去了。

董国庆回到家中，母亲、妻子和二个儿子都生活得很好，董把这几年经历说了一遍，又拿着那件奇怪的袍子让家人看，发现有脱线的地方，隐隐的透出一些黄色东西，便拆开来看，原来袍子里层，装的全是金叶子。后来董国庆便去南宋的首都临安，用这些金子作为活动经费，便被委派为宜兴尉的官职。过了一年，那客人果然把小妾也送来。

当时的宰相秦桧，因为曾和董国庆一同失陷在金国，便帮忙为董国庆追加了过去做官的一段资历，因而提升，调入京师做官，负责作各军的审计工作。可惜才几个月便死了。秦桧又让董国庆的母亲汪氏，到朝廷哭诉，请求抚恤。朝廷便把董国庆原来任宣教郎的品级，改升为朝奉郎，并且给了他儿子董仲堪一个官做。

食牛梦戒

周阶，字升卿，泰州人，寓居湖州四安镇。秦楚材守宣城，檄摄南陵尉，以病疫告归。梦就逮至官府，绯袍人据案治囚，又有绯绿者数十人，以客礼见，环坐厅事。一吏引周问曰：

“何得酷嗜牛肉？”叱令鞭背，数卒捽曳以去。周回顾乞命，且曰：“自今日以往，不唯不敢食，当与阖门共戒。”坐客皆起为谢罪。主者意解，乃得归。梦觉，汗流浃体，疾顿愈。至今恪守此禁，时时为人言之。绍兴三十年，周监盐官仓。

【译文】周阶，字升卿，是泰州（今属江苏）人，寄居在湖州（今属浙江）的四安镇。秦楚材担任宣城（今安徽宁国）太守时，委任周阶担任南陵（今属安徽）尉的官职，因得了时疫病，告假辞职回家。梦见自己被逮捕到一个官府里，有一个穿红袍的官员，正坐在大堂上的几案前审问囚犯，还有穿红穿绿的官员几十人，坐在大堂的一边，好像是旁听的客人。有一个衙吏把周阶叫到堂上，那中间的红袍官员问周阶：“你为什么好吃牛肉！”喝叫用鞭子抽打周阶的背脊。立刻上来几个鬼卒，把周阶拖下堂去，准备鞭打。周阶扭头乞求饶命。并且说：“从今以后，我不但不敢再吃牛肉，而且要叫全家人一同戒吃牛肉。”这时，旁边坐的客人都站了起来，替周阶求情。红袍主官才平息了怒气，叫放他回去。周阶便从梦中醒来，汗流浃体，病也霍然而愈。从此以后，周阶严守全家人不再吃牛肉的戒条。并且常常把这件事告诉别人。绍兴三十年（1160）时，周阶还担任着管理盐仓的仓官。

羊 冤

吴道夫说，其妻族弟为淮西一邑主簿。邑陋甚，无人屠羊，簿与令尉共议，醵金买诸旁郡，字养之，非祭祀及大宾客与公家所当用，勿得以私意杀。约已定，久之，簿之妹自远来，相见喜甚，买酒款曲，仓卒无以具馔，辄烹一羊。

酒罢，二妇人同宿，簿独寝外舍，且五更，闻羊鸣床下，其声怒而哀。拊床惊之，不止。少选，登床，以角触簿，且啮且骂，作人言曰："买羊，尔之谋也，与众为誓，而首背之，我某日当祭社而死，今遽杀我，不义，必偿我命乃可。"簿曰："是我之罪，不敢逃死。姑容入室别妻子，且嘱后事，可乎？"羊曰："当尔杀我，肯少贷邪！"簿亟入扣寝门呼妻，妻方与妹酣寝，寂不应。簿曰："我以冤督死甚急，故欲与尔别，忍不相应，我死矣，尔勿得再嫁，否则当为厉以报尔。"妻惊觉启门，则其夫已卧血中死。值宿小史云："但见簿说争时事，无所睹也。"妻尚少，父母欲嫁之，每媒氏至，必梦故夫责己，竟守志焉。

【译文】吴道夫说，他妻子有个堂弟，在淮西某县担任主簿。这个县很小而荒僻，整个县没有杀羊卖肉的人。这主簿便和县令、县尉商量，共同筹集资金，在邻县买了一批羊养在衙门里，除了因祭祀或重要客人到县，和公家必须用羊肉时，才能杀羊。其他一切私事，都不准动用。这个制度订下以后，隔了很久，主簿之妹从很远的地方来看他们，见了面以后，都十分高兴，便买了酒来款待。因为来得仓促，没有准备菜肴，主簿便自作主张，煮了一只羊来吃肉。

酒宴过后，妻子和妹子同住一室，主簿便临时住到外边办公室。到了五更天，主簿忽然听到床下有羊叫，那声音十分愤怒又悲哀。等了一会儿，那羊竟爬到床上来，用角顶主簿，还张口来咬。并且说着人话，骂主簿说："当初买羊，是你出的主意，并且和县令、县尉共同立下誓言，不因私杀羊。可是你今天首先背约。我本来应当在某天祭祀时死去，可你今天突然杀我，是失去信义的，必须偿我的命才行。”主簿说：“这是我的罪过，我绝不敢逃死，希望能容许我进内院和妻子告别，吩咐后事行不行？”羊说：“当你杀我的时候，又肯不肯少停一会儿呢！”主簿急了，慌忙跑到内院，拍住室的房门呼叫妻子起来。那时他妻子和妹子睡得正香，没有答应。主簿只好隔门喊叫说：“我被冤魂索命，压迫我死得很急，所以来和你告别，你怎忍心不答应！现在我要死了，我死了后，你不准改嫁，否则我一定要变成厉鬼来报复你。”妻子被这话惊醒，赶快开门，看见她丈夫倒在血泊中，已经气绝。便问在办公室值班住宿的小职员，他说只见主簿到后边叩门说话，别的什么也没有看见。他死后，因他妻子年纪还很轻，父母便想让她改嫁，每当有人上门说媒时，她一定要梦见已故的丈夫来斥责她。所以便终身没有再改嫁。

赵子显梦

赵公称，字子显，旧居泉南。绍兴二十八年，为赣州守，族人以穷来相依，舍之它馆，日饭食之。每约，饬使勿为过。

尝昼寝，梦故居门庭毛血狼藉，命扫除之，随即如故。旁舍人来告，已屠牛若干矣，矍然而悟。护戎以逻事入白曰：“宗室某子，自泉州来，以旧识使君，屠数牛为市。”考其数，与梦合。子显悟神告，逮捕穷治，抵其仆于罪，遣出境。遂严其禁。（赵不庯说）

【译文】赵公称，字子显，故居在泉州南边，宋高宗绍兴二十八年（1158）时，担任赣州太守。他有个本家，因为穷苦，特来投靠他，赵子显便在衙门外边另给这本家安排了一个住处，每天派人去给本家送饭。不过因公务忙不见他，每当那本家要见他时，他总要通知门卫，不要让他进来见面。

有一天赵子显在午睡，梦见泉州老家旧居门前，到处是兽毛和血迹，十分狼狈便叫人扫除掉，刚扫过，又变成了老样子。这时，住在别处那个本家来说，已经杀了耕牛若干了。赵子显便猛然惊醒。这时，守护地方治安的武官来报告巡逻情况，说有皇族某一位子弟从泉州来到这里，因为他仗着和太守熟认，便不遵守禁止屠杀耕牛的法令，已经杀了几头牛，还在市场上出售赚钱。这人报告的杀牛数字，正好和赵子显梦见那本家告诉的数字相同。他才醒悟不让那本家来见面，那本家竟然会使魂魄和他在梦中相见。因而，立刻逮捕了杀牛的人，因为这人是皇帝的宗族，不能治罪，只好让他的仆人替罪，并将这个皇族子弟驱逐出境。自此以后，禁杀耕牛的法令，便没人敢违背了。

梦读异书

沈浚，字道元，钱塘人，为人清修，不妄语。居湖州仙潭村，郡中亲表间，尝以姻事邀致入城，宴饮稠叠，连日不得归，意颇厌倦。梦谒友人陆维之，见堆案有书数十种，主人方束带，沈信手披一编，其间章之多寡，大抵类《真诰》，择一章最简者读之，其词云："人喜食桃李，桃李不可多食；食蟹大可笑，凡食蟹必杀，凡学道必以纯阳得道，杀阴也。如不得已，能食车中之鼠，溷厕之蜣螂乃可。"读未尽数句，维之顾曰：

“文颇怪，子宜毕之。”俱一笑。乃觉，欲寻其致梦之由而不可得。

久之，始悟半岁前，有婺女僧怀政来，同寓慧通寺，政作东坡玉糁羹，约沈、陆共之。陆至，则羹尽矣。因戏政曰：“恰沿河来，见舟中妇人作洗手蟹，偶得一诗，持赠子，云：‘紫髯霜蟹谷如纸，蒲萄作肉琥珀髓；主人揎腕斫两螯，点醋揉橙荐新醴。疾禅受生无此味，一箸菜根饱欲死。唤渠试与燎釜底，换取舌头别参起。’”坐皆传玩击节，沈默有感，徐曰：“诗则美矣，如其语大工何？”维之惊谢，沈自是不食蟹，稍证梦中大可笑之说。又二年，因饵苍术，禁食桃李，方尽省一章语云。（沈自有文记此）

【译文】沈浚、字道元，钱塘（今杭州）人，为人修养高洁，从不信口开河。他寄住在湖州乡下的仙潭村，而湖州城内的亲戚们，常因家中办喜事，邀请他到城里来，往往参加宴会频繁，一连几天无法回家，所以他感到十分厌倦。有一天，他梦见去拜访友人陆维之，见陆的几案上堆有几十种书，陆正在捆扎书上的带子，沈便顺手拿起一卷书来看，只是那书中章节多少，大致上与道家著作《真诰》差不多。便选了一章最简短的来看，其内容说：“人喜欢吃桃李，桃李不可多吃：吃蟹大可笑，凡吃蟹必杀生；凡学道，必然以纯阳得道，就必然要损灭纯阴；这如果不得已也能吃车里的老鼠，和厕所里的屎壳郎才可以。”还没读上几句，陆维之扭头看他说：“这书上文章很怪，你应该看完全书。”二人相对一笑，沈浚便醒了，他想欲寻做这个梦的缘故，可是却想不起来。

停了很久，才想起半年以前，有个婺女州（今浙江金华）的僧人怀政来到这里，与沈浚都寄居在慧通寺里。这怀政有一次做了一锅东坡玉糁羹，约沈浚和陆维之来吃。陆维之来得晚了，羹已被客人吃完。陆维之便开怀政的玩笑说："刚才我沿着河岸来，看见一只渔船，船里的妇人正在作洗手蟹。所以我偶然就此做了一首诗，现在就送给你吧。这诗是：紫髯霜蟹谷如纸，葡萄作肉琥珀髓。主人揎腕斫两螯，点醋揉橙荐新醴，痴禅受生无此味，一箸菜根饱谷死。唤渠试与燎釜底，换取舌头别参起。"陆维之把这首诗写到纸上，在坐的客人互相传看，纷纷称赞。沈浚有些感触，便慢慢地说了一句："这诗确实很美，不过恐怕还太正经了一些吧！"这诗本来是陆维之为了没吃到糁羹而开怀政玩笑的。沈浚却说反话。陆维之听了愕然，连忙表示歉意。从此以后，沈浚便不再吃螃蟹。这件事可以略为解答那梦里"吃蟹大可笑"的原因。又停了二年，沈浚因为吃苍术，医生禁止他吃桃李，才省悟梦中所看的那一章的话，实在是在讲他的。

李三英诗

旧传郑獬榜进士周师厚者，策名居五甲末，才压一人曰陈传，师厚戏为语曰："举首不堪看郑獬，回头犹喜见陈传。"

绍兴二十七年，永嘉王十朋魁多士，同郡吴巳正为殿，李三英以特奏名得出身，列于吴下，吴效前语曰："举头不敢攀王十，伸脚犹能踏李三。"其歇后体殆若天成云。

【译文】过去传说郑獬考中状元那一次的进士榜中，有个叫周师厚的人，考了个五等末，在全榜中倒数第二，在他之下仅有一人名叫陈传。师厚便做了二句打油诗："举首不堪看郑獬，回头犹喜见陈传。"

宋高宗绍兴二十七年（1157）永嘉（今浙江温州）人王十朋中了状元，这一榜最后一名是王十朋的同乡吴已正，但又有个叫李三英的，受到特别保举，赐为进士，名字便又列一吴的后边了。所以，吴已正便模仿周师厚的诗句做了二句："举头不敢攀王十，伸脚犹能踏李三。"这二句诗，却掉二个人名的最后一字，称之为歇后体诗，真是对仗巧妙得天衣无缝。

小郗先生

李次仲（季），与小郗先生游建康市，入茶肆，见丐者蹒跚行前，满股疮秽。李谓郗曰："此人恶疾如此，原先生救之。"郗曰："不难也，正恐怪奇惊众耳。"李固请。乃索纸一幅，吐津涂其上，稠如胶饧，持之与丐者，令贴于股，移时问之曰："觉热否？"曰："始时甚痛，已而生痒，今正热不可忍。"郗揭纸命李视之，新肉已满，瘢痕悉平。市人争来聚观。郗于众中逸出，李急追访之，不及矣。（汤与立说）

【译文】李季，字次仲，和术士小郗先生一同游玩建康（今南京）的街市，到茶馆喝茶，看见一个乞丐，走路步履艰难，大腿上生满疮。李对郗说："这个人生这种可恶的病，希望先生能救治他一下。"小郗先生说："这疮不难治，不过要给他治疗，恐怕引起街上行人的惊奇而混乱秩序。"李季坚持要他救治，小郗先生便叫人找一张纸来，吐了一些唾沫在纸上，用手涂抹，变得和胶一样粘，便把纸给了乞丐，让他贴到大腿上。停了一会，问乞丐说："觉得腿上发热了吗？"乞丐说："刚贴上时痛不可当，以后又痒起来，现在又热得忍耐不了了。"于是小郗先生便把纸揭下让李观看，乞丐腿上已经满生新肉，疮疤也平伏了。街上的人看见这奇事，争先恐后地来围观。小郗先生便趁着混乱，从人丛中挤出去跑了。李季急忙追赶他，已经找不到了。

卷第二（十二事）

扫码听谦德
君为您导读

树中瓮

毗陵胡氏家，欲广堂屋，以中庭朴树为碍，伐去之。剖其中，得陶瓮，可受三斗米，而皮节宛然。即日，山魈见怪。

有行者善诵龙树咒，召使治之，命童子观焉。见人物皆长数寸，为龙树所逐，入妇人榻上，遂凭以语。乃结坛考击逐去，盖扰扰半年乃定。

【译文】毗陵（今江苏常州）有一家姓胡的人，想扩建堂屋，庭院里有一棵高大的朴树，妨碍建筑，便把树砍去了，当锯开这树时，却发现这树干中竟然有一只陶瓮，里面大约可装三斗米的样子，可是树的外皮十分完好，不知陶瓮怎么跑到树干中去的。从这天起，便有山魈在他家里作怪扰乱。

有一个行者，擅长念《龙树咒》，胡家便请他来治妖怪，留下一个小孩在一旁观看。看见许多小人，都只有几寸长，被一棵变化成龙的树木往来追逐。这些小人便逃到一张妇女睡的床上，龙树不敢近，这些小人便以床为凭借和人对话。行者便又叫胡家人设下法坛，行者上坛作法，才终于把这些精怪赶走。这样扰乱了半年，才安定下来。

宜兴民

宜兴民素以滑稽著，有山鬼入其室，自天窗垂一足彻地，黑毛毵毵。民戏谓之曰："若果神通，更下一足。"鬼不能答。少顷，收足去，自是不复至。（蒋丞相说）

【译文】宜兴有个百姓，向来以说话滑稽幽默而出名。有一个山鬼到他家捣乱，从天窗里垂下一只脚来，直踩到地上，腿和脚上生满黑毛，十分怕人。这个百姓却调笑山鬼说："你如果真有神通，把那只脚也放下来！"鬼无法回答，停了一停，便把脚缩回去了。从此以后，就不再来。

蒋教授

永嘉人蒋教授，绍兴二年登科，得处州缙云主簿，再调信州教授，还乡待次。未至家百里，行山中，闻岭上二人哭声绝悲，至则一叟挟双鬟女子拦道哭。蒋凄然问其故，叟曰："从军二十年，方得自便，不幸遇盗，挈我告身去，将往吏部料理，非五十万钱不可办。甚受此女，今割受鬻之，行有日矣，故哭不忍舍。"蒋曰："以我囊中物与叟，少缓此计如何？"即举余装赠之，才值十万。叟曰：感君高义，然顾亡益也。'蒋曰：

“叟果不见疑，当以女寄我归，叟姑持此钱往临安，事若不济，还吾家取之，吾善视叟女，非敢为姬妾，勿忧也。”叟谢曰：“诺。”约明年暮春再相见，以女授蒋，拭泪而别。

蒋下车载女，自策杖踵其后。将至家，置女外馆，独入见母、妻。妻周氏迎谓曰：“闻有随车人，今安在？”蒋以实告。妻曰：“然则美事也，其成之何害？”使人唤女归。蒋母柯氏，爱之如己子，夜则与同寝处。女间至外舍与蒋戏，或相调谑。方初见时犹常常女子，至是，颜色日艳，嫣然美好矣。一夕，醉不自持，遂留与乱，而叟绝不至。

临赴官，妻不肯往，曰：“自有丽人，何用我？”柯夫人亦曰：“汝受人托子，而一旦若是，前程事可知矣。我老当死乡里，不能随汝也。”蒋力请不能得，竟独与女之信州。居数月，薄晚，呼女栉发，女把栉挥涕不止。问之，不答。咄曰：“忆汝父邪，欲去邪？”女曰：“身非有所悲，悲主君耳。人寿不可料，今数且尽，愿急作书报君夫人。”蒋怒骂之，曰：“小儿女子，安得为不祥语！”女曰：“事极矣，过顷刻便不可为，吾言不敢妄。”顾庭下小史，令取笔札，女仓卒收栉，秉笔强蒋使书。蒋怒且笑曰：“所书当云何？”曰：“但言得暴疾，以今日死。”蒋不得已写十数字，复问曰：“汝那得知？”女忽变色，厉声曰：“君知缙云有英华者乎？我是也！”拊掌而灭。蒋随即仆地死，耳鼻口眼皆血流。小史见一狐自室中穿牖升屋而去。人皆谓蒋为义不终至此。

或说蒋初赴缙云，人语以英华事。蒋曰：“必杀之。”到官数日，行圃后隙地，得巨井，磻石覆之，意怪处其下，命发

视，见大白蚓长丈余，粗若柱，引锥刺其首，蚓即失去。及信州之死，疑是物云，（唐信道、蒋子礼说）

【译文】永嘉（今属浙江）姓蒋的，曾官至儒学教授。绍兴二年（1132），科举考试被录取，分配到处州（今浙江丽水）缙云任主簿，以后又调任信州（今江西上饶）儒学教授，他便回故乡等候上任日期。还没有走到家，在离百余里的山里，听到山头上有两个人的哭声，悲惨得很。等他到了上边，却是一个老翁和一个梳着双鬟的女子，拦着道路痛哭。蒋很同情他们，便问老翁为什么哭？老翁说："我参军二十年，现在才退伍获得自由，不幸路上遇见了强盗，把我的委任状抢走。我准备去吏部要求补发，可是办这事，不花上五十万钱是办不好的。我十分爱我这个女儿，但没办法，只好忍痛把女儿卖去，她快要离开我了，所以在一起哭，舍不得分离。"蒋说："把我带的钱给老先生，你先不要卖女儿怎样？"说罢，把身上带的钱送给老翁，才值十万钱。老翁说："我非常感谢你的好意，但这一点钱并没有什么用处。"蒋说："老先生如信得过我，可先把女儿寄养到我家，老先生先拿这些钱往京都临安（今杭州）去活动，如果事情办不成，还可以来我家拿。我一定很好看待老先生的女儿，不是想把她当作姬妾的，请不必担忧。"老翁谢他说："可以。"约定明年暮春天气时，再来蒋家见面，便把女儿交给蒋，抹着眼泪走了。

蒋便让这女郎坐了自己的马车，自己拄着拐杖跟在车后步行。快到家门时，在附近找了一个住处，把那女郎安顿下来，自己一个人回家去和母亲、妻子见面。妻子周氏迎接他说："听说随车还带回一个人，现在哪里？"蒋便把经过老实告诉了妻子。妻子说："既是这样，是做了一件好事，不会有什么害处。"便叫人去把女郎接到家里。蒋的母亲柯氏，很喜欢这个女郎，爱护得好像自己的亲生女儿，每天夜里必让女郎和自己睡一起。女郎虽住在内室，有时也跑到前边宅院里和蒋玩耍，或互相调笑。在最初见到这女郎时，她的相貌不过是普通女子，自来蒋家后，却变得一天比一天漂亮，显得十分美貌动人。有一天晚上，蒋喝醉了酒，把持不住自己，便留下女郎住到一起。而那老翁，也再没有来。

蒋的上任日期到了，要带母亲和妻子去上任。妻子不肯，说道："有个美丽女人跟着，何必用得着我去？"母亲柯夫人也说："你受人家的托付，可是现在却弄成这样子缺德，你做官的前程，不问也可以知道不会好的。我年纪大了，应当死在家乡，不能跟着你出外奔波。"蒋再三请求，母亲和妻子只是不愿去，他只好带了那女郎往信州去了。在信州住了几个月，有一天晚上喊女郎来为他梳头，女郎拿着梳子，却不停地落下了眼泪。蒋问她为什么哭，她不回答，蒋生气叱责她说："你是不是想念父亲，要走了！"女郎才说："我不是为自己的事伤心，实在是为了主人你才悲伤。人的寿命是不能预料到的，今天大限已到，希望你应急写信，告诉你夫人。"蒋听了怒骂说："你这小妮子，怎说这样不吉利的话。"女郎说："事已到紧急关头了，再拖上一会，便没有办法了。我是不敢乱说的。"便叫在屋外侍候的仆人，快去拿纸笔来。女郎仓促地把梳子收起，把笔递到蒋的手里，强迫蒋快写信。蒋既发怒，又觉得好笑，便问女郎说："应该写些什么？"女郎说："就说得了急病，今天要死。"蒋不得已，写了十几个字。又问女郎说："你怎么知道这事！"女郎忽然变了颜色，声音严厉地说："你听说过缙云有妖名叫英华的吗？我就是！"手一拍，便不见了。蒋随即倒到地上死去，耳鼻口眼都流出血来。仆人看见一只狐狸从屋中窜出，跳上房逃了。听说这事的人，都说是因为蒋最初仗义的行为没有坚持到底，才导致这种报应。

还有一种说法，说是蒋刚到缙云县的时候，有人告诉他妖怪英华的事，蒋说："一定要杀掉这妖。"上任没几天，步行到后园的空地上，看到一个像井一样的大洞，石头堵着洞口，以为妖怪一定躲在下边，便招了一些工人来挖掘，看见一条白色的大蚯蚓，长达一丈，粗如柱子，蒋便用铁锥刺那蚯蚓的头，蚯蚓便不见了。后来蒋死在信州，有人怀疑是这蚯蚓报复。

陈氏女

无锡人陈彦亨，居南禅寺侧。妻边氏有身，梦女子红衣素裳，掬水廷下，仰视曰："妾昆山县陈提举女也，来南禅赴水陆会，若功德圆就，当生夫人家为男子，如其不然，亦可为女也。"边氏视此女甚美，谢曰："为儿女非所敢望，幸来相过，肯啜茶足矣。"女笑而去。既寤，以告彦亨。使询之，果有陈彦武提举者，自昆山来，为十八岁亡女设水陆。明日，边生一子。

【译文】无锡人陈彦亨，家住在南禅寺旁边。他的妻子边氏，有孕在身。梦见一个女郎，穿着红衣白裙，在他家院内捧水为戏，仰起头来对边氏说："我是昆山县陈提举的亡女，来南禅寺赶趁超度我的水陆佛事，如果这次会能功德圆满，我就该生到你家为男子，如果不然，也可以做女儿。"边氏见这女郎生得十分美丽，便向女郎道谢说："要做我的儿女，实在不敢当，如蒙能来相会，在我家吃杯茶，我就满足了。"女郎笑了一笑，便走了。边氏醒来后，把这事告诉丈夫，让他出去调查。果然有个叫陈彦武的人，当提举的官职，从昆山来南禅寺，为十八岁死去的女儿设水陆道场，超度亡魂。第二天，边氏生了一个男孩。

张梦孙

毗陵张汝楫维济，绍兴十三年知明州奉化县，其子妇李氏孕。及期，维济梦故人陈郁文卿来曰："相别十六年矣，今欲与君为孙何如？"维济喜，明日语僧日智曰："文卿，佳士也；吾必得贤孙，可贺我。"已而，李氏乃得女，遂名之曰：梦孙。

乃数岁，戏祖旁，偶见文卿生时书，则捧视曰："我所书也。"文卿，无锡人，与维济皆沈元用榜进士，为扬州司理参军，建炎中，虏犯淮甸，死官下。

【译文】毗陵（今江苏常州）人张汝楫，字维济，宋高宗绍兴十三年（1143）担任明州（今浙江宁波）奉化县知县，他的儿媳李氏怀孕在身。到将要生产的时候，张维济梦见老朋友陈郁字文卿来说："咱们分别十六年了，今天我来给你当孙子怎么样？"维济得了这个梦很高兴。第二天，把这梦告诉了和尚日智，并且说："陈文卿是个很有才华的读书人，我必定要得到一个很好的孙子，你应当祝贺我。"以后，李氏生了个女儿，便给她了名叫梦孙。

梦孙长到几岁以后，常常在祖父身边玩耍嬉戏。偶然看见陈文卿生前写的字，便拿起来细看，并且说："这是我写的字呀！陈文卿是无锡人，和维济都是沈元用那一榜考中的进士，曾担任过扬州司理参军的官职。宋高宗建炎年间，金国兵侵犯淮南边界，文卿以身殉职于任所。

人化犬

姑苏翟秀才家乳婢王氏，平生无一善，见人诵佛，则笑毁之。年四十岁时，赘生于尻，日以痛楚，用膏药敷之，愈益大，至尺余，则成狗尾矣。自是不能行，屈两手于地，匍匐移足乃可动，伺犬彘就槽，辄随食之。夜与共寝，逾半岁乃死。

又节级徐忠，因病亦生一尾。谓妻子曰："我坐抛饮食之过，梦入城隍庙，令诣曹供状。自今勿得人食，惟舐糠乃可。且和糠来。"既至，蹲踞而食，与犬亡少异。其家为作浮屠供悔谢，旬日而死。时绍兴三十年五月也。

【译文】姑苏（今苏州）的翟秀才，家中有个奶妈王氏，平生没做过一件善行，看到别人念佛，便笑话和底毁他们。到了四十岁时，屁股上生了一个赘瘤，每天疼痛难忍，便用膏药贴上，结果反而愈长愈大，长到一尺多长，就变成狗尾巴了。自此以后便不能行走，只能将两手撑到地上爬着走路。看见狗或猪到食槽里吃东西，也就跟着去吃。夜里也和猪狗睡在一起，又过了半年多才死。

又有一个管监狱的节级，名叫徐忠。因为有病，亦生了条尾巴。他对妻子说："我是犯了随便抛洒食物的罪过。我曾梦见进入城隍庙，城隍神让我到阴曹招供自己的罪行。从今以后我不能再吃人吃的饭，只有糠才可以吃。且去给我拌一些糠来。"妻子给他把糠弄来后他便蹲在那里吃，和狗的样子没有一点区别。他的家人便请了和尚来做佛事，替他忏悔谢罪，十天以后，他便死了。这是绍兴三十年（1160）五月的事。

张十妻

吴江县民张十妻，嗜杀生，又事舅姑亡状，年六十矣。绍兴二十九年得疾，两股皆生恶疮，蛆盈其中，啮骨及髓，宛转呻痛，声达邻里。久之，每遗粪，必自取食，并食荐席皆尽。期年乃死。（四事日智说）

【译文】吴江县（今属江苏苏州）有个百姓张十，他的妻子喜欢杀生，又不孝顺公婆，年纪已六十岁了。宋高宗绍兴二十九年（1159）得了病，两条大腿上都生了恶疮，疮里爬满了蛆虫，咬骨吸髓，疼得她不停嚎叫呻吟，声音在邻家也能听到。时间长了，每当解下大便，都要把粪抓起来自己吃掉，并且连床上的草席亦吃光了。过了一年才死。

承天寺

滕恺，字南夫，婺源人。绍兴五年登科，调信州司户。既赴官，梦往它郡游僧舍，榜曰“承天寺”，室宇甚壮，了无僧居，独老头陀出应客曰：“此寺乃本师所建。既成，以缘事未了，舍之游方，逾期不还，众僧亦悉委去，惟某仅存，老病无力，不得供扫洒事也。”“去几何时？”曰：“二十七年。”“何时当来？”曰：“今岁归矣！”恺时春秋二十七。既寤，以为不祥。

会是年秋试，考校南康军，至中途，日薄晚，投宿民家，不肯容，指支径小曲曰："是间佛刹颇洁，士大夫来者，多就馆，盍过之。"行数十步，果得野寺，视其额则"承天"也。入门寂然，廊庑殿宇，凝尘如积，徘徊良久，但一人出，相与问答，全如梦中所言。恺戏登禅床，作长老说法，以为梦证已应，无他矣。既而，导至上方，启户拂榻，凡室中之藏，器玩裓，皆历历可识，始大恶之，不能留，强宿于旁舍，明晨去之。

自尔以来，精爽常郁郁。既入试闱，昼减食，夜忘睡，与同院交际，无复笑语。讶而问之，始告之故，曰："吾恐死，安得有乐趣。"同院更出言谕解，莫能得。毕事既还，抵乐平驿，有道士上谒曰："吾欲见户曹君。"小史入白，恺拒弗见。道士直入，睨恺曰："急治行，后三日犹可与家人诀，缓则无及矣。"不揖而出。恺愈惧，走信告其家，遂奄奄感疾。越三日，至德兴，急招邑令相见曰："恺且鬼，不暇与君语，路逢狂道士，言不命尽今日。设如其言，以身后事累公。"令曰："安有此，君当劳苦成疾，吾归取酒饮君，同宿于是，勿惧也。"令甫上车，恺果死。

其兄纯夫在乡里，自得乐平书，已忧之。是日，徙倚门间，望一僧，顶暖帽，策杖且来，谓为庵中人，迎与语。僧不答，以袂蒙面，径造南夫书室。就视，无人焉。纯夫失声泣，而德兴奉恺丧至，以卧轿舆归。首戴暖帽，则所见僧，盖恺也。（程泰之说）

【译文】滕恺，字南夫，婺源人（今属江西）宋绍兴五年

（1135），中甲科后调到信州任司户。将要赴任时，梦里去外地游寺院，寺院门上匾额写着“承天寺”，寺内房屋十分壮观，只是没有僧人居住，仅有个老和尚出门迎客说：“这座寺是我的师傅所建造的，刚建成时，他因为俗缘未了，便离开寺院出去云游，很长时间没有回归，众僧人也因为这而离去，只有我老病无力走不动，才在这里做些香火扫洒的事。”问：“去了多长时间。”答说：“二十七年。”又问：“什么时候才能回来。”说：“今年应该回来了。”滕恺这年正是二十七岁，他醒来感到这是一个不祥之兆。

这年秋天他要到南康军（今江西星子）参加朝廷对官员的考核。在旅途中，有一天，日落西山，薄暮时候，投宿一平民家，但人家不愿意留他，指着一条弯曲的小路说：“那里有一座佛寺，很清静。过路官员和士子大多都是在那里投宿。”滕恺便去找那寺庙，走上小路几十步，果然看见野外有一寺院，看它的门额上写着：“承天寺”，进入大门后很冷清，廊房殿间落的灰尘如积，徘徊很久，才见一人出来相见，问答全和梦中所见所闻的一样。恺戏笑着登上禅床，做出长老说法的样子，认为梦中的事已被证实应验。接着又被领到客房，打开窗户，拂扫床榻，凡是室中的东西滕恺都觉得是过去见过的，心里大为讨厌，不愿意住到这里，勉强在旁边另找房子住下，第二天清晨就赶忙离开了这里。

自从此后，精神常常是郁郁寡欢，要进入考试的时候，白天吃不了饭，晚上睡不好觉，和同院考试的官员在交往中，也没有笑颜欢语。于是有人问他，他就把发生的事告诉了别人，说：“我恐怕要死了，怎能有快乐的心情呢？”同院的人都出言安慰他不要相信。考试完毕后就返回，路过乐平驿站，有一个道士求见说：“我想见户曹君！”仆人进屋向恺报告，恺拒不见他，道士便自己闯进来，瞪着恺说：“赶快准备走吧，三天内倒还可以在死前和家人见上一面，慢了就见不到了。”道士说罢，也不施礼就走了。恺更是害怕，写信告诉他的家人后，就隐隐感到有了病。过了三天，来到德兴县，赶忙把知县请来，对知县说：“我将要成鬼了，没时间给你多说话了，路上我遇见了一位狂道士，说我命已到尽头，今天要死。如果像他说的那样，死后的事情就托给你办了。”知县说：“怎么会有这事呢，你是一路劳苦成疾，我回去拿些酒来，和你一同饮酒，陪伴你住在这里，你不必害怕。”知县刚刚上车回去拿酒，滕恺便突然死了。

他的兄长纯夫在家乡，自收到乐平寄来书信后，便开始忧虑，这日正倚门盼望，突然见一僧人头上戴个暖帽，拄杖而来，称自己是庵中的人，迎上和他说话，僧人不答话，用袖子蒙着脸，径直走进大门，往滕恺的书房走去。纯夫忙跟进去，书室中并没有一人。纯夫失声痛哭，这时德兴来人已经用卧轿把滕恺的遗体抬到了，头上戴着暖帽，纯夫才知道那个僧人即滕恺的魂魄所化。

文三官人

王菲朝议，东州人，建炎初避地吴兴，寓居空相寺，其侄文老，薄暮行寺外，见人衣青道服，乘马而过，甚类其所亲文三兄者。随而呼之，回顾曰：“昨夕抵此，舣舟白苹亭下，适有故，勿须出城。明当奉谒，不然，君幸过我。”遂驰出青塘门。

文老与之别数年矣，诘旦，访得其舟，呼其仆曰：“欲见三官人。”仆曰：“死逾月矣。”文老曰：“昨乘马过吾门，与我语，安得有是？”具道所见。仆惊报家人，皆大哭而出。其妻泣曰：“夫死时羁困方甚，不能具冠带，故以便服敛，君所见皆是也。”文老归，念青塘门外首慈感寺，径诣之，问夜来何客至此？僧曰：“无重客，但施主设水陆耳。”方悟来赴冥集云。（徐惇立说）

【译文】朝议大夫王菲，是东州人，宋高宗建炎初年（1127），因为躲避金兵，迁居到江南吴兴（今湖州），寄居在空相寺里。他的侄子王文老，傍晚时在寺外散步，看见一个人穿着青色道袍，骑着一匹马走过来，很像他的亲戚文三哥，便赶上又叫他的名字，果然是他。那文三扭头停下来说：“我是昨天晚上才到这里的，坐船停在白苹亭下边，现在有事，急需出城，等明天抽空再来拜访你，如不能来，就请你到我船上见面吧。”说罢，骑马飞奔出青塘门去了。

王文老和文三分别已有好几年了，于是第二天一大早，便起身去白苹亭找文三，找到他家坐的船，便对船头的仆人说，是来拜访文三官人的。仆人说：“已死了一个多月了。”文老说：“昨天傍晚还骑着马从我住所门口经过，并且还给我说了话，怎么会死了呢？”便把昨天遇见文三公子的经过告诉了仆人。仆人听了十分惊愕，连忙进船舱告诉文家的人。家人听说后，一齐大哭着出仓来和王文老见面。文三的妻子哭泣着说：“我丈夫死的时候，因为正在逃难困难的时候，没法制作寿衣，所以只穿着平常穿用的便衣入殓，你所见的正是他死后穿的衣服。”文老回来以后，想起青塘门外有个慈感寺，便到寺中打听，昨夜是否有客人来？和尚说：“没有，只有施主在这里办水陆道场，向鬼施食。”文老才醒悟，文三是来赶鬼会的。

莫小孺人

绍兴十五年，许子中叔容，自丹阳还乌墩，舟至奔牛，与前广州郑通判柩船同泊堰下。日且暮，一紫衣吏自称林提辖，求见曰："某，郑氏之隶也。主君嬖妾莫氏，本乌墩莫知录庶女，嫡母不容，方在孕时，逐其母，女生于外舍。既长，遂为人妾。会正室虚位，实主家事，号小孺人。主君死于南方，一子绝幼，不能归。赖平江王侍郎有契好，使人致其柩，欲葴之诸境内僧舍中，家资绝丰，莫氏悉有之，将从此归其父。闻君居乌墩，幸为达一书，使来相迎。"许曰："诺。"行数十里，明日复会。林曰："莫氏愿一见君，祈为先致囊橐。"许恐有他嫌，拒弗受。顷之，又至曰："书不暇作，但致此意于知录君足矣。"许至家，他日诣知录君，告其事。惊云："无有也。"

居数月，许与中表高公儒遇，语及之。高惊曰："吾几堕其计中。"乃话所见。初，泊舟姑苏馆，亦值林生，其词略同。末云："莫氏欲归其父，自念平生不相闻，且失身于人，必不见礼；欲嫁为人妇，士大夫有所不可，而闾阎市井，又非厥偶，思欲复入大家为姬侍。其人颜色绝美，随身资财可直数千万，使君颇有意乎？"高入，谋诸妻，妻慕其货，许纳焉。林曰："欲先见之否？"高喜，留饮酒，出立舷外以俟。少时，妇人青衣红裳，步堤上，令童子以小青盖障面，腰支绰约，容止闲暇，为之心醉焉。林笑曰："颇当君意否？然此良家子，难立券。君当稍致币帛，如聘礼，乃可。"即以采一束授之。及暮而来曰："约定矣。今悉举橐中物置君舟，明日相见于某寺，然后成礼。”话未讫，负十余箧来，皆金珠犀象沉麝之属。

及期，林导高入寺，至一室户外，望帘间数女子笑语，红裳者在焉。顾见外人，皆反走。林曰：“君少止，吾当先告语之。”人半日许，悄无复命。堂下诵经僧讶高久立，来问，故具以所见言。僧曰：“山寺冷落，安得有此。”高犹以为妄，厉声咄之。老僧自室中出，叹曰：“必此怪也，比频有所睹。”引入视，则藏院后列殡宫十余所，皆出木牌书主名。有曰：“小孺人莫氏”，最后曰：“提辖林承信”。方震骇走出，仆人奔报，舟且没，继一仆云：“舟幸无恙，而所寄之物皆非矣。”遽视之，犀像香药，尽白黑纸钱灰；所谓金珠器皿，盖髑髅，兽骨、牛粪也。二人所遇如此，高仅得脱耳。（太学生钱之望说，未质于许也）

【译文】宋高宗绍兴十五年（1135），有许子中，字叔容的人，从丹阳（今江苏镇江）回乌墩（今浙江湖州乌镇），坐船从运河南下，到了奔牛镇（今属江苏武进），和运送前广州郑通判灵柩的船一同停泊在堤岸下。太阳落山以后，有一个身穿紫衣的公差来求见。自称为林提辖，对许子中说：“我是郑通判手下的吏员，主官的宠妾姓莫，本是乌墩莫知录家小妾生的女儿。因为莫知录的大老婆不容许小妾在家，在小妾怀孕时，把她赶出来了，所以这个女儿出生在外，等长大后，便嫁给郑通判为妾，郑通判没有正室夫人，所以莫氏虽是小妾，实际上和主妇一样，管理家政。这位莫小孺人（官员妻子封号之一）的夫君死下南方，有一个儿子还很小，不能回原籍，幸亏郑通判与平江府（今苏州）的王侍郎是结拜兄弟，便派人去接郑通判灵柩，准备先寄存在平江境内的寺庙里。他家里的家财极多，都归了莫氏所有。这莫氏无家可归，想去跟她生父，听说先生也是乌墩人，希望能顺便给捎一封信，使他家派人来接。”许子中答应了这件事。船又走了几十里路后，第二天，姓林的又来见，说：“莫氏希望能和先生见见面，并且托先生先把几件行李箱捎回莫家。”许子中怕别的意外事惹上麻烦，便拒绝了他的要求。林提辖去了一会儿，又回来说：“书信来不及写了。就请先生带口信给莫知录就行了。”许子中回到家，停了几天，抽空去拜访莫知录，告诉他这件事。莫听了十分惊讶说：“我没娶过妾，也没女儿在外呀！”

许子中在家住了几个月，遇见中表兄弟高公儒，把这件怪事告诉了高。高公儒吃惊说：“我也遇见过，几乎上了当！”便把自己的经历告诉许子中。当初高公儒也坐船停在苏州，亦碰到这姓林的，姓林的所说的话，大致和对许子中说的一样。最后则有不同，说莫氏想回娘家依靠父亲过日子，但是因为一辈子没有见面来往，又是个寡妇，回去后一定被人所轻视。因此想改嫁，如嫁到做官的人家里，是不可能的，要嫁给普通百姓，又觉得和她不相配。所以想再到富贵大家里去做姬妾。这个莫氏颜色绝美，随身带着金银财宝可以值上好几千万。不知先生有意要她吗？高公儒听了，便回船和妻子商量。妻子羡慕莫氏有很多财产，便同意高公儒娶她为妾。高公儒回复了林，林说：“是不是想先见见她的面呢？”高很高兴，便留下林来吃酒，酒罢，站在船头上等候林去通知莫氏。不一会儿，只见一个妇人，穿着青衣红裙，走到河堤上来，还有一个小童子，打了一把伞给她遮脸，只见她腰肢柔美，随风摆柳，仪容举止悠闲从容，不由看得心醉。那林提辖在一旁笑着对高公儒说：“能略微使先生满意吗？不过，她也是正经人家妇人，虽然不必像娶妻那样立正经婚书，也应该稍送点聘礼，才合乎道理。”高公儒便取出红绸一束，交给林提辖送去。到了傍晚，林提辖来说：“已经说定了，今天先把她全部积蓄送到船上来，明天请先生到某寺院相见，然后就可以进行典礼成婚了。”说话未毕，早有人送来了十几个皮箱，里面装的全是金银、珠宝和沉香、麝香、犀角、象牙等名贵药材、货物。

第二天，到约定时间，林提辖来，领着高公儒到一个寺院里，走到一间房子门外，隔着门帘，看见帘内有几个女子正在说笑，见过的那个青衣红裙的丽人也在其中。她们看见有外人来了，纷纷向里躲入内室。林提辖对高公儒说：“先生先等一下，待我入内先告诉一声。”便掀帘进屋去了。高公儒在外边等了好大一会子，不见姓林的出来。这时正在佛殿下念经的一个和尚，见高站在这里，好半天并不走开，不由心中奇怪，便过来问是什么原因。高公儒便把等见屋内女子的话说了。和尚说：“我们这座山寺十分冷僻荒凉，很少有人来烧香，更没有寄住在这里呀！”高公儒还以为和尚在说谎，便厉声斥责。这时，有个老和尚从屋子中出来，叹息说：“一定是这怪物了！近来不断有人看见。”便领高公儒进去看，走到藏经院后边，只见有十几个棺材寄放在那里，每个棺材都有个小木牌，写上棺主的名字，其中就有“小孺人莫氏”，最后一个则写着“提辖林承信”。高公儒正在惊骇遇鬼的时候，仆人跑着来报告说：“船快要沉没了！”跟着又跑来一个仆人说：“幸好船没有沉下，不过那莫氏寄存的东西都变样子了。”高公儒急急跑回船去看。所谓犀角、象牙和香药，不过都是些黑白纸钱灰；而金银珠宝和器皿，则都是髑髅、兽骨和牛粪。高公儒和许子中二人所遭遇到的就是这样，高公儒侥幸得以脱险。

吴圻梦

吴圻元翰，政和中以太学录习乐恩，得上舍及第。为镇江府教授，代李伯纪。已入官舍，伯纪馆书室未去。圻梦一鬼，紫袍金带，拜庭下曰：“后十五年，当为枢密使。”寤而甚喜。由此益自负，意执政可指期得。既而，仕宦殊不进。靖康元年至定州获鹿令以死。伯纪乃以是年知枢密院。（圻之侄亿说）

【译文】吴圻，字元翰，宋徽宗政和年间（1111—1118）被录取到太学学习《乐经》，结来考试时，又获得最高学历—上舍及第，分配到镇江府儒学教授，接替李纲（字伯纪）的职务。吴圻到任，住入官舍以后，李纲还没有迁出，暂时仍住在书房里。吴圻梦见一个鬼，身穿紫袍，腰束金带，在大厅前跪拜，说：“十五年以后官可以升到主持国政的枢密使。”梦醒以后，心中十分高兴，从此便更加自负，以为自己将来主持国家大事，已经指日可待了。可是在这以后，他在做官的道路上也很不顺利。靖康元年（1126）被派到定州获鹿县当县令，不久便去世。而李纲则在同时被任命为枢密使。

赵士珧

徐择之丞相居睢阳，与南处宗正仲葩善。洎帅（此下宋本缺一页）尊公名为何？”曰：“巴。”“字为何？”沉吟移晷曰：“与权。”而其父用字茂实。敦义正悔与鬼语，乘其误，叱之曰：“尔乃下鬼凭附，非真赵抚子也；岂有人子而不知父字者乎？”命速舆出。吏拊式叹曰：“招我来，不见礼而相逐，无故人意，如此令我羞见他人。”

既还家，敦义意殊未快，复折简询其死后在何地，有何人拘录，何以能来此，世间所传祸福报应事果何似？”吏曰：“所问事多，容我缓为报。”索纸方欲下笔，忽号呼数声，大书曰：“奉差我捉去见天齐仁圣帝。”蹶然仆地。凡三日，吏乃苏。盖鬼留者几半月，其去也，人疑戟门神所劾，或恐泄阴间事故云。

敦义自是不再岁亦亡。三徐同一纸书，而敦济、敦立独不为所记录，岂非寿禄未艾，黠鬼不能窥邪？士珧死时才三十七。（敦立说）

【译文】徐处仁丞相，字择之，和担任南外宗正职务的皇族赵仲葩十分友善。自从担任（以下宋本缺一页）“你父亲名叫什么？”回答说：“巴。”又问：“字是什么？”那鬼魂沉吟了老大一会儿，才说：“字与权。”而他父亲的字实际是叫茂实。这时敦义正后悔不该和鬼说话，便趁他回答错误，大声斥责他说：“你不过是一个小鬼附在人身体上，不是什么真的赵抚干，试问岂有作为儿子的，不知道父亲的名字吗？”便叫快把他抬出去。那个书吏叹息说：“把我招来，不加以礼貌相待，反而赶出去，没有一点故人的情谊。这样真使我羞见别人了。”

敦义回到家里，心中终久不愉快，便又写了一封信，问他死后在什么地方，什么人拘捕他魂魄的，又怎样能来阳间？又问人间传说的因果报应等事，究竟是什么样子等等。书吏说：“问的事太多了，请容许我慢慢写出来答应吧。”要纸来，正要动笔书写，忽然大叫几声，在纸上大书："差人奉命来捉我去见东岳天齐仁圣大帝了！"才写完，便扑倒在地。停了三天，书吏才苏醒过来，这个鬼魂附在他身上达半个月之久。鬼魄所以走掉，有人怀疑是被戟门神告发，或者是怕泄露阴间的事的缘故。

敦义从此以后，不过年便死了。徐家兄弟三人姓名，列在同一张纸上，而敦济和敦立二人，偏不被鬼所记录。恐怕是他们的寿命和禄位还没有到头，所以再狡猾的鬼，也不能侵犯他们。士珧死的时候，才三十七岁。

卷第三（十四事）

蛙乞命

浙西兵马都监康湑，居临安宝莲山，夏夜且睡，为蛙声所聒，命小童捕之。湑熟寐，梦十三人乞命。湑曰："吾职虽兵官，非能擅生杀者，何以能贷汝死？"曰："但公见许，无不可者。"少焉魇寤，告其妻，妻曰："得非群蛙乎？"呼童诘之，已置一瓶中。验其数，正十三枚也。即释之，时绍兴二十九年。（张才甫说）

【译文】浙西兵马都监康湑，家在临安（今杭州）宝莲山，夏日夜晚将要入睡的时候，被青蛙的鸣叫所扰，便让小童去捕抓。康湑熟睡后，梦见十三个人请求救命，于是他说："我的职位虽然是兵营的军官，但并没有生杀的大权，怎样才能宽恕你们的性命呢？"众人说："只要你允许，没有不能活的。"俄而大叫一声惊醒，他把这梦告诉了妻子，妻子说："莫非是那群青蛙？"把小童叫来问询，说抓到的青蛙已放在一个瓶中。查看了一下青蛙的数量，正好十三只，当即就放了它们。那是宋高宗绍兴二十九年（1159）的事。

舟人王贵

绍兴三十一年，北方遣使高景山，王金来贺天申节。诏中贵人黄述，持扇帕迎赐之。例用两浙漕司舟，舟师王贵者，病死于楚州洪泽。有二子，甚妻泣告述曰："夫死，舟当还官，则一家数口，且滨沟壑，傥得长子继役，乃可续食矣。愿丐一言于漕使。"述许之，还至镇江，与漕遇，伸其请。即日刺为兵，以代贵。述至丹阳，晚泊，贵棹小舟，遥望而拜曰："举家荷公恩惠，无以论报。"呼之使前，谢曰："人鬼路殊，不敢登公舟也。"始省其死，呼左右至，已无所见。

【译文】宋绍兴三十年（1161），北方金国派遣使者高景山，王全来贺朝天申节，高宗派中贵人黄述去迎接，并带了扇子，手帕等去赐赏金国的使臣，按照过去的惯例，用两浙漕司的船迎接金国使臣。开船的师傅王贵病死在楚州（今江苏淮安）洪泽，家里有两个儿子，他的妻子流着眼泪告诉黄述说："我的丈夫已死，船应该归还官府，然而一家几口因此将要面临饿死沟壑的厄运，假如大儿子能继承父业服船役，才可以继续有饭吃糊口，请求大人在漕使面前讲一下情。"黄述答应了她的请求，回到镇江和漕使见面后，说明了王家的请求。当即漕使就让王贵的长子当了兵，接替了王贵的位置。黄述到了丹阳，夜晚船停泊在岸边，黄述在船上看见王贵划小船遥望大船叩拜说："我全家受大人的恩惠，是不能用语言来表达报恩的。"黄述叫他上前来，王贵谢着答道："人鬼走的道路不一样，不敢登上大人的船。”黄述这时才意识到他已经死了，于是便喊叫船上的随从来，他们来到时，已什么也看不见了。

陈述古女诗

陈述古诸女，多能诗文。其一嫁婿曰李生，为晋宁军判官。部使者知其妻子诗最工，以所藏小雁屏从之求题品。妇自作黄鲁直小楷，细书两绝句，其一曰：蓼淡芦欹曲水通，几双容与对西风。扁舟阻向江乡去，欲喜相逢一枕中。其二曰：曲屏谁画小潇湘，雁落秋风蓼半黄，云淡雨疏孤屿远，会令清梦到高唐。两篇清绝，洒落如是，不必真见画也。

【译文】陈述古的女儿们，大都会写诗文。其中一个嫁的女婿姓李，是晋宁军判官部使。李生知道妻子在诗上面最擅长，就拿出自己收藏的小雁屏让她题写诗句，妇人自己用黄庭坚小楷细写了两首绝句。她写的第一首是：“蓼淡芦欹曲水通，几双容与对西风。扁舟阻向江乡去，欲喜相逢一枕中。”第二首是：“曲屏谁画小潇湘，雁落秋风蓼半黄。云淡雨疏孤屿远，会令清梦到高唐。”两篇诗句清绝洒脱，像这样的诗真像一幅画一样美，可以不必看画就能欣赏风景。

韩蕲王诛盗

韩蕲王宣抚淮东，获凶盗数十辈，引至金山。陈刀剑于庭下，以次斩之，皆股战就诛。独一盗跃而出揖，指一刀最大者曰："原从相公乞此刀吃。"韩笑曰："甚好。"时有中使来宣旨者在座。为言此人临死不怯，似亦可用。韩曰："彼用计欲脱耳。"竟杀之。

【译文】蕲王韩世忠巡视抚慰淮东（今江苏淮安扬州一带），路上捕获强盗几十人，把他们押到金山（今镇江）帅府，陈放刀剑于公堂下，准备把强盗一个个砍头问斩。盗贼们都胆战心惊等待着杀头，唯有一个盗贼跳出来指着一个最大的刀说："我请求相公用这把刀来杀我。"韩笑着说："非常好！"这时有个来宣读圣旨的太监在坐，对韩世忠说这个盗贼死也不惧怕，似乎还可以留用。韩即说道："他是想用计逃命罢了。"最后还是把这个盗贼杀了。

浦城道店蝇

浦城永丰境上，村民作旅店。有严州客人，赍丝绢一担来，僦房安泊。留数日，主妇性淫荡，挑与奸通。既而告其夫云："此客所将值物不少，而单独出路，可图也。"夫即醉以酒，中夜持刀斫之。客大叫救人，声彻于邻。彼处居者甚少，仅有一邻叟奔而至，妇走立于门，以右手遮拒，使勿入，左手持客丝一把与之，叟喜而去，客遂死。夫妇共舆尸，埋于百步外山崦里，仓卒荒怖，坎土殊浅，主人自意无由泄露。

经数月，客之子讶父久役不返，向时固相随作商，凡次舍道涂，悉所谙熟。于是逐程体访，到此店迹绝，因驻物色。正昼闷坐，一蝇颇大，飞著于臂，挥之复来，至于五六。子念父心切，极疑焉。祝之曰："岂非神明使尔有所告乎？但引我行。”遽飞起，此子从其后，蝇营营如语，径飞至客窆处。群蝇无数，子伸首探之，尸俨然存。走报里伍，捕凶人赴县。邻叟之过亦彰，遂为明证。店夫妇并伏诛。叟坐杖背，官毁凶室为墟。郑景实自莆田往临安，道出其地，正见屋庐皆荡析，遗址一空。时淳熙十一二年间也。客冤得蝇而伸，殆与新昌鹿麑相类，盖得鬼而诛云。

【译文】浦城（今属福建）永丰境内，村民开办了一个旅店，有严州（今浙江建德）客人携带着一担丝绢来投宿，在这里停留了几天，店妇人性情淫荡轻佻，和客人通奸后，就告诉丈夫说这人所带货物不少，又是单独出门，可以谋害了他夺取货物。开店的男人就请客人吃酒，并把他灌醉，到了夜深人静时，店主手持钢刀砍杀客人，客人大声呼救，声音传到邻里周围。由于此地居住的人很少，只有一个邻居老翁奔跑过来。店妇人站在门口用右手拦着不让老翁进去，左手拿了客人的一把丝绢给他，老翁拿了东西欢喜而去，客人就死了。开店夫妇抬着尸体将他埋到距店有百步远的山沟里，因为仓促之间，心中慌乱，所以挖的坑很浅。夫妇两人认为没有人可以发现。

几个月过去，客人的儿子担心父亲去这么久没有回来。过去他也曾随父亲外出经商，所以对经商沿途村庄道路十分熟悉，于是就沿着熟识的路打听父亲的下落。查询到此店后，线索便断了，因此，停在这里继续寻查。正当白天坐在房中闷想时，一个很大的苍蝇飞落到他的手臂上面，赶走又来，一连赶了五六次，由于儿子思念父亲心切，便十分疑惑，他就对蝇子祈祷着说：“莫非是神明派你来有什么告诉我吗？如果是这样就领我走。”蝇子就飞了起来，客人儿子跟随在它的后面。蝇子营营飞着好像说话一样，一直飞到客人埋葬的地方。那里有群蝇无数，客人的儿子伸着头用手挖开土地，见父亲的尸体仍然保存完好，接着他就跑到里伍那里报了案，逮捕了杀人凶手，并押赴到县衙。邻居老翁知情不报的错误也暴露出来，同时也成为证人。开店夫妇两人一起被处决，老翁被体罚杖背，同时，官府把旅店推成废墟。郑景实由莆田（今属福建）去临安（今杭州），路过这里见房屋荡然无存，遗留下的是一片空地。那时是宋孝宗淳熙十一、二年（1185—1186），行路客人因一蝇而得到伸冤，这与新昌鹿麑的故事相似，都是冤鬼在暗中行事，才使凶手被正法。

张夫人婢

张嵇仲枢密之夫人，宗室克敞女也。有小婢，常侍左右，每出必从。在海州时，因侍夫人夜如厕，将还，呼之不应，至于再之。他妾闻之，亟往视，乃俱归。将笞责此婢，而是日以疾卧，元未尝出，始知先摧灯者，鬼物耳。夫人不淹旬，遂病，逾月而卒。（张才父说）

【译文】枢密使张叔夜，字嵇仲。他的夫人是皇亲宗室赵克敞的女儿，有一个小婢女在她身边服侍，每次出去必然带着她跟从。在海州（今江苏东海）时，因为服侍夫人夜晚上厕所去，夫人回来时呼唤婢女不答应，又喊了几声仍没有人答应，他的妾听到后，就上厕所找到她一起回来。叔夜将笞刑处罚责问这个婢女。因为这一天她有疾病卧床不起，并没有出去，对证后，才知道那提灯上厕所的小婢是个鬼物。以后不到十天，夫人就染上疾病，过了一个多月便去世。

窦氏妾父

徐州人窦公迈，靖康中买一妾，滑人也。未几虏犯河北，妾父母隔阔不相闻，忧思之至，殆废寝食，忽僵仆于地，若有物凭依，乃言曰："某，女之父也，遭兵乱，举家碎于贼，羁魂无所归，欲就此女丐食，而神不许，守窦氏之门岁余矣。土地怜我，今日使得入。"窦氏："汝不幸死，夫复何言，吾令汝女作佛事且具食祭汝，汝亟去。"许诺，妾即苏。窦氏如所约，阴与之戒，勿令妾知。又再岁，其父乃自乡里来，初未尝死也，前事盖黠鬼所为，以窃食云。

【译文】徐州人窦公迈，宋钦宗靖康年间，买一妾是滑县人。没多长时间，金兵进犯河北，妾与父母双亲隔了很长没有通消息，她忧思父母几乎到了寝食俱废的地步。有一天她突然僵硬的倒在地上，好像有东西附在她身上，便张口说："我是女儿的父亲，遭到兵乱，全家都死在贼兵手里，魂魄没有地方去，想到这里向女儿乞求些食物，但神不准许进来，在窦家门口有一年时间了，土地可怜我，今日才让进来。"窦公迈便说："你既然不幸死了，那就没有别的话可说，我让你女儿为你做佛事，并准备些食物祭祀你，你快走吧。"附在女人身上的鬼魂同意了，妾便苏醒过来。窦公迈遵守诺言，在寺院中为鬼做了佛事。他暗中告诫家人，不要把这事告诉小妾，以免她伤心。又过了一年，小妾的父亲忽然从乡里找上门来，原来他并没有死，以前发生的事，大概是狡猾的鬼冒充，借以骗些祭品吃的吧。

王夫人斋僧

宗室琼王仲儡之子士周，娶王晋卿都尉孙女，少年时堕胎死。死二十有二年，当绍兴丁丑，士周以复州防御使奉朝请，居临安糯米仓巷。发五月十二日，天未晓，妾杨氏梦人促使起曰："天竺和尚且至。"既明，上竺僧中左来谒曰："被命饭僧，敢请其意。"出池纸贴子一，其辞云："奉太尉台旨，十五日就本院斋僧一堂，承受使臣陈兴押。"士周愕曰："未尝有此意，而使令中亦无陈兴者。"中左惭而退。出门遇中竺僧庆敷、灵隐寺憎了心，皆言以斋意来白。遂俱入复谒。

士周方拒其说未了，闻室中喧呼，入视之。乃其子不骞之婢来喜者，为物所凭，作王氏语谓士周曰："无诘三僧，为此事者乃我也，我以平生洗头洗足，分外用水，及费缠帛履袜之罪，阴府积秽水五大瓮，令日饮之，乳母亦代我饮，才尽三瓮。又逐去，不使代我，我不堪其苦，欲求佛功德以自救，无由可得。闻琼王主龙瑞宫，从者数百辈，平生姬侍如万恭人，王恭人、夏棋童辈，皆在左右。独我以身污秽不得前。近从它人假大衣特髻，方得入拜庭下，王悯我穷，以陈保义借我，故使散斋贴于三寺，我自尔请料钱三十千。时为夫妇，今月俸十倍，忍不救我？"又唤一乳媪："汝尝见我，何不言？"媪曰："前日实见夫人立太尉床前，恐太尉怕，不敢说。"又责家人以其女嫁胡氏，资送太薄，至于典衣而不能赎。又嘱使嫁孀妹。已而大恸，且劝家人力为善，勿杀生。其言切至，闻者皆悲泣。

士周许为斋三寺僧，且于仙林寺设水陆。王氏颇喜，戏曰："为我典钱作功德，无诵言于后也。"

三僧言陈兴者，貌甚黑，衣四褛皂衫，持旧青盖，人与之语，辄退避，饮茶设食，但举而嗅之。初疑其饱，与钱二百，苦辞其半。又从监寺僧取知委状而去。且告以士周所居。云："如得钱分从者时，无须留待我，我今往平江矣。"士周即以钱授三寺，后两月，来喜者，复梦王氏云："我今坐莲花盆，中去不来矣。"龙瑞宫在会稽山下，琼王疑为其神云。张抡才父，王婿也，尝见所书斋贴。

【译文】皇亲宗室琼王赵仲儡的儿子士周，娶了王晋卿都尉的孙女，少年时难产堕胎而死，死了有二十二年。到绍兴二十七年（1157），士周任复州防御使，奉命调往京城，担任奉朝请的荣誉职务，居住在临安（今杭州）糯米仓巷。这年五月十二日那天，天还没有亮，他的妾杨氏梦见有人催她起床说："天竺和尚马上要来。"天放亮后，果然有上竺寺和尚中左来谒见说："奉命准备斋僧，不知什么意思，所以来问。"并拿出纸帖给赵士周看。那帖子上写着："奉太尉的命令，十五日在本院施饭斋僧，一天。负责传达命令的使臣陈兴还在上面画有花押。周士看了十分愕然，说道："我并没有斋僧的打算，同时，我的部下也没有陈兴这个人。"中左和尚听后惭愧地走了，出门看见中天竺和尚庆敷、灵隐寺和尚了心，也都说接到了帖子，特来问寻斋僧的原因。于是，中左和尚又跟他们再次进去谒见士周。

士周坚持不承认给他们发过斋僧的帖子。话没说完，忽然听到内宅人声喧哗，便进去看，原来是他儿子赵不骞的婢女来喜被鬼魂附上身体，用死去二十多年王氏的声音对士周说："你不要再问他们了，给三处和尚发斋僧帖子是我干的事。我活着时，洗头、洗脚用水过多，还有糜费裹脚布和鞋袜，因而有罪，阴司里便积了五大缸秽水，让我每天喝，乳娘也帮助我喝，才喝完三瓮，又把乳娘赶走，不让她替我喝。我真是苦不堪言。打算求佛作些功德来自救，但没有什么门路。听说琼王现在主持龙瑞宫，有好几百人跟着他，他一生中所有的姬妾，如：万恭人、王恭人、夏棋童等人，都又跟在他身边。只有我浑身肮脏，不敢走近他。只好找人借来宽大外衣和假发遮盖内衣，才得进宫拜见他一次，琼王可怜我穷，把他手下的鬼役陈保义借给我使用，所以我才让陈到三个寺院里散放了斋僧帖子。我自你每月只给料钱三万时，就和你结为夫妻了，现在你一个月薪俸已增加十倍，能忍心不花钱救我吗？"又叫一个乳娘来说："你前几天曾见我现身站在太尉（指士周）的床前，为什么不告诉太尉呢？"乳娘说："我是见到了夫人，因为怕太尉听了骇怕，所以没敢说。"王氏又责备家里人说，前几年把女儿嫁到胡氏家时，嫁妆送的太少，以至她现在把衣服送进当铺都没法赎回来；又吩咐把她守寡的妹妹改嫁出去，说完大哭不止。后又劝家里人要竭力行善，不要杀害生灵。她说的话十分恳切，在场听到的人都感动得流下了泪水。

赵士周答应了施饭斋请三寺院的和尚，并且在仙林寺设立佛事，请和尚念经超度王氏。王氏听了十分欢喜，说："你为我出资做功德，以后就不必再提这事了。"

那三个和尚说的陈兴，是个面貌很黑的人，穿着分为四个下摆的黑袍，手中拿着一把青色的旧伞。别人和他说话时，他总要后退躲开，请他吃饭喝茶时，他总是用鼻子闻一闻，最初只以为他已吃饱了，所以不再吃，并没想到他是一个鬼。后来给他二百钱的辛苦费，他坚持不要，最后只收了一半，又从监寺那里取了发到帖子的收条才走，并告诉了和尚士周家的住址。士周听了，便拿出钱来分给三个寺院的和尚，让他们买粮斋僧。两个月后，婢女来喜又梦见王氏说："我现在已坐在莲花盆中去见佛祖，以后不再来了。"龙瑞宫是浙江会稽山下的一个大道官，所以认为琼王已升了天成为神仙。张抡才的父亲，是琼王的女婿，曾经见过王氏写的那张斋僧的帖子。

兴元钟志

（此下宋本缺十四行又一页）

贺州道人

颜博文，字持约，建炎中谪居贺州，平生好延方士，虽穷约不少倦。有客敝衣大冠，善饮酒，数过颜，辄出酒饮之。他日，邀颜出，行城外十里许，入深山，同坐石上。谓颜曰："偶获名酒，幸公同一醉。"袖出一瓢，取两杯共酌，颜亦嗜酒，度各饮十四、五杯，顾其瓢才堪受升余，而终日倾不竭，始异之。起再拜。道人曰："子真可教，然子方居迁谪中，当有以给朝夕之费。"即取书一编授颜，阅之，乃唐圭峰长老宗密所注《周易参同契》也。中有化汞为银之法，暇日试之而信。

后居广州，每月旦、望、二七日，必诣海山楼，视渔舟所过，悉买鱼虾，放诸海，或至费数千。朱丞相汉章，时为监司干官，谓颜曰："公未脱散地，俸入殊不多，何以继此？"曰："吾尝得一锻汞法，今数为之，道流有过者，我馆之，或经年，须其自去乃已。余悉为放生之具，此外一钱不敢妄用。"丞相求观，颜令素斋戒，逮旦而往。颜索水银十两，置釜中，取夹袋内红粉末，刀圭糁其上。以炭五斤燃之，少焉汞汁跃出，高数寸，乃复下，如是再三，则四面施炭，鼓鞴扇之，俄青焰上腾。曰："可矣。"钳出掷下地，俟冷而称之，得银十两，无少耗焉。（朱丞相说）

【译文】颜文博，字持约。宋高宗建炎年间，被贬官来到贺州。生平好结交方士，虽然生活很贫穷，接待客人却没有一点厌倦。他有个客人，身穿破衣，头戴大帽，很能喝酒，几次去拜访颜文博，颜总是用酒招待。有一天，这人邀请颜文博到城外十里的地方游玩，走进深山，一起坐在石头上。那人对颜说："偶然得到名酒，愿和你共醉方休。"然后，从袖中取出一个瓢和两个杯子，斟酒共酌。颜也非常喜欢喝酒，等到各自喝了十四、五杯酒后，他回头看那个酒瓢，只能盛一升多酒，但始终取之不尽，喝之不竭。他开始对这个人感到奇怪，起身再次拜谢。道人说："你的确是可以教化的人，然而你正处在贬职的时候，得有些生活的费用。"接着道人拿出一本书送给颜看了一下，原来书是唐朝圭峰长老宗密所注的《周易参同契》，书中有化汞为银的方法。等到空闲的日子，他用这种方法试验成功，便相信了这本书上的内容。

后来，颜文博迁居到广州，每个月初一、十五和二七日一定到海山楼去，看渔船归来，买下全部的鱼虾，又把它们放回到大海，有时花的钱有几千。朱丞相，字汉章。那时是监司干官，他对颜文博说："你现在仍处在贬官的位置，俸银收入不多，怎样能连续这样花钱呢？"颜回答说："我曾经得到一种炼汞水为银的方法，现在已经做了好几次，凡是有道士朋友来访的人，都要留下他们吃住，有时住上一年，直到他们自己主动要走为止。其余的钱则买鱼虾放生，除此以外，一个钱也不敢乱花。"朱丞相便要求看他炼汞，颜即让他沐浴戒斋。第二天朱丞相前往观看，颜拿出十两水银，放在锅里，从口袋中取出一些红色粉末，用刀铲挑一些掺到水银之中，用五斤炭来烧水银锅，停了一会儿，水银沸腾，激起水高几寸，又落了下去，这样起落三、四次，又用风箱催火，顷刻，锅里腾起青色的火焰，颜说："行了！"拿一把钳子把锅中的水银夹出来掷在地上，等它冷却以后即变成了银子，称了一下恰好十两，一点儿也没少。

阳大明

南安军南康县民阳大明，葬父于黄公坑山下，结庐墓侧，所养白鸡为狸捕去，藏之石穴。次夕大雷，震石粉碎，狸死焉，人以为孝感。

有道人至庐所，见之，叹其纯孝。指架上道服曰："以是于我，当有以奉报。"大明与之无靳色。道人解腰间小瓢，贮衣其中，瓢口甚窄，而衣入无碍。俄取案间小黑石附摩之，嘘呵良久，则成紫金矣。又变药末为圆剂，以授大明。明谢曰："身居贫约，且在父丧，不敢觊富寿也。"道人益奇之，复探瓢取道服还之曰："聊试君耳。"题诗椽间曰："阳君真确士，孝行动穹壤。皇上怜其艰，七夕遣回往。逡巡药顽石，遗子为馈享。子既不我受，吾亦不汝强。风埃难少留，愿子志勿爽。会当鼠首记，青云看反掌。”遂别去。乡人闻者，竞睹之题处，去地几丈许，始以淡墨书，既而墨色粲发，字体飞动，皆疑其人仙者云。时绍兴十三年也。里胥以事闻于县，县令李能一白郡守，上诸朝。明年诏赐帛十匹，令长吏以岁时存问之，其事具《起居注》。

【译文】南安军南康县平民阳大明，把父亲安葬在黄公坑山下，在墓的旁边搭起茅庐居住守墓。他饲养的白鸡被狐狸抓去，藏在石洞之中。次日傍晚，巨大的雷电把石头震得粉碎，砸死了狐狸。人们认为是他的孝义感动了上天。

有一个道人，走到草庐前，看见眼前的景象，便叹息阳大明的纯孝。他指着架子上的道服说："把这个给我，我会给你报酬的。"大明把衣服给了他，脸上没有一点吝啬的意思。道人解下腰间的一个小瓢，将衣服放在里面，虽然瓢口非常狭小，但放进衣服确没有什么障碍。一会儿，道人又从案上拿起一个黑色的小石子抚摸着，并向上轻轻吹了一阵气，手中的石子变成了一块紫金，接着又拿出药粉把它团成药丸送给大明，大明谢绝接受，说："我本人贫穷节俭，而且现在是父亲的丧葬之期，不敢妄想有非分的富贵和寿禄。"道人对他更是称奇，又拿出小瓢将道服取出还给他说："只不过想考验一下你。"随后就在屋椽上题写了一首诗："阳君真确士，孝行动穷壤。皇上怜其艰，七夕遣回往。逡巡药顽石，遗子为馈享。子即不我受，吾亦不汝强。风埃难少留，愿子志勿爽。会当首鼠记，青云看反掌。"写完就告辞走了。听说这件事的人，纷纷来到题诗处观看，题诗的地方离地要有几丈，用淡墨书写，停一会儿，墨色黑亮起来，字体也飞动起来，人们都怀疑那道人是个神仙。那时是宋高宗绍兴十三年（1144），地保和公役把这事报告了县令李能，李能又告知郡守，郡守最后报告了朝廷。第二年，天子下诏赏赐帛布十匹，命令长吏每年按时到阳大明家去慰问，这件事被记载到皇帝的《起居注》里。

刘若虚

钱塘人刘实，字若虚，老于场屋，绍兴五年赴省试，寓北山僧舍。其仆王高者，服勤累年矣。夜扣户呼曰："适梦明日榜出，樊光远为第一人，刘若虚次之，梦中了然，主公必高选。"刘亦喜，如期揭榜，樊冠多士，而刘被黜。识者审其梦云："若虚刘字也，榜不言刘实，而言刘若虚，无名之北耳。"后七年，始以特奏名试大廷。又入五等，为助教，纳敕不拜。会显仁皇后北归，刘与同科沈高功皆献颂。有旨许出官一任，调主吉州太和簿。族人有精五行者，谓刘无食禄相，逾年官期至，县遣手力一人来迎刘。书生也，已大喜满望，置酒，呼族人质之曰："平生言我不作官，今迓卒至矣。"族人但引咎悔谢。酒罢还家，复布算推测，密告人曰："若虚苟得禄，吾不复谈命。"竟以登途前一日死。（凌季文说）

【译文】钱塘（今杭州）人刘实，字若虚，一辈子参加科举进考场，都没有被录取。宋高宗绍兴五年（1132），他赶赴参加乡试，住在北山的和尚庙里。他的仆人王高，服侍他多年，晚上扣门叫道："刚才做梦，明天省试出榜，樊光远为第一名，刘若虚第二；梦中的情节一目了然，你必定高中入选。"刘听了非常高兴。到了揭榜那天，果然像梦中一样，樊光远第一，但没有刘若虚的名字。有懂得占卜的人说："那个梦中说的是若虚，若虚是姓刘的字，榜上不说刘实，而说刘若虚，那是榜上无名的先兆。"七年后，他才经过特荐，到京城参加考试，仅考了个五等，被分配为助教录用，刘不愿干而辞去。等到显仁皇后往北方去时，刘和同科沈亮功都献诗歌颂，才有旨允许他做一任官职，被分配到吉州（今江西吉安）任太和簿。家族中有个精通五行的人，对刘说没有坐官领俸的相貌。过了年，赴任的日期已到，吉州派遣一个下人来迎接刘上任，若虚大为欢喜，摆上酒席请客，并叫来通五行的族人质问他说："平日你说我做不了官，今日迎接我赴官上任的人来了。"族人只好说自己有错误，请求宽恕。这个人喝过酒回到家中，又重新进行推算后，秘密告诉别人说："若虚如果做官，我以后就不谈论命上的事。"结果若虚竟然在准备动身的前一天突然病死。

混沌灯

会稽陆农师左丞，少子宝，居无锡县，招老儒陈先生诲诸子。幼子甫六岁，敏慧夙成，才入学，即白先生，乞为对偶。以两字、三字命之，笑曰："不足为也。"益至五字，乃试可。书曰："鹭宿沙头月。"应声曰："鸦翻树杪风。"又令对："浓霜雁阵寒。"答曰："残月鸡声晓。"每出语辄惊人，而了不置思。父母皆喜，谓儿长大当可继左丞。明年正月八日，令其仆买大竹作灯球，漫以黑纸，挂于几案之侧。人问何物？曰："此

名浑沌灯。”明日穴其一窍，如是凡七日，至十五日而七窍成，儿是夕亦卒。所谓日凿一窍，七日而浑沌死，异哉。（陈阜卿说）

【译文】会稽（今浙江绍兴）陆农师左丞，他的小儿子叫陆宝，居住在无锡县，请了个老儒陈先生来家教诲他的儿子。最小的儿子才六岁，而敏慧聪明像成人一样。才进学堂，就要求先生出题作对，先生就用两字三字的对让他对接，小儿笑着说字太少，不值得试对。先生便出了五字对：“鹭宿沙头月。”小儿应声对道：“鸦翻树杪风。”又让他对：“浓霜雁阵寒。”对答：“残月鸡声晓。”每次应对都很令人吃惊，而且不多思索。他的父母都非常高兴，说儿子长大一定能继承祖父的官职左丞。第二年正月八日，小儿让他的仆人买来一根大竹竿，劈开扎一个球形灯架，外面糊上黑纸，挂在儿子的书案旁边，有人问这是什么东西，答道：“这个东西的名字叫‘浑沌灯’。”第二天在上面穿了一个洞孔。这样，总共七日，到十五日，七个洞孔已成，儿子在这天晚上死去。所谓每日凿开一孔，七天就浑沌而死，真是奇怪的事。

王通直祠

福州人王纯，字良肱，以通直郎知建州崇安县。方治事，食炊饼未终，急还家，即仆地死。死之二日，众僧在堂梵吹，王家小婢忽张目叱僧曰：“皆出去，吾欲有所言。”举止语音与良肱无异，遂据榻坐，遣小史招丞簿尉，丞簿尉至，录事吏亦来，婢色震怒，命左右擒吏下，杖之百，语邑官曰：“杀我者，此人也。吾力可杀之，为其近怪，故以属公等。吾未死前数日，得其一罪甚著，吾面数之曰：‘必穷治汝。’其人忿且惧，遂赂庖人置毒，前日食饼半，即觉之，仓黄归舍，欲与妻子语，未及而绝。幸启棺视之，可知也。”

丞以下皆泣，呼匠人发之，举体皆溃烂为墨汁。始诘问吏，吏顿首辞服。并庖人皆送府，府以其无主名，不欲正刑，密毙于狱。邑中今为立庙，曰：“王通直祠”云。（王嘉叟说）

【译文】福州人王纯，字良肱，任通直郎，分配到建州崇安县（今属福建）任知县，有一天正在办公，吃一个烧饼还没有完，忽然匆忙赶回家里，到家便倒地死了。死后二天，家中请和尚来为他念经超度，和尚正在唱着经文，王家的小婢女忽然瞪起眼睛，叱呼和尚说：“都出去，我有话打算说！”她的举动和声音都和良肱没有两样。便坐到中间榻上，派仆人去叫县丞、主簿、县尉等官员来，那三个官员来了，负责抄录公文的办事吏员，也跟着进来。那小婢看见他，面色就变了，十分震怒，叫衙役把那吏员抓下去，打了一百刑杖，然后对县里几个官员说：“杀我的人就是这个小吏，我本来有力量杀死他偿命，但怕过于怪异，所以才把事托给你们。我未死的前几天，发现了他有一件严重罪行，便当面斥责他一顿，并表示一定要严办。他心中愤恨又害怕，贿赂做饭的，在烧饼里下毒，前天我才吃了半个烧饼，便发现了，仓促回家，想和妻子说诀别的话，未来得及便死了。希望你们开棺检验，便知道一切了。”

县丞等听了，都哭起来，便叫工人把棺材打开，只见尸体溃烂，黑如墨汁。就责问那吏员，他只好叩头招供了罪行。县里便把他和厨子送到府里去请求治罪。知府因此事缺少确证，不好立案，便把这二个犯人秘密地在狱中处死。后来，崇安县为王良肱建了一个祠堂，名称“王通直祠”。

卷第四（十二事。按实只十一事）

梦登黑梯

俞舜凯，徽州人，绍兴十八年赴省试，梦红、黑二梯倚檐间，有使登红梯者，俞顾梯级甚峻，辞以足弱不能蹑，遂登黑梯，造其颠而寤。是岁中特奏名一人。（楚赀说，亦徽人）

【译文】俞舜凯是徽州（今属安徽）人，宋高宗绍兴十八年（1138），参加省试，夜里梦见红黑两个梯子靠在房檐上。有人让他登红梯，俞见红梯梯阶非常险峻，推说脚有病，不能登梯，而登了黑色梯子，到梯顶梦就醒了，这年考试中，他成为唯一被特别奏报朝廷推荐为官的人。

张文规

张文规，定正夫，高安人。以特奏名入官，再调英州司理参军。真阳县民张五数辈盗牛，里人胡达、朱圭、张运、张周孙等，率保伍追捕之，群盗散走，独张五拒抗不去，达杀之而取其资。盗不得志，反以被劫告于县，县令吴邈欲邀功，尽取达、圭以下十二人送狱，劾以强盗杀人，锻炼备至，皆自诬服，圭、运二人瘐死。既上府，事下司理院，文规察囚辞色，疑不实，一问得其情，又获盗牛党以证，狱具。胡达以手杀人，杖脊；余人但等第杖臂而已，圭、运乃无罪。时元祐七年也。邈计不行，恚忿归番禺，呕血而死。文规雪冤狱，活十人，当得京秩，郡守方希觉以其老生无援，不为剡奏，但用举者迁临川丞，绍圣四年之官。

明年夏四月癸卯，以验尸感疾，遂困，勺饮不入口者一月，昏不知人，家人环泣待尽。越五月辛未，忽微作声，索水饮，身渐能动，大言曰："速差人搬船上行李。"至夜半，神气始定，乃言方病在床，闻一人呼云："英州下文字。"即出视之，有公吏三、四辈，曰："摄官人照证事。"吾告以病笃，乏力不能行，又无公服。吏曰："彼中自有公服，已具舟岸下矣！"不得已，与俱往。顷刻至英，视井邑人物，历历如旧，唯市中酒楼不见。问左右，曰："焚之矣！"吏止之，令俟取公案。须臾而回，问何等文书，曰："吴邈解胡达案也。"吾念邈死已久，何为追我，方悟已死。

稍行前入大官府，门庑严峻，戈戟列卫甚整，同行者十余人将入门，一卒持及冠至，服而入。或告曰："有持水桨来者，切勿饮，饮则不得还。"又前至一门，卫兵愈盛，力士数十，皆执斧、钺，果有持水至者，同行皆饮，吾辞以不渴，又易茶以来，复辞之。其人怒曰："何为难伏事？"复前行，追者先入门，出，引众俱进。殿宇楼观，金壁相照，殿上垂帘，皆不敢仰视。潜问追者，殿上为谁，曰："王也。"俄传呼，驱同行者使前，旋即捽去，最后方及吾。闻帘内所问，果吴邈事，一一以实对。王曰："吾亦详知，然必须卿至结正者，贵审实尔。"吾奏曰："臣自勘狱，使十人将死得生，独不蒙朝廷赏劳，敢问其说？"王曰："临川丞即酬赏也！"吾曰："若准赏格，当改合入官，而今但用举者循资耳！"王曰："岂有举、主二人而俱得丞大邑乎？"盖吾初得二荐章，既赴部，而广东提刑王彭年者，已不可用，不谓冥间知之如此之的。遂奏曰："官职既有定分，愿以微功少延寿数。"即闻殿上索薄，吏抗声云："已蒙王判。"则见文书自帘出，降付卫者，引吾至所司，遥见吴邈荷校于帘下，而朱圭、张运立其旁。吾借书欲观，卫者不可，曰："至司则见矣！"指司吏曰："此濮州举人也！行己正直，明法不第，故死，得主判于此。"至司，揖吏问所判，吏出示纸，尾有"添一纪"三字。吾佯为不晓，以问吏，吏曰："子宿学老儒，岂不晓其义乎？一纪者，十二年也。子有雪活十人之功，故王以是报子，此人间希有事也。适在王所，闻子应对，王甚喜，夫上帝好生而恶杀。《经》云："与其杀不辜，宁失不经。"又云："好生之德，洽于民尽。"凡引此类数十端，不能尽记。吾从容谓之曰："公本贯濮州？"吏愕曰："何以知之？"吾笑曰："平生闻濮州大钟，果有之乎？"吏作色曰："此非戏所，勿轻言。"复引出至殿下，叩帘奏讫，吏举手令退。吾又前白曰："适蒙判增一纪，今六十七矣，计其所增，当至七十九，然先父寿止七十八，岂有人子而寿过其父乎？”王曰：“不然，人寿长短系乎所修，父子虽亲不必同也！”遂拜谢而出。廊下一大门，守卫严密，吏曰：“都狱门也。其间各有狱，凡贪淫、杀害、严刑酷法，谗谮忠良，毁败善类，不问贵贱久近，俱受罪于此。”欲入观，不可。望门内一僧持磬，吏曰：“导冥和尚也，凡人魂魄皆此僧导引。”廊上有栏楯，如州县所谓沙子者，其间囚已多。一女子，年十七八，呼曰：“闻官人得归抚州，烦为白知州许朝散云，十二娘至今未得生天，愿营功果救拔我，朝散将来亦解保举官人。”吾默思许守今年举状已尽，安能及我。俄闻传呼：“张文规与罪人通语言。”驱至王所，王问焉，以实告。王曰：“能为言之，理无所碍，彼此当有利益。”吾遂行。恐忘女子之言，又至司就吏借笔，书十二字于臂，急趋出，见元追者引登舟，行至一城，乃南雄州也。有黄衣来报，方提举已死，追至此，盖英守方希觉者，见提举江西常平。吾犹意其在英时，不保奏鞫狱事，走卒妄言，悦我以求利，诘其所在，曰：“在某所。”往求之，不见。复登舟，即抵岸，送者推出船，遂寤。”臂间十二字，隐隐若存。时病已经月，腰胯间肉坏见骨，善医者以水银粉傅之，肌肉立生。

许朝散者，临川守许中复也。十二娘者，乃其兄之女。闻其事，为诵佛书，饭僧荐之。而方希觉者，以文规苏后始死，盖气未绝时精爽已逝矣！

文规在告几百日，漕司以为不胜任，檄郡守体量，将罢之，许守具事实保明，言病愈，已堪厘务，乃悟女子所谓保举及王言彼此利益之说。后有客自英来云“市楼果为火所毁。”

明年，文规以通直郎致仕，至大观二年，年七十八，梦一羽衣来云，向增寿一纪，今数足矣。阴君以公在英州，尝权司法，断妇人曹氏斩罪，降作绞刑，又添半纪。文规寤而思之，曹氏者，本罪当斩，欲全其首领，故以处死定断。既去官，刑部驳问，以为失出，偶事在赦前，又曹氏已死，无所追正，但索印纸批书而已。

至政和四年乃卒，年八十三，考其再生及梦，凡增一纪有半，当得十八年，而只有十六年者，盖自生还不岁至得梦时，首尾为一纪，又自梦岁至终年为半纪云。（临川人吴可尝作传）

【译文】张文规，字正夫，高安人，因为特奏提名做官后，调到英州（今广东英德一带）任司理参军。真阳县（今广东英德）平民张五等人偷盗耕牛，里人胡达、朱圭、张运、张周孙等，领着乡兵追捕他们。盗贼各奔东西，只有张五拒绝逃走，胡达他们就把张五杀了，并带走他的钱财。盗贼不得心意，返回以被抢劫告到县衙，县令吴邈想立功，把胡达、朱圭等十二人全部抓进监狱，以杀人抢劫立案，用严刑拷打，这些人屈打成招只好承认。朱圭、张运两人死在狱中。接着，上报交到府衙的司理院审理，张文规观察囚犯口供，怀疑案件有不实之处，便重新审问了解内情，同时得到盗牛同伙的证词才最后定案。胡达是因为公事杀人判杖打脊背，其余的人判杖则打屁股，朱圭、张运没有罪。当时是宋哲宗元祐七年（1092）。吴邈盘算失误，恨忿回到番禺（今广州）吐血而死，文规平冤案后，救活了十人。按规定应当调升到京都做官，可是郡守方希觉认为张文规年老，又没有后台支持，便不给他申报，但举荐他到临川任县丞，那时是绍兴四年。

第二年夏初四月癸卯的时候，因为案件检验尸首，感染疾病，就休息吃药，喝不进去药，一个月病的昏迷不知人事，家里人围着床流泪，等待他死后准备丧事。过了五月辛未，他忽然间微声说了话，要水喝，一会儿身体渐渐能活动，同时大声说道："赶快让人到船上取我的行李。"到了半夜，神情气色开始正常，才说得病后躺在床上，听一人呼喊说："英州来有文书。"就出去看，有三、四个人说："带你去当证人办事。"我告诉他们因为现在病很厉害，四肢无力，不能行走。又没有官服。小吏说："那里有官服，已准备好放在船上。"没有办法，只好与他们一起走，片刻走到英州，看见那城里的人历历在目，唯独没有看见街市中心的酒楼，问同行的人，说已烧掉了，使者制止不让再说，让停下来等待他去拿公文。不一会儿，就回来，问他是什么文书？他说吴邈解胡达的案卷。我想到吴邈死了很久，怎么会让我来，才醒悟到自己已死。

走了不远，到了一个大官府院，门阙庑殿雄伟，两旁有刀戟陈列，非常整齐，同行的十几个准备走进大门，一个兵卒拿着衣帽送来，我穿上后才进去，有的人告诉我说："有拿着水浆来的人，千万不要喝，喝了就回不去了。"又走到一门，卫兵越来越多，有力士几十个，都手持斧钺。果然有拿水的人来，同行的人都喝了，我坚决不喝，又拿来茶给我喝，我又推辞掉。那人恼怒地说："怎么这么难伺候。"就回到前面和带领我们的人先进了门，又引我们都进去。那殿宇楼观金碧辉煌，大殿之上垂有卷帘，我们都不敢仰视大殿，暗地里问他人殿上是什么人？说是帝王。不一会儿喧呼驱赶同来的人上殿听审，不一会儿，便揪出来押走了，最后才轮到叫我，听帘中人问的果然是吴邈的事，我就一一如实讲了。王说："我也尽知情况，但必须你来到这里作证，了结这事，是个审实手续问题。"我禀奏说："我亲自勘查了此案，让十个将要冤死的人复活，但没有得到朝廷的奖励，斗胆问一下是什么原因？”王说：“临川县丞就是奖励。”我说：“如果按规定的奖励标准，应当符合京官的条件。而现在这丞职仍然是按举人的资格依例任命的。”王说：“哪里有推举两个人同时当大邑城的丞官之理呢？”由于我当初是得到二次举荐赶赴上任，而广东提刑王彭年已经年老不宜任用，所以才让我担任，不知冥界竟知道如此详细。就便又奏说：“官职既然已有定数，希望我不太大的功劳，可以延长我的寿数。”接着听到殿上大王索要生死簿，吏高声说道：“已经得到大王判定了。”就见文书从帘中拿出，交给护卫的人，引导我到管理寿命的司里，远远看到吴邈扛着刑具站在帘下，而朱圭、张运立在他的旁边，我想借出文书来看，护卫不允许看说：“见到司官后才能看。”又指着司吏介绍说：“这是濮州（今河南濮阳境）的举人，为人正直明法，因为没有中进士而死，现在是这里的主判。”我向司吏作揖问他改判的结果，吏出示文纸，后面有“添一纪”三个字，我佯装不知道，便问司吏是什么意思，司吏说：“你是个饱学的老儒，难道不晓得它的含义？一纪就是十二年，你有救活十人的功劳，所以大王拿它来回报你，这是人间稀有的事，刚才大王听了你的回复，非常喜欢，上帝有好生之德，厌恶杀生。”经上说：“与其杀不辜，宁失不经。”又说：“好生不杀的美德洽洽在于民心。”像这样的话一连引用几十条，我不能全部记住。我从容对他说：“你原来籍贯是濮州吗？”吏惊愕说：“你从哪里知道我的？”我笑着说：“平日听濮州大钟，有这样的事吗？”吏脸色大变：“这不是儿戏的地方，不要乱说话。”就引我出来到大殿之下，在帘外叩拜奏讫，判吏挥手让我退下，我又上前直说：“承蒙判我增了一纪，现在我已六十七了，按照计算寿数应该活到七十九，然而我的父亲年寿到七十八，哪里有孩子的寿数比父亲的长？”王说：“不是那样的，人寿的长短是根据个人的修行，父子虽然是一家，但不是相同的寿数。”接着拜谢了大王就出去了，廊下一个大门的守卫严密，吏说：“是都狱门，这里面各有牢狱，凡是贪、淫、杀害、严刑酷法，谗谮忠良，毁败善类的人，不论贵贱，不论时间长短，都要在这里受到惩罚。”想进去看看，不准许，看见门里有一个和尚手持磬，判吏说：“导冥和尚，凡是人的魂魄，都由这个和尚引导。”走廊上有栏楯、象州、县衙中所说的沙子，那里囚禁的人很多，有一个女子年龄有十七、八岁，喊道：“听说你要回抚州，麻烦你告诉知州许朝散，说十二娘至今没有得到再投生的那天，希望多做一些功果的事，救助我一下。朝散将来也会知道，也能担保举荐你。”我沉思了一会儿，答应了她。想今年举荐的事已完结，怎么能轮到我。不一会儿听到传呼张文规和有罪的人说话，被赶到大王办公的地方。大王询问时，便如实地告诉了大王，王说：“能替她传话，道理上没有什么危害，你们之间都是有利益。”我就赶快走，害怕忘了女子说的话，又到至司见了判吏，借笔写了十二个字在手臂上，迅速出来见原来带我的人，他引我登上船行走到一个城池，那是南雄州。有穿黄衣人来禀报，方提举已死，带到这里，英州郡守方希觉现任江西常平仓提举，我犹然想他在英州时，不举奏我审讯案件的事。鬼卒故意把这消息说给我，来取悦我，以求得能得些赏利，便问他方提举现在在哪里？鬼卒说在某个地方。我去求见他没见。便又上船，不一会儿到了岸边，送我的人把我推出船外，我就苏醒了。”文规看手臂上写的十二个字隐隐还在，这时病了已经一个月了，腰胯间的肉已烂，请来一个擅长看骨医的先生，用水银粉敷上，新的肌肉立刻生出。

许朝散是临川太守许中复。十二娘是他哥哥的女儿，听说了这件事后，为她诵经，并向和尚施舍斋，让和尚为她超度。至于方希觉，在张文规死而复生后才死去。其实气还没有断时，精神已经死了。

文规因病告假已几百天，漕司认为身体不行，不能胜任职务，下文郡守研究，准备罢免他，许太守根据事实举奏说明他病已痊愈，已经能处理政务。文规才醒悟以女子对他说保举的事和王说的你们之间有利益就是指这事。后来有客人从英州来说，街市的酒楼果然一场大火毁掉。

第二年文规以通直郎退休，到了大观二年（1108），他七十八岁时，梦见一穿羽衣人来说："增寿一纪，已经到了，阴君王因为你在英州曾掌管司法，判妇人曹氏问斩之罪，降到绞刑，又给你添了半纪寿。文规醒来想到曹氏，他本应问斩，但想让她落个全尸，就用别的刑法处死，结束了此案。后来文规去职以后，刑部才发现，下文查问。最后以事出偶然，又是在大赦以前发生的事，而且曹氏已死，无法更正，便只要了一份对此事说明的批文了事。

到了政和四年（1114），文规才死去，活了八十三岁。经考查，从他再生和得梦共增寿一纪半，应当是十八年。而他只活了十六年。这是因为他生还那一年算起，到得梦那一年为一纪；又从得梦那一年算起到寿终那一年止，正好半纪。

许颢梦赋诗

许颢，字彦周，拱州襄邑人。宣和己亥，访所亲郑和叔于城北，因宿焉。梦行大路中，寒沙没足，其旁皆丘垄荆棘，有妇人皂衣素裳行田间。曰："此中无沙易行。"颢从往之，足弱不能登，妇人援其手以上。月正明，无树水，弥望皆野田，麦芃芃然。妇人引顗籍草坐□□□□□处有矮砖台，台上有纸笔，顗题曰："闲花乱草春春有，边鸿社燕年年归，青天露下麦苗湿，古道月寒人迹稀。"拍笔台上有声，惊觉，历历在目，疑其类墟墓间事，事不祥也。是岁，大病几死。

【译文】许顗，字彦周，拱州襄邑人（今河南睢县），宋宣和元年（1119），到城北去拜访亲戚郑和叔，就在那里住宿，做梦走在大路上，寒沙淹没了双脚，那旁边都是土丘沟垄，上布满荆棘，有一个妇人穿黄色衣服白色裙子，走在田间说："这里没有沙，容易走。"许顗就跟着妇人走，因为脚无力，不能走到上面，妇人就拉着他的手让他上来。天上月亮明亮，没有树木，近处看到，都是田野，麦子茂盛，妇人带着他踏着草地走去，中间有个不高的台，台上有纸和笔，许拿着笔题诗道："闲花乱草春春有，边鸿社燕年年归，青天露下麦苗湿，古道月寒人迹稀。"放笔在台上有声音，而惊醒。对梦境历历在目，怀疑这梦类似发生在坟墓之中，是不祥的征兆，这年，他大病一场，几乎死去。

掠剩相公奴

沈传曜侍郎（昭远），绍兴戊辰自江西移帅湖南，过袁州，逆旅人令苍头趋走于前，年十三四矣。容止安详，殊无村野小儿态，喜而问之，答曰："尝在一官人家为小童数年，近方辞归。"传曜曰："肯从我乎？"曰："幸甚！且请归白父母。"少选复至。遂随以西，出入房闼间，极谨饬。凡所使令皆能知人意，举家爱之，至潭半，岁忽求去。传曜曰："汝方习熟于此，姑留可也。”曰：“奴自有所职，但当事侍郎许时，期至，当去耳。”传曜怪其语，问所职为何，对曰：见“为掠剩相公奴，所掌者，人间鞋履也。人所著鞋更新换旧，皆有簿历，书之唯谨，如侍郎，平日所服用，皆记录无遗。”因取袖间历，并以旧履数十緉出示，再拜而去，传曜始惊异其非人。后数日而传曜卒。

【译文】沈传曜侍郎，字昭远，宋高宗绍兴十八年（1148）由江西调任湖南最高长官，去上任时路过袁州（今江西宜春），住在旅馆里，旅馆派了一个使唤的人，在他跟前侍候。那人才十三四岁，容貌举止十分安祥大方，完全没有乡村小孩的野气，便高兴地问那小童的来历。回答说：“曾经在一个官吏家中当过几年小童，现在辞掉回来。”传曜说：“愿意跟我做个随从吗？”小童说：“非常幸运，不过得让我回家去一趟，告诉父母知道。”去了一会儿，便回来了。自此，便跟着传曜一直到湖南。小童在衙门里，出入门户十分谨慎；让他办的事，都能很好体会人的意图，所以全家都十分喜欢他。

不觉过了半年，他忽然要求回去。沈传曜说：“你才熟悉了这里的状况，姑且还留在这里为好。”小童说：“奴才自有本身职务，但是应当服侍侍郎，不过到了期满，必须走了。”传曜对他的话十分奇怪，便问他担任什么职务。回答说：“当掠夺相公的仆役，掌管着人间的鞋子，凡人所穿的鞋，以旧换新，都有本子记录。比如侍郎您平生穿用的鞋，都有记录，没有遗漏。”说完，从袖中取出一个账本，以及旧鞋几十双，让沈传曜看。看罢，他向传曜再三拜叩而去。传曜才惊奇这小童原来不是人类。过了几天，传曜便去世。

庐州老兵

吕安老尚书（祉），既以淮州事不幸死，庐州人，或云见之，至今虚正厅不居。绍兴二十六年，吴逵为守，当春时，家人思欲出郊。城外有道观，相承为踏青宴饮之地。逵宿戒驺从，迟明即出。方五鼓，直宿老兵起，望厅上已有灯烛，即屏间窥觇，乃安老据案治事，吏校列侍其旁，黄谒者持宾客牌白曰："某官某官过厅。"安老起迎数客，肃揖就坐，宾主之礼，如常日郡守见僚属不殊，客退。安老回顾，见老兵，令呼出曰："见我不致敬，敢窃窥邪？敕五伯杖之二十。"老兵拜谢，起，了无所睹。旦视其创，乃真受杖也。疗之，数月乃愈。

【译文】吕安老尚书，名祉，因为到淮西（今安徽）招抚叛将，不幸在庐州（今合肥）遇难。后来人们传说，还能看见他的阴魂在官厅出现。所以后任庐州太守的官员，都空着正厅不住。宋高宗绍兴二十六年（1156）吴逵担任庐州太守，到了春时，家里的人想到城外郊游，有个道观是传统的踏青、宴饮的地方，吴逵前一天晚上便通知出游时不要马匹和卫兵待从跟随，天明就出发。到五更天，值班住宿的老兵起来，看见在堂上已有灯烛闪烁，从屏间偷偷看去，是安老坐在案前，办事的官吏和衙役站列在两旁，负责接待的吏员，拿着宾客的牌帖说道："某官某一官即过厅。"安老起身迎接，几个客人恭敬的作揖行施宾主礼，和平常郡守见幕僚属下没有什么区别。客人走后，安老回头，看到老兵，让他出来说道："见到我不致敬礼，还敢偷偷看视呀！"让刑卒打了老兵二十杖，老兵拜谢罪责后起身，却什么也看不到了。清早看到创伤，是真的受到了杖刑，治疗几个月后才好。

张津梦（按目录津作聿）

张津，字子问，绍兴戊辰，自常州录事参军岁满赴吏部磨勘，同铺有张聿从政者，建康人，罢夔路属官来，亦有举将五员，当改秩，而其一人当坐累，铨曹以荐章为疑，方上省待报，未决可否也。聿忧之，几废寝食，忽见津至，审其姓名，大喜，铺吏问所以然，曰：“昔年至蒋山谒宝公丐梦，梦神告曰：‘汝身畔有水则改官。寤而询诸占梦，皆莫能测，今与宗人遇，而其名曰‘津’，聿字加水津字也，神告之矣。此吾所以喜也。”

时秦丞相当国，以聿乡里之故，为下其事，适以是日得报，二人遂同班引见，津次当第三，聿班在四，而军头司误易之，乃诣殿下，聿立于津上，正符身畔水之兆云。（子问说）

【译文】张津，字子问，宋高宗绍兴十八年（1148），从常州录事参军任满，赶赴吏部述职，接受考察。同住在宾馆的有一个张聿，字从政，建康（今南京）人，是被免去牙州路（今四川奉节）属官。来吏部也要等待改任官职。当时被举荐来改官的五个人，因为其中一人曾经被牵连受过处分。所以吏部员责审核官员资历的部门，认为荐举公文有问题，准备上报请进一步审查，还没决定是否给这几个人调官。所以张聿十分担忧，几乎寝食不安。忽然见张津也住进宾馆，便问张津姓名，知道后大为高兴。忧愁一扫而空。宾馆的职员便问他为什么这样高兴？他说：“前几年我曾去游蒋山

（今南京钟山），拜求宝公庙，请求在梦中对我的前途作启示。梦见神告诉我说：你身边有水时，就可以改官了。醒来以后，请详梦的给解梦，都解不出来。今天和同宗的人相遇，他的名字叫津，我的名字聿字加水，不是津字吗？神告诉我了，这次我一定调官，所以高兴。”

当时，正是丞相秦桧当权，因为张聿是同乡的关系，便把吏部提出质疑的公文压下了，按规定由皇帝召见后调官，那一天得到通知，张津和张聿同一批被召见。名次列张津为第三，张聿为第四，而军头司误将二人名字弄颠倒了，到殿前等候召见时，张聿反站在张津前边，正好符合身边有水的预兆。

大孤龙

郭三益枢密赴长沙，过大孤山下，天晴无风，江水清泚，舟至中流，屹不动，如有物维之者。舟人没水周视，无所遇，忽于柁上见小儿，可长五寸，形体皆具，垂两股夹柁而坐，柁为之臬兀，仰视见人不变色。遽以告郭，郭命衣冠，焚香沥酒祷之，有顷，化为长蛇，昂首入水中，舟即能去。

【译文】枢密使郭三益往长沙去，路过大孤山下，天晴无风，江水清澈，船行到江中间，就停下不走了，好像有东西将船定住一样，船上的水手便跳入水中，环视察看，没看到有什么阻碍，忽然在船柁见有一小孩，长五寸，形体和人都一样，垂直两腿夹舵而坐，使舵不能安定，小儿抬头看见人来，脸上没有惊恐的颜色。驶船人就把这事告诉了郭，郭换了衣帽焚香，洒酒祷告，不一会儿，那小孩化为一条长蛇，仰着头窜入水中，船便可以行走了。

张绩妻

张绩，彦伟，鄱阳人，妻王氏，孕十月有二月，未产而绩死。王氏哭泣，数日，间胎失去，了无所知觉。（虞亨说）

【译文】张绩，字彦伟，鄱阳人（今属江西），妻子王氏怀孕有十二个月了还没有生产，这时张绩死去，王氏哭泣了几天，胎儿就消失了，王氏也没什么感觉。

赵士藻

赵士藻，绍兴中，权广东东南道税官，既罢，与同官刘令、孙尉共买舟泛海如临安，士藻挈妻子已下凡六人俱，初抵广利王庙下。舟人言："法当具牲酒奠谒。"藻欲往，而令、尉者持不可。是夕，藻梦与二人入庙中，王震怒，责之曰："汝曹为士大夫，当知去就。大凡一郡一邑，犹有地主之敬，今欲航巨浸而傲我不谒，岂礼也哉？！"藻言初心愿展谒之意。王舍之，顾左右，执二人斩首。少焉，吏以银盘盛二猪头至前，血淋漓属地。藻惊悟，视令、尉则亦起坐。意甚恐怖，告以梦，梦协，而二人皆生于亥云。明日，三人同指庙，拜谒谢罪，藻独祷于神，问去留之计。杯珓曰："吉。"乃归舟。至夜，令、尉同榻寝，有蛇如箸大，径其腹以过，自三更几达明乃绝。视其下，一物蜿蜒蟠绕，如数百丈索，留半日，乃不见，皆大骇。然业已办行，不暇止。正是晚，海中火光如电掣，舟人大惧，急入一澢浦中。巨浪随至，须臾，舟已溺。藻立近舷外，虞候挟之，登脚船，取佩刀断缆，仅得至岸，入一寺中。谓僧曰："它物无所惜，独告身及妻妾沦没为可痛耳！"行者健甚，自云能入水不濡，即许厚赏遣之。时舟虽沉，望桅樯犹可认。行者移两时方出，已痴不知人，久乃能言。曰："值大黑龙，不见首尾，其身充满于船中，无隙可入，震悸而出，几为所吞。"藻临水号恸，明日，浪止，于溺处得告敕囊及零陵香一席，遂复还郡中。初，藻客游得摄事，以窃贿成家，始娶妇买妾。乃是俨然孤穷，与初不异。乃货所余香，陆行归浙。

【译文】赵士藻，宋高宗绍兴年间，代理广东东南道税官，去职以后，和同僚刘县令、孙县尉共雇船过海，往临安（今杭州），士藻带着妻子，儿子一共六人，途中路过广利王庙，下船后有人说按规矩应当具备牛酒祭品等祭奠，藻想去而刘、孙二人不愿去。当晚，士藻梦见和二人进庙，王震怒责问他："你身为士大夫，应该懂得该办什么，不该办什么，大凡路过一郡一邑，还要对当地主人表示敬意，现在想远航大海而傲视于我，不来谒拜，怎么这样不礼貌。"藻就说了当初心里准备来谒拜的想法，广利王便叫放了他，回顾左右待从叫将刘、孙两人拉出去斩首，不一会儿，有一官吏用银盘盛着二个猪头到了面前，把血淋淋的头放在地上，藻惊醒后看刘县令和孙县尉，他们亦已经坐起，表情非常恐怖。他把梦告诉两人，两人也做了同样的梦。这两个人生肖都是属猪的。第二天三人同到庙中拜谒谢罪，藻独自祷告神灵，问去离的办法，并卜了一卦，卦上说大吉。回到船上，夜里，刘、孙二人同在一个床上就寝，有一条蛇和筷子一样大，径直从他的腹部穿过，自三更将近天明时才绝迹。早上看他的下边有一东西蜿蜒蟠绕好像几百丈长的绳子一样，等到半天后才不见。都大惊失色，然而已经准备出行，顾不上此事。这天晚上，海中火光好像雷行电掣一样，行船的人十分害怕，赶忙把船驶行一个港湾里，巨浪随后而到，不一会儿，船已沉溺，藻站在船舷外，他的随从急忙扶他登上了拖船，取出佩刀，砍断缆绳，才勉强逃到岸上。走进一寺院中，对僧说："别的东西没什么可惜的，只有官员证书和妻妾淹没在海中，十分悲痛。有个行者非常健壮，自称能入水不溺，就答应高金厚赏，请他去捞。当时船虽然沉没，但还可以看到桅樯，可分辨沉船的地方，行者下水还可以认识到，两个时辰才出来，已吓傻得认不出人，好一会儿，才能说话，他说："有条大黑龙不见它的首尾，它的身子充满在船中，没有缝隙可以进入，怕得不行，才出水来，差一点没被龙吞吃了。"藻临水痛哭，第二天浪平静下去，在溺水的地方，寻到了证书的包袱和零陵香一席，便到城里去了。起初，赵士藻客游外地，才谋到代理税官的职务。用贪污和贿赂的东西成了家，娶妇买妾。经过这次事件后，仍然贫穷，孤独得与以前一样，就把剩下的零陵香卖掉，作为盘缠，从陆路回浙江老家去了。

乐清二士

温州乐清县分两部，号邑西邑东，贾如愚秀才居邑东，赴乡举，梦解榜揭楼上，曰："陈七"。贾不能晓，告以乡人谢权甫，谢曰："君必中选，邑东陈字也，而君行第七，其为陈七昭昭矣。”明日，报至，果然。

王龟龄，绍兴丙寅岁同其弟补试大学，寓湖上九曲寺，得失之心颇切，忽梦揭榜，有王二，既觉，以为其弟且中选。弟曰：“王二者，兄当为第二人耳。”既而，亦然。

又甲戌年，赴省试，寂无梦兆，尝独行窗下，见故纸堆积，默祷求谶，乃信手揭之，得败纸半幅，如占五行者，字皆灭矣。唯丁丑二字可辨，是年不利，至丁丑岁，遂魁天下云。（龟龄说）

【译文】温州乐清县分两部分，称为东城、西城，贾如愚秀才住在东城，赶考乡举，梦见中解的榜挂在楼上，上写：“陈七。”贾不能解。梦醒后把这事告诉了乡里人谢权甫，谢说：“您肯定中举，邑东就是陈字，而你排行第七，上面说的陈七明显中举。”第二天喜报到来，果然中举。

王十朋，字龟龄，宋绍兴十六年（1146）和他的兄弟复试太学，住在湖上九曲寺，考中的心非常迫切，忽然做梦揭榜，上有“王二”。醒来后，觉得是他弟要考中。弟弟却说：“王二的意思是兄应该考中第二名。”接着，果然二人的话都应验了。

二十四年（1154），赶赴省试，寂寞而没有梦兆，常常独自走在窗下，且用过的字纸堆积，默默祷告求签，就信手揭开，得到纸半张，大约占五行，字迹大都看不清了，只有丁丑两个字可以辨认，这年没有考中，至丁丑年，考中第一名状元，大魁天下。

殡宫饼

靖康元年春，京师受围，监察御史姚舜明之子宏欲归越，出南薰门买舟，已得舟，欲复入城，适有旨：不许诸门纳入者。宏无可奈何，率所善士人两辈，陆驰而东，循汴数日，晚至道侧小寺，僧尽不在，僧房多殡宫，三子者，不可前，姑留宿，令仆买酒于村店，并得猪肉以来，寺庖久不爨，什器皆阙，虽有肉不能馔。一士笑曰："吾自有计。"取肉置一棺上，缕切之以为羹，读棺前谒识，知其为妇人，士戏之曰："中夜空寂，不妨过我。"三子既醉寝，过夜半，此士蹶起，呕吐狼藉，意绪昏昏。旦视之，所呕皆饼饵，而昨夕未尝食也。云："昨睡方熟，有好妇人来，相与饮，以饼啖我。"遂往殡前物色之，盖死者家陈饼以供，满碟皆片裂矣。

【译文】宋徽宗靖康元年（1126）春，京城受到围困，监察御史姚舜明的儿子宏，准备回归南方的越地，走出南薰门，雇了船，又想再入城，这时已有旨意不准各门放人进去，无可奈何，便领着和他相好的两个读书人，骑马向东，顺着汴河走。几天后，晚上来到大路旁的小寺之中，和尚全不在，僧房却放了很多棺材。他们三人因不能再往前赶路，只好住在这里。让仆人买酒在村店，并得到了一些猪肉来到寺中，厨房很久没用过，做饭的用具器皿缺少很多，虽然有肉却不能做，一个朋友笑着说："我自有计谋。"于是取肉放在一棺材上，切成肉丝，作为佳肴。读棺前木牌上的题名，知里面装的是一妇人，这个人便戏笑地说："半夜十分寂寞，不妨来找我。”三个人喝醉了便躺下睡觉。到了半夜，这个说笑话的读书人，跳起呕吐不止，一派狼藉，神情昏昏沉沉，早上看到他所吐出来的都是饼，而他们想起昨天没有吃饼。他说：“昨天才睡熟，有容貌美好的妇人来，和她一起饮酒，拿饼给我吃。”他们听了就往棺材前察看，原来是死人的家里供放多天的陈饼，装满了碟子，都已变质干裂成片了。

卷第五（十三事。按实只十二事）

扫码听谦德
君为您导读

司命真君

余嗣，字昭祖，福州罗源人，官朝散郎。绍兴十八年，居乡里，与福帅薛直老有同年进士之好，丐部银纲住行在，欲觊赏典，合年劳迁两秩，明年郊祀恩任子。九月五日至郡中，馆于所亲林氏。

十九日往大中寺，饮于表弟韩知刚家，归时已二鼓，倦甚就枕。月色甚明，似梦非梦，见一人排闼而入，道衣小冠，持旌幢立于床前，呼曰："司命真君相召。"嗣索所逮符檄，曰："面奉严旨，并无文书。"嗣即起，著紫窄衫，系带而出。回视己身，卧榻如故，叹曰："吾必死矣！逆旅中至此，为之奈何？"追者前导，常远数步，欲与之语，不可得。

才出东门，觉非平日所行路，夹道高木，阴森蔽亏，日色晃曜，乃似辰巳间。经五六里许，不逢行人，心甚怖。俄见一城巍然，门旁两人对立，软巾束带，如唐人衣冠，追者曰："真君门下引进使者，在此相侯，可进矣。”二使揖入门，门内有亭，供张甚盛，一人华冠螺髻，衣红绡袈裟。嗣升亭，二使俱坐不交一谈，饮汤而退。复引入，度行三四里，所过金碧辉映，甃地皆琉璃，私喜，知决非恶地，忧心稍释。

入，转一曲角，舍宇益雄丽，使者曰：“此真官治事所也。”嗣问曰：“若至彼，用何礼以见？”曰：“公无朝服，只合肃揖。”闻呼，即登殿。入门，揭金书牌曰：“司命真官之殿。”如仪以谒。即引上，视真官冠服，与今朝服等；熟视之，盖建炎间越州同官某也。笑谓嗣曰：“此间今年考校，得二十人，见公姓名，特去相召。”嗣皇恐谢曰：“嗣官卑材下，无寸长可纪，安得预考校之列？”真官厉声曰：“此间不问人贵贱，不问官尊卑，但看一念之间正不正尔。与公有旧，欲公知前程事；公官资尽有，而所享之寿止七十四，若能辞荣纳禄，可延一纪，自此以往，积功累行，又有乘除，所得之数，盖不止此。公欲之乎？”嗣曰：“敢不听命！”真官曰：“今日非奏过天曹主宰，亦召公不得，然不可过三时，宜速归。”顾二使，令引出，遂退。

由元路行，经一殿门，闻人声嘈嘈，有呻吟号泣者，使者曰：“司过真君殿也。方坐殿讯囚。”嗣问曰：“人世何事为重罪？”曰：“不孝为大，欺诈次之，杀生又次之。”及外门，花冠者出，向嗣合爪曰：“此官员不可思议，吾到此半年，见多少人入来，何尝有出去者！此官员实是不可思议。”复揖坐，饮汤下阶。使者曰：“寻常只到此，以公与真官有分，且又慈仁，今特远相送。”既出，嗣问曰：“适花冠者何人？”曰：“渠是三十三天上人，以微过谪监门，满一年即复归矣。”“所饮何汤？”曰：“入时是醍醐，出时为甘露。”嗣恳曰：“今幸得归，何以见教？”曰：“辄有厌禳之术。公到家日，取门上桃符，亲用利刃斫碎，以净篮贮之，至夕二更，令人去家一里外，于东南方穴地三尺埋之，此人出，公即静坐冥心，咒曰：‘天皇地皇，三纲五常。’急急如律令。’俟其还，乃止。”又云：“公归家，食当异席，寝当异被，食当祭先，寝当存息，皆修持之要。”嗣曰：“此行念无以报德，使者何所须？”二人相视而笑，掉头曰：“此中无用，此中无用。”固问之，曰：“公平日诵《金刚经》，回向一两卷足矣！”往来酬答唯一人，其一默不语，又行一二里，辞去，曰：“此去无他歧径，归即至。”嗣独行，如及城东门，足跌而寤，已三更矣。俨如白昼出谒之状。遂呼仆张灯，作辞纲札子，迟明诣薛白之，且言欲致仕。

洎还家，取桃符，如所教以行，然不晓何理也。竟自列挂冠，明年拜命，始为人道其始末如此，且自作记，人谓嗣必享上寿，福未艾也。然是后七年而卒，殊与所梦不侔云。

【译文】余嗣，字昭祖，福州罗源人，做着朝散郎的散官。宋高宗绍兴十八年（1148），在乡下家中闲居，因为和福州经略使薛直老（名弼）有同年进士的交谊，便想找他请求担任押送官银往首都临安的差事，希望能以此得到奖赏和恩典。再加上当年的劳绩，便有希望升上二级，到明年皇帝祭天时，还可获得特恩任命儿子的官职了。一是便于九月五日来到福州，暂住在亲戚林姓家中，等候派差。

九月十九日，去大中寺游玩，并到表弟韩知刚家饮酒。回来时天已有二更了，十分疲倦，便卧床休息。这时月色十分明亮，他似梦非梦，看见一个人推门进来，身穿道袍，戴一顶小帽，手中拿着一面插有羽毛的旗子，站在床前说："司命真君召你前去。"余嗣便要求看拘捕他的证明文书。那人说："只奉到严厉的口头命令，并没带文书。"余嗣便起来穿上一件紫色的外衫，系上腰带，跟他出来，回头看自己的身体，仍然躺在床上和睡着一样。他不由叹息说："我必然要死了。在旅馆里发生这事，该怎么办呀！"那拘他魂魄的差人在他前边引路，常常距离好几步远，想和他说话也不能。

才出城东门，便觉得周围已不同于过去走过的路，只见路两边都是大树，遮天蔽日，十分阴森，而还可见阳光从树中射下，好像上午的光景，走了五六里，没遇见一个行人，心中十分害怕。不一会儿，看见一座高大的城池。城门两边各站一个人，头戴软巾，腰束丝带，类似唐朝人的装束。追拘余嗣的人便说："这是真君手下的引进使者，已经在这里等候，你可以随他们进去了。"于是两个使者便与余嗣作揖见礼，请余嗣入城。城门里有个亭子，装饰十分华丽，有一个戴着漂亮的花帽，梳着螺旋式的发结，身上却穿着红丝织成的袈裟。余嗣走上亭子，和两个使者坐下来，却一句话不说。喝了一碗汤以后，又领他往前走，约莫走了三四里路，只见经过的地方，房屋建筑得金碧辉煌，铺地都是用琉璃砖，心中暗暗高兴，看来这决不是地狱，心中的忧愁便去了一半。

转守一个弯，前边房屋更加壮丽，使者对他说："这就是司命真君办公的地方。"余嗣问他说："如果到里边见真君，应当用什么礼节？"使者说："你没有穿公服，只用平常揖见的礼节便行。"这时听到传呼他晋见，便进入殿门，只见头上有金字牌匾，写着"司命真官之殿"。余嗣便接使者所教，恭立作揖行礼，有侍从人员把余嗣领到真君前面，余嗣抬头，只见那真君穿的公服和现在阳世官员穿的没有什么区别，又仔细一看，认出那真君原来是过去在越州（今浙江绍兴）一同做过官的同事。真君看见余嗣进来，便对他笑着说：“这里今年考校阳间官员，得到二十名优等，我看见名单里有你的姓名，才特地派人请来相见。”余嗣十分惶恐地说：“我官职低下，才能不足，又没有什么特长，怎样能达到参加考校的资格呢？”真君厉声说：“这里考校，不问人的贵贱，官职高低，只看思想一念之间的正与不正来决定的，我与你有旧交，想让你知道一下自己的前程。你做官的前途是足有的，但是寿命只能到七十四岁，如果你能辞去荣华富贵，寿命可以再延长十二年。从此以后，如果能进一步积累功德，多做善事，又可以再增加，寿命决不止这个数，不知你愿意不愿意？”余嗣说：“我怎敢不听你的命令呢？”真君说：“今天要不是奏报过天庭主宰，亦不能召你前来，但是不能超过三个时辰，所以你应快回去。”便示意两个使者，领余嗣出去，遂从原路退了出来。

路过一座宫殿前，只听里边人声嘈杂，有呻吟的，有哭泣的。使者对余嗣说：“这是司过真君殿，现在里边正在审问囚犯。”余嗣问他说：“人间以什么罪为重？”使者说：“不孝顺父母为第一大罪，其次是欺诈别人，再次是杀生。”等到来到城门口，亭子上那个戴花帽的人走出来，向余嗣拱手说：“你这个官员真是不可思议，我来这里半年了，见过很多人进去，没有一个人再出来的。你这官员能出去，真是不可思议。”又请余嗣坐下来，喝汤后出去。那使者对余嗣说：“平常送人，只送到此为止，因为我和真君有交情，而且你又十分仁慈，所以特破例远送。”便领着余嗣出城上路。路上，余嗣问那戴花帽的是什么人？使者说：“他是三十三天上的人。因为有微小的过错，被贬到这里看守城门，满一年便可以回天上去了。”又问喝的是什么汤？使者说：“进来时喝的叫做醒醐；出来时喝的叫做甘露。”余嗣又恳求说：“我今侥幸得回阳世，能指教我一些什么吗？”使者说：“有一种厌禳去灾的方法，你回到家后的当天，取门上挂的桃符，自己用锋利的刀斧，将它砍碎，用干净的篮子装了。到晚上二更天，让人去离家一里以外的东南方挖地三尺，把它埋掉。这个去埋桃符的人出门时，你就静坐专心念咒：‘天皇地皇，三纲五帝，’急急如律令。反复念诵，直到那人回来后为止。”又说：“你回家以后，吃饭时要换地方，睡觉时应该更换其他被子使用。吃饭要先祭祀一下先人，睡觉时要静心，不要胡思乱想，这都是修养心身的重要办法。”余嗣说：“这次来，蒙你的照顾，没有什么可报你们的恩德，二位使者需用什么，请只管说。”二个使者互相看了一下，笑着摇头说：“这里什么不需要。”余嗣坚持要他们回答，才说：“你平常每天诵《金刚经》，能给我们念上一、二卷作回报就足够了。”余嗣和这两个使者讲了很多话，总是其中一个说话，另一个使者却始终一句话没说。又走了一二里，使者告诉说：“从这里径直前走，已没有岔路了，请自己回去吧。”于是余嗣便自己独自一人向前走去，走到福州东门口，跌了一跤，便顿时苏醒过来。这时天已三更，余嗣觉得自己犹如白天拜客刚回来一样疲劳。便呼唤仆人起来点上灯。立刻写了一张禀贴给薛直老，辞去押送官银进京的差事。第二天去见薛，说明了打算辞官退职的想法。

余嗣回到罗源县故乡家里后，便取下大门上的桃符，按照使者的指教处理，也不晓得是什么道理。遂写了奏章申请退休。第二年批准，命令下来后，他才把这事的始末告诉给别人。并且自己写了一篇文章记述这事。人们都以为他一定会得到高寿，福泽深厚。但是在这七年以后他便去世，和所做的梦很有出入。

刘子昂

绍兴三十二年，刘子昂为和州守，方淮上乱定，独身入官。他日，见好妇人出入郡舍，意惑之，招与合，历数月久。因指天庆观朝谒，有老道士请问曰："使君不挈家而神色枯悴黧黑，殆有妖气，如何？'刘初讳，不答。再三言之，乃以买妾对。道士曰："非人也，将不可治，今以二符相与，逮夜宜悬于户外，渠当不敢入。"刘以符归。夜未半，妇人至，怒骂曰："相待如夫妇，何物道士乃尔！吾去即去，无忆我！"刘不能割爱，亟起取符坏之，终不悟生人何以畏符，复绸缪如初。

又数日，道士入府问候，望见刘，惊惋曰："弗活矣！奈何，奈何！然当令使君见之。"命取水数十担覆于堂，其一隅方五六尺许，水至即干，掘之但巨尸偃然于地，略无棺衾之属，僵而不损。刘审视，盖所偶妇人也。大恶之，不旬日且殂。（王嘉叟说得之于韩琎之子季明）

【译文】宋高宗绍兴三十二年（1162），刘子昂为和州（今安徽和县）太守，那时淮上有叛乱刚平定，子昂独身赴任。有一天见到有个美貌的妇人在衙署里出入，受她的引诱，便招请她住在一起。几个月后，到天庆观拜神，看一个老道士请他到房里说："你没带家眷，而神色枯萎憔悴，面色黑黄，大概是有妖气缠住，对不对呢？"刘开始忌讳不答实情，道士再三追问，才用买妾来对道士讲了。道士说："她不是人，将要没法治。现在给你两个符，到夜晚你把它挂在门外，她就不敢进来了。"刘拿着符回来，还没有到半夜，妇人来到，怒骂道："相待好像夫妇一般，什么混账道士，敢这样对待我，我这就走，不要思念我。"刘不忍心割爱，马上起来取出符扯坏了，最终没有醒悟到，活人怎能畏怕符呢。便如胶似漆的与当初一样。

又过了几天，道士来到州衙探询情况，一见刘，惊愕惋惜地说："你不能活了，怎么办，怎么办？但是我当让你见到这鬼物。"道士让打了几十担水，倒在厅堂前，其中有一片地有五六尺大小，水到上面就干了，就把这地挖掘开，只见有一具很大的尸体，仰卧在土里，没有棺木和其他东西。尸体僵而不坏。刘仔细看了一下，果然是那个妇人，心里大为厌恶，不到十天便死了。

梓潼梦

梓潼神梦之灵，前志已载矣。成都人罗彦国累试不第，既四举，斋戒乞梦，梦蔡鲁公谓曰："已奏除公枢密直学士矣！"次年，省试又下，乃以累举恩得密州文学。

犀浦人邵允蹈，绍兴七年被乡荐，亦乞梦于神，神告曰："已与卿安排甲门高第矣！"及类试，果为第一，乃刻石纪于庙西庑。后罢眉州幕官，赴调临安，舟行至闸口镇，病死。始验甲门之语盖闸字也。

【译文】梓潼神梦的灵验，前志已经有记载了。成都人罗彦国，多次参加考试，没有中第，到了第四次，进行斋戒，求神给梦，梦见蔡鲁公对他说："已经奏请给你枢密直学士的官职。"次年省试，又没中举，后来才以多次应考，特恩授给密州文学的小官。

犀浦（今四川郫县）人邵允蹈，绍兴七年（1137）被乡里举荐，也求梦于神，梦见神告诉他说："已给你安排甲门高第了。"到了类试时，果然中为第一，，就刻了个石碑置在庙西廊记载这事。后来在眉州（今四川眉山）幕官任满，调到临安，船行到闸口镇时，生病死去，才验证了甲门的话，，乃是一个闸字。

张九罔人田

广都人张九，典同姓人田宅，未几，其人欲加质，嘱官侩作断骨契以罔之。明年又来就卖，乃出先契示之，其人抑塞不得语，徐谓之曰："愿尔子孙似我，欲语言而不得。"洒泪而去。是年秋，张有孙，语不出而死；至冬，其子病伤寒，失音亦死；又一年，身亦如之。

【译文】广都人（今四川双流）张九，典质同姓人的田宅。没有多长时间，那人想增加钱，张九便贿赂官吏作弊，做了个卖断田宅的断骨契来骗他。到了第二年，那人又来，讲卖田宅事，就出据先前已卖过的契书给他看，那人哑口无言，过了很久对他说："希望你的子孙像我一样，想说话而又说不出。"他流着眼泪而去。这年秋天，张有一个孙子，说不出话而死，到了冬天，他的儿子有病得了伤寒，而失去了声音，不久也死了。又过了一年，他也像儿孙一样的死去。

宋固杀人报

成都人宋固，为县之文学，乡耆长有病者，困卧境上，时大观四年，朝廷方行安济法，若有病者，则里正当任责。固惮于闻官，诱令过双流县牛饮桥，觉病者怀中有所挟，搜之，得银十余两，乃取之而推堕其人桥下，戒其徒勿得言。居无何，复至前处，失脚堕水中死，其尸出下游五十里外沙碛中，与病者尸合，若相抱持者然。（三事王时亨说）

【译文】成都人宋固为县内的文学。乡里有个长期生病的老人，困难地躺在床上，那时是宋徽宗大观四年（1110），朝廷才施行“安济法”，如果有病人，那么里正就当负责照顾赡养。宋固怕县官知道这事，便引诱病人，让他经过双流县牛饮桥，发现病人怀中携带有东西，搜寻到十几两银子，就占为己有，接着把病人推到桥下，并告诫他的徒弟，不要说出去，停了不久，又走到推人下水处，失脚掉到水中被淹死。他的尸体飘浮下流到五十里外的沙滩上，和原有病的人尸体相合在一起，好像被那病人尸体抱着他一样。

张女对冥事

妻父张渊道自兵部侍郎奉祠，寓居无锡县南禅寺，次女已嫁梁元明来归宁。绍兴已未正月七日，因游惠山寺，食煎饼差冷，还家心痛，至夜遂剧。正睡落枕，元明扶之起坐，但泪下不语，指其口曰：“说不得。”问何所见，应曰：“张渥在此。”渥者，渊道叔也。死于兵间，后降灵其家，云为泰山府直符走吏。意其为祟，呼洞虚观道士视之，道士取纸焚香作法，请家人共视。皆曰：“仿佛见纸上有影如人，戴幞头者。”道士曰：“然则正神，非祟也，是必阴府追对事耳！”书符使吞之。

天明稍苏，犹心痛，忽忽如痴，晚乃能言。始病时，有持符来床下云：“官追汝。”女曰：“我士大夫家女子，何得辄唤？”曰：“阳间如此，阴府不问也。”便觉身随此人去，至寺后墙门，欲出，一人长丈许，推之入，责追者曰：“张侍郎小娘子，尔何人而得呼之？”追者不答，则身已在墙外，有兜檐甚饰，使登焉，两人肩舁约行数百里，又度钱塘江，久之，入一大府，朱门明焕，上施大金钉，殿屋九间，皆垂帘，其中三间帘卷，王者红袍碧玉冠，坐其上，追者前曰：“公事到。”王竦身凭案，立问曰：“张相公在陕西杀赵哲，汝父为参议官，预其事否？”女欲言“不知”，恐累父，答云：“初不预谋，亦曾谏，不见听。”王曰：“谏而不听，何不去？”答曰：“尝求一郡，不得请。”王顾左右，令诣司供状，方对答时，望西庑一人，侧听而笑，东庑亦有一人，皆状貌堂堂，既诣曹，曹吏指曰：“笑者乃赵哲，其东则曲端也。吏以下皆长一丈，戴铁幞头，著褐布袍，具笔札，令女为状。且曰：“当追长子，以其不慧，故免。”盖渊道长子通，自幼多病，不解事。俄持盘食来，甚丰，或曰：“不可食，食则不得归矣！”庑下各列门户，或榜云：“镬汤地狱。”或榜云：“铧碓地狱。”其室甚多，皆扃鐍，不见人，遥见故姻家宋氏母，据案相望而笑。傍人云：“见判善部。”

须臾，供状毕，王命放还。无复轿乘，独随追者行，及江头，见贵人公服乘马，导从甚盛，问人，云：“吕相公也。”是时吕忠穆公已卧病，一月始薨，盖其魄兆先逝矣。

【译文】妻子的父亲张渊道，由兵部侍郎派去担任祭祀神灵的奉祠官，寄居在无锡县南禅寺，他的二女儿已嫁给梁元明，回娘家探望父母。绍兴九年（1139）正月七日，因为游玩惠山寺，吃的煎饼生冷不熟，回家便心痛，到夜晚就更厉害，正躺在枕上睡觉，忽然落枕，元明扶着她坐起来。只是流泪不说话，指着她的嘴说：“说不得的。”问她见到了什么，答应着说：“张渥在这里。”张渥是渊道的叔叔，死在战争中，后来他的灵魂降临他家说，在东岳大帝的泰山府当直符走吏。想着是鬼怪来作祸，就请洞虚观道士看是什么鬼怪。道士拿出纸来，焚香作法，请家里人一起观看。都说：“仿佛看见纸上有个影子像人，头戴着官吏的幞头。”道士说：“如果这样，就是正神，不是鬼怪，这一定是阴府追查核对什么事。”便书写了一张符，让她吃了。

天明稍微好了些，仍然心痛，精神恍惚像个呆子，直到晚上才开始能讲话。她说刚开始有病的时候，见有人拿着符令来到床下说，官府追你，女儿说：“我是官员家的子女，怎样能随便传唤。”使者说：“阳世是这样，阴府不管这些。”便觉得身子随着这人走去，来到寺后的墙门想出去，一个身长一丈多的人推她进去，责问追魂的人说：“这是张侍郎的小姐，你是什么人，哪有权力传呼她？”追的人不回答，而身子却已在墙外边，有兜檐小轿非常华丽，就让女儿坐上去，两个人肩抬着，走了有几百里路，又过了钱塘江，很久才进一大府院，朱门油漆鲜亮，上面嵌着大金钉子，大殿进深有九间，都垂着帘子，其中有三间卷着帘，有个帝王身穿红袍，头戴碧玉冠，坐在上面。追魂的人上前说公事到了。大王站起身来，抚着公案问道：“张相公（即张浚）在陕西杀了赵哲，你的父亲当时为参议官，参与过这件事吗？女儿想说不知道，又怕连累父亲，便答道：“刚开始没参加预谋，也曾经劝谏过，但他不听。”王说：“劝谏不听为什么不走？”妇人回答：“我父曾经要求一郡守的官职，而没有得到。”王便环顾左右，让领她到有关负责此事的曹司里写出供状。正在问答时，看见西廊房有一个人旁听着笑，东廊房里亦有一个人，都是相貌堂堂。既到曹司，曹吏指着笑的人说他就是赵哲，东边的乃是曲端。曹吏属下都是身高一丈，头戴铁帽子，身穿褐布袍子，拿出笔纸，让女儿写供状并且说：“应该追问长子，但他不聪明，所以免去了。”原来渊道的长子通，自幼多病，不能理解事情。等一会儿，拿了一盘食物，非常丰盛。有人说“不能吃，吃了就回不去了。”厅下各排列有门户，有的门上牌子写着“镬汤地狱”，有的牌子写着“铿碓地狱”，这类房子很多，都锁着门户看不到人。远远地看见已死去的亲家宋氏的母亲，正靠着几案往这边看着笑。别人说，她现在是善部的判官。

不一会儿，写完了供状，大王便下命令放女儿还阳。却没有轿子可坐了，一个人跟着追捕她的那人步行。等到了江边，只见一个官员，穿着公服，骑着马，仆人随从很多，前后簇拥而来。所以她便问是什么人，回答说：“是丞相吕公（名颐浩，封太师秦国公，谥忠穆），当时，吕颐浩已生病卧床不起。又停有一个月才去世，而他的魂魄却早已到阴间了。

画学生

成都郫县人王道亨，七岁知丹青，用笔命意已有过人处。政和中，肇治画学，用太学法补试四方画工。道亨首入试，试唐人诗两句，为题。曰："蝴蝶梦中家万里，子规枝上月三更。"余人大率浅下，独道亨作苏属国牧羊北海上，被毡杖节而卧，双蝶飞舞其上，沙漠风雪羁栖愁苦之容，种种相称，别画林木扶疏，上有子规，月正当午，木影在地，亭榭楼观皆隐隐可辨，曲尽一联之景，遂中魁选。明日进呈，徽宗奇之，擢为画学录。

又学中尝以"六月杖藜来石路，午阴多处听潺湲"为题，余人皆画高木临清溪，一客对水坐。有一工独为长林绝壑，乱石磴道，一人于树阴深处，倾耳以听，而水在山下，目未尝睹也。雅得听潺湲之意，亦占优例。

【译文】成都郫县人王道亨，七岁时就能绘画。用笔和立意已有过人之处。宋徽宗政和年间，开始创办设立画学，用太学的方法考试四方画工。道亨首次参加应试，试题是唐人诗两句："蝴蝶梦中家万里，子规枝上月三更。"其他的人一般画得浅显低下，只有道亨作苏武牧羊北海上，身披毡衣，拿着使臣的节杖躺着，双蝶飞舞在上面，沙漠的风雪凄迷，衬托出他愁苦的面貌，十分相称。另外画林木扶疏上有子规鸟，月正当头，树木的影子映在地上，亭榭楼观都隐约可以看清，把诗联的意思都圆满表达出来了，便考中了第一。第二天，送呈徽宗观看，徽宗大为惊奇，提升他为画学录。

另外在学中，曾经用"六月杖藜来石路，午阴多处听潺湲"为题，其他的人都画高林临着清溪，一个游人对水坐。只有一个画工与众不同，画了悬崖山沟一片树林，山间石磴筑成小路，一个人在树荫深处，倾耳好像在听，而水在山下，却是不曾看见，深深得到"听潺缓流水"的诗意，亦被评为优等。

周勉仲

周勉仲（自强）为蕲州司法时，以驿舍为官廨，晚步中门外，往来微倦，顾厅侧有板倚，使人取之欲坐，及其处，则了无一物。

它后枕郡治之万芝堂，堂有池，白昼见人蓬首对水坐，叱之使起，其人矍然立，背如负大瓮者，跃入池中，有声紞然，识者以为龟鳖之精云。

又尝往庐山，与归宗长老坐小室，见一人往来窗下，著乌巾，其身仅与窗等，讶其太短，出视之，无所见。（勉仲说）

【译文】周勉仲当蕲州（今属湖北）司法官的时候，把驿站当做官署，晚上走到中门的外边徘徊，微微有些倦意，环视到厅房的旁边有一块板靠在那里，叫人把它拿过来想坐，等到人到了那里却什么东西也没有。

住所后边挨着州衙内的万芝堂，堂前有一池，白天见一人头发蓬松，对着水坐在那里，喝叱他起来，那人惊慌地立起，背上好像背着一个大瓮，跳进池中，有击鼓般的声音，知道的人以为是龟鳖之类的精怪。

又曾经去庐山与归宗长老坐在小屋内，见有一人在窗下往来，戴着黑色的头巾，身体只和窗户一般高，勉仲惊讶他个子十分低，出去看时，一无所有。

树中盗物

王深之（名湛）家临川，每失去盘、碟、瓶、合及衣服之属，辄谴责仆婢，然不复可得。一夕暴风起，屋东大皂荚树吹折，断处中空，凡王氏积年所失物，皆贮其内，半坏矣，其树今犹在云。（郭沰絜已说）

【译文】王深之家住在临川（今属江西），常常丢失碗、碟、瓶、合及衣服之类的东西，他总谴责仆人婢女。但是没有一件可以查出来。一天，暴风刮起房子东边的大皂荚树，树被折断，树干中空，凡是王氏多年所丢失的东西都贮藏在里面，一半已经坏了，这棵树现在还存在着。

扈司户妻

洪州分宁王氏婿扈司户，自京师买一妾，甚美，携归，置于妻家。妻母谓人曰："扈郎妾信美，然语音仅能出口，十句只可辨一二，面目极峭冷，与人寡合，而足绝小，可藏于绔中，类非人间女子，久留不去，非扈氏福也。"扈生闻之，疑其妻不能容，故母言如此，未忍决绝。妾来时以白犬自随，行止饮食，不暂舍，逮夜则寝床下。经一岁，妾入佛堂瞻礼，急大呼，乞救，人往视之，则为犬啮断一臂，卧血中死矣，犬亦继死。（李绍祖说）

【译文】洪州分宁县（今江西修水）王家女婿扈司户，在京城买了一妾，非常美貌，带着回来，把她安置在妻子家中。妻子的母亲对人说：“扈部的妾实在是美，但是说话只能发声，十句话也只能辨别清一二句。面目极为冷峻峭厉，不喜欢和人接近。而脚却特别小，可以藏在裤子中，好像不是人间的女子，留她久了，不是扈家的福气。”扈司户听到后，怀疑他的妻子不能容留小妾，所以妻母说出这样的话，他也不忍心绝情于妾。

小妾来时，带着一条白狗跟着，无论行走食宿，都形影不离，到了晚上，狗就睡在床下。过了一年，妾来到佛堂拜佛，忽然大叫救人，到那里一看，妾被狗咬断了一手臂，躺在血泊中已死，狗也跟着死了。

异僧符

豫章之南数十里生米渡，乾道元年三月八日，有僧晨济。将登岸，谓津吏曰：“少顷见见黄衫五人，荷笼而至者，切勿使渡，渡则有奇祸至。”取笔书三字，似符而非，了不可识，其文曰：“⿱⺮⿰车定⿱⺮⿰真定乁”以授吏曰：“必不可拒，当以此示之。”语毕而去，吏不甚信也。然私怪之。

至午，果有五黄衣如府州急足者，各负两箬笼，直前登舟，吏不许，皆怒骂，殆欲相殴击，良久不解。吏乃取所书字示之，五人者一见，狼狈反走，转眼失所在。委十笼于岸浒，发之，中有小棺五百具。吏焚棺而传其符，豫章人家家图祀之。是岁，江浙多疫，唯此邦晏然，识者谓五人乃瘟部鬼也。予过江州及衢州，见士人言各不同，竟未知孰是。（金端礼说）

【译文】豫章郡（今江西南昌）往南几十里，有个地名叫生米渡。宋孝宗乾道元年（1165），三月八日，有个和尚，早晨坐船过河。到快上岸时，对看守渡口的官吏说："停一会儿有五个穿黄衫的人，背着笼子来，切不可让他们过河，如果让他们过了河，一定会有奇祸。"说罢，拿笔在纸上写了三个字，有点像符咒，而又不是，写的什么字，没有人能认识。他把这纸交给管渡口的官吏说："如果无法阻挡那五个人过河，就拿这张纸让他们看。"说罢便走了。吏不大相信和尚的话，但心里却感到有点奇怪。

到了午时，果然有五个黄衣人来，好像府州里送信的公差，每个人背着两个竹笼，直往前想上船，管船的津吏拦住不让他们上船，那五个人便大骂，差不多要打架了。好久没法解决，津吏便取出和尚写的字让他们看。五人一看，立刻狼狈地向原来的路上返回，一眨眼就不见了。他们背的十个笼子也丢到岸边，打开看时，中间有小棺材五百个。于是津吏便把这些小棺材统统烧掉，而把和尚写的符传到社会上去。豫章的百姓，便家家户户都照着写一张供在家里。这一年，江浙一带发生了瘟疫，唯有豫章郡安然无事。有见识的人说，这五人乃是瘟部的恶鬼。我经过江州（今九江）和衢州（今属浙江）的时候，曾听到过当地人士说这件事，但说法各自不同，也不知道哪种说法对。

李南金

乐平士人李南金，绍兴二十七年登科，才唱名罢，归旅舍，梦二女子执板歌词以侑酒。曰："君是园中杨柳，能得几时青，趁金明春光尚好，尊酒赏闲情。它年归去，强山阴处，一枕晓霞清。”觉而记其语，不觉强山为何处。

既得调官，得光化军教授，未赴，来谒提点坑冶李植，献新发铁山。自督工烹炼。一日，见巨蛇仰首向炉，如有所诉。李式坑户勿得害，既而杀之。它日，又有蛇，其大如柱，来冶处，旁小蛇千余随之，结为大团。巨蛇跃起，首高丈余，李犹令仆持杖捶之。仆不敢前，又遣人归家，取敕告置地上，蛇径行不顾。李甚骇，即觉体中不佳，遂归。先是，其家人梦一姥来寻李教授。曰：“枉杀我儿。”乃是知其不可起，数日而卒。

【译文】乐平（今属江西）有个读书人李南金，宋高宗绍兴二十七年（1157）考中科举，发榜唱名以后，他便回旅馆休息。梦见两个女子手打竹板，唱着歌词，来为他祝酒庆贺。那词是：“君是园中杨柳，能得几时青。趁金明春光尚好，尊酒赏闲情。它年归去强山阴处，一枕晓霜清。”梦醒以后，便把歌词记了下来，但不觉得强山在什么地方。

后来他官职分配下来，是到光化军（今湖北老河口）任教授。还没有赴任，先进见了主管矿冶的提点坑冶官李植，申报新发现的铁矿山，并且亲自在矿山监督工人开矿和炼铁。有一天，看见一条大蛇，昂头对着冶炉，好像要诉说什么似的。李南金便告诫开矿的百姓，不要伤害这条蛇。可是以后还是把蛇杀了。停了几天，又来了一条更大的蛇，蛇身像柱子一样粗，旁边还有一千多条小蛇随着，结成了一个大团，那大蛇身子竖起来，头高有一丈多。李南金还指挥仆人用棍棒打那大蛇，仆人不敢过去。于是李南金又派人回家拿了朝廷任命他官职的敕告，摆在地上，想阻挡蛇前进。谁知那蛇根本不理睬这一套。李南金十分害怕，顿时觉得身体内不舒服，遂赶回家里。先是他家里人梦见一个老太婆，来找李教授，说是枉杀了她的儿子。等到遇见这大蛇以后，便知道李南金病不会好了。果然，不几天便去世了。

卷第六（十三事）

扫码听谦德
君为您导读

石棺中妇人

绍兴初，南剑州将乐尉蔺扬，因捕盗至山村。见农人掘地得石棺，无罅，呼匠者凿开，视之。一妇人长三尺余，瞑目裸体，形色红润如生，两手各握一剑，口衔一剑。扬即以油伞裹瘗之，不知何物也。

【译文】宋高宗绍兴初年（1131），南剑州（今福建南平县）将乐尉蔺扬，因为追捕盗贼来到一处山村。他看到农民挖地得到一具石制的棺材，没有缝隙，他叫来匠人凿开一看，棺中有一个身高三尺的妇人，她闭着眼睛，赤裸着身体，皮肤的颜色像活人一样红润。她两只手各握有一把宝剑，口中还衔着一把剑。蔺扬马上用油布伞把她裹起来掩埋掉了，没有人知道这是怎么回事。

袁州狱

向待制子长，元符中为袁州司理，考试南安军。与新昌令黄某并别州郑判官三人俱，毕事且还。郑君有女弟嫁为宜春郡官妻，欲与向同如袁。而黄令者前三年实为袁理官，以故二人邀与偕行。黄不可，郑强之，且笑曰："公遽能忘情于烟花中人乎？"黄不得已，亦同途，然意中殊不乐。

逮至，又欲止城外，向力挽入官舍。坐定，向将入省二亲。揖之就便室，黄如不闻。即其侧呼之，瞪目不答。俄指向所用铜盘曰："其价几何？可辍买否？"向得其发言颇喜，顾小史令持往所馆问之曰："此常物尔，何遽为？"曰："将置吾棺中。"向始疑惧，引其手，使少憩，亦不动。亟招郑君同视之，掖以就榻。少顷，发声大呼，若痛不可忍，遂洞泄血利，秽满一室。登榻复下，号叫通夕不少止。

向与郑同辞告曰："君疾势殊不佳，盍有以见属？"黄颔首曰："愿见母妻。"向即日为书，走驶步如新昌，告其家。又语之曰："君本不欲来，徒以吾二人故，今病如是。尊夫人脱未能来，而君或不起，是吾二人杀君也，何以自明？愿君力疾告我所以不欲来，及危惙如此之状。"

黄开目倾听，忍痛言曰："吾官于此时，宜春尉遣弓手三人买鸡豚于村墅，阅四十日不归，三人之妻诉于郡。郡守与尉有旧好，令尉自为计。尉绐白府曰：'部内有盗起，已得其根株窟穴所在。遣三人者往侦，恐其徒泄此谋，姑以买物为名。久而不还，是殆毙于贼手。愿合诸邑求盗，吏卒共捕之。’守然其言。尉自将以往，留山间两月，无以复命。适村民四辈耕于野，貌蠢甚。使从吏持钱二万，招之与语曰：‘三弓手为盗所杀，尉来逐捕，久不获，不得归。倩汝四人诈为盗以应命，他日案成，名为处斩，实不过受杖十数即释汝。汝曹贫若此，今各得五千钱以与妻孥，且无性命之忧，何不可者？汝若至有司，如问：‘汝杀人？’但应曰：‘有之。’则饱食坐狱，计日脱归矣。”四人许之，遂执缚诣县。会县令阙，司户摄其事，劾囚，服实如尉言。送府，吾适主治之。无异词，乃具狱上宪台，得报皆斩。既择日赴市矣，吾视四人者皆无凶状，意其或否，屏狱吏，以情诘之，皆曰：‘不冤。’吾又摘语之曰：‘汝等果尔，明日当斩首，身首一分，不可复续矣。’囚相顾泣下曰：‘初以为死且复生，归家得钱用，不知果死也。’始具言其故。吾大惊，悉去其缚。尉已伺知之，密白守曰：‘狱掾受囚贿，导之上变。’明日吾入府白事，守怒，叱使下，曰：‘君治狱已竟，上诸外台阅实矣，乃受贿赂，妄欲改变耶？’吾曰：‘既得其冤，安敢不为其辨？’守无可奈何，移狱于录曹，又移于县，不能决，法当复申宪台，别置狱。守曰：‘如是，则一郡失人之罪众矣，安有已论决而复变者？’悉取移狱辞焚之，但以付理院，使如初款。吾引义固争，累数十日不得直。遂谒告，郡守，令司户尝摄邑者代吾事。临欲杀囚，守复悔曰：‘若黄司理不书狱，异时必讼我于朝矣。’令同官相镌喻曰：‘囚必死，君虽固执，亦无益。今强为书名于牍尾，人人知事出郡守，君何罪焉？’吾黾挽书押，四人遂死。越二日，黄衣人持挺押二县吏来，追院中二吏曰：'急取案。' 吏方云云，黄衣人以挺击之，四吏俱入舍不出。吾自往视，舍门元未启，望其中案牍横陈。逡巡四吏皆暴卒。又数日，摄令死。尉用他赏改秩，已去官，亦死。而郡守中风不起。相去才四十日，吾一日退食，见四囚拜于下，曰：'某等枉我，诉于上帝，得请矣。欲逮公，吾艮曰：'所以知此冤而获吐者，黄司理力也。今七人已死，足偿微命，乞勿追竟。' 帝曰：'使此人不书押，则汝四人不死。汝四人死，本于一押字。原情定罪，此人其首也。' 某等哭拜天庭，凡四十九日，始许展三年。' 即揎袴露膝，流血穿漏，日拜不已。至于此，又曰：'大限若满，当来此地相寻。' 又拜而去。吾适入门，四囚已先在，云：'候伺已久，恐过期，且令取母妻与诀别。' 吾所以不欲来者，以此故尔。今复何言！"

向曰："鬼安在？" 黄指曰："皆拱立于此。" 向与郑设席焚香，具衣冠拜祷曰：'尔四人明灵若此，黄君将死，势无脱理。既许其与母妻诀，何必加以重疾，令痛苦若此哉？" 祷毕，黄喜曰："鬼听公矣。" 痛即止，利不复作，然厌厌无生意。

又旬日，告向曰："吾母已来，幸为我办肩舆出迎。" 向曰："所遣卒犹未还，安得遽至？" 曰："四人者已来告。" 遂出，果相遇于院门之外，褰帘一揖而绝。（向乐平人，其子元伯侍郎说）

【译文】待制向子长，宋哲宗元符年间（1098）担任袁州（今江西宜春）司理，去南安军（今江西大余）参加考试。他和新昌（今江西宜丰）县令黄某以及其他州的郑判官三人，一起办完公事返回。郑判官有个妹妹嫁给宜春郡官做妻子（宜春郡宋时属袁州，今江西宜春），他想和向子长一起去袁州。新昌县令黄某三年前曾经是袁州理官，因此郑判官和向子长邀请黄某与他们同去。黄某没有答应，郑判官竭力邀请，而且开玩笑说："您竟然忘记了袁州烟花女子们的情义吗？"黄某没办法也一路同行，然而他心中很不快活。

等到了袁州，黄某又想留在城外，向子长强拉他进了官舍。等坐下安定后，向子长将去拜见父母。他请黄某到休息的房间，黄某仿佛没有听见一样。向子长走近黄某的身边叫他，黄某瞪大着眼睛也不回答。过了片刻，黄某指着向子长所用的铜盘说道："盘子的价钱是多少？我能够买吗？"向子长看他开始说话，很高兴，回头让侍从拿着铜盘去黄某住的馆舍问他："这是一般的东西，为什么忽然问价呢？"黄某说："它将放在我的棺材内。"向子长这才疑虑、害怕起来，他拉着黄某的手，让他稍稍休息，黄某也不动。向子长赶快叫来郑判官一起来看黄某，扶黄某到床上。不久，黄某出声大叫，像是疼痛得无法忍受，接着大泻出血，整个房子污秽遍布。黄某上了床又下来，号叫声一晚上不断。

向子长和郑判官一起对黄某说："您病的情况很不好，有什么要嘱托吗？"黄某点头说："想见到母亲、妻子。"向子长当天写信让人急奔到新昌，告知他的家人。向子长又对黄某说："您原本不想来，只是因为我们二人，现在病成这样。如果您夫人不能来，而您又去世了，这是我俩杀死了你，我们用什么来证明自己？希望您尽快告诉我们您不愿来袁州，以及危险，忧愁成这种情形的原因。"

黄某睁开眼仔细听他们说，忍着病痛说道："我在这里做官时，宜春尉派三名弓手去乡间买鸡和猪，过了四十天没有回来，这三人的妻子告到了郡里。郡守与宜春尉有老交情，他让宜春尉自己想办法。宜春尉欺哄郡守说：‘区内有强盗活动，已经知道他们盘据的老巢，我派这三个人去侦查，担心他们泄露机密，姑且以买东西为名义。这么长时间不回来，大概是死在盗贼手中。希望能集中各地方追捕盗贼的官吏兵士一起捕捉这些贼寇。’郡守认为宜春尉说得对。宜春尉自己带人前往，在山区待了两个月，无法回去交差。正巧有四个村民在田野耕种，相貌很愚笨。宜春尉派随从拿了二万钱，招呼他们过来，对他们说：“有三个弓手被强盗杀死，县尉来追捕，很久也没有收获，无法回去。请你们四人假装是强盗，好回去交差，将来定了案，名义是判处斩刑，实际上不过捱十几下杖刑就释放你们。你们穷成这样子，现在各自能得到五千钱给老婆孩子，有什么不行呢？你们如果到了堂上，如果问你们：‘你们杀人了吗？’你们只要回答说：‘有这件事。’就可以吃饱饭坐在监狱里，数着日子脱身回家了。四位村民答应了此事，于是就把他们抓起来绑着送到县里。恰逢县令空缺，由司户代理县令的职责，他审讯了囚犯，囚犯们顺服招供像县尉说的那样。囚犯们被送到了郡府，我正巧负责主办这个案子。他们没有不同的供词，于是结案呈报给宪台，得到批复是四囚犯全部处斩。已经选择日子准备押赴刑场了，审看这四个人都没有凶暴的样子，怀疑案情也许是错的。我让狱吏走开，同情地追问情况，他们却都说：‘没有冤枉。’我再次直言对他们说：‘你们果真如此，明天就要被杀头，身体和脑袋一断开，是不会再接上了。’囚犯们相互对视，流着眼泪说：‘当初认为判了死刑还可以活着回家拿到钱用，不知道当真要被处死。’他们才全部说出这件事的前因后果。我十分震惊，全部宽缓了他们的捆绑。县尉已经探听这个情况，暗地对郡守说：‘狱掾接受了囚犯的贿赂，引导他们上诉翻案。’第二天我进郡府陈述此事，郡守大怒，叱责我退下，说：‘你审理案子已经结束，并呈上给宪台审阅查实，却接受贿赂，妄想翻案么！’我说：‘既然知道案子冤屈，怎么敢不为他们争辩呢？’郡守没有办法，把案子移交给录曹，又移交给县里，都不能做出裁决，按律法应当再次向宪台申诉，放在别处的监牢。郡守说：‘像这样，那么全郡失察的罪过太多了，哪里有已经判决却再更改的呢？’郡守把迁移案子的文书全部取来烧掉，仅把该案交给理院，让他们按原来的结论办理。我据理坚持争辩，连续几十天得不到纠正。于是请求郡守，让曾经代理县令的司户替代我行事。临到要杀囚犯，郡守又懊悔道：‘如果黄司理不在该案签字，将来一定会向朝廷控告我。’郡守让我的同僚们开导说：‘囚犯一定要被处死，你即使顽固坚持也没有用。现在你被强迫在案卷后签名，人人都知道此事是郡守的主意，你有什么罪过呢？’我勉强画了押，这四人就被处死了。过了两天，有穿着黄色衣服的人手持棍棒押着二名县吏前来，催促院中二名小吏说：‘快把案卷拿来。’小吏刚说情况，黄衣人拿棍棒击打他们，四名县吏都跑进房间不敢出来。我前去察看，房门原样没有打开，望见屋内桌子上的案卷十分散乱。很快，这四名县吏都突然死去。又过了几天，代理县令的司户死掉了。县尉凭借其他的奖赏改变了品级等次，他离开现任官职后也死了。郡守得了中风也卧床不起。相隔才四十天，我有一天回去吃饭，看见那四名囚犯对我下拜，他们说：‘我们冤枉死，向上帝告状述说了我们的请求。上帝要捉拿您，我们恳求说：‘我们之所以能知道这官司的冤枉，并且得到吐露冤屈的机会，这是黄司理的努力。现在已经死了七个人，足以抵偿我们的小命，请求不要追究到底了。’上帝说：‘假如这人不在案卷上签字，那么你们四人不会被杀。你们四人被处死，根源在于这一个押字。推实情理判定罪过，这个人是首犯。我们在天庭哭诉叩拜，共达四十九天，上帝才答应宽限三年寿命。’他们卷起裤子露出膝腿，血流如注，每天不停叩拜，弄成这个样子。他们又说：‘您寿限如果满了，我们会来这个地方找您。’四名囚犯再次叩拜就离开了。我刚才进门，四位囚犯已经先来了，他们说：‘等候您已经很久，担心超过了期限，暂且让您请来母亲、妻子同她们辞别。’我之所以不愿意来袁州，是因为这个缘故。现在还有什么话可说呢！”

向子长说：“鬼在哪里？”黄某指了指说：“他们都在这儿周围站立。”向子长和郑判官摆设席位烧香祭祀，他们穿戴好衣服、帽冠叩拜祈祷说：“你们四人的魂魄如果在此，黄先生快死了，看样子无法逃脱。你们既然答应他与母亲、妻子告别，为什么一定要施加给他重病，让他这么痛苦呢？”祈祷完毕，黄某高兴地说：“鬼们听从了您的祈祷。”疼痛立刻止住了。血痢不再发作，但是他很憔悴，没有一毫生机。

又过了十天，黄某告诉向子长道：“我母亲已经来了，希望能给我准备肩抬的轿子出去迎接。”向子长说：“我派去的兵士还没有回来，怎么会突然到呢？”黄某说：“那四个人已经前来告知。”于是出门相迎，果然在院门外碰面，黄某揭开轿帘，作了一个揖就死去了。

齐先生

宣和五年，向元伯为开封令，蔡鲁公已致仕，尝设醮于城外凝祥宫。向往谒之，蔡留宿。明旦，见其子攸、孙衡等十余人来问安，皆腰金施绒，且多张盖者。

向退省其舅何志同尚书，叹诧其盛。坐客有京畿转运使曾徽言与蔡不合，以言鄙薄，既而悔之。何曰：“毋多谈。齐先生适在此，太师所敬也，可见之。”乃邀与同席。

齐生曰：“吾素受蔡公异顾，今馆于后圃。待我甚至，不当谈其短。偶闻运使之语，是将然矣。”徽言讳前说。齐生曰：“无伤也。蔡公与我语，不问其身，但询其子孙。吾应之曰：‘好。’然常以妄言自愧也。诸公见其高门华屋，上干霄汉，三年之后，无一瓦盖头矣。金勒绒鞍，赫奕照市，三年之后，虽蹇驴亦无有矣。人言秋风落叶，此真是也。哀哉！”时诸蔡方盛，皆不敢出声，三岁而蔡氏败。齐先生，淄州人。（元伯说）

【译文】宋徽宗宣和五年（1117），向元伯担任开封令。鲁国公蔡京已经辞官，他曾经在城外凝祥宫祭神。向元伯前去见他，蔡鲁公留向元伯住宿。第二天早上，见到蔡鲁公的儿子蔡攸、孙子蔡衡等十多人前来请安，他们全部都着金饰和贵重的皮衣，而且大多打着伞盖。

向元伯回来后去探视他的舅舅何志同尚书，惊叹蔡家的兴盛。同坐的客人有位京畿转运使曾徽言和蔡京不和睦，说了些鄙视、刻薄蔡京的话，说完感到后悔。何志同尚书说：“不要多谈论了。齐先生正巧在这里，他是蔡太师尊敬的人，可以见见他。”于是邀请齐先生一起就座。

齐先生说：“我平常受到蔡鲁公特别照顾，现在住在蔡家后边的庭园中。蔡鲁公关怀我很周到，我不应当谈论他的短处。偶然听到曾徽言转运使的话，这话看来将是正确的。”曾徽言忌避刚才自己的谈话。齐先生说：“这些话对你不会有伤害。蔡鲁公和我交谈。不问他自己，只征求对他子孙的看法。我回答他说：‘很好。’

然而时常为自己这些虚妄的话心生惭愧。各位看到蔡鲁公的府第高大、华丽，直接天际，可是再过三年后，蔡家将没有一块瓦可以遮盖脑袋。蔡家现在马匹用的是黄金笼头高级皮鞍。显赫光彩耀人，可是三年之后，连头跛驴也不会拥有。世人说秋风扫落叶，这是将来实际的蔡家情景。真是悲哀呀！”当时蔡京等人正势力很大，大家都不敢说话。过了三年，蔡京家果然就衰败了，齐先生，是淄州人（今山东淄川）。

蔡侍郎

宣和七年，户部侍郎蔡居厚罢知青州。以病不赴，归金陵。疽发于背，命道士设醮，倩所亲王生作青词。少日而蔡卒。未几，王生暴亡。三日复苏，连呼曰：“请侍郎夫人来！”

夫人至，王乃云：“初如梦中有人相追逮，拒不肯往，其人就床见执。四顾身元在床卧，自意已死，遂俱行。天色如浓阴大雾中，足常离地三尺许。约十数里，至公庭。主者问：‘何以诡作青词诳上苍。’某方知所谓，拱对曰：‘皆是蔡侍郎命意，某行文而已。’主者怒稍霁，押令退立。俄西边小门开，狱卒护一囚，纽械联贯立庭下，别有二人舁桶血自头浇之。囚大叫。顿掣苦痛如不堪忍者。细视之，乃侍郎也。主者退，复押入小门。回望某云：‘汝今归，便与吾妻说，速营功果救我，今只是理会郓州事。’”

夫人恸哭曰：“侍郎去年帅郓时，有梁山泺贼五百人受降既而悉诛之。吾屡谏不听也，今日及此，痛哉！”乃招路时中作黄录醮，为谢罪请命。

【译文】宋徽宗宣和七年（1119），户部侍郎蔡居厚被免职去青州（今属山东）做官。他因为得病不能赴任，回到了金陵（今江苏南京）。他脊背上毒疮发作，让道士举行祭神仪式，并他的亲友王生写祈求神灵的祷文。没几天蔡居厚去世了。不久，王生突然死去。可是三天后他又苏醒过来，连声叫道："快请蔡侍郎的夫人来！"

蔡夫人来到，王生才说："当初像在睡梦里有人追捕我，我拒绝不肯前去，那个人走近卧床把我抓起。我回头看我的身体仍然在床上躺着，猜想自己已经死去，于是就随他走了。天空的颜色像阴沉得很重，大雾里脚时常飞起离地三尺高。估计走了十多里地，来到了一座官衙大堂。为首的官员问：'你为什么写狡诈的祈祷文章欺骗上天？'我这才明白是怎么回事，我拱手回答说：'这都是蔡侍郎交代的意思，我只是写成文字罢了。'为首官员的怒气稍缓和，下令让我退在一旁站着。一会儿，西边的小门打开了，看管监狱的兵士押着一名囚犯，浑身枷锁站在公堂下边，另外有两个人抬着一桶污血对他从头浇下。囚犯大声惨叫叩头求饶，痛苦得无法忍受。我仔细看囚犯，竟然是蔡侍郎。为首官员退堂后，蔡侍郎又被押进小门。蔡侍郎回头看着我说：'你现在回去就对我的妻子说，尽快做些功果善事解救我，眼前都是因为在郓州（今山东郓城）所做的事情。'"

蔡夫人痛心地大声哭道："蔡侍郎去年在郓州做官时，有梁山水泊五百个强盗投降，后来他把他们全杀了。我多次劝告他都不听，现在造成这样痛苦！"于是请来路时中用黄符表做了祭神法会，替蔡侍郎忏悔罪孽请求饶恕。

查氏村祖

赣州光孝首座僧普瑞说，尝附江州通判船过池州，泊村岸。闻岸上相呼参祖烧香者，瑞往随之，见百千人憧憧往来。有屋可三间，堂内饰小室，如人家供佛处。翁媪二人各长三尺，秃发，脑后一髻绝小，以绵衣衾拥下体，唯露头面。兀然如土木，但眼能动，有笑容。人持香灯，酌酒以供。

瑞还，具语通判。君即尽室往谒，享以钱烛茶酒。撮绵作小包，蘸酒置二老口，亦伸舌舐之。或引手摸其胸乳，皮皆傅骨。不知几百岁。其人云一村皆姓查，此二老为村祖云。

【译文】赣州（今属江西）光寿寺首座高僧普瑞说，他曾经搭乘江州（今江西九江）通判的船路过池州（今安徽贵池），停泊在一个村子的岸边。普瑞听到岸上有人相互叫着去参见祖宗烧香祈祷，他跟随着前去，看到成百上千的村民穿梭往来。有一座大约有三间大的房子，厅堂里装饰着一个小内室，像家里供奉佛像的地方。有老头、老妇人两人各有三尺高，头发秃谢，脑袋后有一个极小的发髻，他们用棉衣、棉被围裹着身体，只露出头和脸。他们像用泥土、木头雕塑出来似的茫然无知，只是眼睛能转动，但有笑容。村民拿着香烟，灯烛，斟酒来供奉他们。

普瑞回船后，把这一切告诉了通判。通判立即带全家人去拜见，拿钱、灯烛、茶叶和酒做供奉。通判把棉花撮成一个小包，蘸酒放在那两个老人嘴边，他们也伸出舌头舐食酒液。有人拉着通判的手去摸老人的胸前，他们的皮肤都贴紧在骨头上了。没有人知道他们活了几百年。村民说全村都姓查，这二位老人是村里的老祖宗。

建康伍伯

陈邦光守金陵，将杖朱衣吏。当值伍伯从求钱百千，吏才许其半。伍伯怒，噀手嘻笑曰：“我不打人多时也，将甘心焉。”摩手墙间，急上下。适有破磁片正对手心，刺之，血流及肘，登时肿痛。告假归，逾月，创始愈。

【译文】陈邦光做金陵（今江苏南京）太守时，将对朱衣吏处以杖刑。当班的刑卒向朱衣吏索要千百文钱，朱衣吏只答应给他一半。刑卒大怒，向手吐了些唾沫，笑嘻嘻地说：“我很长时间没有打人了，这回可以使心里舒服了。”他把手在墙壁上摩擦，来回动得很快。恰巧有块破磁片正对着他的手心，刺伤了他的手，鲜血流到臂肘上，他的手马上肿胀痛苦起来。刑卒请假回家，过了一个月伤口才痊愈。

刘叉死后文

知保德军王清臣请紫姑神，既而作文数百言，自云唐进士刘叉，其词曰：“余少为侠，遍走天下，史谓亡命，非也。退之赠余金百镒，余辞而不受，史谓窃之，非也。洛阳恶少年，恃权强妾良家子，既而又族其室。余不忍吉民无诉，乘夜里厥从聚淫，余奋剑断其颈十数人，且脍其肝而哺之。日夕游于市，人自不识。史谓杀平人窜山林，非也。余数世为人直信，弃已济众，设教他人，报不平之事，行无极之道，以是故用达仙，至于歌诗，皆末迹也。因子见契，聊为一启。思史之谬词，昔之异行，令余忸然感叹。余终于终南，门人葬于山之阳，清溪之侧。至今坟犹在，但人不知为余墓也。以余无勋庸于国，故史氏听小人之言，书“不知所终”。设如子仪、光弼辈，后世皆知其大功。然当时史词褒饰甚多，盖世之情如斯也。呜呼！尽信史则不如无史，彼若不能摭实，但务华以媚天子，自可询有知而书之，何必纵谬言，诬介义之士于有过之地哉？使余当时闻之，必令此佞夫首足异处。余既为仙，不复竞，故隐之。后世哲者，其为我鉴诸！”

【译文】保德军（今属山西）知府王清臣祈请紫姑神降临，不久神灵写了数百字的文章，自称是唐朝进士刘义。文章说：“我少年时作侠客，走遍天下，史书却说我是亡命之徒，这是错误的。韩愈赠送给我黄金一百镒，我拒绝不收，史书也说我偷窃黄金，这也是错误的。洛阳（今河南洛阳）有个年青恶霸，依仗权势强迫善良百姓家的女儿做小妾，接着又杀了她全家。我不能忍受好人无处伸冤，趁那个恶霸夜里聚会淫乐的时候，我挥剑砍断了十几个人的脖子，并割下他们的心肝吃掉。我每天在街市上游荡，人们认不出是我杀人。史书上说我滥杀平民逃奔深山，这也是错的。我几代轮回做人正直忠信，不顾自己救济大众，树立榜样教化世人，为不公平的事伸张正义，推行无有止境的人生大道，因此缘故修成神仙境界，至于诗歌，只能算我的一些微小末技罢了。因为你给了这次机会，算是作一次陈述。想起史书上的错谬言辞，和我过去不同凡响的行为，使我怅然感慨叹息。我死在终南山，弟子把我埋在朝阳的山坡上和清澈溪流的旁边。现在坟墓还在，但是人们不知道是我的墓地。因为我没有对国家做出大事，所以写史书的人听信奸佞小人的话，写不知道我最后的结局。如果像郭子仪、李光弼那些人，后代就都知道他们巨大的功绩。然而当时史书的文字夸奖修饰得很多，大概社会的风气就是像这样的。可叹呀！全部相信史书还不如没有史书，写史的人如果不能够搜集真实的事迹，只是追求文辞浮华向皇帝献媚，他可以向了解实情的人询问后再去写史书，为什么一定要放任错讹的言论，诬蔑耿直、忠义的人到犯罪的境地呢？假如我当时听到这些话，一定要让这个奸邪的人头和脚分家。我已经成了仙人，不再争胜，所以不提这件事情。后代聪明的人，希望能从我的经历中得到教训吧！”

猪足符

聂景言居衡阳，有细民欲举债，买猪蹄来献。聂受之，付厨作羹。庖婢举刀，破爪间，见小纸书符在其内。亟出告，使呼其人还之。人曰：“适从屠机买来，方有求于君家，岂敢以符为厌咒？”复持与屠者，责谯之。屠者曰：“今旦方封豕，安得有是？”取元直畀民，而自携归，煮食之，一家四人皆死。（五事皆郑次南说）

【译文】聂景言居住在衡阳的时候，有个百姓想向他借钱，买了猪蹄来送他。聂景言收下猪蹄，交给厨房做菜。做饭的婢女拿刀砍破猪爪，在缝隙中看到一张小纸上写着咒符在上面。她急忙出来报告，让去叫送猪蹄的人把猪蹄还给他。那人说：“这是我刚从屠户的桌案上买来的，正要向你家求助，怎么敢用符咒来整治你呢？”他又拿着猪蹄给卖肉的屠户，责怪屠户。屠户说：“今天早晨才杀的猪，怎么会有这种事？”屠户取来原样的价钱还给了买猪蹄的人，自己带回家煮熟吃了，结果全家四口人都死掉了。

庙神止奏章

段元肃家居京师，邻家有病者为祟所挠，治之不效，欲请道士奏章诉于帝。段之祖梦人如神明者告之：“凡神祇有功于人者，岁满必迁。吾主此地若干岁，今当及迁。而君邻家之鬼正在部内，方自往治之，闻其家将奏章，恐致相累。丐君一言，令罢之，病者自安矣。”恳请至再三，段许诺。且问其所止，曰：“与君家为邻。”明日思之，乃皮场庙也。如神言告其邻，止不奏，病者即日愈。

【译文】段元肃家住在京城，邻居家有个病人被鬼所缠绕，驱鬼不见效果，想请道士写奏章向天帝陈诉。段元肃的祖父梦见一个像神灵的人告诉他说：“凡是神灵对人立下功德，年限满了一定会升迁。我管理这块地方许多年，现在该升迁了。而您邻居家的鬼正巧在我的辖区内，我才要去捉拿它，听说这家人准备写向天帝奏章，担心会连累到我。借您传个话，让他家停止这样做，病人自然会平安。”梦中这个人恳切地再三请求，段元肃的祖父答应了。段元肃的祖父问他住在何处，他说：“我和您家是邻居。”第二天想了一想，邻近的是皮场庙。段家把神灵的话告诉他的邻居，停止不再写奏章，病人当天就痊愈了。

榕树鹭巢

福州仪门外夹植榕树，每树有白鹭千数巢其上。鸣噪往来，秽污盈路，过之者皆掩鼻。薛直老为守，尝乘凉舆出，为粪污衣。以为不祥，欲尽伐其树而未言。

是夜，安抚司参议官曾悟梦介胄者恳云："某受命护府治，所部数百人皆栖榕间。今府主欲伐去，吾无所归矣。愿为一言。"悟既觉，以不闻伐树事，不以为意。明夜复梦曰："乞即言之，不然无及矣。府主所恶不过鹭秽耳，此甚易事，请期三日，悉去之。"悟许诺。明日，过府为言。薛惊曰："吾固欲伐之，然未尝出诸口而神已知，可敬也。"至暮，大雨，阅三日乃止。鹭群悉空，树濯濯如新。

【译文】福州官衙仪门外道路两边种着二排榕树，每棵树有上千只白鹭在上面筑巢。白鹭鸣叫嘈杂飞来飞去，污秽洒满了道路，过路的人都捂着鼻子。薛直老做太守，曾经乘着纳凉的车驾外出，被白鹭粪弄脏了衣服。他认为这是不吉利的，想全部砍伐掉这些榕树，却没有说出口。

这天夜里，安抚司的参议官曾悟梦到一个穿盔甲的人恳求说："我接受命令护卫福州府官衙，我的几百名部属都栖息在榕树中间，现在太守要砍伐掉榕树，我就没有归宿了。希望您替我说句话。"曾悟梦醒后，因为没有听到砍榕树的事情，未把此梦放在心上。第二天夜间，曾悟又梦到那个人说："求您立刻去说这件事，否则来不及了。太守厌恶的不过是白鹭的污秽罢了，这是很容易的事，请给我三天期限，我把它们全部除去。”曾悟答应了。第二天，他赶到太守府说这件事。薛太守吃惊地说：“我本来想伐掉这些榕树，但是不曾说出嘴，可神灵已经知道，真值得敬畏。”到了黄昏，下起了大雨，过了三天才停下。白鹭群都飞走了，榕树光泽如新长出来似的。

赵七使

宗室赵子举，字升之。壮年时丧其妻，心恋恋不已。于房中饰小室，事之如生。夜独宿次，觉有从室中启户出者，恐而呼侍婢。婢既应，复寝。须臾间已至床前，牵帐低语曰：“莫怕莫怕，我来也。”时精爽顿昏，不知死生之隔。遂与共寝，欢如平生。自是日日至，每饮食必对案。仆妾辈从旁窥之，无所见，但器中物亦类有人残余者。缱绻益久，意中愦愦，渐不喜食，行步言气衰劣，然未尝与人言。

有道人乞食过门，适见之，叹曰：“君甘与鬼游，独不为性命计。吾能行天心正法，今以授君，努力为之，鬼不攻自退矣。”子举洒然悟，即再拜传授，绘六甲六丁像，斋戒奉事唯谨。妻犹如故态，颇亦不乐，时时长吁，如不得志者。又半年，涕泣辞诀曰：“久留恐坏君法，吾去矣。”遂绝不至。

子举从此奉法愈力，为人治病则验。建炎二年，予妻族张氏，避地自京师南下，寓居扬州龙兴寺。先是，有祖姑嫁赵氏，夫为绛州守，未赴，居太原，值虏骑围城，姑陨于炮下。又有八叔者，为贼所得，脔食之。是岁，妻祖母田氏病，仿佛见两人在窗外。子举适同居寺中，外舅以事告之。子举焚香祷请，久而言曰："是一男子一妇人皆以非命死，然是公家戚属，不宜加罪，当以酒币善遣之。"如其言，病亦寻愈。

【译文】皇室宗亲赵子举，字升之。他壮年时死了妻子，心中眷恋不断。他在房间里装饰了一个内室，供奉妻子像她活着一样。夜间他独自入睡，感觉有人从那间内室打开窗走出，他很害怕就叫侍候的婢女。婢女答应了，他便又睡了。很快鬼魂已经到了床前，拉着帐子低声说："不要怕，不要怕，我来了。"这时赵子举精神顿时昏沉起来，不再清楚死人和活人间的距离，就同妻子的鬼魂一同入睡，像活着时一样快活。从此，赵子举妻子的鬼魂天天到来，每逢吃饭，她一定坐在餐桌对面。仆人、侍妾们从旁边偷看她，却什么也见不到，只是容器中的食物也像有人吃剩下来的样子。赵子举和妻子的鬼魂感情难舍难分已经很久，他神志昏乱，渐渐不喜欢吃东西，走路说话气力衰弱，但是他不曾对人说起这件事。

有个道士乞讨食物经过门口，正巧见到赵子举，他叹息说："您甘愿和鬼魂交往，只是不为自己的生命考虑，我可以施展天心正法，现在传授给您，您努力修行天心正法，鬼魂就可以不攻自退了。"赵子举豁然明白，立刻再次叩拜请求传授法术，他画了六甲六丁神像，吃斋守戒供奉十分恭敬。他的妻子神态还像以前一样，可是有些很不高兴，经常长长叹息，仿佛不太满意。又过了半年，她哭泣着与赵子举告别说："待得时间长，担心会破坏你的法术，我走了。"从此便绝不再来。

赵子举从此后信奉天心正法更加努力，给人治病十分灵验。南宋高宗建炎二年（1128），我妻子的族人张氏躲避战乱从京城来南方，寄居在扬州龙兴寺。在此之前，有个祖姑母嫁给一家姓赵的，她丈夫是绛州太守（今山西新绛），未去赴任，住在太原，赶上敌人骑兵包围城市，这位祖姑母死在炮火下。又有一位八叔，被贼盗抓住，把他切成碎块吃掉了。这一年，我妻子的祖母田氏生病，好像看到这两个人在窗户外边。赵子举正巧一同住在寺院里，表舅把这事情告诉了他。赵子烩烧香祷告神灵，很长时间才说道："这一个男子、一个妇人都死于非命，然而这是你家的亲戚，不适宜对他们治罪，应当用酒、钱妥善送走他们的鬼魂。"人们照他说得去做，田氏的病也很快痊愈了。

魅与法斗

赵伯兀者，子举之子，效其父习行天心法，未成。有馈鲤鱼于家者，鱼从盆中跳出高数尺，如舞跃然。时子举出行，家人呼伯兀。兀杖剑诵咒，临以正法，鱼跃愈高，几至丈许。兀亦恐，遽趋避之。

又尝与群从饮于严州双溪亭上，婢子卧栏杆侧，忽放声大哭，问焉不应。伯兀知为物所凭，亦行法与相竞。自申至三更不止，不胜倦苦，舍之去。（伯兀从弟伯禔说）

【译文】赵伯兀，是赵子举的儿子，他效仿他父亲学习修行天心法，未能练成。有人送鲤鱼给赵家，鲤鱼从盆子里跳出几尺高，像在跳舞的样子。这时赵子举外出，家人们叫赵伯兀来。他手持宝剑念诵咒语，施展天心正法，鱼跳得更高，差不多有一丈多。赵伯兀也害怕起来，慌忙快步避开。

赵伯兀又曾经和家人随从在严州（今浙江建德）双溪亭上饮酒。有个婢女躺倒在栏干旁边，突然放声大哭，问她也不回答。赵伯兀知道她是被妖物附身，也施展法术和妖物相互争斗。从申时到三更也没有结束，赵伯兀抵挡不住疲倦之苦，放弃与妖斗法离去。

蒙城观道士

亳州蒙城县庄子观玉册殿，扃鐍严谨，非时不许开。宣和中，道士张冲俊掌观事。夜闻其中杖直决遣声，尽二十乃止。明旦，呼众人启钥视之。盖一道士常持天心法者，缚于梁间，足反居上，两脊杖痕如碗大，已死矣。双足虚抱于梁，初无绳系也。（郭拓说，时随其父为丞）

【译文】亳州蒙城县（今安徽淮泗）庄子观玉册殿，关闭得十分严密小心，不是时候不准打开。宋徽宗宣和年间，道士张冲俊掌管道观。夜间他听到殿堂内有用杖刑判决发落的声响，打完二十下才停。第二天早晨，他叫来许多人用钥匙打开看发生什么事。原来是一个平常修持天心法的道士被绑在殿内大梁上，脚反吊在上面，脊背上杖刑的痕迹像碗一样大，他已经死了。道士的两脚虚空环挂在梁上，竟没有用绳子捆着。

文/白/对/照

夷堅志

中

〔宋〕洪迈　著

张万钧　主编

团结出版社

图书在版编目(CIP)数据

夷坚志 / (宋) 洪迈著 ; 张万钧主编. -- 北京 : 团结出版社, 2023.7

ISBN 978-7-5126-9732-4

Ⅰ. ①夷… Ⅱ. ①洪… ②张… Ⅲ. ①笔记小说-小说集-中国-宋代 Ⅳ. ①I242.1

中国版本图书馆CIP数据核字(2022)第193510号

出版：团结出版社

（北京市东城区东皇城根南街84号 邮编：100006）

电话：(010) 65228880 65244790 （传真）

网址：www.tjpress.com

Email：zb65244790@vip.163.com

经销：全国新华书店

印刷：易阳印刷河北有限公司

开本：145×210 1/32

印张：55.25

字数：1339千字

版次：2023年7月 第1版

印次：2025年8月 第2次印刷

书号：978-7-5126-9732-4

定价：199.00元（全三册）

目 录

卷第十三（十三事）

卷第十四（十五事）

卷第十五

卷第十六（十五事）

卷第十七

卷第十八（十三事）

卷第十九（十三事）

卷第二十（十二事）

夷坚丙志

卷第一（八事）

卷第二（十事）

卷第三（十一事）

卷第四（十四事）

卷第五（十三事）

卷第六（十四事）

卷第七（十七事）

卷第八（十二事）

卷第十二（十五事）

卷第七（十一事）

毕令女

路时中，字当可，以符录治鬼著名。士大夫间目曰："路真官"，常赍鬼公案自随。建炎元年，自都城东下，至灵壁县。县令毕造已受代，舣舟未发。闻路君至，来谒曰："家有仲女为鬼所祸，前后迎道人、法师治之，翻为所辱骂，至或遭箠去者。今病益深，非真官不能救。愿辱临舟中一视之。"路诺许。

入舟坐定，病女径起，著衣出拜，凝立于旁，略无病态，津津有喜色曰："大姐得见真官，天与之幸。平生壹郁不得吐，今见真官，敢一一陈之。大姐乃前来妈妈所生，二姐则今妈妈所生也。恃母钟爱，每事相陵侮。顷居京师，有人来议婚事，垂就，唯须金钗一双。二姐执不与，竟不成昏，心怏怏以死。死后冥司以命未尽，不复拘录。魂魄飘摇，无所归，遇九天玄女出游，怜其枉，授以秘法。法欲成，又为二姐坏了。大姐不幸，生死为此妹所困。今须与之俱逝，以偿至冤，且以谢九天玄女也。真官但当为人治祟，有冤欲报，势不可已，愿真官勿复言。”

路君沉思良久曰：“其词强。”顾毕令曰：“君当自以善力祷谢之，法不可治也。”女忽仆地，掖起之，复困惙如初。盖出拜者乃二姐之身，而其言则大姐之言也，死已数年矣。

明日，二姐殂。路君来吊，其父曰：“昨日之事曲折，吾所不晓。而玄女授法乃死后事，二姐何以得坏之？君家必有影响，幸无隐，在我法中，当洞知其本末。”毕令曰：“向固有一异事，今而思之，必此也。长女既亡，菆于京城外僧寺，当寒时扫祭，举家尽往。菆室之侧，有士人居焉。出而扃其户。家人偶启封入房窥观，仲女见案上铜镜，呼曰：‘此大姐柩中物，何以在此？必劫也。’吾以为物有相类，且京师货此者甚多。仲女力争曰：“方买镜时，姊妹各得其一，鞶结衬缘，皆出我手，所用纸某官谒刺也。”视之信然。方嗟叹而士人归，怒曰：‘贫士寓舍；有何可观？不告而人，何理也？’仲女曰：‘汝发墓取物，奸赃具在，吾来擒盗耳。’遂缚之。士人乃言：‘半年衣夜坐读书，有女子扣户曰：‘为阿姑谴，怒逐使归父母家。家在城中，无从可还，愿见容一夕。’泣诉甚切，不获已纳之，缱绻情通。自是每夕必至，或白昼亦来。一日方临水掠鬓，女见而笑曰：‘无镜耶？我适有之。’遂取以相饷，即此物也。时时携衣服去补治，独不肯说为谁家人。昨日见语曰：‘明日我家与亲宾聚会，须相周旋，不得到君所，后夜当复来。’遂去。今晨独处无聊，故散步野外以遣日，不虞君之涉吾地也，’吾家闻之皆悲泣，独仲女曰：‘此郎固妄言，必发验乃可。’走往殡所踪迹之。其后有罅可容手，启砖见棺，大钉皆拔起寸余。及撤盖板，则长女正叠足坐缝男子头巾。自腰以下，肉皆新生，肤理温软，腰以上犹是枯脂。始悔恨，复掩之，释士人使去。自是及今，盖之年余矣。所谓玄女之说，岂非道所所谓回骸起死，必得生人与久处，便可复活耶？事既彰露，不可复续。而白发其事，皆出仲女。所谓坏其法者，岂此耶？”路君为之惊诧。道出山阳，以语郭同升。升之子沰说。

【译文】路时中，字当可，他用道家的符录治理鬼怪而十分有名气。士大夫中称他是“路真官。”常随身带着关于他治鬼的记载簿册。宋高宗建炎二年（1128），路时中从京城向东，到了灵壁县（今安徽淮泗）。县令毕造已经被人接任，船停泊岸边尚未启程。他说路时中来了，前去拜见道：“我家二女被鬼缠身，先后请了道士、僧人驱鬼，反而被鬼羞辱责骂。希望您能屈尊大驾去船上看一看。”路时中答应下来。

进船坐稳后，毕县令得病的二女儿径直起身，穿上衣服出来拜见，她凝神站立在旁边，没有一点病的神态，脸上乐滋滋地说：“我能见到您路真官，是上天给我的幸运。我一生抑郁无法诉说，现在见到路真官，要全部说出来。我是前一个母亲生的，二女儿是现在的母亲所生。她依仗母亲宠爱，每件事都欺辱我。过去住在的京城的时候，有人来商议我的婚事，快说成了，只需要拿出一对金钗。二女儿硬占着不给，最后未能结成婚姻。我心里不满意就死了。我死后地府因为我寿命没有结束，不再拘留我的鬼魂。我的魂魄四处飘游，没有去的地方。我遇见九天玄女出外巡游，她同情我的冤枉，传授给我神秘法术。我的法术将要成功时，又被二女儿破坏了。我不幸运，活着、死去被这个妹妹困扰。现在我要和她一起死，来偿还我的大冤情，并以此向九天玄女谢罪。您只是应当给人驱治妖邪，我有冤仇要补报，这势头不会停止，希望您不要再为这件事说什么。”

路先生沉默思索了很久说道：“她的话很强硬。”回头看着毕县令说：“您应当自己凭借善良的力量感化她的冤魂，法术无法驱除。”毕县令的二女儿忽然倒在地上，人们扶她起来，又像原来一样倦乏、精神不振。大概出来拜见的是二女儿的身体，而她说的话却是大女儿的言语，但大女儿死了已经几年了。

第二天，毕县令的二女儿去世了。路先生前来向她的父亲吊唁，说：“昨天的事情复杂，我弄不明白。九天玄女传授大女儿法术是她死以后的事，二女儿凭什么能破坏她的法术呢？您家一定会有感觉，希望不要对我隐瞒。施行法术应该知道这件事的前后过程。”毕县令说：“过去确实有一件奇怪的事，现在思索起来一定是这件事。大女儿死后，暂停棺在京城外一座佛教寺宇。到了寒食节去扫祭，全家都一起前去。墓地的旁边，有个文人住在那里，他外出把门关紧了。家人偶尔打开门进入房里偷看，二女儿看到桌案上有面铜镜，叫道：“这是大姐棺柩中的东西，为什么在这里？这一定是抢来的。”我认为东西都有相似的，况且京城里卖这种铜镜的人很多。二女儿竭力争辩说：‘当买铜镜的时候，我们姐妹各得到一面铜镜，镜子上系的带子和衬纸，都是我亲手做的，用的纸是一位官员求见的名帖。’看看这面铜镜的确是这样。我们正在感叹时，那个文人回来了，他生气地说：‘穷文人住的房子，有什么值得看的？不通知就闯进来，这是什么道理？’二女儿说：‘你开棺偷东西，人和赃物都有，我是来抓强盗的。’于是把他绑起来。这个文人才说：‘半年前我夜间坐着读书，有个女人敲门说：‘我被婆婆责备，她发怒赶我回父母家。我家在城内，没有办法回去，请收留我住一晚。’她哭诉得很恳切，我没有办法收留了她，我们情感相通难舍难分。从此她每夜一定来，有时白天也前来。一天我正映照着清水擦拂发鬓，这个女子看到就笑着说：‘你没有镜子吗？我正巧有面铜镜。’于是拿来赠送给我，就是这面镜子。她常常带走我的衣服去修补，只是不愿意说出她是哪一家的人。昨天她对我说：‘明天我家里和亲友聚会，需要应酬，不能来你这里，后天夜里我会再前来。’她就走了。今天早晨我独自待着无所寄托，所以去野外散步打发时间，没有料到你们到我这里。’我全家听完这些话都悲伤掉泪，只有二女儿说：‘这个男人故意胡说，一定要开棺检查才行。’我们去到墓地寻找大女儿的行动痕迹。墓后面有个间隙能容下手，打开砖看见棺材上的大钉子都被拔起一寸多高。等到拉开盖板，只见大女儿正在叠脚坐着缝男人的头巾。从她腰部往下肌肉都是新长出的，皮肤温热柔软，腰部以上还是枯干的尸骨。我们才懊悔地重新为她掩盖上，把那个文人放掉让他走了。从这件事到现在，大概有三年多了。所提到的九天玄女的法术，难道不是道家所说的起死回生，一定要有活人与她长时间相处，就能再活过来吗？这件事已经被发现并泄露，大女儿无法再继续修炼法术。然而揭露这件事，都是出自二女儿。大女儿所说的破坏她的法术，难道是指这件事吗？”路先生为这件事感到十分惊讶。他路过山阳（今安徽淮安）时，把此事告诉了郭同升。郭同升的儿子郭沰向人叙述了这件事。

西内骨灰狱

政和四年，有旨修西内，命京西转运司董其役。转使王某坐科扰，为河南尹蔡安持劾罢。起徽猷阁待制宋君于服中，以为都转运使，免判常程文书，专以修宫室为职。宋锐于立事，数以语督同列曰："速成之，浓赏可立得也。"转运判官孙暱独以役大不可成，戏答曰："公闻狐婿虎之说乎？狐有女，择婿，得虎焉。成礼之夕，傧者祝之曰：'早生五男二女。'狐拱立曰：'五男二女非敢望，但早放却臊命为幸耳。'今日之事正类此也。"宋不乐，暱即引病罢去。

凡宫城广袤十六里，创立御廊，四百四十间，殿宇丹漆之饰猥多，率以趣办。需牛骨和给，不能给。洛城外二十里，有千人冢数十丘。干官韩生献计曰："是皆无主朽骴，发而焚之，其骨不可胜用矣，自王漕时已用此。"宋然之，管干官成州刺史郭涟容、佐使臣彭玘十余人皆幸集事，举无异词。

宋以功除显谟阁学士，召为殿中监而卒。宣和中，孙暱病死，至泰山府，外门，榜曰："清夷之门。"狱吏捽以入，令供灭族状。孙曰："我何罪？"殿上厉声曰："发洛阳古冢以幸赏，乃汝也，安得讳？"孙请与诸人对。望两囚皆荷铁校立庑下，各有一卒持铁扇障其面，时时挥之，扇上皆施钉，血流被体。引至前，乃宋、王二君也，犹相撑拄。孙历举狐虎之说，及所以去官状。廷下人皆大笑，两人屈服去。孙复生。

他日，韩生亦梦和孙所见者。供状毕，将引退，仰而言曰：

“某罪不胜诛，但先祖魏公大有勋劳于宗社，不应坐一孙而赤族。”主者凝思良久曰：“只供灭房状。”乃如之。自是数月死，不一岁妻子皆尽，今唯取同宗之子以继云。予闻此事于临川人吴虎臣，吴得之韩子苍。予以国史院简策参之，得其岁月官职如此。

邵武李郁光祖云：“有朝士亦以是役进秩，后居邓州，得异疾，疽生于臀，长寸许，中有骨焉，不可坐卧。医以药龁之，久而坠地，拳曲如小猪尾。数日，又如故，复以前法治之。如是岁余，凡落三十六节，乃死。”王日严云：“宋君初与官属议，或以为不便。宋入宅思之，必欲行，自批一纸出付司。孔目官某虑异时为人所讼，以所批粘入牍中。后数年，冥府摄对狱，见牛头卒引一人从烈焰出，乃宋也。孔目诉曰：‘事皆由待制，手笔尚存。’王者敕一卒往取，顷刻即至。以示宋，宋引伏，孔目者乃得归。明日，诣曹阅故牍，首尾千百番皆在，独失宋批矣。遂以病自列去吏，归而弃家，为苦行道者。”

【译文】宋徽宗政和四年（1114），颁布圣旨修建西部的皇宫，命令京西转运司负责这项工程。转运使王某因犯科考的错误，被河南尹蔡安弹劾罢官停职。徽猷阁侍制宋某在丧期中被任命做了都转运使，免除他处理平常的文件，专门负责修建皇宫。宋某急切办成此事，多次传话催促一同修宫殿的官员说：“快些完工，厚赏可以马上得到。”转运官孙贶独自认为这项工程十分不值得完成，他开玩笑说：“您听说狐狸招老虎做女婿的传说吗？狐狸有个女儿选女婿，招来一只老虎。举行婚礼的晚上，司仪祝福狐狸说：‘早些生出五个男孩两个女儿。’狐狸拱手站起说：‘生五个男孩两个女孩不敢奢望，只是快些饶我一个命就万幸了。’今天这件差事正巧与狐狸招虎做女婿的传说类似。”宋某不高兴，孙旸立即称得病罢官离去。

皇宫城墙广阔大约有十六里地，修建厢房四百四十间，宫殿中绘画、油漆的装饰十分多，宋某令都催促办理。工程需要牛骨灰掺到泥灰中，但供应不上。洛阳城外二十里的地方，有上千人的坟墓几十座。干官韩某出谋献策说：“这些都是没有主人的枯骨，挖开用火烧掉，这些尸骨用不完，从王漕的时候已经用过这个办法。”宋某同意他的建议，管干官戎州（今属四川境内）刺史郭涟容、佐使臣彭玘等十多人都参与这项工程，没有提出不同意见。

宋某因为修建皇宫有功升任显谟阁学士，召任他做皇宫中的督监时就去世了。宋徽宗宣和年间（1119）孙旸得病死了。他的鬼魂来到泰山地府的外门，门额题的是“清夷之门”。地狱的吏卒把他抓进去，让他交代毁灭祖坟的罪状。孙旸说：“我有什么罪？”大殿上有人严厉地说：“挖开洛阳古墓来求得赏赐，是你干的，怎么能逃避呢？”孙旸请求和其他人对质。他看见有两个囚犯都戴着铁枷锁站在廊房下面，分别有一个鬼卒手持铁扇子挡着他们的脸，经常挥舞起扇子拍击他们，扇子上都布满钉子，鲜血流遍了囚犯的身体。带他们来到面前，原来是宋某和王漕两个人，他们还互相依扶着。孙旸详细举出狐狸招虎为婿的传说，和他弃官的原因经过。公堂下的人都大笑，宋、王两人理屈服罪离开了。孙旸又活了过来。

另外有一天，出挖古墓主意的韩某也梦到像孙旸见到的情况。韩某交代完罪状，鬼卒们将要他退下，韩某仰起头说：“我的罪恶处死也不为过，只是我的祖先魏国公对于国家社稷有很大功勋，不能因为一个孙辈的错失就灭绝家族。”判案的人沉思了很长时间说："只判处你一家断后的刑罚。"于是按韩某说的，此后几个月韩某死了，不到一年他的老婆、孩子都死尽了，现在只好拿同一宗族的孩子来继承家业。我从临川人吴虎臣那里听说了这件事，吴虎臣是从韩某的儿子韩苍那里得知的。我根据国史院的资料研究这件事，得出了这件事的时间和当事人官职。

邵武李郁（字光祖）说："有个朝中的官员也因为这项工程升了官职，后来他住在邓州（今属河南），得了一种怪病，臀部长了毒疮，一寸多长，中间有骨头，不能坐下、躺着。用药治疗这种病，很久才掉落在地上，毒疮卷曲着像小猪的尾巴。几天就又和原来一样，只好再用以前的方法治病。像这样过了一年多，一共掉了三十六节骨头才死去。王日严说："宋某开始和他的下属商议，有人认为不合适。宋某回到住处思考此事，他一定要这样干，亲自批写一张纸出来交给下属。司孔目官某人担心别的时候被人控告，把宋某的批示粘在案卷里面。此后多年，阴间抓他对质官司，他看见牛头鬼卒带着一个人从烈火中出来，竟然是宋某。孔目陈述说：'这件事都是宋待制的主意，他的亲笔字迹还保留着。'阎王命令一个鬼卒去取回，片刻就来到了。把批复给宋某看，宋某低头认罪。孔目才得以回到阳间。第二天，他到官衙翻阅过去的案卷，从头到尾成千上百卷都在，只是遗失了宋某的批示。孔目于是拿有病作借口辞去官职，回去后又出家，做了苦行的道人。"

汀州山魈

汀州多山魈，其居郡治者为七姑子。倅厅后有皂荚树极大，干分为三，正蔽堂屋，亦有物居之。陈吉老为通判，女已嫁矣，与婿皆来。夜半，女在床外睡，觉有撼其几者。颇惧，移身入里间，则如人登焉，席荐皆震动。夫妻连声呼有贼。吉老遽起，与长子录曹者偕往，无所见。诧曰："公廨守卫严，贼安得至？若鬼也，争敢尔？"老兵马吉方宿直，命诣厨温酒。厨与堂接屋，马吉方及门，失声大叫。录曹素有胆气，自篝火视之，吉仆绝于地，涎液纵横。灌以良药，久之，始能言曰："一黑汉模糊长大，出屋直来己，已不知所以然。"然吉老犹不信。录曹见白衣人长七尺，自厨出，趋堂开门而出。真以为盗，急逐之，而堂门元闭自若也。启之，又见其物开厅门去，复逐之，亦闭如故。洎至厅上，白衣径奏东厢卒伍持更处，一卒即惊魇，众救之，已绝矣。

后数年，赵子璋为倅摄郡，时属邑寇作，江西大将程师回自赣上来逐捕，将班师，小休倅厅，出所携二妾与赵饮。正行酒，有小妾长才二尺许，褐衫素裙，缓步且前。程迎击以杖，乃一猫跃出，衣服皆委地。子璋子伯禔，随父之官，马吉者犹在，闻其说如此。（伯禔说）

【译文】汀州（今福建长汀）有许多山鬼，其中住在郡府中的山鬼名叫七姑子。郡府的副厅后面有一棵很大的皂荚树，树干分为三枝，正好遮盖着堂屋，也有鬼住在这棵树上。陈吉老任汀州通判，他女儿已经嫁人，和女婿一起来看他。半夜时，陈吉老的女儿在床外边睡觉，感觉有人在摇动桌子。她很害怕，把身子挪到了里面，接着感到有人登了上来，床上的席子都震动了。夫妻二人连声大叫有盗贼。陈吉老慌忙起来，和他的任录曹官的长子一起前去，什么也没有见着。陈吉老惊诧地说："官府里防守警卫很严，盗贼怎么能来到呢？如果是鬼怪，它怎么敢这样做？"有个名叫马吉的老兵正巧值勤，陈吉老让他去厨房温些酒来。厨房与大厅连着屋子，马吉刚到厨房门口，大声惊喊起来。录曹平日有胆量，自己点起火把去看马吉。马吉昏死倒在地上，嘴角四处流着白沫。给他灌进好药，过了一会儿马吉才会说话，他说："隐约有个黑色的男人很高大，从屋子直接跑来压在我身上，根本就不知道怎么回事。"然而陈吉老还不相信。录曹看见一个穿白衣服的人身高七尺，从厨房出来，很快到了堂屋打开门走了。他们真的认为有了强盗，急忙追赶这个穿白衣服的人，然而堂屋的门仍像原来一样关闭着。打开门，又看见那个怪物打开大厅的门出去，他们又追赶它，大厅的门也像以前一样关闭着。等追赶到大厅里，那个白衣怪物直接进到东边厢房士兵打更的地方，一个士兵立刻像做恶梦似地被惊吓了，众人急忙抢救他，他已经死去了。

后来又过了几年，赵子璋由副职代理本郡时，所属的县邑有了强盗，江西（今江西省）大将程师回从赣江前来追捕，将要胜利带部队返回，他在郡府的副厅里做短暂休息。程师回叫出他带来的两个侍妾和赵子璋喝酒。正在饮酒猜酒令，有一个高二尺多的女人，她穿着黄黑色的上衣和白裙子，慢慢走上前来，程师回用棍子迎面打击，竟然有一只猫跳了出来，衣服都散落在地上。赵子璋的儿子赵伯褆随同他父亲一起去汀州做官，那个老兵马吉也还活着，我听他们说起以上这个故事。

黄莲山伽蓝

韶州乐昌县黄莲山寺，为一邑胜处。建炎二年冬，郡守延临江静师往主法席。寺伽蓝神素著灵异，邑人祈赛必杀牲醑酒，既则饮酒乃归。师始至，与神约曰："神受佛嘱咐，守护伽蓝，不应当此供。自今日以往，更具净馔，神其听之。”由是人无敢以酒肉入山门者。

明年十一月晦，有檀越营佛事毕，欲饮酒。三仆舁一缸，由东厢过神祠前，一犬不知从何来，突出，正与缸相值，应时破碎，无复余沥，见者莫不叹异。（郑次南说）

【译文】韶州（今广东韶关）乐昌县黄莲山寺院，是全县的名胜之地。宋高宗建炎二年（1128）冬天，郡守邀请临江（今江西清江）静法师来黄莲山寺任主持。寺庙里的伽蓝神像平时灵验、神异而很有名气，县里的人祈求祷告一定要宰牲畜斟酒祭享，祭祀后要在这里喝酒才返回。静法师刚到寺庙，他就和伽蓝神约定说：“这是接受佛祖的要求的，守护寺院的伽蓝不应该接受这种供奉。从今天往后，要更换成干净的素食，伽蓝神您一定听从这些约定。”从此人们不敢再把酒肉拿进黄莲山寺的山门。

第二年十一月的最后一天，有个施主做完了拜佛法事，他想喝酒。三个仆人抬了一缸酒，从东厢房路过伽蓝神的祠位前，一条狗不知道从哪里跑来，突然跃出，正好和酒缸相撞，当时酒缸打碎了，没剩下一点酒，看见的人没有不惊叹这件事神奇。

宁都吏仆

赣州宁都县吏李某，督租近村，以一仆自随。仆乞钱于逋户，不满志，缚诸桑上，灌以粪，得千钱。即日，云雷四起，毙仆于村中普安寺前。钱正在腰间，打四百文入肉中，皮蒙其上。绍兴十四年三月也，县是时曰虔化云。（寺僧祖一说）

【译文】赣州宁都县（今属江西境内）官吏李某，到附近的村子催要地租，他自己随身带了一个仆人。仆人向欠债的农户要钱，农户未能满足他的心意，他就把农户绑在桑树上，把粪便灌在农户嘴里，索得了一千钱。当天，乌云和雷电密集，在村里的普安寺门前雷电劈死了这个仆人。雷电正打在他的腰中，把四百钱打进他的肌肉里，皮肤包在钱外面。这件事发生在宋高宗绍兴十四年（公元1145年）三月，宁都县当时名叫虔化县。

杜三不孝

洪州崇真坊北有大井，民杜三汲水卖之，夏日则货蚊药以自给。与母及一弟同居，弟佣于饼家，唯兄以两饭养母。然特酗酒，小不如意，至于辱詈加棰。邻曲见者皆扼腕，导其母使讼，未及也。一旦大醉归，复殴母。俄忽忽如狂，取所合蚊药内砒霜、硫黄掬服之，走入市，从其徒求水饮。市人以为醉，不知药毒已发矣。顷刻而死，其不孝之报欤？

【译文】洪州（今江西南昌）崇真坊有一口大水井，百姓杜三打井水出售，夏天还卖灭蚊药来养活自己。他和母亲以及一个弟弟住在一起，他弟在一个卖饼的人家打工，只有做兄长的一天两顿饭奉养母亲。然而杜三非常喜欢酗酒，稍微不满意，就对母亲辱骂甚至用鞭子打。看到的邻居都很痛心，劝导他母亲去打官司，还没有来及去。一天早晨，杜三喝得大醉回家，又捶打母亲。忽然他恍恍惚惚就发了疯，拿出他配制灭蚊药里的砒霜、硫黄用手捧着吃下去，他跑到大街上，向他的徒弟要水喝。街上人认为杜三喝醉了，不知道药的毒性已经发作。片刻他就死了，这不是杜三不孝顺的报应吗？

布张家

邢州富人布张翁，本以接小商布货为业。一夕，闭茶肆讫，闻外有人呻痛声。出视之，乃昼日市曹所杖杀死囚也，曰："气绝复苏，得水尚可活。恐为逻者所见，则复死矣。"张即牵入门，徐解缚，扶置卧榻上，设荐席令睡。与其妻谨视之。饲以粥饵，虽子妇弗及知。经两月，肋疮皆平，能行。张与路费，天未晓，亲送之出城，亦未尝问其乡里姓名也。

过十年久，有大客乘马从徒，赍布五千疋入市，大驵争迎之。客曰："张牙人在乎？吾欲令货。"众嗤笑为呼张来，张辞曰："家资所有，不满数万钱。此大交易，愿别择豪长者。"客曰："吾固欲烦翁，但访好铺户赊与之，以契约授我。待我还乡，复来索钱未晚。"张勉如其言。

居数日，客谓："可具酒饮我，勿招他宾。"既至，邀其妻共饮。酒酣，起曰："翁识我否？乃十年前床下所养人也。平生为寇劫，往来十余郡未尝败，独至邢，一出而获，荷翁再生之恩。既出门，即指天自誓云：'今日以往，不复杀人，但得一主好钱，持报张翁，更不作贼！'才上太行，便遇一人独行，劫之。正得千缗。遂作贾客贩卖，今于晋、绛间有田宅，专以此布来偿翁媪，元约复授翁，可悉取钱营生产业，吾不复来矣。"拜诀而去。张氏因此起富，资至十千万，邢人呼为"布张家"。

（三事亦得之郑次南）

【译文】邢州（今河北邢台）的有钱人中有一个卖布的姓张的人家，他原来靠接受小买卖卖布为职业。一天晚上，已经关上了茶馆，他听到外面有人呻吟、疼痛的叫声。他走出去看，竟是白天大街上用棍棒打死的囚犯。死囚说："我断气后又苏醒过来，喝水还可以活命。担心被巡逻的人发现，就又要被杀死了。"张某立刻拉他进到门内，慢慢解开绑绳，把他扶直安置在床上，铺好席子让囚犯睡觉。张某和妻子小心照顾他，用粥喂养他，即使儿子媳妇也不知道。过了两个月，胸前的疮伤都愈合了，能走路。张某给他路费，天不亮，亲自送他走出城外，也不曾询问他的故乡和姓名。

过了十年的时间，有一个外地大商人骑马带着仆人，带来五千匹布来到集市，大的中间商争着奉迎这个外地商人。外地商人说："张老板在吗？我想让他卖这批货。"众人看不起地笑着替他喊张某前来，张某谢绝说："我家里所有的钱财不超过几万钱，这宗大买卖请您另外选择更有钱的大老板。"外地人说："我坚持要麻烦您老人家，只要是找到好的店铺就赊给他，你把契约给我，等我回家后，再来要钱也不迟。"张某勉强照他所说的做了。

住了几天，外地人说："您可以准备些酒让我喝，不要叫另外的客人。"到了以后，外地人邀请张某的妻子一同喝酒。喝到尽兴时，外地人站起身说："您不认识我了吗？我就是十年前您在床上收养的那人。我一生做强盗，在十多个郡活动不曾失败，唯独到邢州一出现就被抓住，承受了您救活我的恩情。我从您屋门出去，立即指站天空自己起誓说：'今日以后，我不再杀人，只是要得到一笔正当的钱，拿来报答张老先生，再也不做贼了。'我才上了太行山，就遇见一个人独身赶路，我抢劫了他，正巧得到一千缗钱。我于是做了商人贩卖货物，现在我在晋州、绛州（今均属山西境内）一带有土地和房子，专门拿这些布来报答你们夫妇，原来的契约再交给您老人家，您们可以把钱全部拿来经营生意，我不再来了。”外地人拜别离去。张某因这件事成为富翁，财产达百万，邢州人叫他为“布张家”（卖布的张家）。

何丞相

何文缜丞相在太学，与同舍生黄君诣日者孙黯问命。黯袒衣踞坐，丞相先占，既布算，黯正襟揖曰：“命极贵，不惟魁天下，且位极人臣。”二人相视笑：“何相侮邪？”黯愠曰：“黯老矣，粗有生计，今谄一秀才，其获几何？奈何命实中格。”丞相曰：“然则何时作状元？”曰：“乙未岁。”“何年为相？”曰：“不出一纪，但有一事绝异，君拜相后，当死于异国。寻常奉使绝域者不过侍从官，何由有宰相入国者，此为不可晓耳。”初丞相自仙井来时，过桐柏，于庙中上书乞梦。其夕，梦人报：“霍侍郎来见何状元。”遂出相见。霍曰：“将来殿策问道。”及至京，又求梦于二相公庙，梦人告如霍所言。既觉，试作策头数百字以示黄君，黄以为不佳。丞相时为邓洵武枢相馆客，又梦一人报霍侍郎来，既坐，霍曰：“君昨拟道策甚谬，上所解《道德经》更三日以赐二府，君当首见之，宜熟读也。”如期，邓公果拜赐，即录本，晨夕诵读。乙未岁廷试，果问道，悉以经语对，遂为第一人。后十二年，至靖康丙午拜少宰，从二帝北狩，死于虏，皆如黯言。霍公盖先两榜为龙首者。

【译文】何文缜丞相在太学读书时，他和同学黄某白天去找孙黯算命。孙黯袒胸露腹蹲坐着，何丞相先占卜，算完后，孙黯整好衣服向何丞相作揖道："您命运很富贵，不仅能得天下头名状元，而且能做到最高的大臣地位。"何文缜和黄某互相对视笑着说："您为什么要戏耍我们呢？"孙黯有点不高兴地说："我孙黯老了，马马虎虎有谋生的办法，现在奉承一个秀才，我能得到什么呢？无奈你的命运确实符合占卜的标准。"何丞相说："既然如此，那么我什么时候做状元呢？"孙黯说："乙未年。""哪一年做丞相？"孙黯说："不超过十二年，只是有一件事极为奇怪，你当上丞相后，命中注定死在异国他乡。平常奉命出使国外的官职没有超过侍从官的，为何会有宰相出使国外的呢，这是无法明白的。"当初何丞相从仙井（今属四川）来京城时路过桐柏（今属河南），他在一座庙里给神灵写文书请求神灵托梦预言命运。那天晚上何丞相梦到有人通报说霍侍郎前来拜见何状元，他于是出来见面。霍侍郎说："将来殿试要询问道家方面的问题。"等何丞相到了京城，他又在二相公庙求神托梦预言，他梦见有人告诉他如同霍侍郎说的一样。梦醒后，他试着写了篇策论的开头几百字拿给黄某看，黄某认为写得不好。何文缜丞相这时是枢相邓洵武府上的宾客，他又梦见一个人通报说霍侍郎来了，坐下后，霍侍郎说："您昨天写的关于道家方面的策论很错谬，皇上注解的《道德经》过三天要赏赐给二家府第，您应当先看到这本书，应该仔细阅读。"到了霍侍郎所说的日期，邓洵武枢相果然拜受了皇帝的赏赐，何文缜立即抄录，从早到晚背诵阅读。乙未岁，朝廷考题果然询问道家的问题，何文缜全部用《道德经》中的话答对，于是做了第一名状元。此后过了十二年到宋钦宗靖康丙午（1126），何文缜被任命为少宰，跟从宋徽宗、钦宗两位皇帝被虏往金国，死在那里，都如同孙黯的话一样。霍侍郎是前两次科考的状元。

天心法

李士美丞相长子衡老，初学天心正法时，饮食坐起，未尝不持摄。寓居桂林，夜如厕，见灯盏出于外，心已怪之。复取置中间，俄又在外。已则登其上，既而益高，盏正覆而油不倾。旋转满室，将及头上，衡志方踞厕，势不可施法，怖惧大呼而出。自是不敢轻习行，或云："初行符录，非鬼物所乐，故多设怪以恐试之尔。"（嘉叟说）

【译文】 李士美丞相的长子李衡老，开始学习天心正法时，吃、喝、坐着或者走路，没有不修持行法的。他住在桂林，晚上去厕所，看见一盏灯跑到了外面，他心里奇怪这件事。他把灯拿来放在中间，一会儿它又跑到外面。接着灯向上走，不久越来越高，灯盏正好颠倒朝下，然而灯油没洒出。这灯满房间飞旋转动，将要碰到李衡老的头上。衡老正蹲在厕所里，这种情况他不能施展法术，他惊恐大叫着跑出。从此他不敢轻易修习施行法术，有人说："开始施行符录不是鬼怪所乐意的，所以它常常做些怪异的事情来恐吓，考验你。"

虞并甫奏章

虞并甫侍其父漕潼川，以父病，斋戒浃日，命道士刘泠然奏章请命。刘素以精确著名，自子夜登坛伏，迟明方兴，与言曰："适之帝所，见几上书章内两句云：'乞减臣之年，增父之算。'帝指示吾曰：'虞允文至孝，可与执政。'"而不言从其请，已而父竟卒。后十有八年，并甫参大政。

【译文】虞允文，字并甫，侍奉他父亲负责潼川（今四川三台）的漕运，他因为父亲生病实行斋戒了好多天，让道士刘泠然向神灵启奏请求续命。刘泠然平常以法术精湛准确而很有名气，他从子夜时分登上祭坛拜伏，天快亮才对虞并甫说："我刚才到了天帝的住处，桌案上您的奏章里有两句话说：'乞求减去我的寿命来增加父亲的寿命。'天帝指给我看说：'虞允文极孝顺，可以让他执掌政事。'"然而他没有提到同意虞并甫的请求，不久他父亲居然去世了。十八年过后，虞并甫当了宰相。

孙尚书仆

孙仲益尚书居毗陵，遣两仆往平江。一人暴卒于道，一人买苇席覆其尸，而归报其家。经宿至，则死者复活矣。云："方同行，下路左遗溲，遇黄衣卒持藤棒来驱，曰：'官唤汝牵船。'果有船相衔，行运河中，独押我挽之。舟行如飞，不知为何处。心以谓无县文引在手，何得擅呼我？伺其小息，挤诸河，急从故道归。至则见身在苇席下，无计可入，彷徨不忍去，乃坐于上。天将晓，行人过见而叱曰：'何为独坐此？非鬼乎？'竦然如失，不觉入身中，乃寤，方知为死也。"（李耆俊说）

【译文】孙仲益尚书住在毗陵（今属江苏丹徒），他派两个仆人去平江（今江苏苏州）。其中一个人突然死在路上，一个人买了苇席把他的尸体遮盖上就回去通知他的家人。过了一晚上到了他家，然而死的人又活了。他说："我们正在一同赶路，我走到路边撒尿，遇见一个穿黄衣服的士兵手拿棍棒前来驱赶，黄衣卒说：'官府叫你拉船。'果然有船只互相连接在一起航行在运河里，唯独押解我拉船。船像飞着一样航行，不知道是什么地方。我心里认为他手里没有县里发的公文，怎么能随便喊我拉船呢？我等待黄衣卒稍有懈怠，把他挤进河时，就从原路返回。赶到原地就看到身体在苇席下面，没办法进到了里面，我犹豫着不忍心离开，就座在席子上。天快亮了，行人走过来看到就喝斥说：'为什么你一个人坐这里，这人不是鬼吗？'我惊惧若有所失，没有觉察灵魂就进入了身体里？我就醒了，这才知道我曾经死去。"

卷第八（十三事）

牛　鬼

秉义郎高世令，居台州黄岩。绍兴四年，摄征税于温州白沙镇。二月十九夜，已就枕，闻窗外两人呼曰："异物且来杀君，君谨避之。坚塞五窍，勿与校，庶或可脱。"审其声，乃旧同僚明州都监李利见、台州巡检赵禄，皆死矣。大惧，即蒙被危坐以待。少顷，闻有诟李、赵者曰："我杀高世令，干君何事？"别一人以杖拄地，行过床后，若瞽者，细语云："彼呼君时，切勿应。"又闻诟者曰："盲畜生，汝亦复强预人事。"李、赵相与劝解曰："杀一高世令，于君何益？"既而，一虫薨薨然自窗隙入帐中，绕被飞鸣且十数匝。高窥见虫色烂然如金，垂红线于后，引手欲挽之。李、赵又呼云："祸事，祸事！杀之，冤害益重。"乃纵之。来往尽夜，终不得逞而去。小史窥窗外，见少年与一妪对立。少年曰："须与翁索命。"妪曰："宜然。"天明启门，则两牛卧篱下。迹所从来，乃近镇五里农家物也。

镇寨巡检闻此怪，招高饮，开释之。俄而求归，曰："老妪，少年皆在桌下矣。"高妻孥皆在黄岩，是夜见其妾云："君来时我已有娠，今小蓐以死，昨尝寄履袜，达乎？"方啜泣，李、赵褰帷入，叙阔如平生。高度必死，竟夕秉烛，遍作书与亲旧诀，得八十幅，语或杂偈颂，殆类有物凭之者。屡冠带走出，将赴舍前江水，复闻空中语曰："勿与鞋，与即去矣。"左右藏去之。凡不饮食五日，乃醒，家人来视之。所谓孕妾，实妊身四月，食牛肉而坠，元不死也。高亦无恙。（吴传朋说）

【译文】秉义郎高世令住在台州黄岩（今属浙江临海境内），宋高宗绍兴四年（1134），他被派往温州白沙镇征收税款。二月十九夜里，他已躺在枕头上，听到窗户外面有两个人叫道："奇怪之物要来杀你，你小心避开它。紧紧塞住自己的耳目鼻口等五窍，不要同它较量，也许差不多能逃脱。"仔细听说话的声音，竟然是过去做官的同事明州（今浙江宁波）都监李利见、台州巡检赵禄，他们都已经去世了。高世令十分恐惧，立即蒙上被子紧张地坐着等待事情发生。过了一会儿，他听到有人责骂李利见和赵禄说："我来杀高世令，与你们有什么关系？"另外有一个人用手杖敲着地面走到床后面，像是个瞎子，他小声说："它喊你的时候你千万不要答应。"高世令又听到那个责骂的人说："瞎畜生，你也要硬去管人的事情。"李、赵二位都同它劝解说："杀一个高世令对你有什么好处？"接着，一只飞虫嗡嗡作声从窗户缝里飞进帐子中，绕着被子飞舞鸣叫了几十圈。高世令偷眼看见飞虫色泽斑斓像是黄金一样，在飞虫后面垂落着一根红线绳，他想伸手捉住这只虫子。李、赵二位又喊他道："这是灾祸，这是灾祸！杀死飞虫，冤仇危害会更加重。”高世令就听任这只飞虫来来去去，一晚上它始终不能达到目的就离开了。侍从向窗户外面偷看，见到一个少年和一个老妇人面对面站着。少年说：“一定要为父亲讨偿性命。”老妇人说：“应该这样。”天亮打开房门，有两头牛躺卧在篱墙下。寻找它们从何处来的踪迹，竟然是邻近白沙镇五里地的农民家的牛。

镇守白沙寨的巡检听这件怪事，请高世令来喝酒，为他脱了偷牛嫌疑。不久高世令要求回去，他说：“那两个老妇和少年都在桌子下面。”高世令的妻子、儿女都在台州黄岩，这天晚上高世令梦到他的小妾，她说：“您来温州的时候我已经怀孕，现在我小产死掉了，昨天我曾给您寄了袜鞋，收到了吗？”正在落泪，李、赵二位掀开帐子进来，像平常一样随便叙谈。高世令猜想一定会死，整夜点起蜡烛，给所有的亲朋好友写信诀别，他写成八十封，文辞中有些夹杂着佛门的偈颂，大概像有东西附在高世令身上。高世令穿好公服走出门外，想要走进屋子前面的江水中，人们又听到天空里有人说话：“不要给他鞋，给他鞋他就死了。”他的随从便把鞋藏起来。高世令不吃不喝共五天才苏醒，家里人前来探望他。前面所提到的怀孕的小妾确实怀孕四个月了，她吃牛肉造成堕胎，并没有死去，高世令也没有了病状。

歌汉宫春

绍兴四年，蜀道类试进士。成都使臣某人祷于梓潼神，愿知今岁类元姓字。夜梦至庙中，见二士人握手出，共歌汉宫春词：“问玉堂何似茅舍疏篱”之句。神君指曰：“此是也。”

明日，复入庙，将验昨梦。士人来者纷纷不绝，久之，有两人同出，携手而歌，果梦中句也。省其状貌皆是，即趋出而揖之曰："二君中必有一人魁选者。"具以梦告，皆大喜。已而更相辩质，曰："自我发端。"曰："我正唱此。"一人者仙井黄贡也，奋然曰："此吾家旧梦，何预君事也？吾父初登科时，梦神仙赠诗云：'玉堂消息近，金榜姓名高。'觉而喜，自谓必翰林学士，然但至成都教授而终。以今思之，端为我设。所谓玉堂消息者，正指词中语耳。"

是岁，贡果为第一。两世共证一梦，虽一时笑歌，亦已素定于数十年之前，神君其灵矣哉！（关寿卿说）

【译文】宋高宗绍兴四年，（1135），四川按条例考试进士。成都来的使臣某人向梓潼庙神祷告，想知道今年考试第一名的姓名。夜间他梦见来到庙里，看到两个文人握着手走出，一起唱着汉宫春这首词中"问玉堂何似茅舍疏篱"的句子。神灵指了指说："这就是今年参加进士考试的第一名。"

第二天，使臣又进入庙内，想验证昨天的梦。来庙里的文人纷纷不断，过了很长时间，有两个人一同出来，手拉手唱着，果然是梦中的歌词，仔细看他们的相貌都和梦中一样，使臣立即赶上前去向他们作揖致敬说："你们两个人里一定有一人得中第一名。"使臣详细地把梦到的事情告诉了他们，二人都十分喜悦。接着互相争辩质问，一个说："这首歌是我起头唱的。"一个说："确实是我唱了这支歌。"其中一人是仙井（今四川仁寿）姓黄的贡生，他激动地说："这是我家过去就有的梦，和你的事情有什么相干？我父亲刚中举时，他梦神仙赠给他一句诗："玉堂消息近，金榜姓名高。"他醒来后很高兴，自己认为一定会成为翰林学士，然而他只是做到成都讲学的教授就死了。现在推想这个梦，正是给我设置的。梦中所提到的“玉堂消息”，正是指得汉宫春这首词中的字眼。

这一年，黄贡生果然做了第一名进士。两代人共同应验一个梦，虽然一时高兴唱一首词，可也是早已经在几十年前就预定下来的，神灵是真灵验的呀！

万寿宫印

乾道二年，静江临桂令郭子应梦人告曰：“君新除提举万寿观。”郭方以邑事为苦，而骤得祠官，梦中喜甚。明日，转运判官朱玘以诸州折米钱檄郭莅纳，令别关印用之。于辛字库中得印一纽，后数日取视之，其文乃“桂州玉清万寿宫记”。（临桂丞张寅说）

【译文】南宋孝宗乾道二年（1166），静江郡临桂（今属广西桂林）县令郭子应梦到有人对他说：“你最近要提拔任万寿观的总管。”郭子应为县邑里的公事感到苦恼，突然得任掌管祭祀庙祠的官员，他在梦里十分高兴。第二天，转运判官朱玘因为各州县亏损大米钱款，通知郭子应前去纳，让他用其他印鉴盖在公文上。郭子应在题号为辛字的仓库里得到一颗印，过后几天他拿这颗印细看，印上的文字是“桂林玉清万寿宫记”。

师立三异

饶州妙果长老师立，少年时行脚至衡山福岩寺。方夏四月，晚游寺前兜率桥，见潭下峭壁间，异僧背负石而立。师立夙闻人言，此地有罗汉，隐见不常，且忆《藏经》所载持地菩萨入石壁事，竦然敬视，忽壁开尺许，僧人入其中，复合无纤罅。

又旬日，放参毕，与同参二人信步到寺后虎跑泉亭上。天风倏起，二僧欲归，师立独少留。二僧曰："久知亭下多异，师无庸留。"立方壮不以为意。俄亭西南角有扣柱者，继即伸手内向，渐进不止，肘几过五尺。立戏之曰："若圣者邪，当隐。若山鬼，即见形。"如食久，一手复出，五指初大如椽，渐小如婴儿初生指状。立颇恐，即下山，时绍兴十年也。

又三岁还乡，过庐山白云庵。清夜礼佛，有物行窗外，类牛及虎。开户视之，一黑牛绝大，裴回往来。立念日中无所见，岂鬼邪？明日，至其处，乃巨青石偃卧，正昨夕牛行处云。

【译文】饶州（今江西波阳）妙果长老师立禅师，年轻时云游到了衡山神岩寺，当时正是夏天四月的时候，师立晚上去到寺院前的兜率桥，看到深潭下边的峭壁之间，有个奇异的僧人背着块石头站立着。师立平常听人说，这里有罗汉隐居，时隐时现，师立禅师还回想起《大藏经》记载有持地菩萨进到石壁里的故事，肃然地看着那个背石的僧人。忽然石壁打开一尺多宽，那个僧人进到了峭壁中间，石壁又合起没有一丝缝隙。

又过了十天，参禅结束，师立和一同参禅的二个人随意走到寺院后面虎跑泉的一座亭子上。天空突然刮起了风，两位僧人要求回去，师立却想独自留下呆片刻。两位僧人说："早听说这座亭子中有很多怪事，您不要留在这里。"师立正当年青力壮，没有把这些话放在心上。一会儿亭子西南角有什么东西敲打柱子，接着向亭子里伸出一只手，慢慢不停地伸进来，几乎超过五尺长。师立对它开玩笑说：“你如果是圣贤就应当消失，如果是山中的鬼魅就现出形状。”像是吃一顿饭的功夫，一只手又伸进来，五个手指开始像木椽子一样大，渐渐小得像婴儿刚出生时手指的样子。师立很恐惧，立刻下了山，这时是宋高宗绍兴十年（1141）。

又过了三年师立返回故乡，路过庐山白云庵。在清凉的夜间他正在拜佛，有什么东西在窗户外面走动，像是牛或者老虎。师立打开窗户观看，只见一只黑色的牛很庞大，不停走来走去。师立想白天没有见到什么，难道是鬼吗？第二天走到这个地方，竟然是一块巨大的青石躺卧着，这正是昨天晚上牛走动的地方。

吹灯鬼

妻族婿王氏子，居唐州方城县麦陂团，与邑僧一人厚善。僧死数年矣，梦如平生来，语笑良久，且赠诗而去。既觉能忆两句曰：“父母丘坟毕，儿孙叹自缘。”忘其末联，复祝曰：“若果有灵，勿惜再梦。”遂复得之曰：“青山无限好，归去莫留连。”明日味其语，疑为不祥。

他日，自县归舍，薄矣暮，被酒策马独行，仆在后未至。行二十里，望丛棘间七八人相聚附火。往就之，皆丐者也。环坐不语，细观其形状，略与人同，而或断臂，或缺目，或骈项，无一具体。见王生，跃而起，吹其所执灯。灯以猪胞为之，得不灭。震怖急驰，鬼追之不置。又二十里乃到家，急扣门曰：“鬼逐我！”门中人鼓噪以出，始散去，遂得病死。

【译文】妻子娘家同族的女婿王某住在唐州方城县麦陂团（今河南方城境内），他同县里的一个僧人关系极好。这位僧人去世几年了，王某梦见僧人像活着似地前来，谈话说笑了很长时间，而且僧人赠送了一首诗才离开。王某醒过来能回忆出两句诗是："父母丘坟毕，儿孙叹自缘。"忘掉了末尾的诗句，王某再次祈祷说："您如果真有灵验，请不要吝惜再一次托梦给我。"于是王某又得到诗的末尾两句："青山无限好，归去莫留连。"第二天品味僧人的诗意，猜想这是不吉利的。

有一天，王某从县里回家已经傍晚了，他带着酒意驱赶着马独自向前走，仆人落在后面未能跟上。走了二十里地，王某看到丛生的荆棘里有七、八个人靠着篝火聚在一起，走近这伙人，他们都是些乞丐。这伙人围坐着不说话，仔细观察他们的样子，和人差不多相似，但是有的断了手臂，有的没有眼睛，有的脖子联在一起，没有一个完整的人。他们看到王某跳了起来，去吹王某手提的灯。灯是用猪脬做成的，不能吹灭。王某十分震惊、恐怖，急忙奔逃，鬼们对他穷追不舍。又过了二十里才回到家，王某急忙敲门说："鬼在追赶我！"门里的人大声喊着赶出来，鬼们才散开了，接着王某得病去世了。

无颏鬼

吾乡白石村民，为人织纱于十里外，负机轴夜归。月正明，一人来曰："吾胆怯多畏，闻此地有鬼物夜出，愿得俱行。"民许之。其人曰："脱有所睹，何以为计？'曰："我见之，当击以轴，腰下插大镰刀，亦可杀也。”其人竦然，行稍后，又呼曰：“人言鬼无颏，试视我面。”民知其鬼也，举刀回首欲挥之，颔与胸接，两眼眈眈然，遂不见。

【译文】我故乡白石村有个村民给人纺织纱布，他从十里外背着织机的机轴晚上回家。这时月亮很明亮，一个人走过来说：“我很胆小害怕，听说这里有鬼怪夜晚出来，想能够和你一起走。”村民答应他的请求。那个人说：“假如看到鬼，你打算怎么办？”村民回答说：“我见到鬼就用织机轴打它，我腰下插着把大镰刀也可以杀鬼。”那人很害怕似地向前走。过了一会儿，他又叫村民说：“人们传说鬼没有下巴，你看看我的脸。”村民知道那人是个鬼，举起刀回头要砍它，只见这个鬼下巴和胸连在一起，两只眼睛直直注视着，接着它就不见了。

长人国

明州人泛海，值昏雾四塞，风大起，不知舟所向。天稍开，乃在一岛下。两人持刀登岸，欲伐薪，望百步外有篠篱，入其中，见蔬茹成畦，意人居不远。方蹲踞摘菜，忽闻拊掌声。视之，乃一长人，高出三四丈，其行如飞。两人急走归，其一差缓，为所执，引指穴其肩成窍，穿以巨藤，缚诸高树而去。俄顷间，首戴 镬复来。此人从树杪望见之，知其且烹己，大恐。始忆腰间有刀，取以斫藤，忍痛极力，仅得断，遽登舟斫缆。离岸已远，长人入海追之，如履平地，水才及腹，遂至前执船。发劲弩射之，不退，或持斧斫其手，断三指，落船中，乃

舍去。指粗如椽，徐兢明叔云尝见之。(何德献说)

【译文】明州(今属浙江宁波)有人航海，碰上大雾四起，天空吹起了大风，他们不知道船行的方向。天色稍微晴朗，船竟然飘到一个海岛边。有两个人手拿着刀登上岸想砍些木柴，他们望见百步以外有片竹篱笆，走进里面，他们看到地上种满了成片的蔬菜，推测有人住在附近。他们正蹲着采摘蔬菜，忽然听到有拍手掌的声音。抬头看，是一个巨人，高度超过三、四丈，像飞一样走过来。两个人急忙往回跑，其中一个稍慢了点被巨人抓住，巨人伸出手指在这个人肩膀钻出一个洞，用粗大的藤蔓穿起来，把他绑在高高的树上就走了。不一会儿，巨人头上顶着一口锅又走回来。这个被抓住的人从树梢间望见了巨人，知道他想把自己吃掉。这个人十分恐惧，才想起腰里有把刀，拿出来砍肩上的藤蔓，强忍着疼痛费了很大力气才砍断，急忙登上船砍断缆绳。离开海岸已经远了，巨人进到大海中追赶他们，他像走在平坦陆地上似的，海水才淹到巨人的腹部，接着巨人赶到面前抓住了船。船上的人用硬弓射击巨人没有打退它，有人拿斧头砍巨人的手，砍断三根手指落在船上，巨人才离开了。巨人的手指像木椽子一样粗，徐兢(字明叔)说曾经见过这些手指。

秀州司录厅

秀州司录厅多怪，常有著青巾布袍，形短而广，行步迟重者。又有妇人每夜辄出，惑打更吏卒者。先公居官时，伯兄丞相方九岁，白昼如有所见，张目瞪视称“水，水”，移时方苏。

后两日，公晚自郡归，侍妾执公服在后，忽大呼仆地。公素闻鬼畏革带，即取以缚妾，扶置床，久之乃言曰："此人素侮鬼神，适右手持一物，甚可畏，我不敢近，却不知我从左边来。方幸擒执，又为官人打钟馗阵留我。我即去，愿勿相苦。"问："汝何人？"不肯言，至于再三，乃曰："我嘉兴县农人支九也，与乡人水三者，两家九口，皆以前年水灾漂饿，方官赈济活人时，独已先死。今居于宅后大树上，前日小官人所见，乃水三也。"公曰："吾事真武甚灵，又有佛像及土地灶神之属，汝安得辄至？"曰："佛是善神，不管闲事。真圣每夜被发杖剑，飞行屋上，我谨避之耳。宅后土地，不甚振职，唯宅前小庙每见辄戒责。适入厨中，司命问：'何处去？'答曰：'闲行。'叱曰：'不得作过。'曰：'不敢。'遂得至此。"公曰："常时出者二物为何？"曰："青巾者石精也，称为石大郎，正在书院窗外篱下，入地三尺许。妇人者，秦二娘，居此久矣。"曰："吾每月朔望以纸钱供大土地，何为反容外鬼？汝为我往问，明日当毁其祠。"曰："官岂不晓？虽有钱用，奈腹中饥馁何？我入人家有所得，必分以遗之，故相容至今。"默默食顷，复言曰："已如所戒白之土地，怒我饶舌，以杖驱我出。"公曰："曾见吾家庙祖先否？"曰："每时节享祀，必往观，闻饮食芬芬，欲食不得。列位中亦有虚席者，唯一黄衫夫人，见我必怒。"又使往觇，俄气喘色变，徐乃言曰："方及门，为夫人持杖追逐，急反走，仅得脱。"所谓夫人者，曾祖母纪国也。公问所须，曰："鬼趣苦饥，愿得一饱，馔好酒肥鹅，与众人共之，无如常时以瘦鸡相待也。"语毕，竦然倾身，如有人呼之。遽曰："土地震怒，逐我两家出，暂止城头，无所归托，愿急放我归，自此不敢复来矣。”乃解其带。妾昏睡，经日乃醒。

【译文】秀州（今浙江嘉兴）司录厅多有鬼怪出没，经常有一个头带青色头巾，穿着布袍子，身材矮小却到处行走，步子迟慢、沉重的家伙。还有一个女人每到夜里就出现，迷惑打更的兵士和差人。父亲做官时，我现在做丞相的大哥才九岁，白天他像是见到了什么，瞪大眼睛看并喊道：“水，水。”过了些时间才苏醒。此后两天，父亲晚上从郡府里回来，陪侍的小妾拿着父亲的衣服走在后面，她忽然大叫倒在地上。父亲平常听说鬼怕皮革做的腰带，立刻取出皮带把侍妾绑起来。父亲把侍妾扶起放在床上，很久鬼魂才说话道：“这个人平常欺侮鬼神，碰上她右手拿着一件东西很可怕，我不敢接近，但她没有料到我会从左边走过来。刚庆幸把她捉住，又被您用钟馗阵扣留下我。我立刻离开，希望您不要逼我。”父亲问：“你是谁？”鬼不肯说，经过反复问，鬼才说：“我是嘉兴县的农民支九，我和同乡的水三，两家九口人，都因为前年发水灾流浪饥饿，官府刚救济灾民活命时，我们已经先死了。现在我们住在这所宅院后面的大树上面，前天您家大公子见到的鬼是水三。”父亲说：“我侍奉道教的真武帝君很灵验，还有佛爷和土地神、灶神等神灵，你怎么能说来就来呢？”鬼说：“佛是善良的神灵，不管闲事，真武帝君每天晚上披着散发手提宝剑飞到房屋上面，我小心躲着他呢。宅院后的土地神，不是十分称职，只有宅院前的小庙神每次见到我就提醒叱责。刚才我走到厨房里，它问：‘往哪里去？’我回答说：‘随便走走。’它喝叱说：‘不许做坏事。’我说：‘不敢。’于是就来到这里。”父亲说：“平常不时出来的两个家伙是什么东西？”鬼说：“戴着青头巾的是石头精，叫作石大郎，它现在在书房窗户外的篱笆下面，深埋在地下三尺多的地方。那个女人是秦二娘，她住在这里很久了。”父亲说：“我每个月初一、十五拿纸钱供养土地神，为什么他反而收容外来的鬼魂？你替我问一下，明天我就毁掉土地神的祠堂。”鬼说：“您难道不明白吗？即使有钱花，怎么抵挡得住肚子里的饥饿呢？我进到人家里得到东西，一定分赠给他，所以土地神能容忍我呆待到现在。”沉默了吃顿饭的功夫，鬼又说道：“我已经把你所告诫的话告诉了土地神，土地神恼恨我多嘴，拿棍棒赶我出来。”父亲说：“你曾经见到我家庙中的祖先了吗？”鬼说：“每次节日祭祀，我一定前去观看，闻到饭食的香气，想吃却得不到。在列起的牌位中也有空着席位的，只有一个穿黄衫的夫人看见我一定会发怒。”父亲又派鬼去窥探，一会儿鬼喘着气脸色都变了，片刻才说道：“我刚到门边，被那位夫人拿着棍子追赶，急忙向回跑，才得脱身。”鬼所说的夫人，是曾祖母纪国夫人。父亲问鬼要什么，鬼说：“鬼魂为饥饿而苦恼，希望吃一顿饱饭，请准备美酒、肥鹅能和大家一起享用，不要像平常时候用瘦小的鸡来招待。”说完话，鬼肃然竖起耳朵，仿佛有人叫唤他。他慌张地说：“土地神大怒，驱赶我们两家离开，现在住在城头上，没有地方能寄居。希望您快些放我回家，从此不敢再来了。”父亲于是解开了绑鬼的皮带。侍妾昏昏大睡，过了一天才醒过来。

无缝船

绍兴二十年七月，福州甘棠港有舟从东南漂来，载三男子一妇人，沉檀香数千斤。其一男子本福州人也，家于南台，向入海，失舟，偶值一木浮行，得至大岛上。素喜欢笛，常置腰间，岛人引见其主。主夙好音乐，见笛大喜，留而饮食之。与屋以居，后又妻以女。在彼十三年，言语不相通，莫知何国。而岛中人似知为中国人者，忽具舟约同行，经两月乃得达此岸。甘棠寨巡检以为透漏海舶，遣人护至闽县。

县宰丘铎文昭招予往视之，其舟刳巨木所为，更无缝罅。独开一窍出入，内有小仓，阔三尺许，云女所居也。二男子皆其兄，以布蔽形，一带束发，跣足。与之酒，则跪坐以手据地如拜者，一饮而尽。女子齿白如雪，眉目亦疏秀，但色差黑耳。予时以郡博士被檄考试临漳，欲俟归日，细问之。既而县以送泉州提舶司，未反，予亦终更罢去，至今为恨云。

【译文】宋高宗绍兴二十年（1151）七月，福州甘棠港口有只从东南方向漂来的船，船上装载着三个男人和一个女人，几千斤沉檀香。其中一个男人本来是福州人，家住在南台（今属福建闽侯县境），从前他下海丢掉了船，偶然遇上一根木头飘浮来到一座大海岛上。他平常喜欢吹笛子，常把笛子放在腰里，岛上的人带他去见岛上的头领。头领一向爱好音乐，见到笛子很高兴，把他留下请他吃饭。岛主给他房子住下，后来把女儿嫁给他做妻子。在那里住了十三年，说话语言不通，他也不知道这是什么国家。然而岛上居民似乎知道他是中国人，突然有一天准备好船邀他一同去，过了两个月才到达这处海岸。甘棠寨的巡检认为他们没有经过提舶司检查，派人护送分队他们到了闽县（今福建闽侯）。

闽县县宰丘铎（字文昭），叫我去看他们，那只船是把大树挖空做成的，没有缝隙。唯独凿开一个洞口进出，船里面有个宽三尺左右的小船，据说是那名女子住的地方。两名男子都是她的兄长，用布遮掩着身体，一根带子系着头发，光着脚。给他们酒喝，他们跪坐着用手按地像是表示拜谢，把酒一次就喝完了。那个女人牙齿像雪花一样白，眉毛、眼睛也清新秀丽，只是皮肤颜色稍微黑些。我这时因为是郡博士被通知去临漳（今属福建龙溪县境）参加考试，想等回来时仔细询问他们情况。不久县里把他们送往泉州提舶司，没有再返回，我也最后罢官离开了，到现在还很遗憾。

詹林宗

乡士詹林宗，绍兴三十二年读书于城西妙果塔院。晨起，巾栉有小蛇，正据巾上，移时方去。逮秋试，中第五人。

乾道元年当科举，往近村大塘湖僧庵肄业。默自祷曰："前三年灵瑞，已得第五。今举或魁选，当感大蛇为兆。"祷之。明日，方独坐作《尚书义》，有蛇不知从何处来。蟠其坐侧，伸首顾眄，惊之不动，久乃趋出。詹殊自喜，及揭榜，果第一人。

【译文】同乡士人詹林宗，在宋高宗绍兴三十二年（1162）在城西的佛寺妙果塔院读书。早晨起来戴头巾，有一条小蛇正卧在头巾上面，过了一会才离开。等到秋天考试，詹林宗考中第五名。

宋孝宗乾道元年（1165），该当科举考试，詹林宗去邻近村子的大塘湖僧庵学习，他暗暗自己祈祷说："三年前有灵验的吉兆，我已经考中了第五名。现在考试也许能得头名，我应该感应大蛇给予征兆。"祷告的第二天，他正独自坐着写有关《尚书》意义的文章，有条蛇不知道从哪里跑来。盘缩在他的座位旁，伸着头四下看，惊扰它也不动弹，很久才跑走了。詹士林心里特别高兴，等到张榜公布，他果然考中第一名。

葛师夔

葛师夔为洪州武宁簿，入府白事，泊于上蓝寺，欲以迟明上谒。时方六月，恶从吏同室挠睡，独设一榻，扃户而寝。但小吏在户外，余皆宿水陆堂。就枕未几，闻踏床上人鼾睡，叱之稍止。才欲寐，则声复厉。葛伸手取溺器，正触其身。甚怒，须天明治之。洎鸡唱，外报可起。既下床，鼾者尚不动。葛出户呼小史以灯入，验为何人，吏骇叫曰："死汉也。"奔出外，尽呼宿直者与主僧来观，乃一男子，戴乌帽，皂袍束带，偃然其上，奄奄无喘息。僧识之，惊曰："是寺中素所往来者，死已五日，昨葬于寺后，何以能至此？"急邀其子视窆处，棺空矣。

他日，又至寺，憩方丈中。主僧相就夜语，葛偶及故人刘县丞数岁无消息者。僧盖与刘善，指榻曰："丞死于别室，其妻则终于此榻也。"葛初不知此，瞿然，不克徙。既寝，展转不寐，闻击床屏者三，心矍然，强呼曰："若是故人，何惜明告？"即连扣数声，大呼葛字曰："道鸣，安乐否？"葛蒙被亟走出，明日迁居。绍兴甲子，葛为余干丞，与予言，今追书之，失刘丞姓字矣。

【译文】葛师夔是洪州武宁（今江西南昌）县主簿，他去郡府汇报事情，寄居在上蓝寺，想在一大早前去拜见知府。这时正是六月，他厌烦随从官吏在同一间房子打扰睡眠，独自放了一张床，关闭房门就睡下了。只有一名小吏住在门外，其他人都住在水陆堂内。葛师夔躺在枕头上没有多长时间，听到踏床上有人睡觉打呼噜，责备他才稍停止，刚想入睡声音又剧烈起来。葛师夔伸手取尿壶，正巧碰着那人的身体。他很生气，要等到天亮惩治那人。等到鸡叫，外面通报说可以起床了。葛师夔下了床，打呼噜的人还不起来。葛师夔出门唤侍从拿灯进来审验这是什么人，侍从惊叫道："这是个死人。"奔跑到了门外，把晚上值班的人和管事的僧人都叫来看，是一个男子头戴乌纱帽，皂袍系着腰带，仰卧在床上，神气衰竭没有一丝喘息。僧人认识他，吃惊地说："这是寺院里经常来的人，已死了五天，昨天寄棺在寺院后面，怎么能到这里呢？"急忙邀请死者的儿子去检查停放地方，棺材里已经空荡荡了。

又一天，葛师夔再次来到寺里，在方丈室休息。管事的僧人前来和他夜里交谈，葛师夔偶然谈到过去的朋友刘县丞好多年没有音信了。僧人大概和刘县丞交情好，他指着床说："刘县丞死在别的房子，他妻子却是在这张床上去世的。"葛师夔开始不知道这些事，很害怕，但也没办法搬走。睡下后，葛师夔翻来覆去睡不着，听到有人三次敲打床栏杆，他心里恐惧大声说："如果是老朋友为什么不明说呢？"鬼接着接连敲打了几声，高声唤着葛师夔的字说："唉！道安，您过得快乐吗？"葛师夔蒙着被子急忙跑出来，第二天就搬了家。宋高宗绍兴甲子年（1144）葛师夔担任余干县丞，同我说此事，现在追忆这件事，忘记了刘县丞的名字。

虔州城楼

绍兴十七年夏，先公南迁，予与季弟从行。八月二日至虔州，泊舟浮桥下。登城楼少休，郡守曾卿端伯来见，曰："此非馆处，独郁孤台可尔，而周康州先居之，明当去矣。姑为一夕留可也。"是夜，奉先公正中设榻，予兄弟席于旁。丁夜，予起更衣，从北偏门出。一人正理发，发垂至地。时两仆宿门内，曰汪三、程七。予谓是此二人，呼之不应。复还视门内，盖寝如初，固疑之矣，又出焉，运栉尚未止，面对女墙，足太半垂在外，风吹其发蓬蓬然。心始动，乃还榻。明日而先公言："汝夜何所往？吾闻抱关老卒云，楼固多怪，每夕必出。"予因道昨所见者。是日，徙于郁孤，竟夜不成寐。又闻周康州在馆时，有人从房中开三重门走出，意以为盗，呼其子尾逐之，门盖自若也。

【译文】宋高宗绍兴十七年(1148)夏天，我父亲调任南方，我和四弟随从前往，八月二日到了虔州(今江西赣州境)，船停靠在浮桥下边。我们登上城楼稍休息一下，郡守曾端伯前来相见，他说："这里不是客舍，只有郁孤台可以居住，可是周康州已经先住在那里，明天他该走了，姑且呆一晚上就可以了。"这天晚上，侍奉父亲在正中间安放了床铺，我兄弟二人在他旁边铺了席子。刚入夜，我起来上厕所，从北边偏门出去，见一个人正在理发，他的头发垂落到地上。这时有两个仆人睡在门外，名叫汪三、程七。我以为是这两个仆人，唤他们却不理睬。我又回来看门内，两个仆人像开始一样睡着觉。我因此对理发的人产生怀疑。我又走出来，他梳头发还没有结束，面对着女墙，脚有一大半露在外边，风吹着他的头发乱蓬蓬的。我心里开始害怕起来，就回到了床上。第二天父亲说："你晚上到哪里了，我听看守城门的老兵说城楼原本有很多怪事，每天晚上一定出来。"我于是说出昨晚所见到的事情。这天，我们搬移到了郁孤台，整夜睡不成觉。又听说周康州在客舍借宿时，有人从屋子里打开三道门走出来，他猜想是强盗，喊他的儿子紧盯在后边，房门竟像原来一样是紧闭着的。

小郄题诗

李谟居无锡，正与客饮，有道人扣门曰："吾自青城上来，刘高尚先生使我见公，欲有所言。"阍人曰："宝文方饮酒，不敢白。"再三请之，不可。道人不乐，曰："假笔来，吾欲记名字。"阍人与之，即书户上曰："日转庭槐影渐移，重门复屋传呼迟。不如拂袖穿云去，说与落花流水知。"题毕而去，曰："吾所谓小郄者也。"谟闻之，怅恨自失累日。（李纶说）

【译文】李谟住在无锡（今属江苏无锡市），他正同客人饮酒，有位道士敲府门说："我从青城来见李先生，有些话想说。"看门的人说："我家主人正在喝酒，不敢去通告。"道士反复向着门人请求，看门人都不同意。道士不高兴，说："借我一支笔，我想留下名字。"看门人给他笔，道士立刻在门上写道："日转庭槐影渐移，重门复屋传呼迟。不如拂初穿云去，说与落花流水知。"写完他就离开了，说："我就是人们所说的小郄。"李谟听说这件事，好多天心里怅然，遗憾若有所失。

卷第九（十事）

胡氏子

舒州人胡永孚说，其叔父顷为蜀中倅。至官数日，季子适后圃，见墙隅小屋，垂箔若神祠。有老兵出拜曰："前通判之女，年十八岁，未适人而死，葬此下。今去而官于某矣。"问容貌何以，曰："老兵无所识。闻诸倡言，自前后太守以至余官，诸家所见妇人，未有如此女之美者。"胡子方弱冠，未授室，闻之心动，指几上香火曰："此亦太冷落。"

明日，取熏炉花壶往，为供，私酌酒奠之，心摇摇然，冀幸得一见。自是日日往。精诚之极，发于梦寐，凡两月余。

他日又往焉，屋帘微动，若有人呼啸声。俄一女子袨服出，光丽动人。胡子心知所谓，径前就之。女曰："无用惧我，我乃室中人也，感子眷眷，是以一来。"胡惊喜欲狂，即与偕入室，夜分乃去。自是日以为常，读书尽废，家人少见其面，亦不复窥园，唯精爽消铄，饮食益损。

父母窃忧之，密以扣宿直小兵，云："夜与人切切笑语。"呼问子，子不敢讳，以实告父母。曰："此鬼也！当为汝治之。"子曰："不然。相接以来，初颇为疑，今有日矣，察其起居上下，言语动息，无少分不与人同者。安得为鬼？"父母曰："然则有何异？"曰："但每设食时，未尝下箸，只饮酒啖果实而已。"父母曰："俟其复至，使之食，吾当自观之。"

子反室而女至。命具食延之，至于再三，不可。曰："常时来往无所碍，今食此则身有所著，欲归不得矣。"子又强之，不得已一举箸。父母从外入，女矍起，将避匿，而形不能隐，踌躇惭窘，泣拜谢罪。胡氏尽室环之，问其情状，曰："亦自不能觉。向者意欲来则来，欲去则去，不谓今若此。"又问曰："既不能去，今为人邪，鬼邪？"曰："身在也，留则为人矣。有如不信，请发瘗验之。"如其言，破冢。见柩有隙可容指，中空空然。

胡氏皆大喜曰："冥数如此，是当为家妇！"为改馆于外，择谨厚婢服事。走介告其家，且纳币焉。女父遣长子与家人来视，"真吾女也！"遂成礼而去。

后生男女数人云。今尚存女，姓赵氏。（李德远说）

【译文】舒州（今安徽潜山）人胡永孚说，他叔父近日到蜀中（今四川中部地区）任副职。到任不几天，他的小儿子到后园游玩，见墙角有座小房子，挂着竹帘，像是神祠。有老兵他说："前任通判的女儿，十八岁未出嫁而死，葬在这里。现在通判已到某地做官去了。"胡氏小儿子问那女孩儿容貌如何，老兵说："我没见到过。听歌女们说，自前后太守以至其他官员，各家所见女人，未有比她漂亮的。”胡氏才二十来岁，尚未娶妻，听到这里心中一动，指着案子上的香火说：“这也太冷落了！”

第二天，胡氏小儿子取来熏炉、花壶，私地里来上供，斟酒祭奠那女孩儿，止不住心旌摇荡，希望有幸能见上一面。从此，他天天去那小房子里，精诚之极，甚至常在睡梦中表现出来。像这样两个多月。

这天，他又去了。房帘微微一动，像是有人的呼吸声。一会儿，一个女子穿着黑色的礼服从中走出来，果然艳丽动人。胡氏子知道这就是所说的那个女孩儿，一直上前走近她。女孩儿说：“不用怕我，我就是这房里的人，被您的思慕所感动，因此而来。”胡氏子惊喜欲狂，就把她领到自己房里，天黑才让她离去。此后，每天如此，习以为常，学业也全耽误了，家人很少见到他。他也不再观赏园景，只是精神消减，饮食越来越少。

他父母见状，心中忧虑，暗暗问一个值夜的小兵，小兵说：“听见夜里他与人谈话，笑语不断。”胡氏马上把儿子叫来，问他怎么回事。儿子也不敢隐瞒，把实情告诉给了父母。父母说：“这是鬼呀！要为你治治她。”儿子说：“不然。我们相识以来，开始我也有点怀疑，现在已经有些日子了，看她起居进出，言语动作，没有一点儿不与人一样，怎么会是鬼？”父母又问：“那么，她有哪些异常吗？”儿子回答：“只是每次吃东西时，她从不拿筷子，只喝酒，吃水果。”父母说：“等她再来，你让她吃饭，我们观察一下。”

儿子回到自己房间，那女孩儿又来了。胡氏子命人准备饭食，请她吃。再三相劝，女孩儿仍不肯吃，说：“平时我来往无所碍，今天吃了这些身体中有浊物，要回去已不行了。”胡氏子又强让她，她不得已拿筷子吃了一口。胡氏夫妇从门外进来，女孩儿惊起要躲起来，但身体已无法隐蔽，顿时局促恭敬不安，羞惭窘迫，哭着拜倒谢罪。胡氏仔细打量她后又问她情形如何。女孩儿说："我自己也不明白。以前想来就来，想走就起，没料到今天会像这样。"胡氏又问："既然不能离去，现在你到底是人还是鬼？"女孩儿回答："我身体在这里，留下就是人。如果不信，请开棺检验。"胡氏随即命人扒开坟墓，见棺材有一缝隙，大小可容下指头。其中空无一物。

胡氏大喜说："冥数如此，你就应该为我家的媳妇。"于是，为她在外边安排了住处，选恭谨厚道的女仆去服侍她，又派人通知她父母，而且带着聘礼。女孩儿的父亲派长子与家人来，一看："果然是我家的女孩儿！"就举行了婚礼。

后来，女孩儿生男女数人。现在还有一个女儿活着，姓赵氏。

拦街虎

赵清宪公父元卿，为东州某县令。有妇人亡赖，健讼，为一邑之患，称曰："拦街虎"，视笞挞如爬搔。公虽知之然，未尝有意治也。会其人以讼事至廷，诘问理屈，遂杖之。数至八而毙。即日见形为厉，行步坐卧相追随不置，虽饮食亦见于杯盘中。公殊以为苦。既罢官，过岱岳，入谒，女鬼随之如初。既登殿，焚香再拜，犹立其旁。公端笏祷曰："元卿受命治县，以听讼为职。此妇人自触宪罔，法当决杖，数未讫而死，邂逅致然，非过为惨酷杀之也。而横为淫厉，累年于兹。至于大神之前，了无忌惮。神聪明正直，愿有以分明之。使曲在元卿，不

敢逃谴；如其不然，则不应容其久见苦也。”祷毕，又拜而起，遂无所见。（赵公之孙恬说）

【译文】赵鼎谥清宪，他父亲赵元卿，任东州（今江苏东海一带）某县令。有一妇女无赖而善于打官司，为一县之患，人称“拦街虎”。她把受刑视为抓痒。赵元卿虽然知道她如此，但也未曾有意要惩治她。

一次，那妇女因诉讼事到县大堂。审问中，她理屈词穷，就对她动用了杖刑。谁知才打了八下，她就死了，当天现形为恶鬼，走路坐卧都跟着赵元卿，吃饭时甚至在杯盘中现形。赵元卿感到非常痛苦。

罢官以后，赵元卿路过泰山东岳庙，进去拜谒，女鬼仍像以前一样紧跟着他。登大殿烧香，再拜，女鬼还站在他身旁。赵元卿手捧笏板祷告说：“我受朝廷之命治理县政，以处理诉讼为职。这妇人自己违法，理当受刑，还没打够数就死了，也是偶然致此，并非过分用酷刑杀她。但她却横为厉鬼，常年跟着我，甚至到您大神之前还肆无忌惮。大神清明正直，愿您断个是非。如果是我理曲，愿意接受谴责；如果不是这样，则不该让我长时间地受这痛苦啊！”祷告完了，又拜而起，于是不见那恶鬼了。

李孝寿

政和二年，李孝寿为开封尹，以严猛居官，辇毂之下无敢议其政者。

有游士寓汴河上，逆旅中暴得疾，昏不知人者累日。忽洒然醒，问人曰：“大尹安否？”曰：“无恙。”曰：“是将死矣！”因言：

“病中愦愦，见壁间隐约如一门，久而愈明，金铺朱户，高明伉爽。不觉身在门侧，排闼而入，庭庑宏丽，类好官府，而寂无一人。徘徊甚久，闻堂上乐作，其声渐近，女妓数百人自屏后出，各执乐具，服饰甚都，拥金紫贵人乘凉舆径至厅事。丝管竞作，喧轰动地。贵人就座，女妓环列左右。忽拊掌一声，悉变为牛头阿旁之属，奇形丑貌，可怖可愕；所坐之榻化为大铁床；向来金石丝竹，皆叉矛钻钴物也。百鬼争进，剥其衣碎之，屠割焚炙，备极惨楚，号呼宛转，不可忍视。如是移时，又悉拊掌，则鬼复为妓，床复为舆，叉矛复为金石丝竹，贵人盛服如初，奏乐以入。吾身进退无所向，独往庑下小室宿焉，不复知昏旦。度如一日许，所见复然。如是者三，渐玩习不甚惧，稍从旁观之。一鬼忽顾曰：‘汝为何人？辄至此，将累我。’逐吾使出，且合其户，因得复生。所见贵人，乃尹也。”

时孝寿犹无恙，已而有疾，遂改提举醴泉观。才一月，果死。

方孝寿治京师，尤留意奸盗，有白马甚骏，将入朝，为人窃去。散遣逻者伺诸城门，阅五日，或榜于门曰：“白马已染成乌马，今行千里矣。”盖盗既得马，黔其皮鬃，乘以出，故不可捕，明年，濮州诸李遣信致饷，发其筐，马皮在焉。奸猾能玩人如此。

【译文】政和二年(1112)，李孝寿任开封府尹，为官严厉，京城里没有人敢于议论他的政事。

有个游方之士住在汴河上，旅途中忽得暴病，昏迷而不省人事几天，忽然惊异而醒，问人道："大尹平安吗？"人们回答："平安无事。"他却说："快要死了。"于是讲道：

"我病中昏乱，见墙上隐约有一扇门，时间长了越来越明，金色的门环底座，大红色的门高而明亮，不知不觉中我已站在门边。推门而入，但见宽敞而华丽的庭庑，好像是官府，却寂无一人。徘徊了很长时间，忽听堂上传来乐声，乐声渐近，见数百女妓从屏风后走出来，各拿乐器，服饰非常漂亮，簇拥着一位乘凉舆的穿金戴金紫的贵人来到厅堂。丝竹竞相奏鸣，喧声震天动地。贵人就座后，女妓们环列左右。忽然拍掌一声，都变成了牛头鬼卒一类，形状奇特，面貌丑陋，令人恐怖；所坐之榻也变成了大铁床；原来的金石丝竹等乐器都成了叉矛和钻锤的器具了。那么多鬼都争着向前，剥去贵人的衣服又扯碎，把他杀了又放火焚烧，极其残忍。只听哀号之声，让人不敢再看。如此过有一个时辰，又都拍掌，则鬼又成了女妓，铁床又成了凉舆，叉矛又成了金石丝竹，贵人盛装和原来一样，奏着音乐都进去了。我进退没地方安身，就一个人到廊下小房子里住下，也不知道是晨是昏。过了大约一天，又见到先前的一幕。如此经历了三次，也就习以为常不再惧怕了，还在旁边观赏。一个鬼忽然回头问道："你是什么人？到这里会连累我。"赶我出来，并且关上了大门，我这才得以醒来。我见到的贵人就是大尹啊！"

当时，李孝寿还平安无事，不久得病，改任提举醴泉观（宋代专为安置罢退的大臣及闲员，而设提举宫观，坐食俸禄而不管事。—译者注)，一个月后，果然死去。

李孝寿治理京城，最留意奸、盗案件。他有一匹白色骏马，非常好，将入朝时被人盗去。他分别派遣巡逻的士卒把守住城门。五天后，有人在他门上贴一榜说："白马已染成黑马，现在已行千里远了。"这是盗贼偷得马后，把马皮、马鬃染成黑色，骑上出了城，所以未能抓捕到。第二年，濮州（辖今山东鄄城及河南濮阳南部等地）诸李派送信的人送来食物。打开竹箱，马皮在里面。奸猾能玩弄人竟到这个地步。

八段锦

政和七年，李似矩为起居郎。有欲为亲事官者，两省员额素窄，不能容，却之使去。其人曰："家自有生业，可活妻子。得为守阙在左右，无以俸为也。"乃许之。早朝晏出，未尝顷刻辄委去，虽休沐日亦然。朝晡饮膳，无人曾窥见其处者，似矩嘉其谨，呼劳之曰："台省亲事官，名为取送，每下马归宅，则散示不顾矣。况后省冷落，尔曹所弃，今独如是，何也？"曰："惟不喜游嬉，且已为皂隶，于事当尔。"

似矩素于声色简薄，多独止外舍。效方士熊经鸟申之术，得之甚喜。自是令席于床下，正睡熟时，呼之无不应。尝以夜半时起坐，嘘吸按摩，行所谓八段锦者。此人于屏后笑不止。怪之，诘其故，对曰："愚钝村野，目所未见，不觉耳，非有他也。"后夜复然，似矩谓为玩己，叱曰："我学长生安乐法，汝既不晓，胡为屡笑！"此人但谢过，既而至于三，其笑如初，始疑之，下床正容而问曰："自尔之来，我固知其与众异。今所以笑，必有说，愿明以告我。"对曰："愚人耳，何所解？"

固问之，踟蹰良久，乃言曰："吾非逐食庸庸者流。吾之师，嵩山王真人也，愍世俗学道趋真者益少，欲得淳朴端敬之士教诲之，使我至京洛求访，三年于此矣。昨见舍人于马上，风仪洒落，似有道骨，可教，故托身为役，验所营为。比观夜中所行，盖速死之道，而以为长生安乐法，岂不大可笑欤？"似矩听其言，面热汗下，具衣冠向之再拜，事以师礼。此人立受不辞。坐定，似矩拱手问道，此人略授以大指，至要妙处，则曰："是事非吾所能及也，当为君归报王先生，以半岁为期，复来矣。"凌晨，不告而去。

明年五月，似矩出知光州，终身不再见。（沈度公雅说）

【译文】政和二年（1112），李似矩（名弥大，字似矩）任起居郎（侍从皇帝，掌记录皇帝言行之官）。有人找来想当个亲事官（王公以下及文武职事三品以上带勋官者，给予差用之官）。但当时两省（门下省、中书省）员额很紧张，不能收留录用，使让他离开。那人说："家里还有生活的门路，可以养活老婆孩子。只要能够有机会守护皇宫，追随左右，不要俸禄也可以。"这才答应了他。从此早上入朝，晚上出来，一直跟随左右，未曾一会儿离开。虽在休息，斋戒的日子也是这样。只是早餐晚饭时没人见到他在哪里。李似矩夸奖他工作遵守纪律，向他道辛苦，说："台省是各省的亲事官，名义上是取送，但常常是下朝回家都散去了，什么都不顾；何况后省（门下、中书外省的别称）冷落你们。只有你这样干，为什么呢？"那人说："我的性格本不喜欢游玩，并且既然当了差役，就应该这样。"

李似矩平时对于声色很少接近，经常一个人住在外宅，仿效方士的熊经鸟申之术（古代的一种体育运动，可以养生益寿—译者注），得到它非常高兴，从此在床下铺席，正熟睡的时候，叫他都随时应答。曾半夜坐起来，呼吸按摩，做所谓“八段锦”的功夫。那个亲事官在屏风后一直在笑他。李似矩责怪他，问他为什么笑。那人说：“愚钝村人野夫，未曾见过，不觉发笑，并非有别的意思。”后夜，又是如此，李似矩认为他是在嘲笑自己，就斥责道：“我学长生安乐之法，你既不明白，为何总是笑？”那人只是道歉。到了第三次，那人还是像开始一样在笑。李似矩这才对他有了怀疑，下床严肃地问他：“自从你来，我就知道你与众人不同。今天之所以笑，一定有说法，愿你明白地告诉我。”那人说：“我这愚笨之人，知道什么。”李似矩固执地再问，那人犹豫了好长时间才说：“我并非为了一碗饭的庸俗之人。我的师傅是嵩山王真人，怜悯世俗学道趋向真的越来越少，想得到淳朴正直而又慎重的人士来教诲他，派我到京城、洛阳之间寻访，已经三年了才到您这里，日前见您在马上风度洒脱，似有道骨，值得教导，所以托身为役，想检验一下你在做何功。刚才看您夜间的动作，是速死之道，却认为是长生安乐之法，岂不可笑？”李似矩听了这番话，羞惭地流下汗来。急忙穿戴整齐，对那人再拜，以师傅之礼对待他。那人站着，受礼而不推辞。坐定后，李似矩又拱手问道，那人略授大概。到紧要玄妙处，却说：“这事不是我所能办到的，我要为您回报王先生。以半年为期，再回来。”凌晨时分，那人不辞而离去。

第二年五月，李似矩出京城到光州（治今河南潢川）任知州。终生也未再见到那人。

金刚不坏身

医师能太丞，居京师高头街，艺术显行，致家资巨万。晚岁于城外买名园，畜姬妾十辈。全失卫生之理，但每日早起诵《金刚经》数卷。

既卒三岁，女真犯阙，发其墓，剔取金带衣服，弃尸道旁。乱定，其子讷修理坟茔，见僵尸暴于墓左，颓然若生，略不少损，乃知金刚不坏身之说，非虚语也。

讷精于产科，官至遥郡团练使，陷虏在陈王悟室家，为先君言。

【译文】医师能太丞，住在京城的高头街。因为他医术高超，得以聚下万贯家产。晚年在城外买了一处名园，养了十多个姬妾。全不讲养生之道，只是每天早早起床，诵《金刚经》数卷。

他死了三年以后，女真人侵犯京城，打开他的墓穴，挑出金制腰带和衣服取走，把尸体丢在路边。社会安定以后，他儿子能讷为他修理坟茔，见僵尸暴露在墓旁，倒在那里像活人一样，皮肉一点儿也未减少。这才明白“金刚不坏身”的说法，并非虚传。

能讷对于产科颇精通。曾在远处一个郡任团练使，陈后来失陷于金国。这是他在金国的陈王悟室家时，对我去世的父亲说的。

黄士杰

南剑州将乐人黄士杰，母余氏，梦人持省试榜告曰：“尔子得官。”母曰：“吾子不读书，何由得？”曰：“天命已定。”出示之，乃黄光弼也。母曰：“吾长子士安已入道，少者名士杰。无此人。”曰：“改名而字元翰可也。”母志诸壁而不言。

绍兴四年，士杰欲应秋举。母曰：“若素不学，徒有往反费，不可。”士杰以告叔父，叔为之言。母曰：“必欲往，须更名，名不改不可试。”叔谓士杰曰：“汝母所见若是，其可违？”乃具纸笔往请，母即书：“黄光弼，字元翰”。果预荐，次年登科。

士安后名大成，予尝见之于岭外。（大成说）

【译文】南剑州（治今福建南平）将乐（今属福建）人黄士杰，母亲姓余。一天夜里，余氏梦见有人拿省试榜文告诉她：“你儿子要做官。”余氏说：“我儿子根本没读书，哪里会做官？”那人说：“天命已定。”拿出榜文看，原来是黄光弼。余氏说：“我大儿子士安，已出家为道士，小的叫士杰，没有叫光弼的。”那人又说：“改名为光弼，字元翰就行了。”余氏把这些记在墙壁上，没有对任何说。

绍兴四年（1134），黄士杰要参加秋季的科举考试。母亲说：“你平时不学习，白占用往返路费，不行！”士杰把这事告诉给叔父，叔父替他向母亲余氏求情。余氏说：“一定要去的话，须改名。名不改，不能参加考试。”叔父对士杰说：“你母亲要坚持这样，不可违背。”于是准备了纸、笔去请母亲改名。余氏即写下“黄光弼，字元翰”几个字。果然被预先荐举，次年登科。

士安后来又名叫大成，我曾经在岭南见到过他。

二盗自死

族弟爟绍兴十八年为坑治司检踏官。自鄱阳如信州，与县小胥某偕行，至余干，族人为尉，以酒肴犒从者。小胥空腹饮数杯，醉不能起，爟先行待之，终日不至。越三日，遣一介还，缘道访之，不得。

胥有端砚甚大，酷爱之，常置腰间。是日，乘醉行，有两人视其腰下，疑为白金也，杀之，探其物，非是，乃束以菅荐，投诸江。略无一人知者。

明年，二盗共在一处，白昼扰扰，如与人争辩状，自言曰："曩实误杀汝，吾过矣！"为傍人说去年事，归，及家皆死。

【译文】我的族弟洪爟绍兴十八年（1148）任坑冶司检踏官时，从鄱阳（今江西波阳）到信州（今江西上饶），与县衙一个小吏一路同行。到了余干（今江西余干），一位在那里做武官的族人设酒肴招待跟随的人。小吏空腹饮了几杯酒，醉到不起。洪爟就先走在前边等他，一整天过去了，也未见到小吏赶到。三天后，又派一个跟随的人返回，顺道找去，也没有找到。

原来，那小吏有一块端砚，很大，非常爱惜，常随身携带。那天，他醉中赶路，有两个人看他腰间有物，怀疑是带有白金，就把他杀了，找到那东西，并非白金，两人就用草席把他捆了，投到江里去，并没有一个人知道。

第二年，那两个盗贼在一起，青天白日地在一起打闹，好像与人争辩的样子。自言自语地说："过去实在是误杀了你，这是我的过错呀！”还向旁边的人叙述去年的事。回到家里，两个盗贼都死了。

刘正彦

宣和初，陕西大将刘法与西夏战，死，朝廷厚恤其家，赐宅于京师。其子正彦既终丧，自河中徙家居之。

宅屋百间，西偏一位素多鬼，每角门开，必见紫衣金章人如唐巾帻，徘徊其中，小童拱立于后。亦时时来宅堂，出没为人害。

正彦表兄某，平生尚胆气，无所畏，独欲穷其怪，乃出刺往谒，置于门外。少选，门自开，紫衣端笏延客入，设茶相对，仪矩殊可观。询其何代人，何自居此，曰："居此三百年，在唐朝实为汴宋节度使，以臣节不终，阖宗三百口并命此处。至今追思，虽悔无及也。"客曰："岁月如许，胡为尚沦鬼录？"曰："负罪既重，受生实难，非得叛臣如吾者相代，未易可脱。"客曰："为公徼福于释氏，作水陆法拯拔，以资冥路，若何？"曰："无益也，然且试为之。"

客退，语正彦。他日，呼阇梨建道场于厅事，甫入夜，紫衣人者据胡床而观，小童在傍，几执事之人无不见。僧独惧，振杵诵降鬼神咒。才出口，紫衣已觉，厉声呼小童曰："索命去！"童趋而前，僧即仆地，如为物搏击，乃告曰："我实杀汝，焚其骨，以囊贮灰，挂寺浮图之级下砖隙中，无一人知之。今不敢隐，愿舍我！"愈时乃醒。紫衣与童皆不见。问之，元不知所言。此童盖为僧所棰杀，死后乃从紫衣者。僧见之，故惧。

至建炎中，正彦卒以逆诛。

【译文】宣和初年，陕西大将刘法在与西夏军作战中牺牲。朝廷优厚的待遇抚恤他家，在京城里赐给一座宅第。他儿子刘正彦办完了丧事，就把家从河中（今山西永济蒲州镇）迁到京城，住进这座宅第。

宅第有房屋百间，西偏位置平时多鬼。当角门一开，必有一位穿紫衣印金色花纹如唐代装束的人在里边徘徊，还有小童拱手立在身后。也常常来宅堂正房，出没为祸害。

正彦有位表兄，平生具超人的胆量和勇气，没有什么能吓倒他，要单独去追究一下那怪物。于是，他写一名片前去拜访，放在门外。一会儿，门自动打开，紫衣人手持笏板请客人进去，摆上茶水，相对而坐。紫衣人的仪表非常大方高雅。客人问他是什么时代人，从何时住在这里。紫衣人回答说："住这里已有三百年了。在唐朝时任汴宋节度使，因背叛了朝廷，全族三百人都被杀死在这里。现在想起来，虽后悔也来不及了。"客人又问："过了这么长时间，你们怎么还是鬼呢？"紫衣人答道："负罪太重了，再转生也实在难。非找到一个和我一样的叛臣来替代，才能得以解脱。"客人说："为您向佛教求福，作水陆道场救您，找一条活路怎么样？"紫衣人说："没有用，不过可以试试。"

客人出来，把这些告诉刘正彦。不几天，请来高僧在厅堂上建起道场。还未到夜间，紫衣人已坐在胡床（一种可以折叠的轻使坐具——译者注）上观看，小童侍立在身旁。几个在场办事的人都见到了。只有那和尚从心中惧怕，赶紧摇动手中法器，开始念降鬼神的咒语。咒语刚出口，紫衣人已觉察到了，厉声吩咐小童："索他的命去！”小童走上前去，和尚随即倒在地上，好像是被什么东西击倒的，慌忙对小童说：“实在是我杀了你，焚烧后用袋子装了骨灰，挂在寺中佛塔三级下的砖缝里，没有一个人知道。现在不敢隐瞒，请你放了我吧！”大约一个时辰后，和尚才醒来。紫衣人和小童都不见了。人们问和尚刚才都说了些什么，他一点儿也不知道。原来那小童是被这和尚用锤杀死的，后来跟了那紫衣人，所以和尚一看到就感到害怕。

建炎年间，刘正彦因为叛逆罪而被杀。

王敦仁

胡汝明待制帅广西，与转运使吕源以职事相失。府吏徐竽者，获罪于胡，杖而逐之，阴求胡过失以啖源。得其邕州买马折阅事，劾奏于朝，故相秦桧入其言。绍兴十三年，遣大理丞袁楠燕仰之为制使鞫治。是岁六月，捕胡下吏，凡一时左证皆就逮，竽亦对狱。才旬日，胡死狱中。二丞惧，秘不使言，阳令府中召医人。谕医者王敦仁，使证为病笃，舁出外，竽亦得归家。行未至，忽敛衣襟，曲躬向空而揖曰：“待制在此！”即时病，及家而死。

后三年六月，敦仁以疽发背死。凭其家人言，曰：“我顷入狱视胡待制时，实已死。我畏寺丞之责，妄言疾势八分，合服钟乳。药至，已无所付，自饮之而出，致其冤不得直。今须我对于地下。”吕源受代，居衡州，且死，戒子弟治身后事，指其棺曰：“入此见胡待制时，大费分说。”竟亦不起。

又，胡公在狱时，得以一婢随，后嫁桂林。众人白昼见胡从外入，曰："急需汝证吾冤，勉为吾行。"婢曰："待制有命，敢不从。"胡喜而出。婢具告其失，将更衣索浴，未及而逝。

【译文】胡汝明（名舜陟，字汝明）待制在广西为帅，与转运使吕源因为公务而闹僵。府中的小吏徐竽，曾在胡汝明那里犯罪，杖打以后又被赶走，暗地里寻胡的过失来引诱吕源。果然得到了胡在邕州买马亏损的事实，向朝廷奏了弹劾的折子。原丞相秦桧把这些禀报给了皇帝。绍兴十三年（1143），派遣了大理寺丞袁楠、燕仰之二人任制使鞫治。这年六月，逮捕胡汝明交司法官吏审问治罪。一时旁证也都拘齐了，徐竽也出面对证。才十天，胡死在狱中。两位大理丞也害怕了，先不对外宣扬，当面还叫府中唤来医生。告诫医生王敦仁，让他证明胡患了急病，抬出狱外。徐竽也得以回家，刚走到路上，忽然敛起衣襟弯腰向空中作揖，还说："待制在这里！"当时就得病，到家就死了。

三年后的六月，王敦仁因疽疮发在背上而死。死前靠着他家人说："我当时入狱见胡待制时，实际上他已死了。但我怕寺丞责怪我，就胡说病已八分，应服钟乳。药送来时，已没有人可喝药了，只好我自己喝了才出来，以致胡待制的冤情不得伸。今天必须由我到地下去对证。"吕源已去职住在衡州（今湖南衡阳），将死的时候，安排子弟治身后事，指他的棺材说："到这里边见胡待制的时候，恐要大费辩解。"竟然也一倒不起了，

还有，胡汝明在狱中时，被批准一个仆女跟在身边。后来仆女到桂林（今广西桂林）。很多人大白天见到胡汝明从外边走进她家，说："急需你证明我的冤情，请尽力替我走一趟吧！"女仆说："待制有令，我怎敢不听？"胡高高兴兴地出去了。女仆把这些全告诉了她丈夫，将要换衣服洗个澡，未来得及就去世了。

崔婆偈

东平梁氏乳媪崔婆，淄州人，为宣义郎元明乳母。平生茹素，性极愚，不能与同辈争长短。

主母晁夫人留意禅学，崔朝夕在旁，但能诵"阿弥陀佛"，虔诚不少辍，不持数珠，莫知其几千万遍。

绍兴十八年，年七十有二，得疾，洞泄不下床，然持念愈笃。忽若无事，时唱偈曰："西方一路好修行，上无条岭下无坑。去时不用著鞋袜，脚踏莲花步步生。"讽咏不绝口。人问何人语，曰："我所作。""婆婆何时可行？"曰："申时去。"果以其时死，十月五日也。用僧法焚之，至尽，舌独不化，如莲花然。（元明，予友婿也。）

【译文】东平（今山东东平）梁氏的乳母崔婆，是淄州（今山东淄博）人，做宣义郎元明的乳母。她平生食素，本性极为愚钝，不能与她的同伴们争个是非好坏。

女主人晁夫人喜欢禅学，崔婆朝夕在她身边，也只会念个"阿弥陀佛"，但虔诚之心从未停止过。她也不持数珠，根本不知道念过几千万遍。

绍兴十八年（1148），崔婆得了病，像穿透似的下泄，下不得床，但念佛却愈来愈笃诚。忽然像是没事一样，当时口唱偈语道："西方一路好修行，上无行岭下无坑。去时不用著鞋袜，脚踏莲花步步生。"吟咏不绝口。人们问她这是什么人的话，她回答："是我作的。"人又问："婆婆何时可行呢？"她答道："申时离开人间。"

果然死在那个时辰，是在十月五日。人们用佛教的办法把她的尸体焚烧，彻底烧完时，她的舌头却独独不化，看上去像莲花一样。

卷第十（十二事）

张锐医

成州团练使张锐，字子刚，以医知名，居郑州。

政和中，蔡鲁公之孙妇有娠，及期而病。国医皆以为阳证伤寒，惧胎之堕，不敢投凉剂。鲁公密信邀锐来，锐曰："儿处胞十月，将生矣，何药之能败？"如常法与药，且使倍服。半日，儿生，病亦失去。明日，妇大泄不止，而喉闭不入食。众医交指其疵，且曰："二疾如冰炭，又产蓐甫尔，虽扁鹊复生无活理也。"锐曰："无庸忧，将使即日愈。"取药数十粒使吞之，咽喉即通，泄亦止。

待满月，鲁公开宴，自诸子诸孙及女妇甥婿合六十人，请锐为客。公亲酌酒为寿曰："君之术通神，吾不敢知。敢问一药而治两疾，何也？"锐曰："此于经无所载，特以意处之。向者所用，乃附子理中圆，裹以紫雪耳。方前闭后通，非至寒药为用，即已下咽，则消释无余；其得至腹中者，附子力也，故一服而两疾愈。”公大加叹异，尽敛席上金匕箸遗之。

慕容彦逢为起居舍人时，母夫人病，亦召锐于，至则死矣。时方暑，锐欲入视，慕容不忍，意其欲求钱，乃曰：“道路之费，当悉奉偿，不烦入也。”锐曰：“伤寒法有死一昼夜复生者，何惜一视？”不得已延入。

锐揭面帛注视，呼仵匠语之曰：“若尝见夏月死者面色赤乎？”曰：“无。”“口开乎？”曰：“无。”“然则汗不出而蹶耳，不死也，无亟敛。”趋出取药，命以水二升煮其半灌病者，戒曰：“善守之，至夜半大泻，则活矣。”

锐舍于外馆。夜半时，守病者觉有声勃勃然，遗矢已满席，出秽恶物斗余。一家尽喜，敲门呼锐，锐应曰：“吾今日体困不能起，然亦不必起。明日方可进药也。”

天且明，径命驾归郑。慕容诣其室，但留平胃散一贴而已。母服之，数日良愈。盖锐忿求钱之疑，故不告而去。

绍兴中入蜀，王秬叔坚问之曰：“公之术诣古所谓十全者，几是欤？”曰：“未也，仅能七八耳。吾长子病，诊脉察色皆为热极，命煮承气汤欲饮之，且饮复疑，至于再三，将遂饮，有如掣吾肘者，姑持杯以待，儿忽发颤悸，覆棉衾至四五始稍定，汗下如洗，明日而脱然。使吾药入口，则死矣，安得为造妙！世之庸医，学方书未知万一，自以为足，吁！可惧哉！”

【译文】成州（在今甘肃）团练使张锐，字子刚，因医术而知名，住在郑州（今属河南）。

政和年间，蔡鲁公的孙媳妇怀孕将到产期得了病。御医都认为是阳症伤寒，害怕堕了胎，不敢用凉药。鲁公暗地里写信请张锐来。张锐说："胎儿在母腹中十个月，快要出生了，什么药能毁坏他？"于是按正常办法给药，而且让病人加倍用。半天后，小儿生下，产妇的病也好了。第二天，产妇大泻不止，又咽喉堵塞吃不下饭。众医生七嘴八舌指责张锐的过错，说两种病如冰如炭一样，又刚刚产后即使是扁鹊复生也治不好了。张锐说："不要担忧，我要让她当天病愈。"说着，取出数十粒药让病人服下。咽喉当即通畅，泻也止住。

到满月时候，蔡鲁公大开盛宴，自儿孙媳妇到女儿女婿及外甥，共六十口人，请张锐做客。蔡鲁公亲自斟酒向张锐祝寿，说："先生的医术与神相通，我不敢冒问。但一种药治两种病，这是为什么呢？"张锐说："这些在经书上并没有记载，只是靠'意'来处理。先前我用的只是附子理中，用紫雪来包裹罢了。咽喉不通，非用特别寒的药不行，下咽以后就化完了；能到腹中的，是附子使的劲。所以一种药下去两种病都治好了。"蔡鲁公大为叹赏称奇，把餐桌上的金匕筷子都收拾起来送给张锐。

慕容颜逢（字淑遇）任起居舍人的时候，老母亲生病，也到郑州请张锐。张锐来到时，慕容的老母已经死去。这时正在暑天，张锐要到内宅看看老太太。慕容不忍，想着张锐是要钱，就说："您的路费我一定全部支付，不麻烦您进去了吧！"张锐说："伤寒病有死一昼夜再醒来的，已经到此，还顾惜什么，不妨看一眼。"不得已，才请他进去。

张锐揭开老太太脸上盖的丝绸看了一会儿，问办丧事的工匠："你曾见过夏天死的人脸色是红的吗？"工匠回答："没有见过。"又问："见过张着嘴的吗？""也没有。"张锐说："她这样是汗没出来导致昏厥罢了，没有死。不要急着殓葬。"说着走出来，取出药，让人用二升水煮一半灌病人，又告诫说：“好好守着，到半夜大泻，人就活了。”

张锐住在外边客舍。半夜时分，守护病人的人觉得有“勃勃”的声音。一看，病人大便已拉满了床席，又出脏臭的东西有一斗多。全家人都高兴极了，敲门叫张锐。张锐答应道：“我今天身体困乏，不能起来，也不必起来，明天才可以给病人吃药。”

天快亮的时候，张锐直接让人驾车把他送回郑州。慕容到他房间拜望时，只留了一贴“平胃散”而已。让老母服了，几天后就痊愈了。张锐是对慕容认为他要钱一事感到气愤，所以不告而别。

绍兴年间，张锐到了四川。王矩叔（名坚）问他：“先生的医术如古人说的‘十全’，差不多达到了吧？”张锐回答：“没有，仅仅有十之七八罢了。我大儿子有病，经诊脉、察色，都认为是热极，就命人煮承气汤让他喝。将要喝时，又怀疑不对，犹豫再三，临迈最后终于饮药给他的时候，好像有人抓住我的胳膊肘，就暂且端着杯子等一等。儿子忽然冷得浑身打抖。盖上四五层棉被才稍安定一些。一会儿，浑身出汗，如水洗一般。第二天就好了。如果我的药让儿子喝下去，就死了。我哪里会有那么高妙的医术啊！现在世上的庸医，读医书还未懂得一点皮毛就自以为够用了，唉！可怕呀！”

余杭宗女

康信道，宣和五年自会稽如钱塘，赴两浙漕试，馆于普济寺。寺后空室有旅梓，欲观之，僧止之曰：“是中乃一妇人，棺半开半合，时时出与人往来。非数人同入视不可。”唐曰：“岂有秀才畏鬼者乎？”竟独往。棺上志曰：某王宫几县主之柩。

盖距是时已四十年矣，一女子可二十许岁，粉黛铅华，如新傅者，容色与生人无少异，惊叹而出。

还会稽以语吴棫材老，材老曰："是乌足为异哉！吾居余杭县，寺中亦有宗女柩寄僧坊者，每夕与僧饮酒歌笑，旁若无人，通衽席之好，迟明就木，僧必送之以往。如是二年，事浸闻其父，父怒，谋举而焚之。母梦女悲泣告曰："儿不幸死，而冥数当与僧合，自知淫秽，以贻父母羞，然腹已有孕，倘不得生，子则沉沦幽趣，长无脱期。愿少缓三月，使毕此缘，然后就焚，无害也。"母亦泣而寤，以告夫。夫愈怒，曰："儿已死，乃与庸僧游，又欲为生子，吾不能受此辱，必焚之乃可。"是夜，母及一家人悉梦女来，如前诉之语而加苦切，申言至数四。明日，合词白其父，父坚忍人也，愈益怒，不俟所择日至，立呼凶肆之人。舆薪厝火，斧棺而爇之。其腹皤然，少焉折裂，果有婴儿，已成形矣。

【译文】唐信道于宣和五年（1123）自会稽（今浙江绍兴）到钱塘（今浙江杭州），参加漕试，住在普济寺。寺后一间空房子中有寄存的棺材。唐信道想去看看，寺中僧人制止他说："那里边是个女人，棺材半开半合，女人常常出来与人来往。非几个人同进去看不可。"唐说："哪有秀才怕鬼的？"终于一个人去了。见棺材上写着：某王宫几县主之柩。距现在已经四十年了。棺材中的女子大约二十来岁，粉黛铅华，好像刚刚涂抹的一样，与活人没有少许不同。看后惊叹而出来。

回到会稽，唐把这事告诉给了吴域（字才老）。才老说：哪里算奇怪啊！我住在余杭县（今浙江余杭），寺中也有宗室之女的棺柩寄放在僧人住处。那女人每天晚上与僧人一起饮酒，歌舞谈笑，旁若无人，还睡在一张床上。天亮时回棺材里，僧人还一定送她去。如此二年，这事慢慢地让她父亲知道了。他父亲大怒，要抬出来烧掉。她母亲却梦见女儿哭着告诉她："儿不幸而死，但阴间里注定该与僧人结合。但我已有身孕，如果不生，儿就要沉沦于黑暗，长久没有逃脱的期限了。愿您能缓三个月，使我完结了这段姻缘，再烧也没有什么损害了。"母亲也哭醒了，把梦中事告诉给了丈夫。丈夫愈加恼怒，说："女儿已死了，却与一俗僧游玩，还想为他生子，我不能受这个侮辱，一定要烧了才算完！"当天夜里，她母亲和全家人都梦见了女儿来，哭诉了和前面一样的话，而更加悲苦，再三重复自己的请求。第二天，全家人一起告诉她父亲。父亲是个顽固而残忍的人，更加发怒，不等所选定的日子来到，马上叫来专办丧事的店铺中人，抬着木柴，安排好火种，用斧头劈开棺材把它点燃了。那女人的大肚子一会儿开裂了，果然有婴儿，已经成人形了。

金马驹

京师人郭自明太尉，以事太宗藩邸，恩至濮州刺史，赐宅于炭坊巷。尝夜半闻屋上甲马奔骤声，怪之，遣人出视，见一马大如猫而差高，驰走不止。一卒以荻帚扑得之，取至地，乃黄色小马，盖生物也。收养于家，久而驯熟，出入无所畏，郭氏宝惜之。遇食时，妇女剪嫩草如丝缕，手日喂饲，呼为"金马驹"。后为人误击其足，微有损处，然嘶咆饮龄自若也。

又一夕，有人扣门曰："还太尉马钱。"守者以告，遣视驹，已死矣。及启关，五百千宛然在地，郭氏取钱而瘗其驹。更数岁，发瘗而观，则成一金马，旋化为铜，所损足已落，至今犹在。其玄孙绘居，郑州新郑者实藏之。绘从弟沺说。

【译文】京城（今开封）人郭自明太尉，因在太宗当藩王时的老属官，太宗即位后，便升官至濮州刺史，还赏赐了一套宅在炭坊巷。曾在半夜听到房上有甲马奔跑的声音，感到奇怪，派人出去看看。见一匹马，如猫一样大而稍高，在房上不停地奔跑。一个兵用荻做的扫帚把它抓住，放到地上，这才看清是黄色小马，还是个活着的动物。于是，把它收养在家里，时间长了，也驯熟了，出入都不害怕，郭氏像宝贝一样爱惜它。吃东西的时候，由府中妇女把嫩草剪得如丝线一样，用手每天喂它，叫它“金马驹”。后来，被人误伤了一只蹄子，稍有点损害，但嘶鸣起来、吃喝东西仍很正常。

一天晚上，有人叫门，说是还太尉的马钱。看门人告诉给郭自明，郭派人去看马驹，已经死了。打开大门一看，地上有五百千钱。郭氏用这钱埋葬了马驹。几年以后，打开马驹的坟墓一看，成了一匹金马，顿时又化作了铜，受损的一只蹄子也脱落了。现在还保存在郭自明玄孙郭绘的住处，其实是由郑州新郑（今河南新郑）一个人收藏着。这是郭绘的堂弟郭昉说的。

湖口龙

池州每岁发兵三千人，遣一将督戍江西，率以夏五月会于豫章，番休而归。

绍兴二十五年，统制官赵玘受代去。行两日，泊舟顺济祠下。祭罢，携妓入庙饮酒，以舟中苦热，命设榻于西厢饮福厅，将翼日早发。庙祝知神不乐，不敢明言，但云："龙王不在庙，出巡江矣，度一二日西归，大军若果行，惧或相值遇，不便也。"玘素胆勇，且被酒，闻祝言，殊不信，叱曰："师行何所畏！"如期打鼓发船。行未至湖口县三十里，遥望若有山横前，舟人震恐，玘以为真山，竦身立观之。少焉，北风大作，白浪涌起如屋，见向所谓山者，乃大赤斑龙，无首无尾，其身近，玘始惧，急回棹奔入小澪避之。钉缆方毕，龙直前而过，寒风肃然，当盛暑，皆有挟纩意。久之，乃息，他舟覆者数十艘，沉士卒数十人，巨商同宗行者亦多溺死。

时外舅镇江西，玘具列其事，独讳庙中之过云。

【译文】池州（今安徽贵池）每年要发三千兵，派一将军督战，戍守江西。大约夏季的五月在豫章（今江西南昌）会合，轮流休息。

绍兴二十五年（1155），统制官赵玘领命去替岗，两天后，船停在顺济祠下。祭祀以后，带着女妓到庙里去饮酒，因为天气太热，就命人在庙中西厢饮福厅里设下床榻，明天一早就出发。庙中主持知道神会不高兴，但又不敢明言，只好说："龙王不在庙中，出去巡视江面了，估计一两天就会回来。大军如果前进，担心万一碰上了，不太方便。"赵玘平时就胆大有勇，这时又喝了酒，听到主持这么说，很不相信，斥责道："大军前进有什么可怕的！"按原来约定的时间，准时击鼓出发。在距湖口县（今江西湖口）三十里的地方，远远望见好像有山横在前面。船家非常恐惧，赵玘认为是真山，就站起身来观看。一会儿，北风大作，白浪涌起如房屋那么高，见原来的所谓“山”，是大赤斑龙，看不见头也看不见尾，其身长正好与江面的宽度一样，拥着江水向南而来。赵汜还命人用箭射，百矢齐发，那龙却越来越近。赵玘这才开始害怕，急忙往回划船，奔向江水的一个小弯处躲避。抛碇缆刚完，那龙已直闯向前，从身边过去，寒风刺人，正当盛暑，冷得使人想盖丝绵被子。过了很长时间，才得以平息。别的船翻了数十艘，士兵也落水数十人，同行的巨商也多淹死。

当时，赵玘的岳父正在镇守江西。赵玘把这事详细地叙述一遍，只有庙中不敬之过讳而不提。

吴信叟

卿枢王恭简公时亨，绍兴丁卯岁为明州节度推官。时吴信叟罢右史乡居，与宾客举罕往，唯枢及签判王某、鄞县宰刘某三人者得陪杖履，然信叟与枢厚甚。

一日，延之坐，问曰：“君家祖茔相对，当有三峰峙立，水流其前，是否？”枢惊曰：“然，公何以知之？”曰：“吾非瞽史，但习静，滋久中心泊然，或可以前知，岂特此也？君异时官职亦可言：从此十年，当为馆职、历著廷，掌教王府，由柱下史至侍从，然后出为大帅，遒入秉枢极。刘宰固佳士，但寿算垂尽，得终此任幸矣；王签判亦碌碌一两政，皆非君比。”枢虽素敬之，然亦疑信居半，且谓已第二人及，第一任回，便可觊如馆，不应在十年后。

既而刘卒于鄞，王签判亦偃蹇，枢受代改官，才得洪州教授，待久次，丙子岁乃之官，会信叟入为给事中，荐之，召拜校书郎。阅两月，除佐著作和兼二王府教授，而信叟迁吏部侍郎。枢往贺，留与饮，情意恋恋，临上马，谓曰："见君止此耳。"枢讶其言不祥。已而为铨试考官，在贡院闻信叟坐论事罢知毗陵，即去国，固已不及见。暨出院，遣使持书问讯，至萧山，则信叟死于县驿矣。

枢果自右史登掖垣，出镇蜀道，还朝，同知密院而薨。李其所言，无毫厘不合。

【译文】王卿枢（名时亨，谥恭简）于绍兴丁卯年（1147）任明州（治今浙江鄞县）节度推官。这时吴信叟罢右史之官，在乡下居住，与宾客很少往来，只有卿枢和签判王某，鄞县令刘某三人得以在他左右，然而信叟与卿枢关系最好。

一天，吴信叟让王卿枢坐下，问他："先生家的祖坟对面，有三峰峙立，水从前面流过，是不是？"卿枢惊讶地说："是这样！老先生您是怎么知道的？"信叟说："我并不是瞽史，但习惯安静，时间长了，心中就恬静淡泊，或许可以预先知道一些事。哪里只有这些呀，先生以后的官职也可以给你说一下：此后十年，应任馆职（唐宋时凡在史馆、昭文馆、集贤馆等处供职，自直馆至校勘，都称馆职—译者注），经著作郎，在王府执教，从柱下史到侍从，然后出京城任大帅，回京后才能参与朝廷的中枢权力。刘县令固然是好人，但寿限已到，这一任能干完就算万幸了，王签判也就是庸庸碌碌办一两件事，都无法和你相比。"王卿枢虽然平时很敬重他，但听到这些了将信将疑。并且认为已经是第二人了，等到第一任回来，我就可以有希望入馆，而不应在十年以后。

不久，刘某死在鄞县，王签判官运也不佳。王卿枢离任改官，才得洪州（今江西南昌）教授，等了很长时间，到丙子年（公元1156年）才到任。正好这时吴信叟到朝中任给事中，推荐了王卿枢，王这才得任校书郎。两个月后，迁任著作郎兼二王府教授，而吴信叟又升为吏部侍郎。王卿枢到吴府上致贺，吴信叟留他饮酒，显得恋恋不舍。王临走该上马时，吴说："和先生相见也就到这里了。"王卿枢惊异他这话不吉祥。不久，王任铨试考官。在贡院听说吴信叟因议论朝政而免官，到毗陵（今江苏常州）任知县，已离开京城，一定是见不上面了，王卿枢离开贡院，马上派人拿着自己的信去问候，刚到萧山，信叟已死在县里的驿站了。

王卿枢果然自右史升到皇帝近侍（门下、中书两省称"掖垣"——译者注），后出京城，镇守蜀道；回朝后任同知枢密院事，死在任上。回头看一下吴信叟所说的话，没有一丝一毫不相符合。

王先生

濮州王老志先生，以道术知名。濮有士人，饶口辩，欲以语穷之，往造焉。其居四面环以高墉，但开狗窦出入。士人匍匐就之。

方谈词如云，忽地下旋涡坼，俄已盈尺，中有鳞甲如斗大。先生谓客曰："子亟归，稍缓必致奇祸。"士人遽出，行未五里，雷电雨雹倏起，马踠局不行。偶得一土室，入避之，望先生庵庐百拜乞命，仅得脱。

其他事多见于蔡条《国史后补》。

【译文】濮州王老志先生，因道术闻名。有个读书人，擅长巧辩，想用话语难倒王先生，就主动到他那里去了。王先生的住处四面环绕着高高的院墙，只开了一个很小的狗洞进去。那读书人只好匍匐在地上爬进去。

两人谈话，正辩论得热闹，忽然地下旋涡弯曲汹涌，一会儿就有一尺多深了，其中还有像斗那么大的鳞甲。王先生对客人说："你赶快回去，稍慢一点必定招来奇祸。"读书人急忙出来，走不到五里路，雷鸣电闪，暴雨冰雹骤然而下，他骑的马也缩着蹄子不再往前走了。偶然遇到一座土房子，赶紧进去避一避，对着先生所住的方向拜了再拜，求先生饶命。这才得以脱身。

他的事迹多见于蔡条的《国史后补》。

义乌古瓮

金华喻葆光，字如晦，义乌人也。绍兴丙辰正月，命奴江陆耕所居之南前郭园。耕未竟，土中洞然有声，牛为之惊。陆意其下有藏窖，辍耕掘地深二尺，得瓦缶，广六寸，厚一寸，形模甚古；下覆一瓮，瓮正圆，可容三斗黍，四耳附口，口径四寸，视之，其色苍然，扣之，其音铿然。发缶窥之，枵然无有也。洗涤滓垢，置之几案间，莫有能别其为何代物者。遇客至，则以盛酒。葆光之子良能，尝作《古瓮赋》，至今存焉。

【译文】金华喻葆光，字如晦，义乌（浙江义乌）人。绍兴丙辰年（公元1136年）正月，命奴仆江陆到所住的南边前郭园去耕地。还未耕完的时候，忽听土中洞然有声，牛也受到惊吓。江陆以为下边有藏东西的地窖，就停下来干完的活，往下挖了二尺深，得到一只瓦缶，粗细有六寸，厚薄有一寸，形状很古。下面盖着一个瓮，正圆形，大约可盛三斗粮食，四只耳朵附在瓮口，口径有四寸。看上去，色调古朴，扣打一下，声音清脆。打开缶一看，里面空空的，什么都没有。把它拿回家，洗干净里边的污滓垢物，安置在几案上。没有人能辨别出来它是哪个朝代的东西。遇到有客人来的时候，就用它盛酒。葆光的儿子良能（字叔奇，历官工部郎中、太常寺丞等）曾作过一篇《古瓮赋》，到现在那古瓮还在。

梦女属对

喻叔奇（良能）绍兴丁巳闰十月十三日夜，宿于居之南斋，梦友人相携至一处，云窗雾阁，幽闺绣户，潇洒可爱，如名妓家。一女子方笈岁，秀色靡漫，衣制娴雅，床毦茵席，兰麝之芬郁然，屏几供张，皆华好相称。

坐良久，女子顾曰："妾有隔句，欲烦郎君属对，如何？"叔奇唯唯。乃言曰："皇天生奚诱之人，见鱼便摸。"言毕，以纸授客使书，又改"人"字作"才"字。叔奇问："'诱'字若何书？"曰："从'酉'旁'寸'者是也。""何谓奚酎？"曰："人之风流者为奚酎。""何谓'见鱼便摸'？曰："犹言见哄便打耳。"叔奇方事科举，以功名为心，意不在色，即答之以他语曰："元气钟太阿之剑，逢虎须争。"

女子熟视微笑，又欲令和诗。未及言而梦觉，鸡既鸣矣。（二事皆叔奇说）

【译文】喻良能（字叔奇）于绍兴丁巳年（1137）闰十月十三日

夜里睡在他家的南斋，梦中被友人带到一个地方，但见云窗雾阁，幽静的闺房，锦绣的门户，潇洒可爱，好像是名妓的家。一位女子刚成年，容貌柔美，肌肤细腻，衣着娴雅；从床上的细毛毯坐垫、席子，处处散发着浓郁的兰麝之香；屏风几案，都华丽而相称。

坐了好大一会儿，那女子回过头说："小女有一隔句对（诗体格式之一，即隔句对偶—译者注），想麻烦郎君对一下，怎么样？"叔奇唯唯答应。女子说："皇天生奚诱之人，见鱼便摸。"说完，把纸、笔交给叔奇，让他写下来，又把"人"字改为"才"字。叔奇问道："'诱'字怎么写？"女子回答："'酉'字旁，右边一个'寸'字就是了。""什么叫'奚酎'？"女子答："人风流就是奚酎。""什么叫作'见鱼便摸'？"女子答道："就好像说'见哄便打'一样。"叔奇这时正准备科举考试，用的是功名之心，无意沉溺女色，便用其他话来答对说："元气钟太阿之剑，逢虎须争。"

女子仔细盯着他，微微一笑，又想让他和诗。还未来得及说，叔奇梦醒了，公鸡已经鸣叫了。

闽清异境

福州闽清县近村有大溪，溪北有寺，溪南大山长谷，草树绵延。父老相传：自古以来人迹所不到，到则遇奇怪。

有三僧，从他处来，皆好寻幽选胜，欣然欲往，相与裹糗粮，拿小舟，渡彼岸，为三宿计，行未久，蛇虺纵横，践之以过。异鸟形容可憎，鸣噪纷纷，触目生怖。不半日，两人愿还，一僧独奋曰："出家儿视死为等闲，况怖惧乎？我将独往。"乃并两人所赍，草行露宿，愈益南去。二之日，蛇鸟渐少，稍有径路可寻。三之日，亦觉倦苦，遥望山下木杪，炊烟起，知有人居。复行前抵其处，得茅屋一间，寂不见人。僧就憩，取乱叶爇之。俄一人自外荷锄至，架锄于门上，趋近附火，视之，人也。不交一谈，袖间出芋十枚，炮熟，指其半与僧，自食其半。既暮，径卧土榻上。僧亦同宿，终不相谁何。天将晓。人已去。僧亦从此归，沿道处处记之。

到寺，具以所见语两人，两人悔前日空反，乃相约重寻之。历三日，与曩所记无异。及大木下，则茅屋已焚，但斫木皮尺余，题诗其间曰："偶与云水合，不与云水通。云散水流去，杳然天地空。"怅然而归。

后无有能去者。

【译文】福州闽清县（今属福建）的近村有一条大溪。溪北有一座寺庙；溪南有高山峡谷，草木绵延。当地老人相传：自古以来，那里没有人到过；如果去了，一定会遇到奇异的怪物怪事。

有三个僧人，从外地来到这里，都喜欢寻幽探胜，很高兴到那里去。他们带上干粮，牵引着小船，渡到对岸，作三天的打算。刚走不长时间，只见遍地毒蛇，横七竖八，只好踩着过去；奇异的鸟类，样子非常可恶，不停地鸣叫。所见之处，令人惊慌害怕。不到半天，其中两个人都要往回走。另一个说："出家男儿，视死如等闲，何况这惊慌害怕之事？我一个人去！"就把其他二人带的东西都合并过来背着，草上行走，露天住宿，越来越往南面深山中去。第二天，蛇、鸟逐渐少了。稍微有路可寻。第三天，他也感到疲倦困苦了。远远看见山下树梢中有炊烟飘起来，知道那里有人住，就再往前走，直到那个地方。找到一间茅草屋，却寂静无人。他走近休息，收拾一些杂乱的树叶点着。一会儿，一个人从外边扛着锄来到，把锄架到门上，走近靠着火一看，是人。不说一句话，从衣袖里取出十个山芋，烧熟了以后，指着其中的一半给僧人，自己吃那一半。天黑了，那人就睡在土榻上。僧人也和他住在一起，终究也没有互相问一个对方的情况。天快要亮的时候，那人已离开了。僧人也从这里返回，沿路处处留下记号。

僧人到溪北寺中，把所见的都告诉给了两个同伴。两人后悔前天空手而回。三人相约，再去一趟。经三天时间，沿着原来的记号到了大树下。茅屋已经被焚烧，大树被砍下一尺多长的树皮，上面题诗道："偶与云水合，不与云水通。云散水流去，杳然天地空。"三人怅然而回。

以后没有再能去的人了。

巢先生

绍兴八年，无锡县有道人曰眉山巢谷，年百十七岁，少时与东坡兄弟往来，状貌虽甚老，然面不黧皱，瞳子碧光炯然，饮酒食肉皆过人。舅氏太学博士沈公体仁，居高村，距县十余里。谷每杖策至，辄留连信宿。

自言三十岁时逢异人，谓已寿不长，至五十五岁数尽。因授以秘法，使记其岁月日时，俟时至，当即静室，步北斗而被发卧魁星下，必可免。自是每十五年辄有大厄，须五如此，若满百二十岁，则长生不死矣。始时，在宿州天庆观，以正月十六日夜当死。如异人教，绝食一日，从道士借空房，托云行气，屏处其中，正昼，已见鬼物纷纭，如有所追捕。夜且半，来者愈密，周旋室内，至践发肤以过，然身殊轻，不能压人，皆资嗟叱咤曰："必在此，何以不见？失今夕不取，吾曹罪在不赦。奈何！"其夜扰扰，几达晓，寂无所闻，乃敢出。凡四度若此，所见皆同。今年又当尔，未知终可脱否。

至十一月二十一日，遍告邑中所善者，乃还寓舍，闭户。过三日，人讶其不出，发户视之，已死。鼻端一道正白，不知以何日终。岂非造化大限竟不可逃乎？

苏黄门作《巢公传》，已言其卒于岭南，今此其人岂是乎？惜无有人以此问之者。（舅氏说）

【译文】绍兴八年（1138），无锡县（今属江苏）有位道士叫巢谷，眉山人，年龄已有一百一十七岁，年轻时曾和苏东坡兄弟来往过。面貌虽然很老，但脸孔不黑不皱，眼珠碧缘发亮，炯炯有神，喝酒、吃肉都超过常人。舅父沈体仁住在高村，距县城有十几里路。巢谷每次拄着拐杖来，都要留下他随意住上两三日。

巢谷先生自己说：三十岁的时候曾遇到一位异人，说他寿不长，到五十五岁数已尽。于是教他一个秘法，让他记住年、月、日、时，到时候就去一间静室，走北斗步，披散着头发睡在魁星下，一定会免死。从此，每十五年就有一次大的灾难，必须这样做五次。如果满一百二十岁，就长生不死了。第一次是在宿州（今安徽宿县）的天庆观，正月十六夜里应该死。他按异人教的方法，先绝食一天，向道士借了空房，与人隔绝，自己在里面托云行气。大白天，就已经看到鬼物杂乱而来，好像是在追捕什么人。将近半夜时，来得更多，在室内周旋，以至于踩着巢谷的头发、身体过去。但是那些鬼身体特别轻，不能压住人，都在那里叹气、喝斥："一定在这里！

为什么找不到呢？如果今天取不来他，我们都罪责难逃。这该怎么是好！”当天晚上，扰扰嚷嚷，直到天快亮才寂静无声，巢谷这才敢从房中出来。像这样经过了四次，每次见到的都一样，今年又赶到当口了，还不知道能不能摆脱。

到十一月二十一日，巢谷通知了一遍县里关系比较好的人，回到住处关上门。三天后，人们对他不出来感到惊讶。打开房门一看，已经死了。鼻子头上还有一白道，不知道是哪一天死的。难道造化大限竟不可逃脱吗？

黄门侍郎苏辙曾写过《巢公传》，说他已经死在岭南了。那么现在这个人是他吗？可惜没有拿这个问题来追究。

松　球

绍兴戊午冬，予兄弟同奉先夫人之丧，居无锡大池坞外家故庵，庵前后巨松二株。

次年春，两松各结一球。松高四五丈，球生其巅，四向翠叶围绕，宛然天成。庵僧绍明曰：“近村边氏墓松亦曾如此，其状差小，而其孙安野秀才预荐。今数二而大，岂非沈氏有二子登乎？”是时，内兄沈自强、自求方应进士举，既而皆不利，而予伯氏、仲氏乃以壬戌年中博学宏辞。盖习此科时，正在庵肄业，遂合二球之瑞。

【译文】绍兴戊午年（1138）冬天，我们兄弟为祭祀母亲之丧，住在无锡（今属江苏）大池坞外家坟的庵里，庵前后有两株巨大的松树。

第二年春天，两株松树各结了一只松球。松树高四五丈，球生在树尖上，四面青翠的树叶围绕着，好像自然生成一样。庵中僧人绍明说："近村姓边的墓松也曾像这一样，形状稍小一些，结果他家的孙子安野秀才被预荐。现在有两个而且大，难道沈家有两个儿子要登科吗？"这时候，我的两个表兄沈自强、沈自求正在应进士的考试，考完都未中。而我的二个兄长却在壬戌年（1142）中了博学宏辞科。练习此科的时候，我们正在庵内学习，于是就应合了"二球"的祥瑞。

梁元明

予友婿梁元明，尝梦入冥府。冥官令诸曹对状，戒之曰："还家勿泄于人，虽父母妻子亦不可言。若犯令，当灭族。"梁再拜受命。追者导之还，经地狱门，引入。至镬汤，见狱卒以长叉叉囚置镬内，骨肉糜烂，腥臭逆鼻，正如人间瓠羹然。

是夜，梦觉，以告其妻。妻亦不敢问所供何事，梁自是不食瓠羹，云闻其气辄呕逆。

后三年，从桂林如衡山经零陵，逢他人丧。柩书铭旌曰："汉阳军签判梁宣义。"询其乡里，曰"东平人"。元明新调汉阳签幕，乡贯官氏皆同，深恶之，竟不及赴官而卒。时绍兴十四年。

【译文】我一个朋友的女婿梁元明，曾梦见自己进了冥府。冥官令他到狱官那里陈述事状，并告诫他说："回家后不准向人泄漏这里的事，即使父母、老婆孩子，也不能说。如果违犯，要灭你全族。”梁再拜领命，随从领他回家，经过地狱的门口，把他领到一大鼎开水前。只见狱卒用长叉叉着囚犯，放进鼎内，顿时骨肉糜烂，腥臭直冲鼻子，好像是人做瓠瓜汤的样子。

当天夜里，梁元明醒来后，把梦中所见告诉给了他妻子，妻子也不敢问他都供出了什么事。梁从此不再喝瓠瓜汤，说：闻到那味儿就呕吐，胃里往上翻。

三年后，梁元明从桂林（今属广西）到衡山（今属湖南），经零陵（今属湖南）的时候，遇到人家办丧事。见灵柩前的旗幡上写着“汉阳军签判梁宣义”。梁问此人祖籍是哪里，回答说：“东平（今属山东）人”。梁元明正好新调任汉阳签判，籍贯、官职与那人都相同，心中非常厌恶。果然未来得及到任就死了。绍兴十四年（1144）。

卷第十一

扫码听谦德
君为您导读

玉华侍郎

莆田人方朝散，失其名。政和初，为歙州婺源宰。病热困卧。觉耳中锵锵天乐声。少焉，有女童二十四辈，各执旌纛幢幡至前。俄，彩云从足起，掩苒飞腾，瞬息间到一城。城中大楼明奂高洁，金书其门曰：太华之宫。正中设榻，使就座，侍女列立。长髯道士乘云至，碧冠霞衣，执玉简，直前再拜。方惊起，欲致答；道士拱手言："某于先生，役隶也，愿端坐受敬。"拜毕，跽白曰："碧落洞玉华宫莫真君敬问先生，瑶台一别，人间甲子周矣，嗣见有日，钦迟好音。"方懵然不知所答。道士曰："下土溷浊，能移人肺肠。先生应已忘前事，今当缕陈之。先生唐武后时人也，生于冀州。能属文，而嗜酒不检，浮沉里中。时河北大疫，死者如乱麻。先生书所得药方，揭于通衢间，病者如方治之，即愈。由此相传益广，所活不可计。梦中有人告曰："子阴德上通于天，上帝嘉其功，当以仙班相告。"先生素落魄，且自恃将为天人，愈以放诞，竟以狂醉坠井死。死后久之。乃用前功得召见于白玉楼，盖李长吉所作记处也。时有四人同召，当试文一首。帝自书：'大道无为赋'为题。先生有警句曰："帝凿窍而丧魄，蛇画足而失杯。"帝览之大喜，擢列第一，拜为修文郎，专以文字为职。继有玉华侍郎之命。同寮十八人，皆上清仙伯也。每侍帝左右，出则陪从金舆。尝晓幸紫霞宫。宫人不知辇至，或晚起，才画一眉，即趋出迎谒。帝顾之笑，命诸侍郎赋诗。先生卒章云："晓妆不觉星舆至，只画人间一壁眉。"帝吟讽激赏。卒以恃才怙宠，为众所嫉，下迁群玉外监。既陛辞，帝曰："群玉殿乃吾图书之府，非卿文学出伦，未易居此。"是后，宴见稍疏，一日，帝与诸仙游瑶圃，思先生之材，遣使来召。先生辞以疾，独与侍女宋道华泛舟池上，执手眷眷，有人间夫妇之想。为使者所劾。帝批其奏曰："男为东家男，女为西家女，皆谪坠人世。"道华生于蜀中，而先生乃为闽人。先生既登第，为邵武判官日，帝命召还。有不相乐者奏云："邵武分野，灾气方重，须此人仙骨以镇之。"乃止。近已有诏："更一纪复故处。"莫真君乃代先生为侍郎者，惧尘世易流，又有他过，则仙梯愈不可攀。故遣弟子来，郑重达意。"宋道华者，先已得归，正持宝幢立于侧。拜而言曰："人世纷纶，真可厌苦。若得再入碧落洞中，望见金玉师子，千秋万岁，永无闲思念也。"方君闻两人语，始瞿然如有所省。道士及众女皆谢去。遍体汗流，方寤，盖已三日。即召会丞尉及子孙历道所见。遂申郡乞致仕，时年六十有二。后不知所终云。

先君顷于乡人胡霖卿处得此事，亦有人作记，甚详。久而失去。询诸胡氏子孙及婺源人，皆莫知。但能道其梗概如是。今追书之，复有遗忘处矣。

【译文】莆田人朝散大夫方某，已不知他的名字。宋徽宗政和初年任歙州（今安徽歙县）婺源（今属江西）县令。因受热生病卧床上，觉得耳中传来阵阵锵锵的天乐声。不一会儿，有二十四名女童各自拿着旌纛幢幡来到近前。片刻，从脚下生起彩云。身体便飞了起来。瞬息间到了一座城池。城中有一座明亮华丽、巍峨清洁的高楼，大门上用金字书写着“太华之宫”。宫殿正中设有床榻，侍女们请他就座，然后列队侍立一边。一个道士乘着云彩来到，道士头戴碧绿色帽子，身穿云霞一样的衣裳，手执玉笏，来到面前连拜两次。方朝散惊讶地站起来，想要表达谢意，道士拱手说：“我对于先生来说，不过是一名役隶，请先生端坐接受我的敬意。”叩拜完毕，道士跪在地上，对方朝散说：“碧落洞玉华宫莫真君向先生致意，瑶台一别，人间已过了六十年了。随后就会和先生见面，谨等待着你的好消息。”方朝散茫然不知如何。道士说：“人世混浊，能够改变人的本性。先生可能已忘记以前的事了，现在我仔细说给你听。先生是唐代武后时人，出生在冀州（今河北省），善于写文章，但嗜好喝酒，不知节制，所以一直不得志。当时河北发生大瘟疫，死的人像乱麻一样。先生把自己所得的药方写出来，张贴于繁华大街之间，得病的人按方治病，很快就痊愈了。因此，传得更远。救活的人不计其数。在梦中有人告诉先生：“你的阴德已上通于天，上帝很赞赏你的功德，将会召你升入仙界。”先生一向不得志，并且自恃将要成为天人，更加放荡不羁，竟因为狂饮大醉坠井而死。死后很久才因以前功德，被召见于白玉楼，大概就是李贺（字长吉，唐诗人）被天帝召去作记的地方。当时有四人同时被召，所以要考试作文一篇。上帝自己写下“大道无为”作为题目。先生文中有警句说：“上帝开凿人的七窍却丧失了人的魂魄，画蛇添足而失去了饮酒的机会。”上帝看了先生文章大喜，列为第一，任命先生为修文郎，专门以作文为职业。接着委任为玉华郎。同僚一十八人，均是天上的神仙。常常侍奉在上帝左右，外出则陪从上帝的金车。曾经清晨巡幸紫霞宫，宫人不知上帝到来，有的人起的晚才画了一只眉，就急忙出来迎接叩拜。上帝看了，笑着要求诸位侍郎作诗。先生文章末尾说：“晓妆不觉星舆至，只画人间一只眉。”上帝吟咏记诵大为赞赏。终因恃才依宠，傲视同僚被众人嫉恨，降职任群玉外监。向上帝辞行时，帝说：“群玉殿是我存放图书的府第，若不是你文章学识出类拔萃，是不能随便在此居住的。”然后设宴款待便少了些。一天，上帝与诸位神仙巡游瑶圃，思念先生的才华，派遣使者前来召见，先生以生病为由拒绝前往。却与侍女宋道华泛舟池上，二人手拉手，流连忘返，有做人间夫妇的想法，被使者揭发。上帝批奏说：“男为东家男，女为西家女。都贬谪下人世。”道华生于蜀中（今四川省），而先生却成了福建人。先生中进士后，任邵武判官的时候，帝下令召还。有不喜欢先生的人进言道：“邵武地区，灾气正重，必须此人的仙体才能震慑。”上帝才作罢。最近已有诏书：“一百年后恢复原职。”莫真君是代替先生任侍郎的人，恐怕尘世极易流变，再有其它过失，那么升仙的机会就更不可得了。所以派遣弟子来，郑重表达他的意思。宋道华已先回到碧落洞，正手持宝幢站立在一边，施礼道：“人世间纷纭杂乱，实在让人厌烦苦恼。若能再回到碧落洞中，望见金毛狮子，纵然千秋万岁，也永远不要再有多余的想法了。”方朝散听了两人的话，才猛然有所省悟。道士及众侍女都拜谢而去。方朝散遍体流汗，醒了过来，三天已经过去了。立即召会丞尉及子孙，叙述了他见到的一切。于是向郡里上表请求退职。当时是六十二岁，后不知去向。我的父亲曾经从同乡人胡霖卿那里听到这个故事，也有人记录得很详细。时间一长，就丢失了。询问胡氏的儿子及婺源人，都不清楚，只能说个梗概，就像上面所记述的。今天来追忆书写这件事，又有遗忘的地方了。

永平楼

饶州永平监楼，南临番江。绍兴三十二年，会稽陆瀛，毗陵张抑居官舍，晚饮微醉，同登楼，凭栏立，傍无侍史。方纵谈呼笑，有妇人不知所从来，立于两人中间，亦凭栏，笑曰：“尔两人在此说甚事？”未及答，已无所睹。皆大惊悸。急下楼，后不敢复往。（郭契已说）

【译文】饶州（今江西波阳）永平监楼，南临番江。宋高宗绍兴三十二年（1162），会稽（今浙江绍兴）陆瀛、毗陵（今江苏常州）张抑在官舍居住，晚上饮酒微有些醉意，一同登上监楼，凭栏而立，旁边没有女侍从。二人正开怀畅谈，纵情欢笑时，有一个妇人不知从何而来，立于两人中间，也靠着栏杆，笑着说：“你们二人在这里说些什么？”没等二人回答，已看不到了。二人都大为吃惊，急忙下楼，后来也不敢再去。

唐氏蛇

唐信道，于会稽所居，治松棚，毕，俯见短枝出地二寸许，以为松也。将拾弃之，其物蠢蠢有动态。拔之不出，呼童发土取之，则渐大。凡深数尺，盖一异蛇也。尾细如箸，其身乃粗大，与人臂等。至头，复甚小，与尾相称。越人皆所不识。予前志有融州蛇事，与此相反云。（唐说）

【译文】唐信道，在他会稽（今浙江绍兴）的住地搭建凉棚，完了以后，低头见一个短枝伸出地面二寸左右，以为是松枝，准备拾起扔掉，那松枝却蠢蠢欲动。用手拔却拔不出来。叫童儿挖土取它，却越来越大。大约有几尺深，原来是一个怪蛇。尾巴有筷子粗细，身体却十分粗大，与人的胳膊相等。到了头部，又很小，与尾部差不多。越人都不认识。我前面的记述中有融州（今广西融安）蛇的故事，与此事相反。

巩固治生

方城人巩固者，以机数治生。其邻周氏，素富，一旦，男子相继死，但余一老媪并十岁孙。因置酒延媪，以善言诱訹之，开以利害，曰："媪与孙介处，而挟田宅货财以自卫，是开门揖盗之说也。曷若及身强健时，尽货于我，我当资给媪终老，育而孙使成人，若何？"媪大喜，以贱价求售，其直不能什二。固才得之，即逐使离业，而尽室徙居之。徙之日，命数僧具道场庆谢。至夜半，大声从井中出，旋绕满宅，到晓乃止。固竟居之。甫一岁，虏人犯唐州，巩氏数十口皆死其处，无一得免者。

【译文】方城人巩固，用投机和算计经营他的生活。邻居周氏，一向很富有，有一段时间，家中男人相继死去，只剩下一老妇人和十岁的孙子。巩固设酒宴请老妇，用好听的话引诱她，用利害开导她。巩固说："您与孙子独自生活，却带着田地宅院财物，自己保护自己，实际上是开门揖盗啊。为什么不趁着身体健康时，全部卖给我。我将会给你养老送终，抚育你的孙子使他长大成人，怎么样？"老妇人非常高兴，用很低的价钱要求卖给他。价值不值实价的十分之二。巩固才得到这些，就立即撵老妇人离开祖业，自己全家搬了过来。迁居之日，让几名僧人安排道场庆贺。到了半夜，有巨大的声音从井中传出，满院旋绕，到天亮时才停止。巩固竟然住了下来。刚刚一年，金兵攻打唐州（今河南唐河），巩氏一家几十口全部死在那里，没有一个能够逃出。

刘氏葬

刘延庆少保，少孤，后丧其祖，卜葬于保安军。有告之曰："君家所卜宅兆，山甚美而不值正穴，盖墓师以为不利己，故隐而不言。若启圹时，但取其所立处，则世世富贵矣！"如其言。墓师汪然出涕曰："谁为君言之，业已而，无可奈何。葬后不百日，吾当死。君善视我家，当更为君择吉日良时以为投。某日可舁柩至此，俟见一驴骑人，即下窆，无问何时也。"刘氏闻其说，亦恻然。但疑骑驴人之说，及葬日，迁延至午，乃山下小民家驴生驹，毛色甚异。民负于背，将以示其主，遂以此时葬焉。越三月，墓师果死。延庆位至节度使，子光世至太傅扬国公。（刘尧仁山甫说，山甫杨公子也）

【译文】刘延庆少保，少年失去了父亲。后来又死了，墓地选定在于保安军(今陕西志丹)。有人告诉他说："您家所选的墓地，山很漂亮却不在正穴上，大概是看风水的墓师认为对自己不利，所以不肯说出来。如果建坟时，只在墓师站立的地方挖，那么，世世代代将会富贵了。"延庆按他说的照办。墓师流着眼泪说："是谁告诉您的？已经这样，我也没有办法了。下葬后不出百日，我就会死。希望您能好好看护我的家人，我将再为您选择一个良辰吉日，作为对您的报答。某日，可以把灵柩抬到这里，等到见一驴骑人，就可下葬，不要论什么时辰。"刘氏听他这样说，也很同情他，但怀疑驴骑人的说法。到了下葬那天，一直等到中午，这座山下的一个农民家，驴子生了一只小驹，毛色十分奇异。农民背着小驹，去给主人看，于是就在此时下葬。过了三个月，墓师果然死了。刘延庆后来官至节度使。他的儿子光世也做了太傅扬国公。

米张家

京师修内司兵士阚喜，以年老解军籍。为贩夫，卖果实自给。其妻汤氏，旧给事掖廷，晚乃嫁喜。宣和二年六月，喜卖瓜于东水门外，汴堤丛柳间。所坐处，去人居百许步，柳阴尤密。午暑方盛，行人不至。闻木杪呼："小鬼！"继有应之者，呼者曰："物在否"应者曰："在。"如是再三。仰头周视，无所睹。惧不自安，欲归，而妻馈食适至。具以事语之。妻曰："老人腹虚耳聩，妄闻之，无惧也。"明日复如前。又以语妻。妻曰："然则翼日我于此代汝，汝当为我馈。"

汤氏，慧人也。伺其时至，闻应答声毕，遽曰："既在，何不出示？"即于树间掷金数十颗，银十余铤，黄白烂然。妻四顾无人，亟收置瓜篮中。未毕而喜至，惊笑曰："吾不暇食矣。"喜见黄物形制甚异，疑不晓。妻曰："此裹蹄金也。"尽拾瓜皮与所坐败簟覆篮，共舁以归。仅能行百步，重不能胜。暂寄于张家茶肆中，出募有力者挈取。张氏讶其苍黄如许，发篮见物，悉以瓦砾易之。喜夫妇不复阅视，及家始觉。妻曰："姑忍忽言，当复用前策，尚可得也。"

洎坐树下，过时无所闻，乃效其呼："小鬼。"亦应曰："诺。"妻曰："再在昨日之物来。"曰："亡矣。"问："何故？"曰："已烦卖瓜人送与张氏竟。"喜将讼于官，妻曰："鬼神不我与，虽诉何益？不若谋诸张氏。"张曰："物已归我，又无证验，安得取？且尔夫妻皆老而无子，多资亦奚为？幸馆于吾门，随所用钱相给，毕此一世，可也？"喜乃止。张氏由此益富，徙居城北，俗呼"米张家"云。

【译文】京城修内司士兵阚喜，因为年老解除军籍，做了小贩，以卖水果为生。他的妻子汤氏，过去在宫中侍奉嫔妃，到老才嫁给阚喜。宋徽宗宣和二年元月（1114），阚喜在东水门外的汴堤柳丛间卖瓜，坐的地方离有人居住的地方有一百多步，柳阴很密。中午暑气正盛，没有什么行人。忽然听到树梢叫："小鬼。"接着有答应的声音。叫者说："东西在不在？"答应说："在。"像这样重复多次。阚喜仰头向四周看去，什么也没有。顿时恐惧不安。正想回去，汤送饭正好来到。阚喜事告诉妻子，汤氏说："人老了肚子又饿耳又聋，怕是听错了。不要害怕。"第二天又跟昨天一样。又告诉妻子。汤氏说："既然这样，明天我在这里替你，你给我送饭。"

汤氏是个很聪明的人，等到时候，听树上的应答声完后，突然说："既然东西在，为什么不拿出来看看？"当即从树枝间扔下几十颗金子和十几个银锭。汤氏看了周围没人，急忙收起放在篮中。还没拾完，阚喜到了。汤氏惊笑："没空吃饭了。"阚喜见金子形状十分奇异，不大明白，妻子说："这是马蹄金。"两人把瓜皮都拾起来和所坐的破竹席一起盖在篮上，抬起篮子回家。走了一百多步，抬不动了。只好暂时寄放在张家茶馆里，出去雇有力的人来拿。张氏对二人如此慌张，十分惊讶，揭开篮子，发现了黄金。于是全部用砖瓦换掉了黄金。阚喜夫妇也没有再看，到家后，才发现被人换了。汤氏说："暂且忍耐不要声张，明天再用以前的法子，还可以得到。"

等坐到树下，过了时辰也没有听到什么，于是仿效叫道："小鬼。"也答应道："在。"汤氏说："再把昨天的东西拿些来。"答道："没有了。"汤氏问："为什么？"答道："已经麻烦卖瓜的人送给张家了。"阚喜准备打官司，妻子说："鬼神都不愿意给我们，打官司中又有什么用？不如在张氏那儿打点主意。"张说："东西已经归我了，你又没有证据，怎么能拿回去呢？再说你们夫妇都老而无子，钱多了也没什么用。幸好就住在我门前，平日所用的钱我给你们，供养一辈子，可以吗？"阚喜这才罢了。张氏从此更富。迁居城北，俗称"米张家"。

涌金门白鼠

京师人鲁畤，绍兴十一年在临安送所亲子北闸下，忘携钱行，解衣质于库。见主人如旧识者，思之而未得。退访北关税官朱子文，言及之，盖数年前所常见丐者也。其人本豪民，遭乱家破。与妻行乞于市，使三子拾杨梅核，椎取其实以卖。少子尝见一白鼠在聚核下，归语父，父戒曰："明日往捕之，得而货于禽戏者，必值数百钱，勿失也。"迨旦，母与偕至故处，果见鼠。逐之及涌金门墙下，入穴中而灭。母立不去，遣子归取锸，斸地深可二尺，望鼠尾犹可见。

俄得一青石，揭去之，下有大瓮，白金满中。遽奔告其父。其父至，不敢启。亟诣府自列，原以半与官，而乞厢吏护取。府主从其言。得银凡五千两。持所得即日鬻之，买屋以居，而用其钱为子本，遂成富家，即质库主人也。（峙说）

【译文】鲁峙是京城人，宋高宗绍兴十一年（1111），在临安（今杭州）北闸送亲友，出门时忘了带钱，只好脱掉外衣送到当铺去当，见当铺主人像过去熟悉的人，但想不起是谁。回来后拜访北关税官朱子文时，说到此人，才知就是几年前经常见到的乞丐。这人本来是个富豪家庭的人，遭遇战乱，家业破败了。就与妻子在街市上行乞，让三个儿子拾扬梅核，砸开取出果实后卖。小儿子曾经在杨梅核堆下看见一只白鼠，回来后告诉了父亲，父亲告诫他说："明天去逮住它，卖给耍禽戏的人一定会值不少钱，不要让它跑掉了。"等到天亮，小儿子和他母亲一起来到原处，果然见到了白鼠。二人一直撵到涌金门墙下，白鼠钻进洞中不见了。母亲立在洞外不动，让儿子回去取来铁锹，向下挖了约二尺深，还可看见白鼠尾巴。

不一会儿，挖到一块青石，揭去青石后，下面有一个大瓮，瓮中装满了白金。连忙跑回去告诉了他父亲。父亲赶到后，不敢取。

急忙赶到官府，愿意分一半给官府，只乞求厢吏保护去取。官府依照他说的做了。这家一共得到白银五千两。拿着这些钱，当天就买了房子。用这些钱给儿子做本钱，于是成了富家，这就是当铺的主人。

金尼生须

平江传法尼寺何大师，本章子厚家青衣也，其徒曰金师，亦故章妾。尝昼卧室中，道人叩门入乞食。金师曰："院中冷落，殊乏好供。"曰："随缘足矣。吾适到妙湛院，欲少留，而尸气触人，不可入，故舍而至此。"乃设饭延之。食毕，将去，金师夙苦瘵疾，尝奄奄短气，漫言曰："我久抱病，先生还有药见疗乎？"曰："适有一粒，正可服。"即同往佛殿，命汲水，东向吞之。询其乡里，曰："我河东人，骨肉甚多。"不肯言姓名。临去时嘱曰："既服我药，用两事为戒：切不可临丧及送葬。更十二年，吾当复来。"遂出。金师归舍，便闻食气逆鼻，两日不食。何师怒骂之曰："汝从野道人吃毒草药，损污肠胃，当即死矣。"强之使食。才下咽，即呕。自是竟不食。久之，髭髯皆生，黳黑光润，如男子。后因赴亲戚家长斋，遂思食，距服药时正十二年。道士亦绝不至。金师遭虏寇之难，死于兵间。（何德献说，何及见金师生髯时）

【译文】平江传说法尼寺何大师原来是丞相章淳（字子厚）家的婢女，她的徒弟叫金师，也是过去章家的小妾，曾经白天在房中睡觉，有一个道士敲门进来要吃的。金师说："我们这里香火比较少，没有什么好招待的。”道士说：“随便给，有啥给啥，就足够了。我正好到妙湛院，想少停一下，但是里面尸体的气味冲入，不能进去，所以只好到了这里。”于是做饭招待他。吃完后正要走，金师平时受痨病折磨，常常气息奄奄，这时随口说道：“我得病很长时间了，先生还有药给我治疗吗？”道士说：“碰巧有一粒正好可以服用。”当即一起到了佛殿，道士让她从井中打上水来，面向东把药吞了下去。金师问他是哪里人，道士说：“我是河东（今山西省）人，亲人很多。”但不肯说出姓名。临走时嘱咐道：“服了我的药后，再戒两件事：切不可临丧和送葬。十二年后，我会再来。”说完就走了。金师回到屋内，就闻到胃中食积气味冲鼻。两天不想吃东西。何大师大怒生气地骂道：“你听从野道士，吃了有毒的草药，损伤污染了肠胃，马上就要死了。”强迫她吃饭。刚一下咽，就吐了出来。从此竟然不再吃饭。时间长了，嘴上脸上长出了胡子，黝黑光润，就像男子一样。后来因为到亲戚家赴丧，才感到想吃饭。这时距服药时正好十二年，道士也从没来过。金师后来遭遇金兵之难，死在战乱之中。

阳山龙

平江府二十里间阳山龙母祠，相传其子每岁四月必一至祠下，皆取道野外，吴中人多见之。唯绍兴二十年，独入城。章几道宅后有廨院，曹云借居之。是日，雷电旋绕其室，曹在堂上，有物拥之向壁。揭庭下松棚，从空起，室中箱箧，皆徙它处。几道与其甥何德辅，仰望见云中火光。巨鳞赫然，或僧或道士，或尼姑或倡女，杂沓其前，履空蹑云，为捧迎状，越城

一角而去。（何德献说）

【译文】离平江府（今苏州）二十里处的龙母祠，相传龙母的儿子每年四月一定要到祠下一次，每次都取道野外，当地人很多都见过。只有宋高宗绍兴二十年（1150）却入了城。章几道的房屋后有一座官署，曹云借住在那里。龙子入城这天，雷电在他的室内旋绕。曹云在堂屋，觉得有东西把他向墙壁上拥。庭下的松棚也被揭起飞到了空中。室内的大小箱子都被提起移到了别处。几道与他外甥何德辅，仰望云中，火光闪闪，巨鳞都看得很清楚。僧人、道士、尼姑、妓女都纷乱拥挤在它的前面，腾空驾云做出奉迎的样子，越过城角而去。

遇仙楼

信州弋阳人吴滂，字润甫，所居曰“结竹村”。幼子大同，生而不能言，手亦挛缩。绍兴十七年，年十一岁。方秋时，与里中儿戏山下，有道人过，问吴润甫家所在，旁儿指曰：“在彼。”曰：“此子何不答我？”曰：“不能言。”道人曰：“然则，我先为治此疾，而后往。”乃摘茅一茎，取其针，针大同两耳下，应时呼号，又连针其肘，遽伸手执衣曰：“何为刺我？”群儿皆惊异，与俱还滂家。道人入门曰：“君家又有一人废疾，可舁至县中寻吾治之。”且约以某日。盖滂兄浚长子不能行四十五岁矣。过期数日，乃入邑访之，无所见。后滂与大同至县，见丐者，彭僧蓝，鬅鬙蓝缕。大同指曰：“此是也。”滂以钱遗之，不受。曰：“沽酒饮我足矣。”至酒肆，方具杯，掷去之，曰："此不足一醉。"自入库中，取巨瓮，两人不能胜者，独挈之出。其直千钱。举瓮尽饮之，乃去。又曰："君家麻车源，木甚多，可伐之，为我建一楼于所居竹间。"麻源者，去结竹七里，产大木。滂如其言立楼，命曰"遇仙"。常烹羊酾酒为庆会。自此道人不复至。大同独时有所适，或经日乃返，不告家人以其处。始时，身绝短小，今形容伟然，气韵落落。又数年复来，告曰："俟你父母捐馆，妻子亦谢世，当访我于贵溪紫竹岩。"今滂夫妻皆死，大同妻子（以下宋本缺一页）华宫瑶馆游毕，却返绛节回鸾翼，荷殷勤三斝香醪，供养我上真仙客。赤霭浮空，祥云远布，是我来。仙迹且频修，同泛舸上云秋碧。"书毕，人问曰："先生降临，何以为验？"曰："赤云满空，则吾至矣。"异日复至，果然故词中及之。

【译文】吴滂，字润甫，信州（今江西上饶）弋阳人，住的地方叫结竹村。幼子大同，生下来就不会说话，手也蜷曲不能伸。宋高宗绍兴十七年（1147）大同十一岁。正是秋天，与村里小孩在山下玩耍，有一个道人过来问吴润甫，家在什么地方，旁边的小孩指了指说："在那边。"道士说："这孩子为什么不回答我？"答道："不会说话。"道人说："既然这样，我就先为他治了这病，然后再去。"于是摘下一段茅草杆，用它作针，针刺大同的两耳，大同顿时呼号起来。又连刺他的肘部，大同扯住的衣服说："为什么刺我？"孩子们都十分惊异，与道人一起来到吴滂家。道人一进门就说："您家还有有一个人是残疾，可抬着到县城里来找我治疗。"并且约定了时间。原来吴滂的兄长浚的大儿子不能走路，已四十五岁了。他们过了约期数日后才到城里找道人，没有见到。后来吴滂和大同至县城里，见到一乞丐，发髻散乱，衣服破烂，大同指道："他就是这个道人。"吴滂给他钱，道人不要，说："给我打酒喝就行了。"到了酒馆，正要置放酒杯，道人却把它扔了，说："这不够一醉。"自己到库中取来一个巨大的瓮。这瓮两人都抬不动。道人却独自提了出来。这一瓮酒约一千个钱。道人举起大瓮，喝了个精光才走。走时又说："您家麻车源的树木很多，可以在你们住处的竹林里替我建一座楼。"麻源离结竹村七里，出产大树。吴滂按道士说的建起了楼，命名为"遇仙"，经常在这里烹羊饮酒进行聚会，从此道人便不再来。唯独大同时常出去，有时一整天才返回，又不告诉家人去处。开始时，大同身材短小，现在却相貌堂堂，气韵疏朗。又过了几年，道士又来，告诉大同："等到你父母双亡，妻子也去世后，到贵溪紫竹岩来找我。"现在吴滂夫妇均已去世，大同妻子（以下缺一页）华宫瑶馆游毕，却返绛节回鸾翼。荷殷勤三斝香醪，供养我上真仙客。赤霭浮宫，祥云远布，是我来。仙迹且频修，同泛舸上云秋碧。"书写完毕，有人问："先生降临用什么来验证呢？"答道："红霞满天，那我就到了。"改天又来，果然像原来词中描写的那样。

白弥猴

朝请郎刘公佐，罢衡州守，舟行旧京师，道中得疾。其妻赵氏，每夕必至所寝处，视诊药饵。时方盛夏，马门不关。一夕赵至床侧，公佐睡未觉。一物如猴，色正白，直从寝阁冲人而出，径历外户，跳登岸。赵氏畏惊病者，不敢言。独呼子总出视之，物犹在岸上，睢盱回顾，久之始去。刘生于丙申，属猴，人以谓精爽逝矣。至泗州而卒。

【译文】朝请郎刘公佐，被罢免了衡州（今湖南衡阳）太守官职，乘船回，途中得了病。他的妻子赵氏，每晚必到他休息的地方，观察治疗吃药饮食。这时正是盛夏，船上隔扇门没关。一天晚上，赵氏又来到床前，公佐正睡未醒。有一个像猴一样的东西，颜色正白一直从卧室的小门冲着人跑了出来，经过外面的门，跳上了河岸。赵氏恐怕惊了病人，不敢出声，只好叫儿子刘总出去看一看，那东西还在岸上，瞪着眼往回看，好大一会儿才离开。刘公佐出生于丙申年，属猴，人们因此都认为他的灵魂已经消失了，故一到泗州（今江苏宿迁），便死了。

天衣山

李处度平仲，居会稽。绍兴十八年被疾，未甚笃。州监仓方释之与数客往省之，李方燕语往来，且道医之谬。忽顾曰："近被旨买丝数万两，不知其价几何？"客讶语不伦，俄呼："虞候令传语唐运使，且喜同官。今先行相待，可便治装也。"又语客曰："得一廨舍在天衣山中，极明洁。"客不敢答，即引去。是夜，遂卒。唐君，名闶，其室与李相近。时病废家居，闻之甚惧。次日，亦卒。李之葬乃在天衣山云。（方子张说）

【译文】李处度，字平仲，住在会稽（今浙江绍兴）。宋高宗绍兴十八年（1148）患病，还未恶化。州里的监仓官方释之同几位客人前去探望，李正在与其他客人吃饭交谈，又说医生治病之错误。忽然又回头说："近日接到指令，要买丝数万两，不知现在丝的价钱是多少？"客人们正在惊讶他说话的语无伦次，一会儿又大声呼喊："虞候命令我传话给唐运使，可喜要和他一同做官共事。今天我先走等待他，他也该准备一下行装。"又对客人说："在天衣山中获得一座官署，非常明亮整洁。"客人不敢答，便离去。这天夜里，李便死去了。唐君，名闳，他家住的地方与李住得很近。当时，唐闳正因病残辞官在家休息，听到这件事，非常害怕。第二天，也死了。李处度的墓地就是在天衣山中。

卷第十二（一十事）

扫码听谦德
君为您导读

真州异僧

金华范茂载，建炎二年，以秀州通判权江淮发运司干官，官舍在仪真。方剧贼张遇寇淮甸，民间正喧然。范泊家舟中，而日诣曹治事，其妻张夫人，平生耽信佛教，每游僧及门，目所见物，悉与之，不少吝。

郡有僧，鸣铙钹行乞于岸，呼曰：“泗州有个张和尚，缘化钱修外罗城。”张邀至舟所。僧于袖间出雕刻木人十许枚，指之曰：“此为僧伽大圣，此为木叉，此为善财，此为土地。”命之笑，则木人欣然启齿，面有喜色，取一儿枕鼓而寝者以与张，曰：“此僧伽初生时像也。”又以药一粒授张，戒使吞之。张施以紫纱皂绢各一匹，僧甫去。范君适从外来，次子以告，问：“何在？”曰：“未远。”遣人追及，将折困之，僧殊不动容，索纸书十字者三，又书九字及徐字于下，以付范，即去。张氏取药欲服，而其大如弹丸，不可吞，乃命婢磨碎调以汤而饮之。明日，僧复至，问曰："曾饵吾药否？"以实对僧，叹咤曰："何不竟吞之，而碎吾药？然亦无害也。"

后两日，贼船数百渡江而南，将犯京口，最后十余船独回泊真州，杀人肆掠。是时，岸下舟多不可计，舳舻相衔，跬步不得动。范氏之人，无长少皆登津散走，张以积病不能行，与一女并妾宜奴者三人不去，但默诵救苦观世音菩萨，时正月十四日也。一贼登舟从蓬背堪矛入，当张坐处，所覆绵衾四重皆穿透，刃自腋下过，无所损，贼跳入中，又举矛刺之，出两股之间，亦无伤焉，贼惊异，释仗问云，"汝有何术至是？"曰："我以产后得病故，待死于此，但诵佛耳，安得术哉？家藏金银一小箧，持以相赠，幸舍我。"贼取之，而留其衣服，曰："以为买粥费。"去未久，又一贼来，持火药罐发之，欲焚其舟。未及发，而器坠水中，亦舍去。俄顷，两岸火大起，延及水中范氏舟，缆已爇断，如有牵挽者，由千万艘间，无人自行，出大江，茫然不知东西，唯宜奴扶舵，夷犹任所向。及天明，则在扬州矣！

范之弟茂直，为司农丞，从车驾行在，即挈取之，是日，一家十四口，数处奔迸，并集于扬，不失一人。方悟碎药无害之说。使如僧言吞之，当无惊散之苦矣。范归乡因溺水，被疾而殂，正年三十九，葬于婺，买山于徐家，尽与纸上字合。僧不复见，而所留木儿亦不能动。其后，张夫人沉疴去体，寿七十乃终。其子元卿端臣说。

【译文】金华（今属浙江）人范茂载，宋高宗建炎二年（1128）

以秀州（今浙江嘉兴）通判的身份，暂代江淮发运司干官之职，官舍在仪真。正当剧贼张遇侵扰淮甸一带，民间正乱。范茂载暂住家舟中，而每天到公署办公，其妻张夫人平生深信佛教，每有游僧经过家门无论看见什么东西，都会给他们，从不吝啬。

本郡有个僧人敲打铙拔在岸上行乞化缘，高声叫曰："泗州（今江苏宿迁）张和尚，正在缘化钱财修外罗城，"张夫人便把这个僧邀到船上。这个僧人从衣袖间掏出雕刻的木人十多个，指着木人说："这个是僧伽大圣，这个是木叉，这个是善财，这个是土地。"命令木人笑，这些木人便欣然启齿，面有喜色。取出一个枕鼓而睡的小儿给张夫人，说："这是僧伽初生时的像。"又拿出一粒药丸给夫人，告诫她吞服。张夫人施赠给僧人紫纱皂绢各一匹，僧人方离去。范君从外面回到住处，他的儿子便把僧人来家舟的情况告诉了他，他问："僧人现在哪里？"儿子说："还没走远。"范君便派人把僧人追回，请僧人给他占卦，僧人不动声色，索要纸张，写了三个十字，又写了九字和徐字。便把纸闪给了范君，僧人便离去了。张夫人取药想吞服，然而其药大如弹丸，不可吞，便命婢女把药磨碎，调成汤状饮之。第二天，僧人又来，问道："可曾吃过我的药吗？"张夫人把吃药的事如实地告诉了僧人。僧人叹惜道："为什么不整个吞下去而把我的药磨碎呢？即使这样，也没什么危害。"

两天后，贼船数百只渡江南下，将要进犯京口（今江苏镇江）。最后十余只船又返回，停靠真州（今江苏仪征），杀人大肆掠夺。当时，岸下舟多得无法计算，舳舻相连，半步也不能动。范氏家的人，无论年长年少都登上渡口逃散，张夫人因积病缠身，不能行走，与一个女儿和一个叫宜奴的小妾三人没有离去，只默诵救苦观世音菩萨。这一天正是正月十四。一个贼人登上舟从舟蓬背后用矛刺入，正是张夫人坐的地方，所盖的四重绵衾都被穿透，矛刃自腋下通过，但没有损伤。贼人跳入舟中，又举矛刺夫人，矛出两股之间也没有伤着。贼人惊异，舍弃兵器问道：“你有什么法术，以至于这样？”夫人说：“我因为产后得病的缘故，在这里等死，只诵佛经罢了，哪里有什么法术呢？家里藏有金银一小箱，拿来赠给你，请放了我吧？”贼人取了金银而留下衣服说：“用来作买粥钱吧！”离开不久，又一贼过来，手拿火药罐想发火，焚烧范氏舟，未及发火而火药罐坠入水中，也放过离去。不一会儿，两岸火大起，延及水中范氏舟，舟缆已燃断，就像有人牵挽一样，范氏舟由千万艘舟船间无人自行，出大江，茫然不知东西，只有宜奴扶舵，从容地任其所向。等到天明，则已在扬州（今江苏扬州）了。

范茂载之弟茂直，为司农丞，跟从皇帝巡幸在扬州，便接张夫人到家。这一天，范氏一家十四口，从许多地方全都奔涌集在扬州，不失一人。张夫人这时方明白碎药无害之说，假使依僧人所说的吞服整个药丸，那么就不会有惊恐失散的痛苦了。范茂载归乡，因溺水得病而死，正年三十九岁，葬于婺山，买的坟地正是姓徐的土地，尽与纸上字合。僧人不再出现，而他所留的木儿也不能动。以后，张夫人积疾离身，活到七十才死。其子元卿端臣说。

章惠仲告虎

成都人章惠仲与其妹婿丘生，绍兴二十六年，以四川类试中选，同赴廷试。未出峡，舟覆于江，丘生死焉，章仅得免。既赐第，调井研县主簿，还至峡州，得家书报其弟病死，章茹哀在道，兼程而西。跨羸马，倩一川兵挈囊以随。

过万州，日势薄晚，犹前行不已，遂坠崖下，去岸十余丈，遍体皆伤，不可起。俄有虎至，奋而前，衔其髻欲食，章窘怖呼而言曰："汝虎有灵，幸听我语。吾母年八十矣，生子二人女一人。往年妹婿死于水，今年弟死于家，独吾身存。将以微禄充养，今汝食我，亦命也，无足惜，奈吾老母何？"虎自闻其言，已释髻，低首为倾听状。语毕，即舍去，盘旋其傍，若有所捍御。夜过半，章痛稍定，睡石上，梦人告曰："天欲晓，可行矣！"觉而已明，攀危木寸步而上，及登岸，马犹立不动，遂乘以行。告敕皆在身，但囊橐为兵携去。

章赴官满秩而母亡，未几，章亦卒，乃知一念起孝，脱于死地，专为母故也。异类知义如此，与夫落陷井不引手而挤之下石者，远矣！可以人而不如虎乎？

【译文】成都人章惠仲与他的妹夫丘生，在宋高宗绍兴二十六年（1156），因四川路类试中选，一同去参加殿廷考试。没行出三峡，舟就翻在江中，丘生死了，章生得救。考中后，调任井研县为主簿。返回到峡州（今湖北宜昌）时，章惠仲接到家书，报他的弟弟病死了，惠仲一路悲伤，向西急赶路。骑着一匹弱马，请一名四川兵带着行囊相随。

经过万州（今四川万县），天已经快黑了，因为赶路不停。于是便坠入山崖，离岸十多丈，跌得遍体是伤，不能起身。不一会儿，有一老虎走来，扑上前去咬住他的头发，就想吃掉他，章惠仲惊恐大叫，说道："你这个老虎如果有精灵，希望听我把话说，我的母亲今年已八十岁了，生有两个儿子和一个女儿。去年我的妹夫死在水里，今年我的弟弟又病死于家中，现在就我独自一人，母亲只能靠我微薄的薪俸来养活。今天你吃掉我，这是命运的安排，也没什么怜惜，我的老母亲将来可怎么办呢？”虎自听惠仲话，已经放下了他的头髻，低头作倾听的一样。惠仲说完，虎便放弃了惠仲而离开，盘旋在惠仲身傍，好像要护卫着他。半夜过后，惠仲疼痛稍有平定，便睡在石头上，梦中听有人告诉他说：“天将亮了，可以行走了！”惠仲醒来天已亮，便攀着危木一点一点地往上爬。等到登上崖岸，所骑的马仍在那里立着没动，于是便骑上继续行走。文告敕书都在身上，只有行囊口袋被兵卒带走了。

章惠仲赴官期满而他的母亲也去世了，不久，惠仲亦死了，乃知一念起孝，从虎口里逃脱，单单因为是他母亲的缘故。异类动物还知道礼义如此，那么，对那些对落井的人不伸手救助，而推石下井的人来说，真是差远了。可以认为人反而不如老虎呀！

大散关老人

政和末，张魏公自汉州与乡人吴鼎同入京省试，徒步出大散关，遇暴雨，而伞为仆先持去，无以障，共趋粉壁屋内避之，败宇穿漏，殆不容立。望道左新屋数间，急往造焉。老父出迎客，意色甚谨，纵观客容貌举止，目不暂置。二人同辞而问曰：“老父岂能相乎？”应曰：“唯唯。”魏公先指吴生扣之，笑曰：“大好大好。”而不肯明言。吴生指魏公曰：“张秀才前程如何？”起而答曰：“此公骨法贵无与比，异日，中原有变，是其奋发之秋，出将入相，为国柱石，非吾子可拟也。”二人皆不以为然。会雨止，即舍去。

明年，魏公登科，吴下第。公送之出西郊，临别谓曰：“君过散关时，幸复访道傍老父。”吴虽不乐父言，然亦欲再谒休咎。及至昨处，唯粉壁故在，无所谓新居者。询关下往来人，皆莫知。魏公既贵为川陕宣抚处置使，吴犹布衣，以公恩得一官，竟不显。（二事皆黄仲季说）

【译文】宋徽宗政和（1111—1117）末年，魏国公张浚当秀才时，从汉州（今四川广汉）和同乡人吴鼎一起进京省试，步行走出大散关，突遇暴雨，然而伞已被仆人先行带走，没有什么遮雨，便一起走进壁有涂粉的破庙内避雨。屋毁漏雨，呼不能停立。望见道路左边有新建房数间，急忙前去拜访。有一老父出门迎客，神色严谨，直观客人的容貌举止，目不转睛。二人不约而同问道：“老父难道会相面吗？”应说：“嗯嗯。”魏公先指吴生问老父面相如何？老父点头笑道：“大好，大好！”而不肯明说。吴先生指魏公说：“张秀才前途怎样？”老父起身而回答说：“这位的骨法贵到无法可比的地位了，将来，中原有乱的时候，也正是他出人头地的时候，外出为将，入朝为相，是国家的栋梁，并不是你可比的。”二人对老父的话都不以为然。一会儿雨一停，便离开了。

第二年，魏公金榜得中，吴生落选。魏公送吴生出西郊，临别之时魏公对吴生说：“你过散关时，希望再访一下路旁的老父。”吴生虽然不喜欢老父的话，也想再问自己的福禄。等到走到原先的地方，只有用粉涂壁的破庙仍在，并没有什么新建的房屋。询问过往的行人，都不知有新屋。魏公不久之后就贵为川陕宣抚处置使，吴生仍为平民，后受魏公的帮忙，得到一个小官，也不显贵。

肇庆土偶

郑安恭为肇庆守，有直更卒每夜半见城上亭中火光，往视之，乃十余人及小儿数辈聚博。卒有胆，不惧，戏伸手乞钱，诸人争与之，几得三千以还。明日，验之，真铜钱也，也不以语人。次夕，又如是。遂赂掌宿节级，求专直三更，所获益富。

逾两月矣，会军资库失钱千余缗，并银数百两，揭榜根捕，或告云此卒近多妄费，又衣服鲜明可疑也。试擒之，诘其为盗之端，不能隐，具以实言。郑意必土偶为奸，乃系卒使人部往，遍索诸庙，至城隍庙中有土偶，状貌类所见者，碎之腹中得银一笏。尽剖之，皆然。因发地，凡偶人下，各得数十千，合此卒用过之数，更无少差。即终毁偶像，其怪遂绝。（安恭说）

【译文】郑安恭做肇庆（今属广东）太守，有值更卒每天半夜都见城上亭中有火光，便前往巡视，原来是十多个人和几个小孩在聚众赌博。这个更卒有胆量，不害怕，并游戏着伸手要钱，这些人争着给他，共得三千以还。天明后，验这些钱原来是真正的铜钱，也不告诉别人。第二天夜晚，又同昨天一样，于是便贿赂掌管夜晚安排直更卒守夜顺序的节级官，请求专门值三更，所获越来越多。

已经过了两个多月了，正逢军资库丢失钱一千多缗和银数百两。贴榜追捕，有人告发这个值更卒，近来花钱无度，又穿漂亮的衣服，实在可疑。便把这个值更卒擒拿到府，询问他做强盗的缘由，这个值更卒无法隐瞒，便把实情说了出来。郑安恭认为这一定是土偶做奸，于是捆住值更卒，让人跟着前往各庙寻找。到城隍庙中，真有土偶形状面貌与直更卒夜晚所见相同，便把一个土偶打碎，果然从腹中发现一笏银子。全部剖开这里的土偶，都一样。又挖掘地下，凡是有土偶人的下面各有所得，计数十千，加值更卒用过之数，正合库中丢失的数字，一点都不差。随即把这些土偶像全部打毁，这精怪于是绝迹了。

韩信首级

席中丞晋仲，政和中为长安帅。因公使库颓圮，命工改筑，于地中得石函一。其状类玉，盖上刻韩信首级四字，乃篆文也。其中空无一物，即徙于高原，祭而掩之。朝奉郎郑师孟说。郑与席为姻家。

【译文】席中丞晋仲，宋徽宗政和（公元1111—1117年）中做长安将领。由于公使库倒塌，命人重建，在地中掘出一个石函的质地像玉，盖上刻着韩信首级四个篆文。打开石函里面却没有一件东西，于是便把它迁到高地处，祭祀后埋掉。朝奉郎郑师孟说的这件事。郑和席姻亲之家。

江东漕属舍

江东转运司在建康府，三属官廨舍处其中，其最北者，相传有怪，前后居者多不这。隆兴二年，陈阜卿为宁。湖州通判方释之送女嫁其子，馆是舍，见东窗壁间人影杂沓，谓墙外行人往来，不以为异。如是者终日，试往就视，则人物长不满尺，骑从甚盛，如世之方伯威仪，驰走不绝。方君惧，即他徙。赵善仁独不信，故往宿焉，中夜，闻呼其姓名，晨起求巾帻衣服，皆不见，乃尽悬于梁上，皇恐而出，郡人言此地昔尝为庙云。（释之说）

【译文】江东转运司在建康（今南京）府有三处官署房舍。这中间最北的那一处，传说有怪事，前后居住的人都不安宁。宋孝宗隆兴二年（1164），陈阜卿暂代湖州（今属浙江）通判之职。方释之送他的女儿嫁于陈阜卿的儿子，住在这座署舍里，看见东窗墙壁间人影杂乱，认为是墙外往来的人，不认为有什么异常。但是见整日都是这样，便试着去查看，却看见有许多人物，高低都不超过一尺，骑马随从的人很多，就像人间王侯的仪仗，奔走不断。方释之很害怕，随即迁居他处。有个叫赵善仁的人独不信这种事情，便前往住宿在那里。半夜里，听到有人叫他的名字。早晨起来，寻找他的头巾衣服，都找不到，后来发现都悬挂在梁上。赵善仁惊惶恐惧，赶忙逃出。本地人说，这个地方以前曾经是庙宇。

王晌恶谶

王晌神道，在京师时从妙应大师问相，得两句偈，曰：“姓名不过程家渡，出郭犹行十里村。’绍兴丙子岁，罢当涂守，在宜兴县，又从达真黄元道求诗，其末句曰：“巽岭直下梅家店，福禄难过丑年春。"

会江东提举官吕忱中发其在宣城时事，置狱广德军，所按无实状，狱不成，移鞫徽州。

出广德南门，过一岭，问其名曰"巽岭"，固已不乐。至渡头客舍小憩，则梅家店也。瞿然恶之，不觉坠泪。同行士人卫博宽释之，少解。命仆具酒，老兵就户限椎鹿脯，晌责其不洁，兵责曰："此与建康府不同，何足校？"晌忿其不逊，盛怒，酒杯落地，即得疾不起，时丁丑年正月九日也。渡日程家渡，去广德恰十里。

【译文】王晌十分相信道术，在京城时向妙应大师问相，大师送给他两句口偈，写道："姓名不过程家渡，出郭犹行十里村。"宋高宗绍兴二十六年(1156)，被罢免当涂县令，在宜兴县又从黄元道(字达真)那里求诗一首，末句是："巽岭直下梅家店，福禄难过丑年春。"

这时适逢江东提举官吕忱中揭发他在宣城时的事情，收监于广德军(今属安徽)，经查询证据不足，不能入狱，便又移徽州(今安徽歙县)继续审查。

走出广德南门，翻过一座山岭，问山岭名字叫巽岭，王晌心情便开始变坏。走到渡口头家客店短暂地休息一下，这地名原来又叫梅家店。王晌心情骤然烦躁起来，眼泪不知不觉落了下来。同行的秀才卫博对他进行安慰，心情才有所好转。叫仆人准备酒菜，老兵便走到门槛上砸碎鹿脯。王晌责备他不讲卫生，他愤而说："这里与建康府不一样，怎么能够相比呢？"王晌恼这个兵不尊重他，盛怒之下酒杯掉到地上，便得病而死。这一年正是高宗绍兴二十七年

（1157）正月九日，渡口也叫程家渡，距广德正好十里。

秦昌时

秦昌时，昌龄皆太师桧从子。绍兴二十三年，昌龄宫观满，将赴调，见达真黄元道，戒曰："君寿命不甚永，然最忌为宣州官，若得之，切不可受，受必死。"既而添差宁国军签判不欲往，具以事白其叔父，叔父诮责之，遂受命。以九月十八日至家，五日而死，竟不及赴官。昌时自浙东提刑来会葬，闻达真在溧阳，往见之。达真曰："今年葬签判，明年葬提刑，吾将往会稽奉送。"昌时怒且惧。

明年十二月十二日，果访之于会稽，取纸写诗，有"二五相逢路再迷"之语，昌时曰："寿止二年，或五年邪？"曰："否。""二月，或五月邪？"曰："否。""然则但二日五日乎？"曰："恐如是。"时会稽守赵士粲，提举常平高百之皆在坐。密问曰："提刑方四十五岁，精爽如此，何为有是言？"曰："去岁见之于溧阳，神已去干，曾与约送葬，寿夭定数也，何足讶！今不过七日耳。"

是月十八日，昌时具饭，召百之及其婿冯某，达真在焉。昌时坐间取永嘉黄柑，手自铨择。达真随辄食之，食数颗，又擘其余掷之地，昌时以情白曰："叔父生朝不远，欲持以为寿，愿先生勿相苦。"达真嬉笑曰："自家死日不管，却管他人生日。"左右见其语切，皆伸舌缩颈，昌时不乐，顾百之及冯婿，招之出，自掩关作书，嘱虞候曰："若黄先生寻我，但以睡告。”虞侯立户外，忽闻笔坠地，入视之，已仆于胡床，涎塞咽中革革然。其家呼医巫络绎，妻詹氏泣拜达真求救，笑曰：“吾曩岁固言之，今日专来送葬，命止于此，虽扁鹊何益。善视之，三更，当去矣！”至时，果死。

【译文】秦昌时，昌龄都是太师秦桧的侄子。绍兴二十三年（1153），昌龄在宫观任职已满，将外调为官，便去见达真黄元道，黄告诫昌龄说：“你的命运不太长，而最忌做宣州（今属安徽）官，假使被任命宣州官，千万不可接受，一接受就一定死。”不久，昌龄被任命为宁国军签判，任所正在宣州，便不想上任，把达真的话告诉了他的叔父，叔父便讥嘲他，于是便接受了任命。于九月十八日到家，第五天便死了，竟来不及到任。昌时从浙东提刑官任上回来参加葬礼，听说达真在溧阳，前往见他。达真说：“今年埋葬签判，明年埋葬提刑，我将去会稽以相送。”昌时又怒又怕。

第二年十二月十二日，达真果然到会稽拜访昌时，并取纸写诗，有“二五相逢路再迷”之语，昌时问：“我的寿命是二年，或是五年呢？”达真答：“不对。”又问：“那么是二个月，或者是五个月呢？’答：“也不对。”再问，“难道只有两天，或者是五天吗？”回答说：“恐怕就是这样了。”当时会稽（今浙江绍兴）太守赵士粲、提举常平高百之都在坐。暗中问达真：“提刑方年四十五岁，精神爽朗，怎么有这样的话呢？”达真说：“去年我在溧阳见他时，他的灵气已离开他的躯干了，曾经约定给他送葬。命的长短是个定数，不值得大惊小怪。现在提刑寿命不过七天了。”

这一月十八日，昌时准备饭食，招来高百之和他的女婿冯某，达真也在那里。昌时坐下，桌上有永嘉黄柑，昌时亲自为达真挑选，达真随便取来吃柑，吃过几个，又剖开其余扔到地上。昌时因此告诉达真说："叔父生日已不远了，欲拿这些黄柑为叔父做寿，希望先生不要把黄柑弄脏弄坏。"达真嬉笑道："自己的死日都不管，却管别人的生日。"左右的人们见达真话语真切，都伸舌缩颈，昌时不高兴，回头招百之及冯婿出去，亲自关掩上门，作书，嘱咐侍从道："如果黄先生寻我，就说我睡了。"侍从站在门外，突然听到笔坠掉到地上，进入看昌时，已跌倒在胡床之上，口水堵塞在咽喉中革革有声。他的家人忙叫医生和巫师来抢救，络绎不绝。他的妻子詹氏哭着拜见达真，请求救活昌时。达真笑着说："我去年已经说过，今天是专门来给昌时送葬的，命运到这时已停止了，即使扁鹊来了也无能为力。请好好地看护着他，三更时，就应该离去了。"至三更，昌时果然死去。

成都镊工

政和初，成都有镊工，出行廛间，妻独居。一髽髻道人来求摘须毛，先与钱二百，妻谢曰："工夫不多，只十金足矣。"曰："但取之，为我耐烦可也。"遂就座。先剃其左，次及右，既毕，回面则左方毛已茁然，又去之，右边复尔，如是至再三。日过午，妻不胜倦厌，还其钱，罢遣之。

夫归，具以告，夫愠曰："此必钟离先生也，何为拒之，正使尽今日至明日为摘须，亦何所惮？"吾之不遇，命也。"即狂走于市，呼曰："先生舍我何处去？"夜以继日，饥渴寒暑皆不顾。如是三、四年，偏历外邑，以至山间，逢樵人弛担，樵诘之曰："汝何为者？"告以故，樵者曰："此神仙中人，彼来寻君，则可。君今仆仆一生，亦何益？吾虽至愚，然闻得道者，非积阴功至行，不可侥冀。吾有秘术授君，君假此辅道，摩以岁月，倘遂如愿。”戏拔茅一茎，嘘之，则成金钗，谓工曰：“试用我法为之，当有济。”工曰：“此皆幻术，不足学，我所愿，则见先生耳。樵者曰：“君未见其人，遇之诸何以识。”曰：“询于吾妻，得其貌，已图而置诸袖中矣。”樵者曰：“然则，君三拜我，我能令君见。”工设拜，拜起，樵问曰：“视吾面何如？”曰：“犹适所睹耳。”再拜，又问。至于三，视之，无复樵容，俨然与所图无少异。曰：“汝真至诚求道者，汝哀号数年，声彻云汉间，上帝亦深怜汝志，故令吾委曲唤汝，汝从我去。”遂与具入山中。后二年，还乡，别其所知而去，至今不再出。

【译文】政和（1111—1117）初年，成都有个专门拔除毛发的镊工，在城市平民住宅之间走动着做生意，他的妻子独自在家。一天，一个头顶两旁梳有双髻的道人来到请求摘取耳毛，他先给镊工的妻子二百个铜钱，镊工的妻子推辞说：“不需要太长时间，有十个钱就足够了。”道人说：“只管给我除去须发，使我满意就可以了。”于是便坐下。镊工妻先剃去他左边的，又剃去右边的。剃完后，回头一看，然而左边的毛已经长出，又剃去，右边的毛又长出来。像这样反复了几次，天已过了当午，镊工妻便不耐烦起来，把钱退还给了道人，把道人送走了。

镊工回家后，他的妻子把上午道人来除须之事告诉了他，丈夫生气地说：“这个道人一定是钟离先生，怎么能拒绝他呢？即使从今天剃到明天，一直给他摘毛发，那有什么劳累呢？我没有遇见，这是命运的安排啊！”于是镊工奔走在市中，高声叫着：“先生抛弃我到哪里去了？”夜以继日，饥渴寒暑都不顾。像这样过了三、四年，走遍市郊以至走到山间，碰到一个打柴的人，正放下担子在休息，打柴人询问他说："你干什么的？"镊工就把他寻那个道人的事情告诉了打柴人，打柴人说："那个道人乃是神仙界的人，只有他来寻你，你才能见到他。现在像你这样忙碌一生，又有什么益处呢？我虽然不聪明，然而也听说要得道必须积阴功才行，不能有侥幸的想法。我现在有个秘术教给你，你凭借这个秘术修道，经过一段时间修炼，也许就能达到目的。"于是打柴人随意拔起一根茅草，轻轻一吹，便成了一个金钗。又对镊工说："你试着用我的方法做，应当也能成功。"镊工说："这些都是幻术，不值得学习。我所需要的是见到先生。"打柴人说："你没有见过那个道人，即使正好遇见他你又怎么认出呢？"镊工回答说："我已问过我的妻子，知道了他的容貌，而且画了像并把像放在袖子中了。"打柴人说："既然这样，你拜我三次，我能叫你见到那个道人。"镊工便倒身下拜，拜后起来，打柴人间他说："看我的面容有什么变化？"回答说："仍和刚才所见的一样。"又拜一次，又问一次，到了拜过三次后，再看打柴人，已不是打柴人的容貌，面前的人容貌已经与所画的图像没有什么区别了。这个人说："你一心求道，悲伤呼喊几年，叫声响彻云间，上帝已被你的志向而感动。因此，命我化妆来呼唤你，你跟我走。"于是，镊工与道人一块进入山中，二年后，镊工返回家乡，辞别他所熟悉的亲友而离去，到今天也没有再出来。

武夷道人

建州崇安县武夷山，境像幽绝，中临清溪，盘折九曲。游者泛舟其下，仰望极目，道流但指言古迹所在，云莫有登之者。

绍兴初，有道人至冲佑观，独深入访洞天。经数月，寻历殆遍，无所遇。忽于山巇间得草庵，有道姑屏处，长眉红颊，旁无侍女。问其来故，谓曰："洞天有名无形，相传如是。吾处此久矣，不见也。"道人曰："业欲一往，要当尽此身寻之。"时天色阴翳，日已暮。姑邀宿庵中，道人谢曰："子妇人独居，于义不可。"曰："非有他也，兹地多虎狼，恐或伤君耳。"竟不肯入，危坐于户外。夜未久，果有虎咆哮来前。姑急开门呼之，答曰："宁死于虎，决不入。"少焉，又增一虎，嗥啸愈甚。姑又语之曰："此两黑虎性慈仁，余皆搏人不遗力，君将为齑粉矣！"道人守前说不为动。俄而，五虎同集，衔其头足以往，才数十步，掷于坡下而去，体无少损，遂坚坐达明。姑延入坐，嘉叹曰："子有志如此，非我所及。洞天盖去此不远，然尚隔深渊，渊阔十余丈，惊湍怒流，但一竿竹横其上，非身生羽翼不可过。亦时时有双髻樵人往来，子试往，幸而相遇，当拜而问途，不然，无策也。"

既至，溪流汹涌崩腾，木石皆振，弱竹袅袅，不可著脚。适逢樵者出，乃前再拜。樵者矍然退避曰："山中野人，采薪以供家，安敢当此。"具以所欲拱白之，樵始秘不言，既而曰："谁为君道此。"曰："闻诸庵中女。"樵怒曰："多口老婆，妄泄吾事。"令道人闭目，挽其衣以行，觉如腾虚空，云龙出没，鸿洞两耳间，既履地，乃在平岗上。

宫殿崔嵬，金铺玉户，一人碧冠朱履，顾左右曰："安得有凡气？"道人趋出稽首。碧冠叱曰："谁引汝来？"以樵者告，即遣追至前，袒其背，以铁拄杖鞭之三百六十，血肉分离，骨破髓出。道人亦战惧，碧冠曰：“洞天乃高仙所聚，汝何人，乃得辄至？贳汝罪，宜速回，积行累功，他时或可来。”命取水一杓饮之，中有胡麻饭一颗，饮水毕，嚼饭咀咽，移时，仅能食三分之一，腹已大饱。碧冠笑曰：“汝食吾饭一粒，尚不能尽，岂得居此？”遂还。

至崖下，见被杖者呻痛草间，曰：“坐汝至此，吾方被谪堕，不知经几百劫乃得释，汝去矣！”归途不复见溪，安步长林而足常去地寸许。回望高山深谷，窅非昨境，道姑与庵亦失其处。遂栖于岩中，至今犹在。黄元道七、八年前曾见之云，山东人也。

【译文】建州崇安县（今属福建）武夷山，景色幽深僻静，中有清溪，弯曲回旋，游人乘舟在山下，抬头一眼望去，高峰入云，山中道士只能用手指出古迹所在的位置，从没有人能登上。

绍兴初年（1131），有个道人来到冲佑观，独自想进入山中访问神仙所居的天府，走了几个月，寻找了一遍，也没遇到。突然在山岩之间发现一个草庵，一个道姑隐居在里面。眉毛细长，面颊红润，问道人来这里的原因，对道人说：“神仙所居的天府有名并没有形体，传说也是这样。我住在这里已经很久了，也没见到。”道人说：“既然决心要去，就应该不惜牺牲身体去寻找它。”当时天色阴暗，天已黑，道姑邀请道人到庵中过夜。道人推辞说：“男女独住在一起，不合礼义。”道姑说：“没有别的想法，只是这个地方虎狼较多，恐怕虎狼伤害你罢了。”道人就是不肯住进庵中，端坐于户外。天黑不久，果然有一只虎咆哮来到道人面前。道姑急忙开门叫道人，道人回答说：“宁愿被老虎害死，也不进去。”不一会儿，又来一只虎，咆哮声更大。道姑又对道人说："这两只黑虎，生性仁慈，其它虎对人都非常残忍，若不进来，你将变为粉末了。"道人坚持前面的话不为她所动。又一会儿，五只老虎同来，衔起道人的头和脚便走，才走出十几步，又把道人扔在一个坡下就离开了。道人身体没受到伤害，便坚持坐到天亮。道姑把他邀请到庵中就座，称赞道："你有这样的志向，不是我所达到的。神仙住的天府，离这里不远了，然而还隔着一道深渊，深渊宽有十多丈，惊湍怒流，只有一个竿竹横在上面，除非身上生出翅膀，才能过去。有时会有个头带双髻的打柴人经过，有幸相遇，应当拜求他再问路，不然的话，就没有办法了。"

道人走到深渊边，溪水急流汹涌奔腾，两旁的树木山石都像在振动，细弱的竹竿在摇曳，无法落脚。正逢打柴人走来，于是道人向前两拜，打柴人愕然退避说："我是山中粗人，采柴供家，怎么敢受此大礼。"道人便把自己的想法拱手告诉给打柴人。打柴人开始不说话，一会儿便问："是谁给你指路到这里的？"道人回答说："这是听庵中女子说的。"打柴人愤怒地说："多嘴的老太婆，胡乱泄露我的事情。"便让道人闭上眼睛，抓住他的衣服。行走起来似乎觉得飞腾在空中，两耳间又好像云龙在大水中的出没声。等到落地后，已在平岗上了。

岗上宫殿高大壮观，铺着是金质的，门是玉质的。一个人头顶绿玉冠脚穿朱丝鞋，问左右说："怎么有凡人气味？"道人赶急出来叩头。带绿冠的人喝斥道："是谁引你来的？"道人把打柴人告诉了他。立即派人把打柴人带到面前。裸露打柴人的背部，用铁拄杖打他三百六十下，直打得打柴人血肉分离，骨破髓出。道人也胆战心惊，带绿冠的人说："洞天乃是高仙聚集的地方，你是什么人，就敢到这里？赦除你的罪过，应该赶紧回去，行功积善，到那时也许就能来这里。”让人取水一勺子，让道人喝水，水中有一粒胡麻饭，喝完水，又细细地咬嚼饭粒，好大一会儿，仅能吃下三分之一，腹中已大饱。带绿冠的人笑着说：“你吃我们的饭一粒都不能吃完，怎么能住在这里呢？”

道人回来到山崖下，看见被杖打的打柴人正在草间痛苦地呻吟，并对道人说：“受你的牵连，我刚才被贬谪下来，不知要经过几百个劫难才能获释，你离开吧！”道人回来的路上，不再见到溪水，平安地走在长林中，而脚常常离地一寸多。回头遥望高山深谷，也不是昨天的环境，道姑和草庵也不知在什么地方。于是道人便住到在岩石中，直到今天仍在那里，黄元道七、八年前，曾见到过他，他是山东人。

龙泉张氏子

处州龙泉县米铺张氏之子，十五岁，尝携鲜鱼一篮就溪边破之。鱼拨刺不已，刀误伤指，痛殊甚，停刀少憩。忽念曰：“我伤一指，痛如是，而群鱼刮鳞、剔腮、剖腹、断尾，其痛可知，特不能言耳。”尽弃于溪，即日入深山中，依石窦以居，绝不饮食。父母怪儿不归，意其堕水死。

明年寒食，乡人游山者始见之，身如枯腊，胸瘠见骨，然面目犹可认。急报其父母来，欲呼以归。掉头不顾曰：“我非汝家人，无急我。”父母泣而去。后十年，复往视，则肌体已复故，颜色悦泽，人不知所以然。今居山二十余岁矣。（四事皆黄达真说）

【译文】处州龙泉（今属浙江）米铺张氏有个儿子，十五岁，曾经提着一篮鲜鱼到小河边杀鱼。鱼摆动不停，不小心刀刺伤了他的手指，非常疼痛，便放下刀稍微休息一会儿。突然想到："我伤了一个指头就疼痛这样，而这些鱼要遭刮鳞、剔腮、剖腹、断尾之难，它们的痛苦就可知了，只不过它们不能说罢了。"于是，便把这些鱼全部放入小河中。当天便走入深山中，住在山洞中，不吃不喝。父母因他们的儿子没有回家感到奇怪，认为儿子已经落水而死了。

第二年寒食节，游山的乡人见到了他，身体像一块干肉，瘦弱见骨，但是面目仍然可以认出。乡人急忙把他的父母叫来，想叫他回去。他掉头不看说："我不是你们家的人，不要逼我。"他的父母哭着离去了。十年后，人们又去看望，他的身体已恢复原来的样子了，颜色光润悦目，人们不知这是什么原因。现在住在山里已经二十多年了。

卷第十三（十三事）

刘子文

刘总，字子文，绍兴初为忠州临江令，秩满，寓居邻邑垫江县。有子曰“侍老”，六岁矣。子文忽见其乳妪旁有小儿，长短与侍老相似，意其与外仆私通所生者，以咎其妻。其妻李氏，痴懦不能治家，然知为妄也，应曰：“无是事。”子文怒，时已苦股痛，常策木瓜杖，即抶妻背使出。往白其母，母曰：“儿误闻之，安得有是言？”子文嗟恚曰：“吾母尚如此，复何望？”

归舍，以果诱侍老曰：“尔乳母有何人寝，其儿为谁？”侍老愕然，不能对。子文遽前执其手，攫拿不置。左右急救之，犹败面流血。遂呼妪逐去之曰：“汝来我家数年，儿亦长矣，乃以奸秽自败，以吾儿故，不忍治汝，汝好去。”妪泣拜出。子文目送之，笑语侍人曰：“渠儿已相随出门，丑迹俱露，而家人共蔽匿之，何也？”众知其将病。

不旬时，果被疾死。病中时自言："我数与太守争辩，不得，汝非不知，何为相守不去？"后其弟縡云："子文为夔州士曹日，狱有一囚，在生死之间，郡守欲杀之，子文不强争，囚竟死。则病中所见，疑其祟云。"子文，予外姑之兄也。

【译文】刘总，字子文，绍兴（1131—1162）初年，做忠州临江（今四川忠县）县令，任职届满，寄住在邻近的垫江县。有一个儿子名叫侍老，已经六岁了。有一天子文突然看见侍老奶妈旁边有一个小孩，高低与侍老差不多，便认为这个小孩，可能是奶妈与外面仆人私通生的，便归罪于妻子治家不严，他的妻子李氏，愚痴怯懦，不能管理家事，然而知道这是他的妄言，回答说："没有这种事，奶妈根本没儿子，"子文发怒，当时，子文已患大腿疼痛之病，经常拄着木瓜杖，随即用杖笞打妻子的背部，赶她出去。子文又去告诉他的母亲，母亲说："孩子你这是误听，哪里会有这样的事呢？"子文叹而怨恨道："我的母亲尚且这样，还指望谁相信我的话呢？"

回到住室，子文用水果引诱侍老说："你的奶妈夜晚同什么人睡在一起，她的孩子是谁的？"侍老惊愕，不能回答。子文便迅速向前用他的手不停地抓搔侍老，两旁的人急忙救护侍老，侍老的脸仍被抓破流出了血。子文于是又叫奶妈离开他家，并对奶妈说："你来我家多年，我的儿子已经长大了，虽然你自己做出了奸秽之事，看在我儿子的份上，我又不忍心惩治你，你可以走了。"奶妈哭着跪拜后出来。子文眼看着奶妈离去，笑着对侍从的仆人说："她的儿子已跟她一块走了，出门后她的丑形就显露出来了。可是家人都为她遮掩，这是为什么呢？"因而大家都知道，是子文产生幻觉，恐怕要得重病。

不过十天，子文果然因病而死。在病重中时他自言自语地说：

“我多次同太守争辩，没有成功，你并不是不知道，为什么缠着我不离开呢？”后他的弟弟刘宰说：“子文做夔州（今四川奉节）士曹时，牢狱中有一囚犯，既可以被杀死，又可以不被杀死，郡守想杀他，子文没有用力争辩，结果囚犯就被杀死了。那么子文病中所见的小孩，很可能就是那个囚犯的鬼魂了。”子文，就是我岳母的哥哥。

九华天仙

绍兴九年，张渊道侍郎家居无锡县南禅寺，其女请大仙，忽书曰：“九华天仙降。”问为谁？曰：“世人所谓巫山神女者是也。”赋惜奴娇大曲一篇，凡九阕。

（其一曰），瑶阙琼宫，高枕巫山十二。睹瞿塘千载，滟滟云涛沸，异景无穷，好闲吟，满酌金卮。忆前时，楚襄王曾来梦中相会，吾正鬓乱钗横，敛霞衣云缕，向前低揖，问我仙职。桃杏遍开，绿草萋萋铺地，燕子来时。向巫山朝朝行雨暮行云，有闲时，只恁画堂高枕。”

（瑶台景第二）“绕绕云梯，上彻青霄霞外。与诸仙同饮，镇长春醉。虎啸猿吟，碧桃香异风飘细，希奇。想人间，难识这般滋味。嫦娥奏乐箫韶，有仙音异品，自然清脆。遏住行云不敢飞，空凝滞，好是波澜澄湛，一溪香水。

（蓬莱景第三）山染青螺，缥缈人间难陟，有珠珍光照，昼夜无休息。仙景无极。欲言时汝等何知？且修心，要观游亦非大段难易。下俯浮生，尚自争名逐利，岂不省？来岁扰扰兵戈起，天惨云愁。念时衰如何是？使我辈，终日蓬宫下泪。

（劝人第四）再启诸公，百岁还如电急，高名显位瞬息尔。泛水轻沤霎那间，难久立。画烛当风里，安能久之？速往茅峰，割爱休名避世，等功成，须有上真相引指，放死求生施良药，功无比。千万记，此个奇方第一。

（王母宫食蟠桃第五）方结实累累，翠枝交映，蟠桃颗颗，仙味真香美。遂命双成，持灵刀割来耳。服一粒，令我延年万岁。堪笑东方，便起私心盗饵。使宫中仙伴，递互相尤滞。无奈双成，向王母高陈之，遂指方，偷了蟠桃是你。

（玉清官第六）紫云绛霭，高拥瑶砌，晓光中无限剖列，肃整天仙队。又有殊音，欲举声还止。朝罢时，亦有清香飘世，玉驾才兴，高上真仙尽退。有琼花如雪，散漫飞空里。玉女金童，捧丹文，传仙诲，抚诸仙早起，劳卿过耳。

（扶桑宫第七）光阴奇，扶桑宫里，日月常昼。风物鲜明可爱，无阴晦。大帝频鉴于瑶池，朱栏外乘凤飞。教主开颜命醉，宝乐齐吹，尽是琼姿天妓，每三杯，须用圣母亲来揖，异果名花，几千般，香盈袂，意欲归，却乘鸾车凤翼。

（太清宫第八）显焕明霞，万丈祥云高布。望仙官，衣带曳曳，临香砌。玉兽齐焚，满高穹，盘龙势。大帝起，玉女金童遍侍，奉敕宣言，甚荷诸仙厚意，复回奏，感恩顿首皆躬袂，奏毕还宫，尚依然云霞密，奇更异，非我君何闻耳。

（归第九）吾归矣，仙宫久离，洞户无人管之，专俟吾归，欲要开金燧，千万频修已。言讫无忘之，哩啰哩，此去无由再至，事冗难言，尔辈须能自会，汝之言，还便是如吾意，大抵方寸平乎，无忧耳。虽改易之，愁何畏。

词成，文不加点，又大书曰：“吾且归。”遂去。明日，别有一人，自称歌曲仙，曰：“昨夕巫山神女见招，云在君家作词，虑有不协律处，令吾润色之。”及阅视，但改数字而已。其第三篇所云：“来岁扰扰，兵戈起。”时虏人方归河南，人以此说为不然。明年，渊道自祠官起提举秦司茶马，度淮而北，至鄚阳。虏兵大至，苍黄奔归，尽室几不免，河南复陷。考词中之句，神其知之矣。

【译文】宋高宗绍兴九年（1139）侍郎张渊道家住无锡县南禅寺，他的女儿扶乩请大仙。忽然在沙盘上写道：“九华天仙降临。问九华天仙是什么仙人？”回答说：“就是世间人所称的巫山神女。”便写下了惜奴娇大曲一篇，共九阕。

（其一曰）瑶阙琼宫，高枕巫山十二；睹瞿塘千载，滟滟云涛沸，异景无穷，好闲吟，满酌金卮。忆前时，楚襄王曾来梦中相会。吾正鬓乱钗横，敛霞衣云缕，向前低揖。问我仙职。桃杏遍开，绿草萋萋铺地。燕子来时，向巫山，朝朝行雨暮行云。有闲时，只恁画堂高枕。

（瑶台景第二）绕绕云梯，上彻青霄霞外。与诸仙同饮，镇长春醉。虎啸猿吟，碧桃香异风飘细。希奇想人间，难识这般滋味。嫦娥奏乐箫韶，有仙音异品，自然清脆。遏住行云不敢飞，空凝滞，好是波洋澄湛，一溪香水。

（蓬莱景第三）山染青螺，缥缈人间难陟。有珠珍光照，昼夜无休息。仙景无极。欲言时汝等何知。且修心，要观游，亦非大段难易。下俯浮生，尚自争名逐利。岂不省，来岁扰扰兵戈起，天惨云愁，念时衰如何是。使我辈，终日蓬宫下泪。

（劝人第四）再启诸公，百岁还如电急。高名显位瞬息尔，泛水轻沤霎那间，难久立。画烛当风里，安能久之？速往茅峰，割爱休名避世。等功成，须有上真相引指，放死求生施良药，功无比。千万记，此个奇方第一。

（王母宫食蟠桃第五）方结实累累，翠枝交映，蟠桃颗颗，仙味真美。遂命双成，执灵刀割来耳。服一粒，令我延年万岁。堪笑东方，便起私心盗饵。使宫中仙伴，递互相尤滞。无奈双成，向王母高陈之，遂指方，偷了蟠桃是你。

（玉清宫第六）紫云绛霭，高拥瑶砌。晓光中无限剖列，肃整天仙队。又有殊音，欲举声还止，朝罢时，亦有请香飘世。玉驾才兴，高上真仙尽退。有琼花如雪，散漫飞空里。玉女金童，捧丹文，传仙诲，抚诸仙早起，劳卿过耳。

（扶桑宫第七）光阴奇，扶桑宫里，日月长昼。风物鲜明可爱，无阴晦，大帝频鉴于瑶池，朱栏外乘风飞，教主开颜命醉，宝乐齐吹，尽是琼姿天妓，每三杯，须用圣母亲来揖，异果名花，几千般，香盈袂，意欲归，却乘鸾车凤翼。

（太清宫第八）显焕明霞，万丈祥云高布，望仙官，衣带曳曳，临香砌。玉兽齐焚，满高穹，盘龙势。大帝起，玉女金童遍侍，奉赦宣言，甚荷诸仙厚意，复回奏，感恩顿首皆躬袂，奏毕还宫，尚依然云霞密，奇更异，非我君何闻耳。

（归第九）吾归矣，仙宫久离，洞户无人管之。专俟吾归，欲要开金燧，千万频修已。言讫无忘之，哩啰哩，此去无由再至，事冗难言，尔辈须能自会。汝之言还，便是如吾意，大抵方寸平平，无忧耳。虽改易之，愁何畏，

词成，文不加点，又用大字写道："吾且归"三个字，遂去。第

二天，另外有一个自称歌曲仙的下降，说："昨晚巫山神女邀我去见面，说在你们家中作词，怕有不协调的地方，让我修改一下。"等到他看了词，只改了几个字而已。其中第三篇所说："来岁扰扰兵戈起"。当时金兵刚退出河南，所以人们对这句词的说法不以为然。第二年，张渊道从奉祠官入任提举秦州司茶马税务的官职，便渡淮河北上，刚到了赞阳集（今属河南永城）的地，金兵突然大至，渊道只好苍皇逃回，全家几乎不免于难，河南又复陷于金国。现在细考词中的意思，神女是早已预知了。

法慧燃目

绍兴五年夏，大旱。朝廷遍祷山川祠庙，不应。遣临安守往上天竺迎灵感观音，于法惠寺建道场，满三七日，又弗应。时六月过半矣。苦行头陀潘法慧者，默祷于佛，乞焚右目以施。即取铁弹投诸火煅，令通红，置眼中，然香其上，香焰才起，行云满空，大雨倾注，阖境沾足。法慧眼即枯，深中洞赤，望之可畏，然所愿既谐，殊自喜也。

后三日梦白衣女子来，欲借一隔珠，拒不许。二僧在傍曰："与伊不妨，伊自令六六送还。"既觉，不晓所谓。至七月二十一日，又梦二僧来，请赴六通斋，白衣女子亦至，在前引导。法慧问何人？僧曰："我等施主也。"慧曰："女人恐不识路，师何不相引同行？"僧曰："他路自熟，"稍前进，则山林蔚然，百果皆熟，纷纷而坠，慧就地拾果食之，觉心地清凉，非常日比。又俯首欲拾间，女子忽回头掷一弹，正中所燃目，失声大呼而寤。枯眶内已有物若鹅眼，瞻视如初。渐大，复旧。数其再明之时，恰三十六日，始悟六六送还之兆。

【译文】南宋高宗绍兴五年（1135）夏天，天大旱，朝廷到处祈祷山川祠庙，没有灵验。派遣临安太守前往天竺国迎接灵感观音，在法惠寺建立道场，诵经祈祷求雨，做满二十一天，又没有灵验。当时六月已过去一半了，有一个叫潘法慧的苦行头陀，暗中向佛祈祷恳求焚烧自己的右眼奉献给佛。于是便取来铁弹丸，把它投入火中炼烧，让弹丸烧得发红时放进眼中，然后又在上面燃香，香焰刚起，空中便行云密布，大雨倾盆而下，全境雨水遍地流淌。法慧的眼睛便干枯，眼眶深陷里面发红，看起来使人害怕。然而因所许的愿实现了，法慧心里也非常高兴。

过了三天，法慧梦中看见一个白衣女子走来，想借一颗隔珠，法慧坚决不答应。两个僧人在一旁说："借给她也没有什么妨碍，她自然会在六六送还给你。"等到醒来，不晓得所谓六六指什么。七月二十一日，法慧又梦见那两个僧人走来，邀请参加六通斋，白衣女子也来了，在前面领路。法慧问这个女子是什么人？僧人回答说："这是我们的施主。"法慧说："这个女子恐怕不知道路，师父怎么不带路？"同行的僧人说："他自然熟悉道路。"刚走不远，便见山林茂盛，各种水果都熟了，纷纷坠落到地上。法慧弯腰从地上拾起一个水果，吃过后，便觉得心里清凉爽快，非常日可比。又低头想拾时，白衣女子忽然回头掷了一个弹丸，正好击中燃目的地方，法慧失声大叫而醒。干枯的眼眶内已经有了一个东西，好像是鹅眼，看视如当初，逐渐变大，与原先眼睛一样。法慧数了一数，眼睛从烧去到复明的时间，恰恰是三十六天，这才明白了六六送还的先兆。

蚌中观音

溧水人俞集，宣和中，赴泰州兴化尉，挈家舟行。淮上多蚌蛤。舟人日买以食，集见必辍买放诸江。他日，得一篮，甚重，众欲烹食，倍价偿之，坚不可，遂置诸釜中。忽大声从釜起，光焰相属。舟人大恐，熟视之，一大蚌裂开，现观世音像于壳间，旁有竹两竿，挺挺如生，菩萨相好端严，冠衣、璎珞，及竹叶枝干，皆细真珠缀成者。集令舟中人皆诵佛悔罪，而取其壳以归。《传灯录》载：唐文宗嗜蛤蜊，亦睹佛像之异，但此又有双竹为奇耳。（宋贶益谦说）

【译文】溧水人俞集，在宋徽宗宣和（1119—1125）年间，到泰州兴化（今属江苏）任县尉，带领全家乘船在淮河上航行，河中多河蚌和蛤蜊，船夫每天都买来食用。俞集看见一定要阻止不让买，并把它们放回水中。有一天，船夫又买了一篮河蚌，非常重，众人想煮熟吃之。俞集要出一倍的钱补偿船夫，不让煮河蚌，船夫坚持不同意，便把买来的河蚌放进釜中。忽然一声大响，从釜中开起一道光焰聚集一起，船夫们大惊，仔细一看，一个大河蚌裂开，在壳中间出现一个观音像，旁边有两竿竹挺直如生，菩萨相好端严，所穿戴的衣帽，佩带的璎珞和两侧的竹叶枝干都是用细真珠连缀而成的，俞集叫船中的人都诵佛号悔过，而把有观音像的蚌壳带了回来。据传灯录记载，唐文宗嗜好蛤蜊，亦见过佛像这一奇异景象，然而这次佛像旁有两竿竹，就更为奇异了。

盱眙道人

绍兴三十年，杨抑之为盱眙守，有道人不知所从来，能大言，谈人祸福或中。杨敬之如神，馆于郡治之东斋，每招寮属与共饮，道人时时举目旁视，类有所睹。春夜过半，杨之子恂妇将就蓐，恂出外唤呼乳医。过东斋，闻道人在室内与客语。及还，又见其送客出，隐隐有黑影自南去，固已怪之。忽前揖曰："尊公已出厅，吾将往谒。"恂曰："方熟睡，未起也！"咄曰："灯烛罗陈，宾客满坐，君何以戏我？"恂止之不可，遂还舍。明日，白其父，父犹谓与异人相过，戒勿轻言。后半月，宿直者早起，斋门已开，而道人不见。急寻之，乃在斋北丛竹间，以带自绞死矣。始知前所见皆鬼祟也。蒋德诚时为通判，亲见之。

【译文】宋高宗绍兴三十年（1160），杨抑之做盱眙（今属江苏）太守，有个道人不知道从什么地方来，能高谈人们的福祸荣禄，有的很准确。杨抑之像敬神一样恭敬他。在郡治所的东斋建立馆舍，常常招集下属官吏与道士一起饮酒，道人不时抬眼向两旁观看，好像在看什么东西。在春天的一个夜晚，半夜过后，杨抑之的儿子恂的妻子将要临产，恂出门去叫接生医生，路过东斋听见道人正在室内与宾客谈话。等到回来，又看见道人送客出门，隐隐约约有黑影向南方走去。恂已经很奇怪了，忽然，道人向前作揖说："你的父亲已经走出了房间，我将前往拜望他。"恂说："我的父亲刚睡着，没有起来啊！"道人呵斥道："灯烛整齐地排列着，满房间里都是宾客，你为什么要欺骗我？”恂劝阻他说不可能。于是恂便回到家里。第二天，恂告诉父亲，父亲便认为道人大约是同仙人相遇，告诫儿子不要轻易说这件事。半月过后，值夜的人早晨起来，看见斋门已经打开了，然而道人已经不见了。急忙派人寻找，于是在斋北丛竹中找到了道人，他已经用绳带自缢死了。人们才开始知道，道士以前所见的都是鬼怪在作祟。蒋德诚当时为通判之官，亲自见到了这件事情。

牛触倡

桂林之北二十里曰甘棠铺，绍兴十六年方务德为广西漕，桂府官吏皆出迎侯，营妓亦集于铺前，散诣民家憩息，一黄犊逸出栏，群倡奔避，牛径于众中触一人，以角抵其腹于壁，肠胃皆出，即死。牛发狂，掣走入山，里正与士兵，数十人执弓、弩、枪、杖逐之，凡两日，乃射死。倡之姓名曰甘美，自后风雨阴晦之夕，人皆闻其冤哭声，历数年方止。

【译文】桂林的北面二十里，有一个地方叫甘棠铺，宋高宗绍兴十六年（1146）方务德做广西水道运粮官，上任时，桂林府中官吏都出来迎接等候，军中的官妓也在铺前聚集，分散到居民家休息。一头小黄牛从牛栏中奔跑出来，一群妓女纷纷奔跑回避，小牛直接在群妓中抵住了一人，用牛角抵进她的腹腔，肠胃全都流出来了，妓女当时便死去了。牛发狂似奔跑进了山中，当地的里正带着民兵，几十个人，拿着弓箭、枪、棒，追赶小牛，费了两天时间，才将小牛射死，娼妓的姓名叫甘美，从此以后，每逢下雨天阴的夜晚，人们都能听见她的冤哭声，经过了几年才消失。

严州乞儿

严州东门外有丐者，坐大树下，身形垢污便秽满前，行人过之皆掩鼻。李次仲独疑为异人，具衣冠往拜。丐者大骂极口，次仲拱立不敢去。忽笑曰："吾有一诗赠君，"即唱曰："缘木求鱼世所希，谁知木杪有鱼飞。乘流遇坎众人事。"才三句，复云："你却不？"次仲恳求末句，又大骂，竟不成章。

明年，绍兴甲子岁，严州大水，郡人连坊漂溺，死者甚众。而次仲家居最高，独免其祸，始悟持意及"你却不"之语。

【译文】严州（今浙江建德）东门外有一个要饭的人，坐在一棵大树下，满身肮脏，前面污秽遍地，过路的人经过这里，都捂住鼻子。李次仲独自怀疑他是个异人。便穿整齐衣帽，前去拜望。要饭的人破口大骂，次仲拱手站立不敢离开。乞丐忽然大笑说："我有一首诗送给你。"便唱道："攀沿着木头捕鱼人间少有，又有谁知道树木的末梢有鱼飞过，乘着流水越过岗阜那是众人的事情。"才说了三句，又说："你却不"三个字。仲求末句，要饭的人大骂，终于没有做完一首诗。

第二年，宋高宗绍兴十四年（1144）严州发大水，全郡人房屋漂浮，淹死的人很多，而次仲家因住在最高处，独没有遭受水灾，这才明白了要饭人所赠诗的含义，以及"你却不"这句话的意思。

食牛诗

秀州人盛肇，居青龙镇超果寺，好食牛肉，与陈氏子友善。陈尝遣仆来，约旦日会食，视其简，无有是言，独于匀碧笺纸一幅内，大书曰："万物皆心化，唯牛最苦辛。君看横死者，尽是食牛人。"肇惊嗟久之，呼其仆，已不见。旦而询诸陈氏，元未尝遣也。肇惧，自此不食牛。（赵纲立振甫说）

【译文】秀州（今浙江嘉兴）人盛肇，住居在青龙镇超果寺，喜欢吃牛肉。与一个姓陈的青年交情很好。有一天姓陈的派一个仆人前来，同盛肇约定初一日一起吃饭。盛肇观看仆人带来的书简，并没有相约会餐的话，唯独在一幅青绿色的信纸中，用大字写着一首诗："一切东西都是人们的意识化生出来的，只有牛最辛苦，你看一看那些死于非命的人，全部是吃牛肉的人。"盛肇惊叹了很久，再叫陈家的仆人，已经不见了。初一日早晨盛肇便向陈氏询问送信之事，陈家并没有派仆人去。盛肇非常害怕，从此以后不吃牛肉。

海岛大竹

明州有道人，行乞于市，持大竹一节，径三尺许，血痕涴其中。有云本山东商人，曾泛海遇风，漂堕岛上，登岸纵目望，巨竹参天，翠色欲滴，叹讶其异，方徘徊赏玩。俄有皂衣两人来云："寻汝正急，乃在此耶！"答曰："适从舟中来，尚不知此为何处，何为觅我？"皂衣不应，夹捽以前，满路崭峭，如棘针而甚大，刺足底绝痛，不可行。问其人曰牛角也，益怪之。复前行至一处，主者责曰："汝好食牛，当受苦报。"始大恐，拜乞命曰："今后不敢。"主者曰："汝既悔过，今释汝可归，语世人视此为戒。"曰："有如不信，以何物为验？"主者顾左右，令："截竹使持归。便见两人携大锯趋入林中。少顷而竹至，鲜血盈管下，流污衣，云："方锯解囚未了，闻呼即至，不暇涤锯也。"遂持竹回舟。既还家，即弃妻子，辞乡里他适，而混迹丐中，赵振甫见之。

【译文】明州（今浙江宁波）有道人在集市中要饭。手中拿着一节很大的竹子，径有三尺多，竹子里曾为血迹沾污。他自己说他原来是山东的商人，曾经乘船在海上航行，遇上风暴被漂落到一个岛上，他登上岛岸放眼一看，岛上巨竹参天，翠色欲滴，为这个奇异的地方而感到惊讶，便徘徊赏景游玩起来。不一会儿有两个身穿黑衣的差人走了过来说："正急着到处找你，原来你在这里啊！"他回答说："我刚从船上过来，还不知道这是什么地方，为什么要寻找我呢？"差人不回答，上前夹住揪起便往前走，沿路全是突出陡直的岩石，就像棘针一样，而且很大，刺住脚底非常疼痛，不能行走。问差人，差人说这是牛角，他就更奇怪了。又往前走，便来到一个处所，主官责怪他说："你喜欢吃牛肉，应当遭受痛苦，作为报应。"他这时开始害怕，跪拜求命说："我发誓以后再也不敢吃牛肉了。"这里的主官说："你既然已经悔过，今天可以放了你，回去以后告诉世人应以此为戒。"他问："如果有人不相信，用什么东西作为证据？"这里的主人回头看一个左右，下令说："截断一节竹子使他拿来回去。"于是便见两个人提着大锯走入竹林里。不一会儿竹子便被带来，竹筒里充满了鲜血，并且往下流脏了截竹人的衣服。截竹人说：“刚已锯下来，听见招唤便立即赶来，连洗锯的时间都没有。”于是他便拿来一节竹子回到船上。回家后，立即离开妻子儿女，告别乡里乡亲，远走他乡，而沦落在要饭人中间。赵振甫见过他。

嵩山三异

刘居中，京师人，少时隐于嵩山，居山颠最深处，曰控鹤庵。初与两人同处，率一两月，辄下山觅粮，登陟极艰苦，往往跻攀葛藟，穷日力乃至。两人不堪其忧，皆舍去。独刘居之自若，凡二十年，遭乱南来。

绍兴间，尝招入宫，赐冲静处士，今庐于豫章之东湖。每为人言昔日事。云嵩山峻极处，有平地可为田者百亩。别有小山岩岫之属，常时云雨。只在半山间，大蜥蜴数百，皆长三四尺，人以食就手饲之，拊摩其体，腻如脂。一日，聚绕水盎边。各就取水，才入口即吐出，已圆结如弹丸，积立于侧，俄顷间累累满地，忽震雷一声起，弹丸皆失去。明日山下人来言，昨正午雨雹大作，乃知蜥蜴所为者此也。

又闻石壁间老人读书，逼而听之，寂然。既退，复尔。其后石壁摧，得异书甚多，阴阳、方技、修真、黄白之学，无所不有。既下山，独取其首尾全者数十篇，余悉焚之。又尝闻异香满室，经日乃散，不知所从来也。刘生于元丰七年甲子岁。

【译文】刘居中是京城人，年轻时曾在嵩山隐居，住在山顶最深的地方，叫控鹤庵。当初与另外两人一同住在这里，大约一两个月就到山下寻找粮食一次，登山非常艰苦，往往要攀藤附葛，一天用尽全力，才能抵达山顶。另外两人不能忍受这样的艰苦，都离开了这里，唯独刘居中居住在这里，前后经历了二十年，遇到战乱后才来到南方。

宋高宗绍兴年间（1131—1162）曾被召入皇宫，被赐为冲静处士，现在住在豫章（今江西南昌）的东湖。常给人说起从前的事：嵩山高处有一块平地，可以用来作为田地的有一百亩，另外有小山紧密的山穴之处，经常有细雨。只在半山中间，有大蜥蜴几百只，都三四尺长，人用手给它喂食，抚摸它们的身体，细腻光滑就像脂肪。一天，蜥蜴全都聚集围绕着水盎，边各自吸水，刚进到口里，就立即吐出，吐出的已是像弹丸一样的圆结，积在一旁。不一会儿遍地都是，忽然响起一声震雷，弹丸都消失了。第二天，山下人上来说，昨天中午山下雨雹大作，于是才知道这是蜥蜴所造成的。

又曾经听见石壁间有老人读书声，走进细听，则没有了声音，等到退后，读书声又起。以后，石壁被摧毁，在里面发现很多异书，阴阳、方技、修真、黄白之学，无所不有。等到下山时，单独留取那些完整的几十篇，其余的全都烧了。又曾经闻到满室有一种奇异的香味，整整一天才散去，不知道香味从什么地方来的。刘居中出生在宋神宗元丰七年（1084）这一年正是甲子年。

黄蘖龙

黄蘖寺，在福州南六十里，山上有龙潭，从崖石间成一穴，直下无底，潭口阔可五尺。寺僧曰："此福德龙也，常时行雨归，多闻音乐迎导之声，或于云雾中隐隐见盘花对引其前者。”泉州僧庆老闻而悦之，与辈流数人至潭畔，焚香默祷，且诵白伞盖真言，愿睹其状。先取楮镪投水中，即有物自下引之，倏然而没，固已骇之矣。时方白昼，黑云如扇起，顷之满空，对面不相识，徐徐稍开，一物起潭中，类莲花，而茎柄皆赤色。继有两眼如日，辉采射人，突起其上。诸僧怖惧，急奔走下山，雷霆已随其后，移时乃止。

【译文】黄蘖寺在福州南面二十里处，山上有龙潭，从山崖石头中间形成一个洞穴，一直往下无底，潭口宽阔可达五尺。寺里的和尚说：“这是福德龙，经常行雨，回来时多次听到音乐在前面迎接引导的声音，有时也能隐隐约约地看见它前面有成对的盘花在领路。”泉州有个和尚叫庆老，听说后非常羡慕，与同辈数人来到潭边。点上香火，默默祈祷，高诵“白伞盖真言”，希望看见龙的形状。先拿出祭祀焚化的纸钱投入水中，立即就有东西从下面吸引它，倏然间便消失了，和尚们见了都很惊骇。当时，正是白天，黑色的乌云像扇面状突然升起，很快布满天空，天黑得两人对面都看不见。慢慢地乌云稍微散开，一个东西从潭中升起，像莲花但茎柄都是红色，接着有两眼像太阳，光彩耀人，突起在它的上面。众多和尚惊恐万状，急忙奔走山下，疾雷已经跟从在他们身后，过了一段时间才停止。

庆老诗

庆老字龟年，能为诗，初见李汉老参政，投贽，有“共看栖树鸦”之句，大奇之，以为得韦苏州风味。所居北山下，山顶有横石如舟，自称“舟峰”。汉老更之曰石帆庵，为赋诗曰：“鹑作衣裳铁作肝，老将身事付寒岩。诸天香积犹多供，百鸟山花已罢衔。定起水沉和月冷，诗成冰彩敌云缄。山头画舸谁安楫，我欲看公使石帆。”又尝访之，不值，留持曰：“惠远过溪应送陆，玉川入寺不逢曦，夕阳半岭鸦栖树，拄杖寻山步步迟。”后庆老死，汉老作文祭之曰：“今洪觉范，古汤惠休。”亦尝从佛日宗杲参禅，杲不印可，曰：“正如水滴石，一点入不得。”

泉州报恩寺庆书记，亦能诗，汉老称赏其一联，云：“人从晓月残边去，路入云山瘦处行。”以为可入图画。

【译文】庆老，字龟年，会作诗。初次见李汉老参政时，投诗拜见有，“共看栖树鸦”的诗句，李汉老非常惊奇，认为它具有唐代诗人应物的风格。庆老居住在北山下面，山顶有一块横石，像一条舟，自称它为舟峰。李汉老把它更名叫石帆庵。为它作诗说：“鹑作衣裳铁作肝，老将身事付寒岩。诸天香积犹多供，百鸟山花已罢衔。定起水沉和月冷，诗成冰彩敌云缄。山头画舸谁安楫，我欲看公使石帆。”又曾经访问他，没有遇见，便留诗说：“惠远过溪应送陆，玉川入寺不逢曦。夕阳半岭鸦栖树，拄杖寻山步步迟。”以后庆老死，汉老作文祭他，称之为“今洪觉范，古汤惠休。”他亦曾经信奉佛教，每天为求开悟，向宗杲禅师参学，宗杲认为学不好，告诉他说：‘正像水滴石一样，只用一滴水滴下不可能有把石滴穿的力量。’”

泉州报恩寺掌管书记的庆禅师，也能作诗，汉老称选欣赏其中的一个对联，对联说：“人从晓月残边去，路入云山瘦处行。”认为是诗中有画的佳句。

蒋山蛇

泉州都监王贵说：“绍兴初，张循王驻军建康，裨校苗团练至蒋山下踏营地，中途无故马惊，怪之，见大蛇在桑间，以身绕树，树为之倾，伸首入井中饮水。苗不敢复进，策马欲还，循王之子，十四机宜者，适领五十骑在后。苗呼曰：“前有异物惊人，宜速还。”机宜年少壮勇，且恃众，加鞭独前，问知其故，即引弓射之，不中，又射之，正中桑本。蛇回首著树杪，张口向人，吐气如黑雾，人马皆辟易百余步，面目无色。不三月间，苗、张及从骑尽死。（右四事王嘉叟说）

【译文】泉州都监王贵说：“绍兴初年，循王张俊领兵驻扎在建康（今南京），副将苗团练到蒋山下查看营地，路途中，无故马受惊了，非常奇怪。他后来看一大蛇在桑树间，用身体缠绕着树，树身因其缠绕而倾斜，伸头进入井中喝水。苗团练不敢再往前走，乘马想回去，张循王的儿子，十四岁的机宜，正领着五十名骑兵在后来赶来，苗高声叫道：“前面有怪物惊人，应赶快后退。”机宜年少力壮又很勇敢，仗着人多，快马加鞭独自赶到前面，问清缘由，便引弓拉箭射大蛇。第一箭没有射中，又射一箭，正好射中桑树树干。大蛇回头，爬上树梢，张口向人吐气，气像黑色雾，使人马都后退一百多步，面目吓得失去颜色。不到三个月里，苗团练，张机宜和那些跟从的骑兵全都死了。

卷第十四（十五事）

笋　毒

乡人聂邦用，尝游荐福寺，就竹林烧笋两根食之。归而腹中愦闷，遇痛作时，殆不可忍。如是五年，瘦悴骨立，但诵观世音名以祈助。其弟惠琏为僧，在永宁寺，邦用所居日丽池，去郡三里，每入城，必宿于琏公房，梦人告曰："君明日出寺门，遇货偏僻药者，往问之，当能疗君疾。若愈，明年当及第，然须弥勒下世乃可。"邦用觉，以梦语琏，叹异之。

昼出寺门，外果遇卖药者，见之即问，曰："君病甚异，当食笋所致，盖蛇方交合，遗精入笋中，君不察而食之。蛇胎入腹，今已孕矣。幸其未开目，可以取。倘更旬日，蛇目开，必食尽五脏乃出。虽我不能救也。"乃取药二钱匕，使以酒服之。药入未几，洞泻秽恶斗余，一蛇如指大，蟠结粪中，双目尚闭不启。邦用以疾平为喜，独疑及第之说。时郡中以永宁为试闱，建秋试，邦用列坐，正坐在弥勒院牌下，果登科。

【译文】同乡人聂邦用曾经游荐福寺，就近到竹林中烧两根竹笋吃。回到家后腹中昏乱发闷，遇到疼痛发作时，几乎不能忍受，像这样经过了五年，邦用面容憔悴，身体瘦弱到极点，只是念诵观世名字用来祈求帮助。邦用的弟弟惠琏在永宁寺做和尚，邦用所住的地方叫丽池，离郡城有数里路，每次进城，邦用一定住宿在惠琏的僧房里，有一次梦中有人告诉他说："你明天出寺门遇见卖偏僻药的人，应前去询问他，他能够治好你的病。如果你的病好了，第二年你就能科举考试得中，然而必须在弥勒下世才可以。"邦用醒来，把梦告诉给惠琏，二人感到很奇怪。

天明走出寺门，果然遇见一个卖药人，卖药人见到他就说："你的病很奇怪，应当是吃竹笋所造成的，大概是蛇刚交配后，精液流入竹笋中，你没有看到而吃竹笋，便把蛇胎也吃进肚中，现在已怀孕了。万幸蛇还没有睁开眼睛，可以取出来。假使再过十天，蛇的眼睛睁开后，必吃尽你的五脏才出。那时即使是我也不能救你了。"于是便拿出二钱匀药，让邦用酒服下。药吃进不久，便排泄出污秽一斗多，一条蛇像指头大，盘结在粪便中，双眼还在紧闭没有睁开。邦用因病好而欢喜，唯独怀疑科举得中之说。当时，郡中把永宁寺作为一个考场，到了秋试时，邦用考试的座位正在弥勒院牌下面，果然考试得中。

刘蓑衣

何子应（麒），为江东提刑，隆兴二年十月，行部至建康，入茅山，谒张达道先生，闻刘蓑衣者亦隐山中，常时不与士大夫接，望导从且至，则急上山椒避之。子应尽屏吏卒，但以虞候一人自随，杖策访焉，刘问为谁，以闲人对。刘呼与连坐，指其额曰："太平宰相张天觉，四海闲人吕洞宾。子应乃天觉外孙。"惊其言，起曰："张丞相，麒外祖也，先生何以知之？"刘曰："以君骨法颇类，偶言之耳。吾与丞相甚熟，君还至观中，视向年留题可知也。"子应请其术，笑曰："本无所解，然亦有甚难理会处，君也只晓此。"又从扣养生之要。复曰："有甚难理会处？"竟不肯明言。子应辞去，且问所需，曰："此中一物不阙，吾乃陕西人，好食面，能为致此足矣。明年，若无事时，幸再过我。"子应去数步，回顾则已登山，其行如飞。迨反观中。求张公题字，盖绍圣间到山所书也，乃买面数斗，遣道仆送与之，子应还鄱阳为予言。次年春，复往建康，欲再访之，乃当途而卒，所谓明年若无事者，岂非知其死乎？

【译文】何麒，字子应，做江东提刑，宋孝宗隆兴二年（1164）十月，巡行所部抵达建康（今江苏南京），进入茅山拜望张达道道士，听说刘蓑衣也隐居在山中，经常不同士大夫们见会。看见引导随从将到，便急忙登上山巅回避他们。子应便全部舍弃随从，只让虞候一个跟随，拄着手杖上山拜访刘蓑衣。刘问他是什么人，子应以闲人对答，刘蓑衣叫他进来并肩坐下，指着他的额头说："太平宰相张天觉，四海闲人吕洞宾。子应是天觉的外孙。"子应听到这话很惊异，起身说："张丞相是我的外祖父，先生怎么知道？"刘蓑衣说："因为你的骨法与他相似，偶尔说说罢了。我同张丞相很熟，你回到下面寺庙中，看一下丞相当年所留的题字就知道了。"子应请求他法术，他笑着说："本来没有什么需要知道的，然而有比较难理解的地方，你也只能知道这些。"子应又询问养生的要诀，刘蓑衣又说："那有什么难理解的地方呢？"然不肯明言。子应告辞离开，问需要什么东西，刘蓑衣回答："这里什么都不缺少，只是我是陕西人，喜欢吃面食，能够给送些面来就足够了。明年，如果没有什么事时，希望还要再来这里见我。"子应离开几步，回头一看，则刘蓑衣已开始登山，他行走起来就跟飞的一样。等到返回寺庙中寻找张公的题字，大概是绍圣年间（1094—1097）来山里所写的，于是便买面数斗，派遣庙中仆人送给刘蓑衣。子应回到鄱阳告诉了我。第二年春天，子应又去建康，想再次拜访刘蓑衣，在拜访的路途中便死了，刘蓑衣所说的"明年如果没有什么事"的话，难道他知道子应将死吗？

浙东宪司雷

浙东提刑公廨堂层之南，隔舍五间，谢诚甫居官时，其弟充甫处之。夏日暴雨，震霆洊至，如在窗几间。充甫正衣危坐，静以观之，闻梁木砉然有声，未及趋避，已折矣。笼箧之属，元在东壁下，暨雷雨止，则已徙于西边，位置高下无所改。方震时，盖未尝见室中有人也。

【译文】浙东提刑公置堂屋的南边，相隔有五间房屋。谢诚甫在里做官时，他的弟弟充甫住在这里。夏天的一天下暴雨，劈雷震动，一次又一次就像在窗口近旁。充甫穿衣端坐，平静地看着，听到房上梁上有相裂声，没有来得及躲避，梁木已断了。箱子等东西，原来在东边墙壁下，等到雷停雨止，这些东西已被挪到西边墙壁下，上下位置一样也没改变，刚才雷震时，屋里并没有人。

常州解元

绍兴十年，常州秋试，有术士言，今岁解元姓名，字中须带草木口，闻者皆谓："人名姓犯此三卷固多，岂不或中？"及榜出，乃李荐为首。李荐字信可，姓中有木，名中有草，字中有口，余人皆不尽然。

【译文】宋高宗绍兴十年（1140），常州举行秋季考试，有一个占卜的人说："今年的第一名的姓名中一定带有草木口三字，听到此话的人都认为，应考人的姓名中包含这三个字太多了，难道不是其中的一个人得中。等到揭榜出来，第一名姓名叫李荐。李荐，字信可，姓中含有木字，名中含有草字，字中又含口字，其他的人都不是这样。

振济胜佛事

汤致远枢密，镇江金坛人，为人刚褊，居官居乡皆寡合，乡人以故，多惮与还往。其子廷直先卒，两孙皆粹谨，能反乃祖所行，族党翕然称之。

隆兴二年，汤公薨。数月后见梦于长孙曰："我生时无大过，死后不落恶趣，不须营功果，但岁方苦饥，能发廪出谷，以振民，远胜作佛事，于吾亦有赖也。'是夕，里中人多梦汤至，其言皆同。长孙即持米百斛与金坛宰，使拯救饿者，且尽，又以三百斛继之。（袁仲诚说）

【译文】枢密使汤鹏举，字致远，是镇江金坛人，为人处事固执狭隘，无论在官府，或是在乡间都很难能同人相处，家乡人因为这个原因，都害怕同他过多来往。他的儿子廷直先死，两个孙子很精明谨慎，能够克服其祖先为人处世的缺点，与家乡人友好相处，深得同乡人赞扬。

宋孝宗隆兴二年（1164）汤致远去世，几个月后，托梦给他的长孙说："我活着的时候没有什么大的过错，死后也不堕落地狱、饿鬼、畜生，不需要你们给我做功德善果，只是今岁收成不好，民间正在受饥，能开仓赈济灾民，远远胜过作佛事，对我来说也有好处。"这天夜里，乡中许多人大多都梦见汤致远到来，所说的话都一样。天一亮，汤致远长孙就带五百斛米，送到金坛县，让县令拯救饥民，将要分完时，接着又送去三百斛。

王俊明

蜀人王俊明，洞知未来之数，虽瞽两目，而能说天星灾祥。宣和初，在京师谓人曰："汴都王气尽矣，君夜以盆水直氐房下望之，皆无一星照临汴分野者。更于宣德门外密掘地二尺，试取一块土，嗅之，躁枯索寞，非复有生气。天星不照，地脉又绝，而为万乘所都，可乎？"即投匦上书，乞移都洛阳。时中国无事，大臣交言其狂妄，有旨逐出府界，寓于郑许间。

靖康改元，颇思其言，命所在津遣召入禁中询之，犹理前说曰："及今改图，尚为不晚。"仙井人虞齐年，时为太常博士，俊明告之曰："国事不堪说，唯蜀为福地，不受兵。君宜西归，勿以家试祸。”虞曰：“先生当何如？”曰：“吾命尽今年，必死于此，但恨死时妻子皆不见耳。”虞雅信其言，亟谒乡相何文缜求去，得成都倅。京城将陷之日，有旨遣四卫士舆轿急召俊明，至宫门，闻胡人已登城，委之而去，匍匐下车，莫知其所往，疑挤于沟壑矣。其家行哭寻之数，日竟不见，遂以去家之日为死日云。（虞并甫说）

【译文】四川人王俊明，能够预测未来发生的事情，虽然两眼都瞎，但能说天星灾祥，宋徽宗宣和初年（1119），王俊明在京城对人说：“汴京都城的王气已经完了，你夜晚把一盆水放到氐宿和房宿二星的下边，往水里看视，看不到一颗星辰照临汴京分野，另在宣德门外，暗中挖地二尺，试着取出一块土，用鼻子闻一闻，躁枯索寞，已经没有生气了。把天上的星辰不照耀，地上的脉气又断绝的地方，作为国家的都城，可以吗？”于是便投匭上书，请求把京城迁移到洛阳。当时中原平静没有什么战事，大臣相互议论，认为俊明狂妄自大，皇上便下令把他逐出开封府界以外，寄居在郑州和许昌之间。

靖康改元之后，皇帝仔细思考了王曾说的话，便命令执政大臣，派人召俊明入宫。进宫后便询问他，他仍坚持以前说的话，说：“到了现在进行改变，为时还不太晚。”仙井人虞齐年当时为太常博士，俊明告诉他说：“国家大事不值得细说，只有四川是福地，不受兵乱之苦，你应该往回四川去，不要让家庭遭祸。”虞齐年说：“先生你应怎么样？回答说：“我的命已完了，今年一定死在这里，只是痛恨死的时候妻子儿女都看不见。”虞齐年非常相信他的话，立即拜访同乡宰相何文缜，请求离开这里，后到成都任了副职。京城陷落那一天，皇上又令派四个卫士带轿急忙召见俊明，走到皇宫门口，听到金兵已登上城墙，卫士便弃下轿子跑了。俊明下轿伏地而行，没有人知道他到哪里去了？人们怀疑他已被挤进沟壑之中。他的家人哭着寻找他，找了许多天，竟然找不到，于是便以他离开家的那一天作为他死的日期。

南禅钟神

绍兴八年十一月，常州无锡县南禅寺寓客马氏，居钟楼下。其妇产子焉。数日后，一妾无故仆地，起作神语，斥其亵污，曰："速徙出，不尔且有大祸。前日爨下食器破，乃我为之，汝误笞婢子矣。"马氏谓为妖厉，呼僧诵《首楞严咒》祛逐之，厉声曰："我伽蓝正神，主钟者也，安得见此迫！此钟本陈氏女子所铸，今百余年，我守护甚谨。凡寺以钟声为号令，每鸣时，天龙毕集。而今接官亦叩击，我以首代受之，不胜痛。未来为语寺僧，别造小钟。遇上官至，则击之。脱不我信，当以三事为验。自此信宿，有倡女来设供；继有商人刘顺施刹竿；又旬日；宣州僧日智道者，来设大水陆三会。智公乃十地位中人。以大慈大悲作布施事，宜加敬礼。"语讫寂然，马氏惧，即迁居。所谓三事者，皆如其说。（县人边知常作记）

【译文】宋高宗绍兴八年（1139）十一月，常州无锡县南禅寺寄住着一个姓马的人家。他的妻子在这里生孩子，几天后，他的一个妾不知什么原因突然倒在地上，而后起来以神的语气，斥责马氏家生孩子玷污了此地。并说道："赶快从这里迁出，不然就有大祸降临。前天烧火做饭时，饭锅破了，那是我干的，你却不分青红皂白鞭打了婢女。”马氏以为是妖怪作祟，叫寺里和尚诵《首楞严咒》驱赶鬼怪。又听到刚才的声音说：“我是佛寺伽蓝正神，掌管钟的神，怎么能受到你们的逼迫。这里放的钟是一个姓陈的女子捐铸的，现在已有百年的历史，我常年守护着它，十分小心。凡当鸣时，天龙诸神会部聚集在一起。如今接官亦叩响它，我就用头来承受叩击，痛苦不堪。为此我告诉了寺院的和尚让他们另造一个小钟，待到有官人来时，就敲打小钟，如果不信任我话，那么发生的三件事作为验作。过了一夜后，将有个娼女来此设祷告；接着又有商人刘顺为寺院布施刹竿；又过了十天，宣州和尚日智路过这里，供设了大水陆三会仪式，日智是十地位中的人，用大慈大悲的胸怀作法，你们应当对他十分恭敬。”马氏非常害怕，就从寺中迁出。钟神所说的三件事，果然都一一依说发生。

洪粹中

乐平士人洪斿，字粹中，为人俊爽秀发。然好以语言立讥议，尝作《山居赋》，纯用俗语缀辑。凡里巷短长，无不备纪，曲尽一乡之事。独与族兄朴友善。政和八年登第，未得禄而卒，无子，凡丧葬之费，皆出于朴。

后数年，朴于医者叶君礼夜坐，叶先寝。朴忽起与人相揖，便延坐，交语。家人窃听之，粹中声也。愀然曰：“思君如昨，愿一见道旧，谢送死之恩。而屡至门，皆为阍者所阻。今随令兄七承事，自周原来，故得入。念临终时，非吾兄高义，朽骨委沟壑矣！始死，了不自觉，但见吏卒来云迎，赴官，即随以往。今在冥中判一局，绝优游无事，特苦境界黑暗，冥漠愁人。虽为官百年，不若居人间一日也。冥吏与我言，生当为大官，正坐口业妄说人过，故一切折除，今悔之无及矣。生时所为文一编，在十二郎处，烦兄明旦，乘其未起往取之，只在渠箱中，替子上。”朴恍惚间不忆其已死，唤人点茶，遂不见。时灯火虽设，无复光焰。叶医惊问之，始悟。

明日往十二郎家，得其书。粹中夙与妻不睦，后再适叶氏，亦时时来附语，叶生诘之曰："平生闻洪粹中博学，若果是，可诵《周礼》。”即应声高读，首尾不差一字。十二郎，其侄也。

【译文】乐平（今属江西）有个读书人洪斿，字粹中，生得十分俊秀聪慧，但是喜好运用语言讽刺讥诮别人。他曾作过一篇《山居赋》，纯用俗语方言连缀而成，凡是街巷上说长道短的闲话，没有不写进去的，把一乡的事都记全了。他人缘不好，仅和堂兄洪朴关系十分友善。宋徽宗政和八年（1118）考中进士，还没分配官职，便死去，他又没儿子，所以，为他办理丧事的费用，全靠洪朴拿出来。

又停了几年，有一天晚上，洪朴陪一个医生叶君礼坐在一起说话，后来，叶医生先去睡觉，洪朴忽然站了起来，向人作揖行礼、让坐。他家的人在屋外窃听，好像是洪粹中的声音，只听他声调很不愉快地说："非常想念，很想见面叙旧，并且对给我办丧事进行道谢。可是来了几次，都看大门被阻挡，没能进来，直到今天，你当过承事的七哥从周原（七哥的葬地）来。我跟着他，才得进到门内。我去世时，如果不是兄长仗义帮助，我的遗骨恐怕会扔到沟壑中了。我死时还不知道自己已死，只看见吏卒来接，说是去做官上任。便跟着他们走。现在我在阴间当一个判官，管的案件不多，倒十分清闲自在，苦恼的是到处一片黑暗，令人发愁。虽然当官百年，还不如在阳世一天快乐。据阴司的官吏告诉我说，本来我在阳世一生，应当做大官的，可是由于我口上作孽，好讲别人的过失，所以一切官禄全被折除掉了。现在后悔也来不及了。我活着的时候，曾经把我作的文章抄为一册，现在放在十二郎那里。特烦兄长明天早晨，乘他还没起床时去取出来。这文集在他箱子里插袋里边。”洪朴恍忽之间，忘了粹中已死，便喊人送茶点来招待。这时粹中便不见了。而屋内虽然还点着灯，可是却放不出光焰。姓叶的医生被惊醒，问他是什么事，才醒悟到粹中是已死的人。

明天，便去十二郎家，找到了洪粹中的文集。粹中平常与妻子不和睦，后来又嫁给姓叶的。洪粹中的魂魄亦常来附到这妇人身上说话。姓叶的询问他说：“我生平常听人讲洪粹中博学，如果真的，请把《周礼》给背诵一下。”那妇人便高声朗诵，从头到尾，不差一字。十二郎，是洪粹中的侄子。

鱼陂疠鬼

族人洪洋，自乐平还所居。日已暮，二仆荷轿，一仆负担，必欲以中夜至家。邑之南二十里，曰：“吴口市。”又五里，曰：“鱼陂畈。”到彼时已二更，微有月明，闻大声发山间，如巨木数十本摧折者，其响渐近，洋谓为虎，而虎声亦不至是，心知其异矣。亟下车，与仆谋所避处，将复还吴口，已不可，欲前行，则去人居尚远，进退无策。望道左小涧无水，可以敝匿，即趋而下。其物已在前立，身长可三丈，从顶至踵皆灯也。二轿仆震怖殆死，担仆窜入轿中屏息，洋素持观音大悲咒，急诵之。且数百遍，物植立不动，洋亦丧胆仆地。然诵咒不辍，物稍退步，相去差远呼曰："我去矣。"径往畈下一里许，入小民家，遂不见。

洋归而病，一年乃愈，仆亦然，二轿仆皆死。后访畈下民家，阖门五六口，咸死于疫，始知异物，盖疠鬼云。

【译文】本族人洪洋，从乐平（今属江西）回家，天色已是黄昏，两个仆人抬着轿，一个仆人挑着行里担，想半夜一定赶到家里。走到城邑南边二十里处，叫吴口市。再走五里到了一个叫鱼陂畈的地方，那时已是二更天，天上云层中透出微微的月光。忽然，他们主仆几人听到有很大的声响，响声越来越大，越来越近。洪洋刚开始认为是虎啸，但又不像虎的声音，心里觉着十分惊奇。就赶忙下轿，和仆人们商量躲避一下。如果回吴口已是不行了，想往前走，离有人居住的地方还很远，进退都难，他们都没有什么主意。正在这时，看见路旁左边有一条干涸的小涧，可以躲避隐藏，就准备下去。那发出声响的怪物已站在他们面前，它身高大概有三丈，从头到脚都有灯。两个轿夫被面前的恐怖形象吓得近于死亡，担夫则窜到轿中不敢出声，洪洋因为平日常诵观世音大悲咒，就急忙口诵此咒。但诵读了几百遍，那怪物巍然不动，洪洋也吓破了胆，栽倒在地上，口中仍念咒不断。那怪物才稍稍向后退去，不一会儿，离去很远，就听到它呼叫了一声说："我去了！"便见它直往畈下有一里之路的民房里去。接着就什么也看不见了。

洪洋回到家里后，病了一年才痊愈，担夫和他一样，然而那两个轿夫却死去。后来，洪洋又到畈下的那户民家查访，那户人家门锁着，五六口人都死于瘟疫。这时，才知道那个异物，大盖是人们说的瘟鬼吧。

全师秽迹

乐平人许吉先家，于九墩市，后买大侩程氏宅以居。居数年，鬼瞰其室，或时形见，自言我黄三、江一也。同为贾客贩丝帛，皆终于是。今当与君共此屋。初亦未为怪，既而入其子房中，本夫妇夜卧如常时，至明，则两鬓相结，移置别舍矣，方食稻饭，忽变为麦；方食早谷饭，忽变为晚米。或宾客对席，且食且化，皆惧而舍去。吉先招迎术士作祛逐，延道流醮谢，祀神祷请，略不效。所居侧凤林寺僧全师者，能持秽迹咒，欲召之。时子妇已病，鬼告之曰："汝家将使全师治我，秽迹金刚虽有千手千眼，但解于大斋供时，多攫酸馅耳，安能害我？"僧既受请，先于寺舍结坛，诵咒七日夜，将毕，鬼又语妇曰："秃头子果来，我且谨避之，然不过数月久，当复来，合足畏！吾未尝为汝家祸，苟知如是，悔不早作计也！"僧至，命一童子立室中观伺，谓之开光。见大神持戈戟幡旗，沓沓而入。一神捧巨橐，题其上曰："秽迹神兵。周行百匝，鬼趋伏妇床下。神去，乃出其，头比先时倐大数倍。俄为人擒搦以行。僧曰："当更于病者，床后见两物，始真去耳。"明日床后大柜旁，涌出牛角一双。良久而没，自是遂绝不至。凡为厉自春及秋乃歇，许氏为之萧然。（三事洪绂说）

【译文】乐平人许吉先的家在九墩市。后来买了大商人程氏的旧房居住。住了几年后，有鬼来到他家，有时显形，自己说叫黄三和江一，是两个商人，以贩卖丝帛为业，最后都死在这里，现在应当和房主共同拥有此房居住。刚开始也没有见到什么奇怪之处。后来，那鬼进到许吉先儿子的房中，他们夫妇和往常一样入睡，到了天亮时分，夫妇俩的头发被绑在一起，已经被移到别的房间中去。家里正在吃米饭，忽然碗中的饭会变成麦子做的饭；正在吃早谷时，忽然又会变成晚稻的米饭；有时宴请宾客，席间的食物正吃着，便变化着，客人们都很害怕，纷纷退席而去。许吉先请来术士作法驱逐鬼怪，住在家中祷神祀鬼，多日不见功效。有人说这里旁边有座凤林寺，寺中有个全师和尚，会秽迹咒。许吉先想请他来看看。这时儿媳已开始有病，那鬼又告诉他说："听说你家里准备请全师和尚来治我，那秽迹金刚虽有千手千眼，但只有在大斋供的时候才能除秽迹，而且多是抓取些酸馅的东西，怎么能伤害我呢？"全师和尚受到了许家的请托，先在寺中结坛诵咒。七天后，夜晚将要过去，鬼对他儿媳说："秃头和尚果然来了，我准备小心的回避一下，但是，不过几个月，一定返回这里，有什么可畏惧的？我没有给你们家带来什么灾祸，你们这样待我，要知道现在是这样的话，后悔当初没有早早计谋，惩罚你们。"全师和尚到许家，让一小童站在屋子中间观察，对他进行了开光仪式。只见一大神手持戈戟幡旗和石边众人纷纷而来，有一神手捧着大旗，上面写着："秽迹神兵"的名字，环绕房子走了百圈，鬼就爬在了妇人的床下匿伏，这时，神才离去。只见鬼的头比先前倏然增大数倍，不一会儿被人擒获，按着押走。全师和尚说："病人一定会好的，床后面如见一两件东西，那才是鬼真正离去。"第二天，床后的大柜旁涌出了一对牛角，有一段时间，渐渐消失而去，原来的鬼怪便再也没发生。这次鬼厉，从春天出来，到秋天才停止。许氏家里从此才安静下来。

结竹村鬼

弋阳县结竹村吴庆长，遣仆夜守田中稻，有操镰窃刈之者，持挺逐之，不获，明日复然，旦而视其稻，盖自若也。仆素有胆气，自谋曰："挺短无及事，当以长枪为备。"至夜，果来，见人出则走，仆大步追击，揰以枪，遂执之。秉火而视，乃故杉木一截，取卧于床下，明日将焚之。以语里巫师，巫师曰："是能变化，全而焚之，不可。"即碎为片，片置小缶，和汤煮之。薪火方炽，臭不可忍。闻二缶中号叫哀泣曰："幸赦我，我不敢复扰君，敬为不然，必从巫师索命。"仆为破缶，掷诸原，果不复至。

【译文】弋阳县（今属江西）结竹村吴庆长，派仆人晚上到田中守护稻子，有人拿着镰刀偷割稻子，仆人就持着棍棒追赶驱逐他，没有抓住这人。第二天，那人又来，被仆人赶走。早上仆人看田中的稻子依然完好无损。平日仆人很有胆气，他自己思索着说："棍棒太短，没有什么用处，一定准备一支长枪来防范。"到了晚上那人又来，看见仆人出来就跑，仆人就跑着持枪追击，并向那人刺了一枪，接着就抓获了他，拿着火把一照，原来是一截旧杉木，把它拿回去放在床下，准备明天把它烧掉，仆人把这事告诉了村里的巫师，巫师曰："它是一个会变化的东西，如果把它完整烧掉，没有什么效用。"仆人就把它砍成碎片，又把碎片放在小瓦缶中，倒上水煮。薪柴刚刚炽起来，就闻到了一股臭不可忍的怪味，同时听见两个瓦缶中有哭泣哀嚎声，里边说："希望赦免了我，我再也不敢骚扰你；如果你不这样的话，我一定要找巫师索命。"仆人听后，就打碎了瓦缶，扔到荒野里去，那怪果然遵守诺言，没有再来。

新淦驿中词

倪巨济次子冶，为洪州新建尉，请告送其妻归宁。还至新淦境，遣行前者占一驿。及至欲入，遥闻其中人语，逼而听之，嬉笑自如，而外间略无仆从，将询为何人而不得，入门窥之，声在堂上，暨入堂上，则又在房中。冶疑惧亟走出，遍访驿外居民，一人云："尝遣仆童来借笔砚去，未见其出也。"乃与健仆排闼直入，见西房壁间题小词云："霜风摧兰，银屏生晓寒。淡归眉山，脸红殷，潇湘浦，芙蓉湾，相思数声哀叹，画楼尊酒闲。"墨色尚湿，笔砚在地，曾无人迹。倪氏不敢宿而去。（二事揭椿年说）

【译文】倪巨济的次子倪冶，是洪州（今江西南昌）新建尉，请假送他的妻子回娘家，走到新淦（今属江西）境内，派人到关边找驿站休息。等到一行人赶到驿站时，远远听到屋中有人说话，接近听时，里面嬉笑阵阵，而外间的房子却没有一个仆人随从，打听是什么人在里住却没人知晓。于是，倪冶就走进大门观察，听到声音由厅堂传来，即走上厅堂，但声音又从前房中传出，倪冶顿时感到疑惑惊怕，急忙退出驿站。在驿站旁询访，一个居民说："曾经有一个小童来我家借笔砚，去了以后就没有见他出来。"倪冶就和健仆排达直径走进去，看见西厢房的墙壁上题有一首小词："云霜风摧兰，银屏生晓寒，淡归眉山脸红殷。潇汀浦，芙蓉湾。相思数声哀叹，画楼尊酒闲。"词写的墨色还湿润着，笔砚仍在地上，却看不到一个人迹。倪氏不敢住在这里而离去。

赵清宪

赵清宪丞相，侍父官京兆时，病利，逾月而死。沐浴更衣，将就木，忽有京师递角至，发之无文书，但得侯家利药一帖，以为神助。即扶口灌之，少顷复苏。遽遣人入京，扣奏邸吏。盖其家子苦泄利，买药欲服，误以入邮筒中也。又尝病黄疸，势已殆，有妪负小簏至门，家人问所货何物？曰："善烙黄。"呼使视之，发簏取铁匕烧热，上下熨烙数处，黄色应手退，翌日脱然。后为徐州通判，罢官将行。又利疾委顿。素与梁道人相善，其日忽至，问所苦。曰："无伤也。"命取水一杯置案上，端坐咒之。须臾，水跃起如沸汤，持以饮赵公，即时痛止。公心念无以报，但尝接高丽使者，得银盂一，欲以赠之。未及言，道人笑曰："高丽银与铜何异，不须得。"长揖而出，追之不复见。

《东坡集》中有赠梁道人诗曰："采药壶公处处过，笑看金狄手摩挲。老人大父识君久，造物小儿如子何？寒尽山中无历日，雨斜江上一渔蓑。神仙护短多官府，未厌人间醉踏歌。"即此翁也。

【译文】丞相赵卞（谥号清献），小时候跟着他在北京（今河北大名）做官的父亲时，忽然得了痢疾，过了一个月，不治身死，正准备给他洗澡换衣，放进棺材，忽然从京师（今河南开封）送来一封公文，他父亲拆开一看，封套里没有公文，只有一包侯家痢药，家人以为神在帮助，便把赵卞扶了起来，灌药给他吃。不一会儿，竟然又苏醒过来。他父亲便紧急派人往京师，询问那发公文的办事员，问这是怎么回事？原来那个人的儿子得了很重的痢疾，买了药打算服用，慌忙之中误把痢药装到公文信封中了。赵卞后来又得了黄疸，十分危险，这时有一个老太婆背了个小匣子来到他家门口，家人问她卖什么东西？她说："专门善于烙黄疸。"家里人便请她进来看病。那老太婆便打开匣子，取一个铁勺，烧热以后，在赵卞身上上下熨烙几处，黄疸便应手退去，第二天便完全好了。后来，赵卞担任徐州通判时，被免职后将要离开徐州，又得了痢疾，浑身虚弱。他平常和一个姓梁的道人很要好，这天忽然来看赵卞，问起他受痢疾的痛苦，便说："不要紧。"让人取水一杯放到几案上，梁道人便端坐念咒。停了一小会儿，水便跳跃起来，如滚沸了一样，梁道人便端起杯子，让赵卞把水喝掉，即刻止了肚痛。赵卞觉得没有什么可以报答梁道人，只有过去接待高丽国的使臣时，使臣送他一只银水盂，便想把它转送给梁道人。他才起了这念头，还没开口，梁道人便知道了他的心意，笑着说："高丽的银子和铜没什么区别，我不需要这东西。"向赵卞作了个长揖，便走了出去。赵卞追出去，已经失去道人的踪迹。

苏轼著的《东坡集》里，有《赠梁道人》诗："采药壶公处处过，笑看金狄手摩娑。老人大父识君久，造物小儿如子何？寒尽山中无历日，雨斜江上一渔蓑。神仙护短多官府，未厌人间醉踏歌。"就是说他的。

大名仓鬼

王履道左丞，政和初监，大名府崇宁仓门，官舍在大门之内。一夕，守宿吏士数十人，同时叫呼，声彻于外。左丞披衣惊起，一卒白云："有怪物，甚可怖，公勿出！"乃伏屏间觇之，一大鬼跨仓门而坐，足垂至地，振膝自得，屋瓦皆动摇。少焉，阔步跨出外，入李秀才家而灭。李生即时死。

【译文】王履道左丞，宋徽宗政和初年监管大名府（今属河北），崇宁仓门官的宿舍，就在大门之内。一天傍晚，驻守粮仓的官兵几十人同时大叫呼叫，声音传到仓外。左丞听到喊声惊动急忙披衣起床，这时，一兵卒来告诉他说："外面有一怪物，非常可怕，尊驾不要出门！"左丞就爬在屏风后向外偷偷看去，看见一个大鬼跨着粮仓大门而坐，脚垂在地上，摇动着膝盖在那里洋洋自得，房顶的瓦都被震动。片刻后，那鬼大步跨出粮仓，走进旁边李秀才家就不见了。李秀才就在这时死去。

邢大将

邢大将者，保州人。居近塞，以不仁起富，积微劳，得军大将。尝以寒食日，率家人上冢，祀毕饮酒。见小白鼠出入松柏间，相与逐之，鼠见人至，首帖地不动，遂取以归。鼠身毛皆白，而眼足赪红可爱。邢捧置马上，及家即走，不复见。即日百怪毕出，釜鬲两两相抱持而行，器皿易位，猫、犬作人言，不可诃叱。邢寝榻旁壁土脱寸许，突出小人，面如土木偶。又五日已长成一胡人头，长鬣鬅髻殊可憎恶，语音与生人不少异，且索酒肉，邢不敢拒，随所需即与之。稍缓辄怒，一家长少服事之唯谨，凡一岁邢死，诸怪皆不见。（三事嘉叟说）

【译文】邢大将是保州（今河北保定）人，家住在靠近边塞的地方，用不仁不义的办法发家致富。又用微薄的功劳获得了军队大将的职位。曾经因寒食节，带家里人上坟祭祀祖先。祭祀完后喝酒，看见一只小白鼠蹦跳在松柏间，大家就去捉。鼠见有人来，把头贴在地上不动。于是就捉它拿回来。那小白鼠身上的皮毛都是雪白，而眼睛和脚却也赪红可爱。邢大将把他捧回家里。到家后小白鼠即走不见了。自此以后，邢家千奇百怪的事都出现了，釜和鬲两两相抱在一起，并互相能行走，所有的器皿到处换位，猫和狗亦会说人话，不能训斥它们。邢大将睡床旁边的墙壁脱落了几寸，突然跳出一个小人，形象如泥塑的小木偶。又过了五天，小人长大，就成了一个胡人，头上长着长长的头发，头发蓬松的挽束一下，非常难看，又发出凶恶的语言，和活着的人没有什么区别的地方。他并且索要酒肉。邢大将不敢有所抗拒，随他需要什么即给他什么，有时稍有缓慢之处，那怪便动怒，邢家老少对他做事小心谨从。过了一年，邢大将死去，这些怪人怪事才都不见。

卷第十五

扫码听谦德
君为您导读

董染工

乡里洪源董氏子，家本染工，独好罗取飞禽，得而破其脑，串以竹归。则焚稻秆丛茆，焫其毛羽净尽，乃持货之。平生所杀不可计，老而得奇疾，遍体生粗皮，鳞皴如树。遇其苛痒时，非复爬搔可济，但取茅秆以燎四体，则移时乃定。继又苦头痛，不服药。每痛甚，辄令人以片竹击脑数十下，始稍止，人以为杀生之报。如是三年，日一偿此苦，然后死。

【译文】乡里洪源董姓的儿子，家里原来是染工，他却独爱好布置罗网捕捉飞鸟，抓住后就打破它们的脑袋，用竹条把猎物串起来拿回家，用稻秆和茅草燎去它们的羽毛，弄干净后，把它们卖掉。他平生所杀的飞鸟不计其数。年老后得了一种奇怪的病，遍体生满了粗皮，鳞皴的像树皮一样。遇到奇痒无比时，不是反复抓挠可以解决，只有用茅草杆燎烧四体才能止些痒。痒刚刚止住，头又开始疼痛，不能吃药。每当疼痛的十分厉害时，就让人用竹片敲打几十下，才稍稍有止痛。人们认为这是他杀生的报应。这样过了三年，每天都要经历一次这样的痛苦，最后到死。

临川巫

临川有巫，所事神曰：木平三郎。专为人逐捕鬼魅，灵验章著，远近趋向之。自以与鬼为仇敌，虑其能害已。日日戒家人云："如外人访我，不以亲疏长少，但悉以不在家先告之，然后白我。"里中人方耕田，见两客负戴行支径中，褰掌跼步，若有碍其前者。耕者曰："何为乃尔？"曰："水深路滑，沮洳满径，急于前进而不可。"耕者笑曰："平地无水，安得有是言？"两客悟，谢曰："眼花昏妄，赖君指迷也。"欣然直前，曾不留碍，径至巫门，自称建州某官人，顷为祟所挠，得法师救护，今遣我赍新茶来致谢。家人喜，引之入。劳苦尉籍，始以告巫。巫问何在？曰已入矣。大惊曰："常戒汝云何？今无及矣？"使出询其人，无所见。巫知必死，正付嘱后事，忽如人击其背，即踣于地，涎凝喉中，顷之死。（李德远说）

【译文】临川（今属江西）有个巫师，供奉的神叫木平三郎，他专门为人驱赶抓捕鬼魅，十分灵验，远近有事都找他去抓鬼。自从巫师与鬼结了仇恨，他思虑鬼魅一定要害自己，便常常告诫家里的人说："如果有外人来访我，不论亲疏大小，只对他们讲我不在家，先告诉他们，然后再通知我。"一天，村里有人在耕田，看见两个客人扛着东西走在小路上，手提衣裳，举步小心，好像路上有障碍物阻止他们前进。耕田人便说道："干什么的？"只见路上的人说："水深路滑，低洼处都聚满了水，想急着赶路，又没办法。"耕田的人笑着说："大路平地上没有水，怎么会有这种事呢？"两个客人似乎醒悟过来，道谢着说："我们老眼昏花，全仗你为我们指路。"然后高高兴兴地上路直去，好像没有走过坏路一样。两人来到巫师的家门口后，自称是建州（今福建建瓯）某官人，短时间内受鬼魅骚扰，因得到你家法师的救护，才免除了灾祸。现在让我们带了些新茶表示感谢。"家里人听了非常高兴，把他们带到家中，款待他们的行路之劳后，就来告诉巫师，巫师问人在什么地方，家人说已进门休息了。巫师大惊，说道："我平常是怎样告诫你们的，为什么现在就不知道了呢？"就赶快让家人出去询问，那两人已踪迹皆无。巫师明白自己一定要死，正准备嘱托他的后事，忽然觉得好像被人从后背击了一下，跌倒在地，口水凝结在喉中，顷刻死亡。

上犹道人

乡人董璞，宣和四年为南安军上犹丞。有道人从岭外来，长六尺余。云将自此朝南岳，且言有戏术。董为置酒召客，而使至前陈其伎。独携无底竹畚一枚，泥满其中，庭下观者数百。道人令自取泥如豆纳口内，人人询之欲得作何物。或果实，或肴馔，或饴蜜。不以时节土地所应有，皆以其意言。道人仰空吸气，呵入人口中，各随所须而变。戒令勿嚼勿咽，可再易他物。于是，方为肉者能成果；为果者能成肉，千变万化，无有穷极。而一丸泥自若也。董氏子弟或不信，遣乡仆胡满出戒之。曰："汝说一物，正使诚然，姑应曰：不是。试观其何以处。”仆含泥呼曰：“欲樱桃。”道人呵，问之，曰：“非也。”再三问皆然。笑曰：“汝欲戏我耶！吾将苦汝。”又呵气入之，则为大蒜，辛臭达于外，仆犹执为未然。道人遍告众人曰：“此人见侮已甚，当令诸君皆闻之。”指其口，曰：“大粪出！”应声间秽气弃塞，彻于庭上。仆急吐出，取水濯漱，良久尚有余臭。观者大笑，益敬之。道人亦求去，与之钱不受，独索酒，饮数升遂去。竟不知为何许人，何姓氏也。董外孙洪应贤从在官下，亲睹其异。

【译文】同乡人董璞，宋徽宗宣和四年（1122），任南安军上犹丞。有个道人从岭外来，身高有六尺多，说他准备从这里朝见南岳，并且还说自己会玩把戏。董璞听后便准备了酒席，请来客人观看，让道人在前面表演。道人只携带了一个没有底的竹畚，有一块泥放满了竹畚，厅堂下来看热闹的有几百人。道人自己从竹畚里取出一块像豆子一样大的泥，放在口内，每人询问他想得到什么东西，或是果实，或是肴馔，或是饴蜜，不因为时节和土地远近所应有的东西，都可以按照人意实现。道人仰着头吸进一口气，然后吹入围观人的口中，各人都随着自己想象的物品变化。道人向众人告诫不要嚼，不要咽，还可以再变其他的东西，于是，刚才是肉的则变成果实，是果实的则变成了肉，千变万化，没有穷极，而一个泥丸还是那样。董氏家的子弟有的不信，派乡中仆人胡满出来见道人，交代他说：“你也说一物，让他去变，即是变对了，你亦姑且回答说：不是。看他怎么办。”仆人就口中含泥喊道：“想得到樱桃。”道人向他吹了口气，问是不是樱桃，仆人说：“不是啊！”道再三问询他，他都说不是。道人笑了，说：“你想戏弄我吧！我要让你尝尝苦头。”接着又向他吹了一口气，直闻到大蒜的辛臭味从仆人嘴中传了出来，仆人却仍然不改颜色。于是，道人就对围观的人说：“这个人故意侮慢我已太过分了，请大家都来闻闻。”然后用手指着仆人的嘴说：“大粪出！”应声间，臭秽之气散布在厅堂上面，仆人急忙吐出嘴里东西，取水洗漱了半天，嘴中乃留有粪臭味，围观的人大笑起来，更加敬仰道人。这时，道人也要求离去，董氏就给他拿了钱，道人不收，只要了些酒，喝了几升，就离开了董家。竟没有人知他是什么人？姓甚名谁？董璞的外孙洪邦直，字应贤，跟从着董璞在这里，亲眼目睹了这件怪事。

诸般染铺

王锡文在京师，见一人推小车，车上有瓮，其外为花门，立小榜曰：“诸般染铺。”架上挂杂色缯十数条。人窥其瓮，但贮浊汁斗许。或授以尺绢，曰：“欲染青。”受而投之，少顷，取出则成青绢矣。又以尺纱，欲染茜。亦投于中，及取出成茜纱矣。他或黄、或赤、或黑、或白，以丹为碧，以紫为绛，从所求索，应之如响，而斗水未尝竭。视所染色，皆明洁精好，如练肆经日所为者，竟无人能测其何术。

【译文】王锡文在京城，看见一个人推着小车，车上放着一个瓮，瓮外边有一道花门，上面立有小榜，写着“诸般染铺。”车架上挂有十几条各色的丝织品，有人偷偷看车上的瓮，只是贮存有一斗那样的混浊水汁。有人拿了一尺绢，说要染成青色。主人把它投到瓮里，不一会儿，取出来就成了青绢，又拿来一尺纱布，想染成茜草色，也同样被投进瓮中，等到取出来时，已是茜纱。不论是黄、是赤、是黑、是白，或把红色染成碧色，把紫色染成绛色，一切都能满足要求，那出来的织物都和说的颜色一样，而那瓮装的仅一斗之水却没有干竭。观察所染的颜色，都是明亮洁净，工艺非常好，好像是从街市染坊里染上一天才能出来的一样好。但是却没有人能知道它是用什么办法染布的。

赵善广

赵敦本，绍兴二十九年为临安通判，其子善广在侍傍。梦人持符追之，曰："府主唤。"广辞不肯行，曰："吾父与府公共事，吾知子弟职耳！何为唤我？"持符者捽之以行。广问："当以何服见？"曰："具公裳可也。"既至公府庭下，侍卫峻整，威容凛凛可畏。主者据案怒色曰："赵善佐，汝前生何以敢杀孕妇？"广拜而对曰："某名善广，非佐也。"主者顾追吏曰："此岂小事而误追人邪？"

命捽送狱而释广。广还至家，但见眼界正黑，不能得其身，自念平生诵《法华经》，今不见何邪？忽觉所诵经在手，光焰焕然，已身乃卧床上，投以入，遂寤。家人盖不觉也。后七年，为饶州司户，乃卒。

【译文】赵敦本，宋高宗绍兴二十九年（1159）任临安（今杭州）通判。他的儿子善广在他身边服侍。一天傍晚，善广梦见有人持符追他，说府主传叫他。善广推辞不肯走，说："我父亲和府公一起做事，我知道自己的职责是什么，为何传唤我呢？"持符的人揪住他就走。善广又问道:“应该穿什么衣服去见府公?”回答说:“穿公服可以!”不久,到了公府的庭下,那里的侍卫严峻整齐排列两旁,威武的容貌凛凛可畏。主人手扶公案,面带怒色对善广说:“赵善佐,你生前怎么敢杀孕妇?”善广叩拜回答道:“我名叫赵善广,不是赵善佐呀!”那主人扭头看追吏说:“怎么这等小事都失误,追错了人啊?”

便命人把追吏押送到狱中,然后释放了善广。善广回到家,只见眼前一片漆黑,魂魄不能降落在身上。自己想起平生诵读《法华经》,现在怎么不见它呢?忽然感到所诵读的《法华经》在手上,便有光焰非常明亮,看到自己的身体躺在床上,魂魄就走进身体。这时就梦醒了,家里的人都不知道发生的事。以后过了七年,赵善广为饶州(今江西波阳)司户才死。

宣城冤梦

李南金客于宣州,与一倡善,绍兴十八年,秦棣为郡守,合乐会客。李微服窥之,以手招所善倡与语。秦适望见,大怒。械送于狱,将案致其罪。同狱有重囚四人,坐劫富民财拘系,吏受民贿,欲纳诸大辟。锻炼弥月,求其所以死而未能得。南金素善诉,为吏画策,命取具案及条令,反复寻索,且代吏作问目,以次推讯,四囚不得有所言。狱具,皆杖死,吏果得厚赂,即为南金作道地引赎出。

后二年,南金归乐平,与其叔师尹往德兴谒经界官王丙,宿于香屯客邸。夜中惊魇,叔呼之不应,撼之数十。但喉中介介作声。叔走出,唤邻室人,并力叫呼。良久乃醒。起坐谓叔曰："恶事真不可作，襄者救急为之，今不敢有隐。"始尽说前事。云："适梦身在宣城，逢四人于路，挽衣见苦，曰：'汝无状，用计杀我，我本不负汝命，今当相偿死。'便取大铁盆覆我，故不能出声，非叔见救，真以魇死矣。"又十年，竟遇蛇妖以卒。（洪绂说）

【译文】李南金寄居在宣州（今属安徽），和一个歌妓相好。宋高宗绍兴十八年（1149），秦棣为宣州郡守，安排舞乐接待宾客。李南金穿着平民的衣服偷偷在旁边观看，并用手招呼和他相好的歌妓与她说话。秦郡守刚好看见他，非常恼怒，立即让人把李南金上了刑具，送入监狱，打算给李判刑定罪。这时监狱里还囚禁有四个重罪的犯人，案情是抢劫富户的财物。管这案件的衙吏，受了富户的贿赂，打算将这四个人判死罪，已经审问了一个月，寻找能定死罪的证据，而却没有能得到。李南金平常擅长法律，很会打官司，便给衙吏出谋划策，让把案件卷宗和法律条文都拿来，他从当中反复查找思索，并且依此给衙吏拟定一份审问提纲，让按提纲逐条逐句的去传讯囚犯，而却不容四个囚犯有辩护言论。结果，案子审讯结束，四个人都被判处了用刑杖打死的极刑。衙吏也因此得到了富户的巨额贿赂，于是便又替李南金活动，只罚了李南金一些钱，便将他赎出释放。

又停了二年，南金回到江西乐平，跟着他叔父李师尹，一同去德兴拜访经界官王丙，住在香屯的旅馆里，半夜里发生了梦魇，叔父叫他，他也不答应，摇了几十下，还醒不过来，只是喉咙里发出"介介"的声音。于是他叔父只好出来，喊了邻室的人，大家并力呼叫，停了很久，李南金才醒了过来。坐起来对他叔父说："坏事真不可作，过去我为了救自己的急难，现在不敢再隐瞒了。"才把过去陷害四个人的事说了，又说："方才梦见我身在宣城，遇见那四个人在路上，拉住我的衣服来逼问我说："你不讲道理，用计杀害我们；我们本来不欠你的命，所以现在你得偿我们的命！"便拿了一个大铁盆，把我扣到里边，所以我不能出声，如果不是叔父努力救援，我一定要梦魇而死了。"又停了十年，李南金竟然又遇到蛇精，终于死去。

马妾冤

蜀妇人常氏者，先嫁潭州益阳楚椿卿。与嬖妾马氏，以妒宠相嫉。乘楚生出，箠杀之。楚生仕至县令，死常氏更嫁鄱阳程选。

乾道二年二月，就蓐三日，而子不下。白昼见马妾持杖鞭其腹，程呼天庆观道士徐仲时咒治，且饮以法水，遂生一女，即不育。而妾怪愈甚。常氏日夜呼謈，告其夫曰："鬼以其死时杖杖我，我不胜痛，语之曰：'我本不杀汝，乃某婢用杖过当，误尽汝命耳。'鬼曰：'皆出主母意，尚何言？'"程又呼道士，道士敕神将追捕之，鬼谓神将："吾负至冤以死，法师虽尊，奈我理直何？"旁人皆见常氏在床，与人辩析良苦，道士念终不可致法，乃开以善言，许多诵经咒为冥助。鬼颔首，即舍去。越五日，复出曰："经咒之力，但能资我受生，而杀人偿命，固不可免。"常氏曰："如是，吾必死。虽悔之无可奈何，然此妾亡时，有钗珥衣服，其直百千，当悉酬之，免为他生之祸。"呼问之曰："汝欲铜钱耶？纸钱邪？"笑曰："我鬼非人，安用铜钱？”乃买寓镪百束，祝焚之。烟绝，而常氏殂。时三月六日也。

【译文】蜀地有个姓常的女子，先嫁给了潭州（今湖南长沙）益阳楚椿卿。她和妾马氏争宠，互相妒忌。有一次乘楚椿卿外出的时候，用鞭子把马妾打死。楚椿卿仕途中当上县令后死去，姓常的妇人就改嫁鄱阳（今江西波阳）的程选。

宋孝宗乾道二年（1167）二月，姓常的女人临产生子，一连三天，孩子一直生不下来，白天，她又看到了死去的马妾，马妾用棍杖抽打她的肚子。痛苦之中，程选叫来天庆观道士徐仲时念咒作法，为她止痛，并且让她喝下道士的法水，接着常妇人才生下了一个女孩，但生下来就死了，而马妾在这里作怪更加厉害。常妇人日夜喊冤叫屈，于是对丈夫说：“鬼因为是抽打死的，就也用鞭子抽打我，我非常疼痛。对它说：‘我原来不想杀你，因为那个婢女用鞭子抽的过重，才误伤了你的性命。’鬼说：‘都是你的主意，婢女才执行，还有什么可说的呢？’”程选听后，又叫那道士来了。道士作法下令派神将追捕鬼，马妾鬼对神将说：“我含冤而死，法师虽然至尊，因为我有理，怎么能够抓我？”在场的人都看见常妇人在床上和人争辩了很久。道士思索半天也想不出处理的办法。就向鬼说了些劝导的话，答应给她多念些经咒来相助她在冥界生活。鬼点点头即离去。过了五天，马妾又回来说：“经咒的作用，只能解决我的再生。然而，杀人偿命是历来遵守的古训，所以是不能免死的。”常妇人说：“如果这样，我是非死不可。虽然后悔我当初做的事，但现在已无法挽回。这里还有你死时的钗、珥及衣服，价值有百千钱，现在应当全部归还给你，免得来生他世又成祸害。”又喊问道：“你想要铜钱呢？还是要纸钱呢？”马妾笑着回答：“我是鬼，又不是人，怎么能用铜钱呢？”常妇人便买了一百束用白金水涂过的纸串钱，向马妾祷告着，把钱烧掉。烧完钱，烟火熄灭，这时，常妇人就死去。那时是三月六日。

何冲水斗

乐平县何冲里，皆程氏所居，其北有田一坞，数十百顷。绍兴十四年夏五月，积雨方霁，日正中，无云，田水如为物所卷，悉聚为一直西行，至杉木墩而止。其高三、四丈，初无堤防，了不泛决。里南程伯高家，相去可三百步，井水忽溢起，亦高数丈，夭矫如长虹，震响如霹雳，北行穿程聪家墙，又毁楼西北角而过。村民遥望有物，两角似羊，踊跃其中，与青衣童数人，径赴墩侧，田水趋迎之相捍斗，且前且却，凡十刻，乃解，北水各散归田，与未斗时不少减。南水亦循旧路入井中。是日，满村汹汹，疑有水灾，既而无他事。伯高者，本以富雄其里，自是浸衰，未几遂死。今田畴皆为他人有，而聪亦与弟讼，分财数年始定。然则非吉祥也。

【译文】乐平县（今属江西）何冲里，居住的都是程姓人，它的北边是一块低洼的田地，有千顷。宋高宗绍兴十四年（1145）夏五月，积雨天刚刚放晴，太阳正午时，天空上没有一丝云彩。那块田里积蓄的雨水好像被东西卷起来，相聚一起一直向西行去，来到杉木墩就停下。水高有三、四丈，也没有大堤防护，但全不泛滥决流。里的南边有个程伯高家，距离要有三百步远。他家中的井忽然溢出水来，也高几丈，水的样子很美，像条长虹一样，发出响声犹如霹雳一样。这股水向北行去，穿过程聪家的墙，又毁坏了一处楼房的西北角而过去。村民们远远望见一个怪物有两个角似羊角，踊跃在水中，和几个青衣小童径直赶赴杉木墩旁。田中的水向着井水迎面抵御争斗起来。一会儿前冲，一会儿退打，一共打斗了十刻的时间，北边的水才退走，各散归到原有田地中，和未争斗时一样没有减少。南边的水也按照原来的路回到井中。这一天，整个村里的人看到水涛汹涌，怀疑要发水灾。可是却平安无事。程伯高原来由于自家很富有，豪强此地，因为这次水斗家境便衰退下来，不久，他就死了。现在他的田产全部被别人买去拥有，而程聪也和兄弟因分家而打官司，财产几年后才分好，这样看，水斗不是什么吉祥的事。

京师酒肆

廉布宣仲孙恢肖之，在太学。遇元夕，与同舍生三人，告假出游。穷观极览，眼饱足倦，然心中拳拳，未尝不在妇人也。夜四鼓，街上行人寥落，独见一骑来，驺导数辈，近而观之，美好女子也。遂随以行，欲迹其所向。俄至曲巷酒肆，下马入，买酒独酌，时时与导者笑语。三子者亦入，相对据案索酒，情不能自制，遥呼妇人曰："欲相伴坐，如何？"即应曰："可。"皆欣然趋就之。且推肖之与接膝，意为名倡也。妇人以巾蒙首，不尽睹其貌容，戏发之，乃一大面恶鬼，殊可惊怖。合声大呼曰："有鬼！"酒家奴出现，则寂无一物，嗤其妄。具以所遇告，奴曰："但见三秀才入肆，安得有此？"三子战栗通昔，至晓乃敢归。

【译文】廉布，字宣仲，他的孙子廉惔，字肖之，在太学读书。遇到上元节，晚上和同一宿舍三人，请假出去游玩看灯。出游后尽情观览，只玩得眼困脚乏，然而心中觉得还不尽兴，心情拳拳，无非是想有女人陪伴。到了半夜四鼓天，街上的行人十分寥落，只见一个骑马的人走来，有几个仆从和马夫跟着，等到近前偷偷一看，马上是一个美貌的女子。三个人就尾随而行，想看看她到哪里去。一会儿来到一个小巷里的酒店，那女人下马进去，买了酒，独自一人小酌起来，并不时地向赶马人微笑说话。三个学生也走进酒店，与那女子相对桌子坐下要酒，迷情不能自制，就叫那女子说："我们相伴一起坐坐可以吗？"女子说："可以。"他们都高兴地来到女子的桌旁坐下，并且推着肖之和女子挨着坐下，认为她是一个名歌妓。女人用丝巾蒙着头，不能看到她的容貌，一个学生戏闹着打开了她的头巾，原来里边是一个大脸的恶鬼，非常可怕恐怖，三人齐声大叫："有鬼！"酒店奴仆赶快出来查看，店里一片寂静，没有什么异物，就讥笑他们荒谬。三人把刚才发生的事告诉了奴仆，奴仆说："我只见你们三个秀才来到酒店，怎么会有这种事？"三个学生胆战心惊在酒店呆了一夜，到了天亮才敢回去。

桂真官

会稽人桂百祥，能役使六甲六丁，以持正法著名，称为真官。先是，吴松江长桥下，每潮来，多损舟船。相传云龙性恶所致。县人共雇一傔，赍诉牒于桂。桂曰："若用我法，当具章上奏，则此龙必死，事体至大，吾所不忍，姑为其易者。"乃判状授傔，戒曰："汝归。"持往寻常覆舟处，语之曰：'桂真官问江龙何为辄害人？宜速改过自新，脱或再犯，当飞章上天，捕治行法矣。'"此人持归，报父老，别募一渔者，使伺潮将至，从第四桥出，白之。渔者迎投判牍，具告桂语，瞬息间，潮头正及其处，即滔滔而返，自是不复为害。

【译文】会稽（今浙江绍兴）人桂百祥，能作法让六甲六丁为他办事，因为掌握的是正法而很有名气，人们称他为真官。先前吴松江的长桥下，每次来潮都要损坏许多船只，传说是这里龙的性情凶恶带来的后果。县里的人凑钱雇了一个差人，拿着状纸文书来请桂真官，真官说："如果让我施法，一定按照文书写的上奏天庭，那么这条龙肯定要死，事情就搞大了，我不忍心这样做，姑且不如让它改正错误。"就把判决的状纸给了差人，并告诫他说："你回去拿着状纸到平日经常翻船的地方，对着那里的龙说："桂真官人查问江龙为何动不动就害人，要赶快改过自新，如果再犯，一定飞章上奏天庭，逮捕法办。"这个人拿着状纸回去，报告了父老乡亲，从别的地方招募了一个渔船，让渔人侦察潮水，将要来的时候，跟船从第四桥出，告诉渔人，迎着潮水把判决的状纸投了下去，又把桂真官的话全部说了一遍，瞬间，潮水先头正好到渔船那里，既而马上滔滔退去，从这以后。潮水再也没有祸害过人。

大孤山龙

陈晦叔为江西漕，出按部。舟行过吴城庙下，登岸谒礼不敬。至晚，有风涛之变，双桅皆折，百计救护，仅能达岸。明日发南康，船人曰："当以猪赛庙。"晦叔曰："观昨日如此，敢爱一豕乎？"使如其请以祀，而心殊不平。船才离岸，则风引之回，开阖四五，自旦至日中，乃能行。又明日，抵大孤山，船人复有请。晦叔怒曰："连日食吾猪，龙亦合饱。"鼓棹北行不顾，才数里，天地斗暗，雷电风雨总至，对面不辩色，白波连空，巨龙出水上，高与樯齐，其大塞江，口吐猛火，赫然照人，百灵秘怪，奇形异状，环绕前后，不可胜数。舟中人知命在顷刻，各以衣带相缠结，冀溺死后尸易寻觅。殿前司拣兵将官牛信，从吏在别舫，最惧，俯伏板上。见一人，白发不巾，当顶梓小髻，谓曰："无恐，不干汝事。"晦叔具衣冠拜伏请罪，多以佛经许之。龙稍稍相远，遂没不见，暝色亦开。篙工怖定，再理楫，觉其处非是，盖逆流而上，在大孤山之南四十里矣，初未尝觉也。（南昌宰冯羲叔说）

【译文】陈晦叔任江西漕使，出外巡察。船行走到吴城庙下，登岸后到庙中参拜而没有敬物。等到晚上，江上忽然有风涛变化，船上的两个桅杆都被吹断，众人千方百计地救护，船才靠了岸。第二天，出发向南康（今江西星子）船上的人告诉漕使，应该杀一头猪在庙里祭祀，陈晦叔答道："像昨天那样危险风涛，岂舍不得杀一头猪吗？"就按照他的请求，杀猪到庙里去祭祀，而心中却非常不满。船刚刚离开岸边，就有风把船吹回去，这样来回有四、五次，从早上一直折腾到中午，船才离去。到了第二天，船抵达大孤山，船上的人又请示漕使祭祀，陈叔晦恼怒着说："连日吃我的猪，龙也该饱了。"就令船工摇棹北行不回，才走有几里，天地之间，突然黑暗，雷电风雨顷刻俱下，对面已辨别不清颜色，只见白波连空，一条巨龙露出水面，和船樯一样高，它的身体堵住了江水，口中吐出烈火，炽亮照人，百灵秘怪，奇形怪状，环绕在龙的前后，数不胜数。船上的人知道自己的性命危在旦夕，各用衣带互相缠结在一起，希望溺死后尸体容易寻觅。殿前兵司拣兵将官牛信，和别的官吏在另一个船舫中，已吓得爬伏在船板上。见到一个白发人，没有扎头巾，头顶梳有一个小髻，对官吏们说："不要害怕，不干你们的事。"陈晦叔这才穿衣戴帽，拜伏在船上请罪，以多念佛经发誓。龙才稍稍退后，接着就什么也不见了，黑暗的天空也放晴。撑篙的船工受恐吓后渐渐安定下来，整理船楫，发现不是刚才停留的地方，大概是逆流而上，已在大孤山南边四十里处，开始并没有察觉。

皇甫自牧

皇甫自牧罢融州通判，赴调，由长沙泛江。六月剧暑，自牧在舟中与同行者皆袒裼不冠履，以像戏遣日。忽博局倾侧，以为适然，对奕不辍。舟师之妻大呼曰："急焚香，龙入船矣。"惊顾，见一物缴绕，超出水面，正当马门压焉。舟低七八尺，腥涎流液满中，鳞大如盆，其光可鉴。自牧惶遽，穿靴着衣，百拜祷请。舟且平沉，龙忽跃入水，其响如崩屋声，激巨浪数四而波平，舟已远矣。自牧至梧州守而卒。

【译文】皇甫自牧被免去融州（今广西融安）通判的职务后，在等后调任新职时，从长沙坐船进入长江。这时正是六月的大热天，自牧在船上，和同行的几个人都光着脊梁，不穿鞋帽，用象棋来赌博，以为消遣，棋盘忽然倾翻到一边，他们以为偶然的，便收拾起来，仍然下棋不停。撑船师傅的妻子大声呼叫说："快烧香，龙进船来了！"他们才惊觉，扭头看见一个东西，身躯缠绕着从水面出来，已经压到船舱门外，船被压得低了七八尺，龙身的腥液流满一船，龙身上的鳞甲，大如面盆，光亮得可以照见人影。自牧惊惶之极，慌忙穿靴着衣，跪了下来祈祷谢罪，船才平稳。龙便忽然跳到水里，声音之大，和房屋倒塌一样，激起好几次巨浪。等到波浪平息，船已被荡出了很远。自牧后来担任了梧州太守而去世。

程师回

燕人程师回，既归国，为江西大将。绍兴十二年，朝廷遣派还北方，舟行过大孤山下。舟人曰："凡舟过此者，不得作乐及煎油，或犯之，菩萨必怒。"师回曰："菩萨为谁？"不肯言，逼之再三，乃以龙告。师回嬉笑曰："是何敢？然龙居水中，吾不能制其所为；吾在舟中，龙安能制我？"命其徒击鼓吹笛，奏蕃乐，烧油煠鱼，香达于外。自取胡床坐船背，陈弓矢剑戟其旁。舟人皆相顾，拊膺长叹曰："吾曹为此胡所累，命尽今日矣，奈何！"

时天气清明，风忽暴起，噎雾四合，震霆一声，有物在烟波间，两目如金盘，相去仅数十步，睨船欲进，威容甚猛。师回曰："所谓菩萨者，乃尔邪？"引弓射之，正中一目。其物却退，睢盱入水中。未几，风浪亦息，安流而去，人皆服其勇。江行人相传，以烹油为戒，云："蛟螭之属，闻油香则出，多腾入舟，舟必覆，或至于穿决堤岸乃去。"师回所射者，盖是物也。

【译文】燕山（今北京）人程师回，从金国占领的地方，回到南宋以后，被任命为江西大将。宋高宗绍兴十二年（1142），朝廷派他往北方去。坐船走到长江的大孤山下，撑船的人告诉他说："凡是船经过这里时，不能奏乐，也不能在船上煎油。否则，菩萨一定要发怒。"师回问他们说："菩萨叫什么名字？"船师都不肯说，追问再三，才告诉说是龙。师回听了嘻嘻一笑，说道："它敢么！虽然龙住在水里，我没法控制它的行为，但我住在船上，龙又怎么能要我的命？"便叫手下士兵击鼓吹笛，奏番乐，又叫烧起油锅炸鱼，香气从船里飘出很远。师回又取出一张折叠椅，坐在船头，旁边陈列弓箭剑戟等兵器。撑船的人看了，没有不叫苦的，互相对视，拍着胸脯悲叹说："咱们被这个胡人连累，今天必然要毕命了，怎么办呀！"

当时天气十分晴朗，忽然大风骤起，云雾迷漫，霹雳一声巨响，有一物从水中跃出，在波浪中出没隐现，两只眼如同金盘一样放光，停在离船几十步的地方，瞪着眼望船，好像要扑过来一般，样子十分凶猛。师回说："所谓菩萨，就是你吗？"弯弓搭箭，直朝那怪物射去，一箭正中其一目，那怪物便往后退，瞪着一只眼睛缩到水里去了。不一会儿，风平浪静，程师回的坐船，便安然顺流而去。船上的人，才没有不佩服他的勇敢。据驾船过江的人传说，不敢在船上炸油，是因为江中的蛟螭一类妖龙，闻到油香以后，便要游出水面，大都跳入船中，船必被它打翻，或者会穿堤决岸以后，才回水底。师回所射的，大概就是这类东西吧。

徐偲病忘

婺州永康人徐偲，字彦思，素以能文为州里推重。乡人欲为父祖立铭碣，必往求之。平生无时顷辍读书，后仕至建州通判归。

暮年忽病忘，世间百物皆不能辨，与宾客故旧对面不相识，甚至于妻孥在前，亦如路人。方食肉，不知其为肉，饮酒不知其为酒。饥渴寒暑，昼夜之变，一切尽然，手亦不能作一字。阅三年，乃卒。盖苦学精思，丧其良心云。（喻良能说）

【译文】婺州（今浙江金华）永康县，有个人徐偲，字彦思。平素以擅长写文章而受到州里人士推崇，乡里人凡是打算为父亲、祖先立碑的，都要求他写碑文。他一辈子无时不在读书。后来做官到建州（今福建建瓯）通判，而告老回家。

他到了晚年，忽然得了一种遗忘病，世界上一切东西，都辨别不出来。与宾客和亲友见面时，都不认识。甚至于在妻子和儿女面前，也是如此，和走路时碰见不认识的人一样。正在吃肉时，而不知道吃的是肉；喝酒时不知道喝的是酒。饥饱、寒暑、昼夜的变化，也都以为一样。手也不能写一个字。这样过了三年才死。这大概是由于他苦学精思过度，而使良心丧失功效的原因吧。

卷第十六（十五事）

扫码听谦德君为您导读

刘姑女

方城县境有花山，近麦陂市，市人率钱筑道堂以处道女。

村民刘姑者，弃家入道处堂中。其女既嫁矣。一夕，梦见之，泣曰："我昨与夫婿忿争，相殴击，误仆户限上，蹙损两乳，已死矣。"姑惊怛而寤，即下山诣女家询之，果以昨日死。扣其曲折，良是。欲执婿送县，里人劝止之曰："姑名为出家，而以一女自累，不可也。"乃止。里胥亦幸无事，秘不言，女冤竟不获伸。

【译文】方城（今属河南）县境内有座花山，附近有个麦陂集市，集上的人们都尊奉道教，纷纷拿出钱来修建道观，以安置愿修道的妇女。

有个叫刘姑的女村民，出家到道观当了道姑。她的女儿早就嫁人了。一天晚上，刘姑梦见她的女儿哭着对她说："晚天我和丈夫生气，互相撕打，一下子摔倒在门槛上，胸部都摔破了，我已不在人世。"刘姑一下子吓醒了。她随即下了山，到女婿家看个究竟，果然女儿昨天去世了。问明了事情的是非曲折，果然和梦中说的一样。就要把女婿绑送到县衙。邻居们劝着制止她说："大家都知道你已出家的道姑，而你却为了自己的一个女儿去连累自己，恐怕这样不合适吧。"刘姑听了以后，也就不再追究。乡里的地保也乐得无事，便偷偷把这件事压了下来，不去声张，刘姑女儿的冤案最终也未能得到伸张。

云溪王氏妇

政和七年秋，婺源县云溪王氏妇死，经日复生。邑人朱乔年方读书溪上，亟往，问所见。曰："昨方入室，见二吏伺于户外，遂率以去，步于沙莽中，天气昏昏不能辨蚤暮。俄顷，入大城，廛市井邑甚盛。凡先亡之亲戚邻里，皆在焉，相见各惊嗟，问所以来故。

追吏引入官府，历西厢下，拱立舍中。吏检薄指示曰："汝是歙州婺源县俞氏女乎？"答曰："然。"曰："父祖名某，乡里名某乎？"曰："非也。"摘其耳曰："误矣。"叱追者使出。

久之，复执一妇人至。身肉淋漓，数婴儿牵捽衣裾，旋绕左右。吏又问其姓名，家世、邑里，皆与薄合。命付狱。而顾我曰："与汝同姓氏，故误相逮至此。此人凡杀五子，子诉冤甚切，虽寿算未尽，冥司不得已先录之。汝今还阳间，宜以所见

告世人，切勿妄杀子也。”别遣人送出，推堕河中，遂寤。乔年即与其家人往询所追者家，果以是日死。（乔年为文记之）

【译文】宋徽宗政和七年（1117）的秋天，婺源（今属江西）县云溪有一位姓王的妇人去世了，过了一天后，她又死而复生。同县人朱乔年那时正在云溪读书，就急忙去问王氏的所见所闻。王氏谈道：“昨天我正要回家，看见两位小吏等在门外，他们就带着我向外走去，我们行进在广阔的沙漠之中，天色昏暗，也分不清是早晨还是傍晚。一会儿，就走进一座大城，只见人来车往，非常热闹繁华，凡是以前去世的亲戚邻属都在那里，见面之后都感到很惊讶，互相询问来这里的缘由。

跟随小吏走进宫府，穿过西厢房，躬身站在堂中。官吏翻开生死簿道：“你是歙州婺源姓俞的女子吗？”我回答说：“是。”他又问我道：“你父亲、爷爷是某某，村名某某是吗？”我回答说：“不是。”官吏扯了扯自己的耳朵说：“抓错了。”官吏训斥了拘人的小鬼，又派他们出走了。

过了很长一段时间，小鬼又抓来了一位妇女。只见那妇人血肉模糊，有好几个小孩子牵扯着她的前后衣服，围在她的身旁。官吏又一查问了她的姓名，家世、住址、都与生死簿上记载的一样。官吏就派人把她押进大牢，然后转过头来对我说：“这个妇女和你同名同姓，所以错把你抓到这里。这个妇人一共杀死了五个孩子，这几个孩子死得非常冤枉，虽然她阳寿未尽，可阴司却不得先把她捉来。你现在回到阳间后，应该把你所见到的一切告诉世人，千万不要妄杀孩童。”他又派人把我送了出来，将我推落到河里，我就醒了。朱乔年听完以后，就和他家里的人一起，来到后来被抓的那位妇女家里，果然那位妇女就在那天去世。

海中红旗

赵丞相居朱崖时，桂林帅遣使臣往，致酒米之馈。自雷州浮海而南，越三日方张帆早行。风力甚劲，顾见洪涛间红旗靡靡，相逐而下，极目不断。远望不可审，疑当海寇或外国兵甲。呼问舟人，舟人摇手令勿语。恐怖之色可掬。急入舟，被发持刀，出篷背立，割其舌出血滴水中，戒使臣者，使闭目坐船内。凡经两时顷，闻舟人相呼曰："更生，更生"。乃言曰："朝来所见盖巨鳅也，平生未尝睹。所谓红旗者，鳞鬣耳。世所传吞舟鱼，何足道。使是鳅与吾舟相值在数十里之间，身一展转则已沦溺于鲸波中矣，吁！可畏哉！"是时舟南走而鳅北上，相望两时，彼此各行数百里，计其身，当千里有余。庄子鲲鹏之说非寓言也。时外舅张渊道为帅云。（张子思说，得之于使臣，外舅不知也）

【译文】宋丞相起鼎被贬到朱崖（今海南海口）的时候，驻守桂林的将帅派遣使臣前去赠送酒米。从雷州顺海向南漂行，漂了三天才张起船帆。初行时形势疾劲，环视四面，只见汹涛海浪间片片红旗招展，前推后涌，一眼望不到尽头。远远望去，也看不出究竟是什么，竟怀疑是海盗或者是外国的兵船。大声问船工，船工却连连摆手不让我们讲话。船上一片恐怖。船工们急急忙忙回到船内，然后手里拿着大刀，披头散发来到船上，背对着背站着，割破自己的舌头让血滴入水中，并告诉使臣闭上眼睛静静地坐在船舱里。总共过了大约两个时辰，听到船工相互间大声叫着："更生，更生。”才开口说道：“早晨所见到的大概是露脊鲸，先是从未见过的红旗，应是大露脊鲸的鳞和鳍。人们所传说的那种可吞下一条船的鱼，何足挂齿。假使露脊鲸和我们的船相遇，在几十里之内，只要大露脊鲸翻一下身子，那么我们就会葬身于惊涛骇浪之中了，呵！真可怕呀！”在这个时候，船向南行，而大鳅向北游，两两相望，历经两个小时，露脊鲸和船各行几百里，如此算来，那条露脊鲸身长可达一千多里。可见庄子所说鲲鹏的故事，并不只是个寓言。当时我的岳父张渊道做大帅，他这样讲过。

三山尾闾

台州宁海县东，涉海有岛曰三山镇，镇屯巡检兵百人，凡两潮乃可得至。先君为主簿时，曾以公事诣其处，与巡检登山顶纵观，四面皆大洋，山之阴水尤峭急。从高而望，水汩汩成涡，而中陷不满者数十处云。此所谓尾闾泄水者也。

【译文】台州宁海（今浙江临海）县的东边，有一座海岛叫三山镇。岛上驻守着上百个巡检兵，凡是春、秋季涨潮时才能够乘船到达那里。我的先父做主簿的时候，曾因为办公事去过。先父和巡检一起登上山顶观望，只见四周一片汪洋，山的背面水流更加湍急。从山上俯瞰大海，只见汩汩急流汇成了一个又一个的旋涡，这样的旋涡达数十处之多。说这就是人们常常提到的海水眼泄水时的地方。

董颖霜杰集

饶州德兴县士人董颖，字仲达，平生作诗成癖，每独思时，寝食尽废，诗成必遍以示人。尝有警语云："云罄酿成千嶂雨，风苹吹老一汀秋。"蒙韩子苍激赏，徐师川为改"汀"字为"川"。汪彦章曰："此一字大有利害。"目其文曰《霜杰集》，且制叙以表出之。然其穷至骨。他日入郡，为人作秦丞相生日诗。穷思过当，遂得狂疾，走出，欲投江水。或为遣人呼其子，买舟载以归，归数日而死。家贫子弱，葬不以礼，亦无钱能作佛事。

历十余日，宗人董应梦者，梦见之曰："颖死后，以家贫之故不蒙佛力，尚未脱地狱苦，吾兄傥施宗谊，微为作斋匕，以资冥路；并刻《霜杰集》传于世，则瞑目九泉，别当报德矣。"应梦如其请，先饭僧作斋。又梦来谢曰："荷兄追拔，已得解脱，霜杰愿终惠也。"以诗一章为谢，记起一句曰："日斜人度鬼门关。"应梦家正开书肆，竟为刻集。

【译文】饶州德兴县（今江西德兴），有位叫董颖的读书人，字仲达，平时作诗成癖，每当他独自思考的时候，常常忘记了吃饭，忘记了睡觉，诗写成后就一定要给别人看，曾经有句警语说："云罄酿成千嶂雨，风频久老一汀秋。"徐师川把诗中"汀"字改为"川"，韩子苍颇为欣赏。汪彦章说："这一字很有讲究。"并把他的诗文题名为《霜杰集》，还给这集子写了序言。可他贫苦潦倒到极点。有一天，董颖到城里为秦丞相过生日作诗，劳心伤神，就疯了，飞似地向城外跑去，想投江水，有人就把他的儿子喊来，租了一只船扶上回家去，回家后没几天，董颖就去世了。董家因为太穷，儿子又没出息，就草草埋葬，也没有花钱作佛事。

过了十几天，同宗人董应梦，梦见董来对他说：“我死后，因为家里穷没有作佛事，还没有脱离地狱之苦，哥哥你如果看在同族情分上，为我简简单单请事僧人作斋七天，来资助我于地下，并刻一本《霜杰集》流传后世，那么，我就瞑目在九泉之下，一定另行报答你的大恩大德。”董应梦就按照他的请求，请来了僧人作佛事。又梦见董颖来感谢他道：“承蒙兄长关怀，我已解脱苦难，希望《霜杰集》亦能由您的恩惠而出版。最后又送应梦一首诗以表谢意。只记得那首诗中有这样一句：“日斜人度鬼门关。”董应梦家正开了个书店，便为他刻印了《霜杰集》。

刘供奉犬

临安万松岭上，多中贵人宅，陈内侍之居最高。绍兴十五年盛夏纳凉，至四鼓未寝，道上人迹已绝。忽见狱卒，衣黄衣，领三人，自北而南。一衣金紫者行前，其次着紫衫，又其次着凉衫，到刘供奉门外，升阶欲上，金紫者难之。狱卒曰：“彼中已承当，如何不去？时已晚，请速行。”乃挽首而入。（以下宋本缺二页）

【译文】临安（今浙江杭州）万松岭上多住着些太监人家，这些住宅以陈姓太监的家地势最高。宋高宗绍兴十五年（公元1145年）盛夏，乘凉到四更天还没有睡觉，这时路上已没有了行人。忽然，只见一拿黄色衣服的狱卒领着三个人从北向南走来，走在前边的那个人身穿金紫色衣服，中间那人穿着紫色衬衫，最后一个人身着凉衫。当他们走到刘供奉家门外，正要拾级而上时，穿金紫色衣服的那个人却突然不想走了，狱卒说道：“你们既然已经答应了，又怎么能不走？你们即使不想去，亦为时已晚，请你们快些走吧。”这三个人才低着头走了进去。

邹平驿鬼

（上缺）之正寝，扃鐍甚固。孙唤驿吏启门，答曰：“此室为异鬼所居，凡数十年矣，无敢入者。”孙生年少，又为大府僚，拥从卒百人，恃勇使气，竟发户而入。至夜，明烛于前，取剑置几上。过二更后，独坐心动，未能就枕。忽闻梁上有声，仰视之。一青鬼长二尺许，正跨梁拊掌而笑。孙密呼户外从者，皆熟寝不应。久之，鬼冉冉而下，立孙侧，盘旋而舞，少焉夺剑执之，舞不止。孙益惧。但端坐听命。俄有妇人顶冠出屏后，衣服甚整，笑曰：“小鬼莫恼官人。”便归去。言毕，皆不见。窗纸已明，盖扰扰达旦也。肇仕豫为吏部侍郎，出知棣州，因大旱，用番法祈雨，执肇坐于烈日中，汲水数十桶，更互浇其体，遂得病死。

【译文】正在睡觉，门锁得非常牢固。孙肇叫驿吏来开门。驿吏回答道：“这间房子是厉鬼住的，已经几十年了，从来没有人敢进去。”孙肇年轻气盛，又在官府做幕僚，拥有上百个随从，自恃勇猛气盛，竟然破门而入。到了夜里他点燃了蜡烛，将宝剑放在茶几上。二更过后，他一个人坐在那里，心里不免有些害怕，无法入睡。突然，听到屋梁上有声音响动，他仰头望去。只见一个青面獠牙的小鬼，身高二尺多，正跨坐在梁柱上拍手狞笑。孙肇偷偷朝门外喊人，可随从都睡熟了，没有答应。过了很久，小鬼飘飘然下来了，站在孙肇的身旁，翩翩起舞。一会儿，小鬼一把从孙肇面前夺过剑来，舞个不停。孙肇更加害怕了，只好端坐在那里听天由命。过了一会儿，只见一位头戴帽冠，穿着整齐的妇人，从屏风后走了出来。笑着说道："小鬼不要烦扰官人。"说完便转身不见了。这时，天已大亮，看来小鬼已整整打扰了一夜。孙肇后来在刘豫手下为伪官，任吏部侍郎，到棣州（今山东惠民）出任知州，天遇大旱，用金国方法祈雨，把孙肇缚在炎炎烈日之下，取来几十桶水，轮番浇到他的身上，以后孙肇就得病死了。

金乡大风

济州金乡县城廊甚固，陷于北虏。绍兴壬戌岁，有人中夜扣城门欲入，阍者不可。其人怒骂久之曰："必不启关，吾自有计。"忽大风震天，城门破裂，吹阍者出城外，一见室屋皆飞舞而出。自令丞以下，身如御风而行，不复自制，到城外乃坠地。是岁，州为河所沦，一城为鱼，而金乡独全，遂为州治。（二事赵不庴说）

【译文】济州金乡县（今属山东济宁）城池非常坚固，曾被金兵攻陷。宋高宗绍兴十二年（1142），有人半夜来扣城门要求进城去，守城门的不同意。那人大骂了一通后说道："你如果坚持不开门，我将自有办法。”忽然间狂风大作，城门破裂，把看门人一下子吹出了城。县城里的房子全都像跳舞一样飞出了城，城里的人们，自县令县丞以下全都驾风而行，不能自制飞到城外才摔在地上。这一年，济州被黄河水淹没，全城到处是水，而只有金乡县安然无恙，随后济州州治便迁到金乡。

韩府鬼

韩郡王解枢柄，建第于临安清湖之东。其女晚至后院，见妇人圆冠褐衫，背面立，以为姊妹也，呼之。妇人回首揕女胸，即仆地，犹能言所见，遂短气欲绝。王招方士宋安国视之，揭帐谛观曰："虽有祟，然无伤也。"一女子年可十八九，说其衣冠皆同，又一老媪，五十余岁，皆在左右。今当遣去。命取大竹一竿，挂纸钱其上，使小童执之。令病者嘘气，宋以口承之，吹入竹杪。如是者二，竹势为之曲，宋曰："邪气盛如此，岂不为人害！"又汲水噀其竿，童力不能胜，与竹俱仆，女遂醒。

先是，某人家室女为淫行，父母并其乳婢生投于井中，覆以大青石，且刻其罪于石阴。今所见，盖此二鬼，鬼为宋言如是。宋字通甫，治祟不假符录考召，其简妙非他人比也。韩府今为左藏库。

【译文】郡王韩世忠解甲归居后，在临安（今浙江杭州）清湖的东边建造了一座宅第。一天晚上，郡王的女儿来到后院，看见一头戴圆帽身穿黑色衣衫的妇人背对着她站着，郡王女还以为是自己的姐妹，便开口喊她。只见那女人转过头来用剑直刺向郡王女儿的胸口，郡王女顿时倒在地上。这时，她还能断断续续叙说发生的事，很快就气喘吁吁像快要死了。郡王叫来一位名叫宋安国的方士来看她，方士揭开帐帷仔细看了看说："虽然有鬼怪害人，可并没有什么大的伤害"。说是有一位年方十八九岁的妙龄姑娘，说她的穿戴，与郡王女说的一样。又说："还有一位五十多岁的老妇人，一直不离她的左右。现在当把这两个鬼赶走。"便派人去取一根大竹竿，在竹竿上挂上纸钱，让一个小男孩扛着。方士让病人开口吹气，他自己再用嘴吸进来，然后又吹到竹竿末梢。这样来回进行了二次，竹竿弯了。方士开口说道："如此强盛的邪气，怎么能够不害人呢？"说罢，他又喝了一大口水，喷吐到竹竿上，小男孩由于力气太小支持不住，一下子连人带竹摔倒在地上。郡王女儿也就苏醒过来。

从前有一人家，这家的姑娘所为淫乱，她的父母就将她和她的乳娘一起活活地投入井内，又在井上盖上了一块大青石，并把她们的罪过刻在大青石的背面。今天所看到的就是这两个鬼。鬼给宋方士讲了她们的过去。宋安国，字通甫，降服鬼妖不靠道家的秘密文本，考究他降鬼的妙处，不是其他人可以相比的。韩郡王的府第现在已经改作皇家存放杂物的左藏库了。

鬼入磨齐

镇江都统制王胜，独行后圃，遥望山石后有人引首，近而视之，乃牛头人，著朱衣相对立。胜叱问曰："谁？"牛头亦曰："汝为谁？"胜扪砖击之，亦掷砖相报。胜惧，舍之而还。

其妻初嫁军小将，又嫁陈思恭，末乃嫁胜。常见二前夫同坐于堂，以语胜。胜曰："复来，当急告我。"明日又至，胜出，其坐自如，亟逐二鬼，皆走至西厢，入磨齐中乃灭。胜以手击磨，五指皆伤。是年死。（二事韩子温说）

【译文】镇江都统王胜，独自在后花园散步，远远看见假山后边有人探头探脑，王胜走近前一看，却是一个牛头人。只见他穿着红衣，与王胜相对而立。王胜喝道："谁？"牛面人也反问道："你是谁？"王胜摸了一块砖头扔了过去，牛面人也抓起一块砖头砸了过来。王胜害怕极了，便急急忙忙回屋去了。

王胜的妻子最初嫁的是军中的一个小头目，后来又嫁给了陈思恭，最后才嫁给了王胜。王胜妻子曾经看见她的二个前夫，一起坐在他们家里，便告诉了王胜。王胜对她说："如果他们再来，你就赶快来告诉我。"第二天，他们又来了，若无其事地坐在屋内。王胜出来后，奋力追赶，这个小鬼急忙向外逃。当他们逃到西厢房后，便消失在一盘磨的磨眼中。王胜用手狠狠拍打磨盘，手指都拍伤了。也就在这一年，王胜去世。

张抚干

延平人张抚干有术使鬼神。钟士显病疟。折简求药。张不与药，不答简，但书"押"字于简版上，戒曰："以舌舐之，当愈。"果愈。

钟妇翁林氏，富人也。用千缗买美妾，林如福州，而妾病，沉困不食。钟邀张治之，张曰："事急矣，度可延三日。"命

林君如期归，则可见。”乃呵气入妾口中。少顷目开体动，索粥饮之，颇能语，信宿，林归，妾亦死，

又与邓秀才者同如福州。邓羸劣不及事。张曰：“吾以一力假君，何如？”邓曰：“君自无仆，何戏我？”前过一神祠，指黄衣卒曰：“以此人奉借”。邓特以为相戏侮，遂分道各行。至前溪渡头，舟人舣船待曰：“君非邓秀才乎？适有急脚过此，令具舟相载。”固已怪之矣。

晚到村市，见旅舍贴片纸曰：“邓秀才占”，问之，又此人也。自是三日皆然。至福唐，梦黄衣来曰：“从公数日，劳苦至矣，略无一钱相谢，何耶？我坐贪程行速，蹙损两指，当亟为疗治。”觉而异之，即焚楮镪数万祝献。归途过祠下，视黄衣，足指果断其二，自和泥补治之。

【译文】延平（今福建南平）张抚干，能驱使鬼神。钟士显，得了痁疾，他曾写信给张抚干索要药物。张抚干没有给他药，也不回信，只是在书简上画了个花押，并告诫说：“用舌头舔一舔，你的病就会好的。”钟士显舔了以后，病果然就痊愈了。

钟士显的岳父林翁是个有钱人，他花了上千贯钱买了一位俏丽的小老婆。林翁外出到福州（今属福建）后，他的小老婆生了病，整天昏昏沉沉，不思茶饭。钟士显就请张抚干来为她治病。张抚干说：“她的病情已相当严重，估计最多还能支撑三天。”让林翁三天之内回来，还可与她见上一面。说罢，张抚干就向她口中吹气。一会儿，林妾就睁开眼睛，翻动身子，醒了过来，她要了一碗粥喝了下去，还很能讲话。过了两天两夜，等到林翁回来时，他的小妾便死了。

张抚干随后和邓秀才一起去福州。邓秀才身体虚弱，干不了重活。张抚干说："我借给你一个仆人，怎么样？"邓秀才回答说："你自己还没有仆人，还要借给我一个，你怎么能戏弄我呢？"当他们路过一座神祠时，张抚干指着一个穿黄衣的泥塑鬼卒说："把这个人借给你吧！"邓秀才越发认为张抚干是在戏辱他，便分手各走各的。邓秀才来到前边渡口，只见一位船工将船靠在岸边正等着他，见邓秀才到，便开口说道："你是邓秀才吗！刚才有位送信的仆役路过这里，要我准备船在这里等你过河。"邓秀才过了河，心里开始有点奇怪了。

傍晚，邓秀才来到村镇，看见一个旅馆的墙上贴着一片纸，上边写着"邓秀才占"四个字。经过查问，原来又是穿黄衣的那个人给预订的。从此连续过了三天都一样。邓秀才到达福唐后，梦见那穿黄衣的人来对他说："我已经跟你好几天了，很是辛苦，而你却一分钱也不肯拿出来感谢我，为什么呢？我因为急着赶路，走得太快，两只脚趾都磨断了，你应该立即请人来给我治疗。"邓秀才一觉醒来，感到非常惊异，就烧了数万纸钱给黄衣人。邓秀才回来路过神祠，又看到那位穿黄衣的鬼卒，他的脚趾果然断了两节。邓秀才就亲自和泥给他补好。

赵令族

赵令族居京师泰山庙巷，仆人尝入报，有髑髅在书窗外井旁。令族曰："是必鸱鸢衔食坠下者，善屏弃之。"仆持箕帚去，此物殊不动，将及矣，遽跃入井中，其声紞如，仆以事告。令族曰："乃汝恐惧不自持，误蹙之坠水，姑以石窒之，勿汲也。”明日又往，则复在石上，且前去视之，逮相近，宛转从旁揭石以入。仆益恐。令族犹不信曰：“明日谨伺之，我将观焉。”乃窥于窗隙中，所见与仆言同，亦惧。

会元夕张灯，自登梯卷帘，未竟，忽悲哭而下，问之不答。遂得心疾，厌厌如狂痴。其妻议徙居以避祸。既得宅于城西，遣其子子澈先往，妻与令族共乘一兜担。子澈洒扫毕，回迎之，遇诸东角楼下，揭帘问安否。令族神色顿清，但时时探首东望，极目乃已。及至新居，则洒然醒悟，能说病时事。云“忆初登梯时，见妇人被发蒙面，从堂哭而出，声绝哀。吾不胜悲，亦为之挥泪。自此不离左右，然未尝见其貌也，今日相蹑升轿，接膝坐，被发如初。望东阙门，急趋而下向东行，吾即觉神观稍复旧，觇其出通衢，杂稠人中，不可辨乃止。以今日之醒，念前日之迷，得不坠鬼计中，幸矣。”令族即免，续又有宗室五观察来居之，不半年死。时宣和中。

【译文】赵令族住在京师（今开封）泰山庙巷，有一天，仆人进来报告说：“在书房的窗外水井旁边发现有个骷髅。赵令族说：“那一定是老鹰衔来掉在这里的，你最好把它扔掉算了。”仆人就拿起扫帚、簸箕去清理，等将要走近的时候，那骷髅一下子跃入水井中，只听见咚的一声。仆人就把这事告诉了赵令族。赵令族说：“是你自己太害怕了，一不小心错将它弄到井中，暂且用石块把井盖住，不要去捞它。第二天，仆人又去井边看时，则骷髅又在石块上了，就要向前仔细看，等到快接近它时，那骷髅滚了几下就掀开石块从旁边跳进井中。仆人越发害怕了。赵令族还是不相信，就说：“明天你小心点，我要亲自去看看。”第二天，赵令族从窗缝里偷偷向外看，果然和仆人所说的那样。赵令族也很害怕。

正好赶上元宵节挂灯笼，赵令族登上梯子正在卷帘子的时候，忽然哭着下来了，家里人问他，他也不吭声。赵令族从此就得了心病，疯疯癫癫。他的妻子建议搬家去躲一躲。等到他们在城西买了一处宅子，就让他的儿子赵子澈先去，赵令族和妻子共乘一顶小轿。赵子澈打扫完院子后，回来迎接他们。在东角楼碰上了，就上前掀开轿帘，向父母请安。这时，赵令族才一下子清醒过来。可还是时不时地探出头来向东边张望，一直到看不见什么才肯罢休。等他们来到新家，赵令族才真的完全清醒，并且能够讲述病时发生的事。他回忆道："当他刚登上梯子时，看见一个妇女披头散发，用手捂着脸哭着从堂屋里走出来，哭声悲痛欲绝，我被她的哭声感染，也禁不住流下泪来。从此，我们两个形影相随，可我从来没有看清她的相貌。今天也随着我上到轿中促膝相对而坐，那妇人依然披头散发。望见东阙门时，她才急急下轿，向东走去，我的神智才稍有恢复。看她离去的大道上，人流熙熙攘攘，一会儿就看不见她了。我现在清醒了，回想起前几天迷迷糊糊的样子，我真庆幸自己没有被鬼缠住。"赵令族从此平安无事。后又有个宗室赵五观察，居进那宅子里，不到半年，就去世了。这是宋徽宗宣和年间的事。

何村公案

秦棣知宣州，州之何村，有民家酿酒，遣巡检捕之，领兵数十辈，用半夜围其家。民，富族也。见夜里有兵甲，意为凶盗，即击鼓集邻里，合仆奴持械迎击之。巡检初无他虑，恬不备，并其徒皆见执。民以获全火盗为功，言诸县。县既知之矣，以事委尉。尉度不可以力争，乃轻骑往。好谓之曰：“吾闻汝家获强盗，幸与我共之。”民固不疑也。则大喜，尽以所执付尉，而与其子及孙凡三人同护以征，遂趋郡。棣释巡检以下，而执三人，取麻恒通缠其体，自肩至足，然后各杖之百，及解索，三人者皆死。棣兄方据相位，无人敢言。通判李季惧，即丐致仕。

明年，棣卒于郡。又明年，杨原仲为守，白日见数人驱一囚，杻械琅当至阶下。一人前曰：“要何村公案照用。”杨初至官，固不知事缘由所起，方审之，已不见。呼吏告以故，吏曰：“此必秦待制时，富民酒狱也。”抱成案来，杨阅实大骇，趣书史端楷录，竟，买冥钱十万，同焚之。（赵不莤闻之李次仲）

【译文】秦棣在宣州任知州时，宣州有个地方叫何村，何村有一私自酿酒的农户，秦棣就派巡检官去抓这家人，巡检带了几十个官兵，半夜时把这家团团围了起来。这家是一个富户，看到夜里有人手拿兵器，还以为是盗贼，就击鼓召集来邻居，与自家奴仆一起手持武器打起来。巡检起初有些轻敌，没做充分的准备，所以，巡检和他手下的人全都被抓了起来。这家人认为抓住了全部的盗贼是立了大功，就告诉了县府。县衙知道这件事后，就把这件事交给了县尉处理。县尉估计不能够用武力解决问题，他就一个人骑着马来到何村，装着和气地说：“我听说你家抓住了强盗，希望我们一块来处置他们。”这家人本来就不怀疑，听后也很高兴，就把抓获的“强盗”全都交给了县尉，并且和他的一个儿子，一个孙子，三个人一起护送。等到了州府，秦棣就把巡检和其他人都放了，却把他们三个人抓了起来，用麻绳从头到脚捆绑结实，每个人打了一百军棍。等到把绳子解开，这三个人都死了。秦棣的哥哥秦桧那时正是宰相，就没有人敢告。通判李勇吓坏了，就乞求辞官归田。

第二年秦棣死了。又过了一年，杨原仲来到宣州任知州。一天看到几个人大白天押着一个戴着手铐脚镣的囚犯，来到衙门的大堂下。其中一个人走上前来说道："我们要察看何村公案的卷宗。"杨原仲初到宣州上任，还不知道事情的来龙去脉，正要审讯，这些人已经走了。杨原仲就喊来书吏问他们，书吏回答说："这一定是泰棣在任时的那件富民酿酒案。"就把案卷抱了出来，杨原件看了以后确实感到很吃惊，就用公正楷书抄写下案情，并买了十万纸钱一起烧了。

姚氏妾

会稽姚宏买一妾，善女工、庖厨，且有姿色，又慧黠谨饬，能承迎人，自主母以下皆爱之。居数月久，一夕，姚氏举家内寒气满室，切切逼人，已而闻鬼哨一声，从窗间出。家人惊怖稍定，方举烛相存问，独此妾不见，视其榻，衣裘皆在焉，窗纸上小窍如钱大，不知何怪也。（郭堂老说）

【译文】会稽（今浙江绍兴）有一个叫姚宏的人，他买了一个妾，她会做衣，会做饭，人也长得漂亮聪慧，处事谨慎很会奉承人，姚家自女主人以下，都很喜欢她。几个月后的一天晚上，姚氏全家人都觉得寒气逼人，后来又听到一声鬼叫从窗户里出来远去。全家人都非常害怕，稍微镇静下来后，才点起蜡烛，相互安慰几句，唯独姚宏的小妾不知道去哪里了。看看她的床上，衣服全都在，只是窗纸上有一个铜钱般大小的洞，也不知这个小妾是什么鬼怪。

卷第十七

翟楫得子

京师人翟楫居湖州四安县。年五十无子。绘观世音像，恳祷甚至，其妻方娠，梦白衣妇人以盘擎一儿，甚韶秀。妻大喜，欲抱取之。一牛横陈其中，竟不可得。既而生男子，弥月不育，又祷请如初。有闻其梦者，告楫曰："子酷嗜牛肉，岂谓是欤？"楫竦然，即禁阖家不复食。遂复梦前妇人送儿至，抱得之。妻遂生子为成人。

【译文】京都人翟楫住在湖州四安县（今安徽广德），年已五十还没有儿子。翟楫就绘了一张观世音像，天天虔诚地祷告，他的妻子才怀了孕。一天，他的妻子梦见一白衣妇女，用盘子托着一个婴儿，高高举着，见那婴孩长得非常俊美，她非常高兴，就伸手想去抱他。这时，一头牛突然挡在他们中间，结果没有抱住。后来生下个男孩，却只有一个月就死了。翟楫又开始像先前一样祈祷。有听说过这个梦的人，告诉翟楫说："你酷爱吃牛肉，难道是因为这个原因？"翟楫听后害怕极了，就禁止全家人再吃牛肉。翟楫的妻子才又梦那位人送来孩子，就抱住他。翟楫的妻子于是就生了个儿子，哺育成人。

张八叔

边知白公式居平江，祖母江氏卧病，更数医不效。有客扣门，青巾乌袍，白皙而髯，言吾乃润州范公桥织罗张八叔也，前巷袁二十五秀才令来切脉。公式出见之。客曰："不必诊脉，吾已得尊夫人疾状。"留一药方曰"乌金散"，使即饮之。

边氏家小黄犬方生数日，背有黑绶带文。客曰："幸以与我，后三日复来取矣。"公式笑不答，后三日，犬忽死，汪氏病亦愈。乃诣袁秀才谢其意。袁殊大惊，坐侧有画图，视之，乃吕洞宾像，宛然前所见者。画本实得于张八叔家，（边侄维岳说）

【译文】边知白，字公式，闲居平江（今江苏苏州）。他的祖母生了病，卧床不起，请了许多医生来为她医治，都没能治好。有一天，一位陌生人来喊门，只见他头裹青巾，身穿乌袍，脸上白净却长着浓密的胡须，说他就是润州（今江苏镇江）范公桥织罗匠人张八叔。是前巷的袁秀才让我来为老夫人切脉。白公式出来和他相见。客人说道："不必号脉了，我已经知道老太太的病情了。"便留一个叫"乌金散"的药方，让老太太服下。

这时边家有一只小黄狗出生，几天，小狗的背上长出了黑色的条纹。客人说:“把这条小狗送给我吧,我三天后来抱它。”公式笑了笑没说什么。过了三天小狗突然死了,而老太太的病也好了。边公式就去袁秀才家表示感谢,袁秀才确实感到很吃惊。袁秀才的坐旁挂着一张画,看那画画的是吕洞宾像,却正是所见那自称张八叔的人。这张画像其实是从张八叔家拿来的。

王訢托生

王訢,字亨之,江阴人。绍兴戊辰登科,待扬州教授阙。未赴,以乙亥三月卒于家。冬十月,其田仆见一人骑马,两卒为驭,谛视之,教授君也。惊问何所适,曰:“吾欲到彭蒿因千二秀才家。”仆曰:“此去彭蒿十余里,日势已暮,恐不能达。”訝曰:“远非所惮,为我前导,足矣。”乃与俱行。至初更及因氏之门,訢下马留一纸裹与仆曰:“谢汝俱来。”倏从门隙中入。仆惧甚,亟归视裹中物,得铜钱五十枚,不敢语人。明日又往问,乃因氏孙妇是夜得子。

【译文】王訢,字亨之,江阴人。宋高宗绍兴十八年(1148)考中科举,正等着去扬州补教授官缺。尚未赴任,却于宋高宗绍兴二十五年(1155)三月死在家里。十月,王家的长工正在田间耕作,看见一人骑着高头大马,身后跟着两个随从,仔细看去原来是王教授。仆人吃惊地问教授去哪里。王訢回答说:“我要去彭蒿因千二秀才家。”仆人说:“彭蒿离这里有十多里,太阳已经下山了,恐怕天黑前到不了了。”王訢说:“路远并不可怕,有你给我做向导就可以了。”长工就与他一起走。一更时分,他们到彭蒿因家门口。王訢下了马，将一纸包塞给长工说："感谢你和我一同来。"说罢，便倏地一下从门缝中钻了进去。长工害怕极了，急急忙忙回到家里打开纸团，原来是五十枚铜钱，也不敢告诉别的人。第二天，又去因家探问，原来因家孙子媳妇那夜生了一个儿子。

阖皂大鬼

临江军阖皂山下张氏者，以财雄乡里。绍兴十四年，家仆晨兴启户，有人长丈余，通身黑色，径入坐厅上。诘之不应，曳之不动，急报主人。及呼众仆至，击之以杖，铿然有声；刺之以矛，不能入，刃皆拳曲如钩；沃之以汤，了不沾湿。顽然自如，亦无怒态。江西乡居多寇窃，人家往往蓄大鼓，遇有缓急，击以集众，至是鼓不鸣，张氏念不可与力竞，乃扣头祈哀。又不顾，徐徐奋而起，循行堂中，井灶湢溷，无不至者。张室藏帑，悉以巨锁启钥，鬼轻掣之即开。所之既遍，复出坐。及暮，将明烛，火亦不然。一家惴惧，登山上玉笥观，设黄箓九幽醮，命道士奏章于天，七日始不见。张氏自此衰替，今为窭人。（石田人汪介然说）

【译文】临江军（今江西清江）阖皂山下，住着一户姓张的人家，张家仗着财富横行乡里。宋高宗绍兴十四年（1144），张家的仆人早晨起来打开窗子，只见有一个人，身高一丈有余，穿着一身黑衣服，径直走到大厅中，坐在那里。问他，他不回答，拉也拉不动。仆人就急忙报告给主子。等到把众仆人都喊来，用木棍打他，响亮有力的铿铿声；用长矛刺他，也刺不进去，矛刃都刺卷了像钩子一样；用热汤泼他，他竟然滴水不沾，依然如故，一点没有恼怒的样子。江西边的村庄常被偷盗，各家各户为防盗贼，都备有一面大鼓，遇到盗情，就击鼓去召集众乡亲。张家的这面大鼓怎么也敲不响了，张家以为无法与他争斗，便叩头苦苦哀求。那人也不理睬，慢慢站了起来，在屋子里来回走动、水井、厨灶、浴室、厕所，所有的地方都走了个遍。张家的钱财，全都用大锁锁着，而这个鬼轻轻一碰这些箱子就开了。屋内所有的地方都到过以后，鬼便走出来像以前一样坐在厅内。到了天黑，想点蜡烛也点不着。张家一家人都惴惴不安，非常害怕，便跑到山上的玉笥观，设祭坛祭天地鬼神，让道士写明奏章祈告上帝。一直过了七天，那个鬼才走了。张家从此开始衰败，现在成了穷人。

宣州孟郎中

乾道元年七月，婺源石田村汪氏仆王十五正耘于田，忽僵仆。家人至，视之，死矣。舁归舍，尚有微喘，不敢殓，凡八日复苏，云：

“出初在田中，望十余人自西来，皆著道服，所赍有箱箧大扇。方注视，便为捽着地上，加殴击，驱令荷担行。至县五侯庙，有一人具冠带出，结束若今通引官，传侯旨，问来何所须，答曰：‘当于婺源行瘟。’冠带者入，复出曰：‘侯不可。’趣令急去。其人犹迁延。俄闻庙中传呼曰：‘不即行，别有处分。’遂舍去。入岳庙，复遭逐，乃从浙岭适休宁县，谒城隍及英济王庙，所言如婺源，皆不许。遂至徽州，遍走三庙，亦不许。

十人者惨沮不乐，迤逦之宣州，入一大祠，才及门，数人已出迎，若先知其来者，相见大喜。入白神，神许诺，仍敕健步遍报所属土地，且假一鬼为导，自北门孟郎中家始。既至，以所赍物藏灶下，运大木立寨栅于外，若今营垒然。逮旦，各执其物，巡行堂中。二子先出，椎其脑即仆地。次遇仆婢辈，或击或扇，无不应手而陨。

凡留两日，其徒一人入报：'西南火光起，恐救兵至。'亟相率登陴，望火所来，纩弩射之即灭。又二日，复报营外火光属天，暨登陴，则已大炽，焚其栅立尽，不及措手，遂各溃，独我在。悟身已死，寻故道以归，乃活。"

里人汪赓新调广德军签判，见其事，其妹婿余永观适为宣城尉，即遣书询之。云："孟生乃医者，七月间，阖门大疫，自二子始，婢妾死者二人，招村巫治之，乃作法。巫自得疾，归而死。孟氏悉集一城师巫，并力禳禬，始愈。盖所谓火焚其栅者，此也。"

是岁，浙西民疫，祸不胜计，独江东无事，歙之神可谓仁矣。（石田人汪拱说，王十三乃其家仆也）

【译文】宋孝宗乾道元年（1165）七月，预告源（今属江西）石田村汪家的仆人叫王十五的正在田间耕作，突然身体僵硬。等到他家人去看时，王十五已经死了。人们把王十五抬回家时，发现他还有微弱气息，所以不敢轻易入殓，过了八天，王十五又死而复生，他追忆说：

"我刚到地里，远远看见从西边来了十多个人，他们都穿着道袍，怀里抱着箱子和大扇子。我正要仔细盯着他们看，他们就把我推倒在地上，拳脚相加，并让我替他们挑着担子一块走。当我们走到五侯庙的时候，看见一个人穿着公服从里边走了出来，打扮和今天的通引官差不多，传五侯的旨意，问来干什么。这十几个人回答说：‘我们来婺源散布疫病。’只见那人走进庙去，一会儿又出来说道：‘五侯不同意，请你们快快走开。’这些人还要拖延不想走。很快从庙里传来话说：‘你们如果不立即走的话，五侯将另会处置你们的。’这十几个人于是就走开了。他们又去东岳庙，也被赶了出来。他们便经过浙岭。到休宁县去，拜谒城隍庙和英济王庙，又像到婺源时一样要求在这里流行瘟疫，都没能得到允许，于是他们又去到徽州（今安徽歙县），先后看到三座寺庙，都未能得到允许。

这十几个人感到非常沮丧，闷闷不乐。辗转来到宣州，进入一大祠堂，刚到门口，就有几个人出来迎接，好像事先知道他们要来似的，见面后都非常高兴。进去求见神灵，神答应了他们。便派了小鬼通知自己所属的所有土地神，并派一个小鬼做向导，从城北门孟医生家开始。等他们到孟家后，就把所带的箱子和扇子藏在炉灶下边，运来木头在房外立起栅垒，就好像营寨一样。天亮后，便各拿家什，在屋内巡视。孟郎中的两个儿子最先出来，他们头上重重挨了一椎便倒在了地上。接着仆人和女婢都走了出来，这十几个人有的用木棒打，有的用扇子扇，不一会儿，仆婢们都纷纷倒在地上。

这十几个人在孟郎中家里停了两天，其中有一个进来报告说，西南方面燃起的大火。他们害怕搬来救兵，就急忙登上寨栅，朝有火光的方向拉开弓弩，箭射到后火就灭了。又过了两天，又报告说营外火光冲天，等登上寨栅看时，大火已经熊熊燃烧起来，来了个措手不及，将栅栏全都烧毁了。这十几个人便纷纷落魄而逃，只剩下了我一个人。我觉着自己已经不在人世，沿原来来的路回去，就活了过来。

同乡汪赓新近被调到广德（今属安徽）军（宋行政区划）做签判，听说了这件事。那个时候他的妹夫余永观正好在宣城（今安徽宣州）当县尉，就派人送了一封信去问这件事。说是孟郎中是个医生，七月份，他全家人都得了瘟疫，从他的两个儿子开始，死了两个女眷。孟郎中请来村巫作法治病，村巫自己也得了病，回到家里就死了。孟郎中就把全城的巫师都召集到一起，共同祈祷去消灾。上文所说的大火焚烧栅烂，可能指的就是这件事。”

这一年，浙江西部流行瘟疫，得病而死的人数不胜数，只有浙江东边的百姓安然无恙。歙州（今安徽歙县）的神灵可以说是够仁慈的了。

驯鸠

盐官县庆善寺明义大师了宣，退居邑入邹氏庵。隆兴元年春，晨起行径中，见雏鸠堕地，携以归，躬自哺饲，两月乃能飞。日纵所适，夜则投宿屏几间。是岁十月，其徒惠月复主庆善寺，迎致其师于丈室之西偏。逮暮，鸠归，则阒无人矣。旋室百匝，悲鸣不止。守舍者怜之，谓曰：“吾送汝归老师处。”明日，笼以授宣，自是不复出，驯狎左右，以手摩拊，皆不动，他人近之辄惊起。呜呼！孰谓畜产无知乎！（窦思永说）

【译文】盐官（今浙江海宁）县庆善寺明义大师了宣退位后，居到同县邹家的小佛庵里，宋孝宗隆兴元年（1163）春，了宣早起散步，正走着，突然看见一只小斑鸠摔落到地上，就把它带回庵内。亲自喂养，过了两个月，斑鸠才会飞，白天随意到处乱飞，到了晚上，就卧在屏风中或茶几下。这一年的十月，了宣的徒弟惠月到庆善寺当主持，就把他的老师接回寺院，住在方丈室的西偏房。到了傍晚。小斑鸠飞回小庵，看到屋内已无人，就绕着屋了飞了上百圈，凄惨地叫个不停。看屋的非常可怜它，就对它说："我把你送到大师那里吧。"第二天，看屋人就把斑鸠装在笼子里，送给了了宣。从那以后，小斑鸠不再飞出屋，驯服地亲近在了宣的身边。了宣用手抚摩它，拍它，它都一动也不动。如果别的人靠近它，它就会突然害怕似地飞起来。哎，谁说鸟儿不通人性。

女鬼惑仇铎

紫姑神类多假托，或能害人，予所闻见者屡矣。今纪近事一节，以为后生戒。

天台士人仇铎者，本待制之族派也，浮游江淮，壮年未娶。乾道元年秋，数数延紫姑求诗词，讽玩不去口，遂为所惑，晨夕缴绕之不舍，必欲见真形为夫妇，又将托于梦想。铎虽已迷，然尚畏死，犹自力拒之，鬼相随愈密，至把其手以作字，不烦运箕也。同行者知之，惧其不免，因出游泰州市，径与入城隍神祠，焚香代诉。始入庙，铎两齿相击，已有恐栗之状。暨还舍，即索纸为妇人对事，具述本末，辞殊亵冗，今删取其大略云：

"大宋国东京城内四圣观前，居住弟子纪三六郎，名爽，妻张氏三六娘，行年三十三岁。辛酉年三月十二日巳时降生，癸巳年三月十四日死。是年九月，见吕先生于箕口，得导养之术。自后周游四海，于今年八月三日过高邮军，见台州进士仇铎在延洪寺塔院内，请蓬莱大岛真仙，为爱本人年少，遂降箕笔，诈称：'我姊妹在蓬莱山，承子供养，今日降汝，汝宜至诚，不得妄想，我当长降于汝。'又旬日，来往益熟，不合举意写牒语诱铎，又说将来有宰相分，以此惑乱其心。十七日，到泰州，要与相见，不许；又要入梦，亦不许。遂告铎云：'汝父恨汝不孝，焚章奏天上，天降旨，三日内有雷震汝，宜多设茶果香烛，稽首乞命。我当为汝祈天免祸。'又索《度人经》万卷，三年之后，要与汝为夫妻。意欲铎恐惧从已。又伪称吕翁在门，令来日未明，来东门外石坟侧相见。铎欲往赴，为众人挽住。又写'云房'二字，使铎食乳香半两，冀狂渴赴水死。至于引头击柱，用破瓷败面，皆不死。遂称天神已降，将烧汝左臂，令铎入藁荐中，伏于床下，作吕翁解救之言，曰：'天神幸以吕岩故，赦此人；此人若死，岩不复为神仙。'如是经两时久，不能杀铎。至晚方与铎言：'我非蓬仙，乃白犬精，今日代汝震死，永为下鬼，宜以杯酒叙别。'明日又来云：'我乃兴化阿母山白蛇精，从前所杀三千七百余人矣。众人招法师来，欲见治。又降铎曰：'我只畏龙虎山张天师，余人不畏也。'缘三六娘本意耽著仇铎，迷而不返，须要缠绕本人，损其性命。今为铎诉于本郡城隍，奏天治罪，伏蒙取责文状，所供并是诣实，如后异同，甘伏重宪。"

其所书凡千五百字，即日录焚之。铎后三日始醒，盖为所困几一月，妇人自称死于癸巳岁，至是时已五十三年矣。鬼趣亦久矣哉。

【译文】扶乩请紫姑神，往往被鬼怪假冒，可以害人。我已听到过很多次了。现在记最近发生的一件事，以使晚辈后生有所警惕。

天台（今属浙江）有个秀才仇铎，是待制仇寓的族孙，他游学江淮一带，壮年还没娶亲。乾道元年（1165）多次请紫姑神下降，求得神写的诗词，拿来反复吟诵不离口，遂被鬼物迷惑，每天从早到晚被纠缠不止，那鬼想现出真形，和他结为夫妇，并且又要在梦中和他相会。这时仇铎虽已入迷，但还怕死，还能努力拒绝鬼物的纠缠，但鬼却随得更紧，甚至把着仇铎的手替他写字，使仇铎不必动腕就写出字来。与仇铎在一块的几个朋友，怕仇铎被害死，因而约他出游泰州街市，直径把他领进城隍庙里，烧香替他申诉。刚进庙门，仇铎便吓得牙齿相击，战栗不止。等到回来后，他便要来纸笔，用妇人的口气，叙述了迷惑仇铎的始末，文字很长且不文雅，现在删节一下，记其大概如下：

大宋国东京城（今河南开封）内四圣观前居住纪三六郎，名纪爽；妻子张氏，名叫三六娘，现年三十三岁，辛酉年三月十二日巳时生，癸巳年三月十四日死。当年九月，在箕口遇见吕洞宾仙翁，教给我道家导养的法术，以后周游四海。今年八月三日路过高邮军，看见台州（今浙江天台）进士仇铎在延洪寺内扶乩，请蓬莱真仙下降。我爱仇铎年青英俊，便利用求仙的箕笔，在沙盘上写字，骗他说我是蓬莱山的仙人，我姐妹蒙你供养，今天特来下降，你一定要诚心供奉，不要妄想，我会常常下降的。又过了十来天，双方往来更熟了，便起意来迷惑仇铎，在沙盘上写了很多淫秽语言来引诱仇铎，又说他有宰相的福分，来蛊惑他。十七日到泰州，打算和他见面，没有被允许；又要在梦中与他相见，也被拒绝。我便警告仇铎说："你父亲恨你不孝，已经焚化奏章到天庭告你，上天已降下旨意，三天内要用雷震你。你应多设茶果、香烛，叩头求饶，我当为你说好话，求上帝宽恕免祸。"又给他要《度人经》一万卷，三年以后和他结为夫妻。这是为了使仇铎害怕而听从我摆布。又假称吕洞宾在门外，让他第二天天未亮时到东门外石坟边相见。仇铎打算去，被他的同伴阻止。我又在沙盘上写了仙人云房的名字，骗仇铎吃乳香半两，希望他因此口渴发狂，投水淹死。以至让他用头触柱，用破瓷扎破脸面，都没能让他死去。便又谎称天神下降，将要烧你的左臂，让他仇藏到草席中，爬到床下。而我在屋内装着吕洞宾的声音，替他劝解说："望天神看我吕岩的面子，赦免了这人，这人如果死了，我吕岩不愿再作神仙。"如此经过两个时辰，不能把仇铎杀死。到了晚上，才又给仇铎说："我不是蓬莱仙子，而是一个白狗精，今天代替你被雷震死，永远作为地狱之鬼，你应当拿酒来，与我话别。"第二天，又来下降说："我是兴化阿母的白蛇精，从前杀过三千七百余人了，众人招了法师来，想治我。"又下降给仇铎说："我只怕龙虎山张天师，别的法师我都不怕。"三六娘的本意就是紧紧地迷住仇铎，使他相信扶乩请紫姑神，慢慢地用纠缠恐吓的办法，来损他的性命。现在仇铎既已经向本郡城隍提出申诉，奏请天庭治我的罪。现在我被拘留审问，只好招奉以上事实，如果以后发现我的供词有不实之处，甘受重罚。"

这个鬼物共写了一千五百字。仇铎的朋友便把这供词抄录了一个副本，在神前焚化了。仇铎又停了三天才苏醒过来。他先后被这鬼物纠缠达一个月之久。这个妇人自称死在癸巳岁，到现在已经有五十三年了，她当鬼的时间也真算得是很多了！

张成宪

张成宪，字维永，监陈州粮料院，时宛丘尉谒告，暂摄其事，捕获强盗两种，合十有五人，送于县，县狱未上。尉即出参告，白郡守，求合两盗为一，冀人数满品，可优得亲官，郡守素与尉善，许诺。以谕张。张曰："尉欲赏，无不可，若令窜公牍，合二者为一，付有司锻炼迁就，则成宪不敢为。"郡守不能夺，尉殊忿恨，殆成仇怨。

后十二年，张为江淮发运司从事，设醮茅山，夜宿玉宸观。梦其叔告曰："陈州事可保无虞，但不可转正郎。"已而至殿庭，殿上王者问曰："陈州事尚能记忆否？"对曰："历历皆不忘，但无案牍可证。"王曰："此中文籍甚明，无用许。"既出，见二直符使，各抱一锦绷，与之曰："以此相报。"张素无子，是岁，生男女各一人。又七年，转大夫官，得直秘阁而终。

【译文】张成宪，字维永，当他监守陈州（今河南淮阳）粮料院的时候，宛丘（今河南淮阳）县尉告假，上级便派张成宪去代理一段时间。这期间，捕获二起性质不一的强盗，总共十五人，把他们都押送到县衙，全部关进牢房，还没有上报。县尉就去把这件事告诉郡守，请求把两种盗贼合为一案处置，以求凑满规定的人数，就可升个京官做。郡守和县尉平常关系很好，就答应了他。可当郡守把这件事告诉张成宪时，张成宪却说："县尉这样做，想得到升官发财，无可厚非，但如果让我窜改公文，把二种盗合为一案，交有关司法衙门定罪，用刑拷打，硬招供出不符实际的供词，那么，我不敢这样办。”郡守没法使他改变案情，县尉因而非常忿惧，几乎和张成宪结下仇。

十二年后，张成宪做了江淮发运司从事，在茅山设坛祭礼，晚间住在玉宸观，梦见他的叔父告诉他说：“陈州一事可保你无事，但是还不能升转为正郎官。”后来来到大殿中，殿中官员问道：“你还记得陈州那件事吗？”张成宪回答说：“我记得非常清楚，可没有留下可以证明的公文。”官员说道：“这里文书上记得很清楚，不用那些公文。”等到张成宪从殿中出来，看到两个执符的小吏怀里各抱一匹绷着字的锦缎，递给他说：“把这送给你以示报答。”张成宪一直没有孩子，这一年，他就有了一个儿子和一个女儿。又过了七年，张成宪才升为大夫，一直做到直秘阁。

鬼化火光

韩郡王居故府时，有小妓二十辈。其子子温，年十二岁，与妾宁儿者晚戏车厢下，见一人行前，容止年状，亦一小妓也。呼之不应，乃大步逐之。子温行甚遽，其人雍容缓步，初不为急，然竟不可及。将至户外，子温大呼。忽已在庭下，化形如匹练，迸为火光，赫然入沟中而灭。问宁儿，所见皆同，归白其父，皆以为有付尸或宝物，欲发地验之，既而以功役甚大，乃止。

【译文】郡王韩世忠在老家住时，有歌舞艺人二十个，他的儿子韩子温，十二岁那年，与韩郡王一名叫宁儿的小妾晚间在东厢房玩耍，看见有一个人从他们面前走过，她的年纪和举止，俨然也是一名歌舞艺人。叫她她也不答应，韩子温就迈开大步去追赶她。韩子温走得非常快而那女子慢慢走，一点也不着急，可是子温却追不上她。很快就要到了门外，韩子温大声呼叫。突然，那女子已到门庭下，化作一条白练，并出火花四射，闪到沟中就不见了。韩子温问宁儿，宁儿说她也看到了。韩子温就回去告诉了他父亲，大家都认为沟中一定埋有尸首或者是宝物，就要挖地查验，可后来因为工程量太大就没有挖。

沧浪亭

姑苏城中沧浪亭，本苏子美宅，今为韩咸安所有。金人入寇时，民入后圃避匿，尽死于池中，以故处者多不宁。其后韩氏自居之，每月夜，必见数百人出没池上，或僧或道士，或妇人或商贾，歌呼杂沓，良久，必哀叹乃止。守宿者老卒方寝，为数十人舁去，临入池，卒，陕西人，素胆勇，知其鬼也，无惧意。正色谓之曰："汝等死于此，岁月已久，吾为汝言于主人翁，尽取骸骨改葬于高原，而作佛事救汝，无为守此滞窟，为平人害，何如？"皆愧谢曰："幸甚。"舍之而退。

卒明日入白主人，即命十车徙池水，掘污泥，拾朽骨，盛以大竹筐，凡满八器，共置大棺中。将瘗之，是夕，又有一男子引老卒入竹丛间，曰："余人尽去，我犹有两臂在此，幸终惠我。"又如其处取得之，乃葬诸城东，而设水陆斋于灵严寺。自是宅怪遂绝。（二事皆子温说）

【译文】姑苏（今江苏苏州）城中有座沧浪亭，原来是苏舜钦的宅第，现在归韩咸安家所有。金人南侵的时候，老百姓到后花园中躲藏，都死在荷花池里，因此，住在这所宅里的人都常常不得安宁。后来，韩咸安自己住到这里，每遇月朗星稀的夜晚，一定会看到几百个人出现在水池边，有和尚，有道士，有妇女，有商人，有的唱，有的叫，杂乱无章，一直持续很长时间，最后一个个都哀声叹气才宣告结束。一天晚上，守夜的老兵正要睡觉，却被几十个人抬起来就走，快要进入水池。这个老兵，是陕西人，向来有胆有勇，知道是鬼在作怪，他一点也不害怕，严肃地对他们说："你们死在这里，已经很长时间了，我替你们报告给主人，把你们的尸骨全部取出来，改葬到高处，并作佛法祈祷来拯救你们，不要滞留在这块小地方，祸害百姓，怎么样？"这些冤鬼听后都很内疚，他们答谢说："我们很庆幸能离开这个地方。"说罢，就消失不见了。

这个老兵，第二天就把这事禀告了主人，韩咸安就派抽水车把水池的水全部抽干，挖去污泥，把朽骨拾出来，用大竹筐盛着，装满八竹筐，就装到一个大棺材中，准备送到郊外埋葬。这天晚上，又有一个男子把老兵领到一竹林中间说："其他人全都移走了，就我自己还有两只手臂留在这里，希望你做好事做到底。"老兵便到他讲的那地方，把他的手臂找到，才把他们葬在城的东边，并在灵严寺设立佛教法会，为他们祈祷。从那以后，这处宅子就再出没有闹过鬼了。

林酒仙

崇宁间，平江有狂僧，嗜酒，亡赖，好作诗偈，冲口即成。郡人呼为林酒仙，多易而侮之，唯郭氏一家敬待之甚厚。郭母病，僧与之药一盏，曰："饮不尽即止，勿强进也。"已而饮三分之二，僧取其余弃于地，皆成黄金色，母病即愈。且留《朱砂圆方》与其家，郭氏如方货之，遂致富。

苏人有能传其诗者曰：

门前绿柳无啼鸟，庭下苍苔有落花。聊与东君论个事，十分春色属谁家。

秋至山寒水冷，春来柳绿花红。一点洞庭万变，江村烟雨蒙蒙。

金罚又闲泛，玉仙还欲颓，莫教更漏促，趁取明月回。

他皆类此。

【译文】宋徽宗崇宁年间（1102—1106），平江（今江苏苏州）有位狂僧，嗜酒成性，不务正业，喜好作诗，所作佛偈，出口成章。郡里人都称他叫“林酒仙”。人们大多都轻视他，侮辱他，只有郭家一家人很敬重他，待他很厚。郭母生了病，这个僧人送给她一小杯药，并嘱咐说：“喝不完的话就不要勉强。”郭母已喝了三分之二就喝不下去了，僧人就把剩下的泼到地上，药洒在地上全都变成了金黄色，郭母的病马上就好了。僧人又留给郭家朱砂制作方法，郭家把朱砂卖后就成了富户。

苏州有能够传诵他的诗的人，有几首是：

门前柳绿无啼鸟，庭下苍苔有落花，聊与东君论个事，十分春色属谁家。

秋至山寒水冷，春来柳绿花红。一点洞庭万变，江村烟雨蒙蒙。

金罚又闲泛，玉仙（疑为山字）还欲颓。莫叫更漏促，趁取明月回。

其他的话，大致上亦和这类似。

蒸山罗汉

边公式家祖茔，在平江之蒸山。宣和元年，公式为太学录，得武洞清石本罗汉像十六，遣家僮致之坟庵。前一夕，行者刘普因，梦十余僧持《学录书》，来求挂搭。以白主僧慧通。通难之曰："庵中所得，鲜薄寻常，供僧行三两人，犹不继，安能容大众哉？"

来者一人起，取笔题诗门左曰："松萝深处有神天。"不忆其他语。明旦，话此梦未意，而石本至，公式足成一章曰：

"松萝深处有神天，小刹何妨纳大千，挂搭定知宜久住，歌吟何幸得流传。袖中简出聊应尔，门上题诗岂偶然。顾我未除烦恼习，与师同结未来缘。"

语虽非工，然皆纪实也。

【译文】边公式家的祖坟在平江（今江苏苏州）的蒸山上。宋徽宗宣和元年（1119），公式做太学学录，得到武洞清石拓本罗汉像十六幅。公式就派家童把这些罗汉像送到祖坟地的佛庵里。前一天晚上，这佛庵的行者刘普因梦见十多个僧人拿着学录的书信要求暂时投宿寺院，他们把情况告诉了慧通主持。慧通为难说："庵中所得供养少得可怜，平时供三两个僧人生活都还接济不止，怎么能够供你们这么多人吃住呢！"

来的那些僧人中，有一个便拿起笔来，题了一首诗在庵门旁边，诗曰："松萝深处有神天，……"其余的句子都记不起来了。第二天天明以后，刘普因便把这梦告诉慧通，二人正说着，公式派人送来的罗汉像拓本，便送到佛庵中来了。后来，公式知道了这事，便把梦中这句诗补成一首：

松萝深处有神无，小刹何妨纳大千。挂搭定知宜久住，歌吟何幸得流传。袖中出简聊应尔，门上题诗岂偶然？顾我未除烦恼习，与师同结未来缘。

这首诗虽然词句并非工整，但是却是记述了这件事的事实。

沈十九

昆山民沈十九，能与人装治书画，而其家又以煮蟹自给。县人钱五八，新绘地藏菩萨像，倩沈褾饰之，其旁烹蟹，盖不辍也。夜梦入冥府，所见狱吏皆牛头阿旁，左右列大镬，举叉置人煮之，将及沈，忽有僧振锡，与钱生皆在侧，谕狱吏说："但令此人入镬，净洗足矣。"沈犹畏怖，吏命解衣而入。俄顷即出，于沸新烈焰之中。众囚冤呼不可闻，己独无苦趣，清凉自如，正如澡浴，身意甚快，展转而寤。遂戒前业，卖饧以活云。时绍兴十二年也。（三事边维岳说）

【译文】昆山人沈十九，能为他人装褾字画，而他家却以煮卖螃蟹糊口。同县有个叫钱五八的，最近画了一幅地藏菩萨像，请沈十九来褾装，褾画的时候，旁边煮螃蟹不停。晚上，沈十九做梦自己进入了阴曹地府，看到的都是牛头人身的狱吏，两边放置着大锅，狱吏们正拿着大叉叉着人放进大锅里去煮。快轮到沈十九时，忽然有个手持锡杖的僧人和钱五八都在身旁，他们告诉狱吏说：

“只让这个人到锅里洗干净就可以了。”沈十九还是感到非常害怕。狱吏让他脱下衣服跳进大锅里。沈十九很快就出来了，在滚开的大锅里，下边正烧着熊熊火焰，其他的许多囚犯哭喊惨叫，不堪入耳。只有沈十九一点也不感到痛苦，身上反而感到很清爽，好像洗澡一样，非常轻松愉快。沈十九转了几下身就醒了。从此以后，沈十九就改了行，靠卖糖稀生活。这件事发生在宋高宗绍兴十二年（1147）。

十八婆

叶审言枢密未第时，与衢州人士人马民彝善。民彝素清贫，后再娶峡山徐氏，以赀入，因此颇丰赡，称其妻为十八婆。

绍兴三十二年，叶公自西府奉祠，归寿昌县故居，曰：“社勘。”时方冬日，有两村夫荷轿，舆一老妇人，自通为马先生妻来相见，叶公命其女延之中堂，视其容貌，昔肥今瘠，绝与十八婆不类。问其故，答曰：“年老多事，形骸消瘦，无足怪者。”皆疑之，扣其仆，仆曰：“但见从店中出，指令来此，不知所自也。”叶氏客徐钦邻，观此妪面色枯黑，觉其非人，又从行小奴，携装匣在手，皆纸所为，已故敝，乃送死明器耳。大呼而入曰：“此鬼也！逐出之。”妪犹作色曰：“谓人为鬼，何无礼如是？”即出门，轿不由正道，而旁入山崦间，遂不见。数日后，民彝至，言其妻盖未尝出也。

【译文】叶审言枢密尚未上任前，与衢州读书人马民彝友好，马民彝一向很清贫，后再婚，娶了峡山徐氏，带来丰厚的财产，马民彝因此很富裕，称他的妻叫“十八婆”。

宋高宗绍兴三十二年（1162）叶公从西府奉祀官的任上解职，回寿昌县（今浙江建德）老家，乡村地方叫社墈。这时正是冬天，有两个村夫用轿抬来一位老妇人，自报姓名，说是马民彝妻来拜见叶公。叶公叫他女儿把老妇人请到庭堂中，看她的容貌，她过去很肥胖而现在却很瘦小，绝对和十八婆不是一个人。问她为什么变化这么大，她回答说："上了年纪，事情又很多，所以才变得如此清瘦，不值得奇怪。"大家都怀疑她在说谎，就问她的仆从。仆从回答说："我们只看到她从旅店中出来，要我们来这里，我们也不知道她从什么地方来的。"叶公的门客细看这个老妇人，只见她面色枯黑，觉得她不像人类，而且跟她来的小婢女，拿的妆盒是纸做的，而且很破旧，是给死人送葬的明器，便大声喊叫着进来说："这是个鬼！"说罢就赶她出去。这个老妇人还装腔作势说："你们把人看成鬼，怎么能够如此无礼！"等到她出了门，坐上轿，轿子却不从大路上走而是拐进了山坳里，很快就不见了。过了几天，马民彝来，说他的妻子没有出过门。

钱瑞反魂

乾道元年六月，秀州大疫，吏人钱瑞亦病，旬余，忽瞻语切切，如有所见，自言被迫至官府，仰视见大理正俞长吉朝服坐殿上。瑞尝为棘寺吏，识之，即趋拜拱立。俞曰："所以呼汝来，欲治一狱。"左右引入直舍，验视案牍，乃浙西提刑司公事也。罥挂者凡五六十人。瑞结正赍呈，其喜。因恳乞归，俞未许。瑞无计，退立廊左，见故人宁三囚首立，揖瑞言："旧为漕司吏，曾误断一事，逮捕至此，向来文字在某厨青纱袋中，吾累夕归取之，家人以为寇至，故不可得。烦君归语吾儿，取而焚寄我。”瑞许之，望长吉治事毕，复出沥恳，始得归。令人送还，才出门，命乘一大舟。舟乃在平地，瑞以为苦，梦中呼云：“把水洒地。”正尽力叫号，舟已抵岸，遂惊觉，满身黑污如洗。时长吉知盱眙军方死，瑞至今犹存。（景裴弟说）

【译文】宋孝宗乾道元年（1165）六月，秀州流行瘟疫，吏员钱瑞也生了病，过了十几天，他忽然胡话连篇，好像看到了什么。他自己说一天被人追赶到官府里，抬头看去，只见大理寺正俞长吉身穿官服坐在大殿上。钱瑞曾在大理寺做过办事的职员，认识俞长吉，就走上前去拜见，拜过后就躬立在一旁。俞长吉说道：“之所以叫你来，是想让你判一件案子。”左右侍卫径直把他领进公事房，审阅案件卷宗，原来是浙江提刑司的公事，牵扯共五、六十人。钱瑞判明后结了案，把结论呈交给长吉，长吉看了很高兴，钱瑞就请求回去。俞长吉没有同意。钱瑞也没有别的办法，就退下去在左廊中。这时，他看见旧友宁三像囚犯一样站在那里。宁三向钱瑞拱手说道：“我过去任漕司吏时，曾经判错一件案子，所以就被逮到这里，来时文书放在某个文件橱里的青纱袋中，我好几个晚上都回去取，可我家里人误把我看成贼，所以一直未能拿来，麻烦你回去后告诉我的儿子，拿出来烧了寄给我。”钱瑞答应了他，看到俞长吉处理完公事，就再次恳请，才批准他回去。俞长吉派人送他，刚出门，送他的人就让他乘大船，大船这时还在陆上，钱瑞坐上去感到很难受，梦中叫人把水洒到地上，他正大声喊叫时，船已到岸，钱瑞就醒了，满身流着黑色的大汗和刚从水里出来一样。那时俞长吉在盱眙军做知州，刚刚死去，而钱瑞现在仍然在世。

卷第十八（十三事）

扫码听谦德
君为您导读

张淡道人

衢州人徐逢原，居郡之峡山，少年时好与方外人处。有张淡道人过之，留馆其门，巾服萧然，唯著青巾夹道衣，中无所有，虽盛冬不益也。每月夕则携铁笛入山间吹之，彻晓乃止，逢原学《易》，尝闭户揲大衍数，不得其法。张隔室呼之曰："一秀才，此非君所解，明当语子。"明日授以轨析算步之术，凡人生死日时与什器、草木、禽畜、成坏、寿夭，皆可坐致，持以验之，不少差。最好饮酒，时时入市竟日，必酣醉乃返，而囊无一钱。人皆云"能烧银以自给。"逢原欲测其量，召善饮者四人，更迭与饮，自朝至暮，皆大醉，张元自如。夜入室中，外人望见其倒立壁下，以足挂壁，散发置瓦盆内，酒从发际滴沥而出。

逢原之祖德诠，年七十余矣。张曰："十八翁明年五月有大厄，速用我法禳禬，可复延十岁。"徐氏不信，以为道人善以言相恐，勿听也。语才出口，张已知之，即舍去，入城中罗汉寺。时年五月，德诠病，逢原始往请之。不肯行，果死。其徒有头陀一人，又秘藏纸画牛一头，每与客戏，则取图挂壁，蒭生草其旁，良久，草或食尽，或齮龁过半，遗粪在地，可扫也。后以牛与头陀，而令买火麻四十九斤，纽为大索，嘱之曰："吾将死，死时勿棺殓，只以索从肩至足通缠之，掘寺后空地为坎埋我，过七日，辄一发视。"头陀谨奉戒。既死七日，发其穴，面色如渥丹，到四十九日，凡七发，但余麻絙在并，败履一双，尸空空矣。

逢原尝赠之诗曰："铁笛爱吹风月夜，夹衣能御雪霜天，但予试问行年看，笑指松筠未是坚。"

张以匹绢大书之，笔迹甚伟。又以匹绢书汞法授逢原。逢原死，乡人多求所书法，其子梦良不欲泄，举而焚之。轨析之术，徐氏子孙略知其大概，而不精矣。（逢原孙钦邻说）

【译文】衢州的峡山，住着一位叫徐逢原的人，他年轻的时候，喜欢与僧道来往。有位道人名张淡从这里经过，住在徐逢原学馆，张淡穿着很单薄，只是头扎青巾，身穿夹衣，即使是三九隆冬也不再加衣。每到月末，张淡就带上铁笛来到山中，一直吹到天亮才停。徐逢原攻读《周易》，曾关上门拿蓍草用大衍数以演卦，不得方法。张道人隔着屋子对他说："一介书生，这并不是你能够弄明白的，明天我告诉你。"第二天，张道人就把"轨析算步"的方法授给他。凡是有关人生死的时候，以及什器、草木、禽畜、成败、寿夭，坐在屋里就可以算出来，并加以验证，不差分毫。张道人最爱喝酒，常常到集市上一去就是一天，一定喝得酩酊大醉，袋中空空才返回来。人们都说张道人能自己烧造银子养活自己。徐逢原曾想试试张道人的酒量，就叫来四个能喝酒的，轮换着与张道人对饮，从早晨一直喝到晚上，都烂醉如泥，只有张道人谈笑自如，毫无醉意。深夜。张道人回到屋里，有人从外偷看，见他倒立墙壁下，用脚挂在墙上，头发散落下来，把头伸到瓦盆里，酒从头发中一滴一滴向外滴出来。

徐逢原的爷爷徐德诠，已经七十多岁了。张道人说："你爷爷明年五月有大灾，请赶快按照我说的方法向鬼神祈祷，就可以消除灾难，老头可再活十年。"徐逢原不信，认为老道好用大话吓人，不听他的。他话刚出口。张道人就已经知道了，就离开徐家去到城里的罗汉寺。这年的五月份，徐德诠果然生病，徐逢原才去请张道人，张道人不愿意来，徐德诠就去世了。张道人的一位徒弟是行脚僧人，道人又秘藏画有牛的纸画一幅，每每与客人戏耍，就把画取出来挂到墙上，割来青草放在画边，过了一会儿，草有时被吃完，有时被吃去大半，牛吃饱后就把粪便拉在地上，还可以用扫帚扫。后来他就把牛送给了行脚僧人，并让他买来红麻四十九斤，编成一根大绳嘱咐道："我很快就要死了，我死后不要用棺材，只需要用绳子把我从肩到脚绑住，在寺后的空地上挖一个大坑埋了，每过七天，就挖开看一看。你一定要记住。"等张道人死了七天后，挖开墓穴，只见他面红如朱砂，四十九天内共挖了七次，最后只剩下绳头和一双破鞋，尸体已经不见了。

徐逢原曾经赠他一首诗："铁笛爱吹风月夜，夹衣能御雪霜天，但予试问行年看，笑指松筠未是坚。"

张淡道人用一匹白绢把诗用大字书上面，笔势浑厚。并把汞法写在一匹绢传给徐逢原。徐逢原死后，村里许多人都向徐家问所写的法术，他的儿子徐梦良不愿泄露出去，就一把火烧了。至于轨析之术，徐家的后代略知其大概，没有精通的了。

太学白金

任子谅在太学，夜过斋后，于丛竹间见白银百余笏，月光照之，灿烂夺目。子谅默祷曰："天知谅清贫，阴有大赐，然暗昧之物终不敢当，愿归诸神祇，他日明中拜赐万幸耳。"遂委而去。及登厕，复还至其处，觉自物颇动摇屈伸，讶而注目，乃巨白蛇，其长丈余。急反室，明日不复见。不知白金之精，荡于异物耶？将蟒怪为孽，欲致人害之耶？二者不可晓也。（子谅之子良臣说）

【译文】任子谅在太学住时，有一天夜里到书房后边，看到竹林中间有一百多锭银子，在月光的照射下，灿烂夺目。任子谅默默地祷告说："老天爷也知道我任子谅生活清贫，而暗暗赐给我这么多银两，可是不义之财终究是不应该拿的，希望把这些银子还给神明，来日白天光明正大地给我才是幸运的事。"说罢就拐了回去。等他去茅厕，又到那里，发觉那白色的东西好像在蠕动，感到惊讶，定睛看时，原来是一条白色大蛇，身长一丈多。任子谅吓得急忙回到屋里。第二天就再也看不到了。也不知是白银精变成异物游荡呢，还是蟒怪想变化作孽去害人呢？两者不得而知。

天宁行者

邵武光泽县天宁寺多寄莪，行者六七人，前后皆得痴疾，积劳悴以死，唯一独存，亦大病，自谓不免。已而平安，始告人曰：“每为女子诱入密室中，幽窗邃阁，床褥明丽，缔夫妇之好，凡所著衣履，皆其手制。如是往来且一年久。一日，土地神出现，呼女子责曰：‘合寺行者皆为汝辈所杀，岂不留一人给伽蓝扫洒事，自今无得复呼之。’女拜而谢罪，流涕告辞，自此遂绝。”始能饮食，渐以复常，念向来所游处，历历可想，乃邑内民家女菆房，白其父母发视，盖既死十年，颜色肌体皆如生，旁有一僧鞋已就，两手又抱双履，运针未歇。枕畔乌纱巾存焉。父母泣而改殡。

【译文】邵武（今属福建）军光泽县的天宁寺有不少人家把棺木寄放在这里。寺中有六七个行者，他们先后都得了痴呆病，积劳成疾而死，只有一个人活了下来，但他也大病一场，自己说他也免不了一死，等到平平安安活过来，才告诉人们说：他常常被一女子引到一密室里，幽深的门窗，床褥华丽，结为夫妻，寻欢作乐，他所穿的衣服和鞋都由那女子亲自缝制。这样来往了一年多。一天，土地神突然走出来喊那女子指责她说：“全寺的行者被你杀害，难道就不留一个来给寺院淋水扫地？从今以后你不要再引诱他了。”那女子跪拜谢罪后，就流着眼泪哭着走了。从那以后，就再也没有出现这样的事。行者也开始能够吃饭了，慢慢恢复了正常。想到先前去过的地方，都历历在目，记忆犹新。原来是县里一庄户人家的姑娘灵柩所在，便告诉她父母挖开墓门看看，她已经死了十年，但是面色肤色红润像活人一样。她身旁还有一只僧鞋已经做好，双手又抱着一只鞋子正在作运针的姿势。枕头旁还有一顶乌纱头巾。她父母看到这些后，伤心得哭了，便改葬了她。

赵不他

赵不他为汀州员外税官，留家邵武，而独往寓城内开元寺，与官妓一人相往来，时时取入寺宿。一夕，五鼓方酣寝，妓父呼于外曰："判官诞日，亟起贺。"仓黄而出，赵心眷眷。

未已妓复还曰："我谕吾父持数百钱赂营将，不必往。"遂复就枕。明旦将具食，赵之昵友冯八官者来，妓避之户内，曰："是尝过我，我以君故不忍纳，方畜憾未解，不欲出。冯君嗜石榴，已留两颗在厨矣。"及冯入与赵饮酒啖榴即去。妓出对食，迨唤索汤洗足，夜同卧。赵之侄适至问安否，妓令赵纵身外向，已伏于内，侄揖床下，不揭帐亦去，两个绸缪笑语。

赵忽睡，梦携手出寺，行市中，至下坊，妓指一曲曰："此吾家也，即过门，能为倾刻留否？"赵心念身为见任，难以至妓馆，力拒之。遂惊觉，流汗如洗，方知独寝。呼其仆问妓安生，仆曰："某人未明归去，至今不曾来。"问对食及洗足事，曰："公令具两人食而无他客，黄昏时又令得寻汤盥洗，然未尝用也。"始悟其鬼。自是得大病，遍身皮皆脱落，一年乃愈。自云幸不入其家，入则死矣。（二事光吉叔说）

【译文】赵不他做汀州（今福建长汀）员外税官时，把家眷留在邵武（今属福建），而他自己独自一人去上任，寄住在汀州城里的开元寺，与一个官妓私下来往，常常在寺里住上一个晚上。有一天，天快亮时，正在酣睡，官妓的父亲在门外喊道："今天是判官的生日，快起来去祝贺。”官妓慌忙跑出去。赵不他却是念念不忘。

不一会儿，官妓返回来说：“我已告诉我父亲拿了几百铜钱贿赂了营将，不必去了。”说完就上床睡下。第二天正准备吃饭，这时赵不他的一个好友叫冯八官的来了。官妓回到屋里回避，对赵不他说：“这个人曾经来找过我，可我为了你，就没有接待他，现在仍和他有些别扭，就不出去见他了。冯八官喜欢吃石榴，我已在厨房里留了两颗。”等到冯八官进来与赵不他喝了酒，吃了石榴后就离开了。官妓就出来和赵不他一同吃饭，到了晚上就要热水洗脚，夜里一块睡下。正赶上赵不他的侄子来问安。官妓就让赵不他翻身朝外，自己在床里。他的侄子在床前施礼问安后，不打开帐子，就转身出去了。这两个人就情意缠绵，戏笑不停。

忽然，赵不他梦见他们两个手拉手出了寺院，来到街市中的一个小巷里。官妓指着一个拐弯的地方说：“这就是我家，既然已到了门口，怎么能不进去稍坐一会儿呢？”赵不他心里想着自己身为现任命官，不宜到妓馆去，就说什么也不去。于是他就惊醒了，满身虚汗好像洗过澡一样，才发现自己原来一个人睡着。他把仆人喊来问官妓现在在哪里，仆人回答说：“那个人天还没亮就走了，到现在也没见她来。”又问及一块吃饭和洗脚的事，仆人说：“你让准备两个人的饭菜，也没有其他客人，到天黑时又让烧热水盥洗，可没有用。”赵不他才想到原来那官妓是一个鬼。从那以后，赵不他就害了一场大病，满身皮都脱落了，一年后才好。他自己说幸亏没有到她家里去，否则早就死了。

吕少霞

绍兴二十年，徐昌言知江州。其侄琰观众着客下紫姑神，启曰："敢问大仙姓名为谁，何代人也？"书曰："唐朝吕少霞。"琰曰："琰觊望改秩，仙能前知，可得闻欤？"曰："天机不可泄。"琰曰："但为书经史或诗词两句，寓意其间，当自探索之。"遂大书韦苏州诗，曰："书后欲题三百颗，洞庭须待满林霜。"坐客传玩，莫能测其旨。后十五年，琰方得京官，调吴县宰，乃悟诗意，洞庭正隶吴也。（琰说）

【译文】宋高宗绍兴二十年（1150），徐昌言在江州（今属江苏）任知州。他的侄儿徐琰看人扶乩降紫姑神，开口说："敢问大仙姓啥名谁，是那个朝代的人？"只见她写道："唐朝吕少霞。"徐琰说："我希望升官晋职，人们都说大仙能预知多年以后的事，可以说给我听吗？"大仙回答道："天机不可泄露。"徐琰接着说："你只给我写经史或诗词两句，将寓意蕴含其中，让我自己去领会揣摸。"大仙就大书韦应物的诗，只见写道："书后欲题三百颗，洞庭须待满林霜。"门客们相互传阅，没有谁能说出其中的寓意。十五年后，徐琰考中京官，被调到吴县（今江苏苏州）做县宰，才悟得诗的含义，洞庭正是隶属吴县。

龚涛前身

龚涛仲山说，其母方娠时在衢州，及其将就蓐，遣呼乳医，时已夜半。医居于郡治之南，过司法庭，见门外栊栊往来，云："官病亟。"乃至龚氏而涛生，襁褓毕，复还，则司法已死。明日为龚氏言之，司法君姓周氏，为人洁清，好策杖著帽，每出，必呼小吏以二物自随。涛三岁能言时，常呼人取帽及拄杖，其家乃知为周君后身也。

【译文】龚涛说她母怀他时还住在衢州，等到她快要生了，就派人去喊收生婆，这时已经半夜，收生婆住在城南，当她经过司法厅衙门外时，看到门外人来人往，吵吵嚷嚷，说司法官病危。等到了龚家，龚氏便生了下来。收生婆将婴孩包好，又返回来时，司法官已经死了。第二天，和龚家谈到司法官的情况。司法官姓周，为官清廉，喜好戴帽子拄着手杖，每次外出，都必须让书童带着这两样东西。徐涛长到三岁会说话时，常常叫人给他拿来帽子和拐杖。他家里人才知道龚涛原来是周司法官的后身。

超化寺鬼

衢州超化寺，在郡城北隅，左右菱芡池数百亩，地势幽阒，士大夫多寓居。寺后附城有云山阁，阁下寝堂三间，多物怪，无敢至者。曾通判独挈家处之，往往见影响，犹以为仆妾妄语，拒不信。幼子年二岁，方匍匐在地，乳母转眄与人语，忽失之，举家绕寺求索，且祷于佛僧，竟夕不见。明日闻箧中啼声，启钥见儿，盖熟睡方起也。即日徙出，至今空此室云。（长老说）

【译文】超化寺在衢州的城北角，寺的周围是几百亩大的菱芡池，那里环境幽静，达官贵人多住在超化寺后边。城边有座云山阁，阁下有寝室三间，房里常出些古怪事。所以没有谁敢去住。只有一位曾通判带着全家住在那里，常常会遇到一些古怪的事，还认为是自家的仆人和丫环的一些无稽之谈，从不相信。他的小儿子两岁那年，刚刚学会在地上爬，他的乳娘刚转过脸与人说话，突然孩子就不见了。全家人绕着寺院找了几圈，并向佛僧祷告，找了一天也没找到。第二天，忽然听到有哭声从箱子中传出来，等到打开锁一看，只见婴孩坐在箱中，好像刚刚睡醒。当天曾家就搬了出去，据说直到现在那房子仍然空着。

嘉陵江边寺

中奉大夫王旦，字明仲，兴州人。所居去郡数十里，前枕嘉陵江。尝晚饮沾醉，独行江边，小憩磻石上。望道左松桧森蔚成行，月影在地，顾而乐之，忆常时所未见也。乘兴步其中。且二里，得一萧寺，佛殿屹立，长明灯荧荧然，寂不见人。稍行至方丈，始有一僧迎揖，乃故人也。就座良久，忽悟僧已死，问曰："师去世累岁矣，乃在此邪？"僧曰："然。"语笑如初，存问交游，今皆安在。几至夜半，倦欲寐，僧引入西偏小室，使就枕，戒之曰："此多恶趣，毋辄出，须天且明，吾来呼公起矣。"遂去。旦裴回室中，觉境像荒阒，不能睡，俯窥窗外，竹影参差，心愈动。登床展转，目不交睫，不暇俟其呼，径起出户。遥见僧堂灯烛甚盛，趋就焉。众方列坐，数仆以杓行粥，钵内炎炎有光，逼而视之，盖熔铜汁也。热腥逆鼻，不可闻。奔而还。复见昨僧咄，曰："戒君勿出，无恐否？"命行者秉炬送归，途中炬灭，旦蹶于地。惊而寤，则身元在石上，了未尝出，殆如梦游云。（黄仲秉说）

【译文】中奉大夫王旦，字明仲，兴州（今陕西勉县）人。家住嘉陵江边，离城几十里。一天晚上，喝酒后有一点醉，就一个人沿着江边走，一会儿坐在东边的大石头上休息。只见江边松桧，森然成行，在月光的照射下，树影婆娑，想这平时是没有见到这番好风景，心里很惬意。乘兴向树林中走出，大约走了二里多，看见一座萧条荒凉的寺院，只见寺内殿堂孤立，长明灯灯光微弱，一片沉寂，不见一个人影。再稍向前来到方丈室，才有一个僧人出来迎接，拱手施礼后，原来是老朋友。坐下来谈了很长时间，王旦突然想起僧人已经去世了，就问他说："师父去世已经好几年了，原来在这里？"僧人回答说："是。"两个人谈笑风生，问及亲朋好友现在都可安好，一直谈到半夜，王旦困了就想睡，僧人就把他领到西偏房里，让他安睡并告诫他说："这里多怪异，不要动不动就出去乱走，必须等到天亮后我来叫你起来。"说罢就出去了。王旦回到屋内，感到情境荒寂不能安睡，俯身向窗外看去，只见竹影参差，心里越发害怕，上床后辗转反侧，不能入睡。不等僧人来叫，就径直起来向门外走去，远远望去，只见僧堂烛光明亮，走到前去观看，众僧人刚刚入座，几个仆人走来走去，正用木杓分发米粥，钵内金光闪闪，再近前细看，可能是熔化的铜汁，铜臭热腥刺鼻。王旦急跑回去。只见昨晚见到那个僧人，训斥他道："告诉你不要出去，你不听，害怕不？"说完，就让行者手持火把送他回去，路上火把灭了，王旦摔倒在地上，惊醒了。王旦看到自己仍然躺在石头上，一点也没有走出去，好像是做梦漫游了一场。

赵小哥

泉州通判李端彦说，绍兴十六年，在秀州，识道人赵小哥者，字进道，尝隶兵籍，不知名。自云居咸平县，状貌短小，目视荒荒，有白膜蒙其上，寻常能以果实草木治人病，其所用物盖非方书所传。或以冷水调燕支末疗痔疾，或以狗尾草疗沙石淋，皆随手辄愈。喜饮酒，醉后略能谈人祸福事。

通判朱君馆之舟中，因热疾沉困发狂，跃入水，偶落渔网中，救出之，汗被体即苏。后三年来临安，上省吏孙敏修家，适卧病，不食七日，吐利垂死。有二走卒持洪州赵都监书，来市民陶婆家，报赵道人死于洪。盖平时皆与厚善者。陶曰："道人固无恙，正尔在孙中奉宅。"遽同往问讯，赵既闻之，亟起出，若未尝病者。二人大骇，拜之不已。赵但默诵《真诰》中语，殊不答其说。即往后市街常知班家，好事者争焚香致敬，赵拱手凝目，时举手上下，不措一词。逮夜，外人散去，其家遣一子侍。直到晓，前后门悉开，已不知所在。

久之，复归湖上，过李氏坟庵，与端彦相见，尘垢盈体，若远涉万里状。问所往，不肯言。但云"前者为人所厄苦，且避之，今不敢再入城矣。"半年又告去曰："此地疫起，吾当治药救人，去一年然后归。端彦问曰："君为道人，亦畏疫疠乎？"曰："天灾岂可不避！"自是还往浸阔。

绍兴三十年，又来临安，馆于马军王小将家。进奏官刘某以风痹求医，教以薄荷汁搜附子末服之，刘饵之过度遂死。

其子归咎，欲讼于有司，赵曰："不须尔。"取所余药尽服之，亦死。王氏为买棺，殓而瘗诸小堰门外，役者封坎毕，还憩门侧粥肆中，见赵在前呼揖曰："甚苦诸君见送。"众人异之，急返窆处，启其柩，空无一物矣。

【译文】泉州通判李端彦讲，宋高宗绍兴十六年（1146），他在秀州（今浙江嘉兴）结识了道人赵小哥。赵小哥，字进道，曾经当过兵服过役，不知道叫什么名字，他自己说住在咸平县。他个子不高又很瘦弱，目光黯淡无光，平时能用树木的果实、植物等给人治病，他选用的药物大都不是药书上所记载流传下来的，有时用凉水调和胭脂粉末治疗痔疮，有时用狗尾草治疗沙石淋，都是手到病除。赵小哥爱喝酒，喝醉后多少可以说出人的祸福。

通判朱君安排赵小哥住在船中，因中暑急躁发狂，跳入水中，幸亏落在渔网中，被救出来。他发汗后就醒了过来。三年后，赵小哥来到临安（今浙江杭州），去省官孙敏修家。赵小哥不巧生了病，卧床不起，七天七夜，上吐下泻，也不思茶饭，奄奄一息。有两个差人拿着洪州（今江西南昌）赵都盐的书信来到市民陶婆家报丧，说知道人死在了洪州。陶婆是平时与赵道人交往深厚的人。陶婆说："赵道人安然无恙，他这时正在孙敏修家里。"说完就立即一同去查问。赵道人听说后，立即从床上起来来到门外，好像从未生过病似的。这两个差人非常惊骇，就跪在地上拜个不停。赵道人也不理睬，只是默诵着《真诰》（南朝梁陶弘景撰）中的诗句，就往后街市常知班家走。有好事的人急忙烧香敬拜，赵小哥拱手施礼，双目炯炯，时不时地举举手，一句话也不说。到了晚上外人散去后，常家就派了一个童子侍候赵道人。可到了天亮，常家的前后门全都开着，已不知道赵道人去哪儿了。

过了很长一段时日，赵道人又来湖上，到李家坟地里与李端彦相见，只见他风尘仆仆，好像刚刚从很远的地方归来。问他去了哪里，他不肯说，只是说前些时被人所困扰，外出避避，现在不敢再回到城里去了。过了半年，又告辞说："这个地方要流行瘟疫，我要去治病救人。"走了一年又后回来了，李端彦问他说："你是个道士，难道也害怕瘟疫吗？"赵道人回答道："天灾人祸，怎么能不避一避。"从此往来便渐渐少了。

宋高宗绍兴三十年（1160），赵道人又来到临安，住在马军王小将家里。一位姓刘的进奏官染上了风寒，来请赵道人医治，赵道人让他用薄荷汁和附子末制成药喝下去，刘进奏官由于吃药过量就死了。他的儿子把罪归于赵道人，并要到官府去告他。赵道人说："不必了。"说罢，就把剩下的药全喝了下去，也死了。王小将就为他买了一具棺材，把他葬在小堰门外。埋人的把墓穴封好后，回到小饭馆里休息，忽然看到赵道人拱手施礼对他们说："你们来送我辛苦了。"大伙儿感到惊异，急忙回到埋人的地方，打开棺材一看，棺材中早已空空如也。

休宁猎户

休宁张村民张五，以弋猎为生，家道粗给。尝逐一麑，麑将二，子行不能速，遂为所及。度不可免。顾田之下有浮土，乃引二子下，拥土培覆之，而自投于网中。张之母遥望见，奔至网所，具以告，其子即破网出麑，并二雏皆得活。张氏母子相顾，悔前所为，悉取置罘之属焚弃之，自是不复猎。

休宁多猴，喜暴人稼穑，民以计，笼取之，至一槛数百，然后微开一板，才可容一猴。呼语之曰："放一枚出，则释汝群。"共执一小者推出之，民击之以椎，即死。槛中猴望而号呼，至于坠泪。则又索其一如是，至尽乃止。土人云："麦禾方熟时，猴百十为群，执臂人立，为鱼丽之阵，自东而西跳踉数四，禾尽偃，乃攫取之，余者皆挫踏，委去。"丘中为空，故恶而杀之，然亦不仁矣。（朱*颜说）

【译文】休宁张村村民张五，以打猎为生，勉强可以养家活口。张五曾经追一头鹿，鹿带着两个小鹿，跑不快，就被追上了。母鹿估计免不了被抓，她看到田中有浮土，就把二只小鹿带到那里，用土把它们盖起来，而母鹿自己投到捕网中。张五的母亲远远看到这种情景，就来到布网的地方，把这件事告诉了张五，他们就把网弄破把母鹿放了出来，这样母鹿和二只小鹿都活了下来。张五母子俩相对无言，后悔当初不该靠打猎为生，就把网之类的捕具全部焚烧掉，从此不再打猎。

休宁这个地方猴子特多，而这些猴子还特别喜好残害百姓的庄稼，老百姓设计用笼子把猴子逮起来，最后达到一支木笼要装几百只猴子。村民对这些猴喊道："你们放出一只来，我们就把你们全放了。"猴子信以为真，就把一支小猴子推了出来，村民就用木棒把它打死了。木笼中的猴看见小猴被打死。全都大声哭叫，有的还留下伤心的泪水。村民就又用以上办法再引出一只猴子，用木棒打死，就这样，一只接一只，直到猴子全部被打死才肯罢休。当地人说，每到麦子成熟的时候，这些猴子就几十个上百个为一群，像人一样手拉着手，肩并着肩组成"鱼丽"军阵的样子，从东向西跳跃，来回多次，庄稼全都倒在地上，就又吃又拿，剩下的全部用脚踩坏，猴子才转回去。”这样，山中的庄稼地全空了，所以村民们非常讨厌猴子，才杀死它们，然而亦也未免太残忍了。

魏陈二梦

史丞相直翁代魏丞相南夫为余姚尉，方受代，魏梦与史同至一处，皆称宰相，而己所服乃绯衣，觉以告史，殊不晓服章之说，后十五年，史公为右相，魏公以工部郎中轮对，宰相奏事退，即继上殿，正著绯袍，恍忆所睹，殆与梦中无异，谓已应之矣。史去位三年，而魏拜右仆射，正践其处。

陈阜卿为吏部侍郎，梦与王德言为交代，德言仕至知枢密院，阜卿，其所荐也，亦甚喜，谓且登政路。未几。除建康留守。恩德言所终之地，大恶之。既至，凡居室燕寝，皆避不敢往。才逾月而卒。二梦吉凶荣悴，相反如此。

【译文】丞相史浩，字直翁，代丞相魏杞（字南夫），做余姚军尉，那时他们官职都还很低，正要交接时，魏杞梦见和史浩一起来一个地方，互称宰相，而自己却穿着红袍，醒来后就告诉了史浩，却又不晓得穿四品红袍官服的含义。十五年后，史浩做了右丞相，魏南夫以工部郎中的身份奏请宰相，奏完事后就退了出来。等到他再上得殿来，自己正是穿着红袍，仿佛与梦中所见的差不多，说现在已经应验了。史丞相告退后三年，魏南夫就升为右仆射，正好是史浩担任过的职位。

陈阜卿做吏部侍郎时，梦见到王德言交接职务的手续。王德言做到知枢密院，相当宰相的高官，所以陈阜卿很高兴，以为自己也会升官到这位置。没有多久，陈阜卿被任命为建康（今江苏南京）留守正是王德言死去的地方，因而非常讨厌。等到了那里，凡是王德言住过的屋子，都避开不敢去。才一个月多就死了。这两个梦的凶与吉，荣与死，竟截然相反。

张山人诗

张山人自山东入京师，以十七字作诗，著名于元祐、绍圣间。至今人能道之。其词，虽俚，然多颖脱，含讥讽。所至皆畏其口，争以酒食钱帛遗之。年益老，颇厌倦，乃还乡里。未至而死于道，道旁人亦旧识，怜其无子，为买苇席束而葬诸原，楬木书其上。

久之，一轻薄子至店侧，闻有语及此者，奋然曰："张翁平生豪于诗，今死矣，不可无纪述。"即命笔题于楬曰：

"此是山人坟，过者应惆怅，两片芦席包，敕葬。"

人以为口业报云。（吴傅朋说）

【译文】张山人从山东来到京师（今河南开封），因他擅长用十七个字作诗，在宋哲宗元祐和绍圣年间（1086—1094）著名，直到现在还有能够背诵他的诗句。他的诗虽然比较粗俗，可大多都很新颖，并且内含讥讽。所以张山人所到之处，人们都因怕他讥讽而争相用好酒好肉招待他，并送给他金银丝绸。张山人上了年纪，感到有些厌倦，就准备回归老家。可他没有到家却死在了路上。路上的人也是他的老相识，可怜张山人没有后代，就为他买来苇席卷了，把他埋葬，并在坟上立了一块木牌，写上他的名字。

过了很久，有一位行为轻薄放荡的年轻人来到旅店旁，听到有人在谈张山人死时的情况，就站起来说："张翁生前在作诗上很有才能，而如今他去世了，不能够没有记述。"就拿起笔来在木牌上题诗写道：

"此是山人坟，过者应惆怅，两片芦席包，敕葬。"

人们都说这是张山人造口孽的报应。

青童神君

龙大渊深父，始事潜邸时，得伤寒疾，越五日而汗不出，漆下冷气彻骨，舌端生白膏，医者束手，以为恶证。

是夕，灼艾罢，昏寝，梦若至诸天阁下，四顾无人，独仲子乳母在旁，方伫立，有驺导从东来，相续数百辈，身皆长大，著淡素宽袍，中车垂帘，色尽白，杳杳望西北方去。行声稍绝，又有继其后者，侍卫皆青衣女童，各执芙蓉花，麾纛旗幢，夹列左右，一人乘辂如王者，戴卷云玉冠，被青衣，两绶自顶垂直腰，缥缥然，容貌清整，微有须，似十三四岁男子，深父望之以手加额。辂既过，一女童招深父使前，顾曰："识车中尊神乎，曾施敬否？"曰："车过速，仅得举首瞻仰耳。"曰："甚善，甚善，此青童神君也。使子遇白舆中人，已成齑粉，然当再回，不可不避。"以手中花予深父，顾其后武士，令导往对街双阖门，曰："宜亟入，徐则及祸。"趋至门，门内人问曰："用何物为验。"示以花，即引使入。乳妪继进，户者止之，武士取花房下小葩置其手，亦得入。遂登高楼，楼施楯槛，槛外飞阁缭绕，蹑虚而成，四望极目。

少选，白舆从西北辚辚复来，前后素衣纷纭，渐化为白气一道，长数百丈，霹雳从中起，声震太空，望东北而去。凡所经亘室屋、垣墙、山阜、林木，不以巨细高卑，在坑在谷，皆为微尘。独门内楼槛，屹立不动。深父悸不自定，俯瞰阁下澄潭莹澈，如大圆镜。正窥水小立，有人挤之，坠潭中，蹶然而寤，汗流浃肤。钟既鸣矣，急呼其子，记神名，设香火位，诘朝益愈，方能言其事。道士云："此东海青童君也，白车者，疑为蓐收白虎之属。"吁！可畏哉！

【译文】龙大渊字深父，开始侍奉潜邸（未正名的皇储的住宅）的时候，偶得伤寒，过了五天还不出汗，膝下只觉得冷气透骨，舌尖发白，医生都束手无策，认为这是一种绝证。

这天晚上烧艾针灸了以后，深父昏昏沉沉地睡着了，梦见自己好像来到诸天阁下，四顾无人，只有二儿子的乳娘在一旁，正想多站一会儿，有开道的骑卒从东边奔来，有几百人，相连很远，他们身高体壮，都穿着白色的宽大袍子，中间的大车挂着白色的帘子，一片白色的世界，远远地向西北方向延伸而去。行走的声音稍稍减小，后边又来了一队人马，侍卫全是穿着青衣的女童，每人手里拿着一束荷花，旌旗拓展，有一个乘坐着大车，像是个帝王，只见他头戴卷云玉冠，身穿青衣，两条绶带从头上直垂到腰间，飘然欲飞。他眉清目秀，微有胡须，看上去像是一个十三四岁的男子。深父把手放在额头，注目眺望。大车过去之后，有一个女童把深父叫到跟前看着他说："你认识车中的尊神吗？你向他敬拜了吗？"深父回答说："因为车走得太快，我只是抬头尊敬地看着。"女童说道：

“很好，很好！这是青童神君。如果你遇到白车中的人，那么你早就变成粉末了，可如果白车再转回来，你可一定要躲避的。”女童把手中的荷花递给深父，让她后边的武士领深父到对面街上一对关闭的门前，说：“应该快些进去，慢了的话就会招致祸害。”来到门口，门内的人问道：“你们凭什么进来？”深父便把花拿出来他们看一看，门内人就让他进去了。乳娘跟着进去，却被守门人拦住，武士便摘取花房下的小蕾塞进乳娘的手里，便也走了进去。接着他们登上高楼，楼阁饰以栏杆，飞檐斗拱。极目远望，一眼望不到边。

隔了一小会儿，只见白色的马车从西北方向驶过来，车辚辚、马萧萧，穿着白衣的人群前后簇拥，慢慢地化作一道白气，长几百丈，一道闪电划过，雷声震天，向东北而去，白气所经过的地方，无论是房舍、院墙、山丘、林木，不管大小、高矮、高处、低处，全部化为一片灰尘。只有门内的楼阁，屹立不动。深父心里很害怕，俯身看阁下清潭，晶莹透彻像一面大圆镜。深父正在看水，忽然有人将他挤到深潭中，一下子就醒了，汗流浃背，晨钟已经敲响。深父就急忙喊来儿子，记下神的名字，设香祭拜。第二天病好了，才说起梦中的事。有个道士说：“这是东海的青童神君。所谓的白车，可能是为蓐收白虎之类的刑神。”哎呀，真吓人呀！

卷第十九（十三事）

贾成之

贾成之者，宝文阁学士说之子，通判横州，有吏材，负气不肯处人下。太守鄱阳王翰不与校，以郡事付之，得其欢心，凡同寮四年。而后守赵持来，始至，即与贾立敌。尽捕通判群吏，械于狱，必令列其官不法事。吏不胜笞掠，强诬服。云："通判每纳经制银，率取耗什三以入己。"持以告转运判官朱玘。玘知其不然，移檄罢其狱，且召贾入莫府。

持虑为己害，与所善邓教授谋，遣军校黄赐采毒草于外，合为药，而具酒延贾。中席更衣，呼其子以药授官奴阮玉，投酒中，捧以为寿。宁浦令刘俨时在座。酒入贾口，便觉肠胃掣痛，眼鼻血流，急令驾归。及家，已冥冥，妻子环座哭，贾开目曰："勿哭，我落人先手，输了性命，不用经有司，吾当下诉阴府，远则五日，近以三日为期，先取赵持，次取邓某，然后及俨、玉辈。"经夕而死。临入棺，头面皆坼裂。

郡人见通判骑从如常日仪，趋诣府。阍者入白，持涔然如斗水沃体。明日出视事，未至厅屏，有撒沙自上而下，每著身下，皆成火燃。典客立于旁，一沙溅之，亦遭灼。良久乃止。又明日坐堂上，小孙八九岁，方戏剧，惊曰："贾通判掣翁，翁头巾扬空去。"持摸其首，则巾乃在地上，遂得病。时时拊膺曰："节级缓缚我，待教授来，我即去。"越三日死，时乾道元年七月也。

邓教授考试象州，与监试签判王粲然，试官卢觉参语，忽起与人揖，回顾曰："贾通判相守，势须俱行，烦乡人为我治后事。"乡人者，觉也，二人曰："白昼昭昭，焉有是事，君岂以心劳致恍忽邪？"邓指庑下曰："彼在此危立久矣。"趋入室，仆床上，小吏唤之已绝。

黄赐，阮玉不数旬继死。刘俨罢官如桂林，乘舟上漓水，见贾来压其舟，遂病死。既而复苏。如是者至于再，不知今为如何。持之子护丧至贵州，亦暴卒复生，然昏昏如狂醉矣。（王翰说）

【译文】贾成之是宝文阁大学士贾说的儿子，曾任横州（今广西横县）通判，很有做官的才能，但他负才气盛，不愿为人之下。鄱阳（今江西波阳）太守王翰不愿和他计较，就把州郡大事交给他，得到了贾成之的欢心，两人同僚四年，相安无事。后来，赵持来这里做太守，一来就开始和贾成之立敌。赵持把贾通判手下的人全部抓来，加上刑具，打入大牢，一定要他们说出贾成之违法的事。这些人受不住鞭抽棍打。就只好屈打成招，诬陷贾成之，说贾通判每次接纳国库拨来的银两，总是扣下三分之一归为己有。赵持就把这事告诉了转运判官朱玘，朱玘知道这是冤枉了贾成之，就发布文书了结了此案，并且把贾成之召了做自己的幕僚。

赵持担心将来贾成之报复他，他就与自己的好友邓教授密谋，派军校黄赐到城外采来毒草制成毒药，然后摆设酒席宴请贾成之，酒过三巡，赵持假装出去方便，就喊来他的儿子，将毒药交给侍史阮玉，让她把毒药放进酒里，端起来敬贾通判。当时宁浦县县令刘侀也在场。酒一下肚，贾成之便感到肚里揪心一样的疼痛难忍，七窍流血，就赶忙让驾车回府。等回到家里，贾成之已经昏迷过去，他的妻子和孩子放声大哭，贾成之睁开眼睛嘱咐他们说：“不要哭了。我落入他人的圈套，被人陷害，丢了性命，你们就不要告到官府了，我会到阴曹地府告他们，多则五天，快的话三天为期，赵持，姓邓的、刘侀、阮玉他们先都得给我偿命。”过了一晚上，贾成之就死了。等到装殓入棺时，他的头部全都裂开了。

贾通判虽然死了，可郡里的人却看到贾通判像往常一样，侍卫，随从前呼后拥，威风凛凛地向府衙走去。赵府看门的就急忙进去告诉赵持，赵持吓得出了一身虚汗，就像刚刚用一桶水浇过似的。第二天，赵持升堂办公，可是还没到大堂，就有人从上向下撒沙子，沙子落到身上就着火烧了起来。典客这时正站在一边，有一粒沙子溅到他的身上，马上就被烧了个泡。这样持续了好大一会儿才停下来。第二天，赵持在大庭中，他的八九岁的小孙子正在戏耍，突然小孙子吃惊地喊道：“爷爷，贾通判拉你的头，你的头巾飞到天上了。”赵持赶忙摸了摸头，头巾果然落到了地上，从那以后就生了病。赵持时不时地拍着自己胸膛说：“狱吏先不要缚我，等邓教授来了，我就走。”过了三天，赵持就死去了。这时是孝宗乾道元年（1165）。

邓教授到象州（今属广西））主持考试，他与监试签判王粲然、试官卢觉说话，突然他就站起来拱手施礼，回过头对王、卢二人说："贾通判正等着我，看样子必须和他一块走，就麻烦老乡给我办后事。"同乡指的是卢觉。二个人就说："大白天的，哪有这样的事，是不是因为你太劳累了，有点神志不清？"邓教授指着屋檐下说："他在那里已经站了好长时间了。"说罢，他就走回屋里爬在床上，等到小吏喊他时，他已经气绝身亡。

黄赐和阮玉不到一个月内，也相继去世。刘伻丢了官去桂林（今属广西），乘船来到漓江（今属广西），看见贾成之把他的船往下压，刘伻就病死了。过了一会儿就又苏醒过来。这样一连重复几次，不知道他现在怎么样了。赵持的儿子护丧到贵州（今广西贵县），也突然暴死。虽死而复生，但他活过来后就像大醉了一样，整天昏昏沉沉，不省人事。

马识远

马识远，字彦达，东州人，宣和六年武举进士第一，建炎三年为寿春守。虏骑南侵，过城下，识远以靖康时尝奉使至虏，虏将知之，扣城呼曰："马提刑与我相识，何不开门？"寿春人籍籍言，郡守与虏通者。识远惧，不敢出，以印授通判。通判本有异志，即自为降书，启城迎拜。虏亦不入城，但邀识远至军，与俱行。通判又欲以虏退为已功，乃上章言："郡守降虏，已独保全一城。"奏方去而识远得回，才留北军三日。通判窘惧，即为恶言动众，亡赖少年，相与取识远杀之，家人子亦多死。朝廷嘉通判之功，擢为本郡守。大喜过望，受命之日，合乐享吏士，酒才三行，于坐上得疾，如有所见，叩头悲泣，引罪自责曰："某实以城降，乃冒以为功，而使公罹非命，某悔无及矣。"即仆地死。

至绍兴十年，复河南地。观文殿学士孟富文为西京留守，辟掾属十人，每日会食，承义郎王尚功者，忽以病不至。公遣掌客邀之，良久不反。命复遣一人焉，至于四五，皆不来，满坐怪之。既而数辈同至，面无人色，言曰："王制干瞪坐于地，头如栲栳，形容绝可怖，见之皆惊蹶气绝，移时乃苏，是以后期至。"孟公率莫府步往视之。王犹能言曰："乞与召嵩山道士。"时道士适在府，即结坛召呼鬼神，俄有暴风雨肃然起于庭。风止，一人长可尺余，紫袍金带，眉目皆可睹，冉冉空际，诘道士曰："吾以冤诉于上帝，得请而来，非祟也。师安得以法绳我？"道士不敢对。孟公亲焚香问之，始自言为马识远。曰："方守寿春时，王生为法曹，尝夜相过，说以迎虏，识远拒不可。遂与通判谋翻城，又矫为降文，宣言于下，以致杀身破家之祸。通判即攘郡印有之，王生亦用保境受赏。嗟呼，冤哉！"言讫泣下。歔欷曰："帝许我报有罪矣。"瞥然而逝。王生明日死。

【译文】马识远，字颜达，东州人，宋徽宗宣和六年（1124）武举，马识远得中第一名进士，宋高宗建炎三年（1129）做寿春（今安徽寿县）太守。金兵南侵，经过寿春城下，马识远于宋钦宗靖康年间曾出使金国，金将知道这件事，扣城喊道："马提刑和我是老朋友，你们为什么不打开城门。"寿春人就说马识远与金国私通，议论纷纷并传扬开去。马识远非常害怕，就不敢出门，就把官印交给了通判。通判早就存有野心，就自己写了一封降书，开城迎接金兵。金兵并没有进城，只是邀请马识远到军中一块走了。通判又想拿退兵邀功请赏，就上奏章道：“马郡守已经投降，我自己率军民浴血抗敌，保住全城。”奏章刚刚发出，而马识远就回到城中。他只在金兵军营中停了三天。通判感到很窘迫又很害怕，就处传播谣言，煽动一些无赖少年共同杀了马识远和他的全家。朝廷就把通判提升为寿春郡守，以示嘉奖。通判大喜过望，提升那天，奏起乐曲，犒赏三军将士，酒过三巡，通判坐在酒席上突然生病，他好像看见了什么，连连叩头哭得很伤心，并自我检讨说：“其实是我自己把寿春城拱手让给金国，我冒功领赏，而使马公死于非命，我真是追悔莫及呀。”说完就倒在地上死了。

宋高宗绍兴十年（1140），宋军收复黄河以南失地。观文殿学士孟富文做西京（今河南洛阳）留守，先派属员十人，每天聚到一块吃饭议事。有一天，侍郎王尚功，突然称病没有来。孟公就派主持去请他，主持去了很久，不见返回，就又派了一个人去，仍然没有回音，就这样一连派了四、五个人，可都没有回来，在座的人都很奇怪。不久，这些派出去的人一块回来了，只见他们脸色苍白，说道：“王尚功只是干瞪着眼坐在地上，脑袋像一个柳条编成的笆斗，脸色恐怖可怕至极，我们看到后都吓得倒在地上昏了过去，过了一会儿才苏醒过来，因此回来晚了。”孟公听后就带着幕僚去探视。王尚功还能说话。王尚功说：“请求你们去把嵩山道士请来。”当时嵩山道士正好在孟府，道士就设下祭坛，召呼鬼神。不一会儿，暴风就从庭院中刮了起来。风停下来后，只见一人身高丈余，穿紫袍束金带连相貌也可以看得一清二楚，慢慢在空中飘荡。他指问道士说：“我把我的冤情告诉了上帝，才被允许下来，我不是什么作祟的鬼怪，大师怎么能够用法术来捉我呢？”道士不敢回答。孟富文亲自焚香问他，他才说自己是马识远。并且叙述道：“我在寿春做太守时，王尚功当时是一名法官，他曾经夜里来找过我，要我开城投降，我拒绝了他。他就又去找到通判，密谋弃城投降，并假托我的名义写了降书，宣传出去，以致使我招来杀身破家之祸。通判既然已经抢了我郡守的大印，王尚功也因为保全城池而受到奖赏，天呀，我真冤枉啊！”说完潸然泪下。抽泣着说：“上帝已经同意我报仇雪恨了。”他一转眼就不见了。第二天王尚功就死去了。

光禄寺

临安光禄寺，在漾沙坑坡下，初为官舍。吴信叟尝居之。其妻昼寝，有沙纷纷落面上，拂去复然。惊异自语曰：“屋下安得此？”则有自屋上应者曰：“地名漾沙坑，又何怪也！”吴氏惧，即徙出。

蒋安礼为光禄丞，斋宿寺舍，因喷嚏，鼻涕堕桌上，皆成小木人。雕刻之工极精，揽取之则已失，顷之复尔，凡坠木人千百，蒋一病不起。

杭人云，旧为伪福国公主宅，华屋朱门，积杀婢妾甚众，皆埋宅中，是以多物怪。今无敢居之者。（王嘉叟说）

【译文】临安（今浙江杭州）光禄寺，位于漾沙坑坡下，最初是官府的宅舍。有一位叫吴信叟的曾住在那里。一天，他的妻子白天躺下休息时，有许多沙子纷纷洒落到她的脸上，用手拂去后又是落了一脸。她感到很奇怪，自言自语道：“屋里怎么会有沙子呢？”屋顶上就有人回答说：“这个地方名字就叫‘漾沙坑’，屋里落沙又有什么可奇怪的呢！”吴家害怕极了，就搬走了。

蒋安礼任光禄寺丞的时候，曾吃住在这里。因打喷嚏，鼻涕落到几案上，就全都变成了小木人。小木人看上去雕刻得非常精细，可当他用手去接的时候，却没有了，过了一会儿，小木人就又出来了，共有小木人数百个。蒋安礼从此一病不起。

据杭州人说，这里过去曾是伪福国公主的宅子。朱红色的大门，亭台楼阁，装饰华丽。因这里曾杀死许多婢女，全都埋在这里，所以多有怪事发生。直到现在，再也没有人敢在这儿住了。

秦奴花精

刘绛，字穆仲，予外姑之弟也。少年时从道士学法箓，后随外舅守姑苏。与家人俱游灵岩寺，夜宿僧舍，遥闻山中呼刘二官人。久之，声渐近，舍中人亦睡觉。宰问曰："闻此声否？"皆笑曰："蒙天心正法力，宜如是。"明日，绛为牒责土地神曰："吾至诚行法，未尝有破戒犯禁事，山鬼安得辄侮我？"是夕梦神告曰："已戒从吏搜索，乃花粉所为，非鬼也，行且治之矣。"绛还家，梦其故妾秦奴者来曰："来后呼君者盖我耳，若不相忘，无令伽蓝神急我。"宰又为牒如世间缴状，遣人投于祠。数日又梦妾来别曰："君已投状，我不敢复留。"泣而去。

秦奴者，京师人，死于临安，至是时已六年矣。

【译文】刘绛，字穆仲，是我岳母的弟弟。他小时候曾跟道士学过法术，后来他跟随我岳父镇守姑苏（今江苏苏州）。一天，他与家里人一起去灵岩寺游玩，夜里就住在寺院僧人的宿舍里，远远听见山里有人喊刘二官人，过了一会儿，声音越来越近，这时僧房里的人们都在酣睡。刘宰问他们说："你们听到喊声了吗？"这些人都笑着回答说："承蒙天心正法的佛法的力量，应该是听到了。"第二天，刘宰就下书给土地神，责问他说："我诚心诚意行法，从未做过违犯禁戒的事，山鬼怎么能总来欺负我？"这天晚上，刘宰梦见土地神来告诉他说："我已派手下查过，原来都是花精干的，并不关山鬼的事，我们已经整治它了。"刘宰回到家里，梦见他已死去的妾叫秦奴的，来告诉他说："灵俨寺后喊你的人不是别人，是我。你若不忘旧情。就不要让佛寺护法神来急着赶我。"刘宰就又写了一封书信派人投放到土地祠里，就好像世间投状子一般。又过了几天，刘宰梦见秦奴来告别说："你既然已经投了状子，我就不敢再留在这里了。"说罢，哭着走了。

秦奴是京城人，死在临安（今浙江杭州）到这时她已经死去六年了。

杨戬二怪

宣和中，内侍杨戬方贵幸。其妻夜睡觉，见红光自牖入，彻帐灿烂夺目，一道人长尺许，绕帐乘空而行，徐于腰间取一盂，髻中取小瓢，倾酒满之，其香裂鼻，笑顾戬妻曰："能饮此否？"妻疑惧不敢应。道人旋绕数匝，再三问之，终不应。道人曰："然则吾当自饮。"一引而尽，悠然乘红光复出，遂不见。其家闻酒香，经数日乃歇。

戬新作书室，壮丽特甚，设一榻其中，外施缄锁，他人皆不得至。尝上直，小童入报，有女子往来室中。妻遽出视之，韶颜丽态，目所未睹，回眸微笑，举止自若。需戬归，责之曰："买妾屏处，顾不使我知。"戬自辩数，且相与室外望之，信然。及启钥，女亟登榻，引被蒙首坐。戬夫妇率妾侍并力掣之，牢不可取。良久，回面向壁，身稍偃，意其已困。复揭之，但见巨蟒正白，蟠屈十数重，其大如臂，僵伏不动，家人皆骇走。戬遣悍卒十辈，连榻舁出，弃诸城外草中，不敢回顾。未几时，戬死。（吴元美仲实说，前一事嘉叟说）

【译文】宋徽宗宣和年间，内侍杨戬很受宠。一天晚上，杨戬的妻子正在睡觉，忽然看见一道红光从窗户中进入屋内，满屋一片灿烂。只见一个小道士身长一尺左右，绕着蚊帐在空中飞着，慢慢地从腰取出一只小碗，从发髻中拿出一个小瓢，倒满酒，酒味醇香扑鼻。小道人笑着对杨戬妻子说："能喝了这碗酒吗？"杨戬妻又怀疑又害怕，不敢回答。道士又绕着蚊帐飞了几圈，再三追问，她始终不敢答应。道士说："你实在不喝的话，那么我就自己喝了。"道士说罢一饮而尽，刹那间又乘着红光飞出屋去，很快就杳无踪影。这种酒香持续了好几天才慢慢散去。

杨戬修了一间新书房，非常豪华。屋内放了一个床铺，门上加了锁，外人都不能进去。曾经有个值班的小书童进来禀报，有位女子常在这里进进出出。杨戬的妻子听后，就马上去书房查看，只见那女子俊俏美丽，回眸微笑，举止潇洒自如。等到杨戬回到家，他的妻子责怪他说："你买了一个小妾，竟然也不告诉我一声。"杨戬自我辩解了多次，也无济于事，就一起去到书房外观看，才总算相信了。等打开门，那女子就赶忙上了床拉来被子蒙着头坐在那里。杨戬夫妇带领众妾和侍女共同拉也拉她不动。过了一会儿，那女子面朝墙壁，身子稍稍躺倒下，好像她已困倦了，又把被子揭开，只见一条白色大蟒蛇正盘卷几十圈，像胳膊一样粗，僵伏在那里一动也不动，全家人都给吓跑了。杨戬就叫来十几个剽悍的小吏，连同床一起抬出去，扔到城外的草丛中，头也不回地走了。没多久，杨戬就死了。

吴祖寿

吴开正中娶刘仲冯枢密女，生一子，曰祖寿，建炎中，随父责居韶州，梦有人著唐衣冠，如旧相识，来谓曰："吾相寻二百年，天涯地角，游访殆遍，不谓得见于此。"祖寿曰："君为何人，有何事见寻如是其切？"其人曰："君当唐末为县令，吾一家十口皆以非罪死君手，岁月久矣，君忘之邪？"因邀往一处，稍从容，祖寿问曰："君处地下久，当能测人未来事，吾欲知前程、寿夭、通塞，盍为我言之。"曰："君命只止此，官爵、年寿、荣富、福禄，皆如是而已，无一可言者。"祖寿愀然不乐，梦中鞅鞅成气疾，瘤生于肩，惊而寤；觉枕畔如有物，扪之，真有小瘤在肩上。明日而浸长，俄成大瘿，高与头等，痛楚彻骨，不可卧。刘夫人迎医、召巫、延道士、作章醮，万方救疗之，竟不起。

【译文】吴开，字正中，娶刘仲冯枢密女为妻，生了一个儿子叫祖寿。宋高宗建炎年间，吴祖寿跟随贬职的父亲住在韶州（今广东韶关）时，梦见有个人穿着唐代服装，好像是老相识，来拜见他说："我已经找你找了二百年，天涯海角都找遍了，想不到在这个地方找到了。”“你是什么人又为什么事而找我，找得这么急切？”那人回答说：“你在唐朝末年做县令时，我一家老小十口人，都冤死在你的手里，过了这么长时间，你难道忘了吗？”因而邀吴祖寿去一个地方。停一会儿祖寿稍微镇定，便问他道：“你在地下待了这么久，应该能预测人的未来，我想知道自己的前途、寿命，是否顺利，何不给我讲讲。”那人回答说：“你的命运就到此为止。官运、寿命、荣耀、福气，都如此罢了，没有可说的了。”吴祖寿听后，心情很不愉快。梦中梦见自己怏怏不乐，气得肩上生了一个大瘤。吓醒后，感到枕头边有个东西，摸摸一看，果然肩上生了一个小瘤。第二天，小瘤开始慢慢长大，一会儿就长成了一个大肉瘤，与头一样高，疼痛难忍，不能入睡。他的夫人又是求医，又是请巫师、请道士，祈祷、祭祀，虽千方百计去救，可是祖寿却从此卧病不起。

庐山僧鬼

僧闻修，姓陈氏，行脚至庐山，将往东林，值日暮，微雪作，不能前，乃入路侧一小刹求宿。知客曰：“略无闲房，唯僧堂颇洁。但往年有客僧以非命死其下，时出为怪，过者多不敢入。”闻修自度不可他适，又疑寺中不相容，设为此说，竟独处焉。知客为张灯炽火，且告以僧名，慰劳而出。

逮夜，趺坐地炉上，衲帔蒙头，默诵经咒，微睡未熟，隐约见一僧相对，亦蒙头诵经，知其鬼也。厉声诘之曰：“同是空门兄弟，生死路殊，幸且好去。”不答亦不起。闻修闭目合掌，诵大悲咒。亦梵声相应和。闻修心动，称其名叱之曰：“汝是某人耶？”其人遽起，含唾噀闻修面，满所披纸衾上，

皆鲜血，遂不见。知客闻叱咤声，知有怪，亟来视之，纸衾盖着白如故，遂邀与归同宿，天明即下山。（闻修说）

【译文】僧人闻修，俗家姓陈，云游到庐山，打算去东林寺，傍晚时分，天降小雪，不能再向前赶路，就来到路边的一座小寺院，要求住一晚上。庙里负责接待的僧人说："庙里没有空房，只有僧堂还空着，也比较干净，可前几年有个客僧曾住在那里，无辜死在房内。所以常常闹出怪事，来往的人没有谁敢住在那里。"闻修想到也没有别处可住，也怀疑是寺僧不愿意让他住，才编出这种事，竟然不顾这些，独自一个人到僧房住。知客点上灯，烧着地炉，并把以前死去的那个客僧的姓名告诉他，安慰他几句后就带上门出去了。等到夜里，闻修盘脚端坐在火炕上，用衣帔蒙着头，默默诵念佛经，稍稍入睡，但尚未睡熟，隐隐约约看见一僧人对面坐着，也蒙着头在念经，闻修知道他一定是个鬼，便大声斥责他说："你我同是佛门兄弟，我为人你是鬼，互不相同，希望你好说好走。"那鬼不答话也不起来。闻修闭目合掌，念大悲咒语。那鬼也跟着念了起来。闻修心动很害怕，就喊他的姓名喝斥说："你是某某某吗？"那人听后立即站了起来，从嘴里喷出唾沫，喷了闻修满脸，他盖的纸被子上溅满了鲜血，然后那鬼就不见了。知客听到怒喝声，就知道有鬼作怪。急忙出来查看，盖被又照旧雪白。就邀请闻修回去，一块睡到天亮。闻修就下山走了。

二相公庙

京师二相公庙，在城西内城脚下，举人入京者，必往谒祈梦，率以钱置左右童子手中，云最有神灵。

崇宁二年，毗陵霍端友，桐庐胡献可，开封柴天因，三人求梦，皆得诗两句。霍计曰："已得新消息，胪传占独班。"柴曰："一掷得花王，春风万里香。"胡曰："黄伞亭亭天仗近，红绡隐隐凤鞘鸣。"既而霍魁多士，胡与柴皆登第。

乡人余国器，崇宁五年赴省试，其父石月老人携往庙中，焚香作文祷之。夜梦一童子，年可十三四，走马至所馆门外，告曰："送省榜来。"觉而榜出，果中选。其他灵验甚多，不胜载。（石月老人说）

【译文】京师（今河南开封）的二相公庙，在城西内城脚下，凡进京的举人都要去那里拜见祈梦，大都将钱扔到两边童子的手里，说这样做最灵验。

宋徽宗崇宁二年（1103），毗陵（今江苏常州）人霍端友，桐庐（今属浙江）人胡献可，开封（今属河南）人柴天因，三个人都曾去二相公庙求梦，都分别得到二句诗。赠霍端友的诗说："已得新消息，胪传占独班。"赠柴天因的诗是："一掷得花王，春风万里香。"胡献可的诗是："黄伞亭亭天仗近，红绡隐隐凤鞘鸣。"后来，霍端友果然在众多读书人中得魁，胡献可和柴天因也双双考中。

我的同乡余国器，于宋徽宗崇宁五年（1106）去礼部参加科试，他的父亲石月老人把他带到二相公庙，烧香作文祈祷。晚上梦见一个十三四岁的小童，骑马来到驿馆门外告诉他说："给你送省榜来了。"余国器一觉醒来，果然考中。其他灵验的事很多，这里就不再多讲了。

望仙岩

广西某州，隔江崖壁峭绝，有望仙岩，自来无人能至。对岩曰望仙铺，铺兵饶俊，老矣，唯嗜酒不检。宣和末有道人过之，已醉，从俊寓宿，至晚吐秽淋漓，呼俊曰："尔且起，以所寝床借我。"如其言。夜过半又呼曰："饥甚，思一鸡食，幸惠我。"俊唯有所养长鸣鸡，杀而与之食。至晓辞去，书一诗授俊曰：

"饶俊饶俊听我语，仙乡咫尺没寒暑，与君说尽止如斯，莫恋浮生不肯去。"

转眄间，道人腾至岩上，端坐含笑。俊望之，如在云霄，大叫曰："先生何不带我去？"久之不应，即踊身投江，同辈惊号曰："饶俊落水。"相率救之。俊乍见乍没，入波愈深，且溺矣。道人忽如飞翔，径到波面，携俊髻以行，傍人见祥云涌起，即时达岩畔。后还家与妻子别，告人云："此吕翁也。"

【译文】广西某州郡，江对面悬崖峭壁，有一块望仙岩，自古以来没有人能攀上去，望仙岩对面叫望仙铺。铺兵饶俊已经上了年纪，唯独嗜酒如命。宋徽宗宣和末（1125），有位道士从望仙铺路过，他早喝醉了，晚上跟饶俊住在一起，到晚上，吐得满地都是，喊饶俊道："你起来把你的床铺让给我吧！"饶俊就起来把床让给了他。到了半夜，道士又喊道："我饿坏了，给我一只鸡吃吧！"饶俊就养了一只长鸣鸡，就杀掉做给他吃。天亮后，道士就要告辞。他写了一首诗留给饶俊，诗中写道：

“饶俊饶俊听我语，仙乡咫尺没寒暑，与君说尽止如斯，莫恋浮生不肯去。”

转眼间，只见道士腾身跳到了望仙岩上，笑眯眯地端坐在那里。饶俊抬头望去，道士好像在云霄间。饶俊大声喊道：“先生何不带我一块去？”过了很长时间，道士也不回答他。饶俊就纵身跳进江中，其他铺兵惊叫道：“饶俊跳水了。”说着都纷纷跳到江中救他。饶俊时隐时现，进入水中越来越深，很快就要淹死了。这时，道士突然飞到江面上，抓住饶俊的发髻飞起来。只见祥云腾起，很快就飞到望仙岩边。饶俊后来回家和家人告别，告诉人们那个道士就是吕洞宾。

马望儿母子

唐州倡马望儿，以能歌柳耆卿词著名籍中。方城人张二郎，游狎其家累年，既而挈以归。后虏骑犯京西，张氏避地入巴峡，望儿死于峡州宜都县。时夜过半，未及殓，舆置空室中。明日买棺至其处，独衣服委地如蜕，不见尸矣。求之，乃在门掩间，依壁立，自顶至踵，无寸缕著体。人谓其为娼时，少年来游，或谢钱不如意，并衣冠皆剥取之，是以及此报。

生一子曰运，居宜都田间。绍兴二十七年六月，与其仆过江视胡麻，农人在田间数辈，天正热，日光赫然，忽片云从中起，正罩运身。顷之。阴翳如墨，对面不相识，傍人但闻运连呼曰：“告菩萨。”如一食顷天气复清，运已仆于地，亲身之衣皆焚灼，而汗衫碧裙无伤，气牒牒未尽。众共扶掖行数十步，入一民家，犹呻吟称苦、苦数声，遂死。时年三十四。

【译文】唐州歌妓马望儿，因擅长歌唱柳永的词而著名。方城（今属河南）人张二郎和她相好了多年，后来就把她带回家共同生活。当金兵入犯京西时，张家躲避战乱迁到巴峡，马望儿就死在峡州（今湖北宜昌）的宜都县（今属湖北）。马望儿死时。已是半夜，来不及装殓，就把她抬到一间空房子里。第二天买来棺材一看，只剩下像蝉脱壳一样脱下的衣服，尸首却不见了。急忙去找，原来在门后边，只见她靠墙站着，从头到脚一丝不挂，听人们讲，她在做娼妓的时候，年轻人来游玩，付钱太少，就把人家的衣服都脱下来抵账，所以现在得到了报应。

马望儿生有一个儿子，名叫运，住在宜都县的农村。宋高宗绍兴二十七年（1157）六月，张运和仆人一齐过江去看田里的胡麻，这时还有许多农民在田间耕作，天气闷热阳光灿烂，忽然天上升起了一片乌云，正好罩住了张运。一会儿，乌云遮天蔽日，伸手不见五指，人们只能听见张运连连喊道："告菩萨。"如一顿饭光景，天气晴朗，张运已经倒在地上，贴身衣服全都烧毁，而汗衫和裙子完好无损，气喘吁吁。众人搀扶着他走了几十步，来到一农民家里，张运还在痛苦地呻吟，喊了几声"苦啊，苦啊"后就一命呜呼，张运死时年仅三十四岁。

沈传见冥吏

鄱阳士人沈传，早游学校，乡里称善人。家居北关外五里堠之侧，年四十余岁，得伤寒疾，八九日未愈，方困顿伏枕。正黄昏时，一黄衣持藤棒径从外入，直至床前，全类郡府承局，端立不语。时时回顾寝门外。又一黑帻而绿袍捧文书在手，欲入未入。黄衣摇手谓曰："善，善。"绿袍于袖中取笔展簿，勾去一行，两人随继踵而去。传惊慑良久，问妻子，皆无所睹。怖愈甚，即时汗出如洗。越一日乃瘳。后以寿终。

【译文】鄱阳（今属江西）有一位叫沈传的读书人，早年求学于学校，乡里人们都说他是一个大好人。他住在北关外五里堠的旁边，四十多岁了得了伤寒病，八、九天过去了仍不见好，这时正病卧在床上。傍晚时分，一穿黄衣的人手拿藤条榻棒径直从外边走进来，一直来到沈传的病床前，好似府衙的差役，站在那里一动也不动，一句话也不说，时不时地向门外张望。又有一个人，身穿绿袍，头扎黑布头巾，手里捧着文书，向这边走来，正当他将进未进犹豫不决的时候，黄衣差役向他摇手说道："善，善。"穿绿袍的差役便从袖中取出一支笔，再展开文簿，划去一行。然后，两个人一前一后走出门去。沈传非常害怕，过了好大一会儿，才开口问他的妻子和儿子，他们都说没有看到。沈传更加害怕起来，身上立时出有一身虚汗，就好像刚刚洗过一般。过了一天，沈传的病就痊愈了。后来，沈传老死在家中。

疗蛇毒药

临州有人以弄蛇货药为业，一日方作场，为蝮所啮，即时殒绝，一臂之大如股，少选，遍身皮胀作黄黑色，遂死。一道人方傍观，出言曰："此人死矣，我有药能疗，但恐毒气益深，或不可活，诸君能相与证明，方敢为出力。"众咸竦踊劝之，乃求钱二十文以往，才食顷，奔而至。命汲新水，解裹中药调一升，以杖抉伤者口灌入之，药尽，觉腹中搰搰然，黄水自其口出，腥秽逆人，四体应手消缩。良久复故，已能起，与未伤时无异。遍拜观者，且着重谢道人。道人曰："此药不难得，亦甚易办，吾不惜传诸人，乃香白芷一物也，法当以麦门冬汤调服，适事急不暇，姑以水代之，吾今活一人可行矣。"拂袖而去。

郭邵州传得其方，鄱阳徼卒夜直更舍，为蛇啮腹，明旦赤肿欲裂，以此饮之即愈。

【译文】临州有位玩蛇卖药的人，一天，他刚刚摆开场地准备兜售蛇药，不小心被蝮蛇咬了一口，顿时昏了过去。只见他的一只胳膊肿得像大腿一样粗，不一会儿，满身肿胀成黄黑色，就死了过去。一位道士这时也在场一旁观看，便开口说道：这个人已经死了，我有药能把他救活，只是害怕毒性太大，也许救不活，只要各位能为我作证，我就试一试。"大家都怂恿他试一试。道士就要了二十文钱转身买药去了。才一顿饭的功夫，道士跑了回来，让人提来一些井水，从包裹中取出药来，用凉水调和成一升，用棍子撬开病人的嘴，把汤药灌了进去。伤者就觉得肚中咕咕作响，嘴里吐出了一些黄水，腥臭难闻，四肢当即就消了肿，过了一大会儿，伤者恢复正常，已经能够站起来，就像未被蛇咬伤前一样，他向大家拱手拜谢，并且郑重地向道士衷心致谢，道士道："这种药不难买，也很容易配制，我不惜药方传给你们。这种药就是白芷，配制的方法就是用麦冬汤调后再吃，刚才事情太急，来不及熬麦冬汤，就暂且用水代替。今天，我用这种药救活了他，就说明这种药很有效。"道士说完后，就转身走了。

郭邵州得到了这个药方。一天，鄱阳巡逻兵夜里起来打更，在值班室里被蛇咬着了肚子，第二天，他的腹部红肿得厉害，就好像要破裂似的，喝了这种药后，很快就消肿好了。

韩氏放鬼

江浙之俗信巫鬼，相传人死则其魄复还，以其日测之，某日当至，则尽室出避于外，名为“避放”。命壮仆或僧守其庐，布灰于地，明日视其迹，云受生为人为异物矣。

鄱阳民韩氏妪死，倩族人永宁寺僧宗达宿焉。达瞑目诵经，中夕闻妪房中有声呜呜然，久之渐厉，若在瓮盎间，蹴蹋四壁，略不少止。达心亦惧，但益诵首楞严咒至数十过。天将晓，韩氏子亦来，犹闻物触户声不已。达告之故，偕执杖而入，见一物四尺，首戴一瓮直来触人，达击之，瓮即破。乃一犬呦然而出。盖初闭门时，犬先在房中矣，瓮有糠，伸首抵之不能出故戴而号乎耳。谚谓“疑心生暗鬼。”殆此类乎。（宗达说）

【译文】江浙一带有信奉鬼神的风俗，相传说人死后他的魂灵还会再回来，根据他死的日子就可测出他在哪一天回来。那么在这天，全家人都要腾出所有的屋子，外出躲避，叫做“避放”。派健壮的奴仆或者是僧人看家，把炉灰撒到地上，到第二天看看他留下的脚印，来断定来世托生人还是其他什么东西。

鄱阳一位姓韩的老太太死了，诸族人永宁寺的和尚宗达为她守灵。宗达闭目诵经，半夜里听到老太太的屋里有呜呜哭的声音，且声音越来越大，就好像什么东西在大瓮中蹬踢四壁，一刻也不停息。宗达也感到有点害怕，就使劲念大佛顶楞咒（佛教咒中之王），一直念了几十遍。天快亮了，韩老太太的儿子走了进来，还能听到物体碰撞窗户的声音，持续不断。宗达就把夜里发生的事告诉他。两个人都拿着棍棒走进房去，只见一个四尺多长的东西，头上套着一只大瓮一头向他们撞来，宗达急忙用棍子打击，大瓮烂了，一只狗忽然跳了出来。估计在关门时，那只狗被关在屋里了。屋里有只大瓮，瓮里有米糠，狗就把头伸进去舔食，就出不来了，所以这只狗就叫个不停。谚语说："疑心生暗鬼。"可能指的就是像这种情况。

卷第二十（十二事）

扫码听谦德
君为您导读

童银匠

乐平桐林市童银匠者，为德兴张舍人宅打银，每夕工作，有妇人年二十余岁，容貌可观，携酒肴出共饮，饮罢则共寝，天将晓乃去。凡所持器皿，皆出主人翁家，疑为侍婢也。不敢却，亦不敢言。往来月余，他人知之者，谓曰："吾闻昔日王氏少婢，自缢于此，常为惑怪，尔所见，得非此鬼乎？幸为性命计。"童甚恐，是夜复以酒对，即迎告知曰："人言汝是自缢鬼，果否？"妇人惊对曰："谁道耶？"遽升梁间，吐舌长二尺而灭。童不敢复留，明日辞去。

【译文】乐平桐林市（今属江西）有个姓童的银匠为德兴（今属江西）一户张姓富人家打银器，每天晚上工作时，有一女人二十多岁，容颜姣好，携带着好酒好菜和他同斟共饮，饮过酒后又共同入寝，天快亮时就离去。这个女人拿的器皿都是张姓人家的东西，银匠以为她是张家的婢女，既不敢推辞掉，又不敢给别人讲这事，一个多月后，这件事被别人知道，有人对他说："我听说过去有个王姓小婢女在这里上吊死了，所以经常闹鬼，你见的女人莫非就是这个鬼？希望你能为你的性命好好思量！"童银匠听了非常害怕。这天晚上，那个女人又端着酒菜来了，银匠就走上前去对她说："人们说你是个吊死鬼，对不对？"女人十分吃惊，回答道："谁说的这些？"然后急速升到房梁上，吐着二尺多长的舌头消失了。童银匠不敢再留驻，第二天就辞去工作离开张家。

天宝石移

福州福清县大平乡，修仁里石竹山，俗称虾蟆山，去邑十五里。乾道二年三月三日夜半后，居民郑周延等，咸闻山上有声如震雷，移时方止。或见门外天星光明，迹其声势，在瑞云院后石竹山上。明旦相与视之，山顶之东南，有大石，方可九丈，飞落半腰间，所过成蹊，阔皆四尺，而山木石略无所损。

县士李槐云："山下旧有碑，刊囊山妙应师谶语。顷因大水，碑失，今复在县桥下。"其语曰："天宝石移，状元来期，龙爪花红，状元西东。"邑境有石陂，唐天宝中所筑，目曰：天宝陂，距石竹山才十里。是月，集英廷试多士。永福人萧国梁魁天下。永福在福清西，闽人以为应谶矣；又三年，兴化郑厚继之，正在福清之东。状元西东之语，无一不验云。

【译文】福州福清县大平乡修仁里的石竹山，俗称虾蟆山，去县城有十五里。宋孝宗乾道二年（1166）三月三日半夜，住户郑周延等都听到山上如震雷般的声响，过了几个小时才停。有的人看见门外天际星空分外光亮，推究其声势在瑞云院后的石竹山上。第二天天明，众人共同察看，只见山顶的东南方向，有块大石，面积约有九丈，飞悬在半山腰。大石所经过的地方，都成了四尺宽的小路。而山上的树木几乎没有什么损坏。

县里的文士李槐说："山下过去有座碑，雕刻着囊山妙应法师的预言，由于发大水石碑遗失了，现在又出现在福清县桥下。"预言说："天上石头动，状元要来到，龙爪花又红，状元在西东。"该县境内有个石头筑成的斜坡路，称为天宝斜坡，距离石竹山只不过十里。这月聚集了很多杰出的人才来参加廷试，永福人萧国梁夺得了第一名，永福在福清县的西面，人们认为说法显灵了。过了三年，兴化人郑厚也考取了第一名，兴化恰在福清县的东面。状元出在西东的话都应验了。

祖寺丞

赵公时侍郎，政和八年冬为无为军教授。通判祖翱者，济南人，本法家，尝历大理丞，处身廉谨，以法律为己任。

赵尝梦游一小寺，寺旁有池，方不逾寻丈，四周朱栏三重，内一重可高二尺，中高三尺，其外四尺许。赵身在重栏内，去水止三四步。视池中有一浮尸，恶之。方欲越栏出，举足极艰，尸忽起逐人，赵蹴之于水，再欲出，又起如初。复蹴之，至于三，其行稍缓。其容戚戚然，若有所诉。询之，云："昔日罪不至死，为通判祖寺丞枉杀，抱冤数年矣。"赵曰："祖丞明习法律，于刑狱事尤详敬，决不妄杀人。”答曰：“此事固非祖公意，然因其疑，遂送他所，竟以死罪定断。故冤有所归。渠寿命不得久，将死矣。聊欲君知之。”言讫，即跃入水。赵睨重栏愈高，唯四角差低，甚易之，然卒不可逾越。尸自水中指云：“从高处过，甚易。”遂如其言，踉跄一举，已出平地。复贺曰：“既过此栏，前程无留碍矣。”觉而惊异之。

时翻适出外邑，迨其归，才五日，得内障目疾，日以益甚，至不能瞻视，乃丐宫祠，又月余，目顿愈；忽中风淫，手足遂废。乃得请而归，过梁山泺口，舟坏水入，篙师急救拯，仅能登岸。翻惊惧暴亡，距赵梦不过数月。噫！囹圄之事，深可畏哉！赵梦中不能问其姓名及所坐何事，为可惜也。（赵公自记此事）

【译文】侍郎赵沛，字公时，宋徽宗政和八年（1118）任无为军（今安徽无为）教授。在无为军当通判的祖翻，是济南人，原为法学家，曾经担任过大理寺丞，公正廉洁，把维护法律当作自己的责任。

赵公时曾经做了一个梦，梦见到一座小寺院中去游玩。寺旁有个水池，不过一丈见方左右，池子四周有三道朱红栏杆，里面的一道有二尺高，中间的高三尺，最外一道大约高四尺。赵公时身陷到栏杆里边，离水只有三四步远。只见池水中飘浮着一个尸首，心里十分厌恶，正想跨越栏杆出去，可是脚不听使唤，很难抬动。死尸忽然站起来追人，赵公时一脚把死尸踢到水里，又想往外走，可死尸又像刚才一样爬起来追他，赵公时就又用脚把死尸踢下水池。这样重复到到第三次，死尸动作稍微慢了些，但是却面容悲戚，好像想诉说什么。赵公时便询问死尸，死尸说："我过去犯了罪，但不是死罪，却被通判祖寺丞枉杀，已经抱冤好几年了。"赵公时说："祖寺丞精通法律，对于刑狱的事，审理尤其慎重，决不会枉杀一个人的。"死尸说："这件事原本不是祖翱的意思，由于他觉得有疑点，便转送别处审理，结果竟以死罪定判，所以对冤案应负一定责任，他的寿命是不会长久。现在他将要死去，姑且把这事告诉你知道。"说罢，便跳到水中去了。赵公亮这时见那木栏杆变得更高了。只有四角稍低一些，好像很容易过。可是他一连试了几次，总是过不了栏杆。那死尸又在水里指点说："从高处过，特别容易！"赵公时听从他的话，往最高处踉跄一跳，已经到栏杆外边的平地上了。那死尸祝贺说："你既然已过了栏杆，前途便会一帆风顺，没什么阻碍了。"赵公时醒来以后，对这梦十分惊异不已。

这时，祖翱正好到外县办事，等他回来以后，才不过五天，便得了白内障眼病，一天比一天严重，以致不能看东西，便到寺庙道观里去烧香设供，祈求病愈。又过了一月多，眼病好了，却忽然又中了风，半身不遂，手足残废。只好申请辞职回家，坐船经过山东梁山泺湖口时，船漏水，水淹到船里，撑船的篙师急忙拯救，才勉强把祖翱救到岸上。祖翱因而受了惊恐而突然死亡。这时，距赵公时梦游小寺不过才几个月。噫！刑狱的事，真是可怕的很啊。赵公时在梦中没有问死尸的姓名和因为什么事而被判死罪，实在可惜。

梦得二兔

龙深父，生于辛卯年，二十五岁时，梦入大宫殿，及门，武士门焉，旁列四兔。顾深父曰："以一与尔。"俯而取之，得第一枚，褐身而紫脊，抱置于手。武士呼其后一人，授以次兔。俄又呼深父，复与其一腹白而毫紫者，负于肩以归。乃寤。

时妻方娠，即语之曰："我梦如此，当得子不疑，然必当孪生，汝忽恐。"妻闻之惧泣，以告其姑。姑责深父曰："妇人未产子，而以此言恐之，奈何？"后三月，免身，但生一男子，时乙卯年也。已悟首兔之兆。其子名雱，亦于二十五岁得男子，又已卯年也。然则再得兔，盖有孙之祥。三世皆生于卯，亦异矣。

【译文】龙深父，生于宋徽宗政和元年（1111），那年干支是辛卯年。他二十五岁时，梦见来到一个大宫殿，到了宫殿门口，看见有武士在门口守卫，旁边放着四只兔子。武士看到深父说："给你一只兔子。"俯下身子，把第一只兔子拿起，给了深父，是只褐毛而紫脊的，深父便把兔子抱在手里。武士又呼叫深父后边的一个人，把第二只兔子给了那人。停了一会儿，又叫深父，又把一个白肚子而紫毛的兔子给了他。深父背着两只兔子回家，便梦醒了。

这时，他的妻子正怀孕在身，深父便对她说："我做了这样的梦，得儿子是没有疑问的，而且必然是孪生二人。你不要害怕。"妻子听了，害怕得哭起来，就把这事告诉了婆母。婆母责备深父说："你女人还没有生孩子，就说这话，吓着她可怎么办？"三个月以后，深父的妻子分娩了，只生了一个男孩。当时正是乙卯年，深父醒悟这就是第一只兔子。他的儿子取名叫雱。龙雱到了二十五岁时，亦得了一个男孩，又是己卯年。看来梦中第二次得兔子，应是有孙子的吉兆啊。三代人都出生在卯年，亦算是奇异的事吧。

龙世清梦

龙世清，建炎中，为处州钤辖，暂摄州事。其后郡守梁颐吉至，以交承之故，凡仓帑事务，悉委之主领，又提举公使库。有过客至郡，梁饷以钱三十万。吏白以谓故事未尝有。龙为作道地，分为三番以与客。梁视事三月，坐寇至失守，罢去。

继之者，有宿怨，劾其请供给钱过数。即州狱穷治，一郡官稍涉纤芥者，皆坐狱。龙亦收系，惧不得脱。夜梦入荒野间，登古冢，视其中杳然以深，暗黑可畏。手攀墓上草，欲坠未坠。一人不知从何来，持其髻掷于平地，顾而言曰："我高进也。"遂惊觉。

后两日，温州判官高敏信来，置院鞫勘。一见龙狱辞，曰："太守自以库金与客，何预他人事？"释出之。乃知所谓高进者，此也。及狱具，梁失官，同坐者，皆以谪去，独龙获免。

【译文】龙世清在宗高建炎年间（1127—1130），任处州（今浙江丽水）钤辖，暂时代理州官职务。后来州守梁颐吉到任，由于向龙世清办理交接关系，接任后，便把钱粮等重要职务都交给龙世清掌管，兼管负责开支过往官员的招待费的公使库。后来有个官员过境，梁颐吉批准送路费三十万钱。管库的职员反映说："过去招待过往官员，从来没有一次开支这么大数目的先例。"龙世清便想了个办法，把这笔钱分三次送给客人。梁颐吉才上任三个月，便因草寇作乱，州城一度失守，因而被免职。

新来接任的州官，恰好和梁颐吉有旧恨，便弹劾梁在本州上任时，供给过往官员的资用超过规定数字。便在处州兴起冤狱，狠狠整治合城大小官员，凡是略微和梁有牵连的人，都下狱审问，龙世清亦被关了起来，他很害怕自己没法摆脱这场灾祸。一天夜里，他梦见到荒野里，上到一座古墓顶上，那墓穴深不可测，黑洞洞的十分怕人。龙世清用手抓住墓草，草根松动，眼看要掉入墓穴中去。这时不知从哪里来了一个人，揪住龙世清的头发，把他提起来，扔到平地上去。并对龙说："我是高进！"龙世清便吓醒了。

停了两天，温州判官高敏信奉命到处州来，审理有关梁颐吉的案子。他一见龙世清的供词，便说："梁太守自己批示让他把钱送给客人的，负责具体执行的人是没有责任的。"便把世清释放出来。这时，世清才省悟梦中所谓"高进"的，就是这件事。等到案子审进结束，凡与梁颐吉有牵连的官员，都受到降职处分，只有龙世清一个人侥幸免祸。

徐三为冥卒

湖州乌程县浔溪村民徐三者，绍兴十五年七月中暴死，四日而苏。言："追至冥府，主者据案，皂吏满前，引问生平既毕，授以铁箠，使为狱卒，立殿下。凡呼他囚姓名，即与同列驱而进，吏前数其过恶，令持箠笞击，应手为血，以水噀之，乃复为人，如是者非一。

良久，事稍间，纵步庑下，过一室，榜曰：'判官院'，陈列帏帐几格，细视其人。盖故主翁王蕴监税也。询所以来，备言始末，且力丐归。蕴许诺，与俱过他府，令坐门外，须臾出，呼曰：‘汝未当来此，今可复出。’手书牒见付，使亟还。且云：‘我在此极不恶，但乏钱乃纸笔为用，汝归语吾家，速焚钱百万，纸二百张，笔二十支寄我，阳间焚钱不谨，多碎乱，此中无人能串治，当用时殊费力，宜以帕子包而焚之。勿忘也。’又取首掠系左臂曰：‘恐吉家人不汝信，此吾终时物，可持以为验。’即泣谢，踊跃而出。中路频有鬼神呵阻，示以牒，乃免。益疾走，登高山，跌而寤”未暇诣王氏，既而复死。

明日，王氏遣信来，责曰：“昨夜梦监税言向来事，何不早告我？”自是，三日而苏。言某神遮留，令作竟渡戏，视左臂所系首掠犹存，封识宛然。

徐后七年至秀州魏塘，为方氏佣耕；又七年，以负租谷不能偿，泛舟遁归其乡，过太湖，全家溺死。（子弟景裴说，方氏婿也）

【译文】湖州乌程县浔溪村的百姓徐三，在宋高宗绍兴十五年（1145）七月当中，忽然得急病死去。过了四天，又复活了。他说被迫到阴间，有个主官坐在公案后，皂吏、狱卒站满了堂前，把徐三叫上去问了生平情况，完毕以后，便把一条铁鞭给了徐三，他站在堂前充当狱卒。每当传呼囚犯姓名时，徐三便和其他狱卒一同去把犯人带上来。皂吏走上前来，将囚犯的罪行一一数说清楚以后，便叫徐三执鞭笞击，一鞭下去，血肉模糊，打罢，用水喷之，囚犯便又恢复人形。像这样的事，徐三干了多次。

停了一段时间，公事略少，徐三便抽空在大厅的两廊闲走。经过一间房子门口，门上有一木牌，标明是“判官院”。室内陈列着床铺帐幔和桌椅，徐三细看那屋里人，原来是自己过去当仆人时的旧主人监税大使王蕴。王蕴见他，便问从哪里来？徐三便把经过讲了一讲，并且力求能放他回家。王蕴答应了。便领他到另一个衙门，让徐三坐在门外等候。停了一会儿，王蕴从里边出来，唤徐三说："你还不该来这里，现在可以复活。"把手书的公文给徐三，让他快回去。并且说："我在这里过得很好。只是缺乏钱和纸笔使用，你回去以后，告诉我家里，迅速烧纸钱百万，纸二百张，笔二十支寄给我。阳间烧纸钱不谨慎，多有破碎散乱的，这里没有人能把钱串起来，使用时十分费力，所以适宜纸包起来再烧，不要忘了。"又取头上梳子系到徐三左臂，说："恐怕我家里不相信，这是我临终时用的东西，带去可以作为信物。"徐三听了，哭泣拜谢，然后高兴得蹦蹦跳跳地出来了。一路上遇见不少鬼神栏路盘查，徐三因有公文证明，得以放行，便走更快，上到一座高山上时，跌落下来而苏醒还阳，还没有抽出时间去王家报信，忽然又死去。

第二天，王家派人送来一封信来，责备徐三说："昨夜梦见王监税，说了托徐三的事，为什么不早点来告诉我家？"又停了三天，徐三才又活过来。说是某神把他留下，让驾龙舟，作竟渡之戏，所以又被拘了几天。他检查左臂，王蕴给他的梳子仍然牢靠的栓在臂上，封记十分清楚。

七年以后，徐三到秀州（今浙江嘉兴）魏塘给别人当佃户，又七年，因为欠下租谷无法归还，便坐了船逃回老家。经过太湖时翻了船，一家人都溺死了。

神霄宫商人

古像戴确者，京师人，年十二岁时，从父兄游常州，入神霄宫，访道士不遇。出至门，有商人语阍者："吾欲见知宫。"

时道教尊重，出入门皆有厉禁。阍者索姓名及刺谒，此人不与，纷争良久，摔阍于地殴之，径入户。诸戴恐其累已，皆舍去。此人既入，既不见，而于厨屋内，遍壁上下皆书“吕洞宾至”四字。知宫者闻之，拊膺太息曰：“神仙过我，而不得见，命也！”明日，欢传一州。

后三日，戴氏诸人饭于僧寺，确起如厕，还就石槽盥手，旁一人俛首涤筹，一客相对与共语，确望客容貌，盖神霄所见者，趋前再拜。其人惊问何故？曰：“公乃吕先生也。”具以前事告。其人笑，命就瓮取水一杯，自饮其半，以其半与确。确饮之，出白其父，奔至厕所访之，无及矣。

确既长，能为费孝先轨革卦影，名曰：“古象。”后居临安三桥，为卜肆。有丐者，结束为道人，蓝缕憔悴，以淘渠取给。尝为倡女舍后除秽，确心窃怜之。明日延之坐，具食，谓曰：“君名为道人，须有所奉事高真相貌，今日日从役污渠中，所得几何？况于入倡家，衣服手足皆不洁清，得无反招罪咎？”道人谢实有之，特牵于糊口，不暇恤。确赠以钱二百。忽笑曰：“颇相忆乎？”确愕然不省，曰“方见君于此，不忆也。”道人曰：“五十年前，君遇吕翁于常州僧寺，时有据石涤筹者，识之乎？我是也。”确惊谢。方欲询姓名，长揖而去，自是不复见。确自饮残水后，至七十余岁，无一日病苦。（赵纲立说）

【译文】古象戴确，京城临安（今杭州）人，他十二岁那年，跟着父兄游览常州。走进神霄宫拜访一个道士，没有见到人，就出来了，在门口见一个商人在和守门的人说话，说：“我想见主持神霄宫的道长。”那时尊崇道教，出入宫门的人审查非常严格，守门的要他的姓名并要拜帖，此人不给，两人争执了很久，商人揪着守门人的衣服，把他摔倒在地，殴打后，径直走进宫去，姓戴的恐怕连累自己，都离开这地方。这人既进了宫，又失了踪迹，而在厨房的墙壁上到处都书写着“吕洞宾至”四字，主持神霄宫的人听到这事后，抚着肩头叹息说：“神仙到我这里，而我没能见到，是命啊！”第二天这事便传遍州城。

到了第三天，戴家的几个人在寺院里吃饭，戴确去厕所，回来时在石槽中洗手，旁边有一人低头洗筹码，一个客人与他相对在说话。戴确看客人容貌和神霄宫所见的商人一样，走上前去谒拜，那人惊奇地问为什么拜他。说：“您是吕先生。”就把自己看到的前事讲给了他听，那人笑着让他就着瓮取出水一杯，自己喝了一半，剩下的一半让戴确喝，戴确喝了它后就回去了。并把这事告诉了父亲，他父亲赶忙跑到厕所那里看，已经什么也没有了。

戴确长大后，能运用费孝先生卜卦的方法，取名叫“古象”。后来居住在临安三桥算卦，有个乞丐，束着道人的服装，衣着褴褛，面目憔悴，以给别人掏沟渠劳务来谋生，给歌女房后扫除垃圾。戴确心中十分可怜他。第二天请他来坐在一起吃饭。对他说：“你身为道人，应该干些奉供神仙的事，像你相貌堂堂，现在天天掏污水渠道，所得的东西有多少？况且又出入于妓人家，衣物手足都不干净，得不到什么反而会招苦罪受。”道人致谢说：“确实有这事，因为为了吃饭糊口，所以没法顾及自己的身体。”戴确便赠给他钱二百，道士忽然笑着说：“还能记起我吗？”戴确愕然不知什么意思，说道：“只在这里才见到你，不记得什么。”道人说：“五十年前，你遇吕洞宾在常州寺院时，有靠着石头洗筹码的人，还记得他吗？我就是。”戴确大惊致谢，才想询问姓名，那人深深作揖离去，自从此后从不见此人。戴自从喝了剩水后，到七十多岁，没有受过一次疾病之苦。

城隍门客

建康士人陈尧道，字德广，死之三年，同舍郭九德梦之，如平生。郭曰："公已死，那得复来？"陈云："吾为城隍作门客，掌笺记，甚劳苦。今日主人赴阴山宴集，始得暇，故来见君。"因问其家父母兄弟，泣下久之。郭曰："公既为城隍客，当知吾乡今岁秋举与来春登科人姓名。"曰："此非我所职，别有掌桂籍者，归当扣之。"居数日，又梦曰："君来春必及第。我与君雅素，故告君；他虽知之，不敢泄也。"郭果以明年第进士。

又有刘子固者，与尧道同里巷，其妹婿黄森，贤而有文，父为吏，负官钱，身死家破，森亦不得志以死。死数月，其妻在兄家，忽著森在时衣，与兄长揖，容止音声如真，子固惊怆，呼其字曰："元功，君今安在？"曰："森平生苦学，望一青衫不可得，比蒙陈德广力，见荐于城隍为判官，有典掌，绿袍槐简，绝胜在生时。恐吾妻相念，故来告之。"子固问："来春乡人谁及第？"曰："但有郭九德一人耳。"有顷乃去，其言与前梦合。（方务德说）

【译文】建康（今南京）有个读书人陈尧道，字德广。他死后三年，有个同学郭九德梦见他，和生前一样。郭九德说："您已经死了，怎么能回来呢？”陈说：“我现在城隍那里当门客，掌管书信和公文，事务十分劳苦。今天，城隍到阴山赴宴，我才有空闲，所以特来看看您。”又问自己家里父母兄弟的情况，流了很多眼泪。最后郭问：“您既然是城隍的门客，应该知道我们这里今年秋天的乡试，和明年春天的会试，都有谁可以考中。”回答说：“这不是我所管理的事，另有管桂籍的人掌握。等我回去以后问他一下便知。”几天后，郭又梦见陈尧道来对他说：“你来春一定考中进士榜，我和您有同学情谊，所以告诉您；其他的事，虽然知道，但不敢泄露。”果然，第二年春，郭九德考中了进士。

又有一个叫刘子固的人，和陈尧道家同住一条街巷。刘的妹夫黄森，贤良又有文才，他的父亲曾在官府当过职员，因欠公款造成身死家破，黄森也因不得志忧郁而死。死后几个月，黄森的妻子回娘家住，忽然穿上黄森平常穿的衣服，向哥哥刘子固作揖见礼。举动和声音，宛然和黄森一样。子固因而惊恐又凄怆地喊着黄森的字说：“元功君，你现在哪里？”回答说：“森平生刻苦读书，希望能穿上一件秀才所穿的青衫，而终究没有得到。现在经陈德广的推荐，被城隍聘为判官，有职权，穿着绿袍官服，拿着槐木做成的笏，比在阳世强得多了。因为怕我妻子想念，所以特来告诉你这件事。”子固因问他说：“明年春天会试，咱们乡里人谁能考中？”回答说：“只有郭九德一个人罢了。”停了一会他才走。他说的话，与前边那个梦说的相符合。

潞府鬼

潞州签判厅在府治西，相传强鬼宅其中，无敢居者，但以为防城油药库。

安阳王审言为司法参军，当春时与同僚来之邵、綦亢数人，携妓载酒往游焉。且诣后园习射，射毕，酣饮于堂。忽闻屏后笑声如伟丈夫，一座尽惊。客中有胆气者，呼问曰："所笑何事？"答曰："身居此久，壹郁不自聊，知诸君春游，羡人生之乐，不觉失声耳。""能饮乎？"曰："甚善。"客起，酌巨杯，翻身置屏内，即有接者，又闻引满称快声，俄掷空杯出。客又问曰："君为烈士，当精于弓矢，能一发乎？"曰："敢不为君欢，然当小相避也。"既以弓矢入，众各负壁坐。少焉，一矢破屏纸而出，捷疾中的，不少偏，始敬异之。皆起曰："敢问君为何代人，姓名为何，何以终此地？"曰："吾姓贺兰，名鋈。"语未竟，或哂其名不雅驯。怒曰："君何不学！岂不见《诗·小戎》篇：'阴靷鋈续'者乎？"遂言曰："鋈生于唐大历间，因至昭义，谒节度使李抱真，干以平山东之策，为谗口所谮，见杀于此地，身首异处，骸骨弃不收。经数百年，逢人必申诉，往往以鬼物见待，怖而出，故沉沦至今。诸君俊人也，颇相哀否？"坐客皆愀然。有问以休咎者，一一询官氏，徐而言曰："来司户位至侍从，然享寿之永，则不若王司法。"时诸曹吏士及官奴见如是，皆奔归，欢传一州。

太守马昭中玉独不信，以为僚吏湎于酒，兴妄言，尽械系其从卒，且将论劾之。众惧，各散去。

明日，中玉自至其处察视之，屏上穴纸固在。命发堂门锁，锁已开，门闭如初。呼健卒并力推扉，牢不可启。已而大声起于梁间，叱曰："汝何敢尔！独不记作星子尉某事耶！"中玉趋而出。自是无人敢复往。司户乃来之邵，果为工部侍郎；

审言以列大夫知莱州，寿七十五而卒。（王公明说，莱州乃其伯祖也）

【译文】潞州（今山西长治）的签判厅，在州城的西部，相传这座宅子里有很厉害的鬼。所以没有人敢去住。只好用它作为存放城防使用的油料和火药仓库。

安阳人王审言在潞州任司法参军，当春天来到时，约了同事来之邵、綦亢等几个人，带着歌妓和酒菜，来这里春游。他们先到后园里练习一阵射箭，结束以后，便在大厅上，摆酒畅饮。正喝着，忽然听见屏风后边有哈哈大笑声，好像一个雄伟男子发出的。在座的人都大为吃惊。有一个胆大的人便喝问说："笑什么？"屏风后回答说："我在这里住了很长时间，孤独忧郁，十分无聊；今天看到诸位春游畅快，不由羡慕人生的乐趣。因而不觉失声发笑了。"又问他："能喝酒吗？"回答说："很能喝。"有个人便站了起来，取了一个特大杯子，倒满了酒，反手把杯放到屏风后边，里边便有人接了过去。又听见屏风里大口喝酒和快活的笑声。不一会儿，把空杯掷了出来。有人便又问他说："先生是个豪杰，一定精于弓箭，能不能射一箭，让我们看看？"回答说："怎敢不为你们助兴？只是请大家略为避开一下。"当下，便把弓箭递入屏风，大家背靠墙坐，闪避两边。不一会儿，一箭穿透屏风上的纸，飞势迅速，正中箭靶红心，没有一点偏歪。大家看了才肃然起敬，十分惊奇。便都站了起来，问那屏风后的鬼说："请问先生是哪个朝代的人，姓名是什么，为什么住在这个地方？"那鬼回答说："我姓贺兰，名鋈。"话还没说完，有人觉得这名字不雅，不由失声笑出来。那鬼发怒说："先生难道不读书吗？怎么不知道《诗经·小戎》那一篇里，有'阴靷鋈续'这一句诗吗？"说毕，遂又说："我生于唐朝大历年间，因到昭义军，求见潞州节度使李抱真。贡献平定山东的策略，不料被小人进谗言诬陷我，以致被杀死在这里。头和身体分家了，尸骨也被扔到野地，不给埋葬，到现在已有好几百年。每当有人来这个地方，我总想诉说一下自己的冤枉。可是往往被人当作鬼物，恐怖得马上逃了出去。所以我一直沉沦在这里，直到现在。诸位先生是一时的杰出人才，不知对我这历史，能表示同情吗？”在座人听了，都十分为之悲伤。有的人便请问自己一生的祸福，那鬼便一一询问各人的姓名和官职。慢慢地回答说：“来司户可以做到侍从的高官，但是所享寿命，则不如王司法那么高。”这里，在这里管仓库的吏员，兵卒，和来春游的官员仆人，都看见了这情况，便传扬出去，弄得全城皆知。

潞州太守马昭，字中玉，他听到后不相信有这事，以为这是那几个官吏酒喝多了，造出的谎言，便把那几个官员的随从都关到监狱里，并且还打算弹劾这几个参加春游的官员。他们听了心里害怕，各自躲回家中。

第二天，马中玉亲自到签判厅去调查。只见那屏风上果然有个箭眼。又让人开了大厅门，把门锁打开以后，门却推不动。便唤来几个有气力的士兵，用力齐推，可是门仍牢不可开。忽然，听到梁上有人大声责骂马中玉说：“你有什么胆量敢来如此！你难道不记得你当星子县县尉时的某一件事了吗？！”中玉听到讲出他的隐私，吓得仓皇地逃了出来。自此以后，便没人敢再去那里了。后来司户来之邵，果然做到了工部侍郎；王审言则位列大夫，当了莱州（今属山东）府知府，活了七十五岁去世。

王祖德

成都人承信郎王祖德，绍兴三十一年来临安，得监邛州作院。既之官矣，闻虞并甫以兵部尚书宣谕陕西，即求四川制置司檄，以禀议为名，往秦州上谒。未及用，以岁六月，客死于秦。

虞公遣卒护其柩，且先以讯报其家。王氏即日发丧哭，设位于堂。既而柩至。蜀人风俗重中元节，率以前两日祀先人，列荤馔以供，及节日，则诣佛寺为盂兰盆斋。唯王氏以有服，但用望日就几筵办祭。正行礼未竟，一卒抱胡床从外入，汗流彻体，曰："作院受性太急，自秦州兼程归，凡四昼夜抵此，将至矣。"

俄而，六人荷一轿至，亦皆有悴色。轿中人径升于堂，据东榻坐，乃祖德也。呼其妻语曰："欲归甚久，为虞尚书苦留，近方得脱，行役不胜倦。传闻人以我为死，欲坏我生计，尔当已信之。"妻曰："向接虞公书，报君没于秦，灵柄前日已至，何为尔？"始笑曰："汝勿怖，吾实死矣；吾闻家中议卖宅，宅乃祖业也，安得货？吾所宝黄筌、郭熙山水，李成寒林，凡十轴，闻已持出议价。吾下世几何时，未到穷乏，何忍遽如是？吾思家甚切，无由可归，今日以中元节，冥府给假，故得暂来，然亦不能久。"

又呼所爱婢子，恩意周尽。是时一家如痴，不能辨生死。忽青烟从地起，跬步不相识。烟止，寂无所见。关寿卿馆于夹街之居，见户外扰扰，亟往视之，已灭矣。

【译文】成都人王祖德任承信郎的官阶，宋高宗绍兴三十一年（1161）到京都临安（今杭州）求职。被分配到邛州（今四川邛崃）任将作院监的职务。既到任以后，听说虞允文以兵部尚书出任陕西宣抚使，便请求四川制置司写了公文，介绍他以贡献治理陕西意见书为名，前往秦州（今甘肃天水）谒见虞允文。还没有分配职务，就在当年六月客死在秦州。

虞允文便派了兵卒，护送王祖德的灵柩回家，并且让人先送信给他家里。王家听到消息，当天便开始办丧事，设立灵位于正房中间。不久，灵柩便到了。按四川人的风俗，非常重视过七月十五日中元节，都是在节前两天，便要祭祀祖先，罗列丰盛的荤菜上供，到节日那一天，则到佛寺里，举办盂兰盆斋，向鬼魂施食。唯有王家，因为出了丧事，便只在十五日办了几桌酒席，在家里拜祭。正在行礼的时候，只见一个兵卒，抱着一把折叠椅从外边匆匆走进，浑身流汗，说："王作院性子太急，自秦州日夜兼程回来，用了四昼夜便抵达了，现已快到了。"

不一会儿，只见六个人抬着一顶官轿来到，抬轿的人都十分疲劳有倦色。轿中人下轿后直往中堂进去，坐到东边床上，原来正是王祖德。他把妻子叫进前来说："我想回来已很久了。只因为虞尚书苦苦相留，所以最近才得脱身回来，一路上非常劳苦。听人传说我死了，这是想坏我生计，你大概已经相信了吧。"妻子说："前几天接到虞相公的来信，说你在秦州病故，而且灵车前天已到了，究竟是不是你呢？"王祖德才笑着说："你别害怕，我真死了，我听说家中商议卖房子。这房子乃是祖先留下来的产业，怎能随便卖给别人？我生前非常珍爱的黄筌、郭熙画的山水，李成画的寒林图等，共有十轴，听说已经拿出去议价。我去世没有多长时间，家里也没有到穷得没钱用的时候，怎能忍心干这样的事！我想家非常殷切，只是没理由回来。今天因为中元节，阴司给了假，所以能暂时回来看看，但也不能久停。”

便又唤平常喜爱的侍妾，对她说话，恩意十分周到。这时一家人好像傻了一样，无法分辨出王祖德究竟是人是鬼。忽然，一阵青烟从地里冒起，一步之内的人便互相看不清楚了。等到烟散，便什么也没有了。关寿卿正在临安街对门当教书先生，听到门外闹闹扰扰，急忙出来看时，已经一无所有。

蜀州女子

彭州人苏彦质，为蜀州录事参军，有女年八九岁，因戏于床隅，视地上小穴通明，探之以管，陷焉。走报其父。持长竿测之，其深至竿杪不能极。及取出，有败绛帛挂于上，大异之，呼役夫斸其地。逾丈许，得枯骸一躯，首足皆备，即殓而葬诸原。明日，忽有好女子，游于室中。家人逼而问之，辄避入壁罅，终莫得致诘。

是时郡有陈愈秀才者，从阆中来，善相人，且能以道术却鬼魅，召使视之。俄有一妇人至曰：“妾本汉州段家女，许适同郡唐氏，将嫁矣，而唐氏以吾家倏贫，竟负元约。即不得复嫁，遂卖身为此州费录曹妾。不幸以颜色见宠于主人，为主母生瘗于地下，阅数年矣。非苏公改葬，当为滞魄。但初出土时，役者不细谨，鉏妾胫骨欲断，今不能行。不得已留此，非有他也。”陈曰：“欲去何难？吾为汝计。”取纸剪成人形，曰：“用

以驮汝。”乃笑谢而退。是夜，彦质嫂梦一仆夫背负此女来，再拜辞去。（事二皆黄仲秉说）

【译文】彭州（今四川彭县）人苏彦质为蜀州（今四川崇庆）录事参军，他的女儿只有八、九岁，因为在床边玩耍，看见地上有一个小洞有亮光，就用竹管捅探，竹管掉了下去。便跑到他父亲那里报告，苏彦质用长竹竿探测洞穴，到了竹竿尽头，还没有探到洞底，于是取出竹竿，竿上带有凋残老化红色的帛丝片，彦质非常奇怪，便喊差役用大锄挖开地有一丈左右，挖出一骷髅，头和脚皆保存完好。就重新收殓了，埋到郊外。第二天忽然有一美貌女子在屋子中游走，家里的人想靠近她，问是什么人，她总是逃到墙壁的夹缝里，最终无法去问她话。

那时，郡中有个秀才叫陈愈，从阆中来到这里，善于给人看相，而且也会施道法去鬼魅，便请他来看视。等了一会儿，一个女子来说：“妾原来是汉州（今四川广汉）段家的女儿，许嫁给同郡的唐氏，准备出嫁，唐家因我们家忽然贫穷而嫌弃我，解除了原有的婚约，此后就没法出嫁，便卖身到此州费录曹家当侍妾，不幸很受主人的宠爱，因此被主母活埋到地下，已经有几年了，不是苏大人挖出重改下葬，那么现在我还是一个囚禁于此的野魄。因为当初出土时，差役不细心，锄在我的胫骨上，骨头就要断了，不能行走，不得已才留在这里，没有其他的意思。”陈秀才接着说：“想走有什么困难，我给你想法。”取些纸来，剪成人形说：“用他驮你走。”女子笑着谢了陈秀才，就走了。这天夜里，苏彦质的嫂子梦见一个仆人背着那个女子来到家里，拜谢后就走了。

饮食忌

食黄颡鱼不可服荆芥，食蜜不可食鲊，食河豚不可服风药，皆信而有证。吴人魏几道，在妻家啖黄鱼羹罢，采荆芥和茶而饮，少焉，足底奇痒，上澈心肺，跣走，行沙中，驰宕如狂，足皮皆破欲裂。急求解毒药饵之，几两日，乃止。

韶州月华寺侧民家，设僧供。新蜜方熟，群僧饱食之，别院长老两人，还至半道，遇村虚卖鲊，不能忍馋，买食，尽半斤，是夕皆死。

李佛郎中过常州，王子云为郡，招之晨餐，办河豚为馔。李以素不食，遣归饷其妻。妻方平明服药，不以为虑。啜之甚美，即时口鼻流血而绝。李未终席，讣音至矣。（前一事魏几道、中一事月华长老悟宗、后一事王日严说）

【译文】吃黄颡鱼不能再吃荆芥，吃蜂蜜不能再吃腌过的鱼，吃河豚不能再吃风药，都是可信而有事可证的。吴地人魏几道在他妻子的娘家吃黄鱼羹后，采摘一些荆芥和茶一起泡着喝，不一会儿，脚底奇痒无比，一直扩展到心、肺，难受地就赤着脚在沙地上走，而后深一脚浅一脚的猛跑起来，脚皮都磨破了，伤口开裂，急忙向人求服解毒的药品救急，差不多两天后，痒症才好。

韶州（今广东韶关）月华寺旁有一户人家给寺庙的和尚斋饭。那时，新鲜的蜂蜜刚刚下来，和尚们狠狠地吃了一顿饱，寺院中的两个长老回去走到半路，碰见村子空地的地方有卖腌鱼的，忍不住嘴馋，就买了半斤吃完，到了傍晚他们都死了。

李佛担任郎中的官职，路过常州，王子云当时任郡守，招待他吃饭早，准备了河豚，因为李佛从来没有吃过，就派人拿了些送回住处给妻子尝尝，妻子有病刚好，黎明还在服药，不考虑后果，吃了河豚，觉得口味非常好，但只片刻口鼻就出血而死。这时李郎中还在早宴上吃饭，报丧的人便发来讣告。夷坚丙志

夷坚丙志

卷第一（八事）

九圣奇鬼

永嘉薛季宣，字士隆，左司郎中徽言之子也。隆兴二年秋，比邻沈氏母病，宣遣子沄与何氏二甥问之。其家方命巫沈安之治鬼，沄与二甥，皆见神将，著戎服，长数寸，见于茶托上，饮食言语，与人不殊，得沈氏亡妾，挟与偕去，追沈母之魂，顷刻而至，形如生，身化为流光，入母顶，疾为稍间。沄归，夸语薛族，神其事。

时从女之夫家苦魈怪，女积抱心恙，邀安之视之，执二魈焉；状类猴，而手足不具。神将白："其三远遁，请得追迹。"俄甲士数百，建旗来前，旗章画三辰八卦，舒光烨然。器械悉具，弩梁施八龙首，机藏柄中，触一机则八龙张吻受箭，激而发之，跃如也。无何，缚三魈至。又执二人，一青巾，一髽髻，皆木叶被体。命置狱考竟，地狱百毒，汤镬锉碓，随索随见，鬼形糜碎，死而复生屡矣，讫不承。安之呼别将蓝面跨马者讯治，叱左右考鞫，亲折鬼四支，投于空而承以槊，大抵不能过前酷，而鬼屈服，受辞具言，乃宅旁树。刳其腹，得一卷书，曰："此女魂也。"投之于口，亦入其顶中。是夕小愈。

明日，神将言："魈党三辈，挟大力不肯就逮，方以兵见拒，请击之。"遽发卒数万，且召会城隍五岳兵，侦候络绎，既而告败，或有为所劓刖窜而归者，曰："通郡郭为战场，我军巷斗皆不利。"又遣铁帻将率十倍之众以往，亦败。安之色不怡，烧符追玉笥三雷院兵为援，会日暮，不决。

后二日，始有执旗来献捷者，如世间捷旗，而后加"谨报"二字。得一酋，冕服而朱缨，械之。大青鬼称为雷部，凭空立，云气覆冒其体，鼓于云间，霆声再震，金蛇长数丈，乘电光入幽圄中。沄及何甥谓与常雷电亡异，而余人不觉。其夜，神将曰："闻远方神物为诸鬼地，且将劫吾狱。"命槛车锢囚于内，罗甲卒卫守。安之焚楮镪数万以犒士，既焚，则已班给，人才得七钱。

数日，女疾如故，安之复领神将来，曰："女魂又为鬼所夺矣。"于是解发禹步，仗剑呵祝，每俘获必囚之。何甥自是无所睹。沄见神将形渐长大如人，揖季宣就席，与论鬼神之事，曰："是非真有，原皆起于人心，人心存而有之。"无无有有，盖无所致诘。"又语沄问学，曰："当读睿智、显谟两先生文集。"告以世无此书，曰："书已为秦政焚灭矣。承烈先生者，显谟先生子也。"其意盖指帝尧及文王、武王。又曰："人无信不立，果知自信，则先生之道，可由学而致。"宣外甥久病疟，女兄睹此事，敬异之，神即傍顾曰："闻亲戚间有鬼疟，可并案也。"安之不许。

明日，女兄来，假时治甥病。神降者三人，其一类左司公，呼宣小字曰："虎儿，吾汝父也。今为天上明威王，位在岳飞右。吾兄吏部（嘉言）、待制（弼），姻家孙秘丞（端朝）分将五雷兵，亦为三，明当与孙公过汝，宜治具以待。"凡捕得七鬼，悉系狱。迨夜下漏，呼囚，大略如人世。明日，神将来甚众，自此不复离堂户。或称南北斗、真武、岳帝、灌口神君、成汤、高宗、伊尹、周公、陈抟、司马温公者。又言："尧舜在天为左右相，文王典枢密，孔子居翰苑。"其语多鄙野可笑。阎罗王续至，望神将再拜谒，敕阴吏索薛氏先亡者，得男女十有六人，宣父母及外舅孙公咸在，皆公服帔裳，一家婢仆悉见。席罢，曰："狱事未竟，明当再来。今日馔具殊薄恶，后必加丰，令足以成礼。"遂去，独留两偏将徼巡。

沄出，见吏士塞途，所经祠庙，主者迎谒。一走卒还白曰："上天以下元考功，吾王转飞天大神，王以元帅董督五院矣。"五院者，安之所行法也。宣兄宁仲窃怪之，诵言曰："此奇鬼附托，不足复祀。"宣曰："鬼神固难知，既称吾先人，安得不祭？"神将稍不怿，为奏诬宁仲等不孝，请于帝，减其算。旋得诏报可，意欲以惧宣。

明夜，十六人复集，自设供张，变堂奥为广庭，幄帟皆锦绣，器用皆金玉。男子貂蝉冕服，妇人袆衣，侍女珠翠金石，备乐如埙篪柷敔之属，沄所未尝见。酒既酣，奏妓为泼寒胡、曼延、龙爵之戏，千诡万态，听其音调，若因风自远而至，伶官致多谶未来事，或诮不已信者，皆粗俗持两端，自相缪戾，颇觉人议已。左司者哭而言曰：“汝谓死而无知，可乎？殆有相荧惑者，非汝之过，可绘我与孙公像并所事神将祠于室。”宣曰：“大人死为天神，甚善！子孙当蒙福，不宜见怪以邀非正之享。今其绝影响，勿复来。”应曰：“诺。”

诘旦，久未起，妻淑者，秘丞女也。亦疑以为不可复祀，宣未对，所谓左司秘丞者，已泣于床隅，曰：“真绝我乎？”淑曰：“阿舅阿父幸见临，何为造儿女床下？”皆大惭曰：“汝言是也，吾即去。”遂跨虎以出。淑谓长姒：“吾翁吾父皆正人，必不为此，殆其名而窃食者。”语意，即有驱先二人来，曰：“此等皆妄也，真飞天王使我捕之。”宣叱曰：“汝辈魑魅亡状，又欲以真飞天诳我。”拔剑击之，则复其本质。少焉，尽室皆魈，移时乃没。

明日，沄诵书堂上，又有启户者曰：“二魈已伏诛，吾来报子。”宣以剑拂其处，血光赫然，它奇形异状者踵至，皆计穷舍去。其一般辟于廷曰：“昼日吾无可奈何，夜能苦子耳。”及夜，径来逼沄，宣抱之于怀。魈将以物置沄口，宣掩之。沄于手中得药，投诸地，有声，堕宣　指间，疮即隐起。已又投食器中，淑取食之，无伤也。夜半不去，沄困急，闷闷不自持，默诵《周易·乾卦》，似小定，既而复然。淑取真武象挂于傍，沄觉如人噀水入身中，冷若冰雪，魈化为光气，穿牖而灭，精神始宁。

薛氏议呼道士行正法，魈历指其短，惟不及张彦华偶。随请而至，魈诈称旧仆陈德。华叱令吐实，曰：“我西庙五通九圣也。沈安之所事，皆吾魈属。此郡人事我谨，唯薛氏不然，故因沈巫以绐之，欲害其子。今手足俱露，请从此别。”华去之。

明日，妖复作，攻沄益甚，华始命考召。沄见神人散发飞空，乘铁火轮，魅以药瓢迎拒之，人轮皆丧。九圣者自称神将，著纱帽赭服，与道士并步罡噀水，略无忌惮，华归，焚章上奏，扫室为狱，置灰焉。明旦，阅灰迹，一鬼一妇人就系，狱吏朱衣在傍立空中。鬼反呼正神为贼将，言曰：“忽得以戈舂我，我为王邦佐，铁心石肠人也。汝何能为？趣修我庙乃已。”宣不复问，领仆毁其庙，悉断土偶首。

初，沄梦为群猴舁入穴，青色鬼牵虎龂龂然，于是□其象。庙既坏，邦佐方引咎请于沄。宣还家，续有七人至，其一自名萧邦贡，沄呼曰：“神将胡不擒此？’即有大星出中庭，云蒸其下，三魈扶摇而上，旋致于灰室，其四脱走。火轮石斧交涌云际，凡俘鬼二十一，皆斩首。其十五尸印火文于背，曰：“山魈不道，天命诛之。”其六尸印文称：“古埋伏尸，不著坟墓害及平人者，竿枭其首以徇。”是夕启狱，灰迹从横凌乱，而絷者十五辈。将上送北酆，金甲神持黄纸符敕示法，上为列星九，中画黑杀符。下云：“大小鬼神邪道者并诛之。”沄录示华，华喜曰：“上帝有命矣。”质明，诣狱问吏，吏曰：“制敕已定，行刑可也，首恶非王邦佐，实萧文佑、萧忠彦、李不逮，余不可胜计，姓名不足问也。”甲卒以木驴、石砬、火印、木丸之属列廷下，吏具成案，律书盈几，呼军正案法。一吏捧策书至，曰：“已有特旨，无庸以律令从事。”先列罪于漆板，易以朱榜金填之，立大旗，书太清天枢院，下揭牌曰："奉敕某神将行刑。"吏以引示沄曰："有敕，诸魈并其所偶，一切案诛之。"五雷判官者进曰；"元恶毙以阴雷，皆三生三死，次十五人支解，余阴雷击之。"引三魈震于前，酌水灌顶，旋复活，如是三击乃死，以篮盛尸去，三朱榜标其后，曰九圣，曰山魈、曰五通，罪皆有状，使徇于庙，相次以驴床钉二男四女及六魈。刽者朱帕首，虎文衣，亦各书其罪。一人乃旧婢华奴，以震死而为厉者，一人非命而为木魅者，男强死而行疫者，魈正神而邪行者，诈称九圣者，窃正神之庙食者，生不守正，死为邪鬼，杀人误国无所不至，而从迹诡秘如某人者，皆先啖以食，吞以木丸而后脔之。其毙于雷火者又二十二人，竟刑，皆失所在。武吏持天枢院牒致宣曰："山魈之戮，非本院敢违天律，为据臣僚奏请，专敕施行，牒请照会。"初，郡人事九圣淫祠，久为民患，及是，光响讫熄。

自沈巫治从女病，以十月七日迨二十八日，乃毕事，首尾逾再旬。彦华所降天人与沈巫之怪无以异，弟语音如钟磬金玉，细若婴儿，而怪声则重浊类人云，宣恨其始以轻信召祸，自为文曰《志过》，记本末尤详，予采取其大概著诸此。沄时方十四五岁。

【译文】永嘉（今属浙江）薛季宣，字士隆，是左司郎中薛徽言的儿子，宋孝宗隆兴二年（1163）秋天，邻居沈氏的母亲生了病，季宣派他的儿子薛沄和何氏二外甥同去看望问候。到了沈家，沈母家正在请巫师沈安之来驱鬼，薛沄与二甥，都看见神将身穿威武戎装，长仅有几寸，站立在茶盘上，又吃又喝边说话，与普通人一模一样，得到沈氏死亡的小妾，便挟持在胳膊腋下就走，去追捉沈母的鬼魂，片刻追回，见其形貌很像活时一样，接着变成一道流光，射入沈母的头顶，这时沈母病情便稍为转好。薛沄回到家，对其家族近邻大加夸奖，把所见巫师驱鬼治病的事，说得神乎其神。

当时，他的侄女丈夫家遭受山魈鬼怪为害，侄女忧心成疾，得了心痛病，随即也去邀请巫师沈安之来看视。安之当即捉拿二个魈鬼，形状像猴子，但无手无脚。神将说："那三个魈怪已逃远了，要赶快跟踪追赶。"立刻之间，有数百名穿戴盔甲士卒，举着旗子来前，旗面上画三辰八卦，光灿夺目，捕捉魈鬼的刑械器具，都备齐整。弓弩梁上有八个龙头，秘机藏弓弩柄把中，按一机扭，就有八龙张嘴接箭，急剧地从口中喷射箭头，疾速地飞出去。顷刻，缚捉二个魈怪。又捉拿三人，一个头戴青巾，一个头梳长髻，都以树叶遮盖身体，随即命关进监狱，严加盘查考打。地狱中阴森可怖，滚汤沸油，锉椎刀斧，随要随到，使鬼形糜碎，多次死而复生，使尽百般酷刑，仍不认罪承认。巫师安之，便命令一个骑马的蓝脸将官来审讯惩治，那将官大声命令手下侍从，让其严刑惩治，亲自下手折断魈鬼四肢，投向空中，地面立有无数长矛，使鬼体承接，使用的酷刑不下于古代残酷刑罚，使鬼怪屈服，说了实话。就是宅边的老树成精，刨开树的中腹，取得一卷书，说："此就是女的鬼魂。"随投入口中，也入进侄女的头顶，当晚一夜，病情稍愈。

到第二天，神将说："魈怪三人，自以为其体重力大，不肯投降，还领兵拒捕，请出兵攻击。"遂发兵数万，且召集城隍五岳兵士，络绎不断侦探，以后与魈鬼作战，结果一战就败，有的士卒还被割掉鼻子和砍掉脚逃回来，说："整个城墙里都成为战场，我军巷战，都处于不利地位。”又派铁巾将率领十倍之众，前往战斗，但也失败。安之仍怡然自得，毫不在乎，烧符念咒，又请玉笥三雷院兵增援，从早战至日暮，仍不分胜负。

后二日，才有旗牌官来献捷报，像人世间的捷旗，而后边加“谨报”二字。捉得一头目，穿帝王礼服，戴帝王礼帽，帽上插朱缨，于是便把他囚禁起来。只见有大青鬼称为雷部，站在半空中，云气覆冒全身，在云间擂鼓，雷霆之声，震耳欲聋，声中现有金蛇，长数丈，乘着电光被打入冥幽地狱中。薛沄及何氏外甥，以为这雷电和平常雷电不同，而且别人却看不出来，当夜，神将说：“听说远方鬼怪聚集的地方，还打算来劫我监狱。”便下令将鬼犯送入囚车，牢固关紧，周围用披甲神兵，日夜守卫。安之便焚烧纸钱数万，用以犒偿将士，把焚烧的纸钱，及时分放，每人才分到七个钱。

又停数日，侄女的疾病仍不见轻，又同以前一样重了，安之又率领神将前来说：“女魂又为鬼怪夺去。”于是便置了法坛，打散头发，步星踏斗，手执宝剑，讲着咒语。凡所擒获俘虏，都要严加禁锢，何甥自此以后，就见不到什么。

薛沄见神将形体，渐渐长大如人，拱手行礼，请薛季宣一同坐下来，和他谈论鬼神之事，说：“并不是真有，原都起源于人心，人心有鬼就有鬼。无无有有，无所统一，自相矛盾。”又向薛季宣谈论学问之道，说：“应当读睿智、显谟两位先生的文集。”季宣说：“世间没有此书。”回答说：“书已为秦始皇焚烧了，承烈先生，是显谟先生儿子。”其意思是指帝尧及文王、武王。又说：“人无信不能立身，果是来自自信，这就是显谟先生做人之道，这些都是从学中而得到的。”季宣外甥久害病疟，女儿看到此事，感到很奇异，显得十分恭敬，神将便扭头对他说：“我听到亲戚间也有疟疾，可一齐立案治讯。”安之不允许这样做。

明日，侄女的哥哥来，请为外甥治病。降下神仙三人，其中一个很像左司郎中薛徽言，他叫季宣小名说：“虎儿，我是你的父亲，今为天上明威王，位于岳飞右。我兄吏部（名嘉言），待制（名弼）和亲姻家孙秘丞分管五雷兵，也列为三位，明日孙公要来见你，准备好酒席等待。”捕擒七鬼，都关入监狱，等到深更半夜，呼审囚鬼，略似人世。明日，神将来的很多，从此不再离堂户，自称南北斗星君、直武大帝、东岳大帝、灌口二郎、成汤、高宗、伊尹、周公旦、陈抟老祖、温国公司马光等。又说：“尧、舜在天为左右相，文王为典枢密，孔子居翰苑。”说的话粗俗可笑。阎罗王后至，望诸神将再行拜礼，指示阴曹官吏索取薛家早先死亡的人，叫来男女一十六人，季宣父母及外舅孙公都在，都穿公服帔裳，一家奴婢仆人都出现了。筵席之后，说：“监狱的事情还未说清楚，明日还需再来，今日准备的酒菜太简单，改日必更丰富，使达到敬客之礼。”说罢遂去，只留两偏将巡查。

薛沄出来走动，看见官吏士兵堵塞路途，所经祠庙，庙主都出来迎接拜谒。一个走卒还说：“上天在下元节，考察诸神功过，我家大王转为飞天大神，王以元帅身份总督五院。”五院乃是巫师沈安之行法所请的神，季宣哥宁仲很感奇怪，便说：“此恐怕是什么鬼怪假托的，不必再来供奉他们。”季宣说：“鬼神的事确实很难知道，既然自称是我家祖先，怎得不去祭祀？”神将微露不满，便声称上奏天庭，诉宁宣等不孝，请求减其寿命。立即得诏批准，神将想用此吓惧季宣。

明夜，十六人又相聚，自设供桌，使堂庭变幻得十分广大，挂的帐幕都用绣锦做成，用的器皿都是金玉制就，男子穿着貂蝉官服，妇人穿着美丽的衣饰，侍女身上也都装饰着真珠翡翠金银和宝石。所用乐器，例如埙、篪、柷、敔这类古乐器，薛沄所未尝见到。

饮酒既而尽兴欢畅，演奏音乐的歌妓，为泼寒胡、曼延、龙爵的游戏，千姿百态，听其音调，好似徐风远远送来，演戏的伶官大都是算预言未来事，或讥诮那些不讲信誉的人，都是粗俗到极端，自相矛盾，荒谬得不能不使人怀疑。这时，左司郎中哭着说："你们以为人死如灯灭，什么也不知道，对吗？即使有人用这话蛊惑你，也不是你们的过错。可画我与孙公像并所敬的神将，供奉在家里。"季宣说："父亲大人死为天神，是很好的事，子孙们蒙受神恩，不过，不要用怪异的方法出现，以获取不正经的享受，今后希望能杜绝不好的影响，不要再来。"季宣父亲左司郎中答应说："可以。"

到了天明，很久未起床，他的妻子名叫淑，是孙秘丞的女儿，也怀疑这些神道是假的，今后不可再祭祀，季宣没话答对，而那个孙淑的父亲左司秘丞，已经在床角哭泣，说："你们真要断绝我吗？"孙淑说："公公和父亲能有幸降临，是件好事。可是不应当暗中来到了女的卧床边偷听呀！"薛左司和孙秘丞听了都十分惭愧，便说："你说的对！"说罢，遂骑上虎走了。淑谓长嫂说："我的公公、父亲都是正人君子，必然不会这样做，那一定是假其名义，而行偷窃供祀饮食的妖鬼吧。"刚说完话，就有两个打前站的差使出现，说："此等都是假冒，真正的飞天王派我来捕捉。"季宣大声斥叱说："你们这些魑魅鬼怪，没有一点正经样子，又想拿真正天王欺诳我。"遂拔剑击之，就恢复其本质面貌，片时，满室尽是魈怪，停一会儿就没有了。

明日，薛沄在书房读书，又有推门进来报告的，说："冒充大王的二个魈鬼已伏法诛杀，我来报你知道。"季宣以剑扫去，冒出一片血光，于是，其他奇形异状的鬼怪，都很快跟着跑到书房中来，薛沄只是不理，最后那些鬼怪没有办法，才算离开。其中有一个魈鬼躲在庭院里，说："白天我无可奈何你们，到夜间还要苦害你们。”到了夜间，又来吓唬薛沄，沄父季宣，把沄抱于怀中，魈把什么东西往嘴里放，季宣用手掩住薛沄的嘴，不让放入。手中拿到药物，投扔地下，发出声音，有一粒掉坠季宣指头缝里，立刻疮毒红肿起泡。后来，又把那东西扔到食器中，孙淑取来吃了，却没有伤损。闹了半夜，魈怪仍不去，这时薛沄困倦，精神不能支持，便默涌《周易·乾卦》，才稍安定，继而仍然胡闹。孙淑便取出真武大帝的画像挂到墙上，薛沄觉得如人往身上喷洒冷水，冷得和冰雪一样，这时魈鬼便化作光气，穿窗而灭，薛沄精神才得安宁。

薛家商量，呼请道士来行正法治魈鬼，魈怪一笔一笔说这些道士的短处，又说，唯一不能胜张彦华，薛家随即邀请张彦华到家，魈鬼诈称是老仆人陈德，彦华叱令说实话，才说：“我是西庙五通九圣，沈安之所奉祀的，都是我们这些山魈鬼怪之类，这地方人们对我均很谨敬，唯薛家则不然，故而同沈巫相勾结，想害薛氏儿子，今天既然马脚败露，甘愿从此不再来。”张彦华放走了他。

第二日，妖魈又兴风作浪，攻击薛沄更甚，华道士开始召神讨伐。薛沄看见神人披发飞行于天空，乘铁火轮，魈怪用药瓢迎战，战无数合，人轮都被击败丧命，所谓九圣，自称神将，穿戴纱帽赭服，与道士一同踏星步喷洒法水，没有一点儿害怕。华道士便回去，连夜写张章，上奏天庭，打扫一间屋子为监狱，放置了炭灰。到天亮，走进狱内看灰迹，见一鬼一妇人被缚，狱吏穿着红衣在旁站立空中，鬼反呼正神为贼将，说道：“不要用戈矛刺我，我是王邦佐，铁心石肠，你们如何能奈何于我？赶快修我庙就算了。”季宣不再复问，领着仆人拆毁庙院，并断土偶头。

起初，薛沄梦见群猴把他抬进一个深穴，有一个青色鬼牵着老虎显威，于是记得其形象。如今庙宇已拆毁，邦佐方才引咎请罪于薛沄。季宣回到家，陆续又来了六、七人，有一人自称名叫萧邦贡，薛沄急呼："神将怎么不擒拿他？"随即有大星出现在中庭天空，其下云雾腾腾，吸住三个魈鬼扶摇升起，一会儿，便又落到灰室里，其他四魈逃跑。只见火轮、石斧在云雾中出现，雷电交加，最后俘获小鬼二十一名，都被砍下脑袋，其中十五具鬼尸体，有火烙的文字在背上，文称："山魈不道，天命殊之。"其余六具鬼尸，背上印文称："古埋伏尸，不著坟墓害及平人者，竿枭其首以徇。"当晚，打开狱门，灰迹从横凌乱，而被缚的十五个妖魈，将上送至北酆，金甲神手持黄纸符敕，让薛沄看，上面列有九颗星，中画黑杀符，下面写道："大小鬼神邪道并诛之。"薛沄赶紧做了记录，拿给华道士看，华道士十分高兴，说："这是上帝命令。"质问明白，便去问狱吏，狱吏说："敕令已定，立即执刑就可，首恶不是王邦佐，实际是萧文佐、萧忠彦、李不逮，其余还有很多，姓名不值一提。"一个狱卒便把木驴、石砭、火印、木丸之类陈列廷下，狱吏立案成卷，法律条文放满桌几，呼军士依律正法。正要立即行刑，一小吏手捧旨意来到，说："已有特别旨文，不必按律令逐条办事。"先将礼罪实事列于漆板，又换了红榜上，用黄金填写，并立一杆大旗，旗上写太清天枢院，下边树立揭示牌说："奉敕由某神将行刑。"狱吏把文书让薛沄看。说："有敕令，诸魈鬼和其所附的土偶，一并立案，依律严惩。"有称为五雷判官的进言说："首犯要以阴雷击死，都是三生三死，次犯十五人一律肢解，其余用阴雷击毙。"遂引来三个魈怪主犯，用雷震死，用水浇灌头顶，一会儿又复活，这样三击才死，用竹篮盛其尸体而去，三面红榜标写在后，一是九圣、一是山魈、一是五通，犯罪实事有状案，然后分布于庙内，继其次用驴床钉二男四女及六个魈鬼，刽子手头戴红巾，身穿虎纹衣，也各书写其罪。一人是老婢华奴，因雷震死而为厉鬼；一人死于非命为木魈鬼；一男因暴死而后行疫为厉鬼的；山魈正神而行邪恶的；

诈称九圣者；偷盗正神庙内的食物者；生不正派，死为邪鬼及杀人误国无所不至，特别是行迹诡秘假冒某人的罪鬼，都先口吞木丸而后碎其肉体。死于雷火者又二十二人，按照天律，执刑完毕，山魈鬼怪尽化灰尘，无影无踪，失去所在。武官吏手持天枢院牒文致送季宣说："山魈被戳杀，本院不敢违背天命，是依据臣僚奏请，专一敕令执行的，所以要用公告牒文照会。"当初，郡县百姓敬奉九圣淫祠，祸害百姓很久时间。自从这以后，魈怪才算绝灭了。

自从沈巫治侄女病，从十月七日到二十八日，才完了事，从头至尾共二十一天。彦华道人所降下的天兵天将与沈巫的魈怪鬼神，都是一个样子，但天神说话声音如钟声金玉，细如婴儿；而魈怪的声音则混浊不清。季宣才觉悟，悔恨当初轻信巫师沈安之，才招来大祸，自己写一篇文章叫《志过》，记述此事很详，我采访其大略，记下此事，薛沄这时才十四五岁。

陈舜民

晋江主簿陈舜民，被檄诣神州，未至三驿，已就馆，从者皆外出，独坐于堂。

有妇人自东偏房出，著淡黄衫，靓妆甚济，徘徊堂上，歌新水词两阕。舜民知其鬼物，默涌天蓬咒。殊不顾，缓步低唱，其容如初，舜民益疾诵咒，声渐厉，妇人頳然怒曰："何必如此。"趋入房，乃不见。

【译文】晋江（今属福建）主簿陈舜民，被调至福州，未走三驿站，就住进驿馆，随从人都出外，自己一人坐于馆堂。

有一妇人从东偏房走出来，穿淡黄色绸衫，妆饰甚为华贵漂亮，在庭堂上往返徘徊，歌唱《新水词》两阕。舜民知其为鬼物，默默地念诵《天蓬咒》。她一点儿也不理睬，仍然缓缓地走着低声唱着，从容自得，舜民更快的念咒，声音越来越严厉，妇人顿然失色发怒说："何必这样。"遂急步走入东偏房，便看不见了。

贡院鬼

临安贡院，故多物怪，吏卒往往见之。乾道元年秋试，黄仲秉（钧）、胡长文（元质）、芮国瑞（煇）、昌禹功（永）为考试官。国子监胥长柳荣独处一室，病痁昼卧。一男子一妇人携手而入，招荣曰："门外极可观，君奈何独自处此？"荣不应，就榻强挽之。荣起坐，澄念诵天蓬咒，才数句，两人即趋出。

禹功之仆取汤于中堂，觉如人疾步相蹑者，心颇动，望堂上灯光，方敢回顾，乃白鹅一群，叱之即没，长文之小史从堂后中间过，遇妇人高髻盛服凭阑坐，不见其足，稍前视之，已失矣！

持更者言，每夕必见此鬼往来云。

【译文】临安（今浙江杭州）有一所考试乡举的贡院，多年以来鬼怪就很多，那里的官吏和士兵经常见到。宋孝宗乾道元年（1165）秋季，又到了考试举人的时候，黄仲秉、胡长文、芮国瑞、昌禹功等为主持考试的官员。国子监办事职员的头目柳荣独自一人住一室，因患了疟疾病，昼夜卧床不起，有一天，忽然有一男子和一妇人手拉手走进室里，对着柳荣打招呼道："门外多热闹、多好看，你何必独自一人闷在屋里？”柳荣听见，没有搭理她，于是走近床边，强拉他起来，柳荣这样才坐起来，排除杂念，专心念诵《天蓬咒》来，刚刚念几句，两人听到，就赶快走出屋外。

昌禹功的仆人去中堂屋端茶，觉得像有人紧紧跟在后面走，仆人心里非常惊悸，看见中堂里有灯光，才壮起胆回头看，看到一群白鹅，遂吆叱一声，白鹅便不见了。胡长文的仆人从堂屋后中间走过，碰见一个妇人，头上盘着高高的发髻，身上穿着华贵的衣服，倚栏独坐，只是见不到两脚，慢慢移步去看她，亦就看不见了。

听打更人说，每夜间必看到这个鬼来回走。

东桥土地

李允升者，以进士登第，用枢密使汪明远荐，得上元令，归宜兴待缺。

梦县之东桥土地遣人来迎云：“当作交代。”允升辞以当赴官，不愿为此职。土地甚怒曰：“汝且去上元满一任。”允升到官二年，以事去，竟用赃罪徒岭南。

【译文】李允升中了进士，因为枢密使汪明远推荐，批准他到上元县（今属南京）当县令。李允升遂回到家乡宜兴（今江苏宜兴）等候补缺上任。

夜间，他梦见县城东桥土地神派人来迎接他，说道：“应当接替土地职务。”允升以即将赴任当县令为由，不愿做东桥土地，土地神听后，大怒道：“你暂且去上元干一任。”允升到上元当了二年县令官，因为犯了贪污罪，发配到岭南（今广东）服刑。

阎罗王

林衡，字平甫，平生仕宦，以刚猛疾恶自任。尝知秀州，年过八十，乃以荐被召，除直敷文阁。既而言者以为不当得，罢归。

归而疾，病且革，见吏抱案牍来，纸尾大书阎罗王林，请衡花书名。衡觉，以语其家："前此二十年，盖尝梦当为此职。秘不敢言，今其不免矣。"家人忧之，少日遂卒。卒之夕，秀州精严寺僧十余人，同梦出南门迎阎罗王，车中坐者，俨然林君也。

衡居秀之南门外，时乾道二年。

【译文】林衡，字平甫，他在一生做官的时候，总是以刚强勇猛，对坏人坏事则疾恶如仇为宗旨，后来在秀州（今浙江嘉兴）做知州，年纪已八十多岁，而被推荐，任命为敷文阁直学士，后来有人说他年已老了，不能胜任，遂罢官归家。

回家就生疾病，而且病得很重，昏昏迷迷见有官吏抱文案卷宗来到，纸上最后落款是阎罗王林，请林衡在上签名划花押。林衡醒来，把梦中所见，说给家人："在此前二十年，经常做梦，梦见我死后要当阎罗王，我藏入心中，不敢对你们说，如今不会再回避了。"家人闻言，十分担忧。没几日，就死去了，当临死之夜，秀州精严寺十多个和尚，做同样的梦，梦见走出南门去迎接阎罗王，看到车内坐的那人，十分像是林衡先生。

林衡，家住在秀州城南门外，这是宋孝宗乾道二年（1166）的事。

文氏女

乾道三年四月，永州文氏女及笄，已定婚。将嫁前两夕，梦黄衣人领至官曹，判官绿袍戴帻，迎谓曰："且得汝来，此间错了公事，起大狱十五六年，累人不少，汝且归，明日复来。"遂觉，以白父母，殊不晓其言。

次夕，又梦至殿下，王者据案坐，判官抱文牍以上，王判云："改正。"即有人持酒一杯至廷下，饮之，极腥恶，出门而寤，则化为男子矣。父母惊遣报婿。

婿家以为本非女子，特以诈绐人，投牒讼于州。案验得实，乃已。

其语音态度犹与女不异，但改衣男服尔，婿家乃复欲妻之以女云。

【译文】宋孝宗乾道三年（1167）四月间，永州（今湖南零陵）有家姓文的女儿已年满十五岁，头发绾起来，戴上簪子，好漂亮的女娃，已经定下婚了。将要出嫁的前两天，梦见一个黄衣人，领她到阴曹地府，判官身穿绿袍头戴帻巾，在阴府前迎接她道："你可来了，这里办错公事，引起大案十五六年，连累的人很多，你先回去，明天再来。"女孩猛然睡醒，把所梦的事告诉她父母亲，她的父母都不知道说的是啥事。

第二天晚上，又梦到阴曹地府殿下，阎王坐在公案后，那判官手抱案卷走上前来请示，阎王批示："改正。"立即有人捧一杯酒站在殿廷下，让女孩喝下，酒味腥臭得很，喝罢酒，出门后就醒了，却变成了男子。父母惊慌，急忙派人到女婿家报告此事。

婿家以为这女子本来就不是女子，是有意诈骗财礼，遂写下诉状，到永州讼告文家。经检验了解，文女变男是实事，这才作罢。

听这女子的说话声音，看她的容貌和行走，同一般女子一样，但是改穿男子服装，女婿家又想把女儿嫁给他做妻子。

神乞帘

永州谯门相对有小庙，庙神见梦于录事参军何生曰："吾一方土地神耳，非王侯也。郡守每出入，必径祠下，我辄趋避之，殊不自安，就君乞一帘蔽我。"

如其言，明日，梦来谢。（化州守何休说。录事之子也。）

【译文】永州（今湖南零陵）城，谯楼门相对的地方，有座小庙，庙里的神托梦于录事参军何生，说道："我是这一片地方的土地神，并不是王侯大神啊，而郡守出出进进，必经我这座小庙门，前，我看见郡守路经小庙，我官小就得走开回避，很感不安定，我别无所求，只乞求给我一个竹帘子，遮蔽庙门。"

录事参军何生满足了土地神要求，第二天，又梦见土地神来致谢。

南岳判官

李摭，字德粹，济南人。建炎初，度江寓居缙云，调台州教授，单车赴官。与州钤辖赵士尧善，以官舍去学远，请以赵，愿易其处，赵许之，既徙家往居，摭稍葺钤辖廨，且谒告归迎妻子，未还。

教授廨内有小楼，赵氏之人至其上，闻驰马呼噪声，恐而下，则歌吹间作，如大合乐，遽以告赵，即日返故宅。

摭还，亦但处元廨中。久之，从容谓赵曰："吾前生为天曹录事，坐有过，谪居人间。而吾平生操心复不善，故所享殊弗永，去此半月，当发恶疮死，取以后事累君。"赵噩然曰："必无是理，勿妄言！"才旬白，疽生于脑，信宿，侵淫见骨，果死。

死数日，家方饭僧，庖婢在房，举止骤于常异，自称教授来，遣仆急邀赵。

赵至，婢泣而言曰："摭死矣，以在生隐恶，受谴至重，可令吾家用今夕设醮，谢罪于天。"赵即呼道士，如其请。

婢著青袍，执简戴帻，雍容出拜。外间闻之，急入观。婢炷香跪炉，与官人无少异。醮竟，又谓赵曰；"已蒙道力，得脱苦趣，犹当为异类，只在郡城某桥下。过三日，幸一视我。"

三日往焉，见巨黑蟒蟠屈土中，半露其脊，赵酹之以酒。他日，婢复作摭来，又邀赵谓曰："蟒祸已免，今为南岳判官，威权况味，非阳官可及，得请于上帝，许般家矣。遗骸满室，唯君是托焉。"赵责之曰："君为士人，岂不知书？不孝有三，无后为大，君既不幸早世，而令一家共入鬼录，可乎？"婢不复答。少顷，即苏。未几，摭妻继亡。三子皆幼，凡其送终之事，赵悉办之。

摭从兄德升尚书，后居天台，始收恤其孤云。（赵之子不拙说）

【译文】李摭，字德粹，山东济南人，宋高宗建炎初年（1127）春时候，渡江暂住缙云（今属浙江），调到台州（今浙江临海）任教授，独自一人乘车去到任所做官。他与台州钤辖官赵士尧是老朋友，所以就以住的地方距离学校路程较远为理由，同赵士尧相商量，愿将住处和赵士尧相调换，赵士尧同意调换，遂即搬往居住，李摭稍加整修钤辖住宅，便请假回故乡，接妻子来台州，走后多天没有回来。

教授住宅里有幢小楼，赵士尧的家人在楼上居住，听见有狂马奔腾呼叫声音，赵家人惊吓得很，赶忙从楼上跑下，则楼上声音又变成唱歌和吹奏，像一台大合乐。家人急忙把此事告诉赵士尧，当天又搬回老宅院。

李摭回家迎妻子归来，见赵家又回老宅居住，李摭无奈，也只好仍回原来的住宅居住。停了很久，李摭正正经经对赵士尧道："我前生当天曹录事的官，因为有错误，把我降下人世间，而我平生操心不善，因此应该享受福寿不久长了，再等半月，我要生恶疮死去，我的后事，只好连累你帮助办理了。"赵士尧咋听此话，十分惊恐说："决不会有这样的事发生，不要再说这奇谈怪论。"刚过十天，李摭头脑里生了恶性肿瘤，赵士尧才相信。李摭的脑疮已扩散侵入骨髓，果然死亡。

死后数日，李摭家供设饭斋僧，祭祀亡灵，厨房里有一做饭婢女，她的言谈举动猛然变得与平常不一样，自己说我是李摭教授回来了，派仆人急忙请赵士尧来。

赵士尧立即到了，婢女哭诉说："李摭死了，以前活着时候，隐瞒恶迹，受到严厉惩罚，你可让我家里人在今晚上引道士设坛祭祀，向天神谢罪。"赵士尧遂即请来和尚道士，设坛祭祀。

婢女穿青色袍，手执竹简，戴上头巾，从从容容走出祭拜。众人听说有这等怪事，争先恐后前来观看。只见这婢女烧香跪拜，祀赐天神，与官吏一个样，没有差别。祭祀完后，又对赵士尧道："已受道法助力，我才脱免受苦难，但来世不能再托生成人。我在郡城一座桥下，再过三天，请去看看我。"

三日到了，赵士尧前往看视，见一条巨大黑蟒盘在土中，脊背半露土外，赵士尧随将酒洒在地上祭奠。有一天，婢女又作李摭来了，再次邀请赵士尧，说道："黑蟒祸害已经幸免，现在我是南岳判官，威武和权势的样子，不是在阳间作官能比得上的，因而请求上帝，允许我家搬来，所以剩下的骨骸，还要托付老朋友料理啊！"赵士尧大怒，斥责道："你是个读书人，怎么不知书上讲，有三件事是不孝敬祖先，其中以没有后代人为最大的不孝，你既然不幸早早死了，而让你一家人都入鬼录簿，可以这样做吗？"婢女无言以答。此刻，就醒了。无有多久，李摭的妻子也跟着死亡，留下三个儿子，都是幼儿，有关埋殡送终的事，赵士尧全都代为办理。

李摭的堂兄李德升尚书，后来居住天台（今属浙江），才收留抚养了李摭留下的三个幼儿。

卷第二（十事）

舞阳侯庙

冯当可为万州守，郡有舞阳侯樊哙庙，民俗奉之甚谨。冯以为哙从汉高祖入蜀汉，未久即还定三秦，取项羽，未尝复西，而万州落南已深，与黔中接，非哙所得至也，是必夷妖之鬼假托附著以取血食尔，法不当祀，即日撤其祠。

未几，出视事，见伟丈夫被甲持戟，仪状甚武，坐于公庭上，冯知其怪也，叱之。掀髯怒曰："吾乃汉舞阳侯，庙食于兹地千岁矣，何负于君，而见毁撤？吾无所归，今当于君同处此。"冯以所疑质责之，其人自言为真哙不已。冯奋曰："借使真樊哙，亦何足道！"历诋其平生所为不少慑，神无以为计，奄奄而灭。

自是虽不复形见，然日挠其家。冯之子年七八岁，屡执缚于大木之杪，如是数月，冯用公事去郡，然后已。

【译文】冯当可在万州（今四川万县）当郡守，万州有座樊哙庙，当地人习惯奉祀，十分虔诚。冯当可见到樊哙庙，认为樊哙跟随刘邦打天下，进军入川不久，就回师北上，平定三秦（今陕西省咸阳东西部地区、甘肃东部地区），打败项羽，就没再往四川，而万州已深入蜀州的南面，与贵州相接壤，不是樊哙所能到的地方，必定是鬼妖假借樊哙之名，骗取民间香火供品的。按法理不应供奉他，便立即拆毁了这座庙。

没过多久，升堂办公，见到一个赳赳武夫，身披盔甲，手拿长戟，仪表威武，坐在公堂上，冯当可知道是鬼怪，就大声呵斥，那武夫怒发冲冠，掀着胡须说道："我是汉朝舞阳侯，在此庙享受供奉已经一千多年了，因为什么对不起你，你把我庙拆毁，我无处安身，就同你同住在这里罢。"冯当可以他所见所疑，据理质问他，这个武夫仍然自言自语说本人就是真樊哙。激怒了冯当可，大声斥责道："假设你就是真樊哙，就该怎么样！"冯当可把他平生做过的丑事一笔一笔的数说出来，毫无畏惧。以神自居的樊哙无言应对，没法对付，便慢慢消失了。

自此以后，虽然不再见到樊哙现形，然而天天来捣乱。冯当可的儿子才七八岁，屡次被吊在高高的树杪顶端，一连好几个月，就是这样。后来冯当可因公事调离万州，这事才结束。

魏秀才

成都双流县宇文氏，大族也。即僧寺为书堂，招广都士人魏君诲其群从子弟。它日，家有姻礼，张乐命伎，优伶之戏甚盛，诸生皆往观。至暮，僮仆数辈亦委去。

魏独处室中，心颇动，上堂欲寻僧，而诸僧适出民家作佛事，阖寺悄然，乃返室张灯而坐。

夏夜盛热，窗牖穿漏，松竹凄戛，明月满庭，一妇人数往来，知其鬼也。外户犹未闭，不敢起，益添膏油，数挑灯，举手颤掉，误触灯灭，不胜恐，急登床引帐自蔽，时时望庭下妇人，固自若也。既又触帐，绳绝，帐随坠，荡然一榻，空无遮阑，愈益惧，不觉昏睡。

及寐，妇人已在侧，魏苍黄无计，运枕掷之，妇人怅惋惊起，不复出外，但绕室徘徊，且笑且泣，鸡初鸣，忽趋出。少焉僧尽归，呼语其故，乃三日前民家菆一柩于此，今所见盖其魄云。

【译文】成都双流县（今属四川），有一姓宇文的大家族，借用寺院里面设立家书塾，请来广都（今四川双流东南）魏秀才教本族子弟们读书学习。有一天，宇文氏家因举办结婚喜事，鼓乐唱戏，十分热闹，学生们都跑去看戏，到快要日落时候，家塾里的几个书童和仆人也跟来看戏。

屋内独留魏秀才一人，他心里有些惊怵，忙走进庙堂，想找个和尚说话做伴。可是寺院和尚都去民家念经做佛事去了，整个寺院鸦雀无声，阴森可怕。魏秀才只好返回室内，点着灯火，独自坐在椅上。

夏天夜晚，屋里闷热异常，窗子露出一点隙空，听见松竹的枝叶被风吹动，凄厉可怖，地上洒满月光，有一妇人往来徘徊，魏秀才知道是鬼来了。可是外门还未关闭，又不敢起身，便又添些灯油，多次拔挑灯火，后来举手发颤抖，把灯碰灭，魏秀才不胜恐慌，急忙上床，拉下蚊帐作屏障，从蚊帐隙缝偷偷往外看那妇女，还仍然往来踱步，心里更是害怕，又去拉蚊帐，帐绳断了，蚊帐随即落掉地下，空空一张大床，无有一点遮身的东西，魏秀才越加恐惧，不觉昏睡过去。

到睡醒时，睁眼一看，那妇人已经在他身旁，魏秀才仓皇无法可施，拿起枕头往那妇人身上投去。那妇人猛然受惊，立起身来，也不往外走，但见她围绕室内来回走动，边笑边哭，公鸡刚刚打鸣，那妇女就忽然出门走了。一会儿，外出为民家作佛事的僧人都回来，喊来和尚问原因，才知道前三天有一民家把灵柩寄存寺里，今日所见的女子，就是那死人的鬼魂。

蜀州红梅仙

旧传蜀州州治有所谓红梅仙者。绍兴中，王相之为守，延资中人李石为馆客，石年少才隽，勇于见异，戏作两小诗书屏间以挑之。明日，便题一章于后，若相酬答。

他日，郡宴客，中餐方散，石已寝，见一女子背榻踞胡床而坐，问之不对。疑司理遣官奴来相污为谑，或使君侍妾乘主父被酒而私出者，不然，则鬼也，自谋曰："三者必居一于此矣。不如杀之，犹足以立清名于世。"取剑奋而前，女子起行，相去数步间，逐之出户，俄跃升高木上，奄冉而灭，石始大恐，欲反室，足弱不能动，会持更卒振铃至前，乃与俱还。

次夕，又至，初觉暗中如小圆光，渐隐隐辨人物，已而成人形，虽不敢与语，然财合眼必见之。其友赵庄叔辈两三人，同结科举课，来共宿，石嘱之曰："必相与唤我，无令熟寐，以坠鬼计。”然自是不复可脱。

后如成都，亦随以至，或教之曰：“青城丈人观，神仙窟宅也，君第往，彼必不敢来。”既而亦然，石追悔前戏，付之于无可奈何。

久之，归东川，过灵泉县朱真人分栋山下，将入简州境，始不见，盖岁余乃绝。

石字知几，乾道中为尚书郎。

【译文】从前有一传说，蜀州（今四川成都一带）所辖管地方，有个红梅仙，宋高宗绍兴中期（1114），王相之在蜀州作郡守，聘请资中（今属四川）人李石为家塾教师，李石年轻有才干，不怕鬼不信神，在家塾馆内戏作两首小诗，书写在围屏壁上，用以戏弄挑逗红梅仙，第二天，见屏壁上便有人题写一诗，在他写诗后边，很有互相酬答之意。

有一天，郡守设宴款待客人，一直到晚上才散席。李石已经睡了，见有一女子背靠床坐着，李石问他，也不回答，李石疑惑是司理派女仆来挑逗他，或者是郡守的侍妾乘郡守吃醉酒而偷跑出来寻欢的，不然，就是鬼怪作祟，自己暗暗想道：“我疑惑的三点，必有其中之一。不如将她杀了，更显示我清白，才能在世上做人。”遂取出利剑，奋猛向前，向那女子刺去，女子见势不妙，赶紧起来就走，相距几步远，把她驱逐在门外。片刻，那女子将身一跃，跳上一棵大树上，慢慢消失了。这时，李石才惊慌，想再返回室内，但两脚软得不能行走，等到打更士卒摇铃到跟前，才一起回进屋里。

第二日晚上，那女子又来，开始觉得黑暗中有一只小圆光，渐渐地看到人影，一会就变成人形，李石知那女子又来，吓得不敢与她说话，他才合着眼，那女子就在身旁。他同朋友赵庄叔两三个人，一同准备结伴复习，以应科举考试，晚上便同宿一室，李石嘱托道："你们几个谁睡醒就喊我，别让我熟睡，恐怕上了鬼的计算。"然而自此以后，再也逃脱不掉。

后来李石到了成都，那女子也随跟他去。有人对他说："青城山有座丈人观，是神仙居住的地方，你要往那里，那女子就不敢再跟去。"李石按照别人说教去做，那女子仍然还跟着他，李石后悔以前戏作小诗戏弄人的事，然也无可奈何！

停许久时间，李石去东川，路经灵泉县朱真人分栋山下，快进入简州（今四川简阳）境，才不见那女子，共有一年多才算绝迹。

李石字知几，宋孝宗乾道（1165）中为尚书郎。

刘小五郎

汉州德阳人刘小五郎，已就寝，闻门外人争哄，一卒人呼之，不觉随以行，回顾，则身元在床上，审其死，意殊怆然。

才及门，见老妪携一女子，气貌悲忿，别有两大神，自言城隍及里域主者，取大镜照之，寒气逼人，毛发皆立，其中若人相杀伤状。二神曰："非也，此女自为南剑州刘五郎所杀，君乃汉州刘小五郎，了无相干，吾固知其误，而早来必欲入君门，所以纷争者，吾止之不听故也，今但善还，无恐。"

女子闻此言，泫然泣下，叹曰："茫茫寻不得，漠漠归长夜。"遂舍去，刘生即苏。

【**译文**】汉州德阳（今属四川）有个叫刘小五郎的人，晚上已经睡了，听见门外有人吵吵闹闹，一个兵士来叫喊他，不自觉地跟着他走，再回头一看，他自己的身体还在原来床上，仔细看已经死了，心里不胜悲伤。

才走出门口，见一老婆拉着一个女子，样子十分悲愤，还有两个雄伟大神，自称是城隍和当地主人，取出大镜对刘小五郎照，只觉一股寒气逼人，毛发顿时竖立，看到镜中人像被杀伤的惨状，二个大神说："错了。这个女子是被南剑州（今福建南平）刘五郎所杀害，你是汉州的刘小五郎，根本互不相干。我本来就知道是误会，因而她们早上来，要进你的家门，所以吵起架来，是我不让进门，她们不听的原因，现在你可放心回去，不要害怕。"

女子闻听大神讲这番话，不觉悲痛流泪，感叹说道："茫茫寻不得，漠漠归长夜。"遂即离开这里走了，刘小五郎才苏醒过来。

罗赤脚

罗赤脚名晏，阆中人，少时遇异人携以出，归而有所悟解。

宣和中，或言于朝，赐封"静应处士"，张魏公宣抚陕、蜀，延致军中，金虏攻饶风关，尽锐迭出，大将吴玠御之，杀伤相当，犹坚持不去，公以为忧。罗曰："相公勿恐，明日虏遁矣，有如不然，晏当伏鈇质，以受误军之罪。"明日，果引而归，公始敬异之，连奏为太和冲夷先生。

好游汉州，每至必馆于王志行朝奉家，王氏传三世见之矣，其事志行夫妇礼甚敬，曰："吾前身父母也。"绍兴丙辰岁，蜀大饥，志行买妾于流民中，姿貌甚丽，罗见而骇曰："此人安得在公家？留之稍久，得祸将不细，当相为除之。”命煮水数斗，取灶上灰一篮，唤妾前，以巾蒙其首，而注汤于灰上，烟气勃勃然，妾即仆地，盖枯骨一具也。罗曰：“渠来时经女侩否？今安在？”曰：“在某处。”亟呼之。伺且至，则又以巾蒙枯骨，复为人形，举止姿态与初时不异，遂付于侩而取其直。

志行从弟志举登第归，罗见之他所，授以书一卷，缄其外，戒曰：“还家逢不如意事，则启之。”及家三日，而闻母讣，试发书，乃画一官人绿袍骑马，前列贺客，最后舆一柩，凶服者随之而哭。

广都龙华寺者，宇文氏功德院也，罗与主僧坐，忽起曰：“房令人来。”僧惊问何在，曰：“入祠堂矣！”僧谓其怪诞。明日，宇文时中信至，其妻房氏，正以前一日死。

尝往杨村镇，馆于陈氏，夜如厕，奔而还曰：“异事异事！适四白衣入愉垣入圃中。”陈氏皆惧。罗曰：“无预君事，明晨当知之。”及旦，圃人告羊生四子。

绍兴三十年，在盐亭得疾，寓讯如温江，求迎于李芝提刑家，李遣数仆来，罗病良愈，即上道。戒其仆曰：“自此而左，唯金堂路近；且易行，然吾不欲往，愿从广汉或它途以西，幸无误。”仆应曰：“诺。”退而背其言，行抵古城镇，罗闷然不怡曰：“汝诸人必置我死地，固语当勿为此来，今无及矣。”是夕，病复作。古城者，金堂属镇也，及温江而殂，蜀人以为年百七八十岁矣。士人往问科名得失，奇应如神，兹不载。

【译文】罗赤脚，名晏，阆中（今四川阆中）人，小时候遇到奇异的人把他领走，后来回到家里，对人对事都能看破前因后果。

宋徽宗宣和年间（1119–1125）有人向朝廷举荐，赐封“静应处士。”被都辖陕西、四川的宣抚使，魏国公张浚，聘请到军中做幕僚。

宋绍兴三年（1132）二月，金兵正攻打饶风关（今陕西石泉西），大将吴玠率将迎战，派精锐部队不断出击，金兵死伤惨重，仍然坚持不退兵，张浚为此很是忧虑，罗赤脚对他说道：“相公，不要发愁恐慌，明天金军就要逃跑，如果我说的话不应验，犯了误军之罪，我罗晏应受铡刀铡下头来。”第二天，果然如罗赤脚所预言，金军退却逃走，大将吴玠领兵回营，张魏公才敬重他，连续奏请，封为太和冲夷先生。

罗赤脚喜欢到汉州（今四川广汉）旅游，每次到汉州，必住在王志行朝奉家里，日久天长，王家三代人都见过他。他对王志行夫妇十分敬重，说：“这是我前身父母。”宋高宗绍兴三年（1133），四川发生大饥荒，人民逃荒要饭，流离失所，王志行在流民中买个女子做妾，这女妾容貌美丽，罗赤脚看见惊骇异常，就问道：“这女子怎么能到你家，要是留住稍久，一定要惹出大祸，应该替你除掉她。”遂命仆人烧滚水一锅，取灶炉灰一篮，呼唤妾女前来，以布巾蒙住她的头脸，把滚水浇在灶灰上，浓烟冒起，妾女立即倒死地上，一看原是人体枯骨一具。罗赤脚又问道：“你买她时，是经过女贩子说合吗？这贩子现在何处？”王志行说：“在某个地方。”急忙把女贩子叫来，贩子来到，又以布蒙上枯骨，又变成人形，说话举动和她的容貌，与初来时一样，随将这女子交给女贩子，收回了人价钱。

王志行的堂兄弟王志举，科考登第回来，罗赤脚于他在另外一室会见，送给书一卷，把书封好，告诫他说："回到家里，遇着不称心如意的事，你可打开去看。"等他到家三天，他母亲去世，报丧的人送丧报。王志举打开书观看，上面画一个做官人，穿绿袍骑着马，前面贺客列队成行；最后是轿抬一具棺材，身穿白衣丧服的人随着嚎哭。

广都龙华寺，昌宇文氏家的功德院，罗赤脚与寺院僧主共坐谈话，忽然站立起来说："房令人（太中大夫以上官员妻子的封号）来了。"和尚大吃一惊，问她在何处，说道："已经走入祠堂了。"和尚以为这是奇谈怪论，没把此话当真，可到第二日，宇文时中派人送来信，信上说他的妻子房氏，正是前一天死去的。

罗赤脚去杨村镇，在姓陈家借住，夜间去厕所，刚走进厕所门口，争忙奔跑回来，说道："奇事！奇事！刚才看见四个穿白衣的人翻墙进入菜园里。"陈家闻听，都很恐惧。罗赤脚说："无有关系，明早就知道。"等到天明，种菜人来报告陈氏，昨晚羊生了四只小羊羔。

宋高宗绍兴三十年（1160）罗赤脚在盐亭得了病，他托人捎信说要去温江，求李芝提刑家派人来迎接他去，李芝派来四个仆人来接，罗赤脚的病才好，即忙收拾行李上路，并告诫仆人道："自此往西边走，只有走金堂那条路最近，而且路好，行走方便，但是我不想走这条路，愿从广汉或其他路往西走，希望不要违背我的意愿。"仆人说："可以。"到上路行走时，仆人却违背他的话，仍然走金堂那条路。当行走到古城镇，罗赤脚闷闷不乐，说道："你们几个把我领到死地，所以对你们说不要走这条路，已经来不及了。"到晚上，病又复发。古城这个镇，是金堂县所管辖的地方。他到了温江就死去，四川人说他活了一百七八十岁，读书人往往求问科名得失，像神仙一样准确，就不一一记载了。

赵缩手

赵缩手者，不知其名，本普州士人也。少年时，父母与钱，令买书于城都，及半涂，有方外之遇，遂弃家出游，至绍兴末，盖百余岁矣，喜来彭汉间，行则缩两手于胸次，以是得名。人延之食，不以多寡辄尽。饮之酒，自一杯至百杯，皆不辞。或终日不饮食，亦怡然自乐。尝于醉中放言文潞公入蜀事，历历有本末。他日，复询之，曰："不知也。"

黄仲秉家写其真事之，成都人房伟为赞云："养气近术，谈道近禅，被褐怀玉，其乐也天。欲去即去，欲住即住，缩手袖间，孰测其故？"赵见而笑曰："养气安得谓之术，禅与道一也，安有二？我缩手于胸，非袖间也。"取笔续曰："似驴无嘴，似牛无角，文殊、普贤，摸索不著。"又自赞曰："红尘中，白云里，好个道人活计，无事东行西行，有时半醒半醉。相逢大笑高谈，不是胡歌虏沸。除非同道方知，同道世间有几？"

绵竹人袁仲举久病起，遇赵过门，邀入，饮以酒，问曰："吾疾状如此，先生将奈何？"赵不答，但歌词一阕曰："我有屋三间，柱用八山，周回四壁海遮阑。万象森罗为斗拱，瓦盖青天，无漏得多年，结就因缘。修成功行满三千，降得火龙伏得虎，陆地通仙。"云："此吕洞宾所作也，吾亦有一篇。"又歌曰："损屋一间儿，好与支持，休教风雨等闲欺，觅个带修安称路，休遣人知。须是著便宜，运转临时。袄知险里却防危，透得玄关归去路，方步云梯。"歌罢，满饮数杯，无所言而去。

仲秉正与偕行，徐问其故，曰：“观吾词意可见矣。”后旬曰，袁果死。

什邡县风俗，每以正月作卫真人生日，道众毕会，赵亦往，寓于居人谢氏，先一夕告之曰：“住君家不为便，假我此榻，吾将有所之。”

拂旦，径趋对门小寺，得一室，据榻趺坐。傍人怪其不言，就视，已卒矣。会者数千人，急先来观，以香火致敬。

越三日火化，其骨钩联如锁子云。

【译文】赵缩手，有姓而无有名字，家住普州（今四川安岳），原是个读书人。少年的时候，他的父母送给他钱，让他到城都去买书，走到半路上，遇见一个出家人点化他，遂抛弃家庭，在外出游。一直到宋高宗绍兴末年（1162），已经二百多岁了。常常喜欢在彭州和汉州（今四川文汉和彭县）中间来往，行路时缩两手在胸前，所以人称赵缩手。有人请他吃饭，有多有少都吃尽光；有人请他喝酒，从一杯到一百杯，也不推辞。有时一天不吃饭，也不知饥饿，仍然自乐无穷。常常在酒醉时候说起潞国公文彦博进驻四川那段历史，说得有根有秧，过一天再问他，他又说不知道了。

黄仲秉一家，对赵缩手很敬佩，特意请画工为他画像，敬奉着他，成都文人房伟为赵缩手写赞词道：“养气近术，谈道近禅，被褐怀玉，其乐也天。欲去即去，欲住即住，缩手袖间，孰测其故？”赵缩手看见房伟写的赞词后，大笑道：“养气怎能称为术，禅与道是统一的，怎能分为二体来看，我缩手于胸前，可不是缩进衣袖里面。”随拿出笔来续写道：“似驴无嘴，似牛无角，文殊、普贤，摸索不著。”又写自赞词道：“红尘中，白云里，好个道人活计，无事东行西行，有时半醒半醉。相逢大笑高谈，不是胡歌虏沸。除非同道方知，同道世间有几？”

绵竹县有个人名叫袁仲举，病了好久不见好，有一天起床，走出门外，遇见赵缩手从门前路过，邀请赵缩手到屋，摆上酒席，边喝边说话，袁仲举问道：“我病成这个样子，请问先生有何办法？”赵不搭理他，但送他一阙歌词道：“我有屋三间，柱用八山，周回四壁海遮阑。万象森罗为斗拱，瓦盖青天，无漏得多年，结就因缘。修成功行满三千，降得火龙伏得虎，陆地通仙。”说这是吕洞宾所作的词，我也有一篇。又歌唱道：“损屋一间儿，好与支持，休教风雨等闲欺，觅个带修安称路，休遣人知。须使著便宜，运转临时。衹知险里却防危，透得玄关归去路，方步云梯。”唱完歌，端起酒杯，满满地一连饮了几大杯酒，什么也不说，就扬长而去。

黄仲秉正好与他同行一路，路上慢慢地问他袁的病究竟如何？赵缩手道：“你去看我写的词，那里面意思很明白。”以后只有十天，袁仲举果然死亡了。

什邡县有一风俗，每年正月，群众要为卫真人过生日，和尚道士从四面八方云集在此，赵缩手来参加卫真人生日诞辰，住到一家姓谢的居民家里，未住进谢家的头一天晚上，就对谢家说：“住在你家里很不方便，借给我这张床，我将要去别的地方。”

到天亮，赵缩手去到谢家对门不远的小寺庙院，找到一间小室，盘腿端坐在床上，别人还责怪他不说话，就近一看，他已死去，这时，参加卫真人诞辰集会的人有数千人之多，都争先恐后前来观看，以烧香火向他表示致敬。

在小寺庙停柩三天，火化后见赵缩手的骨骸相互联结，像锁链似的。

长道渔翁

兴州长道民以钓鱼为业。家住嘉陵江北，每日必拿小舟过江南。垂纶于石上，至晡而返。老矣，尚自力不辍。

一日，且暮，犹不归，妻子遥望之，民宛然据石如常时，而呼之不应，疑以为得疾。其子遽鼓棹往视，见穰衣复其体。是日未尝雨，民元不持蓑笠行。

既至，已死，但蚯蚓遍满身中，咂啮不置，若披穰茸茸然。盖平生取鱼用蚓为饵也。

【译文】兴州长道，有一个渔民，一生以钓鱼为业，他家住在嘉陵江北岸，每天驾着小船渡到江南岸边，坐在石上垂钓，一直钓到傍晚，才驾船回家。虽然年纪老了，仍然坚持不止，从无懈怠。

有一天，太阳快下山了，日暮即将来临，还不见他回来，妻子站立在门口，隔江远远望他，看见他和往日一个样子，仍然坐在石上，垂竿钓鱼。这时，妻子大声呼喊，他却不应声，心想他可能生了病。他的儿子赶忙撑起小舟，飞快地划过江去看他，远远看见父亲身上盖有蓑衣，可又想当天根本没下雨，早晨父亲驾船渡江时，也没有带蓑衣，这究竟是何原因？

儿子走到跟前，见他父亲已经死了，但见父亲全身爬满蚯蚓，不停地食咂父亲尸体上骨肉，远远望去，毛茸茸的好像披着蓑衣一样。这可能是那渔民平生钓鱼用蚯蚓为钓饵的缘故吧！

守约长老

汉州杨村镇三圣寺长老守约，彭州人，元受业于州之白鹿山。

即死，其弟子在山中有者梦之曰："吾已托身异类，只在山下某人家，宜来视我。"弟子觉而泣。

明日，往访焉，得一犬，四体纯黑，唯腹下白毛一丛，俨然成"守约"两字，乃赎取以归。

【译文】汉州（今四川广汉）杨村镇，有一座三圣寺，寺庙长老和尚，法号叫守约，是彭州（今四川彭县）人，原来在彭州的白鹿山当学业弟子。

守约长老死后，他的弟子梦见他说："我死后，已经托身成为其它动物，在山下某人家，你应当来看看我。"弟子睡醒以后，伤心得哭了起来。

第二天，弟子按照梦中长老守约所言，前往山下访找，寻得一只犬，那只犬四体全黑毛，唯有肚腹下有白毛一丛，看去像"守约"两个字，随即拿钱赎买回来。

朱真人

成都民李氏，居郡城北，尝有丐者至，容体垢污可憎，与之钱，不肯去，叱逐之，入于门侧，遂隐不见。李氏虽怪吒，然不测不何人。

后三日，别一道士至，顾其家人言曰："汝家光采顿异，殆有神仙过此者。"曰："无之。"道士指左扉拱手曰："此灵泉朱真人象也。"始谛视之，面目冠裳，历历可辨。道士曰："真人来而君不识，岂非命乎？吾能以绘事加其上，当为君出力，使郡人瞻仰。"即探囊中取丹粉之属，随手点缀，俄顷间而成。美髯长眉，容采光润，巍然神仙中人。李氏惊喜，呼妻子稽首百拜。道士曰："犹有一处未了，吾只在对街天庆观，今姑归，晚当复来。"不揖而出。过期，杳不至。就问之，盖未尝有此人也。李氏愈恨其不遇，揭扉施观中。

张忠定参政为府帅，为建小殿以奉焉。

【译文】有一李姓居民，家住成都城北面，曾有乞丐来门讨饭吃，那乞丐满面烟灰，周身油垢，面目十分憎恶，送他钱，也不去，赶他走，他就进入门里去，遂即隐躲起来，见不到他，姓李的虽感奇怪，然而不知道究竟是何样人。

过后三天，有一道士来家，看着他家中的人说："你家光彩异常，一定有神仙到过吧。"李氏说："无有。"道士便指着左边的一扇门板，拱手施礼道："这就是灵泉朱真人的像。"李家才仔细观看，见其面目穿戴的衣冠，清清楚楚地能辨认出来。道士说道："朱真人来到你家，你不认识他而错过，这是你的命中注定的，我能以画笔，描绘出朱真人的真实相貌，他能为你家出力，使成都人都来瞻仰敬奉。"说罢，从布袋中取出画笔丹粉之类，随手挥笔点染，片刻之间就画成，黑须长眉，容采光润，如神仙下凡。李氏又惊又喜，争忙呼唤妻子低头敬拜。道士说："还有一个地方的事未有办完，我只身一人住在对街天庆观，今要回去，以后再来。"说罢，不辞而去。已经过了约定的时期，仍然没一点儿音信，去到天庆观问，都说没有这人。李氏非常悔恨再不相见，随即摘下门板，施舍给天庆观。

后来，参知政事的忠定公张焘，任成都府帅，为朱真人建座小殿，用以供奉祀拜。

聂从志

仪州华亭人聂从志，良医也。邑丞妻李氏，病垂死，治之得生。

李氏美而淫，慕聂之貌，他日，丞往傍郡，李伪称有疾，使邀之。伺其至，语之曰："我几入鬼录，赖君复生，顾世间物无足以报德，愿以此身供枕席之奉。"聂惊惧，但巽词谢。李垂涕固请，辞情愈哀。聂不敢答，趋而出，径还家。再招不复往。迨夜，李盛饰治容，扣门就之，持其手曰："君必从我。"聂绝袖脱去，乃止，亦未尝与人言。

后岁余，仪州推官黄靖国病，阴吏逮入冥证事，且还，一吏揖使少留，将有所睹。又行，至河边，见狱吏捽一妇人，持刀剖其腹，擢其肠而涤之。旁有僧语曰："此乃子同官某之妻也，欲与医者聂生通，聂不许。见好色而不动心，可谓善士。其人寿止六十，以此阴德，遂延一纪，仍世世赐子孙一人官，妇人减算，如聂所增之数。所以荡涤肠胃者，除其淫也。"靖国素与聂善，既苏，密往询之，聂惊曰："方私语时，无一人闻者，而奔来之夕，吾独处室中，此唯妇人与吾知尔，君安所得闻？”靖国具以告，由是播于众口，时熙宁初也。

王敏仲《劝善录》书其事，他曲折甚详，然颇有小异，又无聂君名及李氏姓。

聂死后，一子登科，其孙曰图南，绍兴中为汉州雒县丞，属仙井喻迪（）作隐德诗数百言，以发潜德，其词曰：

太虚八境初无二，中有道人常洞视，
借问道人何等公？从志其名聂其氏。
华亭春酣战桃李，香气入帘人破睡，
凌波微步度劳尘，栀子同心传密意。
道人不动如澄水，看破新装小年纪。
回身向郎郎忍弃，愁眺月华空掩涕。
含羞转态春百媚，而我定心初不起。
世人悠悠初未知，故有冥籍还见记。
仪州判官临颍生，良原甲夜黄衣吏，
手提淡墨但仓黄，门列阴吏更奇佹。
昧爽堂皇势呀豁，玉带神君气高厉。
靖国再拜呼使前，案头吏抱百叶纸。
数行具书一善事，聂君夜却淫奔李。
由来胸中无浊见，前尘百暗心常止。
一室超然方隐几，入眼狂花乱飘坠。
定情岂复顾条脱，合欢未许同阳燧。
坐令密行动幽祇，棘使华年增一纪。
出门乃问紫衣翁，阴诛与世无差异。
百叶部中分次第，忠孝弃揖神所劓。

杀生之报定何如？朝生暮死蜉蝣尔。
踏翠裁红可怜妓，濯足琼浆被鞭垂。
房公湖边秋色里，阿孙图南前拜跪。
扣头授我如上事，愿谒英篇书所以。
我闻南曹北曹尺有咫，天知地知元密迩。
岂惟妙药彻五藏，况复宝鉴县行里。
幽中谅有鬼能言，密处须防墙有耳。
诸生举止虽细微，动念观心实幽邃。
端知天上戊申录，记尽人间不平地。
东邻西舍总不知，却有鬼神知子细。
障碍为壁通为空，只有此心难掩蔽。
云何是中有明暗，至行通神裁一理。
道人两眼无赤眚，揩定人间几真伪。
赵骅已矣马元死，郡有隐德如君子。
嗟我诸生苦流转，奔色奔声复奔味。
其章贪魑尤阴诡，收索携提入馋喙。
都儿阿对共揶揄，笑杀官人常梦秽。
虽云幽暗巧规避，童仆羞之那不愧？
哀哉诡谲王冀公，未省胡颜向祁眷。
我爱昔人尤简贵，寡欲清真有高气。
旷然澹处但真独，胸中岂复留尘累。
生死幽明了不期，是心默与神明契。
王忱绣被下庭堂，李约宝珠存含襚。
九原可作吾与归，敛膝容之想幽致。

喻公诗，颇奇涩，或不可晓云。（此卷皆黄仲秉说）

【译文】仪州（今甘肃华亭）华亭人聂从志，医术精而且医德高尚，邑丞的妻子李氏，有病垂危，聂医生为她治好病。

李氏容貌漂亮，但她非常贪色好淫，羡慕聂从志貌相端庄。一天，邑丞因事外出，李氏装假有病，派仆人邀请聂从志来治病，等到聂来到，李氏对他说："我差点进入阴间，多亏你给我精心治疗，才活下来，看了世间东西虽多，但不能报答你的大恩大德，我愿为你铺床叠被伺奉你。"聂听后，十分惊惧，但婉言谢绝，李氏流下眼泪，仍坚持请他答应，言辞更为诚恳，聂从志始终不敢回答，走出门外，急忙回家。李氏再请他，也不来了。到夜晚，李氏浓妆艳抹，来到聂家扣开门，拉着聂的手说："聂先生，你今必须从我。"聂从志甩脱衣袖扯下手，才算停止。这些事聂从志记在心里，从未对别人说过。

后来又停一年多，仪州推官黄靖国有病，阴曹地府派吏卒逮他到地狱证明一件事，取证以后，让他回去。因他到过阴曹停留，对阴间的事物看到不少，当他走到河边，见地狱吏卒拧着一个妇人，用刀剖开肚腹，拉出肠胃用河水洗涤，旁边有一和尚说："这就是你同事某人的妻子，她想与医生聂生私通，可聂不允许，这聂生见色而不动心，可称得善士。聂从志只能活六十岁，因他积了阴德，阎王准他再延长寿命十二年，并赐他子子孙孙世代有一个人得到官职。聂从志所延寿命数，从李氏寿数冲减去。剖开肚腹取出肠胃，用清水洗涤，是洗去她的淫秽。"黄靖国平素与聂从志是好朋友，靖国复活以后，密密地找到聂从志，问他李氏的事，从志见问大吃一惊，说："开始她与我说私房话时，无有一人听见，跑来我家晚上，我一人在屋，这事唯有我和李氏知道，你从哪儿听说？"

于是将阴司里所见所闻，一五一十地告诉了聂从志，随即聂从志拒淫妇私奔的事，传播很广，多数人都知道。这是宋神宗熙宁初年（1068）的事。

王敏仲在他的《劝善录》一书中，也有记述，写得比较曲折详细，但稍微有些不一致的地方，《劝善录》中又无聂从志的名字和李氏姓。

聂从志死后，一个儿子科举应试考取。孙子聂图南，在宋高宗绍兴年间作汉州雒县县丞，让仙井文人喻汝砺，作《隐德诗》数百言，用以表彰他的德行，这首诗是：

太虚八境初无二，中有道人常洞视，
借问道人何等公？从志其名聂其氏。
华亭春酣战桃李，香气入帘人破睡，
凌波微步度劳尘，栀子同心传密意。
道人不动如澄水，看破新装小年纪。
回身向郎郎忍弃，愁眺月华空掩涕。
含羞转态春百媚，而我定心初不起。
世人悠悠初未知，故有冥籍还见记。
仪州判官临颍生，良原甲夜黄衣吏，
手提淡墨但仓黄，门列阴吏更奇诡。
昧爽堂皇势呀豁，玉带神君气高厉。
靖国再拜呼使前，案头吏抱百叶纸。
数行具书一善事，聂君夜却淫奔李。
由来胸中无浊见，前尘百暗心常止。
一室超然方隐几，入眼狂花乱飘坠。
定情岂复顾条脱，合欢未许同阳燧。
坐令密行动幽祇，敕使华年增一纪。
出门乃问紫衣翁，阴诛与世无差异。

百叶部中分次第，忠孝弃揖神所劓。
杀生之报定何如？朝生暮死蜉蝣尔。
踏翠裁红可怜妓，濯足琼浆被鞭垂。
房公湖边秋色里，阿孙图南前拜跪。
扣头授我如上事，愿谒英篇书所以。
我闻南曹北曹尺有咫，天知地知元密迩。
岂惟妙药彻五藏，况复宝鉴县里。
幽中谅有鬼能言，密处须防墙有耳。
诸生举上虽细微，动念观心实幽邃。
端知天上戊申录，记尽人间不平地。
东邻西舍总不知，欲有鬼神知子细。
障碍为壁通为空，只有此心难掩蔽。
云何是中有明暗，至行通神裁一理。
道人两眼无赤眚，指定人间几真伪。
赵骅已矣马元死，郡有隐德如君子。
嗟我诸星苦流转，奔色奔声复奔味。
其间贪魃尤阴诡，收索携提入馋喙。
都儿阿对共揶揄，笑杀官人常梦秽。
虽云幽暗巧规避，童仆羞之那不愧？
哀哉诡谲王冀公，未省胡颜向祁眷。
我爱昔人尤简贵，寡欲清真有高气。
旷然澹处但真独，胸中岂复留尘累。
生死幽明了不期，是心默与神明契。
王忱绣被下庭堂，李约定珠存含襚。
九原可作吾与归，敛膝容之想幽致。

喻汝砺先生的诗，虽然描摹较为详尽，但诗的遣词用语，却艰涩难懂。有的人还不晓其意思。

卷第三（十一事）

扫码听谦德
君为您导读

黄花伥鬼

成都人杨起，字成翁。政和中与乡人任皋同入京赴省试。

出散关下，行黄花右界中，此地素多寇，不敢缓辔。马瘏仆痡，正暑倦困，入道旁僧舍少憩。长廊阒寂，不逢一僧，两客即堂上假寐。

杨睡未熟，一青衣童，长二尺，面色苍黑，自外来，持白纸一幅，直至于旁，欲以覆其面。相去尺许，若人掣其肘，不能前。童欲立咨嗟久之，掩泣而去，杨以为不祥，洒泪自悼，亦不敢语人。是夕，泊村店中，方就枕，童亦至。径造皋侧，以所纸蒙之，退而舞跃，为得志洋洋之态，皋不觉也。

明日，行三十里间，逢清溪流水，二人径濯足。毕事，杨先登，皋方以涤荡为惬，未忍去，忽大声疾呼，杨回首视之，已为虎衔去矣，始知所见盖伥鬼云。杨是年登科。

【译文】成都人杨起，字成翁，宋徽宗政和年间（1111-1117），和他同乡任皋一同进京去赴省试。

走过散关（今陕西宝鸡西），上去黄花岭再往右走，就是两州交界地方，此地向来是贼寇出没之地，要快马加鞭，不敢松懈。正是炎热暑天，骑的马生了病，仆人也病了，他两人也十分困倦，随即走入路旁小寺庙歇息，寺庙长廊寂静得很，不见一个和尚，两人就借庙堂稍作躺睡。

杨起尚未睡熟，见一穿青衣童子，身高一尺，脸色苍黑，从外进来，手拿一张白纸，径直走到杨的身旁，想用白纸蒙盖脸上，仅相距一尺多，有人强拉童子臂肘，不能向前。童子却立在那里，一动不动，叹息良久，随掩泪而去。杨以为这是不祥之兆，伤心流泪，也不敢告诉同乡人任皋。

当日晚间，他们住进村店中，刚刚上床，童子也走进来，那小童又到任皋身边，便以所拿白纸蒙他的脸上，蒙后，便手舞足蹈，洋洋得意，似有事得胜之意，任皋却一无所知。

二日，行至三十里路的时候，见有一清溪，潺潺流水，二人就往溪中洗脚，洗完以后，杨起先穿鞋上岸，任皋还在清水洗涤得快乐，不忍上岸离去。猛然听见大声呼喊，杨起回头看，任皋已被老虎衔走。这时，才知所见童子就是被虎咬死后而被驱使的伥鬼。

杨起当年省试登科。

诺距那尊者

眉州青神县中岩山，诺距那尊者道场也，山下三石笋，峭拔鼎立，游人斋戒往宿，多获见华幢豪光之瑞。

临邛宋似孙过其地，逢一僧在前，酣醉跌宕，挂新笋三枝于杖头，时方午暑，殊可憎，然未尝语也。僧回首咄曰：“我不饮酒，君何得以犯戒谤我？”宋怒不对，犹以其醉，强忍不与校。僧又曰：“知君是依政宋官人，薄有净缘，故得至此。”宋忽悟其人负三笋，岂非尊者示现乎？下车欲致敬，无所睹矣。

【译文】眉州青神县（今属四川）有座中岩山，是佛教诺距那尊者传教道场，山底下有拔地鼎立的三石笋，来往游客，必须斋戒诚心，才能在此住宿，夜间多数人能看见华丽的经幢和佛光的祥瑞。

临邛（今四川邛崃）人宋似孙路经此地，遇到一僧人在他前面走，那僧人喝得酩酊大醉，脚步踉跄，手中拿的禅杖上还挂了三枝新生竹笋。这时正中午，天气暑热，十分讨厌，然而他并没与和尚说话，那僧人却回过头来训斥道：“我不饮酒，你为何用违犯佛祖斋戒，来诽谤我？”宋很恼怒，不回答他，以和尚喝醉了酒，强忍着不与他计较。僧人又说：“知道你是从政的宋官人，以前曾经有过净缘布施，所以才能到此。”宋忽然醒悟，这僧人背负三枝竹笋，岂不是诺距那尊者出现了吗？随即下车，想向僧人致以敬礼，但什么也看不见了。

李弼违

李弼违者，东州人，建炎间入蜀，后为蜀州江源宰。与邑人胡生游。胡生妻，四川都转运使之女，女尝陷虏，后乃嫁胡。弼违每戏侮之，至作小诗以资嘲诮。胡积不能堪，采摭其公过，肆溢恶之言售于都漕。所善张君适为干官，证以为然，下其事于眉州。

州令录事参军阎忞典治，逮捕邑胥十余人下狱，必欲求其入己赃。弼违当官清白，无过可指，但得尝买铁汤瓶，为价钱七百五十，指为亏直，忞以为非辜，难即追摄，郡守畏使者，不从忞言，立遣吏逮之。弼违不胜忿，自刎死。死财一月，眉之狱吏与郡守相继亡，都漕与胡生亦卒。

忞官罢，赴调成都，过双流县，就郭外民家宿。夜且半，闻扣寝门者，问为谁，曰："弼违也。"又问之，答曰："弼违姓李，君岂不忆乎？君虽不开门，吾自能穿隙以过。"语毕，已在床前立。忞甚惧，回面向壁外，弼违曰："君不欲见我，当以项下不洁之故，我今自掩之。"即解腰间帛，匝其颈。忞不获已起坐。弼违曰："吾前冤已白，无所憾。然连坐者众，非君来证之不可。君固知我者，今禄命垂尽，故敢奉烦一行，尚未到人甚多，天符在是，可一阅也。"取手中文书示忞，如黄纸微浅碧，其上皆人姓名，而墨色浓淡不齐，弼违指曰："此卷中皆将死，墨极浓者期甚近，最淡者亦不出十年。所以泄天机者，欲君传于人间，知幽有鬼神，可信不疑如此。"揖别而去。

故略能记所书，它日，其人病，豫告其家，此必不起，已而果然，盖以所见验之也，忞少时亦卒。

【译文】李弼违，东州（今江苏东海）人。宋高宗建炎年间（1127–1130）的时候，到了四川，后当蜀州江源县令。与当地人胡生交往为友。胡生的妻子，是四川都转运使的女儿，很长一段时间，此女为金兵所虏俘，后来嫁给胡生为妻。弼违瞧不起她，作些指桑骂的小诗用以嘲笑，胡生为此十分烦恼，到处收集李弼违的过错，肆意用恶毒的语言向都转运使反映。而他的朋友张某，正好担任着转运使衙门的办事官员，替他证明此事是实，便发下公文，下令眉州对李的问题进行审查。

眉州郡守命令录事参军阎忞负责调查审问，逮捕城乡十余名小官吏下狱，让他们交代李的贪污事实，非追出赃物不可。弼违为官清白，无过可说。最后，仅挑剔他因采买铁汤瓶，作价七百五十，价钱太高，以为不值那样多的钱，是他从中贪污了。录事参军阎忞认为这事太小，难以逮捕李，想将此事化了。但郡守畏惧都转运使，不听从阎忞之言，立即派狱吏逮捕他，李弼违不胜愤怒，遂含冤自刎身死。弼违才死一个月，眉州的狱吏和郡守相继死亡，都转运使与胡生也都死去。

阎忞任满后，赴城都等候另行分配，路经双流县，就城外一民家住宿，半夜，听有人叩门，问是谁，答道："我是弼违。"又问到底是谁，又回答道："我姓李，名叫弼违，你怎能记不清楚了？你虽然不开门，我自己能穿墙洞过去。"说罢，李弼违已立在床前，阎忞异常惧怕，把脸向墙壁睡卧。弼违说道："你不想看我，可能是因为脖子不洁净的原因吧，我现在就掩盖起来。"随解开腰带，在项颈包扎。阎忞不得已坐起。弼违说："我的前冤已经清白，仇也报了，无所遗憾。然而无故坐监的人很多，非你来作证不可。你最知道我，如今你的官禄命已经快完，所以才敢大胆地请求你，陪伴我一行，还有很多的人未到，上天符令在此，你可以看一下。"随即取袖间文书出示于阎忞，这文书像黄纸，微微有浅碧色，上面写的尽是人姓名，而墨色浓淡不齐，弼违指示他道："此一卷都将死亡，墨色深者死期就近，墨色最淡者也不出十年。所以我将天机泄露于你，是让你传于人间，知道阴间有鬼神之事，这是非常可信的。”说罢，拱手行礼而去。

阎忞略能记其所写的人名，以后，有人生病，他就到家提前预告，说此病必然起不来。到时，果不出所预言，这因为他是根据所看文书才知道的。阎忞不久也死去。

费道枢

费枢，字道枢，广都人。宣和庚子岁入京师，将至长安，舍于燕脂坡下旅馆，解担时日已衔山。主家妇嫣然倚户，顾客微笑，发劳苦之语。

中夜，独身来前曰：“窃慕上客风致，愿顷刻之欢，可乎？”费愕然曰：“汝何为者？何以得至此？”曰：“我父京师贩缯主人也。家在某里，以我嫁此店子。夫今亡，贫无以归，不能忍独宿，冒耻就子。”弗曰：“吾不欲犯非礼，汝之情吾实知之，当往访汝父，令遣人迎汝，汝勿怨。”妇人羞愧，不乐去。

费至京，他日，过某里，得所谓贩缯者家，通名欲相见。主人曰：“客何人？安得与我有故？”答曰：“吾蜀人费枢也。此经长安，邂逅翁女，有所托，是以来。”翁蹑履出迎曰：“畴昔之夜，梦神告，吾女将失身于人，非遇费秀才，殆矣。君姓字真是也。愿闻其说。”具以告。翁流涕拱谢曰：“神言君且为贵人，当不妄。”退而计其梦，果所见女之时。

即日遣长子取女归而更嫁之。明年，费登科，官至大夫，为巴东守。

【译文】费枢，字道枢，广都（今四川广安）人，宋徽宗宣和二年（1120）进京城，路上将到长安（今西安），住进燕脂坡下旅馆，放下行李时，太阳已快落山，女店主伺倚门口，嫣然含笑，道声客官一路辛苦。

半夜，女店主独自一人来到费枢住室，说道："我见到贵客人文雅风流，甘愿和你共作枕席之欢，不知客人意下如何？"费枢闻听此言，大惊失色，说道："你是干什么的？为何半夜三更来到我处？"女主人回答道："我父亲在京城贩卖丝绸，是丝绸店的主人。家在某街道，父亲将我嫁给旅馆儿子为妻，丈夫已经亡故，因为贫穷，无法归家，又不能忍受寡居之苦因而甘冒羞耻来委身于你。"费枢说："我不做非礼之事，你的处境我全知道，我进京后，一定拜访你父亲，请他派人来迎你回去，你不要再怨恨我了。"妇人羞愧，悻悻不悦而去。

费枢到了京城，一日过某街上，打听到贩丝绸者的住家，就说了自己名字，要见丝绸店主人，店主人说："客官是何人，怎么与我有关系？"回答道："我是四川费枢啊，经过长安，偶然遇见您老的女儿，女儿有事托付于我，因此我才来见。"店主随即轻快地放着脚步出来迎接，说："从前有一夜晚，梦见神人告诉我，我女儿将要失身于人，若是遇不到费秀才，就很危险。你的姓就是神人告诉我的，非常真实，我愿听听你讲得详细情况。"费枢详细说了一遍。店主人感动得流下眼泪，拱手致谢道："神仙说你是贵人，当之无愧。"后来计算做梦之日，正是费枢见女儿之时。

当天便派儿子去将女儿接了回家，而后改嫁。明年，费枢登科及第，官至大夫，作巴东郡守。

杨希仲

杨希仲，字秀达，蜀州新津人，未第时为成都某氏馆客。

主人小妇少而丽，诣学舍调客，欲与绸缪。希仲正色拒之，遂去。

其妻在乡里，是夕梦人告曰："汝夫独处他乡，能自操持，不欺暗室，神明举知之，当令魁多士以为报。"妻觉，不知何事也。

岁暮，夫归，始言其故。明年，全蜀类试，希仲为第一人。

【译文】杨希仲，字秀达，蜀州新津（今属四川）人，未考试及第时，在成都某氏家教家塾。

这家主人的小妾年轻貌美，到学舍调戏杨希仲，想与杨绸缪相亲，希仲义正辞严拒绝了她，遂不欢而去。

杨希仲的妻子住在乡下，这一晚上，梦见有人告诉她说："你丈夫独自在外地，能以保持情操，不与外人私通，不欺有夫之妻，神灵已知道，当让他科考中魁，作为对他的报酬。"杨妻睡醒以后，不知道是何事情。

到年底，丈夫归家，才将梦中事告知她。第二年，全四川举行类试，希仲果然考得第一名。

张四郎

邛州南十里白鹤山张四郎祠，盖神仙者流。山下碑甚古，字画不可识，郡人曰："四郎所立，以御魑魅，救疾疫。后人能辨其字者，则可学仙。"

青城唐耜为邛守，好游其地，冀有所遇，每立碑下，摩挲读之，忽能认一字，曰："岂非某字乎？"傍有人应曰："然。"相恶其谗言，叱使去，既而悔之，不见其人矣。

又尝出游，逢道人立路左作戏，呼曰："使君，奉赠一土镜。"命从吏取之，乃顽块也，怒以为侮己，将执以归，细视其块，果耿耿有光彩，始疑为异人，俄亦不知所在。唐氏至今宝此土。

耜字益大，仕至秘阁修撰。

【译文】邛州（今四川邛崃）南十里白鹤山，有张四郎祠庙，是神仙聚居之地，山下有一个年代久远的古碑，字迹模糊不清，不能辨认。郡里人说："这是张四郎所立石碑，用以防御鬼怪妖魔侵犯，救济地方百姓疾病疫难，后人若能认得碑上刻的字者，就可学仙。"

青城（今四川灌县西部）人唐耜为邛州太守，好来此处游玩，希望遇到好运，每次到碑下，用手抚摩石碑细辨碑文，忽然认出一字，说这是某个字吧。旁边有人应说，就是。唐耜讨厌这人多嘴，斥责他走。既而一想，又很后悔，但已经看不到其人在何处了。

唐耜也常去外地出游，遇到一个道人立在路左边旁做游戏，呼喊道："先生，奉送你一面土镜。"唐耜便让随从人取来一看，原来是一方坚硬土块，唐大怒，以为这是侮辱他，想反这个抓回去囚禁，又仔细看那土块，果然能闪闪发光，才疑心这人是个神仙。片刻，也不知其道人往何处。唐耜至今仍珍宝藏着此土块。

唐耜字益大，官至秘阁修撰。

常罗汉

嘉州僧常罗汉者，异人也，好劝人设罗汉斋会，故得此名。

杨氏媪嗜食鸡，平生所杀，不知几千百数。

既死，家人作六七斋，具黄箓醮，道士方拜章，僧忽至，告其子曰："吾为汝忏悔。"杨家甚喜，设坐延入。

僧顾其仆，去街东第几家买花雌鸡一只来，如言得之，命杀以具馔，杨氏子泣请曰："尊者见临，非有所爱惜。今日正启醮筵，举家内外久绝荤馔，乞以付邻家。"僧不可，必欲就煮食。既熟，就厅踞坐，析肉满盘，分置上真九位，乃食其余。斋罢，不揖而去。

是夕，卖鸡家及杨氏悉梦媪至，谢曰："坐生时罪业，见责为鸡。赖常罗汉悔谢之赐，今解脱矣。"自是郡人作佛事荐亡，幸其来以为冥途得助。绍兴末卒，今肉身犹存。

【译文】嘉州（今四川乐山）和尚常罗汉，和一般僧人不一样，喜欢劝人设罗汉斋会，因此得名常罗汉。

杨家老太太吃鸡成瘾，平时所宰杀生鸡，不知有多少只。

她死后，家人为她作六七斋祭，采用了道教的祭礼仪式–黄箓醮，道士方读祭拜文，常罗汉忽然到来，告诉杨太太的儿子说：“我来为你忏悔。”杨家很高兴，搬来椅子，请他入座就席。

常罗汉让他家仆人去东街第几家买花母鸡一只，仆人奉命买来后，让杀鸡做来吃，杨氏儿子听闻要杀鸡来吃，泪流满面，请不要杀鸡，说道：“尊者光临我家，我们决不会舍不得一只鸡来吃，只是今天正办祭祀的素席。我家全家和童仆，都很久就不吃荤了，请还退给邻家。”常罗汉不同意，非要杀鸡煮食。鸡子煮熟后，就在厅内坐着，把鸡肉撕开，装满大盘，分别在供奉的九位神仙牌位前祭祀上供后，自己才把剩下鸡肉吃掉。祭斋完毕，不作拱手礼就走了。

当晚，卖鸡家及杨家都梦见老太太回来，向大家致谢道：“我活着时候的罪孽，都因为杀鸡太多，到阴间受到谴责，托生为鸡，多亏常罗汉为我悔谢罪过，现今已解脱了。”自此以后，郡里人作佛事祭奠亡魂，都希望常罗汉能来，使亡魂能得到帮助。常罗汉到宋高宗绍兴末年（1162）才死，至今遗体仍保存完好。

道人留笠

永康青城山，每岁二月十五日为道会，四远毕至。巨室张氏、唐氏轮主之，会者既集，则闭观门，须斋罢乃启。

一日，方斋，有道人扣门欲入，阍者止之，呼骂不已。阍往告张氏子，张虑其挠众，坚不许。其人不乐，乃往山下卖花家少驻，索笔题壁间，脱所项笠挂其上，祝主人曰：“为我视此，徐当复来。”去未久，笠如转轮，旋绕于壁上。见者惊异，走报观中人，共揭笠观之，得诗一首，其语曰：

偶乘青帝出蓬莱，剑戟峥嵘遍九垓。
绿履黄冠俱不识，为留一笠不沉埋。

众但相视，悔恨无及矣。

【译文】永康（今四川灌县）青城山，每年二月十五日举办道会，四面八方的人都来赶会，大财主家张氏、唐氏轮番做主持人，等到赶会都来到，就关闭道观大门，等吃过斋饭以后，才开门。

有一天，观内正在吃斋饭，有一道人拍门想进道观，守门人不让，道士便斥骂不已。守门人去告知张氏儿子，张氏怕他进来，扰乱道观里众人不安宁，坚决不许道士进来，这道人十分不乐，就往山下卖茶家少停了一会儿，找来笔墨题写墙壁间，脱掉头上顶笠挂在壁上，对主人说："请看好我的顶笠，一会儿我再来。"走出未久，笠如车轮转动，旋绕于墙壁上。众人看到甚为惊奇，走去报告观中道士，一同揭起顶笠细看，见笠上题写诗歌一首，其诗这样写：

偶乘青帝出蓬莱，剑戟峥嵘遍九垓。
绿履黄冠俱不识，为留一笠不沉埋。

众人见诗，才知道道士是仙人，互相看着，后悔也来不及了。

杨抽马

杨望才，字希吕，蜀州江源人。自为儿童，所见已异。尝从同学生借钱，预言其笥中所携数，启之而信。即长，遂以术闻。蜀人目为杨抽马，容状丑怪，双目如鬼，所言事绝奇。

其居舍南，大木蔽蔫数丈，忽书揭于门曰：“明日午未间，行人不可过此，过则遇奇祸。”县人皆相戒勿敢往。如期，木自拔仆地，盈塞街中，而两旁屋瓦略不损。

然所为，初乃类妖诞，每持缣帛卖于肆，若三丈，若四丈，主人审度之，偿钱使去。既而验之，财三四尺尔，或跨骡访人，而托故暂出，系骡其庭，行久不返，骡亦无声。视之，剪纸所为也。或诣郡告其妖，云：“每祠祀时，设为位六，虚其东偏二位，而杨夫妇与相对。又一僧一道士坐其下。”左道惑众，在法当死，坐是执送狱。狱吏素畏信之，不敢加械杻，又虑逸去。杨知其意，谓曰：“无惧我，我当再被刑责，数已定，吾含笑受之，吾前日为某事某事，法当不舍，盖魔业使然。度此两厄，则成道矣。”

司理杨忱，夜定狱，杨言曰：“贤叔某有信来乎？殊可惜。”忱不答。暨出户，而成都人来，正报叔讣。他日，又谓忱曰：“明年君家有喜，名连望字者四人及第。”忱一女年十六七岁，暴得疾，更数医不效，则又告之曰：“公女久病，医者陈生用某药、李生用某药，皆非是。此独后庭朴树内蛇为祟尔，急屏去药。须我受杖了，为以符治之，女当平安，勿忧也。”忱归语其妻，且疑且信，盖常见小蛇延缘树间，而所说易医用药，皆不妄，后杨杖归，书符遗忱，使挂于树，女即洒然。

明年，忱群从兄弟类试，果四人中选，曰从望、民望、松望、泰望。

先是，杨取倡女为妻，一日，招两杖卒直至其居，与钱三万，令用官大杖挞已及妻各二十六下。两人惊问故，曰："吾夫妇当罹此祸，今先禳之。"皆不敢从而去。及狱成，与妻皆得杖，如所欲禳之数，而持杖者正其所招两人。

晚来成都，其门如市。士人问命，应时即答，或作赋一首，诗数十章，长歌序引，信笔辄成，每类试，必先为一诗示人，语秘不可晓，迨揭榜，则魁者姓名必委曲见于诗。或全榜百余人，豫书而缄之，多空缺偏旁，不成全字，等级高下，无有一不合。

四川制置司求三十年前案牍不得，以告杨。杨曰："在某室某柜第几沓中。"如言而获。

眉山师琛造其家，乡人在坐，新得一马，黑体而白鼻。杨曰："以此马与我，君将不利。"客恚曰："先生恃有术，欲夺吾马，吾用钱百千，未能旬日，而可胁取乎？"杨曰："欲为君救此厄，而不吾信，命也。明年五月二十日，冤家有报。谨志之，勿视其刍秣，善护左肋。过此日或可再相见。"客愈怒，固不听，亦忘其语。明年是日，亲饲马，马忽跑跃，踢其左肋下，即死。

关寿卿为果州教授，致书为同僚询休咎。仆未至，杨在室告其妻，令以饭犒关教授仆，饭已具，仆方及门。又迎问之曰："不问已事，而为他人来，何也？"仆惊拜，殊不知所以然。

杨与华阳富家某氏子游甚昵，尝贷钱二十千，富子靳不与。夜处外室，闻扣门声，曰："我乃东家女，夫婿使酒见逐，夜不可远去，幸见客一宿。"富子欣然延纳，与共寝。虑父母觉，未晓，呼使起，杳不应，但闻血腥满帐，挑灯照之，女身首断为三，鲜血横流，如方被杀者，骇悸几绝。自念奇祸作，非杨君无以救，奔诣其家，排闼入告急，杨曰："与君游久，缓急当同之。前日相从假贷，拒不我与。今急而求我，何故？"富子哀泣引咎。杨笑曰："此易尔，无庸忧。持吾符归置室中，亟闭户，切勿语人。"富子谢曰："果蒙君力，当奉百万以报。"曰："何用许钱？但贷我二万足矣。"遂以符归，揣揣竟夜，迟明，潜临室，不见尸，一榻皎然，若未尝有渍污者，不胜喜。即日携谢钱，且携酒肴过杨所。杨曰："吾家冗隘不可饮，盍相与出郊乎？"遂行。访酒家，命席对酌，视当垆妇，绝似前夕所偶者，唯颜色萎黄为不类。妇亦频属目，类有所疑。呼问之，对曰："两日前，梦人召之一处，少年郎留连竟夕。及睡醒，体中殊不佳，血下如注，几二斗乃止。今犹奄奄短气，平生未尝感此疾也。"始悟所致盖其魂云。

虞丞相自荆襄召还，子公亮遣书扣所向，杨答曰："得苏不得苏，半月去作同签书。"虞公以为签书不带同字已久，既而守苏台，到官十五日，召为同签书枢密院事。时钱处和先为签书，故加同字。

如此类甚多，不胜载。

【译文】杨望才，字希吕，四川江源县人。自幼聪明异常，曾经向同学借钱，能预言同学箱包中所带的钱数，打开一数，所存钱数与预言数，分文不差。长大后，以奇术而出了名，四川人称他为杨抽马。杨抽马长的容貌丑怪，两眼如鬼眼，谁见谁怕，说起事来，往往十分奇绝，令人赞服。

他家住宅以南，有棵大树，树荫覆盖地面数丈宽，忽然他在家门上贴上一张通告，上写道：'明日未时刻，行人不可过此，过则遇奇祸。'县城人都互相告诫，不敢前往。果然到了正当午时，那棵大树自行拔根倒地，树枝叶塞满街中，而树两旁房屋没有受到一点损坏。

杨抽马还有类似荒诞怪异的事，他到市上贩卖丝绸，你买三丈，他买四丈，一一丈量，买绸人付罢钱回去，到家再一拿尺丈量，仅有三四尺。他又曾骑着骡子访友，又托词说有别事暂时离去，把骡子拴在庭院树干上，而人走后不再回来，骡子无声，到跟前看视，原来是纸剪成的骡子。有人到郡告杨抽马行妖害人，说："每到祠堂祭祀时，摆设六个座位，而虚设东偏座位两个，杨抽马和他妻子对面坐，又一和尚和一道士坐在下位。"妖道惑众，按法规定，应判死罪，把他扭到监狱。狱吏平时就畏惧而又相信杨，不敢对杨加刑拷打，还怕他逃跑，无法交差。杨抽马知道狱吏的难处，对他说道："不要怕我，我应当受刑拷打，法数已定，我愿含笑受刑法治裁，前天因为某事某事，法当不容，这就是我的魔术所造成，度过两难，我就成道了。"

司理杨忱，夜间正办理量罪定刑、捕人入狱的事，杨抽马说："你家叔父来信吗？真是太可惜了。"杨忱不答，办完公事，刚走出门来，成都家人来，向杨忱讣报叔父死信。有一日，又对杨忱说："明年你家有喜事，名带"望"字的四人，考试及第。"杨忱女儿年龄十六七岁，徒然得暴病，更换几个医生治疗无效，杨抽马又告知杨忱道："你的女儿久病不愈，原因是陈医生用某药、李医生用某药，这些都不能治病。那是后庭院大树内的蛇精作祟，快将药扔弃，等我受了杖刑后，画护符驱逐蛇精，为女治病，女儿就能病好，平安无事，不要忧虑。"杨忱回家告诉他妻子，二人半信半疑。也常见到小蛇在树上沿，他所说的更换医生所用药物，不是胡说。后杨抽马受杖刑放出来，画了护符交给杨忱，挂在树上，女儿即刻病愈。

第二年，杨忱堂兄弟类试，果然四兄弟中选，这四人是：从望、民望、松望、泰望。正符杨抽马一年前所讲。

马抽马原先娶了一个倡女为妻。有一日，杨抽马叫两个监狱执行杖刑的小兵，到他居室，给他两人钱三万，令他用刑杖打自己和妻子各二十六棍，两个杖卒听了很吃惊，问是什么原因。杨抽马说：“我们夫妇应有这样灾难，现在提前受打，请如数杖打。”两杖卒不听杨抽马的话，就走了。等到杨抽马被捕后定案，杨与其妻都受了刑杖，正是令狱卒所杖的数目，用杖打他们夫妇的两人，正是从前所招的那两个狱卒。

后来杨抽马来到成都，他家仍然门庭若市，士人来询问命运，随问随答。或写赋一首，或和诗十韵，长歌序引，信手就写成。每次逢到类试，必先作诗赠送应试士人，但含意隐秘，不知道是什么意思，等揭榜之后，得第一名的姓名，一定能从他的诗意中发现得出来。有时全榜一百多人姓名，也能在未揭榜以前，预先书写而封闭起来，不过多数空缺其姓名偏旁，不成完整的字，但榜列等级和名次高低，没有不相符合的。

四川制置司，查找三十年前案卷，查找不到，把此事告知杨抽马。杨说：“在某室某柜第几沓中。”按照杨言再查，果然获得。

眉山有个老友，名叫师琛，来到杨家，正好杨家有一家乡来的客人也在座，新买回一匹马，全身浑黑，只有马鼻是白色。杨说：“请将这匹马与我，你养着大不吉利。”客人发怒道：“杨先生仗你有魔术，想夺走我买的马，我掏钱几千，还未养十天，你怎能夺走？”杨说：“我想救你的生命，而你不相信我，反说我要夺你马，这是你的命啊，明年五月二十日，你一定得到报应。请你记清：那天你不要看马在槽头吃草，要注意护左肋骨。过罢五月二十日这天，咱俩或者还可能再相见。”客人愈怒，坚持不听，后来也忘记杨说的话。明年五月二十日，那人亲自喂马，马突然跑跃，马蹄踢着那人左肋骨下，立时就死了。

关寿卿在果州当教授，写信给杨为问同僚一生祸福的事，仆人尚未来到，杨在家告知妻子，让备饭赏关教授仆人吃，饭已备好，仆人才进门，迎接问道：“不问自己事，而为别人来，这是为何？”仆人吃惊，赶紧上拜，其实他也不知杨抽马为什么这样说，因为仆人并不知信的内容。

杨抽马与华阳（今四川成都）富翁家某氏的儿子要好，杨向他借钱二万，富翁家儿子嫌多，不借给他。夜间住在外房屋里，听到叩门声，说：“我是东邻家女子，丈夫吃醉酒，把我赶出家门，半夜不敢远去，请你开门让我住宿一夜。”富翁儿子高兴地请她进室，同她共睡在一张床上。顾虑父母发觉，天未明，喊她起床，那女不应声，但闻到满床帐血腥味，赶忙端灯照看，见那女子身首断为三节，鲜血横流，像刑场刚杀人一样，吓得他几乎晕倒。自己想来想去，出了这么大的奇祸，除非杨抽马才能救我，急忙奔至杨家，拍打房门，进入房里，将此事告诉杨抽马。杨说：“咱俩是交往很久的朋友了，缓急的事，自然应该互相关照，前日向你借钱，你拒绝借给我，今你有急事，为什么又来求我。”富家儿子哀哭流泪，深感对人不起。杨笑道：“这是件容易办的事，不要忧愁，拿去我的画符回家，放在室中，关紧门户，切勿告诉别人。”富家儿子感谢道：“要是真能帮我，我要酬谢你一百万钱。”杨说：“何用这多钱，只要与我所需二万就可以。”富家儿子随拿了画符回家，心里慌跳一夜，到天刚亮，偷偷地进入室内，不见女尸，床上干干净净，不胜高兴。当日拿出谢钱，并带着好酒好菜来到杨家，杨说："我家屋小狭隘，不可饮酒，咱俩不如到郊外，找家酒肆，又说又喝多好。"随即一同出城到郊外，找到一家酒肆，摆开席面，二人对酌。看那卖酒妇人，很像前天晚上那女子，只有脸上颜色萎黄，有点不像，那卖酒妇也频频相看，像有所疑问，随喊那妇人问原因，回答说："两天以前，梦见有人召我到一个地方，那个少年男子留我住一夜，睡醒后，身体特别难受，鲜血直流，几乎流血二斗方才停止。至今还觉得出气短，有时上气不接下气，以前从没有生过这样疾病。"才知道那天的事是这妇女阴魂所致。

虞允文丞相从荆襄（今湖北）宣抚使任上离任，奉诏回京，他的儿子公亮派人送信给杨抽马，询问虞今后职务去向，杨答说："得苏不得苏，半月去作同签书。"公以为签书不带同字由来已久，因而疑惑不解。后任命为驻守苏州行宫的台官驻守，到任十五日，召为同签书枢密院。这是因为钱处和先为签书，所以加同字，以示区别。

如此类事很多，不一一记载。

王孔目

成都孔目吏王生，住大安门外，每五鼓趋府，必诵《大随求咒》一通，将及门，率值妇。

妇人忽至前曰："我每旦将过此，吾主公必夙兴，如有所敬者，故我汲水不敢缓。今日独否，君岂有所慢乎？"王生悚然而去，固不晓其语。

晚归，过江渎庙，心动，亟入瞻谒，见壁画一妇人，手持汲器，盖平生所见者。

【译文】王生，家住成都大安门外，在知府衙门担任孔目之职，是管文书档案的小职员。王生勤于政事，每天天不亮时，就起床去府，必诵念《大随求咒》一通，将到府门，总要见到一妇人在井边汲水，如此很久。

一天清早，妇人突然到他跟前，说："我每天早晨总要汲水路过这里，我家主公必早晨起来，好像有所尊敬，所以我汲水不敢缓慢，唯有今天不然，恐怕是你有了什么邪念，怠慢了诵经吧？"王孔目听后，不由悚然恐惧，也不晓得她说的话，主人指的什么人。

晚上，回家路上，过江渎庙，心里忽然有所动，急忙入庙瞻仰，见墙壁上壁画里有一妇人，手提水桶，正是平时所见的那妇人。

唐八郎

唐八郎者，本青城赵氏子。父曰赵老，居山下，喜接道流。唐年十许岁，似有所遇，家人失之。逾两月，得于山后磐石上，取以归，自是率意狂言。尝升木杪，大呼曰："青城市中水且至。"明日，县乃大火。又尝摩拊一巨木，咨嗟其旁。或问之，曰："是将为吾父柩。"居亡何，赵老果死。久之，告人曰："张天师在仙井，我将从之游。"弃家而行。至仙井，每夜卧室中，白气被其体如月，外间皆见。邑人员彦材，老矣，自谓行运与何文缜丞相同，必继魁多士。绍兴庚午，赴廷试。既行，唐德其家，悉取器皿之属，倒置于地，曰："秀才出去状元归，可贺也。”一家皆喜。

彦材既入试，误有所识于白襕上，为内侍所发，当罢归，以有升甲恩，将旨列于五甲未，乃悟倒置之意。

士子十数辈将应举，来谒唐，唐云：“君辈皆非虞任之比。”任之者，虞育也。是年，育免举，众士俱不利，员显道家以肉菹作饼，食而余其四。其日晚，唐至，索食，显道曰：“适无一物可以为先生供。”唐笑曰：“肉饼尚有四枚，何靳也。”凡所见皆类此。

隆兴初，成都村民挽车入市，逢道人，遣交子二千，授以书，曰：“倩汝送与仙井唐八郎。”民接书即行，同辈稍黠者咤曰：“吾闻八郎异人也，书中得非有奇药方书乎？”发视之，白纸也，急复缄封之，才之仙井，唐迎骂曰：“何不还吾书？”民再拜谢罪，唐执书再三读，叹曰：“又迟了我二十四年。”

不乐而去，至今犹存。

【译文】唐八郎，本来是青城赵家的儿子，人们尊称他父亲是赵老，居住在青城山下，喜欢接待和尚道士。唐八郎十几岁时，好像有奇遇，家里曾丢失过他，过了两个多月，才在山后磐石上找到，领他回家，自此以后便大讲狂言。他曾经爬上树顶上大呼道：“青城市里水快到了。”第二天县城遭受大火。用水浇火，才得熄灭。又用手摸一大圆木，边抚摸边感叹，有人问他，他说：“这圆木是为我父做棺材用的。”说这话不久，赵老果然死了。停了许久，他告诉别人道：“张天师在仙井（今四川仁寿），我要跟从他一起出游。”随弃家而行，到了仙井，夜间在室中睡觉，白气覆盖全身，如一轮明月，外边人都能看到。县城有个秀才，叫员彦材，多年赴考，屡次落榜，已经年老，自己认为行运与何文缜丞相一样，坚信自己继续考试下去，一定能金榜登魁。宋高宗绍兴二十年（1150），赴廷试，即将行走时，唐八郎来到他家，取来杯子、盘碗之类，倒放在地，说："秀才出去状元归，真是可喜可贺。"一家人都为之高兴。

彦材到入场考试那天，误将平时所识命题写在上下相连的衣服上，为太监所发现，按规定，应取消考试资格，过去有赐恩升甲的例子，为此，特有旨把他名字列于五甲末，这时才醒悟唐八郎倒放茶杯，乃是倒数第一之意。

有十几个将应举考试的秀才，来拜访唐八郎，他说："你们都不能和虞任之相比。"任之的名字叫虞育，当年应举考试，仅虞育考中，众秀才都落榜。员显道有用肉酱作肉饼，吃了以后还剩四个。当天晚上，唐八郎到员家，要吃饭，显道说："现在屋里无有一点食物可供先生吃。"唐八郎笑着说："肉饼还有四个，怎么那么吝啬呢？"

宋孝宗隆兴（1163）初年，成都郊外有一个村民赶车进城，逢见一个道士，给他二千钱的纸币，又给他一封信，说："请你将书信送给仙井唐八郎。"村民接过书信赶车便行，同行的人里有个狡猾的人对他说："我听唐八郎是个奇人，这书信中恐怕有啥奇药妙法吧？"于是打开信看，全是白纸，急忙把信封起来。刚到仙井，唐八郎迎头就骂道："为何不快给我信？"那村民一再说好话，向唐八郎表示谢罪。唐八郎拿着信再三研读，叹息道："又耽误了我二十四年。"

很不快乐，就走了。唐八郎至今还在世上。

卷第四（十四事）

扫码听谦德
君为您导读

饼店道人

青城道会时，会者万计，县民往往旋结屋山下，以鬻茶果。

有卖饼家得一店，初启肆之日，一客被酒，造其居，醉语无度，袒卧门左，饼师殊苦之。与之钱，不受；饲以饼，不纳。先是有风折大木，居民析为二凳，正临门侧，以待过者。店去江颇远，方汲水，二器未及用，客忽起，缚茅为帚，蘸水洗木，揞揞逾两时，又卧其上，往来望见者皆恶之，及门即返，饼终日不得卖。

客亦舍去，谢主人曰："毋怒我，我明日携赏汝直，当倍售矣。"遂行。

或诣凳旁欲坐，见光采烂然，乃浓墨大书："吕先生来坐"四字。取刀削之，愈削愈明，深透木底，上下若一，观者如睹。自此饼果大售。

时绍兴三十二年二月。关寿卿亲见其洗木时，云：“一清瘦道人也。”

【译文】青城山，每年有道会，方圆数十里有万多民众前来烧香赶会。不少外地商贩，在山下修盖铺面，用来贩卖饮食。

有家卖烧饼人家，新修好烧饼店，正是开门那天，有一喝醉客人，走进烧饼店，那客人酒气熏人，胡言乱语，脱下衣服，赤背露胸，仰卧在店门前，给他钱，他不要；送他饼，他不接。店门前有棵大树，被大风吹倒，街坊居民将树锯成两段，当作凳子用，正放在店门两侧，使过往客人吃饼当座位。饼店离江距离较远，方才打了两桶水，还没有等用，那醉客忽然坐起，把一捆茅草拴缚起来当作扫帚，在水桶浸泡以后，洗那棵倒下大树，洗了很久，又仰卧在上面。往来赶会客人望见就讨厌，有的进门一看就离去。做成烧饼终日卖不出去。

此时，那醉客也离去，向主人致谢道：“请不要恼我，我明天拿钱赔偿给你，要比你今天买的钱多一倍。”说罢，遂即就走了。

他走以后，有人想在木凳上坐，见光彩灿灿，上面浓墨书写“吕先生来”四个大字，用刀削，越削越加显，直渗到树底，光彩夺目，上下混为一体，前来观看的人成千上万，像围墙一样，自此以后，烧饼出售很快，生意越做越红。

这是宋高宗绍兴三十二年二月。关寿卿在那醉汉洗木时亲眼看见过，他说是一清瘦道人。

麻姑洞妇人

青城山相去三十里有麻姑洞，相传云亦姑修真处也。丈人观道士寇子隆独往瞻谒，至中途，遇村妇数辈自山中担萝卜而出，弛担牵裳，就道上清泉跣足洗菜。见子隆至，问："尊师何往？"曰："将谒麻姑。"一妇笑曰："姑今日不在山，无用去。"取萝卜一颗授于隆曰："可食此。"食之，遂行。窃自念曰："彼皆村野愚妇，岂识麻姑为何人，得非戏我欤？"忽焉如悟，回首视之，无所见矣。

自是神清气全，老无疾病，为人章醮，自称火部尚书。寿过百岁，隆兴中乃卒。

【译文】距青城山三十里路程，有一麻姑仙洞，相传是麻姑学道修行的处所。丈人观有个道士叫寇子隆，自己一人独往麻姑洞谒拜瞻仰，走到半路上，遇见几个乡村妇女肩挑萝卜，从山中走出来，放下萝卜担子，挽起衣裤，在清泉流经的道上脱脚洗菜，她们见寇子隆走来，便问子隆说："尊师你往何处去？"寇子隆说："我去朝拜麻姑仙。"有一个妇女笑着说道："麻姑今日不在山上，不要去了。"从萝卜筐拿一只萝卜送给子隆，说："你可将这个萝卜吃了。"寇子隆接过萝卜吃了。吃罢萝卜，随即就行路，刚走不远，心里疑惑，自言自语说："这几个乡村妇女，不识字无见识，怎么能知道麻姑为何人，可能是戏弄我吧？"忽然心里省悟过来，赶忙回过头来看，什么也见不到了。

从此以后，寇子隆道士神清气全，老而无病，经常为百姓家设坛祭祀，祈祷神灵，自称是火部尚书。寿过一百多岁，到宋孝宗隆兴年间（1163年–1164）才逝去。

青城老泽

青城县外八十里老人村，士人谓之老泽。《东坡集》中所载不食盐酪年过百岁者，盖此也。

平时无人至其处，关寿卿与同志七八人，以春暮作意往游。未到二十里，日势薄晚，鸟鸣猿悲，境界凄厉，同行相顾，尘埃之念如扫，策杖徐进。

久之，山月稍出，花香扑鼻。谛视之，满山皆牡丹也。几二更，乃得一民家。老人犹未睡，见客至，欣然延入，布苇席而坐。诸客谢曰："中夜为不速之客，庖仆尚远，无所得食，愿从翁赊一餐，明当偿直矣。"翁曰："幸不以粝食见鄙，敢论直乎？"少顷，设麦饭一钵，菜羹一盆，当席环以碗，揖客共食，翁独据榻正中坐。

俄顷一物如小儿状，置于前，众莫敢下著，独寿卿擘食少许，翁曰："吾储此味六十年，规以待老，今遇重客，不敢爱，而皆不顾，何也？"取而尽食之，曰："此松根下人参也。"

明日，导往旁舍，亦皆喜，争相延饮馔，曰："兹地无税租，吾斸山为垅，仅可播种，以瞻伏腊，县吏不到门，或经年无人迹，诸贤何为肯临之？"留三日，始送出山。

凡在彼所见数百人，其少者亦龙眉白发，略无小儿女曹。后不暇再往。

【译文】青城县城外八十里，有个老人村，当地人称为老泽。

苏轼在《东坡集》一书中所记载：居民不食盐酪，年龄活过一百多岁，那地方就是这个老泽村。

老泽村，平时无人来到过。关寿卿先生与七八个志同道合的朋友，在春末夏初的时候，来到这里游山玩水，还不到二十里地，太阳已快入西山，听到鸟儿鸣叫，猿猴悲鸣，境界十分凄楚，同行的朋友互相对看，都感到如脱世尘，私心杂念全消失了，虽然天色已晚，但游兴未减，仍然拄着手杖往前慢慢行走。

没有行多久，只见月亮升上山顶，满山遍野牡丹花开，花香扑鼻，像到了清凉世界，走约二更时候，才找到一家百姓家。这家只有一个老人，老人还没有睡觉，见到有客来家，非常高兴，急忙请进屋内，铺一领苇席，请他们席地而坐。关寿卿他们走了半夜，又困又饥，就对老人说："半夜来到您家，打搅您老人家了。我们做饭的仆人还在后边走，我们几个还没有吃饭，想向您老人家赊一顿饭吃，明日再给您钱好吗？"老人说："只要各位不嫌我饭食粗鄙，还说钱干么。"片刻，端来小陶盆麦子饭、一盆菜汤，每人面前放一木碗，让大家一起吃饭，老人坐在正中床上。

一会儿又托出一盘放在中间，盘内的东西好像一个小儿形状，众人不敢下筷子，只有关寿卿撕下一点吃了。老翁说："我储藏这一味东西，已经六十年了。打算等我年老力衰时吃，今天遇到你们这些贵客，不敢藏私自爱，所以贡献出来，可是大家却不肯吃，这是为什么？"说罢，便拿起来全部吃光。吃完后老人才说："这是松树下的人参。"

第二天，老人领着关寿卿等七八人，到邻居家看看，邻家都很喜欢，争相邀请他们吃饭，老人对他们说："这个地方无有税租，我辟山成田，仅仅可以播种，用以糊口。县上官员不到门，或者常年不见人迹，诸位贤达为什么肯来这里？"留住他们三天，才送他们出山。

关寿卿和他的七八个朋友，在这个地方先后见到有数百人，年龄最小的也白发苍苍，看不到一个年轻的儿女。以后就无闲时间来这里游玩了。

孙鬼脑

眉山人孙斯文，文懿公抃曾孙也，生而美风姿。

尝谒成都灵显庙，视夫人塑象端丽，心慕之。私自言曰：“得妻如是，乐哉！”是夕还舍，梦人持锯截其头，别以一头缀项上。觉而摸索其貌，大骇。取烛自照，呼妻视之，妻惊怖即死。

绍兴二十八年，斯文至临安，予屡见之于景灵宫行香处，丑状骇人，面绝大，深目巨鼻，厚唇广舌，鬓发髯鬖如蚕。每啖物时，伸舌卷取，咀嚼如风雨声，赫然一土偶判官也。画工阴图其形，鬻于市尘以为笑。

斯文深讳前事，人问者，辄曰：“道与之貌也。”杨公全识其未换首时，曰：“与今大不类。”蜀人目之为孙鬼脑云。

【译文】孙斯文，四川眉山人，是文懿公孙的曾孙子，此人生来相貌端庄，眉目清秀，很有文士气派。

孙斯文曾经到城都灵显王庙拜谒，有一次他见到灵显王的妻子塑像风姿美丽，十分羡慕，立在灵显王夫人塑像前一动不动，像一个石头人站立，私自祝告说：“我要是有个像这样的妻子，该多快乐啊！”当天晚上回家，梦见有人拿着锯，把他的头截下来，另外用个人头安在脖子上，等他睡醒以后，用手摸索头部，觉得和平时大不一样，找到镜子，取来灯烛，对镜一照，吓得魂不附体，急忙呼喊他妻子来看，妻子在灯烛下看到丈夫面目像鬼，当场就吓死了。

宋高宗绍兴二十八年（1158），孙斯文来到临安（今浙江杭州），有人在景灵宫殿见他烧香祈祷，但丑态吓人，脸像水盆，双目似鬼，大鼻大嘴，厚嘴唇宽舌头，头发蓬散如乱麻，当他吃东西时，伸长舌头，卷到嘴边，咀嚼声音如刮风下雨，很像一个泥塑判官。有会画的人，画了他这幅丑貌形象，拿到集市去卖，以引人发笑。

孙斯文为面貌变得丑陋的原因保密，从无对任何人讲，也十分忌讳别人问他，若是有人问他，他说："这是一个道士给他的面貌。"

有位杨公全认识孙斯文时孙的面貌还没变，他说："孙的面相与今天相比，真是天地之别。"四川人称他为孙鬼脑。

阆州通判子

阆州通判之子，数遣小兵货物于市。尝持象笏至富民家，民诘之曰："此吾家物，汝从何得之？"兵以实告。民入索箧中，果不见，证其为盗，执而讼于官。

时同郡数家被盗，所失财物甚众，立赏迹捕，莫能得，及闻是事，皆诣府投牒。吏就鞫问，其对如初。

郡守韩君以语倅，倅心疑其子，潜入书室，见所陈衣服、器皿、玩好，皆非已所有，大骇。呼问之，以窃对。父震怒曰："吾不幸生子而以穿窬为罪，世间之辱，何以过此。"命擒缚送府，子殊无惧色。守以美言诱之曰："吾与汝父同寮，当为汝地，但还主人元失物，必不穷竟也。"遣兵官监诣其室，尽取所藏。子具言某物某家者，某物某家者，乃各以付失主。但余皮袜一双，无主名。子再拜恳请曰："愿以见赐。"守问何所用？对曰："顷登子城，见此物在城下，试取著之，便履空如平地。自是入人家，白昼亦不能觉。"守不信，还其袜，且验焉。子欣然，才著毕，腾空升屋端，了无滞碍，自去如飞，竟失所往。

予妇侄张寅为临桂丞，闻之于灵川尉王琨。琨云："此近年事，不欲显其姓名，特未审也。"

【译文】阆州（今四川阆中）通判的儿子，多次派士兵拿些东西去集市上出售。曾手持象牙笏板到有钱富户家推销，富人追问他道："这是我家的东西，你从哪里得来？"那士兵无言以对，只好如实说出，这家主人急忙进屋取出小竹箱，打开一看，果然那象牙笏不见了，证明象笏是被贼人盗走，随即扭送士兵到官府告状。

当时，阆州城内有好几家被盗，盗走财物很多，各级官府悬赏缉捕贼盗，多日未有捕到贼人。被盗居民，听到捉到偷盗象笏贼人，纷纷到县府投诉，官吏们一一问明，记录在案，继续审问那士兵，口供仍和原来一样。

郡守韩某把这事告诉了几个副职，通判对儿子很惑疑，偷偷地进入书房，见书房内摆放的衣服、器具、古董玩具等贵重物件，都不是他自己原来所有，不由大惊失色，呼唤儿子询问，儿子说是偷盗人家东西。通判知道后，大怒说道："我太不幸，生了你这个挖墙偷盗的贼人，世上的耻辱，莫过于父亲看到儿子作盗贼。"命令士兵擒捕送府治罪，而他儿子却面不改色，一点也无惧色。

都守韩某，以好言相劝，诱导他承认罪过，痛改前非，说："我和你父亲同僚为官，为你前途着想，只要你将各家原失财物，一一送交本人，必然宽大于你，不再追究。"随派兵监督到他室内，全把赃物追回，这少年指着某物是某家的，某钱是何家，韩某派士兵一一将钱物归还失主。最后还剩一双皮袜，没有失主姓名，少年诚恳请求说："愿将这双皮袜赠送我。"韩副守问要这破皮袜有何用处？少年回答道："有一天我上子城城墙，见到这双皮袜在城墙底下，我就穿试，刚穿上袜，便腾空而起，在天上行走，如行平地，自从有了这双袜，想进哪家就去哪家，就是大白天也不被发觉。"韩越加不相信，还给他那双皮袜，看是真假。那少年很高兴，才穿上袜，便飞升房顶，没有一点障碍，像飞行一般，不知去到哪里了。

笔者的妇侄儿张寅任临桂丞，听灵川县尉王琨说此事，这是近年来的事，不想显露人家姓名，因为不清楚是否确实。

庐州诗

庐州自郦琼之难，死者或出为厉，帅守相继病死，历阳张晋彦祁作诗千言，讽邦人立庙祀之，庐人如其戒，郡治始宁。其诗曰：

平湖阻城南，长淮带城西。
壮哉金斗势，吴人筑合肥。
曹瞒狼顾地，符秦又颠挤。
六飞驻吴会，重兵镇边陲。
绍兴丁巳岁，书生绾戎机。

郦琼劫众叛，度河从伪齐。
苍黄驱迫际，白刃加扶持。
在职诸君子，临难节不亏。
尚书徇国事，既以身死之。
骂贼语悲壮，舂喉声喔咿。
呜呼赵使君，忠血溅路歧。
乔张实大将，横尸枕阶基。
至今遗部曲，言之皆涕洟。
法当为请谥，史策垂清规。
法当为立庙，血食安淮圻。
奈何后之人，邈然弗吾思。
居官潭潭府，神不芘茅茨。
冤气与精魄，皇皇何所依？
所以州宅内，鬼物多怪奇。
月明廷庑下，仿佛若有窥。
謦欬闻动息，衣冠俪容仪。
士民日凋瘵，岳牧婴祸罹。
一纪八除帅，五丧三哭妻。
张侯及内子，遍体生疮痍。
爬搔疼彻骨，脱衣痛粘皮。
狂氓据听事，夫人凭指挥。
玉勒要乌马，云鬟追小姬。
同殂顷刻许，异事会左稀。
磊落陈阁学，文章李紫微。

筑城志不遂，起废止于斯。
杜侯在官日，夜寝鬼来笞。
拔剑起驱逐，反顾出户帏。
曰杜二汝福，即有鼓盆悲。
德章罢郡去，厌厌苦行尸。
还家席未暖，凶问忽四驰。
安道移嘉禾，病骨何尪羸。
于时秋暑炽，絮帽裹领颐。
余令亦何有？干在神已睽。
师说达吏治，通材长拊绥。
东来期月政，简静民甚宜。
传闻盖棺日，邑里皆号啼。
近者吴徽阁，鱼轩发灵輀。
营卒仆公宇，厩驷裹敝帷。
行路闻若骇，举家惊欲痴。
昔有邺中守，迥讳姓尉迟。
后周死国难，英忠未立祠。
及唐开元日，刺史多艰危。
居官屡谪死，未至先歔欷。
仁矣张嘉祐，下车知端倪。
庙貌严祀典，满考迁京畿。
兄弟列三戟，金吾有光辉。
吴竟继为政，神则加冕衣。
自此守无患，史书信可推。

伯有执郑政，汰侈荒于嬉。
出奔复为乱，羊肆死猖披。
强魂作淫厉，杀人如取携。
其后立良止，祭祀在宗枝。
罪曜彼自取，祸福尚能移。
族大所冯厚，子产岂吾欺！
寒温五种疟，距踔一足夔。
或能为病祟，祈祷烹伏雌。
况我义烈士，品秩非贱卑。
凛凛有生气，为神复何疑？
勺水不酹地，敢望壶与蹄？
片瓦不覆顶，敢望题与榱？
邦君寄民社，此责将任谁？
既往不足咎，来者犹可追。
倘依包孝肃，或依皇地祇。
经营数楹屋，丰俭随公私。
丹青罗像设，香火奉岁时。
尚书名位重，正寝或可施。
吕姬徇夫葬，义妇严中闺。
清贤列两庑，后先分等衰。
当时同难士，物色不可遗。
张陈李鲍韩，势必相追随。
德章病而去，去取更临时。
尊罍陈俨雅，剑佩光陆离。

匠事落成日，醮祭蠲州治。
青词奏上帝，同祝告神知。
若曰物异趣，人鬼安同栖？
兹焉卜新宅，再拜迎将归。
悲笳响萧瑟，风驭行差池。
穹旻亦异色，道路皆惨凄。
巍峨文武庙，千载无倾攲。
使君享安稳，高堂乐融怡。
岂弟而惠政，吉祥介繁禧。
遂纡紫泥诏，入侍白玉墀。
斯民获后福，年谷得禳祈。
坎坎夜伐鼓，欣欣朝荐牺。
人神所依赖，时平物不疵。
中兴天子圣，群公方倚毗。
明德格幽显，和风被华夷。
典章灿文治，昭然日月垂。
臣工靡不报，物祀当缉熙。
四聪无壅塞，百揆钦畴咨。
咨尔淮西吏，不请奚俟为。
露章画中旨，施行敢稽迟。
太常定庙额，金榜华标题。
特书旌死节，大字刻丰碑。
碑阴有坚石，镌我庐州诗。

【译文】庐州（今安徽合肥）自从郦琼叛变投降全国，以后，死于战场的兵士和将领，有的成了阴间厉鬼出来害人，镇守庐州的帅守，一连数人相继病亡。历阳人张晋彦（祁）作诗千言，劝人立碑建庙，对死难者祭祀，庐州人听从了他的意见，为之建庙，庐州才得安宁，他的这首长诗是：

平湖阻城南，长淮带城西。
壮哉金斗势，吴人筑合肥。
曹瞒狼顾地，符秦又颠挤。
六飞驻吴会，重兵镇边陲。
绍兴丁巳岁，书生绾戎机。
郦琼劫众叛，度河从伪齐。
苍黄驱迫际，白刃加扶持。
在职诸君子，临难节不亏。
尚书徇国事，既以身死之。
骂贼语悲壮，舂喉声喔咿。
呜呼赵使君，忠血溅路歧。
乔张实大将，横尸枕阶基。
至今遗部曲，言之皆涕洟。
法当为请谥，史策垂清规。
法当为立庙，血食安淮圻。
奈何后之人，邈然弗吾思。
居官潭潭府，神不芘茅茨。
冤气与精魄，皇皇何所依？
所以州宅内，鬼物多怪奇。
月明廷庑下，仿佛若有窥。
謦欬闻动息，衣冠俪容仪。

士民日凋瘵，岳牧婴祸罹。
一纪八除帅，五丧三哭妻。
张侯及内子，遍体生疮痍。
爬搔疼彻骨，脱衣痛粘皮。
狂诋据听事，夫人凭指挥。
玉勒要乌马，云鬟追小姬。
同殂顷刻许，异事会左稀。
磊落陈阁学，文章李紫微。
筑城志不遂，起废止于斯。
杜侯在官日，夜寝鬼来笞。
拔剑起驱逐，反顾出户帏。
日杜二汝福，即有鼓盆悲。
德章罢郡去，厌厌苦行尸。
还家席未暖，凶问忽四驰。
安道移嘉禾，病骨何尪羸。
于时秋暑炽，絮帽裹领颐。
余令亦何有？干在神已睽。
师说达吏治，通材长拊绥。
东来期月政，简静民甚宜。
传闻盖棺日，邑里皆号啼。
近者吴徽阁，鱼轩发灵輀。
营卒仆公宇，麃驷裹敝帷。
行路闻若骇，举家惊欲痴。
昔有郧中守，迥讳姓尉迟。
后周死国难，英忠未立祠。
及唐开元日，刺史多艰危。

居官屡谪死，未至先欷歔。
仁矣张嘉祐，下车知端倪。
庙貌严祀典，满考迁京畿。
兄弟列三戟，金吾有光辉。
吴竟继为政，神则加冕衣，
自此守无患，史书信可推。
伯有执郑政，汰侈荒于嬉。
出奔复为乱，羊肆死猖披。
强魂作淫厉，杀人如取携。
其后立良止，祭祀在宗枝。
罪曜彼自取，祸福尚能移。
族大所冯厚，子产岂吾欺！
寒温五种疟，距踔一足夔。
或能为病祟，祈祷烹伏雌。
况我义烈士，品秩非贱卑。
凛凛有生气，为神复何疑？
勺水不酹地，敢望壶与蹄？
片瓦不覆顶，敢望题与榱？
邦君寄民社，此责将任谁？
既往不足咎，来者犹可追。
倘依包孝肃，或依皇地祇。
经营数楹屋，丰俭随公私。
丹青罗像设，香火奉岁时。
尚书名位重，正寝或可施。
吕姬徇夫葬，义妇严中闺。
清贤列两庑，后先分等衰。

当时同难士，物色不可遗。
张陈李鲍韩，势必相追随。
德章病而去，去取更临时。
尊罍陈俨雅，剑佩光陆离。
匠事落成日，醮祭蠲州治。
青词奏上帝，同祝告神知。
若曰物异趣，人鬼安同栖？
兹焉卜新宅，再拜迎将归。
悲笳响萧瑟，风驭行差池。
穹旻亦异色，道路皆惨凄。
巍峨文武庙，千载无倾攲。
使君享安稳，高堂乐融怡。
岂弟而惠政，吉祥介繁禧。
遂纡紫泥诏，人侍白玉墀。
斯民获后福，年谷得禳祈。
坎坎夜伐鼓，欣欣朝荐牺。
人神所依赖，时平物不疵。
中兴天子圣，群公方倚毗。
明德格幽显，和风被华夷。
典章灿文治，昭然日月垂。
臣工靡不报，物祀当缉熙。
四聪无壅塞，百揆钦畴咨。
咨尔淮西吏，不请奚俟为。
露章画中旨，施行敢稽迟。
太常定庙额，金榜华标题。
特书旌死节，大字刻丰碑。

碑阴有坚石，镌我庐州诗。

赵和尚

僧宗印本陕西士人，姓赵氏，弃俗为僧。

靖康时，在长安住大刹，好谈世间事，词锋如云。方金寇犯阙，范谦叔左丞帅京兆，节制五路军，一见大喜，邀使反儒服。即往谒华山庙，自言以身济世之意，遂从范公。范以便宜命之官，艰难中颇有功，积迁至直龙图阁，已而隶川陕宣抚司，亦领兵数千人。

对客辄大言，常云："吾留意释民，得大辨才，在古佛中当与净明维摩等。至于贯穿今古，精练吏事，于天下文官，实为第一。料敌应变，决机两陈之间，于天下武官亦为第一。若四方多垒，烟尘未清，则为盗贼第一人。不敢多逊。"坐客畏其言，无敢答者。其评议人物，凶险好骂，盖出天资。

既得志，前后度僧五百，皆名曰："宗印"，使之代已，时已年六十余矣，不复娶，唯买妾二十人。

后解兵，闭居数岁而得疾，藏府洞泄无时，群妾弃去不视，赵自取其粪食之。有见而怪之者，答曰："汝安得如此味？"经旬乃死。识者以为口业之报。

席大光守河中日尝蒙其力，适帅湖南，为饭千僧以资福。赵虽通显，人犹呼为赵和尚云。

【译文】宗印和尚，姓赵，原是陕西一个读书子弟，因为看不惯世俗炎凉，人情淡薄，遂削为僧，出家当和尚。

宋钦宗靖康（1126）时，宗印和尚到了长安（今西安），住进一所古刹大庙，供佛念经，赵和尚喜欢谈世间新闻奇事，他嘴舌流利，谈起话来如行云流水。当时金兵大举进犯中原，烧杀掳掠，弄得民不聊生，宋将范谦叔左丞帅京城将兵，节制五路军马，正奋勇抵抚金兵，见了赵和尚舌锋流利，随机应变，是个不可多得的领兵帅才，非常高兴，随邀他府上，请他脱下袈裟换上儒服。范谦叔同他一路朝拜华山庙，他说愿从范将军一齐抗击金兵，救济世民，范谦叔在适当机会为他任命了官职，在艰难中能随军抗金，颇有功劳，逐渐升到直龙图阁，不久隶川陕宣抚司，也给他数千人马。

赵和尚对客人常讲大话，他说："我很注意研究 释迦牟尼佛教原理，所以从中学到辩论事物的方法，在古佛群中，可与净明、维摩高僧相比；至于说古道今，精练官场的事，于普天下文官相比等级，我可数第一；料敌应变，决策两阵谁败谁胜，同天下武官相比较也为第一；若住的四面都是山岗，两军正在打仗，我就可为盗贼第一人。我是不敢多让的。"听他吹大话的客人，只听不敢答声。赵和尚评论人物时，说话凶险并且好骂人，这都是他天生的性格。

赵和尚受到范将军重用，得了志，前后收五百人，都起法号叫"宗印"，和他法号一样，使他们代替他自己。赵和尚虽年已六十多岁，早就还俗，但不娶妻，只买小妾二十人。

后来，因为年纪老了，解除兵权，回到住处闲居，没停几年，得了疾病，内脏出毛病，不停地痢泻，病得不成人形，他买的二十个小妾亦都不管他，一个一个跑了出去。又喜欢把自己拉下来的粪便往嘴里吃，有人看见很奇怪，说他大粪怎能当作食物，赵和尚慢不经心地回答说："你们怎能知道这种味道的美好呢！"这样他又停了十几天，就死去了。有人说，这是因他爱骂人，口上作孽得到的报应。

有个人叫席大光，任河中太守，得过他的帮助。这时正好在湖南任统帅，便施舍千余僧人斋饭来超度他。赵虽然做了高官，人们仍称他赵和尚。

景家宅

达州江外民景氏，宅甚大。其侧古冢屹然，时时鬼物出见，处者不宁，徙入城避之。

予妇家入蜀，僦以居。外舅之弟宗正，夏夜露宿，过三更，见大毛物睢盱而前，引手拍其项。宗正矍起，厉声叱之曰："汝岂不见北斗在上乎？乃敢尔！"其物应声退。安寝至明。

【译文】达州（今四川达县）江外，有一家姓景的居民，住的宅院很宽大，宅院一旁古冢屹立，森然可怕，经常有鬼妖出现，在这里居住的百姓人家，得不到平静安宁，纷纷迁移到城里，逃避鬼妖侵扰。

笔者的妻子娘家人到四川后，租赁景家房屋居住，岳父的弟弟宗正公，在夏天晚上睡在外面，三更天时候，忽然看见一个全身都长着毛的怪物，瞪着两眼向上看，慢不经心地往前走，到了宗正身边，用手拍他脖子。宗正猛然站立起来，大声斥责道："你两眼瞎了，怎么看不见北斗星在天上？还敢来这里胡闹！"那个长毛怪物，听见斥责它，便逃走了。这样，宗正安安稳稳睡到天明。

蜀州紫气

崇宁三年，成都人凌戡诣阙告言：“蜀州新津县瑞应乡民程遇家葬父母，其坟山上常有火光紫气。”

诏下本郡，速徙它处。仍命掘其穴成池，环山三里内，自今不许墓域，郡每次季月差邑官检视。

明年，诏以其地屡有光景动人，宜为奉真植福之所，乃建道观，名曰“寅威”。赐田三顷，岁度童行二人。后二年，光尧太上皇帝诞降，实始封蜀国公，竟以潜藩升为崇庆军节度，遂应火光紫气之祥。而程氏子名适与帝嫌名同。天命昭灼如此。

【译文】宋徽宗崇宁（1102）三年的时候，有个叫凌戡的成都人，来到京师，向朝廷报告说：“蜀州新津县瑞应乡民程遇，他的父母埋葬在山上，坟上经常出现火光紫气。”

皇帝得知后，立刻下诏书到蜀州，命令火速将程遇父母的坟墓迁往别的地方。并命令将坟墓挖坑成池，自今以后，环山三里以内，不准再作墓地，违者严惩。责令郡守每季每月派县官来检查。

到了第二年，因这里仍然出现火光紫气，而且景观更加动人。皇帝又下来诏书，认为这个地方，最适宜建造道观，用来供奉真仙，造福四方百姓。于是就在此地修建道观，道观名为“寅威”。赐良田十顷，允许每年招收童子二人为道士侍奉香火。

后来二年，光尧太上皇帝初封为蜀国公。以打败金兵有功，升为崇庆军节度使，应了火光紫气的祥兆，而程遇的儿子名恰好与皇帝同名。这就是天命映昭的原因。

查氏饼异

荆南查氏，世居沙头。有女自幼好食饼，每食时，但取其中有糖及麻者咀之而弃其圈，亦小儿常态也。

乾道二年，女十四岁矣，因步中庭，雨忽作，有物挟以腾空，震雷击之，坠地死，天雨饼卷者，移时乃止。群犬攫食，与真者不异。（朱子渊说）

【译文】湖北荆州以南，有一家姓查。祖祖辈辈居住在沙头村。这家有个女孩，自小就喜欢吃烧饼，她吃烧饼的时候，光吃烧饼有糖和有芝麻的饼心，剩下的饼边，像个圆圈，就扔去了，这也是小孩们常有的坏习气。

宋孝宗乾道二年（1166），女孩长到十四岁，她在庭院步行，忽然风雨交加，雷鸣电闪，有一怪物挟持她升上天空，只听雷声震耳，这小女孩被雷击死，随着风雨落在地下。这时天上落下很多饼圈，没有多长时间，就停了。只见一群狗跑来，争吃烧饼圈，饼圈和真的一个样子。

小溪县令妾

蜀士某，部纲东下，出成都，泊舟江渎庙。天未明，入祠拜谒，望正殿内一妇人已先在，疑其鬼也，甚惧。

稍定，倚户窥之，妇人正焚香亟拜，泣而祷曰：“妾本京师人，早失父。随母西入川，嫁成都人某氏，今七年，生男女二人。良久去年赴叙州小溪令，不挈家行，亦无书信来，近闻负约别娶矣，妾穷独难久处，四顾孑孑，更亲戚可依。晓夕思之，惟有一死，愿大王监此心。”即以剃刀自刎，登时仆地。士人惊怪，且恐暗昧累已，亟登舟解维。

过小溪，所谓县令者，乃乡人也。出迎于江亭，从容及其家事。令曰：“向买一妾，留家间，久未暇取。”士人略道其形容纵迹。令惊曰：“皆是也，君何由知之？”乃话所见。令瞿然，挽首不语。俄告去，唤汤至，已不能执杯，曰：“君所言才毕，此人即在旁，吾不免矣。”遂升车回，及县治而死。此乾道元年事也。

【译文】四川有一士人，运送货物乘船东下，出了成都，天色已将晚了，将小舟停泊在江渎庙附近。天还未亮，就走入江渎庙来朝拜神灵，看见正殿内有一妇人已经先到了，士人怀疑是鬼，心里惊惧万分。

停有片刻，心里稍微安定，就爬在窗户偷偷看那妇人，只见那妇人正焚香叩拜，两眼落泪，祈祷道：“奴本是京城人，父亲早已下世，跟随母亲来到四川，嫁给成都人某氏为妻，结婚七年，为他生下一男一女两个孩子。丈夫去年赴叙州当小溪县（今四川遂宁）县令，把我们母子三人留家，走后一封书信未来，一点音讯未捎，最近听说他又已娶人，奴家贫穷，独自一人难以养活三口人，日子艰难不能长久住下去，又无亲戚可以依靠，左思右想，只有一条死路可走，但愿大王知道我的心。”那妇人痛哭流涕祈祷完后，拿着剃刀自杀，当即扑倒在地而死了。士人见到她自杀身亡，十分惊惧，又怕人命关天连累自己，就急忙上船解缆，驾舟走了。

士人的船到小溪这个地方，那个县令原来是这士人的老乡，正好来江岸亭上迎接士人，二人说话当中，士人从从容容地问起县令的家事。县令说："我买了一妾，留在家中，很久无闲暇时间回去把她带来。"士人就简略地说他见到那个女子面相和行迹，县令大吃一惊，说："你说的都对，你怎能知道？"士人才将所见所闻，详详细细地说了一遍。县令听后，面如土色，抱着头不说话，一会儿就要告别而去，呼唤酒保端汤来，但他两手松软，已经端不起来酒杯了，他说："先生告诉我的话刚说完，那女子就在我身边，我免不了也要死去。"说毕，随即坐上车回去，刚到县衙门就死了。这是宋孝宗乾道元年（1165）的事。

郢人捕鼋

郢州江中，积苦老鼋出没，为堤岸及舟船之害。

郡设百千赏，募人杀之，有渔者出应募。问所须，但求一渡船，两人操楫，大瓮一枚，猪肝一具及铁勾环索之属。

至日，登舟，穴瓮底，以勾挂肝置其内，顺流以行。移时，鼋出食肝，并吞勾，首不能缩，怒甚，引颈出于瓮，欲犯船，而身碍瓮间，进退不可。渔者以箠击其首，鈂然而没，则索随之，任其所往。度已困，复举索引勾，又击之，至于三四，鼋死，始棹舟舣岸。

邦人观者如堵，喜其去害，争出钱与之。

盖鼋性嗜猪肝，渔者知之，又得操纵之术，故为力甚易。

【译文】郢州（今湖北江陵）江中，时常有老鼋出现，老鼋在江堤两旁扒穴作窝，一遇洪水冲击，江堤决裂洪水成灾，众百姓流离失所，苦难不堪，老鼋还袭击江中行船，翻船人亡的灾难，时有发生，成为江岸百姓一大祸害。

郡州府悬赏千金，招募人来捕杀老鼋，有个以打渔为业的渔民应了募招。问他需要什么东西捕鼋，打渔人只要一只渡船，两个人操桨，大瓮一个，猪肝一具，以及铁钩链索之类，就可以了。

到了捕老鼋那一天，渔人和两个操桨的船手，上了船，用铁钩挂上猪肝，放入瓮底，那瓮口小肚大，放进猪肝铁钩便沉入江内，两个船手急操船桨，顺江而下。片刻之间，老鼋出来吃食猪肝，吞进铁钩，鼋头不能收缩，老鼋又急又怒，从瓮口伸出脖子，想进攻渔船，但鼋身肥大，在瓮中不能进退。渔民用竹鞭抽打鼋头，鼋头受击打，便沉入水中，不敢伸头，渔民就放下索链，任它随便游去，估计老鼋挣扎多时，又受击打，已经困乏没有力气了，便又拉出铁索铁钩，又照鼋头部猛打，这样重复三四次，鼋才死去。渔民和两个船手才划船靠岸。

江岸百姓前来观看渔人捕鼋除害的人，人山人海，又见到将老鼋击死，百姓们更加欢天喜地，争着出钱与那渔人，庆贺为民除了大祸害。

鼋性喜吃猪肝，渔人都知道，加上两个操桨船手技艺高超，能根据鼋的吃钩深度，充分发挥操纵它的技术，因此就很容易捕获而击死老鼋。

桃源石文

建炎三年四月，鼎州桃源洞大水，巨石随流而下。石间有文，似天书，而字画皎然可识，凡三十二字，云："无为大道，天知人情。无为窈冥，神见人形。心言意语，鬼闻人声。犯禁满盈，地收入魂。"

其言虽简，而有警于人世。

【译文】宋高宗建炎三年（1129）四月，鼎州（今湖南常德）桃源洞涨大水，大块石头顺水而下，石头中间有文，好像天书，石头上的字文清清楚楚，上面有三十二个字（译作白话成四十六字），其文是："有为无为成大道，上天知人情。

有为无为是冥幽，神能见人形。

心上话意中语，鬼能听人声。

万事恶贯满盈，地狱收入魂。"

石上书文虽很简单，但它能警戒世上的人，要说话，行善事，无恶为德，言行一致，才能受到神灵保佑。

韭黄鸡子

张魏公居京师，赴客饭，以韭黄鸡子为馔。公不欲食，主人强之，不得已为食三颗，而意亦作恶，不终席而归。

夜中，忽足痛不可忍，秉烛照之，乃三鸡啄其足，一牡二牝。

金甲大神立于旁，扣公曰："发愿否？"公曰："愿尽此生不食鸡子。"神曰："愿轻。"公又曰："某此生不犯戒，则母氏延无量之寿。犯此者为不孝。"神人颔之，倏忽间与鸡皆不见，迨晓，视啄处，亦肿犹寸余。自是不复食鸡卵。（魏公

□□□说）

【译文】魏国公张浚在京城居住，有人请他去吃饭，餐桌上摆大盘韭黄炒鸡蛋，张魏公不想吃，主人强请他吃，不得已只吃了三个，吃进肚里后，心里觉得实在作恶，不到吃完饭就告辞回家了。

到了半夜，忽然脚痛起来，疼得不可忍受，遂即端灯照看，只见有三只鸡子正在啄他的脚，有一只公鸡两只母鸡。

这时，有一个金甲大神在他身旁站立，拍着张的肩说："你愿意发个愿吗？"张魏公说："我愿一生再不吃鸡蛋了。"金甲大神又说："你的愿发得很轻。"张魏公又说道："我此生永不吃鸡蛋，绝对不犯戒，那我的母亲可延长无量的福寿，若我犯了就成为不孝之子。"金甲神点头答应了他，瞬息之间，那三只鸡子都不见了。到天明，看看脚上鸡啄处，有一寸多红肿。自此以后，张魏公就不再吃鸡蛋了。

卷第五（十三事）

扫码听谦德
君为您导读

李明微

李明微法师，福州人，道戒孤高，为人拜章伏词，报应甚著。

绍兴五年，建州通判袁复一使与天庆观叶道士同拜醮，既罢，谓叶曰："适拜间时，到三天门下，见此郡张道士亦为人奏青词，函封极草率，又已破碎。天师云：'此不可进御。'掷去之矣。"叶曰："张乃观中道侣也，但不知今夕在谁人家。"

明日，张自外归，叶扣其所往，曰："昨在二十里外叶家作醮，村民家生疏，青词纸绝不佳，及焚奏之际，架得倾侧，词坠于地。吾急施手板承之，赖以不甚损，然鹤氅遂遭爇。"

叶为话明微所见，张甚惧，即日自具一醮谢罪去。

【译文】李明微法师，福州人，对道教戒律研究的透彻，为人家祭祀时写的表书词章，十有九准能得到报应。

宋高宗绍兴五年（1135），建州（今福建建瓯）通判袁复一，请他与天庆观叶道士一同去祭神拜礼，祭拜神灵后，明微法师对叶道士说："刚才向上神奏表章时，走到三天门下，见到张道士也来为人家奏表拜章，拜章函封极为草率，又破又不干净，天师说：'这样的拜章不能进奉上天。'随即把它扔去，叶道士说："张道士是天庆观中道侣，不知他今晚上去何家祭拜神灵。"

第二天，张道士从外面回来，叶道士问他昨晚往哪里去了，张道士说："昨晚在二十里外叶家祭拜神礼，村中人家不懂得祭神的方法要求，表章拜词的纸张非常不好，到了焚表上奏时刻，表架又倾斜下来，拜章文词落在地下，我急忙用手板托起，才得受损不大，然而道服却遭到燃烧。"

叶道士随将李明微法师在三天门所见情形，说于张道士，张道士十分恐惧，当日便自办拜神祭礼酒席一桌，向神灵谢罪。

虢州驿舍

宣和中，虢州路分都监新到官，以代者未去，寓家于驿。日未晡，会食堂上。白气从廷下井中出，勃勃如雾。须臾，青衣女子出于井，历阶而上，遍视坐人，丫髻森如，目光可鉴。已而入西边小室，沿壁而升，遂失所在。举室皆悚，至夕不敢寐。

二鼓后，门窗无故自开，由外入者纷纷，亦未疑为怪，就视之，面目衣冠，尽与一家人不异。而家人所见，又皆类都监。憧憧往来，莫知孰为人，孰为鬼，虽有刀剑，惧误伤人，不敢击。达旦方止。老幼惊怖如痴，即日徙出。

后月余，缙云人陈汝锡来通判州事，方葺官舍，亦暂泊驿中。都监者具以前事告，陈不谓然，过三日，群婢悉梦魇，有见人物极大而无言者，有遭鬼物自床舁至于地者，亦至晓乃止，然别无它。

【译文】宋徽宗宣和年间（1119–1125），虢州路（今河南卢氏）新调任都监到任，因原代理都监还未迁出衙门，一家人便住进驿馆，还未天黑，一家人就在饭厅吃晚饭。正吃饭时，只见一股白气从客庭下井中升起，像云雾一般。顷刻，一个穿青衣女子从井中升出来，沿着台阶，走上厅来，坐在厅里吃饭的人，她一一看视一遍，那女子头上的发髻像森林，两眼像镜子似的明亮。没多长时候，进入庭院西边小室，沿着墙壁升了起来，随即就不见影迹了。都监全家都吓得魂不附体，到夜晚还不敢去睡。

只听钟鼓已敲两下，都监寓所的门窗不声不响自动开了，从外边进来人熙熙纷纷，家里人都没有疑惑是鬼怪，仔细去看，进来的人长的面目，穿的衣裳，戴的帽冠，尽与一家人没有两样。而家里的人所看到的，又都像是都监，往往来来，川流不息，不知哪是人，哪是鬼，虽然有刀剑，恐怕误伤真人，也不敢刺杀。一直闹到天明才停止，家中老幼吓得像傻子，当日就搬迁出来。

后来，停了一个多月，缙云（今属浙江）人陈汝锡来通判州事，方才开始修造官舍，也暂时住进驿馆中，都监把以前他见到鬼妖，向陈汝锡一一讲了一遍，陈听后不以为然，没把它当回事。住进驿馆三天，家里一群仆女都梦见有鬼，又见到又高又胖极大的人不会说话，有的遭受鬼怪把她从床上推下地的。一直到天亮才停止，然而却别无他事。

叶议秀才

绍兴二年，处州青田人潘绂，闾丘观俱为萧山尉，同处一寺。乡人叶议秀才以家贫母老来相依，日饭尉家，夜则寝舍。

时三衢柴生能相手纹谈祸福，视叶手，惊曰："君色殊不佳，法当杀人，否则为人所杀。近三日事尔，切勿妄出，正恐不得免焉。"叶素怯懦，且方侨寄为客，与人未款曲，度以无如是事，姑应曰："诺。"

越三日，薄暮，二尉留与饮，中夕醉归。同室僧已寝，一盗在外，尾其后以入。发箧有声，僧觉之，潜起，将杖击盗，正与盗遇，盗以刃伤僧，僧绝叫而走。叶熟睡，闻呼声，蹶然起。盗始当前，叶急持其裾，盗虑不得脱，掣其肘曰："放我！不然，将杀汝！"叶醉甚，持之愈急，盗恐众至，乃剚刃而去，叶即死。

二尉闻之，惧以是坐罪，迹捕未获，见叶从庑下掩腹入僧房，左右无一睹者。

邑有女巫，能通鬼神事，遣询之。方及门，巫举止言语如叶平生，大恸曰："乃我谢二尉，我以宿业，不幸死，今已得凶人，更数日就擒，无所憾，独会母老且贫。吾囊中所贮，可及百千，望为火吾骸，收遗骨及余资与母，则存没受赐矣。"尉悉如所戒。

后五日，果得盗，盗言杀叶之次日，即见诸百步外，已而渐近，昨乃与同卧起，自知必败云。

【译文】宋高宗绍兴二年（1132），处州青田（今属浙江）有两个人；一个名叫潘绂，一个名叫闾丘观，这两人都在萧山当县尉，两人又同住在一个寺院，有个乡下穷秀才名叫叶议，因为家贫母老，生活困难，便来依靠这两个尉官，白天在尉官家吃饭，夜晚住在寺院僧人房内。

当时，三衢（今浙江衢州）有一姓柴的算卦先生，他能相手纹看福祸，柴先生看了叶议的手纹，大惊失色说道："你的脸色不好，按卦相你要杀人，否则就被人所杀。最近三天就要出事，切忌不要随便出门，我看恐怕免不了啊！"这叶秀才平常就很怯懦，从不与人急吵，而且叶秀才是乡下人出来讨口饭吃，与外人没有什么瓜葛。心里想不可能会出这么大的凶杀事件，便随声附和道："我一定听柴先生所讲。"

过了三天，天色快黑的时候，两个尉官留他在家吃酒，一直喝到半夜，叶秀才喝醉了，才东倒西歪回到和尚住舍，同屋和尚已睡下，一个贼人在外，看到叶秀才歪歪斜斜走路，料想已喝醉了酒，就偷偷地跟在后边，进了和尚住舍。盗贼打箱的声音，被和尚听见，猛然站起来，掂着木棍打贼，正与盗贼撕打，盗贼用刀砍伤和尚，和尚叫了一声，便跑走了。叶秀才正熟睡，听到呼叫声，急忙起来，这时贼正往前逃跑，叶秀才急忙抓着贼的衣袖，贼恐怕不能逃脱，拽着叶秀手的手肘道："赶快放开我，不然，我就要杀了你！"叶秀才醉得太狠，死拉着衣袖不放，贼恐众人来到，就用利刀捅进叶的肚子内，叶秀才当场死亡，贼人逃跑。

潘、闾二尉官听到这事惊惧万分，恐怕渎职犯罪，赶紧派兵追迹捕贼，也没有捕获。正在焦虑，猛看见叶秀才从寺院走廊下，抚着肚子进入僧人住舍，左右士兵无有一人看见。

县城里有一个女巫，能知道鬼神的事。两个尉官派人请来询问，这女巫刚刚走进寺院大门，女巫的言语行动和叶秀才平时一模一样，大声痛哭，说道："我感谢二位，是我过世所造的宿业，不幸被杀死亡，现今已捕拿到凶手，近几天就要擒到，我无所遗憾，独念老母贫穷，无人奉养。我布袋内所存钱数，可能有百千，希望火焚我的尸体，收存遗骨，余下的钱留给我母亲养老。那么活着的人和死去的人都受到你们的恩惠了。"两个尉官答应了他的请求。

之后五日，果然擒拿到盗贼，盗贼说："杀死叶秀才的第二天，就见叶秀才离我有百步之外，后慢慢越来越近，昨晚近到与同睡一张床上，我自己知道，我犯的杀人罪，一定要得到相应的报应。"

小令村民

青田小令村民家妇，年二十余，愚而丑，为祟所凭，能与人言。唯妇见其形，用大纸满书其上，不能成字，贴妇房内壁。仍设一桌，置香炉，如人家供神佛者。每日焚香十余度，或沉、或檀、或柏子和香之属，莫知所从来。

富人徐勉，素本强，闻其事，特往验之。方及门，空中语曰："好客且来，可设茶。"勉已愕然，既坐，问民曰："闻汝家有鬼，胡不令出见我？"语未竟，一物坠背间，甚重，遂坠地。视之，则茶磨上扇也，背亦不觉痛。勉怖而出，祟以粪逐而洒之。

有行者善诵《秽迹咒》，能祛斥鬼物，勉邀至民家，未及施术，一刈草大镰刀从空飞舞而下，挥霍眩转，如人执持，刃垂及衣裾，急窜去，仅免。

后颇盗微物以益其家，山间牧童尝窥见之，似十二三岁儿，遍体皆黄毛，疑为猴玃之属。至今尚存。

【译文】青田（今属浙江）小令村，有一个农家妇人，已经二十多岁，又傻又丑，为鬼妖附在身上，能和人说话。只有这妇人能看见怪的原形。她用一张大纸写字在上，写的满纸都不成字形，谁也不能辨认。然后把这纸，贴在自己房内墙壁上。还摆一张桌子，桌上放置香炉，如一般人家供神佛一样。她每天烧香十多次，烧的香都是很高贵的沉香、檀香，或者是柏子和香之类，谁也不知道这些香从那里弄来的。

有个富人名叫徐勉，平素好逞强，听到有这样奇怪事，特来这女子家验证一下是真是假。徐勉刚走进女子家门，听见半空云有人说话，道："贵客来了，可端茶来。"徐勉闻听，十分愕然，壮着胆坐在椅上，问主人道："听说你家有鬼，怎么不让出来见见我？"话没说完，有一物件落下，砸在腰背上，觉得很重，随即落在地下，徐勉一看，是磨茶用的磨扇，腰背也不觉得发痛。徐勉惊怕得急忙出门就走，那女子用粪尿洒他一身，驱赶他走了。

有一个行者和尚，平时好诵念《秽迹咒》说是能祛鬼赶妖。富人徐勉受到惊吓，心里很气愤，就请和尚到这妇人家来念《秽迹咒》，没等念咒施法，只见空中有一割草大镰刀飞舞而下，那镰刀像人拿着挥霍旋转，镰刀已将行者衣服划破，行者急忙窜逃，才算逃了他的性命，后来，这鬼祟常盗来一些物件，来补贴她家用。

山上放牛牧童，曾偷看见过那鬼祟东西，像十二三岁的小孩，遍身长满黄毛，疑为猕猴一类的怪物，至今还存在她家中。

青田小胥

建炎中，青田小胥陈某者，尝上直，同辈三人皆窃出，陈素谨畏，独卧吏舍。明旦，门不启，主吏扣户连呼之，不应。

以告县令陈彦才，破壁以入，衣衾布履皆在，独不见人，而窗壁整密如常时，莫能测。

陈父日夕悲泣，山椒水涯，寻访略遍。适路时中过永嘉，道出青田，蒋存诚祭酒方乡居，怜其父老而失子，为以情祷之。时中命具状诉于驱邪院，而判其后云："当所土地里域真官，仰来日辰时，要见陈某下落。如系邪祟枉害生人，亦仰拘赴所属根治，余依清律施行。"仍画玉女于后，令焚于城隍祠。

明日，去县五里日下浦，渔者方收网，忽潭水沸腾，声如雷震，急舣舟岸侧以避。俄顷一物跃出，高丈余，复坠，水亦平帖。徐而观之，乃陈胥之尸。时秋尚热，死已旬日，而面色如生，竟不测为何祟，其身何以能出户也。

【译文】宋高宗建炎年间（1127–1131）年的时候，青田有一陈姓小吏。这陈某性格耿直，办事认真，有一次该他值班，同室的三个人都偷偷外出，只有陈某一人独自睡在官舍。到天明，门不开，主管吏员拍门，站立门外连声呼喊他，也听不见应声，主吏将此事报告给县令陈彦才，陈县令急忙赶来，见门仍关得严密无缝，便破开墙壁进入，见陈小胥衣服、头巾、鞋子都在，唯独不见人，看那室内窗户关得十分紧密，和平时一样，无从推测他的去向。

那陈某家有年老父亲，见儿子失踪，终日痛哭流泪，他爬山涉水，访村问巷，到处寻找不到。恰巧，路时中道人往永嘉（今浙江温州）。路过青田，当地有个蒋存诚祭酒，告老回家在乡下居住，非常可怜陈的父亲年老失子，便请时中道人为之寻找祈祷，路时中让写诉状到驱邪院告状，接到的判决书上，路时中批写说："此案应由当地土地神处理，路真官要求到明上午，见陈某下落。如系邪妖枉害好人，也要拘捕送所属地方惩治，按照清律施行。"随即在黄纸画玉女像，附在判决书后边，令到城隍庙焚烧。

第二日，离县城五里地方有一小村，叫下浦，有个渔民才收网，准备回家，忽然看见潭水沸腾，声音如似打雷，渔民急忙使船靠岸，以避风险。片刻之间，见潭中有物跳跃出水面，跳了一丈多高，随即又落进水里，水面又平静了，慢慢仔细看去，陈小胥的尸体浮在水面上。这时正是初秋天气，天气仍然炎热，陈小胥已经死十天了，而他的面色仍像活时一样。到现在不知道是何妖怪所害死？那陈某的身子何以能出门户？至今仍是一个谜。

长生牛

绍兴元年，车驾在会稽，时庶事草创，有旨禁私屠牛甚严，而卫卒往往犯禁。

有水牛，顶插刃，由禹庙侧突入城，见者辟易。厢卒虑其蹂躏，欲阑执之，为所触，几死。

时府治寓大善寺，牛迤逦入三门，过西廊。一马系廊下，见牛至，奋蹄蹴之。牛怒，触其腹，腹裂，肠挂于角，怒愈甚，逢人则逐，径诣廷中。

郡守陈汝锡方治事，牛望见，乃缓行，引首悲鸣，遂卧阶下。陈令健卒为去刃傅药，兀然不动。且告以立赏捕屠者，命牵付圆通寺作长生牛，即就绁而去，与常牛无以异。后数年方死。

【译文】宋高宗绍兴元年（1131），天子在会稽（今浙江绍兴）当时的公务事体才开始创立，皇帝向天下通告，严禁私人自行屠杀耕牛，但有些卫兵往往违犯，有令不行。

有一只水牛，头上插着锋利的刀刃，鲜血淋淋，从禹王庙门旁狂奔进入城里，看见的人慌忙逃避别处，保卫皇帝的厢兵恐怕进城抵伤众百姓，想拦截那水牛，被水牛抵成重伤，几乎抵死。

当时府治住在大善寺，水牛便奔入大善寺内三门，过西走廊时，有一匹马在西走廊下拴着，见那牛来了，便奋蹄踢那水牛，水牛大怒，呼叫一声，牛头和力抵马的肚子，马的肚皮被抵裂口，肠子就挂在牛角上。这时那水牛红了眼，怒气更加厉害，见人就追逐，怒气冲冲，一直跑到府廷下面。

郡守陈汝锡刚入府办事，水牛看见陈郡守便缓缓行走，伸起头，发出悲惨的叫声，随即就卧在堂阶下。陈郡守令身强力壮的士兵为水牛取出刀刃，敷上药物，那水牛一动也不动。陈郡守告知民众，谁能捉到屠杀这水牛的人，便可得到一笔赏金。命士兵把水牛牵至圆通寺作长生牛，那牛很听人话，就自动让人用绳拴缚它，和顺地被牵到圆通寺，和平常的牛没有两样。后又活数年才死。

鳖逐人

大理司直陈棣，幼嗜鳖，所居青田山邑，艰得之，随得则食，初未尝起念。

绍兴壬戌岁，梦适通衢，见鳖二十余出水中，行甚遽，且将啮已，急走还。及门，鳖亦踵至，复趋堂上，相逐愈急，窘甚，跳登食床，鳖竟缘四脚而上。棣大怖，谓曰："我元无食汝意，何为迫我？"叱之而寤。

明旦，启门，有村仆持所亲刘元中书致一竹畚，饷鳖二十八头，发视之，绝类昨梦所睹。

时元中新得仆，善捕鳖，赤手行水际，察沙石间，则知鳖所隐，日获数十枚，以故亲党亦蒙惠。

棣举所饷放诸溪，自是不复食。

【译文】大理司直陈棣，自幼就爱吃老鳖肉，因为他家住青田县深山间，很难捉到鳖，偶尔捕捉一只，便随捉随吃，开始的时候，还没有想到什么。

宋高宗绍兴十二年（1142），有一夜间做个梦，他梦见自己在大街上走，有二十多只鳖从水中爬上大路，爬行非常急速，正向他身边爬来想咬他，他急忙往回家走，才走到门口，那二十多只鳖跟着脚也爬到门口，他往屋里跑，群鳖追的越急。鳖也跟进来，他跑到屋里，鳖追得更急，只好跳到桌上，鳖竟然顺桌腿往上爬，他恐惧地说："我原没吃你的意思，为何这样逼迫我？"他责骂鳖群后，便睡醒了。

到第二天早晨，才开大门，有一个农村仆人送来亲家刘元中写来书信和赠送一竹篓鳖，篓内装鳖二十八只，打开竹篓一瞧，这二十八只鳖非常像昨晚梦中所见一样。

陈棣的亲家刘元中，才从农村雇来仆人，捕捉老鳖很有技巧，赤手空拳行走在沙河中，察看沙石堆就能断定鳖在何处隐藏，每日能捉获数十余只，因为这样，刘元中就赠送亲戚朋友，都得到好处。

陈棣见到元中馈赠的一竹篓鳖后，二话没说，便将所赠的鳖全都放入河里，从此以后，就再也不吃鳖了。

缙云鲙飞

缙云县溪涧浅涩，寻常无大鱼，渔者尝获巨鲤，异而献于县。

县令方从政倍偿其直，付庖人斫鲙，招邑官开宴共享。酒数行，丝竹在列，鲙至。

未及食，忽雰雾昼冥，雷雨骤至。盘中鲙缕，舞跃而出。大风彻屋脊，瓦落势如崩。盛夏凄寒，坐客毛发皆立。火球如五斗栲栳大，飞集筵间，客趋避书阁中，火亦随人。电光中巨人迭往来。

逾数刻，雨止，屋内犹黑，秉烛视令，则与两妓已仆地，良久乃苏。客及从吏衣裾多焦灼，川流溢溢，逾旬始平。识者以为龙螭之类也。

【译文】缙云县（今属浙江）的溪流水浅泥涩，平常无有大鱼可捕。渔民们偶然捕一条大鲤鱼，就惊奇地献给县上。

县令方从政府加倍地付给渔民钱，交给厨师砍杀，做成佳肴，招请县邑的官员们开宴吃酒，共享美味。酒过数巡，女乐在旁弹琴演唱，这时，一盘热气腾腾浓味扑鼻的烩鲤鱼送到宴席桌上。

还未等拿起筷子吃鱼，忽然云雾缭绕，大白天变成黑夜晚一般，片刻间雷雨交加，狂风大起。鱼盘中的鲤鱼，舞跃跳出。大风呼叫，屋顶上的瓦，被风刮得如山崩地裂。这时，正是炎热的夏天，变得像阴凄寒冷的冬天，在筵席上就座的县邑官员，都惊得毛发悚立，不敢动声。一会儿又有几个大火球，像竹编的簸箕那么大，自空中落集在酒筵桌中间，客人们走避书房中，火光也随着进来，又一会儿，电光中见有巨人往来不停，在书房内往来行走。

停了数刻时间，大雨停止，屋内漆黑一团，遂点燃蜡烛，去看县令，县令和两个妓女在地上躺着，停了好长时间，才慢慢苏醒过来。客人和随从人员的衣服有很多都烧成大窟窿，地下的水横流不息。停了十多天，才平息下来。有知道此事的人说，这是龙螭作怪。

西洋庙

永嘉胡汉臣，世居西洋。忽为祟所挠，始则扬沙击石，石之所击，自门廊洞达卧内，皆铿然有声，而壁户略无小损。

既久，则空中与人语，时置粪污于饮食器皿中，虽买熟物亦皆然，其家良以为苦。

幼女始分双髻，见白衣丈夫持剪刀来前，呼曰：“小娘子与我头上角。”儿女惊啼间，已失一髻。汉臣从外至，抱女膝上，方泣诉，又呼曰：“彼人复来剪我髻矣！”急护其首，则又失其一。

命道士巫觋百计禳治，皆不验，谋徙居避之，家具什物悉胶著于地，虽至轻者，亦极力不可举，弗克去。

如是几二年，因饮亲戚家，大醉归，及所居巷口，望见小庙，疑其为祟，乘醉就邻家假巨斧，碎土偶并香案诸物，锁鐍其内。自是怪不作。

【译文】永嘉（今属浙江）胡汉臣，世世代代侨居西洋。忽然，家族被妖怪所挠侵，开始是扬沙击石，石块所击出，把门廊击成大洞，石块从洞内飞到卧室内，发出响声，而窗户和墙一点儿也没破损之处。

不久，就听到空中有人与他家人说话，还不时地把粪便污水倒入吃饭用的锅碗瓢勺中。一家人不能做饭，就是买回熟食东西，也免不了有粪污在饭碗盘子里，害得全家人好苦啊。

胡汉臣的小幼女，才开始梳上双发角，见有一个穿白衣的大个子人手拿剪刀来跟前，怒声呼道："小妮子还我头上角。"这女孩正受惊吓而哭啼的时候，头上梳的双髻已失了一个。汉臣从外面回来，见幼女啼哭，急忙把女儿抱在膝腿上，女孩才向父亲哭诉，又惊叫道："爸爸，那个人又来剪我的发髻了！"女孩急急用双手护她发髻，则又失去一个发髻。

汉臣请来道士、巫师百计禳治，都见不到效验。随即打算迁居别处逃避，可是屋内的家具什物都像胶粘在地上，就是很轻的东西，用尽力量也举不动，遂即也不搬家了。

妖怪经久累月，闹了几乎两年的时间，有一次，汉臣到亲戚家喝酒，喝得酩酊大醉正往回家走，快到他所居住的巷口，望见有一小庙，疑其为妖祟作怪，他乘着酒醉，壮胆到邻居家借来大斧，走进小庙，举起大斧砍碎土偶和香案和其他物件，用铁锁将门锁紧，就回家去了，自此以后，妖怪再也不来侵扰了。

徐秉钧女

永嘉徐秉钧县丞有女曰十七娘，慧解过人，将笄而死。母冯氏悼念不能释，忽梦女坐庭中，弄博具，记其已死，呼谓之曰：“自汝死后，我无顷刻不念汝，汝何得在此？”女曰：“不须见忆，儿已复生为男子矣。”取骰子示母曰：“此叶子格也，盖是我受生处，他日至黄土山前米铺之邻访我，彼家亦且作官人。”言讫而觉，以语徐。

徐所居在安溪村，不知黄土山为何地。或曰：“乃南廊外一虚市，去城财五里。”即往寻迹，正得一米肆，其邻若士人居。询之，云：“叶子羽秀才宅。”验与梦相符，投刺入谒，从容及其子弟。叶曰：“数日前诞一男子。”较其日，乃冯氏所梦之夜。具以告之，且求见其子，眉目宛与女相类，顾徐有喜笑色。

子羽名之仪，明年果登科，儿十余岁时，犹间至徐氏，常称冯为安溪妈妈。

【译文】永嘉县（今属浙江）徐秉钧县丞，有个女儿叫十七娘，这十七娘聪慧过人，容貌秀丽，刚刚到了十五岁就死去了。她的母亲冯氏昼夜啼哭不止。有天晚上，冯氏正在熟睡，忽然梦见女儿在堂庭之中，正在玩弄赌具，冯氏知道女儿已死多日，随呼唤她说：“儿啊，自你死后，娘无时无刻都在念叨你，你怎么在这里？”这女孩说：“妈妈，不须要再想念我了，儿已托生为男子。”随即取出色子让母亲来看，说：“这是叶子格，就是我所生的地方，改日到黄土山前面米铺的邻居家来看我，那一家也是有做官的人。”说罢，冯氏便醒了，便将所梦情景说给徐秉钧。

可是，徐家居住在安溪村，不知道黄土山在何处地方。有人说：“黄土山就是城南郊外新设一所集市，离城才有五里路。”秉钧随即便往寻访，到了这一新设集市，很快便找到米铺，米铺邻居家，像是读书之家，随即询问前来赶集人，答说道：“这是叶子羽秀才家宅子。”仔细一想，与夫人所梦相符。

徐秉钧随送上名帖，入宅访谈，见这人文雅从容，彬彬有礼，便问起他家子弟情况，叶子羽秀才说：“前几天家里诞生一小男孩。”徐秉钧推算天数，正是冯氏所梦那天夜间，徐秉钧具实告诉了叶子羽，并要求看看新生幼儿。叶子羽领他进内室，见了新生幼儿，那小男孩生得眉清目秀，很像他的小女孩。这小孩看见徐秉钧进屋，脸上有喜笑之色，是欢迎他来。

叶子羽名之仪，到第二年果然登科。儿子十多岁时，不断到徐家，常称冯氏为安溪妈妈。

江安世

江安世，兰溪人，好道士说，受箓于龙虎山张静应天师，受法于南岳黄必美先生。所居曰元潭村，于堂侧建小室，为奉事之所。

一日，雨初霁，砌下五色光十数道直出檐间，或大如椽，或小如竹，莫知其所起。疑有伏宝，命仆属之。过丈余，无所睹，复填甃之，光出如故，治之以法，又不效。黄先生至其家，为作黄箓醮，埋金龙于甃下，光始绝。

尝清旦入道室焚香，见一石当香案前，周匝皆青苔。石体尚湿，盖方自溪间出者。江君常时唯用二小童扫洒，他人莫得入，意童为戏。然石甚重，非二人所能举也。不复问，但令舁著门外塘水中。明日如初，又徙置三里外大潭，而扃此室。明日，亲启户，石又在焉。默祷于神，书符其上，投之溪流，又明日，乃不见。江甚喜，以为蒙符力，殃怪不敢至矣。

正在客饭，有物击堂屋上瓦，荦荦有声，坠于廷，验之，盖元所见石。昨符尚存，题其旁云："此符有未是处。"反视其背，别一符存焉，与江所书小异。江自度无可奈，乃纳诸室中。久之，得朱书小纸于案，曰："公既无如我何，盍图我昆弟之形，我当助公行法。"江祝曰："汝为何神，昆弟有几，作何形相？果能助我行法，当明告我。"复有片纸曰："我三灵官也。"悉以状貌衣冠告之。江不得已，为图象置坛侧，其家亦时时遇之。

由是生计顿替。二年，江亡，怪亦绝。

【译文】江安世，兰溪（今属浙江）人，好听道士宣讲道义。受天命录册于龙虎山张静应天师，受道法于南岳黄必美先生。他居住在元法村中在所住堂屋一侧修建小室，作他烧香祀拜，供奉神灵的场所。

一天，雨过天晴，忽见石阶下射出十数道五色光芒，自房屋椽中间射向天空，光线粗细不一，粗的光线如屋上椽子，细的也有竹竿粗，五色光芒，不知从何处喷射出来，人们惊疑万分。安世疑为可能有金银元宝在地下发出的光芒，命他的仆人用铁锨去挖掘，仆人挖有一丈多深，也见不到有何宝物，随又用土填入所挖坑内，但那五色光线仍然发射不止。安世又疑是妖怪作邪，念诵法咒，祛治邪妖，但仍然见不到效验，正在愁闷时，南岳黄必美道士来到他家，安世将五色光搅挠一事说与黄道士。黄道士随即设坛焚香，披发仗剑，口念经咒，埋在井壁一条金龙，那五色光才灭绝。

江安世常常清晨便入道室烧香，见有一块大石头挡在香案前面，青苔环绕石头，石头尚湿，像刚才从溪涧水中捞出一样。江平时只用两个小童仆洒扫庭室，其他人不得进来，心想是否两小童玩耍，然而这块大石很重，两个小童如何举得动。江也不再去问，但令仆人抬着扔到门外池塘水中。明日，那石头仍在香案前面，和从前一样，江又令仆人搬到三里外的大潭内，而又从门外牢牢锁住。明日，亲自开门，那大石又在香案前。随即默默祈祷神仙，并在石头上书写符咒，将石头投入溪流。又明日，开门才不见石头在香案前，江非常高兴，以为是蒙受符咒威力，妖怪才不敢来了。

江安世正在堂屋陪客人吃饭，有东西击屋房坡上瓦，发出通通的声音，随落下庭院里，出去一看原来还是那块挡香案的石头，昨天书写石上的符咒还存在，符咒一旁题字："此符有不对地方。"又看看石头背后，别有一符语在上面，同江所写符咒稍有不同。江自思量无有办法奈何他，便将石头搬入室内。许久，见到香案上一片纸上用红色字写道："先生既然无可奈何我，可画我昆弟形貌，我应助先生行法。"江祝告道："你为何神，兄弟有几位，都是什么形象？如果能帮助我行法，应该明白告诉我。"片刻，又见片纸写道："我就是三灵官，"于是，便将昆弟的相貌、穿的衣服、戴的冠帽都告诉了江。江安世不得已，便为之画像图形，恭恭敬敬地安放在神坛一旁。全家人也不断遇见三灵官和他的昆弟显灵。

自此以后，江安世家景顿时衰落。过了二年，江安世死了，怪妖也绝。

兰溪狱

兰溪祝氏，大家也，所居去县三十里。一子甫冠，颇知书。

宅之侧凿大塘数十亩，秋冬之交水涸，得枯骸一具于岸边树下，莫知所从来。邻不敢隐，闻之里正。

先是有道人行丐至祝氏，需索无厌，祝怒驱逐出。语不逊，祝欧之。道人佯死，祝苍黄欲告官，迫夜未果。道人知不可欺，遂谢去。

里正夙与祝氏讼田有隙，遂称祝昔尝致人至死，今尸正在其塘内，以白县。县宰信以为然，逮下狱。凡证左胥吏讼其冤者，宰悉以为受赇托，愈加绳治，笞掠无虚日。

祝素富室，且业儒，未尝知官府事，受官刑，不胜惨毒，自诬服。

其母虑不得免，迎枯骨之魂归家，焚香致祷，日夕号泣。且揭榜立赏，募人捕其盗。

县狱具，将上之郡矣。

前所谓行丐者在鄂岳间，欲过湘，南陟衡岳，梦人告曰：“子未可遽行，翌日将有来追者。”寤而异之。及明，别与一道流相遇，市酒共饮。问其从何来，有何新事，曰：“吾从婺州来，到兰溪时，闻市人籍籍谈祝家冤事。”因具语之。丐者矍然曰：“诈之者我也。我坐此罪，固已得谴于幽冥。今彼絷囹圄，死在旦暮，我不往直之，则真缘我以死，冤债何时竟乎？”乃强后来者与俱东，兼程抵婺，自诣于县。县宰犹谓其不然，疑未决。

已而它邑获盗，讯鞫间，自言本屠者，尝赊买客牛，客督直甚急，计未能偿，潜害客，乘夜置尸祝氏塘中云。祝于是是始得释。

【译文】兰溪（今属浙江）有一家姓祝，祝家有钱有势，是当地有名望大家庭，所住的宅第距县城三十里。有一儿子才长大，颇能知书达礼。

祝家住宅以旁，挖有个数十亩大的池塘，秋冬之交干旱的时候，大塘水便干涸，见到大塘岸边树下有一具死人枯骸，不知这具枯骨从何而来，邻居家不敢隐瞒，将此事告知乡村里正。

早些时候，有一道人讨饭到祝家，那道人见啥要啥，贪得无厌，祝氏发怒，把他赶出门外，道人边走边骂，祝氏也欧骂于他。道人随即假装已死，躺在祝家门前，祝氏苍苍黄黄想将道人死在门前的事告知官府，因为半夜三更，所以没有去告，那道人知道祝家不可欺，又见祝氏要告官详究，随即站立起来，向祝氏谢罪而去。

乡村里正以前与祝氏曾为田地争执打过官司，关系就不好。里正见有机可乘，说祝氏以前将人打死，把尸体投入塘中，现今塘内水干，尸骨才暴露出来，将这一套编造谎话告知县上。那县宰听后，就信以为真，立即把祝氏逮捕入狱。监狱胥吏，经过调查取证，证明祝氏有冤。县宰却坚持己见，还以胥吏接受祝家贿赂为名，越加重对祝氏施以酷刑，棍打鞭抽不隔一天。

祝氏本是富有人家出身，又是读书识礼子弟，哪知道官府的刑法这么惨毒，实在受不了苦打，无可奈何，只得含冤招认。

祝氏母亲见儿子苦打成招，杀人偿命，料想儿子也不会幸免，随将那具枯骨之魂迎接到家，天天烧香致祷，日夜哭泣不止。祝氏母亲还贴榜募人捕盗，许人家谁能捕获杀人强盗，重金立偿。

县监狱对祝氏认罪和签字画押材料及本监狱判决书，全都上报州郡批准执行。

以前那个所谓讨饭道人，正在湖北山区间行丐讨饭，想过湘江，去衡山南岳庙，夜间梦见有人告诉他说："你不要远走，明天有人来追你。"睡醒以后，感到很奇怪。到天明，又遇见一个道人，两道人谈话投机，便买来酒共饮，行丐者问从何处来到何处去，听到有何新闻事，那道人说："我从婺州（今浙江金华）来，到兰溪时，听到街上做买卖叽叽喳喳议论祝家冤枉事。"那道人边饮边说，把祝氏蒙冤受屈以及判刑处斩的事由，原原本本说了一遍。行丐道人听后大惊失色，说道："假装死者就是我。我犯这样重的罪，应该到阴曹地府受到谴责。现今祝氏身陷囹圄，死在旦夕，我若不去证明，就会以为我真死了，冤债到何时能了？"遂即强拉那道人与他同行，日夜兼程，来到婺州，到县府投案自首。县令仍旧不以为然，犹豫不决。

不久，别县捕获盗贼，审问期间，贼盗自言本人是个屠户，时常赊买客户的牛，不能按时付客户牛钱，客户三天两头催要牛钱，屠户无钱可付，随起杀客之心，将客户杀死以后，乘夜晚人静，把尸体放入祝氏大塘中。真相大白，祝氏才被释放。

桐川酒

绍兴二十五年，沈德和为广德守，檄司理陈棣兼公使库。时□煮酒毕，已叠成栈。

一日，库吏出酒，走告云："第二栈亡酒数百尊。"棣入视之，信然。疑小人为欺，但责其纵迹奸盗。又旬日，所亡滋多，上层宛然不动，皆自下失去。周视墙垣，窗壁锁钥，无纤介疏漏，殊怪之，特未遽信为鬼物也。

郡兵行子城上，得一壶于两竹间，验之，则桐川印记，莫能究其所以然。又数日，与同官沈文司户偕往观，所失盖不胜计。沈恐他有陷处，秉烛照之，地平如掌，一层之下，空空无余。

方议以事闻于郡，吏卒相谓："库旧有神祠，前官辄去之，得非其为孽乎？"密市牲醪，罗拜祷请，许以再立庙。

明日，众至，则亡酒皆如故。其后给散校，元数唯欠一尊，盖竹间者也，乃为立祠。（此卷皆缙云陈棣说）

【译文】宋绍兴二十五年（1155），沈德和为广德（今属安徽）太守，调任司理陈棣兼任公使库。陈棣办事利索速度快，当酒煮熟时，已将库房酒堆放成栈垛。

有一天，库管官员外运出酒，发现酒有丢失，赶忙走去告知陈棣说："第二栈垛丢失酒几百尊。"陈棣走入库房检查看视，果然酒丢失很多，信以为真。疑惑是小人所干，随即责成库房官员跟迹追查，捉捕盗贼。又停十数天，所丢失酒更为增多，但丢失酒的栈垛上一层原封未动，都是从最下层丢失，环周看视墙垣，检查门窗锁钥，都无一丝漏洞之处，这更加奇怪了，还不大相信这是鬼怪所作。

郡兵在城墙上行走，寻得一只酒壶，酒壶在两棵竹子中间，经检验，酒壶底下有桐川印记，更使人莫名其妙，不知究竟是怎么回事。又过数日，陈司理与同僚沈文司户同去观看，所丢失酒数无可胜计。沈文以为放酒栈垛地方，恐怕有塌陷处，随即二人拿灯照看，但地平如镜，一点也没有塌陷地方，栈垛第一层以下，酒尊空空。

这时，陈棣才开始与同僚商量，打算将丢酒事上报于郡守，库房官吏和士卒都来对陈棣说："原来库院里曾有一座祠庙，前任官员将祠庙拆去，可能就是这件事种下的祸根。"随即密密地买回牛、羊、猪和祭酒，烧香祭拜，祈祷神灵，请求宽解，许愿立庙以供奉神灵。

第二日，众人都到场，看那丢失的酒都原样在酒栈上堆放，其后经过查对核点原数，只欠一尊，就是那城墙上两竹间那壶桐川酒。这才立祠庙供奉神灵。

卷第六（十四事）

扫码听谦德
君为您导读

范子珉

处州道士范子珉，嗜洒落魄。初自雁荡游天台，至会稽中道得异石，宝之，赏玩不去手。后为同行道士窃去，遂若有所失，语多不伦，谈人意外事，时时奇中。独善画，为人作烟江寒林，深入妙品，而牛最工，浙东人以故呼为范牛。但好弄溷于手，或掬于手，或濡以衣，或置冠面髻间，或以污神祠道佛像，或染指作字，书人家窗壁，然不觉有秽气。从人乞钱米，先以若干语之，如数即受，或多或少皆弃去不取，其所得亦多投厕中。青田县吏留光死，家贫未能葬，槁殡于城隍祠前，次年冢为雨所坏，露棺一角。范过其旁，取瓦砾敲之曰："勿悲恼，更三日有亲人伴汝矣！"时光弟矩亦为吏，果以后三日暴死，诸子幼，群胥为葬于光冢之侧云。

遂昌叶道士结庵山间，范谒之，中途失路，遇叶之仆问津焉，仆畏其扰，也绐曰："左。"左乃山穷绝处，非人所行。范知之，举手指仆曰："汝却从此去。"乃由他路诣庵中。叶欲具食，而俟仆不至。范告之故。叶自往寻，仆正危坐大石上，神气如痴，呼问之，始醒。言曰："适不合欺范先生，先生指令从此去，即觉有物牵引以行，茫如醉梦，非尊师见呼，不可还矣。"叶亦惧，令仆谢罪焉。

后至婺州赤松观，见观中人，无所不狎侮。每饮必斗余，买牛肉就道室煮食，醉饱即卧，已则遗粪满地，徐徐起引手掬弄，以十指印壁上，一室皆满，房内人悉舍去，无敢与校，但伺其出汲水净涤之而已。唯陈乐天恶之，时对众咄骂。范笑且怒曰："汝乃敢毁我！"趋诣三清殿下，再拜，沾嗫有祷，拂衣出。过两日，乐天无疾死，以是黄冠益谨事之。观前横小溪，往来病涉。道士姓施者与弟子一人，捐橐中钱为石桥，工役已备。范曰："勿为此桥，君将不利。"施君曰："吾以私钱为济众事，何不可之有？"卒为之。范亦不强止，笑谓之曰："如此亦大好，我恰有红盒子两个，将持赠君以助费。"施敬谢曰："诺，不知何物也？"他日复至，无所携。施以为请。曰："吾既许子矣，必不妄言。"后三月，桥成，二道士继死，匠师舆两红棺以殓云。

太尉成闵责居婺，范尝往谒。外报潘承宣来，闵将出迎，范曰："勿见此人，恐公家不免。"闵有子娶秦国大长公主女，潘之妹也，以婚姻之故竟延入坐。范曰："祸作矣！祸作矣！急买纸钱，取公夫妇衣来，我为尔解祟。"既具，范焚香诵咒，并衣与纸同焚之。居亡何秦国薨，闵与夫人往吊，俱得疾。夫人在素帷裹，风涎暴作，冥不知人，闵泄利交下，殊困怠，强舁以归，未几平安。而夫人经年仅小愈，乃知元素衣时，侍婢但以闵两裤往，非夫人者也。

乾道二年，钱竽为缙云守，范自衢往访之，曰：“负公画四轴，故来相偿，毕则行矣！”画成，俨然就逝。将殓，得片纸于席间，书曰：“庚申日，天地诏范子珉。”盖亡日也。（陈天与说）

【译文】处州（今浙江金华）道士范子珉，喜爱喝酒，性情豪迈，不拘束礼节，当初他从雁荡去游天台山，行至会稽途中，找到一块奇异的石头，就像得到宝物一样，品赏玩弄，爱不释手。后来奇石被同行的道士偷走，随即他就变得神情若有所失，言语不伦。可谈起别人的意外事情，却时常被他说中。范子珉精于绘画，为人作的烟江寒林图，精深意远，被认为是妙品。而他最擅长的还是画牛，浙东人因此称呼他“范牛。”只是他好玩弄厕所中的粪污，有时捧于双手，有时沾染满身，有时抹到冠巾，有时将粪污涂抹在寺庙里的神佛道像上，有时则用手指沾着粪污，涂写在别人的窗户和墙壁上，但是不觉得有臭气。他向百姓讨要钱米，自己先讲好数量，如数给就接受，有多有少的却放弃不要，而他讨取的东西又大部分投到厕所里去。青田县衙吏留光去世，因为家贫不能葬于坟场，灵柩被浮厝在城隍庙前。第二年坟庵被雨水冲刷，露出一角棺椁。范子珉从庙前经过，拾起瓦块敲打着说：“不要悲伤苦恼，过三天就有亲人来陪伴你了！”当时，留吏的兄弟留矩也担任小吏，果然三天后突然死亡。他的儿女尚年幼，同僚们就将其葬于留光坟墓旁边。

遂昌有个叶道士，在深山中修造了一座道庵。范子珉前去拜访，中途迷失了方向，正好遇上叶道士的仆人，就向他问路。仆人担心范子珉扰乱庵中清静，就哄骗说："向左边走。"仆人所指的路径，乃是荒山僻野，不是人们行走的地方。范子珉心中明白，用手指着仆人说："你就从这条路走。"于是自己则从其他路前往庵中。叶道士想准备饭菜款待客人，可是久等却不见仆人回来。范子珉告诉他了前后缘故。叶道士自己忙前去寻找。只见仆人端坐在一块巨石之上，神色呆傻。叶道士大声呼喊，仆人才渐渐清醒过来说："刚才不应当欺哄范先生。先生指命我从此路走，当即就觉得好像有东西牵引着前行，茫茫然如醉梦一般，如不是尊师呼喊，难以回庵了。"叶道士听了，心中也有些惧怕，就命仆人向范子珉赔礼道歉。

范子珉后又来到婺州（今浙江金华）赤松观，对观中道人无不轻侮慢待。他每次饮酒必喝一斗，买些牛肉就在道观内煮着吃。酒醉饭饱后倒地便睡，随后拉下粪便满地，自己慢慢起身用手掬弄，以十指印在墙壁上，满室皆是，房内人都纷纷离去，不敢与他计较，只有等他外出后才去提水冲刷罢了。观中唯有道士陈乐天厌恶他，时常在众人面前呵斥责骂。范子珉冷笑且恼怒地说："你竟敢诋毁我！"于是前往三清殿下，跪拜二次，一阵低声祷告，然后拂袖而去。过了两天，陈乐天无病而死。从此道士们更加小心谨慎地对待他。赤松观前横穿一条溪水，人们往来涉过很不方便。有个姓施的道士和自己的一个徒弟，捐出自己囊中的银钱修建石桥，工料和匠人都已经备齐。范子珉说："不要修这座桥，对你不利。"施道士说："我捐出自己的私钱用以济助众人之事，为什么不可以呢？"就开始建桥，范子珉也不勉强制止，笑着对施道士说："这也是件大好事。我正巧有红盒子两个，将它送来赠给你充作资助的费用吧。"施道士道谢说："可以。不知是什么东西？"几天后范子珉又来到修桥工地，并没带任何物品。施道士向他请问。范子珉说：“我既然已经许诺你了，一定不会食言。”三个月后，石桥建成，二道士却相继死去，匠人们扛着范子珉赠送的两副红木棺材将二人殓埋。

太尉成闵遭责贬居住在婺州，范子曾经前去谒见。当时外边禀报有姓潘的承宣使来访，成闵准备出外迎接。范子珉劝说道：“不要见这个人，不然你家将要有不可免除的灾祸。”成闵有个儿子娶了秦国大长公主之女为妻，也就是潘承宣的妹妹，因为两家是婚姻亲戚之故，所以成闵不能不邀请潘承宣入座。范子珉说：“祸起了！祸起了！赶快买些纸钱，取成公和夫人的衣服来，我为你家解除鬼祟。”东西取齐后，范子珉焚香跪拜，念动咒语，将衣服与纸钱一同焚烧。过了不久，秦国大长公主去世，成闵与夫人前去吊唁，都患了疾病，夫人在帷帐中歇息时，突然口吐涎水，中风昏迷，不省人事，成闵泄痢交加，身体极度困乏。二人勉强被抬回家中，没过几天，成闵就痊愈了，而夫人则过了一年才稍有见轻。这时人们才明白是原先范子珉要衣服时，婢女只拿了成闵的两条裤子，没有取夫人的衣服的缘故。

宋孝宗乾道二年（1166），钱竽任缙云太守，范子珉自衢州（今属浙江）前去拜访他，说：“我还欠您四幅画，特来还愿，画完我就离去了！”果然，范子珉画完画，神色庄严，溘然去世。将要入殓时，在席子上发现一片白纸，上边书写：“庚申日，天地召范子珉。”这正是他的忌日。

红奴儿

池州青阳主簿解世，将官满还临安，县人刘录事者，亦赴调，寓于它馆，斛过之共饭。饭才罢，又欲同诣肆啜汤饼。刘曰："食方下咽，势不能即饥。君盍还邸小憩，吾徐往相就矣。"斛去。移时，刘往访之，已病卧床上，望见刘悲泪如雨，良久言曰："吾死期至矣。适从君所归，穿抱剑营街未毕，逢一妇人，呼语曰：'君向与我约，如何始以不娶欺我？既而背之，我病君略不相视，天地间岂有忍人如君比者？今事已尔，我亦不复云，但君亦且得病，病状殊类我，我虽在此，必不往视君，君勉之！'遂别去。吾行数步思之，盖昔时所与游倡女红奴儿者，其死三年矣。吾心惘然。迨反舍，意绪良不佳，疾势已然，当不能起，奈何？奈何？"刘为作粥煮药，至暮乃归邸。后七日，果死。其党能谈其往事者，云曲折病状，皆与鬼言合，盖索买汤饼之时，魂已去于矣。时乾道二年。（韩彦端说）

【译文】池州（今安徽贵池）青阳县主簿斛世，即将任满还京城临安（今浙江杭州）当时青阳县人刘录事也来临安等候调任，暂居住于另一个客馆。斛世前去看望刘录事，并请其一同用餐。刚吃完饭，他又想请刘录事同往街上吃汤饼。刘录事说："刚刚吃下饭菜，并不能即刻就饿。您何不先回舍中歇息，我稍缓一时过去看望您就是了。"斛世回去不久，刘录事来回访他。这时斛世已病卧在床上，看见刘录事就悲痛的泪如雨下，过了好久才说道："我的死期到了！刚才从您的住所归来，穿越抱剑营街时，遇见一位妇人，对我呼喊说：'你从前曾与我有约，为何竟以不娶来欺骗我？已经违背了誓约，连我患病你也不稍微来问视，天地之间还有狠心到像你一样的人吗？现在事情已这样，我也不再说了，但是你也将要得病了，并且病情很像我患的病一样。我虽然在这里，必定不会去看望你，你可要自己保重。’话说完后她就离去了，我走了几步心中暗暗思忖，想起来她是我以前亲近资助过的流浪女艺人红奴儿，可她死去已经三年了。我心中惘然不解，等到返回住处，心情很是不好，病态已成，当时就不能起身了。怎么办？怎么办？”刘录事忙为他熬粥煮药，服侍直到天黑才回客馆。七天后，斛世果然去世。他的亲友中有知道斛世过去情形的人，说起其往事曲折和病情，都与女鬼红奴儿所讲的一样。可能准备去买汤饼的时候，他的魂魄已离开了躯干。当时是宋孝宗乾道二年（1166）。

孙拱家猴

秀州魏塘镇孙拱家，养一猴数年矣。拱妻顾氏尝晚步门外桥上，呼小童牵至前，猴趋挽顾衣为欲淫之状，顾怒，命仆痛棰之数十，遂归。迨夜间室内窗棂动摇有声，谓盗至，起觇之，忽两毛手自牖执其臂，惊悸大叫，随即仆绝。家人闻之尽起，张灯出视，正见猴踞于外，犹坚持臂不肯释，击以杖乃退。顾昏然不知人，抉齿灌药扶救，竟夕乃苏。方事危时不暇缚猴，猴得脱走，登木跳踉不可奈。孙氏集其邻，绕村追蹑射杀之，凡三日乃定。

【译文】秀州（今浙江嘉兴）魏塘镇孙拱家，养了一只猴子已经好几年了。孙拱的妻子顾氏，曾经于一天傍晚到门外的小桥上散步，呼唤侍童将猴子牵到自己跟前。那猴子上前挽起顾氏的衣衫，好似想奸淫的样子，顾氏恼怒，命侍童狠狠打它数十杖，然后回到家中。等到夜里，顾氏听见房内窗棂摇动声响，以为有盗贼来到，就起身向外视看，突然两只毛茸茸的手自窗外伸进来抓住她的胳膊。顾氏被惊吓的大叫一声，随即跌倒昏死过去，家里人听见喊叫全都起来，举灯出房外巡看，只见那猴子蹲在窗外，仍然紧紧抓着顾氏的胳膊不肯放开，用木杖打它才逃窜。顾氏昏昏迷迷不省人事，家中人撬开她的牙齿灌汤药抢救，整过了一夜才渐渐苏醒过来。当夜间事情紧急时，人们顾不得去拴绑猴子，那猴子得以逃脱，在树上腾跃跳动，使人们难以搏捉。孙拱只好邀集乡邻，围绕村镇追踪射杀它，整整用了三天才安定下来。

桃源图

缙云人刘甫，通判成都，日遇异人，揖手道左，携一篮，中贮二板，坚劲如铁，言："能刻桃源景物，恨未有所属也，吾视君可受其一。"甫喜，延入官舍。异入求一室独居，索斗酒引满入室，须臾，出板示甫，图已成，楼阁人物，细如丝发，俨然可睹，女仙七十二，各执乐具知音者案之，乃霓裳法曲全部也，其押案节奏，舞蹈行缀，皆中音会，一渔翁权舟岸傍，位置规模，雕刻之精，虽世间工画善巧者所不能到。同时为倅者亦欲得其一，初不闭拒，即诣之所需，如前刻才半，板忽碎裂，遂失其人。所在时天圣中也。刘氏世传宝之。建炎之乱，逸于民间，今为毗陵胡氏所有。

郡士孙希记之云："渊明所志桃源事，止言桃花夹岸，中无杂木，种作男女衣著悉如外人，黄发垂髫，怡然自乐。今是图乃有台殿，如仙宫佛国，又无桃林，与记颇异，疑异人所见与世所传不同，或神仙方外之事，不可以常理度也。"予尝见墨本，悉如上说，岂非仙家境界，另有所谓桃源者乎？

【译文】缙云人刘甫，在成都任通判，一日遇见一位与众不同的人，拱手立于路旁，所带的一个篮子里，放有二块木板，质地坚硬如铁。他对刘甫说：“我能刻桃源的景物，遗憾的是一直没有遇到可以归属于他的人。我看您倒可以接受其中一块。”刘甫听了心喜，就邀请那人回到官舍。那个人要一间房子由自己独用，然后索取酒器倒满酒进入房内，过了片刻，出来拿木板让刘甫看，桃源图已经刻成。只见上面雕刻的楼台亭阁、男女人物，精细如发丝一般，清晰可辨。其中有七十二位仙女，各手持不同的乐器，弹奏起舞。据精通音乐的行家考证，这就是传说的唐代霓裳羽衣舞曲的全部场面，图中人物演奏乐曲的节奏和舞蹈动作都协调和谐，正中乐曲的音拍。还绘有一位渔翁，泊船在岸边。全图中人物场景的位置和比例，雕刻之精细绝妙，是世间的能工巧匠不能达到。当时在场的另一位副职，也想得到另一块。那人开始并不回绝。于是同样供给他所需之物，像前边那块图画雕刻才一半，木板忽然碎裂，随即那人便失去踪影。此事发生在宋仁宗天圣年间。后来，刘甫家人将图版世代相传，像珍宝一般秘藏，直到宋高宗建炎年间的战乱之际，此图版才散失在民间，如今已为毗陵（今江苏常州）胡氏所有。

郡中有名望的人士孙希记载这件事说：“陶渊明先生所标记的桃源之事，只说桃花林子排列两岸，中间没有别的树木。耕种劳作的男男女女，服装打扮都和外族人一样，老人儿童，安适欢乐。如今这块桃源图版，刻有楼台殿阁，像仙宫佛国的情景，又没有桃花树林，与先生所记载的大不一样。也可能是那个奇异的刻图之人见识的与世间传说不同。或许是神仙僧道的事情，人们是不能以常情来推论它的吗！”我曾经见过这块图版，都和孙先生所说的一样。如果此图雕刻的不是仙家境界，难道还有别的桃花源吗？

李秀才

李纶居福州，好与方外人处。嵩山李秀才者，不知从何来，一见合意，即留馆门下，且数月。其人尚气不检，尝殴人折齿，捕录送府，纶为言于府帅薛公弼，得免。他日又殴人，纶责数之甚，至自是不复出。

一日，天正寒，李生素不拥炉，忽索火邀纶共坐，谓纶曰："君好尚炉鼎，亦有得乎？"顾其仆取蒸饼来，饼至，则细嚼，吐其滓为四，以擦铁箸。投火中，少焉，红焰腾上，挟而掷之地，箸中断，既成白金矣。纶惊愕，因言："顷尝得小郗先生所呵石蒸饼。"生笑曰："此不足为也，吾当以黄者赠君。"纶大喜，而未敢言。

子诜之甫数岁，家人教之拜使求戏术。生脱诜之银扼臂，涂以津，亦置火中，及取出，其一纯为黄金，一变其半，庭下黄菊已槁，诜之折一枝请为戏。嘘呵少顷，亦成金花。

后数日，纶请所谓黄饼者。生曰："君贪心如许，何由能成道？故以红者示君。"取一饼，持刀中分之，嘘其半边，裹以纸，良久出视，已成彤砂。墙壁棱棱，光明可鉴。又索水银两器，饮其一，竦身距跃，珠星从毛窍间涌出，的砾满地，坚凝可扫。复以一器漱齿，随即吐之，皆成银，如丸墨之状。纶益敬异焉。

会纶将调官临安，生缄水四壶，授之曰："以是饯行。"是夕返舍，遂不见。纶行至中途，发水悉为美醇，于幂纸上大书“麻姑酒”三字。凡所化物，今皆在诜之处，其银箸断处化为金云。（范元卿说）

【译文】李纶居住在福州，喜好与僧道们相处。有个原籍嵩山的李秀才，不知从何处云游而来，与李纶一见如故，心意相合。李纶就留他住在家中，已经几个月了。李秀才这个人崇尚勇气不约束检点，曾经与别人斗殴，将人家牙齿打掉，捕投将其捉送到官府。李纶向府帅薛公弼求情，使他免除了责罚。过了些日子，李秀才又殴打了人。李纶很严厉地责备了他，从此，他便不再出门。

一日，天气寒冷。李秀才平时并不爱围坐火炉，这时却忽然取过火炉，请李纶一同围坐炉边，对李纶说道：“您喜好道家炉火炼丹之术，可有什么收获吗？”说完，回头唤仆人取些蒸饼来。蒸饼取到，李秀才细细咀嚼，然后将饼渣吐出来分成四块，用它擦拭铁筷子，再把铁筷子投到炉火中烘烧，不一会，火焰燃起，他挟起铁筷子扔到地上，铁筷子从中断裂，已经变成白银了。李纶惊愕不已，于是说起不久前曾经得到过小郗先生吹呵而成的石蒸饼。李秀才呵呵笑道：“此小技不值一提，我将炼化黄金赠予您。”李纶心中大喜，可又不好当即要求变化。

李纶的儿子诜之才几岁，家中人就教他向他秀才拜求变化之术。李秀才取下诜之的白银臂镯涂些清水，也放进火炉中，等到取出时，一块已变化成纯金，另一块也变化了一半。前庭台阶下边的黄菊已经枯槁，诜之折下一枝，请求变化。李秀才对着菊花呼气吹呵一小会儿，也变成了金花。

几天以后，李纶请求李秀才变化金饼。李秀才说：“您如此贪心，怎么能成道？我姑且变些丹砂让您看看。”说完，拿过一块蒸饼，用刀切开，取其一半，轻轻吹呵，然后用纸包裹起来。不久，取出一看，蒸饼已成丹砂，直映照的墙壁发红，光亮如镜子一般。他又索要两碗水银，喝了其中一碗，纵身跳跃，水银珠星从其毛孔间涌出，明亮鲜明，满地滚动，即刻便凝固成坚硬的小球，可以扫起。他又用另一碗中的水银漱口，随即吐出，都已变成了白银，像墨丸的形状一样。李纶从此更加敬重他。

这时，正值李纶将调官至临安。李秀才特封满四壶清水给他说："我用此为您送行。"当天晚上，李纶回到家，已不见李秀才去向。李纶行到中途时，李秀才所说的水都已变成了美酒，罩封壶口的纸上写着"麻姑酒"三个大字。凡是李秀才所变化的东西，现在都存放于李诜之家中。只是那些银筷子的断裂处，已变化成黄金了。

徐侍郎

衢州人徐生，为新喻丞，被宪司檄鞫狱于庐陵。行未至吉水三十里，值暮，将宿客邸。大姓徐叟者，力邀迎止其家，烹羊置酒，主礼勤甚。丞意以谓叟特以宗盟故耳。至夜，密告曰："老人居此，未尝与士大夫接。昨夕梦大官行李过门，先牌题云：'徐侍郎'，而今日君至，君必且贵不疑。愿以子孙为托。"丞少年登科，自待良不薄，闻其语欣然，且约还日复过之，遂去。

抵郡逾月而讫事东归，径谒叟。叟馆犒如初，然礼敬颇衰矣。临别愀然曰："丞公是行，得无有欺方寸乎？畴昔之夜，梦神人告我，谓君受人钱五百千，鞫狱故不以实。官爵当削除，而年寿亦不远。君何不自重，负吾所期？”丞惊愧不能答。既还家，会荐员满品，诣临安改秩，甫受告，即得疾死逆旅中。

其父本米侩也，随子之官，日日夜导以不义。庐陵之役，本富民殴杀人，丞纳民赂，抑民仆使承，仆坐死。故阴谴及之。既亡，而父犹在，凡所获亦随手散去，其贫如初。（刘敏士文伯说）

【译文】衢州人徐生，官任新喻（今江西新余）县丞，接到上级官府的通知，前往庐陵（今江西吉安）审断一件案子。当他行至离吉水三十里的地方，天色已晚，准备投宿客店。本地一家徐姓大户的老主人，非常恳切地将他迎到家中宰羊备酒，礼节很是热情殷勤。徐县丞就以为老人可能因为与自己同姓的缘故罢了。等到夜深，徐家老人悄悄对徐县丞说：“我居住在此地未曾与为官之人接交过。昨天夜里，我梦见有大官行旅从门前经过，前边开道的牌子上提写着：徐侍郎，而今天您就来到。您今后必定富贵无疑。我愿将子孙们托付给你，请多加关照。徐县丞原是少年登科，也自恃才能过人，官运不错。听了老人之言，就高兴地答应下来，并且约定回返之时再上府中拜访。第二日，徐县丞告辞而去。

到达庐陵一月之后，他办理完公事，东归的路上，直接往徐家拜访老人。徐姓老人仍在客房中像上次一样款待他，但是礼节和敬重之情却很冷淡了，临别之时，老人脸色严肃地说：“丞公这次庐陵之行的没有亏心事吧？前日夜里，梦见神人告诉我，说您接受别人贿赂五百千银钱，审断案情时，因此就不依据事实，而枉法制造冤狱。您的官职将要削降，寿命也不长了。您为何不守节自重，辜负我对您的期望呢？”徐县丞听了，惊讶惭愧，无言回答。回到家后，适逢举荐任期已满的官员前往临安改任。他刚接受任命，不久便得病死于途中的客舍。

徐县丞的父亲原是米贩子们的经纪人，跟随其儿子到任所，天天教导些不仁义的事情。庐陵这件事，本来是一富户杀死人命，徐县丞收了这富户的贿赂，就枉屈富户家的仆人承担名罪名。仆人因此被冤坐罪而死，所以阴间阎罗罚罪于徐县丞，他已死亡，可其父还活在人世，所有以前所获得的不义之财，也都随手失散，自己仍贫苦如当初一样。

十字经

吴人周举，建炎元年自京师归乡里。时中国受兵，所在寇盗如织。举遇星冠羽服人谓曰：“子明日当死于兵刃，能诵十字经，不唯免死，亦能解冤延寿。”举跪以请。云：“九、天、应、元、雷、声、普、化、天、尊十字是也。”拜而受之。明日，果遇盗，逼逐至林间。窘惧次，猛忆昨语，亟诵一声，犹未绝口，雷声大震，群盗惊走，遂得脱。

【译文】吴县（今江苏苏州）人周举，于宋高宗建炎元年（1127）自京城返回故里，当时中原正遭兵患，地方上寇盗四起，祸害百姓。周举途中遇到一位道人对自己说：“你明天理当死于兵刃之下。如能诵念十字真经，不仅能免去死难，也能解除冤屈，延长寿命。”周举就跪拜在地，请求真经。道人说：“九、天、应、元、雷、声、普、化、天、尊，这十个字就是真经。”周举再次拜谢，记下经言。第二天，周举果然遇上盗匪，被迫逼逃至树林之中。正在那里恐惧无奈，猛然想起昨日道人说的经言，急忙诵念一遍。尚未落音，天空雷声大震，盗匪们惊吓而逃，周举得以脱难。

长人岛

密州板桥镇人航海往广州，遭大风雾迷，不知东西，任帆所向。历十许日，所赍水告竭。人畏渴死，望一岛屿渐近，急奔赴之，登其上，汲泉，甘甚。乃悉輂瓶罂之属，运水入舟。弥望皆枣林，朱实下垂，又以竿扑取，得数斛，欲储以为粮。大喜过望，眷眷未思还，共人一石岩中憩息。

俄有巨人四辈至。身皆长二丈余被发裸体，唯以木叶蔽形，见人亦惊，顾相与耳语，三人径去，行如奔马。岩下大石，度非百人不可举。其留者独挈之，以塞窦口，亦去。然两旁小窍尚可容出入。诸人相续奔入船，趣解维。一人来追，跳入水，以手捉船。船上人尽力撑篙不能去，急取搭钩钩止之，奋利斧断其一臂，始得脱。臂长过五尺，舟中人混之以盐，携归示人。高思道时居板桥，曾见之。沈雅为予说，予甲志书昌国人及岛上妇人，乙志书长人国皆此类也。海于天地间，为物最巨，无所不有，可畏哉！

【译文】密州（今山东诸城）板桥镇的一些人，乘船越海前往广州，航行中遇到大风和迷雾，辨不清方向，只好任凭风吹着船帆向前飘行。经过了十几天，船上所携带的淡水用尽，人们正担心将要渴死。这时，望见一座小岛渐渐靠近，急忙将船驶到岸边，登岛寻水。不想，这岛上的山泉，很是甘甜。于是，大家纷纷取来所有能盛水的器皿，装入清泉，运回船中。有人向远处望去，见都是枣林，红色的果实垂满枝头。大家又用长竿扑打红枣，得了好几斛，准备运回船上储存起来充作食物。这些人有了饮水和食物，喜出望外，又看岛上景色奇异，都依恋不舍，不愿立即回船起航，于是大家一起来到一山岩下边歇息玩耍。

不久，有四个高大的人来到岩下。他们身高二丈多，都是披着长发，赤身裸体，只用树叶稍微遮挡了些形体。看见生人，也很吃惊，互相耳语一番，三个人离去，奔跑起来像马一样飞快。山岩下有块巨石，没有上百人难以举起来，那个留下来的巨人独自上前提起，堵塞住山岩的孔口，也离开了。但是，巨石堵塞后两旁的空隙还可以过人，众人相继爬出岩洞，奔跑回船，急忙解开缆绳，准备起航。这时，一个巨人前来追赶，他跳入水中，用手紧紧抓船不放。船人众人尽力撑篙也难以离岸，便急忙取过搭钩钩住他，举起利斧砍断他的一只胳膊，船才终于离岸，那只砍下来的胳膊长有五尺多，船上人用盐水浸腌起来，带回来让人们观看。高思道当时居住在板桥，就曾见到过。沈公雅给我讲了这件事。我在《夷坚甲志》里记载说的昌国人和岛上妇女，《乙志》里记载说的长人国都是这一类人。海是天地间最巨大的事物，所以海里真是无所不有的，实在令人可怕呀！

温州风灾

绍兴三十二年七月十三日，温州大风震地，居人屋庐及沿江舟楫，吹荡漂溺不胜计。净居尼寺三殿屹立，其二压焉。天庆观钟楼亦仆。唯江心寺在水中尖山颠二塔，甚高峻，独无所损。先是两日，有巨商舣舟寺下，梦神告曰："后日大风雨，为害不细，可亟以舟中之物它徙，吾今夕赴麻行水陆会，会罢即来寺后守塔矣。"商人如其戒。麻行者，村中地名也。继往侦问，果有设水陆于兹夕者。

初郡有妇人，年可四十许，无所居，每乞食于市，语言不常，夜则寄宿于净居金刚之下，诸尼皆怜之，不忍逐。风作之前日，指泥像语人曰："身躯空许大，只恐明日倒了去。"弗宿。已而果然。

【译文】宋高宗绍兴三十二年（1162）七月十三日，温州遭大风侵害并引发地震，百姓居住的房屋和沿江河的舟船，被吹走漂荡沉溺的不计其数。净居尼寺中，有三座大殿屹立未毁，其他二殿倒塌。天庆观中的钟楼也被风吹倒，只有江心寺在水中央，山峰顶端的二座砖塔，虽然很高峻，却没有损坏。前两天，曾有位巨商将船停靠在江心寺的下边，夜里梦见神人告诉他说："后天这里将有大风雨，为害不小。你可赶快把货物迁移到别处。我今晚去参加麻行的水陆道场，法会结束后我就来寺院后边守塔了。"那商人听从神人告诫，将货物先迁移到安全的地方，然后向人们打听，原来麻行是村中的地名。又到那里寻问，果然有在当晚设水陆法会的。

当初，郡市上曾有一位妇人，年龄约四十岁左右，无处居住，每天在街上讨饭，话语不多，晚上则临时住在净居尼寺的金刚神像下边。众尼姑都可怜她，不忍心驱赶她走。风灾发作的前一天，那妇人指着泥塑神像对别人说："身躯空空，又这么大，只恐明天要倒塌了。"也便不在此住宿。以后果然被她说中。

诸天灵应

永嘉许及之，深甫之父，事诸天甚著灵应，盗尝夜入门家，未之觉。许老梦寇至，为巨人持长枪逐之，惊寤遽起，视外户已开，略无所失。明旦见一枪于大门之外，不知从何来。及入诸天室焚香，则神手所持枪失之矣。始悟昨梦。

【译文】永嘉县的许及之，字深甫，他父亲敬奉诸天神，多年来很是灵验。曾经有天深夜，盗贼潜入许家，未被发觉。许老先生梦见盗寇入宅，被一高大之人手持长枪赶走，他惊吓而醒，急忙起身，看见外边门户已开，财物却基本上没有丢失。第二天，只见一条长枪立于大门之外，也不知从何而来。等到进入神堂中焚香时，则发现神像所持的长枪不在了，这时才明白了昨夜梦中之事。

福州大悲巫

福州有巫，能持秽迹咒行法，为人治祟蛊甚验，俗称为大悲。里民家处女，忽怀孕。父母诘其故，初不知所以，然召巫考治之。才至，即有小儿盘辟入门，舞跃良久，径投舍前池中。此儿乃比邻富家子也，迨暮不复出。明日别一儿又如是。两家之父相聚诟击巫，欲执以送官，巫曰："少缓我，容我尽术，汝子自出矣，无伤矣。"观者踵至，四绕池边以待。移时，闻若千万人声起于池，众皆辟易。两儿自水中出，一以绳缚大鲤，一从后箠之，曳登岸，鲤已死。两儿扬扬如平常，略无所知觉。巫命累瓶甓于女腹上，举杖悉碎之，已而暴下，孕即失去，乃验鲤为祟云。

【译文】福州有个巫师，能够吟《秽迹咒》作法，为人们治理鬼祟和蛊毒，很是灵验，大家都称呼他“大悲法师”。街里上一户人家的女儿，尚未出嫁，却忽然怀孕，父母责问她缘故，也不知当初为何如此。于是就召请大悲巫师前来查考医治。大悲巫师刚刚来到，就有一个小孩儿盘旋进入门内，跳跃舞动一会儿，直接投进房前的池塘中，这个小孩原来是邻居一个富家子弟，等到天黑也没有出来。第二天，另外一家的小孩也同样跳入池中不见。两家孩子的父亲一齐来辱骂大悲，认为是大悲巫师行法害了自己的孩子，准备将他扭送往官府究办。巫师说：“先等等我，待我尽施法术，你们的孩子自然就会出来，不会受到伤害。”这时，前来观看巫师作法的人接连不断来到，四面围绕着池塘等待着。过有一个时辰，便听见像有千万人的声音从池中响起，众人都吓得向后边倒退。只见两个小孩从水塘中出来，一人用绳子绑缚着条大鲤鱼，一人在后边用鞭子抽打着，等到拖上岸边，鲤鱼已经死了。两个小孩扬扬得意，像平常一样，好像并不知情。巫人让人在那怀孕少女的肚子上堆满空心砖头，然后举起木棍一一敲碎，随即纷纷滚落，那少女的孕状立即消失。于是证实是那条大鲤鱼在作祟的。

张八削香像

温州市人张八居家，客持檀香观音像来货。张恐其作伪，欲试之，而遍体皆彩绘不可毁，乃以小刀刮是底香屑熟之。既而，左足大痛，如疽毒攻其内者，药不能施，足遂烂，至今扶杖乃能行。

【译文】温州市镇上居住的张八，正在家中，有一客人手拿着檀香木雕刻的观音像来卖。张八怕他作假，想试试是香真檀木，可神像遍身是彩绘不能毁坏，于是用小刀刮神像脚下一点香屑用火点燃。不久，张八就感觉自己的左脚非常疼痛，像疽毒进到脚里一样，也无法施药，左脚随即便溃烂不治，直到现在还得扶着拐杖才能行走。

汪子毁神指

饶州双店民汪涣，世事善神，龛其像于室中。幼子五岁，戏折其中指。涣梦金甲神诉曰："吾卫护翁家有年矣，未尝令翁家有小不祥事，奈何容婴儿毁吾指？"涣惊谢。旦而视之，信然。亟命工补治。此子即日病，中指间疮绝痛，既愈遂拳缩不可展。

【译文】饶州（今江西波阳）双店居民汪涣，一生精心供奉社神，将其神像立龛于室内。汪涣的小儿子才五岁，一次玩耍时，折断了神像的中指。汪涣夜间梦见穿金甲的土地神向自己诉说道："我护卫保佑你们汪家已经有多年了，未曾使你们家出现过小小不吉祥的事情，为什么却让小孩折毁我的手指呢？"汪涣听了非常吃惊，连忙向神道歉赔礼。第二天早晨去神龛观看，神像真是折了手指，便急忙请工匠修补完整。他的小儿子当天便得了病，中指间长了个疮，异常疼痛，等到疮愈后，手掌便蜷缩成拳，无法伸展了。

卷第七（十七事）

扫码听谦德
君为您导读

大仪古驿

右侍禁姜迪，蔡州新息人，为天长县大仪镇巡检。寨去县六十里。迪尝趋县回，遇雨驰担道上古驿，遣从者具食。迪被酒，如厕见妇人，高髻长裙，类唐时装束，持朱柄铜戟，来直前刺迪。迪尽力拒之，且大叫，从吏继集始舍去，索室中无所见。是夕不克行，但徙于西序小阁，而戒数卒守门。迪欲寝，妇人已先在，曰："适相戏尔，何至是？"挽使就枕。迪不得已，与同衾。问其姓名，不答，未晓趋去。及迪起行，又执戟前导，至寨前乃返。自是每诣驿，必出共寝，其出也辄导至邑门外，及还又送之，而左右无一见者。迪浸惑焉。率以旬日，间假职事一往来。同僚稍闻其异，迪亦无所隐。

一夕方寝，又有二小手扼其喉甚急。迪惊呼，外人至已失矣。即撤帐明烛，环以仆从。少顷，皆睡熟，烛亦灭，妇人复来曰："曩亦妹子相戏尔。"便有小妇一人，尤美色，参寝榻上。

明日归寨，两妇皆戟而前。如是岁余，气力枯悴，渐不能食。

会供奉官孙古者，来摄天长税官。古尝受上清箓，持天心法，甚验，迪家人邀治之，设坛考召，佩以灵符，迪明日出，双戟不至，行数十步，始见于道旁。大妇怒曰："吾姊妹于君无负，岂有心害君，乃以法遣我耶？"愤邑之气，形于颜色。幼者从旁解之曰："此人无情若木石，然离合皆定数，何必戚戚于此。"遂瞥然而逝。古戒之曰："百日内勿再经是驿。"迪以疾故，亦解官还乡，沉绵累月，乃得脱。

【译文】右侍禁姜迪，本是蔡州（今河南汝南）新息县（今河南息县）人，官任天长县大仪镇巡检。大仪镇离县城约六十里路。姜迪曾经进城办理公务，返回的路上遇到大雨，只得放下行装，停宿于道旁的一所古驿站。差遣随从们备好饭菜。姜迪多喝了几杯，禁不住酒力，便前去厕所方便。突然，他看见一个女人，头挽高髻，身穿长裙，很像唐时代的装束，手中拿着一把朱红色木柄的铜戟，走到跟前，迎面向姜迪刺来，姜迪尽力抗拒着她，一边大声呼喊，等随从们相继赶到，那女人才离去，可是搜遍房中，并不见其踪影。当天夜晚，姜迪一行因雨不能前行，于是将行李搬到驿站内西边的小阁房中，门口由几个兵卒守卫，准备在此住宿一夜。待姜迪上床就寝时，刚才那个女人早已在床上等候。她对姜迪说："方才只是与你戏耍相逗，何至于如此小心。"说完，上前挽着姜迪就要同枕共眠。姜迪不得已，只好与她同睡。姜迪问那女人姓名，并不回答。天尚未拂晓，女人就起身而去。等到姜迪一行起程时，那女人却又手执铜戟在前边引路，直到大仪镇寨墙外才返回。从此，姜迪每次宿于此驿站，那女人就陪其共寝。他外出公干，女人就在前导引至城镇门外，等他回寨，那女人又送他而归。可是姜迪身边的随从们却无一人能看见她。姜迪被其深深诱惑，大约每过十几天，就假说有公事，往来驿站一次。同事们稍微知道了他遇到的奇事，姜迪也并不隐瞒。

一天夜晚，姜迪又来驿站住宿，他正要入睡，忽有两只女人小手紧紧扼其咽喉，甚为急迫，姜迪惊吓中连忙呼喊，等外边人闻声进来，那人已消失不见。于是，姜迪命撤去帐帷，点起蜡烛，四面环围着几名护卫，然后才入睡。过了一会儿，护卫们都已入睡，烛光也灭去，先前那个女人又出现说："刚才也是我的妹妹与你逗乐玩耍的。"说完，便来了一年轻女子，更为漂亮，与姜迪和先前那女人同睡在一床，第二天，姜迪回寨，两位女子都是手持铜戟在前引路。像这样过了一年之久，姜迪气力枯悴，渐渐不能进食。

这时，适逢供奉官孙古来兼理天长县税务官，孙古曾经被道人传授过上清箓，能运用天心正法，甚是灵验，姜迪家中人就请他为姜迪医治。孙古设下祭坛考召，并悬佩灵符，吟咒行法。第二天，姜迪外出，已不见二女子持戟导引。等他行走了几十步远，才看见她二人立于路旁，年长者对姜迪气愤地说："我姐妹二人对你并没有对不起的地方，岂有心加害于你，为何要召法师作法驱赶我们呢？"说完，满脸皆是愤怒和忧悒不乐的表情，年幼者在一旁劝解她说："此人无情无义，就像树木石头一样。既然生死离合都是天意所定，又何必忧悒眷恋于他。"二人看了姜迪一眼，匆匆离去，孙古告诫姜迪说："百日之内，不要再从这个驿站经过。"姜迪也借口患病，辞去官职返回故乡。而疾病缠绵他，历久不愈，直至数月后才得恢复。

安氏冤

京师安氏女，嫁李维能观察之子，为祟所凭，呼道士治之，乃白马大王庙中小鬼也。用驱邪院法结正，斩其首，安氏遂苏。越旬日、复作，又治之，祟凭附语曰："前人罪不至诛死，法师太不恕！"须臾考问，亦庙鬼也，复斩之。后半月，病势愈。道士至，安氏作鬼语曰："前两祟乃鬼尔，法师可以诛。吾为正神，非师所得治。且师既用极刑损二鬼矣，吾何畏之有？今将与师较胜负。"道士度力不能胜，潜遁去。李访诸姻旧，择善法者拯之。才至，安氏曰："勿治我，我所诉者，隔世冤也。我本蜀人，以商贾为业。安氏吾妻也。乘吾之出，与外人宣淫。伺吾归，阴以计，见杀。冤魄栖栖，行求四方，二十有五年不获。近诣白马庙，始见二鬼，言其详，知前妻乃在此。今得命相偿，则可去，师无见苦也。"道士曰："汝既有冤，吾不汝治。但曩事岁月已久，冤冤相报，宁有穷期？吾今令李宅作善缘荐汝，俾汝尽释前愤，以得生天如何？"安氏自床趋下作蜀音，声喏为男子，拜以谢。李公即命载钱二百千，送天庆观为设九幽醮。安氏又再拜谢，欣然而苏。

李举家斋素，将以某日醮。前一夕，又病如初。李大怒，自诣其室谯责之。拱而言曰："诸事蒙尽力，冥途岂不知感？但明日醮，指当与何州何人？安氏前生为何姓？前日失去禀白，今如不言，则功德失所付矣！"李大惊异，悉令道所以然。又曰："有舍弟某亦同行，乞并荐拔，庶几皆得往生。"李从其请，安氏遂无恙，安氏之姊嫁赵伯仪，伯仪居湖州武康，为王盼说。

【译文】京城中安氏之女，嫁给李维能观察的儿子为妻，后被鬼祟所依附，口吐妄语，昏迷不醒。李家请来道士行法医治，查明原来是白马大王庙中的小鬼在此作祟。道士便用驱邪院法予以结正，将小鬼斩首，安氏随即苏醒过来。过了十几天，安氏邪病又发作，再次请道士来治。鬼祟依附在安氏身上说道："上次那人罪过不至于诛死，法师真不应该原谅！"经过道士一阵查问，作祟的也是白马庙中的小鬼，便也将其斩首。后又过了半个月，安氏的病情更加严重。道士请到后，安氏又被鬼祟依附说："前两次作祟的都是小鬼，法师可以诛杀。我本是正神，不是法师你能够降治得了的。既然法师你用极刑杀了两个小鬼了，我有什么怕你的？今天将要与你决一胜负。"道士听了这番话，自己思量难以取胜，于是悄悄离去，李维能只得请自己的亲友故交多方寻求，召请一位法力更高的道士前来拯救安氏。那道士才来到，安氏便对他说："不要治我。我所要诉说的，是隔了多年的冤屈。我本是四川人，以经商为业。安氏本是我的妻子，她乘我出外经商之际，与外人通奸，等我回归，暗中使下毒计，将我杀害，我的冤魂漂泊不宁，四方寻找安氏，以报深仇，可二十五年也未获知她的行踪，近日来到白马庙，遇见了两个小鬼，听我述说了冤枉，二鬼同情我，从它们口中得知安氏原来在这里。如今能得她以命相偿还我就离去。法师不要苦苦逼我。"道士说："你既然真有冤屈，我也不再治你。只是早先的事年岁已久，冤冤相报，可有个尽头吗？我如今让李家作善缘，超度你的游魂，使你能尽释前仇，得以早日生还人世如何呢？"那安氏听了，从床上下来，连声答应，说的都是四川口音，声音却像男人。跪下便向道士道谢。李维能一听，立即命人送二百千钱去天庆观，用以设下九幽道场。安氏再次拜谢，忽然间便恢复了正常。

李维能观察全家斋素数日，准备于某日举办道场。前一天的晚上，安氏又得病如当初一样。李维能大怒，自己前往居室去责问他。安氏拱手说道："各种事情都蒙你尽力而为，冥间岂能不知感谢。但是明日举办的醮事，指当的又是何地方的何人呢？安氏的前生姓什么？前一次没有说清，如今再不说出，只怕你所作功德都要失去了。"李维能听了大惊，便让他把情况全部说清。等又问安氏，听她说道："有位兄弟与我同行，希望能承蒙一起赐予超度，不久同时得到生还人间。"李维能当即答应了她的请求，并为其二魂同做道场。从此，安氏痊愈无恙。安氏的姐姐嫁给了赵伯仪，伯仪当时居住在湖州武康。把此事给王盼述说过。

扬州雷鬼

上官彦衡侍郎，家居扬州。夫人杨氏白昼在堂中与儿女聚坐，忽雷雨大作，奇鬼从空陨于地，仅三尺许，面及肉色皆青，首上加帻，如世间幞头，乃肉为之，与额相连，顾见人掩面如笑。既而，观者渐众，笑亦不止。顷之，大霆激于屋表，云霾晦冥，不辨人物，倏尔乘空而去。

【译文】上官彦衡侍郎，家住在扬州。夫人杨氏一日白天在客厅中与儿女们聚坐。忽然间雷雨大作，一个奇异的鬼怪从空中落地，身长仅有三尺上下，脸与肌肤都是青色，头上戴着头巾，和人世间的形状一样，却是肉长出的，与额头相连。那奇鬼看见人，用手掩面而笑。过了一会儿，来观看的人渐渐多起来，那鬼仍笑声不停，突然，一阵雷霆震于房屋之上，云霾昏暗，辨不清人和物体，那奇鬼倏然腾空而去。

新城桐郎

练师中为临安新城丞，丞廨有楼，楼外古桐一株，其大合抱，撇荫甚广。师中女及笄，尝登楼外顾，忽若与人语笑者，自是日事涂泽，而处楼上，虽风雨寒暑不辍。师中颇怪之，呼巫访药治之，不少衰。家人但见其对桐笑语，疑其为祟，命伐之，女惊嗟号恸，连呼“桐郎”数声，怪乃绝。女后亦无恙，询其前事，盖恍然无所觉也。

【译文】练师中，任临安（今浙江杭州）新城县（今浙江桐庐新登镇）县丞。县衙内有所小楼，楼外长有一株古老的桐树，树干之粗，需两人合抱，枝叶茂盛，遮荫甚广。师中的女儿已经成年，曾有一次登楼上向外观看，忽然像是与人谈笑的样子。自此以后，每日梳洗打扮一番，而去居住楼上，即使是风雨和寒冷酷暑，也不间断。师中很为怪异，就召请巫师，寻访良药为她医治，也不见有多少好转。家人只见她爱对着桐树谈笑，就怀疑是桐树在作祟，于是命人将树砍伐。师中的女儿惊天号地，恸哭不止，口中连连呼喊“桐郎”数声。随即，那怪异的现象全然消失，师中的女儿从此再也无病，询问她以前的事，却恍恍惚惚无所知觉什么。

寿昌县君

朝散大夫、池州通判丁悚妻寿昌县君施氏，病卒于官舍，越十四日，子愉梦母如存，且曰："我将往生于淮南，然犹为女人，寿复不永，所以然者，以宿负未偿也。汝与汝父言，亟营胜事，使我得转为男子。"愉觉以告父。

后数日孙百朋又梦经官府，卫卒罗陈，方趋而过，或呼于后曰："县君在此，安得不省谒？"遽回入府门至东庑帘下，果见之。言曰："吾于此萧然无亲旧，而且暮有趋府之劳，幸以命妇得乘车，不然，则徒行婴拘絷之苦矣。"语未毕，帘外吏曰："可疾去，判司知之不可也。"施氏亦曰："可去矣。"既出门，又有呼者曰："判司召。"乃由西庑进，见绿衣人据案，熟视之，则故潭州通判李纲承议也，百朋忆其与乃祖同年进士，升堂再拜曰："公与祖父同年，世契不薄，愿毋答拜。"纲受之。即坐，询大夫安否甚悉。少顷，吏引施氏就讯。百朋离席。纲曰："施县君与子亲欤？"曰："新亡祖母。"纲曰："天属也。"百朋曰："如闻已有往生之缘，而未脱女身，信否？"曰："然。昨日符已至。"而朋泣曰："祖父昔从公游。今祖母生缘在公謦欬，苟得转为男，存没被厚德矣！"纲曰："奈事已定何。"百朋哀祈数四。纲曰："子少俟，当试为图之。"于是，纲出循庑而上，迤逦升殿中，若无影响，须臾复下，则左右翼扶，步武详缓，笑曰："已遂所请，然须归诵佛说月上女经及不增不减经，以助度生可也。"百朋拜谢而退。视祖母犹立阶下，大言曰：“二经多致之，勿忘也。”遂寤，尽记其说。悚且惊且疑，曰：“二经之名，所未尝闻。”使访诸乾明院，果得之，乃月上女以辨才闻道，如来授记，转女身为男，及慧命舍利弗问佛，以三界轮回有无增减之义。悚始叹异，择僧之贤，及令家人女子皆斋洁，持诵数至千卷，设冥阳水陆斋以侑之。迨百日，悚梦妻来曰：“佛功德不可思议，蒙君追荐思，今生于庐州霍家为子矣。”谢决而去。

【译文】朝散大夫，池州（今安徽贵池）通判丁悚的夫人，诰封寿昌县君施氏，病故于官舍。十四天后，其子丁愉梦见母亲如在世一样，对他说道：“我将转生于淮南，但仍然是女人，寿命也不会长久，所以我平素的愿望也未能得到报偿。你要与你父亲说明此事，赶快营办盛大醮事，超度荐拔我，使能够转生为男子。”丁愉醒后将其母托言告诉了父亲。

后又过了几天，县君的孙子丁百朋又被托梦：他经过一所官府时，只见卫士罗列，甚为森严。正准备过去，有人在后边喊道：“县君在这里，为何不去拜见呢？”于是回头进入官府，来到东边偏房的帘下，见到了祖母。县君对他说：“我孤身一人在此，没有亲朋旧友，并且每日早晚还有到府中应差的劳苦，幸而我是朝廷命妇，能乘坐车辆，不然就要被套着脖子步行，受捆绑之罪了！”她话未说完，帘外的小官吏催促道：“可快快离去，判司知道了可不得了。”施氏也说：“可以回去了。”百朋告别祖母，刚走出府门，又有人叫他说：“判司召见你。”于是就跟随着来到西边的偏房，只见一位身穿绿衣的判官坐在公案后边，仔细辨认，原来是已亡故的潭州（今湖南长沙）通判李纲承议。百朋想起他与自己的祖父本是同年的进士，于是登堂前再次跪拜说：“公与我祖父同年登科，世交不薄，请不必答拜。”李纲便受他一拜，然后落坐，询问起他祖父丁悚是否安康，甚是详尽。过了一会儿小吏带施氏上堂亲讯问。百朋连忙离坐。李纲问道：“施县君与你有亲吗？”百朋回答：“是我最近去世的祖母。”李纲说：“那是直属亲属了。”百朋问道：“已闻知我祖母有转生的机会，而没有脱女人之身，是真的吗？”李纲说：“是真的。昨天命符已到。”百朋听了哭泣着说：“我祖父过去与您交游颇深。今日祖母的生缘在您谈笑一句话，如果能使她转生为男人，永远不会忘记您的大恩大德的。”李纲说：“怎奈事情已定，有何办法呢？”百朋苦苦哀求，跪拜四次，李纲说：“你稍等一时，待我前去试试可否改变。”于是，李纲出了房门，顺房而上，迤逦直升殿中，并无形影和声响。不大一会儿，李纲从原路走下，身体两边有侍从扶掖着，步履安祥平稳，微笑说道：“阎罗已同意你的请求，但是须回去诵念佛听说的月上女经和不增不减经，帮助你祖母转生回人世就可以了，百朋拜谢后退出房外，看见祖母仍然立于阶下，见他出来，大声叮嘱说：“二经要多多祷念，不可忘记！”随即，百朋便从梦中醒来，他将梦中之言默记一遍，然后都告诉了祖父，丁悚听后却是又惊又疑，他说：“梦中所指二经，并未曾听说过呀？”于是，派人前往乾明禅院询问，结果真有此二经。原来是月上女口利善辩，并且熟知了释家学说，如来佛特授言转其女身为男子；以及被尊为舍利佛的南北朝高僧慧命，曾问佛生死轮回有没有能增减的经义。丁悚这时才为感叹，确信无疑，忙差人选请贤明而法力高深的僧人来超度亡妻。又命家中男女老幼都斋戒沐浴，大作法事。那高僧诵念二经直至千百遍。丁悚特意设下冥阳水陆斋饭来谢众僧和普施饿鬼。过了百天之后，一夜丁悚梦见亡妻来告诉他说：“佛经的功德法力真是不可思量。承蒙你追荐的恩德，我如今将要转生于庐州（今安徽合肥）霍家为子了。”说完，再次道谢，随即长别而去。

利国圩工

政和中，太平州修利国圩，工徒甚众。忽有鸦千数，噪集于别埂之傍，主役者异之，使人验视，乃一役夫已毙，而鸦衔土以覆之，蔽尘几半。又令启土，于死者胸臆间得小卷轴，乃金刚经也。众莫不敬叹，为徙诸高原，敛而葬之。旧事多有此比者。

【译文】宋徽宗政和年间，太平州（今安徽当涂）兴修利国圩堤，工匠甚多，忽然，有千百只乌鸦，鼓噪群集于别的土埂旁边。主管修圩的工头心中觉得奇怪，便派人前去看视，原来是一个修圩的工役，死在了那里，而乌鸦正衔土掩盖他，已经埋了一半。工头命人将土挖开，在死者的胸前衣服里找到一个小卷轴，乃是金刚经卷。众工匠没有不敬叹的。于是，将死者迁移至高岗上，重新入殓埋葬。过去的事情多有这类似的。

钱大夫妻

钱令望大夫之妻陈氏，天性残忍，婢妾虽微过，必挞之，数有死于杖下者。其后卧疾，有发语于冥暗中，自言为亡妾某人，具道欲杀陈之意。钱君具衣冠，焚香拜之，且许诵佛饭僧，助其超生，以赎妻过。妾答曰：“妾贱隶尔，何敢当官人之拜，但已诉于阴宫，必得县君一往乃可，功德虽多，无益也。”陈竟死。

【译文】钱令望大夫的夫人陈氏，生来就性情残忍，奴婢和侍妾们虽然只有微小的过错，她也必定要痛打一顿，毫不留情。已经有几个人死于她的杖下了。后来，她卧病在床，有人在黑暗中发声，说自己是已死去的小妾某人，并向钱大夫陈述了要杀陈氏报仇的意愿。钱令望连忙穿好衣冠，焚香揖拜，许诺要诵念佛经并斋僧帮助小妾超生，以赎回夫人的罪过。小妾回答说：“我本是卑贱之人，怎敢经得起官人您一拜。但是我已诉状于阎罗，一定要您的夫人前去才可。您的功德虽然多，也没有用了。”随即，陈氏竟然死去。

蔡十九郎

绍兴二十一年，秀州当湖人鲁璟赴省试，第一场出，忆赋中第七韵忘押官韵，顾无术可取。次日，傍徨于案间，惘然如失。皂衣吏问知其故，言曰：“我能为君盗此卷，然我家甚贫，当有以报我。”丁宁至三四，璟许谢钱二百千，乃去。犹疑其不然。未几，果取至。即涂改以付之，询其姓氏，曰：“某为蔡十九郎，居于暗门里某巷第几家，差在贡院未能出。”且以批字，倩璟达其家，璟试罢，持所许钱及书访其家。妻见之泣曰：“吾夫亡于院中，今两举矣，尚能念家贫邪！”是年，璟登第，复厚恤之，仍携其子以为奴。二十六年考试湖州，以此奴行。因为人言之此事，与唐人所载郭承嘏事相类，而近年士大夫所传，或小误云。

【译文】宋高宗绍兴二十一年（1152），秀州（今浙江嘉兴）当湖人鲁璪赴京师参加省试。第一场考完后走出贡院时，才猛然想起所作的辞赋中第七韵忘记了押官韵，可是已经无法改动，很是懊愧。第二天应试时，他坐在桌前心神彷徨不守，惘然若失一般。考场中一位差役问清他原因后说："我能为你盗取出这份试卷。不过，我家很是贫穷，你应给以报答才是。"说着，一再嘱咐鲁璪有三四遍，等鲁璪答应谢他二百千钱，他才离去。鲁璪心存疑虑，担心他难以办到。未过多久，那差役果真将试卷取来。鲁璪急忙涂抹勾添一番，然后交给他，并询问其姓名。差役说自己名叫蔡十九郎，居住在暗门里的第几条巷第几家，只因在贡院当差，一时不能出去，特意写下字条，央求鲁璪将钱送到家中。鲁璪答完试题，取出所许诺的银钱和那封书信，前去寻访其家。找到后，差役之妻看见信和银钱，憷然泪下，哭泣着说："我丈夫亡故于贡院之中，距今已有两次省试的日子了，可他仍然牵挂着家中的贫困啊！"当年，鲁璪考中进士，又送了许多财物帮助那差役家，并且携带走他的儿子充作随从。绍兴二十六年时，鲁璪前往湖州督考乡试，带的就是这个随从。他对别人说起此事，与唐代时所记载的郭承嘏的事情很相似，只是近年来读书人中所传说的已经有了小小的不同了。

子夏蹴酒

湖州学，每岁四仲月堂试诸生三场，誊录封弥与常试等，其中选，首者郡饷酒五尊，第二第三人三尊，第四第五人两尊。绍兴二十一年，唐嘉猷为教授，即试，将揭榜。游学进士，福州人陈炎梦登大成殿，夫子赐之酒五尊。子夏怒形于色，举足蹴其二。觉而异之，以语同舍生。及榜出，名在第二。嘉猷告之曰："君本居魁选，坐误引子夏事，故少贬。"始验所梦。

【译文】湖州学堂，每年四季的第二个月要举办一次堂试共试三次，誊写抄录，封盖试卷，都要求与正规科举的考试一样。等到其中选出名次，第一名被郡守赐酒五尊。第二第三名被赐酒三尊。第四第五名则被赐酒两尊。宋高宗绍兴二十一年（1152）唐嘉猷先生任州学教授，遇到举行考试。将要揭榜前，来此游学的进士，福州人陈炎一夜做梦自己登上了孔庙大成殿，孔子赐给他五尊酒。孔子的学生子夏一见怒容满面，上前举脚踢倒二尊。陈炎醒后，心中感到奇怪，就说给同房中的学生们听。等到张榜时，陈炎名列第二名。唐嘉猷告诉他说："你本来应被选中第一名的，由于错引了子夏的事例，因此稍稍降低一级。"这时，陈炎才明白了梦中之事。

周庄仲

周庄仲，建炎二年登科，梦至殿廷下，一人持文字，令书押，视其文，若世间愿状，云当作阎罗王。辞以母老，初入仕，不肯从。使者强之，再三令押字，不得已从之。觉而殊不乐，明日遂改花书。至夜，梦昨夕人复来，云："汝已书押，岂可更改？但事就在二十年后。"绍兴十七年，为司农寺主簿，又梦人持黄牒来请受阎王敕，更二年当复来。愈恶之，秘不语人。逮十九年七月，恰及二年，方为户部郎官，自谓必无事，始为家人话前梦。其夜，梦门神土地之属来拜辞，若有金鼓骑从相送迎者。翌旦，在部中欲饭，觉头昏不清，急归，不及治药而卒。

【译文】周庄仲，宋高宗建炎二年（1128）登科。一日夜间，做梦自己来到一座殿廷之下，遇见一人。手持一份文书，让自己画押，周庄仲仔细视看文字，很像人世间的志愿状一样，上边书写着周庄仲将作阎罗王。周庄仲连忙辞谢，说自己母亲已老，需人侍奉。自己又是刚刚做官，难以从命。那使者听了毫不容情，再三强命他画押，周庄仲实在不得已，只好顺从。等他从梦中醒来，心中很是不乐，第二天，便将自己的签名花书改变了样式。当天夜里，梦见昨夜那个使者又来找他，说道："你已经画过押，岂能够更改？但此事还要在二十年后实现。"宋高宗绍兴十七年（1147）周庄仲官任司农寺主簿，一天夜里，又梦见有人持黄色纸公文来请他接受做阎王的敕命，并说过二年后再来。周庄仲心中有些厌恶，又不敢告诉别人。等到绍兴十九年七月时，距上次托梦恰好二年。周庄仲刚被任为户部郎官，自己认为必然无事，于是，才向家人说起以前的梦中之事。这天深夜，他梦见门神和土地之类的小神们来向他拜辞，并且还有金鼓铁骑等来迎送的队伍。第二天早上，他在户部衙门准备用餐时，忽然感觉头昏不清，急忙回家，尚未来得及服药医治，便溘然而逝。

阴司判官

绍兴二十三年七月，湖州教授赵（失其名），夜梦人投刺来谒，曰莫仔。既入坐，起而言曰："仔城南人，适闻天符下，除教授为阴司判官，仔副之。方有联事之幸，不敢不修谒。”赵大骇，扣其何人。答曰：“仔郡之富民也，行第七十一，尝以入粟得助教。”赵觉，而恶之。明日诣学，具以所见语诸生。诸生言果有此人，名族排行皆不妄，然已堕鬼籍二年矣。赵意色怆然，退即感疾，不药而死。

【译文】宋高宗绍兴二十三年（1154）的七月，湖州学堂的赵教授，一日夜里梦见有人前来请求谒见，说是莫家的孩子，那人进入室内刚入座，便起身拱手说：“我是城南人氏，刚刚听说天符已颁下，任命教授为阴间判官，我为副职，如今能有与先生联系并共事的好事，怎敢不立即来拜见你呢！”赵教授听后，大为震惊，便询问他是何人，那人回答：“我是当地富家子弟，排行第七十一。曾经捐助过粮食，因得到助教的官职。”赵教授醒后心中有些厌恶。第二天，他来到学堂，将梦中所见都说给学生们听。众学生纷纷说真有此人，族姓和排行都不错，只是已经死去二年了，赵教授听后，神色怆然，回家便感染了疾病，不治而死。

沈押录

绍兴二十七年冬，湖州长兴县沈押录，因公事追赵郡狱，系两月乃得释。时已逼冬至。沈晚出门，欲通夕步归，虽天气昏暝不暇，止行四十余里，夜过半，逢一民居，驻立户外。须臾，女童开门向何人，告之故。女曰：“村落近多盗，缓急或生事，不若入门内宿。”沈亦念不可前进，乃从之。女又曰：“娘子今夜独宿后房，君试入当有好事。”沈不答。又言之，沈曰：

“恰打官方了来，哪敢作此罪过。”女曰：“无妨也。”强邀至数四。沈求汤洗足，女童即入，以大盆盛汤付沈，沈洗足已，取腰间小书刀削爪，刀才出鞘，宅与人及盆皆不见，身正坐一冢上，急舍去，乃免。

【译文】宋高宗绍兴二十七年（1158）冬，湖州长兴县的小吏沈押录，因公事出了差错而被追究，押赴郡狱中拘囚了两个月才被释放。当时已接近冬至，沈押录晚上出了狱门，准备连夜步行回家，虽然天气昏黑也不顾了。当他行走了四十多里时，已经过了半夜，路边遇到一户人家，便在房外稍歇一时，不大一会儿，一个女孩开门问他是何人，沈押录告诉了她到此的原因。女孩说：“近时各村镇间多有盗贼出没，容易滋事生非。不如你来房内歇一晚再走。”沈押录自忖也不能再前行，于是跟从那女童进入房内。女童又对他说：“我家女主人今夜独自一人住在后厢房中，你试试进去，当有好事等你。”沈押录没有回答。女童又说了一遍，沈押录说：“正好刚从官府了结公案回来，哪敢作此罪过之事？”女童劝慰道：“不会有事的。”再三邀请他去后房。沈押录就请她打些热水洗脚。女童进入里屋，用大盆盛热水给沈押录洗脚，沈押录洗完脚，取出腰间的小佩刀削脚指甲，他刚把刀拔出刀鞘，房屋女童和水盆都忽然不见了，而自己正坐在一个坟冢之上，便急忙离去，才免了灾难。

马述尹

马述尹，年十八随父肃夫调官京师，抱疾而终。有姊嫁常州税官、秉义郎李枢，母留姊家，不知子之亡。李氏婢忽如狂，作男子声曰："我即马述尹也，某月某日以疾死，今几月矣，欲一见吾母与大姊，故附舟来，欲丐佛果以助超生。"母与姊始闻之悲骇，扣之而信，遂许其请，婢乃不言。即召太平寺僧，诵经具馔，写疏以荐。明日，婢复语云："荷吾母与姊姊如此，但某僧看经至某处止，某僧至某处止，功德不圆，为可惜尔！"其母未深信，试呼僧责之，皆愧谢而退，亟更诵焉。

【译文】马述尹，十八岁时随其父马肃夫调官京师，后患病去世。他有个姐姐，嫁给了常州的税官秉义郎李枢为妻，母亲也客居在姐姐家中，但她们却并不知马述尹已经过世。一天，李家的一个使女忽然像疯癫一般，口中发出男人的声音说："我就是马述尹，某月某日死于疾病，已经几个月了。我很想见见母亲和大姐，因此搭附于舟船来到这里，并且还想请你们乞求佛门法力，以助我早日超生人世。"马述尹的母亲和姐姐听了此言，又惊又悲，再三询问，才相信是真的。于是，便应允下他的请求，那使女这才不言语。随即，李家便召请太平寺僧人诵经文，备下斋饭，写疏祝告，以荐拔马述尹超生。第二天，那使女又托叙马述尹之言说："感荷我母亲和姐姐如此厚爱。只是有一个僧人念经文到某一处便停止了，另一个僧人也是念到一处便停下了，这样，功德将不圆，可惜！"马述尹的母亲听了并不真信，只是试着呼唤责问一番。二僧却都是愧色满面，表示歉意后退下，更用心地重新诵经去了。

马先觉

马肃夫次子先觉，尝与其友游神祠，见壁间所绘执乐妓女中姝丽者，心悦之，戏指曰："得此人为室家，素愿足矣！"是夕，妇人见于梦寐。耽溺既久，视以为常，始就畏人知秘不敢言。后亦无复忌惮，每切切然私语于室中，外人或入遇之，则曰家人在此。盖荒惑之甚，不悟其为非也。父母以为忧，百方禳治，弗少衰，竟至不起。

【译文】马肃夫的第二个儿子马先觉，曾经与其好友同游神庙，看见佛堂墙壁所绘画的歌舞妓女中有一人长得艳丽可人，心中很是喜爱，便手指着她戏言说："我能得到此女子为妻室，平素的愿望也都满足了！"当天夜晚，那墙上所绘的女子便与他在睡梦中相会。从此，马先觉对此女子溺爱异常，时间一久，也就把她视为人世间平常人一样。起初他还怕别人知道，将她秘藏于室内不敢对人言讲，后来，便无所顾忌，经常是二人在室内窃窃私语。外边偶尔有人入内遇见，则说是自己的家人在此。他被那女子所惑，日益沉溺于女色，并不认为自己做得不对。他的父母为此事忧虑万分，用各种秘方诊治，并没有稍微好转，后来，竟然卧病不起。

雷火炼金

姑苏人徐简叔之祖，居乡里，日震雷，发于房宇间，烟火蔽塞，移时始散，栋柱破裂，龙迹存焉。其后，启木柜，欲取白金器皿，乃类多穿蚀，皆成珠颗，流散于下。柜之启鐍，元不动，而内自融液，盖神龙之火，尤工于败金石也。

【译文】姑苏（今江苏苏州）人徐简叔的祖父，居住在乡村。一天，空中雷霆大震，响声发出于房宇之间，烟雾遮蔽阻塞，视线不清，过了一个时辰才散去。只见房内栋柱破裂，龙的爪迹处处可现。随后，家中人开启木柜，准备取出白银器皿使用，只见都已经溶蚀而化，变化珠粒，流散于地下。木柜的锁，并没有开启，而里边的银器却自己溶化成液体，因为这神龙之火，是最善于溶化金石的。

大渎尤生

长州人尤二十三者，富民也，居于大渎村绍兴三年感疾死。初无它异，即而邻邑昆山之东农家牛生白犊，胁下黑毛成七字曰："尤廿三曾作牢子。"盖尤始贫时曾为县狱吏，有隐恶云。尤氏子欲赎以二万钱，其家不许。

【译文】长州（今江苏苏州）人尤二十三，家中富裕，居住在大渎村。宋高宗绍兴三年（1133）患病而亡。当初也没有什么异常之事。后来，邻近的昆山县城东一农户家中母牛生下一头白色牛犊，胁下却有一片黑毛，形成七个字体，"尤廿三曾作牢子。"据说尤当初贫困时，曾为县狱中的狱吏，隐有恶迹。尤二十三的孩子们听说此事，想用二万钱赎买白牛犊，但那户人家却不答应。

蝇虎报

秉义郎李枢妻之乳媪，好以消夜图为博戏，每于彩绘时，多捕蝇虎，取血和笔涂之，盖俗厌胜术，欲使已多胜也。习以为常，后老疾将终，语人曰："无数蝇虎儿咬杀我，为我捕去！"而旁人略无所见，知其不永久之。乃死。（此卷皆王日严所传，日严多得之于其弟盼）

【译文】秉义郎李枢妻子的奶妈，喜欢用《消夜图》（一种类似"升官图"的掷骰玩具）来做赌博用具。每当她画《消夜图》纸盘时，总喜欢用笔沾蝇虎的血涂在可以得彩的地方，据说这样可以使骰子掷到那里停住，她便可以多获胜，这种习惯，她已维持了好多年。到她年老时，快要死去，对人说："无数蝇虎爬过来咬我好痛啊，快替我把它们捉走。"可是别人却没看见有蝇虎爬在她身上。因而知道她一定不久于人世了。这样，她又受了多天好似被蝇虎咬啮的痛苦，然后才死。

卷第八（十二事）

无足妇人

关子东说，其兄博士演在京师，见妇人丐于市，衣敝体垢，无两足，但以手行，而容貌绝冶。有朝士见而悦之，驻马问曰："汝有父母乎？"曰："无有。""姻戚乎？"曰："无。""能缝织？"曰："颇亦能之。"朝士曰："与汝行乞栖栖，孰若为人妾？"剑眉叹曰："形骸若此，不能自料理，若为婢子，则役于人者也。安能使人为已役乎？且谁肯用之？"

士归，语其妻，妻亦恻然。取至其家，为之沐浴更衣，调视其饮食。授以针指，敏捷工致，一家怜爱焉。士亦稍与之昵。居一年许，出游相国寺，遇道人，骇曰："子妖气甚盛，奈何？"士以为诬已，怒不应。异日再见，曰："祟急矣，子其实语我，我无求于子也。家岂有古器若折足铛鼎之属乎？"曰："无之。"问不已，士不能掩，始以妾告。曰："是矣！是矣！！亟避之，明日宜驰往百里外，藉使不能及，姑随日力所至托宿，深关固拒。中夜闻扣户者，无得开，或可以免。舍是无策也。”

士始怖，不谋于家，假良马尽日极行，逼暮舍于逆旅。歇来定，道上尘起，旗帜前驱，一伟丈夫乘黑马亦诣焉，长揖而座，指一房相对宿，略不交谈。士愈惧，闭户不敢寝。

夜艾，外间疾呼曰：“君家忽值丧祸，令我持书来。”时灯火尚存，自隙窥观，乃无足妇人，负两肉翼，翼色正青。士骇，汗如雨。伟人遽撤关出，挥剑击之，妇人长啸而去。

明旦，士起见伟人，拜而谢之曰：“微尊官，吾不知死所矣。”敢问公为谁？”曰：“子识我乎？乃相国寺道人也。曩固告子矣，我即子之本命神，以子平生虔心奉我，故来救护。”言讫，与车马皆不见。

【译文】关子东曾说过：他的哥哥关演在京城汴梁任博士的时候，见过一个妇人在街上行乞为生，衣不蔽体，满身灰尘，而且没有两脚，只是用手撑着往前移动，但这妇人容貌非常漂亮。有一个在朝廷为官的人见到她觉得很可爱，就停下马来问她：“你有父母吗？”那妇人回答说：“没有。”那官人又问：“有丈夫或亲戚吗？”妇人说：“也没有。”官人再问：“你能做针线活吗？”妇人说：“还比较熟练。”那官人劝她说：“像你这样凄凄凉凉地到处要饭，何如去给别人做个小老婆呢？”那妇人听了，紧锁眉头，哀声叹气地说：“我身体这个样子，还不能自己照顾自己，做小老婆是要受别人指派，去伺候他人的，怎么可能让别人再来照顾我呢？况且谁肯用我这样的人呢？”

那官员回到家，把他遇到的情况告诉了妻子，妻子也很同情。

他们就把无足妇人接到家里，给他洗净身子，更换衣服，并调理饮食，使她身体恢复。给她针线活做，无足妇人做得又快又好。全家人都很怜爱她。那官员有时也与无足妇人亲昵一番。这样过了一年多，有一次那官员到相国寺游看，遇到一个道人，道人惊骇地说："你身上妖气很重，怎么办？"无奈那官员听了倒以为道人在说疯话，很气愤，没理他那一套。过几天又碰到那位道人，道人说："妖孽马上就要害你了，你应该给我说实话，我并没有求你的地方啊！你家有没有古代彝器，比如断了腿的铛或鼎之类的东西？"官员说："没有啊！"道人又继续问个不停，官人掩饰不住，就把纳了一个无足妇人做小老婆的事说了出来。道人听了，说："这就对了，这就对了。你赶快避开她，明天就应该跑到百里以外，即使不能达到百里以外，也要尽自己的力量跑一整天，再找地方停下，门户一定要严密结实，半夜听到敲门的声音，可千万不要开，这样或者可以免除灾祸。除了这样做，没其他方法可以救你。"

那官人这才害怕起来，也不和家里商量，借了一匹好马，跑了整整一天，临近天黑在路旁的一个店舍住了下来。他坐下还没喘过气来，只见路上烟尘飞扬，前面大旗猎猎，一个身材高大的汉子骑着一匹黑马也来到了这里，下马后对官员拱手一礼便坐下，向店家指定住到官员对面的房间，一句话也不说。那官员更害怕了，关了门也不敢就寝了。

夜深时，忽然外面有大声的呼叫："快开门，你家突然遭到大祸，死了人，让我拿书信来给您。"当时院里还有灯火，那官员从门缝往外看，原来是无足妇人，只见她身上有两个肉翅膀，翅膀是纯青色。官员惊骇不已，吓得浑身汗如雨淋。只见那位身材高大的汉子突然开门跃出，挥动宝剑向无足妇人砍去。无足妇人大叫一声，逃遁而去。

第二天，那官员起来，跪在汉子面前，感激地说："没有您，我不知道死在哪里了，敢问尊姓大名？"那汉子说："你认得我吗？我就是相国寺的道人，这事我过去就告诉你了。我就是你的本命神，因为你平时以虔诚的态度供奉我，所以我才来救你。"说罢，所有的车马连人都不见了。

胡秀才

姜补之在太学与胡才同舍，胡指上病赘疣，欲灼艾去之。或告曰："今日人神在指，当俟他日。"胡不以为信，遂灸焉，七日而创发，皮去一重，见人面在中，如镜所照，恶以亟，复以膏，又七日愈，痒甚，因爬搔皮起，人面如故，历四十余日，创益大且痛，竟不起。

【译文】姜补之在太学中和一个姓胡的秀才同住一个宿舍。胡秀才指头上生了一个瘤子，他想用艾把瘤子烧掉，有人劝他说："今天人神在指头上，应该等几日再治。"胡秀才不信这一套，当场即点燃艾来艾灸。没过七天疮面就越发重了，剥去一层皮，就看见疮里有一个人脸，就像镜子里的像一样。他非常厌恶，就用药膏在上面涂了一层，又过了七日，稍好一点，但很痒，就用手去搔痒，搔起一层皮，里面照旧有一个人脸，又过了四十多天，疮面更大，而且疼痛不止，最终竟然死去了。

赵士遏

武功大夫阁门宣赞舍人黄某，为江东兵马铃辖。绍兴二十二年正月秩满，将归弋阳，过池州，值雪，小留郡守，假以教授廨舍，遇旧同官赵士遏，赵讶其颜色青黑而咳不已，语言动作非复如畴昔时，从容问所苦，黄愀然久之，曰："吾家不幸，祖传瘵疾，缘是殒命者；世世有之。自半年来，此证已萌芽，吾次子沆亦然。殆将死矣。"遂悲伤出涕。赵曰："每闻此疾可畏，间亦有愈者而不能绝其本根。吾能以太上法箓治之，但虑人不知道，因循丧躯。公果生信心，试为公验。"

于是焚香书符以授黄及沆，使吞之。未久，遍于指内外皆生黄毛，长寸余。赵曰："疾深矣，稍复迁延，当生黑毛，则不能救疗，可犹可为也。"于是择日别书符，牒城隍，申东岳，奏上帝讫，令黄君汛扫寓舍之西偏小室，纸糊其中，置石灰于壁下设大油鼎一枚，父子著白衣，闭门对床坐，吞符讫，命数童男秉烛注视。有顷，两人身中飞出黑花蝉蛾四五，壁间别有虫作声而出，或如蜣螂，如蜘蛛大小，凡三十六，悉投沸鼎中，臭不可闻，啾啾犹未止。继一虫细如丝发，蜿蜒而行，入于童袖间，急扑得，亦投鼎中。便觉四体泰然，了无患苦。

黄氏举室叹异，知其灵验，默祷于天，愿为先世因此疾致死者作九幽大醮拔度之。未醮数日，黄之妻梦先亡十余人，内有衣皂小团花衫者，持素黄箓白简来拜谢曰："汝救我，则我救汝。"妻觉以告夫，黄泣曰："衣小花衫者，吾父也。吾父死于兵戈中，衣服不备，但得一衫以殓，梦中所见者，真是矣。”遂以二月朔设醮于天庆观。是夕阴云四重，雨意欲作，中夜隐隐闻雷声，所供圣位，茶皆白如乳。道众恐雨作不能焚词，既而至五鼓，醮事毕，雨乃大致。黄氏历世恶疾，自此而绝。

士遏字进臣，时右朝请大夫魏彦良通判池州，为作记。

【译文】武功大夫兼阖门宣赞舍人黄某，当了江东（今南京一带）的兵马钤辖，掌管一路兵权。宋高宗绍兴二十二年（1152）任期届满，准备回到弋阳（今属江西），路过池州（今安徽贵池），正赶上下雨，就在池州城中暂时住了下来，郡守把儒学教授的官署借给他暂住，他在官舍里遇到曾经一起做官的赵士遏，赵看到他面色青黑，而且咳嗽不止，非常惊讶，说他的语言动作都远不如过去了。二人闲谈之间，就问他那里不舒服，黄某非常伤心，哀叹了好一会儿，说：“我的家族非常不幸，祖上就遗传下来痨病，因此病而早年丧命的，每代人都有。近半年以来，这病又开始在我身上萌发，我的第二个孩子也得了这病，都快要死了。”说着悲伤得哭了起来。赵士遏说：“我也常听说这种病可怕，间或也有治好的，但不能除根儿。我能以太上老君的符箓来治这种病，只是担心人们不相信道家，又陷入一般人的方法中，所以丧命。你如果真能增强信心，我就给你试一试。”

于是，赵士遏点上三炷香，然后画了符，交给黄某和他的二儿子黄沆，让他们父子都把符吞入腹中。没多长时间，黄家父子的手指里外都长出了黄毛，毛长一寸多。赵士遏看了说：“病已经很深了，再稍有延误，就会生出黑毛，那就不能再治了。现在还可以治。”于是又选择了一个好日子，画了符篆，向城隍诉说，申报东岳大帝，又向玉皇大帝启奏完毕，让黄先生打扫他住所西面一个偏僻的小屋，糊上纸，并在墙角放了一些石灰，又设置一口大油锅。黄家父子都穿白色衣服，关上门，对面坐在床上，将符吞下，就让几个男孩拿着蜡烛观看。过了一会儿，就从黄家父子身上飞出四、五只带黑花的蝉蛾，墙壁里也有虫叫着飞了出来，像屎壳琅一样，大小和蜘蛛差不多，共有三十六只，全都飞到沸滚的油锅里了，味道臭得难闻，叫声还不停。接着又有一只细得像头发丝一样的虫，弯弯曲曲地爬入男孩的袖子里，男孩赶快捉住，也扔到了油锅里。黄家父子顿然觉得全身舒服，一点痛苦也没有了。

黄氏全家都惊叹赵士遏的奇异，知道他的符策很灵验，就默默地向上天祷告，愿意为先辈中因此病而死的设坛祭祷，将他们从最底屋的地狱中超度重生。离设坛祭祷的日子还有几天，黄先生的妻子就梦见了十多个已故的先人，其中有一个穿着黑色小团花布衫的，拿着素绢写的黄色符篆和白色竹简前来拜谢，说：“你救了我，我就救你。”妻子醒来，把梦中的事告诉丈夫。黄先生哭着说：“穿小花布衫的正是我的父亲，我的父亲死在兵戈之中，连衣服也没准备，只给他穿了一件小花布衫安葬了，你梦中所见的情况，都是真的啊。”于是就在二月初一在天庆观设坛祭祷。那天晚上乌云密布，好像要下大雨。半夜时隐约听到天空的雷声，在神位前供奉的茶水全都变成了乳白色。道士们唯恐下大雨，不能焚燃符策祷词。到了五更时分，整个祭祷仪式完毕，雨才下大了起来。黄家历代遗传的凶恶的病，从此绝迹了。

赵士遏，字进臣。当时右朝请大夫魏彦良任池州通判，写了篇记述文，记下了这件事。

谢七嫂

信州玉山县塘南七里店谢七妻不孝于姑，每饭以麦，又不得饱。而自食白粳饭。绍兴三十年七月七日，妇与夫皆出，独留姑守舍。游僧过门，从姑乞食。笑曰："我自不曾饱，安得有余？"僧指盆中粳饭曰："以此施我。"姑摇手曰："白饭是七嫂者，我不敢动，归来必遭骂辱。"僧坚求不已，终不敢与。俄而妇来，僧径求饭，妇大怒，且毁叱之。僧哀求愈切，妇咄曰："脱尔身上袈裟，乃可换。"僧即脱衣授之。妇反复细视，戏披于身，僧忽不见。袈裟变为牛皮，牢不可脱。胸间先生毛一片，渐变四体，头面稍成牛。其夫走报妇家，父母遽至，俨然全牛矣，今不知存亡。

【译文】信州（今江西上饶）玉山县塘南七里店村，村民谢七的妻子对公婆不孝，每次吃饭，都给她粗麦饭，又不让吃饱，而自己吃白米饭。绍兴三十年（1160）七月七日，妇人和丈夫一块到外面去，只留下婆婆在家看门。有一个云游和尚跑过门口，向婆婆要碗饭吃。婆婆笑着说："我自己就没有吃饱过，怎么会有多余的饭给你呢？"那和尚指着盆里盛的白米饭说："可以拿这个给我么！"婆婆连忙摇摇手说："这白米饭是我家七嫂的，我不敢动一动，我要是把这饭给你吃，她回来，我必然遭受一番漫骂侮辱。"那和尚一再恳求，婆婆始终不敢把白米饭给他。不一会儿，七嫂回来了，那和尚就直接向七嫂要饭吃，七嫂大怒，连骂带赶。和尚不走，哀求越来越迫切。七嫂吐了他一口，说："把你身上的袈裟脱了拿来，才可以换一口饭吃。”和尚当即就把衣裳脱下给她。七嫂拿着袈裟翻来覆去地看个仔细，像玩一样披在自己身上，这时，那和尚忽不见了，七嫂身上的袈裟变成了一张牛皮，牢牢地粘在身上，脱不下来。七嫂的胸部随即长出一片牛毛来。毛越长越多，不一会儿就长遍了全身。连她的头和脸都渐渐变成了牛一样。她的丈夫跑到七嫂的娘家报告，七嫂的父母赶紧来到，而七嫂已几乎全成牛了。现在也不知道她死了没有。

白石大王

福州人陈祖安之父，待兖州通判。阙梦黄衣使者持符至，曰：“帝命公为白石大王。”问所在，曰：“今未也，俟公见巨石，玷一角，乃当去，及期复来迎矣。”觉而大恶之。后赴官两月，谒泰山，宿山下一寺，适见庭下大石，其一角正缺，怅然不乐。还郡未久，而黄衣至，遂于其日卒。

【译文】福州人陈祖安的父亲，正等着递补兖州的通判。一天梦见一个黄衣使者拿着一道令符来找他，对他说：“东岳大帝下令让你做白石大王。陈父问：“在哪里做这个官？”黄衣使者说：“现在还没有，等你见到一块巨大的石头，缺一个角，你就该离开人世了，到时我还来迎接你。”陈父醒来，对刚才的梦非常厌恶。后来他就到兖州做官，过了两个月，上泰山拜谒，晚上住在山下一座寺院里，看到院中有一块大石头，正好缺一个角，想起梦来，惆怅不乐。等他回到郡城里没有多久，那个黄衣使者就来到了，他也就在这天死去了。

莫东得官

吴兴莫伯甄为奉议郎时，三子皆未官。尝梦以恩泽，补第二孙东。寤而喜曰："东于子孙数为第五，吾得以延赏恩及之，足矣。"

至绍兴三十二年，以朝请郎为潼川转运判官。遇登极恩，当遣子弟奉表入贺。时长子澄已登科，仲季以母服，不可往，乃命吏持函空其名，令至吴兴以授澄，使自处之。澄长子果，次子东。果读书颇有声，谓必能继取名第，乃以官与东。

伯甄闻之，念前梦，怃然不乐。是年以覃恩及磨勘，进秩朝散大夫，不及拜而卒。生前所蒙，但一孙得官尔。

【译文】吴兴（今浙江湖州）人莫伯甄在朝中任奉议郎的时候，他的三个儿子都没能做官。他曾做了一个梦，梦中受到皇帝的恩赏，给他的第二个孙子莫东补个官。醒来后他非常高兴地说："莫东在我的子孙中，排行第五，我得到皇帝的恩赏能延及到他，官位一定很高，所以感到很满足。

到了绍兴三十二年（1162），莫伯甄当上了朝请郎，并被派往潼川（今四川三台）任转运判官。这时正好碰上新皇帝（宋孝宗）登基，他应当派一个家中的子弟带着表章到京城祝贺。当时他的大孩子莫澄已经考试得中，第二个第四个孩子都因在家服母丧，不能前去，就派一个手下的差吏拿着贺表，贺表上名字空着，让差吏到吴兴交给长子莫澄，让莫澄自行处置。莫澄的大儿子叫莫果，第二个儿子叫莫东。莫果读书很有声望，人们说他一定能继承父业，考取科第。于是就把这个官给了莫东。

莫伯甄听到了这事，又想起了过去的那个梦，感到失意，很不快乐。这年，亦因新皇帝登基，要加恩升一批官员，莫伯甄受到磨勘审查，升了朝散大夫的官，但还没得到任命状就死了。他生前所受到的恩泽，只是一个孙子得了个官而已。

黄十翁

黄十翁者，名大言，浦城人，寓居广德军，绍兴二十七年十一月四日，因病久心悸，为黄衣童呼。出门行大衢，路两旁植垂柳，池水清澈可爱，荷花如盛夏时，经十余里，更无居民，望楼观嵯峨，金碧相照。

童引入门，罪人万数立廷下。殿上四人，冠通天冠，衣金缕袍。分席而坐，一吏唤黄大言云："汝数未尽，误追汝来。"命青衣童引出东门。回顾余人，已驱之北去。

东门外如阳间市肆，往来阗阗。行未远，别见宫阙甚丽，内外多牛头阿旁，王者旒冕，秉圭坐，威严肃然。紫衣吏问："汝住世作何因果？"对曰："顷岁兵乱时，曾为二寇掠财物，徐就擒捕，保伍欲戮之，大言愍焉，以钱二十千赎其死。及平生戒杀，持经造像数十事。"俄持巨镜下照，了无冤业，即令诣总管司照对。

总管司之长，称舍人，其副乃广德出摄吏王珣，与大言素厚。谓之曰："汝当再还人世，若见世人，但劝修善，敬畏天地，孝养父母，归向三宝。行平等心，莫杀生命，莫爱非已财物，莫贪女色，莫怀疾妒，莫谤良善，莫损他人。造恶在身，一朝数尽，堕大地狱，永无出期。受业报竟，方得生于饿鬼畜生道中。佛经百种，劝诫的非虚语。”又嘱曰：“为吾口达信于我家，我在公门，岂能无过？但曾出死免罪三十一人，有此阴德，故得为神，可造衣服一袭，多诵经文，化钱万七千贯，具疏奏城隍司以达，我要赎余过。且言世人以功德存亡，须凭城隍证明，方得获福。若岁时杀物，命祭祀，亦祖先不享。此二事不可不知。后二日，阴府会善男女于无忧阁下，随其善行，俾记道果，至于地狱，囚人亦驱至彼，如州郡囚听赦，罪轻者亦脱苦受生，宜往观之。”至则睹所谓无忧阁者，众宝所成，高出云表，祥光彻天，男女皆在其下。其善者衣服盛丽，持香花经卷，徜徉彩云之间，玉砌金阶之上。而地狱之众，皆锁梏囚执尪劣，憔悴跪伏门外，喜惧相半。方顾视感叹，忽荡无所睹，王总管云：“已凭今日佛荫，脱地狱苦，然皆失人身矣。”

回至总管司，见对事者亦众，其相识者托为嘱子孙丐功德所付之语，皆生平闺门隐秘，非外人所得知。事毕，童导之归，望一铁山，烈火炽然，烧炙群囚，号叫不绝。又一山，有树无叶，垂植刀剑，囚扳援而上，受剸割之苦，积尸无数。大言合掌诵观世音、地藏二菩萨，忽震雷一声，二山皆不见。前行，过一岩洞，臭河不可近，童子云：“世人弃残饮食酒敬于沟渠，皆为地神所收贮于此，俟其命终，则令食之。”又行数里，再至王所，王敕云：“汝还世五年，传吾语于人间：作善者即生人世，受安乐福，作恶者万劫不回，受无间苦，令闻此者口口相传。”遂别，命一青衣童引出长春门，有花如初。过桥失足而悟，已初八日矣。

黄翁时年八十五。崇仁县主薄秦绛为记。

【译文】黄十翁名叫黄大言，浦城（今属福建）人，暂时借住在广德军（今属安徽）。绍兴二十七年（1157）十一月四日，因病得时间长了，总是心神不定，一天，一个穿黄衣裳的童子来叫他，出门后就顺着一条大路走，大路两边垂柳青青，池水也清澈可鉴，荷花像盛夏时节一样。走了十多里，也没有看见有群众住。他看到一处楼观，高高耸峙，金碧辉煌，耀人眼目。

那黄衣童子领着他进了大楼的门，只见里面有数万罪人都立在庭下，大殿上坐着四个人，都是头戴通天冠，穿着绣金花的长袍。分开各自坐一处。有一个差吏前来叫住黄大言，说："你的气数还没完，是错误地把你给抓来了。"就让一个穿黑色衣服的童子领着他出了东门。他回头一看，其余的罪人都被赶着往北边去了。

东门外面，就像人间的集市一样，往来的人熙熙攘攘，没走多远，又见一处宫殿，非常华丽，里外倒有不少牛头马面样的鬼怪立在两边。宫殿中央有位大王，头戴挂有玉串的王冠，手捧玉圭板坐在那里，样子非常威严，令人肃然起敬。有一个穿紫衣服的差吏上前来问黄大言："你在人世间都做了什么好事和坏事？"黄大言回答说："近年兵荒马乱时，曾经因为两个贼人抢了人家的财物，都被逮捕了，地方乡兵想把他们杀了，我很怜悯他们，就拿出二万钱给他们赎买了个不杀。况且我一生从不杀生，读佛经，照着佛经造石刻像有十多次。"不一会儿有一人拿着一个大镜子照他，照的结果是一点罪恶也没发现，就下讼让他去拜见总管司再复核一下看是否属实。

总管司的头，人们都叫舍人，它的副手原是广德军的一个办事吏员王珣，王珣生平平时和黄大言友情很深，就对黄大言说：“你应该再回到人世上去，见了世上的人，只劝他们要多做善事，要敬重天地之神，要孝顺奉养父母，要归顺于佛门，要施行平等的心。不要妄杀生命，不要贪爱不属自己的财物，不要贪恋女色，不要怀有嫉妒的心肠，不要毁谤好人，不要做有损别人的事。如果要是造作恶孽，一旦气数完了，就要坠入大地狱中，永远也没有出头之时。要在受到恶孽的报应之后，才能投胎生于饿死鬼或畜生的那一类中。佛经中对人的几百种劝诫，都不是说的空话。”他又说：“请你替我捎个口信到我家，我过去在衙门中干事，岂能没有过错，只是我曾免除了三十一个人的死罪，有这一点儿阴德，所以死后才做了神。让我家里人为我做一身衣裳，要多吟几遍经文，再化上一万七千贯钱，并把这一切上报城隍司，这样可以转达给我，这样能弥补其他的罪过。况且，要说明世上的人以多做功德来奉献给死亡的人，必须凭城隍的证明，才能获得福报。如果每年年初年底杀生物来祭祀，祖先是不会享用的，这二件事不可不知道。再过两天，阴间地府中都让做好事的男女鬼会聚在无忧阁下。根据每个人生前做好事的大小多少，来决定每个人应该有个什么样的结果。至于地狱中的囚犯，也都赶到这里，就像州郡中犯人听从赦免的命令一样，罪轻的也可以脱离苦海去超生。你应该到那里看一看。”大言到那里一看，所谓的无忧阁，是由许多宝石砌成，高耸入云，吉祥的光芒照彻天空，各样的人都在那里，其中行善做好事多的人，都穿华丽的衣服，拿着香花，捧着佛经，在吉祥的云彩中，在金碧辉煌的阶梯上来回走动，而地狱里的那些人都带着镣铐，弓着瘦弱的身子，一个个像有病跪在门外。一边高兴，一边害怕，对照鲜明。黄大言看着，感慨叹息。突然之间，眼前什么都没有了。王珣说：“他们都凭今天佛的光辉恩德脱离了地狱之苦，但都失去了人的身骨了，有的为禽，有的为兽了。”

回到总管司，看到那里有很多人在对照生前之事，认得黄大言的，都托黄大言传话给子孙，要多做好事。这里所传的话，都是平生的闺门事或自己的隐私，并不是外人都知道的。事完以后，有一个童子就领着大言走了。路上远远看见一座铁山，山上烈火熊熊，烧烤着一群囚徒，哭叫之声连成一片。还有一座山，山上有树，但树上却没有树叶，却都长着刀剑，囚徒们攀树而上，一边上一边受割肉之苦，树下堆积着无数的尸体。黄大言马上双手合十，口里念叨着观世音和地藏王两位菩萨。忽然震天的雷声响了一下，两座山都不见了。又往前面走，过了一个山洞，就见有一条河沟，河水臭不可闻。领路的童子说：“世上的人随便把饭菜酒茶抛弃在沟里，都被地神收到储存在这里，等他们死了以后，就命令他们再吃。”又走了几里，又来到大王住的地方，大王告诫他说：“你回到人世间，还有五年的寿命，你传我的话给人间，做好事的人死后即可转生人世，平安，快乐，幸福一生，做坏事的人死后经万道劫阻也不会再回到人世，要受无穷无尽的苦难。还要让听到这话的人口口相传。”说完，就命一个穿黑衣服的童子领他出了长春门，门外像他来时路上一样，有许多鲜花。过桥的时候，忽然跌了一跤，他才醒来，这时，已经到了初八了，他一梦就是四天。

黄十翁这年八十五岁，崇仁县（属今江西）主簿秦绛为他写了一篇文章来记述此事。

衡山民

乾道初元，衡山民以社日祀神，饮酒大醉，至暮独归，跌于田坎水中，恍忽如狂。忽缘田垅行至其家，已闭门矣。扣之不应，身自从隙中入。妻在床绩麻，二子戏子前。妻时时咄骂其夫暮至不还舍，民叫曰：“我在此。”妻殊不闻。继以怒骂，亦不答。民惊曰：“得非已死乎？”遽趋出，经家先香火位，过望父祖列坐其所，泣拜以告。父曰：“勿恐，吾为汝恳土地。”即起，俄土地神至，布衫草履，全如田夫。状问所以，顾小童令随民去。童秃发赤脚，类牧牛儿。相从出门，寻元路复至坎下，教民自抱其身，大呼数声，蹶然而寤，时妻以夫深夜在外，倩领了持火炬求索之，适至其处，遂与俱归。

【译文】宋孝宗乾道初年（1165），衡山的一个山民在村里祭祀土地的那天，喝酒喝得大醉，到晚上才独自回家。路上一摇一晃地跌倒在田坎上，又滚到水里。他朦朦胧胧就像发了疯一样，急忙沿田埂走回家去，家里已经关门了。他敲了几下，里面没有人答应，自己就从门缝里挤了进去。这时妻子正在机床上织麻，二个儿子在一边玩耍。妻子口口声声斥骂丈夫天晚了还不回家。那山民叫了一声说：“我在这里！”妻子一点也没有听见。那山民继而大怒，大骂妻子，但妻子也不答应。那山民大为惊恐，自言自语说：“难道我已经死了吗？”他赶快出家门，经过他家给祖先敬烧香火的宗祠时，过去看他的父辈祖辈列坐的地方，跪在那里哭着把事情说了一番。他的父亲说：“不要惊慌，我替你向土地神恳求，还你生路。”当时就站了起来去请土地。不一会儿土地神来到，身穿粗布衫，脚蹬草鞋，完全像一个在田里干活的农夫。土地神把事情原委问了一遍，回头让一个小孩儿跟着那位山民走了。那小孩光着头，赤着双脚，像田间的放牛儿一样。他们一块出了门，找到原来的路，又来到田坎下的水里，那小孩儿让山民抱着自己的躯体，然后大喊数声山民的名字，山民猛然坐起醒来。这时，山民的妻子因为丈夫深夜在外未归，就请邻居拿着火把出来找他，正好也走到这里，于是就和他们一块回家了。

顶山回客

平江常熟县僧慈悦，结庵于县北顶山绝山献白龙庙之傍，凡三十余年。以至诚事龙，得其欢心，有祷必应，邑人甚重之。

绍兴三十二年，年七十八矣。忽得蛊病，水浮肤革间，累月不瘳，朝夕呻吟，殆无生意，棺衾皆治办，待尽而已。

一客不知从何来，戴碧纱方顶巾，著白苎袍，眉宇轩昂，与常人异。自山下至龙祠礼，因历僧舍，见慈悦病，问之曰："病几何时矣？此乃水肿，吾有药能疗。"悦欣然请其术。

命解衣正卧，以爪甲画其腹并脐下，应手水流，溢于榻下。宿肿即消，又探药一饼，如弹丸大，色正黑，戒曰："宜取商陆根与绿豆同水十碗煮至沸，去其滓，任意饮之，药尽则病愈矣！兼师寿可至八十五岁。"悦愧谢数四，且询其姓氏乡里。曰："我回客也，临安人。"又曰："和尚，如今世上人识假不识真。"语讫，揖而去。悦如言饮药，味殊甘美。越两日，乃尽，病如失去，亦不复知客为何人。

后两月，别一客言从来都下，因观普陀山观音至此，出一卷画赠悦，曰："此我所为者。"即去。继而展示之，乃画薜荔缠结中，覆吕真人像。始知所谓回客者此云。

县主薄赵彦清为作记。

【译文】平江府（今江苏）常熟县的和尚慈悦，在县北顶山的险峻山岩上白龙庙的一边盖了一座茅庵，在那里一共住了三十年。他非常诚恳地祀奉白龙，很得白龙欢心，所以他凡有祈祷都一定有应验。县里的人都很推崇他。

绍兴三十二年（1162），慈悦和尚已经七十八岁了，他忽然得了神志混乱的病，有许多水在皮下形成浮肿，几个月也不见好转，他每天从早到晚痛苦呻吟，大概觉得一点活的希望也没有了，所以连棺材和死后要穿的盖的都准备好了，只是等着死去而已。

一天，一个客人不知是从哪里来，他头戴用碧绿的纱做的方巾帽子，身穿白苎麻做的长袍，眉宇之间有一股昂扬洒脱的气质，和一般的人显然很不一样。他从山下上来到白龙庙参拜，因此经过慈悦和尚的茅屋。看到慈悦有病，就问他："病得多长时间了？这病叫水肿，我有药能治这种病。"慈悦和尚听到很高兴，就请那客人用他的方法来治。

那客人让慈悦解开衣服，仰面躺着。他就用指甲顺着肚子划，一直划到肚脐以下。手指所到之处，水就顺着流出，都漫到了床底下。当夜水肿就消除了。那客人又拿出一丸药，像弹弓丸那么大，纯黑色，客人告诫他说："应该拿商陆的根和绿豆，再加十碗水，和这药一块煮沸，然后抛掉渣滓，任意喝它，病就好了。大师您的寿命可以达到八十五岁。"慈悦羞愧地再三再四地感谢，并要询问那客人的姓名，是哪里人？客人回答说："我叫'回客'，是临安（今杭州）人。"他又说："和尚啊！现在世上的人，认得假的，不认得真的。"说罢拱一拱手就离开了。

两个月之后，有另外一个客人上来，说是从都城临安来，因为到普陀山拜观音菩萨才到这里。他拿出一卷儿图画，要赠送给慈悦和尚，并说："这是我画的。"说完就离开了，慈悦把图画展开，原是画有缠结的薜荔藤中，坐着吕洞宾真人的画像。慈悦这才明白过来，原来所谓的'回'客，就是"吕"真人。

常熟县主簿赵彦清为这事作了一篇文章记述。

粉县主

宗室郇康孝王孙女曰：粉县主者，年十四五，时与家人会饮于堂，忽大风从庭起，雷雨继至，火光如球，纵横飞掣，烟雾四合，对面不相睹。男子号哭乞命，妇人掩耳仆卓上，或有堕地者。移时方止，天晴如初。点检坐中人，独不见县主。久之，但得双目睛于庭砌下，尸失所在矣。县主之父曰"士骊"。

【译文】皇室宗亲郇康孝王赵仲御的孙女封号叫粉县主，年龄才十四五岁。有一次正和家里的人在大厅吃喝，忽地院里骤然起了大风，接着又是打雷又是下雨，风雨中有火球来回快速飞动，烟雾弥漫整个空间，对面看不见人。男子们又哭又叫，企盼保住性命，妇女们都捂着耳朵，有的爬倒在桌子上，有的掉在地上。过了一个时辰，风雨停止，天也晴得像宴席开始时一样。人们赶紧检查坐中的人数，单单不见县主。大家找了好一会儿，才在院中台阶下找到了县主的两只眼珠，尸体却不知道哪里去了。县主的父亲叫士骊。

耿愚侍婢

大观中，京师医官耿愚买一侍婢，丽而黠，逾年矣，尝立于门外，小儿过焉，认以为母，眷恋不忍去。婢亦拊怜之。

儿归告其父曰："吾母乃在某家。"时其母死既祥矣，父未以为信，试往殡所视之，似为盗所发，不见尸。还家携儿谒耿氏之邻，密访婢姓氏，真厥妻也。即佯为贩粥者，徘徊道上，伺其出而见之。妻呼使前，与叙别意。继以泣语人曰："此为吾夫，小者吾子也。"

耿氏闻之怒诟责之曰："去年买汝时，汝本无夫，有契约牙侩可验，何敢尔夫。"诉诸开封，迹所从来，婢昏然不省忆。但云："因行至一桥，迷失路，为牙媪引去。迫于饥馁，故自鬻。"媪亦言："实遇之于广备桥，求归就食，遂鬻以偿欠。"京尹不暇究始末，命夫以余直偿耿氏，而取其妻。

耿氏不伏，夫又诉于御史台，整会未竟，复失妇人，讼乃已。不一年，耿愚死，家亦衰替。

【译文】宋徽宗大观年间，京城汴梁有一个叫耿愚的医官，买回一个侍女，美丽而且灵巧。已经过了一年了，有一次侍女站在大门外，有一个小孩子路过，看见了她，上前认得并叫她母亲，而且非常留恋，不忍离开。那侍女也把小孩搂在怀里，爱怜孩子。

那孩子回家后就告诉爸爸说："我的母亲就在某某家里。"当时他的母亲已死并且已经过了十三个月的祭祀了，爸爸不信孩子的话。但也试着去埋葬妻子的地方查看，坟墓好像被盗掘过，不见了尸体。回家就领着孩子到耿家的邻居家，秘密查访耿家那个婢女的姓名，是哪里人。一问，果然就是自己的妻子。当即他就佯装是卖东西的，在耿家门前路上来回走动，等待妻子出现去见她。妻子出来，把他们父子叫到跟前，与他们一块叙说离别后的思念，她还对旁边的人说："这就是我的丈夫，这小的是我的孩子。"

耿愚听说大怒，骂着斥责婢女说："去年买你的时候，你说没有丈夫，现有中介人签的契约可以证明，怎么敢说你还有丈夫？"他就到开封府大堂告了状。开封府问婢女究竟从哪里来，婢女昏昏然，回忆不起来，只是说："自己因走到一座桥的地方，迷了路，被一个介绍买卖的老太婆领走了，为饥饿所迫，所以自己卖了自己。"开封府又找到那个老太婆，老太婆也说确实在广备桥边遇到了她，她求跟着老太婆回家，找碗饭吃。于是老太婆就介绍把她卖了，以偿还欠款。开封府尹也没空儿去追究她的来龙去脉，就下令让丈夫把剩余的钱补偿耿愚，领他的妻子走。

耿愚对开封府的判决不服，又上诉到御史台，御使台准备会审还没完，那妇人又找不到了，于是这场诉讼也就停下来。后来不到一年，耿愚就死了，他的家也开始衰落。

江氏白鹑

江遐举，宣和中为虹县令，长子自严州奉其母往官下，有白鹑白雀各一，皆莹洁可观，共一笼，置诸舟背，入汴数行里，过灵惠二郎祠，舟人入白曰："神素爱此等物，愿收秘之。"即携入卧处。一婢从庖所来，至笼畔无故失足，触笼坠，视之，鹑死矣。

【译文】宋徽宗宣和年间，江邈任虹县（今安徽泗县）县令。他的大孩子陪着母亲一块从严州（今浙江建德）往他做官的地方去。他们带有白鹌鹑和白雀各一只，长得都是晶莹洁白，非常可爱。两只鸟合一个笼子，放到船里。进入汴河有几十里，要经过灵惠二郎庙时，船主人进来说："二郎神平常很喜欢这种鸟，希望你们收起来把它藏到一个秘密的地方。"他们就赶快把鸟提进卧室。这时一个婢女从厨房里走出来，到了鸟笼旁，无缘无故地跌了一跤，把鸟笼撞落到地上，一看，白鹌鹑已经死了。

卷第九（十四事）

扫码听谦德
君为您导读

上竺观音

绍兴二年，两浙进士类试于临安。湖州谈谊与乡友七人谒上天竺观音，祈梦。谊梦人以二碟贮六茄为馈，恶之。惟徐扬梦食巨蟹，甚美。迨旦同舍聚坐，一客语及海物黄甲者，扬问其状，曰："视蝤蛑差小，而此螃蟹为大。"扬窃喜，乃以梦告人，以为必中黄甲之兆。

省榜出，六人皆不利，扬独登科。

后二年，谊复与周元特赴曹司举，又同诣寺，前一夕，同梦与诸人同登殿，谊先抽签，三反而三不吉，余以次请祷，周立于后，曰："所来唯欲求梦尔，何以签为？"众强之，方诣筒下，遇妇人披发，如新沐者，从佛背趋出，谓其贵家人，急避之，遂寤。

明晨入寺，谊所启三签果不吉，余或吉或否。周但焚香再拜，愿得梦。

是夜梦乡人徐广之持省榜至，凡列三等，已为中等第一人。已而贺客四集，有道士在焉。

明年七月省试罢，□□与待榜，他日阅市，闻呼于后曰：“元特奉贺奉贺。”回顾乃徐广之也，云：“适过郡门，见□□□司榜内一人，与君姓名同，聊相戏耳。”周方谯责之，则又有言曰：“省榜自南门入矣。”遂相与散□及家而报至。次日，数客来贺，一道士俨然其中。周曰：“与君不相识，何以辱顾我？”道士笑曰：“君岂忘之邪？去年君过我卜，我推君五行，知今年必及第，而今实然，故来贺，以印吾术，非有所求也。”遽辞去。沉思其人，乃开元寺卖卜者。始验昨梦无少不合，周果居中等，虽非首选，而于吴兴为第一人。夫广之之戏谈，黄冠之旅贺，皆偶然细事也，而梦寐魄兆，已先见于旬月之前，人生万事不素定乎？

【译文】宋高宗绍兴二年（1132），浙东浙西的进士在临安（今杭州）进行类试。湖州的一个叫谈谊的和同乡的朋友共七个人去拜见上天竺观音菩萨，祈祷托梦给自己。当夜谈谊就梦到二只碟子里盛有六只茄子作的馈赠，感到很不满意。只有一个叫徐扬的人梦到吃很大的螃蟹，味道很好。到了天亮，一个屋住的人聚在一起，其中的一个人说到海里的动物有一种名叫黄甲的。徐扬就问他那动物长的什么形状，那人说比蝤蛑（海蟹一种，又叫梭子蟹）稍小，比一般的螃蟹大。”徐扬听了，暗自高兴，就把自己做的梦说了一遍，自以为一定是名登黄甲（甲科进士榜用黄纸书写，故名）好兆，考试得中。

到了皇榜贴出，其他六人都没名，只有徐杨榜上有名。

过了两年，谈谊又和一个叫周元特的到转运使那里参加举人考试，又去拜谒上天竺观音。头天晚上，周元特做梦，梦见和许多人一块进到大殿，谈谊先抽签，抽了三次都不吉利。大家按次序上前祈祷，周元特站在后面说：“大家到这里都是求得在梦中暗示的，还抽签干什么？”在大家的强拉下，他才来到盛签的竹筒跟前。这时碰到一个妇女披头散发。大家都以为这是贵人家里的人，便急忙回避开她。于是周元特便从梦中醒来。

第二天早上他们进寺，谈谊抽了三支签，果然不吉利。其余的人抽签，有的吉利，有的不吉利。周元特只是烧香，再三拜请，希望再做一个梦。

这天夜里，周元特又做了一个梦，梦见同乡一个叫徐广之的人拿着礼部的考试榜文来到，榜上考中的人共分三个等级，周元特在中等之列的第一名，同时祝贺的人也都来到，其中有一个道士夹在人堆里。

到了明年七月，礼部考试完毕，大家都等着结果，有一天他们到街上游看，忽然听到后面大喊道：“元特，向你祝贺，向你祝贺！”周元特回头一看，原来是同乡人徐广之，他说：“刚才正好路过郡守的门口，看见某某司公布的榜文中，有一个人和你同姓同名，拿来和您开个玩笑罢了。”周元特正要责备他，另外又有人说：“省里下的榜文已经从南门过来了。”于是他们互相分开，等到了家，报喜的也到了。第二天有许多人来道贺，一个道士很像老朋友一样，夹在人群中。周元特说：“我和你不曾认识，怎么这么麻烦你来看望我呢？”那道士说：“您怎么忘了，去年你路过我那里，我还给您推算过金木水火土呢！我知道您今年必然考试得中，现在证实了，之所以来向你道贺，也是以此印证我的推算技能，可没有别的要求。”说完，马上告辞而去。周元特认真想想这个人，原来这人是开元寺里卖卦的人。他这才验证过去做的那个梦，没有不复合的，周元特果然中了个中等，虽然不是属第一名录取的，但在他们吴兴（今湖州），也算是第一个人了。徐广之的玩笑，还是道士前来祝贺祝贺，都是偶然的细碎小事，然而在梦中的先兆已在十个月以前就显现出来了。人生一世许多事不是事先都安排好了吗？

酆都宫使

林乂，字材臣，姑苏人，刚正尚谊，乡里目为林无差，以其名近义字也。晚以贡士特奏名得官，调嘉兴主簿。任满还家。

梦吏士来迎入官府。升堂中坐，掾属数十辈。或衣金紫银章，列拜廷下。出文牍摘纸尾使书，视官阶，乃印衔阔径三寸，不可辨，但识其下文五字曰："酆都宫使林。"如是凡数纸。乂平生读道书，颇慕神仙事，顾谓吏曰："学道之人，皆当为仙官，此乃冥司主掌，非以罪谴谪者不至，且吾闻居此职者，率二百四十年始一迁，非美官也，不愿拜。"吏曰："此上帝命也，安得拒？恐得罪于天，将降充下列，虽此官不复可得矣。"

乂不得已，乃书名，遂寤，知其命不得长，以告所善道士吕山友。

乂弟又之妇虞氏，尚书策女也，不食猪肉。乂诮之曰："吾家寒，素非汝家比，安得常有羊肉，盍随家丰俭，勉食之。"妇谢曰："何敢尔，但新妇自少小时闻烧猪气，辄头痛不可忍，今见则畏之，非有所择也。"乂曰："我若真为酆都官，必使汝食。”妇笑曰：“幸蒙伯力为增此食料，新妇大愿也。”

久之，义调官京师，还及泗上，卒于舟中。初，义父挈家过泗，谒普照王寺，其母生义于舟中，及其死也，亦然。讣未至吴，家人臛猪为面，弟妇问曰：“何物盛馔芳香如此？”家人曰：“猪肉也。”妇曰：“试以与我取食之。”立尽一器，自是遂能食。义卒已半月云。

【译文】林义，字材臣，姑苏（今苏州）人，为人正直刚强，崇尚正义。乡村里的群众都把他看作林无差，这是因为他的名字和“义”很相近。晚年凭借贡士特地上奏提名，得了个官，调往嘉兴（今属浙江）任主簿，任满之后回家。

一天，他做了一个梦，有一个差吏来迎接他，领他进入了一个官府，请林义升堂，正面坐下，便有副官差吏几十个，有的穿着金花紫地官服，佩着银质器物，在庭前分列站开，行礼拜见。一个差吏奉命拿出一卷文件，翻到最后让林义签字，林义看看文件里的官职，都是盖着一个有三寸大小的印，大部分认不得，仅认得最后的五个字叫“酆都宫使林”，一连几张纸都是这样。林义平生好读道家的书，很羡慕书里讲的能成神仙的故事。他回头对差吏说：“学习道教的人，都应该成为天上仙官，而这是阴曹地府中的主管，如果不是因为犯了罪被贬谪来，是不会自己来的。况且我听说任了这个职的，要二百四十年才能升迁一次，并不是一项美差，我不愿意接受。”那差吏说：“这是上天玉帝的命令，你怎么能拒绝？如你不接受，恐怕要得罪玉帝，那将要把你降职赶到最下层受苦，连这个官你也得不到了。”林义不得已，才签了名。接着他就醒了过来。

他知道自己活不长久了，他就把这事告诉了和他关系很好的道士吕山友。

林义的弟弟林又的妻子虞氏，是当朝尚书虞策的女儿。她不吃猪肉，林义曾和她开玩笑说：“我们家穷，平时生活是不能和你娘家比的，怎么能会经常有羊肉供你吃呢？你还是随我们家的生活程度，勉强吃吧！”那妇人赶紧道歉说：“我怎么敢这样摆架子呢？我只是从小闻到烧猪肉的气味就头痛得忍受不了，现在见到猪肉就害怕，并不是挑食啊。”林义说：“我如果做了阴曹地府里的官，一定要让你吃猪肉。”那妇人笑着说：“如果我真的蒙受大伯的力量，能增添猪肉这种食物，那是我最大的心愿啊！”

过了很长一段时间，林义又调到京城，回来的时候路过泗州（今属江苏，旧址已沦入洪泽湖），在船上死了。当初，林义的父亲带领全家路过泗水，拜谒普照王寺，他的母亲就是在船上生了他。等他死的时候，也是这样。他死的讣告还没有传到苏州，家里的人做了猪肉汤下面条，弟媳妇就问：“什么东西做成这么丰盛的饭菜，味道这么香。”家里人说：“是猪肉。”弟媳妇说：“你拿来让我试着吃一点。”当即就吃了一碗。从此他就能吃猪肉了，当时林义已经死去半个月了。

二郎庙

政和七年，京师市中一小儿骑猎犬，扬言于众曰：“哥哥遣我来，昨日申时灌口庙为火所焚，欲于此地建立。”儿方七岁，问其乡里及姓名，皆不答。

至晚，神降于都门，凭人以言，如儿所欲者。有司以闻，遂为修神保观。都人素畏事之。自春及夏，倾城男女负土助役，名曰“献土”，至饰为鬼使巡门催纳土者，往来憧憧，或榜于通衢，曰“某人献土”，识者以为不祥，旋有旨禁绝。

即而蜀中奏：“永康神庙火。”其日正同。此儿后养于庙祝家，顽然常质也。

【译文】宋徽宗政和七年（1117），一天，京城（今河南开封）里有一个小孩子骑着一只猎狗到处扬言说：“是哥哥派我来的，昨天申时（下午四时左右）四川灌江口的二郎庙被火烧了，哥哥想在这里再建一座。”那个小孩才七岁，问他家住那里，叫什么，他都不回答。

到了晚上，二郎神果然在都城城门降临，并借人的口传话，和那小孩子说的一样。有关部门所说以后上报朝廷，便给他修一座“神保观”。京城里的人都很敬畏地去供奉这神，从春天到夏天，满城的男女都去运土帮助工程，还美其名曰给二郎神献土。以致有扮作鬼差的，挨门去催人，要人朝修庙处运土。每天人们往来不绝，有的还要在大路边竖个牌子，上写某某人献土。有见识的人认为这样不吉利，不久就有圣旨下来，禁止这样做。

接着四川就有官吏来奏，说永康神庙发生了大火，日期正如和那小孩说的一样。后来这小孩就寄养在管理庙的人的家中，始终和普通人一样，没什么灵异的地方。

宣和龙

宣和元年五月，京师大雨连日。及霁，开封县茶肆家未明起，拂拭案榻，见若大犬蹲其旁，至旦视之，龙也，有声如牛。

惊而仆。茶肆与军器作坊邻，诸卒适赴役，见之，杀而分其肉。街吏惧，不敢奏，都人图玩其形，长六七尺，鳞色苍黑，首如驴，两颊如鱼，头色正绿，顶有角生极长，于其际始分两歧，与世间所绘龙相类。

后十余日，忽大水犯都城，高出十丈，自西北牟驼冈至万胜门外马监。民居尽没，时以为大河决溢，然水色清澄，河又未尝决，终莫知所从来。居数日，水已入汴渠，达晓将溢。朝廷募人乘风水之势决其下流，乃由城北入五丈河，下注梁山泺，首尾几月乃已，故俗传为龙复仇云。（见蔡绦《后史补》）

【译文】宋徽宗宣和元年（1119）五月，京城开封一连下了几天大雨。天刚晴，开封县前的一家茶馆主人天不明就起来打扫桌案，看到大案下蹲着一个像狗一样的东西，等天明一看，是一条龙，声音像牛一样。主人吓得昏倒在地上。这茶馆和军器作坊为邻，那里住的准备开往前线的士兵，看见了龙，把它杀了，并把龙肉也分吃了。街市上的差吏见了也不上奏朝廷，京城的人把那龙的形状画了图玩看，它的形状有六七尺长，鳞的颜色苍黑，头像驴，两额像鱼，头的颜色纯绿，头顶有角，角长得很长，角下分两杈，和世上人们画的龙很相像。

过了十多天，忽有一股大水直冲京城而来，浪头有十多丈高，从西北的牟驼岗（属今中牟县）至万胜门外的居民和国家的马圈都淹没了。有的以为是黄河决口了，但那股水清可见底，黄河又不曾决口，始终不知道水从哪里来。停了几天，那水已经进入汴河，到天明时又要泛滥出来。朝廷马上下旨，招募民工借着地势和水势加以疏浚引它往下而流，便由城北进入五丈河，再往下流入梁山泺中。

前后几个月才平息下来，所以民间都传说这是龙在的报仇。

温州赁宅

温州城中一宅，素凶怪，先是仲监税居之，一家尽死。后数年，吕监税者自福州黄崎镇罢官来，亦居之，常见仲君露首秃发往来。

西舍间女子年十二三，最恼人，伺客至必映壁窥之而笑，翻弄什器，涂沫窗几，不可搏逐，唯一妪颇恭谨，每女子出，必叱之去。

吕妻病数日不愈，妪教之曰："县君无它疾，但煎五苓散，下半硫丸足矣。"吕以其言有理，亟从之，一服而愈。然人鬼杂处，家之百物震动无时，或空轿自行于厅上，举室殊以为忧。

他日，妪又告曰："我辈相与共议，欲迎君作主约，用后月某日，此计若成，君必不免，宜急徙以避祸。吕以奉告胡季皋，季皋为福州干官时识之，亦劝使去。

去之日，西舍男女数十辈骈肩出观，相顾嗟惜，似恨谋之不早也。后无复有敢僦舍者。

经一月未毕，邑胥挈家来，或告其故，胥笑曰："我乃人中鬼也，彼罔两尔，何足畏处之。"不疑，群鬼亦扫迹。

【译文】温州城中有一处宅院，平时会出现凶恶鬼怪。最早是一个姓仲的监税官在那里住，一家人全都死完了。后来过了几年，一个姓吕的监税官从福州黄崎镇卸任后，来到这里，又住在那个宅院中。他经常看见死去的仲先生只露个秃头在院里来回走。

西边一处房子里有个十二三岁的女子，最使人可恼，她等有客人来到，就攀着院中的映壁往里看，然后打翻家具，往窗户桌子上涂抹脏东西，又不能把她赶走。她只对一个老太婆比较恭顺。每当那女子出现时，都是这老太婆吆喝她离开。

吕监税的妻子病了好多天，也不见好转，那老太婆就给她说："您没别的病，只要煎一副五苓散，再配吃半硫丸，就可以了。"吕监税认为她说的有道理，很快照她说的做，妻子吃了一副药就好了。但是人和鬼住在一起，家里的所有东西随时都不得安生，有时竟然空轿子不知怎么就到了大厅上。全家人着实为这些忧心忡忡。

又一天，那老太婆又来给吕监税说："我们一伙的在一起商量，想请您当我们的头，大概再过一日之后的某一天。如果这事成了的话，您一定免不了一死。您应该赶快跑远点来避这一灾难。吕监税就把这情况告诉了胡季皋，胡季皋是吕监税在福州任职时认得的。胡季皋也劝他赶快离开。

他们离开那天，西边院子里的那一群男女有几十个人，肩挨肩地出来观看，而且互相之间发出惋惜的感叹，好像是在恨这件事商量得晚了。后来便没有人敢租住这所宅院。

又过了约一个月，在县衙里办事的一个胥吏带着全家又来到这里住，有人把过去的情况告诉他，劝他小心，他笑了笑说："我就是人世上的鬼，他们只不过是些山林中的鬼怪罢了，有什么值得害怕。"就住在那里，一点也不动摇。那群鬼怪从此也就销声匿迹了。

应梦石人

席大光帅蜀，丁母朱夫人忧，将葬于青城山，议已定，梦两人入谒，行步重迟，遍体疮痍可憎，告曰：“太夫人葬地，盍在温州地，名徐家上奥，庚山甲向者是也。公必往求之。异时毕事，幸为我疗吾疮。”

席公尝寓居永嘉，心亦欲还，顾惮远未决，觉而异之，书其事于策，即其舟东下，并奉甚父中丞柩，归于温。窆日已迫，宅兆殊未定，招萧山人张藻卜之，偕止山寺中。其侄七郎适卖食于田舍，主人翁问所往，告之故。翁曰：“此去一里许，名徐家上奥，有一穴庚山甲向者，人多以为吉地，用善价求之者甚众，徐氏皆不许。君试往观之。”会日暮不克往，归而言之，语未竟，席曰：“得非庚山甲向者乎？”取所书梦验焉，无少异。

明日，亲访其处。一媪出言曰：“吾，徐翁妻也，昔吾夫尝欲用此地葬父，梦金甲大神持梃见逐，指芦席上坐者一人，曰：‘此席相公家地，汝安得辄尔？’自是以来四十年，今以与公，不取钱。吾儿方为里正，得为白邑大夫，免其役足矣。”席大喜过望，但不晓梦中所见为何人。

既葬二亲，又自为寿茔于左。次役，夫属土有声丁丁然，视之，乃两石人卧其下，埋没既久，身皆穿穴。席祭之以酒，舁出外，命和泥补治，而为立祠，榜曰“应梦石人”云。

【译文】席大光为四川安抚使时，母亲朱夫人去世，准备葬在青城山。这事已经商量妥当。晚上席大光梦见有两个人来拜见他，这两人行走步履艰难，满身是疮痍，非常难看。这两人对他说：“太夫人的埋葬地，应该是在温州，有一处地名叫徐家上奥，墓地是庚山甲向。您一定要去找到。过一段您的事办完了，还要请您给我治疮病。”

席公曾在永嘉（今浙江温州）住过，心里也想回到那里，只是顾虑路途太远，没有下决心。梦醒后他觉得这事很怪，就把梦记录在本子上。当即他就准备船，顺江东下，并且还带了他父亲的灵柩，一起到温州。

下葬的日期越来越近了，但阴宅究竟放在哪里，定不下来。他就找到萧山人张藻来看风水，他们一行先住在山上的寺院里。一天，他的侄子席七郎到一户农家买吃的，农家主人一个老翁问他到那里去，七郎就给他说了为什么到这里。那老翁说：“离这里一里多地，有一个地方叫徐家上奥，那里有一块地，是庚山甲向，人们都说那里是一块风水宝地，有许多人愿出高价钱去买，但姓徐的一家人都不卖给，你不妨试试看。”当时正赶上天晚，不能去了，七郎回到寺里就给席大光说了，还没有说完，席大光就抢着问：“是不是庚山甲向那块地？”他立即拿出他写的梦的内容来对照，和七郎说的没有一点点差别。

第二天，席大光亲自到徐家上奥拜访，一个老婆出来说：“我是徐老先生的妻子，过去我的丈夫曾想用这块地埋葬他的父亲，梦见一个穿金黄色盔甲的神人拿着棍棒来驱赶，那神人指着芦席上坐的一位先生说：“这里是席相公家的土地，你们怎么敢随便来住。”从那以后到现在四十年了。现在我把土地给您，不拿您的一分钱。我的儿子现在在乡里当里正，您能替我们向城里的官员说一下，免除他的劳役，我也就很满足了。”席大光听了非常高兴，喜出望外。但只是不知道梦中所见到那二个生疮的人究竟是谁。

安葬父母双亲完毕，席大光在父亲坟的左边又为自己修造寿茔（人还活着就开始修造的坟墓），开始挖土，工具触到土里有叮叮当当的响声，人们一看，原是两个石人躺在那里，已埋很长时间了，身上被地下水浸蚀了很多窟窿，席大光拿酒向石人祭典一番，请人把它们抬了出来，又命工匠和泥把石人身上补齐，并为石人建祠堂，上书匾额：“应梦石人。”

老僧入梦

乾道三年，武经郎王瓘干办蒋参政府，其弟琮以冬至日游天竺。先一日从瓘假马，瓘令厩卒以省院大黑马给之。是夜，琮梦老僧来谒，前致辞曰：“老去乏筋力，或得从君，愿少宽鞭垂之罚。”琮惊谢而寤。

明日，马至，即乘之以行。既出都门，蜷局不肯进，方举鞭击之，忽悟曰：“畴昔之梦，岂非此乎？”亟以付驭者归，而步入寺。

蒋夜闻之，亦不复留，反诸故处。

【译文】宋孝宗乾道三年（1167），武经郎王瓘在蒋参政的衙门里干事。他的弟弟王琮在冬至那天要到天竺寺游玩，头一天，王琮向王瓘要求借匹马骑，王瓘就让管马的把某省（相当于今日的部）院中的大黑马给他骑。这天晚上，王琮做了一个梦，梦见有一个年龄很高的僧人来拜见他，见那老僧向前施礼说道：“我已经老了，没有力气了，这次能跟着你，希望少用马鞭打罚。”王琮吃了一惊，道谢一声就醒了。

第二天，马带到，王琮就骑着出去了。已经出了都城的城门，马缩做一团，不肯向前走，王琮正要扬鞭打马，忽然大悟似地说："昨天的梦不就是这吗？"他马上把马交给带马的人，让他带回府去，自己步行着到天竺寺去了。

蒋参政府的人听说了这事，也不再把那匹马留在府里，让人把它送回原来的地方。

聂贲远诗

聂贲远（昌），靖康元年冬以同知枢密院为和议使，割河东之地以赂北虏，闰十一月十二日，至绛州，州门已闭，郡人登诸城上，抚其目而脔之。时其父用之尚无恙。

绍兴十一年，张铢自北方南归，过绛驿，见壁间有染血书诗一章，绛人言聂之灵所作也，其词曰：

星流一箭五心摧，
电彻双眸两胁开。
车马践时头似粉，
乌鸢啄处骨如灰。
父兄有感空垂念，子弟无知不举哀。
回首临川归不得，冥中虚筑望乡台。

铢录之以示其子昂，载于行状。

【译文】聂昌，字贲远，在宋钦宗靖康元年（1126）冬天以同知枢密院的身份当了和议使臣，他和金国谈判，把河东（今山西省）

割让给金国以贿赂他们。这年闰十一月十二日，他来到绛州（今山西新绛），他到时城门已经关闭，城里的人登上城头，捉住他，挖了他的眼睛，割碎了他的肉。当时他的父亲聂用之还没死。

宋高宗绍兴十一年（1141），张铢从北方回南方，路过锋洲，见驿馆的墙壁上有用血写的诗一首，绛州人都说这里是聂贲远的灵魂做的。那诗道：

流星一样的箭射来使我五脏俱裂，
电光一闪，我的眼没了，两臂也被撕开。
车马在我身上踏践，头颅化为碎粉，
撕裂我的肉像苍鹰叨啄，骨头成灰。
父兄们有感知，白白在那里怀念我，
我的子弟们无知，连发丧举哀也不进行。
回头看看故乡临川，回不去了啊！
阴曹地府里空自建有望乡的高台。

张铢把诗抄了下来，传给他的孩子聂昂看，并把诗写进了聂贲远的传记中。

沈先生

沈先生者，和州道士也。不知始所以得道，常时默默，不深与人往来。值其从容时，肆意谈说来来休咎事，无不中的，然不可问也。人与之食，受之不辞，居无事，或至经月不食。

宣和间，声言其名于朝者，召入禁中，偃蹇不下拜。扣其所学，亦讫然无言。不合旨，犹以为正素大夫，谴归故郡。

建炎元年秋，忽著衰麻，立于谯门外，拊膺大哭，良久，回首望门内而笑，三日乃止。未几，剧贼张遇攻破城，郡守率州兵保子城，贼不能下，遂去。凡居民在外者皆被害。

后二年，编诣廛市，与人相别，且告之曰："有米莫做粥，有钱莫做屋。"人不能领其意，自是不知所如往。是岁虏犯淮西，和州受祸最酷云。

【译文】沈先生是和州（今安徽和县）的一个道士，谁也不知道他从什么时候能掌握大道的。他时常默默而坐，和谁都没深交，也不怎么来往。要是到他清闲时，很随便地谈论未来的吉利或罪过，没有说得不准确的。但是你不能去问他，有人给他吃的，他坦然接受，一点也不推辞。平时没事，他可以几个月不吃饭。

宋徽宗宣和年间，有人把他推荐给皇帝，皇帝把他召入内宫中，他态度傲慢，不向皇帝下拜。皇帝问他都会什么，他没边没沿地说，不谈一句正经话。不符合皇帝的意思，但仍然封赐给他一个正素大夫的虚名，就把他送回了故乡和州。

宋高宗建炎元年（1127）秋天的一天，他忽然披着麻衣像吊孝一样站在和州建有望楼的城门的门外，拍着胸膛大哭，好一会儿，又回头看看城门里而大笑，这样一连三天才停。没有多久，一伙领头人叫张遇的势力很强大的造反者，攻破了和州城的外城，郡守领着和州的所有兵丁死守内城，造反者攻打不下，便撤了回去。凡是住在内城以外的居民，全部遇害。

又过了两年，他到集市上见人就和人告别，并且告诫人家说："有米不要做稀饭了，有钱也不要盖房子了。"人们都不领会他这是什么意思。但从那以后也不知道他往哪里去了。那一年，金兵侵犯淮西（今安徽北部和河南东部一带），而和州遭到的灾难最残酷。

李吉爊鸡

范寅宾自长沙调官于临安，与客买酒升阳楼。上有卖爊鸡者，向范再拜，尽以所携为献。视其人，盍旧仆李吉也，死数年矣，惊问之曰："汝非李吉乎？"曰："然。""汝既死为鬼，安得复在？"笑曰："世间如吉辈不少，但人不能识。"指楼上坐者某人，及道间往来者，曰："此皆我辈也，与人杂处，商贩佣作，而未常为害，岂特此有之？公家所常使浣濯妇人赵婆者，亦鬼耳。公归，试问之，渠必讳拒。"乃探腰间二小石以授范，曰："示以此物，常令渠本形立见。"范曰："汝所烹鸡，可食否？"曰："使不可食，岂敢以献乎？"良久乃去。

范藏其石还家，以告其妻韩氏。韩曰："赵婆出入吾家二十年矣，奈何以鬼待之？"他日赵至，范戏语之曰："吾闻汝乃鬼，果否？"赵愠曰："与公家周旋久，无相戏。"范曰："李吉告我如此。"亦以石。赵色变，忽一声，如裂帛，遂不见。此事与小说中所载者多同，盖鬼技等耳。（右二事皆唐少刘说）

【译文】范寅宾从长沙到临安（今杭州）等候调任官职，一次和客人在升阳楼买酒吃，楼上有一个卖卤鸡的，向范寅宾再三拜见，并把他带的货物全部送给范寅宾。范细看这个人，原来是过去他的随从李吉，不过李吉已经死了多年了，范寅宾惊异地问道："你不就是李吉吗？"李吉说："是啊！"范说："你既然已经死去做鬼了，怎么能又在这里呢？"李吉笑着说："人世上像我这样的多了，只是人们认不出来。"他指着楼上某个坐着的人，又指着在街道上往来走动的某些人说："这些都是我这一类。和人掺杂生活在一起，有的行商，有的做佣人，然而都没有做出有害于人的事的，怎么能只是我这一个呢？您家现在经常使用她洗衣服的妇人赵老太婆，也是个鬼啊！你回去不妨问她，她必然避讳，拒绝回答。"李吉就从腰里摸出两块小石头，送给范寅宾，并说："你在她面前拿出这个东西，她立刻会现出原形。"范寅宾又说："那你烤的这些鸡能吃不能？"李吉说："如果不能吃，我怎么敢拿来送给您呢？"过了好一会儿，李吉就离他而去。

范寅宾把石头藏在身上就回家，把这事告诉了他的妻子韩氏。韩氏说："赵老太婆在我们家出入二十多年，关系很好，怎么能说她是鬼呢？"过了几天，赵老太婆又来家了，范寅宾和她开玩笑说："我听说你是个鬼，真的吗？"赵老太婆听了，马上不高兴地说："我和先生家相处，从没有开过玩笑啊！"范说："李吉告诉我这样做。"说着就拿出那两块小石头，赵老太婆一看，马上变了脸色，忽然叫了一声，像撕裂布匹一样，接着就不见人了。这事和小说里写的有许多一样的地方，大概写的都是鬼的伎俩吧！

吴江九幽醮

吴松江石塘，西连太湖。舟楫去来，多风涛之虞，或致复溺。

乾道三年，赵伯虚为吴江宰，念幽冥间滞魄无所诉，集道士设九幽醮于县治，以拔之。汴人薛山为馆客，因以故友黄升司理并其子溺水之由，白之。就设二位以祀。既罢三日，伯虚被提举常平符，按所部营田，与山共载，绝湖抵九里寺。夜过半，梦黄君来访，如平生，敛襟肃容，若特有所谓者，山犹意其赴官而告别也。徐问之，则曰："向自吴门分袂，狼狈于此久矣，此蒙县尹大赐周旋其行，方从是脱去。"山曰："何不一谒之，以谢此意？"曰："屡往矣，而门庭甚峻，非复可入，敢以诿吾故人。"即而告退，就阶登马，廷下立者数百人。

山戏之曰："车骑一何都邪？"黄曰："不然，此皆平时留滞，同荷赵君恩而去者也。"

已别，山惊寤，以语伯虚，乃知昨朝所绝湖，正黄父子没处也。

【译文】吴松江石塘往西连接着太湖，人们乘船来来往往，经常遇到大风大浪，有的就翻船淹死了。

宋孝宗乾道三年（1167），赵伯虚当了吴江（今苏州）县的县令，他想到这里的阴曹地府停留了许多鬼魂没地方诉说，就召集道士们在县衙设坛祭祀，为最深层地狱中的淹死鬼们超度。开封人薛山当时在赵伯虚那里当门客，帮助办事。因为他的老朋友黄升及其儿子都曾淹死，把想法告诉赵伯虚，他们就摆设了黄升父子的灵牌祭祀，祭完三天后，赵伯虚被提升为掌管常平仓，负责粮价，粮仓和粮食进出的官。要巡视他所管辖的田地，就和薛山一块乘船，渡过太湖，到达九里寺留宿。当晚后半夜，薛山梦见黄升来拜访他。黄升像平时一样，撩起衣服，面部庄重地下拜，好像是有什么一定要说的话要说。薛山还以为他要做官赴任前来告别，慢慢地问他，他才说："过去自从吴江县大门外分别之后，潦倒穷困留在这里好长时间了，近来承蒙县太爷为我们设坛大祭，为我们超度，才从最深的地狱中脱身离开。"薛山说："你怎么不去拜访他，表示感谢呢？”黄升说：“去了多次，但他们前护卫很威严，我们不能进去，只好委托我们的老朋友转告了。”说完就告辞了。

出门外，黄升借着寺前台阶上马。薛山看到门外阶前有数百人站在那里，就和黄升开玩笑说：“你的车马随从一下来得这么多？”黄升说：“不是我的，这些都是和我一样，平常淹死停留在这里的鬼魂，这次承受了赵先生的恩惠，就要离开的啊！”

告别了鬼魂，薛山醒来，方知是一梦。他把梦说给赵伯虚，他们才知道昨天早上渡过太湖的地方，正是黄氏父子淹没的地点。

郑氏犬

福州人奉议郎郑某，宣和中知乐平县。自乡里携一犬来，常时驯扰，不噬人。

邑有贩妇，以卖花粉之属为业，出入县舍，郑氏甚重之。尝白昼入堂，犬迎啮其乳，仆地几死。郑叱家童缚犬，念其远至，不忍杀。持以与报本寺僧。

是夜，郑被盗。后半月捕得，鞫之，乃此妇为囊橐导贼至，始悟犬之灵识，呼以归。（僧德滔说）

【译文】福州人氏郑某为奉议郎（正八品寄禄官），宋徽宗宣和年间，他当了乐平县（今属江西）的知县。他从老家带了一条狗到了任上，由于经常驯化，这狗从不咬人。

该县有一个卖东西的妇人，她借卖花粉之类的东西为生，经常出入县衙。郑家也很看得起她。有一天，大白天她来到县衙大堂，那狗扑上去咬了她的乳房，她倒在地上，差一点死去。郑家马上喊家人把狗拴了起来，但念及它从很远的地方跟来，不忍心杀它，就牵着送给了报本寺的僧人。

当天夜里，郑家失盗。过了半月，捉住了盗贼，经过审问，才知道是那妇人把贼事先藏到衙门。郑家这才明白，是那条狗很灵敏而且很有见识，于是又把它带回了家中。

后土祠梦

抚州后土祠，灵响昭著。宜黄士人邹极未第时，致祷求梦。

梦入庙，詹敬毕，转眄东壁，有大书一诗，睨而读之，既觉历历可记。诗曰：

天道本无成，明从公下生。

温黄前后并，黑暗里头行。

大十口止各，常常啼哭声。

两个齐六十，只此是前程。

邹玩其语多不佳，惧或死于疫。后以治平三年乡荐，赋题曰“天道无为而物成”，次年省试赋题曰“公生明”。列坐之次，温州人居前；黄州人居后。时亮阴罢廷对，始验前诗二联之意。

邹仕经江西提刑，盖“大十口止各”是“本路”二字。“常常啼哭声”，刑狱象也。与其妻年六十五而卒。夫四十字之微。而场屋二题，座次先后，朝家之变故，官寿之终极，与妻室之年，靡不先见。吁其异矣。

【译文】抚州（今江西临川）的后土祠（土地神的庙）非常灵验，远播四方。宜黄（今江西宜黄）的读书人邹极，没有考中当官时，曾到后土祠里祈祷，求在梦中给以明示。

晚上，他果然做了一个梦，梦中进入一座庙中，瞻拜完毕，回头看见东面墙上大字写有一首诗，他细看并读，等醒来还记得非常清楚。那首诗道：

天道本无成，明从公下生。
温黄前后并，黑暗里头行。
大十口止各，常常啼哭声。
两个齐六十，只此是前程。

邹极再三琢磨那诗，觉得语句不好，恐怕自己要死，治平三年（1066）考中乡试，题目是“天道无为而物成。”第二年到京参加省试，文章的题目是“公生明”。他坐的座位，一个温州人在他前面，一个黄州人在他后面。当年因天子居丧，取消了廷对，这时诗头两联的意思。

邹极当官，最后做到江西提刑，这正合了“大十口止各”五个字合起来即“本路”的意思。“常常啼哭声”，这是刑狱官的象征。他和妻子都活到六十五岁才去世。那四十个字虽然很少，但二次考场的题目，座次的先后，在朝廷以及家中的变化，还有做官和寿限的结局，甚至连妻的年龄，没有不是事先预见好的。大家都惊叹，这事真怪啊！

泰山府君

临川雷度，字世则，性刚介，好读书。虽名登乡贡，而不肯赴省试。

其甥蔡直夫，为永康军通判，既之官，是年九月晦，蔡妻徐氏梦人持尺书类漕台檄，徐读之竟，迨寤，但忆纸尾大书云“泰山府君雷度押。”畏其不祥，且未知度之安否。

不旬日，蔡卒，妻孥护柩以归。明年至乡里，始知度以故岁八月卒矣。泰山之梦其然乎？（右二事皆临川吴□说）

【译文】临川（今属江西）人雷度，字世则，性格刚强有骨气，喜爱读书。虽然已在地方考试获得举人资格，但不肯去参加尚书省的进士考试。

雷度的外甥叫蔡直夫，是永康军（今四川灌县）的通判。他已到那里上了任，这年九月，最后的一天，蔡的妻子徐氏梦见有人拿着一尺见方的书信，就像漕台大人发布公告的檄文一样。徐氏读那尺书，竟然一直到醒。她只记得纸的最后大字写着：“泰山府君”，还有雷度的签字画押。她很怕这个梦不好，不知道雷度是否安全健在。

没过十天，蔡直夫就死了。妻子和孩子们护着蔡直夫的灵柩回老家。第二年才回到故乡，这才知道雷度已经在去年八月死了。她做的“泰山府君”的梦不就是这样吗？

卷第十（十一事）

扫码听谦德
君为您导读

方氏女

婺州浦江方氏女，未适人，为魅所惑。每日过午，则盛饰插花就枕，移两时乃寤，必酒色著面，喜气津津然。女兄问其故，曰：“不可言人，世无此乐也。”道士百法治之，反遭困辱，或发其隐慝，曰：“汝与某家妇人往来，道行如此，安得敢治我？”或为批颊抵冠，狼狈而出。近县巫术闻之，皆莫敢至。其家扫室焚香，具为诉牒，遣仆如贵溪，告于龙虎山张天师。仆至彼之日，女在堂上见两黄衣卒来追已，初犹不肯行，卒白：“娘子无所苦，才对事毕，即归矣。”遂随以去，凡所经途皆平日所识。

俄至东岳行祠，引入小殿下。殿正北向，主者命呼女升殿。女窃视其服，紫袍红鞋，带佩鱼，全如今侍从之服。戒之曰：“汝为山魈缴绕，曲折吾已尽知，但当直述，将释汝。”

初，女被祟时，实其亡叔为媒妁。是日，先在廷下，瞬目招女，使勿言。女竟隐其事。但说魅情状及所与饮狎者。主者判云："元恶及其党十人，皆杖脊远配，永不放还，而不刺面，余五六十人，亦杖臀编管。传囚决遣，与世间不少异。

又敕两卒送女还。时家人见女仆地，逾两时，口眼皆闭，抉齿灌药，施针灼艾，俱不少，但四体不冷，知其非死也。

仆归云："既投状，天师判送东岳，限一时内结绝，故神速如此。"自是女平安如常，逾年而嫁，则犹处子也。

【译文】婺州（今浙江金华）浦江方家的女儿，还没许配人家，被鬼魅所迷惑。每天一过中午，她就打扮得很华丽，头上戴花，接着就睡。过了两个时辰才醒。醒来就见她像喝了酒一样，喜气洋洋，满面红润。这女子的哥哥问她为什么这样，她说："不能对别人说，人世上没有比那更快活的了。"家里也请道士用各种方法为她医治，但道士们反而遭到她的侮辱，她或者揭发道士的隐私，说："你和某家的妇人私下来往，道德这样败坏，怎么还敢来治我！"或者打人家的脸，打掉人家的帽子，道士狼狈而逃。邻近县会巫术的人都不敢来。她家只好打扫自己家里的房子，燃上香，写上状子，派仆人到贵溪（今属江西）龙虎山上张天师那里告状。仆人到龙虎山的那天，方氏女子在家里就看到两个穿黄衣裳的兵丁来追捕她，开始，她不愿跟兵丁走，那兵丁说："娘子，不会受什么苦，只要堂上回答完话，你就可以回来了。"于是就跟着走了。凡是路过的地方，那女子觉得都是平时见过的。

不一会儿，来到了东岳大帝的行宫，黄衣兵丁把她领到一处不大的宫殿前，那宫殿坐北向南。当家的看她来了，马上喊着升殿。方氏女偷眼看那当家的，穿紫色大袍，系红色腰带，带着金鱼佩。完全像如今世上侍从官的服装。那当家的告诫她说："你是被山中鬼怪纠缠住了，我已经都知道了，只是要你直截了当地说出来，我就会把你放了。"

当初，这女子被山鬼作祟时，其实是她死去的叔父拉媒介绍的。这天，他的叔父事先站在了殿前，使眼色给那女子打招呼，让她不要把他说出来。那女子竟然把叔叔的事隐瞒，只说山鬼们的情况以及在一起饮酒作乐的人的名字。当家的当即宣判说："主要凶犯及其党徒十几个人都用棍子打脊梁后发配远方，永远不能再回来，但是不刺面，余下的五六十人，打屁股后编在一起管制，像对囚犯一样，和人世间没有一点不同的。

那当家的又派两个兵丁把方氏女送还回家，这时，家里人看见那女子突然倒在地上，过了两个时辰，口和眼都还闭着。把她的牙撬开，灌进药去，又用针刺艾灸，她都没醒过来。但是她四肢不凉，人们知道她并不是死了。

派往龙虎山的仆人回来了，说："已经向张天师告了状，张天师决定把她送到东岳大帝那儿，限一个时辰了结此案，所以这么快。从此，这个女子像平常一样平安无事了。过了一年就嫁了人，她还是一个处女。

高教授

乡人高遹，字广声，为秦昌时婿。居于会稽外邑，与詹道子友善。

绍兴辛巳，淮上受兵，遹入城，舍于詹氏，与馆客陈确日同处，相得甚欢。隆兴二年，遹为太学录，确夫妇同梦遹来，而身绝短小。确语妻曰："不见高广声才数月，一何短如此？"俄相随入卧内，妻愠曰："高教授当识道理，为何至吾床阃间？"逐之不见。

遂惊梦，明日以告道子，时適已病因，道子方以为忧，闻其事良不怿。是夕而讣至。

明年，确妻复梦人舁柩入门，问之，曰："高官人也。"觉而语确，确心知適之来为己子，预戒产具，即日得一男。

【译文】我的同乡人高適，字广声，是秦昌时的女婿。他住在会稽（今浙江绍兴）的外城中，和詹道子非常要好。

宋高宗绍兴三十一年（1161），淮上（今江苏）遭到兵乱，高適马上搬入城中，就住在詹道子家，他和詹家的教书先生陈确每天在一起，互相都谈得很高兴。宋孝宗隆兴二年（1164），陈确夫妇同做了一个梦。梦见高適来到他家，但身材非常矮小，陈确对妻子说："和高广声没见面才几个月，他怎么变得这么矮小呢？"一会儿，高通又跟着进了陈确夫妇的卧室，陈妻很不高兴地说："高先生应当懂得做人的规矩，你怎么能来到床门里面呢？"赶他出去，就不见了。

第二天，陈确把梦告诉了詹道子，当时高適已经病得很厉害了，詹道子正为他的病发愁，听了陈确夫妇的梦，心里着实不舒服。当天晚上就有人来报丧，高通死了。

第二年，陈确的妻子又梦见有人抬着高適的棺材进了门，陈妻问他们抬的谁，他们说是高適。醒来就告诉陈确，陈确心里明白，妻子有孕快生产了，高適这时来，是要来此托生为自己的儿子，便赶快准备产具。当天，陈妻果然生了一个男孩儿。

掠剩大夫

扬州节度推官沈君，居官颇强直，通判饶惠卿尤知之。惠卿受代归临川，一府僚属出祖于瓜洲。

前一夕，沈闻书窗外人语曰："君明日禄尽马绝。"为妻子言，愀然不乐。明日将上马，马厥，子牵衣止之，沈曰："饶通判相与甚厚，方为千里别，安得不送？"策马径行，所乘马盖借于军中者，恶甚。始出城，奔而坠，足挂镫间不可脱，驰四十里，及瓜洲方止。驭吏追及之，则面目俱败，血肉模糊，不可辨识。舁归舍，气息殜殜，经一日而绝。

惠卿怜其以已死，赙钱二十万，郡遣夫力十余辈护柩归。诸人在道相顾，如体挟冰霜，或时稍息，则头辄痛，类有物击之。两旁行者皆见一绿袍官人坐柩上，执挺而左右顾，至家乃已。

后岁余，其妻阎氏白昼见旗帜奄冉行空中，一人跨白马，跕蹀而下，至则沈也。相慰拊良久，又遍呼诸子，诲以读书，耕稼之务，曰："吾今为掠剩大夫，勋业雄盛，无忆我。"翩然而去，自是不复来。阎氏之弟榕传其事。

【译文】扬州节度府的推官沈先生，当官刚强耿直，扬州通判饶惠卿深知其为人。惠卿任满离职要回临川（今属江西），全节度府的同僚们都到瓜洲送行。

头天晚上，沈先生听到窗外有人对他说："明天您的禄粮就该吃完了（指该死了）。”他把这话告诉妻子，然后他们都闷闷地不快活。第二天，将要上马时，马失蹄倒下，他的儿子就拉着衣服不让他再去了，他说：“我和饶通判友谊很深，他正要到千里之外，我怎能不送行呢？”又骑上马只管去。他骑的这匹马是从军营中借的，非常凶恶，一出城就狂奔起来，沈先生从鞍上掉下，但脚挂在镫里抽不出来，这样跑了四十多里，到瓜洲才停了下来，等驭手追上，沈先生脸面都毁了，全身血肉模糊一团，已经认不出来了。人们把他抬回家去，奄奄一息，过了一天就死了。

饶惠卿可怜他是为自己而死，拿出二十万钱为他办丧事。郡里派十几个壮汉护着灵柩往回走，其余的人在路两边互相看时，觉得身体冷得像冰霜一样，稍停了一会儿，又觉得头疼，像被东西打着。两旁的行人看见有一个穿着绿色大袍的做官人坐在棺材顶上，手拿木棍，左顾右盼，到了家里才不见了。

后来过了一年多，沈先生的妻子阎氏有一次在大白天看见空中旗帜飘摇，一个骑着白马的官人，从空中慢慢降落到地面，到跟前一看，原来是丈夫沈先生。夫妻互相抚摸着，互相安慰。好一会儿，沈先生又把孩子们都叫到跟前，教导他们要一边读书，一边种好庄稼，他说：“我现在是掠剩大夫，职务事业都很兴旺，你们不要挂念我了。”说完，像飞一样地离开了。从此以后，他没有再回来过。

阎氏的弟弟阎榕把这件事说给许多人听。

生肉劝酒

南丰曾氏为临川李氏婿。初亲迎时，舅母张氏送之，逼岁求归，李氏置酒饮别。张归而愠曰：“我在李家十数日，蒙渠主礼不为薄，但临行时，忽以生肉劝酒，使我心恶不可堪。人问其状，曰："羊一盘，猪一盘，鸭鸡各一盘。凡四品盘，各四巨碟，皆生物也。饤饾虽丰，岂复可食？"家人亦皆咄咄，曰："不谓李官人家野陋乃如此？"村妇邓八嫂实从张为客，私语人曰："安得是事？县君岂有别睹乎？"

张之夫先为光化军司理，不挈家，行久之，得讣云："死矣！"后其子归，乃言以去腊未尽三日而死，死之日，同僚随土俗具祭，用生物四大盘，其器皿各物悉与张所见同。盖张从李氏归时，司理始死受奠，千里影响，符契若是，异哉！异哉！！

【译文】南丰（今属江西）曾家的孩子做了临川（今属江西）李姓的女婿。当初，娶亲迎接时，孩子的舅母张氏去送他，年底要求回家，李家安置酒宴送别。那张氏回家后不高兴地说："我在李家十多天，受到李家主人的礼节一点也不缺，但送行的时候，他们忽然拿生肉来劝酒，我厌恶得不堪忍受。"人们问她详细情况，她说："羊肉一盘，猪肉一盘，还有鸭、鸡各一盘，总共四样菜，而且四大盘子都是生东西，桌上食物虽然很丰盛，但怎么能吃呢？"家里的人听了，也都唠叨个不停，说："没有听人说李大官人家里野蛮粗陋到这个样子啊。"有个村妇跟着张氏一起去做客了，她私下对人说："怎么有这样的事呢？莫不是张氏妇人另外见到什么了吧？"

张氏妇人的丈夫曾经在光化军任司理，上任时没带家属，走得时间长了，得讣告说，他已经死了。他的孩子回来后说，他是离腊月底三天死去的，死的那天，同僚们按照当地的风俗祭奠他，用的就是四大盘生肉。盛肉的器皿和张氏妇人在李家见到的完全一样。原来张氏从李家回来的那天，正是司理先生死后接受祭奠的时候。相距千里互相影响感念，竟然这么合拍，奇怪啊！真奇怪！

黄法师醮

魏道弼参政夫人赵氏，绍兴二十一年十月十六日以病亡。至四七日，女婿胡长文延洞真法师黄在中设九幽醮。影响所接，报应殊伟，魏公敬异之。

及五七日，复命主黄策醮。先三日，招魂入浴。幼子叔介年十二岁，以命母之切，愿自入室持幡伺视。既入恸哭，云母自幡下坐椅上，垂足入浴，盆左右所挂著衣，正举首相顾，忽焉不见，所以哀泣。

已而迎魂至东偏灵位，黄师见夫人在坐，叔介至前，即仆地曰："妈妈在此。"家婢小奴先因病肿死，亦从而至，语言甚久。黄虑鬼气伤儿神，乃布气吹其面，取汤一杯令饮，即醒，云："适往市门下看迎仙女，见数十人衣金锦袍，拥一轿，四角皆金凤，口衔金丝球。二仙童行前，捧金香炉、唾壶，到吾家门，仙女出轿，见先生再拜请符，才得符，收置袖间，却乘金毛羚羊，二童导而去。遂觉。"盖所见者，乃是夕坛上所供神虎堂追招魂魄者也。

时已五鼓，方就睡，又梦入大门，将军长丈许，金甲青靴，引而行，殿上人服青衣，戴青冠，执青圭，坐龙椅上，云："太一救苦天尊也。"闻呼第二曹，请九天司邻第一主者同坐。俄空中青云起，玉女数百捧红幡幢，迎上清官第六位至，共食仙果，叔介前观之，为异鬼，如师子形者，逼逐令去，将军叱曰：“救苦天尊请来对罪，安得辄逐？”命狱卒碎斫之。

左右天仙无数，喜戏自如。或戴碎玉花冠，动摇有声。云是狼茫冠，上天真宰下降检察地狱。将军曰：“三界各有体，天道逍遥自在，故多快乐，人事务礼法，故尚恭敬谦逊，地府治人罪，故尚威猛，正自不同。”

又闻呼都案判官，追在狱囚列廷下，约万人，皆荷铁校，传呼引第十人，直符使乘云持牒下，取牒，阔可二尺，长袤丈，径至地挟此人，同上云去，其余火轮、铜柱、铜狗、铁蛇，锻冶于前，楚毒备极。三人著公服在其中，将军曰：“一为临政酷虐，二为事父不孝，三为作监官不廉。监官乃吾弟，曾任潭州税官，盗用公家钱而逃，至今在狱。而酷虐者获罪尤重。”叔介问：“如何可救？”曰：“除是转九天生神章一万遍，即可救拔。”又引至镬汤、碚石，矞律等狱，纵观诸囚。叔介言：“敢问将军何姓？”曰：“旧在人间姓王，此间无姓。每见世人设水陆，请地府诸司，称崔判官、李判官之类，皆不肯赴，不若只称第几司第几案判官便了。”又曰：“吾得一幕次，甚窄，身却不在彼，常在坛上听指挥。不敢离一步，便一两字亦从吾手中过，然后奏上，吾一看三清，二看法师至诚，便是吃一盏白汤也，奏去，只为排得幕次不是，左右多有秽触。”又，黄衣人炷香，衣服不洁，负水人身体腥秽，一青衫小儿抱婴孩来天尊位前戏狎，天尊怒，皆追来枷了。青祠甚好宣开，地狱赦亦至，诚特以判官声雄，道字不真，有一字读作“潭”字，数人猜不出，天尊主者皆怒，已而辨之，乃“涛”字也。

主者白："请放六人！"判官密言，赦文不明白，再堕其四，只赦两人，其一则赵氏也。

将军曰："汝父常诮汝懒惰，不读书，我教汝聪明咒。云'无碍无遮广聪明，喬律莎诃无紧揭。'又《聪明偈》云：'大广天地无寻遮，三界迟奇此江海。一磨二磨转不觉，才管一觉无碍空。'戒令勿泄，每遇节序，焚香默诵百过，且谓人心如镜，须常磨，勿令尘染污，自然聪明。"又言："吾一身五职，第一，三天门下引进主者；第二，黄先生主掌文字；第三，自然山主，第四，监灰河主，第五职事微不可说。"遂引叔介至灰河，无罪者过桥，业重者解其下服，著度河裈，由河中过。岸上大枯木数株，鬼卒以所脱衣挂于上，续以车载，从桥行，及上各书姓名，窥其一标云："屠氏十娘。"

叔介欲归，拜将军曰："自到冥间，荷将军慈顾。"答曰："汝何以谢吾？实当谢汝。忆昔尝与汝同官，曾缘公累，赖汝调护，得免，至今不忘。今归时，凡此中所见所说，尽为人道之，使知省戒，无得隐情。"

揖别而行，望其家已近，母在一室，涂泽毕，令引至坛，对曰："黄先生不许孝子登坛。"母乃独登之，遍礼列位，诣黄君幕前，焚香拜曰："谢救苦。"黄法师便冉冉翔空，回首言："宿世冤家皆得解脱，汝忽复悲恼。"令从者取盂水噀叔介面，仍叱之，遂寤，天方明。自寝至觉，仅数刻，而所经闻见，连日言之不能尽。

魏公以其事物色之，盖醮筵置龙虎堂，于四厢逼近外庖，往来喧杂，炷香者，乃老卒，而汲水一兵患疥瘃。圃中儿每敖戏圣位前，皆符其语。乃告曰："白龙虎神徙位于静处，而易执事者，禁儿勿得至。"又考所谓"谭"字之误，盖词文旧语内云："或死于水涛之中"，道童书涛为淘，以唾润指揩作涛字，不甚明了，故读者误焉。

魏公自作记五千言，今摭取其大要如此。

【译文】参政魏道弼的夫人赵氏，在宋高宗绍兴二十一年（1151）十月十六日因病而死。到了"四七"祭奠这天，女婿胡长文请来洞真法师黄在中为她举行九幽大醮（最隆重的祭奠、超度亡灵的仪式），人所受到的感应很快，超度的结果尤其大，魏道弼先生对这也敬重起来，而且觉得很奇怪。

到了"五七"祭奠的这天，又让请黄法师为夫人祭奠超度。此前三日，就先招夫人的魂幡进房中沐浴。她的小儿子名叫叔介，十二岁，因为怀念母亲心情迫切，愿意自己充当执幡人，进入室内拿着幡站在一边伺候，进去以后，他就大哭起来，出来后，他说看见母亲从白幡里下来，坐到椅子上，两脚伸在浴盆里，两边挂着她穿的衣裳，他正抬头看着母亲，忽然不见了，所以才大哭起来。

过了一会儿，举行迎魂仪式，来到偏东边的灵位前，黄法师看见魏夫人在那里坐着，叔介来到跟前，当即倒在地上，说："妈妈在这儿。"魏家的奴婢有一个因病死去的，也跟着魏夫人来到。他们在一起说了好一会儿话，黄法师怕鬼气伤了孩子，就鼓了一口气，照叔介的脸上吹去，又拿来一杯汤水，让他喝下去，叔介才醒了过来，叔介叙说道："刚才找到街市的门前，看迎接仙女，看见几十个人，穿着金线绣的锦袍，抬一顶轿，轿的四角都有一只金凤凰，凤凰口中衔着金丝缠的绣球，二个仙童走在轿前，一个捧金香炉，一个捧痰盂，来到我家门口，那仙女从轿里走出来，看见黄法师就下拜，请黄法师为她画一道符箓。刚拿到符箓，就收好放在袖里。然后骑一只金毛羚羊，由两个仙童引着走了。于是就醒了。”叔介所见到的，其实是那天晚上祭坛上所奉供的神虎堂中追抬魂魄的神仙。

当时已经过了五更，叔介刚睡下，又做梦走进一个大门里，看见一个身高一丈多的将军，身穿金黄铠甲，足蹬黑靴，领着他往大殿里去。大殿上坐的人都穿黑衣服，戴黑帽子，手拿黑色圭板（古代官员礼器），坐在雕龙大椅上，将军对他说：“这是救苦天尊。”接着就听见天尊喊道：“第二部分的，去请九天司命第一主人来我这里一起坐。”不一会儿，空中出现一团青云，有几百名仙女执着红色旗幡，迎接上清官第六位仙人来到，和救苦天尊一起吃仙果，叔介上前一看，是一个很怪的鬼，形状像一头狮子。有人要赶他出去，那将军马上呵斥道：“这是救苦天尊请来一块说事儿的，怎么能随便赶走呢？”说完下令让狱卒把那人斫了个粉身碎骨。

叔介又看到，两边的天仙很多，都在自由自在地玩耍。有的戴着缀有玉石的花帽子，走动起来一摇一晃，叮当作响，有人说这叫狼茫冠。上天的主宰下来到地狱中视察。那金甲将军对叔介说：“三界之中，各有各的礼法，天上是逍遥自在的，所以很多快乐；人世间崇尚礼仪，所以提倡互相恭敬，互相谦逊；地府中是整治人的罪过的，所以到处威严凶猛，这正是各自不同的地方。”

叔介又听到有喊都案判官，要他带在狱中的囚犯到殿前，大约有一万来人，都戴着刑具。然后又传呼叫出第十人，这是一个拿传达命令的使者拿着牒令乘云而下，那牒令有两尺宽，长有丈余。他直接到地上，挟着那个人就乘云而去。其余的分别在殿前遭到火轮、铜柱、铜狗、铁蛇的打击，痛苦到了极点，其中有三个人还穿着官服，那将军说：“第一个是当官的时候残酷地虐待百姓，第二个是对父亲不孝顺，第三个是做检察官时不廉洁。那做检察官的是我的弟弟，他曾在潭州（今湖南长沙）当收税的官，盗窃公家的钱跑了，现在还在狱中。而那第一个残酷虐待百姓的人判罪最重。”叔介问：“怎样能解救他们？”将军说：“只有把《九天生神章》念一万遍，才能超度他们。”将军又把他领到用油锅炸的、石头砸的、锥子穿身的等地狱中，遍看那些受刑的囚犯。叔介问道：“请问将军，你姓什么？”那将军说：“过去在人间的时候姓王，到这里就没有姓了。过去见世上人设水陆道场，请阴曹地府各部门领头的，都叫崔判官、李判官这一类名字，他们都不愿去，不如只叫第几司和第几案的判官，这样就行了。”他又说：“我得到了一个帷帐，但很小，我不在那里住，经常在祭坛上听救苦天尊的指挥，不敢离开一步。即使是一二个字，也要先经过我的手，然后再奏上天尊看。我是一看三清真人，二看黄法师，特别真诚，即使只喝人家一碗白开水，也要奏上去，只为争得一个幕帷座次。天尊两边有不少不干净的。”再者，有一个穿黄衣服的人来烧香，衣服也不干净，有一个背水的人，浑身又腥又脏。有一个穿黑衣裳的童子抱着一个婴儿，到了救苦天尊跟前玩耍，一点礼貌也没有。天尊发怒，把这几个人都捉来上了锁枷。上奏的判决正要宣读，地狱的文书也来到了。确实是因为判官声音大，让他读，但他说字看不清，有一个字读作“潭”字，许多人猜了半天猜不出是什么意思，救苦天尊和主持判决的都发怒了。过后认真辨认那字，原来是个“涛”字。

那主持宣判的要向天尊请示，释放六个人，判官偷偷地对他说：“释放的文书写的不明确，再让四人回地狱，只释放二个人，其中一个就是赵氏。

那将军对叔介说：“你的父亲经常批评你懒惰，不努力读书，我教你几句使人聪明的咒语：‘无寻无遮广聪明、啇律莎诃无紧揭’。又有《聪明偈》这样说：‘大广天地无寻遮，三界迟奇比江海。一磨二磨转不觉，才管一觉无寻空。’”并一再告诫他，不要向外泄露。每次遇到初一十五时，就燃上香，默默背诵一百多遍。他又告诉叔介说：“人心像镜子一样。必须经常擦磨，莫让灰尘染脏，自然而然就聪明了。他又说：“我一身兼五个职务，第一个是在三清神殿中引进客人的主要负责人，第二是为黄法师祭祀时负责文字，第三是自然山的山主，第四是监察灰河的主要负责人，第五个事情微小，不值得说出来。”说完，就领着叔介来到灰河岸边，那些无罪的人都从桥上过去，罪孽很重的人，脱去下面的衣服，穿上过河的裤子，从河中渡过。河岸上有九棵枯树，鬼卒们都把脱的衣裳挂在树上，接着就用车装着他们，从桥上走。衣服上写着各自的姓名，叔介偷看，其中一件衣服上标示着“屠氏十娘”。

叔介想回家了，就对那位将军拜谢说：“我自从到幽冥世界来，受到将军的热情照顾。”那将军说：“你怎能感谢我呢，实际上我应该感谢你。回想过去，我曾和你一块做官，有一次因为公事所牵连，依靠你的调解保护，才得以免去罪过，我到现在也没忘你的恩情。你现在回去，凡是在这儿所看到的一切，都可以详细地对他人说，使人们都能省悟，规诫自己，你可不要隐瞒什么。”

他们互相拱手道别，叔介就踏上回家的路，他看到自己的家已经很近了，母亲在屋里修饰打扮，完毕后就把他领到祭坛跟前。看守祭坛的人员说：“黄法师不允许守孝的儿子上坛去。”母亲就留下叔介，一个人登上祭坛，到每位神仙面前施礼，来到黄法师的幕帷前，燃上香下拜，说：“谢谢黄法师救我出了苦海。”这时就慢慢地升上了天空，又回头说：“过去的一切冤家仇人们都已得到解脱，你也不要悲伤烦恼了。”说完，令他的随从从盂盆中取出水来向叔介脸上喷去，仍然喝叱他，叔介也醒了过来。这时天刚刚亮。

从他睡下到他醒来，仅仅几刻钟时间。但他所经历的，看到的，听到的，却是一连几天也说不完。

魏道弼先生凭他说的经历，认真观察，原来祭典作法的龙虎堂安排在西厢房，和外面的厨房邻近，往来的人多，吵闹声大，那个烧香的，是一个老兵，而背水的是一个患有皮肤病的兵士，菜园中的一个小孩经常在诸位神圣的灵位前任意游戏，这一切都符合叔介所说梦中的话。于是就告诉家里的人说，把龙虎的神位马上迁移到僻静之处，又更换了在神位前办事的人，禁止小孩子们再到神位前玩耍。他又考证所谓的“潭”字的误会，原来旧的祭祝词文中有一句“或死于水涛之中”。小道童抄写的时候把“涛”字写成了“淘”字，又用手指沾唾沫去擦，改作“涛”字，这样一擦一改，写得不明不白，所以读的人错误地读成了“潭”字。

魏道弼先生自己写了五千多字的记录，现在是只摘录其中主要的故事梗概。

朱新仲梦

朱新仲待制，绍兴二十八年守严州，梦至大山下，左右指云：“昆山也。”未几，徙宣州，宣城献地图，有乡名昆山者，谓前梦已应。又一岁徙平江，昆山正属其县。

在平江日，梦典谒报洪内翰来，亟出迎出予仲兄也。时自翰林学士奉祠居乡里。既坐，乃居东道。觉而异之。不两月，新仲罢去，仲兄实踵其后。

【译文】待制朱仲新（名翌），于绍兴二十八年（1158）当了严州（今浙江桐庐）太守，做梦来到一座大山下，左右的随从指着山说："这就是昆山。"没多长时间又调到宣州（今安徽宣城），宣城的人献上当地的地图，一看，其中一个乡的名叫昆山，只说这已经应验了在严州做的梦。又过了一年，他来到平江（今江苏苏州），昆山正属于这个县管。

在平江时，有一天白天做梦，梦到典吏来报告说，洪内翰要来了，他赶快出去迎接，原来就是我的二哥洪遵，当时我二哥是翰林学士，调任奉祠宫观官的闲职，住在乡间。一就座，竟然坐在了东道主的位上。醒来以后感到梦很怪。没到两个月，他果然免去这里的职务，接替他职务的正是我二哥洪遵。

常熟圬者

中大夫吴温彦，德州人，累为郡守，后居平江之常熟县，建第方成，每夕必梦七人衣白衣自屋脊而下。以告家，莫晓何祥也。

未几，得疾不起，其子欲验物怪，命役夫升屋，撤瓦遍观，得纸人七枚于其中，乃圬者以佣直不满志，故为厌胜之术，以祸主人。

时王显道为郡守，闻之，尽捕群匠送狱，杖脊配远州。吴人之俗，每复瓦时，虽盛暑亦遣子弟亲登其上监视，盖惧此也。吴君北人，不知此，故堕其邪计。

【译文】中大夫（五品寄禄官）吴温彦，德州（今属山东）人，经多次升迁，做到了郡守。后来就住到了平江郡（今江苏苏州）的常熟县。宅院刚刚建好，就住了进去。他每天都要做梦，梦见有七个人穿着白衣服，从房脊上跳下来骚扰他。他把梦中遇的事告诉了家里的人，大家都不知道是什么征兆。

没有多久，他就得了病，卧床不起。他的儿子想验证一下他梦中的怪物，就命劳工到房顶上，揭开房瓦，普遍检查，果然从中查得有七个纸人，原来是盖房的工匠们由于嫌工钱少，达不到他们要求，故意用符咒法术的伎俩来给房主人造成灾祸。

当时王显道是平江郡郡守，听说了这事，就把当时的工匠全捉了起来送入监狱，然后对他们拷打一番，发配边远的地方去了。吴地（今江苏江南一带）人的风俗，每当盖房上瓦的时候，即使是盛夏酷暑，也要派家中子弟亲自上到房顶监视，怕的就是工匠们埋下祸根。吴温彦是北方人，不知道这种风俗，所以才掉进了工匠们的阴谋之中。

茶肆民子

乾道五年六月，平江茶肆民家失其十岁儿，父母连日出求访，但留幼女守舍。一黄衣卒来啜茶，告云："尔家几郎使我寄语，早晚当附木筏还家。"女喜，祈客少驻，以俟父母归。坚不可，临去，又云："明日几郎自别寄信来。"遂去。

迨暮父母归，女具道其故，莫测以然，而忧其非吉语也。明旦，外传有浮尸在升平桥河岸木筏侧，奔往视之，乃所失子。傍人言，顷年一急足溺于此，则民女所见。殆其鬼乎？

【译文】宋孝宗乾道五年（1169）六月，平江（今江苏苏州）一家茶馆的居民家丢失了十岁的儿子。孩子的父母连日外出寻访查找，只留一个小女孩看家。这天，一个穿黄衣服的兵士来茶馆吃茶，给小女孩说："你家的那个男孩儿让我传话给你家，他马上就要坐木筏子回来了。"小女孩听了很高兴，希望那人再停留一会儿等父母回来，那人坚决不肯，临走的时候他又说："明天，你家男孩儿另会传信过来。"说完就走了。

到晚上父母回家，女孩把全部情况都说了，但不知道那兵丁的为何能说这样的话，而且很担心那兵丁说的并不是吉利话。第二天一大早，外面就有人传话：有一个水上漂着的尸体，在升平桥河边的木筏旁边，父母赶紧跑到那里观看，原来正是他家丢失的男孩儿，旁边有人说，去年有一个信差在这里失足淹死了。那么那小女孩儿所见到的，大概就是去年淹死的那人的鬼魂吧！

乐桥妖

平江乐桥民家女既嫁，每夕为妖物所扰，母念之切，乃与同榻卧，将伺察之。财日暮，则一人从地踊起，垂两髻于背，红襦奕然，大声如疾雷，地亦随合。凡数夕如是，以告其夫，夫穿地觅之，仅二尺许，得一铜铃，以红带系其鼻。始忆数年前，朝廷申严铜禁，故瘗铃土中，久而忘之矣，即击碎弃之，女疾遂愈。

【译文】平江（今江苏苏州）平桥镇的一家居民的女儿，已经决定出嫁了，但每天晚上被一个妖怪骚扰。她的母亲很挂念，就来和女儿一张床睡。准备趁机察看究竟是什么妖物。天刚黑，就看见一个人从地下冒出来，那人两个发髻垂伸到背上，头上的红带子非常鲜亮，喊起了声音大得像雷响。出来地就合上，待她进去又合上，这样一连几夜。就把情况告诉了她的丈夫，她丈夫就挖开土地，找找那个妖物。才挖了两尺深，挖到一个铜铃，用红带子系着鼻儿，他这才想起，几年前朝廷上禁止民间用铜器，所以就把家里的铜铃埋入地下，时间一长就忘了。他当即把铜铃砸得粉碎，抛到一边。那女孩儿的病也就好了。

刘景文

承议郎任随成，刘景文甥也，言景文知忻州时，每数日辄一谒晋文公祠，至必与神偶语，移时乃出，神亦时时入郡，郡吏见景文闭阁与客语，则神至也。

他日于广坐中，谓一曹掾曰："天帝当来召君，君即去，吾且继往。"坐客相视失色。未几，掾果无疾而逝，景文亦相继亡。经夕蹶然复醒，索笔作三诗。诗成，语家人曰："吾今掌事雷部中，不复为世间人矣！"瞑目竟死。其一章云：

中宫在天半，
其上乃吾家，
纷纷鸾凤舞，
往往芝术华。
挥手谢世人，
竦身入云霞。
公暇咏天海，
我非世人哗。

二章云：

仙都非世间，
天神绕楼殿。
高低霞雾匀，
左右虬龙遍。
云车山岳耸，
风鞶天地擅。
从兹得旧渥，
万动毫端变。

其三云：

从来英杰自消磨，
好笑人间事更多。
艮上巽中为进发，
一车安稳渡银河。

其语皆不可晓。予案，《东坡集》景文方隰州守以没，此云忻州，恐非，何远《春渚纪闻》云："景文梦文父公之代而卒。"其说不同，坡公称景文诗句云："'四海共知霜鬓满，重阳曾插菊花无。'其清警如此。"今三诗乃尔生死之隔，一至是乎？

【译文】任承议郎（寄禄官、从七品）的任随成，是诗人刘景文的外甥。他说，刘景文任忻州（今属山西）知州时，每几天就要去拜谒一次晋文公重耳的祠庙，每次到那时，都要和神人窃窃私语，过一个时辰才出来。那神人也经常到郡守衙门中。衙门中的差吏们只要看见刘景文把门关起来和客人谈话，那就一定是神人来到了。

有一天，刘景文在大庭广众之下对一个在衙门里干事的属员说："天上的玉皇大帝要来召你上天去，你去后，我也跟着就去了。"在座的人互相看看，惊异得脸色都变了。没几天，那位属员果然没病就死了。刘景文也相继逝去。过了一夜，刘景文又突然活了过来，命人取过笔墨，作了三首诗。诗作成之后，对家里人说："我现在在天上雷部里掌管事务，不再做世上的人了。"说完眼一闭就死了。第一首诗是：

玉皇大帝住的中宫在半空中，
它的上面就是我的家啊，
在那里有鸾凤翩翩起舞，
往往有灵芝和术草美丽而芳香。
我撒手而去告别了人事，
身体一伸就到了云霞之中。
你们没事时可以随便吟唱天空海洋，
我却不能像在人间那样大声喧哗了。

他的第二首诗说：

神仙住的地方不是人间可以攀比的，
天神们都围着玉宇琼楼自由自在。
高处低处都是云蒸霞蔚，雾飘楼台，
两边周围有许多蛇龙到处游转护卫。
我们雷公部门的车出行，像山岳高大，
大风一起，整个天地都成了一统。
从此我得到了过去那优厚的待遇，
人间万变，我这里仅仅是毫发一动。

他的第三首诗是：

从来英雄都是自己消磨自己，
可笑人间的闲事就更多了一点。
在艮位之上，在巽位之中，
这样可以更好地向前发展，
好比架着一辆平稳的车子，
可以平安无虞地渡过银河。

语中的意思很多人不理解。据我考证，《东坡文集》中说，刘景文是在隰州（今山西隰县）死去的，这里说忻州，恐怕错了。何远在《春渚纪闻》中说：刘景文是做梦做了晋文公的代理人才死的，他的说法和这里又不一样。苏东坡曾称赞刘景文的诗句“四海共知霜鬓满，重阳曾插菊花无”说写得清新而惊人。现在这三首诗，也许是在他生死关头的感叹，所以竟然这样难解。

雍熙妇人词

姑苏雍熙寺，每月夜向半，常有妇人来往廊庑间歌小词，且笑且叹，闻者就之，辄不见。其词云：

满目江山忆旧游，
汀洲花草弄春柔，
长亭舣住木兰舟。
好梦易随流水去，
芳心空逐晓云愁，
行人莫上望京楼。

好事者往往录藏之。士子慕容岩卿见而惊曰：“此予亡妻所为，外人无知者，君何从得之？”客告之故，岩卿悲叹。此寺盖其旅榇所在也。

【译文】姑苏（今苏州）雍熙寺里，每当月明星稀夜晚过半的时候，经常有一个妇人在走廊里走动着唱小词，一会儿大笑一会儿叹息。听到的人去接近她，但马上又不见了。她唱道：

满目江山忆旧游，
汀洲花草弄春柔，
长亭舣住木兰舟。
好梦易随流水去，
芳心空逐晓云愁，
行人莫上望京楼。

喜爱多管闲事的人听了往往记录下来，藏在身上，在外面拿出来吟唱。有一个叫慕容岩卿的读书人，见了别人拿的这首词，马上吃惊地说：“这是我死去的妻子生前创作的，外面的人并不知道，您从哪里得到的。”那人就把在雍熙寺里听妇人吟唱的事给他说了。慕容岩先生听了，悲伤地叹息起来。原来，这个寺是他妻子的灵柩所暂且停放的地方。

卷第十一（十六事）

李铁笛

饶州道士曹与善，政和中以道学上舍贡于京师，与河北李陶真道人相识，李好吹铁笛，盖放浪不羁之士也。

曹后归乡里，宣和三年为神霄宫副。李从京师来见之，有一马置于四十里店民家，时以荐福寺为宫，每吹笛宫门，则马不烦仆御而自至。往来月余，一旦告别，会曹入城。李来不相值，彷徨良久，顾道童周永真索笔砚，题诗壁间云："一别仙标历四春，神霄今复又相亲。炉中气候丹初熟，匣里光芒剑有神，未驾鸾舆朝碧落，且将踪迹傲红尘。乘风暂过羌庐去，异日相期拜紫宸。"书其后曰："潜真散人潇湘访曹副官不遇留题。"方掷笔，曹适归，永真以告，而李已不知所在矣。

明年，一客白袍皂绦，貌甚古，入曹之室，视壁间字，问谁所书，永真言："李陶真先生也。"客笑曰："九百汉。"亦索笔书对壁，自称"道人李抱一"，云："一粒金丹续命基，算来由我更有谁。神然移入云端去，彩凤拷归地母骑。溟涬浪中求白雪，昆仑山里采琼枝。只消千日工夫足，养个长棱八角儿。”书毕即去。

后三年，又有姓崔者来，读二诗大笑。时永真亦在旁。崔瞪视移时，咄曰：“汝师曾食肉乎？”曰：“然。”曰：“非汝买与之耶，安得如是？”连捽其耳，复掴之仆地，径趋出。初，永真性蒙钝，及是觉聪明颇开。后易名彦昭，为道士。

二李之诗尝刻石于宫。靖康中，神霄废，复为荐福，石为僧所毁。曹与善至八十五岁，乾道四年方卒。（周说）

【译文】饶州（今江西波阳）道士曹与善，宋徽宗政和年间（1111—1118），以道学上舍的身份被举荐到京城，在京城里，他结识了河北道人李陶真。李陶真喜爱吹铁笛，是个放浪不羁的人。

后来曹与善返回乡里，宋徽宗宣和三年（1121），曹与善在神霄宫任宫副。李陶真从京城前来拜见曹与善，李陶真有一匹马放在离神霄宫四十里处的一个店民家里，当时是把荐福寺改成了神霄宫，李陶真在神霄宫门前吹响铁笛，那匹马不用仆人赶送便自己来到神霄宫接李陶真。就这样，李陶真和曹与善来往了一个多月。有一天，李陶真来到神霄宫与曹与善告别，但曹与善却进城去了。李陶真没能见到曹与善，彷徨许久，他向道童周永真要来笔、砚，在墙壁上题写了一首诗：“一别仙标历四春，神霄今复又相亲。炉中气候丹初熟，匣里光芒剑有神。未驾鸾舆朝碧落，且将踪迹傲红尘。乘风暂过羌庐去，异日相期拜紫宸。”又在诗后写道：“潜真散人潇湘访曹副官不遇留题。”李陶真刚写完，曹与善碰巧也返回神霄宫了，周永真告诉曹与善说李陶真来了，但这时李陶真已不见了。

第二年，有一个身穿白袍皂绦、相貌甚古的客人进入曹与善的室内，他看到墙上题的诗后便问是谁写的，周永真说："这是李陶真先生写的。"客人笑着说："九百汉。"客人也要来笔，在对面的墙上写了一首诗，这个客人自称"道人李抱一"，他写的诗是："一粒金丹续命基，算来由我更由谁。神龟移入云端去，彩凤抟归地母骑。溟涬浪中求白雪，昆仑山里采琼枝。只消千日工夫足，养个长棱八角儿。"客人写完便走了。

三年之后，又有一个姓崔的人来到神霄宫，他读了墙上写的两首诗后大笑起来。当时周永真也站在旁边。崔某盯着周永真看了许久，斥问周永真道："你师傅曾经吃过肉吧？"周永真说："是的。"崔某又说："不是你买了肉送给你师傅的吗，怎么能这样做呢？"崔某接连揪拧周永真的耳朵，之后又用巴掌把周永真打倒在地，崔某便径直走出神霄宫。当初，周永真性情愚钝，到了现在忽然省悟，变得十分聪明。后来，周永真改名为彦昭，做了道士。

李陶真、李抱一所写的诗曾经刻在神霄宫中的石碑上。宋钦宗靖康年间（1126—1127），神霄宫被废，又改成了荐福寺，刻写诗文的石碑被寺僧毁坏了。曹与善活到八十五岁，到宋孝宗乾道四年（1168）才死去。

朱氏乳媪

乡人朱汉臣，宣和中为太学官。其乳母死，槁殡于僧庵，及还乡里，不暇焚其骨。朱妻弟李元崇景山，入京舍客馆，梦老妇人彷徨室中，明夜又梦，且泣诉曰："我朱家乳母也，不幸客死，今寄某坊某庵中，甚不便，愿舅挈我归。"李曰："庵中菆柩不少，何以为志？”曰：“在庵之西偏，冢上植竹两竿，南者长而北者短，柩上所题字尚存。索之当可得。”李既觉，不复寝，急取纸笔书之。

迟明往访，寻至其处，如所言。以告僧，出柩而焚之，裹遗烬付一仆。僧因言：“此中瘗者以百数，初来时，每夜闻歌叫嘻謔声，终则多叹泣。至明，所供器或东西易位。月夕尤甚，殆不安寝。今久矣，亦不复畏也。”

李归番阳，未至之三日，朱氏梦妪来，有喜色，曰：“久处异乡，殊寂寞，赖李二舅挟我归，将至矣。”一家皆为哀叹，遣人迎诸途，盛僧具以葬焉。

【译文】乡人朱汉臣，宋徽宗宣和年间（公元1119—1125年）任太学官。朱汉臣的乳母死后，寄葬在一个寺庙里。朱汉臣返回家乡时，没来得及焚烧他乳母的尸骨。朱汉臣的妻弟李元崇，有一次进京城，住在一个客店里。一天夜里，李元崇梦见一个老妇人在他住的房屋里走来走去，第二天夜里，李元崇又梦见了那个老妇人，老妇人哭着对李元崇说：“我是朱汉臣家的乳母，不幸客死在京城里，现在我寄居在某坊某庵中，很不方便，希望你把我带回家乡。”李元崇说：“庵中的灵柩很多，你的灵柩可有什么标记？”老妇人说：“我的灵柩在庵的西边，坟墓上栽有两根竹子，南边那一根长些，北边那一根较短，灵柩上题写的字迹还在，你到庵中应当能找到我的灵柩。”李元崇醒后便没再入睡，他急忙拿出纸和笔，记下了梦中的事。

天一明，李元崇便前往庵中，找到殡葬朱汉臣乳母的地方，一切都跟梦中妇人所说的一样。李元崇便把梦中的事告诉了庵中的僧人，之后就把朱汉臣乳母的灵柩取出来烧掉了，把烧剩的灰烬包起来交给一个仆人。寺僧对李元崇说："这里的坟墓数以百计，我刚来这里的时候，每天夜里都能听到鬼魂的戏谑、嬉笑和叫喊声，最后大多鬼魂都悲叹、哭泣，到了天明，头一天供奉的器具物品有些竟变动了位置。月夜里鬼魂闹腾得厉害。我几乎不能安然入睡。现在我在这里住的时间长了，也就不再害怕了。"

李元崇返回番阳，但还没回到番阳的前三天，朱汉臣梦见乳母来，乳母面带喜色，她对朱汉臣说："我久居他乡，十分寂寞，幸而你妻弟李元崇把我带回家来了，我即将到家了。"朱汉臣全家都为乳母哀叹，朱汉臣便派人到路上去迎接乳母的尸骨，把乳母的骨灰装殓起来埋葬了。

华严井鬼

刘彦适登第归，与其弟设水陆斋于永宁寺泗州院，会散，宿院中。阇黎僧继登督其徒收拾供具，见客户不闭，责问僮奴，皆云二刘掩关寝久矣。秉烛巡视，室空无人，衾裯亦不见，疑为它往，而三门又已扃钥。登咤曰："必华严鬼也。"亟命取铃杵往访焉。

先是，西廊华严院一行者，合缢于院后井旁栗树上，时出为物怪。继登过西边得遗被，及华严墙畔又得一履。院僧熟睡，排闼而入，径趋井所，二刘果对坐井上，互举手推挹为逊让之状，即扶以归。

既醒，扣其故，曰："终夕倦局，恰登床欲寝，而行者来传阇黎之意，云夜尚早，正煎汤相待，幸可款语。遂随以行，了不知墙壁之留碍。俄闻妇人歌笑声，朱门华屋，赫然焕耀。或导使入门，念兄弟同行，义难先后，方相撝避，忽冥然无所睹。非师见救，皆堕井死矣。”彦适，字立道。

【译文】刘彦适科举及第后返回家乡，和他的弟弟一起在永宁寺泗州院设水陆斋向鬼施食，散后他们兄弟二人便在泗州院住下了。高僧继登督促他的徒弟们收拾供具时，发现刘彦适兄弟所住房间的门没有关闭，继登便责问他的徒弟们，他的徒弟都说刘彦适兄弟已关上门入睡好久了。继登便打着火把前去巡视，一看刘彦适兄弟所住的房间里空无一人，床上的铺盖也都不见了，继登怀疑刘彦适兄弟搬到别的房间去住了，但其余的三个房门又都从外面锁着，继登颇为惊诧地说：“一定是华严院的鬼把刘彦适兄弟二人骗走了。”继登急忙让他的徒弟拿着铃杵前往华严院找寻刘彦适兄弟。

在这之前，西廊华严院有一个行者吊死在院后边一个井旁的栗树上，之后行者的鬼魂时常出来作怪。继登在去华严院的路上，拾到了刘彦适兄弟丢弃的被子，到了华严院的墙边又拾到一只鞋。华严院的僧人都睡得很死，继登叫不开门，于是继登和他的徒弟们便推门而入，直奔井边，刘彦适兄弟果然面对面坐在井上，相互用手推着好像是在相互谦让。继登和他的徒弟们把刘彦适兄弟扶回了泗州院。

刘彦适兄弟二人醒过来之后，继登便叩问他们去华严院的缘故。刘彦适说：“夜里斋会散后我们都很疲倦，刚刚上床想入睡，有个行者来传高僧的话说：“高僧以为天色尚早，正在煎汤等着我们一同吃晚饭，希望能在一起畅谈。于是我们就跟着行者走了，全然不知墙壁阻碍。片刻，听到妇人的歌笑声，我们面前呈现出红漆大门和华丽的房屋，气势颇为壮观。有人引着我们进门，我们念及兄弟同行，相互谦让，都想让对方先进门，我们正在推让时，忽然间一片漆黑，什么也看不到了。如果不是大师你前去救助，我们都将堕入井中被淹死。”刘彦适，字立道。

施三嫂

州民张元申所居通逵，与董梧州宅相对。董氏设水陆，张梦女侩施三嫂来，曰：“久不到君家，今日蒙董知郡招唤，以众客未集，愿假馆为须臾留。”张记其已死，不肯答。又曰：“曩与君买婢，君约谢我钱五千，至今未得。我怀之久矣，非时不得至此，幸见偿。”张寤而恶之。

明日，买纸钱一束，焚于澹津湖桥下。夜复梦曰：“所负五千而偿不□百，傥弗吾与，将投牒讼君，是时勿悔也。”张不得已，如其所须之数，举以付寺僧使诵经。既而叹曰：“数与鬼语，更督无名之债，吾岂不久于世乎！”然其后八年乃死。

【译文】梧州（今广西梧州）平民张元中的住宅与梧州郡守董氏的住宅相对。有一天，董家做佛事超度鬼魂，张元中梦见女侩施三嫂来到他家对他说：“我好久没到你家来了，今天承蒙郡守董氏邀请前去赴宴，因为众多客人尚未到齐，所以我到你这儿来了，希望你让我在你这儿停留一会儿。”张元中记得施三嫂已经死了，因此他不肯答复施三嫂。施三嫂又说：“过去我给你买奴婢，你曾约定酬谢我五千文钱，但至今我还没拿到钱。我早就想拿到这些钱了，但不是合适的时候我不可以到这儿来，希望你能偿还这些钱。”张元中醒后非常厌恶梦中之事。

第二天，张元中买了一束纸钱，拿到澹津湖桥下面烧了。夜里，张元中又梦见施三嫂对他说：“你欠我五千文钱，但你只花了不足百文钱来偿还这笔债，如果你不给我五千文钱，我将去控告你，到时候你可别后悔。”张元中没有办法，只得按施三嫂索要的钱数，拿去交给了寺僧，让僧人为他诵经消灾。其后，张元中叹息道：“几次跟鬼说话，鬼魂又向我索要无名之债，难道我快要死了吗！”然而此后张元中又活了八年才死。

胡匠赛神

番阳民俗，杀牲以事神，贫不能办全体者，买猪头及四蹄享之，谓之头足愿。

木工胡六病，其妻用岁除日具祷赛，置五物釜中俟巫者。会节序多祀事，巫至昏乃来，妻遣女取馔。奔而还，告母曰：“母自往取之，儿欲视吾父。”色殊怖沮。母至厨，发幂举肉，亡其一蹄矣。仓黄不暇究，但别买肉以补之。既罢，女始言：“适欲入厨，见黑物贸贸，彻屋上下，了不能辨其状，故惊而出。”后数日，胡匠死。

【译文】番阳民俗，宰杀牲口以供奉神灵，家境贫困而不能置办整个牲口的人家，常常买一个猪头和四个猪蹄来供奉神灵，这叫作“头足愿”。

木工胡六生病了，胡六的妻子在除夕这一天准备祭祀神灵，她把猪头和四个猪蹄放在锅里，等候巫婆到来。因为是除夕节，祭祀之事很多，巫婆到天快黑时才来到胡六家。胡六的妻子让女儿去拿取供品，不大功夫，胡六的女儿从厨房跑回来对她妈说："母亲自己去厨房拿吧，我想去看我父亲。"胡六的女儿神色显得十分恐惧而又沮丧。胡六的妻子到厨房打开锅盖儿去拿肉，一看少了一只猪蹄。因为慌忙，胡六的妻子也没功夫去追究少猪蹄的事儿，只是另外买了个猪蹄补齐供品。祭罢神灵，胡六的女儿才说："刚才我正要进厨房，看见一个黑乎乎的东西，跟厨屋一样高低，全然不能分辨它的形状，因此我感到惊恐，便跑出来了。"几天之后，胡六就死了。

赵哲得解

鄱阳县吏李某，乾道四年七月，梦出城过东岳行宫：道上见故同列抱文牍从中出，告曰："此本州今秋解试榜，来送岳帝。"李问："吾所亲及乡里何人预荐？"曰："但有君巷内赵哲一人耳。"梦中思之，无此子，以为疑。其人曰："赵医秉德之子也。"李曰："此吾近乡，熟识之。渠名中兴，非哲也。"曰："吾言不妄，君当自知之。"送去。

时此吏死数年矣。李异之，出诣赵，欲话其事。遇诸途，赵曰："吾已纳保状。夜梦人相劝云：'朝廷方崇太平之业，而子尚名中兴，又与国姓同，不可。能易之乃佳。'吾甚惑此梦，今将谋之朋友。"李大笑，具道所见，使改名哲，且曰："子若荐送，吾以女嫁子。"是岁，哲果登名于春官，李遂纳为婿。

【译文】鄱阳县（今江西波阳）县吏李某，宋孝宗乾道四年

（1168）七月，梦见自己出城经过东岳行宫，李某在路上看见过去的一个同事从行宫中抱着文书出来了。同事对李某说："我拿的这些文书是本州今年秋季的解试榜，来送岳帝。"李某问他的同事："我的亲戚以及邻居家，有谁被举荐上了？"同事说："只有与你住同巷的赵哲一个人。"李某在梦中想了想，并没有人叫赵哲，李某感到疑惑。李某的同事又说："赵哲是医生赵秉德的儿子。"李某说："赵秉德是我的近邻，我非常熟识他家的人。赵秉德之子叫赵中兴，不叫赵哲。"同事说："我说的并不错，你会知道详细情况的。"

当时李某的这个同事已死去几年了。李某觉得梦中的事很奇怪，他便前去拜见赵中兴，想把梦中之事告诉赵中兴。在路上，李某碰到了赵中兴。赵中兴说："我已经交纳了应试的保状。昨天夜里梦见有人劝告我说：'朝廷目前正在夸耀太平盛世，而你却还以中兴为名，你又与大宋皇帝同姓，你不能叫中兴。如果你能够改改名字就好了。'这个梦让我困惑，我现在去找朋友商议改名之事。"李某听后便大笑起来，于是李某就把梦中之事全都告诉赵中兴了，让他改名为赵哲。李某还对赵中兴说："如果你能被举荐上，我就把女儿嫁给你。"这一年，赵哲果然被举荐上了。于是，李某就把女儿嫁给了赵哲。

白衣妇人

宣和中，乡人董秀才在州学，因如厕，见白衣妇人徘徊于前。问其故，曰："我菜圃中人也，良人已没，藐然无所归。"董留与语，且告以斋舍所在。

至夜遂来并寝。未几，得疾。同舍生或知之，以白教授。教授告其室责之曰：“士人而为异类所冯，何至此？”扣其所有，曰：“但尝遗一衵服。”取视之，秽而无缝。命投诸火，遣诸生踪迹焉。一者圃曰：“向者小儿牧羊，一牝羊坠西廊井中，不可取。今白衣而出，岂其鬼欤？”呼道士行法，咒黑豆投于井，怪乃绝不至。然董亦死。

【译文】宋徽宗宣和年间（1119–1125），乡人董秀才在州学读书。有一次，董秀才去厕所时看见一个白衣妇人在前面徘徊，董秀才便上前询问缘故，白衣妇人说：“我是菜园里的人，我的丈夫已经死了，因此我不知道该到什么地方去。”董秀才便停留下来与白衣妇人说话，并且把自己的住处告诉了白衣妇人。

到了夜晚，白衣妇人便到董秀才处和董秀才同床。不久，董秀才就生病了。和董秀才住在一起的学生知道董秀才为何得病，便去对教授讲了。教授来到董秀才的住室，责怪董秀才说：“你是读书人，竟然被妖怪所欺凌，真是岂有此理！”教授接着叩问董秀才可留有白衣妖妇的什么东西，董秀才说：“她只留下了一件贴身衣服。”拿来那件衣服一看，脏而无缝。教授便命令董秀才把衣服拿去扔进火里烧掉，教授又派了几个学生查找妖物踪迹。有个老菜农说：“过去我的小孩儿放羊时，有一头母羊坠入西廊的井里去了，没能把羊从井口打捞出来，现在穿着白衣出去的妇人，难道是那头母羊的鬼魂吗？”于是他们便请道士来行法除妖。道士拿着一粒黑豆念完咒语之后把黑豆投入井中，之后妖怪便灭绝了。但是董秀才也死了。

锦香囊

德兴县石田人汪蹈，绍兴十六年，延上饶龚滂为馆客。书室元设两榻，龚处其东，虚其西以待外客之至者。

秋夜，龚已寝，灯未灭。觉西榻窸窣声，俄有妇人揭帐出，宝冠珠翘，瑶环玉珥，奇衣袨服，仪状瑰丽，图画中所未睹，径前相就。龚喜惧交怀，肃容问之曰："君何人，何自至此？"曰："中丞不须问。"龚曰："吾布衣也，安得蒙此称？"曰："君明年登名乡书，即擢第，前程定矣。"遂留宿。

鸡初鸣，洒泣求去，解所佩锦香囊为别，曰："谨秘此物，无得妄示人，苟一人见，即不复香矣。过四十年，当复来取之。"恋恋良久，携手出户，仰视天汉，指一大星曰："此我也。"方谛观次，有物如白练自星中起，下垂至地，妇人即登之。既去丈余，回顾曰："郎亟反室，脱有问者，勿得应。违吾言，将致大祸。"遂冉冉上腾而灭。龚凝伫詹慕，不忍去，忽思向所戒，急归闭关。未一息，闻人击户，拒不答，怒骂而去。

至明，视所遗囊，文锦烂然，非世间物。中贮一合如玳瑁，以香实之，芳气酷烈，不可名状。具以语汪翁。汪婿王庆老，屡求观不得，乘醉发笥偷玩，香自此歇矣。龚果自此登科，所谓中丞之祥，未知信否。

予族人绂代龚为馆，见汪翁道此。

【译文】德兴县石田人汪蹈，宋高宗绍兴十六年（1146），请上饶人龚滂作馆客。汪蹈的书屋内原来设置了两张床，龚滂住在东边的床上，西边那张床空着留待客人来了住。

秋季的一天夜城，龚滂已经就寝了，但尚未熄灯。龚滂听见西边那张床上有细小的摩擦声，不大功夫，有一个妇人掀开床帐出来了，那妇人头戴珠宝，耳佩玉环，奇装异服，仪表瑰丽。龚滂在画中也从未见过这样有魅力的妇人，那妇人径直上前与龚滂亲近。龚滂又惊喜又害怕，便沉着脸问那妇人："你是什么人，从哪儿到这儿来的？"妇人说："龚中丞不必盘问这些。"龚滂说："我是个平民百姓，你怎么能称我是中丞呢？"妇人说："你明年将科举及第，你的前程已定。"于是龚滂便留妇人住下了。

鸡叫头遍时，妇人流着眼泪与龚滂辞别，她解下身上佩带的锦香囊赠给龚滂并对龚滂说："你小心藏好这个香囊，不要拿给别人看，如果有一个人看见了这个香囊，它就不再散发香味了。四十年之后，我会再来取走香囊的。"两个人恋恋不舍，过了许久，他们便携手出门，抬头仰望星空，妇人指着一个大星对龚滂说："这个星星就是我。"龚滂正在仔细观看那颗星星的时候，有一个白练形状的东西从那个星星垂落下来，直落到地上，妇人便登上白练走了。妇人上到离地一丈多高时，又回头对龚滂说："你赶紧回住室去，倘若有人叫你，你不能答应。如果你不听我的话，将招致大祸。"说完之后，妇人就冉冉升腾而去了。龚滂伫立在原地凝神观望，不忍离去，忽然想起妇人刚才告诫的话，龚滂便急忙返回住室关上房门。不大一会儿，龚滂听见有人来敲门，他默不作声，敲门的人骂着走了。

到了天明，龚滂拿出妇人留下的香囊来看，只见香囊的色彩鲜艳灿烂、光彩照人，不是人世间的凡物。香囊中有一个玳瑁样的盒子，里面装满了香料，芳香味十分浓烈，难以用言语来表述。龚滂把这一切都对汪蹈讲了。汪蹈的女婿王庆老，多次要求看看那个香囊，但龚滂不让他看。于是王庆老便趁着酒醉时偷偷打开龚滂的箱子偷看了香囊，从此以后香囊的香味便消失了。后来，龚滂果然科举及第了，但妇人所说的龚滂将官至中丞，不知道是否能应验。

我的同族洪绂替代龚滂作了汪蹈的馆客，汪蹈讲述了这个故事。

牛疫鬼

绍兴六年，余干村民张氏家已寝。牧童在牛圈，闻有扣门者，急起视之。见壮夫数百辈，皆被五花甲，著红兜鍪，突而入，既而隐不见。及明，圈中牛五十头尽死。盖疫鬼云。

【译文】宋高宗绍兴六年（1136），余干村民张氏一家已入睡。张氏的牧童住在牛圈里，牧童听见有人敲门，急忙起来看视。牧童看见几百个粗壮汉子，全都披着五花甲，戴着红头盔，牧童一开门他们便急速冲进牛圈，转眼间这些粗壮汉子都不见了。到了天明，圈中的五十头牛全都死了。夜里牧童看见的粗壮汉子大概是疫鬼。

牛媪梦

乐平县杭桥市染工程氏，梦老媪来曰：“负君家钱若干，除已偿还外犹欠若干，幸余一屋可以充数，今别君去矣。”再拜而辞。既寤，闻二牝牛死于空屋中。剥货得钱，如梦告之数。

【译文】乐平县（今属江西）杭桥市染工程氏，梦见一个老妇人对他说："我欠你家多少多少钱，除去已经偿还的，还欠你多少多少，幸而遗存一间房屋，可以用来抵偿债务。现在我要离你而去了。"老妇人拜了两拜便离去了。程氏醒后，听说一头母牛在一间空屋中死了。程氏便把死牛剥了剥卖了。卖死牛所得的钱数，正是梦中老妇人所说的数目。

程佛子

德兴县新建村居民屋后二百步有溪，程翁每旦必携渔具往，踞磻石而坐，施罔罟焉。年三十时，正月望夜，梦人告曰："明日亟去钓所，当获吞舟鱼。"觉而异之。

鸡鸣便往，久无所睹，自念："梦其欺我欤！"忽光从水面起，照石皆明；掬水濯面，澄心谛观，但有大卵石，白如雪，光耀粲烂，一举网即得之。持以归，妇子皆惊曰："尔遍身安得火光？"取置佛桌上，一室如昼。妻窥之，乃如乾红色，顷刻化为带，长三尺，无复石体，益惊异。炷香欲爇间，大已如楹，其长称是。惧而出，率家人列拜。

俄屋中膈膊声，穴隙而望，如人抛掷散钱者。妻持竹畚入，漫贮十余钱，方持行，已满畚矣。小儿女用它器物拾取，莫不然。良久，遍其所居。或掷诸小塘，未称时亦满。

其物在室中连日。翁拜而祷曰："贫贱如此，天赐之金已过所望。愿神明亟还，无为惊动乡闾，使召大祸。"至暮，不复见。而柱下踊一牛头，摇耳动目，俨然如生；明日乃寂然。

程氏由此富赡，每岁必以正月十六日设斋饭缁黄，名曰龙会斋。翁颇能振施贫乏，里人目为程佛子。绍兴二十九年，寿八十三岁而卒，其孙亦读书应举。

【译文】德兴县新建村居民程氏的房屋后边两百步处有一条河，程翁每天都拿着渔具到河边去，蹲坐在河边的石头上，在河里设置鱼网捕鱼。程翁在三十岁那年的正月十五夜里，梦见有人对他说："明天你趁早到钓鱼的地方去，你应捕到一个吞舟鱼。"程翁醒生觉得这个梦很奇怪。

鸡一叫，程翁便到河边去了，但过了很久什么也没看到。程翁心里想道："这个梦大概是骗我的吧！"忽然间从水面上闪出一道强光，把河边的石头都照亮了。程翁捧了一捧水洗了洗脸，专心仔细地观察着水面，只见有一个大卵石，像雪一样白，光亮灿烂，程翁一提鱼网便捕到了大卵石。程翁把大卵石带到了家里，程翁的妻子和孩子见到程翁都感到惊奔，程公的妻子问："怎么你全身都有火光？"程翁取出大卵石放置到佛桌上，房间里顿时通明。程翁的妻子仔细观看大卵石，似乎是乾红色的。顷刻之间大卵石变成了带状，有三尺来长，并且不再是石头了，程翁的妻子更加惊异了。程翁拿出香正要点燃时，大卵石变成的带状物已像柱子一样长了。程翁十分恐惧，慌忙跑出来了，他急忙带着全家人列队叩拜。

过了一会儿，程翁听到屋里有辟剥的响声，从墙缝中往屋里一看，好像有人在抛撒散钱。程翁的妻子拿着竹畚进入屋里。随便拾了十多个钱放入竹畚中，刚端着竹畚准备出来，竹畚中已装满了钱。程翁的儿子、女儿用其他器皿拾钱，都是放进去几个钱，器皿中马上就装满了钱。过了些时候，屋里到处都是钱。程翁拿一个钱扔到一个小池塘里，不大功夫小池塘里也装满了钱。

大卵石所变之物在屋里停留了数日。程翁一边叩拜一边祷告说："程某原本十分贫困，上天恩赐的钱财已经超过了我所期望的数目，乞求神灵从速返回，以免惊动乡邻而给我招来灾祸。"到了天快黑的时候，大卵石所变之物已经不见了，但柱子下面却出现一个牛头，牛耳牛眼都会动，宛如活牛一样。第二天，屋里便安静了。

程翁从此便富裕了，他每年都要在正月十六这天设斋招待僧人和道士，程翁称之为龙会斋。程翁还能慷慨救济乡邻里的穷人，人们称程翁程佛子。宋高宗绍兴二十九年（1159），程翁死去，他死时是八十三岁，他的孙子已经在准备参加科举考试了。

芝山鬼

芝山在城北一里左右，前后皆墓域，僧寺两庑丛柩相望，风雪阴雨辄闻啾啾之声，盖鬼区也。

绍兴十六年，通判任良臣伯显丧子，入寺设水陆。夜未半，阖寺闻山下戏笑往来，交相问劳。程祠部守墓仆自支径黄泥路口归，逢三人同行，厉声曰："吾辈以寺中会集，见召而往。汝何为者，而敢至此？"追逐欲殴之。仆奔窜，适有篝火从寺出者，乃得脱。

【译文】芝山在城北一里左右处，山前山后都是坟墓，山寺两侧的房屋里放满了灵柩，遇到风雪阴雨天，常常能听到啾啾之声，芝山一带是鬼魂活动的区域。

宋高宗绍兴十六年（1146），通判任良臣的儿子死了，任良臣到芝山的寺庙里举办水陆佛事，向鬼施食。还不到半夜，全寺都听到山下的鬼魂在嬉笑走动，相互间打着招呼，程祠部派去守墓的仆人从一条狭小的黄泥路上返回寺庙时，碰见三个鬼魂，鬼魂厉声喝道："我们要到寺里去集会，是被召请前往的，你是干什么的，竟敢到这里来？"三个鬼魂想追打仆人。仆人急忙逃窜，恰好有人从寺里打着火把出来了，仆人才得以逃脱。

叶伯益

浮梁程士廓，乾道三年自秘书丞罢归。妻有娠临月。某弟宏父如景德镇，十二月十五夜，梦叶伯益舍人访其居，求一室寄迹。宏父曰："兄弟宴居处不甚洁，独士廓新治书斋为胜，君试观之。"相随而入，见供张华洁如宿办者，喜曰："此中便可久留，吾得之足矣。"共坐索饭，且求火肉，火肉，乡馔也，伯益生时固嗜此。索之诸房，又得于士廓位。既具馔，客饱食就枕。宏父梦觉。明日还家，道遇仆至，报士廓妻得子。因名之曰亨孙。时伯益物故恰三年矣。

【译文】浮梁县（今江西景德镇）人程士廓，宋孝宗乾道三年（公元1167年）被罢免秘书丞官职后返回家中。程士廓的妻子怀孕已临产期。程士廓的弟弟程宏父前去景德镇，十二月十五夜，程宏父梦见曾任中书舍人的叶伯益到他家拜访他，叶伯益让程宏父给他找间房屋寄居。程宏父说："我们的住房不大干净，只有程士廓刚修建的书斋较好，你不妨去看看。"于是他们便一起走进书斋，叶伯益看见室内陈设十分华丽整洁，如专门整好待客的一样，高兴地说："这里可以长住，我得到这样的住处就很满意了。"叶伯益和程宏父坐在一起，并向程宏父索要饭食，而且要吃火肉。火肉，是地方风味小吃，叶伯益活着的时候就喜欢吃火肉。程宏父从程士廓那里得到了火肉。准备好饭食，叶伯益便开始吃饭，吃饱之后便上床睡觉了。程宏父也从梦中醒来了。第二天，程宏父在回家的路上碰到他的家仆来给他报喜，家仆说程士廓的妻子生了个儿子。于是便给小孩子儿取名程亨孙。当时叶伯益死去正好三年。

李生虱瘤

浮梁李生得背痒疾，隐起如覆盂，无所痛苦，唯奇痒不可忍，饮食日以削。无能识其为何病。

医者秦德立见之，曰："此虱瘤也，吾能治之。"取药傅其上，又涂一绵带绕其围。经夕瘤破，出虱斗许，皆蠢蠕能行动。即日体轻，但一小窍如箸端不合，时时虱涌出，不胜计，竟死。

予记唐小说载贾魏公镇滑台日，州民病此，魏公云："世间无药可疗，唯千年木梳烧灰及黄龙浴水乃能治尔。"正与此同。

【译文】浮梁县（今江西景德镇）人李生得背痒疾，背上起了一个大疙瘩，不疼痛，只是奇痒难忍，李生的饭量逐渐下降。没人知道这是什么病。

医生秦德立见到李生后说:"这是虱瘤,我能治这种病。"秦德立取出药涂在李生的背上,又在一条绵带上涂上药,然后紧缠在瘤子根部。过了一夜,虱瘤破了,从中流出一斗多虱子,都能蠕动。当天李生就觉得痒得轻了,只是有一个筷子般粗细的小洞不能愈合,不时有虱子从小洞中涌出,虱子多得难以计数。李生最终还是死了。

我记得唐代的小说中记载有这样一件事:贾魏公镇守滑台的时候,有个平民得了虱瘤,贾魏公说:"这种病,世上没有什么药物能治好它,只有把经历千年的木梳烧成灰和黄龙浴水才能治好这种病。"李生得的也正是这种病。

钱为鼠鸣

吾乡里昔有小民,朴钝无它技,唯与人佣力受直。族祖家日以三十钱顾之舂谷。凡岁余得钱十四千。置于床隅,戒妻子不得辄用。每旦起,詹玩摩拊乃出。

一夕,寝不寐,群鼠鸣于旁,拊床逐之,不止,灯照索,无物也。灯火复然,扰扰终夕。

蚤起,意间殊不乐。信步门外,正遇两人相殴斗,折齿流血。四旁无人,遂指以为证。里胥捕送县,皆入狱。民固愚,莫知其急端,不能答一辞,受杖而归。凡道途与胥史之费,积镪如洗矣。

【译文】我的邻里间,过去有一个小民,朴实而愚钝,没有什么技能，只能靠出卖劳动力挣钱。我的一个本家祖辈照顾这个小民，每天给他三十文工钱，让他舂谷。这个小民做了一年多雇工，共得到一万四千文工钱。小民把这些钱压在床下，并告诫妻子、儿女，不能动用这些工钱。小民每天早上起床后，都要看看、摸摸床下的钱，然后才出门。

一天夜里，小民睡不着，有一群老鼠在旁边鸣叫，小民用手拍打床沿儿驱赶老鼠，但老鼠仍不停地鸣叫。小民点着灯找寻老鼠，但什么也没有。灭灯后，老鼠又开始鸣叫了，就这样闹哄了一夜。

第二天，小民早早地起床了，心里很不愉快，他信步走到门外，正遇两个人在打架，两人打得头破血流。因为当时四旁无人，小民便被指作证人。里胥把他们三个人都押送到县衙去了，他们都被关进了监狱。小民生性愚钝，不知道那两个人为什么打架，不能回答县吏的提问。因此，小民被打了一顿放回去了。小民在路上送给胥吏的费用，已把他积存的工钱花得干干净净。

张二子

番阳城中民张二，以卖粥为业，有子十九岁矣，嗜酒亡赖，每醉时，虽父母亦遭咄骂，邻里皆恶之。

乾道七年二月，寝于乃祖榻上。夜半忽惊蹶，介介不能出声，救疗逾十刻方醒。久之能言，曰："为黄衫人呼去，逼入浴室中，四向皆焊火，热不可向，啼叫展转，觉有人在外相援，而身不得出。如是移时，欻然而寤。"谓之梦魇，然境界历历可想也。俄顷鸡唱，父诣厨作粥，牝猫适产五子于窦中，其一死矣，疑是儿所堕处云。

自是始知悔惧，设誓不饮酒，尽改故态。（此卷比吾州事）

【译文】番阳城中居民张二，以卖粥为业。张二的儿子十九岁了，嗜好喝酒，是个无赖，每当他喝醉酒时，即使是他的父母也会遭受他的辱骂，人们都很厌恶他。

宋孝宋乾道七年（1171）二月，张二之子睡在他祖父的床上。半夜里，张二之子忽然惊厥，口不能言。家里的人急忙救治，过了两个多小时，张二之子才醒过来。又过了许久，张二之子能说话了。他说："我被一个黄衫人叫去了，被逼进一个浴室里，四周都是火，热得难受，我急得团团转并不断喊叫；后来我觉得有人在浴室外援救我，但我却不能逃出浴室。就这样过了些时候，忽然间便醒过来了。"这种现象叫作梦魇，但恶梦中的情形在醒后仍历历在目。不大功夫。鸡就叫了，张二到厨房去煮粥，发现母猫在洞穴里，刚生下五只小猫，其中一只小猫已经死掉了。张二怀疑这个洞穴就是他儿子在恶梦中堕入的浴室。

从这儿之后，张二之子才知道悔改，他发誓不再喝酒，全部改掉了从前的恶习。

卷第十二（十五事）

扫码听谦德君为您导读

舒州刻工

绍兴十六年，淮南转运司刊《太平圣惠方》板，分其半于舒州。州募匠数十辈置局于学。日饮喧哗，士人以为苦。教授林君以告郡守汪希旦。徙诸城南癸门楼上，命怀宁令甄倚监督之。

七月十七日，门旁小佛塔，高丈五尺，无故倾摧。明旦，天色廓清，至午，黑云倏起西边。罩覆楼上，迅风暴雨随之。时群匠及市民卖物者百余人，震雷一击，其八十人随声而仆，余亦惊慑失魄。良久，楼下飞灰四起，地上火珠迸流，皆有硫黄气。经一时顷，仆者复苏。

作头胡天佑白于甄令，入按视，内五匠曰蕲州周亮、建州叶浚、杨通、福州郑英、庐州李胜，同声大叫，踣而死，遍体伤破。寻询其罪，盖此五人尤耆酒懒惰，急于板成，将字书点画多及药味分两随意更改以误人，故受此谴。

【译文】宋高宗绍兴十六年（1146），淮南转运司准备把《太平圣惠方》一书雕刻制版以大量印刷，将其中的一半分给舒州雕刻。舒州郡守招募到几十个工匠，把他们安置在一个学校里，让他们在那里雕刻版。这些工匠天天喝酒吵闹，学校的师生们受到干扰很不满意。教授林君把这些情况报告了郡守汪希旦，汪希旦让工匠迁移到城南癸门楼上去了，并命令怀宁县县令甄倚监督工匠刻制字版。

七月十七日，癸门楼旁边的一个一丈五尺高的小佛塔无缘无故地倒塌了。第二天早上，天色晴朗，到了中午时分，西边的天空中忽然间涌出一团黑云，并迅速笼罩在癸门楼上空，随即便刮起大风下起暴雨来了。当时楼里连同工匠和卖东西的市民共有一百多人，随着一个巨雷的声响，其中的八十个被震倒在地，其余的人也都吓得失魂落魄。过了许久，楼下飞灰四起，地上火珠迸流，灰尘和火珠当中都带着硫磺味。过了一个时辰，被震倒在地的人又苏醒过来了。

工匠头儿胡天佑把这情形告诉了县令甄倚，甄倚进到楼里察看，里面的五个工匠：蕲州（今湖北蕲春）人周亮、建州（今福建建瓯）人叶浚、杨通、福州人郑英、庐州（今安徽合肥）人李胜，齐声大叫，后跌倒地上死了，全身都是伤痕。甄倚查询这五个工匠的罪过，原来这五个人特别嗜好喝酒并且非常懒惰，他们急于雕刻完工，便粗制滥造，所雕刻的字版有很多错误，甚至把药名以及用药的分量都刻错了，将来一旦印成书籍，必定会误人性命，因此他们受到了雷击惩罚。

紫竹园女

隆兴二年，舒州怀宁县主簿章裕之官，仆顾超夜宿书轩，见一女子著绿衣裳，诉云："为母叱逐，无所归，知尔独处，故来相就。"问所居，曰："在城南紫竹园。"遂共寝。才数夕，超恍惚如痴，貌瘦力乏。裕怪而诘之，以实告。裕曰："必妖物也，汝将害。俟今夜至此，宜执之而大呼，吾当往视。"及至，超持其袖，呼有鬼，女奋身绝袖而窜。举灯照之，乃巴蕉叶也。

先是，轩外紫竹满园中，巴蕉一丛甚大，曩亦尝为怪。裕命芟除之，血津津然；并竹亦伐去，且逐超归。超自此厌厌不乐，竟抱疾死。

【译文】宋孝宗隆兴二年（1164），舒州怀宁县主簿章裕上任后，他的仆人顾超，夜里住在书轩里，看见一个女子穿着绿衣服，前来对他说道："我被母亲赶出了家门，现在无处可归，我知道你一个人住在这儿，所以前来和你亲近。"顾超问那女子家住在哪儿，女子说："我家住在城南紫竹园里。"于是顾超便跟那女子睡在一块。和那女子同居几个晚上之后，顾超便精神恍惚，好像傻子，并且瘦消乏力。章裕觉得奇怪，便盘问顾超是怎么回事，顾超把实情告诉了章裕。章裕说："那女子一定是妖怪，她将要害你。等她今天夜里到这儿之后，你就抓住她并大声喊叫，我将来看视。"等那女子到了之后，顾超便抓住她的衣袖，并大喊有鬼，那女子奋力扯断衣袖逃窜了。举灯一照，顾超抓断的衣袖竟是一片巴蕉叶。

在这之前，书轩外面长了一园紫竹，中间长着一棵巴蕉，特别肥大，过去也曾经作过怪。章裕让人把巴蕉割掉，巴蕉竟被割出津津血迹；章裕又叫人把紫竹也砍掉了，并且把顾超赶回家去了。顾超从此便郁郁不乐，最终抱病而死。

吴旺诉冤

绍兴十五年，陈祖安为吴县宰，甥女陆氏病困，为鬼物所凭。陈欲邀道士禁治，鬼云："无用治我，我抱冤恨于幽冥间，几二十年不获伸，是以欲展诉。"问其故，云："我姓名曰吴旺，南京人，遭兵火南渡，家于府子城下，以货缘自给。尝与乡人蔡生饮，沿河夜归，蔡醉甚，误溺水死。逻卒适见之，疑我挤之于河，执送府，下狱讯治，不胜痛，自引伏，有司处法，杖死于雍熙寺前石塔下。衔冤久矣，今日聊为公言之。"陈曰："当时之事，谁主此？"答曰："狱官亦无心，其事尽出狱吏。盖吏惮于推鞫，姑欲速成，不容辩析，而狱官不明，便以为是，竟抵极法。"因历道推吏、狱率及行刑人姓名。陈曰："审如是，何为独诉于我？"曰："寺与县为邻，乃本府祷祈之所，平时公入寺我必见之，故熟识公。今事已久，不能复直，弟欲世人一知之耳。"陈曰："汝骨安在？吾为汝寻瘗，使安于土，可乎？"曰："遗骸零落，所存仅十一二，葬之亦无益。公幸哀我，愿丐水陆一会，以资受生。"陈曰："此费侈，吾贫不能办。"曰："然则但于水陆会中入一名，使人至石塔前密呼吴旺，俾知之，亦沾功德，可以托生矣。”陈曰：“何处最佳？”曰：“皆有功德，而枫桥者尤为殊胜，幸就彼为之。”陈许诺，鬼巽谢。陈问：“病者可痊否？”曰：“陆氏数尽，恐不能逃。医药祈禳皆无所用也。”

后数日，女果死。明年，王葆彦光往枫桥作斋，陈以俸钱为旺设位。

【译文】宋高宗绍兴十五年（1145），陈祖安任吴县县令，他的外甥女陆氏生病了，陆氏被鬼魂所附身。陈祖安想请道士来惩治鬼魂，鬼魂对陈祖安说：“你不用惩治我，我蒙受冤屈而入阴曹地府，差不多已有二十年了，至今未能伸冤，因此我想对你诉说我的冤屈。”陈祖安询问鬼魂有什么冤屈，鬼魂说：“我叫吴旺，是南京人，因为战乱而南迁到府内的子城下，靠卖丝绦维持生活。有一次，我和乡人蔡生一起喝酒，喝完酒天已黑了，我们沿着河边往家走。蔡生醉得厉害，不慎掉进水里淹死了。恰好有一个巡逻的士卒看到了，他怀疑是我把蔡生挤到河里的，因此就把我押送到官府里。在狱中，我屈打成招，有司判了我死刑，把我打死在雍熙寺前面的石塔下。我蒙冤已久，今天姑且对你说说这事儿。”陈祖安问鬼魂：“当时审讯你的时候，是谁主管这个案子的？”鬼魂说：“狱官并非存心冤枉我，我蒙受冤屈全是狱吏造成的。大概是狱吏害怕审理案件，急于定案，因此不允许我申辩，而狱官又不明智，以为狱吏判的正确，因此我便被处以极刑。”于是鬼魂便一一说出推吏、狱卒及行刑的姓名。陈祖安说：“你如此清楚明白，为什么单单要对我诉说你的冤屈呢？”鬼魂说：“雍熙寺近邻县衙，是本府人祈祷的场所。平时你进入寺庙，我都能看见你，所以我熟识你。现在，事情已过去很长时间了，我所受冤屈已不可能得到更正了。我只是想让世人知道这一切罢了。”陈祖安又问：“你的尸骨在哪里？我将为你找块坟地，把你的尸骨安葬于地下，可以吗？”鬼魂说：“我的尸骨已七零八落，我的遗骨仅存十分之一二，埋葬起来也没多大用。如果你怜悯我，希望你给我办一次水陆道场，以超度我重新投生。”陈祖安说：“这要花费很多钱，但是我很穷，没能力操办。”鬼魂便说：“如果是这样，那么你只需在别人办水陆会时，在祭桌上给我附一个名字，并让人到雍熙寺前的石塔前呼喊吴旺，使我知晓，让我也蒙受功德，这样我就能投生了。”陈祖安问道：“在什么地方操办此事最好？”鬼魂说：“在哪儿操办都有功德，在枫桥操办此事更好些，希望你能在枫桥附近操办这事儿。陈祖安答应了，鬼魂向祖安致谢。陈祖安又问：“我外甥女陆氏能否痊愈？”鬼魂说：“陆氏气数已尽，恐怕不能脱灾。让她服药或是为她祈祷都没有用了。”

几天之后，陆氏果然死了。第二年，王葆彦前往枫桥设斋，陈祖安用自己的薪俸钱为吴旺设置了名位。

舒州雨米

乾道四年春，舒州大雨，城内外皆下黑米，其硬如铁，嚼碎米粒，通心亦黑。人疑向来米纲舟覆于江，因龙取水行雨而卷至也。

【译文】宋孝宗乾道四年（1168）春天，舒州下了一场大雨，城里城外都下了黑米，像铁一样坚硬，把米粒咬碎，米心也是黑的，人们怀疑是从前载运大米的船翻倒江中了，因为龙到江中取水行雨便把沉在江中的米卷到了舒州地带。

朱二杀鬼

平江常熟民朱二，夜宿田塍守稻，有女子从外来，连三四夕寝昵，体冷如冰。知其非人，遍村落测之，了无踪迹。密以布被缝作袋，欲贮之于中。女已知之，是夜至舍外悲泣。朱问故，曰："汝设意不善，我不复来矣。"朱曰："恐此间风冷病汝，故欲与同卧其间，无他意也。"乃入宿袋中。过夜半，朱诈言内逼，遂起，负袋于肩以行。女号呼求出，朱不应。始时甚重，俄渐轻。到家举火视之，已化为杉板。取斧碎之，流血不止。明夜，扣门索命，久乃已。（右五事皆新安胡偶说）

【译文】平江常熟县（今属江苏）平民朱二，夜里住在稻田地里看守稻子，有一个女子从外面来到朱二的住处，接连三四天跟朱二睡在一块，那女子的身上冰凉。朱二知道那女子不是人，便暗中观测她进哪个村子，但那女子走时全然不留痕迹。朱二秘密地把被子缝成一个袋子，想把那女子装进袋中。那女子已经知道朱二把被子缝成了袋子，这天夜里，那女子来到朱二的住室外面哭泣。朱二问那女子为何哭泣，那女子说："你用心不良，我不会再来你这儿了。"朱二说："我是怕野地里风冷把你冻病了，所以想和你一起睡在袋子里，并无其他用意。"那女子这才睡进袋子里。过了半夜，朱二谎称急于解手，便从袋子里出来了，朱二出来便把袋子放到肩上扛着走了。那女子喊叫着要出来，朱二不理睬她。开始的时候，朱二觉得袋子很重，过了一会儿，袋子渐渐变轻了。回到家里，朱二点着火把看袋中装的那个女子，那女子已变成了杉板。朱二拿出斧头把杉板砍碎，杉板被砍得流血不止。第二天夜里，朱二听到鬼魂前来敲门索命，过了好久才安静下来。

河北道士

宣和七年正月望夜，京师太一宫张灯，观者塞道。二人坠于池，宫卒急拯之，不肯上，肆言如狂。道众施符敕百端，皆弗效。

事闻禁中，诏宝箓宫主者往治。主者惧不胜，躬诣道堂，遍揖曰："吾党有高术者，愿相与出力，不然，将为教门之累。"堂中数百人皆不敢答。某道士从河北来，独奋身起，诮之曰："平时不肯力学，缓急乃殆人。"即仗剑以往。

至池畔，二溺人皆拱手。某道士语从曰："此强鬼也，非先拔其骨不可。"众固不晓为何法。某道士绕池禹步诵咒，良久，遣健卒入水掖溺者，已身软如绵，洎至岸，则凝然块肉也。叱问所自来，同辞对曰："某等亦道士也，生时善法箓，坐罪受谴。虽幽明殊涂，而平生所习固在，度非都下同侪所能敌。不意神师一临，茫无所措。今过恶昭著，执而囚诸无间狱亦唯命，以为齑粉亦唯命。倘慈悲不杀，导以生路，使得免于下鬼，师之惠也。"许之。复默存食顷，悉起立如常，其家人扶以去。

两观黄冠，合词喜谢。扣其故，曰："此鬼不易制，若与之角力，虽千人不能胜。吾尝学拔鬼筋法，故一施之，筋骨既尽，无能为矣。”皆叹曰：“非所及也。”

抚州民宋善长，为人佣，入京，得事此道士。宋狡而慧，颇窥见所营为，又尝窃发其笥，习读要诀。私为闾阎治小祟，辄验。师亦喜之，将传授秘旨，而宋诡谲无行，且懒惰，不肯竟其学。会靖康之变，西归，后为道士，居州之祥符观。其治鬼魅亦如神，凡病疟及疫者，以指画其面中间，须臾，左热如火而右冷如冰，随其冷热呼吸之，应手而愈。

门人数十，皆得其绪余。一人尝至村民家，民家大小皆以疫卧，治之不愈。诣郡邀宋行。宋入道室，取神将前茅鞭三击地，又取供饼裂其半授之，曰：“无庸我去，汝持此与食，自能起矣。”门人还至民家，病者皆已起，言曰：“赖宋法师三声雷救我。”盖其所习者，五雷法也。

【译文】宋徽宗宣和七年（1125），元宵之夜，京城太一宫悬挂很多灯笼，前来观灯的人熙熙攘攘，有两个人掉进了水池，宫卒急忙去救他们，但那两个人不肯上来，并且像发疯般胡言乱语。众多道人前来施展各种法术，都不起作用。

这件事传到宫中，皇帝下诏让宝箓宫的主者前去治妖。主者害怕自己制服不住妖邪，便亲自来到道堂里，向道堂中所有的道士拱手行礼，并说：“希望有高超法术的人共同出力以制服妖邪。如果不这样做，将会给道门带来忧患和灾祸。”道堂中的几百名道人都不敢出声。有个从河北来的道士独自站出来，责备众道人说：“平时都不肯尽力学习，有了急事只能误人性命。”说完，河北道士便立即拿着宝剑前去治妖救人。

河北道士来到池边时，掉在水里的两个人都向他拱手施礼。河北道士对众人说：“这是强鬼，必须先拔除其筋骨才能制服这恶鬼。”众人固然不知道河北道士要用什么法术。河北道士禹步绕池而行不停地诵咒，过了许久，河北道士让几个健壮士卒跳入水中扶持掉入水中那两个人，那两人已经像丝绵一样软了，等到了岸上，那两人又都凝结成肉块了。河北道士叱问那两人是从什么地方来的，那两人异口同声地说：“我们也是道士，活着的时候也都擅长法术，因犯罪而受到惩罚。虽然我们进了阴曹地府，但生前所学法术还在，我们估计我们的法力不是京城中的道士所能匹敌的。没想到法师你一到池边，我们便茫然无措了。现在我们罪恶昭著，是把我们囚禁到无间狱中，或是把我们砍成碎末，全听凭你的。倘若法师慈悲为怀，不杀我们而给我们指一条生路，以使我们免于做鬼，那便是法师开恩了。”河北道士应允了他们的要求。又静静地过了吃顿饭的时间，那两个人便又起立如常了，他们的家人把他们扶回家去了。

两个道观的道士都向河北道士恭贺、致谢，并询问刚才那两个人究竟是怎么回事。河北道士说：“这恶鬼不容易制服它，如果与他们较量力量，即使有一千个人也不是他们的对手。我曾经学习过拔鬼筋法，所以我施展了这种法术，恶鬼的筋骨被抽净之后，他们也就无能为力了。”众道士叹息道：“大师的法力，我们望尘莫及。”

抚州（今江西临川）人宋善长，是个佣人，后来进入京城，得以侍奉河北道士。宋善长狡猾而又聪明，在河北道士身边，他看到过河北道士作法术，又曾偷看过河北道士箱中的法术秘诀。宋善长曾私下为街巷居民治过妖邪，总是很灵验。河北道士也喜欢宋善长，打算把法术秘诀都传授给善长。但宋善长为人诡谲、品行不好，并且十分懒惰，他不愿学完河北道士的法术。宋钦宗靖康之变，宋徽宗、宋钦宗一同被金兵俘获，国家大乱。这时宋善长便从京城返回抚州去了，后来他做了道士，住在祥符观。宋善长惩治鬼魅也很神灵。遇到患疟疾或瘟疫的人，宋善长就用手指在病人的脸中间画一下，过一小会儿，病人就会感到左脸火热而右脸冰冷，随其冷热呼吸，病人顷刻间就痊愈了。

宋善长有几个门徒，这些门徒也都跟宋善长学会了一些法术。有一次，宋善长的一个门徒来到一个村民家里，这家人全都患瘟疫而卧床不起，门徒为他们治疗但没能治愈。门徒便去祥符观请他的师傅宋善长去为村民治病。宋善长进入道室里，拿起神将塑像前的茅鞭往地上打了三下，又取出一个供饼分了一半交给他的门徒，并说："不用我去，你拿上这半个饼去给病号，他们自然就会病愈。"门徒返回村民家时，病人都已经好了。村民对宋善长的门徒说："全靠宋善长法师的三声雷救了我们全家人。"宋善长学的是五雷法。

饶氏妇

抚州述陂，去城二十里，遍村皆甘林，大姓饶氏居之。家人尝出游林间，见仆柳中空，函水可鉴。子妇戏窥之，应时得疾。归家即痴卧，不复知人。

遂有物语于空中，与人酬酢往来；闻人歌声辄能和，宛转抑扬，韵有余态；音律小误，必蚩笑指摘；论文谈诗，率亦中理。相去咫尺而莫见其形貌。妾有过，则对主人显言；虽数十里外田畴出纳为欺，亦即日举白，无一讳隐。上下积以厌苦，祓禳祷桧，百术备至，终无所益。

凡数年，饶氏焚香拜祷曰："荷尊神惠顾，为日已久，人神异路，愿不至媟慢以为神羞。欲立新庙于山间，香火像设，与众祇事，愿神徙居之，各安其分，不亦善乎？"许诺。自是寂无影响。饶氏自喜得计，营一庙，甚华丽，日迎以祠。

越五日复至，言谑如初。饶翁责之曰："既庙食矣，又为吾祟，何也？"笑曰："吾岂疾叹耶？如许高堂大屋舍之而去，乃顾一小庙哉！"饶氏愈益沮畏。讫子妇死，鬼始谢去，一家为之衰替云。

【译文】抚州（今江西临川）述陂村，离城二十里，村外到处都是甘林，大户人家饶氏住在这里。饶氏的家人有一次到树林中去游玩，见到一棵柳树倒在地上，柳树中间空了，里面积存的水可以照见人影。饶氏的儿媳往树洞中积存的水里看了看，当时就病了，回到家里之后就卧床不起了，而且变傻了，也不认识家里的人了。

此后便有个鬼魂在空中说话，和人往来应酬。那鬼魂听到人的歌声，往往能唱和，其音调转抑扬，很有韵味；而当唱歌人唱走调儿时，那鬼魂必定会讥笑唱歌人，并指摘唱错的地方；那鬼魂还能谈诗论文，并且大致合乎道理。那鬼魂说话时让人觉得近在咫尺，但人们又看不到它。饶氏的妾一有过错，那鬼魂便去告诉饶氏；即使是几十里之外的田产收支被人作了手脚，那鬼魂也能在当天告知饶氏，什么事都不隐瞒饶氏。上下人等深受其苦，但各种法术都用了，仍不能驱走那鬼魂。

就这样过了几年，饶氏焚香叩拜，祷告说："承蒙尊神惠顾，时日已久，人神异路，希望不至于轻慢尊神。我想在山中修建一座庙，摆设香火神像，我和众人去恭敬地进香侍奉，希望尊神迁居庙里，咱们各得其所，不是很好吗？”那鬼魂答应迁居庙中。从此便不再听到空中的声音了。饶氏庆幸自己的计谋成功了，便在山中修建了一座庙，庙宇十分华丽，饶氏天天迎着庙宇方向祭祀。

过了五天，那鬼魂又来到饶氏家里，像从前一样在空中说笑。饶氏责备道：“你已迁居庙中了，现在又来作怪，这是为什么？”那鬼魂笑着说：“难道我是傻子吗？怎么会留恋一个小庙而舍弃这里的高堂大屋呢！”饶氏听后，更加沮丧、恐惧了。直到饶氏的儿媳死后，鬼魂才离去。饶氏全家因此而衰落了。

徐世英兄弟

徐世英，抚州人，登进士第，为建昌军司户。官舍后有淫祠，欲去之，未果，忽得惑疾，兀兀如白痴，饮食言笑皆与人异趣。

兄世杰闻其故，自乡里往视之。既至，未及语，英迎唾其面，杰愕不知所为，便觉恍惚，而英洒然如平常。杰抱疾以归，喑不能言，日用所须，每书字以告。性嗜杜诗，虽屏弃人事，惟求观此诗不辍。其后浸剧，每出必裸袒。家人闭在一室中，仅二十年，乃死。

英仕至广州教授，亦卒。兄弟皆以文学推于临川，而不幸如是，为可怪也。

【译文】徐世英，是抚州（今江西临川）人，考中进士之后，任建昌（今江西南城）军司户。徐世英的官府后面有个淫祠，徐世英想除掉这个淫祠，但还没有除掉淫祠时，徐世英忽然得了迷糊病，茫然无知宛如白痴，饮食言笑都不同于常人。

徐世英的哥哥徐世杰闻知此事后，便从家里前去看望徐世英。徐世杰来到徐世英处，还没来得及开口说话，徐世英便迎上前去吐了徐世杰一脸唾沫。徐世杰感到惊讶，不知其弟为何这样做，徐世杰只觉得精神恍惚，而徐世英却像平常一样洒脱自然。徐世杰抱病回家，哑不能言，需用什么东西时，便写在纸上以告知别人。徐世杰喜爱读杜甫的诗作，于是他便弃人事，以不断地观看杜诗。后来，徐世杰的病情逐渐加剧，每每裸体外出。徐世杰的家人把徐世杰关闭在屋里，过了将近二十年才死去。

徐世英官至广州教授时也死了。徐世杰兄弟二人都以文学闻名临川，而又都如此不幸，实在是怪事。

蛇犬妖

林廷彦为临川守，之任未几被疾。廷中人正昼见人坐于厅事椅上，以为使君病间能出矣。或前视之，乃州宅犬母焉，又二蛇蟠于侧。取杖欲击之，蛇去不见，但毙犬，货于屠肆。是年林卒。

又宜黄县涂千里者，夏日与宾友坐于所居之燕堂，犬衔蛇径至前，啮杀之，委于地而去。家以为此杨震鹳雀衔鳣之瑞，千里愀然曰："吾生于乙巳，今行巳运而有蛇祸，吾殆不免乎！"不一岁，果卒。

【译文】林廷彦任临川（今属江西）太守，赴任不久就病了。太守衙门里的人大白天看见有人坐在大厅中的椅子上，以为是太守林廷彦病中能出来走动了。有个人走上前一看，却是衙门里的一条母狗卧在那儿，还有两条蛇卷曲在母狗旁边。那个人便拿出一个木棍要打狗和蛇，但转眼间蛇不见了，那人便把母狗打死了，然后拿到肉市上去卖了。就在这一年林廷彦死掉了。

另外，宜黄县的涂千里，夏天时和一个客人一起坐在他居住的燕堂中，有一条狗衔着一条蛇径直走到他们面前，把蛇咬死后扔在地上便走了。客人以为这事儿跟杨震看见鹳雀衔鳣一样，是吉祥之兆。而涂千里却悲伤地说："我生于乙巳年，属蛇，现在该行巳运却见到蛇被咬死了，恐怕我不免也要死去。"不到一年时间，涂千里果然死了。

奉阇梨

宜黄县疏山寺僧奉阇梨者，善加持水陆及工诵咒偈。年益老，患举音不能清，每当入道场，辄饮鸡汁数杯，云可以助声气。或得酬谢不满意，辄肆言詈辱。暮年得疾，舌左右歧出，与元舌为三，饮食语言皆不可。医者为傅药割去之，凡至五六，竟不止，最后困剧。其徒于白昼见青面大鬼自窗入，捽之而去。就视死矣。

【译文】宜黄县疏山寺的僧人奉阇梨，善于主持醮会、工于诵咒念偈。年龄大了，奉阇梨说话时发音不清，每当要进道场时，他总是先喝几杯鸡汁，他说这样可以使声音清亮些。有时候他对所得的酬谢不满意，往往肆意辱骂对方。晚年得病，舌头两边又长出两个舌头，没法吃饭，也不能说话。医生往他舌头上涂些麻醉药，把多余的两个舌头割掉，奉阁梨疼痛难忍。仅仅过了十来天，舌头两边又长出两个舌头，医生再为他割掉多余的舌头。这样反复割了五六次，仍是老样子，最后更厉害了。奉阁梨的徒弟在大白天看见一个青面鬼从窗子里钻进奉阁梨的居室，揪了奉阁梨便走了。徒弟近前一看，奉阁梨已经死了。

红蜥蜴

豫章新建县治，乾道四年七月，夜半大雷震，合厅屋瓦皆鸣。家人共聚一室，闻风声汹汹，窗棂戛然，疑即有覆压之患。五鼓乃定。及明视之，圃后拔出巨柳，其长三丈，大十围，寸断如截，遍满丞主簿舍中。一蜥蜴，色如渥丹，长仅尺，僵死地上。人疑以为异物云。（右六事皆临川刘名世说）

【译文】豫章新建县（今属江西）县城，宋孝宗乾道四年（1168）七月，半夜里雷声大作，县衙大厅的屋瓦都被雷震得乱响。县令全家人都聚集在一个房屋内，听到外面的风声杂乱，窗格嘎嘎作响，县令担心房屋会立即倒塌下来。到了五更时分，雷声才平息下来，到了天亮之后，县令出门看视，发现菜园后面的一棵大柳树被拔出来了，柳树有三丈长、十围粗，已被雷震为碎块儿，县丞、主簿的房舍中到处都是碎柳树块儿。有一个红蜥蜴，仅有一尺来长，僵死在地上。人们怀疑这个红蜥蜴是个妖物。

僧法恩

绍兴十年，明州僧法恩坐不轨诛。恩初以持秽迹咒著验，郡人颇神之。不逞之徒冀因是幸富贵，约某月某日奉以为主，举兵尽戕官吏及巨室，然后扫众趋临安；不得志则逃入海。守仇待制已去，通判高世定摄事，群凶谓事必成，至聚饮酒家，举杯劝酬，相呼为太尉。

未发。一日，其党书恩甲子，诣卜者包大常问休咎。方退，又一人来，迨午未间，至者益众，而所问皆同，且曰："欲图一事，可成否？"包疑焉，绐最后者曰："此非君五行，在吾术中有不可言之贵，视君状貌不足以当之，其人安在？我当自与言，不敢泄诸人也。"问者喜，走白恩。与俱至包肆，包下帷对之再拜曰："贱术何所取，而天赐之福，今乃遇非常贵人。家有息女，不至丑陋，愿得备姬嫔之列。"即延入室，导妻子出拜，置酒歌舞，使女劝之饮。包敬立良久，托为买肴馔，亟出告之。

世定趣呼兵官，即日悉擒获。狱成，恩及元恶脔于市。余党死者数十人，陈尸道上。是夜，路都监出微巡，见一人展转于众尸中，乃杖死而复苏者，掖起询之，云："初入市就刑，但知怖惧，不复记省。方杖胁一下，神从顶间出，从屋檐上，观此身受杖毕，乃冥冥如梦，不知今所以活也。"都监曰："汝既合死，那得活？"举足蹴其伤，复死。

世定用是得直秘阁。包生亦拜官，郡人合钱百万与之。

【译文】宋高宗绍兴十年（1140），明州（今浙江宁波）僧人法恩因为图谋不轨而被正法。法恩当初因为学会《移迹咒》法特别灵验，人们都认为法恩是个神奇人物。一些生活不称意的人，希望利用法恩的声望侥幸得以富贵，他们约定于某月某日尊奉法恩为君主，举兵杀尽明州的官吏和富户，然后率兵攻打京城临安（今杭州）。如果不能成功，就逃入海中。当时，明州太守仇待制已离开明州走了，通判高世定代理太守职权。法恩的党羽为举兵起事一定能成功，他们聚集在酒店里，相互举杯劝酒，彼此以太尉相称。

准备举兵起事的人们，还没开始行动。有一天，他们当中的一个人来到算命先生包大常处，写出法恩的生辰八字，让包大常给卜算吉凶祸福。这个人刚走，又有一个人来找包大常算命，直到中午时分，持续不断地有人来找包大常卜算，来算命的人很多，但他们所问之事完全一样，并且说："我想谋划一件大事，请你给算一算能否成功。"包大常颇感疑惑，于是他便欺骗最后一个来找他算命的人，他说："你写出的生辰八字，并不是你本人的生辰八字，依我卜算，这个生辰八字的主人有不便言传的大富大贵，我看你的相貌不会有如此富贵，请你告诉我，这个生辰八字的主人在哪儿，我要当面对他言讲，这事儿不敢让别人知道。"来算命的那个人很高兴，马上跑去告诉了法恩。

法恩和那个人一起来到包大常家。包大常把幕布放下来之后，对着法恩拜了两拜，说："算命先生的职业是下贱的，但上天赐福于我，今天得见非常贵人。我有一个女儿，还不算很丑，希望能把她送给你做嫔妃。"包大常说完便把法恩请进客厅，然后带着他的妻子、儿女出来拜见法恩，并安排酒宴、歌舞招待法恩。包大常让女儿侍候法恩喝酒，他在一旁恭敬地站立了很久，之后以买酒菜为借口，急忙出来到官府里告发法恩。

高世定接到告发，便急忙调集兵将前去捉拿法恩等人，当天便把法恩一伙儿人都抓了起来。法恩和其他主犯都被押到刑场上砍成了肉块儿，其余的几十个案犯也被处死，尸体被扔在路上。这天夜里，路都监巡逻时看见有个人在死尸堆中翻动，原来是一个被打死的案犯又复活了。路都监视把那个案犯扶起来询问他，案犯说："刚被押上刑场时，我只知道害怕，别的什么也记不清了。我胁下刚被杖击了一下，我的灵魂便从头顶跑出来坐到了屋檐上，看着我的肉体被杖击完毕之后，便昏昏如梦了，不知道现在怎么又活过来了。"路都监说："你理应被处死，怎么能活下去呢？"说完路都监便用脚踢那个案犯的伤痕，那案犯又被踢死了。

高世定因此被提升为直秘阁。包大常也被授予官职，明州人捐集了一百万文钱送给包大常。

青城丈人

相州人作千道斋荐亡，僧道乞丐皆预。凡坐中人各随意诵经一卷，有道人但诵"太乙寻声救苦天尊"一声，遂就食。邻坐僧戏之曰："只诵一声，莫舌干否？"道人曰："苟有益死者，奚用多为？"斋罢径出。漆碗内皆有朱书字如刻，曰："青城丈人"，以刀削之愈见。

【译文】相州（今河南安阳）人摆设千道斋以超度亡灵，僧人、道士、乞丐都参加。凡是在座的人都应随意诵经一卷，有一个道士只念了一声"太乙寻声救苦天尊"，便开始吃斋了。邻座的一个僧人取笑道士说："只诵一声，该不会是舌头干了吧？"道士说："只要对死去的人有益处就好，用不着多念。"吃完斋，道士便径直走了。道士用的碗碟里面都有几个红字，好像是刻在碗碟上，上面的字是"青城丈人"，用刀去削字痕，字迹更加清晰了。

李主簿

武昌李主簿，梦就逮冥司。主者问："汝前身为张氏子时，安得推妻堕水？"李梦中忽忆其事，对曰："妻自失足堕水死，非推也。"主者遣追本处山川之神供证，与李言同，遂放还。

他日，在施舍遇妇人，自言为前生妻，相守不肯舍，绸缪如生，姻党皆知之。数年乃谢去，李亦不娶。

终身虽无它苦，但常病腰痛。以木为两椎，刳其中，每日扣击数百下，痛则少解。盖鬼气染渍所致云。

【译文】武昌李主簿，在梦中被阴司逮去。主者问李说："你上辈子作张氏的儿子时，为啥把你妻子推入水中淹死？"李主簿在梦中忽然记起那件事，他对主者说："我妻子是自己不慎掉入水中淹死的，不是我推的。"主者派鬼卒去找来当地的山川之神，让神作证，神说的跟李主簿说的一样。于是阴司便把李主簿放了，李主簿也没再娶。

后来，李主簿在旅社里遇到一个妇人，那妇人自称是李主簿前生的妻子，守在李的身边不肯离去，李主簿和那妇人亲密如夫妻，李的亲友都知道这事儿。过了几年，那妇人才辞别而去。

李主簿平生没有别的病，只是经常腰痛。他用木头做了两个椎子，把椎子中心挖空，每天敲击几百下，疼痛稍有缓解。大概是鬼气浸染导致的腰痛。

吴德充

吴公才，字德充，戈阳人。入太学，年至五十无所成。欲罢举归，决梦于二相公庙，梦童子告曰："君明年甚佳，自此泰矣。"吴信之，免为留计。明年，上舍中选，自顾年益高，复起归思。又梦曰："即登科矣，无庸归。"明年，果于嘉王榜擢第。既调官，临出京，又梦前人来曰："君仕宦不可作郡守，盖以前生为郡，治狱不明，误断一事，虽出于无心，然阴谴不薄，已令君损一目矣。切勿再居此官以招祸。"觉而思之曰："吾五十二岁仅得一官，势不能至二千石。且吾双目了然，安有眇理？"不以为信。

后三岁，因病赤目，果偏失明。而仕于州县，不甚待次，自虔州雩都罢，历通判衡州、永州、建康府，绍兴十二年至临安，又求倅贰。时王庆曾参加政事，与吴有同舍契，谓之曰："君三任通判，资历已高，当作州何疑？"荐于时相，以为宜春守。吴不乐，才至家而卒。

【译文】吴公才，字德充，弋阳（今属江西）人。吴公才在京城太学读书，直到五十岁时还一事无成。因此，吴公才便不想再参加科举考试了，他打算返回家乡，这天他来到二相公庙求梦，想根据做梦的内容决定是否回家。夜里，吴公才梦见一个童子对他说：

“明年你的运气就好了，从此以后就该走运了。”吴公才相信梦中的话，便留下来继续读书。第二年，吴公才被选入太学上舍，但他念及年岁已大，便又想回家了。夜里，吴公才又梦见那个童子对他说：“你马上就要及第了，不要回家。”第二年，吴公才果然科举及第。吴公才被授予官职之后，准备离京赴任时，又梦见童子前来对他说：“你今后做官可不能做太守，因为你前生曾做过太守，由于审案不明，错判了一个案子，虽然出于无心，但阴司却因此而责备你，并且已让你瞎了一只眼，因此，你千万不要再做太守了，以免招致灾祸。”吴公才梦醒之后，心想：“我五十二岁才得到一个小官，到我告老还乡时不可能升为太守。况且我双目明亮，怎么说我瞎了一只眼呢？”吴公才不相信梦中所言。

三年之后，吴公才因患红眼病，果然瞎了一只眼。吴公才在州县里任职，多次地调动职务，自任职虔州雩都县（今江西于都）县令上去任之后，又历任衡州（今湖南衡山）、永州（今湖南零陵）、建康（今江苏南京）通判。宋高宗绍兴十二年（1142），吴公才来到京城临安（今杭州），又要求做州郡副职。当时任参知政事的王庆曾与吴公才有同学之谊，王庆曾对吴公才说：“你已经历任三个州郡的通判之职，现在资历已高，理应升做太守，为什么还要求做副职呢？”于是，王庆曾便向宰相推荐吴公才，升任吴公才为宜春太守。吴公才很不乐意，他刚到家便死了。

文／白／对／照

夷坚志

下

〔宋〕洪迈　著

张万钧　主编

团结出版社

图书在版编目(CIP)数据

夷坚志 / (宋) 洪迈著 ; 张万钧主编. -- 北京 : 团结出版社, 2023.7

ISBN 978-7-5126-9732-4

Ⅰ. ①夷… Ⅱ. ①洪… ②张… Ⅲ. ①笔记小说-小说集-中国-宋代 Ⅳ. ①I242.1

中国版本图书馆CIP数据核字(2022)第193510号

出版: 团结出版社

（北京市东城区东皇城根南街84号 邮编: 100006）

电话: (010) 65228880 65244790 （传真）

网址: www.tjpress.com

Email: zb65244790@vip.163.com

经销: 全国新华书店

印刷: 易阳印刷河北有限公司

开本: 145×210 1/32

印张: 55.25

字数: 1339千字

版次: 2023年7月 第1版

印次: 2025年8月 第2次印刷

书号: 978-7-5126-9732-4

定价: 199.00元（全三册）

目 录

卷第十五（十五事）

卷第十六（十六事）

卷第十七

卷第十八

卷第十九（十六事）

卷第二十（十五事）

夷坚丁志

卷第一

卷第二（二十事）

卷第三（十七事）

卷第四（十四事）

卷第五（十五事）

卷第六（十四事）

卷第七（十六事）

卷第八（十四事）

卷第九（十二事）

卷第十（十三事）

卷第十一（十四事）

卷第十二（十六事）

卷第十三（十五事）

卷第十四（十二事）

卷第十五（十六事）

卷第十六（十九事）

卷第十七（十二事。按实只九事）

卷第十八（十二事）

卷第十九（十五事）

卷第二十（十五事）

卷第十三（十五事）

蓝　姐

绍兴十二年，京东人王知军者，寓者临江新淦之青泥寺。寺去城邑远，地迥多盗，而王以多资闻。

尝与客饮，中夕乃散，夫妇皆醉眠。俄有盗入，几三十辈，悉取诸子及群婢缚之。婢呼曰："主张家事独蓝姐一人，我辈何预也！"蓝盖王所嬖，即从众中出应曰："主家凡物皆在我手，诸君欲之，非敢惜。但主公主母方熟睡，愿勿相惊恐。"

秉席间大烛，引盗入西偏一室，指床上箧笥曰："此为酒器，此为彩帛，此为衣衾。"付以钥，使称意自取。盗拆被为大复，取器皿蹴踏置于中。烛尽，又继之；大喜过望，凡留十刻许乃去。去良久，王老亦醒，蓝始告其故，且悉解众缚。

明旦诉于县，县达于郡。王老戚戚成疾，蓝姐密白曰："官何用忧？盗不难捕也。"王怒骂曰："汝妇人何知！既尽以家资与贼，乃言易捕，何邪？”对曰：“三十盗皆著白衣袍，妾秉烛时尽以烛泪污其脊；但以是验之，其必败。”王用其言以告逐捕者；不两日，得七人于牛肆中，展转求迹，不逸一人；所劫物皆在，初无所失。

汉《张敞传》所记偷长以赭污群偷裾而执之，此事与之暗合。婢妾忠于主人，正已不易得，至于遇难不慑怯，仓卒有奇智，虽编之《列女传》不愧也。

【译文】宋高宗绍兴十二年（1142），京东人王某，曾任知军（宋代地方行政区划军的长官，略等于知府），寄居在临江新淦县（今江西新干）青泥寺。青泥寺远离城镇，位置偏僻，附近多盗贼。而王知军因钱财多而出名。

有一天，王知军和客人一起喝酒，直到半夜酒席才散，王知军夫妇都在醉中入睡了，不久，差不多有三十个盗贼闯进王知军家，他们把王知军的孩子和婢女都捆了起来。一个婢女喊叫道：“只有蓝姐一个人掌管着家事，我们都不知道钱财放在什么地方。”蓝姐深得王知军宠爱，她当即从众婢女中站出来说：“主人家的财物都在我手里，各位想要，我岂敢吝惜。不过主人夫妇二人都正熟睡着，希望你们不要惊扰他们。”

蓝姐从酒席桌上拿了根大蜡烛，带着盗贼进入西边的一间房屋，她指着放在床上的几个箱子说：“这里面是酒器，那个里面是彩帛，那个里面是衣服。”蓝姐把钥匙交给了盗贼，让他们自己打开箱子随意拿取财物。盗贼把被子拆作大袋子，把金银器皿踩扁之后装入袋子中。蜡烛着完之后，蓝姐又点了根蜡烛；盗贼们大喜过望，在王知军家滞留了两个多小时才离去。盗贼走后许久，王知军也醒了，蓝姐才把刚才发生的事告知王知军，并且为众婢女松绑。

第二天早上，王知军派人到县衙报了案，县里又报告了郡府。王知军忧愁成疾，蓝姐悄悄对王知军说：“你不必忧愁，盗贼不难捕获。”王知军怒骂道：“你乃妇道人家，知道啥！你已把钱财全都给了盗贼，现在竟说盗贼易捕，究竟是怎么回事？”蓝姐回答说：“三十个盗贼都穿着白布袍，我拿着蜡烛时，在他们背上都染了烛泪。只需查验穿着染有烛泪的白布袍的人，就可以捕获盗贼。”王知军把蓝姐的话转告了追捕盗贼的官吏。不到两天，便在牛肆中捕获了七个盗贼，经过多方追捕，三十个盗贼全部捕获。盗贼们抢劫的财物全都还给了王知军。

汉代的《张敞传》中记载，偷长用红土污染群偷的衣服，之后捕获群偷；蓝姐用计捕获盗贼，正与此事暗合。婢妾倘能忠于主人，已属难得；至于蓝姐临危不惧，仓猝之中能有奇智，即使把蓝姐编入《列女传》，她也当之无愧。

长溪民

福州长溪民，为赘婿于海上人家，以渔为业。其母思而往见之，民殊不乐。母觉其意，明日即告归，民不肯留。而其妇独留之，曰：“阿姑少留，俟得鱼作杯羹。”

少顷，民还至门，闻母语声，急藏鱼于舍后，复谺其母，且告之曰：“今日风恶，不获一鳞。”母遂去。

既行，民责妻曰：“吾适所得皆鳗鱼，既多且大，常日不曾有此。汝何苦留此媪邪？”妻往视，则满篮皆蛇也。惊走报民，民不信，自往焉，果见群蛇蟠结，一最大者昂首出，径咋其喉，即死。蛇亦不见。

【译文】福州长溪民，做了海上人家的上门女婿，以捕鱼为业。民之母因想念他而前去看他，但民不乐意他母亲到他家。民之母觉察儿子不乐意后，第二天就要告辞，民也不挽留他母亲。而民之妻却挽留民之母，并说："婆母稍候，等你儿子捕回鱼后，我给你做鱼吃。"

不久，民捕鱼回家，到了门口，所听到母亲的说话声，便急忙把他捕到的鱼藏到屋后，又欺骗他母亲说："今天风大浪高，我连一条鱼也没捕到。"民之母便走了。

民之母走后，民责怪他妻子说："我刚捕到的全是鳗鱼，又多又大，平常还不曾捕到过这么多大鱼。你何必要拘留这个老婆子呢？"妻子便到屋后去看丈夫捕回的鱼，但她前去一看，满篮子都是蛇。民之妻被吓得急忙往回跑，她对丈夫说篮子里都是蛇。丈夫不信，便自己前去看视，他果然看到许多蛇卷曲盘结在一起，其中最大的一条蛇昂首窜出，径直咬住民之喉，民当即死去。蛇也都不见了。

福州异猪

政和七年正月，福州北门卖豆乳人家，猪夜生七子，但一为猪，余皆人头马足，肌体悉类人，净无一毛，初生时呱呱作儿啼。其家惧，亟瘗于厕后。

邻人闻啼声，伺晓入视，犹及见其二，取以示里中，斯须间观者如市。郡守知为不祥，命亟杀之。时方尚祥瑞，不敢以闻于朝。

【译文】宋徽宗政和七年（1117）正月，福州北门一个卖豆乳的人家，猪在夜里生了七个小猪，只有一个是真正的小猪，其余六个都是人头马足，躯体跟人类相似，全身无毛，刚生下来时，都像婴儿一样啼哭。主人十分惊惧，急忙把这几个怪物埋在厕所后面。

邻人听到啼哭声，等天一亮便去看视，还见到了其中的两个小怪物。邻人便把这两个小怪物拿去给别人看，片刻之间便有许多人前来围观。福州郡守知道这是不祥之物，急忙命人去把那两个怪物杀死了。当时朝廷崇尚吉祥之兆，因此郡守不敢让朝廷知道这事儿。

福州屠家儿

福州城中羊屠家儿，年十六岁，性柔善，惟嬉游市井间，不肯学父业。父母谓之曰：“汝已成长，当学世业为活，为养亲之计，浪游何益？’对曰：“逐日眼见已熟，要杀便能，何以学为？”父以羊一刀一付之，闭诸空屋，窃窥其所为。自旦至午，但对羊默坐，忽握刀而起，指羊曰：“与汝相为仇，岂复有穷极？”挥刀自断其喉。父母急发壁救之，无及矣。

【译文】福州城里一个羊屠家，有一个儿子已十六岁了，性情柔善，唯一只是贪玩，不肯跟父亲学习屠羊。父母对他说：“你已经长大了，应当学会屠宰技术，为将来养家活口着想，到处游荡有什么好处？”儿子说：“经常见你宰羊，早已熟知宰羊技术了，如果要杀我现在就能杀，还用得着学？”父亲便给儿子一只羊、一把刀，然后把儿子关闭在一个空屋里。父亲在室外偷偷地观看儿子在屋里干啥。从早晨到中午，儿子只是面对着默默地坐着，忽然间儿子拿着刀站起来了，他指着羊说：“与你做仇敌，怎会有尽头！”说完便挥刀自杀。父母慌忙破墙而入以救儿子，但儿子已经死了。

林翁要

福州南台寺塑新佛像，而毁其旧，水上林翁要者，求得观音归事之。

后数月，操舟入海，舟坏而溺，急呼观音曰：“我尝救汝，汝宁不救我？”语讫，身便自浮，得一板乘之。惊涛亘天，约行百余里，随流入小浦中，获遗物一笥，颇有所资而归。人以为佛助。

【译文】福州南台寺因为塑了新佛像，便要毁坏旧佛像，林翁要到南台寺求得一个旧观音像带回家供奉。

几个月之后，林翁要驾船入海，船在海中坏了，林翁要溺水，他慌忙呼喊观音佛：“我曾经救过你，难道你不救我？”说完，林翁要的身体便自己浮在水面上，后来又得到一个木板，林翁要便坐在木板上。海上巨浪滔天，林翁要估计在海面上漂行了百余里，之后便随着水流漂进一个小河口中。林翁要拾到一个小箱子，里面有不少钱财，林翁要因此得以顺利回家。人们以为是观音佛救助了林翁要。

郭端友

饶州民郭端友，精意事佛。绍兴乙亥之冬，募众纸笔缘，自出力以清旦净念书《华严经》，期满六部乃止。

癸未之夏五，染时疾，忽两目失光，翳膜障蔽，医巫救疗皆无功。自念惟佛力可救。次年四月晦，誓心一日三时礼拜观音，愿于梦中赐药或方书。五月六日，梦皂衣人告曰："汝要眼明，用獭掌散，熊胆圆则可。"明日，遣诣市访二药，但得獭掌散，点之不效。二十七夜，梦赴荐福寺饭，饭罢归；及天庆观前，闻其中佛事钟磬声，入观之。及门，见妇女三十余人，中一人长八尺，著皂春罗衣，两耳垂肩，青头绿鬓，戴木香花冠如五斗器大。郭心知其异，欲俟回面瞻礼。俄紫衣道士执笏前揖曰："我乃都正也，专为华严来迎，请归舍啜茶。"郭随以入，过西廊，两殿垂长黄幡，一女跪炉礼观音，帘外青布幕下，十六僧对铺坐具而坐。道士下阶取茶器，未及上，郭不告而退，径趋法堂，似有所感遇，夜分乃觉。明日，告其妻黄氏云："熊胆圆方，乃出道藏，可急往觅。"语未了，而甥朱彦明至，曰："昨夜于观中偶获观音治眼熊胆圆方。"举室惊异，与梦吻合。即依方市药，旬日乃成，服之二十余日，药尽眼明。至是年十月，平服如初。

即日便书前药方，灵应特异，增为十部乃止，今眸子了然。外人病目疾者，服其药，多愈。药用十七品，而熊胆一分为主，黄连、密蒙花、羌活皆一两半，防己二两半，龙胆草、蛇蜕、地骨皮、大木贼、仙灵脂皆一两，瞿麦、旋覆花、甘菊花皆半两，蕤仁一钱半，麒麟竭一钱，蔓菁子一合，同为细末，以羯羊肝一具煮其半，焙干，杂于药中，取其半生者，去膜乳烂，入上药，杵而圆之，如桐子大，饭后用米饮下三十粒。诸药修治无别法，唯木贼去节，蕤仁用肉，蔓菁水淘，蛇蜕炙云。郭生自记其本末；但所谓法堂感遇，不以语人。

【译文】饶州（今江西波阳）人郭端友，专心诚意侍奉佛。宋高宗绍兴二十五年（1155）冬天，郭端友向人募化了一批纸笔，自出力在清静的早晨净心书写《华严经》，期望写满六部。

宋孝宗隆兴元年（1163）五月，郭端友染时疾，忽然间双目失明，眼膜障蔽，医、巫为他治疗，都不见效。郭端友心想，只有佛才能救他。明年四月三十日，郭端友誓一日三时在心里礼拜观音佛，希望观音佛在梦中赐给他药物或药方。五月六日，郭端友梦见一个黑衣人对他说："你要想双目复明，用獭掌散、熊胆圆治疗即可。"第二天，郭端友便让家人到街市上买这两种药，家人只买到了獭掌散，郭端友便用獭掌散点眼，但仍不见效。二十七日夜，郭端友在梦中来到荐福寺吃饭，吃完饭便往家走，到了天庆观前，他听见里面作佛事的钟磬声，于是便进去观看。到了天庆观门前，他看见三十多个妇女，中间一个身高八尺，穿着黑春罗衣，两耳垂肩，青头绿鬓，头戴一个五斗器一般大小的木香花冠。郭端友心里知道她是个奇异之人，便想等她回过头来时瞻仰其尊容。过了一会儿，一个紫衣道士手持笏板走到郭端友面前拱手行礼后说道："我是都正，专门替华严佛前来迎接你，请你到室内饮茶。"郭端友便随着紫衣道士往里面走，经过西廊时，他看见两殿垂长黄幡，一个女子跪在香炉前礼拜观音佛，门帘外边青布幕下，十六个僧人面对面席地而坐，紫衣道士走下台阶去取茶具，没等紫衣道士上来，郭端友便不辞而别，直奔法堂，郭端友心中似乎有所感遇，半夜时分竟醒了。第二天，郭端友对他妻子黄氏说："熊胆圆方，道藏中有，你急忙去找。"郭端友话还没说完，他的外甥朱彦明来了，朱彦明说："昨天夜里，我在天庆观中偶然得到了观音佛治眼疾的熊胆圆方。"屋里的人都感到惊异，朱彦明所说正与郭端友所做之梦相吻合。郭端友的家人当即按药方买药，十来天才把药买齐并且配制完毕。郭端友服药二十多天，药吃完了，郭端友的眼也复明了，到了十月份，郭端友的眼睛便彻底好了，仍像当初那样明亮。

郭端友的眼睛一好，便马上书写前面的药方，药方特别灵验。郭端友准备写满十部《华严经》，直到现在他的眼睛还十分明亮。其他人得了眼疾，服用这种药，大都能够治愈。这个药方共用十七种药，以熊胆一分为主，黄连、密蒙花、羌活各一两半，防己二两半，龙胆草、蛇蜕、地骨皮、大木贼、仙灵脂各一两，瞿麦、旋覆花、甘菊花各半两，蕤仁一钱半，麒麟竭一钱，蔓菁子一合，把以上药物一同研为细末，用一具公羊肝，取一半水煮，然后再焙干，掺入药中，再用一半生公羊肝去膜乳烂，加入上面的药中，做成桐子大小的药丸，饭后用米饮下三十粒。整治以上各种药物时，木贼要去节，蕤仁只用其肉，蔓菁要用水淘，蛇蜕需要炙干。郭端友自己记下了药物的配制过程，至于所谓法堂感遇，郭端友没有告诉别人。

洪州通判

乡人李宾王绍兴二年知新淦县，以宣抚使入境，躬至村墟督赋。其仆梦主人归，剑挝传呼曰：“洪州通判来！”且以告主母。李公至，妻言其事，李笑曰：“孤寒如是，方大军络绎过县，幸不以乏兴为罪，得供给粮饷足矣。别乘非所望也。”明年八月满秩，果为洪州悴，卒如仆梦。

【译文】乡人李宾王，宋高宗绍兴二年（1132）任新淦县（今江西新干）县令，因为宣抚使率大军从新淦县经过，李宾王便亲自到村中督办兵赋。李宾王的仆人梦见李宾王回来了，并听到李宾王的随从人员传呼：“洪州通判到！”仆人便对李宾王的妻子讲了梦中之事。李宾王督办兵赋之后回到家里时，他妻子对他说了仆人的梦。李宾王笑着说：“新淦县如此贫困，宣抚使率大军路过本县，我只是希望不要因为我督办兵赋不力而获罪，能够为大军提供粮饷，我就心满意足了。通判之职，我不敢期望。”第二年八月，李宾王在新淦县任职期满，果然被提升为洪州通判，正如他的仆人所梦。

金君卿妇

荆南某太守之女，年十八岁，既得婿，将择日成礼，梦人告曰：“此非汝夫，汝之夫乃金君卿也。”既觉，不以语人，但于绣带至每寸辄绣金君卿三字。

母见而疑之，以告其父。父物色府中，至于胥史小吏，无有此人。诘其女，具以梦告。未几，所议之婿果死。

后半岁，新峡州守入境，遣信至府，则金君卿也，始悟前事。至，则厚待之。留连累日，知其新失伉俪，以女梦告之。金曰："君卿犬马之齿四十有二矣，比于贤女，年长以倍，又加其六焉。且悼亡未久，义不忍也。"主人强之，且曰："因缘定数，君安能辞？"不得已，竟成昏。

后三十年，金乃卒。妻生数子。金官至度支郎中，番阳人也。（右二事皆李宾王说）

【译文】荆南（今湖北江陵、四川丰都、湖南等区）某太守的女儿，十八岁时，找了个对象，即将选择时日成婚，她却梦见有人对她说："此人并不是你的丈夫，你的丈夫是金君卿。"梦醒之后，她也不对别人言梦中之事，只是在绣带上绣了很多金君卿的名字。

母亲见到女儿的绣带后，感到疑惑，便告诉了太守。太守便在太守府中查询，但大小官吏中并无金君卿这个人。于是，太守便盘问他女儿，女儿把梦中之事告诉了父亲。不久，太守那个尚未过门的女婿果然死了。

半年之后，新峡州守入境，派人送信到太守府，太守一看信才知道新峡州守叫金君卿，这才明白女儿的梦。等金君卿来到太守府时，太守便从优招待他。金君卿在太守府住了些时日之后，太守得知金君卿的妻子刚死不久，于是太守便把女儿的梦告诉了金君卿。金君卿却说："我已经四十二岁了，比你女儿大二十四岁。况且我妻子刚死不久，出于道义，我也不忍心再娶。"太守坚持要金君卿娶他女儿，并且对金君卿说："婚姻之事，皆有定数，你怎么能推辞呢？"金君卿没办法，终于还是娶了太守的女儿。

三十年之后，金君卿才死去。太守的女儿跟金君卿生了几个孩子。金君卿官至度支郎中，是番阳人。

铁冠道士

郑介夫，福州福清人。熙宁中，以直谏贬英州。元祐初，东坡公荐之复官。绍圣初，再谪英，时坡公贬惠州，始与相遇，一见如故交。

政和戊戌，介夫在福清，梦客至，自通“铁冠道士”，遗诗一章，视之，乃坡公也。坡在海上尝自称“铁冠道人”。时下世十七年矣。其诗曰：“人间真实人，取次不离真。官为忧君失，家因好礼贫。门阑多杞菊，亭槛尽松筠。我友迂疏者，相从恨不频。”又曰：“介夫不久须当来。”寤而叹曰：“吾将逝矣。”时年七十八。

明年秋被疾，语其孙嘉正曰：“人之一身，四大合成，四者若散，此身何有！”口占一诗曰：“似此平生只藉天，还如过鸟在云边。如今身畔浑无物，赢得虚堂一枕眠。”数日而卒。

【译文】郑介夫，福州福清人，宋神宗熙宁年间（1068—1077），因为直言进谏被贬谪英州（今广东英德）。宋哲宗元祐初年（1086），在苏东坡举荐下，郑介夫得以官复原职。宋哲宗绍圣初年（1095），郑介夫再次被贬谪英州；当时，苏东坡也被贬谪惠州（今广东惠阳）；这时候，郑介夫和苏东坡才相互见面，两人一见如故。

宋徽宗政和八年（1118），郑介夫在福清，他梦见有个客人来到他家，客人自称“铁冠道士”，客人送给郑介夫一首诗，郑介夫一看，那客人竟是苏东坡。苏东坡在海上（今海南岛）时曾自称

“铁冠道人”。郑介夫梦见苏东坡时，苏东坡已死去十七年了。苏东坡送给郑介夫的诗是：“人间真实人，取次不离真。官为忧君失，家因好礼贫。门阑多杞菊，亭槛尽松筠。我友迂疏者，相从恨不频。”苏东坡又对郑介夫说：“你不久之后必定会到这儿来。”郑介夫梦醒之后，悲叹道：“我就要死了。”当时郑介夫七十八岁。

第二年秋天，郑介夫患病。他对孙子郑嘉正说：“人之一身，四大合成，四者若散，此身何有！”说完，又作诗云：“似此平生只藉天，还如过鸟在云边。如今身畔浑无物，赢得虚堂一枕眠。”几天之后，郑介夫便死了。

张鬼子

洪州州学正张某，天性刻薄，老而益甚。虽生徒告假，亦靳固不与。学官给五日，则改为三日；给三日，则改为二日。它皆称是，众憾之。

有张鬼子者，以形容似鬼得名，众使伪作阴府追吏以怖张老，鬼子欣然曰：“愿奉命。然弄假须似真，要得一冥司牒乃可。”众曰：“牒式当如何？”曰：“曾见人为之。”乃索纸以白矾细书，而自押字于后。

是夜，诣州学，学门已扃，鬼子入于隙间，众骇愕。张老见之，怒曰：“畜产何敢然？必诸人使尔夜怖我。”笑曰：“奉阎王牒追君。”张老索牒，读未竟，鬼子露其巾，有两角横其首，张老惊号，即死。鬼子出，立于庭，言曰：“吾真牛头狱卒，昨奉命追此老，偶渡水失符，至今二十年，惧不敢归。赖诸秀才力，得以反命。今弄假似真矣。”拜谢而逝。

陈正敏《遁斋闲览》记李安世在太学为同舍生戏以鬼符致死，与此颇同，然各一事也。

【译文】洪州（今江西南昌）州学正张某，天性刻薄，年老之后更加刻薄。即便是学生请假，他也很吝啬，不肯准假。学官给学生五天假，张某却改之为三天假；学官给三天假，他便改为两天。在其他事情上，张某也都大致如此。因此，众人都对张某不满。

有个叫张鬼子的人，因为形体、容貌像鬼而得名，众人让张鬼子装作阴府追吏去吓唬张某，张鬼子欣然同意，并说："我愿意从命。但是，装假必须要逼真。因此需要一个冥司文牒才行。"众人问："冥司文牒该是什么式样呢？"张鬼子说："我曾见到过别人做的冥司文牒。"于是张鬼子便要来纸张，用白矾写成冥司文牒，而且在文牒后面押了字。

这天夜里，张鬼子来到州学，但学校的门已上了锁了，张鬼子便从门缝中钻进学校，众人一见都感到惊愕恐惧。张某看见张鬼子后，怒斥道："畜性怎敢如此？一定是众人让你装鬼来吓唬我的。"张鬼子笑笑说："我奉阎王之命前来拿你。"张某向张鬼子索要冥司文牒，张某还没看完文牒时，张鬼子取掉了头巾，露出头上的两只角来，张某被吓得惊叫一声即时死去。张鬼子出来站在庭院中说道："我真的是冥府的牛头狱卒，奉命来拿张某，但因在渡水时丢失了冥司文牒，至今已二十年了，我怕阎王惩罚我而不敢回阴府。全靠各位秀才之力，我现在可以回阴府去复命了。今天这事儿可以说是弄假成真了。"张鬼子拜谢众学生后便消失了。

陈正敏在《遁斋闲览》中记载，李安世在太学里，他的同学用假鬼符戏弄他，一下子把他吓死了。这事儿与张鬼子吓死张某，颇为相似，但实质上二者并不一样。

太平宰相

宣和中，艮岳之观游极其伟丽，既有绛霄楼、华胥殿诸离宫矣。其东偏接景龙门，巨竹千个，蔽亏翠密，京师他苑囿亦罕比。宫嫔出入其间如仙宸帝所。

徽宗命建楼以临之，既成而未有名。梦金紫人言曰："艮岳新楼，宜名为'倚翠'，取唐杜甫诗所谓'天寒翠袖薄，日暮倚修竹'之句也。"梦中问："汝何人？"对曰："臣乃太平宰相。"寤而异之。

明旦，翰林学士李邦彦入对，奏事毕，偶问曰："近于苑中立小楼，下有修竹，当以何为名？"邦彦了不经思，即以"倚翠"对。上惊喜，谓与梦协。时邦彦眷注已深，有意大用。自是数日间拜尚书右丞，遂为次相。

【译文】宋徽宗宣和年（1119—1125），御苑艮岳的风景极其华丽壮美，当时已有绛霄楼、华胥殿等离宫了。艮岳东边紧挨着皇宫的景龙门，翠竹成林，蔽亏翠密，京城其他苑囿很少能与相比。宫嫔出入其间，宛如玉皇大帝的宫殿。

宋徽宗命下在艮岳东边修建一座楼宇，楼宇建成之后还没有命名。宋徽宗梦见一个金紫人对他说："艮岳新楼，应以'倚翠'为名，这个名字取自唐代诗人杜甫的诗句'天寒翠袖薄，日暮倚修竹'。"宋徽宗在梦中问金紫人："你是何人？"金紫人说："臣是太平宰相。"梦醒之后，宋徽宗觉得这个梦奇怪。

第二天早上，翰林学士李邦彦上朝奏事，奏事完毕，宋徽宗问李邦彦:“最近在艮岳修建了一座楼,楼下是一片竹林,这座楼应取个什么名字?”李邦彦不假思索,便说可以取名‘倚翠’楼。皇上颇感惊喜,因为李邦彦所起楼名与他所梦楼名相同。当时李邦彦已久受皇上宠爱,皇上有意重用他。几天之后,李邦彦被任命为尚书右丞,做了副宰相。

路当可得法

政和中,路君宝(瓘)知陈州商水县,其子当可(时中)侍行,方十七岁,未授室,读书于县圃四照堂。时梁仲礼为主簿,二子俊彦、敏彦皆十余岁,相与游处。

一夕,圃吏告失时中所在,君宝遣卒遍索于邑中,不可得。阅五日乃出,谓其逸游,杖之,时中不敢自直,但常常吐鲜血。而私语梁主簿曰;“间者独坐小室,有道人不知何许来,与某言久之,曰:‘汝可教,吾付汝以符术,可制天下鬼神。然汝五藏间秽污充积,非悉扫去不可。’初甚惧其说,笑曰:‘无伤也。’命取生油、白蜜、生姜各一斤,合食之。遂与具去,亦不知何地。凡数日,不思食,唯觉血液津津自口出,每夕以文书十余策使诵读,昼则无所见。临别又言曰:‘汝已位为真官,阶品绝高,但如吾术行之足矣’。”

自是遂以法策著。后数月,谓梁子曰:“吾比书一符错误,获谴不小,当削阶数级,仍有痈疽之害。”未几,疽发于背,如碗大,痛楚备极,凡四十九日乃痊。

【译文】宋徽宗政和年间(1111—1118),路瓘,字君宝,任陈州商水县（今属河南）知县，他的儿子路时中，字当可，跟在他身边，当时路当可十七岁，还未娶妻，在县圃四照堂读书。那时梁仲礼任商水县主簿，他的两个儿子俊彦、敏彦都是十几岁。梁俊彦、梁敏彦和路当可常在一块儿玩耍。

一天夜里，圃吏发现路当可不见了，便去告知了路君宝。路君宝派出吏卒在县城中四处寻找，但未能找到路当可。过了五天，路当可才回家。路君宝认为路当可放荡，便打了路当可，路当可不敢辩白，只是不断地吐血。路当可私下对梁仲礼说："那天我独自坐在室内，不知从哪儿来了个道人，他走进我的屋里，和我谈了很久，后来他说：'你可以教导，我教你学符术，你学会之后就能遏制世上的鬼神。但你的内脏里充满了污秽，必须清除掉。'开始，我听了他的话后感到害怕，道人笑着说：'用不着害怕，不会出什么事儿。'道人让我拿出生油、白蜜、生姜各一斤，全都吃了。之后，我就跟道人一同走了，也不知道所到之处是什么地方。我在外面的几天，不思茶饭，只觉得从口中流出津津血液。道人每天晚上都给我十多策书让我诵读。白天则什么都见不到。临别时，道人又对我说：'你已经是真官了，并且级别极高，只要你按照我教你的符术去做就行了'。"

从此之后，路当可便因符箓术高超而著名。几个月之后，路当可对梁俊彦说："我写错了一个符，受到了严厉责备，并被降了几级官职。并且最近我还有毒疮之患。"不久，路当可的背上长出碗大的毒疮，疼痛至极，过了四十九天才痊愈。

长乐海寇

绍兴八年，丹阳苏文瓘为福州长乐令，获海寇二十六人。

先是，广州估客及部官纲者凡二十有八人，共僦一舟；舟中篙工、舵师人数略相敌，然皆劲悍不逞，见诸客所赍的物厚，阴作意图之。行七八日，相与饮酒，大醉，悉害客，反缚投海中，独留两仆使执爨。至长乐境上，双橹折，盗魁使二人往南台市之，因泊浦中以待。时时登岸为盗，且掠居人妇女入船，无日不醉。两仆逸其一，径诣县告焉。尉入村未返，文瓘发巡检兵，自将以往。行九十里与盗遇，会其醉，尽缚之。还至半道，逢小舟双橹横前。叱问之，不敢对，又执以行，无一人漏网者。

时张子戬给事为帅，命取舟检索。觉舵尾百物萦绕，或入水视之，所杀群尸并萃其下，僵而不腐，亦不为鱼鳖所伤。张公叹异，亟为殓葬。盗所得物才三日，元未之用也。

【译文】宋高宗绍兴八年（1138），丹阳（今属江苏）人苏文瓘任福州长乐县令时，捕获海盗二十六人。原来，广州的商人和运送官纲的人共租了一条船，他们总共二十八人。而船上的篙工、舵师等人也有二十几个，但这伙儿人都是强悍歹徒，他们见乘客带了很多财物，便暗中商议谋财害命。船在海上行驶了七八天后，舵师一伙儿人和船上乘客一起喝酒，乘客都喝醉了，舵师一伙儿人便把乘客都反绑起来投入海中，只留下两个仆人为他们烧火做饭。船驶进长乐县境内时，两个船橹断了，船上的头目便派两个人到南台去买船橹，因此船便停泊在海边以等待买船橹的人。船上的盗贼们不时地上岸盗窃，并且抢掠妇女，盗贼们天天喝得大醉。两个仆人中的一个趁机逃跑了，他到长乐县府去告发了海盗。当时长乐县尉不在县衙里，县令苏文瓘便亲自带着巡检兵前去捉拿海盗。苏文瓘带着巡检兵走了九十里地便遇到了海盗，海盗们都喝醉了，巡检兵便把海盗都捆了起来。在返回县府的途中，苏文瓘又碰见一个小船，上面放着两个大船橹，苏文瓘便上前盘问小船上的两个人，这两个人吱吱唔唔的，苏文瓘便把他们也抓了起来。至此，海盗全被抓获了。

当时给事中张子戬任福州太守，他命令吏卒去检查搜索海盗的大船。吏卒们搜索盗船时，发觉船桨下面缠绕有很多东西，吏卒潜入水里一看，原来被海盗们杀死的乘客的尸体都聚集在船桨下面，这些尸体僵而不腐，鱼类也没有吞吃尸体。张子戬惊叹不已，急忙殓葬了众多尸体。海盗抢掠财物，仅仅过了三天，还没有动用抢夺的财物。

蔡州禳灾

吕安老尚书少时入蔡州学，同舍生七八人黄昏潜出游，中夕乃还。忽骤雨倾注，而无雨具。是时，学制崇严，又未尝谒告，不敢外宿。旋于酒家假单布衾，以竹揭其四角，负之而趋。

将及学墙东，望巡罗者持火炬传呼而来，大恐，相距二十余步，未敢前。逻卒忽反走，不复回顾。于是得逾墙而入。终者惴惴，以为必彰露，且获谴屏斥矣。

明日，兵官申府云："昨二更后，大雨正作，出巡至某处，忽异物从北来，其上四平如席，模糊不可辩，其下谡谡如人行，约有脚三二十只，渐近学墙乃不见。"郡守以下莫测为何物。

邦人口相传，皆以为巨怪。请于官，每坊各建禳灾道场三昼夜，绘其状祠而磔之。然则前吏所谓席帽行筹之妖，殆此类也。

【译文】老尚书吕安少年时在蔡州（今河南汝南）学读书，他的七八个同学，有一天黄昏时分偷偷地跑出去游玩，半夜才返回学校。他们返校途中，忽然下起倾盆大雨来了，而他们又没有雨具。当时学校的校规很严，他们又没有请假，因此不敢在外住宿。于是他们便到一个酒店里借来一个被单和竹竿，举着被单的四个角，他们钻在被单下面往回跑。

他们快跑到学校东墙时，看到一群巡逻的人打着火把喊叫着往他们这边儿走，他们非常害怕，巡逻的人与他们相距二十几步，他们便不敢往前走了。忽然之间，巡逻的人调头往回跑了，并没再回头看他们。于是便翻墙进入学校。这天夜里，他们都惴惴不安，认为他们一定被巡逻的人发觉了，因此他们将会受到严厉的惩罚。

第二天，巡逻的兵卒报告官府说："昨天夜里二更之后，天下着大雨，我们巡逻到州学附近时，忽然看到从北边走过来一个怪物，那怪物顶部像一个席，模模糊糊的，我们看不清楚，那怪物的下半部分好像是人在行走，大约有二三十只脚，接近学校的围墙时竟然不见了。"郡守及其属下都猜不透那怪物究竟是个什么东西。

人们便相互传言，认为巡逻兵卒碰到的是个大怪物。人们向官府请求，在各坊都设了禳灾道场，祈祷了三天三夜，画出那怪物的形状，祭祀之后，便又捣毁了。依此看来，从前历史上所谓的席帽行筹之妖，大概也是这一类的事情。

蟹治漆

乾道五年，襄阳有劫盗当死，特旨贷命黥配。州牧虑其复为人害，既受刑，又以生漆涂其两眼。

囚行至荆门，盲不见物。寄禁长林县狱，以待传送。时里正适以事在狱中，怜而语之曰："汝去时，倩防送者往蒙泉侧，寻石蟹，捣碎之，滤汁滴眼内，漆当随汁流散，疮亦愈矣。"

明日，赂送卒，得一小蟹，用其法。经二日目睛如初，略无少损。

予妹婿朱晞颜时以当阳尉摄邑令，亲见之。

【译文】宋孝宗乾道五年（1169），襄阳（今属湖北）有个抢劫犯应当被处死，但朝廷下旨免其死罪，让官府在犯人脸上刺字后把他流放到边远地区。襄阳州牧担心犯人再为害于人，在其脸上刺字后，又用生漆涂在犯人的眼上。

犯人被押到荆门时，眼睛已看不到东西了。犯人暂时被押寄在长林县的监狱里，以等待别的狱吏来押送他。当时，有一个里正因为有事也在长林县的监狱中，里正同情犯人便对犯人说："你被从这里押走时，可以请押送你的狱吏替你去蒙泉找来一个蟹，把蟹捣碎滤汁，用其汁滴眼，这样涂在你眼上的漆就会脱掉，你眼上的伤痕也会痊愈。

第二天，犯人送给狱吏一些钱，让狱吏给他找来一个蟹，然后便按里正教他的方法滴眼。过了两天，犯人的眼睛就像当初一样了，丝毫没有受到损伤。

我妹夫朱晞颜当时以当阳县尉的身份掌握着县令的职权，他亲自见过那个犯人。

卷第十四（十三事）

扫码听谦德
君为您导读

张五姑

外舅女弟五姑，名宗淑，自幼明慧知书，既笄，嫁襄阳人董二十八秀才。董懦而无立，淑性高亢，庸奴其夫，郁郁不满，至于病瘵。靖康之冬，郭京溃卒犯襄、邓，董死于汉江。

明年淑从其母田夫人至南阳，饮酒笑嬉，了不悲戚。宿疴亦浸瘳。方自欣庆，一旦，无故呕血斗余不止，心疑惧，使呼□□□□□□□□语曰："和中不可再嫁，嫁当杀汝。"和中，盖淑字，虽家人皆不知之。淑识其声为故夫，叱曰："我平生为汝累，今死累，尚复缴绕我。使我再归它人，何预汝事？"巫无语而苏，淑固自若。

会外舅来南，挈与偕行，至扬州。谋婿，将以嫁王趯，淑曰："一生坐文官所困，不愿再见之，得一武弁足矣。"遂适阖门宣赞舍人席某，时二年五月，董氏丧制犹未终。其冬，席生又死于盗。淑随母兄度江，寓溧阳。

三年三月晦，梦席生自牖捽其头，觉而项痛，丹瘤生左颊，卧病逾月，昏昏不能知人。二嫂往视之，笑曰："姑夫恰在此，闻妗妗至，去矣。"问为谁，曰："二十八郎也。"自是但与董交语，以至于亡。

明年，其母在达州，梦淑与人聚博于楼上，犹如在生时。母责之曰："赌博从晓连夕，岂是女子所为事？"淑忿怒，化为旋风，逐母至床，母惊号曰："鬼掣我！"子妇急起视，则身已半堕地，明日不能起，两月而卒。

【译文】我岳父家的妹子五姑名叫张宗淑，自幼聪慧而且知书达理，成年之后嫁给了襄阳（今湖北襄阳、当阳等地）人董二十八秀才。董二十八生性懦弱，没有男子气概，而张宗淑生性刚强，认为她丈夫平庸无能，整天郁郁不乐，以致患了痨病。宋钦宗靖康元年（1126）冬天，郭京手下的叛乱兵卒侵犯襄阳、邓州（今属河南），董二十八死于汉江。

第二年，张宗淑跟着母亲田夫人来到南阳。张宗淑天天饮酒作乐，又说又笑，一点也不悲伤，过去的痨病也渐渐地好了。张宗淑正在庆幸之际，有一天早上，不知为什么她吐了很多血，她心里感到害怕……女巫发声对张宗淑说："和中，你不能再嫁他人，如果你再嫁，我便杀了你。"和中，是张宗淑的字，即便是张宗淑的家人也都不知道和中是张宗淑的字。张宗淑听出声音是她死去的丈夫董氏的声音，她便厉声说道："我平生受你牵累，现在你已死去，又来缠绕我。即使我再嫁他人，又关你什么事儿！"女巫不再说话而苏醒过来，而张宗淑仍安然无事。

后来，我岳父来到南阳，便带着张宗淑等人去了扬州。打算把张宗淑嫁给王趯，张宗淑说：“从前我因为嫁给了文弱书生董氏而受到困扰，因此我不愿再嫁给这种人，如能嫁给一个武夫才好呢。”于是，张宗淑后来便嫁给了阖门宣赞舍人席某，当时是董二十八秀才死后的第二年五月，还不满三年。这年冬天，席某又死于盗乱。张宗淑跟着母亲和哥哥渡过长江，寓居溧阳。

董氏死后的第三年三月三十日，张宗淑梦见席某从窗户中伸进手来揪她的头，醒后她便觉得脖子疼痛，左脸上长了个红瘤，她在床上躺了一个多月，昏昏迷迷的，也不认识人了。张宗淑的两个嫂子前去看她时，她笑着说：“我丈夫刚还在这儿，听见你们来了，他便走了。”她嫂子问是谁在这儿，她说：“是董二十八。”张宗淑便常常与董氏说话，直到她死去。

第二年，张宗淑的母亲在达州，梦见张宗淑和别人聚在楼上赌博，像活着的时候一样。张母责怪张宗淑说：“通宵达旦赌博，这哪里是女孩子干的事！”张宗淑恼怒了，便变成了旋风，把她母亲卷到床上，张母惊叫道：“有鬼拉我！”张母的儿媳听到叫声急忙起来去看，张母已半堕于地，第二天便起不来了，两个月后就死了。

宜都宋仙

宣和中，外舅为峡州宜都令。盛夏不雨，遍祷诸祀无所应。邑人云：“某山宋仙祠极著灵响。”乃具馔谒其庙。财下山，片云已起于山腹。方烈日如焚，忽大雷雨，百里霑足。邑人戴神之赐，相与出钱葺其庙，而莫知仙之为男为女，考诸图志，问于父老，皆无所适从。

外舅昼寝，梦大舆自外来，幡盖麾旌，仪物颇盛，巍然高出于屋。私念言："县门卑陋，安能容此？"转眄间已至庭中。跂而窥之，则妇人睟容褖饰坐其内，惊起欲致敬，倏然而寤。乃命塑为女儿仙象，未及请庙额而移官去云。

【译文】宋徽宗宣和年间（1119—1125），我岳父任峡州宜都县（今属湖北）县令。有一年的盛夏，天一直不下雨，我岳父到处祈祷、祭祀以求雨，但仍不下雨。县里的人说："某山宋仙祠极为灵验。"于是，我岳父便带着供品前去仙祠祭祀求雨。他们刚下山，半山腰里便飘起片片乌云。天本来是烈日当空，但忽然间雷雨大作，方圆百里都下得很大。人们感激宋仙祠的神灵赐雨，争相出钱以修补宋仙祠，但没有人知道神仙是男还是女，查阅地方志，询问老年人，仍不知神仙是男是女。

有一天白天，我岳父在梦中看见一个大舆乘朝县衙走来，舆乘前后旗帜罗列，仪仗颇为盛大，那个大舆乘比县衙的房屋还高。我岳父心想："县衙大门低矮狭小，恐怕舆乘进不来。"转眼之间，舆乘已来到院内。我岳父抬起脚跟儿往舆乘里一看，里面坐着一个妇人，那妇人的容貌宛如一个婴孩，服饰很盛，岳父颇为吃惊，正要上前致敬时，忽然醒了。于是他便命人在宋仙祠里雕塑女仙像，还没来得及书写祠庙的匾额，他便被调往别处任职去了。

刘媪故夫

唐州人张文吉，下世十余年。妻刘氏，年且八十，白昼逢故夫，挽其衣使行，曰："相与归去，无为久住此。"相持不解，刘遂仆地。其季子至前，掖张翁使去。曰："困吾母如是，何也？"又扶妪起立，然后去。妪长子及妇孙辈，见老人乍仆乍起，趋视之，历历闻其言。时季子亦死久矣，咸忧惧。知其为不祥。未几，妪死。

【译文】唐州人张文吉，已死去十多年了。张文吉的妻子刘氏年近八十，有一天，她在大白天遇到了张文吉，张文吉拉着刘氏的衣服让她走，并对她说："你跟我一起回去，不要长住在这里。"张文吉和刘氏相持不解，后来刘氏就倒在地上了。刘氏的小儿子走上前来，扶着张文吉让他走开，并说："让我母亲如此困倦，你怎么能这样？"说完又把刘氏扶了起来，然后就走了。刘氏的长子以及儿媳、孙子等人看见刘氏忽然倒下又忽然站起来，便跑上前去看视，他们还清清楚楚地听到了张文吉和他的小儿子说的话。当时，刘氏的小儿子也已经死了很久了。大伙儿都感到害怕，知道这是不祥之兆。不久，刘氏就死了。

锡盆冰花

外舅清河公，绍兴六年，以中书门下省检正官兼都督府咨议军事往淮西抚谕张少保军，留家于建康。十二月十五日生辰，家人取常用大锡盆洗涤，倾浊水未尽，盆内凝结成冰，如雕镂者。细视之，一寿星坐磐石上，长松覆之，一龟一鹤分立左右，宛如世所图画然。外姑刘夫人命呼画工写其状。工所居远，比其至，已消释矣。自是无日不融结，佳花美木，长林远景，千情万态，虽善巧者用意为之，莫及也。迨春暄乃止。而外舅有兵部侍郎之命。

【译文】我的岳父清河公，宋高宗绍兴六年（1136），以中书门下省检正官兼都督府咨议军事的身份前往淮西（今湖北、安徽、河南的部分地区）抚慰张少保的军队，他把家人安置在建康府（今南京）。十二月十五日是清河公的生日，这天，他的家人用常用的大锡盆洗涤，洗过之后，盆里的脏水没有倒净，便在盆中凝结成冰了，好像是雕刻的冰块儿。仔细一看，冰块儿中有一个寿星坐在磐石上，有棵松树覆盖在寿星的头顶上，寿星两旁分立着一龟一鹤，宛如世人画的图画。岳母刘夫人让人去叫画工来描摹冰块儿中的景象。因为画工住在远处，等他赶到时，冰块儿已经融化了。此后盆中便天天凝结冰块儿，冰块中常有佳花美木、长林远景，千姿右态，即便是高超画师用心图画，也赶不上冰块儿中的景致。直到春暖花开时，盆中才不再结冰。而清河公后来便被任命为兵部侍郎了。

王八郎

唐州比阳富人王八郎，岁到江淮为大贾。因与一倡绸缪，每归家必憎恶其妻，锐欲逐之。妻，智人也，生四女，已嫁三人，幼者甫数岁，度未可去，则巽辞答曰："与尔为妇二十余岁，女嫁，有孙矣。今逐我安归？"

王生又出行，遂携倡来，寓近巷客馆。妻在家稍质卖器物。悉所有藏箧中，屋内空空如窭人。王复归，见之，愈怒曰：

“吾与汝不可复合，今日当决之。”妻始奋然曰：“果如是，非告于官不可。”即执夫袂，走诣县，县听仳离而中分其资产。王欲取幼女，妻诉曰：“夫无状，弃妇嬖倡，此女若随之，必流落矣。”县宰义之，遂得女而出居于别村，买瓶罂之属列门首，若贩鬻者。故夫它日过门，犹以旧恩意与之语曰：“此物获利几何？胡不改图？”妻叱逐之曰：“既已决绝，便如路人，安得预我家事？”自是不复相闻。

女年及笄，以嫁方城田氏，时所蓄积已盛十万缗，由氏尽得之。王生但与倡处，既而客死于淮南。后数年，妻亦死。既殡，将改葬，女念其父之未归骨，遣人迎丧，欲与母合祔。各洗涤衣敛，共卧一榻上，守视者稍怠，则两骸已东西相背矣。以为偶然尔，泣而移置元处，少顷又如前。乃知夫妇之情，死生契阔，犹为怨偶如此。然竟同穴焉。

【译文】唐州比阳（今河南泌阳）富人王八郎，每年都要到江淮一带做大买卖。因为王八郎在江淮间和一个娼妓鬼混，所以他每次回到家里时都很讨厌他的妻子，到后来便急于驱逐他的妻子。王妻是个聪明人，她生有四个女儿，三个大的都已嫁人，小女儿才几岁，她考虑再三，认为当时还不能离开王八郎家，于是她便忍让着王八郎，她对王八郎说：“我嫁给你已经二十多年了，几个大女儿都已出嫁了，并且咱们已有外孙了。现在你要把我赶到哪儿走呢？”

后来，王八郎又出去了，这一次他把那个娼妓带回老家来了，他们二人寄居在他家附近的一个客店里。王妻逐渐把家里的东西都变卖了，把所卖得的钱全都藏在一个小箱子里，屋里变得空空如也，好像是个穷人家。后来王八郎又回到家里时，发现屋里的东西全都不见了，便恼怒地说："我不能再和你一起生活了，今天咱们就应决断。"王妻奋然说道："果真要决断的话，咱们就必须让官府来判决。"王妻当即抓住王八郎的衣服，拉着他来到县衙里，县宰听凭他们离婚，并且判决王八郎的财产由他们两人平分。王八郎想要他们的小女儿，王妻对县宰说："王八郎品行不端，他抛弃妻子去宠爱一个娼妓，如果把小女儿判给他，将来我的女儿必定要流落街头。"县宰认为王妻富于道义，便把小女儿判给了王妻。王妻便带着小女儿迁居于别村。王妻买了些陶瓷容器之类的东西陈列在门口，好是用来出卖的。有一天，王八郎从王妻门口经过，念及过去的夫妻情分，他便对王妻说："这些东西能卖多少钱，你为啥不卖别的东西呢？"王妻怒斥道："咱们已经决绝了，现在彼此如同路人，你怎么能干涉我的家事呢？"从此以后，两人便音信不通了。

王妻的小女儿成年之后，王妻便把她嫁给了方城（今属河南）人田氏。当时，王妻已积蓄了一亿文钱，这些钱全都给了田氏。王八郎只管与那个娼妓相处，后来，王八郎客死在淮南。几年之后，王妻也死了。王妻的灵柩停放一些时日之后，即将被埋葬时，她的女儿念及其父王八郎的尸骨还在他乡，便让人去把王八郎的遗体抬回家乡，并打算把王妻和王八郎合葬在一起，王妻的尸体和王八郎的尸体被放置在一个床上，守护尸体的人稍一懈怠，两具尸体竟相背而卧。众人以为两具尸体是偶然相背的，便哭着把两尸移置原处，过了一会儿，两具尸体又相背而卧了。众人这才想到，夫妻之间，活着相处时两人不投合，死了之后彼此间仍然相互怨恨。但是，最终王八郎和王妻还是被合葬在一起了。

杨宣赞

唐州相公河杨氏子，娶于戚里陈氏，得官至宣赞舍人。平生喜食鸡，所杀不胜计。晚年疮发鬓间，未能为其害。家所养鸡，忽中夜长鸣，大恶之，明日杀而炙之，复以充馔。未下咽，疮毒大作，肿满一面，久之稍愈，而溃汁流至喉下，啮肌成穴，殊与鸡受刃处等，鲜血沾滴无休时，竟死。（右六事皆闻于妻族）

【译文】唐州相公河的杨某，娶一姓陈的亲戚家的女子为妻。杨某官至宣赞舍人，平生喜欢吃鸡，他杀死的鸡子不计其数。到了晚年，杨某的鬓角上长了个毒疮，但并不十分严重。有一天，他家里养的鸡忽然在半夜时分长鸣，杨某非常生气，第二天便把鸡子杀了，用火把鸡子烤熟后，杨某便把鸡肉当饭吃。杨某还没咽下鸡肉时，头上的毒疮便肿起来了，时间长了，毒疮稍微好了些。但毒疮溃烂后，里面的毒汁流到了他的喉管处，把喉管腐蚀了个小洞，那位置与鸡受宰杀时的刀口位置相当，鲜血不断地从小洞中滴出，最后杨某便因此而死掉了。

忠孝节义判官

杨纬，字文叔，济州任城人，为广州观察推官，死官下，丧未还。其侄洵在乡里，一日晡时，昏然如醉，欻见纬乘马从徒而来，洵遽迎拜。既坐，神色悠然如平生。洵跪问曰："叔父今何之？”曰：“吾今为忠孝节义判官，所主人间忠臣、孝子、义夫、节妇事也。”从容竟夜，旁人但见洵拜且言，皆怪之。将行，二紫衣留语曰：“府君好范山下石台，何不就彼立祠？”洵忽寤，告家人曰适广州叔父至云云如此。众悲骇。

因呼工造像。工技素拙，及像成，与纬不少异。始知其神。然以官不显，又无迹状，故州县不肯上其事，祠竟不克立。

纬生为善人，所居官专务以孝弟教民，正直好义，故没而为神。考诸传记，盖未尝有此阴官也。（见《晁无咎集》）

【译文】杨纬，字文叔，济州任城（今山东济宁）人，任广州观察推官，死在任上，尸骨还没往老家迁葬。杨纬的侄子杨洵在家里，一天傍晚时分，杨洵昏然如醉，他忽然看见杨纬骑着马，带着仆从来了，杨洵急忙上前迎拜。杨纬坐了下来，无拘无束的，像活着的时候一样。杨洵跪着问杨纬：“叔父现在要到哪儿去？”杨纬说：“我现在是忠孝节义判官，掌管人世间的忠臣、孝子、义夫、节妇等事。”杨洵和杨纬交谈了一夜。旁边的人只看到杨洵独自在那里下拜、说话，都觉得很奇怪。杨纬即将要走的时候，有两个紫衣人对杨洵说：“你叔父喜欢范山下的石台，你为什么不在那里为他建立一个祠庙呢？”杨洵忽然醒过来了，他对家里的人说，他叔父杨纬从广州来了，如此等等。众人都感到悲伤而又惊惧。

于是，杨洵便叫来工匠，让工匠雕塑杨纬的像。这个工匠平常技艺粗拙，但等塑像雕成之后，大家一看，竟跟杨纬本人一样。大家这才知道杨纬已成神了。但因为杨纬生前的官职不大，又没有做过什么大事，所以州县的官员都不肯上报其事，因此，终于没能为杨纬建立祠庙。

杨纬是个善人，他居官期间，专以忠孝礼义教化百姓，他为人正直、讲究道义，因此，杨纬死后便成神了。查考前人的传记，还没有记载过阴府有这种官职名称。

龙可前知

东平龙可，字仲堪，邃于历学，能逆知未来事。宣和末，赵九龄见之于京师。赵以父病急归，遇可于门，可曰："京师将有大变，吾亦从此去矣。"扣之，曰："火龙其日，飞雪满天。"明年，金虏犯都城，以丙辰日不守，时大雪连绵，皆符其语。

【译文】东平人龙可，字仲堪，历学造诣颇深，能预知未来之事。宋徽宗宣和末年（1125），赵九龄在京城里见到了龙可。赵九龄因为父亲病危而离京返家里时，在门前遇到了龙可，龙可对他说："京城即将发生重大变故，我也要离开京城了。"赵九龄问龙可京城将发生什么变故，龙可说："火龙其日，飞雪满天。"第二年，金兵攻打京城，京城于丙辰日失守。当时大雪纷飞，正如龙可所说。

水月大师符

绍兴二十一年，襄阳夏大雨，十日不止，汉江且溢，吏民以为忧。襄阳知县阎君谓同僚曰："事急矣，吾有策可令立止，虽近巫怪，然不敢避此名也。"遂命驾出城，至江上，探怀中符投之，酌酒三祭而归。是夜，雨止；明日，水平如故，一郡敬而神之。

临川李德远时为观察推官，就扣其说，阎具以教之曰：“但如我法，人人可为之，无他巧也。”其法以方三寸纸，朱书一圈，而绕九重，末如一字，书‘水月大师’四字于其上。凡水旱、疾疫、刀兵、鬼神、山林、木石之怪，无所不治。遇凶宅妖穴，书而揭之，皆有奇效。

德远归临川，其侄妇每至晡时，辄为物所凭。新妆易衣，坐于榻以伺，少顷，则与人嬉笑谑浪，竟夜乃息。德远密书符贴户限内，妇不知也。明日，在床上见伟男子冠带如常时而来，及房外若有所碍，戟手骂曰：“贱女子，忍遽忘我乎！”妇应曰：“我未尝有此心，何为发是语？”男子举足欲入，终不能前，遂去。妇洒然如醉而醒，始为人言之，盖罔罔累旬，了不知身之所寄也。自是遂安。

予为礼部郎日，德远为太常主簿，同行事斋宫，为予书之，然未之用也。

【译文】宋高宗绍兴二十一年（1151）夏天，襄阳（今湖北襄阳、当阳等地）下大雨，下了十天，雨仍未停，汉江即将泛滥，官吏、百姓都为之担忧。襄阳县知县阎某对他的同僚们说：“汉江即将泛滥，事情急迫，我有一个方法可以立即停止下雨。虽然这个方法近似巫术，但我也顾不着那么多了。”于是，阎某便乘车来到江边，取出怀里的符扔进江中，然后倒酒洒江致祭，祭罢便返回县府去了。当天夜里，雨就停了。第二天，汉江之水便平复如初了。全州郡的人都很敬佩阎某，认为他是个神奇人物。

临川（今属江西）人，李德远，当时任襄阳观察推官，他前去找阎某请教其符术。阎某对李德远说："只要知道我的方法，人人都能实施这个符术，并没有什么特殊技巧。"他的方法是：用红笔在一个三寸见方的纸上画一个红圈，在红圈外面环绕九层小红圈，在最后横写像个一字，写上"水月大师"四个字。遇到水旱、疾疫、刀兵、鬼神、山林、林石等灾祸，都可以用这个符术治之。遇到凶宅妖穴时，画出这个符，拿来驱邪，都有奇效。

李德远回到临川，当时，他的侄媳妇每天傍晚时分，总是被妖物所欺凌。每到傍晚时分，李德远的侄媳都要梳妆打扮一番，然后坐在床上等待，过一会儿，她便开始与别人嬉笑调情，闹腾一夜之后才作罢。于是李德远便画了个符，偷偷地贴在他侄媳的门后，而他侄媳并不知道。第二天，李德远的侄媳在床上看见一个衣冠楚楚的美男子又在傍晚时分来了，美男子到了屋外似乎被阻挡住了，于是美男子便用手指着李德远的侄媳骂道："你这贱女人，这么快就把我忘了！"李德远的侄媳说："我何尝忘了你呢，你为啥说出这样的话来？"美男子便想抬脚入门，但他最终没能进去，于是，美男子就离去了。李德远的侄媳忽然间像从酒醉中醒过来了，她这才对家人说了美男子的事，原来以前的几十天里，她精神恍惚，全然不知自己身在何处。从此之后，李德远的侄媳便安然无事了。

我任礼部郎时，李德远任太常主簿，我们一同去斋宫祭祀时，李德远给我画了那个符。但是，我一直没用过。

贾县丞

李德远，绍兴二十七年调官临安，馆于白壁营，与福州姚知县同邸。时方盛夏，每夕纳凉于后轩。姚之旧友贾县丞，来料理去失告身事，所居相去百步，早出暮还，必过姚话夜，李因得识之。

贾丞，长安人，谈骊山宫阙、故都井邑之盛，衮衮可听。又尝为缙云丞，说鬼仙英华事迹，尤有据依。姚李更买酒设果，与之接款，凡两月，始各舍去。

又二年，李为敕令所删定官，局中从容与同僚唐信道语及怪神，唐具述英华之故。李应答如响。唐曰："君何以知之？"以所闻告。唐骇曰："得非长身多髯者乎？"曰："然。""陕西人乎？"曰："然。"曰："是人自缙云罢即死，其兄葬之某处，吾送之窆乃反，于今十年矣，安得如君所云者乎？"李方追惧，毛发为洒淅。徐思之，相从如是久，而未尝白昼一来，虽同饮啄语笑，然其坐常去灯远，元不熟审其面目。今知乃鬼尔。姚生别后岁余而殂。

【译文】李德远，宋高宗绍兴二十七年（1157）往临安（今浙江杭州）等候调官，在白壁营，李德远和福州的一个知县姚某同住在一个旅店时。当时正是盛夏时节，他们每天晚上都在旅店后面的亭轩下乘凉。姚某的旧友贾县丞，来料理去失告身事，贾某所居之处，离李德远和姚某所居旅店仅隔百步远，贾某天天早出晚归，每天晚上必定去找姚某闲谈，李德远因此得以认识贾某。

贾某，是长安（今西安）人，谈起骊山宫阙、长安街市之盛来，总是滔滔不绝。贾某还曾任过缙云县县丞，因此每谈及鬼仙英华事迹，他也总是说得有根有据的。姚某和李德远交替置买酒菜、水果，招待贾某，他们天天晚上在一起闲谈，两个月之后，他们三人才各自散去。

两年之后，李德远在敕令所任删定官，在办公的空闲时候，与同僚唐信道谈论及鬼神之事时，唐信道详细地讲述了鬼仙英华的故事，李德远总能接住唐信道的话头，说得更为详尽。唐信道问：“你怎么会知道呢？”李德远说他是听贾某讲的。唐信道惊异地问：“你所说的贾某，该不是一个高个子、多胡须的人吧？”李德远说：“是的。”唐信道又问：“是陕西人？”李德远说：“是陕西人。”唐信道说：“这个贾某，曾任缙云县县丞，罢官后就死了，他哥哥把他埋在某处，当时我把他的灵柩送到墓坑里之后才返回，到现在已经十年了，他怎么可能会给你们讲故事呢？”李德远这才感到有些后怕，顿时毛骨悚然。李德远慢慢回想当时的情景，当时他们交往两月之久，而贾某从未在白天去找过姚某和李德远。夜里，他们三人虽一同喝酒说话，但贾某总是坐在远离灯火的地方，而李德远又不曾仔细观察过贾某的面目。直到这时。李德远才知道他当时见到的贾某是个鬼魂。而姚某同李德远和贾某分别之后一年多就死掉了。

郑道士

建昌王文卿既以道术著名，其徒郑道士得其五雷法。往来筠、抚诸州，为人请雨治祟。如呼雷霆，若响若答。

绍兴初，来临川，数客往谒，欲求见所谓雷神者，拒之不克，乃如常时诵咒书符，仗剑叱咤。良久，阴风肃然，烟雾亏蔽，一神人峨冠持斧立于前，请曰：“弟子，雷神也，蒙法师招唤，愿闻其指。”郑曰：“以诸人欲奉观，帮遣相召，无它事也。”神恚曰：“弟子每奉命，必奉上天乃敢至，迨事毕而归，又具以白。今乃以资戏玩，将何辞反命于天？此斧不容虚行，

法师宜当之。”即举斧击其首，坐者皆失声惊仆，移时方苏，郑已死矣。（右三事皆李德远说）

【译文】建昌（今江西南城）人王文卿以道术著名，他的徒弟郑道士跟他学会了五雷法。郑道士往来于筠州（今江西高安）、抚州（今江西临川）一带，为人们祈雨治妖。郑道士召唤雷霆，有呼必应。

宋高宗绍兴初年（1131年前后），郑道士来到临川县，有几名官人前来拜见郑道士，他们想见见雷神，便来求郑道士如唤雷神，郑道士没能拒绝客人的要求，便像往常一样诵咒画符，手执宝剑，高声怒喝。过了许久，阴风怒号，烟雾迷蒙，一个神人头戴高帽、手持神斧站立在郑道士面前，神人说道：“弟子雷神，蒙郑法师召唤，前来听命。”郑道士说：“因为有几个人想拜见你，所以我便把你召来了，并无别的事情。”雷神愤怒地说：“弟子每次蒙你召唤，必须禀报上天之后才敢前来，等办事完毕返回之后，还要向上天汇报。今天你竟召我前来以供戏耍，让我如何向上天复命呢？我手中的神斧不容许我虚此一行，郑法师应该吃我一斧。”雷神当即举起神斧砸向郑法师的脑袋，在场的客人都惊叫倒地。过了一会儿，几个客人苏醒过来，而郑法师已经死了。

黄乌乔

邵武黄敦立少时游学校，读书不成，但以勇胆戏笑优游闾里间。邑人以其色黑而狡谲，目之曰“乌乔”。所居十里外有大庙，乡民事之谨，施物甚多，皆门外祝者掌之。黄欲取其缣帛以嫁女，祝知难以词却，姑语之曰："君动以杯珓卜，若神许君，无不可者。"黄再拜祷曰："积帛庙中，颇为无用，移此人惠人，神所乐也，而庸祝不解神意，尚复云云。大王果见赐，愿示以圣珓。或得阴珓，则夫人垂怜，尤为上愿。若得阳珓，则阖庙明神皆相许矣。"祝不敢言，竟负帛以归。

它日，与里人会，或戏之曰："君名有胆，今能持百钱诣庙，每偶人手中置一钱，然后归，当醵酒肉以犒君。"黄奋衣即行。二少年轻勇者阴迹其后。间道先入庙，杂于土偶间，窥其所为。有顷，黄至，拜而入曰："黄敦立来施钱，大王请知。"遂摸索偶像，各置其一，或手不可执，则置诸肩上。俄至少年所立处，突前执其臂，黄以为鬼也，大呼曰："大王不能钤勒部曲，吾来舍钱，而小鬼无礼如是！"又行如初，略无怯意，即毕事，局庙门而出，其党始叹服之。

溪北旧有异物，好以夜至水滨，见徒涉者，必负之而南。或问其故，答曰："吾发愿如此，非有求也。"黄疑其必为人害，诈为它故，连夕往，是物如常态负而南。后三日，黄谓之曰："礼尚往来，吾烦子多矣，愿施微力以报。"物谢不可，黄强举而抱之。先已戒家仆，束草然巨石。财达岸，即掷于石上，其物哀鸣丐命。及烛至，化为青面大玃矣。殴杀投火中，环数里皆闻其臭。怪自此绝。（徐椿说）

【译文】邵武（今属福建）人黄敦立少年时不好好上学，没读成书，只是胆子很大，整天在街头巷尾打闹玩耍。因为黄敦立肤色委黑而且狡猾诡谲，所以人们给他起了外号叫"乌乔"。与黄敦立住家相距十里处有一个大庙，人们都好到庙中进香，因此庙里积存了很多供品，这些供品都由寺庙的庙祝掌管着。黄敦立想把庙里的丝帛拿回家赔送闺女，庙祝知道难以用言辞拒绝黄敦立，便对黄敦立说："你为啥不用掷杯珓来卜一卦呢？如果神灵许诺，你尽管把丝帛拿回家去。"黄敦立在神像前拜了两拜，祷告说："丝帛积存在庙里，毫无用处，把这些丝帛恩赐给人们，当然是神灵乐意的事，但是昏庸的庙祝不解神意，尚且推三阻四。大王如果愿意恩赐，希望让我求得圣珓。如果我掷得一阴珓，则是夫人对我垂怜，是最好的愿望，如果我掷得一阳珓，那便是庙里的所有神灵都允许我拿走丝帛了。"庙祝不敢说话，最后黄敦立便背着丝帛回家了。

有一天，黄敦立和几个邻居在一起闲聊，有个人戏弄黄敦立说："你是有名的胆大人，如果你夜晚敢拿一百文钱到庙里去，在每个神像手中都放一文钱，然后返回来，我们几个就凑钱买来酒肉犒劳你。"黄敦立当即前往寺庙。有两个轻薄、胆大的少年人，偷偷跟在黄敦立的后边，抄近道先进入庙中，站在神像之间，以偷看黄熟立到庙中的作为。过了一会儿，黄敦立也来到庙里，他拜了一拜说："黄敦立前来施钱了，请大王知晓。"接着，黄敦立便摸索着每个神像，在每个神像手中都放一文钱，有的神像手上放不住钱，他便把钱放在神像的肩上。不一会儿，黄敦立摸索到一个恶少站立的地方，那个轻薄少年突然伸手抓住了黄敦立的胳膊，黄敦立以为是鬼，便大声说道："大王不能约束你的部下！我是来施舍钱的，但是你手下的小鬼竟然如此无礼！"说完便继续摸索着神像手中放钱，黄敦立一点也不害怕。放完钱之后，黄敦立便走出庙门回家去了。那一伙人这才佩服黄敦立。

河北边有个怪物，喜欢在夜间到河边，看见有人徒步涉水过河时，那怪物必定要背着涉水的人，把他送到河的南岸。有人问那个怪物为啥要这样做，怪物说：“我愿意这样做，并没有什么欲求。”黄敦立担心怪物必定要害人，于是他谎称有事，接连几个夜晚前往河边，那个怪物像往常一样背着黄敦立过河。三天之后，黄敦立对怪物说：“礼尚往来，我已多次麻烦你背我过河，今天晚上，我想背着你过河以答谢你。”怪物推辞着不让黄敦立背它，但黄敦立却强行背起怪物。黄敦立事先已告诫仆人，让仆人用草把河南岸的一个大石块烧热。黄敦立把那怪物背上岸之后，便立即把它扔到已经烧热的石块上。怪物被烧得大声哀叫，乞求黄敦立饶命。等仆人打着火把赶到时，怪物已变成了一只青面大猴。黄敦立便把猴子打死扔进火里，方圆几里地都能闻到臭味。从此之后，妖怪便绝迹了。

綦叔厚

綦叔厚尚书登第后，僦马出谒，道过一坊曲，适与卖药翁相值。药架甚华楚，上列白陶缶数十，陈熟药其中，盖新洁饰而出者。马惊触之，翁仆地，缶碎者几半，綦下马愧谢。

翁，市井人也，轻而倨。不问所从来，捽其裾，数而责之曰：“君在此尝见太师出入乎？从者唱呼以百数，街卒持杖前呵，两岸坐者皆起立，行人望尘敛避。亦尝见大尹出乎？武士狱卒，传呼相衔，吾曹见其节，奔走不暇。今君独跨敝马，孑孑而来，使我何由相避？”凡侮诮数百言，恶少观者如堵。

綦素有谐辩，不为动色，徐徐对之曰：“翁翁责我甚当，我罪多矣。为马所累，顾无可奈何。然人生富贵自有时，我岂不愿为宰相？岂不愿为大尹？但方得一官，何敢觊望？翁不见井子刘家药肆乎？高门赫然，正面大屋七间，吾虽不善骑，必不至单马闯入，误触器物也。”恶少皆大笑称善，翁亦羞沮，以俚语谓綦曰：“也得，也得。”遂释之。井子者，刘氏所居，京师大药肆也，故綦用以为答。（赵恬季和说）

【译文】尚书綦叔厚在科举刚及第时，骑着租来的马出门拜谒官宦，经过一个曲折的街道时，刚好与一个卖药翁对面相遇。卖药翁的药架颇为华丽，上面陈列着几十个瓦罐，瓦罐中放着药物，卖药翁是刚收拾干净后才出来的。綦叔厚的马受惊而碰倒了卖药翁，卖药翁的瓦罐差不多被摔碎了一半。綦叔厚便从马背上跳下来向卖药翁道歉。

卖药翁是个市井小民，轻薄而倨傲，他不问三七二十一，上前揪住綦叔厚的衣服，责怪说：“你在京城里见到过太师出入吗？数百仆从前呼后拥，吏卒持杖喝道，街道两旁的人慌忙起立，街上的行人纷纷避让。你见到过大尹出入吗？武士狱卒，成群结队，我们老百姓看到大尹的旗帜便慌忙躲避。现在，你独自一人骑着一匹疲惫的马，孤孤单单地在街上行走，难道也要我给你让路不成？”卖药翁极尽侮辱讥笑之能事，招来成群的恶少前来围观。

綦叔厚素来善于诙谐地辩白，卖药翁极力讥笑责怪他，他却面不改色，卖药翁讥笑完毕，綦叔厚慢悠悠地对卖药翁说：“老翁责骂得极是，确实是我错了。不过，我是受马连累，原本无可奈何。再说了，人生富贵自有时，我岂不愿意做宰相？岂不愿意做大尹？但是，我刚得到一个官职，现在怎敢奢望做大官呢？翁不见井子的刘家药店乎？高大楼，好不气魄！正面大屋七间，我虽然不善骑马，也决不至于骑马闯入店内，误损药店的器物。”围观的恶少都大笑称善，卖药翁也被说得羞愧、沮丧，他偿由自主地用土话说：“也得，也得。”并松开了綦叔厚的衣服。井子，是刘氏的住宅，也是京城中有名的大药店，因此，綦叔厚便用它来回敬卖药翁。

卷第十五（十五事）

扫码听谦德
君为您导读

黄师宪祷梨山

绍兴戊午，黄师宪自莆田赴省试，与里中陈应求约同行，以事未办，后数日乃登途。过建安，诣梨岳李侯庙谒梦，梦神告曰："不必吾言，只见陈俊卿已说者是已。"

黄至临安，方与陈坐，询其得失。陈盖未尝至彼庙也，辞以不能知。黄逼之不已，陈怒，大声咄曰："师宪做第一人，俊卿居其次，足矣！"黄喜其与梦合，乃以告之。既揭榜，如其说。

【译文】宋高宗绍兴八年，黄师宪从莆田县前去参加省试，他原本与邻人陈应求约好一同前往，但因为有些事情还没办完，所以他比陈应求晚走了几天。黄师宪途经建安（今福建建瓯）时，到梨山李侯庙求梦，他梦见神人对他说："你的前程，不用我告诉你，你只要见到陈应求，陈应求所说的话就是正确的。"

黄师宪来到临安（今杭州），他刚见到陈应求，便询问陈应求自己觉得能否考好。陈应求并不曾去过李侯庙，黄师宪问他时，他便推辞说能否考好他也不知道。黄师宪再三追问陈应求，陈应求恼了，于是便气愤地说："黄师宪考第一，陈应求考第二，你该满意了吧！"黄师宪很高兴，便把他做的梦告诉了陈应求。等考试成绩张榜公布后，果然是黄师宪第一，陈应求第二。

周昌时孝行

临江军富人周十三郎，名昌时，事母郑氏甚孝。郑病腰足五年余，行步绝费力，招数医治药，略无小效。

绍熙二年中秋夜，周与妻侍母饮酒赏月。见母坐立艰辛，不觉堕泪。洎罢就寝，抽身潜起，妻谓其登厕耳。乃怀小刀下庭，向空朝北斗祷云："老母染疾久，百药并试，有加无减，今发愿剖腹取肝啖母，以报产育乳养之恩。望上真慈悲，俾获感应。"梦香讫，将施刃，忽闻有声自后叱喝，且以杖击其背。惊而回顾，寂不见人，但有封贴在地。取视之，中有纸书云："周昌时供奉母病，累岁孝行，此药三粒，赐郑氏八娘。"周捧泣拜谢。俟明旦，以进母，积痾顿瘳。方具所见告妻子。

【译文】临江军（今江西清江）富人周十三郎，名叫昌时。周昌时十分孝敬母亲郑氏。郑氏腰腿疼痛已经五年多了，走路极为费力。周昌时请来几个医生为母亲医治，但一点儿也不见效。

宋光宗绍熙二年（1191）中秋之夜，周昌时和妻子一起陪侍母亲饮酒赏月。周昌时看到母亲坐立艰难，不觉落下泪来。等赏月完毕，大家都入睡后，周昌时悄悄起身外出，他妻子以为他是去厕所了。周昌时拿了一把小刀走到院里，面朝北斗，祷告说："老母已病了很久了，各种药物都用了，但病情仍有加无减。现在我自愿剖腹取肝，让老母治病，以报答母亲的生养之恩。希望上天慈悲，让我母亲的病得以痊愈。"周昌时烧过香后，准备用刀剖腹时，忽然听到身后有呵斥声，并且有人用木杖击打周昌时的后背。周昌时吃了一惊，慌忙回头去看，但背后空无一人，不过地上扔有一封信。周昌时打开信一看，上面写着："周昌时诚心为母治病，连年行孝，这里有三粒药丸，赐给郑氏治病。"周昌时捧着药丸，泪流满面，向空中拜谢。等到第二天早上，周昌时把那三粒药丸送给母亲吃了，郑氏的旧疾顿时痊愈了。周昌时这才把昨夜所见告诉了妻子。

虞孟文妾

衢州龙游人虞孟文，以钱十四万买妾，颇有姿伎，蒙专房之爱。无何，孟文死。其从弟仲文，忍人也，强以元直畀嫂氏，领妾以归。仅数月，妾梦故主君来责之曰："汝在此处睡，莫未便！"寤而惧，以告仲文，仲文向曰："彼已死，乌能畏我？"鸡鸣起奏厕，方过堂下，兄持梃坐堂上，起逐之，击之至再。走而免，遂得病亡。

【**译文**】衢州龙游（今属浙江）人虞孟文，用十四万文钱买了一个妾，妆颇具姿色，虞孟文专宠此妾。不久，虞孟文死了。虞孟文的堂弟虞仲文，是个狠心人，他强行送给他嫂子十四万文钱，把那个妾带回他家。仅仅过了几个月，妾梦见虞孟文对她说："你睡在这里，倒是挺安逸的！”妾醒来后感到恐惧，便告诉了虞仲文。虞仲文说：“他已经死了，怎么能吓住我？”鸡叫的时候，虞仲文起来去厕所，刚到堂屋，便看见虞孟文拿着棍棒坐在堂屋里。虞孟文一见虞仲文便站起来去追打他。虞仲文慌忙跑了，因而没被打着，虞仲文遂因此得病而死。

鱼肉道人

黄元道，本成都小家子，生于大观丁亥，得风搐病，两手挛缩不可展，膝上拄颐，面掣向后，又喑不能啼。父母欲其死，置于室一隅，饥冻交切，然竟不死。独祖母哀怜之，时时灌以粥饮。

活至七岁，遇道人过门，从其母求施物。母愧谢曰：“家极贫，安得有余力？”道人曰：“然则与我一儿亦可。”母以病者告。曰：“得此足矣。”以布囊盛之，负而出。乃父迹其所往，则至野外取儿置地上，掬白水洗濯，脱所披纸被蒙其体，□□□□一粒纳儿口，旋绕行五六十里步……

（原本下缺九行又十字）鱼一头，使生食，又溺于□□□□染指尝之，甘芳如醴，捧钵尽饮，有声入腹铮铮然。忽若推堕崖下，所见犹元牧之处，牛在旁吃草，无少异。觉四体不佳，跳入山涧中坐，水深及肩，展转酣畅。越一夜乃出，则神气洒落，方寸豁如，非复前日事，不知几何时矣。

牵牛还王家，主人讶曰：“小儿何所往，许久不归？”自此日游廛市，能说人肺府隐匿。或骂某人曰：“汝行负神明，且入鬼录。”又骂某人曰：“汝欺罔平民，将有官事。”已而果然。市人畏其发伏，相戒谨避之。王翁缚而闭诸室，寻纵去，入峨眉山累年。会张魏公为宣抚使，奉母夫人来游山，见之，携以出。年随公出蜀，甫下峡，不辞而去。

过武当山，孙旭先生告之曰：“罗浮山黄野人，五代时□惠州刺史，弃官学道。今仙品已高，宜往敬拜，以求延年度世之术。”欣然而行，至罗浮崇真观问津，观主曰：“山有三石楼，高处殆无路可上，须扳藤萝援枯木，如猿猴以登。不幸陨坠，必糜碎于不测之渊。君不为性命计，则可往。”黄曰：“若顾恋性命，安肯来此？”乃告以其处。

杖策径行，而下石楼始自崖而升，仅可容足。将及中楼，风雨骤至，急趋一石穴避之。迫暮留宿，夜闻林莽戛戛声，大蚺蛇入穴，继之者源源不已，蟠绕于旁。黄瞑目坐达旦，群蛇以次去。复前行，崖路中绝。独巨藤枝下垂，援之以上，相望极目，但随蔓势高下以进。日力垂尽，始到上楼。一穴圆明通中，匍匐过之，达岩畔，望野人绿毛被体，踞石坐。

肃容设拜，拱而立，其人殊不视。黄不敢喘息。久之，忽问曰：“汝为谁？何自来此？亦何用见我？”具以对。曰：“料汝且饥且渴。”自起，揭所坐石，石下泉一泓，极清，指曰：“此可饮。”黄以槲叶勺酌之，可二升许。腹大痛，亟出，大泄二十余行，始定。复入侍，方命之坐。始言曰：“浮世荣华富贵，疑若可乐，至人达观，直与腐鼠等耳。人能处此地，与居富贵等，虽尽今生至来生不厌倦，倘一毫蒂芥，顷刻不可留。汝观此间，别有佳处否？”对曰：“游先生之庭，尚不敢左右眄，焉知其他？”野人曰：“汝试观吾受用处。”引手扪石壁，划然洞开，相与入其中。其上正平，光彩如径，其下清泉巧石、奇花异卉，从横布列，两池相对。谓黄曰：“汝留此为我治花圃，东池水可供饮，西池以溉灌，勿误也。”遂先出，闭壁门。

黄奉所教。地方七八丈，而无所不有，牡丹五色，花皆径尺，室中常明，不能辨昼夜。居之甚久，花叶常如春。一日，野人启门入，甚喜，曰：“汝果能留意于此，真可教。汝姑去此，吾之学长生久视法也，与寂灭之道不同，当尽世间缘乃可。兼汝服珍泉，涤秽已尽，宜别有所食。”于钵中取鱼肉如故山所得者与之，指石窟宿溺使尽饮。遣下山，曰：“汝归，逢人与鱼肉，任意啖之，直俟不欲食时，复来见我。”黄再拜辞去，从此能啖生肉至十斤，后稍减少。

绍兴二十八年，召入宫，赐名元道，封“达直先生”，戒令勿食鱼。御制赞赐之，曰：“不火而食，大古之民。不思而书，莫测其神。外示朴野，内含至真。白云无迹，紫府常春。”

周参政旧与之善，闲居宜兴，黄过之，书“明月双溪水，清风八咏楼”十字以献。后二年，黄以口过逐居婺，周公适自当涂移守，所书始验。

凡此诸说，多得之于周。乾道二年，予见之鄱阳，食肉二斤，而饮水犹一斗。证其得道始末，与周说不差。故采著其大略。又一年，在九江为郡守林栗黄中所劾治，杖而编隶之。

【译文】黄元道，本来是一个穷人家的孩子，生于宋徽宗大观元年（1107），出生后患搐风病，两手痉挛卷曲、伸展不开，两膝卷曲上抵两腮，脸面扭曲向后，又是个哑巴、不会啼哭。黄元道的父母想让黄元道死掉，于是便把他放在屋里的一个角落里，饥寒交迫，但黄元道竟然没有被折磨死。黄元道的祖母可怜他，常常给他灌些稀粥。

黄元道七岁的时候，有一个道人从他家门口经过，道人向黄元道的母亲乞求施舍，黄母惭愧地说："我家贫困至极，哪儿有力量布施你呢？"道人便说："既然你家极贫，那么你送给我一个孩子也行。"黄母便说家里有个病孩儿，可以送给道人。道人说："得到这个病孩儿，我已心满意足了。"道人便把黄元道装进一个袋子里，背着走了。黄元道的父亲跟在道人后边，以观察道人往什么地方去。黄父看到道人把黄元道背到野外后，把黄元道从袋子里取出来放在地上，用手捧清水把黄元道洗了洗，然后道人又脱掉自己披的纸被把黄元道盖起来，把一粒药丸放进黄元道的口里，之后，道人便围着黄元道转了几十圈……

……拿一条鱼让黄元道生吃下去，又尿在钵盂里，让黄元道喝，黄用手指沾了一点放进嘴里一尝，像甜酒一样甘甜、芳香，于是他便把钵里剩下的全喝了，入腹时铮铮作响。忽然间，黄元道好像被推落到悬崖下面去了。黄元道一看，他还是在原来放牛的地方，牛仍在他身旁吃草，周围的一切都还是先前的样子，黄元道感觉四肢不舒服，便跳入山涧，坐在水中，水深及肩，黄元道尽情地在涧水中浴洗。过了一夜，黄元道才从涧水中出来，他觉得精神洒脱，心里空荡荡的，不但前些日子的事都忘了，也不知道当时是几月几日。

黄元道牵着牛回到王家，王掌柜惊讶地说："你这孩子到哪儿去了，这么长时间没回来？"从此之后，黄元道天天在街市上游玩，他能说出别人心里的隐秘之事，有一次他骂某人说："你的品行让神灵感到不满，你将进入阴府。”又有一次，他骂另外一个人说：“你欺瞒平民，将要吃官司。”不久，黄元道说的话都应验了。人们害怕黄元道揭露他们的隐私，便相互诫要小心躲避黄元道。王掌柜把黄元道绑起来关闭在屋里。但是过了不久，黄元道便逃出来了。后来，黄元道在峨眉山住了几年。张魏公任宣抚使时，侍奉他母亲到峨眉山游览。张魏公在峨眉山见到黄元道，便把黄元道带出了峨眉山。后来，黄元道跟着张魏公走出蜀州（今四川），刚出三峡，黄元道便不辞而别了。

后来，黄元道拜谒武当山时，孙旭先生对他说：“罗浮山上的黄野人，五代时曾任惠州刺史，后来他弃官学道了。现在，黄野人的仙品已高深至极。你应该前往罗浮山去拜见黄野人，以求学长生不老之术。”黄元道欣然而行，到了罗浮山崇真观，黄元道向观主询问怎样才能找到黄野人，观主说：“罗浮山有上、中、下三重石楼，到了高处时大概没有路可以通向上石楼，必须借助山崖上的藤萝、枯木，像猿猴那样攀援而上，才能登上石楼、找到黄野人。如果在攀援山崖时，不幸掉落下来，必然要摔进万丈深渊而粉身碎骨。如果你不怕摔下山崖而丧命，你才可以前往。”黄元道说：“如果我贪生怕死，就不会到这里来。”观主便把登山的路线告诉了黄元道。

黄元道便拄着拐杖径直上山下。下石楼尚有一个崎岖的山崖小道可以行走；快到中石楼时，风雨突至，黄元道急忙跑进一个石洞中躲避狂风暴雨。因为天色已晚，黄元道便留在石洞中过夜。夜里，黄元道听到山林中嘎嘎作响，继而一条大蛇爬进黄元道所在的石洞中，后面还跟着成群结队的蛇，群蛇卷曲盘绕在黄元道的身旁。黄元道闭着眼睛在石洞中坐到天明。群蛇相继离去。黄元道继续往前走，山崖小道半途中断了，只有巨藤枝悬挂在峭崖绝壁上，黄元道便抓着藤枝向上攀登，其间，时常有断断续续的崎岖小道可以行走，但每一段小道都只有几十步长。黄元道站在悬崖上俯瞰江水，极目望去，江水在险峻的山间弯曲蔓延，缓缓流淌。太阳快落山的时候，黄元道才攀登到上石楼。上石楼上，有一个圆洞，从洞中透出光来，黄元道从圆洞中爬了进去。走到岩边，黄元道看见一个野人，身披绿毛，盘腿坐在石头上。

黄元道庄重地向野人拜了一拜，拱着手恭敬地站立在一旁，野人并不理睬黄元道。黄元道站在一旁，不敢大声喘息。过了许久，黄野人突然问黄元道："你是谁？从哪儿来？找我干什么？"黄元道一一作了回答。黄野人说："想必你又饥又渴吧！"黄野人说着便站了起来，掀起他坐的那块石头，石头下面有一泉水，水极清。黄野人指着泉水说："这水你可以喝。"黄元道用槲叶勺舀取泉水，大约喝了两升水。喝过泉水后，黄元道的肚子便疼痛起来，他急忙跑出去拉了一通稀屎，肚子里才好受些。之后，黄元道又回到黄野人身边时，黄野人才让黄元道坐下。黄野人说："世俗的荣华富贵，似乎值得留恋，但在达观至人眼中，荣华富贵与腐烂的老鼠无异。人若能在此山洞中居住，也是富贵之人，即使这辈子住死在洞中也不厌倦这个地方，倘若心中丝毫不快，这里便一刻也不能留。你看这地方是是否别有洞天？"黄元道说："我身处先生的庭院之中，尚且不敢乱看，怎知其他绝妙去处？"黄野人说："你不妨看看我的花圃。"说完，黄野人便举手按向石壁，石壁豁然洞开，黄野人和黄元道一同进入洞中。洞顶方正平滑，光彩如镜；地上清泉巧石、奇花异卉，纵横有序，两池相对。黄野人对黄元道说："你就留在这里，为我管理花圃，东边的池水可以饮用，西边的池水是用来浇花的，你不要搞错了。"说完，黄野人便走了出去，关上了壁门。

黄元道在洞中，按照黄野人交代的话灌溉花草。洞中的地面八丈见方，但无所不有。牡丹花是五色的，花朵直径达一尺。洞中常明，无昼夜之分。黄元道在洞中住了很久，花叶常如春。一天，黄野人打开壁门进入洞中，见到黄元道便高兴地说："你果然能安心留住此地，真是可以教导。你现在暂且离开这里，我学的是长生久视法，与长生不死之术不同，要学长生久视法，必须了结俗世因缘才行。加之你已饮用珍泉之水，脏内污秽已被荡涤干净了，应该吃点别的东西。"黄野人从钵中取出鱼来，这鱼和黄元道早些时候所生吃的那个鱼一样，黄野人把鱼交给黄元道，又指着石穴中积存的尿，让黄元道全部喝了，然后便打发黄元道下山。黄野人说："你回去之后，遇到别人送你鱼肉时，你可以随意吃，直到不想再吃鱼时，再来见我。"黄元道拜了两拜，便告辞了。从此之后，黄元道最多时能吃十斤生鱼肉，后来逐渐减少了。

宋高宗绍兴二十八年（1158），黄元道应召入宫。皇上赐名元道，并封他为"达真先生"，皇上戒令黄元道不能吃鱼。宋高宗还赐给黄元道一首赞文，文曰："不火而食，太古之民。不思而书，莫测其神。外示朴野，内含至真。白云无迹，紫府常春。"

周参政过去与黄元道交好，闲居宜兴时，黄元道曾去拜访过他。黄元道写了"明月双溪水，清风八咏楼"十个字，献给周参政。两年之后，黄元道因贪嘴吃鱼而被逐居婺州（今浙江金华）；当时，周参政刚巧当涂县调任婺州太守。至此，黄元道所写的十个字才得到验证。

以上内容，大都是从周参政处得知的。宋孝宗乾道二年（1166），我在鄱阳（今江西波阳）见到了黄元道，当时，他能吃二斤生鱼肉，而且还要喝一斗水。询问他得道的过程，他说的与周参政说的大体一致。因此，我便大略记述了黄元道的事迹。又过了一年，黄元道在九江被郡守林栗所弹劾，黄元道受杖刑之后，被充作奴隶。

房梁公父墓

吕忠穆丞相，政和初葬其父于济南之历城。穿墉二丈得石椁，墓兆俨然，中空无所有，但存一石，曰："隋司隶刺史房彦谦之墓"，与吕氏所卜地窆穴无分寸不同，遂葬其处。

彦谦即唐宰相梁公玄龄之父也。梁公为太平贤相，而忠穆亦为中兴名宰，相去五百年而休证冥合如是，异哉。

【译文】丞相吕忠穆公（名颐浩），宋徽宗政和初年（1111），把他父亲埋葬在济南历城（今山东济南）。吕颐浩命人挖墓道时，挖出一个石椁，墓域整齐，石椁中没有棺材，只有一声碑石，上面刻着"隋司隶刺史房彦谦之墓"。石椁的大小，与吕颐浩所想要挖的墓穴尺寸完全一致。于是颐浩便把他父亲的棺材放进石椁中埋葬了。

房彦谦，是唐朝宰相、梁国公房玄龄的父亲。梁国公房玄龄是唐代的太平贤相，而吕颐浩也是大宋王朝的中兴名宰，两者时隔五百余年，而又如此巧合，这确实是件稀罕事。（赵不酉说）

种茴香道人

政和末，林灵素开讲于宝箓宫，道俗会者数千人皆擎跽致敬，独一道人怒目在前立。林讶其不拜，叱曰："汝有何能，敢如是？”曰：“无所能。”一何以在此？”道人曰：“先生无所不能，亦何以在此？”

徽宗时在幕中听，窃异之。宣问实有何能，拱而对曰：“臣能生养万物。”即命下道院，取可以布种者，得茴香一掬以付之，俾二卫卒监视，种于艮岳之趾，仍护宿于院中。及三鼓，失所在。明日视茴香，已蔚然成丛矣。

【译文】宋徽宗政和末年（1118），林灵素在宝箓宫开堂讲经，与会的几千名道士、俗人都长跪于地拱手致敬，只有一个道人在前面怒目而立。林灵素见道人不给他下拜，很是惊讶，于是便斥问道人说：“你有什么能耐？竟敢如此傲慢！”道人说：“我没什么能耐。”林灵素又问道：“因何在此？”道人说：“先生无所不能，又因何在此？”

当时宋徽宗在幕后听到林灵素和道人的对话后，认为道人很奇怪。于是，宋徽宗便把道人宣召到面前，问他究竟有什么才能，道人拱手回答道：“臣能生养万物。”宋徽宗当即命人出道院去拿来可以播种的东西，找到一把茴香交给道人。宋徽宗让两个卫兵去监视道人，把茴香种在御园艮岳里边；两个卫兵又监护着道人，让他仍住在道院中。到了夜里三更时分，道人不见了。第二天，宋徽宗等人到艮岳一看，道人所种茴香已经密密麻麻地长出来了。

朱仆射

豫章丰城县江边宝气亭，建炎三年，居民连数夕闻呼“朱仆射”，而不见其人。已而新虔州守冯季周修撰赴官，泊舟亭

下，从行仆朱秀者溺死，八月四日也。（右二事皆吴虎臣说）

【译文】豫章丰城县（今属江西）江边有个宝气亭，宋高宗建炎三年（1129），宝气亭附近的居民接连几个夜晚听到有人喊叫“朱仆射”，但又不见有人。不久，虔州（今江西赣县）新任太守，修撰冯季周赴任时途经宝气亭，冯季周把船停泊在宝气亭下面，他的仆从朱秀掉入水中淹死了，当时是八月四日。

燕子楼

潭州府舍后燕子楼，去宅堂颇远，家人不能至。守帅某卿好游其上。卿晚得良家女为妾，名之曰酥酥儿，嬖宠殊甚，一日亦登楼。问其所以来，答曰：“愿见主翁，心不惮远。”卿益喜，留连经时，使之去。

薄晚，卿还，酥迎于堂。卿顾曰：“适归无它否？”妾愕然曰：“今日在房中，足迹未尝出外，安有是耶？”卿怒曰：“汝来燕子楼视我，我与汝语，良久乃去，何讳之有？”酥面发赤曰：“素不识楼上路，何由敢独行？公特戏我。”旁人尽证其不然，卿惘惘不乐，入燕寝径卧，疑向者所见定鬼物也。

少时，酥入室，拊其背，掖之使起坐，曰：“我真至公所，恐他人知之，故匿不言。亦因以恼公尔，何以戚戚为？”卿意方自解。又与嬉笑，忽曰：“今以实告公，我非酥酥也，请细视我。”视之，则一大青黑面，极可憎怖。卿拊床大叫，外人疾趋至，无所睹。即抱病，遂卒。（王嘉叟说，闻之张敬甫）

【译文】潭州府（今湖南长沙）官府后面的燕子楼，离官吏们的住宅很远，家属都不去燕子楼。某守帅喜欢上燕子楼游玩。守帅晚年娶一良家女为妾，取名酥酥，守帅十分宠爱她。有一天，酥酥也到燕子楼上来了，守帅问她为啥到燕子楼上来了，她说："我想见你，也就不怕路远了。"守帅更加高兴了，他们在楼上停了些时候，守帅便让酥酥先回家去了。

傍晚时分，守帅回到家里，酥酥在堂屋迎接他。守帅问酥酥说："你刚才从燕子楼回来的时候，没什么事儿吧？"酥酥惊愕地说："我今天一直在屋里，不曾外出，根本没去燕子楼。"守帅生气地说："你到燕子楼来看我，我还和你说话了，过了许久你才离开燕子楼，你为什么要否认呢？"酥酥红着脸说道："我不知道去燕子楼的路，怎敢独自前往呢？你是在取笑我。"旁边的人都证明说酥酥没去燕子楼。守帅郁闷不乐，便走进卧室躺在床上，他怀疑刚在燕子楼见到酥酥必定是个鬼怪。

过了一会儿，酥酥走进守帅的卧室，用手拍拍他的背，扶着让他坐起来，然后对他说："我今天确实去燕子楼见你了，因怕别人知道，所以我便说没去过燕子楼。但因此而惹你生气了，不过你又何必闷闷不乐呢？"守帅这才缓解心中的郁闷，便又同酥酥说笑起来。忽然间，酥酥对守帅说："实话告诉你吧，我不是酥酥，请你仔细看看我。"守帅一看，站在他面前的是一个大青黑面的怪物，极可憎怖。守帅被吓得拍床大叫。室外的人急忙走进守帅的卧室，但室内并没有什么东西。守帅当即得病，不久便死了。

阮郴州妇

户部员外郎阮阅，江州人，宣和末为郴州守。子妇以病卒，权殡于天宁寺。阮将受代，语其子曰："吾老矣，幸得解印还。老人多忌讳，不暇挈妇丧以东，汝善嘱寺僧守视，他日来取之可也。"子不敢违。是夜，阮梦妇至，拜泣曰："妾寄殡寺中，是为客鬼，为伽蓝神所拘。虽时得一还家，每晨昏钟鸣，必奔往听命，极为悲苦。今不获同归，则永无脱理。恐以榇木为累，乞就焚而以骨行，得早窆山丘，无所复恨。"阮寤而感动，命其子先护柩还江州营葬。是夜，梦子妇来谢云。

【译文】户部员外郎阮阅，江州（今江西九江）人，宋徽宗宣和末年（1125），任郴州（今属湖南）太守。阮阅的儿媳因病死于郴州，她的灵柩暂时被放置在天宁寺。阮阅即将告老还乡时，对他儿子说："我已经老了，幸而得以辞官还乡。人年龄大了，忌讳也就多了，这次回家时，你先不要带你妻子的灵柩，你给寺僧好好说说，让他们守好你妻子的灵柩，将来你可以再来取回家去。"阮阅的儿子不敢违抗父命，便答应了。这天夜里，阮阅梦见儿媳来了，儿媳下拜之后，哭着对阮阅说："儿媳尸魂寄居在天宁寺，我现在是客鬼，被伽蓝神所约束。即便有时可以回家来，但是每当寺中早、晚敲钟时，我便必须跑去听命，因此，儿媳极为悲苦。如果现在我不能与你们一同返回家乡，那么我的灵魂就永无解脱之理了。倘若公公怕被我的棺木所拖累，我请求你们把我的灵柩烧掉，然后把我的骨灰带回家去，如能早日葬于家乡的山丘之上，我也就没有什么遗憾了。"阮阅梦醒之后，深受感动。于是，阮阅便让儿子先把他妻子的灵柩送回江州埋葬了。当天夜里，阮阅又梦见他儿媳前来向他道谢。

岳侍郎换骨

绍兴十一年岁除之夕，岳少保以非命亡。其子商卿并弟震同妻女皆羁管惠州，郡拘置兵马都监厅之后僧寺墙角土室内。兄弟对榻，仅足容身，饮食出入，唯都监是听。

秦桧死，朝廷伸岳公之冤，且诏存访其家，还诸子与差遣。商卿未拜命间，一夕，闻寺钟鸣，恍惚如梦，见青袍一卒，类亲从快行，系两袖于腰，手挈竹篮，贮刀剑椎凿之属，锋毛吹刃，顿于榻上，长揖，一声大喝，云："奉上帝敕旨，为官人换仙骨。"语毕升榻。商卿怖汗如雨，谨听所为。遂以所赍器具恣加割剔，然殊不觉痛。须臾，讫事，收器而下。复唱云："换骨讫。"揖而告去。商卿揭帐视之，骷髅一躯，自首至足卧于地，遂惊觉。日已亭午，震在旁言："闻兄呻吟声甚苦，呼撼之不应。念无策可为，但坚坐守护，至今犹未盥栉。"商卿具道所睹事，才绝□□□□轿来邀致，仍传庆语，乃告命已至□□□□□之意。

淳熙间，持湖北漕节，鄱阳胡璟德藻监分司粮料院，与之谈此。青袍传旨时，以大官职称之，不欲自言。后擢工部侍郎广东经略而卒。

【译文】宋高宗绍兴十一年（1141）除夕之夜，岳飞被奸贼秦桧所杀。岳飞的儿子岳霖、岳震，连岳飞的妻子、女儿都被拘押在惠州（今广东惠阳），郡守把他们关押在兵马都监厅后边的一个寺庙中的土室内。岳霖、岳震兄弟二人同被关在一个狭小的房间里，饮食出入，全得受都监管制。

秦桧死后，朝廷给岳飞平反昭雪了，并且下诏慰问岳飞的家属，放还岳霖、岳震等人而且授予他们官职。岳霖在没有得到释放的时候，有一天夜里，他听到寺庙中的钟声响了，便神志恍惚，如在梦中。岳霖看到一个穿着青袍的吏卒类似随从快手打扮，两个袖子系在腰里，手提竹篮，篮里放着刀剑椎凿之类的东西，刀刃锋利可吹毛断发，放到岳霖的床上。吏卒拱手行礼后，大喝一声，说道："奉上帝之命，前来为你换仙骨。"说完，吏卒便上了床。岳霖十分怖惧，全身流汗不止，听凭吏卒为他换骨。吏卒用所带的器具在岳霖身上随意割剔，但岳霖不觉得疼痛。不大工夫，吏卒便为岳霖换了仙骨。吏卒收拾好他的器具，从床上下来，又拉着长腔儿说道："换骨完毕。"之后，吏卒拱手行礼告别。岳霖揭开床帐一看，地上躺着一具骷髅，岳霖顿时惊醒了。当时已是中午时分，岳震对岳霖说："我听见哥哥在痛苦地呻吟，但我喊你、推你，你都不答应，我又没有别的办法，但只好一直坐在你身边守着，直到现在，我还没有梳洗。"岳霖便把梦中所见讲给岳震听……

宋孝宗淳熙年间（1174—1189），岳霖任湖北漕节，鄱阳（今江西波阳）人胡璟，字德藻分管粮料院，岳霖又对胡讲了他的梦。青袍吏卒传旨时，用一个大官职来称呼岳霖，但岳霖自己不愿说出这个官职。后来，岳霖被提升为工部侍郎，出任广东经略使，之后才死去。

朱氏蚕异

湖州村落朱家顿民朱佛大者，递年以蚕桑为业，常日事佛甚谨，故以得名。绍熙五年，所育蚕至三眠，将老，其忽变异，体如人，面如佛，其色如金，眉目皆具。朱取置小合，敬奉于香火堂中，邻里悉往观。李巨源在彼，亦借归瞻视，诚与佛像无少异。经数日，因开合，已化为蛾，即飞去。

【译文】湖州（今属浙江）朱家顿村平民朱佛大，连年以养蚕植桑为业，平时他能虔诚地侍奉佛，因此得名朱佛大。宋光宗绍熙五年（1194），朱佛大所育之蚕至三眠，即将成熟，其中的一个蚕忽然间变了，形体像人，面目像佛，金黄色，眉目齐备。朱佛大把这个变异的蚕放进一个小盒中，放置在香堂中供奉，邻居们都前去观看。李巨源在外地，也借回家之机去观看，那个变异的蚕确实与佛像没什么差别。过了几天，朱佛大打开小盒子时，蚕佛已变成了一只蛾，盒子一打开蛾便飞了。

金山设冥

太学博士庄安常子上，宜兴人。因妻亡，为于金山设水陆冥会资荐。深夜事毕，暂寄榻上，梦妻来，冠服新洁，有喜色，脱所著鞋在地，袜而登虚，渐腾入云表始没。惊觉，以白于僧及它人，皆云是生天象也。

【译文】太学博士庄安常，是宜兴人。庄安常的妻子死了，他便在金山为妻子摆设鬼宴，以帮助妻子超度灵魂。深夜时分，庄安常办完鬼宴，他便暂时躺在床上休息。庄安常梦见妻子穿着干净的新衣服、面带喜色，把她穿的鞋脱在地上，只穿着袜子腾空而起，逐渐腾入云中。妻子刚消失在云中，庄安常便惊醒了。他把梦中看到的事对僧人和其他人说了，大家都说这是他妻子灵魂升天的迹象。

卷第十六（十六事）

陶彖子

嘉兴令陶彖，有子得疾甚异，形色语笑非复平日。彖患之，聘谒巫祝厌胜百方莫能治。

会天竺辩才法师无净适以事至秀，净传天台教，特善咒水，疾病者饮之辄愈。吴人尊事之，彖素闻其名，即谒诣具状告曰："儿得疾时一女子自外来，相调笑久之俱去。稍行至水滨，遗诗曰：'生为木卯人，死作幽独鬼。泉门长夜开，衾帏待君至'，自是屡来，且言曰：'仲冬之月，二七之间，月盈之夕，车马来迎。'今去妖期逼矣，未知所处，愿赐哀怜。"

净许喏，杖策从至其家，除地为坛，设观音菩萨像，取杨枝沾水洒而咒之，三绕坛而去，是夜儿寝安然。

明日净结跏趺坐，引儿问曰："汝居何地而来此？"答曰："会稽之东，卞山之阳，是吾之宅，古木苍苍。"又问："姓谁氏？"答曰："笑王山上无人处，几渡临风学舞腰。"净曰：

“汝柳氏乎？”辗然而笑。曰：“汝无始以来，迷已逐物，为物所缚；溺于淫邪，流浪千劫；不自解脱，入魔趣中；横生灾害，延及亡辜。汝今当知魔即非魔，魔即法界。我今为汝宣说首楞严秘密神咒，汝当谛听，痛自悔恨，讼既往过愆，返本来清净觉性。”于是号泣不复有云。

是夜谓儿曰：“辩才之功，汝父之虔无以加，吾将去矣。”后二日复来，曰：“久与子游，情不能遽舍，原一举觞为别。”因相对引满，既罢，作诗曰：“仲冬二七是良时，江下无缘与子期，今日临歧一杯酒，共君千里远相离。”遂去不复见。

【译文】嘉兴（今属浙江）县令名叫陶象，他有一个儿子忽然得了一种很奇怪的病，动作、神色以至谈笑都大异往常，这成了陶象的一个心病，于是他拜访聘请巫师，千方百计也仍然没能治好。

这时候恰好有一个杭州天竺寺的宣讲佛法的法师，法号元净，来到秀州（今浙江嘉兴）宣讲佛经，他讲的属于天台宗。又特别擅长用水咒治病，患者喝了他的咒水就好了。太湖苏州一带的人们对他十分尊崇，陶象也早听到过他的大名。就前往拜见，把他儿子得病的情况向元净法师作了汇报，他说：“孩子病的起因是从外边来了一个女子，她和儿子两人互相调笑好一阵之后，一起出去，走不远到了河边，她给了我儿子留诗一首，那诗写的是：‘活着时我原是木卯之人，死了后我成为幽独之魂；黄泉长夜漫漫门扉常开，罗帐中情殷殷敬盼君临’。从此她就不断来家，她并且说过：‘冬天的仲月，十四日前后，月满的夜晚，来车马迎候’。而今这妖魔定的日期已经逼近，我们还不知如何是好，望能大发慈悲加以拯救。”

元净答应了陶彖，就拄着禅杖跟着陶彖来到他家。令修地设坛，挂上观音菩萨像，他绕坛而走，边走边用杨树枝蘸水洒着，嘴里念着咒语，如此走了三圈就下去了，这天晚上陶彖的儿子一夜安然入睡。

第二天元净来到陶家，盘膝而坐，把陶彖儿子叫到跟前，他问："你来此以前住在何地？"陶儿回答："绍兴以东，下山以南，是我的家，古树苍然。"元净又问："你姓什么？"那儿答道："在吴王山上没有人住的地方，我一次次地迎风学练舞腰。"元净说："你是姓柳吧？"陶儿莞尔而笑。元净知是柳精作怪，对她说："你自开始以来，执迷于物欲，并以此自缚，耽溺于淫邪，浪迷处制造百难千劫；你走火入魔却感到乐趣无穷；你横生灾祸遗害无辜之人。你现在应当明白，魔本身就是对魔的否定，魔应该成为法度的界限。我现在给你宣说这《首楞严经》中的秘密神咒，你仔细听了，要深切痛悔，自责以往过错，恢复原来清净本性。"于是那柳氏哭泣不止，不再说话了。

当天夜里，柳氏对陶儿说："辩才师父的功力，你父亲的真诚，都无以复加，我应该走了。"她走后两天又回来，对陶儿说："与你日久情深，难以立即割舍，愿举酒为别。"于是二人相对，满饮一杯之后，柳氏作诗一首："仲冬月半是良辰美时，江下地再无缘与你相期；今日里同饮这离别苦酒，自此后我与你远隔千里。"诗罢，便走了，以后再不出现。

太清宫道人

亳州盖老君乡里，故立太清宫崇事之。

常有道人卖药者，敝衣贫窭，而意念扬扬甚倨。携药炉诣展下烧药，大言自尊。指圣像曰：“此吾之弟子也。吾为老君师。”聚观渐众。须臾火自炉出，灼其衣，焰发满身。惊而走，左右以水沃之不灭。狂走廷中，火所经地物不焚，独焚厥身。已而，北面像前若首伏者，遂毙。视其躯干皆灼烂矣。

【译文】亳州（今安徽亳县）是太上老君的故里，所以当地建有道家视为仙居的太清宫（原属亳州，今划归河南鹿邑），虔诚地供奉着老君。

一天有一个卖药的道人来到这里，衣服破旧一身穷相，但却意气昂扬，态度傲慢。他拿着药炉来到大殿跟前烧药，口出狂言，自尊自大，他指着太上老君像说：“这是我的徒弟，我是老君的老师。”围观的人渐渐多起来，一会儿，这道人的火炉里窜出一股火，烧着了道人的衣服，满身都是火焰。那道人惊恐而走，周围的人用水泼他火仍然不灭。他奔走中火碰着的其他东西都不烧，唯独烧那道士自己。最后那道士向北作跪状匍匐于老君像前死去。大家看时他全身都被烧烂了。

王屋山

道士齐希庄，不知何许人。学养生，喜游名山，至王屋，乐之不忍去。架草堂居于燕真人岩前。山多栗，黄精及诸果疏可食，以时收采给食。

居三年，猴入其室，逐之不去。视人起坐百为，从旁效之，希庄大怪。忆初入山时客教之以逐猴法：取猴粪悬而击之，试用之，猴舍去，甫数日，别有大猴如五、六岁儿，垂毛至地，熟视希庄，效其动作如前。惧不敢复逐。意欲出山未决，闻有呼之者，出户见丫髻童子，黄单衣绿带，目有光，貌不全类人，问曰："麻笼山自何往？"指示之，疾去如飞，直度岭壑，望之不可及。

自是舍旁百物皆夜有声。一夕大雪，晨起见门外人迹无数。希庄发悸不能复居，走山下得喑疾，数岁方愈。

【译文】有一个道士名叫齐希庄，不知是什么地方人。他研究养生之道，并且喜欢游览名山，到了王屋山（在今河南济源县西北）高兴的不忍离去，就在燕真人岩前盖了一间草房住下。山里多板栗、黄精以及众多的瓜果可以吃，齐希庄就按时收采，以此为食。

齐希庄住了三年，他的草屋里来了一只猴子，赶也不走，看着人的起坐等等动作，就在旁边模仿。齐希庄很是奇怪，他想起了刚来王屋山时有人教给他的驱赶猴子的方法：用绳子把猴粪吊起来，用东西去打击它。他就试着用了这种办法，猴子果然吓走了。但没有几天，又来了一只大猴子，有五、六岁的孩子那么大，长长的猴毛垂到地上，它仔细地看着齐希庄，像前一个猴子一样模仿他的动作。齐希庄害怕了，不敢再赶这大猴子，心里盘算着要离开王屋山，在还没有拿定主意时，听到有人喊他。他走出门外，是有头上梳有双髻的一个小男孩，穿着黄色的单衣，扎着绿色的带子，眼睛发光，相貌不完全像人类，他问："去麻笼山走什么地方？"齐希庄就指给他，那孩子就像飞似的走了，遇到的山岭和沟坎就跨越过去，一会儿就不见了。

从此齐希庄房周围，每到夜里什么东西都发出响声来。一天夜里下了大雪，齐希庄早晨起来，看门外雪地上有无数人的足迹。

齐希庄心里发麻，不敢再住，于是下了山。到山下他得了哑病，一直害了几年才好。

王少保

王德少保葬于建康数十里间。绍兴三十一年其妻李夫人以寒食上冢，先一夕宿城外，五鼓而行，至民家少憩，天尚未明，氏知为少保家，言曰："少保夜来方过此，今尚未远。"夫人惊问其故，答曰："昨夜过半，有马军数十过门，三贵人下马扣户，以钱五千买秣马。良久乃去，意貌殊不款曲。密询后骑曰：'何处官人，欲往何地？'曰：'韩郡王，张郡王，王少保以番贼欲作过，急领兵过淮北捍御也。'夫人命取所留钱，乃楮镪耳。伤感不胜情。礼毕还家，得疾卒。

是年四月，予在临安，闻之于媒妪刘氏。不敢与人言，但密为韩子温道之。及秋来，虏果入寇。

【译文】曾任清远军节度使，御前诸督统制和少保的王德，死后葬于建康（今江苏南京）城外数十里的地方。南宋高宗绍兴三十一年（1161）王德的妻子李夫人寒食节时给他上坟。她头一天晚上住到城外，第二天五更起身出发，走到一个村落在民家稍事休息，此时天还没有大亮。民家知道李夫人是王少保家的，于是对他们说："少保夜里才从这里经过，现在走的还不会远。"夫人吃惊地问其所以，民家告诉她："昨天半夜以后，有几十骑马军从门前过，其中有三个贵人下马叩门，用钱五千买了谷子喂马，好一阵走了。看样子很从容。我们悄悄地问后边骑马的随从：'这是哪里的大官，要到什么地方去？’那人告诉我们说：‘这是韩郡王、张郡王和王少保。因为番贼想作乱，赶紧领兵云淮北抗御敌人。’”李夫人就叫民家将少保他们买谷子的钱拿出来看看，原来都是给死者焚化的纸钱！李夫人不胜伤情，在给王少保上坟祭祀之后，回到家里就得病死去。

以上是年四月我在临安（今浙江杭州）从一个姓刘的媒婆那里听到的。没敢给别人讲，只悄悄地给韩子温说过。到秋天，金兵果然举兵进犯。

余杭三夜叉

乾道五年，余杭县人余主簿妻赵产子，青面毛身两肉角，狞恶可怖。即日杀之。

未几同邑文氏妇生子，绝与前类，而两面相向，大非凡所闻见。比亦杀之。而赂乳医钱三十千使勿言，然外人悉知之矣。

已而一圃人妻复生一物亦然。三家之怪相去不两年，所居只一、二里内，岂非一气所沴乎！（王三恕说）

【译文】乾道五年（1169），余杭县（今属浙江）人有一个姓余的县府主簿，他妻子赵氏生儿子，生了个怪胎：青色的脸，满身是毛，头上两只肉角，相貌狰狞可怕，生下来的当天就把他杀了。

没过多久，同县一个姓文的妇女也生了一个怪物，与前面赵氏生的那个绝对相像，而且两个面颊相对，大不是平常人们所听到和见到的那样。他们也把这怪物杀了。他们还给接生的医生三万钱，让他不要外传。但是外人许多都知道了。

之后，一个园艺工的妻子也生了一个东西，和前边那两个怪物一样。这三家生的怪物，时间上相去不到两年，而所住的地方相去只一、二里，这难道不是一脉相通的妖孽吗！

张常先

张常先者嵇仲枢密第三子，凶愎不逊。秦丞相以其父故超资用之。绍兴二十五年除江西转运判官。其居在信州，将行，从郡守林景度假吏卒别墓，怒不设银香炉，捽州指使吴成忠杖之，林不敢校。

赴官三月，为言者论罢，既又坐告讦张魏公生日诗事削籍，编管循州刑部下。信州差一使臣，十卒护送。时常先方自豫章归，未至信，信守遣人逆诸途。所谓吴成忠者偶当行。才被差不复治装，即日行，遇于三十里间，叱下车，褫其巾，使步于马前。未半舍，困苦不可忍。适逢所善皇甫世通，泣言其情，世通为祈吴生，贿以银二百两乃得冠巾乘轿。且携二妾俱西，每至宿店，吴生令十卒监常先同处一房，锁其户，而自据二妾，凡两月乃至循。

时疫疠大作，循民死者十四五。郡守张宁为治城外台隐堂舍之。常先已病，困居数日愈甚，不暇入城而死。吴生亦继焉。盖复恶已甚矣！

【译文】张常先是枢密副使张嵇仲的三儿子，他凶狠暴戾，刚愎自用。因为看他父亲的面子，丞相秦桧对他破格录用。在宋高宗绍兴二十五年（1155）授与他江西转运判官之职。他住在信州（今江西上饶），将要出发时，他向郡州林某借了几个吏员和士卒，作为告别他祖茔举行仪式的遣用，又怪那几个吏卒在祭礼上，没有设银香炉，便把信州指挥使吴成忠打一顿，林景度知道了，也不敢计较。

张常先到任三个月，就被人弹劾，而被罢官，接着又因为牵连到诬告魏国公张浚生日诗中有谋位情绪一案，而被革职，贬他去循州（今广东龙川）刑部接受管教。由信州派遣一个使者领着十个卒丁负责护送。当初曾被张常先打过的那个吴成忠正好受到派遣，他高兴的连行李都来不及打点就出发了。这时张常先从豫章（今江西南昌）向信州返回，在离信州三十里地方，吴成忠就遇见了他。于是吴成忠斥责张常先下车，抓下他的头巾，让他在马前步行。没有走够十五里路，张常先困苦不堪。正好遇到张常先要好的皇甫世通，张常先哭诉一番，皇甫世通就向吴成忠求情，并送给吴二百两银子，于是才让他戴上冠巾，坐了轿子。随张常先去循州的还有他的两个小妾，但每到晚上住店时，吴成忠便命十个吏卒和张常先同住一处，并把门锁上，吴成忠就霸占了那两个小妾。这样走了两个月才到循州。

当时循州疫病流行，循州群众十有四、五死于疫情。循州郡守张宁在城外台隐堂安顿了张常先一行。这时张常先已经生病，困守几天病情更甚，没有能进入城中就死去了，接着眼地吴成忠也步了他的后尘。因为他们都为恶太甚了！

华阳观诗

绍兴二十五年春，秦丞相在位。其子熺谒告来建康焚黄，因游茅山华阳观，题诗曰："家山福地古云魁，一日三峰秀气回；会散珠宝何处去？碧岩南洞白云堆。"

时宋某为建康守。即日镌诸板揭于梁间。到晚秦往观之，见牌侧隐约有白字。命举梯就视，则和章也，曰："富贵而骄是罪魁，朱颜绿鬓几时回？荣华富贵三春梦，颜色馨香一土堆。"读之大不怿。

方秦氏权震天下，是行也，郡县迎候趋走唯恐不至，无由有人敢讥切之如此者。穷诘其所自了不可得。宋某与道流皆惧，不知所为。是岁冬，秦亡。

【译文】绍兴二十五年（1155）春天，秦桧还在丞相的位上，他的儿子秦熺告假到建康（今江苏南京）来祭祖坟，因而游了茅山的华阳观。在观里他题诗一首：诗曰："家乡山川自古称福地之魁，三峰秀气一日间萦绕徘徊。金银珠宝挥洒间去向何处？碧岩南洞仙府里白云如堆。"

当时建康郡守宋某，当天就让人把这诗刻于板上挂到了梁间。到晚上秦熺去看时，见牌子旁边隐隐约约有白字，他命人取来梯子就近细看，原来是和诗一首。那诗写的是："富贵而骄原本是罪恶之魁，朱颜绿鬓还能有几次再回？荣华富贵不过是三春梦境，颜色馨香到头来总是一个土堆。"秦熺读了这诗心里大为不快。

正当秦氏权震天下的时候，秦熺来建康之行，郡县各级官员趋奉恭迎而唯恐不到，不可能有人敢如此讽刺的。追查这诗的来路，一点音信也没有得到。郡守宋某与观内的道士等都十分恐慌，不知如何是好。到这年冬天，秦桧就死去了，秦家也由此败落。

秦昌龄

秦昌龄写真挂于书室，鱼肉和尚见之题曰：“动著万丈悬崖，不动当处沉埋。弥勒八万楼阁，击著处处门开。会得紫罗帐里事，不妨行处作徘徊。”时绍兴二十三年也。

至九月，昌龄调宣州签判归。中途感疾，至溧水疾亟。寓于王季羔宗丞空宅中，忽觉寒苦，欲得夹帐，县令薛某买紫罗制以遗之，遂死于其间。

又是年春，在茅山观前于一人目如鬼，著白布袍，担草履两双，笼饼两枚。歌而过曰：“四十三，四十三，一轮明月落清潭。”盖昌龄正四十三岁也。（以上二事皆太平州医汤三益说）

【译文】秦昌龄的画像在书室里挂着，一个不奉斋戒的和尚在那画上题了一首诗：“动的时候是万丈悬崖，不动时候就应该沉埋。弥勒佛祖有八万楼阁，叩击之时就处处门开，待到紫罗帐里事至时，告别处不妨作徘徊。”这是绍兴二十三年（1153）的事情。

到这年九月，秦昌龄以宣州判官任满回京师在回来的途中得了病，到溧水（今属江苏）病重。住在宗正丞王季羔的空宅子里。他忽然感到十分寒冷，很想要能御寒的双层帐子，县令薛某就买了紫色的绢罗，制成帐子给他送来，秦昌龄就死在这紫罗帐中。

还有一件事是：这年春天，秦昌龄在茅山观前遇见一个人，眼睛像鬼一样，穿着白布袍子，肩上担着一双草鞋，两只蒸饼，唱着歌从他跟前过去，他唱的是：“四十三，四十三，一轮明月落清潭。”秦昌龄死时正是四十三岁。

会稽仪曹廨

严陵江珪，绍兴中权浙东安抚司属官，居于会稽旧仪曹廨中。二子皆年十余岁，早起至中堂小阁内见妇人罗衫而粉裳，就其母妆梳处理发。讶非本家人，走入房白父，珪亟起视之，尚见其背入西舍一妪榻旁而灭。呼妪起语之，妪曰：“今日天未明，妇人在窗外折桃花一枝簪于冠，笑而入。恍惚间复睡，竟不知为何人。”

珪以问守舍老阍卒，曰：“二十年前柳仪曹居此，时其子妇以产厄终室中。今出见者其人也。”

世传鬼畏桃花，其说戾矣。

【译文】严陵（今浙江桐庐县西南）人江珪，高宗绍兴中期暂代职于浙东安抚司，他住的地方在会稽（今浙江绍兴）旧曹官的办公老址。他有两个儿子年龄都是十多岁。有一天早起，小儿子来到中堂小阁处，看见一个妇人，罗衫粉裙，在他母亲平时梳妆的地方理发。因为不是本家人他们感到惊讶，就走进房里给父亲说了。江珪急忙起身去看，还看到了那妇人的背影，进到西房床前就不见了。江珪把老妇人喊起来，说了此事。老妇人说：“今早天还不明，是那妇人在窗外掐了一朵桃花，插在头上进来，恍惚之中自己又睡着了，也不知她究竟是什么人。”

江珪就以此事问了看门的老卒，他说：“二十年前柳曹官在这里居住时，他儿媳因难产死在这屋子里。今天出现的就是她。”

世间传说鬼怕桃花，看来这个说法是很错误的。

王氏二妾

靖康二年春，都城不守，虏指取官吏军民无虚日，宗室妇女倡优多不免。

朝士王某家早启关，二妇人坐于外，径趋中堂，泣拜曰：“妾等已发至军前，窜身得归，今不敢还故居，原为公家婢以脱命。”二人皆美色，王纳之。王无正室，嬖之甚至，与约不复娶。

后为中书舍人，出奉祠，忽起伉俪之议。一日食罢，二人盛饰出拜。惊问之，对曰：“向者以当死之身，蒙主君力得以更生，且有天日之约；不谓君赐不终、中馈将有所属，妾谊不得生，行当永诀，故告辞。”王方慰而止之，又泣曰：“业已如是，然妾不忍独死，早来汤饼中辄已置药，恐毒发须臾，愿勉处后事，妾今先导入泉途矣。”再拜而出。

王大骇起视之，则径相携赴水死。王无以为计，呼家人语其故，急求药解之，不及而卒。

【译文】靖康二年（1127）春天，都城汴梁失守，金兵掳掠官吏军民，没有一天停止过。皇室官府妇女以及娼优伶人都在劫难逃。

朝中士人有一姓王的人家，早上开门时门外坐着两个妇女，她们径直来到中堂，哭拜着说：“我等已经被金人抓到军队跟前，好不容易逃跑回来，现在不敢再回自己家了，甘愿在您家当个婢女以保活命。”两上都是美色佳人，王某就把她们收下了。王某没有原配夫人，对她两个十分嬖爱，约定不再娶妻。

王某后来当了为皇上起草诏令的中书舍人后又任宫观监督官，忽然起了娶妻的念头。一天饭后，二位美人穿上盛装并打扮一番出来拜见王某。王惊问何故，二位美人说：“当初我们已是必死之人，蒙主君大恩才得到再生，并指天誓日订下生死之约。想不到王君对我们的赐予会半途而废，主持您家事的妻室将另有所属，我等对您的情谊已难于生前实现，应该永别了，所以来告辞。”王某正要安慰劝止她们，二人又哭着说：“已经是这样了，但我们不忍离开你独自死去，所以在早饭的汤饼中都已放了药，毒性恐怕即刻就要发作，愿你勉力安排好后事，我们两个就作为向导先赴黄泉路了。”说罢拜了又拜，就出去了。

王某大为惊骇，起来看时，见二人手携手一直走向河边，跳水而死。王某无计可施，忙唤家人说了情况，大家急忙寻求救药，已经来不及了，王某跟着也死去了。

王省元

临江人王省元，失其名，居于村墅。未第时家苦贫，入城就馆，月得束脩二千。

尝有邻人持其家信至，欲买市中物。时去俸日尚旬浃，王君令学生白父母豫贷焉。生持钱出，值王暂出外，乃为置诸席间而未之告也。

是夕，王梦二蛇往来蟠舞一榻上，惊觉不复能寐。明日邻人欲归，王又以语学生，生具以告，乃悟昨梦。喟然叹曰：

"二千之入至微矣，先旬日得之，至于蛇妖入梦。陶朱、猗顿果何人哉！宁蹑屩还家，茹藜饭糗以终此身尔，功名富贵非吾事也。"即日弃馆而行，不复有意于进取。

科诏下，朋友交挽之，勉入举场，遂荐送。明年省闱中第一人，仕亦通显。（伯兄在馆中闻合舍说）

【译文】王省元（贡举礼部试第一名）是临江（今江西清江）人，不知叫什么名字，住在农村草舍。未登第时由于家中贫苦，就到城里学馆教书，每月可得报酬二千文。

一日，他家的邻居拿着他的家信来到学校，想要钱上市买东西。这时离发薪水还有十天时间，王君就叫学生告诉他的父母，他想把薪水预支出来。等到那学生拿着钱来到学校，王君恰好暂时外出，学生就把钱放床席的下面，他也没有告诉王君。

这天夜里，王君梦见有两条蛇在自己的床边往来盘舞，他被惊醒后再也难以入睡。天明以后邻人要回去，王君又把预支薪水的事给学生说了，学生这才想起告诉他钱在床席下边，王君想到昨夜梦蛇的情景，他似有所悟，慨然而叹，说："二千文的收入也算是微薄了，我早得十天，竟至于蛇妖入梦！那经商发了大财，成为巨富的陶朱（范蠡）、猗顿，到底是什么样的人啊！我宁可穿着草鞋还家，吃野菜吞粗粮以了此终生。功名富贵不是我的事啊！"当天他就离开学馆回家，对于科考升迁之事也心灰意冷了。

后来关于科考的文书发下，王君被几个朋友拦着勉强进入考场，结果在科试中被推荐，第二年参加省考得了第一，他在仕途上却也通达显赫。

广州女

广州番巷内民家女父母甚爱之，纳婿于家。女狠戾不孝，无日不悖其亲。绍兴二十五年七月，因昼饮过醉复詈其母，既又走出户，以右手指画。肆言秽恶不可闻。邻人不能堪，至欲相率告官者。

忽片云头上起，雷随大震，女击死于道上，其身不仆，手犹举指如初。时在海南即闻之。

【译文】广州少数民族巷里有一户人家，父母对他的女儿十分钟爱，为她纳了一个女婿在家里。但这个女儿暴戾凶狠，忤道不孝，没有一天不违拗她的双亲。绍兴二十五年（1155）七月，她因白天饮酒过量，醉后又骂她的母亲，接着又走到门外，用右手指指画，污言秽语难以入耳，许多邻居都难以忍受，甚至有人要一起前去告官。

这时，头上忽然起了一片云彩，随之雷声大震，那女的被击死在路上。她身子不倒，手仍然像刚才指着时那样举着。我当时在海南就听到了这个事。

碓　梦

靖康末有达官守郡于青齐间，以不幸死。后十年其子梦行通逵中，夹道榆柳，寂无行人。闻大声起于前，若数百鼓隐隐然渐近，以为大兵来，趋避诸路旁土室而密窥于牖间。既至乃数百鬼，负大磨旋转不已。有人头出磨上，流血滂沱，谛视之，盖乃翁也。方惊痛则复有声如前，近而睨之，又其母夫人，不觉大哭，遂寤。

惧冥祥可怖，亟诣严州，以钱数百千作黄箓醮，延宗室兵马监押子举主醮事。

是夕，众人皆见浴室外一人，衣紫袍金带，长尺许，眉目宛然可识，立于幡脚。少焉人浴间，醮事讫，子举为奏章请命，谓其子曰：“尊公事不忍宣言，当令君昆弟自观之。”取一大合，布灰其内，周围泥封，使经日而后发视。乃发之，上有画字如世间，书云：“某蠹国害民，罪在不赦。”诸子痛哭而去。

方达官在位，不闻有大过。既以非命死矣，而阴谴尚如是，岂非三世业乎？

张晋彦适在彼，偶行坛下，遇男子作妇人泣曰：“我乃公亲戚间女也。靖康中从夫官河北为寇所害，旅魄无所归，赖今夕醮力以得至此。”历问诸家姻眷甚悉，晋彦亦以诸亲不存者询之，相与酬答几至晓，不可脱，迨旦又升坛，立于法师之后，日光盛乃隐。（王嘉叟说闻之于晋彦）

【译文】宋钦宗靖康末（1127年5月前），有一位职务颇高的官员（作者原注：不愿写出他的姓名），主管青州、齐州（今山东淄博至济南）一带地方。他以不幸死亡后的十几年，他的儿子做了一个梦，梦见自己一个人在大路上行走，路两边种满榆树和柳树，却寂寞得看不见一个人影。忽然听到前边响起巨大的声音，好像有几百面大鼓敲着，愈来愈近，他以为是大兵来到，赶紧躲到路旁的土屋里，从窗户处偷偷地向外看，到近看原来是几百个鬼抬着一盘大磨，那磨不停地旋转，磨面上有一个人头，鲜血四流。仔细看时，原来是他的父亲。在他惊痛交加之中，那种声音又起，声音近了他看时，磨面上边又是他母亲。他忍不住大哭，于是哭醒了！

阴间这种不祥之兆使他感到害怕。他急忙赶到严州，作黄箓醮祭祀鬼神，请掌管屯戍、边防、训政的皇帝宗室兵马监押赵子举主持了醮祭仪式。

这天晚上，大家都看见浴室外出现一个人：身穿紫袍，腰束金带，身长只有一尺多，而眉目清晰可识。他在祭旗下站了一会儿，就进了浴佛的浴间。醮祭仪式完毕，子举又书写了奏章焚化，请命于天帝。他对达官的孩子们说："诸位父亲的事我不忍宣讲，将让你们兄弟自己来看。"他拿出一个大合，在里面撒了灰，合口周围用泥封了，让隔日以后打开再看。到时达官的儿子们将合子打开，见那灰上面有字，和人间的一样，写着："某人蠹国害民，罪在不赦。"几人痛哭流涕地回去了。

当达官在位时没听说他有什么大的过错，并且死的也很悲惨，而到了阴间仍然受到如此严厉地谴责处置，这难道不是三世造成的业障吗！

直秘阁学士张晋彦。醮祭时他正好在那里。他偶然从祭坛下经过，遇到一个男子，但说话却是女人，他哭着对张说："我是您亲戚家的女儿呀，靖康中我跟着在河北做官的丈夫，被进犯的寇兵所害，游魂无处可归，得力于今天的醮祭才到了这里。"她很详细向张晋彦问了几家的亲戚的情况，张也问了她几个已不在人世亲戚的情况，互相攀谈几乎到了天明，那人难以脱身。等到第二天早上又开始升坛，那人立于法师身后，待日光大照后才隐去不见了。

异人痈疽方

歙县丞胡权遇异人都下，授以治痈疽内托散方，曰：“吾此药能令未成者速散，已成者速溃；败脓自出，无用手挤，恶肉自去，不假刀砭；服之之后，痛苦顿减。其法用人参，当归，黄芪各二两，芎穷、防风、厚朴、桔梗、白芷、甘草各半之，皆细末为粉，别入桂末一两令匀，每以三、五钱投热酒内服之，以多为妙，不能饮者以木香汤代之，然要不若酒力之奇妙。”

京师人苦背疡七十余头，众医竭其技弗验，权示以此方，相视而笑曰：“未闻治痈疽恶疮而用药如是。”权固争之，曰：“古人处方自有意义。观此十种，皆受性和平，大抵以通异血脉，补中益气为本，纵未能已疾必不至为害，何伤也！”乃亲治药与服，以热酒半升下六钱匕，少倾痛减什七，数服之后，疮大溃，脓血流迸，若有物托之于内，经月良愈。

又有一老人，肿发于胸，毒气浸淫上攻，如瓠斜项右，不能动口。服药一日肿即散，余小瘤如栗许，明日平妥如常。

又一翁发脑，不肯信此方，殒命医手，明年其子亦得疾，与父子状不异。惩前之失，纵酒饮药焉，遂大醉竟日。辗转地上，酒醒而病已去。

其它效验甚多，真神仙济世之宝也。

选药皆贵精，去粗取净秤之。予两兄以刻于新安当涂郡。

【译文】歙县（今属安徽）县丞胡权，曾在京都遇到一个奇人，教给他治痈疽的药方，叫“内托散”。那人说：“我这种药，可以叫疮没有成的快散，已成的快烂；不用手挤坏脓自行流出；不用刀石恶肉自己排除；服药之后痛苦顿时减轻。药方是：人参、当归、黄芪各二两，芎穷、防风、厚朴、桔梗、白芷、甘草各半，都研为细末成粉剂，另加桂末一两拌匀。每次服三、五钱，用热酒内服，多一点更好。不能饮酒的可用木香煎汤代替，但这不如酒力的奇妙。”

在京都，有个人背上生疮七十多处。许多医生拿出了看家的本领也无济于事，胡权就拿出这个药方，许多医生相视而笑，说：“从来没听说过治痈疽恶疮像这样用药的。”胡权坚持自己的意见，和他们争论说：“古人处方自有它的道理。看这十种药，药性平和，大多是以通血和脉、补中益气为本，郡令不能治病，但也决不致为害。有什么不好呢？”他就亲手配了药，用热酒半升，下药六钱用勺子让患者服下，不多会儿，疼痛减少十分之七，服几次以后，患者疮口破溃，脓血迸流，好像有东西从里面顶出来似的，经过一个月病就好了。

又有一个老人，胸前有一个肿块，毒气浸淫上攻，脖子右边像插了一根大瓠瓜，不能转动。仅服药一天，肿坏消散，只剩下一个如栗子般大的小瘤，第二天就平复如常了。

又一位老翁，头上有了疮肿，不信此方，结果命转送到别的医生之手。第二年他儿子得了同样的病，接受了他父亲贻误治疗的教训，纵酒服药，以至大醉一天，在地上滚来滚去，等到酒醒病也随之而愈。

像这样奇效的病倒还很多，这药方真是神仙济世的法宝呀！

凡选药，要贵精，去粗、取净、称好。我的两位哥哥已经把这个药方刻在了新安的当涂郡(今属安徽)。

王氏石铭

邵武人危氏者，大观二年葬其亲于郡西塔院下路旁。逾月雨过，视坟侧隐然有痕，掘之得银酒杯二，铜水缶及镜各一，又得埋铭石，其文曰："琅邪王氏女，江南熙载妻，丙申闰七月，葬在石城西。"诸器皆古，而制度精巧，非世工可及。

【译文】邵武(今福建邵武)有一个姓危的，宋徽宗大观二年(1108)把他的双亲埋葬在郡府西边僧人墓园下面的路旁。在一个多月的雨后，姓危的发现坟的一侧隐隐约约有动过的痕迹，他就从这个地方挖下去，挖出银酒杯两只、铜制的水器和铜镜各一个，还有一块埋葬的墓志石，上面刻的字是："琅邪(今山东诸城东南)王氏的女儿，江南熙载的妻子。丙申年闰七月，葬于石城西。"以上出土各种器具，年代都比较早，而其制作工艺精巧，是当今工匠不能企及的。

冯尚书

邵武士人黄丰、冯谔，一乡佳士也。同谒本郡福华王庙求梦，梦有黄三元，冯尚书之语，皆喜自负。

其后，丰以应武举作解头，又连魁文解，竟不第，所谓"三元"乃如此。

谔试南省名在第二。廷对中甲科，为临安府教授摄国子正。与同年林大鼐、梅卿厚善。林骤得位至吏部尚书，荐谔自代，未及用卒于官，所谓尚书乃如此。

【译文】邵武（今福建邵武）文人黄丰和冯谔，是这一带很优秀的文人。他们俩曾一起去拜谒本府福华王庙求梦，梦中有黄三元，冯尚书的说法，两个人高兴而又自负。

以后黄丰在考试中得武举，又当了武举中的第一名解元，并且又夺得了文解元，但在尚书省的考试中竟然落榜不第，所谓"三元"者，原来如此。

冯谔在尚书省主持的全国考试中名列第二，接着又在皇帝亲临的殿试中考了甲等，被任命为临安府（今杭州）的学官教授、代理全国最高学府国子正。冯谔和同时考中的林大鼐、梅卿厚要好，林大鼐很快升到了吏部尚书的官位，他推荐冯谔来代替自己。上边还未来得及用他，冯谔就在自己原来的职上死去。所谓"尚书"者，原来如此。

卷第十七

沈见鬼

越民沈氏，世居山阴道旁。郡人奉诸暨东岳庙甚谨，每三月二十八日天齐帝生朝，合数郡伎术人毕集祠下，往来者必经沈生门。

绍兴乙亥岁，三道流归天台，以是日，至门少憩。一老人衣服烂缕，二人甚健颇整洁，随身赍干糟及马杓之属，坐久沈出见之。三人长揖求汤沃饭，沈并遗以蔬菜浊酒，皆喜谢。毕饭，老者从容告曰："子将有目疾。"解腰间小瓢，奉药三粒，云："疾作时幸可用此"。沈唯唯。须臾辞去，复言曰："中秋日当再过此，千万候我于门，若不相遇，后不复会矣。"沈亦唯唯。置药佛堂隐奥处，未尝以语家人，亦莫之信也。

夏六月真苦赤目，肿痛特甚，寝食俱废。凡可用之药无不试，有加无瘳。始忆道人语，而忘药所在，命遍索之，经日得于佛堂尘埃中。取一粒沃之以汤，铜著点入。眼如冰雪，冷彻脑间，痛即止，肿亦渐退，晚夜熟睡，明日起双目如常。

所居离城十五里，城外石桥曰跨湖。顷兵难时多杀人于此。一日骑驴入城，过午而归，经此桥，见桥上下被发流血者，暂首断臂者，三两相扶，莫知其极，奇形异状，毫毛不能隐。惊而坠，追起复见之如故态。且惊且走，不敢开目，比至家，日已晡暮。至舍前，见田间水际亦如是，大怖而还。过数日又入城，其归差早于前，所见俨然，但正心澄念以待之，悸魄稍完。自是常有所者见，渐不加畏。乡人颇知其事，多往访焉。

韩总管丧爱子，念之不忘，召问沈，沈云："小人但见鬼物耳，若追召遣逐不能也。"韩曰："吾正不为此，但恐儿魂魄尚幽滞，烦君一观之。"引诣者所居。沈初不识，具言容貌举止。所衣之服，与生时了不异，立于室中，韩举室大恸。其后问者不可以缕数，大抵皆如韩氏事。遂呼为"沈见鬼"。

五年之后渐无所睹，云所谓道人中秋之约，竟忘之矣。好事者为惜之。

【译文】江南人沈某，家中几代都住在在山阴（今浙江绍兴）的路旁。这一带的群众对供奉诸暨（今属浙江）东岳庙很恭谨，每年到三月二十八日东岳神天齐帝生日时，全郡的技艺和方术之士都要集合于祠下，这些人往来都必经过沈生门前。

绍兴乙亥年（1155），有三个道士在祭祠毕回归天台山（在浙江天台城北），在这一天到沈生门口稍事休息，其中有一位老道人，衣服破旧，另外二人身体较壮实，穿着也很整洁，他们都随身带着干粮，还有舀水的马杓之类，见了沈生深深的施礼，请求赐给一点汤花以便泡饭。沈生除答应了他们的要求之外，又给他们了蔬菜和黄酒，三人喜欢不胜。吃罢饭，老人从容告诉沈生：“您将来会害眼病。”他解开腰间的小瓢，取出来三粒药丸，接着说：“发病时幸而可以用这个药。”沈生“啊！啊！”漫应两声，一会儿他们就告辞要去，又对沈生说：“中秋节我们还将从这里经过，千万在这门口等着我们，若见不着以后就不会再来了。”沈又是“啊！”了两声，回家就把药丸放在佛龛里隐蔽的地方，也没有告诉家人，而他本人也对此有点不大相信。

到夏历六月真苦了沈生，他两眼红肿，极为疼痛，寝食难安。凡能找到的药都试过了，眼疾不仅没好，反而更为严重。这时他才回忆起道人的话，但已忘记药放在了哪里。通处寻找了一天，才在佛龛的尘土中找到，用水泡开一粒，用铜棒点入，他感到眼如冰雪，凉气冷彻脑间，眼痛立即停止，肿也渐渐消失，当夜熟睡一觉，第二天双目恢复如常。

沈生所住的地方离城十五里地。城外边有石桥一座，名叫跨湖。过去兵灾战乱时许多人在这里被杀害。一天沈生骑驴进城，过了中午回来，当经过此桥时，他看见桥上桥下，有的人披发流血，有的人无头断臂，三两人互相搀扶，不知道是怎么回事。奇形怪状，丝丝毫毫他都看得十分清楚。他惊恐万状，从驴上跌落下来，等到起来，眼前仍然是那种情况。他且惊且走，干脆把眼闭上，等到了家，已经日暮昏黄。在自己家房舍外边，看见田间水里，也和在桥上所见一样，吓得他连忙回家了。几天以后他又进城，回来时比前一次早一些，在桥上他依然看到了那种情况。他只有正心静志对待，惊怖之情稍得以缓解。从此常能看到这样的情况，慢慢地习惯了，也就不再害怕。同乡人也颇知他有这种特异功能，许多人常常访问他。

郡里的韩总管也在那时兵乱失去了爱子，常念念不忘。他把沈叫去问他儿子的情况，沈生说："小人只是能看见鬼物，若要叫我去对他们招来驱走，我没有这种能耐。"韩总管说："我对你的要求恰恰不是这样。只是恐怕小儿的魂魄还在这里滞留，请你给看一看。"韩总管领着沈生来到他过去的住所。沈生过去并不认识韩的儿子，但他却把他看到的韩总管儿子的鬼魂，说出了他的音容相貌，举止和穿衣服的样式。和那孩子生前一点不差，那孩子还立于室中，韩全家大为悲恸，以后，问沈生家中亲人死后情况的多如乱麻。大家便从此称沈生为"沈见鬼"。

五年以后，沈生那种视力的特异功能渐失，渐渐地看不到那种情形了。提起那道士说过的中秋节相约见的事，他竟然忘了，好事的人常常为他惋惜。

仙崖三羊

建炎中，北方士大夫多寓南土。王显道侍郎唤挈家来信州之贵溪，止于近郭仙岩下一山寺，里落相往还者，馈之生羊三。王氏素戒杀，亦不忍卖，放诸山间，无人牧视，任其栖止。羊逐食登高，遂至绝巘，既而不可下，留止岩穴，望之宛然，饮噍自若。凡三岁，王氏它徙，三羊尚存，后人遂目之为羊仙。过二十年乃不见。

仙岩距龙虎山不远，灵迹甚多，盖神仙窟宅也。（张仲南说）

【译文】宋高宗初建炎时期，北方的士族官员多迁住南方。侍郎王唤，字显道，携家来到信州的贵溪（今属江西），住在郭仙岩下附近的一个山寺里。附近乡里和他有往来的人，有人送他活羊三只。王侍郎平素就戒杀生，也不忍把羊卖掉，就把这三只羊放在山间。无人看管牧放，任其自由行止。羊逐食野草，以至爬到山的顶颠，而后就下不来了，于是就留在岩上穴洞中，远远望去，宛然仍在神志自若地吃草饮水。如此三年，王显道已经迁走，那三羊仍在，后人遂把它们看作是仙羊。一直经过二十余年，这三只羊才不见了。

仙岩和龙虎山相去不远，有许多神仙显灵的故事，原来这里是神仙居住的窟宅啊。

灵显真人

建炎四年，张魏公在蜀，方秦中失利，密有根本之忧，阴祷于阆州灵显王庙，梦神言曰："吾者膺受王爵，下应世缘，故吉凶成败，职皆主掌，自大观后，蒙改真人之封，名虽清崇而退处散地，其与人间万事未尝过而问焉，血食至今，吾方自愧，国家大事何庸可知！"张公寤而叹异，立请于朝，复旧封爵，且具礼祭告，自是灵响如初。俗谓二郎者是也。

【译文】高宗建炎四年（1130），巍公张浚在四川组织力量抗金，当时陕州陷落，秦中战事不利，存在着根本性的隐忧，作为枢密大臣重任在肩的张浚，悄悄地到阆州灵显真人庙去祷拜，求告后他在梦中见到灵显真人对他说："过去我享受封位是王爵，以下就顺应了世俗的缘分，所以吉凶成败，都由我主管着。自徽宗大观后（1107年后），承蒙将我原来的灵显王改封为灵显真人，名虽清高，却退居到闲散之地，自此对人间万事一概不曾过问，一直受着牲酒祭祀而享着清闲，我正此自愧，而今谈到国家大事，我怎知道！”张公醒后对梦中的奇异之事深为慨叹，他马上向皇上请命恢复了灵显王的封爵，并具礼仪祭礼大告公众，从此灵显王又像当初那样，十分灵验起来了。

灵显王就是民间所谓的二郎庙中供奉的二郎神。

兴元梦

绍兴二年，刘彦修知兴元府，往谒灵显王庙，欲知秋冬间边事宁否。夜梦入庙中，神召升殿，刘如所欲言扣之。神曰：“方请于帝，吾也未知。”临出门，使妇人持一柈示之曰：“贺废刘。”刘视其物。唯猪肺一具、石榴一颗。觉而且喜，知刘豫且废矣。又四岁，刘果灭。

【译文】宋高宗绍兴二年（1132），刘彦修在兴元（今陕西汉中）做知府。他想知道秋冬边关是否安宁，特意到灵显王庙去拜神求赐。夜里他做梦来到庙中，神召他升殿。刘彦修就将他的心事说了，求神示知。神说：“此事刚刚向玉帝请示，我也不知道。”待他临出门时，神命一妇人拿了一个盘子出示给他看，并说：“贺废刘。”刘彦修看那盘子是什么东西，见只有一个猪肺，一颗石榴。他醒来之后心中暗暗高兴，他知道叛国降金，为金册封为“齐帝”而举兵进犯的刘豫将要被废除了。又过了四年，刘豫果然被灭掉。

阁山猘

乾道辛卯岁，饶州久不雨，江流皆涩，阁山渔者三人，空手入番江捕鱼，二人先出，其一觉两股忽冷如冰，微有涎沫，惧猘穴其下，急出。独一人不见。告其家，守之至暮而还。

后二日，尸浮于五里外。左股下一穴如拳大，举体皆白，盖为猘所绕而吮其血也。

猘状全与鳗鲡鱼同，长至八、九尺，亦鲛类也。阁山民李十尝捕得之。

【译文】乾道辛卯年（1171，宋孝宗时期），饶州（今江西波阳）很长时间天旱无雨，江水大部干涸。阁山渔家有三个人，空手到鄱江捕鱼，先从江中出来的两个人，其中一个忽然觉得两胯下两股中间一阵冰冷，水上还微有泡沫冒出，他害怕下面就是猘窝，就赶紧出来了。唯独另外一个人一直不见，回去后他告诉了那人的家里人，那一家在江边守到晚上也不见人，只好回来了。

过了两天，那失落者的尸体漂浮于五里以外的江上，他左股下有一个像拳头那么大的洞，通身都是白色–这是被猘缠住以后血被吸去了。

猘的形状和鳗鲡鱼完全一样，有八、九尺长，也是鲨鱼的一种。阁山渔民叫李十的，曾经捕住过这种鱼。

安国寺神

饶州安国寺长老新入院，夜率其徒绕廊诵大悲咒，明夜梦五伟人衣冠森整，同列而拜，曰："弟。"（此下宋本缺一页）

【译文】饶州（今江两波阳）安国寺，新来的长老入院后，夜里领着他的众僧徒绕青院里走廊，诵着大悲经。第二天夜里梦中见来了五个身体高大的人，衣冠庄重整齐，站成一排向他施礼作揖，自称为"弟。"……

王铁面

三衢人王廷，善相人，不妄许。士大夫目为"王铁面"。

乾道三年至临安，以六月三日来见予，予时以起居郎权中书言人，又权直学士院。廷曰："君额上色甚明润，自此三十二日及四十九日有为真之喜。"明日予在漏舍与从官言之，皆相托召致。予退以语廷，廷曰："所言元未验，遽见荐，使我何以借口？俟君迁除了它日复来，不失此约幸矣。"竟不肯诣。

周元特权兵部侍郎，欲求去，邀之至局中。廷曰："冬季当迁，异时典州未晚也。"户部郎中莫子蒙，□金部郎中何希深适在座，廷曰："更一月，莫郎中带职帅边；何郎中当作监司。"元特曰："吾方求退，固无至冬反迁之理；莫郎中纵补外，未应得职名；何郎中入蜀十年，持使者节多矣，还朝半年，何由便去？”廷曰：“吾信吾求耳，无奈公所言人事何也。”密谓元特曰：“何公明年禄尽，定特一去耶。”廷留数日即归乡。

至七月六日，予忝掖垣之拜，二十二日直院落，权字与所指两日不小差。子蒙以八月除直徽猷阁帅淮东，希深出为福建提刑，次年卒。元特以十一月拜吏部，又二年乃为太平州，皆如其言。

此盖亲见者，而所传数事，尤奇崛可纪。

徐吉卿（嘉）侍郎绍兴三十一年宫观在衢，廷见之曰：“公从今六十日当召用。”吉卿曰：“与汝乡里，勿见戏。”廷曰：“廷平生不谀人，安得此。姑以二事验之：一月后得五百里外骨肉间凶讣，继有登高颠坠之厄，则吾言应矣。”已而吉卿长女嫁马希言者卒于临安；吉卿因省先茔登山而跌，碍树间不至损。会朝廷择史出疆趣召之，日月皆吻合。

其见余之岁，尝至镇江谓通判毛钦望曰：“君终任造朝得一虚名郡守。”金山主僧方入院廷曰：“即日游行二百里。”僧殊不信。甫二日方德务自建康遣信招之。逐行求廷决之，廷曰：“至彼且复来，来之日有小惊恼，然不关身也。”及归方驰担，而西津火寺之僦舍，十余家焚焉。钦望秩满得全州、不及赴而至仕。

又过姑苏见王浚明曰：“将罹伉俪之戚，自此贤阃虽小疾，亦宜善为之防。”浚明不敢答，妻宋氏窥于屏间，闻之击屏风怒骂而入，未几果以腹疼卧疼，讫不起。

范至能方闭居，谓之曰：“今年纵得官皆不成，俟入新太岁乃极佳耳。”吴人耿时举以恩科得文学，形模举止如素贵，蒙胡长文力为岳庙，廷曰：“此人不得官尚可活数年，食禄一日死矣。”耿不旋踵而亡。至能除提举浙东常平，命未出而寝。立春日差如处州，至郡数日召还，为侍从。

廷约再见予，予迟其来，而竟不来。予也罢去。得非知其如是，未有可以为予言者乎？

凡徐吉卿事闻之胡长文。镇江事闻之黄仲秉，姑苏事闻之范至能云。

【译文】三衢（今浙江衢州）人王廷，善于相面术，但决不讨好于人。政府官员都把他看作是“王铁面。”

宋孝宗乾道三年（1168）他到了临安（今浙江杭州），在六月三日来见我。我当时身为记录皇上言行的起居郎，代理起草诏书，掌中书后省的中书舍人和代理直学士院。王廷对我说：“我看先生额上颜色明润，从今天起三十二至四十九日有实授的大喜。”第二天我在朝房里对从官说了此事，他们都托我想请王廷给相一下面，回来后我给王廷说了，他说：“我的预言还没有得到验证，你马上就向别人推荐，我凭什么借口说服人？等先生高迁任命之后，它日再来不失此次相约就算有幸了。”他竟然一概不见。

当时代理兵部侍郎叫周元特，他一直想辞去职务，把王廷请到局里问其前途。王廷对他说：“你冬天该迁升，到时候掌管一个州不晚呀！”当时在座地有户部郎中莫子蒙，金部郎中何希深。王廷说：“再过一个月，莫郎中将带职率领边关，何郎中将要到下边当监察各州官吏的监司。”周元特摇头不信，说：“我正在请求辞官，当然没有再迁升之理；莫郎中纵然补边关，也不一定会得职名；而何郎中已入蜀州十年，出使在外时间也够多了，才还朝半年有什么理由再走？”王廷说：“我信的是我的面术，先生说的却是人事，我能奈他何！”之后他又悄悄地对元特说：“何公明年食禄已尽，岂止离京而已！”之后，王廷又逗留几天就回乡里去了。

到七月六日，我愧拜中书门下之职，二十二日特迁敷文阁待制，兼皇上侍讲，这两个日期与王廷原来所说的一点不差。莫子蒙在八月被授直徽猷阁之职出任淮东（今江苏、淮扬一带）的最高长官。而何希深离开朝中到福建，当了负责提点刑狱诉讼诸事的提刑，第二年就死了。周元特在十一月拜官吏部，两年后任太平州（今安徽当涂）长官。这一切都应了他的话。

这些都是我亲自所见的，而听到传闻的几件奇特之事，尤其值得一记。

侍郎徐吉卿（名嘉）于绍兴三十一年（1161）在衢州（今属浙江）为有资无任驻守道观的宫观官，王廷见了徐吉卿，对他说：“你从现在起，不出两个月就会被召用。”吉卿说：“咱们都是同乡，你不要开我的玩笑。”王廷说：“我王廷生平从不会对人献媚，怎么会开你的玩笑！现在请用两件事作为验证：一个月后你会得到从五百里地之外来的关于骨肉之亲的凶信讣告，接着有登高跌落之难，如这两条出现，那么我前边所说的也自然会应验了。”不久，吉卿得信：他大女儿的丈夫叫马希言的在临安（今杭州）逝世。而吉卿本人在祭祖坟登山时跌落下来，因为被树挡住没出大事。又遇到朝廷要选大使出国，紧急召他出任。时间和王廷说的都得到吻合。

王廷见我那年曾经到镇江，对镇江通判毛钦望说：“先生您遇到任满入朝，将得一个虚名郡守。”金山寺主僧刚入院，王廷对他说：“你近日就会外出二百里。”那和尚还不大相信，但刚过两天，方务德就从建康（今江苏南京）来信请他去。临行前这位老僧请王廷断他以后的事。王廷说："到那里以后你很快还要回来，来的那天会受一点小惊吓，不过不关身体的大事。"果然那和尚不久就回来了，回来时刚刚放下行装，西边渡口起火，寺里租赁的房屋烧了十多家。毛钦望在他任通判届满以后，被任命为全州守，但没有赴任就又让他退休。

王廷从姑苏（今江苏苏州）路过时会见过王浚明，他对王浚明说："君家闺房之中将要遭难，病虽不算大，但也得好自为之。"王俊明没敢答话，王的妻子宋氏偷偷地在屏风后面听到了，她恼得手拍屏风，大骂而入。但不久，她得了腹痛病，直到现在仍然卧床不起。

有一个叫范至能的，居闲在家，王廷告诉他："今年纵然能得官，也不能成，等到新一年的太岁当值时才最好。"苏州人耿时举以恩科考试被授职为文学参军，行动举止像素来就很豪贵的样子，全赖胡长文之力主掌了岳庙，王廷说："这个人不当官还可以多活几年，吃俸禄一日就该死了。"耿时不久过世而去。范至能授予浙东管农田水利的提举常平官，任命未到此事就搁置下来，到第二年立春那天差他为处州（今浙江丽水）知府，到任几个月被召还朝当了侍从。

王廷约我再见，我没有按时到，而王廷也竟然没有再来。后来我从端明学士任上罢官，莫非他知道这个结果不好为我预言吗？

关于徐吉卿的事我是听胡长文讲的，说镇江事的是黄仲秉，说姑苏事的是范至能。

苕溪龙

莫子蒙在吴兴，挈家游苕溪，时六月上旬。荷花极目，饮酒啸歌，尽清赏之致。日下昃，望数里外火煜煜起，少焉渐近，阴风掠面甚冷。舟人曰："此龙神过也，宜急避之。"子蒙与家人皆登岸入小民家，坐犹未稳，大风拂溪水而过，震霆随之，飞电赫然，其去如激箭，骤雨翻盆，仅两刻许，晴云烈日如初。视向来所游处，几不可识：荷芰洗空无一存，舟陷入泥中不可即取，所携器皿皆坏。非舟人先知，殆落危境矣。（子蒙说）

【译文】莫子蒙在吴兴（今浙江湖州）时，曾携家人去游览苕溪。当时是六月上旬。荷花盛开极目无际；饮酒放歌，极尽赏心悦目之清兴。到太阳偏西时，见数里外火光闪闪，一小会儿火光渐近，阴风骤起，冷气扑面。船家对莫子蒙说："这是神龙过来了，赶快回避。"子蒙与家人都上岸来到一小民家中，还没有坐稳，大风掠着溪水而过，震震轰鸣，电光耀眼，有如飞箭一般，迅即而过，骤雨倾盆而下。仅两刻功夫（古时一昼夜为一百刻），云散日出，一切如常，等到看刚才所游之处，几乎难以辨认：菱荷洗劫一空，荡然无存；船只深陷泥中，难以即取，来时所带器皿什物，都被破坏。如果不是船家预先告知，恐怕已陷入难以想象的危险之境了。

刘夷叔

绍兴二十九年闰六月，校书郎任元理暴卒。其官奉议郎不应延赏。于是秘书少监任信孺与同舍议为请于朝廷。以元理乃故谏官德翁之孙，乞特官其嗣，以劝忠义。

予时诸公令予秉笔，正字刘夷叔望之，摘予起，言曰：“只如此，意似不广，益增数语，云：‘亦使四方英俊知馆阁养士，虽其不幸，亦蒙哀恤如此。’”既如其言，然私讶之。任氏得一子官。相去仅月余，叔夷因食冷淘破腹一夕卒。其官亦奉议郎，遂符前志，同舍又为请焉。汤丞相曰：“若更行此遂成永例，恐议者不谓然，闻其生前多著书，惹悉上送官亦可持以说。”虞丞相对为秘书丞，命其子尽录父遗文，合数百卷。上下之两省看详已。（下缺）

【译文】绍兴二十九年（1159）闰六月时，校书郎任元理暴卒。他的官职是奉议郎，官阶很低按制度不能延赏世袭。但是秘书少监任信孺与同舍众人商议为任元理向朝廷请命。因为任元理是已故谏官任伯雨（字德翁）的孙子，乞请特恩，让他的儿子袭官，以号召忠义。

当时大家让我执笔起草上书，秘书省掌管订正典籍讹误的正字刘夷叔，看了我写的草文，点出我写的不足之处，让我起来，他说：“只这样写，意思似乎不够，应该增加几句，说：‘也使四方英俊之士，以此知道文阁养人，死者虽然不幸，也蒙皇上如此哀怜体恤。’”就按照他的这个意见写了。但私下里却使我感到惊讶，觉得不吉。结果任元理儿子得官后仅一个多月，刘夷叔因为吃生冷坏了肚子，一夜之间死去。他的官职也是奉议郎。秘书省遂按着以前的宗旨同舍们又为他请延赏。汤丞相说：“再这样做就成了惯例，恐怕审议者不以为然。听说他生前有许多著作，如果悉数上报，也可使人们以此为据说话。”虞丞相当时为秘书丞，就让刘夷叔的儿子把父亲遗文尽行收录共有几百卷，皇上便下旨让尚书省和中书门下省两省都详细审看……

卷第十八

张风子

张风子者不知何许人也。绍兴中来鄱阳，止于申氏客邸。每旦出卖相，晚辄醉归。与人言，初若可晓，忽堕莽眇中不可复问。

养一鸡一画眉，冬之夜炽炭满炉，自坐床上，而置二虫于两旁。火将尽，必言曰："向火已暖，可睡矣。"

最善呼鼠，申媪以为请。张散饭于地，诵偈数句，少顷众鼠累累而至。或缘隙钻穴，盖以百数聚于前，攫饭而食。食罢张曰："好，去。勿得啮衣服，损器皿。"群鸣跳踉，"在东归东，在西归西，勿得乱行，苟犯令必杀汝！"鼠默默引去，不敢出声。或请除之，则用诵咒而遣往官仓中，云："法不许杀也。"

目光绀碧如镜，旋溺时直溅丈许乃堕，好歌《满庭芳》，词曰：

咄哉牛儿，心壮力壮，几人能可牵系。为爱原上，娇嫩草萋萋。只管浸青逐翠，奔走后岂顾九迷。争知道，山遥水远，回首到家迟。牧童能有智，长绳牢把、短稍高携，任从它入泥，入水无为，我自心调步稳，青松下，横笛长吹。当归处，人牛不见，正是月时时。

皆云其所作也。留岁余乃去。

【译文】张风子，不知是什么地方人。绍兴年间来到鄱阳湖，住在申家开的客店里，每天早上出去给人相面，晚上常酒醉而归。开头和人说话还像是清醒，忽然就陷入胡拉瞎侃之中，弄得人们无没和他再说下去。

张风子养了一只鸡，一只画眉。冬天的夜晚，他把烧炭装满炉子，自己坐在床上，将两只动物一左一右放在自己两旁。炭将要烧完时，他照例要说："现在火已烧暖了，我们可以睡了。"

他最大的绝招是善于呼唤老鼠。房东申太太请他办一下此事。他把饭撒在地上，嘴里念念有词，不一会儿，众鼠辈成群结队，累累而至。或缘隙，或钻穴，常常数以百计，聚在他的面前，抢饭而吃。吃罢饭，张风子对鼠辈们说："好了，去吧。不要咬衣服，损坏器皿。"群鼠鸣叫蹦跳，张风子接着说："该东去的在东边，该西往的在西边，不得乱行，如果犯令，格杀勿论！"众鼠辈悄然退去，不敢出声。有人请他想把老鼠除掉，他就用咒语把那些老鼠驱遣到官仓中去，说"法"不许杀它们。

张风子目光紫而发亮，有如镜子。小便时能喷溅一丈来高才落下来。他好唱一首词，词牌是"满庭芳"，词的大意是：

呵，你这个牛儿，心强力壮，可有几个人会牵挂你。为爱荒原上萋萋嫩草，你只管追青逐翠，只要奔走，岂顾离迷！怎知道山遥水远，及回首，到家已迟。牧童偏有智，把长绳拉紧，短稍高提，一任它入泥，入水有何为，我兀自心调步，青松下长吹横笛，当旧处，人、牛皆不见，正该是在月明时。

都说这是张风子自己创作的。他在鄱阳湖逗留了一年才离去。

猪耳环

将仕郎宋卫，自蜀道出峡至云安关，杀猪赛庙。洗牲时，见耳下一方环，墨色犹明润。盖必前身为人而犯盗者也。

【译文】一个叫宋卫的将仕郎，沿着入蜀的路出三峡来到云安关（今四川云阳），正赶上当地举办迎神赛会，在杀猪洗牲时，他看到一只猪头的耳朵上戴有惩罚偷盗犯人的方耳环，耳环上涂的墨色仍然明亮有润泽。必定是它前身为人时犯了盗窃罪。

韩太尉

韩公裔太尉，绍兴中以观察使奉朝请暴得疾。太上皇帝念藩邸旧人，遣御医王继光诊之，曰："疾不可为也。"时气息已绝，举家发声哭。继先回奏命。以银、绢各三百赐其家。

临就木，适草泽医生过门呼曰："有偏僻病者道来。"韩氏诸子试延入，医视色切脉，针其四体至再三。鼻息拂拂微能呻吟，遂命进药。迨晚顿苏。明日复奏归所赙，复赐为药饵费。宗室中善谑者至，相戏曰："吾家贫如许，若如韩太尉死得一番亦大妙。"

后韩至节度使，又三十年乃卒。

【译文】太尉韩公裔，绍兴中期作为观察使奉朝请的寄禄官，突然得病，太上皇帝念在康王府做侍从官几十年，为皇宫老人，就派皇家御医王继先为他看病，王御医诊后说："病已经不能治了。"当时韩太尉已经断气，全家失声恸哭。太医王继先向皇上回奏了情况，皇上下命，赐韩太尉家银三百两，绢三百匹以示慰恤。

在韩太尉就要装棺入殓时，一个江湖医生正好从门前过，他喊："有邪疾偏症的道来。"韩太尉的几个孩子就试着把他请进来，那医生观色切脉，在病者全身再三针灸之后，病人鼻息丝丝，开始轻微呻吟，接着医生就让给他吃药，到晚上韩太尉顿然复苏。第二天，韩太尉奏明皇上要退回抚恤家属的银、绢；皇上没要，改作医药费赐给他。皇族中爱开玩笑的人便戏谑地说："我家穷到如此程度，如能像韩太尉这样死他一番，岂不妙极！"

后来韩太尉做了节度使，又活了三十年才谢世。

契丹诵诗

契丹小儿初读书，是以俗语颠倒其文句而习之，至有一字用两、三字者。顷奉使金国时，接伴副使秘书少监王补，每为予言以为笑。如"鸟宿池边树，僧敲月下门"两句，其读时则曰："月明里和尚门子打，水底里树上老鸦坐"，大率如此。

补：锦州人，亦一契丹也。

【译文】契丹族（辽国）的小儿刚开始上学读书时，习惯用民间的俗语把原文的语句颠过来学习，以至于把原来本是一个字，结果用两字或三字。过去我奉命出使金国时，秘书省副长官王补结伴当副使，我们在一起时，他常给我讲这一类笑话。如“鸟宿池边树，僧敲月下门”两句诗，他们读时是这样的：“月明里和尚门子打，水底里树上老鸦坐。”大多都是这样。

补：锦州（今辽宁锦州）人，也是契丹的一部分。

星宫金钥

甲志戴建昌某事紫姑神事，同县李氏亦事之甚谨。一子未娶，每见美女子往来家间，遂与狎昵。时对席饮酒，烹羊击鲜，莫知所从。致父母知而禁之不可，乃闭诸室，女犹能来。

经旬日，谓曰：“此非乐处，盍一往吾家乎？”即携手出外，高马文舆导从已具。但登车，障以帷幔，略无所睹，不移时到一大城，瑶宫瑶砌，倩丽列屋，气候和淑，不能分昼夜。时时纵游宅所，见珠球甚多，璨绚五色，挂于椽间，问其名，曰：“此汝常时望见谓为星者也。”

留久之，一日凭栏去，女曰：“今日世间正旦也。”生豁然醒悟，私自悼曰：我在此甚乐，当新岁节不于父母前再拜上寿，得无贻亲念乎？女已知其意，怅然曰：“汝有思亲之心，吾不可复留汝，宜亟还，亦宿缘止此尔。”命约酒与别。取小袱纳其怀，戒之曰：“但闭目敛手，任足所向，道上逢奇兽异鬼百灵秘怪从汝觅物，可探怀中者以一与之，切不得过此数，过则无继矣。俟足踏地，则到人间，然后为还家计。”生泣而诀。

既行，觉耳旁如崩崖飞湍，响震河汉，天风吹衣，冷彻肌骨。巨兽张口衔其袖，生忆女所戒，与物既去，俄又一物来，如是者殆者数，摸索所携，只余其一。忽闻市声嘈嘈，是亦履地，开目问人，乃泗州也。

空孑一身，茫不知为计，启衪视之，正存金钥匙一个。货于市，得钱二十千。会纲舟南下，随以归家，相见悲喜曰：“失之数月矣。”（李绍祖奉世说，其族人也）

【译文】《夷坚甲志》卷曾刊载一篇建昌某氏敬紫姑神的故事，同县李氏一家奉紫姑神很虔诚。他有一个儿子还没有娶亲。常见一个美貌的女子来到他家，很快就和这孩子亲热狎昵起来。时常同桌饮酒、煮羊脍鱼，也不知道这些酒菜从哪弄来的。以致使父母发现，却禁而不止。于是就把他儿子关在空屋里，而那女子却照来不误。

经过十来天，女子对李生说：“这里也并不是什么好玩的地方，可以到我家去吗？”随即他们俩就携手出来，高马绣车向导都已在门外恭候，催着他们上了车，放下帐幔，什么也看不见了，不多一会儿就来到一个大城市，瑶池似的宫殿，宝石的雕砌，美女如云，气候宜人，这里难分昼夜。他们时时到其他地方纵情游览，看到庭中椽上，挂着许许多多五彩绚丽的珠球，李生问那是什么东西？女子告诉他说：“这就是你平常看到的所说的星星呀。”

李生在这里逗留了好久，一天他们凭栏而立，女子告诉他：“今天，人世间正是元旦。”李生猛然觉醒过来，他自己念叨着，不给父母拜祝寿，难道不让双亲悬念吗？那女子已经知道了他的意思，怅然不欢，她说：“你有思亲之心，我不好再留你，你需要赶快回去，这也是咱们的宿缘已经到头了。”就叫仆人上酒话别。临行前，她取来一个小包袱塞到李生怀里，告诫他说：“只管闭着眼睛，收敛双手，任凭两脚的去向。路上遇到奇兽异鬼，灵魔秘怪向你要东西，你可从怀里拿出一个给他，千万不要给多，多给就接上不了。等到你感觉双足踏地时你就到了人间。然后你再想回家的办法。”李生就和那女子垂泪告别。

开始出发，他觉得耳旁如山崖崩裂，湍湍飞溅，响震长空。天风吹打衣服，冷气透肌袭骨。有一个巨兽张口咬着他的袖口，他想到那女子的告诫，给那兽一件东西就走了。一会儿又一个怪物来要。如此这般差不多上百个，他摸摸怀中的小包裹，东西只剩下一个了。忽然耳旁听到市廛人声嘈杂，双脚已经踏到地上，睁眼打听，原来他已来到了泗州（今江苏宿迁县东南）。

他孑然一身，空无所有，茫茫然计无所出。他掏出怀中小包打开一看，留下一物原来是一把金钥匙，他到市场上卖了二万钱。正好有运输货物的大船南下，他就随船回到家里，亲人相见，悲喜交集，说他丢失已几个月了。

阆州道人

阆州故多蚊，廛市间寝者终夜不交睫。

某道人舍于客邸，主家遇之颇厚。时时召与小饮，虽然僦直或亏弗校也。留数月而去。临去别主人愧谢再三，揖起，至井旁言曰：“吾在此久，君独能见知，无以报德，当令君家永绝蚊蚋之患。”即取瓢中药一粒，投井中诫曰：“谨覆之，过三日乃可汲。”遂去。

果如其言，每暑夕蚊雷群鸣于檐间而不能入室。

张魏公宣抚川、陕时开府于阆。士人估客往来无算，骈集此邸，至于散宿户外，计所获视它邸盖数倍焉。

【译文】阆州（今四川阆中）蚊子历来就多。在市区里住的人整夜不能合眼。

有一个道人住在某家客店，房东待他很厚。经常请他来小饮几杯，收房租时虽然吃点亏也不计较。那道人住了几个月，临走在告别主人时，再三致歉感谢。揖拜已毕来到院中井边，道人说：“我在这里很久了，唯独您和我知心，我没有什么可以报答您的恩德，但可以使您家永远绝除蚊蚋之害。”他当即从葫芦里取出一粒药，投到井里，告诫主人，说：“把井盖严，过三天再汲水。”之后道人就走了。

果然，按照那道人说的做了以后，每到夏天晚上，屋檐下蚊群如雷鸣一般，但却不能进入室内。

魏公张浚任川陕宣抚使时，在阆州设府办公。文士、商人来拜访他们的不计其数，都成排连串地聚集在这家客店，以致分散住以房舍外边。计算一下这家客店的收入，要比其它店家多几倍。

炸虾翁

建炎中谢亮大卿使夏国，道汉江晚泊，见岸上蚁子以千数争入水，视之已化为虾。如是累累不绝。

谢卿登岸迹其所来，乃自小冢间出，询诸居者云：“向一翁居此，三十年以炸虾为业，死数月矣。此其葬处也，始验其骸为蚁所食而复坠虾类云。”

【译文】宋高宗建炎中（1129年前后），朝官谢亮大卿出使夏国，途中一天晚上在汉江船上休息，看见岸上有数以千计的蚂蚁争着向水里爬来，看时蚂蚁已入水变成了虾。就这样累累不断。

谢卿上得岸来，循着踪迹查看它来的地方，原来是从一个小坟里爬出来的。他询问当地居民，有人告诉他说：“过去一个老翁在这里居住，三十年来以炸虾为业，已经死几个月了。这个坟就是他的葬处。”这才验证了他的尸骨被蚂蚁吃掉而后堕变为虾类了。

徐大夫

绍兴初，韩叔夏以监察御史宣谕湖南归，有旨令诣都堂白宰相，时朝廷草创，官府仪范尚疏略，两浙副漕徐大夫者素以简倨称。先在客次视韩绿袍居下坐，殊不顾省，久之乃问曰：“君从何处至？”韩曰：“湖外来。”徐曰：“差遣不易，纵得见庙堂亦何所济！”少焉朝退，省吏从庑下过，徐见之拱而揖曰：“前日指挥某事已即奉所戒。”吏方愧谢，望见韩惊而去，徐固不悟。继复一人至，其语如前，俄也趋避。而丞相下马，直省官亢声言“请察院”徐大骇，急起欲谢过，燎炉在前，袖拂汤瓶仆，冲灰蔽室而不暇致一语。

是日韩除右司谏，即以所见而奏劾之。以为身为使者媚事胥徒，遂放罢。

后数年起知婺州。时刘立道（名大中）为礼部尚书，且夕且秉政，其父不乐在临安，来摄法曹于婺。因为事迟缓，徐责之曰："老是如此，胡不归？"刘曰："儿子不见容，所以在此。"徐瞠目曰："贤郎为谁？"曰："大中也。"遽易嗔为笑，曰："君精彩逼人，虽老而健，法椽非所处，教官虚席，勉为诸生一临之。"即以权州学教授。

【译文】高宗绍兴初年（1131）京官监察御史韩叔夏到湖南宣谕圣德，监督各地弊政后回京，有旨令他到尚书省政事厅向宰相报告。当时关于官府仪表规范处于草创阶段，还比较粗略，两浙－浙江（后称钱塘江）东和浙江西的转运使徐大夫向来以高傲知名。原先在客厅停留时徐大夫见韩叔夏穿着低级官员的绿色官服坐在下面，根本不搭理他。韩叔夏等候的时间太长了，徐大夫才问："先生从什么地方来？"韩回答："从湖外来。"徐以教训的口气说："如今差使不好得到，你纵使能见到皇亲国戚又何济于事！"过一会儿散朝后，各官纷纷回衙，省里的小官吏从庭中走过，徐大夫见了打拱作揖，走上前去说："前日你交代我的事情已经按你的指示办过。"那官吏正要感谢，看见了有韩叔夏在场，惊慌而去，徐大夫还没觉察到是怎么回事，又来一个省官，说的话和上面的差不多，那省官也急急回避了。而后丞相来到下马，当值礼仪的官吏对着韩叔夏高声大喊"请察院！"徐大夫这才大吃一惊，急忙起来想上前谢罪，慌忙间袖子扫着了炉前的汤瓶，瓶倒汤出，浇到火上，炉灰飞扬，满室滚烟，徐大夫却一句话也顾不得说。

韩叔夏向宰相禀报的当天，被授右司谏之职。凡朝政大纲，为官任用，各署得失都可具奏，他就以自己所见奏劾了徐大夫，说徐大夫身为国家使者，向办事小胥吏献媚讨好，于是徐大夫被免去了官职。

过了几年，徐大夫被起用，任婺州（今浙江金华）知府。当时刘大中为朝中的礼部尚书，很快将要拜相，他父亲不愿意在临安，来婺州任司法的曹官。他问徐大夫陈述时因为语言迟缓，徐大夫责备他说："你老到这个程度，为什么还不回家歇着？"刘老儿说："儿子不愿意。"徐大夫吃惊地瞪大了眼睛："那么令贤郎是谁？"刘老儿说："刘大中呀！"徐大夫马上转怒为笑，对刘老儿说："您精彩感人，人虽老了但身体颇健，法官不是您的去处。州中教官空缺，烦您为了诸生员委屈光临。"他就让刘老儿代理了州学教授。

桂生大丹

贵溪桂缜家两事已载《夷坚甲志》。缜又言其叔祖好道尤笃，常欲吐纳烟霞，黄冶变化，为长生轻举之计。

有客过云，自云能合九转大丹，信之不疑，尽礼延纳，倾身竭家听其所取，费不可胜计。逾年丹成，客举置净室，卦以朱泥，外画八卦、列宿，十日二十辰，极其严密，而谓桂生曰："吾今欲游二神山访吾侣，三年而后还，及是时药乃可服，勿背吾言。"遂去。

桂日诣丹室，焚香设拜。岁余忽念曰："仙家多试人，正使丹可服或靳固不吾与将奈何？"窃欲其藏，则全丹俨然其中矣。不胜喜，不与妻子谋，汲水经服之。药方下咽外报客至，才入门，望见桂生惊而走。桂遣仆追挽之，客曰："吾药虽成而日月未满。初未尝告服饵法也。顾不听吾戒，吾岂真游三山乎！元未始离此也。今若是，旦夕必死矣。吾方从神仙久视之学，岂当与行尸共处即！"竟去。

是日暮，桂觉五脏内有如火灼。明日不可忍，跳入门外沼中，不数刻沼水皆沸，荷花尽萎。屋角树高数丈，能腾立其稍，俄而复下，奔驰叫号，越三昼夜，七窍血流而死。

【译文】关于贵溪（今江西贵溪县西）桂缜家的两件事，已经记载于《夷坚甲志》卷内，除此之外桂缜又给我讲了他本家祖父的故事：他迷信道术，尤其笃诚于道术中的气功吐纳，烟雾云霞修造炼丹等术为长生不老之计。

某日，有位客官从门前过，自称能炼所谓“九合大丹”，桂生坚信不疑，极尽礼仪把那人延请到家，竭其全有听凭客人所取，花钱不计其数，过一年丹才炼成。客人把丹放在净室，用红泥封住，又画上八卦、星宿，十日十二个时辰，极其严闭。而后他对桂生说：“如今我要去游三神山，访我的朋友，三年以后回来，到那时药才可以吃。不要违背我的话。”说完遂去。

桂生每日都到丹室去，焚香设供，顶礼膜拜，有一年多的时间，他忽然想：仙家经常爱测试人，正因为丹可以吃或者吝惜坚持不给我可怎么办？他偷偷开封，里边俨然是全丹一枚。他大喜不胜，也不和妻子商量，就用水把药服了下去。药刚刚咽下，外边来人报告：炼丹的客人到。那人进门看见桂生，很为惊慌，返身而走。桂生令仆人赶上拉住他，他说：“我炼的药虽然已成，而日月不满，因此开始我没有告诉你服用的方法。你不听我的告诫，我岂是真的去游三神山了吗？原来我始终没有离开此地。现在已经这样，你早晚必死，我才跟着神仙练久视之学，怎么能和行尸在一起相处呢！”说罢径去。

这天到晚上时，桂生觉得五脏内有如火烧，第二天难以忍耐，跳到门外河里，没有几刻功夫，河水沸腾，荷花也全都枯萎。

屋角边有一高几丈的树，桂生能腾立于树梢上，一会儿又爬下来，奔跑嚎叫，如此三昼夜，最后七窍流血而死。

林灵素

林灵素传役使五雷神之术。京师尝苦热，弥月不雨。诏使施法焉。对曰："天意未雨，四海百川水源皆已封锢，非有上帝命不许取，独黄河弗禁而不可用也。"上曰："人方在焚灼中，但得甘泽一洗之，虽浊何害。"

林奉命即往上清宫，勒翰林学士宇文粹中莅其事。

林取水一盂，仗剑禹步，诵咒数通，谓宇文曰："内翰可去，稍缓或窘雨。"宇文出门上马，有云如扇大起空中，顷之如盖，震声从地起，马惊而驰。仅至家，雨大至。迅雷奔霆，逾两时乃止。人家瓦沟皆泥满其中，水积于地尺余，黄浊不可饮，于禾稼殊无所益也。

【译文】被宋徽宗赐号"通真达灵先生"的道士林灵素，传有差使五雷神的法术。某年京师曾经暴热，整月不下雨。皇上下诏书使他施法。林灵素说："不想下雨是天意，四海百川水源都已被封禁，没有上帝命令不许取水，唯有黄河不禁，但也不能用。"徽宗说："人们都正在焚灼之中，只要一些雨水洗一下，水浑一些又有什么害处呢？"

林灵素奉命遂往皇上给他盖的上清宝箓宫，请翰林学士宇文粹中临事。

林灵素取来一盆水，手持宝剑，一点一踱走着巫师的禹步，嘴里吟咒数遍后，对宇文粹中说：“翰林可以回去了，稍或恐被雨所困。”宇文出门上马，见头上有云如扇子般大，一会儿就扩大如盖子，隆隆震声从地而起。他所骑的马受惊奔驰。刚刚到家，大雨倾盆而降。迅雷奔霆，不绝于耳，整整两个时辰才止。人们家里沟填满了泥浆，地上的水积有一尺多深。但黄浊不清，不能饮用，对于庄稼也没有多少益处。

国香诗

建中靖国元年，山谷先生自黔中还，少留荆南，见里巷间一女子，以谓幽闲姝丽，目所未者见，惜其已适人，因作《水仙花》诗以寓意曰：

淤泥解出白莲藕　粪壤能开黄玉花

可惜国香天不管　随缘流落小民家

命其客高子勉属和。

后数年山谷下世，女在民家生二子。荆楚岁饥，贫不能自存，其夫鬻之于田氏为侍儿。

一日召客饮，子勉在焉。妾出侑觞，掩抑困悴，无复故态。坐间话昔日事，相与感叹。为请于主人采诗中语名之曰：“国香”，以成山谷之志。

政和三年，子勉客京师，与表弟汝阴王性之会语及之，性之拊髀叹息曰：“可流诸篇咏为异时一段奇事。子勉随作长句甚奇伟，其词曰：

南溪太史还朝晚　息驾江陵颇从款

才毫曾咏水仙花　可惜国香天不管
将花托意为罗敷　十七未有五十余
宋玉门墙迂贵从　蓝桥庭户怪贫居
十年目色遥成处　公更不来天上去
已嫁邻姬窈窕姿　空传墨客殷勤句
闻道离鸾别鹤悲　鬻砧亡赖鬻蛾眉
桃花结子风吹后　巫峡行云梦足时
田郎好事知渠久　酬赠明珠同石友
憔悴犹疑洛浦妃　风流固可章台柳
宝髻犀梳金凤翘　樽前初识董娇饶
来迟杜牧应须恨　愁杀苏州也合销
欲把水仙花说似　猛省西家黄学士
乃能知妾妾当时　悔不书空作黄字
五子初闻话此详　索诗裁与漫凄凉
只今驱豆无方法　徒使田郎号国香
性之用其韵尤悲抑顿挫，曰：
百花零落悲春晚　不复园林门可款
待花结实春始归　到头只有东风管
楚宫女子春花敷　为云为雨皆有余
亲逢一顾倾国色　不解迎入专城居
目成未到投梭处　后会难凭人已去
可怜天壤擅诗声　不如崔护桃花句
坐令永抱埋玉悲　游子那知京兆眉
难堪别鹤分飞后　犹是惊鸿初见时

新欢密爱应长久　暂向华宴赏宾友
舞尽春风力不禁　困里腰肢一涡柳
座上何人赠翠翘　蜀州风调尤情饶
欢浓酒晕上玉颊　香暖红酥疑欲销
佳人命薄古相似　先后乃逢天下士
但惜盈盈一水时　当年不寄相思字
宜州遗恨君能详　瘴云万里空悲凉
无限风流等闲别　几人鉴赏得黄香

【译文】宋徽宗建中靖国元年（1101）山谷先生（黄庭坚）自黔中（治所在今四川彭水县）回来在荆南（今湖北江陵）少事停留。这期间，他在一条小巷子里看到一女子，山谷认为她的幽娴丽质是他从未见过的。可惜她已经嫁了人。因而他作一首诗，诗名《水仙花》，以寄托自己的情思，诗曰：

淤泥解出白莲藕　粪壤能开黄玉花
可惜国香天不管　随缘流落小民家

黄山谷将这首诗给他的客人高子勉看了，并命他唱和。

几年后山谷去世，那女子在民家生了两个儿子。因荆、楚一带闹灾荒，那民家贫穷难以自己生存，那女子就被她丈夫卖到一个姓田的人家作了侍女。

一日，田家宴请客人，高子勉在座，那女子作为侍妾出来劝酒，表情抑郁，面色憔悴，再没有过去的风韵了。谈话中提到昔日之事，大家都深为感叹。为作成黄山谷的遗志，子勉请于主人，采用黄诗中语句，就给那女子取名叫“国香”。

政和三年（1113），高子勉客居京师，遇上了他表弟，汝阴（今安徽阜阳）人王性之。高勉之谈了黄山谷诗的事情，王性之拍股叹息。他说："应该付诸诗篇，以为过去这一段奇事的咏叹。"子勉就作了长诗一首，甚是奇伟，这首诗如下：

南溪太史还朝晚　息驾江陵颇从款
才毫曾咏水仙花　可惜国香天不管
将花托意为罗敷　十七未有五十余
宋玉门墙迂贵从　蓝桥庭户怪贫居
十年目色遥成处　公更不来天上去
已嫁邻姬窈窕姿　空传墨客殷勤句
闻道离鸾别鹤悲　鬻砧亡赖鬻蛾眉
桃花结子风吹后　巫峡行云梦足时
田郎好事知渠久　酬赠明珠同石友
憔悴犹疑洛浦妃　风流固可章台柳
宝髻犀梳金凤翘　樽前初识董娇饶
来迟杜牧应须恨　愁杀苏州也合销
欲把水仙花说似　猛省西家黄学士
乃能知妾妾当时　悔不书空作黄字
五子初闻话此详　索诗裁与漫凄凉
只今驱豆无方法　徒使田郎号国香

王性之按高勉之诗的韵律，也写了一首长诗抑扬顿挫，更使人感到悲凉：

百花零落悲春晚　不复园林门可款
待花结实春始归　到头只有东风管
楚宫女子春花敷　为云为雨皆有余
亲逢一顾倾国色　不解迎入专城居
日成未到投梭处　后会难凭人已去
可怜天壤擅诗声　不如崔护桃花句

坐令永抱埋玉悲　游子那知京兆眉
难堪别鹤分飞后　犹是惊鸿初见时
新欢密爱应长久　暂向华宴赏宾友
舞尽春风力不禁　困里腰肢一涡柳
座上何人赠翠翘　蜀州风凋尤情饶
欢浓酒晕上玉颊　香暖红酥疑欲销
佳人命薄古相似　先后乃逢天下士
但惜盈盈一水时　当年不寄相思字
宜州遗恨君能详　瘴云万里空悲凉
无限风流等闲别　几人鉴赏得黄香

张拱遇仙

汴人张拱举进士不第，家甚贫。母党龚氏世为医，故拱亦能方术。置药肆于宜春门后坊，仍不售。

尝晨起披衣栉发，未洗颒，有道士迎日而来。目光炯然，射日不瞬，径造肆中，顾而不揖，振衣上坐。拱颇忿甚倨，作色问所来，答曰：汝无诘我所从来，正欲见汝耳。

拱意此妄人京师固多其比，掷一钱与之麾使去，笑曰：“吾无求于人，以汝有道质故来诲汝，何赐拒之深！”

拱悟起，冠巾而出。与之语及出家事理至精微，闻所未闻。于是始愧悔曰：“拱鄙人，眼凡心惑，仙君幸见临，原终教之。”道士曰：“汝何求？”曰：“家贫，饘粥不继，倘使不食可饱则上愿也。”俄而鬻蒸枣者来，道士取先所掷一钱买之得七枚，顾谓拱曰：“神仙以辟谷为下，然□粒则无滓浊，无滓浊则不漏，由此可以入道。张子房诸人乃以丹药疗饥固已迂矣。汝欲得此道，自此不淫可乎？人不能淫俗念自息，俗念自息则天才也。”乃取七枣熟视而嘘之，曰：“汝啖此可以终身不食。人或强使食亦无禁，复欲不食则如初，但汝有老母妻子，未可相从，然既啖七枣当应七梦，豫为汝言。汝事亲既终，婚嫁既毕，已能不食，复又何求？宜脱身诣名山于悬绝处，寻石穴深广有容者，自累石塞其门，一念不起，坐卧行立于其间，自有情趣。何及半纪则汝之身如蝉出壳，逍遥乎六合之外矣。过此非今日可以语汝也。”言竟摄衣而起，拱固留之不可，出门无所见。

拱乃知其非常人，怅然有所失者。

累月闻饮食气辄哎，遂不食。逾二年粪溺俱绝，神气明爽，步趋轻利，每自试其力，从旦至暮缘京城外郛可匝者五反，盖数百里也。

前后得七梦，如道士言不小差。母病痔二十年，众药不验，漫以七枣余核进之，一夕而愈。

拱既不御内，视其妻如路人，妻郭氏性刚，果忿恚而卒。家人益忧疑之，逼而馈之食，食兼数人尔。后或食或不食。朋友疑其诈者，扃诸室试之，不以为苦。

人或招医则携药而往，至则登病者之席，坐于旁，虽逾旬涉月，杯水粒粟无所需。喜饮酒，好作诗。行年六十而颜色如壮者。

后其母歿，不知所终。

【译文】汴（今河南开封）人张拱，考进士落了榜，家里也十分贫穷。因为他外婆家世代为医，所以张拱也会医术，就在宜东门后坊开了一个小药店，还没有卖出东西。

一天早晨起来，张拱披着衣服梳头，还没洗脸，有一个道士迎着太阳从西而来，目光炯炯，太阳光刺着他的眼睛他也不眨一下，径直来到店中，看见张拱也不施礼打招呼，撩起衣服坐于上席。他的无礼傲慢使张拱很感气愤，他沉着脸问道士是从什么地方来的？道士说："你也不要打听我是从什么地方来，我是专门来找你的。"

张拱想：京师之地这一类狂妄之人本来就多，就扔了一文钱给他，挥手让他出去。道士笑了，说："我对人无所请求，因为看你具有道家的本质，所以来教你，为什么赏给我的却是这么深的拒绝！"

张拱似有所悟，赶快起立，穿衣戴帽出来，和道士论到出家的道理，道士谈得极为精辟，张拱闻所未闻。于是他感到很惭愧。对道士悔恨地说："张拱是一个鄙人，眼凡心迷，幸而仙君光临，愿终身受您指教。"道士说："那么，你有什么要求？"张拱说："家道贫寒，稠粥也难为继，如果不吃就可以饱那就是我最大的愿望了。"说话不及，有个卖蒸枣的过来，道士就拿刚才扔给他的那一文钱，买了七枚蒸枣，对张拱说："神仙以不食五谷为最起码的修炼，这样，不进食就没有污浊的渣滓，没有污浊的渣滓就不会排泄，由此也可以入道。张良等人用药来治疗饥饿，所以有点近于迂腐了，你如想得此道，从此不近女色，排除淫行可以吗？人只要不淫，就俗念顿然消除，消除了俗念那就是仙才了。"道士拿着那七枚蒸枣，眼睛盯了一会儿，又吹了一口气，说："你把这吃掉以后，可以终身不再吃饭。或者有强迫你吃也不必拒绝，再想不吃也仍然如前。只是你有老母妻子，还不能就跟我走。但既吃了七枚枣，当应照有七个梦给你预言未来。你为母送终后，婚嫁已毕，已能不吃，还有什么要求呢？应该脱身到名山里去，在悬崖绝壁处寻找大一些的可以容身的石洞，自己搬石头堵上门，排除杂食，坐卧立行都在这山洞里，自然就有上佳的情趣。只用半纪六年时间，你的身体就如脱壳之蝉，逍遥于天地五行之外了。再比这高的修炼，不是今天可以告诉你的。”说罢牵衣而起。张拱坚持挽留，道人不听，出门就不见了。

张拱已经知道这不是平常之人，但是他已走了，心中怅然若有所失。

此后张拱整月闻到饮食气味就常呕吐，于是就停了食。过二年，大小便也没有了。但他精神明爽，步履轻捷。他常常自己测试自己的力量，从早起到晚上，沿着京城最外边的城郭可以绕着转五圈，已有几百里路了。

张拱前后做了七个梦，和道士说的一点不差。他母亲害痔病，百药不治，张拱就随便把那七颗枣粒给他母亲用上，一夜之间她的病就痊愈了。

张拱也不近女色，和他妻子断绝了房事，待他妻子像陌生的路人，他妻子郭氏性情刚烈，愤愤而死。家里的人对他更加怀疑和忧虑，送食物逼着让他吃，吃起来他的饭量可以抵几个人。以后就时吃时不吃。朋友中有人怀疑他不吃是假的，就把他锁在屋里试他，他没有一点痛苦。

有人请医生，他就携药前去，到那里坐在病床之旁，十天甚至月余，连一杯水一粒米也不需要。他很喜欢喝酒，也常常作诗。到了六十岁而颜色还和壮年一样。

后来他母亲去世，他也不知到什么地方去了。

卷第十九（十六事）

扫码听谦德
君为您导读

宋氏葬地

宋文安公白，开封人，葬于郑州再世矣。方士过其处，指墓侧涧水曰：“此在五行书极佳，它日当出天子。”宋氏闻之惧。命役徒悉力闭塞之，遂为平陆。

自是宦绪不进，亦不复有人登科。崇宁初，大水泛溢，冲旧涧成小渠，仅阔尺许。明年，曾孙涣擢第，距文安之没正百年。又六年，兄椝继之。然涣仕财至郡守，椝得博士以没，其后终不显。椝与予妇翁，同门婿也。

【译文】文安公宋白，开封人，他的坟墓在郑州，有个道士从他的墓地经过，指墓旁边的涧水说：“这个坟墓在卜筮的书中说是极好的风水宝地，以后应当出天子。”宋家听说后十分害怕，便请了干活人全力以赴，将涧水填塞成平地。

自此以后，官职便不能得到提升，家族中也不再有人登科。宋徽宗崇宁初年（1102），大水泛滥，原来墓边涧水的地方冲成小水渠，虽仅仅有一尺多宽，第二年，宋白的曾孙宋涣便考中了进士，距文安公死的日期，正好是一百年。又过六年，他的兄长宋榘接着也中了进士。然而宋涣做官才到郡守，宋榘得到国子监博士以后，也就病死了。从比以后，再也没有进展。宋榘和我的岳父，同是连襟亲。

饼家小红

张外舅寓无锡，买隙地数亩营邸舍。方役土工，老兵刘温戏拈块给众曰：“我正获黄金一块。”众争观之，非也，笑而掷之。乃真得金环一双于碎土中，卖得钱数千，即日感疾，半年乃愈。

时张氏居南禅寺，鬼降于紫姑箕上，书灰曰：“我乃公家所营邸处土中人也，名曰小红，居于西门。姐妹二人，吾父为饼师，不幸后母无状，虐我，我二人不能堪，皆自绎死。今我重不幸，朽骨为公隶人所坏，圹中物可值万钱，刘老翁悉取之。我无所归，今只在窗外胡桃树下依公家以居，不可复去矣。”人曰：“汝坐后母以死，相不求报耶？”曰：“已诉于天，既报之矣。”许以佛经，不肯受。人曰：“大仙方至，汝安得久此？”答曰：“如是且归树下，续当复来。”张氏多赂以佛事，及焚钱设馔祭之，乃绝。

【译文】我的岳父张渊道家，寄居在无锡，买了空地数亩建造住宅。正在挖土施工，老兵刘温拾了一块土给众人开玩笑说道：

“我拾到一块黄金。”众人争着来看，不是黄金，大笑而扔到地上，土块碎了。竟然在碎土中真拾到金环一双，卖了数千钱。当日便得了疾病，过了半年才痊愈。

当时，张氏居住在南禅寺，鬼降于扶乩的箕盘上，在灰上写字说：“我是您家建造住宅那里的土中人也，名叫小红，家住在西门，姐妹二人，我父亲是个打烧饼的饼师。不幸，后母百般地虐待，我二人苦不能言，都上吊死了。现在又遭到不幸，朽骨被挖土施工的人挖坏，土中的东西价值万钱，那个老兵刘温都拿走了，我现在没有归宿的地方，只在您家窗户外胡桃树下靠着您的家宅居住，以后不能再回去了。”有人说：“你受后母的虐待致死，为何不去报仇？”她答道：“我已经上诉给上天，冤仇已经报了。”张氏许愿为她念诵佛经超度，她也不接受。有人说：“神仙马上要到，你不可在此久留！”她回答说：“既然这样，那我暂时居住在胡桃树下，以后有机会再来。”张外舅自此以后，经常请来和尚为她念诵佛经，让她早日超度，并且焚烧纸钱，摆设供斋去祭奠她，以后才断绝了。

棠阴角鹰

番阳棠阴寨西枕□□常有角鹰巢于近山上，每掠湖面捕凫鹜食之。一日，用势过当，双爪搦凫脊，陷骨中不可出。凫抱痛猛入水，鹰尽力不能脱。少顷，二物皆浮死水上。

人谓鹰之力岂遽不能胜一凫？盖亦业报也。

【译文】番阳（今江西鄱阳湖）湖岸，棠阴寨西边，经常有老鹰筑巢栖息在山上，老鹰盘旋在湖面上，用长而又锐利的爪，凶猛地捕食野鸭子，有一次因为用力过猛，使老鹰的双爪抓进野鸭脊背骨头内，竟拔不出来。野鸭被爪抓负了重伤，疼痛难忍，便很快地沉进水中。老鹰使尽全力摆脱不掉，也随着野鸭沉下水去。停了片刻，老鹰和野鸭都漂出水面上来死了。

人称老鹰凶猛有力，还不能制服区区一只小野鸭，这可能也是作孽多而得到的报应吧！

薛秀才

王荆公居金陵半山，又建书堂于蒋山道上，多寝处其间，客至必留宿，寒士则假以衾裯，其去也，举以遗之。

临安薛昂秀才来谒，公与之夜坐，遣取被于家。吴夫人厌其不时之须，应曰："被尽矣。"公不怿，俄而曰："吾自有计。"先有猨坐挂梁间，自持叉取之以授薛。明日，又留饭，与奕棋，约负者作梅花诗一章。公先输一绝句，已而薛败，不能如约，公口占代之云："野水荒山寂寞滨，芳条弄色最关春。欲将明艳凌霜雪，未怕青腰玉女嗔。"

薛后登第贵显，为门下侍郎，至祀公于家，言话动作率以为法，每著和御制诗，亦用字说。其子人太学，夸语同舍曰："家君对御作诗，固不偶然。顷在学时，举学以暇日出游，独闭门昼卧，梦金甲神人破屋而降，呼曰：'君可学吟诗，它日与圣人唱和去，今而果。'"客李骥者，素滑稽，应声蹙额连言曰："果不偶然，果不偶然。"薛子诘之再三，骥曰："天使是时已为尊公烦恼了。"盖以薛不能诗，故戏之也。

韩子苍为著作郎，人或谮之薛云：“韩改王智兴诗讥侮公，其词曰：‘三十年前一乞儿，荆公曾为替梅诗。如今输了无人替，莫向金陵更下棋。’”薛泣诉御榻前，韩坐罢知分宁县。其实非韩作。（吴傅朋说。金甲事得之吴虎臣。）

【译文】北宋时期，王荆公（王安石封号）家舍在南京，他的书房建在南京附近的蒋山（今称钟山），平时就在这里住宿。有客人到来时，也在这里住宿，若是贫寒的人，便借给他毛皮衣服和被子，临走时，便将借用衣被之物，都送给贫寒的客人。

临安（今浙江杭州）秀才薛昂来进见王安石，二人在夜间说了很长时间话，王安石派仆人去取被褥，吴夫人讨厌他这种做法，就随口应道：“被褥都没有了。”王安石不喜悦。停了片刻，王安石说：“我有办法。”见有用猱皮毛做的坐褥在梁上挂着，他拿起叉子从梁上取下来，让薛秀才当被褥用。次日，又留薛秀才吃饭，吃过饭与薛秀才下棋，并约定谁输要作梅花诗一首，王安石先输了，随即吟一绝句。又下一盘，薛秀才输了，而薛不能如约作诗，王安石代他作了一首，吟道：“野水荒山寂寞滨，芳条弄色最关春。欲将明艳凌霜雪，未怕青腰玉女嗔。”

薛昂后来中了进士，担任了门下省侍郎，非常显贵荣耀。把王安石的牌位供在家里奉祀，王安石的言语行动都是他学习的榜样，每当唱和皇帝御制诗时，也讲究王安石主张的炼字的说法。他的儿子入了太学，便在同住一屋的学生自我吹嘘道：“我的父亲对皇帝作诗，可不是偶然能做到的。从前他在上太学时，全学在假日期间到郊外旅游，唯独他一人白天关门睡觉，梦见金甲神打破房顶，从屋顶上降下来，呼喊他道：‘你可以学吟诗，以后与圣人共同吟诗唱和。’金甲神说的话，今天得到验证。”有一客人叫李骥，平素好说笑话，非常滑稽，便挤眉应声连说道："真不偶然，真不偶然。"薛昂的儿子再三追问，李骥说："天上派的金甲使者这时已为你父亲烦恼了。"因为他知道薛不会作诗，专门戏弄他的。

朝廷中有一名官员，叫韩子苍，会吟诗作赋，有人就在薛昂面前诬陷说，韩子苍作诗讥笑你，诗中写道："三十年前一乞儿，荆公曾为替梅诗，如今输了无人替，莫向金陵更下棋。"薛昂感到很耻辱，就向皇帝哭诉此事。结果，韩子苍被免职，降职到分宁县（今江西修水）做县令，其实，那首诗并不是韩某所作。

朱通判

绍兴九年，邕州通判朱履秩蒲，携孥还家，装资甚富，又部官银纲直可二十万缗，舟行出广西。

朱有棋癖，每与客对局，寝食皆废。尝愿得高僧逸士能此艺者，与之终身焉。及中途，典谒吏通某道士求见，自言棋品甚高。朱大喜，亟延入。其人长身美须，谈词如云。命席置局，薄暮不少倦。遂下榻留宿，从容言欲与同行之意。道士曰："某客游于此，常扣入门而乞食，得许陪后乘，平生幸愿也。"朱益喜。及解维。置诸船尾，无日不同食。另一秀才作伴，皆能痛饮高歌，颇出小戏求娱其子弟。上下皆悦之。

相从两旬，行至重湖，会大风雨，不能进，泊于别浦，饮弈如初。二鼓后，船忽欹侧，壮夫十余辈突门入，举白刃啸呼。朱氏小儿争抱道士衣求救，道士拱手曰："荷公家顾遇之极，不得已至此，岂宜以刃相间？"命以次收缚，投诸湖。

明旦分挈财货以去。

县闻之，遣官验视，但浮尸狼籍，莫知主名。而于岸侧得小历一卷，乃群盗常日所用日食历，姓第具在，凡十有七人，以告于郡。事至朝廷，有旨令诸路迹捕，得一贼者，自身为承信郎，偿钱二百万。

建昌县弓手数辈善捕寇，因踪迹盗海客任齐乳香者，请于尉李镛，愿应募。西至长沙，见人卖广药于肆，试以姓第呼之，辄回首，走报戎逻执之，与俱诣旅邸。一室施青纱橱，列器皿甚济，访其人，则从后户遁矣，盖伪道士者也。狱鞫于临江，因自通为王小哥，乃同杀朱通判者。其徒就获他处者十人，道士曰裴三，秀才曰汪先，皆亡命为可恨。

镛用赏升从事郎，调饶州司法，与予言。

【译文】绍兴九年（1131），邕州（今广西南宁）通判朱履，任期已满，携带家眷回归祖籍，他带的家财十分丰厚，又押送官银达二十万贯，乘船离开了广西。

朱覆平时有一个嗜好，就是下棋，每次同客人对局，都是废寝忘食。并且常常盼望能同高僧隐士比试棋艺，甚至甘愿同他们相处终生。这日，船到中途，果有一道士来见他，自称棋艺高超，愿与朱履对弈。朱履大喜，马上请道士进入船舱。那道士高个子，美髯须，言谈举止不俗。朱履邀对方摆下棋盘，下了一局又一局，直到天黑还不疲倦。朱覆热情留宿，还表示愿意跟道士同游。道士说：“贫道偶然云游到此，常以乞食为生，能得君与我陪从，真是三生有幸。”朱履也很高兴，每天酒食招待。当时同道士一起来的还有一秀才。那秀才也能痛饮高歌，还能表演一些小魔术作为娱乐，博得朱履子女和下人的欢喜。

这样相处半月多的光景，当船行至重湖时，因突然遭到暴雨，船不能行驶，只好停在浅滩处。这时朱履仍迷恋对弈。二更后，突然感到船身倾斜，接着就有十多个壮汉突门而入，举刀威胁。朱履的小儿子十分害怕，赶忙抱着道士的腿求救。道士不慌不忙，对朱履拱手施礼道："我受你家的照顾，岂能让他们动刀动枪。"说罢，命那些强盗将朱履一家大小都一一捆绑，投入水中。

第二天一早，道士和强盗们把朱履的家财尽数分赃，弃船逃之夭夭。

当地县令接到报案，立即派差役赴现场验看，但见水面上浮尸狼籍，无法辨别死者身份姓名。差役偶尔在岸边拾到一个小本子，原来是郡盗平日所用的吃饭记录。上面姓名详备，立即上报朝廷。朝廷降旨，派人分路缉捕盗贼。并悬赏说，如果捕得一个贼者，如是百姓，可以授给承信郎官衔，赏钱两百万。

建昌县有几名弓箭手，善于捕盗，因正在访查偷盗出海贸易的商人任齐的乳香一案，便自告奋勇，请示县尉李镛，愿意前往捕盗。走到长沙，在街上看见一人卖云南草药，觉得可疑，便按照伙食账上的姓名试着喊了一声，那人竟有反应，回头寻找谁在叫他。这时箭手知是那帮盗贼之一，立即报告巡逻兵卒，将那人抓获。让他带着去旅店找其同谋。结果到房间一看，房间里摆满青纱橱，橱里金银器皿很多，而主犯已从后门逃跑了，正是同朱履对弈的道士。后将卖药的囚禁在临江，他自供王小哥，是谋杀朱通判的同伙。过后又抓到同谋者十人。道士叫裴三。秀才叫汪先，都是些亡命之徒，做过不少可恨的事，

事后，李镛等因捕盗有功，受朝廷封赏，为从事郎，调往饶州（今江西波阳）任司法之职。他给我讲了这件事。

咸恩院主

婺源县山寺，曰咸恩院者，僧俱会主之。惟酒肉钱财是务，晨香夜灯，略不经意，屋庐老坏不葺。毗沙门天王殿圮，即其柱为牛栏，恣肆自若，凡四十余年，虽老不革。

乾道元年，神降于法堂，呼俱会名，诃叱数其罪。一小童见巨人大面努目，朱衣长身，震怒作色。余但闻其声而已。自是，凡僧所有衣衾、饮食、钱物、器具无不取去，弃掷山林间。村人或拾得之。庖刀至从橱下冉冉空行，而出箱箧匮椟之属，不可提挈者，时时见烟出其中，急发视悉煨烬矣。

僧不胜窘愤，尽哀所余，散寄檀施家。神夜詈其主云："汝乃蔽罪人，祸且并及汝。"其人惧，不敢寝。待旦，持还之，狼藉殆尽，乃已。寺后巨竹数百挺，常时非三二百钱不能售一竿，悉中断之。

小童忽不见越二日，乃归云。云："为神摄至所居，室屋雄伟华丽，侍卫满前，大人小儿皆青紫朱衣。亦有宾客往来，使我服事左右。次日晚，一妇人云：'久留此童亡益也。'挥我使去，恍惚如梦，乃得还。"

他日又降法堂，呼僧出告曰："汝罪上通于天，宜速去，此以弟子智圆继主之。不尔，我将降大罚于汝。"僧涕泣唯唯，徙寓近村客舍，不数月死。

【译文】婺源县（今属江西），有座山寺，叫咸恩院。主持和尚名叫俱会，他贪恋酒肉钱财，对寺院的佛事，一概不放在心上，房屋老坏亦不修葺，天王殿倒塌，他竟利用其柱子改作牛栏，此情形达四十年之久，院主至老也不改变。

乾道元年（1165），有神灵显圣，降于法堂之上，喊着俱会的名字，训斥他，历数其罪状。这时有一儿童，看见那显圣的神灵模样，大面突目，朱衣长身，震怒作色。其余的人则仅能听到神的声音。自此以后，僧众所有衣物饮食器具等，全都取去，丢弃到山林野地里。附近村民拾到后，拿回家使用。菜刀从厨房里冉冉上升而去，箱箧柜椟等不好搬动的东西，时常会突然从中冒烟，赶忙打开看时，里边存的东西已经化为灰烬了。

院主十分窘迫，把所剩的物品拿出去分散寄存到各位施主家。神又在夜间显圣，叱骂主人道："你替人家窝赃，祸将降临你身上。"那人很害怕，夜里睡不着。等天一亮，就赶紧拿着院主寄存的东西去寺里退还。弄得寺内东西到处一片狼藉，殆尽，才停止下来。寺后有一片竹林，平常时僧人按三二百钱一根出售的巨竹，现在也全部断掉。

原先看到天神降临的那个儿童，忽然失踪，两天后才回来，向大家说："我被天神摄到他的居所，那里雄伟华丽，侍卫很多，大人小儿都是青紫朱衣，还有宾客来往。他们叫我服侍左右。第二天晚上，只听一个妇人说：'久留此童，没有益处。'于是放我回来，现在感到好像做了一场梦。"

没几天，天神又降临寺庙法堂，呼喝院主出来，严厉告诉他："你的罪孽上通于天，速速离去，让你的弟子智圆来接管。不然，我将办你重罪。"院主流着泪，唯唯称是，退出法堂，急忙迁到附近村舍居住，几个月后，一命呜呼。

汪大郎马

崇宁中，婺源县市人汪大郎，得良马，毛骨精神翘然出类，使一童御之，童又善调制，以时起居，马益肥好。

它郡塑工来，邑人率钱，将使塑五侯庙门下马，或戏谓曰："能肖汪大郎马，则为名手，致谢当加厚。"

工正欲褒其技，锐往访此童，啖以果实，稍与之狎，日即其牧所睥睨之，又时饮以酒，引至山崦，伺其醉睡，以线度马之低昂大小，至于耳目口鼻，鬃鬐徽茫，无不曲尽，并童亦然。已悉得其真，始诣祠下为之。既成，宛然汪氏马与仆也，择日点目睛。才毕手，汪马忽狂逸，童追蹑乘之，径赴城南杉木潭，皆溺水死。

自后，马每夜出西湖饮水，或往近村食禾穗，次日湖畔与田间必印马迹，而浮萍犹黏著马唇吻间，禾穗零落道上。童亦有灵响，人诣祠祈祷者，多托梦以报。

至宣和初，方腊来来寇，庙遭爇。马乃灭迹。今老人尚能言之。(右二事皆李缯说)

【译文】崇宁中(1102)，婺源县(今属江西)有一个百姓，名叫汪大郎，得到一匹良马，指派一小童专门喂养，由于小童十分聪明，很会调养这匹马，所以马长得膘肥体壮，神气活现。

邻县有一名雕塑工匠，正巧来到都城，有人捐资让他重塑五侯庙门下马的雕塑。并开玩笑说："如果所塑之马能像汪大郎家那匹马的话，就证明他确是技术高超的名手，我将给他更高的酬金。”

那名塑工正想露一手，所以马上去访问养马的小童，并且送水果给他吃。故意套近乎，还请他喝酒，把他和马引到山上，趁其醉睡的时候，塑工便用尺线测量马的高低与大小，连马的耳口鼻及马鬃也量的很细，养马小童的身体模样也全部掌握。回到庙门下，悉心雕塑，所塑的马和小童，十分像汪大郎那匹马和小童。于是选择吉日点睛开目，事情刚做完，汪大郎的马忽然狂奔，小童追赶捕捉后骑到马上，却径直奔赴到城南的杉木潭边，一同溺入水中死去。

自此之后，塑工所塑泥马，每夜出西湖饮水，或跑到近村嚼食禾草，次日白天，人们看到湖畔及田间尽是马蹄印迹，而且还发现泥马的嘴唇上也粘着浮萍，道上也有嚼剩的禾穗。所塑马童也不断显灵。祈祷他的人，他总是托梦回报。

到了宣和（1119）初，方腊作乱，庙遭火焚，才灭迹。后来很多年后，还有当地老人讲述这个故事。

潍州猪

宣和六年，强休父知潍州，屠者以猪皮一片来呈，上有六字，如指大，云：“三世不孝父母。”朱书赭然，表里相透。郡中争传观之，屠者亦即日改业，宗子赵不设，侍父为仪曹，及见之。

【译文】宣和六年（1119），一位叫强休父的人在潍州任知州，有一杀猪的屠户向他呈上一片猪皮，皮上赫然显着六个字迹。

如指头大小，字是：“三世不孝父母。”颜色赭红，仿佛自然天成，表里相透。当地人都争相传看。屠户心惊，自那天起也改了行业。宗子赵不设当时随着在潍州任仪曹的父亲居住，亲眼看见过这块猪皮。

婺州雷

绍兴六年六月，赵不设在婺州，与数人登保宁军楼纳凉。黑云骤起天末，顷之弥空，雷电激烈，雨声如翻江，滚火球六七入于楼，不设辈悸慑，卧伏楼板上，以手掩面，但闻腥秽不可忍。稍定，窃视之，见三四人，长七八尺，面丑黑，短发血赤色，蓬首不巾，执挝如骨朵状。或曰：“在。”或曰：“不在。”或曰：“只这里。”“只这里。”言讫，始闻辟历声。

良久云散雨霁，起验视，乃楼门大柱震裂□至顶一路直如线，傍有龙爪迹云。

【译文】绍兴六年（1131）六月，赵不设在婺州与几个朋友同登保宁军城楼纳凉，忽然间黑云密布，雷鸣电闪，雨声如翻江倒海，有六七个火球从天空落下，滚入楼内。不设同大伙赶紧趴到楼板上，用手掩面，只闻见腥秽之气难忍。稍停，偷眼去看，见有三四个人，身长七八尺，面丑黑，蓬头短发如血红色，不戴头巾，手中所持武器如骨朵状，口里说：“在！”或“不在！”或者说：“只这里！”“只那里。”说完，又响霹雳声。

过了好长时间，云散雨收，众人起来验看，见楼门大柱被震裂，自地面至顶一道裂缝，旁边还有龙爪一样的痕迹。

雷鬼坠巾

绍兴二年四月，婺州义乌县骤雨，大雷电中坠一青布头巾于村落间。

非复人世顶制，惟四直缝之，持以冒三斗水瓮正可相称。带长三四尺，阔如掌。

村民不敢留，以置神祠中。数日，因雷雨复失去。

【译文】绍兴二年（1131）四月，婺州义乌县境内，突然下起暴雨，雷电声中，从天下掉下一只青布头巾，落在村里地上。

人们发现，此巾的缝制工艺，非人间所为，拿来覆盖在能容三斗水的瓮上正好相称，巾上的带子长三四尺，宽如手掌，似是巨神佩戴之物。

村民不敢留用，赶忙将此青布头巾送往神祠供奉，几天后，又因一场雷雨，便失去踪影。

天帝召段璪

段璪，字德填，袁州万载人。略知书，天性淳谨，未尝忤物。然遇不平事，则奋臂而前。

建炎间，寇盗充斥，段氏族属数十口皆为所剽，璪挺身持金帛往赎，贼叹重其义，皆付之使归。

绍兴五年，东南处处大旱，斗米过千钱，璪尽发宿藏，止取常直。又为粥，以食饿者。赖以活者不可计。后忽厌人事，结庵于严田之山中，壁间多书“坦荡”二字。

一旦，召会亲旧与叙诀，曰：“不久天帝召我。”人不以为然，径数日升楼□□□□□□□而去。乡人走视，所居惟敝衣履存，众□□□□上于朝，而邑官有不乐者，沮止之，遂已。

【译文】段璪，字德填，袁州（今江西宜春）万载人，粗通文墨，天性敦厚淳朴，遇到不平之事，奋臂向前。

建炎间（1127—1130），天下大乱，遍地寇盗，段氏家族数十口人被劫持，段璪挺身而出，带着金银财帛去到寇盗处赎所劫人口，盗贼敬重他的义气，便将他家数十口人全部释放归还。

绍兴五年（1131），东南一带处处大旱，物价上涨，一斗米价格竟超过千钱。段璪又把平时积储的粮食按正常价格出售。并且还向饥饿的人施舍粥饭，救活很多难民。后来忽然对人事厌倦，看破红尘，独自到严田山中结庐隐居。在墙壁上写了“坦荡”两个字。

一天，召集亲友向他们告别，说：“不久后天帝要召我去了。”众人听后，并不相信。数日后，果然上到楼上腾云而去。乡人再到他的住处访探，室内只有破衣破鞋。大家准备上报朝廷，但都城的官吏中有人反对，并且极力阻止，遂无下文。

无町畦道人

冯观国，邵武人，幼敏悟，读书既冠。意若有所厌，即弃乡里游方外，遇异人，得导引内丹之法，凡天文地理，性命祸福之妙，不学而精，自称无町畦道人。

寓宜春二年，挟术自养。所言人吉凶及阴阳变化尽验。或有诮其醉饮狂怪者，观国不与校，以诗谢之云："踏遍红尘四百州，几多风月是良俦。朝来应笑酡颜叟，道不相侔风马牛。"述怀诗云："落魄尘寰触处然，深藏妙用散神仙，笔端间作龙蛇走，壶里常挑日月悬，漫假人伦来混世，只将酒盏度流年。潜修功行归何处，笑指瀛州返洞天。"余诗尚多，皆脱尘世离俗网等语，人亦莫能晓也。

绍兴三十二年三月，遍辞知旧，且寄诗言别。至十四日，端坐作谒而逝。仪真李观民为郡守，闻而敬之，命塑其身于城东治平宫。(右二事得之童宗说)

【译文】冯观国，邵武（今福建邵武）人，幼时很聪明，到了青年，就开始厌世，所以离家出走旅游，遇到一个异人，传他导引内丹之法，习练气功。凡天文地理，性命福祸等妙术，不学而精，自称无町畦道人。

后来，他居住宜春（今属江西）二年，凭其妙术养生，只要是占卜，人的吉凶及阴阳变化，无不灵验。对于那些讥讽他的人，观国从来不与他们计较，反而以诗答谢人家说："踏遍红尘四百州，几多风月是良俦。朝来应笑酡颜叟，道不相侔风马牛。"他平常有首述志诗道："落魄尘寰触处然，深藏妙用散神仙。笔端间作龙蛇走，壶里常挑日月悬。漫假人伦来混世，只将酒盏度流年。潜修功行归何处，笑指瀛州返洞天。"还有很多诗作，都是脱尘离俗，不同凡响。人都不能理解其中之意。

绍兴三十二年（1162）三月，他告知朋友、熟人，并写诗赠别。于十四日端坐着离开了人世。郡守李观民知道此事后，很为敬佩。

命工匠为他塑像，安放在城东治平宫里。

屈师放鲤

番城西南数里，一聚落曰元生村，居民百余家，皆以渔钓江湖间自给。有屈师者，扑买他处鱼塘，至冬筑小堰于外，尽放塘水，欲竭泽取鱼。见两大黑鲤越出堰外，复乘水跳入，如是者至再三。窃异焉，迹其所为，乃新育小鲤数百尾，聚一窟中不能出，故雌雄往来，且衔且徙，宁其身之蹈死地而不恤也。屈生慨然叹息，为以箕悉运出之，弃役而归。

后数年，病死入冥，阴官语之曰："汝渔者以罔罟为业，而有好生之心，其用意又非它人此，延汝寿一纪，归语世人，勿残害天物也。"盖死一夕而复生。

【译文】番城西南数里，有一村落，叫元生村，村里有上百户居民，都以捕鱼为生。其中有一个姓屈的网师，自己买了一处鱼塘。到了冬季，在塘外垒了一个小堰，把水放进去，下塘抓鱼。忽然见到两条大黑鲤鱼，跳出塘外，又乘堰水跳入即将干涸的水塘，这样反复多次。屈师觉得奇怪，于是仔细观察了一会儿，才知道原来大鲤鱼亲育的几百条小鲤鱼，困在一个小水窝中，所以宁愿冒身死之死，出入塘堰，救其小鱼。屈师十分感叹，忙用箕将小鱼统统运出，放下堰中。

几年后，屈师害病死去，弥留之际，阴府官吏告诉屈师说："你虽为捕鱼人，但有好生之心，用意又是他人比不上的，因此，特延长你的阳寿十二年，回去告诉世人，切勿残害生灵。随后，屈师死了一夜，又活了过来。

青城监税子

蜀人杨迪功，宣和中，游太学，不成名，晚以恩得官，监青城县税。

有子七岁，颇俊敏，延老儒蹇先生诲之学。邑人关寿卿过杨，杨留共饭，与俱至书馆，其子忽称父字，长揖而言，曰："颇亦记上庠同舍之款乎，吾浙西人，姓沈氏名某字。某自离乱出京，不复求举，今去世已十年，同斋数十人，独吾与君为知心友，一念之故，遂为父子。虽形容隔生，非复可识，然方寸了知初，未尝间断也。"遂道旧所习径及诵所为文，澜翻出口，元不经意。时蹇老方自作《万物皆备于我论》，试问之曰："此论当作何主张。"应声曰："天生万物，唯人最灵，大而为天地，高而为山岳，流形动植，品汇散殊，而六尺之躯，厥理悉备，此其贵盖与天地等，蚩蚩泯泯，自贱厥身，真可叹也。"蹇老愕然，复详扣其说，笑曰："待汝一口吸尽西江水向汝道。"蜀人相传秦时为西江害者，乃蹇角龙也，故举此语以为以戏。杨君追忆旧事与之言，无一不合。

隆兴元年，寿卿诣阙，此子年十有三矣，不知其后何如也。

【译文】杨迪功，蜀（四川）人，宣和中（1119—1125）在太学读书，一直未能考中进士，年老时才以皇帝特恩得官，担任监督青城县税务官。

他有个儿子刚七岁，长得聪明俊秀，请了一名老儒生叫蹇先生，专教他读书。城里一位叫关寿卿的路过杨宅，杨迪功留他吃饭，饭后一同来到书房。杨的儿子见到父亲同客人进来，鞠躬施礼并直呼父亲的名字道："记得上学时同舍之间互相往来时的事吗？"我是浙西人，姓沈名某，我自离乱出家，不再致学，今去世已有十年，同斋几十人，独我与你为知心朋友。一念之故，遂做了你的儿子，虽然容貌已变成隔世，但是心是相通的。"接着谈起旧时所习读的经文，并口诵之，滔滔不绝，毫不费思索。这时，蹇老作《万物皆备于我论》，问他道："此论作何解释？"答道："天生万物，唯人最灵，大而为天地，高而为山岳，其他动植物以类相聚，散而灭绝，而六尺之躯是何等的宝贵，愚昧泯灭自贱其身，真可叹呐！"蹇老愕然，又请他详细解释，那儿子笑道："等你一口喝尽西江之水时，才向你说。"原来蜀人传说，秦时为害西江者，是一种蹇角龙，所以他才用此话来戏耍蹇先生。杨君追忆旧事，与他的话无一不相符合。

隆兴元年（1163），关寿卿到朝廷见皇帝时，那孩子年龄已有十三岁，不知他后来情况。

虏亮死兆

绍兴三十一年十□□□□□□□屯于杨州，予从事枢密行府在建□□□□□□□有客诣府上书云，以太一局□□□□□□□□□当以冬至前有萧墙之变□□□□□□□□□十八日冬至，天重阴，提举事□□□□□□□能为天文，告予曰："昨夕四鼓浓□□□□□□而东北，忽穿漏，一大星坠焉。盖

□□□□□□□而报至，果符两人之言。是时虏将戕其主，欲使报，我访得瓜州所俘成忠郎张真，使持牒请和，真到家，妻子凶服而出，谓其已战没，方命僧作四七道场。既相见，悲喜交集，真取灵几自焚之云。

青墩窍蛇

番阳莲河村，杨氏子买永和镇青墩四，甚爱之，置小室窗外。

首春微暄，启窗坐其上，觉如人肤其衣，回顾无有也，少焉，又触其股，稍痛，起视之，见有物宛转于窍内，所触处已肿赤成创。急呼家人出，破墩以验盖□□□□□□□□能动，沃之以汤，皆死，走□□□□□□□□□□□越三日而亡。

【译文】番阳县（今江西波阳）莲河村，一姓杨的儿子众永和镇买回四个青瓷坐墩，他很喜欢这种坐墩，把它放到自己小屋外的窗下。

初春天气，阳光温暖，他开窗坐在瓷墩上，观赏庭院风光。不一会儿，感到好像有人触动身后的衣服，回头看看，什么也没有发现。又过了一会儿，又有感觉，并且股肱处稍感疼痛，他忙站起来察看，见有一种小蛇盘于墩的窍洞里，被它触及的地方已经红肿成疮。于是急忙呼喊家里的人，把墩搬出去打破，几条小蛇仍在蠕动，于是用热水浇汤，小蛇都被烫死，三天后杨氏之子死去。

卷第二十（十五事）

九华山伟人

绍兴三十一年，虏寇迫淮上，池州青阳人相率至九华山搜索隐邃□□□□家避地处。某秀才者，深入高崦中，见泓（以下缺十字）。练置斧（以下缺十五字）。左臂插斧（以下缺十四字）。盖丈余矣，（以下缺十四字）。蛇也战（马下缺十五字）。奔还不（此下缺）。

【译文】宋绍兴三十一年（1161），金兵南下接近淮南。池州（今安徽贵池）青阳地方民从纷纷到华山寻找隐蔽的山洞以躲避金兵。有一个秀才，深入一处见不到阳光山谷，见有一股泉水……

施闻诗梦

吴兴施德初（以下缺十三字）。公庙梦（以下缺十五字）。

角合一个，言曰："相（以下缺十字）。乃骰子六枚，皆成四采，揭口录至第三板，见施姓者，湖州长兴人，而缺其名，疑问之，曰："此是矣。"明日以语同舍，皆贺吉梦，曰："子及第必居高甲，且为博士。骰子者，博具也。"别一人往来窗外，应声曰："梦非今日事，其应尚远。"施颇不乐，出外视之，无人焉。已而京城乱，归故乡，家间多故，不复就举。后三十年而德初登科，以掌团司，戕表刊名正在第三板时。时官年恰二十四，当绍兴二十四年，始尽悟骰子六（以下缺十字）。未生。

刘希范

长兴刘（此下缺十五字）。夜不能（下缺七十字）。刘（下缺十四字）。恩数视执政此□□存。

荆南妖巫

荆南有妖巫，挟幻术为人福，横于里中，居郡县者莫敢问。

吴兴高某为江陵宰，极不能堪，捕欲杖之，大吏泣谏，请勿治，治之且掇奇祸。高愈怒，捽吏下与巫对杖之二十，巫不谢，嘻笑而出。

才食顷，高觉面微肿，揽镜而视，已格格浮满，仅存两眼如红。遽呼吏询巫所居。约与偕往。吏以为必拜谒谢过，乃告其处。

径驰马出门，行三十作时里，薄暮始至，萧然一败屋也。巫出迎，高叱从卒缚诸柱，命以随行杖乱箠，凡神像经文等悉发之。巫偃然自若。后入其室，搜出小笥内有茵褥，包裹数十重，得木人焉，又碎之。始有惧色，然欧掠无完肤矣。高面平复如初，执以还。

明旦。入府白曰："妖人无状，某不惜一身为邦人除害。惧语泄必遁去，故不暇先言。今治之垂死，敢以告。"

府帅壮其决，谕使尽其命，而投之江。（仲秉说）

【译文】荆南地方，有个巫师，用幻术来给人降祸，借以诈钱财，横行乡里，地方上的各级官员，都不敢过问。

吴兴（今浙江湖州）有一姓高的人，来任江陵知县，常年看到巫师为害民众，苦不堪言，便下令逮捕魔巫，想用刑杖打他，当地吏员哭诉着规劝，请不要治他，如要惩治，这巫师便要降下奇祸，为害更大。高不听吏员的规劝，更加发怒，让他这吏员按在地下，和巫师一同各打二十了刑杖，巫师也不谢罪，嬉皮笑脸地走出来。

刚过一顿饭时间，高县令觉得脸上有些发肿，拿镜子照看，满脸渐渐地都浮肿了，仅留有如线大的两条眼缝，急忙呼唤官吏到来，打听巫师在何处居住，让吏员一同前去。那吏员以为一定是向巫师请罪认错，赔礼道歉去，便将巫师住址告诉了他。

高知县同那吏员带了一批士兵上马，飞快奔走有十多里，渐渐傍晚，才到一个破茅屋门前。巫师走出门来，施礼迎接，高知县命令随从士卒将巫师拴缚起来，绑在柱子上，用刑杖乱加鞭打，捣毁所有神像经文，并用火焚烧掉。巫师却仍然悠闲自得，毫不在乎。随后又进巫师住室搜寻，搜出一个竹编箱子，扭下锁来，打开一看，原来内中有个褥子，包裹了几十层，一一解开，里面是一个木头人，便用刀砍成碎片。这时巫师才惊怕起来，这时，巫师已被打得体无完肤。高知县的面孔渐渐消了肿，像平时一样。随押了巫师才回到县城。

次日，高知县进入府堂，向知府禀告："妖巫行为十分无理，我高某不惜一身为郡县民众除害。我最怕有人把我的决心泄露出去，妖巫知道必然逃走，所以事前没向任何人讲。今天将妖巫捕获严惩，他已快要死去，才敢来向大人禀报明白。"

知府很欣赏高知县为民除害的气魄，便下令将巫师处死，投其尸体入江中。

时适及第

时适者，徐州（此下缺十三字）。乡人梦见之，说朋友间事甚详。乡人问曰："时仲亨如何？"曰："刘豫榜中当及第。"寤而告适。适谓豫乃济南人，既为御史矣，未知与同姓名者复何在，固不信也。后十五年，当逆豫僭窃时，乃中其（此下宋本缺一页）

玉狮子

（本篇文缺失）

两头龟

（上缺）……两头不能伸缩，恶之，以与潜山观道士，使养于山间，不数日失去。是冬，栋妻赵氏卒，以为不祥之兆，盖亦偶然耳。（右三事王嘉叟说）

【译文】……一只龟两个头，不能伸，不能缩，真是讨厌人，把它送与潜山观的道士，让道士在山间养活它，没养几天，两头龟丢失了。当年的冬天，栋的妻子赵氏死去，以为这不祥之物，这也是偶然连在一起的事啊。

张朝女

绍兴十年，张（以下缺十三字又八行）

郑司业庖人

郑明仲司业（南），福州人□□□□乡里□□□师，至丹阳，逢故旧数人与同舟。随行仆能设馔，诸人皆喜，愿得同庖饮食，郑呼仆告之，毅然曰："所以来，但能服事一主人翁尔，不愿杂他客也。"谕晓再三，至啖以利，竟不可。郑怒，逐使还。再拜而请曰："遣归诚善也，恐吾乡人不详知，谓以过获谴，愿乞一家书言其故。"郑亦欲寓安讯，即作书授之，又拜

而去。至□□□□□寄书验其日，盖当日所（此下缺十一字）郑闻之……（下缺）

【译文】郑南，字明仲，福州人，任国子监司业的官，某一年，从故乡往京师（今河南开封）去，路过丹阳（今江苏镇江）遇到几个老朋友，相约同船而行。郑的随行的仆人很能做菜，几个老朋友十分高兴，希望能够搭郑的伙食，在一块吃饭。郑把仆人叫来，告诉他这事。仆人坚决不做，说："我所以来，只能侍候你一个主人，不愿意侍候其他客人。"郑再三和他商量，并允许多给工资，仆人总不同意。郑不由发怒，便要赶这仆人回老家去。仆人再拜恳求说："让我回家，最为妥善，只怕我们老家的人不知详情，以为我有过错才被谴责回乡的，希望主人能写一封家信，把事情说清楚。"郑明仲也正想往家写封平安信，便写了一封信交给这仆人，仆人再拜而去。到了福州，他家中接到书信，发现竟是当天写的，……，后来郑明仲听说……

顶山寺

……无一言坐（此下缺十四字）污炉上，腥秽之气逼□□□□□□□趋出，昱□闭户扫除就寝，明夜复至，睡愈熟，则身侧面，张口呀然。昱先以秤锤置火中，急取纳其口，即号叫而遁，声如老猪，衣襟曳余火，延烧落叶，时已昏黑，无人敢追视，竟不知何等怪也。

后月余，学生在窗下，闻外间窸窣，穴窗窥之，霜月皎然，黑物如猴，蹲水沟小桥上，别一物正白，如三天枯槎，相对

箕踞，移时起□□□□□□，黑者先吟曰：“风定长（此下缺十六字）霜（此下缺十七行又十六字）

萧六郎

六郎者，（以下缺十三字）。鬓发如雪，从西偏户内（以下缺七字）死尸何敢擅出？六郎有正库钱万余贯，未曾请动，设使天命合终，犹当作茆山洞主。尔下愚暗鬼，不速去，我将治尔。”连叱之。妪悲啼，复匍匐趋故处，叟亦不见。至夜半，注渐能呻吟食粥，数日而愈。伯英从容说所睹，注色动，乃言：“汝不在家时，老婢不为吾役，且以恶言相抗。吉击之铁鞭，即死，密埋之浴室下。（以下缺十二字）

长生道人

（此上缺八行）形骸已（此下缺十五字）。盖真人真气（此下缺十二字）丽类贵游，而言辞鄙俗无蕴藉，甚恶之，冀其□去，曰：“虽然，终不愿得也。老病缺于承迎，当令儿曹奉陪。”次客曰：“我专为君来，君不欲丹，当复持以归。但路绝远，愿借一宿，明旦晴即去，不然，须少留也。”不获已，命馆于松菊墅。时天久晴，五更大雨作，苏意（此下缺十三字又十三行）。家人以顶暖，不忍殓。及明，诸子记前事。发笥视之，药故在。取投口中，须臾即能起，洒然若无疾，饮啖自如。再令拾刺字并丹贴，欲烧末饮之，不复见，后数日，长子如京口，以客言，命图黄象象（此下缺十四行）。

房州汤泉

（上缺）……甲踊出，怖而死。予妻族入蜀时过其处，泊僧寺中，随行使臣亭寝浴，见贫悴者十余辈，伸□□钱问何人，曰："采薪烧水，连昼夜不得息冻（此下缺十四行又十三字）

王君仪

（上缺）……新鐍藏之戒（此下缺十一字）开当以畀江十三□□□坐而绝。明年八十余。绍兴中造五辂（下缺）。

蜡屐亭诗

（本篇文缺失）

夷坚丁志

卷第一

王浪仙

温州隐者某，居于瑞安之陶山，所处深寂，以耕稼种植自供，易筮如神，每岁一下山卖卦，卦直钱，率十卦即止，尽买岁中所用之物以归。好事者或赍金帛，经月邀伺，然出未十里，卦已满数，不复更占。

郡人王浪仙，本书生，读书不成，决意往从学。值其出，再拜于途，便追随入山，为执奴仆之役。稍稍白所求，隐者亦为说大概，又举是岁所占十卦，使演其义。王疲精竭虑，似若有得，彼殊不以为能，曰："汝天分止此，不可强进也。"遣出山。然王之学，固已绝人矣。

有以墓域讼者求决焉。其卦遇贲。曰："为坟欠土，此不胜之兆。"后逾月，前人复来，又筮之，遇蒙。曰："兆非先卦比，冢上有草，当即日得直。”而尽然。

西游钱塘时，杭守喜方技，至者必厚待之，然久而乖戾，辄置诸罚，不少贷。王书刺曰：“术士王浪仙。”守延人，迎问曰：“君名有术，曾听五更城上鼓角声乎？”曰：“闻之。”“其验如何？”曰：“内外皆平宁，但今夕二鼓后，法当有妇人告急者。”王还客舍，厢卒数人已先在，曰：“君何若来此？前后流配者，不知几人矣！今我辈相临，何由得脱。”

翌日未明，守招与言曰：“昨语甚神，夜适二鼓，通判之妇就蓐，扣门来求药，真所谓妇人告急也。”

自此，馆遇加礼，遂询休咎。对曰：“今年某月某日午时，召命下。”守固笃信者，屈指以须。至期，延幕僚会饭，王生预席。守曰：“王先生谓吾今日忝召节，请君试共证之。”食罢及午，寂无好音，坐客皆悚。既过四刻许，促问至再。王趋立庭下，观日影贺曰：“且至矣！”须臾，邮筒到。发封见书，果召赴阙。守谢以钱百万，约与偕入京。王曰：“远郡鄙人，愿一识都邑，侥幸发身，但家贫特甚，俟送公上道，暂还乡，持所赐与妻子，然后兼程而北，未为晚。”守许之。既行，或问其故，曰：“使君虽被召，而前程不见好处，殆难面君也。”守未至国门，乃除郡，逾年而卒。王生不知所终。

【译文】浙江温州地方有个隐士，住在瑞安县的陶山里面，这里地僻人稀，他靠耕种度日，并且擅长占卜，据说灵验如神。每年他都要出山卖卦一次，算一卦要钱一千文，算满十卦后，便不肯再算。他所得的卖卦钱，则全买成够一年用的生活用品，便回山不出。有想求他算上一卦的人，便准备上卦金和礼物，整月地守候在他出山的路上。所以每当他出山来时，往往走不上十里路，十个卦已卖完，便不肯给人再算了。

这温州地方有个书生，名叫王浪仙，因为读书不成，便决心要跟这个隐士学算卦。等到这个隐士出山来时，他便拦路跪拜，请求收自己为徒弟。于是就跟了隐士到山中去，像奴仆一样，为隐士做些杂役。有时略略表示自己想学占卜的志愿，隐士也就大概地给他讲了一些要领，并举出当年所卜的十个卦为例子，让王浪仙去演算其卦象。王往往算得精疲力竭，才觉得有些心得。但隐士却不以为然，对他说："你的天资不过如此，不能勉强再求有进境了。"因此，便让王浪仙从山中出来了。虽然这样，王浪仙所学到的，在人世间已经成为无人能比的占卜高手了。

有人因为坟地的事，引起了打官司，来求他占卜一下官司的胜败。王浪仙为他算出是一个贲卦，浪仙说："贲，是坟字的一半，而缺少土字旁，这是官司打不赢的征兆。"停了几个月，那人又来占卜，浪仙算出一个蒙卦，便说道："这个卦和上次不同了。蒙字是冢上有草的形象，你虽没得到坟地，但马上会得到对方对你的赔偿费。"后来果然应验了。

后来王浪仙到杭州去，这杭州太守很喜欢占卜，凡有算卦的术士到来，一定非常优待。后来，由于这些人算的往往不灵验，太守便对他们严厉处罚，不讲一点情面。王浪仙来到后，便写了个名帖："术士王浪仙"，去拜访杭州太守，太守接见了他，问他说："你既然称为术士，是不是听到了五更时钟鼓楼上敲的报更鼓乐声了吗？"回答说："听到了。"太守便说："那么，这声音中能预示出什么吉凶呢？"浪仙回答说："声音中显示了今天城内外平静无事；不过，今夜二更天气，应当有个妇人，因急事来相求。"王浪仙回到旅馆后，太守已派了几个维持城内治安的兵士在那里等他了。他们对王浪仙说："你何苦来杭州呢？在这以前，因为占卦不灵，被太守加以刺配流放的术士已不知有多少了。现在既已派我们来看守你，恐怕你也难逃脱这命运了。"

第二天，天还没完全明亮，太守便派人来叫王浪仙到衙门去。太守见了他后，便说："昨天你的预言真神呀！正好二更天，本府通判的妻子要生孩子了，派人来求催生药，这真是妇人有急事来求呀。"

自此以后，太守请王浪仙在宾馆住下，十分优待。遂后又问自己做官的前途。王浪仙说："今年某月某日午时，一定会有朝廷召你进京的命令到来。"太守十分相信他的话，每天扳着指头计算日期。到了那一天，太守请了所有幕僚，聚到衙门来会餐，王浪仙也被邀请参加。太守对大家说："王先生曾对我说，今天有朝廷召我的命令下来，所以请大家来一聚，证实一下王先生的预言是否准确。"等到吃罢饭，天已到午时，仍然未见到一点消息，在座的客人都未免提心吊胆起来。看看已经是午时四刻，太守也耐不住了，一连催问王浪仙几次。王便走到大厅外边，看了一下日影，回身向太守祝贺说："到了！"果然不一会儿。京城投递公文的差官已到，送来了一封公函。拆开一看果然是召太守进京的命令。太守十分高兴，拿出一百万文钱来酬谢王浪仙，并且邀请他和自己一同进京。王浪仙说："我不过是个偏远地方的百姓罢了，确实很愿意到京城去见识一番。但是我家庭十分贫苦，把大人赏赐的这些钱交给我妻子，然后我要兼程赶往京城，大概不会迟缓误事。"太守同意了他的请求。等到太守出发赴京以后，有人问王浪仙为什么不肯和太守一同进京？王浪仙说："太守虽然被召进京，但是前程却看不到有什么好处，恐怕连皇帝的面也见不到呢。"果然，太守还没有到达京城，中途又接到命令，调他到别的城市做官去了。过了年，便死在任上。自此以后，也没人知道王浪仙的下落了。

僧如胜

永嘉僧如胜，与乡僧行脚至临安，憩道店，见小儿鬻卦影者，胜筮之，兆云："有玉在土中，至九月十六日当出土。"儿曰："吉兆也。"乡僧得兆：画官人挽弓射一僧，两矢不中，后一矢贯其足下，有龙蟠。儿不能晓。僧自推之曰："我必将以荐作长老，至三乃效耳；又龙者，君象。我且游京师，庶或幸遇。"

未几，镇江太守具帖疏，备礼延如胜住甘露寺，正以九月十六日。乡僧亦喜，谓且继此得志。数年无所成。会杭卒陈通作乱，僧避入南山，尝出至山腰，蔽树视下，贼党数辈行峡中，仰高乱射，以搜伏兵，连发三矢，最后正中僧足，别一僧坐于傍，曰隆上座。乃始验卦中象，无一不应云。

【译文】永嘉（今浙江温州）的和尚如胜，和同乡一个和尚，一同云游到临安（今浙江杭州）去。中途经过一个镇店，看见一个少年在路边卖绘图预言卦。如胜便上前摸了一个纸卷，上边预言说："有玉埋在土里，到九月十六日应当出土。"少年说："这是一个吉卦。"乡下和尚也摸了一次，纸上画的是一个官人正在弯弓对着一个和尚射箭，射了二箭不中，后一箭射中和尚的足部，还有一条龙盘在旁边。那卖卦少年，解不出这画的含义。乡里和尚便自己推测说："我一定将要被推荐做长老，不过得经过三次推荐才有效；另外，龙是君王的象征，我且去就是临安云游，也许会得到幸运。”

不久，镇江太守写了邀请书，备了礼物，聘请如胜到甘露寺去当长老，这天正是九月十六日。乡下和尚亦十分高兴，以为如胜的卦应验了，下边就轮到自己走运了。结果，一连几年，都没什么成就。这时正遇上杭州士兵陈通等叛乱，和尚们都躲到南山上避乱。有一次这个乡下和尚到山腰中，利用树枝隐蔽，观察山下情况，恰好有一群乱兵从山谷中过来，仰面开弓，向高处射箭，以搜索是否有官兵埋伏，结果连发三箭，最后一箭正好射在乡下和尚的脚上。这时，还有一个和尚坐在旁边，这和尚在寺院里担任上座和尚，法号中有一个隆字，所以大家称他叫隆上坐。于是乡下和尚摸的那一卦的内容，没有一点不应验了。

左都监

修武郎左良，绍兴二十八年，为婺州兵马都监，赴幕官王作德（日休）晚集，归家已夜，两人随之而入，至中堂乃觉。

良怒曰：“汝何为者，敢至此？”执其一痛棰之，首有两角屹然。良知其阴吏也，犹不肯释。其一从后捽良腰，仆坐，遂冥冥长往。将晓乃苏。言被追到冥府，二使方白其拒抗之罪，主者审姓名，对曰：“婺州都监左良。”主者曰：“吾命逮左琅，何关此人事？”即放还。良行十余步回顾，则二使者已对縶于庑间矣。

明日，同官来问疾，具说其故。良尝在张魏公府上帐下，气干甚伟，自再生之后，神观索然。盖人与鬼斗，为所伤云。

【译文】获得修武郎武官官阶的左良，在宋高宗绍兴二十八年（1158），被任命为婺州（今浙江金华）兵马都监的官职。有一次他去参加幕府官王作德（名日休）的晚宴，回家时已是半夜。有两个人尾随着他，一直跟进家中的堂屋后，左良才发觉，便大怒说：“你是干什么的，敢来这里！”抓住其中一人，举拳痛打。才发觉这个人头上长有两只角。左良知道他是阴司的差人，仍不肯放他。这时，另一个差人从后边扑上去，揪住左良的腰，才将左良仆跌坐在地上。于是左良便灵魂出窍，迷迷糊糊不省人事，直到天快明时，才苏醒过来。

他说：被两个阴司差人追到阴间后，两个差人刚向阴司主官报告了左良拒捕的情形，那主官便问左良姓名。回答说是：“婺州都监左良”。主官便对那两个差人说：“我让你们去拘左琅，和这个人有什么相干？”下令放左良回阳。左良下堂走了十几步，扭头看时，那两个抓错了人的差役，已经被捆到两廊的柱子上了。

第二天，同僚们听说左良有病，都来问候，左良便把这事告诉了大家。这左良原来在魏国公张浚部下为将，气概十分雄伟，自从这次再生以后，神气顿时显得索然不振。这是因为他和鬼打架，被鬼的阴气所伤的缘故。

许提刑

靖康冬，金人再渡河，河北提刑许亢坐弃洛口奔溃，窜吉阳。会中原乱，不之贬所，与二子及从卒十余人，间关至南康，不欲与州郡相闻，但入庐山一小寺栖止。仆因摘园蔬，与僧争哄，僧密诣郡告云："遭溃兵行劫，实繁有徒。"郡守李定信之，即调兵授甲，围其寺，尽缚亢父子并从卒送狱。亢至廷下大呼称枉，且具言平生资历，定曰："岂有曾为监司，所至不出谒，而避匿者乎？"谕狱吏研鞫，不得情，乃遣孔目吏入囚室，阳与好言探迹，具酒同饮，了无盗劫之状。亢仓黄南来，妻妾沦落，告敕不一存，无以自明，定疑不可解。

亢长子善占梦，亢语之曰："吾梦父子持伞行雨中，已而大风起，吹三伞皆半裂飞去，是何祥邪？"子泣曰："梦殊不吉，此父子离散为三之象也。"是夕，孔目又来，携酒肴其盛，与三许剧饮，且满饮属亢曰："提刑勉一醉，少顷徙两令郎它舍矣。"会罢，各分囚之。过夜半，悉以铁锥击死。

定上奏自言有除盗之功，未报而卒，凡豫其事者，一月内继死，唯孔目独存。

鄢陵人周西瑞尝知南康军，与定先后隔政，其子谷闻之于孔目云。亢以武举得官。

【译文】宋钦宗靖康（1126）年冬天，北方的金国，出兵再次渡过黄河南侵。河北提刑许亢，因放弃洛口（今河南巩县东北）溃逃，受到处分，被判流放到吉阳军（今海南三亚）。这时正逢中原战乱，他便不到流放的地方，带了两个儿子和十几个兵，绕过大路和关隘，到了南康（今江西星子），不打算和当地州、县官员见面，径往庐山里，找了一个小寺院住下。后来，他的仆人因为摘了和尚菜园的蔬菜，与和尚发生争执。和尚便悄悄跑到州城告密，谎称有溃兵到寺里抢劫，而且人数还不少。郡守李定听了报告，相信了他，便派了一支兵，全副武装，把寺院紧紧包围，许亢父子和随从兵卒全部被捕获，押送监狱。到了官厅下，许亢大叫称冤，并且详细讲了自己一生为官的资历。李定不信，说："岂有曾经当过监司这样级别的官员，来到本地不去拜见地方官员，而偷偷躲避起来的呢？"下令管狱的吏员严加审问。结果仍问不出许亢做强盗的证据。便派了一个担任孔目职务的小官吏到监狱囚室里，假装同情许亢，而套许亢的话。孔目带了酒菜，请许亢同饮，谈了很多，看不出有一点做盗贼和抢劫的线索。只是由于许亢仓促南逃，妻妾都在中原失散，朝廷颁发给他的委任证件等，没一件留下来，亦就无法证明他的身份。所以郡守李定对许亢的怀疑，始终无法解决。

许亢的长子擅长解说所梦之事的吉凶休咎，许亢对他说："我梦见咱们父子三人每人撑一把伞，在雨中行走，不一会刮起大风，把三把伞都吹裂，而刮跑了，不知这是什么吉凶？"儿子听了哭泣说："这个梦十分不吉利，这是我们父子离散成三的预兆。"这天晚上，那孔目又带了丰盛的酒菜来，和许亢父子同饮，并且斟满一大杯给许亢，并说："请提刑尽情地喝一场，停一会儿就要把二位令郎迁居到别的屋子去了。"酒宴结束，果然把他们父子三人分开囚禁。到了半夜。统统用铁锥把三人秘密击死。

李定杀了许亢父子，便写了奏章，报告自己除灭强盗的功绩。结果的报告还没发出去，李定便突然死去；凡是参加谋害许亢的人，在一个月内都相继去世，只有那个孔目活了下来。

鄢陵（今属河南）人周西瑞，曾经担任南康军的知军，和李定中间隔着一任，他的儿子周谷随他在南康时，曾听那个孔目说过这事。许亢这人，是考中武举人后做官的。

夏氏骰子

夏廑，字几道，卫州汲县人。崇宁、大观间，居太学甚久，未成名家，故贫至无一钱。同舍生或相聚博戏，则袖手旁观，时从胜者觅锱铢，俗谓之乞头是也。

一夕，束带焚香，对局设拜曰："廑闻博具有灵，敢以身事，敬卜今年或中选，愿在十掷内赐之浑花；不然，将束书归耕，无复进矣。"祝罢，即挼莎掷焉。六子皆赤。夏愕喜，不敢自信，又祝曰："廑至诚斋心，以平生为祷，恐适者偶然，愿更以告。"复再投之，三采皆同。乃再拜谢神贶。是岁，果于莫俦榜登科。后官至中大夫、川陕宣抚司参议官。其家藏所卜骰子，奉之甚肃。（右二事周谷说）

【译文】夏廑，字几道，卫州汲县（今河南卫辉）人，宋徽宗崇宁至大观年间（1102–1110），在太学读了很长时间的书，但一直没有考中，所以贫穷到口袋里往往没有一文钱。和他同住在太学读书的学生，有时聚在一起赌博，他只能袖手旁观，经常从赌博的胜家手中抽取数目很小的几文钱，这种抽头当时俗称为乞头。

有一天晚上，他穿戴整齐，对赌博用具进行烧香跪拜，祈祷说："我听说赌具是有灵性的，所以我愿意供奉；现在我郑重地来卜卦，如果今年我能考中，希望在掷十次骰子中，能出现一次浑花；如果不能，就是预示我没有登科的福分，那么我就收拾书籍，回家种地，不再走求官的道路了。"他祷告了以后，便用手揉着骰子，掷到碟子里，结果竟然一掷便成了浑花–六颗骰子全是红点朝上。夏廑愕然了一下，不由狂喜起来，真有点不敢相信会有这样运气。便又祈祷说：“廑怀着十分虔诚的心意来祈求，恐怕刚才掷的是偶然的，所以，愿再给我一次启示，坚定我的信念。”祝毕，再掷下去，一连掷了三次，都是同样的一色六个红点。于是夏廑又再拜了神的预示。这一年，他果然在以莫俦为第一名的榜中被录取登科。后来他一直做到中大夫和川陕宣抚司参议官。他便把当年占卜用的骰子收藏在家，当作神灵一样供奉起来。

治挑生法

莆田人陈可大，知肇庆府，肋下忽肿起，如生痈疖状，顷刻间大如碗。识者云：“此中挑生毒也。俟五更以绿豆嚼试，若香甘则是。”已，果然。使捣川升麻为细末，取冷熟水调二大钱，连服之，遂洞下，泻出生葱数茎，根须皆具，肿即消。续煎平胃散调补，且食白粥，经旬复常。

雷州民康财妻，为蛮巫林公荣用鸡肉挑生。值商人杨一者，善医疗，与药服之；食顷，吐积肉一块，剖开筋膜，中有生肉存，已成鸡形，头尾嘴翅悉肖似。康诉于州，州捕林置狱，而呼杨生，令具疾证及所用药。其略云：“凡吃鱼肉、瓜果、汤茶，皆可挑。初中毒，觉胸腹稍痛，明日渐加搅刺，满十日，则物生能动，腾上则胸痛，沉下则腹痛，积以瘦悴，此其候也。在上鬲则取之，其法用热茶一瓯，投胆矾半钱于中，候矾化尽，通口呷服，良久，以鸡翎探喉中，即吐出毒物；在下鬲，则泻之，以米饮下郁金末二钱，毒即泻下。乃碾人参、白术末各半两，同无灰酒半升，纳瓶内，慢火熬半日许，度酒熟，取出温服之，日一杯，五日乃止，然后饮食如其故。”

【译文】莆田（今属福建）人陈可大，担任肇庆府（今属广东）知府，他的肋下突然生出一个脓疮，一小会儿，便长得和碗一样大。有认识这种病的人说：“这是中了挑生毒。等到五更天的时候，拿些绿豆放到嘴里嚼一下，如果觉得味道香甜，就证明是中了挑生毒无疑。陈可大便依法试了一下，果然不错。于是那人便教他用川升麻捣成细末，每次取二钱药末，用冷水调和后喝下。一连喝了几次，便拉肚子。泻出几根生葱一样的东西，根、茎、须根都具备，于是脓疮立刻退肿，以至消失；然后又煎了几剂平胃散汤药，每天调补身体，并配合吃大米粥，这样经过十天光景，便恢复正常。

雷州（今广东海康）有个平民康财，他的妻子被巫师林公荣用鸡肉下了挑生毒。这时恰好有个商人杨一，擅长医疗这种病，便配了一剂药，让康财的妻子吃下。过了一顿饭光景，便呕吐出一块积肉，把这块肉挑开，中间却又有一块生肉，好像一只鸡的形状，头、尾、翅膀，都非常相似。于是康财便到官府去控告巫师下毒害人。州官下令把巫师林公荣逮捕下狱，传唤杨一来，让他写康财妻子中挑生毒的证明材料，以及用什么药治好的。杨一所写的材料，大致内容说：凡是吃鱼肉、瓜果、汤茶等，都能被人在其中下挑生毒。最初中毒时，感觉胸腹略有点痛，第二天，疼痛逐渐加重，并且向全身放射；到满十天以后，人体内便生出一件活动的东西，如果往上爬，便会觉得胸痛，如往下沉，就会觉得腹痛，时间久了后，人便愈来愈消瘦憔悴，这是症状的表现。治它的方法是，如果毒物在人体内横膈膜上边，就采用吐出的办法；用热茶一盅，投放胆矾半钱于茶水中，等矾化开后喝掉。停一大会儿，用鸡翎伸到咽喉里，促使呕吐，便可把毒物吐出来。如果毒物在横膈膜下方的，则采用泻出的办法，用米汤冲服郁金末二钱，毒物便可以泻出来。除去毒物以后，再将人参和白术碾成末，各半两，兑入无灰酒半斤，装到瓶内，用慢火熬上半日，估计酒已熟，但取出来，趁热服用，一天一杯，五天后停服，然后饮食便可以如常了。

挑气法

从事郎陈遹，为德庆府理官，鞫一巫师狱。巫善挑气，其始与人有仇隙，欲加害，则中夜扣门呼之。俟其在内应答，语言相闻，乃以气挑过，是人腹肚渐胀，日久腹皮薄如纸，窥见心肺，呼吸喘息，病根牢结，药不可治。狱未成而死。江璆鸣三作守，以事涉诞怪，不敢置于典宪，但仗脊配海南。

此妖术盖有数种，或咒人使腹中生鳖者，或削树皮咒之，候树复生，皮合而死者。然不得所以治法。（右二事陈通说）

【译文】从事郎陈遹，在担任德庆府（今广东德庆）理刑官的任上时，曾审理一个巫师的案件。这个巫师擅长挑气的巫术，先是这个巫师和别人有仇，想害别人时，便在半夜去叩别人家门，并叫人的姓名，等到屋内有人答应，互相说话时，便趁机把气挑到别人身体之中。于是这人肚腹便逐渐涨大起来，日子久了以后，肚皮便和纸一样薄，隔着肚皮能看到人的心肺活动，凡呼吸喘气，都看得十分清楚。这种病，根深蒂固，没有药可以治疗。在把他下狱审问之中，还没弄清案情，受害人就死去而无对证。这时，是江璆（字铭三）担任太守，因为这案子事涉荒诞，很难对照法律量刑，便将巫师打了一顿鞭子后，流放他到海南了事。

这种妖法有好几种，或能咒人，使肚里生鳖；或者削掉一块树皮，念咒语去咒他，等到被削的地方长出新皮，掩盖了被削去的地方，而树皮长好时，被咒的人也就死去。虽然知道这种巫术，但是无法知道治疗的方法。

南丰知县

绍兴初，某县知县赵某，季子二十岁，未授室，与馆客处于东轩。及暮客归，子独宿书院，闻窗外窸窣有声，自牖窥之，一妇人徘徊月明下，方骇噩间，已傍窗相揖。惊问云："汝何人窃至此？"曰："我东邻女也，慕君读书，逾墙相从，肯容我一听乎？"欣然延入，留不使去。自是晓往夕来，子神情日昏悴，饮食顿削。父母疑而焉，不以告。密讯左右者曰："但闻每夜切切如私语，又时嬉笑，久欲白而未敢。"父母知为鬼所惑，徙归同榻寝，即寂然。逾月，颜色膳食稍复旧。

一日独处房中，忽大呼求救，似为人捽髻而出，驱行甚速，举家不知所为，婢仆共牵挽，而力不可制。迤逦由书院东趋后园，才出门，去愈速。将至八角大井边，仆地不醒。家人共扶舁归，移时，乃能言。云："实与妇人往还久，乃徙室不复来。今旦父母在堂上，忽见从外入，忿怒特甚，戟手肆骂曰：'许时觅汝不得，元来只在此。'便向前捽我髻，尽力不能脱，直造井傍，以手招井内，即有无数小鬼出，皆长三二尺，交拽我，势且入井。俄一白须翁坐小凉轿，仆从三十辈，自园角奔而至，传乎云：'不得不得。'群鬼皆敛手。翁叱曰：'著棒打。’仆从举梃乱击，皆还井中。翁责妇人曰：‘我戒汝不得出，那敢如是！’妇低首敛衽无一言。又曰：‘元有大石镇井上，今何在？’仆曰：‘宅内人舆将捣衣矣。’咄曰：‘不合动。’著鞭妇人数十，骂之曰：‘汝安得妄出为生人害？况郎君自有前程耶！’逐入井，命别扛巨石窒于上，告我曰：‘吾乃土地也，来救郎君，郎君性命几为此鬼坏了，归语家人，此石不可动也。’语罢后，升轿去。”

此子后得官，仕至南丰宰。

【译文】宋高宗绍兴初年（1131）某县有个姓赵的知县，他的小儿子年二十岁，还没有娶亲，和父亲所请的门客一同在东院的一所书房中读书，到晚上，门客回自己家中，剩下这个青年独自在书房住宿。忽然，他听见窗外有些响动的声音，从窗户中探看，只见一个妇女在月光下徘徊，他正觉得骇异，那妇女已经走到窗前，向青年揖见行礼。青年惊异地问她说：“你是什么人，怎么一个人来到这里？”那妇人说：“我是东墙外邻居的女儿，因为羡慕你读书声，所以爬墙过来相见，不知肯允许我听听你的读书声吗？”青年听了很高兴，便请这妇女到书房中来，并且留她住下不让走。自从这以后，总是每天晚上都来，第二天早上便走了。从此，这个青年便神智一天比一天昏沉憔悴，饮食也顿时减少。他的父母见了十分疑惑，去问他什么原因，他也没告诉父母。父母不放心，便暗地把侍候儿子的仆人们叫来询问。仆人们说：只听到每夜屋内好像有人在低声说话，有时还有嬉笑声音，早已打算向主人报告了，只是没见有人从书房中出入，所以一直不敢去讲。他的父母听了，知道儿子是被鬼迷住了，便让儿子迁到后院和父母住一起。这样便没有怪异的事出现了。过了一个月，儿子的气色逐渐好起来，饭量也恢复了。

有一天，这青年独自一人在房内，忽然大叫救人，好似有人抓住了他的头髻，赶着他走路一样，走得非常快。全家看见这情形，不知道究竟是怎么回事，有几个婢女和仆人，赶上去拉住这青年，不让他再跑，可是气力不够，无法制止。从书院出来，曲曲折折直向后花园走去，才出了后门，那青年走得更快了，快要到一个八角大井旁边，才扑倒在地上，不省人事。家人们赶上去扶着他，将他抬回住室。停了一会儿，他才能够说话，便说：确实和一个妇女来往已经很久了，因为搬到后院住，她就不来了。今天父母都去前边堂上去了，那妇人便突然从外边进来，表情十分愤恨，用手指着我骂道："有好长时间找你找不到，原来你只是躲在这里。"说罢，便向前来揪我的发髻，我使尽气力，也不能挣脱，一直到了井边，那妇人一招手，井里面就跳出来无数小鬼，都是只有二三尺高，一齐来扯我，快要把我拉到井里去了。忽然有一个白胡子老头，坐着一乘小凉轿，有仆人三十多个，拥着他从花园角上奔走过来，仆人传那老头的命令说："不要这样，不要这样。"那一群小鬼听了，都住了手。老翁喝叫仆人，用棍子打！仆人们举起棍子，把一群小鬼都赶回井里去了。那老翁斥责妇人说："我曾告诫你，不准随便出来，你怎敢这样违抗我的命令？"那妇人只是低头头，不敢出声说一句话。老头又问："原来有块大石头压住井口，现在到哪里去了？"仆人说："这住宅内的人，把它抬走去当捶衣石用了。"老头生气呵斥说："是不应该动的！"便叫仆人用鞭子狠狠打了妇人几十鞭，骂她说："你怎敢出来随便祸害生人，况且这个郎君以后还有做官的前程，你敢害他吗！"便把妇人赶入井中，命令仆人从别处扛来一块大石头，把井口堵住了。那老头又对我说："我是这里的土地神，特地来救你的，你的性命几乎被这个鬼害了。你回去告诉你家里的人，这块压井的石头，千万不可动。”说罢后，便坐上轿走了。

后来，这个青年做到南丰县知县的官职。

金陵邸

绍兴初，朝士赴调临安，过金陵投宿官舍，仆从解担散去，独坐堂上良久，东边房门自开，一奴蓬首出，青衫白裤，瞠目视之，举手指胸曰：“胸中有玉环，问君知不知。”瞥然复入。士骇怖不能支，几欲堕地。惊魄小定，方摄衣正席，西边房门又开，一妇人衫裙俱青抱婴儿以出，亦瞠目而视，指其儿曰：“官人殃杀我！”语讫，遽入房。士肝胆皆震，欲走而足不能步，欲呼而声不能出。移时，仆自外至，急徙于客邸，迷罔者终日。

【译文】宋高宗绍兴初年（1131），有个做官的人，到临安（今浙江杭州）等候调任职务，从金陵（今南京）路过，到当地专门招待过往官员的官舍里投宿。他的仆人放下行李后，都出去游玩，只有他一个人独自坐在大厅上，停了好大一会儿，东边耳房的门忽然自动打开，走出一个仆人模样的人，蓬松着头发，穿着青色布衫和白色裤子，瞪着眼看这个官员，举起手指着自己胸口说：“胸中有玉环，问君知不知？”说罢，一眨眼间又退回耳房中去了。这官员害怕得几乎支持不住，差一点要跌到地下。等了一会儿，惊魄稍微安定下来，正打算整理下衣服坐好，忽然西边耳房的门又开了，出来一个妇人，青衣青裙，手里抱着一个小孩，她亦瞪着眼看这官员，用手指了指怀抱中的小孩，说：“官人殃杀我！”说罢，很快地又退回耳房中去。这怪事使这位官员吓得肝胆都震动，差不多要瘫了，想举步脚抬不起来，想喊叫又发不出声来。这样又等了一会儿，他的仆人回来了。便叫仆人收拾行李，急急忙忙地另找旅馆住下，失神落魄地迷糊了一整天。

卷第二（二十事）

扫码听谦德
君为您导读

邹家犬

筠州新昌县民邹氏，豢犬极驯，每主翁自外归，无问远近，必摇尾跳跃迎于前。

邹生尝负租系狱，逾旬得释。比还家，日已晚，犬喜异常，时爪误罥主衣，衣为之裂。邹以为不祥，语妻曰："我恰出狱，犬乃尔；辽山寺方作屋，吾欲犒匠，可杀犬烹之，副以面五斗往。"妻如其言。

明日，邹诣寺，命童负一合自随，至则僧待于门。迎白曰："勿启合，得非犬与面来乎？"邹愕然，问所以。僧曰："檀越久坐堂上，兹事言之则不忍，不言则负所托。昨夜梦檀越之父曰：'我以贪恋故，不能超脱，托生为本家犬；故见吾儿归，必出迎。适以其释囚系而还，喜甚，误败其衣。儿遂与妇谋而杀我充馈。虽然就死，亦幸舍畜身。若得免封脔之苦，师恩厚矣。生时有银若干，密埋于灶外，恐为人盗取，常卧其上，烦戒吾儿发取之，为作佛事，以资冥福。持所余尚足营生也。”

邹生闻言悲恸，且云：“犬早夜实寝于彼。”瘗之寺后，归发其藏，果得银如数，乃设水陆于寺中。

【译文】筠州新昌县（今江西宜丰）有一家姓邹的百姓，家里养着一条狗，非常驯良，每当主人从外边回来，不论路远近，这只狗一定要摇尾跳跃，在主人面前欢迎。

姓邹的年轻人曾经因为拖欠地租，被关到监狱里，十几天后才释放回家。到家那一天，天色已晚，狗看见主人回来，异常地高兴，跳跃欢迎，不料用爪子把主人的衣服挂破了。邹生认为刚出监狱，就被狗抓破了衣服，是个不吉利的兆头，便对他的妻子说：“我才出狱，狗就这样！现在辽山寺正在建造房屋，我想去慰劳工人，做点善事；可以把这只狗杀掉，再加上五斗面，一齐送去。”妻子听从了他的话。

第二天，邹生便叫一个小童背了装狗的肉和面的合子，一同到寺院去送。到了寺院门口，一个和尚已经在门口迎接。和尚说：“不要开合子，是不是送狗肉和面来的？”邹生听了十分惊讶，问和尚是怎么知道的。和尚说：“施主常来我们寺院施舍东西，我如果讲了这事，心里实在有点不忍；如果不说的话，又辜负了别人的托请。只好说了。昨天夜里，梦见施主的父亲，他说：‘因为贪恋家庭，所以没能超生天界，而托生为自己家中的一只狗，所以每当看见我的儿子从外边回来，都要跑出去迎接。最近因为儿子从监狱中释放出来，我非常高兴，不小心抓破了他的衣服，儿子便和媳妇商量，把我杀了，充当送给佛寺慰劳建房工人的礼物。而我虽因此得脱离畜生之道而高兴；但是如果能再使我免除尸身被割成碎块的痛苦，那么我将感谢大师的厚恩。我活着时，曾经储蓄有银子若干两，埋在火炉的外边，因为怕人偷走，所以托生为狗以后，还是常常睡到埋银子的那个地方。现在拜托您告诉我的儿子，把银子挖出来，拿它作佛事，以超度我升天；余下的钱，亦足够他做本钱营生的。”

邹生听了这话，十分悲痛，并且说：“那狗确是日夜卧在灶火前边那块地上。”于是他便把合子中装的狗尸，在寺后的空地上埋葬了。回到家以后，经过发掘，果然挖出了银子。便到寺庙中办水陆佛事，请和尚念经，超度狗的亡魂。

张敦梦医

庐陵人张敦，精于医术，浪迹岭外，尝侨寓潮州，梦人邀去，大屋沈沈如王居，立候门在。吏导之使入，乃廷下，望其上帟幕赫然，主人冠服正坐，一少年著浅色衣，红勒巾，引敦上诊脉。敦云：“肾藏风虚，恐耳鸣为害。”冠服者曰：“连日正苦耳痛，看得极好，且觅药。”顾少年：“可与钱二十千。”敦未暇予药，惊而寤，不省为何处，疑必神祠也。

明日，遍访求，于南海行庙，尽忆所历，引而上者，盖东庑小殿王子也，登正殿瞻视，神像左耳黄蜂巢焉，即谨剔去，焚香再拜而退。

又明日，郡之税官折简来云：“客船过，务败税，抵言是君家物，果否？”敦念初无此，亟往证其妄，见舟人已系梁间，遥呼曰：“某乃刘提举姻家蔡秀才田客，知君与提举厚，又与监税游，故托以为词尔。”敦为营解纵去。既而蔡来谢，且饷布帛之属，正直二十千。

提举者，刘景也。

【译文】庐陵（今江西吉安）人张敦，医术十分高明，曾漂泊到岭南，为人看病，后来寄居在潮州（今属广东）。他梦见被人请去看病，到了一所很大的府第前面，像是王侯的家，站在门口等了一会儿，由一个官吏引导他进内，到了大厅之下，向厅上看去，只见挂着帐幕，设备豪华，主人穿着公服坐在正中，有一个少年穿着衣服，戴着系有红绸的头巾，领张敦上厅诊脉。张敦诊过以后说，是肾脏风虚，恐怕是引起头晕耳鸣吧。那身穿公服的主人便说："我近几天正因耳痛而苦恼，看得真极准确。且去弄药来治。"又回顾少年说："可以赏给医生二十千钱。"张敦正打算为他开药方，却忽然惊醒。他想不起梦中所见的是什么地方，怀疑是一座神的祠庙。

第二天，便出去访查梦中的地方，结果走到南海龙王行宫，正和梦中所见的地方相符，才明白一切。那引他上殿的少年，正是神庙东边偏殿里供的小王子神像。后来张敦上了大殿仰看神像，见神像的左耳上，有了一个马蜂窝，便谨慎地上前、把马蜂窝给摘除掉，并烧香向神再三跪拜叩头，才退出来。

又过了一天，潮州的税务官–监税大使给张敦写了一封信来问，说是有一艘外地来的货船，想免税，说是你家的货物，不知是真的不？张敦以为自己从来没有运过货物，便匆忙赶去，想查证下是谁假冒自己的名义，到了那里，看见货船的管事已被捆在梁上，看见张敦来到，便远远上说："我是刘提举的亲家蔡秀才家的佃户，知道先生和刘提举是朋友，又和监税大使交情很好，所以才冒了先生的名义，这船货实是蔡秀才的。"张敦便替他从中说情，才把这船放走。停了一段时间，蔡秀才来向张敦道谢，并送了一些布匹绸缎等，估一下，正好价值二十千钱。

那位提举官，名叫刘景。

管枢密

缙云管枢密（师仁）为士人时，正旦夙兴出门，遇大鬼数辈，形貌狞恶，叱问之，对曰：“我等疫鬼也。岁首之日，当行病于人间。”管曰：“吾家有之乎？”曰：“无之。”曰：“何以得免？”曰：“或三世积德，或门户将兴，或不食牛肉，三者有一起来。则我不能入，家无疫患。”遂不见。

【译文】缙云（今属浙江）地方的管师仁，曾任过吏部尚书兼枢密使。他年青当秀才时，有一年正月初一出门闲走，遇到几个大鬼，面貌十分狰狞可怕，师仁喝问他们是什么人？那鬼说：“我们是疫鬼，今年岁首这天，应当传扩疫病给人间。”师仁便问：“我家有疫病吗？”鬼说：“没有。”师仁又问：“有什么能免去瘟疫呢？”鬼回答说：“或是三代之内，积有善行阴德，或是家庭里要出贵人，或者是不吃牛肉。这三件事如有一件，那么我们便不能进到他家，也就不会有疫病了。”说罢，便忽然不见了。

小孤庙

吕愿中赴湖北转运，舟行过小孤山，入谒庙，见案上古铜洗甚奇，有款识，爱之，白于神，以所用铜盆易去，置诸行李舟中，扬帆而上。薄晚系缆，独此舟不来。

明日，先行达九江，商人继至，言后一舟沉溺，方呼岸上人漉取辎重。吕亟遣往视，果也。篙师云："离庙下未远，便若有物絷舵底，百计取之，不能动。初无风涛，正尔覆溺。"点检所载，虽湿坏，皆不失，独铜洗不知所如矣。他日，有客至庙中，盖宛然在故处。

【译文】吕愿中被任命为湖北转运使，他坐船沿江到湖北上任。船过小孤山下时，上岸到庙里拜神和游览。见神案上放有一件古铜洗，造型奇特，上边还刻有款识，是件有价值的古物。吕十分喜爱，就向神祈祷，想要这件铜洗。用自己的一个铜盆把铜洗交换了，放到行李船中，便开船走了。到了晚上，停船休息，唯独不见行李船来到。

第二天，船到九江停下，后边的商船来到，说后边有一只船沉了，正在叫岸上的人帮助打捞行李。吕愿中听了慌忙叫人去探看，果然是那只行李船。掌船的篙师说："自离了小孤山庙开船，驶了不多远，便觉得好像有物件拉住了，千方百计想把那东西去掉，都不能成功。这时江面上风平浪静，船却不自主地沉下去了。"后来把行李捞上来，检查了一遍，行李虽湿，却一件不少，唯独那件古铜洗，不知跑到哪里去了。后来，有旅客到小孤山神庙去游览，见到那件古铜洗，依然仍放在原来的地方。

富池庙

兴国江口富池庙，吴将军甘宁祠。灵应章著，舟行不敢不敬谒，牲宰之奠无虚日。

建炎间，巨寇马进自蕲黄度江，至庙下杯珓，欲屠兴国，神不许，至于再三。进怒曰："得胜珓亦屠城，得阳珓亦屠城，得阴珓则并庙爇焉！"复手自掷之，一堕地，一不见。俄附著于门颊上，去地数尺，屹立不坠。进惊惧拜谢而出。迄今龛护于故处，过者必瞻礼。殿内高壁上，亦有两大珓，虚缀楣间，相传以为黄巢所掷也。

【译文】兴国江口镇（今江西赣县东北）有个富池庙，是三国时吴国将军甘宁的祠庙，十分灵验。凡过往船只，都不敢不到庙里拜谒上供。所以，神前没有一天不摆满了祭品。

宋高宗建炎，有个流寇马进，领着他的部下从湖北的蕲州和黄州之间渡江南下，来到这座庙里，用杯珓占卜，打算去抢掠兴国县城。一连掷了三次，都是神不允许他抢掠的卦象。马进便发怒了，说："如果掷出胜珓，我要到兴国屠城；如果掷得阳珓，亦要屠城；如果掷得阴珓，那么我连你这庙都要烧掉！"说罢，亲自动手拿起杯珓掷下。结果两片杯珓，一片从案上掉到地下，另一片却掷得不见了。找了一会儿，才发现这片珓竟然贴附到门扇上，离地好几尺，却不掉到地上。马进十分惊惧，慌忙向神拜谢，逃出庙来。至今，甘宁的神龛仍然完好地放在原来的地方，路过这里的人，没有不进去瞻仰的。这神殿里的高墙上还有两枚大珓，虚挂在梁头上。据说是过去黄所掷的。

济南王生

济南王生，参政曾宗人也。登第出京，行数十里间，憩道旁舍，主人亦士子，留饮之酒，望舍后横屋数楹，帘幕华楚，问为谁？曰："某提举赴官闽中，单车先行，留家于此，以俟迎吏，今累月矣。"遥窥其内，隐隐见女子往来，甚少艾，注目不能去。抵暮，留宿。主人夜与语，因及乡里门阀，审其未娶，为言："提举家一女，极韶媚，方相托议亲，子有意否？"生欣然，唯不得当也。

主人为平章，翌日，约定女之母邀相见。曰："吾夫远宦，钟爱息女，谋择对甚久，不意邂逅得佳婿，彼此在旅，不能具六礼，盍相与略之。"乃草草备聘财，择日成婚。且许生挈女归济南，须至闽遣信来迎。

既别，不复相闻。生不以为疑。女固自若，历四五年，生二子，起居嗜好，与常人不殊，但童仆汲水时，只用前桶，而弃其后，以为不洁。自携一婢来，凡调饪纫缝，非出其手不可。夜则令卧床下。忽告生云："我体中不佳，略就枕，切勿入房惊我。"生然之。

俄顷震雷飞电，大雨滂沛，火光煜然，尽室危怖，移时始定，女与婢皆失所在矣。

初，生之入京，道经某处龙母祠，因入谒，睹龙女塑容端丽，心为之动，默念他年娶妻如此，足慰人心。及出门，有巨蛇蟠马鞍上，驱之弗去，始大恐，复诣祠拜而谢过。洎出，乃不见，后遇兹异。识者疑其龙所为云。

【译文】济南有个姓王的书生，是参知政事王曾的同族后代。他科举登第后，离京城（今河南开封）回济南，走了几十里路后，在路边一家人家休息。这家主人也是个读书人，便请王生进家，摆酒款待。饮酒中，王生看见屋后有几间平房，悬挂帘幕十分华丽，便问是什么人住在那里？主人说："是一位提举官，到福建上任，自己单身坐车先走，把家眷留在这里。等他到任后，派人前来迎接家眷。至今在这里已住有一个月了。"王生远远地看那房子，其中似乎有个女子来往，十分年青美貌，不由注目很久不移开。到了晚上，主人留王生在家住宿，夜中陪王生闲谈，问起王生籍贯和家庭情况。探知王生尚未娶妻，便对王生说，提举家有一女儿，长得十分美丽妩媚，现在正在托我物色合适的人定亲，不知你是否有这方面的意思？王生欣然同意，深怕好事不成。

于是，主人便去替他做媒，找女家商量。第二天，女方的母亲约王生见面，对王生说："我丈夫到远处做官，对这个女儿十分钟爱，想给她选择配偶已经很久了，不意今日偶然遇到你这样好的女婿。不过我们双方都处于旅途之中，就不能按常规具备六礼纳聘，可以省略吧。"于是便草草准备了一些聘礼，择了吉日成婚。并且还允许王生把女儿带回济南家中去住。不久，女方的父亲派人从福建来迎接家眷，于是老夫人便随来人往福建，与王生及女儿分别。

自此以后，便再也没有消息往来了，王生却并不怀疑，女子也没有想念父母的意思。这样一连过了四五年，这女子生了二个孩子，起居和嗜好，都和平常人一样，没什么特殊。只是凡童仆们挑回的井水，她只用前边的一桶，而把后边的一桶倒掉，说是不干净。她自己嫁过来时，带了一个陪嫁丫头，凡是吃的饭穿的衣服，只要不是这个婢女亲手做的东西，她一概不用。晚上，又叫这个婢女睡在她的床下。有一天，她忽然对王生说："我身体有点不舒服，现在稍在床上躺一会儿，你千万不要到房中来，以免把我吓住。"王生答应，到外边去了。

不一会儿，雷鸣电闪，大雨倾盆而下，到处电光闪烁如火烧起一样，王生全家都十分恐惧。不一会儿，雨停雷止，而这女子和婢女却都不知到哪里去了。

过去，王生去京城时，路过某个地方，那里有个龙母祠，王生便进庙去瞻仰，看见龙女的塑像，姿容十分端庄美丽，便动了心，默默地想，将来娶妻能像这龙女一样漂亮，便足可使人满意了。等到他出了庙门，却看见一条大蛇盘在他的马鞍上，赶也赶不走。王生这才害怕。便又返回庙里拜神谢罪。出来以后，大蛇便不见了。后来，王生又有奇遇，有知识的人以为，王生娶的那女子就是龙女。

海盐道人

王观复待制（本），崇宁初为海盐令，当春月启县圃卖酒，游人沓至。

王长子钺，字秉义，年十余岁，亦纵目焉。逢一野道人，举手前揖，呼为供奉，谈笑久之乃去。钺恶甚官称，归以白父，莫测所谓也。后十年，政和官制行，改西头供奉官为秉义郎。始悟之言，乃更名铁，而字承可。

【译文】王本，字观复，在朝官为待制。宋徽宗崇宁初年（1102），他在海盐县令的任上时，正逢正月节日春游的时候，他便把县衙门后的花园开放，并在里面设立卖酒的地方，允许百姓自由出入春游，一时游人纷纷到来。

王本的大儿子王钺，字秉义，这年年龄才十几岁，也来游园。

路上逢见一个野道士，看见了王钺，便向他拱手作揖，称他为供奉，二人谈笑了好大一会儿，道人才走。由于供奉这个官名，是太监的官衔，所以王钺十分讨厌，回家以后，把这事告诉了父亲，都猜不出为什么道士这样称呼王钺。又停了十年，到宋徽宗政和年间，改革官制，把西头供奉官改名为秉义郎。这时，他才醒悟，原来因他字秉义，道士才开玩笑称他为供奉。于是王钺便改名叫王铁，字承可。

二鳖哦诗

王承可侍郎，建炎末居分宁田舍，梦黑衣男女约三十辈，两人如夫妇立于前，余皆列于后，泣拜乞命。梦中似许之。

明日，纵步门外，逢村民负鳖来，倾置地上，二大者居前，余二十六枚在后。恍忆昨夕事，尽买之放诸溪流。是夜，梦二黑衣来谢，且哦诗两句云："放浪江湖外，全胜沮洳时。"超然有自得之貌，喜色可掬。盖向者处陂泽之间，而为人所取也。

【译文】王承可侍郎，宋高宗建炎末年（1130），在分宁（今江西修水）县乡村居住的时候。夜里梦见有穿黑衣的男女约三十个人，两个人和夫妇一样，站在前面，其余的跟在后迎，一齐跪拜哭泣，请求饶命。王承可在梦中答应了他们。

第二天，王承可出门散步，正遇到村里的渔民背了一口袋鳖来卖。把鳖都倒在地上，只见有两个大的在前边，余下二十六只小的在后边。王承可恍然想起昨天的梦来，便把这些老鳖全部买了下来，送到河里去放生。前天夜里，又梦见两个黑衣人来道谢，并且哦吟了二句诗，诗说："放浪江湖外，全胜沮洳时。"吟罢，满脸都是得意的样子，掩盖不住其喜悦的心情。原来这些鳖是住在湖沼里，而被渔人所捉住的。

张通判

乾道六年，缙云人张某，为韶州通判。随行仆与婢通，事败擒付狱，阴谕录参吴君，使毙之。吴白郡守周济美（舜元），周以为不可，使正法具狱，杖脊配隶岭北。张意不满，择本厅军校使护送。戒云："杀之而归，当厚赏。"校奉命就道，越二日，拉杀之于南雄境上。

是夜，周梦仆泣诉曰："某有罪，赖使君全活之恩，今竟为通判所杀，幸使君哀之。"明日，穷治其事，军校者已归，趣治之，亦坐决配。张在书室，见仆立于前，方以未押行为怒，忽无所睹，即仆地，遂得疾暴下，逾旬而卒。

【译文】宋孝宗乾道六年（1170），缙云（今属浙江）人张某，担任韶州（今广东韶关）通判，他的仆人和婢女通奸，事情败露后，把他们抓起来关入监狱。张通判暗中吩咐管狱的录事参军吴某，让把仆人和婢女在狱中害死。吴某把这事报告了知州周舜元（字济美），周以为不可处死，让吴某依法审判，将二人处以鞭打脊背的罚刑，并发配到岭北去。张通判知道这事，十分不满，便选择本厅一个心腹军校，让他去护送犯人。暗中交代这军校说："把这二个犯人在半路杀死，回来后一定重赏。"军校奉到命令，在路上走了二天，便把两个犯人杀死在南雄（今属广东）境内。

当天夜里，知州周济美梦见那仆人来哭诉说："我有罪，蒙大人开恩，得以活命，可是如今却又被通判所杀，希望大人能够可怜我的无辜。"第二天，周济美便追查这件事。那个押送犯人的军校已经回来了，周济美立即派人把他抓来，审问确实后，亦判了流放。张通判正坐在书房里，忽然看见那仆人站在自己面前。还以为是那仆人没有被押送岭北，正要发怒，这时，那仆人就忽然不见了。张通判随即跌倒在地，便得了病，一连腹泻了十几天，便死去了。

孙士道

福州海口巡检孙士道，尝遇异人授符法治病，甚简易，神应响答。

提刑王某之弟妇得疾，为物凭焉，斥王君姓名，呼骂不绝口。如是逾年，禳祀祷逐，无不极其至，不少痊。闻孙名，遣召之。孙请尽室戒七日，然后冠带焚香，亲具状投天枢院。弟妇已知之。云："孙巡检但能治邪鬼尔，如我负冤何及？"孙至，邀妇人使出，王曰："病态若此，呼之必遭咄骂，岂有出理。"孙曰："试言之。"妇欣然应曰："诺，少须盥洗即出矣。"良久，整衣敛容如平时，见孙曰："我一家四口皆无罪而死于非命，既得请上天，必索偿乃已，法师幸勿多言。"且披其胸示之云："被酷如此，冤安得释。"孙但开晓解，使勿为厉。再三拜谢而入。

孙密告王曰："公忆南剑州事乎？"王不能省。孙先已书四人姓名于掌内，展示之。王颔首不语，意殊悔惧。盖昔通判南剑日，以盗发属邑，往督捕，得民为盗囊者，禽其夫妇戮之；其女嫁近村，闻父母被害，亟来嚣悲号忿詈。王怒，又执而戮之。女方有娠，实四人并命也。孙曰："此冤吾法不可治，特可暂宁尔，它日疾再作，勿见唤也。"自是，妇稍定，越两月复然。讫王死，妇乃安。

【译文】福州海口巡检孙士道，曾经遇见异人传授给他用符法治病的本领，虽很简单，但是却十分灵验。

在福州担任提刑的官员王某，他的弟妇得了病，好像有鬼物附在身上一样，叫着王某的姓名，叫骂不绝口。这样过了一年，无论如何祈祷祛禳，用尽各种办法，都得不到一点好转。后来闻到孙士道的名声，便请孙来看病驱邪。孙士道让王家全家斋戒七天，然后孙士道穿上整齐的官服，准备了状子，焚告上天。而王某的弟妇却已经知道了这件事，便说："孙巡检只能够治邪鬼罢了，而我是负冤的，他就没法处理。"等到孙士道到了王家以后，让王家的人去请有病的妇人出来相见。王某说："她病成这个样子，如果去呼叫她，一定会被她辱骂，岂能让她出来见客？"孙士道说："不妨去说一下试试。"结果王家的人去说，那病妇却说："可以，等我梳洗一下便出去。"等了一大会儿，那妇人换了整齐的衣服，仪态庄重，和没病时的样子完全一样。她见到孙士道便说："我一家四口人，都没有罪，而被冤杀，死于非命；我既然已向上天申诉，就一定要索回命债才算了结，请法师不要再多加干涉了。"并揭示她胸上的刑伤让孙士道看。说："遭受这样的酷刑，这冤仇怎能放手呢？"孙士道只好对她进行开导规劝，使她不要再用厉鬼的办法来扰乱。

最后，那妇人再三拜谢后，便回内室去了。

孙士道偷偷告诉了王某说："你还记得在剑州（今福建南平）发生的事吗？"王某想不起指什么事；孙士道已预先写了四个人名在手掌上，这时便摊开手掌，让王某看。王某看了以后，才点头不语，现出十分后悔和害怕的样子。原来这王某，过去在南剑州当通判的时候，南剑州属县发生了盗案，王某便亲自去督促兵勇缉捕。抓获了一个百姓，作为偷包裹的人，把他夫妇二人都杀掉了；他的女儿出嫁到邻村，听说父母被杀，赶来哭诉，十分悲哀，并对王某进行责骂，王某大怒，就连这个女儿也杀掉。这时，这女儿正在怀孕，所以可以说，王某实际上冤杀了四条人命。

孙士道这时对王某说："这种冤仇，我的法术是不能制止的，只能暂时的缓和一下；以后如再发病，不必来唤我了。"自此以后，王某的弟妇果然稍微安定了。又停了两个月，旧病又复发。直到王某去世，弟妇的病才完全好了过来。

潮州孕妇

乾道三年，潮州城西妇人孕过期，及产儿，才手指大，五体皆具，几百枚，蠕蠕能动，以篮满载，投于江。妇人亦无恙。古今无此异也。

【译文】宋孝宗乾道三年（1167），潮州城西，有一个妇女怀孕过期，还没生孩子。等到生产时，生下的孩子只有手指大小，五体齐备，而多达几百个，能蠕蠕活动。他家里的人把这怪胎装了满满一篮子，投到江里去了。这妇人后来也没有什么毛病。古今以来，还没有听说过有这样的奇事。

张注梦

邵武人张汪，绍兴丁卯秋试，梦人以箸插于髻曰："子欲高荐，当如此乃可。"既寤，熟思之曰："吾名汪，若首加点则为注。"乃更名注。是年果荐送。将试春官，又梦绿衣小儿自褓中曳其衣曰："勿遽往，可待我也。"既而不利。

乾道已丑，始以免举再行，而同里丁朝佐亦预计偕行，二人同登科。朝佐正生于丁卯，始悟前梦，戏谓丁曰："为尔小子，迟我二十一年。"相与大笑而已。

【译文】邵武（今属福建）府人张汪，在宋高宗绍兴丁卯年（1147）参加秋天举行的地方科举考试。梦见一个人拿了一根箸插到他的头髻上说："你如果想考中，应当这样才行。"睡醒以后，他仔细想了一想，说："我的名字叫汪，如果在汪字上加一点，就成了注字，和箸同音。"于是便改名张注。这一年，他果然考中，被推荐参加明年春天举行的全国进士考试。这时，他又做了一个梦，梦见一个绿衣裳的小婴儿，从襁褓里伸出手来，拉住他的衣服，说："你不要这样匆忙地去应考，得等等我呀！"结果，张注参加了考试，果然没有考中。

直到宋孝宗乾道五年（1169），张注才得以免除荐举，直接参加全国进士考试，这时，他的同乡丁朝佐，也要参加考试，于是二个人便一同结伴前往，结果都考中了。这丁朝佐正是丁卯年出生的人，张注才知道了过去那个梦的含义，便对丁朝佐说："为了等你这个小孩子，使我迟了二十一年才得考中进士呀！"二人哈哈大笑不止。

刘道昌

刘道昌者，本豫兵子，略识字，嗜酒亡赖，横市肆间。尝以罪受杖于府，羞见同侪辈，不敢归，径登滕王阁假寐。梦道士持一卷书，置其袖曰："谨秘此，行之，可济人；虽父兄勿示也。"戒饬甚至。既寤，书在袖间，顿觉神思洒落，视其文，盖符咒之术。

还家即绘事真武象，为人治病行醮，所书之符与寻常道家篆法绝异，凡所疗治或服符水，或掬香炉灰，或咒枣，殊为简易。且告人曰："夜必有报应。"无不如意，以治牛疫，亦皆愈。郡人久而知敬，共作真武堂居之。初将凿池取水施病，尽，忽有泉涌于庭，极甘冽，及加浚治，正得一古井。今其术盛行，而道书不可得见，但以符十许道刻石云。

【译文】刘道昌是豫章（今江西南昌）的一个士兵的儿子，略认识几个字，喜欢喝酒，是横行于集市间的一个流氓无赖。他曾经因为犯法，而被知府捉去打了一顿板子。因此，他羞于和同辈人见面，独自一人跑到滕王阁上，躺在那里打盹，梦见一个道士，手里拿着一卷书，把书放到刘道昌的袖筒里，对他说："你要严密谨慎地保护好这部书，用其中的方法可以救济世人，虽是父兄，也不能让他们看这部书。"对刘道昌交代吩咐得十分严厉。刘睡醒，袖筒中果然有一本书。这时刘道昌顿时觉得神清气爽，头脑思路清晰，翻开那本书看，乃是道家的符咒之类的法术。

回到家里，他便画了一幅真武大帝的画像供奉起来，并开始为人治病和驱邪。他所画的符和平常道士们画符用的篆体字绝然不同。凡是经他治疗的疾病，或用符水、或抓把香炉灰，或念咒咒几颗枣，就让人服用，方法十分简单，并且告诉人说："夜里必然有反应。"结果经他治疗的病人，无不如意而愈。后来又治牛疫，也都治好了。时间一长，当地人改变了对他的看法，都对他十分尊敬，并且共同集资盖了一座真武堂，请他住在那里。他住到那里后，打算开凿一个池塘取水，用以治病救人用，水干了时，忽有一股泉水从院内地上涌了出来，水味非常清洌甘甜，于是便加以疏浚，便在地下发现了一座古井，泉水正是从这井中出来的。现在刘道昌的法术盛行于世上，但是却不见他的道书传下来，只有他画的十几道符，被刻在石碑上流传。

李家遇仙丹

豫章丐者李全，旧隶建康兵籍，绍兴辛已之战，伤目折足，汰为民，而病废不能治生，乃乞于市，掖二拐以行，目视荒荒，索涂甚苦。

每过王侍郎宅门，必与数钱，忽连日不至，谓必死矣。经半月，复来，则双目辽然，步得轻捷，自说逢道人授药方，且戒我："服之有效，当贷以济人，勿冒没图利，日得七百钱便足。"问其姓，不肯言，我积所丐金，便成药，服之十日，眼已见七分，而脚力如旧矣。

即用其方卖药，持大扇书"李家遇仙丹"，揭二拐于竿，服者缘验，然所得未尝过七百钱。一日，多至二千，遂卧病不能出，钱尽乃安。时乾道己丑岁也。

【译文】豫章（今江西南昌）有个乞丐叫李全，过去在建康（今江苏南京）当兵，宋高宗绍兴三十一年（1161）在与金国的战争中负伤，眼睛受损，双脚骨折，因此被军队淘汰下来，成为平民。因为他身体残疾，无法谋生，只好在街上要饭。每天腋下架着双拐，眼睛又看不清楚，艰难地摸索在集市上，十分痛苦。

每当他乞讨经过王侍郎家门口时，王家总要给他几个钱，忽然一连好几天，没见李全来乞讨，王家的人以为李全大概是死了。又停了半个月，李全又来了，却变得双目明亮有神，双腿也恢复健康，走路十分轻快。他对王家的人说，遇见了一个道人，传给我一个药方，并且吩咐我说：如果你服下这药方有效的话，你就应当去配这种药在市场上卖，以救济世上的病人。但是不能用卖药去牟利，每天卖上七百文钱便足够了。我问他的姓名，不肯告诉我。我便把过去乞讨来的钱，配了药来吃，吃了十天，眼睛已经恢复了七分，而双脚的力量，则完全恢复得和没负伤时一样有力了。

从此以后，李全便按道士所传的药方，配了药在市场上出售，并且做了一柄大扇子，上边写着“李氏遇仙丹”，又把过去使用的双拐，挂到一根竹竿上，充着招牌。凡是买他的药，吃下去都非常有效。不过他每天卖药，都不超过七百文钱；有一天，卖药收入多到二千文，他便卧病不起，直到这二千文钱花光以后，病才好了。这是宋孝宗乾道五年（1169）发生的事。

刘三娘

豫章狂妇刘三娘，病心疾，每持二木棰相敲击，终日奔走于市，衣服褴褛垢污，好辱骂人。夜或宿祠庙中，虽有子为兵，然视之泊如也。

宋镇甫枢密（朴）独识为异人，张如莹尚书（澄）作守，常呼入府舍，留三两夕，与饮食，或弃庭下，或遗矢被中。久之，忽告所往来者曰："某日吾当死。"已而果然。其子瘗诸野。

后半年，郡使往长沙，见之击棰如故，驶惊问曰："三娘尔死矣，那得在此？"笑曰："寄语吾儿，在此甚安。"再三问，不对，亦不复再见。归语其子，发视窆处，空空然。

【译文】豫章（今江西南昌）地方有个狂妇刘三娘，得了精神病，常常拿着两个木槌互相敲打，整天在街市上走来走去，衣服褴褛肮脏，又喜欢辱骂人。夜里有时随便卧宿在祠庙里的地上。虽然她有一个儿子在当兵，但是对她也看得十分冷淡。

只有枢密使宋朴，字镇甫，知道她不是一个平凡的人；尚书张澄，字如莹，在豫章当太守时，亦常常请她到衙门里来，有时就让她住在衙门里，给她饮食吃。有时她把吃的东西扔到地上，有时还把粪便拉到被子里去。有一天，她忽然告诉平常和她有来往的人说，某一天她要死了。到那一天，她果然死去。她的儿子便把她埋葬在郊外。

过了半年，豫章有个差人往长沙办公事，却在长沙街上看见刘三娘，依然拿着两只槌敲击。差人十分吃惊地问她说："三娘呀！你不是死了吗，怎么能在这里呢？"刘三娘笑着说："请给我儿子捎个信，说我在这里很安好。"再三追问她，她都不回答，以后便再也没见她露面了。这差人回豫章后，把这事告诉她的儿子，把坟墓挖开看，里边空空的，什么也没有。

兴国狱卒

兴国军司理院，有囚抵法，当陵迟，狱卒李镇行刑。囚告之曰："死不可辞，幸勿断我手，将不利于尔家。"镇不听。至市，先断其二手，曰："看汝将奈我何？"越二日，镇妻生子，两腕下如截。时王湭稚川为通判，亲见之。

【译文】兴国军（今湖北阳新）司理院，判处了一个犯人，应当凌迟处死。由狱卒李镇具体执行杀人。犯人告诉李镇说："我是罪该死，没什么可说，不过请你在行刑时，千万不要砍断我的手，否则将对你家不利。"李镇不听他的，到了市中心刑场，先把犯人的双手砍掉。还说："看你能怎样我！"停了二天，李镇的妻子生下一个男孩，两只手腕下好像被截去了一样。王稚川这时正在兴国军当通判，他亲眼见到这件事。

丘家豕祸

乾道六年，南雄州摄助教丘悦家病疫，其家大猪育数子，或人头、鸡头、豹首、马首，俨如塑绘瘟疫状，遂杀猪祭而禳之，其祸愈甚。悦与妻皆死，长子如冈□魁乡荐，亦夫妇并亡，凡八九丧。百计禳桧，久之乃定，此近豕祸也。

【译文】宋孝宗乾道六年（1170），南雄州（今属广东）的代理助教丘悦，家中传染病流行。他家的大母猪生了几头小猪，有的长人头，有的是鸡头，还有豹头、马头的，正和神庙里塑绘的瘟鬼形状一样。于是丘家便把这些猪杀掉，并祭神祛禳。结果，瘟疫给他家带来更大灾祸，丘悦两口子得了传染病而死，他的大儿子如冈，在地方科考试中，考了第一名，夫妇二人亦死了。这家总共连死七八个人。他家千方百计地求神拜佛祷告，过了很长时间，才安定下来。这件事大概是猪给他家带来的灾祸吧。

宣城死妇

宣城经戚方之乱，郡守刘龙图被害，郡人为立祠城中。蹀血之余，往往多丘墟，民家妇妊娠未产而死，瘗庙后，庙旁人家或夜见草间灯火及儿啼。久之，近街饼店常有妇人抱婴儿来买饼，无日不然，不知何人也，颇疑焉。尝伺其去，蹑以行，至庙左而没。他日再至，留与语，密施红线缀其裾，复随而往，妇觉有追者，遗其子而隐。独红线在草间冢上，因收此儿归。访得其夫家，告之故，共发冢验视，妇人容体如生，孕已空矣。举而火化之，自育其子。闻至今犹存。《荆山编》亦有一事，小异。

【译文】宣城（今属安徽）经过戚方作乱之后，郡守刘龙图被杀害，地方人士为他在城内修了一座祠庙来纪念他。在战乱刚刚过去，城内外的坟墓和废墟特别多。有个百姓家的妇人，怀孕还未生产下来，而被乱兵杀死，她家人便将她埋在龙图庙后。庙旁人家有时或看见草丛中有灯火，有时或者听到小儿的啼哭声。又停了一段时间，近街的饼店里，常看见一个妇女抱着婴儿来买饼，没有一天不来的，但是又不知道她是什么人，便对她产生了怀疑。等到这妇人走了，卖饼的便偷偷跟在后边，只见她走到庙的左边就不见了。又一天，妇人又来买饼，便借口和她说话，在说话间，暗地把一条红线系到她的裙子上，又沿着红线去向跟踪她。那妇人觉察有人跟踪，便扔下孩子，而隐身不见了。卖饼人顺着红线追查，只见红线到草丛中一个坟墓上而进入地下。便把这个小孩抱了回来。又去打听到这妇女的丈夫家，把这件事告诉了她的丈夫，二人共同去把坟墓挖开检查，只见棺木中的妇女容体和活着时一样，而怀孕的腹部已经空了。于是便将妇人尸体火化，而把小孩带回家中抚养。听说这小孩至今还活着。在《荆山编》这本书中，也记有一件事和这很相似。

白沙驿鬼

南剑州东界白沙驿，素多物怪，行客仆厮单寡莫敢宿。

绍兴甲戌，方务德侍郎（滋）帅闽，幕府七八人来迎，皆宿是驿。时当初暑，并设榻堂上，夜久方就枕，主管机宜王晓忽惊魇叫呼，众起烛火视之，尚为纷拿抵斗之状，良久乃醒云：“适睡犹未熟，有白衣妇人来，就床见逼，驱逐不去，且挽吾衣不置，诸君起，方相舍耳。”众视晓，袒服碎如悬鹑，为之通夕秉烛不敢寐。

【译文】南剑州（今福建南平）东部边界，有一个叫白沙驿的驿站，传说这里常有鬼怪出现，所以过路的客人，凡是带的仆人或同伴少的，都不敢在这里住宿。

宋高宗绍兴二十四年（1154），侍郎方务德调任福建宣抚使，主管福建地方一切军政。福建方面听到消息，便派了幕僚七八个人，远出迎接。在路途上，正好住进白沙驿里。这时候正是初夏天气，他们在大厅上坐了很久才去就寝。其中有一个主管机要文书的人名叫王晓，忽然梦魇，大叫起来。大家听到他大声呼叫，都慌忙起来，点了灯烛探看，只见王晓还在伸手划脚，好像和人抵抗搏斗的模样，又过了好久，才清醒过来。他向大家叙述说："刚才躺下还没睡熟，有一个浑身穿白衣的妇人走到床边逼迫我，我赶她也赶不走，并且她伸手抓住我的衣服不放，我拼命抵抗，直到你们都起来，她才放手走了。"大家这时才注意到王晓所穿的衣服，已被撕成一条条的，破碎不堪。大家都很害怕，通夜点着灯，不敢去睡。

李元礼

福州福清人李元礼，绍兴二十六年为漳州龙溪主簿，摄尉事，获强盗六人。在法七人则应改京秩，李命弓手冥搜一民以充数。皆以赃满论死，李得承务郎。财受告，便见冤死者立于前，悒悒不乐。方调官临安，同邸者扣其故，颇自言如此，亟注泉州同安县以归。束担出城，鬼随之不置，仅行十里，宿龙山邸中，是夜暴卒。（此卷皆王稚川说）

【译文】福州福清人李元礼，于宋高宗绍兴二十六年（1156）时，担任漳州龙溪县主簿，代理县尉。有一次他抓获了强盗六人，按当时制度规定，抓获强盗七人以上的，可以晋升官职到京官这一档内。所以，李元礼便叫部下的弓手想办法到乡下抓了个百姓来凑数。结果这七人都以抢劫赃物达到标准而被处死。李也因此得到了承务郎的官阶（级别）。刚接到任命证书，便看到被冤死的那个百姓站在他身边，因此他心中忧郁不乐。不久，他便到当时首都临安（今浙江杭州）等候调官。和他同住在一个招待所的官员，见他脸色不高兴，便问他什么原因，他很坦白地讲了这件事。急忙办了手续，被任命为泉州同安县知县，便起乘回福建。刚收拾好行李出临安城，那冤鬼便紧紧跟上了他，仅走了十里路，便住到龙山驿站里，当天夜里就得急病死去。

卷第三（十七事）

扫码听谦德
君为您导读

武师亮

抚州金溪主簿武师秩满，泊家于近村龙首院，夜有掷瓦击窗者，疑寺僧所为。旦而诘之，僧不敢对，徐言曰："此邑三郎神响迹昭著，得非有所犯乎？"武未信。

明日，行廊庑间，瓦砾从空而下，纷纷不绝。时方雪作，而掷者皆干，殆若古墓中物。武始惧，召僧诵经祷谢，怪亦然至，飞石满磬。其父取一砖题志，掷而祝曰："果触犯三圣，愿复以来。"顷之再至，题处宛然。不得已，自东厢迁于西以避其怒。行李未完，扰扰如初。乃尽室入邑中，寓妙音道观。怪益甚，呼道士设醮致敬，略不为止。武怒呼神名诟之曰："汝为神，当聪明正直，何暴我如是，吾之待汝亦至矣，曾不少悛，恣具邪佷！自今以往，吾不复畏汝矣！"语讫，音响寂然，先是家之箱箧，虽无锁钥者，亦如为物所据，牢不可启。是日，开阖如常，石害遂息。

【译文】抚州金溪（今属江西）县主簿武师亮，任满以后，从衙门里把家迁出来，住到近郊的一个寺院龙首院里。夜里，有人向他的住室窗户上扔掷瓦块，他怀疑是和尚干的事。天明以后便去找和尚质问。和尚不敢吭声，停了一会儿，才慢慢地说：“这地方有个三郎神，他的灵验是十分有名的，恐怕是有什么地方触犯了他吧？”武师亮并没有深信和尚的话。

第二天，武师亮在廊里散步，忽然砖头瓦块从天上落下，纷纷不绝。这时，正在下雪，而这些砖瓦却是干的，又好像是古墓中的砖瓦一样。这时，武师亮才有点害怕，便召集和尚来，诵经祈祷，向神谢罪；哪知这神怪也跟着来了，砖瓦石块乱飞，把和尚用的磬都填满了。武师亮的父亲便取了一块砖头，在上边用笔写了几个字做记号，扔到地下，并且祝告说：“如果真是我们触犯了三郎神圣，那么让这块砖重新飞来。”不一会儿，这块砖头又从天上掷下来，武的父亲拾起一看，果然是他写有记号的那块砖。没有办法，只好把家从东厢房迁往西边，以躲避三郎神发怒。谁知行李还没放好，砖石飞落，扰闹得和以前一样。武家只好从这寺庙里搬出来，到城内的妙音道观里去住。谁知怪物在这里闹得更加厉害。武师亮又请道士设醮敬神，仍然没有一点停止扰乱的迹象。

武师亮被逼得无法，便勃然大怒，叫着三郎神的名字，骂他说：“你既然是神，就应该聪明正直，为什么要这样欺负我！我几次祈祷祭拜你，可以说对待你是至仁至义了，但你的恶行却一点也没改去，肆意暴戾，完全是个邪神，我自今以后决不会再怕你了！”说罢，抛砖弄瓦的声音便寂然了。先是武家的一些箱笼，虽然没有上锁，也好像有东西拉住一样，牢不可开，从这天起，也可以自由开启了，抛投砖瓦石块的祸害亦平息了。

王通判仆妻

抚州王通判，家居疏山寺，其仆之妻少而美，寓士周舜臣深属意焉，而不可致。会王遣人篝火扣门，邀周夜话，及开门，乃仆妻也。顾周笑，吹灯灭，相随以入曰："非通判招君，我作意来此尔。"周不胜惬适，遂留宿。

明日再相逢，漠然如不识面，颇怪之，又疑与畴昔所合者肥瘠不类。至夜复来，不敢纳，坚不肯去。天未明，忽不见。周密扣寺僧，盖邻室有妇人菆柩。旋得病月余乃愈。蔡子思教授者，闻之特诣其室，焚香致祷，求一见，欲询乡里姓氏为谁，将为访其家，寂无所睹。

【译文】抚州（今江西临川）的王通判，家眷寄住在疏山寺里。他有个仆人，其妻子年轻漂亮。住在寺里的一个秀才周舜臣，对她很有点意思，但没法弄到手。有一次王通判派人点着灯火去叫周舜臣的房门，说是请周去夜话。周开门一看，来人正是那仆人的妻子，她对着周笑了一下，一口吹灭了灯，便跨进门来，说："通判并没有邀请先生，是我想进来，才假称是通判来请啊。"周非常高兴，便留她在房内住下。

第二天，在寺内遇见这仆人的妻子，那女人又好像根本不认识他一样，十分冷漠。周舜臣觉得十分奇怪，又怀疑这仆人的妻子和昨晚一块睡觉的那女人胖瘦有些不一样。到了夜晚，这女人又来，周不敢开门放她进来，那女人亦坚持不肯走，直僵持到天快明时，那女人便忽然不见了。周舜臣偷偷询问寺里的和尚，才知道他住隔壁一间空屋内，有一具妇人的棺材寄放在里面。此后，周便得了病，停了一个多月才好。有个儒学教授蔡子思，听说了这件事，特地到放棺材的那间屋内烧香祝告，请求和那女鬼见上一面，打算询问下女鬼的姓氏和乡里，以便去她家访问，结果寂然没有一点反应。

云林山

临川徐彦长，居金溪云林山下，妻党倪氏访之，宿于外。时天雨晦冥，夜半后有物推门，门即开，径入踞炉吹火，明而坐。倪从帐间窥之，似羊有髯，遍体皆湿，下床叱之，物跃起仆于倪身，倪大叫走出得脱，不知何怪也。

【译文】临川徐彦长，家住在金溪县的云林山下，有一次，他妻子家族里一个倪氏的亲戚来探望，便留他住在外边屋内。当时正是阴雨天，十分黑暗，半夜里，有一物推门，门就被它推开了。那东西走进门，一直到火炉边吹火，把火吹亮以后，便坐在那里。姓倪的从帐子缝里偷看，只见那东西好似一只羊，有很长的胡子，浑身都被雨水湿透。姓倪的便下床，大声呼叱那东西，那东西突然跳起，朝倪的身上扑来。吓得倪大叫，赶紧逃出屋来，才算逃脱。也不知这是个什么怪物。

孙光禄

郑人赠光禄大夫孙俣卒，其家卜地以葬。长子恪梦与弟河东尉悚，侍父及客张彦和者，同游山寺。光禄命煮面，恪辞以饱，彦和亦不食而起，独悚与对食，食罢，光禄曰："此去小梅山只四五里耳。"彦和曰："几有十里。"光禄曰："然。盖杨妃村只四五里也。"

梦后十日，河中报悚讣音至，亦相从卜葬，正与光禄同日。既过坟寺，寺僧馔面以供两灵几，宛然梦中事也。墓在小梅山南，相去十里，又四里有杨家庄云。

【译文】郑州人，被皇帝追赠给光禄大夫官衔的孙俣去世，他家为他选地埋葬。他大儿子孙恪，这天梦见和担任河东（今山西永济）县尉的弟弟孙悚，一同陪着父亲和客人张彦和游历一座山寺。孙光禄让煮面条来吃，孙恪推辞说不饿，张彦和也说不吃，然后走到一边，只有孙光禄和孙悚二人对坐吃面条。吃罢，孙光禄说："这里离小梅山只有四五里。"张彦和说："差不多有十里。"孙光禄说："是，因为杨妃村离这里只有四五里路。"

孙恪做了这个梦以后，河东派人来报孙悚去世的消息。便随着给他选择墓地，正和卜葬孙光禄是同日去世的。后来经过墓地旁边的寺院，寺里的和尚下了面条，摆在几案上，祭奠孙光禄和孙悚的灵位。孙恪才觉得，正是和梦中所见的事一样。他们的墓地在小梅山南边，相去十里，又四里则有个杨家庄。

江致平

江致平与能相老翁善，忽告之曰："君何为作损阴德事，不一年死矣。"江吉人也，应曰："吾安得有此？"翁曰："试思之。”江曰：“自省无他恶，但昔年为试官时，置一亲旧在高等，其实有私焉，独此事耳。”翁曰：“是也。”君以一己之好恶而私天爵以授人，其不免矣。”未几而卒。呜呼，世人之过倍江公万万者比肩立，可不惧哉。

【译文】江致平和一个善于相面的老翁非常友好。他忽然告诉江致平说：“你为什么要做损阴德的事呢？现在起不足一年，你就要死了。”江是个忠厚老实的好人，回答说：“我怎样能做这种事呢？”老翁说：“你再仔细想想。”江说：“我自己想了一下，没有什么过错；只是当年担任试官的时候，把一个亲戚故旧取到高等里，这件事上是实有私心的，平生只做过这件不妥的事。”老翁说：“对了。你以自己一个人的好恶，而私自把天庭规定的爵禄送给别人，这灾祸你是免不掉了！”果然，江致平不久便去世了。

啊呀！世上人们的过错，比江公的过错多得多的人，一个挨一个，难以计数，这难道还不可怕吗？

嵩山竹林寺

西京嵩山法王寺，相近皆大竹林，弥望不极。每当僧斋时，钟声隐隐出林表，因目为竹林寺。或云：五百大罗汉灵境也。

有僧从陕右来礼达摩，道逢一僧言：“吾竹林之徒也，一书欲达于典座，但扣寺傍大木，当有出应者。”僧受书而行，到其处，深林茂竹，无人可问，试扣木焉。一小行者出，引以入。行数百步，得石桥，度桥百步，大刹金碧夺目。知客来迎，示以所持书，知客曰："渠适往梵天赴斋，少顷归矣。"坐良久，望空中僧百余，驾飞鹤、乘师子，或龙或凤，冉冉而下。僧擎书授之，且乞求挂搭，坚不许。复命前人引出，寻旧路以还，至石桥，指支径令独去，才数步，反顾，则峻壁千寻，乔木参天，了不知寺所在。

【译文】西京（今河南洛阳）的嵩山有座法王寺，寺的附近，全是大竹林，走到近处，只见到处是竹子，而找不到寺院。每当寺内和尚敲钟开饭时，钟声隐隐地从竹林顶上传来，所以当地人又称之为竹林寺，还有人传说，这里是佛家五百罗汉居住的地方。

有一个和尚从陕西的西部前来嵩山，打算拜谒达摩祖师的遗迹，在路上遇到另一个和尚，那和尚告诉他说："我是竹林寺的徒弟，现在有一封书信，想请你捎去给寺里的住持。这寺边有一根大木头，你去时只要敲一下木头，就会有人出来接你。"陕西和尚答应了，拿了书信便往嵩山。走到那里，只见到处是竹林，生长茂盛，却看不到一个人。无法问，便试着敲击了路边的一根大木头。不一会儿，一个小行者便走出竹林，领他进去。走了好几百步，有一座石桥，从桥上过去，又走了一百步，便看见一座规模宏大的寺院，修造得金碧辉煌，十分壮丽。寺中负责接待的知客和尚出来迎接他。陕西和尚取出书信让知客看了。知客说："住持被邀请往西天吃斋饭去了，一会儿就回来。"于是陕西和尚便坐在那里等候。停了一大会儿，只见半空中出现了好几百个和尚，有的坐着飞鹤，有的坐着狮子，还有骑龙跨凤的，慢慢地从空中飞落下来。陕西和尚找到住持，恭恭敬敬高举书信呈上。并且要求在寺内挂号寄居。住持坚持不允许，又命令领他进寺的那个小行者领他出寺。他们走出寺来，从原来的路径直走到桥边，那小行者指示他从一条小路上自己走。陕西和尚按指示的路，走了几步，回头看时，只见悬崖千丈，树木参天，已经失去了寺院的方向。

陆仲举

大观中，太学生陆仲举，因为上书论事，屏出学校。

后复游京师，梦神告云："汝当发迹，何不上书？"明夜再梦，陆以尝坐此谪，殊不信，乃迁舍避之。是夜又梦，犹未谓然。走谒故人高伸尚书丐归资，相见甚喜，留之宿。

翌日朝回，谓曰："天觉极恼人，欲作政典，令吾为校证官。"陆曰："此乃周官六典中一事耳，何不便作六典，而独举其一耶？"伸曰："君好作一书，言其事。"陆始思神言，亟草书论之。伸命楷书吏立誊写以入。遂得迪功郎。时张天觉为相。

【译文】宋徽宗大观（1107–1110），太学生陆仲举，因为上书议论国家大事，被开除出学校。

后来他又来京师（今河南开封），梦见神告诉他说："你已经该发迹了，为什么不上书议论国家政事呢？"第二天，又做了同样的梦。陆仲举以为过去上书议论国事，曾被开除出太学，所以不相信神的话，便迁居到别的地方躲避。当天夜里，又重复梦见这事。陆仲举仍不以为然，便去找过去认识的尚书高伸，想求点路费离京回家。高伸见了他十分高兴，便留他在家住宿。

第二天，高伸早朝回家，对陆仲举说："张天觉这人实在麻烦，又想制定政典，让我当校证官，来筹办这事。"陆说："政典不过是《周礼》中所列的六典当中的一种而已，要制定典章，为什么不干脆作六典，而只举出其中的一项呢？”高伸说：“你这见识很好，就请你作一篇文章，议论下这事。”这时陆仲举才想起神在梦中讲的话。便立刻写了一篇论文，议论了这件事。写好后，高理叫来书吏，誊抄了一份上报。陆仲举果然因为这论文写得好，被授予迪功郎的官衔。这时，是张天觉在任宰相。

洛中怪兽

宣和七年，西洛市中忽有黑兽，仿佛如犬，或如驴，夜出昼隐。民间讹言能抓人肌肤成疮痏。

一民夜坐檐下，正见兽入入其家，挥杖痛击之，声绝而仆，取烛视之，乃幼女卧于地，已死，如是者不一。明年，而为金虏所陷。

【译文】宋徽宗宣和七年（1125），西京洛阳的街市中，突然出现一种黑色怪兽，样子有点像狗或驴，夜间出现，白天隐踪。民间百姓传说这种怪兽能抓人，凡是皮肤被怪兽抓过，便溃烂成疮。

有一个百姓，夜晚坐在屋檐下，正好看见怪兽进入他家中来，便操起一条棍子，狠狠地打击这怪兽，怪兽嚎叫不停，停了一会儿不叫了，倒在地下不动。这百姓便取了烛火来照看，却是一个年幼女孩躺在地下，已经被打死。这种怪事，出现不止一次。第二年，西京便被金兵所攻陷。

翁起予

翁起子商友，家于建安郊外，去郡可十里。上元之夕，约邻家二少年人城观灯，步月松径，行未及半，遇村夫荷锄而歌，二少年悸甚，不能前。但欲宿道旁民舍。翁扣其故，一人曰：“适见青面鬼持刀来。”一人曰：“非也。我见朱鬣豹裈持木骨朵耳。”翁为证其不然。明旦，方入城，其说青面者不疾而卒；朱鬣者得疾还，死于家。翁独无恙。

【译文】翁起予，字商友，家住在建安（今福建建瓯）城外，去县城有十里。上元节那天晚上，翁约了邻居两个少年，一同进城看灯。他们在月光下从松林中的小路前进，走路还不到一半，遇到一个农夫拿着锄，在那里唱歌，两个少年表现得十分害怕，不肯再往前走，打算去路边农民家借宿。翁起予问他们为什么害怕？一个少年说：“刚才我看见一个青面鬼，拿着刀来。”另一个少年说：“不对，是一个头长红毛，围着豹皮裙子，手拿木骨朵的鬼。”翁起予竭力辩白，只是一个拿锄的农民，二人都不信。直到第二天早上，他们才到达城里。那个说见青面鬼的少年，没有什么病忽然死去；那个说红毛鬼的少年得了病，回到家中也死了。只有翁起予没有一点事。

胡大夫

常州人胡大夫，为信州守，方交印，厅事大梁连连有声，呼匠升屋相视，将加整葺，梁折厅摧，压死者数人。不越数日，胡疽发于背。堂中汤炉内灰火无火飞扬，遍满一室，巨蛇垂头梁上，呱呱作儿啼。胡病三日而卒。（右十事皆郑人孙申元翰所录）

【译文】常州人胡某，官级是大夫，职务是信州（今江西上饶）郡守。刚到任，他正在官厅上办理交接印信的手续，忽然厅上的大梁发出吱吱的响声。便叫工匠上房察看，打算加以修葺。可是梁已折断，大厅也倒了，压死了好几个人。停不到几天，胡某背上又生了毒疮，家中屋内烧茶的炉火，无缘无故地飞了出来，灰火洒满一屋。又有一条大蛇，盘在梁上呱呱叫，好像小儿的哭声。胡某病了三天便死去。

窗棂小妇

常州宜兴僧妙湍，掌僧司文籍，与其辈二人，以岁暮持簿书赴县审核，宿于庑下空室。三僧同榻，二仆在门外，已灭烛就枕，湍善鼓琴，暗中搏拊不止，二僧亦未交睫。

闻有敲窗者，问之不对，以为小吏故作戏耳。少焉，一声划窗甚响，僧起，再明灯，即升榻望窗纸破处，有妇人小面，正可棂间。良久，入卓上立，形体悉具，仅高尺余。僧唤仆不应，密相与计，此亦无足畏，俟其至前，则两人执之，一人启门呼仆人，五男子当一女鬼，便可成擒也。妇人稍下，据倚坐，已与常人等，遂揭帐而登，僧始耸然，如体挟冰霜，不暇施前策。妇人忽趋而下，自为掩帐，取钵便溺，其势如倾斗水，退至火边，大声吼，雷从地起，物与灯皆不见。湍琴犹在膝，惊魄方定，复起共坐达旦。明日告邑胥，皆莫知何怪，其室今为吏舍云。

【译文】常州宜兴的和尚妙湍，是僧正司的管事，因为年终要把一年账目报送县衙审核，他便同另外两个和尚，带了文书账本到县去。晚上便住在县衙内偏房的一间空房子里。三个和尚共睡一张床，两个仆人则睡在门外。已经灭了灯烛上床躺下。这妙湍和尚擅长弹琴，虽然屋中黑暗，他仍坐在床上弹琴；另外两个和尚也还没合眼。

忽然听到有人敲窗户，问是什么人，却没有回答，和尚还以为是衙门里的小职员开玩笑。停了一会儿，又有一声敲打窗户的声音，十分响亮。和尚才惊起，再点上灯火，站在床上，看见窗户上纸破的地方有一个妇人的小脸，正和窗棂空洞一样大小。停了一大会儿，那妇人便从窗中挤进房中，站在桌子上，四肢完全和人一样，但是仅有一尺多高。和尚们慌忙呼喊仆人，却没人答应。几个和尚暗中商量，这样小的人，也不必怕她，等她走到跟前，两个人去捉住她，一个人开门招呼仆人进来，以五个大男人去抵挡一个小女鬼，一定能把她捉住。停了一会儿，妇人从桌上下来，坐到椅子上，身体已经长得和普通人一样大了，便揭开帐子登上床来，这时和尚吓得发抖，觉得身体好像被冰霜挟裹一样，原来商量的办法，也不能实行了。那妇人又忽然从床上下来，把床帐放下掩好，她却跑到一边，拿了和尚的钵盂，向里边撒尿，尿的泄势，好像泼下一斗水一样宏大。后来，她退到灯边，忽然大叫一声，地下响起一个炸雷，于是这妇人和灯火都不见了。这时妙湍的琴仍然放在膝上。停了好大一会儿，惊慌失措的神态才略微方安下来。三个和尚便爬了起来，一直坐到天亮。第二天，发生的事告诉衙门里当差的吏员，他们也猜不出是什么怪物。这间房子现在是吏员的住室。

韶州东驿

王行中与兄克中，自抚州金溪携仆卒十余人往广州省其父，过韶州东境，将入驿，驿卒白，此有所谓七圣者，多为往来客，不若诣旅邸安静无事。行中以谓卒惮于供承，故妄言恐我，且吾一行不为少，正有物怪，岂不能御？竟宿焉。众仆处外，三仆在堂。

夜且半，内外诸门忽同时洞开，灯烛陈列，行中又疑为盗，杖剑膝上，须其人而杀之。克中但蒙被坐诵楞严咒。良久，闻堂上兵刃戛击，其呼噪应和之声，全与世间少年所习技等。行中窥于门，见七男子被发袒裼，各持两刀跳掷作战，始大惧，径登床伏于兄后，众鬼入室，尽挈箱箧出，并帐并掣去，取行庖食物啖嚼。又窃窥之，已断三仆首并手足肝肺，分挂四壁。益骇怖，不敢复开目，渐亦昏睡。

俄邻鸡再唱，寂不闻声，心稍定。天明而起，则笼帐之属，元不移故处，三仆悉无恙，略述所见颇同，但不深记屠割时事。其宿于外十辈，亦有被此害者，虽皆不死，而神气顿痴，颜色枯悴，盖血液已失故也。

克中仕至肇庆通判，行中为广西干官而卒。

【**译文**】王行中和他哥哥克中，从抚州（今江西上饶）金溪县动身，带了仆从十几个人，去广州探望他做官的父亲。路过韶州（今广东韶关）东部，准备到驿站住宿。驿卒告诉他说，这个驿站里有怪，称为“七圣”，过往客官常常受害，不如去住旅店比较安静无事。行中以为是这个驿卒看见自己来人太多，供应起来麻烦，才用假话吓人；同时，他又觉得自己一行人数不少，也不怕什么妖物，便坚持在驿站住下。让众仆人住在外边，选了三个仆人住在堂房里守卫。

当天夜里过了半夜，里外各门忽然同时自动打开，灯烛也都亮了起来，行中又以为是有强盗来打劫，便抽出宝剑放在膝上等候，如有强盗进来，就把他们杀掉；克中则用被子蒙住头，坐在床上，不停地念《楞严咒》。又停了一大会儿，听见堂房中有兵刃交撞的响声和呼叫，和市井里无赖少年练武的声音一样。行中便从里屋门中向外偷看，只见有七个男子，披头散发，裸露着上身，每人手中执着两把短刀，在那里跳跃投掷游戏，显然是鬼怪，心中才大为恐惧，连忙上到床上，趴在哥哥身后躲避。只见那些鬼怪进入室内，把他们的箱笼行李都搬了出去，连帐子也扯掉，又把他们准备的路上食用的干粮食物取出吃掉。停了一会儿，再伸头偷看，只见堂屋内那三个仆人，已经被砍掉头和四肢，肝肺亦被挖出，分别挂在四面墙上。行中心中更加害怕，不敢再睁眼去看，也就渐渐地合眼昏睡。

停了不久，邻里雄鸡纷纷叫明，才觉得室内声音寂然，行中心中才稍安定下来。等到天色大明，起来一看，他们的箱笼行李，以及床帐，都仍在原地，并没被人移动过。而堂房内那三个仆人，也没有任何事。略略问了一下他们夜里所见，说的和行中见到的差不多，只是不很记得他们被鬼怪宰割的故事。那些住在外边的仆人，也有受害的，但都没死，不过神气顿时变得痴呆，脸色憔悴，这是因为他们的血液在被宰割流失不少的原因。

克中后来官至广东肇庆府通判，行中则在广西帅府担任办事官员，死在任上。

海门盐场

通州海门县监盐场刘某，生一男，夜睡惊啼，父母往视，见儿头上有泥捻馒头两枚，挥去之，儿即愈。它日复然。自是常置坐侧，或与乳妪介处，则怪复至。刘知祟所为，责之曰：“汝能为怪，胡不施吾夫妇间，但困婴孩何也。”

是夜，故出宿外舍以验之。明旦起，枕席及踏床上，凡列泥馒头三十余，大小各异；又衣服器皿之类，多无故而失，访之无踪，婢妾良以为苦。

一日，守门者语老仆曰：“两尼童人宅甚久，可以遣出。”仆人白之，元无有也。少顷，门者见其出，即随逐之。过墙角小庙而隐。刘具香酒诣其处，祷曰：“自居官以来，于事神之礼，无所旷，何乃造妖如此，今与神约，能悉改前事，当召僧诵经，办水陆供，以资冥福；不然，投偶像于海中，焚祠伐树。二者唯所择。”再拜而退。才还家，前后积失衣皿六十种，宛然具存，儿疾亦不作。

刘满秩善去，代者到郡，郡守田世卿招饭，席间话此事。至暮更衣，久不返，遣官奴就视，已仆地气绝，呼医拯疗，中夕始苏。既之官，两子并夭。世卿闻彼大树起孽，命卒伐为薪。

刘氏免其祸，而代者当之，为可怜也。

【译文】通州（今江苏南通）海门县有个监督盐场的小官刘某，家中生了一个男孩，夜里睡觉中惊恐啼哭，父母去探看，见小孩子头上放着两个泥捏的馒头，便把它拿下扔掉，儿子就安定了。又有一天，又发生这事。自此以后，刘某便把儿子常常放在自己身旁。有时把孩子送交乳母那里，于是怪事便又出现。刘某知道这是鬼物在作祟，便责备鬼物说："你既然能作怪，为什么不施放到我夫妇身上，却只会困扰一个不懂事的婴儿！这是为什么？"

当天夜里，他故意到前院公事房去住宿，以验证鬼怪扰乱的事。第二天早上起来一看，只见枕席之间和踏脚床上，放了泥馒头三十多个，大小不一，并且不少衣服和器皿，也无故失踪，找了很久，也没找到。家里的婢女和小妾，都为这事苦恼。

有一天，看守大门的人对家里的老仆说："有两个小尼姑进到内宅去了，好久不见她们出来，你快去让她们出去。"仆人到内宅报告此事，原来根本没见过有这两个小尼姑进来。等了一会儿，看门人看见那两个小尼姑从里边出来，便尾随跟踪，只见她们转过墙角，到一座小庙前，便隐没了。刘某得到报告，便准备了香烛、酒菜，到那小庙祈祷，说："我自来这里任官以后，对于敬神之事，并没有一点怠慢，为什么却给我带来这么多妖异的事呢？现在我和神约定，如果改去以前的做法不再扰乱，我一定请和尚来为神诵经，举办水陆法会祭祀，为神增福；如果依然扰乱，我就要把神像扔到海里，烧掉神庙，伐去庙前树木。这两点，请你随意选择吧。"说罢，再三行礼回去。回到家中，那些过去丢失的衣服和器皿六十多件，都完全地放回原处，儿子的病也就不再发作。

到了刘某的任期满了以后，平安地回老家去了。来接替他职务的官员到达通州，州守田世卿招待新官吃饭，席间说到这件怪事。

一直到天晚，新官出去上厕所，好久不回来，田世卿派了衙门的官奴（有罪官员的家属罚在衙门服奴役的人）去厕所找他。发现他已扑倒在地气绝了。忙叫医生前来抢救，直到半夜，才苏醒过来。但是他上任以后，两个儿子都夭亡了。田世卿听说是那里的一棵大树上附有神鬼作祟，便叫兵卒来把树砍掉，当柴火烧掉。

刘某能够免去灾祸，而他的后任去担当了这祸事，也怪可怜的。

扬州醉人

建炎二年，郑人孙宣仲（甫），侍父大夫君（恪）如扬州，舍于旅邸。周官人者，亦寓焉。一客醉且狂，从外来，踞肆邸内，出秽恶语。周指孙居室谓曰："此官员性猛厉，将执汝，盍去之。"客愈喧勃不可禁。

良久，大夫君出谒，宣仲独守舍，客径入室，解索缚宣仲于案。时群仆悉出，无救解者，周生亦闭户。客忽自舍去，登高桥语行人曰："我适诣某店，遭孙大夫父子困辱，无面目见人。"遂取腰间小佩刀刺喉下立死。

逻卒以告兵官，亟逮捕孙周诸人至，且将验视死者，俄而复苏能言，自索纸对状云："实以醉后狂言，元未尝为孙氏所辱，桥上云云亦不能记，皆身之所为，他人无预也。"于是尽得释。其人旋踵竟死。非生前一状，孙几为所累云。

【译文】宋高宗建炎二年（1128），郑州人孙甫，字宣仲，随侍他父亲–具有大夫官阶的孙恪，到扬州去，住在一个旅馆里。同时，有个姓周的书生，亦住在这个旅馆。这时有一个喝醉了酒的客人，既醉又狂，从外边来，坐在旅馆里，满嘴说着秽恶的语言，吵闹不停。周生便指着孙家住的那客房说：“那里住着一位官员，十分凶猛厉害，再闹，他就要抓你，快走吧！”客人不听，反而喧闹得更加厉害，人们无法禁止他。

停了一大会儿，孙大夫出门拜客，留下孙宣仲一人看门。那个酗酒的客人一径来到屋内，拿了一条绳子，把孙宣仲捆到桌子上，当时孙家的仆人都出去了，所以没人来解救。周生也因为怕事，闭门不出来。那个客人停了一会儿，忽然走出旅店，来到闹市的高桥上，对着行人大叫说：“我刚才去某旅店，被孙大夫父子加以困辱，我真没脸见人了！”遂从腰里拔出一把小佩刀，直刺自己的咽喉，立刻倒地身死。

在街上巡逻的兵卒，把这事报告了长官，立刻派人去将孙、周等人逮捕审问，并且前往验尸，那自刺的人却又苏醒过来，并且可以说话，他要了纸笔，自写了一张供状，说自己实是酒醉发狂说胡话，原来并没有被孙氏困辱，至于在桥上讲了些什么，都已不记得。一切都是自己醉后干的，和别人并没有一点关系。官府看了他的供词，便将捕来的人都释放。这个醉酒的人，不一会儿才真正死去。如果不是他生前自写了供状，孙宣仲几乎要被他所连累。

海门主簿

通州海门县主簿摄尉事，入海巡警，为巨潮所惊，得心疾，谓其妻曰：“汝年少，又子弱，奈归计何？”妻讶其不祥。簿曰：“有妇人立我傍，求绯背子，宜即与。”妻缝绯纸制造，焚之。明日又言：“渠甚感谢，但云失一裾耳。”妻诣昨焚处检视，得于灰中，未化也。复为制一衣。簿时时说见人从灶突中下，而居室相去远，目力不能到，凡月余，预以死日告妻，奄忽而陨。

官舍寓尼寺，妻不胜惧，倩两尼伴宿，才过灵帏，前一尼遽升几坐，作亡者语，且命邀邑宰孙勰，孙来，与问答甚悉；又数小吏某人之过，乞箠之。孙如其戒，而谕以理，曰：“君诚不幸死，亦命也，眷眷如是，何得超脱。”为邀僧惠瑜说佛法，经一日，尼乃醒。

乃丧归，又对众附语，令其妻“欲嫁则嫁，切不可作羞污门房事。吾不恕汝。”人或疑小吏之故云。

【译文】通州（今江苏南通）海门县主簿，代理县尉职务，曾坐船去海里巡逻，受到海潮的惊恐，而得了心脏病。他对妻子说：“你年纪还轻，儿子又年小，回乡时怎么办啊！”妻子惊讶他这话不吉利。主簿说：“有一个妇人鬼魄站在我身边，请求施舍给她一件红衣裳，你应该赶快给她。”主簿的妻子便缝了一件红色纸衣烧化。第二天，主簿又说那女鬼很感激，只是她说衣裳缺少了一片前襟。妻子便去昨日烧化纸衣的地方检查，从纸灰里拨出一片衣襟，是没有烧化的，便又另外给做了一件。主簿又时常说看见有人从厨房的烟囱里下来，只是离住室较远，目力不能到而看不大清楚。停了一个多月，主簿预先把自己的死期告诉妻子，到那天便忽然去世了。

主簿的家，是寄居在一个尼姑庵里，主簿死后，妻子比较害怕，便请了二个尼姑伴宿，才从灵堂前走过，前边的一个尼姑忽然走到几案前坐下，发出主簿的声音说话，并且叫去请县令孙勰来。孙来了以后，二人问答讨论，和平常主簿在世时一样，各种公事都十分熟悉。又斥责手下某个小吏的过错，请求县令代为鞭打处分这个小吏。县令答应了，但又用道理来劝他说："你确是不幸死去的，不过这也是命，何必对人世间的事再有斤斤计较，如果这样，又怎能超生天国呢？"县令便请了和尚惠瑜来给他讲经说法一天，以超度主簿，这个尼姑才苏醒过来。

等到运送他的灵柩回到原籍安葬后，他的鬼魂又在大庭广众之间附到一人身上，对他的妻子说："你如想嫁人就嫁走，切不可做羞辱我家门户的事，如果这样，我决不宽恕你的。"因此有人怀疑，这和那个小吏受责有点关系。

南丰主簿

闽人王某，为南丰主簿，惑官奴龙莹，遣妻子还乡，独与莹处。知县孙悫谏止之，不肯听。终窃负以逃。继调湖南教授，莹随之官，饮食菜茹，皆资于外庖。

一日，莹携粥来，勤渠异常，时王未暇食，忽有煤尘落碗内，命撤之。莹曰："但去其污处足矣，何必弃。"强王必使食之。王怒曰："既不以为嫌，汝自啖之！"莹亦不可。王愈忿，使一犬自前过，乃翻粥地上，纵使食，须臾间犬吐黑血宛转而死。王诘其事，莹曰："粥自外人，非知其然也。"命呼庖者，庖者曰："每日实供粥，旦独却回云，宅内已自办之，元粥尚在，可具验也。"遂穷搜室中，得所煮钵，莹始色变，执送府讯鞫服，与候兵通，欲置药毒主翁，然后罄家资以嫁。及议罪，以未成减等，杖脊而已。

此可为后生之戒，非落尘赐佑，王其不免。

【译文】闽人王某，担任南丰（今属江西）县主簿，他被宫奴龙莹所迷惑，便把妻子送回原籍，而和龙莹住在一起。知县孙悫对王某进行劝告，王听不进去，最后他在任满离开南丰时，又偷偷把龙莹带跑了。以后王某调任湖南教授，又带着龙莹去上任。凡是日常饮食饭菜，都是由外边的饭馆供应。

有一天，龙莹带了一碗粥来，劝王吃粥，表现得异常殷勤。这时王还来不及吃粥，忽然有一块黑色灰尘从屋顶落到碗里，王某便叫拿走不吃。龙莹说："只把那落上灰的一块挑去就行了，何必把整碗的粥都抛掉？"说着，她强迫王某一定要吃这碗粥。王某不由生气，说："你既不嫌脏，你把这粥吃了！"龙莹却也不愿意吃。这使王某更加不高兴。恰好这时有一只狗跑了过来。王某便把粥泼到地上，唤狗来吃。结果那狗吃了粥，不一会儿便口吐黑血，翻滚一阵后死了。王某才知粥中有毒，便追问这事。龙莹说："粥是外边饭馆送来的，并不知道这是什么原因。"王某便把饭馆的大师傅传来询问。那大师傅说："平常衙门里吃粥，确实都是我们饭馆供应的。只是今日早晨，却没要我们的粥，说是衙里已经自备了。我们熬的粥还在那里放着未动，不信可以去验看。"于是王某便叫在宅中搜查，果然找出了煮粥用过的锅子。这时，龙莹才变了脸色。王某便派人押了龙莹去府里审讯，结果龙莹招供说，她因为和一个守卫的士兵通奸，便想用药毒死主人，然后把主簿全部财产带走，去嫁给这个卫兵。后来给她定罪时，因为她谋害人未成功，按刑法减罪，只是判处了鞭打脊背的刑罚而已。

这件事真值得后人们警惕和借鉴呵。如果不是灰尘保佑了王某，恐怕他早已死了。

谢花六

吉州太和民谢六，以盗成家，举体雕青，故人目为花六，自称曰青师子。凡为盗数十发，未尝败。官司名捕者踵接，然施施自如。巡检、邑尉数负累，共集近舍穷索之。

其党康花七者，家已丰余，欲洗心自新，佯为出探官军，密以告尉，尉孙革又激谕，使必得，遂断其足来，乃遣吏护致。

扣其平生，自言："精星禽遁甲，每日演所得禽名，视以藏匿，如值毕月乌，则以月夜隐于鸟巢之下，值房日兔，则当昼访兔蹊，往来若与本禽遇，则必败。家居大屋，而多栖止高树上。"

时与康七同行劫，事既张露，课得觜火猴，乃往水滨猴所常游处，忽一猴过焉，甚恶之。明日，复又前课，又明日，亦如之，而猴无足，知必无脱理。见康七来，疑之，欲引避，为甘言所啖，又念相与为盗十年，不应遽卖我。才相近，右足遂遭斫，尚能跳行数十步，得一草药止血定痛，拔以裹断处，又行百步痛极乃仆。今无所逃也。

是年会赦，亦以一支折，得放归。今犹存。虽不复出，但为群盗之师，乡里苦之。

【译文】吉州太和（今江西泰和）县有个百姓谢六，是个多年惯盗。因为他浑身刺了青花纹，所以大家都称他为谢花六。他自己则自称为青狮子。他曾经抢劫、偷盗数十次，没有一次失败。官府派了著名捕快，不停地去捉拿他，都没有捉住。负责捕盗的巡检和县尉，因为没捉到谢花六，多次受到连累。便聚集力量，在谢花六家附近集中，彻底搜查，下决心要把他捕获。

这时谢花六有个党常叫康花七，已积累了不少家产，便想洗手不干，改过自新。假装外出探听官军的动向，而向县尉告密，县尉孙革给康花七说，让他擒获谢花六，立功赎罪，于是康花七趁机砍断了谢花六一只脚，使他无法逃跑，县尉便派了人，把谢花六押到县里来。

县尉让谢花六交代一生所为，谢说他本人精通星禽遁甲等算命占卜的方法，每天都要占卜算出来所得卦里的星禽名，便按其名称躲藏，所以官兵老是捉不住他。比如算出卦来，是二十八宿里的"毕月乌"，便在月夜躲藏在乌鸦的巢下；如果算出"房日兔"的卦，便在白天专找兔子来往的小路走。不过不能和卦里出现的本禽相遇，遇见后一定要失败。谢花六的家，虽然是高堂大屋，但他却不敢住，大都睡在高树顶上。

当时和康花七一同出去抢劫，事情败露以后，他便卜了一卦，得到的卦名是"觜火猴"，他便往水边猴子时常出没的地方去躲避。结果，忽然遇见一只猴子走过，也就是遇上了本禽，所以谢花六心里十分讨厌。第二天又卜卦，还是这个卦，第三天仍然是这个卦，而且遇见的猴子又少一只脚。谢花六便知道这次自己是逃不脱了。这时，康花七找来，谢花六有点怀疑他，想躲开不见，但为康花七一阵甜言蜜语所迷惑，又觉得二人多年合作，大概不会突然出卖我，便失去警惕，才走近，就被康花七砍掉一只脚，被砍后，还能跳着走，跳了几十步，找到一种草药能治伤止血，便拔下草来弄碎，敷在伤处，又走了几百步，痛得厉害，便扑倒在草丛中，终于无法再逃了。

谢花六被捕的这一年，恰好遇上皇帝颁布大赦令，并且他因为失去一只脚，便把他释放了，自今还活着。虽然他不再做抢劫的事，但是还被一些强盗尊敬为老师，替他们出主意。所以乡里百姓依然对他很感头痛。

卷第四（十四事）

扫码听谦德
君为您导读

孙五哥

郑人孙愈，王氏甥也。年十八九岁时，到外家与舅女真真者，凭栏相视，有嘉耦之约。归而念之，会有来议婚对者，母扣其意云："如真真足矣！"母爱之甚，亟为访于兄，兄言："吾数婿皆官人，而甥独未仕，若能取乡荐，当嫁以女。"愈本好读书，由此益自勤苦，凡再试姑苏，辄不利，女亦长大，势不可复留，乃许嫁少保赵密之子。愈省兄诉于临安，因赴饮舅氏，真真乘隙垂泪谓曰："身已属他人，与子事不谐矣。"愈不复留，即还昆山故居，遇侄革于道，邀同舟问之曰："世俗所言相思病有之否？我比日厌厌不聊赖，肠皆掣痛如寸截，必以此死。"革宛转尉解，且诮之曰："叔少年有慈亲，而无端恋著如此，岂不为姻党所笑？"

既至家绾，革于外舍，愈宿母榻。半夜走出，呼革起，曰："恰寝未熟，闻人呼五哥，视之，则真真也。急下床，茫无所睹，何祥哉？”革留旬日，过临安，适真真成礼于赵氏，次日合宴，恍然见人立其旁，惊曰：“五哥何以在此？”便得疾，逾月乃瘳。是时，愈已病，羸瘠骨立，与母谒医苏城，及门，为母言：“此病最忌哕逆及呕血，若证候一见，定不可活。”语毕，忽作恶，吐鲜血数块而死。

方女有所见之，夕，愈尚无恙，岂非魂魄已逝乎！后生妄想，不识好恶，此为尤甚，故书以戒云，女今犹存。

【译文】郑人孙愈，是王姓的外甥，在家排行第五。孙愈十八九岁的时候，曾到外婆家走亲戚，与舅舅的女儿真真在花园中凭栏相望，一见钟情，私自定下婚约，相誓白头到老。孙愈回家后，心中时时想念真真姑娘，正好有媒婆上门为孙愈说媒，孙愈的母亲顺着儿子的心意说：“如果是真真姑娘，就心满意足了。”母亲非常疼爱儿子，数次到自己哥哥家提这门亲事，她的哥哥说：“我的几个女婿都是为官之人，可是外甥孙愈却独独没有踏入仕途，如果他能被推举参加进士考试并且考上，我就把女儿嫁给他。”孙愈从小就喜爱读书，得知舅舅这番话，更加勤奋用功，刻苦读书，一连几次到姑苏城参加进士考试，无奈运气不佳，总是考不取。这时，真真姑娘也长大了，到了出嫁的年龄，孙愈的舅舅认为不能再留在闺中等孙愈了，就把她许配给少保赵密的儿子。孙愈到临安（今杭州）探望哥哥，把这事对哥哥说了。因为到舅舅家赴宴，真真姑娘借机偷空与孙愈相见，流着泪对孙愈说：“我现在已被父亲许配他人，和你当初定下的婚事已不能成了。”孙愈听了，便不再停留，就起身回昆山老家去了。半道上遇到侄子孙革，便邀请他和自己同乘一船，孙愈问侄子：“世上俗话所说的相思病有没有呢？

我整日里郁郁不振，百无聊赖，肠子像被扯动，痛得如切为寸段一般，我必定将因为这而死。”孙革婉转的劝解叔叔，并且责备他说：“叔叔年纪还小，上有慈爱的父母，现在对此恋恋不舍，岂不被女方家的人笑话。”

到了老家，晚上孙革睡在外屋，孙愈睡在以前的床榻之上，半夜时分，孙愈走到外屋，把孙革叫起来说：“刚才我刚睡下，还没有睡熟，听见有人叫五哥，一看是真真小姐，我急忙下床，可是眼前却茫然一片，什么也没看见，这是什么祥兆吗？”孙革在老家停留了十余天，又走过临安，正好赶上真真姑娘与赵密之子成亲典礼，第二天在合卺之宴上，真真姑娘恍惚见有一人站在她身旁，一看却是孙愈，便吃惊地说：“五哥为何在这里？”不料想，真真姑娘就此大病，一个多月才痊愈。而这时，孙愈也病了很久了，身体非常虚弱，瘦的骨头都显露出来。这天孙愈和母亲一起去姑苏城里看医生，走至门口，孙愈对母亲说：“我这病最忌讳打呃和吐血，如果这种症状一出现，我必死无疑。”话音刚落，孙愈突然剧烈地恶心起来，口吐数块鲜血而死。

真真在婚礼的那天晚上，看见孙愈的时候，孙愈还好好的，连一点病的样子也没有，这难道是他没死时，魂魄就已先离开躯壳了的缘故吗？青年人爱好胡思乱想，不懂得其中的利害，这种男女之间事，尤其严重。所以，把它写出来，让世上的人都以此为教训罢。真真现在还活着。

司命府丞

王筌，字子真，风翔阳平人，其父登科，兄弟皆为进士。筌独闲居乐道。一日，郊行憩瓜圃间，野妇从乞瓜，乳齐于腹，筌知非常人，问其姓。曰："吾萧三娘也。"筌取瓜置诸橐以遗之，妇就食辍其余，曰："尔可尝乎？"筌接取而食，无难色。妇曰："可教矣。神仙海蟾子今居此，当度后学。吾明日挟汝往见。"

及见，海蟾曰："汝以夙契得遇我。"命长跪，传至道，授丹诀，戒以积功累行，遂还家白母遣妻归，周游名山。一时大臣荐其贤，赐封冲熙处士，元符三年，再游茅山，先是中峰石洞忽开，真诰所谓华阳洞天，便门者也，一闭千岁矣。又甘露普降，道士刘混康曰："必有异。"既而，筌乃来，受上清箓。是夕，仙乐闻于空浮之上。留逾岁，昼梦二天人与黄衣从者数百乘，拥白虎来迎，跨虎而行，登危蹑险，由中峰入石洞，向所开便门，顾视左右，金庭玉室，两青衣童入道，见茅君再拜谒，君问："劳甚。"厚曰："帝已敕汝华阳洞天司命府丞。"因赐金尺以道，及寤，别混康曰："吾数将尽，且有所授，从此逝矣。"下投道人葛冲曰："敢以死累公。"预言八月十七日当坐化，及期，具衣冠端坐而卒。时建中靖国岁，春秋，财六十一。

【译文】王筌，字子真，凤翔阳平（今陕西凤翔）人氏，他的父亲及兄弟都考举了进士，唯有王筌闲居在家，乐于向道。一天，王筌去郊游，在一瓜圃小憩，这时，郊外的一个妇人向他乞讨瓜果，这妇人的两乳下垂于腹部，王筌心想：这不是寻常妇人。便问她姓氏，那妇人回答说："我就是萧三娘。"王筌拿来瓜果，把一个口袋装满赠送给她。自称萧三娘的妇人毫不客气，拿来就吃，拿着吃剩下的一半，停下来说：“你也来尝一尝吧！”王筌接过妇人递过的食物就吃起来，脸上没有一点为难的神色，那妇人道：“你这种人值得教化啊！神仙海蟾子现在就居住在此地，我向他引见你，超度你这个年轻人。明天我就带你去见他。”

见到海蟾子后，海蟾子对王筌说：“你平常与道心意相合，这才使得与我相遇。”于是就让王筌跪下，传授给他高深的道学知识，教给他炼丹的秘诀并让他戒去功名利禄。王筌回家后，将这些事告诉了母亲，并把妻子送回娘家，开始周游名山，一心向道。一时间，王筌名气大振，朝廷大臣也向皇上举荐他，皇上赐封他为冲熙处士。元符三年（1100），王筌再度游访茅山，茅山先是中峰石洞忽然大开，这便是陶弘景《真诰》一书中所说的华阳洞天的便门，一直封闭千余年了，接着又降下甘露。道士刘混康说：“肯定有奇异的事情发生。”果然，过了不久，王筌就来了，接受上清符策。这天晚上，仙乐阵阵，回响在茅山之上。王筌在此停留了一年有余，这日白天里梦见两位天上仙人与身着黄衣的侍从驾着数百辆马车，中间簇拥着白虎来迎接他，王筌跨上白虎，登上高峰，越过险壑，由茅山中峰进入石洞，奔向先前崩开的便门，环视左右，只见庭院金碧辉煌，堂室之内冰清玉洁，两个青衣童子把王筌引见给茅山仙君，王筌向上拜见了，茅君对他的慰问和犒劳非常丰厚，并对他说：“天帝已任命你为华阳洞天掌管寿命的府丞。”因此赐给他金尺一柄，让他回去，王筌醒来，向刘混康告别说：“我气数将要完了，而且海蟾子所传授的功力道行从此也没有了。”又拜托道士蔼冲说：“我的后事便劳你办了。”预言八月十七日坐化，到了那一天，穿戴了好衣帽，端端正正地坐在那死去。时值建中靖国年间（1101），活了六十一岁。

刘士彦

刘士彦自睦州通判替归京师，舣舟宿泗间，遇乞人，可十七八，目莹唇朱，光采可鉴，异而问之，对曰："吾卖豆，每粒千二百钱。"刘曰："吾适乏钱，只有所衣棉袄，以奉偿如何？"曰："固可也，容取豆。"以纸一幅，于两乳间擦摩之，辄有黑豆数粒出，取一与刘，掷其余汴水中。刘欲吞之，曰："未也。"又擦胸掖间，复有菜豆数粒出，亦取一与刘，而掷其余。刘并吞二豆毕，与所许衣，笑而不取。刘始病蛊，不能食，即日，食如初，而益多。后面色如丹。但每岁一发，渴必饮水数斗，觉二豆在腹中如枣大。乞人又约某年相见于淮西，不知如何也。

【译文】刘士彦在睦州（今浙江建德）通判职位上被替代回归京师。途中，停船在宿迁泗水一带，遇见一个乞讨之人，年纪十七八岁，目光晶莹，齿白唇红，光彩照人，刘士彦心觉奇怪，便上前询问，那乞儿模样的人回答说："我卖豆子，每粒要一千二百钱。"刘士彦说："我正好没有现钱，只有随身穿的棉袄，用这些衣物作价，买你的豆怎么样？"乞人回答说："那太好了，待我给你拿豆。"于是就用一张纸在两乳之间来回摩擦，果然有数粒黑豆出现，乞儿便拿一粒递与刘士彦，剩余的数粒全扔进汴水之中。刘士彦想把那粒黑豆吞进肚中，乞儿说："不可。"说着又在其胸前腋下搓来搓去，又有数粒菜豆出现在手中，也是取一粒交与刘士彦，其余的扔掉了。刘士彦将这二粒豆吞进腹中，把先前许诺的衣物拿出要给乞儿，那乞儿却含笑不收。刘士彦过去曾中过蛊毒得病，不能进食，而这一日如没病前一样能吃饭，而且比以前还多，且饭后面红如朱丹一般。只是这病每年发作一次，发作时非常口渴，能一气喝数斗水，而且觉得腹中那二粒小豆像枣那么大。乞儿又与刘士彦相约某年某月相见于淮西，但不知道事情的结果如何。

蒋济马

乾道七年秋大饥，江西、湖南尤甚，民多馁死。八年春，邵州遣吏蒋济往衡山岳市买朴硝等物造甲，乘马以行，缘道践人麦田或以米饲马。二月十七日至衡山境内栎冈，忽天色斗暗，不辩人物，雷声大震，良久开晴，济与马皆仆地死矣。邵州以事申转运司，转运判官陈从古，榜揭一路，以示戒。

【译文】乾道七年（1171）秋天，全国大饥荒，尤其是江西、湖南二地最为严重，很多老百姓都饿死了。乾道八年（1171）春天，邵州（今湖南宝庆）派遣小官蒋济前往衡山岳市采买朴硝等药物，用来制作铠甲。蒋济一路乘马驰骋，践踏了许多麦田，有时还用粮食喂食马匹。这年二月二十七日，蒋济行至衡山境内栎冈地方，忽然天色大暗，分辨不清人和物，连着又雷声大震，过了很长时间天才放晴，此时，蒋济与他所乘的马仆俯在地，已经断气了。邵州地方官把这件事申报给长官转运司，转运司判官陈从古，在蒋济所经沿途，张榜公布这件事，让路人以此为戒。

皂衣髾妇

婺源士人汪生，乾道六年春过常州、宜兴，为周参政馆客。季冬之夕，有妇人自外来，通身皆皂衣，顶为两髻，貌绝美，手捧漆柈，柈中盛果馔，别用一银盂贮酒，徐步至前曰：“夫人以天寒夜长，念先生孤坐，令妾进酒。”汪且喜且疑，谓：“夫人不应深夜遣美妾独出，岂非宅内好事者欲试我欤？然服饰太古，似非时世装，二者皆可疑。”不敢举首，亦不饮。妇人曰：“此酒正为先生设，何所嫌？”言之再三，汪遂饮，犹半，妇人自取果恣食，又谑浪嬉笑，通绸缪之意。汪始愧恐，放酒走出良久，复入焉，一无所见。明夜，其来如初，至于三。汪不得已，悉所见俱白周公，公曰：“家间寻银盂无处所，方以责婢仆，得非怪邪？”命遍索幽隐，至酒室，见古铛甚朴，柈盂皆在内，周曰：“必此物也。”举其腹视之，乃唐乾封年造，即碎之，自此无所睹。

【译文】婺源（今江西婺源县）县的一个读书人叫汪生，于乾道六年（1170）春天到常州宜兴县，在周参政家做家庭教师。这一年深冬的一个晚上，有一个女子从外边进来，浑身穿着黑衣，头上梳着分向两边的发髻，貌美绝伦，手里捧着漆盘，盘中盛着瓜果美肴，另外用一银制的器皿盛着酒，慢慢走到汪生面前说：“府内夫人说冬天天冷夜长，挂念先生一个人独坐寒室，寂寞无比，所以特令妾身送些酒菜进来。”汪生听了又惊又喜又疑，心想：按理说夫人不应该深夜派这样一个美貌的小妾单独一人出来，难道是府内那些好事之人想试试我在美色面前的定力，捉弄我一番？再说这妇人穿一身黑衣，与现在时尚不相入流，这二者十分可疑。”想到此，汪生头不敢抬更不敢喝酒，只听那美妇又说：“这酒菜确是为先生预备的，你嫌弃什么？”经过这美妇再三劝说，汪生终于举杯饮酒。喝了一会儿，只见那美妇倒不客气，自己取过漆盘中的果子毫无拘束地大吃起来，并且搔首弄姿，浪声浪语，向汪生暗送秋波，大有与汪生云雨交欢之意，汪生心中又是惭愧又是害怕，赶忙放下酒杯走出房门，过了好大一会儿，才又进屋，不料进屋一看，什么也没有，黑衣美妇和酒菜都不见了。第二天晚上，那黑衣美妇像约好似的又来了，照旧是浪声浪语，嬉笑不绝，如此来了三个晚上，汪生没有办法，只得把所见所闻全部告诉了周参政。周公说：“家里找这个银的酒器皿找了很长时间，都没找到，正准备责骂婢女仆人，现在你竟见到了，真是奇怪。”于是命家人搜索府中所有阴暗隐蔽的地方，搜到贮酒室，只见室内有件古铜锅很质朴，漆盘，银制酒器都在其中，周公说：“一定是这个东西了。”拿起古铜锅看其腹部，原来是唐朝乾封年间制造的，于是把它打碎了，从此，再没见那黑衣美妇出现。

沅州秀才

沅州某邑村，寺中僧行者十数辈，寺侧，某秀才善妖术，能制其命。凡僧出入，必往告，得衬施，必中分，不然且受祸，虽鸡犬亦不可容。绍兴三十年，客僧旦过，方解包，会邻村有死者，急唤僧诵经入殓，时寺众尽出，唯此客独往，得钱七百以还。既而众归，知是事相顾嗟愕。至暮，悉舍去，客固不怪也。饥甚，入厨取食毕，自闭三门，升佛殿，坐佛脚下，以袈裟蒙头，诵《楞严咒》，夜过半，迅雷一声起，霹雳继之，而窗棂间月色如昼，俄闻铃铎音，若数壮夫负巨木，欲上复下，如是三四反，又若失脚而堕，遂悄无所闻。天明出视，得四纸人于阶下，旁一棺，亦纸为之，漫摺于怀中。少顷，众至，见之惊，争问夜所睹，具以本末告之，且云："彼人习邪法，既不能害人，当自被害。"试共往扣，则秀才果已毙，四体如刀裂，寺以告县，遣巡检索忠者，体究其事云。

【**译文**】沅州（今属湖南潭阳）一个小村庄里有座寺庙，寺中僧人、行者有数十个，寺的一旁住着一位秀才，善使妖术，能致人于死命。寺中僧人都惧怕他，凡是有事出入都要告诉那秀才，而且得到的施舍，也一定分给他一半，不然的话，秀才使起妖术，大祸就会临头，就是鸡犬也不容留。绍兴三十年（1160），有一云游僧人经过此寺，刚刚放下包袱，还没喘口气，恰好邻近村上有人死了，家人急忙赶到寺中请僧人诵经超度，以便入殓，当时，寺中的僧人都出去了，只有刚到的这个云游僧人，他便独自前往，为死者超度亡灵，事毕，主家赠送七百钱。云游僧回到寺中不久，寺中的众僧也都陆续回来，听说这件事后，面面相觑，非常吃惊。到了晚上，众僧撇下云游僧躲避而去，以防不测，云游僧自然不知这是怎么回事，只是感到很饿，便到厨房中找了些吃的，然后关闭寺院大门，走进佛殿，盘坐于佛像脚下，用袈裟蒙住头，口中诵起《楞严经》。半夜时分，突然一声疾雷，接着霹雳阵阵，但是窗棂之间月光却是如白日一般，过了一会儿，又听见铃铎声大起，像是几个壮汉背着很大的木头，想背上，又想放下，如此有三四次，又像是失足跌倒的声音，终于慢慢地没了声响。到了天亮时，出了佛殿一看，只见殿前台阶上有四个纸人，旁边带有一个棺材，也是纸的，就把它们全部折叠放于怀中。过了一会儿，众僧人也回来了，见到这种情况都很吃惊，争着询问云游僧夜间所见到的情景，云游僧把夜里的事详细告诉了他们，并且说："那个人善使妖术，既然他不能害死别人，那么必定自己害死自己。"便请众僧一同前往寺侧秀才住处，见那秀才果然已经死去，四肢像被刀割裂一般。寺内的主持急忙报于县衙，县令派一个叫索忠的巡检来调查处理这件事情。

德清树妖

宋安国为浙西都监，驻湖州，其行天心法，犹不废。德清民家为祟扰，邀宋至其居，治不效，更为鬼挫辱。宋忿怒，诣近村道观斋戒七日，书符诵咒，极其精专，乃仗剑被发，人民居后大树下，禹步旋绕，忽震雷从空起。树高数丈，大十围，从顶至根折为两，又震数声，林干无巨细，皆劈裂。如算筹，堆积蔽地，怪遂扫迹。

【译文】宋安国是浙西（今浙江省浙江西部及西北地区）的都监，驻扎在湖州（今属浙江），修行天心大法，从不间辍。德清（今属浙江）县有一家居民被鬼怪骚扰，心中害怕，便邀请宋安国到他家驱鬼。没想到头一次没有成功，又被鬼怪污辱了一番。宋安国很是愤恨，便到邻近村庄的道观中斋戒七天，又书写符策，诵咏咒语，非常专心，练到很精练时，又手持长剑，披着散发，来到那人家后面的大树下，踏星布斗，走着八卦步绕树而行。突然空中响起一声巨雷，那高数十丈，粗需十几个人才能环抱的大树从树顶到树根被雷劈开，成为两半，接着又是雷声大作，大小树干，都被劈裂，像算账用的小小的筹子堆满一地。随后，那鬼怪也就销声敛迹了。

郭签判女

湖州德清县宝觉寺顷，有郭签判，蕆女柩于僧房，出与人相接，大为妖害。后既徙葬，而物怪如初。寺中扃此屋三间，不敢居久之。侍卫步军遣将卒，来近郊牧马，宗室子赵大，诣寺假屋沽酒，僧云：“无闲舍，独彼三间以鬼故，不为人所欲，然非所以处君也。”赵曰：“得之足矣，吾自有以待之。”即日启门，通三室为一，正中设榻，枕剑而卧。夜漏方上，女已飒然出，艳妆鲜服，立于前。赵曰：“汝何人？何为至此？”笑而不言，问之再三，皆不对。赵遽起抱之，颇窘，畏为欲去之状，俄顷间，如烟雾而散，怀中了无物，自是帖然。赵居之十余年，不复有所睹。

【译文】湖州德清县宝觉寺中的僧房中，前不久郭签判女儿的灵柩寄放在那儿，这女儿的鬼魂便常常与人接触，人们都为妖怪所害，非常害怕。后来，郭签判女儿的灵柩迁出下葬了，然而鬼魂却仍旧出没寺中，寺中的僧人就关闭了这三间房子，很长时间都没人敢住。后来，侍卫步军司派遣官兵到县郊放牧军马。其中有一个皇室宗亲的儿子，名叫赵大，他来到寺中，要借几间房子卖酒。寺中僧人对他说：“没有别的闲房，只有这三间房子，因为闹鬼的缘故，还空着没住，这也是没有办法才让你住这样的房子。”赵大却不在意，说：“有这三间房子我就很满足了，我亲自等那鬼怪到来，看看是怎么回事。”当即就打开房门，把三间打通连为一体，房正中铺设床榻，头枕长剑躺在那里。夜里，更声才起，那郭签判的女儿已像风一样飘然而至，浓妆艳抹，穿着很鲜艳的衣服，站在赵大面前，赵大说：“你是什么人？为什么半夜到此？”那女子只是笑，不回答，再三询问，还是不回答，赵大突然从床上跳起来，抱住了她，郭签判之女显得非常窘迫和畏惧，挣扎着想离去，过了一会儿，郭签判的女儿像一团烟雾散去，赵怀中什么也没有，他自己却是十分安然。赵大在此房住了十余年，没有再看到郭签判女儿的鬼魂。

镇江酒库

欧阳尝世为镇江总领所酒官，以酒库摧陋，买民屋数区，即其处撤而新之。时长沙王先生赴召过镇，其人精治案魑魅，不假符水咒箓，盖自能默睹。欧阳遇之于府舍，即往谒邀，至新居，具食以待，扣之曰：“此地有鬼物乎？”曰：“有二鬼，一以焚死，一以缢死，然皆畏君，不敢出，但一大蛇枉死，不知其故，当令君见其形。”左右闻者毛悚。饭罢，王语主人：“可视壁间。”视之，蛇影大如椽，长袤丈，自东而西，乃具询主吏，对曰：“一酒匠，因蒸酒，堕火中；一库典，以盗官钱自尽。”而不能说蛇事云。

【译文】欧阳一家，曾经世代为镇江总领所酒官，由于酒库天长地久破陋，便购买了数间民房，并刷新一番作为酒库。正在这个时候，长沙的王先生受皇帝召见，到京师而经过镇江，这王先生非常精于制服鬼怪，不用符篆、仙水、咒语，不兴师动众，大概他自己能暗中看见那些鬼怪。欧阳在官邸遇到他，就专程去拜访他，并邀请他到新居做客，盛情地款待。欧阳试探地问他："这个地方有鬼怪没有？"王先生说："有，共有两个鬼魂，一个是被烧死的，一个是自缢而亡的，但是都害怕你，因而不敢出来，可是还有一条大蛇，白白地死了，不知这其中有什么原因？我应当让你见见那蛇的形状。"在座的人听了，都毛骨悚然。吃过酒饭，王先生对主人说："请往墙上看。"欧阳看时，只见一条大蛇的影子，大如椽子，长有数丈，头东尾西，印在墙上。于是就详细询问主管酒库官员，主管酒库的官员回答说："曾有一个造酒匠，在蒸酒时，不小心失足堕入火中，被烧死，还有一个管酒库的小官，因偷盗官钱，恐被发觉，自己上吊而亡。"但却没有提到大蛇之死的事，因而无法记录下来。

胡教授母

处州胡教授母，年九十，而终前两日，何人来与语，使之告世人云："大鼓不鸣，深水不流，六月降霜，芦沉石浮，间隔寒泉，高山一丘。"且言："冥司处处令人报，世间公直为上，勿攘田土钱物，见专治此等事。"更有数语，传者以为不可载。时乾道八年。

【译文】处州（今浙江丽水）胡教授（官名）的母亲，高龄九十岁了，在去世的前两天，曾有个不相识的人来给她说话，并让她告诉世人说："再大的鼓也不响，再深的水也不流动，六月里下霜，河里芦苇下沉，而石头漂起来，清洌的泉水将要断流，高山将成为小丘。"并且说："阴间地府里，处处让死人受报应，所以人应以公直的上策，不要侵夺别人的田地钱物，现在专治这些事。"类似这种事的语还为数不少，传语的人认为不必记载。这是乾道八年（1172）的事。

戴世荣

武翼郎戴世荣，建昌新城富室也，所居甚壮丽。绍兴三十二年，家忽生变怪，每启房门，常见杯边肴馔罗列于地上，群犬拱立于傍，箧中时时火作，烧衣物过半，而箧不坏。妻赵氏在寝觉，床侧如人击破瓦缶数枚者，一室振动，尘雾滃然，寻即卧病，或掷砖石器物，从空而下，门窗梁柱敲击不暂停，其音亦铮淙可爱，验击处，皆如茧栗痕，历历可数。

医者黄通理持药至，夺而覆之，仓黄却走，飞石搏其脑，立死。巫者汤法先跳跃作法，为二圆石中其踝，匍匐而出。僧志通持秽迹咒，结坛作礼，未竟，遭湿沙数斗，壅其头项，几至不免，亲戚来问疾者，虑有所伤败，皆面壁而行，百种禳禬无少效，赵氏以所受张天师法箓铺帐顶，裂而掷之地，竟不起。世荣足患小疽，遭怪尤甚，乃取鱼网离地数尺，遍布室中，以避投石之害，犹掷于网之下不已。相近三二十里人家碗碟陶器无一存者，皆不知所以失，盖其日夜所击之物也。

世荣疾笃，见异物立廷下，马首，赤鬣，长丈余。须臾，首渐低。大吼一声，空而去，不数日，疽溃而死。家遂衰替。世荣虽富室子，然乡里称善人，殊不测，所以致怪也。

【译文】武翼郎戴世荣，是建昌新城的富足人家，府舍修建的非常豪华。绍兴三十二年（1162），戴家突然发生了一系列怪事：每次开启房门，就见盛满佳肴饭菜的杯盘，罗列门前的空地上，一群狗蹲卧在一边；衣箱内常常自己着火，衣物被烧毁过半，然而衣箱却好好的。戴世荣的妻子赵氏，在睡房内休息，听见床旁边，像有人在敲击几个破损的瓦罐，声音震得整个寝室中的尘土像雾一样弥漫飘落。不久，赵氏就卧病在床，这时又有许多砖头石块及器皿，从空中投掷而来，门窗、梁柱被撞击个不停，仔细听听，像金属撞击的声音，又像水流动的声音，也还好听。检验被撞击的地方，都有像茧蛹或栗子大小的痕迹，历历可数。

医生黄通理拿着药，来给赵氏看病，结果药被夺去，人被击翻在地，黄通理急忙要走，一块石头击中他的头部，黄医生当即死了。会巫术的汤法先，在房前跳来跳去，以此驱赶鬼怪，不想被两块圆圆的块石击中脚踝骨，只有爬着出来。和尚志通，能诵驱邪的《秽迹咒》，筑坛作法，还没有做成，结果被筑坛用的好几斗湿沙土埋住，直至头颈，差点死了。戴家的亲戚来看望病人，害怕被打伤，都贴墙而走。各种除恶祈求平安的方法都用过了，就是不见效。赵氏用张天师所结的具有道家去邪法力的符箓铺在帐顶，可是帐顶撕裂，赵氏被扔在地上，竟然不治而死。戴世荣脚上长了一个小毒疮，自从遭鬼怪困扰，毒疮越发厉害，于是就用鱼网架起来，离地有好几尺高，以便躲避石击之苦，可是那些石头还是能投掷在鱼网之下，继续伤人。邻近二三十里人家中的碗碟及罐之类的东西，都不见了，也不知是因什么原因丢失，大概都被鬼怪拿去投掷在戴家。

戴世荣的足疾愈沉重。一日看见一怪物站在厅堂之下，长的马一样的头，脖颈中长长的红毛，身长一丈多长，过了一会儿，那怪物的头渐渐低下，大吼一声，像被空中的东西牵着一样，上天去了。不几天，戴世荣脚上的疮破裂，之后就死去了，戴家随之也衰败。戴世荣虽是富道人家，但平日也多行善事，乡邻乡亲也称他善人，谁知天有不测风云，竟遭鬼怪所困。

京西田中蛇

河中府老兵胡德，壮年往京西捕盗，昼过村野，遇大蛇于麦垅中，昂首疾行，麦为之靡，数卒挟枪刺杀之。其长丈许，分为十余脔，各挈提以去。德取其首，持于枪，行未远，村妇人望见，搏膺迎哭曰："谁令儿轻出，以速死。"率家人共挽德至所居，哀诉，且买蛇头瘗之。

又一客，以端午日入农家乞浆，值其尽出刈麦，方小立闻屋侧喀喀作声，趋而视，则有蛇踞屋上，垂首檐间，滴血于盆中，客知必毒人者，默自念："吾当为人除害。"乃悉取血，置其家齑瓮内，诸邻邸以须，良久彼家长幼负麦归，皆渴困，争赴厨饮齑汁，客饭毕，复过其门，则举室死矣。外舅为河中教授日，胡德为阍者说此事。

【译文】河中府老兵胡德，壮年时曾带兵到京西（今河南洛阳一带）追捕盗贼。白天路过一个村庄，在村外麦田地垄里，遇见一条大蛇，那大蛇昂着头，快速爬行，所过之处，麦子都倒伏在地上，随行的几个士兵，举起长枪将它刺死，大蛇长有丈余，他们将蛇分为十余段，各自提了一段回去了。胡德拿了那蛇头，挂在长枪上，走了没多远，一个村妇看见了胡德，便槌打着前胸，哭迎上来说："是谁让我的儿子轻易出门，以致这么快就死了。"就带领家人一起拉着胡德到他们家，向胡德哭诉，并买下蛇头，把它埋葬。

还有一个过路客人，端午节那天正好路过一户农家，便进去讨喝的东西，正好这户人家全都出去割麦了，才站在门口一会儿，忽听房屋一侧有客客的声音，就特意向前去看，只见一条大蛇盘踞在房上，头垂在房檐下，血滴在地上的盆中，过路客知道这蛇定是毒害这家人家，心中暗想："我为这家人除去这一大害。"于是就端起血盆，将它放在这家人的盛着菜汁的大瓮中，然后到邻近的房子中等那家人回来。过了很长时间，那一家老老少少背着收割了的麦子回来了，因为都很口渴，所以争着跑进厨房舀大瓮中的菜汁喝。那个客人吃过饭，又来到这家人家，这时，这户农家全家因喝了瓮中菜汁而全死了。我的舅舅在河中府做教授官的时候，听见胡德对看门人讲说这件事的。

建昌井中鱼

大观戊子年七月五日，建昌军驿前大井水，连日腥，不可饮，居民浚治之，得一鱼，可三指大，类鲫，而眼上赤纹，色如金，头有两角，细而坚硬。民贮在巨桶，并买楮镪，送于江。至暮，大风急雨，吹折大木无数，皆疑以为龙类云。

【译文】大观戊子年（1108）七月五日，建昌驻军军营前的一口大井中，井水一连数日有腥味，不能饮用，当地居民疏通治理，在井水得到一条鱼，长有三指大，类似鲫鱼，眼上有红色条纹，通体黄色，头上长有两只角，又细又硬，当地居民用一个大桶盛着它，并且买了成串的纸钱，把它送到长江中。到了晚上，开始刮大风，又下了大雨，刮断大树无数棵，人们都怀疑这小鱼是龙一类的东西。

王立爊鸭

中散大夫史忞，自建康通判满秩还临安盐桥故居。独留虞候一人，尝与俱出市，值买爊鸭者甚类旧庖卒王立，虞侯亦云无小异。时，立死一年，史在官日，犹给钱与之葬矣。恍忽间，已拜于前曰："仓卒逢使主，不暇书谒。"遂随以归，且献盘中所余一鸭，史曰："汝既非人，安得白昼行帝城中乎？"对曰："自离本府，即来此。今临安城中人，以十分言之三分，皆我辈也，或官员，或僧，或道士，或商贩，或倡妇，色色有之，与人交关往还，不殊略，不为人害，人自不能别耳。"史曰："鸭岂真物乎？"曰："亦买之于市，日五双，天未明，赍诣大作坊，就釜灶寻治成熟，而借主人柴料之费，凡同贩者，亦如此。一日所赢，自足以糊口，但至夜则不堪说，既无屋可居，多伏于屠肆肉案下，往往为犬所惊逐，良以为苦，而无可奈何。鸭乃人间物，可食也。"史与钱两千，遣去。明日，复以四鸭至，自是时时一来，史窃叹曰："吾人也，而日与鬼语，吾其不久于世乎？"立已知之，前白曰："公无用疑我，独不见公家大养娘乎？"袖出白石两小颗，授史，曰："乞以淬火中，当知立言不安。”此媪盖史长子乳母，居家三十年矣，史入戏之曰：“外人说汝是鬼，如何？”媪曰：“六十岁老婢真合作鬼。”虽极忿愠，而了无惧容，适小妾熨帛在旁，史试投石于斗中，少顷，焰起，媪颜色即索然，渐益浅淡，如水墨中影，忽寂无所见，王立亦不复来。予于丙志载李吉事，固已笑鬼技之相似，此又稍异云。（朱椿年说，闻之于朱倅）

【译文】中散大夫史忞，做建康（今南京）通判任期已满。便回到临安（今杭州）盐桥老家居住，身边随从只留虞候一人。虞候曾经跟随史忞一起出入市场，恰遇见一个买煮鸭子的人，非常像过去通判府中的厨子王立，虞候也认为与王立没有区别。当时，王立死了已有一年了，史忞在官位的时候，还出钱安葬他。正在二人奇怪之时，恍惚之间，王立已经跪拜在史忞面前，说道：“仓促之间，遇见主人，来不及给您求见的名帖。”于是就随史忞到了史家，并把盘中剩余的一只煮鸭子恭敬地送给史忞。史忞问他：“你死去一年了，已不再是人身，为什么能够大白天在京城中活动？”王立回答说：“自从离开通判府，我就来到此地，现在这临安城中，有十分之三的人都是像我这样死去的人，有做官的，有当和尚的，有做道士的，还有经商的，和当妓女的等等，可谓形形色色。我们这些人交际往来与常人无异，也不伤害人，常人自然也不能把我们区别开来。”史忞又问：“那么这煮鸭子可是人间真物吗？”王立回答说：“这也是从市场上买来的，每天十只，天还没亮，就把这些鸭子送到一个大作坊中，把它们放进锅灶中，浸在汤中煮熟，然后给作坊主人一些柴火、佐料钱。凡是买煮鸭子的小贩们，都是这样，一天卖下来也足够吃饭的钱了。但是到了夜里就苦不堪言了，因为没有房子住，所以常常躺在肉市中切肉的案子下面过夜，睡到半夜，往往被那些寻找骨头的狗所惊醒追赶，很是艰苦，但又无可奈何。不过这鸭子的确是人间真物，可以吃。”史忞给了王立两千钱，让他去了。第二天，王立又送来四只煮鸭子，从此，王立常常来史府走动。史忞暗自感叹地说：“我是好好的一个人，可是大白天却和一个鬼魂说话，这岂不是说明我将不久在人世吗？”史忞这样想，王立已经知道他的心思，上前告诉他：“主人不必怀疑我，难道你没注意主人家那个养娘吗？”说着从袖中取出两粒白色小石子，递于史忞，说道：“我请求主人把它投入火中，然后淬火，那时主人就知道我王立说的不是荒诞之言。”王立所说的那个老妇是史忞长子的乳母，在史家已有三十年了。史忞进入内宅，玩笑般地对那乳母说：“外边人说你是鬼魂，你以为将怎么样？”老乳母说：“六十岁的老婢女，真该做鬼了！”虽然很是愤恨，却也毫无惧色。恰好史忞的小妾在一旁烧熨斗熨绵帛，史忞就试着将那两烂白石子投入火中，一会儿，有火焰起来，老乳母脸色大变，颜色渐渐地越来越浅，像是水墨中的影子，忽然静悄悄的不见了，打这以后，王立也不再来史家。我在《夷坚丙志》中记载的李吉那件事本已很可笑，鬼怪的伎俩都很相似，这次又稍稍不同罢了。

卷第五（十五事）

扫码听谦德君为您导读

三士问相

政和建州贡士李弼、翁棨、黄崇三人，偕入京师，游相国寺时，有术者工相人，平生祸福只断以数，其验如神。共扣焉，曰："李君即成名，官至外郎。翁君须后，一举官亦相次；黄君隔三举，乃可了，官亦与翁同。"即而弼、棨如其言，崇蹉跎，恰九岁，才复获解，入京，相者犹在，见崇来，大呼曰："何为至此？"崇诏畴昔事，且言李、翁二君已登科。相者曰："往来如织，安能记省？姑以君今日论之法，当得升朝官以上，奈何作不义事，谋财杀人，阴谴已重，速归，非久当死，不必赴省试也。"又问几子，曰："三人。"曰："行，亦绝矣。"崇不乐而退，果下第，归不一年而死，三子继夭，妻改嫁，其嗣遂绝。初，崇母既亡，父年过六十买妾，有娠，临就蓐，崇在郡学，父与崇弟谋："晚年忽有此，吾甚愧，今将不举乎？或与人乎？不然姑养育，待其长，使出家若何？"对曰："此亦常理，唯大人所命，不若举而生之，兄归，须有以处。”妾遂生男弟，遣信报崇，崇即还，揖父于堂，父告以前事，命抱婴儿出。时当秋半，闽中家家造酒，汲水满数巨桶，置廷内，以验其渗漏。崇以手接儿，径掷桶中，溺杀之，父揩泪而已。盖黄氏资业微丰，崇畏儿长大必谋分析，故亡状如此。宜其陨身绝祀也。李弼仕至朝奉郎宗子博士；翁楶至承议郎台州通判，相者可谓造妙矣。

【译文】政和年间，建州的贡士李弼、翁楶、黄崇，有一天三人一起进京，结伴到相国寺游玩。当时，正好有一个算命的人，专为人看面相，对求相者一生的灾祸福气，用寥寥数语概括，后经验证，非常准确，果真神。于是，三个贡士一起来到相士面前让他看相。那相面的说：“李君马上就能功成名就，官可做到外郎；翁君要稍往后，才能会试中考取，官要做的比黄君稍低一等；只有黄君要参加三次会试，方能考取做官，官位和翁君相同。”不久，相面的话果然灵验，李弼、翁楶都在会试中考取，做了官。黄崇却蹉跎岁月，一直过了九年，方才被送到京师参加会试。这时，相国寺里那个相面的还在，见黄崇来了，大声喊道：“你为什么到这里？”黄崇把过去让他相过面的事说了，并且说：“李弼、翁楶二人已经在会试中考取做了官。”相面的说：“人来人往，如穿梭一般，我怎能记得这事？现在姑且说说你，按常理你应当做到经常接近皇帝的官儿，怎奈你做过不仁义的事情，曾谋财害命，阴间对你的谴责已经很严重了，请赶快回去吧，过不久你将要死了，不必去参加会试了。”又问他有几个儿子，黄崇说：“有三个儿子。”相面的说：“你将要绝后了。”黄崇听了这番话，心中很不高兴，便起身回去。果不出其然，黄崇考试后回家，不到一年便死了，三个儿子也相继夭折，黄妻改嫁他人，黄崇从此绝后。想当初，黄崇母亲死去后，他的父亲在六十多岁的时候，又花钱买了一房小妾，不久这小妾就怀孕了，将要分娩时，黄崇正好在郡中学校读书，黄崇的父亲与黄崇的弟弟商谋："我都六十多岁的人了，晚年突然生一个儿子，感到很不好意思，现在怎么办？不抚养他？或是把他送与别人？不然的话，姑且先养着他，等他长大后，让他出家，你看怎么样？"黄崇的弟弟回答说："父亲不必为难，这事也是人之常情，我只听从父亲大人的话，不如先生出来养着，我哥哥回来后必定有好计策。"于是黄崇父亲的小妾给黄崇生了一个小弟弟，黄父派人送信给黄崇，黄崇回来后，即到堂屋拜见父亲，黄父就把这件事及自己的想法说与黄崇，并让人把婴儿抱出来给他看。当时正值仲秋，福建有家家到仲秋做酒的习俗，院子里摆好几只盛着满满的大桶，用来检验木桶是否渗漏。黄崇接过弟弟，二话不说，径直走到大木桶前，将同父异母的弟弟扔进大水桶中，活活溺死了。他的父亲也仅仅是抬手擦擦泪而已，并无加以阻拦。这大概是因为黄家有些家产，黄崇害怕新生的小弟弟长大后，要从他手中分去一部分家产的缘故。他这样图财害命，也应该身死绝后啊。后来，李弼仕途顺利，官做朝奉郎宗子博子，翁粢也做了承议郎台州通判。那算命先生说的话，果真玄妙神奇啊！

阵通判女

兴化陈子辉，绍兴戊午，待南雄通判阙。居乡里，当夏夜，家人聚饮，其妻顾长女使理乐，乐声失节，怒而叱去之，女不复出。酒罢，问所在，得于后堂空室中，对灯把针，痴不省事，挟与还卧床，则已死，气虽绝，而心微温，医巫拯疗不效，凡奄奄百二十日。闻泉州有道士善持法，招之而至，先以法印印遍体，乃召其魂，云："为漳州大庙所录。"后两夕忽呻吟作声，至旦，屈右足呼痛，视之，一指破流血。正昼，稍能开目。又明日，始言："外翁□我去。"女外家在漳州，元未尝识，而说其舍宇不少差，且云："外翁嫁我与大王作小妾，受聘财金钗两双，臂缠一双，银十笏，钱千贯，布帛不胜计，猪羊各二十口，酒数十缸。我入王宫，夫人极相怜，每日食饮，必三人共坐。又令训诸小婢音乐，留甚久，外报家人来欲取我，我未欲归，王亦使逐去，比两日间，又报；或持官文书，督其甚峻。王发怒，遣兵捍拒之，使者将举火焚宫，通我身皆火焰，王欲相近，不复得，辟吏曳我以出，王索轿送我，轿卒恐惧奔窜，不得已，独行。山路险确，腰股俱疲，过岭下，小石损我足，仆地移时，至今犹痛不堪忍。"自是神采如旧。但每至阴雨，则小腹必痛，后以嫁迪功郎郭某，辛酉岁成婚于南雄州。

【**译文**】兴化人陈子辉，绍兴戊午年（1138），准备候南雄（今属广东）通判的缺。那时他住在乡下，时值盛夏，夜晚一家人聚在一起饮酒。陈妻回头让大女儿弹段曲子以助酒兴，不想，那曲子走了调，不合节拍，陈妻很生气，斥责了几句，将她吵走了。大女儿一走竟不再出来。陈子辉和家人喝完酒，向家人问得大女儿在后堂的空屋子中，过去一看，只见女儿面对油灯，手中拿着针线，呆呆的不省人事，就赶忙把她扶到床上，不想人已死去多时。不过，虽然人已停止呼吸，但心窝还有些热气，请医生治，巫婆神汉招魂，都不见效。就这样半死不活的过了一百二十天。后来听说泉州有一个道士，善使法术，便把他请来。那道士来了以后，先用法印印遍陈子辉女儿全身，为她招魂，说：“她的魂被漳州大庙摄去，记录在册。”过了两个晚上，陈女突然有了呻吟之声，到了早晨，又曲起右脚喊疼，大家一看，只见右脚一脚趾有一伤口流血。到了正午，稍能慢慢地睁开双眼。又过了一天，陈女开始说话了，她说：“外公把我带走了。”陈女的外公家在漳州，陈女并未见过她外公，说起外公家的房子，却一点儿不差。她还说：“外公把我嫁给一个大王做小妾，接受的聘礼是金钗两双，臂缠一双，白银十笏，钱一千贯，绵帛丝绸不计其数，猪、羊各二十头，好酒数十缸。我到王宫后，夫人对我极是怜爱，每天吃饭，必是大王、夫人与我三个人坐在一起吃。又让我教那些婢女学习音乐，我在那儿待了很长时间，突然外面有人进来报告说，咱们家的人想要接我回去，我不想回去，大王亦让人把接我的人赶了回去，过了两天，外面有人进来报告说，有人拿着官府文件，来监督着接我回去，情况很严峻，大王也发怒了，派兵抵御他们；来接我的人则举着火把焚烧了王宫，我遍身都是火，大王想接近我都不能，于是我被一群士兵拉了出来，大王没办法，便用轿子送我回来，无奈轿夫们很害怕，都逃跑了，没有办法，我只好自己走回来，回来的山路很险峻，走得我腰腿又疼又累，走到山岭下时，一块小石头把我的脚碰伤了，我跌倒在地上，好久才起，脚至今还疼痛不堪。”自此以后，陈女神色和过去一样，只是每逢阴雨天气，小腹就会疼痛。再后来，陈女嫁给一个姓郭的迪功郎，辛酉（1141）那年在南雄州结的婚。

四眼狗

建阳黄德琬，买一犬，纯黑，而眉下两点白如眼，然因呼为四眼。居三岁，田仆陈六来告曰：“宅主众犬屡劫杀羊。”验之而信，家凡六犬，命悉击杀之，勿令遗类，以相教习，五犬死，独四眼佚去。过两夕来，梦于黄妻云：“官欲尽杀犬，我实无罪，平生不咬羊，只在后门，守夜贼，愿免一死。”妻言之于黄，明日再究诘，果不与同类混迹，必欲贷之，已复归矣。自是，真宿后墙下，又七年尚存。

【译文】建阳（今福建建瓯）黄德琬买了一只狗，通体纯黑，而在眉下有两点白毛，像两只眼睛一样，所以都叫它四只眼。这只狗在黄家待了三年，然后有一天，黄家种田仆人陈六来对黄德琬说：“主人家养的那群狗，老是咬我喂的羊。”黄德琬调查一番，果真如此，当时黄家共养了六条狗，于是就命人全部把它们打死，不留一条，以给它们一个教训。结果有五条狗被打死，唯独那条名叫四只眼的狗不知去向。过了两个晚上，四只眼给黄德琬的妻子托梦说：“主人想把家中的狗全部打死，可是我的确没有罪过，从没咬过羊，每天只是老老实实地在院子的后门守夜，以防盗贼。”黄妻醒来后，就把此事告诉了丈夫，第二天，经过再三盘问，果然发现四只眼不同于别的狗，它不与同类混迹在一起，也没有咬死过羊。黄德琬心中就想饶恕它，那四只眼也就又回到了黄家。从此，果真每晚都守在院子后墙下面，以防盗贼，这样一直过了七年还活着。

师逸来生债

建阳医僧师逸，好负债，尝从县吏刘和借钱十千，累取不肯偿，刘愤曰："放尔来生债。"自是绝口不言。后五岁，逸死。又二岁，刘之母梦其来，如平常，俯而言曰："昔欠录公钱十贯，今日谨奉还。"遂去，母觉而告刘："此何祥也？"拂旦，田仆来报："昨夕三更，白牸生犊。"

【译文】建阳有个会看病的和尚，名叫师逸，他有个经常欠别人债的习惯。师逸曾经向县吏刘和借过十贯钱。后来，刘和多次向他索还，可是师逸总是推拖，不肯还钱，刘和很生气，气愤地说："放着等你来世再还吧！"从此，便闭口不提这笔钱的事。五年后，师逸死去，又过了二年，一天晚上，刘和的母亲梦见师逸，他像在世时一样，低头向刘母说："过去我欠刘录公十贯钱，现在奉还给他。"说完便不见了。刘母醒来后，便告诉了刘和，并说："这是什么征兆呢？"第二天一早，便有长工来报告："昨天夜里三更时分，家里的大白母牛生了小牛。"

张一偿债

建阳乡民张一，贷熊四郎钱两千，子本倍之，经年不肯偿，熊督索倦矣。好与言曰："无复较息，但求本钱可乎？"张愧谢，稍以与之，竟负元数八百，熊亦不复取。三年，而张卒，卒之四年，熊梦张以八百钱来偿，置地上，皆小钱。留与坐，啜茶，乃去。觉而与妻说，方竟，一仆扣门曰："牛生犊，甚大。"急欲酒作福。熊喜甚，仅再旬，犊不疾辄死。邻屠来就买，熊需两千。屠笑曰："是有何所值？剥而尽贷，岂不及此数？但有鬻牛之后，当先以酒及杯羹啖里正，又以饷四邻。乃取其羸，今唯有八百钱，幸见付否则已耳。”解腰间囊掷于地，正张生中所梦所偿处，俨然小钱也，熊方悟前事，亟与之。

【译文】建阳县有一户农家，主人叫张一，向同乡熊四郎借了两千钱的债，连本带利已经翻番了，好几年都不说还，熊四郎多次催他还钱，跑得都觉得很疲倦了。最后友好地说：“我也不要利息了，你只要把本钱还给我就行了，这总可以吧？”张一也觉得很不好意思，便谢过熊郎，然后把本钱还给他，就这还差八百钱没还清。熊四郎也就不再追要。三年过去了，张一死了。张一死后的第四年，熊四郎有一天梦见张一带着八百钱来还他，钱放在地上，一看都是些零钱，熊四郎留张一小坐喝茶，然后张一才走了。熊四郎醒来后，将这事说于妻子，刚说完，家里仆人来敲门说：“家中喂的牛生了小牛犊，那小犊很大。我们急着要酒庆祝一番。”熊四郎听了很是高兴，可是仅仅过了二十来天，那小牛犊竟然好好的就死了。邻里有一个屠夫，来买死去的小牛犊，熊四郎向他索取两千钱，屠夫笑着说：“你当是什么贵重的东西呀，都值两千钱？你可能会说将这牛犊剥了皮、剔了骨全部卖掉难道还不值这个数吗？可是只要有我买牛的消息一传出来，就必须先设酒饭请里正吃了顿，还要请四邻八家的乡亲们吃一些，最后所得余利，今天只有八百钱罢了，所幸的是我现钱付给你，如果不行的话，这交易就作罢。”说着从腰间解下钱袋，把钱扔在地上。熊四郎一看，正是梦中张一还钱的地方，那钱看上去像都是些零钱。熊四郎这才醒悟过来是怎么回事，急忙把牛犊卖与屠夫。

吴辉妻妾

绍兴甲子五月，江浙闽所在大水，崇安县黄亭镇，人百余家尽走登扣冰庵以避之，门廊堂殿皆满。建阳人吴辉，娶黄亭蓝氏，端午日妻归宁，正值水祸，同一妾从父母栖于庵之钟楼，睡觉闻鸡鸣，则身乃在山上松林中，莫知所以能至。迨旦观之，盖庵后山也。妾亦在傍，父母与家人皆不见。凡来庵中千口，其得生者十之一，悉著虚空中有人送出者。庵屋尽为水荡去，地面亦无复存。

【译文】绍兴甲子年（1144）五月，江西、浙江、福建三省遇水害，崇安县（今属福建）黄亭镇中的百余户居民都逃走了，到扣冰庵躲避水害。一时间庵中院中室内挤得满满的。其中有一个叫吴辉的建阳人，妻子是黄亭人蓝氏，端午节这天，蓝氏回娘家，正好发大水，吴妻和小妾跟着父母到扣冰庵避难，栖身于庵中的钟楼之上。夜里睡梦中听见鸡叫，睁眼看时，发现人已在山上的松树林中，不知道为什么会来到这里。到了天亮时分，观看地形，发现就是扣冰庵的后山。小妾也在自己身边，只是父母亲和其他家人都不见了。凡是到扣冰庵中避难的人生还的只有十分之一，都像是天空中有人从庵中送出来一般，而扣冰庵则被大水尽数冲去，连地面也淹没不存在了。

句容人

绍兴二十一年十二月，知建康府王仲道，遣驶卒往茅山元符宫，限回程甚速。还次中途，值夜寒甚，望山脚下园内蒸火，亟就之。

至，则村民七八辈，围守一尸云："是人自缢于此室，吾曹乃里正及邻保，惧为虫鼠所坏，故共守，以须句容尉之来。"众或坐或睡。驶卒不敢久留，独出行。

月色朦胧。方前趋，而屋内人有相踵者，与之语，亦相应答。可二里许，正逢一缺沟，驶卒跃而过，后者不能越，坠于沟中，其声董然。驶卒回步扶掖，则死矣。奔诣道旁舍，扣户告主人曰："我欲还府，有山下守尸者相从，失足沟中，似不可救。幸为语诸人，使视之。"

舍翁烛火以往，正见数辈惊遽驰走，言失却死尸。闻其报，随以前，果得之。复舁还室，举置绳缳中。

明日，尉熊若讷始至，盖强魂附尸，欲为厉。驶卒亦危哉！

【译文】高宗皇帝绍兴二十一年（1151）十二月，建康（今南京）府知府王仲道，派遣差人前往茅山元符宫办事，限的时间很短，要他赶快回来。在回来的路上，正是夜间，天气非常冷，冻得有些受不了。忽然发现山脚下田园的场屋中烧火，就走上去，借火取暖。

当走到屋里的时候，见有七八个村民，在那里看守着一具死尸，对差人说：“这个人是自己上吊的，死在这屋里了。我们是这地方上负责治安的人，恐怕死尸叫虫鼠糟蹋了，所以，来共同看守。专等句容（今属南京）负责治安的长官来处理这件事。”这时，只见看守死尸的人，有的坐着，有的睡着。

差人不敢久停，便一个人走出屋来，急忙赶路。但见月色模糊，十分清冷。刚刚往前走了几步，屋里就有个人跟在后边，和他说话，他也答应。可是行了二里来路，有一条水沟当道，差人一跃而过；后边跟来的那个人，跳不过去，只听噗通一声，掉在水沟里了。差人回转身来，搀扶那个人，那个人已经死了。

差人没有法子，只得来到路旁的人家，打开了门，对主人说：“我急于赶路回家，可有个在山下看尸首的人，跟在我的后边，失脚掉到水沟里了，似乎是救不活了。请你去通知下那些看尸人，让他们去看看。”

那家主人听说，就一个人拿着火把，前去看视，这时，正见几个人，惊慌地跑着，嘴里说道：“死尸丢失了。”那个人告诉他们：“刚才听说有人掉在水沟里了。”于是，大家一块儿来到出事地点，果然发现死尸在那儿。众人七手八脚，将尸首抬到屋里，仍然举起，把他放在绳里吊起来。

待天天明，负责治安工作的官叫熊若讷的来了，验看了尸首之后，认为这很可能是强的鬼魂附到死尸上，想去祸害那差人，那个差人当时好危险啊！

荆山庄瓮

秦氏当国时，金陵田业甚富，曰永宁庄者保义郎刘稳主之；曰荆山庄者陈某主之。

绍兴壬申，刘因事过陈舍留宿，晚如厕，见群猪环瓮饮米泔。瓮为猪所摩，微露黄色，扣之则铜也。还访于陈，曰："顷以瓦瓮或木槽饲豕，屡为所坏。前岁，耕夫获此于土中，吾以米五斗得之。质性坚重，庶其可久。"刘曰："我欲买，往句容改铸器玩，可乎？"陈曰："细事耳！"刘偿绢两匹，命仆持归。磨治莹洁，光彩粲然。

是岁，赍租入诣秦府，试以献相君，相君视之，乃真金也，盖汉时生金所制。重二十四斤。即奏诸御府，而厚以钱帛犒刘生。

【译文】秦桧独揽国家大权的时候，在金陵这个地方，买下了大量田产，一处叫永宁庄，保义郎刘稳当庄头；另一处叫荆山庄，一个姓陈的当庄头。

绍兴二十二年（1152），刘稳因为办事，路过陈家留宿过夜。晚上去厕所的时候，看见一群肥猪，围着一个瓮吃泔水。因为瓮被猪吃食时长期摩擦，有的地方露出了微黄色，用手扣打一下，而是一个铜做的瓮。回过头来，刘稳向陈庄主问这个瓮的来历，陈庄主说："以前都是用瓦瓮或木槽当喂猪器，不经用，常常被毁坏。前年，有一个老农耕田的时候，在土中刨出来的，我用五斗米，把它换来了。这个瓮质地很坚硬，又很沉重，猪儿糟蹋不坏，会用很长时间。"刘稳说："我想把这个瓮买下来，送到句容改铸成玩器，用来欣赏，可以吗？"陈庄主说："这是小事，无所谓。"刘稳给陈庄头绢两匹，叫仆人把它运回家里，随后又打磨光亮，非常美丽好看。

这一年，因为送租子到秦府，刘稳便把这个铜瓮献给秦桧，秦桧看了，原来是真金的，是汉时用生金制成的一件古物。其重量大约有二十四斤。就赶快报告了皇帝，并用厚厚的钱财、布匹，赐赏给刘稳。

员家犬

员琦为建康军统领官日，部有四人善盗，昼解人衣，夜探鸡犬，无虚日。琦谕队将戒之，贷其前过曰：“后无复犯。”

琦家养狗，黑身而白足，名为银蹄，随呼拜跪，甚可爱。忽失之，揭榜募赎。凡两日余，老兵来报：“四偷方杀狗烹食。”亟遣验视，狗已熟，皮毛俨然。琦命虞候莅埋，又以灰印印地面，使不可窃取。穷究曲折，果四人同谋。二人用索钩挂之于东门外城下，琦呼责将官：犹以已微物，使勿深治。将官取同谋者杖背五十正；盗者鞭满百。旬日内，受鞭者皆死。

一夕，琦门内闻狗爬声，绝似银蹄。家人皆笑曰：“岂狗鬼乎？”呼之，即应。及启门，摇尾而入，衔人衣，且拜且跃，悦乐不胜名状。明日，验瘗处印，如初，土亦不陷。但穴中空空。又疑：向所杀者，为他人家畜。复具载形色，遍榜外间，许人识认，亦无寻者。始知其冤业所召云，银蹄再活十年方死。

【译文】员琦担任建康（今南京）军统领官的时候，他的部下有四个人善会盗窃，白天能把人穿在身上的衣服脱下来，夜里能偷鸡摸狗，天天这样干偷人的苟当。员琦知道了这件事，就命令队官，告诫他们，以后不要再偷盗了。

员琦家养有一只狗，浑身黑毛，但脚是白色的，所以叫作银蹄。随便呼唤一下，狗儿又摇尾又是跪拜，可爱极了。忽然有一天，狗儿失踪不见了，员琦就叫家人张贴榜文，谁能为他把狗找着，将重重有赏。停了两天多时间，有个老兵来禀报，说是四个善于干偷盗的人把狗杀了，要煮熟吃狗肉。员琦赶快派人查看，狗肉已煮，但狗皮狗毛还是像原来活着时一个样。没办法，员琦就叫虞候去把狗埋掉了；又在狗的坟墓上撒一层灰，打上印记，防止被人盗取。

最后派人侦察调查，果然查明是其部下四个善盗的和另外两个同谋人的把狗杀死的，于是用绳子把他捆起来，挂在东门外城下示众。员琦知道后，就责备将官说狗肉已煮了，是吃的东西，这是件小事情，不要很加治罪。于是，将官把同谋的两个人，在脊背上各打五十大棍；对主谋偷盗的人，鞭打一百下。十天以后，挨鞭打的人都死去了。

一天傍晚，员琦在天井里，听见门外有狗爬的动静，声音特别像是银蹄。在旁的家人都笑着说："难道是狗鬼吗？"家人随呼唤银蹄，银蹄就应声。等到把门开了，银蹄就摇尾巴，走进门来，口衔着人的衣服，并且一边跪拜，一边跳跃，欢快的无法形容。

第二天，让人到狗坟上查看灰印，灰印仍在，土也没有凹陷下去。但掘开狗坟一看，里边空空的，啥也没有。大家于是怀疑那被杀死的狗，可能是别人家喂养的。于是在榜上说明狗的形状、颜色，粘在门外，让大家辨认。但几天过去了，并没有来认领的人。这才明白，这事是那些善偷的人冤孽所致的。银蹄再活十年才能死去。

威怀庙神

建阳县二十里间盖竹村，有威怀庙，以灵应著。陈秀公少年时，家苦贫，朋友勉以应乡举。公虽行，而心不乐，过庙入谒，祝杯珓曰："某家贫，今非费数千不可动，亦无所从出，敢以决于灵侯。"举三投之，皆阴也。意愈不乐。同途者，强挽以前。

既入城，梦人白言："盖竹威惠侯来相见。"出延之，具宾主礼，神起谢曰："公惠顾时，吾适赴庵山宴集，夫人不契勘；误发三阴珓。公此举即登科，官至宰相矣。"公惊寤。

他日，斋戒密往祷，连得吉卜，如所占，果拔荐。明年登甲科，为熙宁相。

【译文】距建阳县二十里地的盖竹村，有个威怀庙，里边的神很灵验，远近的人都来烧香朝拜。秀国公陈升之年少的时候，家里很贫苦，在朋友的勉力和支持下，去参加乡试。这一天走在道上，虽然人在行路，可心里闷闷不乐。走过威怀庙时，拜神掷珓算卦，祷告说："我陈某人家里很贫苦，这次乡试，没有数千钱，是不能随便行动的，但这些钱没有办法弄来，所以来到神灵面前占卜一下，神灵来裁决。"掷了三次珓，都是阴珓，陈秀心中更加不快乐。一块来的几个人，强行你拉我拽的向前去了。

来到城里，找旅馆住下，陈秀夜间做了一个梦，梦见有人对他说："盖竹村庙城的威惠侯，专来看望你的。"陈升之迎接出来，把他请到屋里，先行宾主之礼，然后坐下。这时威怀神站起来致谢说：白天你到庙里朝拜时，恰逢我去庵山赴宴席了，某夫人不识时务，不了解情况，所以才错发三珓，都不吉利。你的这次举动，马上就要考中的，官能做到宰相的位置。"陈升之大吃一惊，就醒了。

又一天，陈秀不吃荤腥，又洗了澡，悄悄地又到庙里朝拜祷告，掷珓算卦，都是大吉大利的好卦。不久，果然和卦象所说的那样，考中了乡举。第二年又高中甲科，当了官，竟成为神宗朝宁年间的宰相。

灵泉鬼魅

王田功抚干，建阳人，居境之灵泉寺，寺前有田，田中有墩，墩上巨木十余株，径皆数尺，藤萝绕络，居民目为鬼魅，幽阴肃然。亦有岁时享祀者。

王将伐为薪，呼田仆操斧，皆不敢往。王怒，欲挞之，不得已而行。才施数斧，木中流血，仆惧，乃止，还白焉。王挞其为首者二人，曰："只是老树皮汁出，安得血？"群仆知不可免，共买纸钱焚之。被发斫树，每一斧即呼曰："王抚干使我斫。"竟空其林，得薪三千束。时绍兴十三年也。

经月，王疽发于背，自言见祟物，既死。祟犹不去。

众为别栽木其处，以谢之。今蔚然成林，祟始息。

【译文】王田功抚干，建阳人氏，家住在县城外灵泉寺，寺在村庄的面前，有一块田地，田地当中有个大土鼓堆，在土鼓堆上长有十来棵高大的树木，直径有好几尺，树干上长满藤萝，当地的人民认为有鬼怪住在上边。这片树木阴森森的，令人害怕，肃然起敬。因此，也有人按时令节日，去上供祭祀的。

王抚干准备把这些树木砍倒，作为烧火，便叫田仆拿斧砍树，田仆不敢上前砍，王抚干大怒，要打田仆。田仆不得已，只有前去砍树。才砍了几下子，砍下的斧印处，便流出血来，田仆们很害怕，就砍不下去了。便把这件事情回告给王抚干，王抚干不但不听，还打田仆的两个头领，并且说："这是老树皮上出的水，怎么会是血呢？"众田仆知道要出事情，大家便买些香烟纸码，焚烧祭奠，祭奠罢，便披发挥斧砍树。每砍一下，就说一声，这是王抚干叫我们砍的。最后，竟然把树砍完了，共计得柴三千捆。这是发生在高宗绍兴十三年（1143）的事情。

过了月余，王扶干的脊背上长了个背疮，他自己说见了鬼怪。王抚干已经死去了，鬼怪还不离开。

众田仆于是在那土墩上，重新栽种树木，向鬼怪谢过，现在那些地长得很茂盛，已经长成一片大树林，鬼怪也不再闹事了。

鱼病豆疮

漂水尉黄德，巡警至高淳镇，见渔人械舟十数，泊岸旁，不施网罟，貌有愁色，问其故，对曰："今岁，黄颡鱼遭疫，皆患豆疮。数日以来，无一鱼可捕。"

黄命取验之。举网得数枚，熟视，果病疮，与人所苦无异。或遍身，或头尾口眼间云。

逾月，方平复。然居人畏有毒，不敢食也。

【译文】漂水（今属江苏南京）县尉黄德琬，一次巡视保卫情况，来到高淳镇，看见打鱼的小舟，有十来只却拴泊在岸边，不仅不张网打鱼，看上去似乎还愁容满面。走上前去，问其原因，渔民回答说："今年，黄颡鱼遭了病瘟，都生了豆疮，几天以来，无有一个好鱼可捕。"

黄德琬叫他们捞上几条，准备验看一下，于是渔民撒网，捕上来几条，取过来仔细一看，果然不假，浑身都是豆疮，这与人们得这种病情无异。或者是生遍全身，或者是长在头上、尾巴上、嘴上、眼上。

过了一个月，这件事方才平静下来。虽然成了好鱼，但当地居民怕有毒，都不敢吃鱼。

石臼湖螭龙

溧水县石臼固阳湖中，浅处有官圩，亘八十四里，为田千顷，名曰永丰圩。政和以来，历赐蔡、韩、秦三将相家。

绍兴二十三年四月，为江水所坏，朝廷下江东，发四郡民三万修筑。时，秦氏当国，州县用命，督工甚整。

次年，四月十二日，正昼，忽有巨物浮，宣江而下，蹙浪蔽川，昂首挺其间。如蛟螭之类而戴角。村民老弱，夹岸呼噪，争携网罟篮畚，循水旁捕鱼。邑尉黄德琬适董役，见之，问其人，皆云："螭龙也。或一年，或二年，或三五年，必一出。其体涎沫甘腥，故群鱼逐而啖食；但掠岸时，渔人所获无百斤以下者。"是日，此物穿丹阳湖而去。

至岁暮，石臼湖冰合，舟楫不通。同望视，又一螭自湖中徙丹阳，声如震霆，坚冰裂开一丈二尺余，鼓浪亦高。冰破处，经两日不合，乃知圩堤决溃，盖是兽所为也。

【译文】溧水县石臼固阳湖中，靠水浅的地方，有一个防水患用的大土圩子，长有八十四里，可开垦良田千顷，所以名叫做永丰圩。自徽宗政和年间以来，皇帝把这块良田，赏赐给蔡、韩、秦三位将相家所有。

在高宗绍兴二十三年（1153）四月，江水暴发，把土圩冲坏了，朝廷亲身下江东，动员四个郡的老百姓三万人，大加修固。当时，秦桧是宰相，独掌国家大权，各州县出工监督很严，所以土圩子修得很整齐。

第二年春天，在四月十二日这一天，大白天忽然有巨大的浮物，在江中漂浮而下，把江水掀起老高，挺着头在水中作浪，好像是蛟螭一样的东西，还长有长角，看上去凶险可怕。附近的老百姓，男女老幼，夹岸熙熙攘攘，吵闹不停，争相拿网罟、篮子、簸箕，来到水边捞鱼。当时县里治安的黄德琬头头，正好负责修堤的任务，也看见了这种情况，就问在场的老百姓，老百姓都说：这是螭龙作浪兴风，有时一年出现一次，有时两年出现一次，有时三五年出现一次，身上和嘴里发出来的涎沫，有一股甜腥味，所以鱼群跟在它的后边，争着抢吃。但有的鱼，从岸边游过时，都被打鱼的人捕捞住了，捕捞的鱼都在一百斤以上。这一天，这只大怪物，穿丹阳而去。

到了这年年底，天气寒冷，石臼湖被冰封冻了，不能行船。在这月十五日的晚上，又有一只螭龙，从湖中出来，往丹阳湖中去，行动的声音很大，像是震霆爆炸一般，把坚硬的冰块，都撞崩裂了，个子好大，有一丈二尺多长，掀起好高的浪头。冰被掀破的地方，经过两天还没冻合。这才知道，大堤决口成患，就是这螭龙作祟而引起的。

陈才辅

建炎末，建贼范汝为、叶铁、叶亮作乱，建阳士人陈才辅，集乡兵杀叶铁父母妻子，贼猖獗益甚，绍兴元年，遂据郡城。朝廷命提举詹时升、奉使谢响同招安，群盗皆听命，独叶铁不肯曰：必报陈才辅，方可出。

詹为立重赏擒获，以畀之铁。选二十辈监守，人与钱一千戒之。甚至曰：失去则皆斩。欲明日邀使者及诸酋高会而甘心焉。

监者以巨索缚陈脚，倒垂梁间，大竹篾攀其手，剑戟成林，相近尺许。插一刀，甚利。

至二更，众皆醉。陈默祷曰："才辅本心忠孝，为国为民，老母在堂，岂当身受屠害？若神明有知，愿使此曹熟睡，刀自近前，为破索出手，使得脱去。"

良久，刀果自前，如神物推拥，陈以掌就断其篾。两手既释，稍扳援割截，系缚尽断，遂握刀趋门。一人睡中问："谁开门？"应："我。"其人不知为陈也，曰："不要失却贼！"陈曰："如此执缚，何足虑及出门！"

已三鼓，行穿后巷，约一里，闻彼处喧呼曰："走了贼！"

陈益窘，顾路旁坎下，篁竹蒙翳，急藏其间。

而千炬齐发，搜寻殆遍坎中，亦下枪刃百十，偶无所伤。诸人言："必归建阳，或向剑浦，宜分诣两道把截。"

陈不敢择路径，但屈曲穿林莽中。明日，抵福州古田境。卖所持刀，得钱买饭，直趋泉州，就其姊婿黄秀才。逾八日，而十卒持詹君帖至，复成擒。陈知不免，亟自碎鼻，以血于身，佯若且死。十卒自相尤曰：奈何使至此？扛置邸中，真以为困悴，不复防闲。又三日，黄生来视，适茶商置酒，招黄及十人者。商家相去稍远，唯七人往复，留三人护守。

陈又默祷如曩时。三人皆饮所饷酒，亦醉，买菜作羹，一坐房前，一吹火灶间，一洗菜水畔，陈乘间，携棍棒挥击，即死。南走漳州，竟得脱。

明年，韩蕲王平贼，陈用前功，得官。

【译文】高宗建炎末年，建阳的贼首领范汝为、叶铁、叶亮在地方上作乱，这时，建阳一个读书人陈才辅，召集乡间民兵，把叶铁的父母妻子杀死，于是这伙贼人更加猖狂，到高宗绍兴元年（1131），竟占据了郡城。朝廷知道这件事，就命令提举詹时升、奉使谢响共同带兵，去镇压招安贼寇，大部贼众都投降，只有叶铁不肯就范，并且说："必须把陈才辅送来，叫我报了他，才能够投降。"

于是，詹时升立下重赏，擒拿了陈才辅，准备送给叶铁。就委派二十个人看守，并发给每个人一千钱；同时警告说："如果让陈才辅跑了，把你们都杀了。"打算第二天邀请说合的人和几个头领，大家都来一块看着把陈才辅处死。这时，看守的人，用大粗绳把陈才辅的脚捆住，倒吊在梁上，又用大竹篾将两只手固定在一根木头上，周围站满了看守的人，个个拿剑举戟列队林立。每二尺远近，就插一把锋利的尖刀。

这天夜里，到了二更天，看守的人都喝醉了，个个昏昏欲睡。陈才辅看到这种现象，心中默默祈祷说：才辅我的心，本来是想为国家出力报效，为老百姓除害，而今老母亲还在高堂健康地活着，尚待我侍候孝敬，岂能够被杀？如果上天有灵，但愿叫这些看守的人都熟睡着了，那刀刃能自己向前，把捆我的绳索割断叫两手解脱，多好啊！

停了好长一阵，那刀刃果然慢慢向前，好像有神灵推动一般。这时，陈才辅就用手掌将竹篾弄断，两只手才得松散，腾出两手，轻轻地拉紧，割断所有捆绑的绳索，手里拿把刀，很快地走出屋门。这时，一个人在睡梦中间："谁开门！"陈才辅答应说："我！"那个问话的人不知是陈才辅，就又说："不要叫贼人跑了！"陈才辅说："捆得这样结实，不必挂在心上。"

陈才辅逃出门来，已打三鼓，急忙穿过后边的胡同街巷，大约走了一里路，忽然到后边大呼叫嚷："贼逃跑了！"

陈才辅听了，心中害怕，很作难，也是急中生智，看路旁有竹丛，长得很稠密，能藏人，外边看不见，就急急忙忙，躲在里边。

这时看守的人，手里拿好多火把，照得明晃晃的，一齐上来搜寻，可是找遍坎下的竹丛，刀枪在竹丛里刺了几百下，也没有伤着和找着陈才辅。只听寻找的人说："贼人肯定是上建阳或者是上剑浦了，我们的人应分成两班，分头去追截。"

陈才辅慌不择路，只在深林草莽中，哈着腰，弯弯曲工地穿行，到了第二天，才走到福州古田地面。先把拿的刀卖了，换成钱，买来饮菜吃了，一直往泉州，到他姐姐家找到姐夫黄秀才，才住下来，谁知才过了八天，有十来个看守，拿着詹时升的拜帖来到了，陈才辅知道，这下子肯定被擒无疑，便赶忙把自己的鼻子弄烂，涂得浑身都是血，假装死去。十个看守，互相对视，发愁地说："这怎么办？既然来到这里了，就把他抬到官衙里。"抬到官衙中，看守们真以为陈才辅疲困憔悴的不能动了。于是就放松了防备。又过了三天，他姐夫黄秀才来看望他，恰好有个茶商摆酒席，就让黄秀才和十个看守赴宴。茶商走不太远，十个看守商议，七个人去吃酒，留三个人在此看守，并欣赏给的酒。

这时，陈才辅又默默像前次一样地祷告。留下的三个人，因为吃了酒，开始醉了。停了一会儿，开始买菜做饭，三个人忙碌起来：一个人在房前看守陈才辅，一个人在灶间烧火，一个人在河边淘米。这时陈才辅看周围人手少了，就钻孔拿个棍棒，把看他的那个看守打死，跑往南济州去了。这才脱险。

第二年，韩蕲王平贼，陈才辅因为以前的功劳，也被封官了。

张琴童

张永年居京师，时值暮冬太雪，家人宴赏，遣小苍头曰琴童者，持糖蟹、海错，饷三里间亲戚家小儿。轻捷不惮劳，雪中经复三回反，双足受冻，色紫黑，其母居门首而念之，呼人，与汤使淋洗，冻已极，不知痛。少顷，八指悉堕盆中。母视之，皮内血皆成冰，为汤所沃，故相激而断。

【译文】张永年住在京都的时候，有一年正当冬末时节，天气异常的冷，大雪纷纷飘飘，雪景很好看，家里的人准备设宴欣赏，便派使小家人琴童，拿着糖螃蟹等海味，赠送给附近二三里的亲戚家。

小孩子家轻便，走路又不怕劳累，在雪地里往返，走了好几趟，结果把双脚冻成紫黑色，他母亲在门口看见了，心中非常可怜痛爱，便把他叫到屋里，用热水洗冻了的双脚，由于冻得太狠了，洗时都不知疼。洗了不一会儿工夫，八个脚指头，都掉落在洗脚盆里，母亲看了皮内的血，都冻成冰块，这是因为用热水洗烫，冷热相激，才把脚趾弄断了。

卷第六（十四事）

扫码听谦德
君为您导读

和州毛人

宣和中，和州一老妇人携两男，大者二十四岁，小者二十岁，云在孕皆二十四月乃生。遍体长黑毛，有光彩，眼睛如点漆，白处如碧云，唇朱如丹。皆善相术，尝召赴京师，赐金帛，遣归。州通判黄达如邀向相。大者曰："可至大夫与州；生六子，其半得官。"黄呼长子出见，问："有官否？"摇其首。问寿几何，曰："将钱来。"数至四十四钱，顾其弟曰："是么？"弟曰："是。"即与之；又相长女，问："有封邑否？"不对。问寿，得五十三钱。相次女，得二十七钱。凡阅数人，率如是而已，初无多言。

是后二十余年，黄仕历御史郎，官至朝请大夫，知徽州而卒。六子三入官，长子长女享年如所得钱之数，次女以绍兴甲子岁，从其夫祝生赴衡山尉，溺死于江，恰二十七岁。

【译文】宋徽宗宣和年间，和州（今安徽和县）有一位老太太领着两个儿子，大的二十六岁，小的二十岁。老太太说："我的两个儿子都是怀胎二十四个月才生出来的。他们浑身长着黑毛，黑毛闪光溢彩，眼珠像用漆涂的黑点一样，眼白像云彩一样。嘴唇红得像丹砂。"两个儿子都擅长相面的技艺。兄弟俩曾被皇帝下书诏进京都（今河南开封），并赐给他们黄金和丝绸，后让他们回到和州。州通判黄达如邀请他们相面，老太太的大儿子说："您的官位可达到大夫和一州太守，会有六个孩子，其中有一半可做官。"黄达如就把长子叫出来相面。问老太太的儿子："有官位没有？"老太太的儿子摇摇头。又询问寿命有多长，说："拿些钱来，"老太太的儿子接过钱来数到四十四枚，回头问他的弟弟："对不对？"弟弟说："对。"于是把四十四枚钱给了黄的长子。然后给黄的长女相面，她问老太太的儿子自己有没有封地，他没有回答；询问她寿命，得了五十三枚钱。给黄的二女儿相面，她得了二十七枚钱。黄家所有被相过面的人大概都这样，并不多讲。

过了二十年后，黄达如的官位经过御史郎，官位做到了朝请大夫，死于徽州知府任上。六个孩子中，三个踏入仕途。其长子和长女死时的年龄都和相面时所得的钱数相同。次女在宋高宗绍兴十四年（1144）跟随她的丈夫祝生赴任衡山尉时，淹死在江中，恰好那年二十七岁。

王文卿相

建昌道士王文卿，在政和，宣和间，不但以道术显，其相人亦妙入神。

蔡京尝延至家，使子孙尽出见，王皆唯唯而已。独呼一小儿，谓曰："异日能兴崇道教者，必尔也。"京最爱幼子，再询之。王拊所呼儿背曰："俟此儿横金著紫，当赖其力可复官。"京大不乐。小儿者，陈桷，元承也，母冯氏，蔡之甥，故因以出入蔡府。

绍兴间，诸蔡废绝，陈佐韩蕲王幕府，主徽猷阁待制，知池州。岁在辛酉，蔡京子孙见存者，特叙官，向所谓幼子者，适来池阳料理，陈为之保奏，陈行天心法，食素，真一黄冠耳！

【译文】建昌（今江西南域）道士王文卿，在宋徽宗政和宣和年间，不但因道术高明而名声显赫，而且他为人相面也非常绝妙入神。

宋徽宗时，太师蔡京曾经邀请王文卿到府上相面，让他的子孙们都出来让王文卿看相，王都唯唯诺诺，搪塞几句便作罢。却把另外一个小孩叫过来对他说："将来能够复兴推崇道教的人一定是你呀！"蔡京最喜欢自己的小儿子，又向王文卿询问自己小儿子的面相，王文卿抚摸着他招呼的那个小孩的背部说："等着这个孩子穿上公服，紫袍金带，做官当权，应当依赖他的能力来恢复您小儿子的官位。"蔡京很不高兴。这个小孩是陈桷，字元承。小孩的母亲冯氏，是蔡京的外甥女。所以由于这层关系，陈桷经常出入蔡府。

宋高宗绍兴年间，蔡氏家族衰败，陈桷给蕲王韩世忠作幕宾，后来得授于徽猷阁待制的官，并到池州（今安徽贵池）做了知府。宋高宗绍兴辛酉年（1141）蔡京健在的子孙，被特别安排官职，蔡京的小儿子正好来池阳料理公务，陈桷为他们作保上奏而得官。陈楠奉行了天心正法，并且吃素，和一个真正的道士一样。

奢侈报

绍兴二十三年，镇江一酒官愚呆成性，无日不会客，饮食极精腆，同官家虽盛具招延，亦不下箸，必取诸其家，夸多斗靡，务以豪侈胜人。尝令匠者造十卓，嫌漆色小不佳，持斧击碎更造焉。啖羊肉唯嚼汁悉吐其滓，他皆类此。统领官员员琦从军于彼，每苦口谏之，反遭讪辱。

后八年，琦从太尉刘錡信叔来临安，谒贵人于漾沙坑，琦坐茶肆，向来酒官者直入相揖，裹碎补乌巾，著破衣裘，裘半为泥所污，跣足行，形容不可辨，久乃忆之。问其故，泣而对曰："顷从京口任满，到都下求官，累岁无成，孥累猥众，素不解生理，囊橐为之一空，告命亦典质，妻子衣不蔽体，每日求乞得百钱，仅能菜粥度日。"琦曰："何至沾污如是？"曰："得钱籴米而无菜资，但就食店拾所弃败叶，又无以盛贮，惟纳诸袖中，所以至是。"琦剀然曰："亦记昔时相劝乎？"曰："天实折磨，何所追悔。"琦邀至所寓，饷以羊酒，又与钱十千，使赎告身，后不复见。

又有郭信者，京师人。父为内诸司官，独此一子，爱之甚笃，遣从临安蔡元忠先生学，信自僦一斋，好挈其衣服左顾右眄，小不整，即呼匠治之，以练罗吴绫为鞋袜，微污便弃去，浣濯者不复着。黄德琬以绍兴己卯赴调，适与之邻，每劝之曰："君后生，未知世务，钱财不易得，君家虽富，亦不宜枉费，日复一日，后来恐不易相继耳！”信殊不谓然。

隆兴甲申冬，黄再入都，因访亲戚陈晟，见信在焉，为晟教幼子，衣冠蓝缕，身寒欲颤，月得千钱。自言父已死，尚有田三百亩，家资数缗，尽为后母所擅，一夕径去，不知所往，素不识田畴所在，无由寻索也。黄与数百钱，捧谢而退。

【译文】宋高宗绍兴二十三年（1153），江苏镇江的一个酒官，痴愚成性，没有一天不会客，饮食非常精细和丰厚，他的同僚摆下丰盛筵席请他，他也不动筷子，总要派人把自家的菜拿来，务必要以豪华奢侈超过他人。曾经命人制作十张桌子，嫌漆色不太好，于是用斧头砍碎，重新制作。吃羊肉时只嚼汁，全把滓吐掉，其他方面也都这样挑剔。统领官员琦当时在镇江服役，经常苦口婆心地劝说这位酒官，反而遭到嘲笑和侮辱。

过了八年以后，员琦跟随太尉刘锜（字信叔）来到杭州，在漾沙坑拜当地的豪门贵族。员琦独自坐到一个小茶馆，先前的那位酒官径直进来向他拱手作揖，头上用黑布零乱地包裹着，身穿破布做成的棉衣，破棉衣有一半被泥水弄脏，赤脚走路，形象难以辨认。良久，才回忆起来他是酒官。问他怎么变成这样子，流着泪回答说：“因不久前在京口（今江苏镇江）任期已满，然后到临安来求官做，多年没有办成，家中有妻子和一大群孩子拖累，我又不会其他谋生之道，弄得囊中空无分文，连做官的告身凭证也送去抵押换钱，妻子衣不蔽体，只好每天在街上行乞，要来百文钱。只能每天喝些菜粥糊口度日子，琦问他：“身上怎么脏成这个样子？”回答说：“要来的钱只够买粮食而没有了菜钱，只是到食里拣一些人家扔掉的烂菜叶，没地方放就塞到衣袖中，所以落到此步田地。”员琦有些伤感：“还记得当初劝你的话吗？”回答说：“老天确实惩罚了我，后悔也没什么用了！”员琦把他邀请到自己住的地方，配置羊酒款待他，又送给他十千钱，让他赎还告身，之后，再没有看到他。

另有一个郭信，是京师人。他的父亲在中央部里当司级官员，因为就这一个儿子，非常疼爱他。把他儿子带到杭州，从学于蔡元忠先生。郭信租赁一套书房，特别爱干净，穿衣服时总要前后左右看一遍，稍不齐整，就呼叫裁缝来修改，用苏州的精制绸缎做丝袜，略微脏一点就扔掉，洗过一次就不再穿了。曹德琬于高宗绍兴二十九年（1159）来到杭州等候调官，正好和郭信住的地方是邻居。常劝他说：“你还年轻，还不知世事的艰辛，钱财的来之不易，你们家现在虽然富裕，也不应该白白浪费，时间长了。恐怕以后难以持续。”郭信大不以为然。

宋孝宗隆兴二年（1164）冬天，黄德琬又来杭州，顺便拜访亲戚陈晟，看见郭信也在陈家，给陈晟的小儿子教课。衣冠破烂不堪，浑身发冷几乎颤栗。每月挣千文钱，他自己说：父亲已死，还有三百亩田地，几千缗家产，都被他的后母独占，后母有一天突然走失，不知去了哪里。郭信从来不知道自家的农田在什么地方，一切无处寻找。黄德琬给他百文钱，郭信双手接过，连连称谢，然后退出去了。

陈元舆

陈元舆（轩）侍郎，建阳人，元名某。未第前，梦经两高门，各有金书额，若寺观然。一曰：左丞陈轩，一曰右丞黄履，既觉即改名。以嘉祐八年第二人登科，履真至右丞，而陈但龙图阁直学士。

暮年，谓诸子曰："吾白屋起家，平生不做欺心事，今位不副梦，尝思其由，昔年守杭州日，寄居达官，盛怒一老兵，执送府欲杖之，而此兵年余七十，法不应杖，吾既听赎，而达官折简来相诮，不获已，复呼入，其家人罗拜，泣请曰：'若杖必死。'吾不听，亟命行决，果死于杖下，舆尸而出。至今二十年，吾未尝不追以自咎也。违法徇情，杀人招谴，宜其不登大位，汝等宜戒之。"方陈梦时，左右丞乃寄禄官，其后始以为执政，盖幽冥中已知之矣！

【译文】兵部侍郎陈轩，字元舆，建阳（今属福建）人。他原来的名字不叫陈轩，在没有考中进士时，梦到自己经过两个高门，其上各有金色匾额，像寺庙和道观一样，一个写着左丞陈轩，一个写着右丞黄履，醒来后就改名叫陈轩。在宋仁宗嘉祐八年（1063）的科举考试中，以第二名进士及第，后来黄履直做到右丞相的官位，而陈轩只做到龙图阁直学士。

到了老年，陈轩曾对几个儿子说："我白手起家，一生中不曾做过违心的事，今天的官位和梦中的未能相符合，考虑其中原因，是由于从前担任杭州太守时，寄住在杭州的一个大官为一个老兵而大怒，便把那老兵扭送到官府，打算杖打老兵，但因他已经七十多岁，按国法不应杖打，我就听凭他家里人出钱赎身。但那官这时却写信来讥讽我，不得已，又把老兵叫进来，他家里人跟进来列队叩拜，哭着给他求请说："如果杖打他，肯定会死！"我没有听从，急忙命令立即执行，果然死在杖下，用车把尸体运出去。到现在已二十年，我经常追悔这件事，深感内疚，违犯国法，徇私情错杀人，招致谴责，应该登不上高官位。你们应该以此为戒，警惕自身。宋仁宗在位时，左右丞还只是表示级别的寄禄官，并不是职务名称，到后来才成为掌握政府大权的具体职务官名。这些事情，在阴间是早已知道了。

高氏饥虫

从政郎陈朴，建阳人。母高氏，年六十余，得饥疾。每作时，如虫啮心，即急索食，食罢乃解，如是三四年。畜一猫甚大，极爱之，常置于旁，猫娇呼，则取鱼肉和饭以饲。

建炎三年夏夜，露坐纳凉，猫适叫，命取鹿脯，自嚼而啖猫，至于再觉一物上触喉间，引手探得之，如拇指大，坠于地，唤烛照其物，凝然头尖匾，类塌沙鱼；身如虾壳，长八寸，渐大，侔两指，其中盈实，剖之肠肚，亦与鱼同，有八子胎生，蠕蠕若小鳅。人皆莫能识为何物，，盖闻脯香而出也，高氏疾即愈。

【译文】从政郎陈朴，建阳（今属福建）人。其母高氏已六十多岁，得了一种饥饿病。每次病情发作时，像虫子咬心一样难受，就急忙寻找食物，吃了食物后病痛马上解除。高氏养育一只很大的猫，特别喜欢它，常常把它放在身边，猫一旦撒娇地叫一声，家里人就赶紧拿来鱼肉和饭喂它。

宋高宗建炎三年（1129）夏天的一个夜晚，高氏在露天地上坐着乘凉，猫又叫唤，她马上吩咐人拿来鹿脯，自己把鹿脯咀嚼后再喂猫吃，忽然觉得有一样东西卡在咽喉中，伸手掏出来像拇指一样大的东西掉在地上，唤来奴仆用蜡烛照那东西，只见那东西头部尖匾，类似塌沙鱼，身体像虾壳，长八寸，渐渐变大，有二乍长，中间充实饱满，把掏出来的东西解剖开，和鱼类的肠肚相同，已有八个胎子，蠕动着像小泥鳅一样，人都不能识别它是一种什么怪物，可能是闻到了鹿脯的香味把它吸引出来了。高氏的病也随即痊愈。

翁吉师

崇安县有巫翁吉师者，事神著验，村民趋向籍籍。

绍兴辛巳九月旦，正为人祈祷，忽作神言曰：“吾当远出，无得辄与人间事治病。”翁家恳诉曰：“累世持神力为生，香火敬事不敢怠，不知何以见舍？”再三致叩，乃云：“番贼南来，上天遍命天下城隍社庙各将所部兵马防江，吾故当往。”曰：“几时可归？”曰：“未可期，恐在冬至前后。”自是影响绝息。尝有富室病，力邀翁，挈祈祷，掷珓百通讫不下，至十二月旦，复附语曰：“已杀劫番王，诸路神祇尽放遣矣！”即日灵响如初。

【译文】崇安县（今福建武夷山）有个叫翁吉师的人，专门靠祈祷神灵向人们索取财物。因为他求神灵验，所以附近百姓都纷纷找上门去。

宋高宗绍兴三十一年（1161）九月初一那天，翁氏正在给人祈祷求神，忽然被神附在身上说：“我该外出到远方去，不能总是给人求神问事和治病。”翁的家人诚恳地向翁诉说：“我家世代依赖神的力量过日子，用香火中奉神灵为大伙问事从不敢懈怠，不知为什么要被神抛弃了？”多次给翁吉师叩头，哀求他，这时翁才说：“北方金兵南侵，于是上天命令天下所有的城隍社庙中的各位将帅，带领各自辖区内的兵马去驻防长江，我也应当前往参加。”家人问：“什么时候能回来？”回答说：“期限不定，恐怕得到冬至前后才能回来。”从此，翁氏的灵验便断绝了信息。这期间曾经有一户富人家的妻子得了病，极力邀请翁氏，翁便严密清洁祭器进行祈祷，把祷告用的杯珓来回投掷上百次，终究没有请出神灵。到十二月初一，才又附体说：“已杀退了南犯之敌，各路地上神灵都已被放还回来。”由这天起，神灵又灵验得和过去一样了。

陈墓杉木

建阳民陈普，祖墓傍杉一株，甚大。绍兴壬申岁，陈族十二房共以鬻于里人王一，评价十三千，约次日祠墓伐木。是夜，普梦白须翁数人云：“主此木三百八十年，当与黄察院作椁，安得便伐？”普曰：“谁为黄察院？”曰：“招贤里黄知府也！”普曰：“渠今居信州，岂必来此？”翁曰：“汝若不信，必生官灾，况我辈守护数载，虽欲卖，必不成！”普觉而语其妻。妻曰：“只为此树常遭孙侄怒骂，切无妄言。”

明日，王一携钱酒及鹅、鸭来，祀冢罢，与众聚饮于普家，饮毕，人分钱千有八十，尚余四十钱。普取之曰：“当以偿我薪直。”一侄素凶狠，夺而撒于地，普怒欧之，至折其足。王一犹未去，惧必兴讼，不复买木。但从诸人索钱，四人不肯，又相欧，遂诣邑列诉。初诸陈各有田三二十亩，因是荡焉。或窜徙它县。

后五年，黄察院卒于信州，其子德琬买椁未得，访求于故里，有以陈杉来言，云："愿鬻已久，因校四十钱，数房荡析，恐不能遽合，尔试遣营之。"则三日之前，在外者适还，是时已成十六家，各与千钱，皆喜而来，就竟仆以为椁。普方话昔年梦，琬细视木理，恰三百八十余晕云。察院名达如。

【译文】建阳人陈普家的祖墓旁边有一棵特别大的杉树，宋高宗绍兴二十二年（1152），陈氏家族的十二户人家共同商议把这棵杉树卖给同乡里的王一，估算的价格为十三千钱（十三缗），约定第二天到祖坟上去砍树。当晚，陈普梦见几个白胡子老头对他说："我们掌管这棵树已经三百八十年了，应当用它给黄察院做棺材，怎么能随便砍伐？"陈普问："谁是黄察院？"答道："就是招贤里的黄知府。"陈普又问："他现在居住在信州（今江西上饶），怎么一定要来这买这棵树呢？"老人答："你要是不相信，一定会吃官司，何况我们这些人多年守护着这棵树，就是想卖也卖不成！"陈普醒来后，把梦中事告诉给妻子。他的妻子说："只因为不卖这一棵树而常遭子孙和侄子们的怒骂，你千万不要出去乱说。"

第二天，王一带着钱、酒和鹅、鸭来坟墓上祭祀一番后，又和大家一起在陈普家喝酒，然后每户分给一千零八十文钱，还余下四十文钱，普拿过来说："应该以此来补偿我的柴火钱。"他的一个侄子一向很凶狠，把钱从陈普那儿夺过来撒在地上，陈普恼怒地殴打他，以致于折断了他的脚。王一还未走，目睹了这一切后，恐怕要打官司，就说不想再买这棵树了，便想要回分给各家的钱，但有四个不愿还钱，又相互殴打起来，于是到县衙里集体打官司。本来陈氏家族中的各户都有二、三十亩耕地，因为这次官司全都荡尽了，有的人还移到其他县去居住。

五年后，黄察院死在信州，他的儿子黄德琬在当地没有买到棺木，回到故乡求购。有人告诉他陈家有一棵大杉树，并说早都想卖了，因为计较四十文钱而吃了官司，有几户人家荡尽家财逃往他乡，恐怕不能马上把他们全家聚齐。于是黄德琬试着派人寻找陈家，正好三天之前在外县的人都回来了，这时已变成十六家，每家各分一千钱，都高兴地从外地搬回来了。等黄家的仆人把杉树做成棺材后，陈普才说出了前几年的梦。黄德琬仔细地观察杉树的木纹，恰好三百八十多个年。黄察院的名字叫达如。

永宁庄牛

秦氏建康永宁庄，有牧童桀横，常骑巨牛，纵食人禾麦，民泣请不悛，但时举手扣额，诉于天地。

绍兴二十四年三月中，正食麦苗，风雨雷电总至，牛及童俱震死。同牧儿望见空中七、八长人，通身著青布衣于烈焰中提童去，又一人挈牛升虚，凿其脑后一窍，阔寸许，舌出一尺，火燎其毛无遗。监庄刘稳舁牛弃诸江，民窃揽取剥食之，刘诣尉诉，谕劝之，乃止。

【译文】丞相秦桧家在建康（今南京）城外永宁庄，庄里有个牧童非常凶暴蛮横，经常骑着一头大牛，放肆地到民田里吃人家的禾苗和庄稼，百姓哭着哀求他，仍不悔改，只好不时地举双手叩打额头向上天和大地哭诉。

宋高宗绍兴二十四年（1154）三月中旬的一天，牧童的巨牛又在吃麦苗，突然风雨雷电交加，牧童和巨牛全被震死了，放牧的小孩望见空中有七、八个长人，全身穿着黑色衣服在烈火中提着牧童离去，又有一个人携带着大牛升入空中，把牛的脑后凿开一个窟窿，约一寸宽，舌头伸出来一尺长，大火把牛毛烧得净光，管理田庄的刘稳叫人把死牛抬走扔到江里去，百姓偷偷地在江中截住，捞上来剥吃牛肉，刘稳找到县尉，想让县尉惩办这些百姓，经县尉好言相劝，才算了事。

犬啮绿袍人

崇安人彭盈，纳粟得将仕郎，既受命，诣妻家致谢。其家养七、八犬，甚大且恶，居深山间素无官人登门，彭服绿袍拜妻母未竟，群犬不吠同时而出，一犬先啮幞头，众犬环搏之，面皮耳鼻皆破，滚转于地，家人惊迫，以巨棒痛击，方退，彭已困卧血中，昏不能知人，两日而死。犬吠所怪，盖真有之，钟士显侍郎只一子，阴补入官，往妻族讲礼，毙于犬，其事正同。

【译文】崇安（今福建武夷山）人彭盈，用钱买了个将仕郎的官衔，一天，到岳父家去谢恩。他们家养有七、八条大狗，非常凶恶，因常年居住在深山里，从未有官吏来过家中。彭盈身穿绿袍官服给岳母行礼叩拜，还未直起身来，没有听见叫声，一群狗就同时跑出来，一条狗先咬住彭的官帽，其它狗便围着他咬，脸皮、耳、鼻都被抓破，彭在地上直打滚，岳父的家里人见此情景非常惊慌，急忙用大木棍痛打狗，才算退去，彭氏已瘫倒在血泊中，昏迷不醒，两天后就告别人世。狗咬死人这种怪事，大概真有实事。钟士显侍郎就有一个儿子，荫补而得官，到岳母家还礼谢恩，被狗咬死，正好与以上故事所讲相同。

叶德孚

建安人叶德孚，幼失二亲，唯祖母鞠育拊视，又竭力致生。尝语叶云："术士言汝当得官，吾欲求宗女为汝妇。"建炎三年，因避寇徙居州城，而城为寇所陷，时叶二十一岁矣，祖母年七十，不能行，尽以所蓄金五十两，银三十铤付之，使与二奴婢先出城。戒曰："复回挟我出，勿得弃我，我虽死，必诉汝于地下。"叶果不复入，祖母遂死寇手。及乱定已不可寻访。

叶用其物买田贩茶，生理日富。绍兴八年，假手获乡荐，结昏宗室，得将仕郎。明年参选，以七月二日谒蜀人韩慥问命。韩曰："必作官人，不读书亦可，若询前程，俟过二十二日立秋，别相访，当细为君说。"叶大怒，几欲箠辱之，同座黄德琬劝使去。后十六日，叶得病即呕血，始以为忧，同行乡僧来货茶，与之同岁，乃令具两命复诣韩，韩曰："记得此月初曾看前一命，但过不得立秋，此日不死，吾不谈命。"僧归，不敢言。叶病中时时哀鸣曰："告婆婆当以钱奉还，愿乞命归乡，勿陵迟我。"竟以立秋日死。叶不孝不义，鬼神当殛之，客死非不幸也。韩之术一何神哉！

【译文】建安（今属福建省）人叶德孚幼年就失去双亲，单靠祖母尽心教育抚养他，同时祖母还竭力谋生计过日子。祖母曾经对他说：“术士说你应该做官，我要找一个娘家的女子给你做媳妇。”宋高宗建炎三年（1129），因为躲避入侵贼寇挑起的战乱，祖母和叶氏迁入州城居住，但州城马上又被攻陷，这时的叶德孚已二十一岁，祖母已经七十岁行动不便，于是她把所有的积蓄五十两黄金、三十铤银子全都交给了叶德孚，让他和两个奴婢先出城，并嘱咐叶：“赶紧回来接我，不要扔掉我不管，否则，即使我死了，也一定要在阴间控诉你。”叶果然没有及时回城里去，祖母就死在贼寇手中。等战乱平定后，已经无处查寻祖母的下落。

叶用祖母的遗产置买了农田，并贩卖茶叶做生意，生活日益富足。宋高宗绍兴八年（1138），利用别人代考，中了乡试，并与皇族宗室赵姓女子结了婚，又得了将仕郎的官衔。第二年又参加官吏选拔，于七月二日拜访蜀郡人韩悎，请他算命。韩对他说：“你一定会做官，不读书也可当上官，如果想询问前程事业，等过了二十二日，立秋后来访我，再给你仔细讲解。”叶氏大为恼怒，几乎要鞭打欺辱韩悎，被在座的黄德琬给劝走了。过了十六天，叶氏生病，随即吐血，才开始担忧自己的生命，一块做生意的一个同乡和尚来卖茶，此人和叶同岁，于是叶叫他带两个人的生辰到韩处问命，韩说：“记得本月初曾看过前一个人的命，只是那个人活不过立秋那天，若这天还不死，我不再给人看命。”僧人回到叶家，没有敢说出实情。叶在病床上时常哀求说：“告诉婆婆我应当把钱奉还她，希望求得活命回到故乡，不要给我施加酷刑。”竟然在立秋那天死去了。叶德孚不孝顺，不仁义，鬼神都以为应当用雷殛死他，所以死在他乡异地，也并非不幸。韩悎的相命技艺是何等的灵验啊！

茅山道人

《丙志》所记秦昌龄咎证事不甚详的，今得其始末，复载于此。

绍兴癸酉三月，秦同其侄焞诣茅山观鹤会。邀溧水尉黄德琬访刘蓑衣于黑虎洞林间，席地饮酒，遣小史呼能唱词道人，俄，二十辈来。迨夜，步月行歌至清真观路口，道堂众坐诸人各呈其伎，忽空中如人歌四句，黄尉能记其二，云："四十三，四十三，一轮明月落清潭。"秦正四十三岁矣，大不乐，历扣二十人，此谁所言，皆曰："元未尝发口。"乃罢酒而还，九月果卒。

前一年，达真黄元道谓秦曰："君有冤对，切忌四三。"秦恳求解释之术，时幼儿弄磁瓢为戏，黄取其一，呵祝以授秦，秦接之，手内如火，不觉扑于地。黄复拾取，叹息曰："了不得。"回顾医者汤三益曰："君宜藏此物，遇有急，则倾倒之，得青丸则不可服，红丸则可服。"后三年，汤病伤寒甚笃，试倾其瓢得红药一颗，服之即瘳，至今犹在。

【译文】《夷坚丙志》中记载的秦昌龄咎证事，不很详细明了。现在找到了它的发生和结果的真实材料，重新在这里作以记述。

宋高宗绍兴二十三年（1153）三月，秦昌龄和他的侄子秦焞一起到茅山游道教庙会。邀请溧水（今属江苏）县尉黄德琬一起去拜访刘蓑衣。在黑虎洞附近的树林里，席地而坐，会餐饮酒，派书童去叫些能演唱诗词的道士来助兴。一会儿，二十多个道士就过来了。到了夜晚，大家在月光下边走边唱，来到通往清真观的路上，会集在道堂里的道士们纷纷献出自己的技艺，忽然听到空中像有人唱歌，共有四句词。黄德琬记得其中的两句是："四十三，四十三，一轮明月落清潭。"秦昌龄当时正好四十三岁，听后很不高兴，逐个询问那二十个道士，刚才是谁唱的，都回答说："根本不曾开口。"于是酒席不欢而散，各自回家。到了九月秦果然死去。

在此前一年，黄达真（名元道）对秦昌龄说："你有冤家作对，务必忌讳四十三。"秦诚恳地请求黄给他破解的方法。当时，旁边有一个小孩正在用磁瓢做游戏玩耍，黄取来一个磁瓢拿着，弯腰祈祷后把它交给秦，秦接过来，手中像捧了火，禁不住扔在地上，黄又把它拾起来，叹着气说："情况严重了。"扭头对他身边的医生汤三益说："你应收藏这个磁瓢，遇有急病时，就倾斜着倒过来，得到黑色药丸就不能服用，若是红丸就能服用。"后来第三年，汤氏得了伤寒病，非常严重，试着倾倒磁瓢，得到一粒红药丸，服后即病愈，到现在还活着呢！

泉州杨客

泉州杨客为海贾十余年，致资二万万，每遭风涛之厄，必叫呼神明，指天日立誓，许以饰塔庙，设水陆为谢，然才达岸，则遗忘不省。亦不复纪录。绍兴十年，泊海洋，梦诸神来责偿，杨曰："今方往临安，俟还家时，当一一赛答，不敢负。"神曰："汝那得有此福，皆我力尔，心愿不必酬，只以物见还。杨甚恐。

以七月某日至钱塘江下，幸无事不胜喜，悉辇物货置抱剑街，主人唐翁家，身居柴垛桥西客馆。唐开宴延伫，杨自述前梦，且曰："度今有四十万缗，姑以十之一酬神愿，余携归泉南置生业，不复出矣。"举所卖沉香、龙脑、珠翡珍异，纳于土库中，他香布、苏木，不减十余万缗，皆委之库外。是夕大醉。次日，闻外间火作，惊起走，登吴山，望火起处尚远，俄顷间已及唐翁屋，杨顾语其仆，不过烧得粗重，亦无害。良久，见土库黑烟直上，屋即摧塌，烈焰亘天，稍定环视，皆为煨烬矣。遂自经于库墙上。暴尸经夕，仆告官验实，乃得藁葬云。

【译文】福建泉州的杨客在海外经商十几年，积累资金多达两亿，每次遭受风暴袭击后，必定狂叫大呼神求救，对天地发誓许愿：将修造装饰佛塔寺庙，设立水陆道场祭神，以此表示感谢。但是，一到岸上，就把诺言完全忘掉不再提及，也根本不曾作过纪录，以便来日兑现。高宗绍兴十年（1140），杨客又一次出海做生意，梦见各路神仙来责成他还愿，履行诺言。杨客说："我现在正要去杭州，等回来时，定当一一答谢，实现诺言，决不敢辜负诸神的心愿。"众神说："你怎么会有这种好福气，全是仰仗我们的威力。你许的愿不必还给我们了，只要求你把货物偿还。"杨客非常害怕。

七月的一天，又带着一批货物到达钱塘江下游，侥幸一路没有遇到麻烦，不禁暗自高兴，把所有的商货用车子提到抱剑街的唐翁家储存。而他自己住到柴垛桥西边的客馆里，唐翁设宴款待杨客，杨客向唐翁述说了前几天的梦，并且说："估计我现在有四十万缗钱，暂且用其中的十分之一来酬谢诸神灵的恩德，其他的带回泉州南部安置家业和生计，不再出没海上做生意。”把所有带来的沉香、龙脑、珠翡、珍异，放入仓库中，其他的香布、苏木不下十几万缗的货物堆积在土库外边。当晚，杨客喝得酩酊大醉。第二天一早就听见屋外起火的声音，慌忙起来奔跑出去，登上吴山眺望起火的地方离自己还远，转眼间火势已窜到唐翁家的房子，杨客回头对他的仆人说：“不过是稍微严重点儿，也没多大的危害。”过了好长时间，看见土库里直往上边冒黑烟，随即房子摧毁倒塌，怒火冲天。又过一会儿，火势稍减，他去看自己的货物，都已烧成灰烬了，于是杨客自己吊死在土库的墙上。尸体在那儿停了一天，奴仆请官府验证是自杀后，才得以草草地把他埋葬了。

僧化犬赋

陈茂秀才，建阳人，工为文，聚徒数十人于开福寺地藏院。院僧德辅，能诵孔雀经，主持水陆，戒律颇严。陈之徒扰之已甚，稍不副其欲，浸润于陈，陈遂撰《德辅白昼化犬赋》播于外。其隔联云：“饥噬米糠，几度寻思于药食，冷眠苕帚，这回抛弃于禅床。”阖邑士，民惊而来问，四远传者皆以为然。辅不胜忿，具疏告天地旦旦，登钟楼以额扣钟，一扣一拜，日百拜乃止。已而，陈得疾，疮秽遍体，不复能聚徒，困悴以死。众谓：口业招谴然，僧之用心报复，亦为已甚矣！

【译文】建阳（今属福建）秀才陈茂，做文章的功底非常好，聚集了几十学生集中到开福寺地藏院办学，院里的僧人德辅会背诵孔雀经，主持水陆戒律非常严格。陈茂的学生经常打扰他，德辅稍不合他们的心意，学生就向陈茂献谗言，于是陈茂就撰写了一篇《德辅白昼化犬赋》，在寺外传播，其中有一联说：“饥饿时候吃米糠，几次打算吃毒药；天冷时睡在笤帚上，这回抛弃了禅床。”全城百姓都感到惊奇，纷纷来查问，四面八方听到的人都以为是真的。德辅非常愤怒，把所有这些原原本本地上告给天地神灵，每天早晨登上钟楼，用额头撞大钟，撞一次拜一会儿，直到持续了一百天才停止。不久，陈茂得病，遍体脓疮，不能再招收学徒，穷困憔悴而死。人们都说是他出口不逊，嘴上无德招致的谴责。不过和尚的报复之心也够严重了。

张翁杀蚕

乾道八年，信州桑叶骤贵，斤直百钱。沙溪民张六翁，有叶千斤，育蚕再眠矣，忽起牟利之意，告其妻与子妇曰：“吾家见叶以饲蚕，尚欠其半，若如今价，安得百千以买，脱或不熟，为将奈何？今宜悉举箔投于江，而采叶出售，不唯百千钱可立得，且径快省事。”

翁素伉暴，妻不敢违，阴与妇谋，恐一旦杀，明年难得种，乃留两箕藏妇床下。是夕适有窃桑者，翁忿怒，半夜持矛往伺之，正见一人立树间仰，舂以矛洞其腹，立坠地死。归语家人曰：“已刺杀一贼矣，彼夜入为盗，虽杀之无罪。”妻矍然，疑必其子，趋视之，果也。即解裙经于树，翁讶其妻久不还，又往视，复自经死，独余妇一身烛火寻其夫，乃见三尸，大呼告邻里。里正至，将执妇送官，妇急脱走至桑林，亦缢死。

一家无遗，元未得一钱用也。天报速哉。

【译文】宋孝宗乾道八年（1172）信州（今江西上饶）桑叶实然涨价，每斤桑叶价值百钱，沙溪百姓张六翁有一千斤桑叶，自家养蚕，这时蚕已有二眠，他突然萌发了趁机牟取暴利的想法，并告诉他的妻子和儿媳妇说："我们现有的桑叶若用来养蚕，但还缺一半不够，若按现今的桑叶市价，我又从哪里能养千百钱去买呢？如缺少桑叶，蚕养不到结茧，那怎么办呢？现在应该把所有的蚕箔一起都投放到大江中去，而采摘桑叶来出售，不仅能够马上得到百千钱，而且时间快又省事。"

张六翁历来骄纵凶残，妻子不敢违抗，私下与儿媳商量，恐怕一旦把蚕都杀死，明年难以买来蚕种，于是留了两箕藏在媳妇床下。有一天傍晚，正有偷桑叶的人，张六翁非常恼，一气之下半夜里手持长矛前去窥视那偷桑者，正看见一个人站在树中间仰着脸摘桑叶，他便冲过去用长矛朝那个人腹部猛刺过去，那人立刻倒下死了。回来后对家人说："刚才已刺杀了一个窃贼。那人夜里闯入桑园偷盗，杀了贼也算不上犯罪。"其妻惊慌地怀疑那被刺死的是自己的儿子，走近一看，果然如此。即解掉裙带，自杀于桑园。张惊讶其妻久去不回，也去桑园，发现后也自杀了。就剩下儿媳一人举着烛火去寻找丈夫，才发现三个人的尸体，大叫着告诉了邻居和乡里。里正到后，要把儿媳送到官府去，她急忙脱身跑到桑林也上吊了。全家没有剩下一个人。也不曾得到一文钱。老天报应可真快呀。

卷第七（十六事）

扫码听谦德
君为您导读

戴楼门宅

显谟阁学士林绍年，二十岁时，赴省试。入京师，僦居戴楼门内，所处极荒僻，人多言彼宅凶怪，以其僦直廉，不问也。数日后，闻堂屋两山小儿语声，唤仆登屋视之，无所见。次夕三鼓，宿房内，有盗至，尽揭盖覆衣衾去，而门窗如初。须臾，一仆举所卧荐席，其下若新坎穴，衣衾在焉。又次夕，阴晦中一物坠地，声甚大，至晓，乃花纹石段四五，各长数尺。里巷来观，有识者云："此州桥花石也！"时方修桥，往验之，信然，遂徙出。

【译文】显谟阁直学士林绍年二十多岁时到京师参加省试，在戴楼门内租赁房屋居住，那里非常荒凉偏僻，当地人都说那处宅子里不吉利又怪异，但因为这座房屋的租价便宜，所以也就不顾及那些传说了。过了几天后，听见堂屋两边山墙上有小孩说话的声音，叫来仆人，让他登上屋顶看一下，什么也没发现，第二天晚上三更时，林氏主仆住的屋子内来了盗贼，把所有的铺盖和衣服都拿走了，而门窗关闭如初。不一会儿，一个仆人掀开自己睡的草席，下边好像有一个刚挖好的地穴，衣服和被子全在里边。又到了一天的夜晚，昏暗之中觉得上边有什么东西掉到地上，声音很大。到天亮时才发现是四、五块带有花纹的石条，各有几尺长。附近的人都来观看，有见过这种石条的人说："这是州桥的花石条。"当时正在修建州桥，前往验证，果然是。于是便从这所宅子中搬迁出去了。

林氏婿婢

林显谟长女，初嫁一武官，夫妇对饮，遣婢往堂后小圃摘菜，少顷，婿忽大叫仆地，如中风状，至晓始苏，婢亦方还。蓬头垢面，衣服皆沾污，疑其乘隙有他过，诘之。云："初入圃，放灯笼于侧，以小刀掘菜，根方举，一窠有小儿长尺许，自地跃出，挥刀斫之，应手成四、五儿，愈斫愈多，牵衣而上，遂为所压，坠昏不醒。及觉，日已出。"度其见怪时，正婿得疾之际，婿自是感心疾死，林女后适中大夫任雍。

【译文】显谟阁直学士林邵年大女儿当初嫁给了一个武官。有一天傍晚，夫妇俩打算共同饮酒，派婢女到屋后的菜园里摘菜。不一会儿，林女的丈夫突然大叫一声，跌倒在地上，像中风了一样。到天亮时才醒过来，这时婢女也才回到屋中，却蓬头垢面，衣服全都弄脏了。夫妇俩就怀疑婢女乘家人慌乱的空隙干了什么坏事，便责问她。婢女说：她刚进到菜园，把灯笼放到旁边，用小刀挖菜，刚拔出菜根儿，就发现一个坑内有小孩，约有一尺长，从地下跳起来，我挥舞着刀砍他，砍断后，马上又变成四五个小人，愈砍变得愈多，拉着婢女的衣服爬到她身上，并被他们压倒在地上。昏迷不醒，等醒过来时，太阳已经出来了，估计是遇了鬼怪。那时正是林氏丈夫疾病发作之时，从此感染上心脏病，后来死掉。林显谟的大女儿又嫁给了中大夫任雍。

王厚萝卜

王厚，韶之长子，位至节度使，为边帅。晚年归京师，一日，家集，菜碟内萝卜数十茎。忽起立，须臾，行案上，众皆愕然。厚怒形于色，悉撮食之，登时呕吐，明日死。幼弟采，字辅道，宣和初为兵部侍郎，坐天神降其家，被极刑，人以为韶用兵多杀之报。

【译文】王厚，是王韶的大儿子，官位到达了节度使，并做了边关元帅。晚年回到京师。一天，家人聚餐，菜碟内的萝卜突然站立起来，不一会儿，又在饭桌上行走，大家都感到吃惊。王厚恼羞成怒，全都把他们撮起来吃掉了，但马上呕吐不止，第二天就死去。王厚的小弟王采，字辅道，宋徽宗宣和初年（1119）任兵部侍郎，因天神降临他家而被处以极刑。人们以为这是王韶用兵作战杀人太多的报应。

天台玉蟾蜍

蔡州城西军营中有庙曰：天台山庙，不知其义。庙中有石，高三尺，石眼有水，虽旱岁不涸。尝为人发地测之，愈深愈大，不可穷极；又有小白蟾蜍，雪色而朱目，常在水中，或至人家，则为吉兆。

朱鲁公丞相（胜非），郡人也。崇宁四年春，得之于所居堂户限下，以净器覆之，周围封志甚密，祝之曰："若果通灵，当自归庙。"至暮，举器无见矣。径往庙访视，乃在水中，是岁，朱公登第。

【译文】蔡州城（今河南省汝南），西军营中有座庙。叫天台山庙，没有人知道它的名字的含义是什么。庙中有一块高三尺的石头，石头上的泉眼中有水，即使大旱之年也没有干涸过。曾经有人挖地测量它的深度，越往下发掘水的面积越大，始终没有到尽头，石眼的水中有只小白蛤蟆，身上为雪白色，而眼睛却是红色，常在水中游动，有时跑到百姓家去，一到那家，就会给这家人带来吉祥的兆头。

丞相鲁国公朱胜非，也是当地人。宋徽宗崇宁四年（1105）春天，在他居住的堂户门槛下捉到了白蟾蜍，便用一个干净的器皿把它罩起来，而且把周围封闭得十分严密，向它祷告道："如果你真能通达显灵，就应该自己回到庙里去。"到了傍晚，朱氏把器具举起来已经找不到蟾蜍了。径直到了庙里查访巡视，却已在水里边，这年朱胜非在太学考试中上榜及第。

济州逆马

政和初，济州村民家马生驹，七日大与母等，额上一目，中有二睛，鼻吻如龙，吻边与蹄上斑文如虎，色正赤，两膊皆起肉焰。一夕，食其母皮骨无遗，逸出田间。民虑其为患，集数十人追杀之，近邸画工图其以示人，盖兽中枭獍也。

【译文】宋策宗政和初年，济州（今山东济宁）有个村民家里的马生了一头小马驹，七天就长得和母亲一样高大，额头上有两只眼，眼中间长有两个眼球，鼻子和嘴唇像龙的鼻子和嘴唇一样，唇边和蹄子上的斑纹像老虎身上的斑纹，全身颜色都是红的，两只前腿上都起着像火焰一样的肉疙瘩，一天晚上，它一点不剩地吃掉了它母亲的皮肉和骨头，跑到了田间。百姓担忧它成了祸害，就聚积了几十个人追赶着杀了那马。附近一个能绘画的人把它的形象制成图让人们观看，这真可谓是一种凶残得如同枭獍（如虎豹，生来吃父母）一样的动物了。

南京龟蛇

靖康元年闰月，北虏南犯，南京合围方急，有龟蛇见城中，大如车轮，高三尺，骨尾九条。甲色如蜡黄，每甲刻一字，可辩者八，云：“郭、负、放、生、千、秋、万、岁。”余不可读。目光射入，颈鳞如钱，顾视，殊不凡。留守朱鲁公命置于城隍庙，郡人争往观，公畏其惑众，乃言龟不食，岂思水耶？投之南湖，不复出。

继又雷万春庙，有大赤蛇，蟠香炉中累日不动，但时或举首，人莫敢近，公作文祭焉。且言贼犯域不施阴助，乃出异物，以怖人，何也？即日蛇亡，凡受敌逾半年，竟不能陷。

【译文】宋钦宗靖康元年（1126）闰月，北方金兵南下侵犯中原，南京（今河南商丘）城周围告急，突然，有一只高高拱起的乌龟出现在城里，像车轮一样大，三尺高，有九条尾骨，龟甲的颜色像蜡一样黄，每块龟甲之上刻有一个字，能辨清其中八个字是：“郭、负、放、生、千、秋、万、岁。”其余无法辨认，神龟目光射人，脖颈上的鳞片像铜钱一样大，仔细观看，特别不一般，南京留守鲁国公朱胜非命人把神龟放到城隍庙里，百姓们争先恐后地前往参观。朱公害怕他扰乱民心，于是扬言，龟不吃东西，是否想回到水里呢？乘机把它投入南湖中，再也没有出来。

以后又有一件事：雷万春庙出现了一条赤色大蛇盘绕在香炉中，整天时间不动，只是时不时地抬头看，没有人敢靠近它，朱鲁公写文章祭祀它说：“胡贼进犯南京城，老天不施舍帮助，于是出现了这种怪异之物来吓唬人，这是为什么？”当天蛇死，南京城被敌人攻打半年多竟然没有失陷。

秉国大夫

张邦昌为中书舍人，使高丽。至明州，谒东海庙，夜梦神，告曰：“他日至中书侍郎，但不可为秉国大夫。”后数年，当宣和末，果有凤池之拜。靖康元年正月九日，围城中拜少宰，出质于虏营，挟以归燕山。明年都城失守，虏胁立为楚帝，遂坐诛。

【译文】张邦昌任中书舍人时，曾出使高丽国（今朝鲜）。走到明州（今浙江宁波），拜谒东海庙，夜里就梦见神仙，告诉他说："以后你的官位可升到中书侍郎，但是不可做主持国政的宰相。"过了几年，正当宣和（宋徽宗）末年，果然被授以中书侍郎之职。靖康（宋钦宗）元年（1125）正月九日，被围困在开封城中，被授予宰相之职，结果被当作人质进入胡人的兵营，后被押挟到燕山。第二年，开封城失守，他在金兵的威胁下被立为楚帝，于是不久便被杀掉。

朱胜私印

朱丞相留守南京，虏寇来攻，方修守备，夜巡城至南门，见壕外光照地，冏然如烛，遣人视之，无物也。谨识其处，旦而掘之，得一铜方印，大径寸，古篆四字，曰：朱胜私印。铜色深绿，制作甚精。朱公名胜非，而不是印上写的朱胜私，亦异矣。（右八事皆见朱丞相《秀水闲居录》）

乾道八年，予仲兄留守建康，亦发土得印，径寸七分，其文十二字曰：西道行营水陆诸军都虞侯印。欲考其何时，而未暇也。

【译文】朱丞相留守南京，贼兵来进攻南京城，而城内在修建防守设施。朱丞相夜间巡视城防经过南门时，发现城壕外，有光照在地上，像蜡烛一样亮，派人前去详看，没有什么东西。仔细在这块地方做了标记，早晨朝下挖，找到一方铜印，有一寸长，上有四个古篆字：朱胜私印，铜印为深绿色，制作非常精致。朱公名叫胜非而不是印上所写的朱胜私，也真奇怪了！

宋孝宗乾道八年（1172），我的二哥留守建康（今南京），也曾挖土得印一枚，长一寸七分，印上共有十二个字：西道行营水诸军都虞侯印。想考证其年代，只是还没有空闲时间。

大浑王

闻人兴祖字余庆，秀州人，博学有文采，魁伉豪放，不拘小节。居于近郊，自称东郊耕民。为州学录，与学谕娄虚友善。

绍兴丁卯夏，虚以疾卒。秋九月，兴祖梦一客来访其居，绯袍跨马，导从甚盛，谛视乃虚也。谓兴祖曰："幸当与君联事。"呼后骑使升曰："此马顷刻千里。"俯仰间身已据鞍，遂交辔而行，夹道列炬如昼，行数里，火光浸微。至大官府中，有殿南向，垂帘，帘内灯烛明灭，廷下吏卒或坐或卧，见二骑至，不为起，二人转而东，复少北，有厅事对设两榻，执事者鞠躬声喏，虚揖就坐，曰："此君治所也。"俄一小儿自屏间出，挽其衣，虚曰："令嗣先在此矣。"盖数年前所失稚子也。虚曰："君且归，徐当相迎。"兴祖方揽辔，蹶然而寤。

明日遍告常所来往者，疑为不祥。未几因出谒，过娄氏之门，毛骨凛然俱竦，即得疾，扶归家，信宿而卒。卒后，其表弟陈振梦见之与语，如平生、振曰："闻兄为冥吏，信否？"兴祖唯唯。振又曰:“人持杯珓来卜者,兄能告以吉凶乎?”曰:“大浑王雅不喜此。”振曰:“然则兄为大浑王官属邪?”兴祖遽曰:“吾失言,吾失言。”号恸而去。振惊寤,尚依约闻其哭声云。

【译文】闻人兴祖,字余庆,秀州(今浙江嘉兴)人,学识文博。富有文采,身体魁梧强健,性格豪放,不拘小节,住在京城近郊,自称东郊耕民,担任州儒学录事,与儒学教谕娄虚十分友好。

宋高宗十七年(1147)夏天,娄因病去世。到秋天九月,兴祖梦一位客人来他家拜访,身穿红袍骑着马,有很多侍从陪同,他仔细一看,原来是娄氏。娄氏对兴祖说:“很荣幸能和你共事。”呼唤后边的骑兵牵上来一匹马,说:“这匹马顷刻间就能跑千里路。”转眼之间,兴祖已被扶上马鞍,于是交给他缰绳开始出发,道路两边火把高举像白昼一样。走了几里之后,火光渐微弱,来到一座大官府中,有座坐北向南的神殿垂着帘子,帘子后灯光和烛光忽明忽暗,殿前的官吏和侍从们有的坐有的躺,看见两位骑士来到,都没有起来,二人转身向东又稍偏北行,有座厅堂里对着放置两张床,侍从向他们鞠躬打招呼,娄氏向兴祖拱手让座说:“这是你办公的地方。”不一会儿,一个小孩从屏风后出来拉他的衣服,娄氏说:“你的后代已经在这里了。”原来是他几年前丢失的儿子。娄说:“你暂且回去,我会马上去迎接你的。”兴祖正面揽辔向回转,突然间惊醒了。

第二天,兴祖把这件事遍告他经常来往的人,有的人怀疑此梦不吉祥。没过几天,兴祖因为外出拜访,路过娄氏的家门,忽然觉得毛骨悚然,遂即得了病,仆人把他扶回家中,连续病了两天两夜而死去。死后,其表弟陈振梦见他,和他像平常活着一样说话，陈振说："听说兄长你做了阴府的官吏，是真的吗？"兴祖支支吾吾，没有回答。陈振又问："若有人拿着杯珓来算卦，兄长你能告诉他吉凶祸福吗？"兴祖说："大浑王不喜欢这东西。"陈振说："那么兄长就是大浑王所属的官吏了。"兴祖急忙说："是我失言，是我失言了。"马上大哭着离开了。陈振突然惊醒了，还隐隐约约地听到他哭泣的声音。

张氏狱

政和初，宗室郇王仲御判宗正，其第四女嫁杨侍郎之孙。杨早失父，其母张氏性暴猛，数与妇争詈，杨故元祐党籍中人，门户不得志，妇尤郁郁，张尝曰："汝以吾为元祐家，故相陵。若此时节会须改变，吾家岂应终困。"妇以语告郇王，王次子士骊妻吴氏，王荆公妻族也。每出入宰相蔡京家，遂展转达于京，京以为奇货，即捕张，置开封狱，府君劾以诽谤乘舆，言语切害，罪至陵迟处斩，二法吏得其事曰："妇人尚无故杀法，安得有大逆罪。"尹怒并杖之，二人皆以疮溃死。张竟抵法。行刑之日，郇王瞿然不谓至此，骊与两弟入市观，未几辄相继死，骊见妇人被血蹲屏帐间，又作鬼语曰："我本不欲校，无奈二法吏不肯。"

蔡京后感疾，命道士奏章，道士神游天门，见一物如堆肉而血满其上，旁人言，上帝正临轩决公事。顷之一人出，问道士何以来，告之故，其人指堆肉曰："蔡京致是妇人于极典，来诉于天，方此震怒，汝安得为上章？"对曰："身为道士而奉宰相之命，岂敢拒之？”曰：“后不得复尔！”又曰：“适以有符遣京，送潭州安置矣，汝可急还。”道士寤，密以告所善者。又十年，京乃死于长沙。然郇女及吴氏，俱至八十卒。

【译文】宋徽宗政和初年（1111），宗室里郇王赵仲御担任宗正卿，把他的第四个女儿嫁给杨侍郎的孙子，杨早年丧父，其母张氏性情暴烈，多次和儿媳争吵谩骂，杨本来是被太师蔡京列入元祐党籍的，在政治宗派斗争中被压制，所以很不得志。其儿媳更是郁郁不乐，张氏曾经对儿媳说：“你以为我们是元寺党人的家庭，所以就欺凌我，但这情况终久要改变的，我家难道能永远受压制吗？”儿媳把这些话告诉了其父郇王，郇王的二儿子士骊的妻子吴氏，是王荆公的妻族，经常出入蔡京那里，于是张氏的话又辗转传到了蔡京郡里，京以为正好可以利用来打击政敌，就下令逮捕了张氏，投入开封大狱，开封府尹把她弹劾为诽谤罪，因言语涉及要害，应该凌迟处斩，两个执法官听说张氏的案情后，对府尹说：“此老妇人还没有无故败坏王法，怎么能算是大逆不道之罪？”府尹大怒，并杖打二位执法官，后来他都因为伤口溃烂而死去。张氏最终被绳之以法。执行处斩的那一天，郇王惊惶地说想不到会到这种地步，士骊和两个弟弟进入刑场观看，不久，相继死去。士骊曾看见张氏满脸是血，蹲在屏帐里，用鬼的声调说：“我本来不想计较，无奈两个执法的官吏不肯放下。”

后来，蔡京感染了疾病，命令道士写表章上奏天帝为他祈禳。道士便开始了梦中神游，到南天门时，看见一样东西像一堆肉，上边沾满血污，旁边人说：上帝正上殿处理公事。过了一会儿，人群中走出来一个人问道士：从哪里来，有什么事？道士告诉了来这的原因。那人指着地上的那堆肉说：“蔡京把这老妇人处以极刑，她在此向上帝诉苦，上天大怒，你怎么还能替蔡京上奏章呢？”道士答道：“我身为道士，奉了丞相的命令，怎么敢抗拒呢？”那人说：“以后不能再为他干事了！”又说：“刚才上帝已下了符令要处理蔡京，把蔡京安置到潭州（今湖南长沙）了，你可以赶紧回去。”道士醒来的时候，秘密地把梦中事告诉了好友。又过了十年，蔡京死在长沙。而郇王的女儿和吴氏都活到了八十岁才死。

汤史二相

缙云汤丞相，四明史丞相，绍兴十五年乙丑俱在临安，汤公以政和令赴词科，史公以进士省试，同诣韩慥问命，慥时方葺所居，仅留一席地，每客来，立谈即逝。及二公至，各言甲子。慥呼小女设椅延坐置茶，咨叹良久，拱手曰：“二公皆宰相，即日亨奋矣！”皆不敢自谓然，是年并擢第。汤公由馆阁翰苑登枢府，以丁丑岁拜相；史公方为太学博士，常语人曰：“韩慥言汤公信神验，何独至于我而失之？今之相望，真天冠地履也。”庚辰之冬，汤公自左揆免归，史公正直讲建邸：用攀附恩急迁，癸酉春拜相。

【译文】缙云人汤思退丞相和四明（今浙江宁波）人史浩丞相，于宋高宗绍兴十五年（1145）时都在临安（今杭州），汤是从福建政和县令的任上来参加词科考试，史是来参加省试的，他们便一同到著名相家韩慥那里算命。韩慥当时正在修补房子，只留一席之地用来给人算命看相，每位客人来后，站着交谈一会儿马上就走了。汤史二公来后，各自说了生辰八字，慥就立即呼唤小女儿搬来椅子让坐，端来茶水，叹息了好长时间才拱手说：“二位都是宰相命，不久就可亨通发达了！”他们都不敢把此当真。但就在这一年，两个人都在科举考试中榜上有名。汤公由馆阁翰苑提升到掌管枢密院士，于宋高宗绍兴二十七年（1147）被授于宰相之职。这时史公才当上太学博士。他常对人说：“韩慥的预言对于汤公的确很灵验，为什么对我却失灵了呢？今天的我俩比较起来真有天壤之别啊！”绍兴三十年（1160）汤思退从左丞相之职被免职回归乡里。史浩当时正在建王府任直讲，教建王读书，不久，宋高宗去世，建王当上皇帝，史浩因这关系，升得很快，在宋孝宗隆兴元年（1163）春天也当了宰相。

荆山客邸

韩洙者，洺州人。流离南来，寓家信州弋阳县大郴村，独往县东二十里地，名荆山开酒肆及客邸。乾道七年季冬，南方举人赴省试，来往甚盛，琼州黎秀才宿其邸，旦而行，遗小布囊于房店，仆持白洙，洙曰：“谨守之，俟来取时，审细分付。”黎生行至丫头岩，既一驿矣，始觉，急回韩店，径趋卧室内，翻揭席荐，无所见而出，面色如墨，目瞠口哆，不复能言，洙曰：“岂非有遗忘物乎？”愀然曰：“家在海外，相去五千里，仅有少物以给道费，一夕失之，必死于道路，不归骨矣！”洙笑曰：“为君收得不忧。”命仆取以还，封记如初，解视之，凡为银四十四两，金五两，又金钗一双。黎奉银五两致谢，拒不受，黎感泣而去。

明年，游士范万顷询知其事，题诗壁间，曰：“囊金遗失正茫然，逆旅仁心尽付还，从此弋阳添故事，不教阴德擅燕山。”又跋云：“世间嗜利为小人之行者，比比皆是，闻韩子之风，得无愧乎？”今见存。

【译文】韩洙，洺州（今河北卢龙）人，由于战乱，流浪到南方来，举家住在信州（今江西上饶）弋阳大郴村，独自一人前往县城东二十里，名叫荆山的地方开了一家酒店和旅馆，宋孝宗乾道七年（1171）的冬天，南方举人赴临安参加尚书省的科举考试的人来往频繁。有一次，琼州（今海南海口）的黎秀才住在韩洙的店里，早晨走时，把一个小布行囊丢到了客房里，店小二拿着小布包告诉了韩洙，韩洙说：“你认真地守候在此，等他来取时，要仔细核对后再给。”黎秀才走到丫头岩时，又到了一个驿站，才发觉行囊丢失了，急忙折回韩洙的旅店，直接来到他住的房子里，把草席翻开也未找到，出来时面色像黑墨一样，眼睛发直，嘴唇哆嗦，连话都说不出来。韩洙问：“难道有什么东西遗忘到这里吗？”秀才回答：“我家住在海外，离这儿五千里远，只有少量的钱财作为路上盘缠，一旦丢失了，肯定要死在路上，连尸骨都回不了家乡！”韩洙笑着说：“你不必担忧，我们一直为你保存着。”马上叫店小二拿来还给了秀才。密封的标记和当初的一模一样，解开行囊一看，共有白银四十四两，黄金五两，还有金钗一双，黎秀才拿出五两银子向韩洙表示感谢，韩坚决不接受。黎感动得流泪而去。

第二年，游学秀才范万顷问询知道了这件事是真的，于是在韩洙旅店的墙壁上题诗一首，诗中写道：“囊金遗失正茫然，逆旅仁心尽付还，从此弋阳添故事，不教阴德擅燕山。”又附跋道：“人世间贪财图利做小人之事的人，比比皆是，如果人们听说了韩洙的高尚风格，能不惭愧吗？”韩洙至今还健在。

夏二娘

京师妇人夏二娘，死经年，见梦其子杜生曰："我在生时欠某坊王家钱十二贯，某坊陈家钱三十四贯，坐谪为王氏驴，而鬻于陈，王氏所得价钱赏已足，而陈未也。日与之负麦，然一往返才直三十八钱许，今日以外尚欠十八千，非两年不可了。吾昔日瘗银百余两于堂内户限下，可发取以赎我。"其子曰："即往寻访，以何为记？"曰："明早从南薰门入一骡，最先行，别又一驴，次则我，汝来时，我自举头视汝。"杜生寤，掘地得银，径诣南薰待之。果遇麦驮联翩来，第三者仰头相视，杜雨泣，欲牵以归。陈氏之役曰："此吾主家物，汝何为者？"杜曰："吾母也，当还元价以赎。"其人不许，相与忿争，厢官录送府，府尹扣其说，命引驴至前，谓曰："果识汝子，可衔其裾。"应声而然。尹异之。时刘豫盗京师，尹具以白，豫呼入殿廷，复谓之曰："能举前两足，搭子肩上，则信矣！"应声亦然。豫嗟异良久，欲官为给钱。杜拜曰：若尔恐母债不得释，愿自出钱，而免驴归。"豫许焉，杜扫一室谨事之。又二年，乃死。买棺加衣衾以葬。后朝廷得河南杜氏子来归，居赣州，为人话其事如此。

【译文】京城（今河南开封）里的一位老妇人，名叫夏二娘，去世后多年，给他的儿子杜生托梦说："我活着的时候，欠某街坊王家十二贯钱，某街坊陈家三十四贯钱，因此，现在被贬为王家的驴，王家把我变成的驴卖给陈家，王家所得的价钱足以抵偿我的债务了。只是陈家的钱还欠着，天天给陈家驮麦，一个来回才挣三十八文钱，到现在还欠陈家十八千钱，不用两年时间恐怕还不完债。我生前积攒了一百多两银子，埋在堂户内的门槛下面，你可以挖出来为我赎身。”杜生说：“如果我去寻找您，有什么标记？”其母说：“明天早上从南薰门进来一头骡子走在最前边，接着又有一头驴，然后便是我。你来时，我自己抬头看你。”杜生梦中醒来，把银子挖出来，直接跑到南薰去等其母，果然遇见驮麦子的队伍慢慢走来。第三头驴过来就抬头看杜生。杜生泪如雨下，伸手想把这头驴牵回去，陈家的奴仆说：“这是我家主人的财物，你想干什么？”杜生说：“这是我的母亲变的，我会按原价偿还的，来赎回其人身。”陈家的仆人仍然不同意，相互间越吵越恼，被送到官府，府尹升堂审讯他们，命人把驴牵到前边来，对驴说：“如果真的认识你儿子，你就可以用嘴去衔他的衣服。”驴马上照着做了。府尹也感到惊奇。当时，伪齐国皇帝刘豫，正侵占着京师，府尹把这一切告诉了他，刘豫把那头驴传入殿里，对它说：“你如果能把两只前蹄搭到你儿子的肩上去，我们就相信你。”驴又应声照办了。刘豫慨叹惊奇，过了很长时间，打算让官府给杜生一些钱，杜生上前叩拜说：“如果这样，恐我母亲欠有债务，不能偿还它，我愿自己出钱而请求允许我将这头驴带回去。”刘豫同意了。杜生清扫了一间屋子，恭敬地侍奉着那头驴，又过了两年才死去。杜生买了棺材，给它穿上衣服，盖上被子，然后埋葬了。日后河南杜氏的儿子南迁回宋国，住在赣州，给人讲了这件事情的经过。

华阴小厅子

宣和间，陕西某郡守赴官，食于道上驿舍，一道人从外直入，阍者谕使去，不肯听。家人望见，亦怒，争遣逐之。独郡守延问其故。但云："尊官过华阴时，若见小厅子，幸留意。"他无所言也，语毕径出。守欲扣其曲折，追之不可及。

洎入关，浮舟泝渭，晚泊矣。从吏白："有小史持刺，称华阴小厅子，欲参谒，拒以非时。"则曰："有一事将语使君，然吾祇役于邑中，来日朔旦，不可脱身，故称休假驰至此。此去邑尚百里也。"守忆道人语，命呼登舟，则又曰："所言绝秘，不愿傍近闻之，必移泊北岸乃可。"守又从之。舟人谓："系缆已定，无故而北，岂非奸盗设计乎？北又非安稳处。"不得已而行，追至北岸，其人杳不来。尽室怨悔，业已尔，无可奈何！夜未半，大风忽起，如山颓泉决之声，鱼龙悲吟，波流溅激，摇兀不得寐，兢忧达晓，望南岸既崩摧数仞，客舟元同憩宿者，沦溺无余。及到县访求此吏，盖未尝有也。免葬鱼腹，异哉！

【译文】宋徽宗宣和年间，陕西某郡守去上任途中，正在路上的驿站内吃饭，一个道士从门外直闯进来，守门人劝他离开，道士根本不听话，郡守的家人看到后也大恼，与之争吵，赶他出去。只有郡守请他进来，问他来这儿的原因，那道士只说："您路过华阴时，看见一个小厅子，希望能留心于他。"说完，就径直出门去了。郡守门想向他问个究竟，派人追他，也未能赶上。

过了潼关以后，坐船驶入渭河，晚上停泊靠岸。随从告诉郡守，有一小童手持名帖，自称华阴小厅子，想参见拜谒郡守，回绝他现在不是时候。他却说："有一事要给郡守讲，我只身在郡县中当差，早出晚归，不能脱身，所以乘休息的机会跑到这里来，从这儿到县里还有一百多里呢！"郡守回忆起那个道士的话，命人把小厅子叫到船上来。一上船，那小厅子又说："他所说话绝对保密，不愿意让别人听见，必须把船移动到北岸才能说。郡守又听从了他的话，船主却说，停靠系缆已固定，无缘无故地挪到北岸去，难道不是强盗设计吗？且北岸又不是什么安全的地方，因为郡守同意，所以不得已又划行到北岸，小厅子却已杳无音讯。全船人埋怨后悔，既然这样了，又无可奈何。结果，不到半夜，河上突然起了大风，好像大山崩溃、泉水决裂的声音，鱼龙悲哀地呻吟，波浪溅起，拍打岸边，船泊摇摇晃晃，使人不能入睡，恐慌、忧虑总算熬到天亮，望见南岸已经崩裂倒塌几丈高，客船和原来在里边一同休息的人，都被淹死得不剩一个，等后来，去华阴县寻找拜访那个小厅子，则根本不曾有过这个官吏。一家人避免丧生，真是奇迹！

武昌州宅

刘亚夫为武昌守，始人州宅，望堂上若有人，及升堂，正见妇人在扇内立，垂双足于外，亲往视之，盖新被刖者，履袜皆鲜洁，不见上体，立而不仆，刘疑以为奸人所为，阴察中外，寂无声迹，凡停留两日，乃命埋葬之，竟不测其异。（孙革说）

【译文】刘亚夫做武昌郡守时，刚进入武昌州的大堂里，看见上边好像有人，等他升坐大堂，正好看见一个女人站在一扇门的后边，双脚露在外边，亲自细看，原来是一个刚被砍去双足的人，而鞋和袜子却都很干净。看不见她的上身，但明明是站着没有倒下，刘亚夫怀疑是坏人所为。私下察访大堂内外，死寂一片，毫无声音和踪迹。共停放了两天，才叫人把她埋掉，最终没有弄清其中缘由。

大庾疑讼

大庾县吏黄节妻李四娘，素与人淫通，乘节出外，挈三岁儿奔之，与俱逃行。未久，儿啼不可止，乃弃于草间。县手力李三者，适以事到彼，见儿宛转地上，心不忍，抱之归家，家人皆喜。

节还舍，失妻子，求访备至。李三居数里间，正挟儿为戏，而节来，即告其邻，共捕执送县，穷鞫甚苦，李诬服。云："家无子，故杀黄之妻，沉尸于江，而窃儿以归，今既成擒，甘就死不悔。"狱成，且诣郡正，械立廷下，阴云忽兴，雷电皆至，李枢械自解脱，兀兀如痴。稍定，则推吏已死。背有朱书字，似言狱冤。诸吏二十辈皆失巾，邑令亦怖慑良久，呼问李所见。但云："眼界漆黑，不知所以然，独长官坐青纱帐中耳。"令恐悔，急释之。而四娘与淫夫终不获。时绍兴十九年八月二十九日也。黄节、李三并此儿至今无恙。

【译文】大庾县衙吏黄节的妻子李四娘和人勾搭成奸。有一次，黄节出外办差。李四娘便乘机带着三岁的儿子奔往奸夫处，和他一起逃跑。不一会儿，小孩啼哭不止，就把他丢弃在草丛间。县衙里的一个小差役李三，正好有事路过弃儿的地方，看见小孩在地上打滚，于心不忍，就把他抱自家中，家里人都很高兴。

黄节从外地回来后，找不到妻子和儿子，便四处查访寻找，李三在离黄节几里的家中，正带着小孩做游戏，黄节却突然来到，就请他的邻居帮忙抓住了李三，扭送到县衙。没完没了地审讯拷打，使他十分痛苦，于是，李三含冤服罪。招供说："我没有儿子，所以杀死黄节的妻子，把她的尸体沉入江中，并把他的儿子偷回家来，现在既然我被捉住，甘心情愿地去死而不后悔。"官司断毕，申报给郡守，便给李三戴上刑具，站在厅堂之下。忽然阴云突来，雷电交加，李三的刑具自然脱落，昏昏沉沉像傻了一样。稍微安定下来，才发现旁边行刑的官吏已经死了。背上有红色的文字，好像是说这是件冤案。有关的二十多个官吏都失去了头上的裹布，县令也惊恐万分。过了很长时间，才询问李三刚才看见了什么？回答说："我眼前一片漆黑，也不明白是怎么回事，唯独看见长官坐在青纱帐里罢了。"县令追悔不及，急忙释放了李三，而李四娘和奸夫却始终没有抓获。这年是宋高宗绍兴十九年（1149）八月二十九日。黄节、李三和黄节的儿子，今天还健在。

卷第八（十四事）

扫码听谦德
君为您导读

华阳洞门

李大川抚州人，以星禽术游江淮。政和间至和州，值岁暮，不盘术。正旦日，逆旅主人拉往近郊，见悬泉如帘下，入洞穴甚可爱，因相摧登陇观水所注，其地少人行，阴苔滑足，李不觉陨坠，似两食顷，乃坐于草壤上，肌肤不小损，睨穴中正黑如夜，攀缘不能施力，分必死，试举右手，空无所差，举左手即触石壁。循而下，似有微径可步，稍进渐明，右边石地荷花方烂熳。虽饥渴交攻，而花与水皆不及，已而明甚，前遇双石洞门，欲从右入，恐益远，乃户而过。如是者三，则在大洞中花水亦绝，了不通天日，而晃曜胜人间，中有石棋局，闻诵经声，不见人，远望若有坐而理发者，近则无所睹，俄抵一大林，阴森惨澹，凄神寒骨，怖悸疾走。已出旷野间，举头见日，自喜再生，始缓行，逢道傍僧寺，于门。僧出问故，皆大惊，争究其说，李曰："与我一杯水，徐当言之。"便延入寺具饭，悉道所历，僧叹曰："相传兹山有洞，是华阳洞后门，然素无至者。"李问此何处，曰："滁州境。""今日是何朝？"曰："人日也。"李曰："吾已坠七日，财如一昼耳。"僧率众挟兵刃邀李寻故蹊，但怪恶种种不容复进。李还和州，访旧馆，到已暮夜，扣户，主人问为，以姓名对，举室唾骂曰："不祥，不祥！"李大声呼曰："我非鬼也，何得尔？"遂启户，留数日而归。每为人话其事，或诮之曰："尔亦愚人，正旦荷花发讵非仙境乎，且双石洞门安知右之远而左可出也？"李曰："方以死为虑，岂暇念此，后虽悔之，何益？"

李有子，今在临川。（陈锷说）

【译文】李大川，抚州（今江西临川）人，在江淮一带从事为人预测吉凶祸福之类的占卜活动。宋徽宗政和年间，到和州时，正好年底，不再占卜卖卦。大年初一，旅馆主人带着他前往近郊赏景，看见空中悬着的泉水像帘子一样垂下来，进入一个洞穴，非常迷人，就相互扶着登上一座山观赏水景，泉水注入的地方极少有人行走，地上的苔藓使人双足滑动，站立不稳，李大川不知不觉往下坠落，过了两顿饭的功夫，才坐在草地上，皮肉毫无损伤。抬头斜视洞穴中，则好像黑夜一样。试着抬起右手，什么都摸不着，举左手则碰到石壁，顺着石壁往下走，好像有小路可走，稍往前走，渐渐有了光亮，洞穴右边的石池里，荷花正开得鲜艳。虽然饥渴交加难忍，而花和水全都摸不着。不一会儿，更加明亮，再往前走遇到两座石洞门，想进右门，恐怕越走越远，于是就走进左门。照这样过了三道双门，却已到了大洞中，荷花和泉水都没有了，光亮晃动耀眼却比人间更加明亮。里边有石头棋子摆成的棋局，听见朗诵佛经的声音，只是看不见人影。远看着好像有一个坐着梳理头发的人，走近了却什么也看不见。一会儿又走到了一大片树中，阴森恐怖，使人毛骨悚然，害怕紧张使他急忙跑开。出来后来到旷野上，抬头看见太阳，暗自庆幸终于逃得生命，这才放慢了脚步，遇到路边有一座佛寺，便在门前坐下来休息。和尚出来问他原因，听后都非常惊讶，抢着让他说个究竟，李说："先给我一杯水，慢慢地给你们讲述。"和尚们把他请入寺内，准备了饭菜，他把全部经历都说了一遍。和尚们叹息说："相传这座山有个洞穴，是华阳洞的后门，但从来没有人到过那里。李大川问这是什么地方，回答说是安徽滁州的境地，又问今天是什么日期，答说是正月初七。李大川说我已坠入洞里七天了，可我感觉好像才过了一个白天罢了。和尚带领着众人挟带兵器邀请李大川领着去寻找他刚才走过的那条小路，却遇到了各种奇怪、恶劣的情况，根本不允许人能再进去。李回到和州，寻找原住的旅馆时，夜幕已经降临，上前敲门，主人问是谁，他回答了姓名，所有的旅馆都说："不吉利，不吉利！"李大声叫嚷道："我又不是鬼，怎么得罪了你们？"于是才给他开了门。停留了几日，才离开回去。每当给人讲起这件事，有人讥讽他："你也是个笨蛋，大年初一荷花开放，不是仙境吗？而且双石洞门前，你怎知道进右门越走越远，而进左门可以出来呢？"李回答说："那时正为生死考虑，哪有空闲思考这些呢？后来虽有点后悔，可又有什么用处呢？"

李大川有个儿子，如今在临川。

雷击王四

临川县后溪民王四，事父不孝，常加殴击，父欲诉于官，每为族人劝止。乾道六年六月，又如是，父不胜忿，走诣县自列。王四者持二百钱，遮道与之，曰："以是为投状费。"盖言其无所畏惮也。父行未半里，大雷雨忽作，急避于旁舍，雨止而出，闻恶子已震死，趋视之，二百钱乃在其胁下皮肉，与血肉相连。父探怀中所携，已失矣。

【译文】临川县后溪人王四，对父亲不孝顺，常常殴打其父，他的父亲打算到官府去状告他的儿子，又往往被家族里的人规劝和阻止了。南宋孝宗乾道六年（1170），王四又殴打他父亲，王父不胜愤怒，跑到县衙去陈述其子的罪状。王四拿着二百文钱，半路截住父亲把钱给了他，说："把这作为投状费吧。"以表示他无所畏惧的态度。王父刚向前走了不到半里路，突然下起了大雷雨，急忙到旁边的客舍里避雨。大雨停止后出来，听说他那恶道的儿子已被雷击死。走上前去仔细看，那二百文钱却已经打入他腋窝下的皮肤内与血肉相连。王父探视自己怀中所携带的钱已经不见了。

南丰雷媪

南丰县押录黄伸家，因大雨坠雷媪于廷。扰扰东西，苍黄失措。发茁然赤色，甚短；两足但三指，大皆如人形。良久，云气斗暗，震电闪烁，遂去不见。

【译文】南丰县押录黄伸家，因为下大雨，从天空中掉下一个雷婆在庭院里。那雷婆四处骚扰，显得惊慌失措。她那红色的头发像刚长出来的样子，看起来很短；长着两只脚但只有三根指头；大致像个人的形状。过了好长时间，空中云气突然变得黑暗一片，雷鸣电闪，再看时已离去不见了。

泥中人迹

抚州村落间一夕雷雨，居民闻空中数百人同时大笑。明旦，大木一本连根皆拔出，其旁泥内印巨人迹，甚伟，腰脽痕入地尺余，足长三尺，阔称之。疑神物尽力拔树，遇滑而蹶，故众共笑之云。

【译文】抚州（今江西临川）某村落中，有一天突然下了一场雷雨，下雨时村民听见空中几百个人同时大笑的声音。第二天早上，人们发现村中大树都连根拔出，树旁边泥土中印有巨人的印迹，十分大。躯干压出的坑，入地尺余深，脚印有三尺长，宽几乎同于长度。村民怀疑有神将尽最大力气拔树时，遇滑处而跌倒，所以空中天神们都一起哄笑他。

宜黄人相船

宜黄人多能相船，但父子相传眼诀，而无所谓占书之类。乾道五年县民莫寅造大舰成，以大钱邀善术者视之。曰："此为雌船，而体得雄，一板如矛崭焉居中，其相即成，在法当凶官事，且起灾于主。"翁寅欲改更之，曰："祸福已定，不可为也。"

寅持钱三百万，将买盐淮东，适州需船载上供钱，拘以往。至大孤山下，桅樯为风所折，仓卒无可买，伐岸傍杉为之。人或言此神树，不暇恤。是夕，满船奇响震厉，莫测所以然。既过丹阳，盗夜入船，谛观之，若甲士数十辈往来者。寅家藏古刀累世矣，近年遇夜后光彩发见，讶其异，取以自随。乃携此刀径趋前间，值一人熟睡，手横腹上，奋刀连斫之，断其右臂，救至得不死，盖部纲官刘尉也。初刘生以寅解事有胆，故处其船中，元未尝有纤介之隙。寅殊不知觉，遂就擒鞫镇江狱府，官欲论以死，而刘尉持不肯，曰："固他生宿冤耳，非今世事，吾幸存余生，何必处以极典。"遂用疑狱奏谳，得减死，黥隶邵武军。

【译文】江西宜黄县很多人会相船，只是父给子传授用眼看的秘诀，而没有形成文字记录的相书。宋孝宗乾道五年（1169），县里有个叫莫寅的渔民造成一条大船后，出很多钱请来一个擅于相船吉凶的人来看，这个相船的人看着大船说："这是一条雌性船，只是船体像一条雄性船，有一块板子像长矛高高立在中间，它的表象已经形成，用法术来判断当属凶船，而且会带来灾祸。"莫寅想更改一下，相船人说："吉凶祸福已经固定，无法改变了。"

莫寅带着三百万钱到淮东去买盐，正好本州官府需用船装载上供朝廷使用的钱，便征用了一批船，莫寅的这条大船也在内。到大孤山下时，桅樯被风折断，仓促之间又无处买新的，于是砍伐岸边的杉木来代替。地方上有人说这是一棵神树，不能砍，因为急用，也没顾及便砍下了。当晚，整个船上都听见一种奇怪的响声，而且震动非常厉害，又查不出原因。刚过丹阳，夜间强盗来到船上，莫寅仔细观看，仿佛是几十个全身披甲的武干在来往穿梭。

莫寅家珍藏古刀已有好几代了，近几年古刀到了夜晚便发出异常光彩，他惊讶古刀的奇异，总是随身携带。于是看见盗贼他就带刀直冲上去，正好一个人在熟睡中，手横放在腹上，莫寅便举刀连砍几下，断了那人的右臂，救援的人来了才得以不死，原来是船上押送官钱的刘县尉。当初刘氏认为莫寅做事有胆量，所以住在他的船上，两人平时不曾有任何微小的隔阂。莫寅根本没有醒悟过来，就被人扭送到镇江官府，知府想把莫氏处以死刑，而刘坚决不同意，说："本来是前世结下的冤仇，并不是现在的事，我侥幸生存下来，何必对他处以极刑呢？"于是用疑案的方式奏给上司，莫寅才免得一死，把莫寅发配到福建邵武充军。

颊瘤巨虱

临川人有瘤生颊间，痒不复可忍，每以火烘炙，则差止，已而复然，极以患苦，医者告之曰："此真虱瘤也，当剖而出之。"取油纸围项上，然后旋砭，瘤才破，小虱涌出无数，最后一白一黑两大虱，皆如豆。壳中空，空无血，乃与颊不了相干，略无瘢痕，但瘤所障处正白尔。

【**译文**】江西临川有一个人，他的脸颊上长了个瘤子，痒起来令人不堪忍受，每次发作都用火烘烤一会儿，才稍微停止，不一会儿又发作起来，这个病真使他痛苦到极点。医生告诉他说："这是真正的虱瘤，应该剖开皮肤把它取出来。"于是拿来油纸围在他的脖子上，然后用针扎，瘤才破了，涌出无数小虱子，最后出来了一只白的，一只黑的大虱，如豆子一样大。最后瘤子成了空壳，里边并没有血液，所以和面颊没有丝毫粘连，去掉后一点瘢痢痕迹，只是被瘤子连住的那块皮肤显得发白罢了。

胡道士

胡五者，宜黄细民，每乡社聚戏作砑鼓时，则为道士，故目为胡道士。以煮螺师为业，必先揭其甲，然后亨之。及卧病，自举右手一指曰："一螺在此。"遂以针剔去其爪，流血被掌，呼叫称痛。少焉，又剔其次者，至并足甲皆尽乃死。

【译文】胡五是江西宜黄的一个普通百姓，每次乡里唱社戏，打花鼓时，总是由他扮作道士，所以人们称之为胡道士。平时以煮卖螺蛳为职业，每当煮之前，总是先揭掉螺蛳的甲壳，然后烹煮。有一次，他生了病，举起自己的一个手指说："有一螺蛳在这里。"于是自己用针剔掉其指甲，血流遍全掌，然后大喊大叫说太痛了。稍过片刻，又剔掉第二个指甲，直到把所有的脚趾甲和手指甲全剔完，他自己就死去了。

赵监庙

建昌寄居赵监庙，素有羸疾，或教之曰："服鹿血则愈。"赵买鹿三四头，日取一枚，以长铁管插入其肉间，少顷，血凝满管中，乃服。鹿日受此苦，血尽而死。赵果肤革充盛，健饮啖，而所服既多矣。晚得疾，体生异疮，陷肉成窍，痒无以喻。必以竹管立疮中，注沸汤灌之，痒方息。终日不暂宁，两月而卒。

【译文】有一个监庙官赵某，寄居在建昌（今江西南城），他长期犯有一种瘦弱病。有人教他说："服用鹿血就会好。"于是赵买来了三四头鹿，每天用长铁管插入鹿肉中，不一会儿，鹿血充满管中，就把它喝掉，鹿天天受到这种折磨，血抽完了便死去。赵监庙果然肌肉变得丰满，饭量大增。但因为喝得太多了，后来浑身疾病，生了怪疮，肌肉陷成窟窿，奇痒难忍，每次必须用竹管往疮中灌开水，才能止痒，整天不得安宁，过了两个月就死掉了。

乱汉道人

《乙志》所载阳大明遇人呵石成紫金事，予于《起居注》得之，今又得南康尉陈世材所记，微有不同，而甚详，故复书于此。

大明者，南康县程龙里士人，父丧庐墓，次其明年，岁在壬戌七月七日，晨兴，有道人从山下来，阳时与学童三四人处，一仆执炊。荒山寂寞，左右前后十里间绝无人居，扳缘萝蔓乃得到，正无可与语，见客来，喜而迎之坐。客曰："子八月当有厄，服吾药可免。"取腰间小瓢出药一粒，令以水吞，且曰："吾有求于子，其许我乎？"曰："何求？"客指架上布衫曰："以此见与。"阳欲许，而颇疑其伪，未即与。请至再，不得已付之。客卷纳瓢中，瓢口仅容指，阳虽怪咤然，默念："其幻我欤？"既而言："吾岂真欲衫，聊相试耳，便能见赠，为可嘉也。"探瓢出还之，索碗水置药末一撮，拔旋久之，成红丸如弹。揖阳曰："能服此否？"阳曰："身幸无病，不愿服。"客即自吞之，徐徐语曰："子久此当窘用，吾有遗于子。"呼学童掬块土大如拳，握而嘘之者三顾阳曰："意吾手中何物？"曰："不知也。"置诸几，则烂然金一块，历历有五指痕。曰："可收此物以助晨昏之费。"盖阳母尚存，阳方知为异人，尚疑其以财利尝试我，拒弗受。客笑掷之地，引脚蹴之，遂成顽石。起辞去，留与饮，不可，漫指壁间诗谓曰："此皆诸公见寄者，愿得先生一篇，如何？"客曰："子欲诗可矣。"取案上秃笔，就地拂数四，蘸碗水中大书于壁，略无丹墨之迹，殊不可辨。既送之下山，回视已若淡紫色，其诗云："阳君真确士，孝行洞穹壤，皇上怜其艰，七夕遣回往，逡巡乐顽石，遗子为馈享，子既不我受，吾亦不汝强。风埃难少留，愿子志勿爽。会当首鼠记，青云看反掌。"前题："乱汉道人"四字，字径四寸许，俄又赤色，正如赤土所书。明日，遍询村民皆莫见所谓道人者，乡之士共以告县，县告郡，郡闻于朝，赐采帛。

后五年，世材自福州来为尉，亲见阳谈，始末如此。访程龙之庐，草屋摧颓，他诗悉剥落，独道人者洒然如新。诗中云："遣回往"疑必吕洞宾云。阳庐父墓终，丧母继亡亦。（此下宋本缺十二行）

【译文】《夷坚乙志》所记载的阳大明遇人可以呵石成紫金的事，我在《起居注》里找到了。现在又得到南康陈世材所记述的此事，略微有些不同，而且陈记述很详细。故在这里我把此事复述一遍：

阳大明，南康县程龙里士人，其父去世了，他在坟墓旁搭了个草房住下来守丧。第二年，壬戌年七月七日，早上起来，从山下来了个道人。阳大明当时正和三个学童在一起，一个仆人在做饭。荒山空临寂寞，左右前后方圆几十里没有人居住，须攀藤附葛才能到这里，正好没有人说话，突然发现有客人来，便高兴地迎上前去，请他坐下，客人说："你八月份会遇到灾难，吃了我的药，就可以免灾。"于是取下腰间小葫芦倒出一粒药，叫阳大明用水吞服，又说："我向你提个要求，你能答应我吗？"阳问："什么要求？"客人指着架子上的布衫说："把这件衣服给我。"阳大明想答应，又十分怀疑他的虚假，没有马上给他，经过客人再三请求，不得已才把衣服交给他。客人把衣服卷起来装入葫芦里，葫芦口仅能容一个手指头粗细。阳大明即感到惊讶，心中默想，难道他是用幻术耍我吗？过了一会儿，客人说："我哪里是真要你的布衫，只不过试试你的心罢了。既然你能赠给我，的确值得赞赏！"说着把衣服取出交给阳大明。道士又要来一碗水，放进去一撮药末，来拨动旋转了好长时间，变成了像弹子一样的一粒红药丸，拱手让给阳大明说："能不能把这个药丸服下去？"阳答说："我的身体幸好没病，不愿服用。"客人自己就把药吞了下去。用缓慢的语气对阳大明说："你在此待久了，经济上会感到拮据，我要送给你一件礼物。"于是叫学童捧来一块土，像拳头一样大，握在手中多次用嘴向土块呵气，回过头来对阳说："你猜我的手中是什么东西？"阳说："不知道。"道人把它放到案子上，却是一块灿烂的金子，它上面还有五个清晰的手指头挤压的痕迹。客人说："你可以把它收起来，用来资助你孝敬母亲的费用。"因为阳大明的母亲还健在，所以他这才明白过来他是位奇人，还怀疑客人是用财利考验他的品行，故拒绝接受。客人笑着把金块掷在地上，抬脚踏上去，于是又变成一块顽石。道人起身告辞准备离开，阳大明请求他一块留下来吃饭，他不答应。阳又指着满墙的诗对客人说："这些都是各位先生赠寄给我的，希望也能得到先生的一首诗，不知如何？"客人说："你要诗，可以。"拿起案上一支秃笔，在地上擦了几下，在水碗中沾一下，便往墙壁上挥毫，几乎没有朱墨的痕迹，特别难辨认。等送客人下山回来时，再看墙上的诗篇，已好像是淡紫色，客人在诗中写道："阳君真确士，孝行洞穹壤，皇上怜其艰，七夕遣回往，逡巡乐顽石，遗子为馈享。子既不我爱，吾亦不汝强。风埃难少留，愿子志勿爽。会当首鼠记，青云看反掌。"落款是乱汉道人四个字。每个字直径有四寸多长。过了一会儿，字又变成红色，好像是用红土写上去的字。第二天，阳大明到处询问村民，都说从未见过所谓的道人，乡里的读书人联名把这件事报告了县上，县里又报告到州郡，郡守又报告到朝廷，朝廷送给阳氏几匹丝绸作为奖赏。

又过了五年，陈材从福州来南康任县尉，亲自召见阳大明，阳给陈谈了事情发生经过。然后陈又去探访程龙阳父的墓地；原来的草房已塌毁，其他人的诗都已脱落，只有道人的诗依然潇洒，像刚写上去的一样。诗中所说的"遣回往"怀疑一定是指吕洞宾。等到阳大明为其父守丧结束，他的母亲接着又去世了……

吴僧伽

吴僧伽，赣州信丰县僧文佑，本姓吴，落发出游，结庵于赣县屼岭几，久而去之，客雩都妙净寺之僧伽院中，遂主院事，故因目为吴僧伽。佯狂市，尘人莫能测，每日必诣松林，以扣之曰："赵家天子，赵家王。"不晓其意，逢善人于途，辄拱揖致敬；贪暴不仁者率抵以狗彘，不少屈。恶少年不乐，至群辈噪逐之。尝走避于某家园竹中，疾呼求救，且拊其竹曰："大大竹林成扫帚。"不旬浃，万竹悉枯。此家固一凶族，自是衰替。

寺后竹丛，一竿最巨，忽夜半造其下，考击而歌，声彻四远，连夕如是。他僧为之废寝。怒而伐之，既而紫芝径尺生橛上。

邑民曾德泰老无子，与妻议饭吴以祈。未及召，旦而排闼来，曾大惊，谨馈之食，将去，曰："当何为报？唯有二珠而已。"果连生二子。

县市旧集于南洲，而县治外，但旷野，吴过门必言曰："钱将平腰矣。"及洲没于水，市徙于邑门之阳。

尝求菜于民妇，戒使多为具，妇许诺，夫归，怒其妄费。吴至，乞醯生啖之，若欲辍而强，食者再三，妇曰："食饱则已，何必尽。"曰："欲汝夫妇责言耳。"民骇谢。

学佛者孙德俊，往汀州武平谒庆岩定应师，师曰："雩川自有佛，礼我何为？"孙曰："佛为谁？"曰："吾法弟僧伽也！为吾持一扇寄之。"舟舶岸，吴已至曰："我师寄扇何在？"孙以汀扇数十杂示之，径取本物而去。由是，狂名日减，多称为生佛。

一夕，遍诣同寺诸刹门，铺坐具作礼曰："珍重，珍重。"皆寂无应者。中夕，趺坐而逝。时大中祥符己酉六月六日也。是日，邑大商在蜀遇之于河梁，问吴僧何往？伛偻急趋曰："少干，少干。"商归，乃知其亡。

其亡处异香满室，数日散，佥议勿火化，而垩其全体事之。

元丰乙丑冬，一僧来郡访桂安雅家，求木作龛。桂曰："师为何人？"曰："雩都妙净寺明觉院吴僧也。"桂许之，送之逾阈遂不见。后乃审其故，云："明觉即僧伽也。"真身至今存。

【译文】吴僧伽，就是赣州信丰县的和尚文佑，他俗姓吴，后来削发出家远游，先住在帆岭的一座小庵中，过了一段时间又离开走了，后寄居到雩都（今江西于都）妙净寺的僧伽院中，遂即担任僧伽院的管院，所以被人称为吴僧伽。他假装疯癫出入于街头巷尾，百姓们很难猜透他的心思。吴僧每天要到松林中去，用禅杖叩击松树，口中还念念有词："赵家天子，赵家王！"人们不明白他的用意。吴僧若是在路上遇见行善的人，就拱手作揖向对方致敬，遇上贫暴不仁者，又总把他们看成猪狗一样，一点不客气，这样引起许多恶少的不高兴，于是聚到一起责骂，驱赶他。曾有一次，他被骂得躲到一个竹园里，大呼求救，并用手扶着竹子说："大大竹林成扫帚！"没过十天时间，所有的竹子便都枯死了，这个竹园的主人家是一家恶霸，从此，他家走向衰败。

妙净寺后边的竹林里有一棵特别粗大的竹子，吴僧伽突然在一天半夜里来到巨竹下，一边敲打竹子，一边唱歌，歌声响彻四方，接连几天都这样，使得其他和尚晚上睡不成觉，愤怒地把竹子砍去了，不久，竹桩上生出一尺多长的紫色灵芝来。

当地有个百姓，叫曾德泰，老来无子，和妻子商量请吴僧来吃饭，请吴为他祈祷，还未来得及去请，第二天一大早，就推门进来，曾德泰十分吃惊，恭敬地让他用饭，快离开的时候，问曾："我该用什么来报答你们呢？这里只有两颗珍珠，就送给你们吧！"果然，曾氏接连生了两个儿子！

赣县原来的货物交易市都集中在城南靠江的滩地上，而且城门外则是一片旷野，吴从城门口过时，总说："钱快要平腰了！"后来，南边的滩地被江水淹了，集市就迁到了南门外边。

吴僧伽曾向一个民妇求些菜吃，并且让她多准备一些，民妇答应了。她丈夫回来，看见做了很多菜，很生气，责怪民妇太浪费，后来吴僧伽来了，要了一些醋当佐料，拼命地吃，有时好像停吃，却又勉强吃下去，这样子有好几次，民妇便说："吃饱就是了，何必非要吃光呢？"吴说："我是怕剩下菜，使你丈夫责备你呀！"民妇的丈夫听了很惊骇，吴能知道我们二人私下生气的事，连忙向吴道歉致谢。

雩都有个学佛的人叫孙德俊，到汀州武平（今属福建）去拜谒庆岩寺的定应法师。定应法师说："你们雩川就有活佛，你何必跑这么远来见我呢？"孙问："活佛是谁？"定应法师说："就是我的法弟僧伽，我有一把扇子给他，就请你回去时顺便给带去吧。"孙德俊坐船回到雩都，船刚靠岸，吴僧伽就已到了船边迎接，并说："定应大师捎给我的扇子在哪里？"孙想试一下吴僧伽，便把汀州出产的几十把扇子都拿出来，混在一起让吴辨认，吴毫不为难，一伸手便把定应和尚托孙捎来的那把扇子挑到手中，扬长而去。自此以后，以为吴僧伽是个疯癫和尚的人日渐减少，而大多数人把他当成活佛来尊敬。

有一天晚上，他忽然走遍了本寺院各个僧房，铺下坐具，向所有和尚行礼说："珍重，珍重！"那些和尚却没人答应他，到了半夜，他便趺坐而圆寂了。这天是宋真宗大中祥符二年（1009）的六月初六日。就在同一天，雩都的一个大商人竟在四川某地的河堤上遇见过吴僧伽，问他往哪里去？吴僧伽急忙低头弯腰，匆匆跑走，一边说："少管闲事，少管闲事！"等到那商人回到雩都，才知道吴僧伽已经去世。

吴僧伽死了以后，他坐化的那间屋子里，充满了奇异的香气，好几天不散，和尚们商议，不要把他的遗体火化，而用油漆把他的身体漆起来供在寺内。

宋神宗元丰八年（1085）冬天，有一个和尚来到赣州城内桂安雅家，请求布施一些木料作佛龛用。桂安雅问他："大师是哪一位？"和尚答："是雩都妙净寺明觉院和尚。"桂安雅答应他的要求，送和尚出门，才跨出门槛，和尚就不见了。后来，桂安雅打听到：明觉就是吴僧伽。至今，僧伽的遗体还保存在妙净寺里。

何丞相

何文缜丞相初自仙井来京师，过梓潼欲谒张王庙，而忘之。行十里始觉，亟下马还，望默祷再拜。是夕，梦入庙廷，神坐帘中，投文书一轴于外，发视之，全类世间告命。亦有词语，觉而记其三句云："朕临轩策士，得十人者，今汝褒然为举首。"后结衔具所授官。何公思之："廷试所取，无虑五百，而言十人，殆以是戏我也。"及唱第，果魁多士，第一甲元放九人，既而傅崧卿以省元升甲，遂足十数。盖梦中指言第一甲也，所得官正同。（叶石林书此）

【译文】何文缜丞相当初从仙井（今四川仁寿）来京师时，路过梓潼，打算拜访张王庙，却忘记进去了，等过了十里才发现，便急忙下马，回头遥望张王庙，并跪地行礼祈祷。当天晚上，梦见自己进入庙中，看见廷神坐在帘子后边，向外扔出一卷文书，打开一看，都和人世间的告命相似，也有成句的词语，醒来后还记得其中三句："皇帝我在殿前考试士人，共取得十人，现在你名列榜首。"后边还列有都授给什么官职的名称。何文缜想，科举中被录取的不止五百人，而梦中说有十人，可能是用这话戏弄我。后来他参加科举考试，等到发榜唱名时，他果然中了第一名，当时第一甲，原来只取九人，后因傅崧卿是省元，而升到第一甲里，于是正好够十人，那么梦中应该指的是第一甲，至于被授给的官职，也正好和梦里相同。

鼎州汲妇

鼎州开元寺多寓客，数客同坐寺门，见一妇人汲水。一客善幻术，戏恼之，即挈水不动，不知彼妇盖自能幻也。顾而言曰："诸君勿相戏。"客不对，有顷曰："若是须校法，乃可。"掷其担化为小蛇，客探怀取块粉，急画地作二十余圈，而立其中。蛇至，不能入。妇人含水巽之，稍大于前，又恳言曰："官人莫相戏。"客固自若，蛇突入，直抵十五圈中，再巽水叱之，遂大如椽，径踏中圈，将向客。妇又相喻止，客犹不听，蛇即从其足缠绕至项不可解，路人聚观，且数百，同寺者欲走诉于官，妇笑曰："无伤也。"引手取蛇投之地，依然一担耳。笑谓曰："汝术未尽善，何敢然？若值他人，汝必死，"客再拜悔谢，因随其家为弟子云。

【译文】鼎州（今湖南常德）的开元寺内寄住了许多客人。有一天，几个客人一起坐在寺门前，看见一个女人在井边打水，其中一个客人擅长幻术，想戏弄那个女人，开她个玩笑，使那女人的水桶提着不动。客人们并不知道那个女人也会幻术。女人回答说：“各位客人请不要开玩笑。”那会幻术的客人并没接她的话，过了一会儿，她又说：“如果是想较量一下法术，也可以！”随手把扁担扔在地上，变成一条小蛇，那个施术的客人从怀中取出一块粉饼，急忙在地上画了二十多个圈，站在中间，蛇便进不了圈内，女人喝口水含在嘴里向蛇喷去，蛇又变大了一点，向圈内移动，女人又诚恳地对那客人说：“官人不要儿戏！”那客人仍镇定自若，蛇突然抵达第十五圈内，再喷水，吆喝蛇，就变成像椽子那样大了，径直窜入中圈，正要奔向客人，女人又一次劝说客人停止儿戏，客人还是不停，蛇从客人的脚一直缠绕到他的脖子，不能解开，过路人都来观看，有几百人。寺庙里的人，想跑去报告给官府。那女人笑着说：“不会伤害他的！”伸手把蛇取下，扔在地上，依旧是一根扁担！女人笑着说：“你的幻术还没有达到完善精通的水平，怎么敢这样呢？如果找了别人，你一定没命了！”那客人再三行礼悔过谢罪，于是跟着那女人到家拜她为师。

瑞云雀

邵武军泰宁瑞云院，主僧显用之师普闻，乾道六年十一月二十八日，巡堂殿焚香，至罗汉像前，方瞻礼次。一雀飞鸣盘旋，敛翼立炉上，历一时久，凝驻不动。视之，已化矣！乡人接迹来观，了不倾侧，正与像相对。显用具白县，县宰赵善扛书偈于纸尾曰："日日飞鸣宣妙旨，幻华起灭复可疑。可怜多少风尘客，去去来来只自欺。"寺僧图其状刻石。

今经数年，雀羽毛不摧落，俨然如生。远近起敬者不绝。予甲志所载，鼠坏经事，亦此寺也。绍兴初，宗本住泰宁之丹霞，亦有雀化之异。

【译文】邵武军泰宁县（今福建）有座佛寺瑞云院，主持和尚法名显用，他的老师普闻，于宋孝宗乾道六年（1170）十一月二十八日到佛殿去烧香，到罗汉像前仰瞻，焚香行礼的时候，忽然有一只麻雀鸣叫飞舞，盘旋了几圈，便收缩翅膀落到香炉上，停了一个时辰也不动。仔细看了一下，那麻雀已经坐化了。乡里的百姓听说这件奇事，纷纷前来观看，只见那麻雀停的地方不歪不偏，正好面对着罗汉像。于是，显用和尚便把这件事写了报告送到县衙，县令赵善扛便写了一首佛偈批在这报告的后边，诗中写道："日日飞鸣宣妙经，幻华起灭复何疑。可怜多少风尘客，去去来来只自欺。"后来寺里和尚便把这只麻雀坐化的图像画成画，刻到石碑上保存。

这件事到现在已经好几年了，那麻雀的羽毛并未坏落，仍然像活着时一样立在香炉上，远近来看并向它致敬的人，络绎不绝。我在《夷坚甲志》里曾记载有老鼠毁坏佛经的事，也是发生在这个寺院里。宋高宗绍兴初年（1131）宗本和尚住在泰宁的丹霞寺时，亦有麻雀坐化的异事。

卷第九（十二事）

扫码听谦德
君为您导读

太原意娘

京师人杨从善，陷虏在云中，以干如燕山，饮于酒楼，见壁间留题，自称太原意娘。又有小词，皆寻忆良人之语。认其姓名字画，盖表兄韩师厚妻王氏也。自乱离暌隔，不复相闻，细验所书墨尚湿。问酒家人，曰："恰数妇女来共饮，其中一人索笔而书，去犹未远。"杨便起追蹑及之，数人同行，其一衣紫佩金马盂，以帛拥项，见杨愕然，不敢公招唤，时时举目使相送。逮夜众散，引杨到大宅门外，立语曰："顷与良人避地至淮泗，为虏所掠，其酋撒八太尉者欲相逼，我义不受辱，引刀自刭。不殊太酋之妻韩国夫人闻而怜我，亟命救疗，且以自随，苍黄别良人，不知安往。似闻在江南，为官，每念念不能释，此韩国宅也。适与女伴出游，因感而书壁，不谓叔见之，乘间愿再访我，倘得良人音息，幸见报。"杨恐宅内人出，不敢久留连，怅然告别。虽眷眷于怀，未敢复往。

它日，但之酒楼瞻玩墨迹，忽睹别壁新题字，并悼亡一词，正所谓韩师厚也。惊扣此为谁？酒家曰："南朝遣使通和在馆，有四五人来买，盖其所书。"时法禁未立，奉使官属尚得与外人相往来。杨急诣馆，果见韩，把手悲喜。为言意娘所在，韩骇曰："忆遭掠时，亲见其自刎死，那得生！"杨固执前说，邀与俱至向一宅，则闻无人居，荒草如织，逢墙外打线媪试告焉。媪曰："意娘实在此，然非生者。昨韩国夫人闵其节义为火骨，以来韩国亡，因随葬此。"逐指示窆处。二人窬垣入，恍然见从庑下趣室中，皆惊惧，然业已至，即随之，乃韩国影堂，傍绘意娘像，衣貌悉曩所见。

韩悲痛还馆，具酒肴作文祭酹，欲挈遗烬归，拜而祝曰："愿往不愿，当以影响相告。"良久出现曰："劳君爱念，孤魂寓此，岂不愿有归，然从君而南，得常常善视我，庶慰冥漠，君如更娶妻不复我顾韩，则不若不南之愈也。"韩感泣誓不再娶，于是，窃发冢，裹骨归至建康，备礼卜葬，每旬日辄往临视。后数年，韩无以为家，竟有所娶，而于故妻墓稍益疏，梦其来怨恚甚切。曰："我在彼甚安，君强携我，今正违誓言，不忍独寂寞，须屈君同此况味。"韩愧怖得病，知不可免，不数日卒。

【译文】杨从善是京师（今河南开封）人，因京城失陷流落到云中（今山西大同）。有一次，他为办事到到燕山，在一个酒楼上饮酒，他看到墙壁上留有题字，题字人自称是太原人叫意娘，她写的是一首小词，内容是怀念和寻找丈夫的话。杨从善细心地辨认她的姓名和字迹，认出了题字的意娘原来是他表兄韩师厚的妻子王氏。自战乱隔离分别，至今没有听到过他们的音信。他看到墙上题字的墨迹还没有干，就问卖酒人，酒家回答说："刚才有几个妇女一块来此饮酒，其中有个妇人来索取笔墨要在墙上题字，现在尚且没有走远。"杨从善听罢起身便跟踪而去。追上后，看见几个同行的人中，有一着紫色衣服，佩戴着金马首饰，用丝绸掩着脖子的妇人。妇人看见杨从善，陡然一惊，不敢公然和杨打招呼。杨从善叫她，她才抬起眼示意杨跟她走。趁着夜里众人分散，她领着杨来到宅院大门外，站在那儿说："不久前，我和丈夫为避乱到了淮泗，被敌人所掳，他们的头目叫撒八太尉，想逼迫我相从，我义不受侮辱，就用刀自杀，却没有断气，头目的妻子叫韩国夫人，看见了很可怜我，赶快命人给我救治，并让我跟随着她，在匆忙中告别了丈夫，也不知他现在何处，似曾听说他到江南做官去了，每每思念我都不能放下心来。这里是韩国的住宅，刚才我和几个女伴出去游玩，因抒发情怀而在墙壁上题了一首词，不想被叔叔看见了，希望你暗中再来这里访我，倘若知道了我丈夫的信息，希望赶快给我回信。"杨从善害怕宅子里有人出来看见，不敢久停，怀着惆怅的心情告别了意娘，虽然心里很留意，却也不敢再去意娘那儿。

过了几天，他又去酒楼，欣赏着墙上的题词，忽然在别的墙壁上看到有一首新题写的并且是悼念死亡者的词，正是韩师厚写的。杨惊奇地指着墙上的题字问是谁写的，酒家说："南朝派遣的通和使者住在这里的馆驿，有四、五个人前来买酒，这是他们写的。"这时南朝的刑法、禁令都还没有宣布，奉命通和的官员和属员还可以与外界的人相往来。杨从善急忙来到公馆，果然见到了韩师厚。他拉着韩的手悲喜交加，当说到意娘的所在时，韩惊骇的说："回忆遭抢掠的当时，自己亲眼见到意娘已经自刎而死，哪还能活着呢？”杨固执自己的说法，就同韩一道来到那个宅院，然而此宅内并没有人居住，院子里长满了荒草。他们在墙外遇到一个纺线的老妇人，就向她探问。老妇人说：“意娘果然在这里，然而却不是活人。”妇人接着说：“先前韩国夫人怜惜意娘的节义，将她的尸体烧化，后来韩国夫人去世，意娘因此也随葬在此。老妇人说着还指出了埋葬意娘的地方。韩、杨二人越过矮墙进入院内，恍惚看到意娘从堂边廊屋走到室中，二人又惊又怕，然而既已到了这里，就随着她也进入屋内，这间堂屋放有韩国夫人的画像，旁边还绘有意娘的画像，她穿的衣服和相貌同那次看到的全都一样。

韩师厚很悲痛，回到馆舍，准备好酒菜，写好祭文进行祭祀，他把酒浇在地上，想带着意娘的骨殖回去。韩师厚向着意娘的像磕头拜告说：“意娘愿不愿回去，该以身形和声音告诉我。”等了好一会儿，意娘现出身形说：“烦劳夫君爱怜，我一个孤魂住在这里，怎能不愿意回去呢？然而跟随你一块回南边，你得很好地看待，或许可以安慰我在地府中的寂寞。但假如你再娶妻，而不再关心照顾我，那我还是不去南方更好。”韩师厚听后感慨流泪，发誓不再娶妻。于是韩暗地里挖开意娘的坟墓，将骨殖包好，带回到建康（今南京）。他依礼办了祭祀，选择地方将意娘骨殖进行安葬。此后每隔十来天就到坟前探望一次。几年后，韩因没成家很不方便，便就又娶了妻子，因而去意娘墓地去的次数就渐渐稀少了。一天，韩梦见意娘来到面前，既怨恨而又恼怒地说：“我原来在那个地方很安静，你强迫将我带到此地，现在你已经违背了自己的誓言，我不能忍受独自寂寞，现在要委屈你过来同我一样的生活。”韩师厚闻听既愧又怕，就得了病，自知是不可避免，果然没几天就死了。

许道寿

许道寿者，本建安道士。后为民，居临安太庙前，以鬻香为业。仿广州造龙涎诸香，虽沉、麝、笺、檀，亦大半作伪。其母寡居久，忽如妊娠，一产二物，身成小儿形，而头一为猫，一为鸦，恶而杀之。数日间，母子皆死。时隆兴元年。

【译文】许道寿，原本是建安（今福建建瓯）地方的道士。后来还俗成为平民，居住在临安（今浙江杭州）太庙前面，以卖香为生。许道寿模仿广州造各种龙涎香，即使是麝香、沉香、笺香、檀香等，亦有一大半都是造的假货。许道寿的母亲寡居已久，却突然怀孕了，她一次生下了二胎，胎儿身子都是小孩的样子，头却一个是猫头，一个是乌鸦头。许道寿恼怒之下将二个胎儿都杀掉了。几天之内，许道寿和他的母亲都死了。当时的时间是宋孝宗隆兴元年（1163）。

滕明之

临安人，滕明之，初为诸司吏，坐事失职，无以养妻子，乃为人管干官爵差遣，规取其赢，且好把持人语言短长，求取无度，识者畏而恶之。

绍兴丁卯之秋，告其妻曰："吾适梦至望仙桥，入马胎中，惊怛而寤，此何祥也！"即得疾死。死之夕，家人皆闻马嘶声，妻后亦流为倡云。

【译文】滕明之是临安(今浙江杭州)人,当初在中央部司里当一个办事职员,因失职获罪被免去职务,因无法养活妻子,于是就替来临安求官的人牵线跑腿,以谋求得到些钱财。滕明之喜爱让别人受自己操纵,说别人的长短,索要钱财贪得无厌,知道滕明之这个人品质的,都是既怕他、又憎恨他。

绍兴十七年(1147)秋天的一天,滕明之对他的妻子说:"刚才我做梦到了望仙桥,投到马胎中,被惊吓而醒,这会是什么吉凶预兆呢!"很快他就得病死了。死的那天夜里,他家的人都听到了马的嘶叫声。他的妻子以后也流落为娼了。

西池游

宣和中,京师西池春游,内酒库吏周钦倚桥栏投饼饵以饲鱼。鱼去来游泳,观者杂沓,良久皆散。唯一妇人留,引周裾与言,视之盖旧邻卖药的骆生妻也。自徙居后,声迹不相闻,见之喜甚。问良人安在,蹙额曰:"向与子邻时,彼谓我私子,子既徙去,犹屡箠辱我,我不能堪,与之决绝,令寓食阿姨家。闻子已丧偶,思欲遣媒约,言议而未及,不料获相逢于此。"周愈喜,即邀入酒肆,草草成约,纳为妻。

逾数月,因出城回,买饭于市,骆生适负药笈过门,周以娶其出妇之故,羞见之,掩面欲避。骆遽入相揖,周勉与语,且询其室家,骆伤惋曰:"首春病疫死矣,吾如失左右手,悲念之不忘。"遂泣下。周宽譬使去,殊大惊,又疑骆讳前事而为之说,立诣旧居访邻里,皆言骆妻死,明白曰:"吾属皆送葬者也。”周益自失，惧不敢还家，又不知所为，纵饮垆醉就睡，迨夜乃出，信步行茫无所之。值当道卧者绊而仆，沾湿满身。复起行，财数十步，闻连呼杀人，逻卒蹑寻，见周意状苍忙而污血被体，共执送官。具说踪迹如此，竟不能自明，掠死于狱，而真盗逸至京东。以他过败获，具言都城杀人事，移牒开封，则周既死矣。可谓奇祸也，其子子明亦坐恶逆诛。

【译文】宣和年中（1119—1125），京师（今河南开封）有春游西池的习俗，掌管皇室酒库的官吏周钦也到西池春游，他倚靠着仙桥的栏杆，向池内投饼喂鱼，鱼在池里游来游去，观看的人很多。过了很久，看的人都散去了，唯有一个妇人仍留在那儿。妇人过来拉着周的衣服前襟和他说话。周细看她原来是卖药的骆生的妻子。自从他搬家后，一点消息也不知道，现在见了，都非常高兴。周问她的丈夫可好，妇人皱着鼻子说：“以前和你住邻居时，别人都说我和你有私情，你离我而走后，他仍然屡次用鞭子抽打羞辱我，使我不能忍受，现在我已经和他断绝了关系，吃、住都在娘家，我听说你的妻子死去了，想着要找个媒人去向你提亲，还没来得及去商议，却不料在此和你相逢了。”周听后心里更加高兴。他请妇人到酒店里草草定了婚约，娶她为妻。

过了几个月，一次周钦出城回来在集市上买饭吃，正巧骆生背着药箱从门口经过。周钦因为娶了他休掉的妻子，不好意思和他见面，就背过脸想避开。骆生却立即进入酒店向他施礼，周钦只好勉强和骆生说话，并且询问骆生的妻子和家里的情况。骆生很伤感，惋惜地说：“今年一开春她就生病死了，我就好像失去了左、右手一样，悲痛怀念而不能忘怀。”说着就哭了起来。周钦用好言宽慰，将骆生劝走后，心里就感到很吃惊，但又疑惑这可能是因为骆生忌讳以前的事，而有意这样说的。他立即来到原来住的地方向邻居了解情况，都说骆妻已死，并清楚地说，他们都是送葬的人。周钦听后，愈感到害怕。恐惧得不敢回家，但又不知道该怎么办，于是就坐在酒店里拼命喝酒，醉了就睡着了。到了夜里他才出来，在路上盲目的行走。他碰着路中间卧着的一个人而被绊倒在地，身上也被沾湿了。周爬起来又走，刚走了几十步远，就听到有人连声呼喊杀人了。巡行兵士闻听跟踪而来，看见周意向迷茫的样子，而且身上满是血污，就一起捉住他送到官府，报告都说踪迹是这样的，此时，周钦竟然自己不能自白说明情况，他被拷打而死在狱中。然而真正的杀人强盗却逃到了京城以东，因其他罪行败露而被捕获，便将在京城杀人一事全部供出，有关的文书转送到了开封，然而周钦已经死了，真可以说是一场奇祸！他的儿子周子明因为犯法，后来亦被处决。

舒懋育鳅鳝

临安浙江人舒懋，以卖鱼饭为业。多育鳅鳝瓮器中，旋杀旋烹。

一日，发瓮失所蓄，遍寻之，乃悉缘著屋壁，累累欲上，而无所届，缭绕虬结可畏。懋其惧，取投诸江，誓不复杀，而易为蔬馔，经数日，所入殊薄，不足以赡家，乃如其故。俄又失二物所在，因汲水见密蟠井中，不暇顾省，拾取而烹之。时乾道五年春也。

乃秋疫作，尽室皆死，懋独不然，但遍生疮，每疮辄有鳅鳝头喙突出，痛楚特甚，后一月乃死。

【译文】舒懋是浙江临安（今杭州）人，以开饭馆卖鱼和饭食为生，他在瓮中养了很多鳅和鳝鱼，随杀随烹饪。

有一天，他发现瓮中养的泥鳅和鳝鱼都不见了，到处寻找，发现这些泥鳅和鳝鱼都沿着屋子的墙壁连接成串想爬上去，却都没有上去，它们环绕纠缠在一起，让人生畏。舒懋非常害怕，就将这些泥鳅和鳝鱼收取下来，全部投放于江中，并发誓今后再不宰生泥鳅和鳝鱼，改卖蔬菜和饭食。经过几个月，他的收入很低，不够养家糊口，于是他就又和以前一样，重操旧业。不久，他所举的泥鳅和鳝鱼又都丢失而不知在哪儿。后来他因去打水，才看见它们密密麻麻，悠闲自在地在井水里盘曲着，他顾不上把事情的原委搞清楚，就把井里的泥鳅和鳝钱全部捞出来，杀掉烹食了。这是在乾道五年（1169）春天发生的事。

到了秋天，瘟疫在临安流行，舒懋的全家人都得病死了，唯独舒懋没有死，但他全身都长满了疮，在每个疮眼里都有一条或泥鳅、鳝鱼的头，嘴突出来，疼痛的特别厉害，过了一个月，舒懋才死。

陈媳妇

宣和四年，京师鬻果小民，子夜遇妇人，艳妆秀色，来与语。邀至一处，相与燕狎，颇得衣物之赠。自是夜夜见之，所获益多。民服饰骤鲜华，而容日羸悴。医巫不能愈，有禁卫典首刘某，持斋戒不食，但啖乳香饮水，能制鬼物，都人谓之吃香刘太保。民父母偕往恳祈，刘呼视其子曰："此物乃为怪耶，吾久疑必作孽，今果尔。"即共造产科医者陈媳妇家，陈之门刻木为妇人，饰以衣服冠珥，稍故暗，则加采绘而更新衣。自祖父以来有之，不记岁月矣。刘揭其首幂，令子民视之，则宛然夜所见者。乃就其家设坛位，步罡作法，举火四十九炬焚之，怪逐绝。

【译文】宣和四年（1134）的一天，京城一个卖果品的平民，在深夜遇到了一个妇人，她穿着打扮得很艳丽，过来和果民说话，她还邀请他到一个地方，和他欢乐和亲昵。从此，果民不断得到了妇人赠送的衣物。自此以后，他夜夜和妇人相会，所得到的衣物也越来越多，他穿的衣物和装饰骤然间鲜艳又华丽，然而他的容颜却日渐憔悴，医生和巫士都不能将他治好。当时有一个皇家禁卫军的头目刘某，长年坚持不饮酒、不吃荤，不吃食物，只喝水和吃乳香，能制服鬼怪，京城的人都称呼他是吃香刘太保。果民的父母亲便去刘太保家，恳切祈求给儿子治疗。刘叫他们的儿子来，看过以后说："原来是这个东西在作怪呀！我早就怀疑她必然要加害于人，现在果然如此了。"随即他们就共同到接生婆陈媳妇家。陈家的门上刻着一个穿着衣服，戴着帽子、佩带耳饰的妇人，因日久逐渐旧了，颜色发暗，就重新涂上油彩，使她的衣服颜色更新如初。这个木刻妇人，自她的曾祖父以来就已经有了，也记不清她的年代了。刘太保揭开妇人头上的头巾，让果民看认，就仿佛是夜里所见到的那个妇人。于是刘太保就在妇人家里设立法坛，按照星斗方位踏着步子作法，又让烧起四十九个火把，将妇人木偶焚烧掉，妇怪随即就绝迹。

河东郑屠

临安宰猪，但一大屠为之。长每五鼓击杀于作坊，须割裂既竟，然后众屠儿分挈以去。

独河东郑六十者，自置肆杀之。尝挂肉于案钩上，用力颇锐，钩尖利甚，伤其掌，刃透手背，痛逾月方愈。又临灶燂猪，恍若有物挽，摔釜中，妻子争急拯之，半身煮烂，死矣。

【译文】在临安（今浙江杭州）杀猪，习惯只由一个大屠户去做。经常是在每天的五更天时将猪击杀在作坊里，等到把杀死的猪开剖分割完毕，然后才由其他卖肉的小屠户将肉分别拿走去卖。

独有河东一个叫郑六十的人，自己设立杀猪作坊杀猪。有一次，他曾经要把肉挂在案钩上，因用力偏斜，锋利的钩尖刺伤了他的手掌，钩刃穿透了他的手背，疼痛了一个多月，伤口才痊愈。他就又靠近炉灶，用开水退猪毛。此时，他仿佛感到有东西在推着他，将他甩入大锅内，他的妻子看见急忙去将他捞起来，然而他的半个身子已经被煮烂死去了。

张颜承节

宣和间，京师天汉桥有官人，自脱冠巾，引头触栏柱不已。观者环视，恍莫测其由，不复可劝止，问亦不对。良久，血肉淋漓，冥仆于地。

徼巡卒共守伺之。日晚，小苏呻吟，悲剧顾曰："我张颜承节也，住某坊内，幸为僦人舁归。”既至家，遂大委顿，头颅肿溃如盎。呼医傅药，累月旬方愈。家人扣其端，全不自觉，疮成痂而痒不可忍，势须猛爬搔，则又肿溃，才愈复痒。如是三四反，愈年不差，殆於骨立。尽室忧其不起，尝扶掖出门，适归仆过前，惊问所以，告之故。曰：“都水监杜令史，施恶疮药，绝神妙。然不可屈致，当勉谐彼，庶见证付药，可立愈。”

张仗仆为导，亟访之，杜生屏人。曰：“颇忆前年中秋夜所在乎？”曰：“忘之矣。”杜曰：“吾能言之，君是年部江西米纲，以中秋夕至狂树湾舣舶，月色正明，君杖策登岸，百步许得地平旷，方命酒赏月。俄而骤雨，令仆夫取雨具，怒其来缓，致衣履沾湿，抛所执柱斧掷之，中额。仆回舟谓妻曰：‘我为主公所击，已中破伤风，恐不得活，然无所赴诉。即死，汝切勿以实言，但云痼疾发作，此去乡远，万一不汝容，何以生存，宜恳白主公，乞许汝子母附舟入京，犹得从，入浣濯以自给。’言终而亡。比晓，妻尸稿瘗于水滨，泣拜君曰：‘夫不幸道死，愿附载。”君叱之曰：‘舟中皆男子，岂宜著汝无夫妇人。’略不顾，促使解缆绳。妻拊膺大恸曰：‘孤困异土，兼乏裹粮，进退无路，不如死。’抱幼子自投江中。仆既殒于非命，又痛妻儿之不终，诉诸幽府，许偿此冤，以年，君触桥时，乃彼久寻君而得见也。”张震骇曰：“是皆然矣，某方欲丐药何为及此，且何以知之？”杜曰：“吾昼执吏役，夜直冥司，职典冤狱，兹事正吾手，屡为释，渠了不听从，自今四十九日当往与君决。至期，可扫洒静室，张灯四十九盏，置高坐以待之。中夜，当有所睹，幸而灯不灭，彼意尚善，若灭其半，则不可为矣。吾亦极力调护，但负命之冤，须待彼肯舍与否，有司固不可得而强，无用药为也。”

张泣谢而归。如其教，张灯之，夕独坐高榻，家人皆伺于幕内。近三鼓，阴风劲厉，四十九灯悉灭，其一复明，亡仆流血被面，妻相随。犹带水沥漉，从室隅出。捽张曰：“可还我命！”即陨坠于下，头缩入项间而死。

【译文】宣和年间，在京城的天汉桥上，有一个官员模样的人自己脱掉帽子，用头不停地去触碰桥栏杆，围着他看的人很迷糊，猜不出他碰头的原因，人们不停地上前去劝也不能阻止他，问他话也不回答。过了很久，他已经是血肉模糊，昏死扑倒在地。

当地的巡查人员在一旁共同守候着他，到了晚上，他刚刚有点苏醒，呻吟着很悲痛看着四周说：“我是承节郎张颜，住在城里某个宅院里，希望能雇车送我回去。”一回到家，他马上感到极度疲困，头肿、溃烂的像盆子一样。叫医生来敷药治疗，过了十多天，才稍微好了一点。家里的人问他是怎么弄的，他一点也不知道。他头上的疮结成痂，但痒的不能忍受，要狠狠地抓搔，抓搔后头又肿烂，才好又痒，就这样反复了三、四次，过了年还没好，他差不多已经是皮包骨头了。全家人担心他起不来，有一次曾经扶着他的咯吱窝到门外活动，正巧他原来的仆人路过门前，看见他的病状，就惊奇地问他原因，他就将原委告诉了原仆。原仆说：“都水监杜令使治恶疮的药非常神妙，然而你不能请他来，而应当亲自尽力到他那儿，他看了你的病，给你敷上药，马上就可以好了。”

张依靠原仆为向导，急忙去寻访。找到后，杜令使屏退旁人后对张说：“你好好回忆一下，前年中秋节的夜晚你在哪儿呢？”张回答说：“忘记了。”杜接着说：“我给你说出来，那一年你率领船队到江西运米，中秋节那天傍晚使船停泊在独树湾。当时月色正明，你手里拿着竹制的马鞭拐杖登上江岸，走了百余步才走到平地上，就命人取酒赏月。片刻突然下起雨来，你命仆人赶快去取雨具，因仆人拿来的晚，使你的衣服、鞋子淋湿了，你就恼怒得很，抛出一把柱斧向仆人扔去，斧子正中仆人门头。仆人回到船上，对他的妻子说：‘我已经被主人的柱斧击中，得了破伤风，恐怕活不成了，然而也没有地方去诉说冤屈，即使死了，你千万也不要说实话，只说我是老病发作而死，这个地方到我们家乡还很远，万一他不容你，你怎么活下去呢？你要恳切的向主人说明，乞求他准许你们母子随船入京。假如能允许你乘船，你就给人洗洗衣服以养活自己。’说完仆人就死了。等到了天拂晓，仆人的妻子托着他的尸体用禾秆包好埋葬在水边，哭着向你拜求道：‘我的丈夫不幸在半道上死了，希望你们允许我们母子随着船走。’你听后却喝斥她说：‘船上都是男人，怎能运载你这个显眼的无夫之妇呢！’你丝毫也不顾及她，就督促赶快解开缆绳开船。仆人的妻子拍着胸脯很悲痛地说：‘我们母子孤单的被困在这个地方，又缺衣少食，进退都没有办法，还不如死了的好。’于是她抱起幼小的孩子一块投入江中。仆人既已死于非命，又痛心妻子、儿子没有善终，于是就状告于各个阴间的官府，得到这个许诺，要偿还他这个冤债。去年，你碰触桥柱时，正是那个仆人长期寻找你而找到了你呀！”张听后又吃惊又害怕地说：“确实都是这样的呀！我想来向你讨药是为了治病，你为什么要说这事，你又是怎么知道的呢？”杜医生说：“我是白天在官府服役办事的官员，每天夜里就到阴间，职责是掌管审理冤枉的官司，你这件事正好在我手里，我多次向他解释他都不听，从今天开始到四十九天时，就要到你们家进行最后判决，到时候，你要把住房打扫干净，点上四十九盏灯，坐在高高的地方等待着，到半夜时，应当有所观察，侥幸灯不灭，则说明他的心地还善良的，假如灯灭了一半，就不可以挽救了。不过我会尽力为你调解和保护，但欠人之命的冤魂，还要看他是否肯舍予你，有司是不能强迫他的，这病是无法用药的。”

张哭泣着拜谢杜医生回家了，按照杜教给的方法，到了该长灯那天晚上，他把灯点上后，独自坐在高床上，家里的人则都侍奉在帘幕内，将近三更天时，阴风突然劲吹而起，四十九盏灯全部灭了，但其中一盏过后又复明了，去年死去的那个仆人血流满面，他的妻子紧随着他，身上好像滴滴答答带着水，从房子的角落里走出来拉着张说：“你还我命来。”随即张就从高床上坠落在地，头缩入脖子而死了。

龙泽陈永年

乾道三年秋，临安大雷，震军器所，作坊兵龙泽夫妇并小儿曰郭僧，凡三人震死于一室。初，泽父全既死，泽妹铁师居白龟池为娼，其母但处女家，遇子受俸米，则来取三斗去。泽夫妇颇厌其至，屡出恶言，郭僧者亦相与骂，侮以乞婆目之，故获此谴。

同时，有严州人陈永年，同其兄开银铺，于临安狂游不检。母私储金十数两，规以送终，恐永年求取无度，不使知。一日开箧，永年适自外来见之，遽攫而走，母恚闷仆绝。兄追及争夺，仅得其半以归母，母遂病卧，是夕，永年亦遭震厄。

【译文】乾道三年（1167）的秋天，临安发生大雷击，正好震击中军器制作作坊，作坊兵士龙泽夫妇和他们的儿子郭僧，三个人都被震死在一间房子里。先前，龙泽的父亲龙全就死了，泽的妹妹铁师居住在白龟池为娼妓，他的母亲只是住在女儿家。每当遇到儿子领到官府给的俸米时，就要去龙泽家去取三斗，龙泽夫妇很厌烦他的到来，多次口出恶言语，郭僧这个人也帮助他们骂，把她看作是讨饭的老乞婆，而加以侮辱，所以，他们得到这样的报应。

与此同时，在严州有个叫陈永年的人同他的兄长在临安集市上开了一个银铺，他交往放荡，不能收敛自己。他的母亲为防万一，就私下积蓄了十几两银子，计划着给自己送终用。她害怕陈永年贪得无厌，就不让他知道这件事。有一天，她打开小箱子，正巧陈永年从外面进来，见了银子，抢夺了就走，他的母亲因恼恨而昏倒在地。他的兄长见此情景，就追出去和他争夺，但仅夺回了其中的一半，还给了母亲，他的母亲随后也就病倒了。这天傍晚，陈永年也遭到了雷击的命运。

钱塘潮

钱塘江潮八月十八日最大，天下伟观也。临安民俗大半出观。绍兴十年秋前二夕，江上居民或闻空中语曰：“今年当死于桥者数百，皆凶淫不孝之人。其间有名而未至者，当分遣促之，不予此籍则斥去。”又闻应者甚，众民怪骇，不敢言。次夜，跨浦桥畔人，梦有来戒者云：“来日勿登桥，桥且折。”旦而告其邻，数家所梦皆略同，相与危惧。此潮将至，桥上人已满，得梦者从傍伺之，遇亲识立于上者，密劝之使下，咸以为妖妄不听。须臾潮至，奔汹异常，惊涛激岸，桥震坏入水，凡压溺而死数百人，既而死者家来号泣收敛，道路指言，其人尽平日不逞辈也，乃知神明罚恶，假手致诛，非偶然尔。

【译文】钱塘江涨潮，以每年的八月十八为最大，是天下最壮美的景观，到了这一天临安的民俗一大半都要去看潮。绍兴十年（1140）秋天，在涨潮的前两天傍晚，江上有的居民听到空中有人说："今年该在桥上死的人有好几百，这些人都是些凶恶、淫乱、不孝的人，在这些人中间有其名字，但现在还没有来到的，要分别催促他来，预先不在这个名册上的人，则要让他们赶快离开。"听到空中应声的人很多。当地居民闻听又惊又怕，也不敢说话。第二天夜里，住在跨浦桥畔的人有的做梦，梦到有人前来告诫说："第二天不要上桥，桥将要折断。"到了天明，把梦告诉其他几家邻居，才知所做的梦都大致相同，互相间都感到危险和害怕。等到大潮将要到来时，桥上已经站满了人，做过梦的人知道实情，就在身边观察，发现有亲近、熟悉的人，就悄悄地劝他下桥，但被劝的人则都认为这是荒诞邪说而不听。片刻潮水来到了，水势奔腾汹涌不同寻常，惊人的浪涛拍击着江岸，桥被震塌落入水中，所有在桥上的人全被淹死了。终了，死者的家属哭号着前来收敛，在过路的人看视死者，都是一些平日行为放荡不羁的人。这才知道，神灵处罚恶人，借用这样的手段使他死，也并不是偶然的事啊。

陕西刘生

绍兴初，河南为伪齐所据，枢密院遣使臣李忠往间谍。李本晋人，气豪好交结，人多识之。至京师，遇旧友田庠，庠亡赖子也。知其南来，法当死，捕告之赏甚重，辄持之。曰："尔昔贷我钱三百贯，可见还。"李忿怒曰："安有，是吾宁死耳。"陕西人刘生者闻其事，为李言："极知庠不义，然君在此，如落阱中，奈何可较曲直？身与货孰多，且败大事，盖随宜饵之。"李犹疑其为庠游说，然不得已，与其半。刘曰："勿介意，会当复归君。"李佯应曰："幸甚。"

庠得钱买物，将如晋绛，刘曰："我亦欲到彼，偕行可乎？"即同途。过河中府少憩于河滩，两人各携一担仆，共坐沙上。四顾无人，刘问庠乡里年甲，具答。刘曰："然间汝乃中国民，尝食宋朝水土矣。"庠曰："固然。"刘曰："我亦宋遗民，不幸沦没伪土，常恨无以自效朝廷，每遣人探事，多采道听途说，不得实。幸有诚悫，如李三者，吾曹当出力助成之，奈何反挟持以取贷。"庠讳曰："是固负我。"刘曰："吾素知此，且询访备至，甚得其详。吾与汝无怨无恶，但恐南方士人大夫谓我北人皆似汝，败伤我忠义之风耳。"遂运斤杀之。仆亦杀其仆，投尸于河，并其物复回京师，尽以付李，乃告之故。李欲奉半直以谢，刘笑曰："我岂杀人以规利乎？"长揖而别。李南还说此，而失刘之名为可惜也。

【译文】绍兴初年，河南一带被刘豫的傀儡政权伪齐新占据，枢密院差遣李忠秘密前往河南刺探军情。李原本是山西人，气质豪爽，喜欢结交朋友，有很多人都认识他。他到了京城（今河南开封）后，遇到了过去的一个朋友名田庠，田庠本是个无赖子弟。庠知道李是从南边来的，按照当地政府的法度是要处死的，他如果报告官府将其逮捕，则可以得到很大赏金。于是庠立即挟制李忠说："你过去借我的三百贯钱现在还我吧。"李忠闻听愤怒地说："我过去如有借钱的事，宁愿死去。"陕西一个叫刘生的人闻听此言，就对李忠说："我很清楚庠是个不义之人，然而你在这里犹如掉进坑中，怎么能和他讲是非曲直呢？看你的身子和钱是谁重要，而且那样做是会败坏大事的，你何不给他些钱，以封住他的嘴巴。"李忠还在怀疑刘生是在为庠说话，然而身不由己，不得不给了庠一半钱，刘生对李忠说："你不要介意，我会当面把钱复还给你的。"李假装答道："那就很感谢你了。"

田庠得了钱，就买了货物要到山西去卖。刘生说："我也想到山西，一块走可以吗？"二人随即同路而行。路途中间过一条河，在河中的沙滩地上稍事休息。他们两人各自带着一个挑担的仆人，四个人都坐在沙地上。刘生朝四下看看没有人，就问庠的家乡及生辰年月。庠都回答了。刘接着说："你原本是中国的老百姓，曾经是吃宋朝的饭，喝宋朝水长大的吧。"庠回答说："那当然是的。"刘又说："我也是宋朝留下来的老百姓，不幸陷落在敌占区，我常常恨自己没有办法报效朝廷，每次我派人去探听消息，得到的都是些道听途说之词，得不到实情，幸亏有像李忠这样诚实、谨慎的人，我们应当出力帮助他把事办成才是，怎么样呢？你却反而挟制他要钱。"庠顾忌地避开这事说："他本来就欠我的钱。"刘说："我平素就知道这事，而且这次察访得很周全，事情知道的很详细，我和你无冤无仇，但是我怕南边的官员说我们北方人都像你一样，败坏我忠义的名声。”说着就用斧子将田庠砍死，刘生的仆人也将庠的仆人杀死。他们把两具尸体都扔到了河里，归并了庠所带的东西，返回到了京城。他把东西全部交付给了李忠，并告知李自己办这事的原因。李听后想拿出一半钱物酬谢刘生，刘生笑着说：“我岂是为了谋取财物才杀人吗？”他向李忠行大礼而告别。李回到南方后还说起这件事，但他为忘问刘的姓名而深感惋惜。

要二逆报

姑苏村民要二，以渔为业，凶暴不孝。绍兴二十三年，妻生男，方在乳。民母抱持之，老人手弱，误堕于地死焉。母畏子之暴，不知所为，民殊不以介意。

他日，白母曰：“久不到舅家，偶得大鱼，欲往馈，能否偕行否？”母慰，喜过望，欣然从之。袱被登舟，行数里至寂无人处，则停棹，持斧立母前，怒目骂曰：“母生我既知爱惜，今我生子那得不爱，奈何故堕地？杀之便当偿子命。”母知不可脱，急引被蔽头面。曰：“听汝所为。”民奋斧将及母，母分必死，久乃寂然，举被视之，不见其之，而舟已在所居岸下，既反舍。妇泣言：“适青天无云，大雷一声，夫震死于野，遍身皆斧伤巨创，不知何以至此。”母始话其事，元不闻雷声，亦不觉舟之动摇复还也，民之家遂绝。

【译文】姑苏（今江苏苏州）这个地方有个村民叫要二，以打鱼为生，他性情凶暴，不孝顺老人。在绍兴二十三年（1153）时，他的妻子生了一个男孩，还在哺乳。有一次，要二的母亲抱着孩子玩，由于老人手劲弱，不慎误将小孩坠落在地跌死了。母亲畏惧儿子的残暴，不知该怎么办才好。谁知要二对此却毫不介意。

过了几天，要二对他母亲说："很久没有到舅舅家去了，今天碰巧打了一条大鱼，想把鱼送去，你和我一块走行吗？"他母亲闻听，大喜过望，很高兴地就答应了。她用包袱包好被子上了船，行了几里水路到了一个寂静无人的地方，要二停下棹，手持斧子站在母亲面前，张目怒视骂着说："母亲生养我既知疼爱我，现在我生了儿子哪能不爱呢！你怎能故意将他坠地摔死。杀死他就应当偿还子命。"母亲知道这事是不可逃脱了，就急忙拿被子盖住头脸后说："任凭你随便吧。"要二举起斧子将要砍及母亲，他的母亲料想是必死了，谁知等了很长时间却没有什么动静，掀开被子看看，已经不见了她的儿子，然而船也停靠在她家的岸边。她一到家，媳妇就哭着对她说："刚才还是晴空无云，忽然一声大雷，我的丈夫被雷击死在野外，全身布满了斧子砍的很大的伤口，不知为何弄到这个地步。"母亲这才说起这件事。她开始也没有听到雷声，也没有感觉到船在摇动，就回来了。要二死了，他的儿子也死了，他们家的香火随之也就断绝。

卷第十（十三事）

扫码听谦德
君为您导读

邓城巫

襄阳邓城县有巫师，能用妖术败酒家所酿。凡开酒坊者，皆畏奉之。每岁春秋，必遍谒诸坊求丐。年计合十余家，率名与钱二十千，则岁内酒平善。巫亦籍此自给，无饥乏之虑。一岁，因他事颇窘用，又诣一富室有所求曰："君家最富，赡力足以振我，愿勿限常数。"主人拒之甚峻，曰："年年响君二万钱，其来甚久，安得辄增？宁败我酒，一钱不可得。"巫嘻笑而退出，驻近店。遣仆回买酒一升，盛以小缶，取粪污搅杂，携往林麓，禹步诵咒，环绕数匝，瘗之地乃去。适有道士过，见之，识其为妖，而不知事所起。巫还店喜甚。俄，道士亦继来，少憩访酒家，见举肆惶惶忧窘。问其故。曰："为一巫所困，今酒瓮成列，尽作粪臭，惧源源不已，欲往寻迹哀求之。"道士曰："吾亦见此人，不须往求。吾有术能疗，但已坏者不可救耳。"即焚香作法，半日许，臭止。又言："凡为此法以败五谷者，必用粪秽，罪甚大，君家宜斋戒。”当奉为拜章上愬，其家方忿恚，迫切趣营醮筵。道士伏下，逾数刻始起曰：“玉帝有敕，百日内加彼以业疾，然未令死也。”自是，巫日觉踝间痒，爬搔不停，忽生一赘，初如茨实，累日后益大，巍然径尺如球，而所系摇摇才一缕，稍为物枨触，则痛彻心膂，不复可履地。子孙织竹为篑，舁以行丐，欲食屎溲杂篑中，所至皆掩鼻。历十年乃死，胡少汲尚书宰邑，尚见之，其子栝说。

【译文】襄阳的邓城县（今河南邓州）有一个巫师，能够用邪术败坏酒家所酿造的酒，凡是开酿酒作坊的人，因都怕他而向他进献钱物。每年的春秋，他必告诉每个酒作坊，要求给他钱，每年合计有十多家，每家一律各给他钱二十吊，这样在年内酿酒就可以太平无事，巫师也借此供给，而无缺吃少穿之忧。有一年，巫师因其他事，急等钱用，他便到一家酿酒富户要钱说：“你们家最富足，完全可以救济我，希望你不要局限以往的钱数给我。”主人拒绝了他，并且很严峻地说：“我年年都送给你两万钱，由来已经很久了，你怎么能独断地去增加呢？我宁可让酒坏掉，你一个钱也得不到。”巫师听后，嬉皮笑脸地走出了酒作坊，住到附近的一个客店，让他的仆人又回到作坊买回一升酒。他把酒盛到一个小缶内，另取大粪搅拌在酒里，然后提着小缶来到林间山脚下，巫师迈着作法的罡步，嘴里念着咒语，围着小缶转了几圈以后，将小缶埋入地下便走了。这时，恰好有个道士路过这里，看到了巫师所做的一切，识破了他这是邪术，但不知事出之因。巫师回到店里很高兴。过了一会儿，道士也随着进店，稍微休息后，就去寻访酒家。这时，只见酒作坊里所有的人都心神不宁，又忧又愁，问其原因，说是被一巫师所困窘。现在成排的酒瓮里的酒都变成了粪臭味，害怕还在不断地变坏，正想去寻找巫师，求告他停止作法。道士说：“我也见过这个人，你们不需要去求他，我有法术能破他的邪术，但已经坏了的酒是不行了。”随即他焚香作起法来，半天光景，臭味止住了。道士又说：“凡用这种邪术毁坏五谷粮食的人，必然要被治以很重的罪。你们家应当斋戒，我当向天帝上奏章诉说他的罪行。”这家人正在激愤，便赶快料理祭祀的供席。道士伏在厅堂下，过了几刻时间才起来说：“玉皇大帝有诏书，百天之内要让巫师受到报应而得疾苦，但却还没有让他即刻就死。”自此开始，巫师感到脚踝间发痒，不停地抓搔。忽然又在那儿长了一个瘤子。当初像鸡头的种子那么大，过了几天后，越来越大，瘤子的直径约达一尺好似一个球，而根部像线一样细，连着它不停摇动，肉球稍微被竖在门旁的木柱或其他东西碰撞就痛得钻心。脚一点也不敢着地。他的子孙们用竹子编个筐子抬着他去要饭，巫师的吃、拉、撒等都杂堆在筐子里，他所到之处别人都掩鼻而过，这样过了十多年才死。尚书胡少汲在此任官时，还见过这巫师，胡的儿子说了这件事。

徐楼台

当涂外科医徐楼台，累世能治痈疖。其门首画楼台标记，以故得名。传至孙大郎者，尝获乡贡，于祖业尤精。

绍兴八年，溧水县蜡山富人江舜明，背疽发，扣门求医。徐云可治，与其家立约，俟病愈，入谢钱三百千。凡攻疗旬日，饮食悉如平常，笑语精神殊不衰减，唯卧起略假人力。疮忽甚痛且痒。徐曰：“法当溃脓，脓出即愈。”是夜用药，众客环视，徐以针刺其疮，捻纸张五寸许，如线缗大，点药插窍中，江随呼好痛，连声渐高。徐曰：“别以银二十五两赏我，便出纸脓才溃，痛当立定。”江之子源怒，坚不肯与。曰：“元约不为少，今夕无事，明日便奉偿。”徐必欲得之。江族人元绰亦在旁谓源曰：“病者痛已极，复何惜此。”遂与其半，时纸捻入已逾一更，及拔去，血液交涌如泉，呼声浸低。徐方诧为痛定，家人视之，盖已毙，脓出犹不止。不一年，徐病热疾，哀叫不绝声，但云：“舜明莫打我，我固不是，汝儿子亦不是。”如是数日乃死。二子随母改嫁，其家医遂绝。

【译文】当涂县有一个外科医生，人称徐楼台，家传几代能治疗各种毒疮，因为他家的门头上画着楼台标记，所以得了楼台之名。当传到孙子徐大郎这个人时，他就曾经被地方选拔为乡贡生，医术超过了前辈，而且医术更精湛。

绍兴八年时，溧水县蜡山有一个富人叫江舜明，背上生了一个毒疮，就登门求医。徐医看说可以治，就和江家签约。等到病痊愈后，付给徐医酬金三百吊。徐医总共治疗了十多天，江的饮食就和平常一样了，说话、精神也很不错，就是起卧时略还需要他人扶持。这一天，疮忽然很痛而且发痒，徐看后说：“按此疗法现在该溃浓了，浓一出来，疮就好了。”这天夜里，徐医开始下药，众人都围在四周看视。徐医用针刺开疮，然后把纸捻成约五寸长、如穿铜钱的绳子一样粗，沾上药插入疮孔里，江随着纸捻的插入而呼叫好痛，且叫喊声一声比一声高。正在这时，徐医对江说：“你得另外再给我二十五两银子，我便将纸芯拿出来，浓才会溃出，疼痛也会很快稳定停止。”江的儿子江源闻听很恼怒，坚决不肯再给银子，他说："原来约定的一点不会少给，如果今天晚上没有事，明天就会奉给你。"然而徐医一定要得到银子才肯罢休。江的家属中有个叫元绰的在旁边看顾，他看此情，就对江源说："病人极度疼痛需要马上拔纸，你何必吝惜这点钱呢！"江源随即给了徐医一半钱。这时，纸捻在疮里已经有了一个更次，到拔出时，血浓如泉，喷涌而出，江的呼叫声逐渐低了下去。徐医这才感到有点惊异，但他还以为是病人的疼痛止住了。江家的人看江时，江已经气绝了，但浓血仍在不停地向外流。不到一年，徐医病了，高烧烧得他哀号不停，嘴里只是说："舜明，不要打我，我固然不好，但你的儿子也不好。"就这样，过了几天他就死了。他的两个儿子也随着母亲改嫁，他们家祖传医治毒疮的秘方也就绝迹失传。

符助教

宣城符里镇人符助教，善治痈疽，而操心甚亡状，一意贪贿，病者疮不毒，亦先以药发之，前后隐恶不胜言。尝入郡，为人疗疾，将辞归，自诣买果实，正坐肆中，一黄衣卒忽至前瞠目曰："汝是符助教耶？阴司唤汝。"示以手内片纸，皆两字或三字作行。市人尽见之，疑为所追人姓名也。符曰："使者肯见容到家否？"曰："当即取汝去，且急归以七日为期。"遂不见。满城相传符助教被鬼取去。及还至镇岸，临欲登，黄衣已立津步上，举所执藤棒点其背，符大叫好痛。黄衣曰："汝元来也知痛。"所点处，随手成大疽如碗。凡呼暴七昼夜乃死。

【译文】宣城县符里镇有个人叫符助教，善于治疗各种毒疮。

他一门心思是贪图收受钱财，病人生的不是毒疮，他也是先用药，把疮发大，再治疗，以多收钱。前前后后他这种阴谋罪恶多得无法计算。有一次，他曾经入郡为人治病，将要告辞的时候，自己到集市上去买水果，他正坐在店铺里，只见一个身穿黄衣的士卒突然来到他面前，瞪着眼睛对他说："你是符助教吗？地府叫你去。"说着向他出示手里拿的纸片，纸片上的字都是二个或三个字作一行，市场上的人都看见了，怀疑纸上所写的都是被追捕的人姓名吧。符对黄衣使者说："你肯让我回家看看吗？"使者说："本应即刻就带你走，现在暂且让你赶快回去，以七天为限。"说完使者就不见了。这时满城都在传说符助教被鬼带走一事。当符助都回到镇子就要上岸的时候，黄衣使者已经站在渡口停船的水边，他举起手里拿的藤棒点戳符的脊背，符大声叫喊好痛啊！黄衣使者说："你原来也是知道痛的呀！"使者藤棒点到的地方，随即就成了象碗一样大的疮。就这样，他大声喊冤了七昼夜才死。

水阳陆医

宣城管内水阳村医陆阳，字义若，以技称。建炎中，北人朱萃老编修避乱南下，挈家居船间。其妻病心躁，呼陆治之。妻为言："吾平生气血劣弱，不堪服凉剂，今虽心躁，无不作渴，盖因避寇，惊扰失饥所至，切不可据外证投我以凉药。编修嗜酒得渴疾，每主药必以凉为上，不必与渠议也，我有私藏珍珠可为药直，君但买好药见疗，欲君知我虚实，故丁宁相语。"陆诊脉，认为伤寒阳证，煮小柴胡汤以来。妇人曰："香气类柴胡，君宜审细，我服此立死。"陆曰："非也，幸宁心，饮之。”妇人又申言甚切，陆竟不变，才下咽，吐泻交作，妇遂委顿。犹呼云：“陆助教，与汝地狱下理会。”语罢而绝。

后数年，溧水高镇李氏子病瘵，召之用功，数日未效，出从倡家饮而索钱，并酒馔于李氏，李之兄怒叱不与，及归已黄昏，乘醉下药数十粒。病者云：“药在鬲间热如火。”又云：“到腹中亦如火。”又云：“到脐下亦如火。”须臾双叫，痛不可忍，自床颠悸坠地。至夜半，陆急投附子、丹沙，皆不能纳，潜引舟遁去，未旦李死。绍兴九年，陆暴得病，日夜呼曰：“朱宜人，李六郎休打我，我便去也。”旬日而死。

【译文】在宣城管辖内的水阳村有个医生叫陆阳，字义若，在当地以他的医疗技术著称。在建炎年间（1127–1130），有个编修叫朱莘老，为避战乱，他带着全家乘船向南方迁移。住在船中，他的妻子生病了，心里很烦躁，就请陆医来治病。朱的妻子对陆说：“我平常就气血亏弱，不敢服用凉性药，现在虽然感到心躁，却也不觉得渴，主要是因为躲避敌人受到惊扰、饮食欠缺所致，你千万不要依据外表症状而给我吃凉性药。朱编修喜喝酒，得了口渴的病，每次吃药必以凉药为主，这件事你不必与他商议，我这里有私藏的珍珠，可以入药，你尽管买好药为我治疗就是，我叮咛你说这些话，是想让你知道我身体的真实情况。”陆医诊过脉，认为是伤于寒气的阳症，就煎煮了小柴胡汤并端给李妻，妇人一闻药就说：“药的香味好像是柴胡，你应该再仔细地给我诊查一下，我如果要将柴胡汤服下，立刻就会死的。”陆医说：“不是这样的，希望你能心情平静地把药喝下去。”妇人听后，又很恳切地向陆医陈述了自己的看法，陆医的口气一点儿也不改变，妇人这才将药喝了下去。刚喝下，妇人就上吐下泻，精神也处于萎靡困顿状态，嘴里不停地叫着说：“陆助教，我和你在阴间评理去。”说罢就死去了。

几年以后，溧水县高淳镇李氏的儿子得了痨病，来请陆医治疗，陆治了几天没有见效。这天陆医出门要到娼妓那儿去喝酒，来向李氏要钱，并索要酒菜和食物。李氏的哥哥生气地斥责他，并且不给他。等到陆医从外面喝酒回来时，已经是黄昏了，他乘着酒兴，让病人服下了几十粒药。病人服药后就说：“药在隔膜处像火烧一样。”接着又说：“药到了腹的中部还像火烧。”紧接着又说：“药到肚脐下了，仍然像火烧一样。”片刻，病人大声叫喊疼痛不能忍受，因颤跳过快，病人坠落在地。到了半夜，陆医急忙给病人服下附子和丹沙，却都不能治病。见此情景，陆医就偷偷地招来一条小船跑走了。没到天明，李氏的儿子就死了。在绍兴九年（1139）时，陆医突然得了急病，他日夜叫喊着：“朱宜人，李六郎，不要打我，我这就去了。”就这样，十几天后陆医就死了。

秦楚材

秦楚材，政和间自建康贡入京师。宿汴河客邸，即寝，闻外人喧呼甚厉，尽锁诸房。起穴壁窥之，壮夫数辈，皆锦衣花帽拜跪于神像前，称秦姓名，投杯珓以请，前设大镬煎膏油正沸。秦悸栗不知所为，屡告其仆李福，欲为自尽。计夜将四鼓，壮夫者连祷不获，逐覆油于地而去。明旦，主人启门谢秦曰：“秀才前程未可量，不然吾辈当悉坐狱。”乃为言：“京畿恶少子数十，成群或三年或五年，辄捕人渍诸油中，烹以祭鬼，其鬼曰：‘狞瞪神’，每祭须取男子貌美者。君垂死而脱，吁其危哉。”顾邸中众客各率钱为献。秦始忆自过宿州，即遇此十余寇，或先或后迹之矣。遂行至上庠，颇自喜，约同舍出，逢黥面道人，携小篮揖秦曰：“积金峰之别三百年矣，相寻不可得，误行了路，却在此耶，无以赠君。”探篮中白金一块授之曰：“他日却相见。”同舍欢曰：“此无望之物不宜独享。”挽诣肆将货之以供酒食费。肆中人视金反复咨玩不释手，问：“需几何钱？”曰：“随市价见偿可也。”人曰：“吾家累世作银铺，未尝见此品。”转而之他所，言皆然，秦亦悟神仙之异，不肯鬻卖。以制酒杯、茶、汤匕、药器，凡五物，日受用之，自此三十年无病苦。绍兴十六年，在宣城忽卧疾，五物者同时失去，知必不起，果越月而亡。积金峰在茅山元符宫云。

【译文】秦楚材，在政和年间（1111—1117），从建康（今南京）被选拔到京师（今河南开封）进太学读书，住在汴河上的一个客店里。夜里已经睡觉了，忽闻听外面有人喧哗呼叫得很厉害，并将客房门全部锁了起来。他爬起来，从墙壁上的孔穴中向外看，只见外面有十几个穿着锦衣、头戴花帽的壮汉，跪拜于神像前面，叫着秦楚材的姓名，并投掷祭神占卦的卜珓请示神意。在他们的前面摆放着一只熬着油脂的大锅，锅里的油已经沸腾。秦看了吓得心里直发抖，不知该怎么办，多次告诉他的仆人，想着自尽算了。估计着到了深夜将近四更天时，这些壮汉们见连续祷告也没有成效，就将油泼在地上都走了。第二天天亮，店主人把门一打开就感谢秦说：“秀才的前程无量，要不然我们这些人都得去坐牢。”于是他又详细地对秦说：“京城里有几十个恶小子，结伙成群，或三年或五年总要抓个活人浸到滚油中煮死以祭鬼，这个鬼叫作狞瞪神，每次祭祀时都要选取美貌的男子，而你却能在临死脱离这样的危险。秦向四周一看，见很多客人都纷纷拿出钱来奉送他，他这才开始回忆起自己自从过了宿州就遇上了这十几个匪贼，他们的踪迹或在自己前面或在后边，暗中侦察自己已经很久了。秦心里感到很高兴，于是就走进学校，他约着同房舍的学生去卜卦，遇到了一个黥面道人，道人手里提一只小篮子，对着秦施礼说："咱们在积金峰一别，已经三百年了，相互寻找没见面，误行了很多路，你却还在这里呀！我没有什么可以赠给你。"说着从篮子里取出一块白金交给秦，并说："过些天咱们还要相会。"同舍的学生很高兴地对秦说："这块白金是你平白得来之物，你不能一个人享用。"说着将秦拉到银铺，想将银子找成钱以供他们几个人喝酒吃饭的费用。银铺的人看着这块白金，反复商议观赏，而舍不得放手。他们问秦要换多少钱？秦说："随市场价兑换就行。"店家又说："我们家多少年经营银铺，都未曾见过这种成色的白金。"又到别的铺子去问，说的亦是如此。此时，秦也领悟到金子是神仙所赠，与人不同，也就不肯再换。他用这块白金制作成酒、杯、茶、汤勺、药器等五件物品，每天都用。自此开始的三十年内，他没有生过病和受过病痛。绍兴十六年时，他在宣城忽然生病躺卧在床上，他的五件白金器具也同时不见了，他自知病必定不会好。果然过了一个月他就死了。积金峰现在茅山，上有一座元符宫。

建康头陀

政和初，建康学校方盛，有头陀道人之学，至养正斋前，再三瞻视，不去斋中。钱范二秀才语之曰："道人何为者？"对曰："异事、异事，八坐贵人都著一屋关了，两府直如许多便没兴，不唧溜底，也是从官。”

有秦秀才者，众目为秦长脚，范素薄之，乃指谓曰：“这长脚汉也会做两府？”客曰：“君勿浪言，他时生死都在其手。”满坐大笑。客瞠曰：“君莫笑，总不及此公。”时同舍生十人，唯邢之绰者最负才气，为一斋推重，适从外来，众扣之，曰：“也是个官人。”略无褒语遂退。后四十年间，其言悉验，秦乃太师桧也。范择善、段去尘、魏道弼三参政，何任叟、巫子先两枢密，钱端修、元英两从官，一忘其姓名，独邢生潦倒，得一官即死。

【译文】政和年初（1111），在建康办学之风很盛。一天，有个头陀道人来到学校，走到名叫养正斋的宿舍门口，再三望视却不敢进去。钱、范二位秀才追问道士：“你这是为何？”道士回答说：“怪事、怪事，坐八人大轿的高官，怎么都集中在此屋了，而屋子里还住着两位府官，只是这里大官太多，这二人就没有什么，只能算跟在尾巴上的从官罢了。”

有一个姓秦的秀才，别人都称他外号叫秦长脚。范平日就看不起这个人，于是用手指着秦秀才说：“这个长脚汉难道也会做到府官？”头陀说：“你千万别胡说八道，以后你们的生死之命，全掌握在他的手里。”满座的人听后都忍不住大声嘲笑起来。头陀瞪着眼睛说：“诸位都不要笑，你们谁也比不上这位先生。”当时在同一房舍住的十名秀才中唯有邢之绰这个人的文才最高，是这个宿舍里最受大家推重的人，这时正从外面进入这间房内，众人指着邢，让头陀说邢的前程，头陀说：“也是个当官的。”话中竟没一点赞扬的意思，说完就走了。在以后的四十年期间里，头陀所说的话都得到了验证。秦秀才就是太师秦桧，范泽善、段去尘、魏道弼三个人都是参政，何任叟、巫子先分任两枢密院枢密使，钱瑞修、元英二人任府官，另一个秀才忘记了他的姓名，只有邢秀才失意，仅得到了一个官位就死了。

洞元先生

沈若济，临安人，结庵茅山，以施药为务。宣和间，蒙召对赐封洞元先生，尝指华阳洞之隙地曰："死必葬我于是。"其徒以地势污下为言，不听。绍兴十五年卒，其徒用治命，掘地六尺许，得石板大书六字曰："沈公瘗剑于此。"观者异焉。岂非先有神物告之者乎！佳城漆灯之说，信有之矣。(右六事皆汤三益说)

【译文】沈若济，临安(今浙江杭州)人，他在茅山上建了一庵居住，以施舍医药为事务。在宣和年间，承蒙皇上召见对他赏赐，封为洞元先生。有一次，他曾经指着华阳洞东边的一块空地说："我死后你们必须把我埋葬在这里。"他的徒弟们说这块地地势低下不干净，沈不听从。绍兴十五年(1145)时，洞元先生死了，他的徒弟们按照先生的遗命葬在这里，挖地六尺左右，看到了一块石板，上面写着六个大字："沈公瘗剑于此"，看到的人都感到很奇怪，莫非是有神物事先已经告知了洞元先生了吗？好的墓地中可用漆点灯的传说，相信是会有的吧。

天门授事

赣州宁都县胡太公庙，其神名雄，邑民也。生有异相，顾自见其耳，死而著灵响，能祸福人，里中因为立祠。

崇宁初，邑士孙勰志康梦白须翁邀至其家，问曰："如何可得封爵？"孙意其神也，告曰："宜行阴功，无专祸人。"翁曰："吾岂祸人者，吾为天门授事，日掌此邦人祸福，必左右窃闻之，托吾所云，扰惑尔。"孙曰："岁时水旱，最民所急，若能极力拯济，则县令郡守必以上于朝，封爵可立致也。"觉而审其为太公。

五年丙戌，县大火，祷于祠，俄顷，风云怒起，如有物驱逐之，火即灭，县以事白府，奏赐"博济庙"。明年逐封"灵著侯"。噫！神既受职于天，犹规规然慕世之荣名，唯恐不得，乃知封爵之加，固非细事。孙公梦中能晓神如是，可谓正士矣。（黎殉作记）

【译文】赣州的宁都县有一座胡太公庙，庙里供奉的神的名字叫雄，是本地人，他生有奇异的相貌，回头能看到自己的耳朵，死后为神十分灵验，能给人带来祸福，所以地方百姓便给他建立一座祠庙。

崇宁初年（1102），有一个叫孙勰字志康的名士，夜里做了一个梦，他梦见一个白胡子老翁把他请到家里，问他："怎样才可以得到皇帝的封赐的爵号呢？"孙听此言，知道这是个神人，就告诉他："你在阴间要为百姓多办好事，而不要专门去祸人。"老翁说：

"我怎是祸害人的人呢?我是天门授事,每天掌握着这块地方人们的祸福,这必然是我左右的侍从偷听了我所说的话,假冒我的名义胡乱出去侵扰、蛊惑百姓。"孙说:"一年之中水灾和旱灾是百姓最为关心急切的事,你假若能竭尽全力调剂,使得风调雨顺,那儿的县令和郡守必然会把你的功绩上报朝廷,封爵的事也就可以立即实现了。"孙醒来以后,猜到了这个白胡子老头就是胡太公。

后来,在崇宁五年(1106)的时候,县里失了大火,到胡太公庙去祈祷求救,片刻时间就风云突起,好像有什么东西驱赶着来了一样,一会儿火就灭了。县令把这件事报告府里,府又奏报皇帝,于是皇帝就封该祠为博济庙,第二年又赐封胡太公为灵著侯。噫!神既然已经受到了天帝给的职务,仍然要来羡慕人世上的荣华和名利,唯恐得不到,现在这才知道加封爵位,并不是一件小事。孙公在梦中能知道神的心理,真可以说是正统的名士呀!

大洪山跛虎

随州大洪山寺有别墅。曰:"落湖庄。"绍兴十二年,庄僧遣信报长老净遂师云:"当路有跛虎出,颇害人,往来者今不敢登山,殊惧送供之不继也。"净严即命肩与而下至虎所过处,下与焚纸钱,遥见其来,麾从仆及侍僧皆退避,独踞胡床以待少焉,虎造前,蹲伏于旁,弭耳若听命。时枣阳随两县巡检张腾适被郡檄,就寺纳二乡税租,亦同往,且升高木谛观之,不知严所说何语也,虎俄趋而去,自是绝迹不复出。

【译文】在随州大洪山寺,有一座别墅叫作落湖庄,在宋高宗绍兴十二年(1142)时，庄里的僧人派遣信使报信给长老净严遂法师说："在去寺的路上出现一只跛虎，经常出来伤害人，来来往往的人现在都不敢上山，特别害怕的是给山上送的供养会接不上啊！"净严长老闻听即命人抬着便轿下山，来到老虎经常出没的地方下了轿，焚烧纸钱，远远看见老虎来了。净严长老便独坐在一张可以折叠的轻便椅上等着老虎的到来。不一会儿，老虎到了长老面前，蹲伏在一旁，顺服的支着耳朵，好像在听长老的命令。当时枣阳、随州两县的巡检官员张腾正好奉郡里的公文借住在大洪山寺里，征召两个乡的税租，他也随着长老一块来此，他爬在高高的树上，详细的观看，也不知净严长老给老虎说了些什么话，只见老虎一会儿就急促地跑走了，自此，老虎失去了踪迹，没有再出现。(见汉东志)

张台卿词

国朝故事，翰林学士草宰相制或次补执政，谓之带入。

大观三年六月八日，何清源执中登庸。四年六月八日，张无尽商英登庸。皆张台卿阁草麻，竟无迁宠。时蔡京责太子少保，张当制诋之甚切，为缙绅所传诵。京衔之，会复相，即出张知杭州，明年六月八日宴客中和堂，忽思前两岁宿直命相，正与是日同，乃作长短句纪事。曰："长天霞散，远浦潮平，危栏驻目江皋。长记年年荣遇，同是今朝。金銮两回命，对清光，频许挥毫。雍容久，正茶杯初赐，香袖时飘。归去玉堂，深夜，泥封罢，金莲一寸才烧。帝语丁宁，曾被华衮亲褒。如今漫劳梦想，叹尘纵、杳隔仙鳌。无聊意，强当歌对酒怎消。"观者美其词，而讶其卒章失意，未几以故物召还，遽卒于官，寿止四十。台卿，河阳人。

【译文】本朝的先例，由翰林学士起草皇帝任命宰相或更换执政大臣的重要诏书，叫做带入。

在大观三年（1109）的六月八日，何执中，字清源，被任命为左仆射执政。大观四年的六月八日张商英，号无尽，也被任命为尚书右仆射。他们二人的任命都是经张台卿起草的诏书，但张竟然没有得到升迁的恩宠。当时蔡京被降职为太子少保，张台卿在起草诏书时，对蔡京的错误作了深刻揭露，他写的这个诏书在当时官场广泛传诵。因此蔡京对他十分仇恨，后来，蔡京恢复相位，立刻把张台卿贬到杭州任知府。第二年的六月八日，张在杭州中和堂宴会宾客，忽然回想起前两年在翰林院去皇宫当值，起草任命宰相的诏书时，正好与这一天日子相同，于是就作了一篇词以记述此事。词写道："长天霞散，远浦潮平，危栏驻目东皋。长记年年荣遇，同是今朝，金鸾两回命，对清光，频许挥毫。雍容久，正茶杯初赐，香袖时飘。归去玉堂深夜，泥封罢，金莲一寸才烧。帝语丁宁，曾被华衮亲褒。如今漫劳梦想，叹尘纵杳。隔仙鳌，无聊意，强当歌对酒怎消。"看的人都赞美他写的词，而更惊讶的是他最后几句写和却十分悲观失意，不久，他被召回，恢复原职，便突然死在官任上，寿命只有四十岁。张台卿是河阳（今河南孟县）人。

新建狱

豫章新建村民，夏夜群辈纳凉。有自他所疾走来，以手掩腹叫号曰："某人杀我。"趋及其家，即死。家诉于县，县捕某人讯之。自言："此夕在某处为客，与死者略无干涉。"鞫不成悉，逮纳凉者二十辈，分囚之，使各道所见。皆曰："实闻其言如是，他非所知也。"县令必欲得其情，箠掠不可忍，乃共为证辞以实之。引某人参对，不能胜众，强诬服。仰天而呼曰："某果杀人，不敢逃戮，若冤也，愿天令证人死于狱，以为验。"不旬日，狱疫暴起，凡十人相继殂。县令知其然，又畏凶身不获，竟不释，此人终亦死。

【译文】豫章县新建村的村民，在夏天的一个夜晚，结伙在一起乘凉，忽然有个人从其他地方疾步走来，他用手捂着腹部，哭号着说："某人杀我了。"他一跑到家就死了。他的家人于是就状告于县，县里就抓捕了某人，县令审问他，某人自说："这天晚上在某处做客，与死者丝毫没有一点关系。"审讯没有结果，县里就抓捕了晚上在一起乘凉的二十几个人，将他们分别囚禁，让他们分别讲述晚上的所见。都说："确实听到死者说的话是如此，但其他的事就不知道了。"县令因为必须要了解其中的实情，就用鞭子拷打，众人不能忍受，于是就共同作出证词以作为实情，县令让人将某人带来与这些人对质，某人在众口呈词下，无法辩解，被迫接受了这些诬陷之词。他仰面朝天大声说道："我如果杀了人，决不敢逃避被斩杀的下场，但假如我是冤枉的，愿老天令证人死在狱中，以此来验证我的清白。"不到十天，狱内突然暴发疫病，十几个人都相继死去。县令明知这其中定有冤情，然而又害怕杀人犯抓不到，竟然不释放此人。某人最终也死了。

潮州象

乾道七年，缙云陈由义自闽入广省，其父提舶□过潮阳，见土人言："比岁惠州太守挈家从福州赴官，道出于此，此地多野象，数百为群，方秋成之际，乡民畏其蹂食禾稻，张设陷阱于田间，使不可犯。象不得食，甚忿怒，遂举群合围惠守于中，阅半日不解，惠之迓卒一二百人相视，无所施力，太守家人窘惧，至有惊死者。保伍悟象意，亟率众负稻积于四旁。象望见犹不顾，俟所积满欲，始解围，往食之。其祸乃脱。"盖象以计取食，故攻其所必救，茫然异类，有智如此，然为潮之害，端不在鳄鱼下也。

【译文】宋孝宗乾道七年（1171）时，缙云（今属浙江）一个叫陈由义的人自福建来到广东，他的父亲乘船经过潮州时会见当地人，对他说："前几年惠州太守带领全家从福州去赴任，从这条路过。"这个地方的野象很多，几百只为一群，赶上秋稻成熟的时候，乡里的农民害怕野象到地里践踏，偷吃稻谷，就在田间挖设陷阱，使野象不能到地里去破坏。野象因吃不到稻谷，很愤怒，就马上集聚将太守包围。惠州太守守在中间，经历了半天也不能解围，迎接太守的兵士一、二百人你看我，我看你，不知该怎样去救太守，太守家的人因无法解围很害怕，甚至有被惊吓而死的。最后负责地方治安的保伍，领悟到了野象的意图，急忙领着众人背着稻谷堆积在四周。起初，野象看见了就如同没看见一样，等到堆积的稻谷满足了象的欲望，野象才开始放弃包围去吃稻谷，这个祸事才算得以解脱。这些象以计谋而取得食物，所以可说是：攻其所必救。茫然无知的畜生，竟然有如此高的智慧！然而他对惠州的危害，却委实不在鳄鱼之下呀！

刘左武

刘左武者河北人，南来江西一邑，三十年而亡。数岁间，妻及男女数人继死，但余子妇并幼子存。家赀本不丰，悉为一仆干没，至于五丧在殡不能葬。

其侄宗奭，邑人涂氏甥也。内弟伯牛以奭故，助之钱□千，相率诣其家奠酹。奭顷随父为靖安宰，携小史来。是日从行，忽升堂据几，为刘君揖客状。呼其仆骂曰："吾一家五人未能入土，此为何？时汝忍破荡吾生计，使至此极，非涂亲惠赐于我，当奈何？"拱手起就伯牛，欲至谢，牛避不与之接，遂骂子妇曰："坐汝不解事以及此，今复言？"又骂仆曰："汝乃愚人无足问，吾亦不诉于阴司，所以责汝者，聊欲使汝知，幽明虽异路，不可欺也。"仆但俯首不敢答，奭恶其久留，屡比逐之，且高诵天蓬诸咒。即瞠目曰："我少顷自退，何用作此！"凡五六刻乃去，小史蹶然而苏，无所觉。

【**译文**】刘左武是河北人，来到南方住在江西的一个县里，他在此生活了三十年就死了。在他死后的几年里，他的妻子和家里的几个男人、女人也相继死了，只留下了他的儿媳及幼小的孩子还活着。他们家的钱财本来就不富足，且又全部被一个仆人侵吞，以致于因无钱五个人的灵柩只得停放在那儿，而不能入葬。

刘左武的侄子叫宗奭，是同一个县里涂氏的外甥，他的内弟叫伯牛，因为奭的缘故，资助了刘家□千个钱，并且二人共同来到刘家，将酒洒在地上进行祭奠。奭不久前随着父亲做靖安县的县令任上，他带来了一个书童。这一天，书童随着奭来，突然书童进入门里，到了大厅正中几桌前坐下，如同刘左武一样向各位来客行礼作揖，呼叫着刘家的仆人骂着说："我们一家五口人，至今没有能够入葬，这是怎么回事，那时你狠心破坏、荡尽我的家业和生活来源，致使到了这个极点，如若不是涂伯牛内弟的恩惠送给我钱，那该当怎么样呢？"他起身把两只手放在胸前靠近伯牛，想拜谢施礼，伯牛赶忙避开而不予承接。书童接着骂儿媳妇道："由于你不明事理，事情才弄到这般地步，现在你还有什么话说。"接着又骂仆人道："你原是个愚笨的人，没有必要去问你，我也不在阴间控告你，之所以责备你这个人，是想让你知道，阳间、阴间虽然分在两地，也是不能欺骗人的。"仆人只是低着头听，而不敢说话。奭讨厌他一直在此停留，就多次喝斥赶他走，并且还高声朗诵天蓬咒。随即书童瞪着眼睛说："我一会儿自己会走的，何必要这样赶我呢！'大概有五六刻时间后才走了，这时小书童也立即而苏醒了，但他对被鬼魂附体一无所知。

卷第十一（十四事）

扫码听谦德
君为您导读

田道人

田道人者，河北人，避乱南度，居京口。每岁三月茅山鹤会，欲与其徒偕往，必有故而辍。

绍兴壬午之春始获一游，因留连月余。将归，足疾骤作，不可行，既止即愈，欲行复作，如是者屡矣。意其缘在此山，祷于神，乞为终焉之计，自尔不复病，梦神告曰："此非汝居也，汝自有庵在山中，其址东向者是，亟访之。"固以为想念所兆，未深信。越数日，梦如初，犹未决。又念身赤立于此，纵得其棋，虽草庐岂易能办？是夕，梦神怒曰："旬日不迁，必死兹地矣。"

晨兴，访同类，且托寻迹之，杳不可得。或曰："吾闻大茅君藏丹之处名丹沙泓，地势正东，但知名耳，不识其所在，盍询之耆老间乎？"亦竟莫有知者。旬日之斯既迫，皇皇不敢怠，独徘徊免径。忽有村夫搦其胸，方恐惧，其人乃问曰："汝非寻沙泓庵地者乎？我知之。”引至崦中，以足顿地，曰：“此是也。”田四顾，山林翔抱，正可为东向居，甚喜，犒以百钱。笑曰：“我岂求此者？将安用之！”不顾而去。

田沿路标志而反，明日，往芟薙荆棘，以籧篨作屋宿焉。中夜，大虎来，倚卧于外，晓乃退。岩石下有蛇，微露脊膂，大如柱，皆不伤人。又明日，僦工携畚锸平治，于积叶三四尺下得磐石，嶙峋嵌空，纵广数尺，若爪所攫拿而穿者。发之，得石莲华盆，有水浸丹沙一块，重可二十两，取而藏之。盍前日村夫顿足处。是后蛇虎皆不见，疑为卫丹之镇云。

隆兴甲申乙酉岁，近境疾疫起，田以丹末刀圭揉成丸救之，服者皆活。所济数千人，共以木石钱粟为营一庵于泓中，去玉晨观不远，为人布气治疾亦多验。乾道己丑，蓝师稷为江东提刑，过茅山，亲见田说，及分得丹三钱。辛卯岁，以庵与杨和王之孙，奋衣出山，不言所向。

【译文】田道人，是河北人氏，因逃避金兵战乱，南度过江，居住在京口（今江苏镇江）。每年三月京口茅山有道教庙会，想与徒弟一同去赶会，总是因有事情而不能成行。

宋高宗绍兴三十二年（1162）的春天，才得到去一游的机会，因而留连一个多月，将要回来时，双脚骤然生病，病疼难忍，不能行走，就又住下，好了以后，想走时脚痛又复发，这种现象反复多次出现。田道人心想，可能自己和茅山有缘分，便烧香求神，求神指示自己终生去向。夜间梦见神人告诉他道：“这个地方不是你居住地方，你应自有道庵在山中，道庵地基坐西向东便是，你应赶快访寻。”田道人以为是日有所思，夜则有梦的缘故，对梦中所言，他不是很相信。停数日，又梦见神人催他找地方住，田道人仍然犹疑不决。又想自己赤身一人在这里，即是找到那个地方，要建立茅庐草舍，怕财力亦办不到，当夜，梦见神人大怒说道："十天之内不迁去，必然死于此地。"

早晨起床，田道人就去访问道友，并托请道友帮助寻找山上庵所在的地方，却得不到一点线索，有人说："我听说大茅君藏丹之处名叫丹沙泓，地势正东，但只知其名，不知道此所在何处，可询问年老人，他们中间可能有人知道。"田道人也去访问几位老年人，竟没有人知道这个地方。十天的期限快要到了，田道人惊惧万分，惶惶不可终日，在山中乱找，一点也不敢怠慢。这天正独自在小径上徘徊。忽有一个山民拍着他的胸膛，田道人猛一怔，山民便问他说："你不是寻找丹沙泓这个地方吗？我知道。"随引田道人到太阳照射不到的山沟里，用脚踩地，说道："这就是丹沙泓。"田道人向四周环视，山林环抱，正可以坐西向东居住，甚是高兴，拿出百钱赏金送他，那山民笑道："我不是向你求钱的人，这钱有何用处。"说罢，看也不看就走了。

田道人沿着来路返回，一路作了不少标志。第二天又到那里，拿着工具割去杂草荆棘，用竹编的粗席搭成庵棚，就住宿在这里。半夜，有大老虎走来，卧在屋房外边，天一明，老虎便走了。屋后有岩石，岩石下有条大蛇，微微露出脊背，有柱子粗，但这蛇亦不伤害人。又明日，雇来工人携带箕畚铁锹，挖土填平地面，在积树叶子三四尺下挖出磐石，宽横有数尺之大，嶙峋而中空，好像有人用手攫拿，而穿透了几个洞，于是便把石头掀开，只见下边有一只石莲华盆，盆内有水浸泡丹沙一块，重可达二十两，田道人取出而珍藏起来。这正是前日那山民顿脚的地方。以后蛇虎都不见了，怀疑它们是在此守护丹沙的。

宋孝宗隆兴二、三年间（1164—1165），茅山附近发生瘟疫传染病，田道人用刀刮丹沙为细末，揉搓成丹丸救济病人，凡服用此丹丸的病人，立即治愈。所救济活命的有数千人之多，都争先捐献木石钱粮，为田道人修建庵庙于泓中，离玉晨观路程不远，为人袪邪治病多有灵验。

宋孝宗乾道五年（1169），蓝师稷为江东提刑，路经茅山，亲自听田道人说这件事，并分得丹沙三钱。宋乾道八年（1172），田道人把营建的庵庙给予杨和王的孙子，田道人便飘然出山，不知道去向何处去了。

瓶中桃花

孟处义去非知楚州，元夕享客，以通草作梅花缀桃枝上，插两铜壶中，未尝贮水也。

中春后，桃枝忽结花甚盛，数日方落。孟殊以自喜，至秋，乃有闺门之戚，明年而为淮漕。

【译文】孟处义，字去非，任楚州（今江苏淮安）知州。大年除夕晚上请客，用灯草做梅花缀在桃树枝上，插在两个铜壶中，铜壶里面未有盛水。

到春暖花开的时候，桃枝上忽然盛开桃花，停有数天时间，桃花才凋零败落。孟处义感到特别欢喜，到秋天，家中女儿就出嫁成亲，明年孟处义奉调担任了两淮转运使。

丰城孝妇

乾道三年，江西大水，濒江之民多就食他处。

丰城有农夫挈母妻并二子欲往临川，道间过小溪，夫密告妻曰："方谷贵艰食，吾家五口难以谐生，我负二儿先渡，汝可继来。母已七十，老病无用，徒累人，但置之于此。渠必不能渡水，减得一口，亦幸事。"遂绝溪而北。

妻愍姑老，不忍弃，掖之以行，陷圩泥淖。免而取履，有石碍其手，拨出之，乃银一笏也。妇人大喜，语姑曰："本以贫困故，转徙他乡，不谓天幸赐此，不惟足食，亦可作小生计，便当还家，何用他去？"复掖姑登岸，独过溪报其夫。至则见儿戏沙上，问其父何在，曰："恰到此，为黄黑斑牛衔入林矣。"遽奔林间访视，盍为虎所食，流血污地，但余骨发存焉。

不孝之诛，其速如此。是时蓝叔成为临川守，寓客黄彪彪父自丰城来，云得之彼溪旁民，财数日事也。（右三事皆蓝叔成说）

【译文】宋孝宗乾道三年（1167），江西遭洪水灾害，沿江百姓多数离乡背井，逃荒他乡要饭养命。

丰城有一农夫携带母亲、妻子和两个儿子想往临川（今属江西）去讨饭，路上过一条小河，那农夫秘密地对妻子说："现下谷粮涨价，吃饭艰难，我们家五口人难以活命，今天过河，我先背两个儿子过去，你再跟着过来。母亲已活七十岁了，老而无用，跟着我们是个累赘，不如把她放在此地，她又不能渡水过河，这不就减去一口，也是幸运的事。”农夫背着儿子渡过河就急忙走，把老母扔到河彼岸。他的妻子怜悯婆婆年老有病，不忍心抛弃老婆婆，就扶她一同过河，到了河中间，两脚陷进淤泥窝里，拔不出脚来，儿媳就挽高裤腿，用手伸进河水内，有石妨碍，取出鞋子，就将石块取出来，一看，原来是一块银子。儿媳非常高兴，对婆婆说：“本来因为咱家贫，又逢饥慌年景，才到外乡讨饭养命，想不到上天有灵，赐给我们家这样多的银两，不仅够吃够用，还可以做个小生意，咱应当回家去，何必再逃慌外乡。”说罢，又扶着婆婆上了河岸。自己一人蹚过河将在河中拾银一事对丈夫说一说。蹚过河水，上了岸，见两个儿子在沙滩上扒沙玩耍，问他父亲在哪里，两个小儿说：“刚才俺爹爹背我俩过河上岸，就被一个黄黑斑点的大牛用嘴噙着进树林里去了。”妻子一听，十分惊慌，急忙奔进树林，失声痛哭高叫，到处寻找，等找到丈夫，见地下血流一片，只剩下丈夫的骨头和头发，是老虎噙走吃的。

为人不孝，应得到这样报应，而且报应的这么迅速。当时临川太守蓝叔成，有客人黄彪，字彪父，从丰城来，说起丰城农夫过河弃母而被虎吃掉的事，才有数几天。

李卫公庙

温州城东有唐李卫公庙，州人每精祷祈梦，无不应者。绍兴三十二年，郡士木待问蕴之得漕荐，谒庙扣得失。

梦著紫衫独立于田间，士子数千辈拥一棺驰去，皆回首视蕴之。

明旦，以语同舍生潘柽。柽解曰：“君当魁天下，棺之字从木从官，君得官无疑，数千辈舁之，明皆出君下也。”果如其言。

时同郡木子正亦梦神告曰：“明年本州再出状元，其姓名曰木椠。”子正以为神报已，必继王十朋之后，遂更名椠。

既而椠试下，蕴之登科，子正始悟木之身乃十字，移旁两笔，合椠之上为朋字，其下复一木焉，则十朋之后踵之者姓木，而非椠也。

【译文】温州城东，有座唐朝李卫公庙，州里人常去庙内祈祷神灵，解析梦幻，无有不应验的。宋绍兴三十二年（1162），士人木待问，字蕴之，被转运使推荐，将赴考，到李卫公庙求问。

他夜间梦见，自己披着紫色衣衫站立在田地中间，有读书子弟几千人护拥一具棺材跑，都回过头来看蕴之。

天明，把夜梦详情对同室居住的潘柽说了一遍。潘柽解释说：“你应当是魁首状元，棺这个字有木有官，你当官是无疑了，几千个读书子弟抬棺拥护棺，说明以后都是你的部下。”后来，果然像潘柽解梦说的一样。

当时，同郡人木子正也梦见神人告诉他说：“明年本州还要再出一个状元，他的姓名叫木椠。”子正自解自己的梦，认为是神人先报予自己，必然继王十朋状元之后，随改名字为木椠。

到试考后，木椠名落孙山，木蕴之登科及第，木子正这时才醒悟过来，木字的身为十字，除去两旁，合在椠字之上为朋字，下面仍是一木字，这样十朋以后跟着考中状元的姓木，而不是椠这个人。

天随子

乾道六年，木蕴之待洪府通判缺，居乡里。火焚其庐，生事重罄，作忍贫诗曰：

忍贫如忍炙，痛定疾良已。

余子爱一饱，美疹不知死。

步兵哭穷途，文公谢五鬼。

百世贤哲心，可复置忧喜。

诵经作饥面，伟哉天随子，

九原信可作，我合耕甫里。

逾年，梦一翁衣冠甚伟，来言曰："若识我乎？我则天随子也。以君好读予文，又大书予《杞菊赋》于壁间，顷作诗用忍饥事，又适契予意，故愿就见，为君一言。予昔有田四顷，岁常足食，惟遇潦则浸没不得获。忍饥诵经，盖此时也。今子有回禄之祸，而穷悴踵之，是水为我灾，而火为子厄也。然予田尚在，独为蝇蚋所集，不可耕，无有能为予驱除者，不免恩子耳。"既寤，殊不晓其言。

晨起，偶整此夜所阅书，而《笠泽丛书》一策适启之案上，视之，乃《甫里先生传》，前日固未尝取读也。篇中有云："先生有田十万步，有牛减四十蹄，耕夫百余指，而田污下，暑雨一昼夜，一与江通色，无别已田他田也。先生由是苦饥困，仓无斗升畜积。"正与梦中语合，而一田字有二死蝇粘缀，嗟叹其异，为拂拭去之。

【译文】宋孝乾道六年（1170），木蕴之等待洪州府（江西南昌）通判缺位，居住乡村，忽有一天，大火烧毁他住的草房，生活用品统统被烧光，家中一贫如洗，随作《忍贫诗》，诗上写道：

忍贫如忍炙，痛定疾良已。
余子爱一饱，美疹不知死。
步兵哭穷途，文公谢五鬼。
百世贤哲心，可复置忧喜。
诵经作饥面，伟哉天随子。
九原信可作，我合耕甫里。

过了一年，梦见一位身躯高大的老人，穿戴整洁，走来说道：“你认识我吗？我就是天随子啊，因为先生好读我写的文章，又书写我的《杞菊赋》在墙壁上，用诗歌形式写出忍饥忍贫的悲惨生活，这正合我的意愿，所以我愿意接见你，同你说话。我以前有田地四顷，每年收的粮食，足足够吃。只是遇到阴雨连绵的时候，庄稼浸泡在田地里，粮食收不到，家里无粮心慌，就忍着饥饿诵会经文，这是我当时与你现在处境一样。今天你遇到火灾，贫穷憔虑接着跟来，我是受水的灾祸，而你是遭到火的厄运。我虽然受水灾祸，但田地还存在，只是蝇蚊集结，不能耕种，现在还没有能消灭蝇蚊，这事要烦劳你了。”睡醒以后，竟不知道说的什么话。

早晨起来，整理昨晚上看的书，有一本《笠泽丛书》一卷才掀开放在书桌案上，看见有篇《甫里先生传》，昨晚掀到此页还没顾及细读。这篇文章中有一段这样说：“先生有田地四百亩，有牛四十头，有种地农夫一百人，而田地有水浸污，夏天下暴雨一天一夜，地下积水与江水相连，水天一色，分不出我家田他家田，先生家遭水灾祸，于是家境处于饥寒困苦当中，仓库无存斗升的粮食。”

《甫里先生》文中的话正与他梦见那位修长老人话相合，书页上一田字上边有两只死蝇子粘在田字上面，木蕴之很感奇异，随将两死蝇子擦拭下去。

郑侨登云梯

莆田郑侨惠叔，乾道己丑春省试中选，未廷对。梦空中一梯，云气围绕，窃自念曰："世所谓云梯者，兹其是欤？"俄身至云梯侧，遂登之。

及高层仰望，则有大石，苍然如镜面。正惧压己，忽冉冉升腾，立于石上。惊觉自喜，但不晓登石之义。既而为天下第一，其次曰温陵石起宗。

先是，考官用分数编排，石君当居上，临唱名始易之云。（右三事皆木蕴之说）

【译文】浙江莆田有一士人姓郑名侨字惠叔，宋孝宗乾道五年（1169）春季，省试科考中选，尚未参加由皇帝亲自主持的殿试。睡梦中，见空中有一梯子，白色云气围绕，便自言自语地说："平时世上人所说的云梯，可能就是这样。"片刻，他走到云梯一侧，随就登上云梯。

云梯升上高空，他抬头仰望，有一大石，大石平如镜面，郑侨十分惊惧，怕大石落下压着自己，忽然自己慢慢升腾起来，郑侨站在大石上，猛然惊醒过来，却暗暗自喜，但不晓得登石的意义是什么。结果郑侨考中了第一名状元，而第二名则是温陵的石起宗。

以前的规章制度，考试官用得分数多少编排优劣名次，姓石的考生应当名列前茅，到临场唱名字时，才改为郑侨。

金溪渡许

泉州南安县金溪渡，去县数里，阔百许丈，湍险深浚，不可以为梁。旧相传谶语云："金溪通人行，状元方始生。"郡人皆欲副其谶，姓金者多更名"通行"，姓方者更名"姓生"，然莫有应者。

江给事常自京师丁母夫人忧归泉南，建炎丁未，卜墓地于渡之南岸。工役者日有履险之劳。南安宰事江公谨甚，命暂联竹筏为小桥，仅可轻单往来，未几，复为水所坏。是年实生梁丞相，所谓"通人行"之语，其应如是。

【译文】福建泉州南溪县，有金溪渡口，距离县城有几里路程。金溪渡水阔广大，有一百多丈，水深浪高，十分险峻，历来架不上桥梁，以前传诵两句预言说："金溪通人行，状元方始生。"郡县人都想与预言的话相副实，纷纷更改名字，姓金的多改名字为"通行"，姓方的改名为"始生。"然则改来改去，都没能见应验。

这时任给事的江常，因母病丧，从京城奔回家乡南安守孝。宋高宗建炎元年（1127），江给事择坟墓地于金溪渡南岸。修坟挖墓地的工役，每天就冒着绝大危险。南安知县事奉江给事很殷勤，命工役将竹筏联排成小竹桥，仅可单人往来，没停多久，又被渡水淹埋。该年果然生下后来官居高位的梁丞相（名克家），所称"通人行"这句预言，应验正是如此。

南安黄龙溪

泉州南安县学前有溪名黄龙。乾道四年，邑令天台鹿何趋府归，过学门，闻路人喧呼，轿卒皆驻足惊顾，怪问之，曰："黄龙溪上龙见。"鹿停车熟视，波澜汹涌中，一物高数丈，崭然头角，出没其间。

须臾，雷声大震，烟雾蔽蒙，腾空而上。人多有见其尾者。鹿为之骇愕，知此地必有嘉祥，因赋诗勉诸生，得句云："鸡渡已符当日谶，龙溪仍见此时祥。"士大夫多属和。

明年，大廷策士，县人石起宗，初为榜首矣，既而列在第二。

龙之为灵，其非偶然？父老谓："顷曾鲁公擢第时，溪龙亦见。"公廷试第一，以一足微跛，降第二人，两事甚相类云。（右二事鹿伯奇说）

【译文】泉州南安县学校门前，有一黄龙溪。宋乾道四年（1168），天台（今属浙江）人县令鹿何正由府回县，经过学校门前，听到走路人喧嚷呼叫，抬轿子的轿夫都停下轿来，惊恐地站立路边观看，惊慌地问出了什么事，说；"黄龙溪上有龙出现。"鹿县令停车细看，只见波涛汹涌，有一大物高约数丈，露出头角，在波涛中时隐时现。

没有多久，雷声震耳，烟雾茫茫，那大物从汹涌的波涛中腾空而起，直入云霄之中，不少人看见大物的尾巴。鹿县令惊骇万分，心想这个地方必有大富大贵的人物出来，这是吉祥兆头，因此，他赋诗勉励学生，有两句是："鸡渡已符当日谶，龙溪仍见此时祥。"以后不少文人学士和官员们，多有诗相和。

到第二年，朝廷举行廷试，选拔人才，南安县石起宗，第一榜考中头名状元，后出第二榜时列为第二。

有句古话，"有龙则灵。"这不是偶然随便说的。当地父老们称："以前曾鲁公提拔官职时，黄龙溪的龙也出现过。"石起宗廷试得第一名，因为有一只脚稍微有一点跛，就降为第二名。以上两个故事的内容，大同小异。

蔡河秀才

乡人董昌朝在京师，同江东两秀才自外学晚出游，方三月开沟，乱石拦道，至坊曲转街处，其一人迷路相失。两人者元未尝谒宿假，不敢蹑寻，遂归。

经日始告于学官，访之于所失处，无见也，乃移文开封府，府以付贼曹窦鉴，鉴到学，询此士姓名，曰："孙行中，字强甫，束带著帽而出。"监呼其隶，使以物色究索。

众谓江东士人多好游蔡河岸妓家，则仿其结束，分往宿。

月旦之夕，一隶在某妓馆，妓用五更起赴衙参，约客使待己。妓去，客不复寐，见床内小板庋上乌纱帽存，取视之，金书"强甫"两字宛然。客托故出门，遍告侪辈。伏于外，须妓归，并妪收缚送府。始自言："向夕有孙秀才独来买酒款曲，以其衣裘华洁而举止生梗，又无伴侣，辄造意杀之，投尸于河。斥卖其物皆尽，只余此帽，不虞题志之明白，以速祸败。冤魄

彰露，何所逃死？”遂母子同伏诛。（昌朝说）

【译文】有一同乡人董昌朝在汴京（今河南开封）时，晚上和两个江东秀才从太学外舍出外逛街，三月时候，正在挖河开沟，街上堆放乱石木料，阻拦街道不能行走，他们行到街坊拐弯转街处，有一人迷路丢失。这两人因没有请假出外住宿，因此不敢跟脚寻找，于是便回学校去了。

停了一天，才将丢失同伴的事告诉学校官员，学校官员到原来丢失的地方寻访，没有见到人影，便行文到开封府。开封府将案子交付负责捕盗的曹官窦鉴去办理，窦鉴到学校，问明丢失人的姓名，说：“叫孙行中，字强甫，晚上束着带子戴着帽子出去的。”窦鉴便呼喊士兵，去查访找线索。

众人都说江东士人多好去蔡河岸边妓女家，他们便打扮成秀才模样，各找到妓家分别住宿暗访。

月初第一天晚间，有一兵士在某家妓馆，妓女五更天便起床去县衙门，请客人在屋里等我。妓女去后，那客人睡不着，在屋里走来走去，见床底下有只小板架上放一顶乌纱帽，拿起来一看，见帽上有“强甫”两个金字，客人借故出门，把所见“强甫”两个金字的事，都对士兵们说遍。随即，暗暗地隐藏门外，没多长时间，那妓女从县衙走回来，兵士立即逮捕了妓女和一个老婆，用绳子拴得紧紧地送进县府。经审问，那妓女自供道：“那天夜间，孙秀才独自一人来买酒调戏我，我看他衣帽华贵，举止行动却很生硬，常言说财大气粗，必定是个有钱秀才，又见他无有人跟随，我就起了杀人谋财的心，当时便将他杀死，把尸体投扔河水里。变卖完他所有衣服和身上带的东西，只剩下这顶帽子，没有考虑帽上还有名字，所以惹下的人命大祸，就这样快的破了案，也是冤魂显灵，我逃脱不掉死亡的命运。”随即同她母亲一同伏法。

桂林库沟

静江府军资库沟，积为物所窒，水不行。而金帛数失去，踪迹其原，殊不测所以来处。主藏吏送以赔偿为苦。库官白府帅，撤而修之。

当沟之中道有两尸以首相值，仰卧其间，既槁矣。旁有束绢存，亦断坏不可拾。

其后闻他偷儿言：“向来每穿窬，皆由沟外以入，窦甚窄，仅能容身，必以头先之，而足作势乃可进。此盍一人出，未竟，别一人不知而入之，邂逅相遇，进退皆不可，故卒有死云。”

时外舅张公为帅。

【译文】静江（今广西桂林）府军用仓库的下水道被堵塞，积压得水流不出。金银财宝多次丢失，到处寻找足迹，也找不到在何处，主管仓库的官员不断赔偿丢失物品，非常苦恼，库管官员多次向府建议，撤去库沟从新修造新仓库。

修建新库房时，发现库沟中道有两具尸骨，头抵头仰卧在中间，已经枯干，尸骨旁边有束绢存在，但已经断毁不能收拾起来。

其后，听到其他贼人说：“贼人每次穿洞穴，都是从沟外往洞里钻入，洞口狭窄，仅能容下一个人进去，还必须先进头，而脚身委曲方能进入，洞上有盖，掀开洞盖一个人可出来，还没等人体都出来，别一人不知道，便慌忙往洞内进入，两个贼人恰巧相碰，头对头进退都不由人，所以就死在库沟中间。”

当时我岳父张公为静江府帅。

王从事妻

绍兴初，四方盗寇未定，汴人王从事挈妻妾来临安调官，止抱剑营邸中，顾左右皆娼家，不为便，乃出外僦民居，归语妻曰："我已寻某巷某家，甚宽洁，明当先护笼箧行，却倚轿取汝。"明日遂行。移时而轿至，妻亦往。

久之，王复回旧邸访觅，邸翁曰："君去不数刻，有轿来，君夫人登时去，妾随之行矣，得非失路耶？"王惊痛而返，竟失妻，不复可寻。

后五年，为衢州教授，赴西安宰宴集，羞鳖甚美，坐客皆大嚼，王食一脔，停箸悲涕。宰问故，曰："忆亡妻在时，最能馔此，每治鳖裙，去黑皮必尽，切脔必方正。今以何似也，所以泣。"因具言始末。宰亦怅然，托更衣人宅。既出，即罢酒，曰："一人向隅而泣，满堂为之不乐。教授既尔，吾曹何心乐饮哉？"客皆去。

宰揖王人堂上，唤一妇人出，乃其妻也。相顾大恸欲绝。盖昔年将徙舍之夕，奸人窃闻之，遂诈与至女侩家而货于宰，得钱三十万。宰以为侧室，寻常初不使治庖厨，是日偶然耳。便呼车送诣王氏。王拜而谢谢，愿尽偿元直。宰曰："以同官妻为妾，不能审详，其过大矣。幸无男女于此，尚必言钱乎？"卒归之。

予顷闻钱塘俞僦话此，能道其姓名乡里，今皆忘之。如西安宰之贤，不传于世，尤可惜也。

【译文】宋高宗绍兴（1131）初年，四方的强盗仍然没有得到彻底平定。开封人王从事，携带妻妾来临安（今浙江杭州）做官，住在抱剑营街。看看左右邻舍都是娼妓人家，很不雅静方便，便出外到居民家租赁房屋，回来对妻子说："我已经找到房屋了，在街上某巷某人家，房屋非常宽敞也很干净，明天我先将箱子搬迁过去，然后再抬轿来接你们过去。"第二天，王从事先搬箱箧到新居。没多久时间，有轿子到，妻子便坐上轿往新居去了。

王从事到新居安置好后，等了许久，又返回旧居来寻找妻子，官舍对把门老头说："你走后，不到吸袋烟功夫，有轿抬来，你的夫人立时坐轿去了，你的小妾也随着去了，难道是迷失路了吗？"王从事听后，又惊又悲返回新居，失妻丢妾，不可能再找到。

停了五年，王从事调任衢州（今属浙江）为教授，有一次去赴西安（今浙江衢县）县令的宴会，其中上的一盘鳖肉做的味道非常鲜美，在桌围坐的客人都大块大块吃，王仅吃一小块，便放下筷子，悲痛流泪，西安宰问是何原因，说："我想起来丢失的妻子在家时候，最善做这道佳馔，她把鳖身上的黑皮剥光，切成大小一样方正小块肉，今天客桌上的鳖肉做得很像她做出来的，所以我流下眼泪。"王从事便将搬迁丢失妻子之事，从头到尾向西安宰说了一遍，西安宰也非常为王从事的遭遇而痛心，遂托故换衣回住房。一会出来，就撤去酒席，说："今天王教授一人悲伤流泪，满席客人都为难过，教授既然这样，我们有何心再喝酒作乐。"客人们都散去了。

西安宰见客人走后，于是拱手请王教授进后堂上，唤来一个妇人走来，这是王从事的妻子，两人相见，痛哭欲绝。原来早几年前，就要搬迁的晚上，有坏人偷听见王对妻说的话，随即雇人抬来轿子将她抬到贩卖妇女的人贩子家，后来卖给到西安宰做妾，得钱三十五万，西安宰另让他住进西侧房，平常从没有让她炒菜烧鱼，这天请客让她第一次到厨房做鳖，知道情况后，西安宰唤来车子送王妻回去，王从事向他感谢，愿拿出原出的钱数还给西安宰，西安宰说："我将同官的妻买作为妾，当日没有详问明白，我的过错太大。幸亏没有男女之事，怎能再说钱呢？"遂即送他们回去。

我才听钱塘（今浙江杭州）人俞僦说了以上故事，能记下人的姓名和居住地址，今天都忘了，如西安宰的贤达，不传于世，尤为可惜。

沈仲坠崖

予叔父家养羊数百头，放诸山上，多为狼所食。

尝遣表侄沈仲迹寻之，值夜，未毕事，方独行，忽逢家所使刘行者在前，戏呼其姓名。仲虽怒，而暗中喜得侣，即相应答。刘曰："此路甚险恶，宜随我来。"乃踵以前。才数十步，遂坠落崖中，臂几折，忍痛大叫。

屠牛者居山下，识其声，急张灯携梯，掖之以上，扶还家。左臂穿穴透骨，犹能道所见，而刘行盖未尝出，始知鬼也。

【译文】我叔父家好养羊，养了几百只羊，放村前几个山上吃草，许多小羊被狼咬死吃掉。

经常派表侄沈仲进山去找羊，有一次找了半夜，也没有找到羊，自己一人在山间行走，心里有点惊惧。忽然遇见家里使唤人叫刘行，他走前面，表侄在后，刘行开玩笑地叫沈仲姓名。沈仲虽然很恼怒，而暗中却高兴有了伴侣，便答应了一声，刘行说："这条路很危险，你应该随我走。"于是刘行仍然走在前边，才走几十步，一不小心，跌落山崖中，胳臂跌断几折，忍痛大叫。

有个杀牛的在山下居住，听到沈仲的声叫，急忙张灯搬梯，抱他上来，扶着他回家，见左臂跌穿口露出骨头，但还能说出遭遇的经过，然而刘行未曾夜间上山，才知道这是鬼怪所干。

沈纬甫

沈纬甫，温州瑞安人。久游太学，不成名，罢归乡里。颇以交结邑官。顾赀谢为业。然遇科诏下亦赴试，每不利，必仰而诟人曰："纬甫潦倒无成，为乡曲笑，五内分裂，天亦知我乎？"

乾道六年，邑尉黄君遭民讼，使者遣官按究，得实矣。尉甚恐，载酒食访沈，日夜谋所以脱免计。一日，挟两妓，拿舟邀沈泛湖，将近其所居，使妓捧杯夹之曰："可唱'平地一声雷'之词，为沈学士寿。"沈谢曰："得如此，五内不分裂矣。"即跪受之。饮未酹，云雾斗合，风雷骤至，舟力挽不可前。时二月八日，雷始发声，俄有霹雳震沈氏之堂，一柱飞扬如屑，屋脊穿透无全瓦。寝室文书尽焚，帷帐碎拆，屏榻若受万斧，而四隅略无纤隙，莫知雷所自来。

明日，邑人相率焚香告语曰："恶事不可为，沈氏之雷，其得不监，彼好言'五内分裂'，斯其应乎！"堂门有天篆数行，外人莫得见。

黄尉惊悸得心疾，两月小愈，出诣沈。沈犹举手加额曰："先生所谓'一声雷'也。"了不省悟。黄后三年亦亡。（瑞安主簿陈处俊说）

【译文】沈纬甫，浙江温州瑞安人，虽然在京城里最高学府游学很久，但功不成名不就，随即回到老家，就以巴结县府官包揽讼事为职业。遇到科考也赶赴京城赴试，但是每次都未能考中，就仰天大骂，说："我沈纬甫混得不成人形，被乡亲耻笑，气得我五内分裂，不知上天知道我吗？"

宋乾道六年（117），县邑尉黄某人，为百姓起诉告他，上级派官员查究清楚，落实黄尉官确实犯了法。黄尉十分惊慌，带着酒肉去找沈纬甫，日日夜夜生办法，隐瞒罪恶迹希望能够逃脱惩罚。有一天，黄尉官领两个妓女，来邀请沈纬甫乘小船在湖上游玩，游船快划到他所居住的地方，黄尉官让妓女用手指夹杯酒请沈纬甫喝，说："你们两个可唱'平地一声雷'这首词，为沈学士祝寿。"沈纬甫感谢地说道："但愿如此，五内不分裂了。"随即跪在地下，接过酒来，一杯酒没喝完，突然云雾密布，风雨骤至，用大力拨划小船，小船一动也不动。这天是二月初八，才开始有春雷声。片刻，雷声轰天动地响，震得沈家大堂屋的柱子飞向空中，屋顶被穿透，屋上瓦被震碎，书房的文书全都为雷电烧光，帷帐成了破片，床板像斧头凿得如木柴，房屋内没有一样成样东西。都不知道这样厉害的雷从何而来。

第二天，县城人都来烧香祈祷神人说："不能作恶事，沈家受雷击，不得不去借鉴，他常称：'五内分裂'这就是报应啊！"沈家堂屋门有篆字几行，平常人见不到。

黄尉官受了大惊，得了心痛病，病有两个月，才稍好些，出来到沈纬甫家，沈举手按着眉头说："黄先生你所说的'一声雷'，正应验了。"仍没有省悟过来。黄尉官又活三年也死了。

霍将军

吴兴士子六人入京师赴省试，共买纱一百匹，一仆负之。晚行汴堤上，逢鲸卒，蓬首黧面，贸贸然出于榛中。见众至，有喜色，左顾而啸。俄数人相继出，挟槊持刀，气貌凶悍。皆知其贼也，虽惧而不可脱。

同行霍秀才者，长大勇健，能角触技击，乡里目为霍将军。

与诸人约勿走，使列立于后，独操所策短棒奋而前，群贼轻笑，视如几上肉，霍连奋击，辄中其一膝，皆迎杖仆地不能兴。

然后得去，前行十余里，遇巡检营，人告之，巡检大喜曰："此辈出没近地，杀人至多。官立名赏，捕不可获，何意一旦成擒？"邀诸客小驻，自率众驰而东。俨然在地，宛转反侧，凡七八辈。尽执缚以归。获送府而厚谢客。

五士谓霍："非与君偕来，已落贼手矣。"霍曰："吾若独行，亦必不免。诸君虽不施力，然立卫吾后，无反顾忧，此所以能胜也。"（严康朝说）

【译文】浙江吴县有士子六人进京赴省试，共买一百匹纱绢，用一个仆人背在肩头上，夜晚行走在汴河堤岸上，逢见一个脸上有刺字发配的兵卒，披头散发，满脸漆黑，从杂草乱树林子中走出来，见有几个行人过来，脸上才有几分喜色，于是向左边一望，呼叫人来。短时间内有几个人陆续也走出树林，手持长矛短刀。气势汹汹，样子非常强悍有力。这时，六秀才都知道是贼盗截路抢劫，十分惊惧，但也难以逃脱。

这六个同行路的秀才，其中有个姓霍的秀才，长得高大腰圆，勇猛有谋，擅长摔跤和拳术，技艺超群，家乡人称他为“霍将军”。

这“霍将军”见有贼人拦路抢劫，便沉着应战，一点不示弱，他与同行的那五个秀才商定，不要惊慌失措，让他们几个在他身后站立，霍秀才便抡起随身所带短棒，奋勇向前。这群盗贼见霍使的小小短棒，都轻蔑一笑，好似桌几上的几块肉，不足挂齿。霍秀才连连不断抛击短棒，恰好正击中众贼人腿膝盖骨，贼人疼痛难忍，都趴倒在地下，站立不起来。

“霍将军”打败众强盗以后，然后又往前行路，走有十多里，将要通过巡检营，他们认为这是官府设立巡检贼人的地方，便走进营房，告诉强盗截路抢劫被击伤的经过，巡检听后，频频点头，高兴地说：“这些贼人经常在附近拦路行劫，杀人很多，官府悬赏捕捉强盗，很多著名捕快，亦没把他们捉住，不料，今天被你们几位秀才捕获擒拿。”巡检邀请众秀才进屋喝茶休息。他率领巡兵火速跑去出事地点，见那几个贼人趴伏在地，翻来覆去站立不起，于是把这七八个贼人，绳捆索绑起来，送回巡检营去，巡检营派巡兵压送贼人到官府治罪。霍秀才等人因捕盗有功，受到厚谢重金。

五个秀才对霍说：“要不是与你一路同行，已落贼人手下了。”霍秀才说：“我要是单独行走，也难免落入贼人手下，各位虽然没有与贼人撕打，但你们紧紧立在我的身后，使我无后顾之忧，所以奋力与贼人搏斗，这才是取胜的原因。”

卷第十二（十六事）

扫码听谦德
君为您导读

龚丕显

上饶龚丕显，绍兴十七年得乡贡。明年省试后，梦入大官局，立廷下，与其徒数百人皆著白袍居西边。王者坐于上，吏一一呼名讫，引居东，其宗人滂亦预选，丕显随呼且东矣。判官趋升殿，有所白，旋下，入东廊，抱文书一巨沓而上，揭以示王，王审阅移时，连颔首。判官复下，却挽使西，愠而寤，怃然不乐。

是年下第，滂独登科。丕显知梦已验，但不晓坐何事婴罚。自是无进取意，蹭蹬恰一纪，用免举到省，乃获正奏名。既廷试，喜曰："事毕矣。"尚以唱名系念。

又梦适旷野，徘徊伫立，望神人冉冉由云端下，顾己曰："汝欲见及第敕乎？"出袖中小轴展示之，乃黄牒也，其前大乃"龚丕显"三字，又细书曰："为不合争论昏姻事，展十二年。"惊起，具语所亲曰："不善事不可为。顷时，乡里有失行妇人与恶子通者，吾之甥闻而讦之。恶子惧，与妇人约，急乃纳币结昏，吾甥亦强委禽焉。恶子不能平，讼于官，甥竭吾求援，吾与为道地，竟得妻。一时良以为得策，不谓阴谴分明乃如是，悔之何及也？”丕显为余干尉，竟不达而卒。

【译文】江西上饶人龚丕显，宋高宗绍兴（1131）十七年时，由县乡学堂选拔为贡生，第省试科考以后，他做梦自己走进大官储门庭，先是在府庭下站立，随后同他的几百个学生，都穿着白袍坐在府庭西边，王子坐在上位。官吏一一点名完毕，引着他们坐在东边，其中有一个同姓人叫龚滂，也被点名站到东边，丕显随即被喊也坐在东边，判官走上殿来，说了几句话，就下了殿，去东廊房抱来文书一大卷走上殿来，判官揭开文书卷宗，请王子审阅，王子审阅以后，连连点头。判官才又下殿，然而判官却把丕显拉向西边座位，龚生气而醒，心里非常不快乐。

当年省试科考，龚丕显落了榜，龚滂却省试登科。丕显知道做梦应验，但不知道作何事缠绕受惩罚。从此以后，思想背上包袱，没有进取上进的心思，就这样糊糊涂涂过了整整十二年，因为以前经乡县学堂推荐他为贡生，这次就免举直接到省会试，作为正式考生。廷试后，很高兴地说：“省考已考完了。”但是不知道能否真能考中，榜上是否有自己名字，这是他挂念的事。

又梦见他在野外，徘徊地来回走路，有时站立，望见神人慢慢腾腾地由白云深处降落地下，对他说道：“你想看看能否考中的敕令吗？”神人从袖子内取一小轴名单，展开让他看，是一轴黄纸写的敕令，前面大字写‘龚丕显’三个字，黄榜下有细小字上写道：‘因为你争婚姻事，延长十二年。’随惊慌起床，对他父母说：“不善的事不能去做。以前，有个失节妇人和一个恶棍男子私通，我的外甥听说以后，就去攻击揭发他，那恶棍惧怕，与妇人商量，急忙生办法借钱结婚，我外甥也强要娶那妇人。那恶棍气愤不平，上告到官府，外甥向我求援，我是当地选拔出的贡生，同官府有联系，就这样，外甥得了妻子。当时还以为自己的计策很好，不想阴间对我的谴责惩罚这样分明，后悔也来不及了？”丕显为余干尉官，还未到任就死了。

逊长老

李似之（弥逊）侍郎为临川守，以父少师公忌日往疏山设僧供，与长老行满共饭。满年八十余矣，饭且竟，熟睨李曰：“公乃逊老乎？”李不应，左右皆愕。俄又曰：“此老僧同门兄也，名上下二字皆与公同。自闻公出守，固已疑之。今日察公言笑动作、精彩容貌，了不见少异，公其后身复何疑？”李扣其以何年终，则元祐戊辰，正李初生之岁也。李亦感异，还家，揭燕寝小云堂，而赋诗曰：“老子何因一念差？肯将簪绂换袈裟，同参尚有满兄在，异世犹将逊老夸，练习未忘能作舞，因缘那得见拈花？却修净业寻来路，澹泊如今居士家。”李初命名时固得于梦兆，甲志载之矣。

【译文】李似之侍郎名弥逊，为临川（今属江西）太守，为父亲去世日往疏山设佛斋，与行满长老和尚同桌吃饭，行满长老已经八十多岁了，刚吃过饭，行满仔细看李似之说：“你就是逊老吗？”李似之没答应他，跟随他的左右护兵都很惊奇，一会儿又说：“老僧原是同门哥哥，名字上下两个字都与你的名字相同，后来听说你做了临川太守，开始有些疑问，我今天仔细察你的堂堂仪表，言笑动作，和以前相比较，变化并不大，当是他后身无疑，李似之问他到何年寿终，他答宋元祐三年（1088），这年正是李似之出生那一年，李很感到奇怪，回到家，到他小的办事室里，这小室叫小云堂，作诗："老子何因一念差？肯将簪绂换袈裟。同参尚有满兄在，异世犹将逊老夸。练习未忘能作舞，因缘那得见拈花？却修净业寻来路，澹泊如今居士家。"李似之的母亲生下他时，起名字时就是以他母亲梦中所得，这事在夷坚甲志中已有记载。

王寓判玉堂

九江人王寓，政和间为洪州进贤主簿，将受代（下缺）

福州人病目，两睑间赤湿流泪，或痛或痒，昼不能视物，夜不可近灯光，兀兀痴坐。其友赵子春语之曰："是为烂缘血风，我有一药正治此，名曰二百味草花膏。"病者惊问："用药品如是，世上方书所未有，岂易遽辩？君直相戏耳。"赵曰："我适见有药，当以与君。"

明日，携一钱七至，坚凝成膏，使以匙抄少许入口。一日泪止，二日肿消，三日痛定，豁然而愈，乃往谒赵致谢，且扣其名物，笑曰："只是一羯羊胆，去其皮中脂，而满填好蜜，抖匀，匀蒸之候干，即入钵研细为膏，以蜂采百花，羊食百草，故隐其名以眩人云，或云亦有它方证载云。（此段与原题不符，系元人补版）

【译文】有一福州人眼睛患病，两个眼内眼皮红涩流泪，有时痛有时痒，白天不能看东西，夜晚不能近灯光，常天呆呆地坐在椅子上，他的朋友赵子春来看他，说："你患的是血风烂眼病，我有眼药，正对症你的眼病，这药名子叫二百味草花膏。"害眼人惊奇地说："你说这二百味草花膏，世上流传的药方书上就没有记载，怎能辨别出来？我看你是与我开玩笑吧。"赵子春说："我才弄到这种药，送给你服用好了。"

第二天，赵带来一钱七的药，那药凝结成膏，用小匙勺抄一小点儿放入口中，温开水冲服下，这药非常神奇有效，服下头一天眼泪停流，第二天红肿消失，到第三天就不痛不痒。猛然之间，眼病全好了。随即去赵家拜望致谢，并打听二百味草花膏这种有效药物来历，赵笑着对他说："只用一只公羊胆，除去胆皮上油脂，然后填满蜂蜜，搅抖均匀，再上笼蒸，蒸好后，再晾干，放入钵盂中研成细末就成膏了。蜜蜂采百花，羊吃百草，所以隐瞒事实，起个二百味花草膏名字，以便玄乎其玄，令人青睐。这个药方，或许在其它药书上有记载。

汀民咒诅狱

汀州民聂氏与某氏为诅，久之，两家数十口相继死。唯聂氏子庆独存，从长老法海住南严寺。

三年，海迁天宁，庆与之俱，中途遇瘴疾，死而复苏，语海曰："似梦中见五人来相逮甚遽，云：'追汝久矣。汝在南严，吾不敢进，今须汝往圆案也。'"驱逐疾行。庆皇惧，念佛乞哀救。至麻潭渡遇白衣□主于道，五人俯伏屏息，严主告之曰："不必庆。（下缺）

【译文】汀州（今福建长汀）有个姓聂的人与别人一起诅咒，时间长了，两家有数十口人相继死亡。只留下姓聂的儿子庆，跟从和尚长老法海住在南严寺。

一住就是三年，法海和尚迁往天宁，聂庆随着法海和尚也迁走，行走在中途中得了疟疾，病得死去活来，对法海长老说："我做梦中，见有五人急来逮我，说'追赶你很久了，你在南严寺，我不敢进去，今天需要你去结案'"，遂即驱赶聂庆快走，聂庆惊惧无法，念诵佛经，哀求饶命，走到麻法渡口地方，遇见一个穿白衣的人在道路上，有五人爬在地下不敢出气，南严寺主持告诉说："不必让聂庆去。（下缺）

温大卖木

乾道六年赣州瑞金具市桥坏，邑宰孙绍发钱授狗脚寨巡检翟珪买木缮治。县民温大家有杉木，甚巨者一本，围五尺。

前二年，其母伐以为终身之用，未暇锯斲也。

子无状，不与母议，径诣里正胡璋、刘宗伷售之，得钱万三千，悉掩为已资，母悲泣曰："吾年八十五，旦暮入地矣，百物无用，送死者唯此木尔。汝为我子，何忍见夺耶？"

翟珪遣军校张有部役夫往取，方欲牵挽，木从山自滚下，其末断折丈许，不堪驾桥矣，见者异焉。

四月初，温在田栽稻，忽大风雨作，雷击仆于地，其身由鼻准中分，右畔如火所蒸，烟色郁郁然，左畔半体仍旧而不死。今母子皆存（翟珪说）

【译文】宋孝宗乾道（1165）六年，赣州瑞金县，商人往来行走的木桥塌坏，县府邑宰孙绍把钱交给狗脚寨巡检翟珪，让他去买木料修理木桥。县上有一人叫温大，家有一棵大杉木树，这棵杉木树非常高大，树围五尺。

前二年温大的母亲砍树做棺材，以便百年做寿木用，因为没有闲暇的时候，杉木没有锯制。

儿子不听话，不与他母亲商量，就去里正胡璋、刘宗伷那里把杉树卖了，共卖钱一万三千，都把钱作为私已钱，母亲知道杉木卖了，非常难过哭着说："我已八十五岁，快入地了，其他什么物件对我都无用，送我死的只有这棵杉木树，你是我的儿子，怎能忍心夺走我这棵树？"

里正翟珪派军校张有率领木匠来拉木，正准备用绳拉树，那棵杉木忽然自动从山上滚下来，树身折断一丈多长，不能当架桥木材用，看见的人都感到惊奇。

四月初，温大在田里栽稻，忽然刮起大风下起大雨，温大遭到雷电击倒，他的身子由鼻准中分开，右半身如火烧薰燎，左半身仍和以前一样，也没有死去。今母子都还存在。

陈十四父子

赣州兴国县村民陈十四，事母极不孝，尝因乡人忿争，密与妻谋，牵其母使出斗。母久病瞽，且老，不能堪，捽拽颠仆至而于死。

遂告于县，诬云："为邻所殴杀。"里巷及其妹共证为不然。县执陈系狱，未及正刑而死，时乾道六年也。

后三年，陈妻度溪视女，遭震雷，击死于水中。厥子闻之，奔至溪旁，采长藤入水缠母尸，挽而上之，登岸上，人劝以负归，不肯听，雷复震一声，亦击死，其家遂绝。（知县穆淮说）

【**译文**】赣州兴国县村民陈十四，虐待亲母，极不孝敬，常与邻居家吵架斗殴，便秘密地与他妻子出阴谋，拉他的母亲出去与人家斗，老母亲长久生病，眼也瞎了，年纪又老，不能出去斗架，她拄棍绊倒地下死去。陈十四遂即告于县府，诬告说："我母亲的死，是邻舍所杀。"乡村父老和他的妹子都证明不是邻居所杀死。

县府将陈十四逮捕下狱，没有等到宣判正刑就死亡了，这是宋乾道六年的事。

之后三年，陈十四妻渡河看女儿，遭到雷击，击死在河水里，他的儿子听到母亲被雷击死，奔到河旁，用长藤子投入水中，缠着母亲尸体，拉上岸来，岸上观看的人劝说他要背母亲回去，他不听。忽然又一声雷响，也将儿子击死，这一家人遂即就绝了。

西津亭词

叶少蕴左丞初登第，调润州丹徒尉。郡守器重之，俾检察征税之出入，务亭在西津上，叶尝以休日往，与监官并栏干立，望江中有彩舫，素亭而南，满载皆妇女，嬉笑自若。谓为贵富家人，方趋避之，舫已泊岸。

十许辈炫服而登，径诣亭上，问小史曰："叶学士安在？

幸为入白。”叶不得已出见之，皆再拜致词曰：“学士高声满江表，妾辈乃真州妓也，常愿一侍尊俎，惬平生心，而身隶乐籍，仪真过客如云，无时不开宴，望顷刻之适不可得。今日太守私忌，郡官皆不会集，故相约绝江此来，殆天与之幸也。”叶慰谢，命之坐。

同官谋取酒与饮，则又起言：“不度鄙贱，辄草具肴酝自随，敢以一杯为公寿。愿得公妙语持归，夸示淮人，为无穷光荣，志愿足矣。”顾从奴挈盍而上，馔品皆清洁，迭起歌舞。酒数行，其魁捧花笺以请，叶命笔立成，不加点窜，即今所传《贺新郎》词也。其词曰：

睡起闻莺语。点苍苔、帘笼昼掩，乱红无数。吹尽残花无人见，唯有垂扬自舞。渐暖霭、初回轻暑。宝扇重寻明月影，暗尘侵尚有乘鸾女。惊旧恨，镇如许。江南梦断横江渚。浪黏天，蒲陶涨渌，半空烟雨。无限楼前沧波意，谁采蘋花寄取？但怅望，兰舟容与。万里云帆何时到？送孤鸿、目断千山阻。重为我，唱金缕。”卒章盖纪实也。此词脍炙人，配坡公“乳燕华屋”之作，而叶公自以为非其绝唱，人亦罕知其事云。（叶晦叔说。）

【译文】叶少蕴左丞，才科考登第，奉调到润州（今江苏镇江）丹徒为县尉，郡守非常器重他，使他做检察征税收买要事，税务亭设在西津上面，这里依山面江，风光秀美，叶常在公余休息时间，同监官在栏杆边并立，望见江中有只彩船，正向南划行，彩船上坐满妇女，有说有笑十分自在，叶以为是有钱有势的家人，就要走开避她们，彩船已经停泊靠岸。

有十几个身穿华丽衣裳的年轻妇女，先登上岸，向亭子上走去，问文书官说："叶学士在亭上吗？有幸能和他说说话。"叶不得已只得走过来，同她几个见面，她们一再向叶拜谢说："久闻学士文章声满大江南北，我们都是真州（今江苏仪征、六合县地）下流妓女，常想望侍奉尊贵大人，以满足平生心愿，常年为人弹唱赔笑，真州这地方十分繁华，过客如云，每天几次有宴席，无有片刻闲的时候。今天是太守父亲寿终忌日，郡官都不能开宴欢乐，所以姐妹们相约驾彩船过江游玩，能与叶学士见面说话，这真是天幸啊。"叶十分感谢并慰问她们一番，请她们坐下。叶的同僚们准备取酒来喝，那妓女站起来说："请不用客气。只要叶大人不小看我们就是万幸，我们简单备有薄酒粗肴，请大人喝一杯祝寿酒，但愿能得到叶学士妙词，拿回去，让真州人都能看看，这才是无上光荣，我们的志愿就满足了。"说罢，让跟从女仆提来食盒摆在桌上，肴菜制作得都十分精致干净，于是先敬上叶学士一杯祝寿酒，随即开怀畅饮，又唱又舞。酒喝数轮，为头的妓女手捧花笺到前，请叶大人题写诗词，叶拿起笔来，信手立成，不加修改。写了一首流传大江南北的《贺新郎》词，其词是：

睡起闻莺语。点苍苔、帘笼昼掩，乱红无数。吹尽残花无人见，唯有垂自舞。渐暖霭、初回轻暑。宝扇重寻明月影，暗尘侵尚有乘鸾女。惊旧恨，镇如许。江南梦断横江渚。浪黏天，蒲陶涨渌，半空烟雨。无限楼前沧波意，谁采蘋花寄取？但怅望，兰舟容与。万里云帆何时到？送孤鸿、目断千山阻。重为我，唱金缕。

完全是一首纪实词。这首词脍炙人口，流传大江南北，和苏东坡的《乳燕华屋》那首词相比，而叶学士自认为还赶不上，人们也很少知道这回事。

吉撝之妻

岳州平江会吉撝之，唐州湖阳人。初娶王氏，枢密伦女弟也。既亡，复娶同郡张氏，居于长沙。

张氏生女数日得危疾，医不能治。其母深忧之，邀巫媪测视，云：“王氏立于前，作祟甚剧。”命设位祷解，许以醮忏，不肯去。巫语撝之曰：“必得长官效人间夫妇决绝写离书与之，乃可脱。”撝之不忍从。张日加困笃。不得已，洒泪握笔，书之授巫。即杂纸钱焚付之，巫曰：“妇人执书展读竟，恸哭而出矣。”张果愈。

生人休死妻，古未闻也。张与予室为同堂姊妹，今尚存。

【译文】岳州（今湖南岳阳）平江县今吉撝之，唐州（今河南唐河）湖阳人。原配夫人姓王，是枢密王伦女儿。王氏死后，又娶同郡张氏为妻，住在长沙。

张氏生个女儿才几天，就得了急病，多方请医治病，医治不好。她母亲万分忧愁，请来女巫来看，说：“王氏站在她的身前，作邪很剧烈。”随即设坛烧香，祈祷神人保佑，并许愿醮酒祭拜，王氏阴魂仍然不肯离去。女巫对撝之说：“必须县令大人效阳间夫妇感情决裂兴事，写离婚书一张交给王氏，才能好。”撝之不忍心写离婚书，张氏病就日益加重。在没能办法治好病的逼迫下，不得已，流着眼泪，提笔写了离婚书，把离婚书交给女巫，女巫用杂纸钱焚烧。女巫说：“王氏拿着离婚书读完，就大哭，随即就走出去了。”张氏果然急病全愈。

活人同死人离婚，自古没有听过。张氏与我的妻子是同堂姊妹，至今还在。

胡生妻

尉氏县富家子胡生，再娶张氏女，颇妒。胡嬖一尼，畜于外甚久。张知之，呼其夫归，责怒捽挽，至欲以炉灰眯其目。胡脱手走，曰："宁痛捶我，此岂得然？"张益忿，自投于庭，展转咆掷。

时有娠八月矣，困剧间在地昏睡，梦胡之前妻来曰："彼乃我夫，汝安得辄据？吾今杀汝儿。"即举拳筑其腹。

悸而寤，始道所见，扶病入室，已不可堪。所居去县四十里，急呼乳医，医未至，胞坠地而死。

【译文】河南尉氏县富家子弟叫胡生，妻子死了，又娶张氏，性格很爱嫉妒。胡生和一尼姑通奸，住在外面很久。张氏知道以后，呼喊胡生回家，拉着衣袖又打又骂，恼怒得想用炉灰眯他眼睛。胡生甩开袖子，脱手就走，说："我宁愿挨打受疼，怎能害瞎双眼。"张氏越发愤怒，自己跑到庭院，翻来覆去咆哮辱骂，又用石头乱投房门。

张氏已怀孕八个月了，打骂半天，困倦得很，便倒躺地下睡着，她梦见胡生前妻走来说道："胡生是我的丈夫，你怎得这样打骂他？我今天要杀死你的儿子。"说罢，就举起拳头，照张氏肚腹恨恨地捅了一拳。

张氏惊悸醒了，才说出梦中所见。这时肚痛如刀绞，赶紧握着肚腹进入室内，已经快要生孩子。因为住的地方离县城有四十里路。急忙请儿医，医生还没到，张氏因胞胎已经坠地而死。

谢眼妖术

谢眼者，赣州宁都人，一目眇，而有妖术，尝与客坐村店，遥望数妇人著新衣出游，戏谓客曰："彼方炫服，吾必使之跣行。"袖手良久，诸人果裴回窘挠，皆脱履袜，牵衣而过。

既至前，问其故，曰："沮洳被径，殊为妨人。"谢命反顾，则坦途自若也。

一小儿负饼饵两畚随其母归外家，谢就要之，儿不可，即取青竹篾一条，密置后畚。儿觉担颇重，行稍迟，母屡待之。俄而编重不能举，怪而发幕，但见小青蛇满其中，大惧，悉弃之。

又有民挈猪头以过者，谢曰："吾能得此以侑觞。"默诵咒数十言。民行至山下，讶血臭，视之，已变为人首矣，怖而走。谢徐取以归，与客煮食。

每入酒家饭，无敢不致敬。或待遇小不惬，则抛掷苇杖而出，便有蛇出地上，酒徒皆避席，则是乡里畏事之。后年老贫悴以死，其后亦绝。（陈熙说）

【译文】谢眼，是江西赣州宁都人，一只眼瞎，而他却有一身妖术，常在乡村饭店与客人闲坐聊天，多远看见几个妇人穿衣游玩，对客人开玩笑地说："你们看那几个穿漂亮衣服的妇女，我能使她们光脚走路。"随即把手抽入衣袖中，停了许久，那几个妇女果然急得挠脚止痒，都脱下鞋袜，互相拉着衣裳，光脚走过来。

走到饭店门前，谢眼问她为何光脚行路，她们说：“在泥沼的路上，穿鞋很妨碍人行走。”谢笑着让她们再回头看，只见那路原是平坦干燥的大路。

有一个小儿童背着两小草篓烧饼，跟随母亲去外婆家，谢眼向小儿要饼吃，小儿不肯给他，他就拿一条青竹批，偷偷地放进后背小草篓内，小儿觉得很重，行走很迟慢，母亲多次等待他。停了一会儿，一只草篓偏重，不能再背，小儿发怒，将草篓扔放地下，只见满篓都是小青蛇，十分害怕，把两篓烧饼扔了。

又有一个农夫背一竹篓猪头，从饭店路过，谢眼说：“我能将猪头献给我，做酒菜喝酒。”随即默诵咒语几十句。农夫行到山下，闻到有血臭味，一看，满竹篓都是人头，惊怕跑了，谢眼慢慢地取出猪头回去，与客人煮熟喝酒吃。

谢眼到酒家喝酒，正在喝酒的人，都得站起身来，施礼致敬，有一点不称心地方，就抛去苇杖走出酒家，便有蛇从地下爬出来，喝酒人都惊惧逃避去了。所以乡里人都畏惧他，不敢与他共事。后来年老贫困，憔悴死去，也没有成家，就绝后了。

薛士隆

薛士隆家既遭九圣之异，其后称神物降其居者尚连年不绝。

乾道癸巳岁，自吴兴守解印归永嘉，得痔疾，为庸医以毒药攻之，遂熏蒸至毙。

死之数日，其子沄病中闻若有诵禅氏所谓偈者，其语云：

“议著即差，拟著即错。挑起杖头，将错就错。鱼鸟飞沉，各由至乐。要知乐处，无梦无觉。”吁，亦异矣。

士隆学无所不通，见地尤高明渊粹，刚正而有识，方向用于时，年财四十而至此极。善类咸嗟惜焉。官止通直郎，待常州阙，不及赴。

【译文】薛士隆字季宣，他的家曾遭过九圣奇怪的搅乱，虽然制服下去，但后来称神作鬼的事，仍然连年不断地降落他的住宅。

宋孝宗乾道癸巳年（1165），士隆吴兴（今浙江湖州）郡守职务任满，回到家乡永嘉（今浙江温州）。回到家以后，得了痔漏病，服了不懂得医学常识庸医的药，病情越来越严重，那庸医用毒药，熏蒸猛攻，致使士隆死亡。

他的儿子薛沄在他父亲有病时候，听到像有诵念禅祖的经文，经文中说：“议著就差，拟著就错。挑起杖头，将错就错。鱼鸟飞沉，各由至乐。要知乐处，无梦无觉。”这真是奇异的事。

士隆学识渊博，所学的经典无所不通，他对事物的理解也极高明精粹，性格刚直有远识，正是他展现才华用以治世的时候，年龄才四十岁就突然死去，多么可惜啊。士隆官至通直郎，等待常州郡守职务，不等上任就死去。

洞庭走沙

谢巽与权，乾道七年十一月，自沣州守受代，与其孥陆行抵巴陵，舍于岳阳楼。凡辎重之属悉置两大舟，又空一舟，规以自载。涉重湖，后三日乃至岳。是日，岳守王刁为具招之，宴郡斋。

舟方西来，司法吕荣官舍在楼侧，当冬至节假，乘间率妻妾登坡上，纵目遥望湖心，有黑物甚长，乍出乍没，尾三舟而下。初以为龙，土人曰："是名走沙，江湖中虽有之而不觉也。"良久抵岸，谢亦还，遂乘舟去。吕复观焉，黑物随这如初。

既行三十里，至九龙浦，欲赴道人矶宿泊。沙忽猛涨成围，渐束及舡半。篙师大恐，入白谢，请急出避。遽呼家人，由沙上跳登岸。

少顷，一巨鼋升舟，其身长阔丈余，以首并足尽力压舟顶。重载者皆平沉入水，独所乘轻者无恙。其生生之具并衾帱裘褐尽没。

暮寒方厉，遣信假衣衾于王守。王令道人矶巡检募兵卒善没者下拯之。水深不可测，樯竿高数丈犹不见表。知无可奈何，乃止。一家亦仅脱死，危矣哉！（吕柒说）

【译文】谢巽，字与权，孝宗乾道七年（1171）十一月间，受命代任沣州郡守，同他的妻子儿女坐车从陆地行到巴陵（今岳阳），住进岳阳楼官舍。所有笨重物件装满大船，一只空船留作自己用，在洞庭湖行三天三夜才到岳阳。当天，岳阳郡守王刁在郡邸设宴款待他们。

三只船才从西边过来时，司法吕柒的官舍在岳阳楼角旁，这天过冬至节日，吕辈带领妻妾走上高坡，放眼遥望洞庭风光，只见有一条很长的黑东西，时隐时现地尾随三只船后边，开始以为是龙，当地人说："这叫走沙，洞庭湖里虽然有，不一定啥时才出来，平常见不到。"没停许久，船靠岸边，谢巽随即也乘船而去，吕棐又立坡上观看，见那黑长物体也随船尾游去。

船行三十里，到九龙浦，准备去道人矶住宿，那走沙猛然露出身子，几乎把船缠围一半，驾船的船公惊惧万分，走进船舱告知谢巽走沙要来翻船，请求赶快回避，谢急忙呼唤家人，由走沙身背跳上岸来。

片刻，有一个巨大老鼋飞进船上，那鼋有一丈多长圆，飞上船后又爬上船顶，用头和爪狠力撞压船顶，两只载重货物的船被撞翻，沉入水底，那只轻船却安稳无恙，好好的东西和棉被、裘衣、帐帷以及往来文书及奏章等都沉入湖中。

晚上，寒冷异常，家人又惊又冷，谢派人去求王郡守借衣服防寒。王郡守得知后，令道人矶巡检招来会水土兵去抢救，湖水深不可测，用几丈高的樯竿投入水内还不着底。明知无可奈何，就停止了。谢巽一家虽没有葬身湖内，但真是死里逃生，危险极了。

淮阴人

绍兴三十一年，浦城叶荣良贵为淮阴邑令。士人有死三日而活者，云："被追入冥，至官府，追者引从东厢过，见仪仗列屋，皆万乘所用。异之，不敢问。既立廷下，主者曰：'汝未合死，宜急还。'遂由两厢出，所见如初。方扣其人：'此何用？'答曰：'府君将迎新天子，故排比乘舆法物耳。'及门而寤。"

他日，以告叶，叶戒使勿敢言。明年，皇上登极，乃印其事。

【译文】宋高宗绍兴三十一年（1161），浦城有个叶荣良，做了淮阴邑令的官。有个秀才死后三日又复活了，说："我是被追进入阴曹地府，到了阴府，追我的人从东厢房过，见到仪仗队整齐地排列大庭内，这只有万乘君王才能享受到的礼仪。我很惊异，也不敢过问，就立在廷下，主持仪仗队的官员见我说：'你未该死，赶快回去。'随即从西厢房走出，仍然见有整齐威严地仪仗队。才敢问人：'准备做什么的？'回答说：'府君将迎接新天子，所以正排练迎接皇上的礼仪。'走到府上门口才醒了。"

有一天，秀才将梦境所见所闻告知叶荣良，叶秀让严加保密，不敢对其他任何人说这番梦话。第二年，新皇上果然登极，才印证了这件事。

淮阴民女

淮阴小民丧其女，经寒食节，欲作佛事荐严而无以为资。母截发鬻之，得六百钱。出街，将寻僧，值五人过门，迎揖作礼告其故。皆转相推避。

良久，一僧始留，曰："今日不携经文行，能自往假借否？"妇人遍访诸邻，得《金光明经》一部以授僧。方展卷启白，妇人涕泪如雨。僧恻然曰："不谓汝悲痛若此，吾当就市澡浴以来，为汝尽心。"既至，洁诚持诵，具疏回向毕，乃受钱归。遇向同行四人者于茶肆，扣其所得，邀与其买酒。已就坐，未及举杯，闻窗外女子呼声，独经僧起应之。泣曰："我乃彼家亡女也，沦滞冥路久，适蒙师课经精专之功，遂得超脱。阎王已来令受生，文符悉具，但未印耳。师若饮酒破斋，则前功尽废，实为可惜。能忍俟明日乎？"僧大感惧，以语众，皆悚然而退，亦绍兴末年事也。

【译文】淮阴有个百姓死了女儿，准备过寒食节时，想给死亡的女儿作佛事祭祀亡灵，但穷得无有分文。亡女的母亲剪下头发去卖，才卖六百钱，走到街上，见有五个僧人路过门口，遂拱手作揖施礼，迎接他们，告诉为亡女作佛事的想法，这几个人都互相推脱。

停了一会儿，有个和尚答应留下，说："今天出来，没有带经文，你能为我暂借一本吗？"亡女的母亲走街串巷，到处寻找，最后找到一部《金光明经》，递给和尚。和尚刚翻开经卷开始诵念时，亡女的母亲两眼泪如雨下，和尚同情地说："看你这样悲痛流泪，我应当去街上洗净身子再来，为你好好地尽心念经。"和尚洗完澡，诚诚恳恳地念诵经文，并作完佛事祭礼，才接着钱回去。和尚走进一家茶馆，见那四个人正在喝茶说话，那四个人问他得了多少钱，请他去买酒共同喝。于是他们五人到一家酒店，买了酒和菜肴才坐下，正举杯喝酒时，忽然听见窗户外有女子呼叫声，只有那个念经和尚起来应付，那女子哭着说道："我就是那一家死过的女儿，在阴间路上停留很久了，才受到高僧精心诵念佛经的功力，得到再脱生成人的恩赐，阎王已经来令让我托生，行文符法都准备齐全，只是没有印章，高僧如果喝酒破戒，以前功力都算完了，真是太可惜，能不能忍耐一下，等到明天再喝，可以吗？"和尚大受感动，心里又惊惧，就告诉其他几人，都吓得毛发悚立，随即都回去了。这是宋朝绍兴末年的事。

李妇食醋

世人饮喙之物各有冥籍，传记所载，及丙志所书材义弟妇猪肉，皆是也。泉南为海错崇观之地，杯盘之间，非醋不可举箸。

李氏一妇独不能饮涓滴，其弟因梦入冥对事，临放还，过廊庑诸曹局，见门上榜曰："食料案"，就视之，正得泉州一簿，白吏借检视。于女兄之下，每日所食，纤细悉具，但无"醋"字，秘取笔书"醋半升"三字。及寤而病瘳。女兄自是日遂啖醋如常人。

【译文】活在世上的人，凡食品和饮用的东西，在阴间都各有凭籍，有的还专立一簿记载。在《夷坚》丙志中有一篇所写林义弟媳妇吃猪肉的事迹，便是一个佐证。泉南是个充满海鲜海产品最多的地方，在那里吃饭喝酒，杯里盘里离不开醋，没有醋就不能拿筷子。

有个姓李的妇女却一点一滴也不喝醋，他的弟弟后来做个梦到阴间查对，快放他回去时，经过地府走各廊各个局门，见有个门上写"食料案"就进去仔细看看，正好见到泉州簿，有个穿白衣官员便借给他查阅。他看到姐姐的名字以下，每天所吃喝的东西，都写得清清楚楚，但唯独没有"醋"字，便顺手取笔写"醋半升"三个字。到睡觉醒来时，姐姐不吃醋的病就好了。他的姐姐从此以后吃醋和平常人一样。

卷第十三（十五事）

邢舜举

邢舜举者，次观间由武举入官，为虢州巡检。平生耽好道术，凡以一技至，必与之友。

尝独行郊外，逢妇人竹冠道服前揖曰："君非邢良辅乎？"曰："然。""一生何所好？"曰："好修养术，然学之颇久，了未睹其妙。"曰："君虽酷好，奈俗情未断何？吾与君一药，用新水服之，非唯延龄，又能断众疾，亦修真之一端也。"邢喜谢曰："幸甚。"固未暇即服，又探袖中取一方，目曰"还少丹"，授之曰："饵此当为益。"稍疑其异人，试问休咎，曰："前程难立谈，君中年将困厄，晚始见佳处耳。"复扣其姓氏居止，哭曰："与君相从久，何问为？独不忆壁间画卷乎？乃我也。今日故告君，必敬必戒，毋忘斯言。"忽不见。

邢急还舍，蓄厥象，盖所事何仙姑，道貌与适妇人无少异快快自失，取水吞药，且如方治丹，谨服之，觉精力益壮，颜色润好。

既南渡，出入岳少保之门，历福建路钤辖，坐岳事贬窜。不数年并失三子。家道沦替几二十年，方得随州钤辖知郢州，后致仕居襄阳。

逮乾道癸巳，春秋八十九矣，略无痛苦，目光如童儿，发不白，犹能上马驰骋，人指为还丹之验。

后三年方病，病起三月，又大泻。腹中出一物如升，坚滑有光，无向往秽气。邢惨然语旁人曰："药丹既下，吾无生理矣。"明日而卒。予弟景裴官襄阳，及见之。

【译文】邢舜举，在宋徽宗大观年间的时候，从武举进入官场，任虢州（今河南三门峡地区）巡检。平生爱好道术入了迷，凡是见到有一技之长的人，就必与人家交为朋友。

有一次，他独自一人行走在郊外，见一个头戴竹冠身穿道服的妇人，那妇人问他说："你就是邢良辅吧？"他答道："我就是。"妇人又问："你一生有何爱好？"他答："我最好道术，但我学的时间虽然很长久，就是没有得到妙法。"妇人说："你虽然非常热爱学道术，可是你的世俗情缘没断，这如何能学好道术。我现在送给你一种药，用温开水服下，不但能延长寿命，又能医治身上百病，这就是学道修行的开始啊。"邢舜举非常高兴，感谢地说："这太幸运了。"还没时间马上吞服，那妇人又从衣袖中取出一药方，药方名为"还少丹"，递给他说："吃这种药物，对你一定有好处，"邢舜举开始对她有点感疑，可能是神人。试探问她，自己前程如何，妇人说："前途的事不能立刻回答你，不过你在中年的时候将有大灾大难，到了晚年就转运了，前程相当美好。”邢又问妇女姓名和家庭住址。妇女笑着说：“我与你常时相处，何必问这些？你记不起墙壁上挂的那幅画卷吗？那就是我呀，今天我告诉你，必须诚心敬人，必须戒除私心杂念，请不要忘了我的话。”说完，忽然就不见了。

邢舜举急忙回到住处，仔细地审视墙壁上那卷画像，就是自己信奉的何仙姑画像，头上戴的竹冠，身上穿的道服与刚才见的那妇人惟妙惟肖。心里非常不高兴，像丢失金贵东西一样，就端起水碗吞服了药，并且按药方治成丹丸，每天服用，吃了这后，觉得神清气爽，精力充沛，脸上的颜色也变润泽了。

宋高宗赵构，南渡过江，偏安临安（今杭州）。邢舜举在岳飞部下，作战英勇，屡建奇功，岳飞提他为福建路钤辖官职。后来岳飞以莫须有的罪名，被奸臣秦桧杀死狱中，邢舜举也被罢官，到处逃窜，连连几年，先后死去三个儿子，家境贫困加上政治迫害长达几乎二十年之久。后来局势的变化，才任随州钤辖、郢州知府，之后到襄阳居住。

到宋乾道九年（1173），他的年龄已八十九岁了，身体很健康，一点疾病也没有，耳不聋眼不花，头发没有一根白发，还能骑马奔驰，人们都称是“还少丹”药物的效果。

后来又过三年他才生病，病了三个月，又转泻肚，从肚子内排泄出一物，坚硬如石，又光又滑，但没有臭气。邢见到排泄这物，惨然流泪对别人说：“药丹排下来，我就不能活了。”第二天，就死去。当时，作者的弟弟景裴在襄阳做官，他也见到了。

高县君

绍兴二十四年，保义郎李琦监和州东关镇税，家颇丰赡。有高指使者，赴官舒州，与其妻来谒，愿贷钱五万为行装，约终任偿倍息。李如其数假之。

高既满任，欲如约，妻曰："百千不易办，幸相去远，彼未必来索，姑俟了日可也。"高然其计。归途过和州，不见李。

后三年，李为黄州巡辖官，方昼倦卧，见高妻披骡皮来，拜堂上云："负公家钱久，今来奉偿。"及未答，径趋马厩。李惊觉，既卒报马生牝骡，往视之，正卧母旁，未能动。李咨叹良久，与语曰："高大夫借钱。我固不介意，那至此？若果县君也，盍起行。"应声跳跃，行数步。李大惊异，遣书扣高生，其妻正用是日死。

李饲养此骡，不忍乘，外人或欲见，则徐徐牵以出，但呼为"高县君"云。

【译文】宋高宗绍兴二十四年（1154），保义郎的李琦在和州（今安徽和县）东关镇当税务官，一家人常年丰衣足食，十分富有。有个做指使官的高某，被调赴舒州（今安徽舒城）上任做官，同他的妻子来向李家辞别，并想向李家借钱五万作行路盘缠费，约定任满后加倍还利息，李琦监如数借给他。

高指使在舒州做官到期，想按约还钱，他的妻子说："这么大的一笔钱不容易办到，好的是离他那里很远，他不一定来要钱，等到以后再说罢。"高指使听了他妻子的话，回来的时候路过和州，也不去和李相见。

之后三年，李琦任黄州（今属湖北）巡辖官，吃过午饭，正睡觉时，见到高指使的妻子身披骡子皮走来，到庭堂上下拜说道："借先生的钱很久了，今天我是来还账的。"没等李回答说话，就往马棚里走去，李惊惧醒了，马夫跑来报说："马生个小母骡。"李听后，赶紧走到马棚去看，见小母骡生下来后，正卧在母骡的身旁，一动也不动。李感叹地说："高先生借钱，我根本就不当成事，哪里会弄到这样地步？如果你是县君夫人，就请站起来。"那小母骡听后，非常高兴，便跳跃起来，走几步。李琦大惊失色，慌忙派人送信给高指使，他的妻子正是生小骡时间死去的。

李琦从此饲养这个骡子，不忍心骑它，外边人有想看看的，就慢慢牵出来，但都称为"高县君"。

李遇与鬼斗

无为君指使李遇迎新郡守于城西，既行十余里，闻尚远，遂还家。忽百许小儿从路旁出，皆始四五岁，大呼而前，合围击之。李初不惧，与相殴，每奋拳必十数辈仆地。然才仆即起，已散复合，如是数四。有跃而登肩取巾掐发者。李益窘，走不可脱，且击且前。一老叟，布袍草屦，不知自何来，厉声咄曰："此官人常持《法华经》，若损他，岂不累我？"叱令退。小儿遂散，老人亦不见。

李回及门，不能行，门卒扶以归，至家昏不醒，诸子揭衣视，但青痕遍体，即就其处招魂，呼僧诵经，涉半年余，始策杖能出。老人疑为土地神云。时绍兴二十八年也。

【译文】无为军指挥使李遇，去城西门外迎接新上任的郡守，他走了十多里，听说新郡守的车辆马夫还在很远的地方，随即便回家了。在回家的路上，忽然看见有一百多个小孩从路旁边跑出来，都是四五岁的孩子，大声呼叫着向他跑来，把他包围起来，用小拳头打他。李遇起初不怕他，与这群小孩相互殴打，李遇有力又有武艺，下去一拳就倒下十多个，然而这些小孩才倒地下，便又爬起来，把小孩驱赶零散，一会儿又集合起来，这样有四次倒下爬起，赶跑又来，累得李遇满头大汗，有个小孩跳登他的肩膀上，取下头巾玩弄他的头发，使李遇更加窘迫难堪。走也走不开，跑也跑不脱，只得一边打一边向前走，这时，不知从何处走来一个老头，老头身穿布袍，脚蹬草鞋，严厉地说道："这位官长常诵读《法华经》，你们要是打伤他，岂不连累了我？"老头斥令他们退去。小孩们一个一个走散了，那个老头也不知哪去了。

李遇回家，还没有走进大门，就走不动了，守门的士兵扶着他回到屋里，到家便一头倒在床上昏迷不醒。他的几个儿子揭开父亲衣服看，但见全身青紫，遍体伤痕，就到出事地点为他招魂，叫来僧人诵经保佑，一直过了半年，才能拄拐杖走出门来。那个出来说话的老头，可能是当地土地神。这个奇事在宋高宗绍兴二十八年（1158）。

潘秀才

汉阳学士潘秀才，晚醉出学前，临荷池，欲采莲而不可得。见妇人从水滨来，行甚急，问潘曰："日已暮，何为立此？"潘曰："汝为谁？"曰："东家张氏女也。今日父母并出，心相慕甚久，良时难失，故来就君。”潘大喜，携手同入。

自是旦去暮来，未两月，积以羸悴。同舍生扣其由，秘不肯答。学正张盥苦诘之，乃具以告。张曰：“子将死矣！彼果良家女，焉得每夜可出，又入宿学中？此非鬼即妖。若欲存性命，当为验治。”潘惧而求教。

张取针串红线付之，使密施诸衣裙上。

是夕用其策。明日，一学人分道遍访僧坊祠室，或于桃花庙壁上见绘捧香盘仙女，红线缀裙间，即以刀刮去，且碎其壁。怪遂不复至。

【译文】汉阳有个潘秀才，晚上吃醉酒，走出学堂，在荷塘边，采摘莲花而没有采到手。看见一个妇人从水边走过来，走得很急速，问潘秀才说：“天已经晚了，你一人立在这里干什么？”潘秀才说：“你是谁？”她说：“我是门外东边张家女子，今晚上我的父母一起出外去了，我心里很久想念着你，今晚上机会再好不过，所以急忙走来与君相会。”潘秀才大喜，便拉着她的手，一同走入学舍去了。

从此以后，那妇女每天早走晚来，没有两个月，潘秀才便骨瘦如柴，脸色憔悴，像生大病一样，同舍住宿的同学问他是何原因，潘秀才却保密不肯回答，学正张盥苦苦缠他质问，潘秀才才如实相告。张学正说：“你将快要死了，如果那女子是良家女，为什么天天夜间出来，又进学堂宿舍住，我看这女子不是鬼就是妖，你要是想保住性命，应当祛邪治鬼。”潘秀才惊惧，向张学正求教祛鬼治妖的办法。

张学正便拿出银针一只，串上红线交付给他，让他秘密地缝到那女子的衣裙子上。当晚，潘秀才便按照张学正说的方法，偷偷地趁她不妨，用针线缝在她的衣裙子上。

第二天，张学正派学生分头查访附近的寺庙和祠堂，在桃花庙墙壁上见画有捧香盘仙女画像，那红线在她衣裙中间缝缀着，就用刀子刮去，并把墙壁也打得粉碎，这个女怪就不再来找潘秀才。

周三郎

颍昌舞阳县石柱村，去县十余里，路中素有怪。村民李顺者，入县酣醉，抵暮跨驴归。出门未远，或自后呼其姓名曰："我乃汝比邻周三郎，适往县市干事回，脚气忽发，步履绝难苦，汝能与我共载还家，当作主人以报。"

顺虽醉，尚亦记此地物怪，不敢应，亦不反顾，其人怒曰："相与邻里，无人情如此，吾必与汝同此驴。"语毕，已坐于鞍桥后。顺甚窘，密解所服绦，转手并系之，加鞭急行。渐近家，遽连声欲下，曰："须奏厕。"顺复不对。又曰："汝且回头看我。"言至再三，顺佯若不闻。

到家，寂寂无声，呼其子就视，乃朽棺板也。斧而焚之，路怪由是遂绝。

【译文】颍昌（今河南许昌）舞阳县有个石柱村，离县城十多里，这段路程中，经常闹鬼，石柱村有个村民叫李顺，进县城喝酒，醉得东倒西歪，一直到天快黑，才骑上驴子回家。刚走出城门不远，听见有人叫他姓名说："我是你的近邻居周三郎，才从县城办完事要回家去。我的脚气病猛然发了，走路非常艰难，你能让我也骑在驴背上，一同回去，我当你是我的主家来报答你。”

李顺虽然喝得酩酊大醉，还记得这段路上有鬼怪。不敢答应他，也不敢回头看他，这个人发怒地说：“咱两个还是近邻居哩，你一点人情味就没有，今天我一定要和你同骑这头驴。”说罢，已坐在驴背的鞍桥上，李顺没办法他，便秘密地解开驴缰绳，转手绑着那人，于是急忙加鞭快跑，眼看快要到家，周三郎接二连声叫他停下，说：“我要上厕所解手。”李顺仍然不理他。又说：“你回过头来看看我。”说了两三遍，李顺假装听不到。

到家时，已夜深了，院里鸦雀无声，喊他的儿子出来看，原来是一块朽木棺材板。用斧子破开，投入大火焚烧，自此以后，路上鬼怪才断绝了。

汉阳石榴

绍兴初，汉阳军有寡妇事姑甚谨。姑无疾而卒，邻家诬妇置毒，诉于官。

妇不胜考掠，服其辜。临出狱，狱卒以石榴花一枝簪其髻。行及市曹，顾行刑者曰：“为我取此花插坡上石缝中。”既而祝曰：“我实不杀姑，天若监之，愿使花成树，我若有罪，则花即日萎死。”闻者皆怜之，乃就刑。

明日，花已生新叶，遂成树，高三尺许，至今每岁结实。

【译文】宋高宗绍兴初年（1131）的时候，汉阳有个寡妇，对婆母非常孝敬。婆母没一点疾病突然死亡，邻居家诬说她放毒药把婆母毒死，随即上告到官府。

寡妇进了监狱，经受不了严刑拷打，就认罪承认。临出狱要执行杀头的时候，监狱的士卒拿一枝石榴花插在她在头髻上，她走到刑场上，看着刽子手说："给我取下这枝石榴花，插在山坡间石头缝中间。"随即对天祝告道："我实在没有害死我的婆母，若是上天有眼可以监证，但愿这枝石榴花可长成石榴树，我若是有罪，这枝花立即就枯萎死去。"听她祝告的人，都十分可怜她，于是就走进刑场杀了头。

第二天，那枝石榴花果然长出新的绿叶，遂即长成树，高三尺多，到现在每年还结石榴果实。

昭惠斋

武昌村民共设昭惠斋，一牧童得馒头二只，以木叶包其一，置腰间鱼挈中。将还家，天忽冥晦，雷电以风，童仆地，少顷复起行。

见者问其故，童曰："初不闻雷声，但见神人数百疾驱至，颇相逼。有老人握我手曰：'汝何敢以斋食置鱼挈中？'我答曰：'欲归遗母。'老人喜，即挥众使退。"

【译文】武昌村民有共同设宴办昭惠斋的习俗，有一个牧童拿走两个馒头，用树叶包了一个，放进捉鱼的布斗内，准备回家，忽然，天空乌云密布，霹雷电闪，大风狂吹，牧童惊怔，倒在地下，片刻，才爬起来走路。

有看见的人问他是何缘故，牧童说："开始没有听到雷声，只见有神人几百个，飞快地向我追赶，眼看就要追上，有个老人握着我的手说：‘你怎敢把斋食放进鱼斗中？’我回答说：‘想拿回家孝敬母亲。’老人听了非常高兴，随即就挥手让众神人退回去。”

孔劳虫

孔思文，长沙人，居鄂州。少时曾遇张天师授法，并能治传尸病，故人呼为孔劳虫。

荆南刘五客者，往来江湖，妻顿氏与二子在家，夜坐，闻窗外人问：“刘五郎在否？”顿氏左右顾，不见人，甚惧，不敢应。复言曰：“归时倩为我传语，我去也。”

刘归，妻道其事，议欲徙居。忽又有言曰：“五郎在路不易。”刘叱曰：“何物怪鬼，频来我家？我之不畏汝！”笑曰：“吾即五通神，非怪也。今将有求于君，苟能祀我，当使君毕世钜富，无用长年贾贩，汩没风波间。获利几何？而蹈性命不可测之险？二者君宜详思，可否在君，何必怒？”遂去，不复交谈。

刘固天资嗜利，颇然其说，遽于屋侧建小祠。即有高车骏马，传呼而来，曰：“郎君奉谒。”刘出迎，客黄衫乌帽，客状华楚，才入坐，盘餐酒浆给络绎精腆。自是日一来，无间朝暮，博弈嬉笑，四邻莫侧何人。金银钱帛，赠饷不知数。如是一年，刘绝意客游，家人大以为无妄之福。

他夕，因弈棋争先，忿刘不假借，推局而起。明日，刘访箧中，所畜无一存，不胜悔怒，谋召道士治之。适孔生在焉，具以告。孔遣刘先还，继诣祠所，炷香白曰：“吾闻此家有祟，岂汝乎？”空中大笑曰：“然。知刘五命君治我，君欲何为？不过效书符小技。吾正神也，何惧朱砂为？”孔曰：“闻神至灵，故修敬审实，何治之云？”问答良久，孔诮之曰：“吾来见神，是客也，独不能设茶相待耶？”指顾间，茶已在桌上。孔曰：“果不与刘宅作祟，盍供状授我。”初颇作难，既而言：“供与不妨。”少顷，满桌皆细字，如炭煤所书，不甚明了。孔谢去，慰以好语曰：“今日定知为正神，刘五妄诉，勿恤也。适过相触突，敢请罪。”

既退，以语刘，料其夕当至，作法隐身，仗剑伏门左。夜未半，黄衣过来，冠服如初，径入户。孔举剑挥之，大叫而没，但见血中坠黄鼠半体。旦而迹诸祠，正得上体于偶人下，盖一大鼠也。毁庙碎像，怪讫息。

【译文】孔思文，湖南长沙人，居住在鄂州（今湖北鄂城县）。小的时候，曾遇见张天师传授法术，并能治传尸还魂病，所以人称孔劳虫。

荆南（今属湖北西南地区）有个人叫刘五，在外做买卖，贩运货物往来于长江洞庭湖之间，妻子顿氏和两个儿子在家。夜间在屋里闷坐，听见窗外有人问：“刘五郎在家吗？”顿氏左顾右盼，不见人，很是害怕，不敢应声，又听见有人说：“回来时请为我传传话，我走啦。”

刘五从外地做生意回到家，妻子对他说了这件事，商量准备搬迁别处居住。忽然又有人说：“五郎搬家不容易。”刘五斥声说道：“你是何种鬼怪，常来我家？我可不怕你！”笑着说：“我是五通神，不是鬼怪。现在我有求于你，如果你祭祀我，我能使你一生为大富翁，不用再去常年贩运，漂泊在大风大浪江湖中，能得几个钱，说不定哪一天就有性命危险？这两条路，请你仔细思索思索，可不可以全在你了，何必要发怒？”说罢，就走了，不再交谈。

刘五本来就是个贪图财利的人，听了这些话，正投心意，于是便在屋房一旁修建一个小祠庙。祠庙建成后，就有大车骏马，前呼后拥来到刘家说道：“今天特来拜见刘五郎君。”刘五走出门来迎接，那客人身穿黄大衫，头戴乌纱帽，仪表华贵，才进屋坐下，就在桌上摆满器皿、酒菜，十分丰厚。自从这天开始，黄衣人不隔十天要来一次，下棋赌博，吃吃笑笑，左邻右舍不知道家中是何人来了。金银财宝，赠送给刘五的不知其数。这样过了一年，刘五便不想出外做买卖了，家里人认为是无妄之福。

有一晚上，因为下棋争输赢，黄衣人要回棋，刘五不回，惹恼了黄衣人，便推开棋盘，怒气冲冲站起来走了。到第二日，刘五掀开箱子，见箱内空空，所存的钱分文没有了，刘五十分后悔，又十分恼怒，计议请道士来家治鬼。刚好孔劳虫在家，刘五便将以前的事都告诉孔劳虫，孔劳虫让刘五先回去，他随后就到小祠庙，烧了一炷香，说道：“我听说刘五家有鬼邪，莫非就是你吧！”只听半空中大笑说：“是的，知道这是刘五请你来治我，你想怎么样我？不过仿效画张小符咒语，这样一手区区小技，何足挂齿，我是堂堂正正的神仙，怎能怕你用朱砂画片小符？”孔劳虫说：“听说神人十分灵验，所以来向你敬拜致礼，怎能谈来治你。这话从何说起？”他两个一问一答说了很长时候，孔劳虫讥笑地说：“今天我是来见神仙，应该我是客人，怎么不让喝口茶水？”弹指之间，茶已放在桌上。孔劳虫说：“如果不是你在刘家作怪，那你就写张证明供状交给我。”开始感到很为难，想了一会儿说：“写张供状也无妨碍。”片刻之间，只见满桌都写上细小的字，像用煤炭书写出来，字迹也看不明白，孔劳虫一再感谢，并用好语安慰道："今天才知道你是正神，刘五说的是瞎话，不要再怜悯他了，刚才咱俩个说了些冲突的话，请多加原谅。"

孔劳虫用好话搪塞黄衣人一番后，就离开祠庙，到刘五家把话说与刘五，计议治那妖邪，预料黄衣人当晚要来刘家，随即作法隐身，仗剑持符，藏伏在屋门左边。到半夜时辰，黄衣人走过来，仍然乌黑帽，黄衣道袍，一直走进屋门。孔劳虫举剑猛刺，只听大叫一声，便看不见了。只看见血泊中有半截黄鼠身子，早晨天一明，顺着血滴寻找各个祠庙，在一个土偶人身子底下找到黄鼠的上半截身子，原来是一只大老鼠，随即将庙拆毁，打碎偶像，妖怪从此消失了。

梁统制

鄂州选锋军统制梁兴，尝以厅前水斛竭，呼舍中卒诃问。卒谢罪，已而复然。梁大怒，欲加捶。卒曰："每日满贮水，其敢慢？有如公弗信，愿至晚一临视，可知矣。"乃释之，但命辇水满斛，然后退。明日复空，颇讶其异，戒使谨伺之。

才二更，一大蟒从屋背垂首下饮，顷刻而尽，遽入白。梁遣小校迹其所往，历历见过江，至大别山下直入深窟中。居人咸言："此物穴居有年，未尝为人害，人亦莫敢近也。"

明旦，梁呼帐下赵谆，领数十壮卒，操劲弓，傅毒矢渡江，又令一人登山吹笛。少焉蟒出，立射杀之。

数夕后，梁梦妇人来，作色言曰："我何罪于君，枉见杀？今相从索命！"趋向前，欲搏梁。梁大寤，即与之斗。妇人不胜，曰："姑以大郎君为代。"未几，长子果卒。诸兵死者数辈，余亦大病。赵谆惧，昼夜焚香祷谢，仅得免。越四岁，梁亡。

汉阳人谓蟒为山神，故能报仇如是。然生不能庇其躯，弃江水不饮而远恋斛中以自取祸，何也？

【译文】梁兴，是鄂州（今属湖北）选锋军的统制军官，时常因为厅前水斛干枯而呼喊住舍中的士兵，并大声斥责质问，士兵们只得向他谢罪认错，但过后依然干枯无一滴水，梁兴非常恼怒，想用鞭子抽打，士兵说："天天灌满水斛，不敢怠慢，你如果不相信，请你到晚上亲临察看，就可知道了。"于是就将士兵释放回营，命令他们灌水满斛，然后退下。到第二天，水斛中的水又干枯了，这时他非常惊异，让士兵用心在水斛旁等候，看看究竟是如何干空的。

到了深夜二更时候，只见一条大蟒从屋脊上垂下头来饮水，片刻时间，将水斛中的水饮干，士兵急忙告诉梁统制。梁兴派小军官跟着大蟒看他往哪里去，见那大蟒喝干水斛中的水以后，便爬过江，到大别山入进又深又黑看不见底的洞穴中去。当地人都说："这条大蟒在洞中有好多年了，它不害人，人也不敢近它。"

到了天明，梁统制呼唤帐下赵谆，带领几十个身强力壮的士兵，手持弓箭，箭头上抹上毒药划船过江，又令一人站在山顶吹笛，停不长时间，那大蟒爬出洞口，立刻被士兵用毒箭射死。

隔了几个晚上，梁兴梦见有一妇人向他走来，厉声厉色地说道："我犯了什么罪，你把我用毒箭射死，今天要向你讨还血债！"走上前去，要与梁兴搏斗，梁兴没办法，就和她搏斗，妇人被梁兴打败，说："暂且用你大儿子的命代替。"没有几天，他的大儿果然死去。参与射杀大蟒的士兵也死了几个，剩下来的也生了大病。赵谆惊慌失措，昼夜烧香祈祷饶命，才得免去灾难。停了四年，梁兴也死亡了。

汉阳人说蟒是山中神，所以谁害它，它就要报仇雪恨。

然而，大蟒活时不能保护自己身体，放着浩大的江水不去饮用而去饮那斛中一点水，结果惹下杀身之祸，这是为了什么？

李氏虎首

乾道五年八月，衡湘间寓居赵生妻李氏，苦头风痛不可忍，呻呼十余日。婢妾侍疾，忽闻咆哮声甚厉，惊视之，首已化为虎。忽报赵，至问其由，已不能言。儿女围绕拊之，但含泪扪幼子，若怜惜状与饮食。略不经目，与生肉，则攫取而食。六七日后，稍搦在旁儿女，如欲啖食，自是人莫敢近。赵异置空室，扃其户，日饲以生肉数斤。

邀其友樊三官来，告之故，欲除之。樊曰："不可。李为人无状，众所共知，上天以此示警。若辄去之，殃咎必至。盍与之焚章告天，使得业尽而死，亦善事也。"赵如其言，命道士作灵宝度人醮数筵，李方绝命。

生时凶戾很妒，不孝翁姑，暴其亲邻，赵生不敢校。及是，无人怜之者。（右十事皆梅师忠说）

【译文】宋孝宗乾道（1165）五年八月，湖南衡山和湘江之间，赵生一家寄居在这里。赵生的妻子李氏夫人，得了中风头痛病，疼痛起来如挖心刮肠，不能忍受，在床上呻吟十多天。仆女奴妾守在床边侍候，有一天，忽然听见咆哮如轰雷的叫声，十分惊惧地看她，这时李氏的头变化成虎头。急忙向赵生报告，赵生走在床边，问他妻子原因，她已经不会说话了。儿女们围绕在她身边，用手抚摸，只是含着眼泪摸着最小儿子的手，像非常可怜她的幼小儿子一样。与她端来饭菜，她看也不看，给她送来生肉，她就捏着吃了。停了六七天，对她在病床边的儿女们，有时也要抓起来，好像就想吃掉自己亲生儿女，一家大人小孩都不敢在她身旁。于是赵生把她搬空屋里，关紧门户，每天给她生肉好几斤。

赵生无有一点办法治好她的病，于是邀请他的好友樊三官来家，赵向樊三官说明原因，提出想把她除弄死算了。樊三官说："不能这样做。李氏为人没有多大毛病，这是众所周知，上天可能是给她个警告，以后或许会好哩。你如果把她除弄死，就要遭到祸殃。可以与她焚烧章历，告知上天，使她的恶事做完就自行死去，这样也是做善事的。"赵生听了樊三官的话，请来道士作法施术，烧香祷告，画写符箓醮章，摆下几桌超度筵席，这样李氏才死去。

生时凶残恨妒，不孝敬公婆，很早就暴露出来，乡亲邻舍都知道，赵生不敢教导她。最后落个这样下场，没有一个人可怜她。

张尚书儿

张克公尚书夫人刘氏生三子，皆不育。其状甚异，一无舌，一阴囊有肾十枚。张公竟无子。

刘夫人御婢妾少恩，每瞋恚辄闭诸空室不与食。

晚年不能饮啖，十日共食米一升，销瘦骨立乃卒。人以为业报云。刘氏，予外姑之姊也。

【译文】张克公尚书的夫人刘氏，生了三个儿子，都没有养育成人。儿子的样子十分奇怪，一个没有舌头，一个阴囊有十只肾。张尚书便绝了后。

刘夫人对她使用的女仆和妾奴非常苛刻，经常大发怒火，睁着大眼睛又吵又打，不断地把仆女关进室里，不给她们饭吃。

到晚年时，刘氏不能进饮食，十几天只吃米一升，身体瘦得像干柴，就死去了。人们认为这是作业太多，得到的报应。刘氏，是我外姑的姐姐。

阎四老

方城县乡民阎四老，得疾已亟，忽语其子曰：“我且为驴，试视我打碾。”即翘足仰身，翻覆作势，其状真与驴等。又曰：“可挫细草和蒸豆来，我欲饱食而死。”家人泣而进之。据盆大嚼，略无遗余。食毕复卧，少顷气绝。阎平生盖在乡里作牙侩者。

【译文】方城（今属河南）有个村民叫阎四老，害了很久疾病，忽然对他儿子说：“我要当驴，试看我打滚。”随即仰卧地下，翘起两条腿，翻来覆去，扑通得灰尘扬起，和真驴打滚一样。又对儿子说：“你们快些拿来青草和料豆，我想吃饱后再死。”家里人哭着给他拿来一盆青草，抖好料豆，送到病床旁。阎四老抱起草盆，大口大口地咀嚼，一会儿把一大盆草料全吃光了。吃罢草料，便卧躺在地下，顷刻就断气了。阎四一生都在干牲口行户。

叶克己

寿昌叶克己，年十岁时从其父大夫居扬州，病赤目，继以血利，久之，大小便皆结塞。遇一僧曰："是服药茹毒，元藏已坏，今当取而下之。"即出外，旋挫治药十两许，携入，渍以酒便服，预戒其家具浴盆以俟。少焉，肠胃痛撤，急踞盆，有物坠于内，乃腐肠也，长丈许。如是者再，气息仅属，父兄谓必死。至晚，忽呻呼索粥，旦而履地，一家惊异之。俄大疽发于阴尻间，穿七窍粪溺自其中出，臭污不堪闻。僧曰："此非俗人家所能共视，当随吾以归。"既而不胜其烦，复以还叶氏。

盖又十年，从其兄行已寓兰溪，有道人过而语之曰："汝抱疾甚异，吾能识之。但饮我酒，明日为汝治，一钱不汝索也。"即取酒二升与饮。喜曰："良酝也，所酿几何？"曰："五斗。"戒使悉留之，乃去。

明日果来，烧通赤火箸刽入尾闾六七寸，晏然如不觉。继以冷箸涂药，随傅之，数反。又烧铁箅烙疽上，皮皆焦落，然后掺药填六窍而存其一，曰："不可窒此，窒则死。"兄在旁不忍视，掩袂而起。

财两夕，疮痂尽脱，所烙处肉已平，六窍皆盈实，腹内别生小肠，自是与常人亡异，饮啖倍于他日，而所下粪全似鸡。

遂娶妻生子，年过五十，疽复发于脐下，洞腹乃死。

凡无肠而活者四十二年，世间无此病也。二医疑皆异人云。

【译文】寿昌（今浙江新昌）人叶克己，十岁的时候，跟随父亲居住在扬州，害红眼病，以后又得血痢疾，久而久之，大小便都结塞下不来。遇见一个和尚，他说："你是服药中毒，肚内脏都坏了，应该把那些坏脏泄下来。"和尚走出门外，很快炮治药物十多两，带着走回来，浸泡在酒里，让他服下，并对他家中人说准备好一个大洗澡盆。片时，药酒发效，他的肠胃剧烈疼痛，急忙坐在浴盆上，像有物件落入盆中，一看原是一条腐败不堪的肠子，长有一丈多，就这样一连下来几条，使他承受不了，出气吸气都很艰难，只剩下一口气没断，他的父亲和哥哥都说活不成了。到晚上，叶克己忽然哼哼着呼唤要米汤喝。到天明，见他两脚踩在地下行走，一家人都很惊异。顷刻之间，脊骨底下阴部长出一个红肿毒疮来，穿透耳、目、口、鼻，粪尿都从七窍中流出，臭污不堪闻。和尚说："这不是一般人家所能看护的，应当跟我回去。"随即和尚领他走了，和尚很殷勤地侍候他，又送他回家。

又过十年，叶克己跟着他哥哥到兰溪，住在自己的寓所里，有个道人经过寓所门口，对叶克己说："你得的病很奇怪，我能认识这是啥病，但你要请我喝酒，明天就给你治病，一分钱也不向你收取。"叶家取来二升酒，让他去喝，道人喝了一口说："真是好酒啊，不知做的酒还有多少？"叶家人说："还有五斗。"道人走时，告诉叶家人说一定要把这些酒都给他留下来。

第二天，那道人果然来了，烧好通红的火箸插进脊骨尾下六七寸，好像没一点感觉。随后又用冷箸涂上药物，也插进去，这样热冷火箸连插数次，又烧红铁条在毒疮上烙，烙得肉皮黑焦脱落下去，然后掺好药末填塞六窍，留下一窍，说："不能都填塞堵死，要留一窍可出气，不然就要窒息死亡。"叶克己的哥哥在一旁不忍心看见弟弟受这样的罪，便走开了。

才过两夜，叶克己身上疮痂掉个尽光，所烙的肉洞也长平了，耳目口鼻有六窍堵塞很实，只留下一窍出气，肚内又生出新的小肠子，从此之后与平常人一样，吃喝东西比往日增加一倍，而下的粪便全都像鸡子。

叶克己随后又娶妻生子，年龄过五十，毒疮又复发了，长在肚脐下，从肚皮串洞而死去。

人体无肠胃能活四十二年，人世间没有这种病。那两个和尚道士能医这种病，相信都不是凡人。

临安民

临安民，因病伤寒而舌出过寸，无能治者。但以笔管通粥饮入口，每日坐于门。某道人见之，咨嗟曰："吾能疗此，顷刻间事耳，奈药材不可得何。"民家人闻而请曰："苟有钱可得，当竭力访之。"不肯告而去。

明日，又言之，会中贵人罢直归，下马观病者，道人适至，其言如初。中贵固问所须，乃梅花片脑也。笑曰："此不难致。"即遣仆驰取以付之。道人屑为末，掺舌上，随手而缩，凡用二钱，病立愈。（右二事叶行已孝恭说）

【译文】临安（今杭州）有家普通平民，因得过伤寒病留下舌头伸出一寸多长的后遗症，无有办法治好，喝稀粥用笔管吸进口内，每天伸出舌头坐在门口。有一个道人看见，感叹地说："我能治好这病，不费吹灰之力，就是没有药物可治。"这家民人家里听到他讲此话，就去请道人来，说："要是用钱能买到药，一定去请你。"那道人听了这话，不告诉他住处，便走了。

第二天，有个太监下班归家，见那伸出舌头病人，就下马看那民人，道人这时也来到病人眼前，又说能治好此病的事，太监问道人所用的药物，原来是梅花片脑。太监笑说："这药不难找到。"立即派仆人骑马飞驰取来此药，交付与道人，道人用刀削为细末，用指甲掺放舌头上，随即舌头便缩入口内，总共用了二钱，民人病痊愈。

鸡头人

徐吉卿侍郎居衢州之北三十里。乾道六年间，白昼有物立于墙下，人身鸡头，长可一丈。侍妾出见之，惊仆即死。

健仆或持瓦石挥击，若无所觉，良久乃没。徐之次子宫于秀州，数日后闻其讣，正此怪见之日。而徐以寿考康宁，固未艾，怪不能为之祟也。（徐公宗人说）

【译文】徐吉卿侍郎，家住衢州（今属浙江）以北三十里。宋孝宗乾道六年（1170）之间，徐家大院墙下，大白天站立一个人身鸡头怪物，身长一丈。他的侍妾出来看见，惊吓得扑倒地上，当时就死了。

强健有力的仆人用砖瓦石头打击他，仍然若无其事，停了很久才看不见。徐的次子在秀州（今浙江嘉兴）做官，停了几天后，才接到他死去的讣告，死的日期正是这个人身鸡头怪出现那天。而徐吉卿的寿命和官禄都还很长，正是兴盛时，所以怪物不能对他作祟。

卷第十四（十二事）

扫码听谦德
君为您导读

武真人

武真人名元照，会稽萧山民女也。方在孩抱，母或茹荤，辄终日不乳，及菜食，则如初，母甚异之。年稍长，议以妻邑之富人。既受币，照鞅鞅不乐，训以女工，坐而假寐。母笞怒之，谢曰："非敢怠也，昨梦金甲神告以后土见召，与之偕往，入云霄间广殿下，见高真坐殿上，玉女列侍，招我升殿。戒曰：'汝本玉女，顷坐累、暂谪尘境，三纪复来，汝归休粮，遂弃人间事'。及觉，欲不食，而母见强。又梦神怒曰："命汝勿食，吾戒何也。剖腹取肠胃涤诸玉盆，复纳于腹而缄之。因授灵宝大洞法，及大洞大法师回风混合真人印，俾度世之有疾者。"母闻言惊悟曰："儿异人也，予为儿绝姻事俾遂乃志。"自是独居净室间，以符水疗人疾，远近奔奏求符，或邀过家，视病则二仆肩舆以行，不裹粮，至中涂从者馁，但市桃两颗，呵气授之。人食一桃，往数十里不饥。

侍御史陈某，居钱塘，以天心法治人疾，舍旁别圃，建层楼，圃人告有骑而行其上者，陈叱去曰："焉有是。"薄暮，携剑印宿于下，亦闻马声，未几，家人扣门趣之归曰："幼女系空中，如物羁縻状。"视之，信然。女昏不知人，累日。陈诣楼设醮厌之，火起壁间，仓卒奔下，火亦止。又召道士摄治，及门亡其巾，家人益恐，致书招元照。照衣冠造之，陈女起迎门笑语，若初无疾者。照携之宿楼上，越三昼夜，无所睹，女亦泰然。

韩子扆太尉，官辇下。尝自书章，拟奏于天，述遭遇。太上兴运，事人无知者。邀照奏之，俯伏良久，乃起诵章中语，无一非是。且曰："上帝嘉公恬靖，无觊幸。"批答云："谨守千二日，辨曹赏厥功。"后皆应如照言。韩自幼患足疾，每作至不得屈申，照为按摩，觉腰间如火热，又摩其髀，亦热，拂拂有气从足指中出，登时履地，厥疾遂瘳。韩仆宿于庐侧隘舍，夜梦鬼物压其身，叫呼而出，值照至，不告之故，与纵步至其处。照及户而返，曰："室有自缢者，蓬首出舌，见吾求度。"即书符命仆焚之。夜梦人谢过曰："吾得真官符超生，不复来矣。"启关而出，韩氏设榻留照，寝不闻喘息，徐见青云起鼻端，一婴儿长三寸许，色如碧流离，光射一榻。盘旋腹上，顷之不见。

张循王家婢有娠，过期不产，请照往，诸婢杂立，照独视孕者咨嗟曰："而宿生为樵夫，尝击杀大蛇，今故仇汝，在腹食尔五藏，尽乃已。"急白王出之，书二符授婢，婢如戒焚符以水饮讫，产一大蛇。王闻之大骇，敬礼之，欲赠以金缯，不受，复如韩氏，留岁馀，欲归。止之不可，涕泣而别。言予不再至矣。众疑其将己化也。旦日，拏舟归萧山，至家无疾而卒。

先是邑中十余家，俱见照衣道服各诣其家聚话。移时乃去。数日或诣照家访之，家人云："死矣。"邑子数辈先后至者，同曰："昨方至吾家，何遽尔？"验其访诸人日，乃尸解日云。时绍兴十一年也。（韩俣廷硕说）

【译文】武真人原名元照，会稽萧山（今属浙江）民女。她尚是怀抱中的小孩时，母亲有时吃荤后喂她吃奶，她总是整天不吃奶，母亲吃素菜后，她才正常吃奶，母亲因此非常惊奇。随着年龄的增长，家人商议把她嫁给城里的富人，跟着就接受了别人的聘礼，元照非常不愿意，家人训导她去做女人做的针线活，她就坐在那里假睡，母亲看到后就用竹板抽打，十分生她的气，她向母亲道歉说道："不是我怠工不干活，昨天梦见金甲神告诉我，后土夫人要召见，就和神一起前往，来到云霄间广殿下，看见高层次的真人坐在殿上，玉女列侍两旁，招我进殿。告诫我说：'你原本是玉女，前不久因有罪，暂时贬谪到凡间，三纪后要回归天上，你要停止吃人间粮食。'我就放弃了人间的行事活动。等到醒来，想不吃饭，母亲又对我施强。接着又梦见神怒斥说："要求你不要吃饭，为什么要违背我的告诫呢？就剖开了我的肚子，取出肠胃放在玉盆中清洗，完后又放回肚子中，而把皮肤封好，并且授我灵宝大洞法和大洞大法师的混合真人印符，使我度治人世病人的疾苦。"母亲听完这些话，惊奇醒悟说："孩子是异人，我去给你断绝了姻缘事，使你称心如意。"从这以后，元照独自一人住在宁静清净的房间，用符水为人治疗疾病，远近知道的都来求符就医。有的人邀请她到家里看病，外出诊病时，就让两个仆人抬着轿子一起走，不带干粮，等到路途中仆人饥饿时，她只买两个桃子，吹上一口气给他们，一人吃了一个桃后，再走几十里路也不觉饥饿。

侍御史陈某，家住钱塘（今杭州），用天心法为人治病，住宅旁边另有一菜园子，内建有楼房。有一天，看园子的人告诉他有人骑着马在楼顶上走，陈大声呵斥说："怎么有人做这样的事呢？"将近傍晚时分，他携带着剑和印在园子内住下，亦听到了马蹄声响，没多久，家里仆人叩门走上前告诉他说："小女儿在天空中，如像被什么东西捆绑着一样。"他回去一看，果然是那样，小女几天昏昏沉沉不知人事。陈就来到园子楼上设供祭祀神灵抑制邪气，忽然，火从四周墙壁中窜出，陈某慌忙跑到楼下，这时，火便熄灭。陈某又请了道士作法驱邪，道士刚到门口，头巾就不见了，家里的人更加害怕，写信请元照来，元照穿好衣服来到陈家，陈某的小女儿起身说笑着到门口迎接，好像当初没有什么病一样。元照带着陈家女来到园子中心楼上住下，过了三天，没有看见什么异常现象，陈女也是泰然自若。

韩子扆太尉在皇帝身边做官，曾经自己书写奏章于上天，叙说自己的遭遇。后来宋徽宗登上帝位，很少有人知晓这事，他请元照把奏章禀告上天，元照跪伏很久后，就起身背读奏章，里边说的没有一句背错。读完奏章又说："上帝嘉奖韩公胸怀坦荡，没有什么邀宠的野心，已奏章上批复说："希望你等一千零二日，便以曹官以赏你功劳。"后来发生的事都和元照说的一样。韩子康幼年脚患有疾病，每当发作时脚就会变得不灵活。元照为他按摩，可以感到腰间像火一样发热，接着按摩了大腿，也开始发热，一阵阵的气从脚趾中涌出，顿时脚便能踩地，脚病即好。韩的仆人住在他隔壁的小屋里，夜晚梦见有鬼物压在他身上，喊叫着跑出房子，恰好遇见元照走过，没有告诉她原因，元照大步走向那个房子，到了屋门口就返回来，说："屋里有自缢死的人，蓬头伸着舌头，看到我请求超度他。"当即书写了符字，让仆人把符烧掉。仆人夜里又梦见有人来致谢说："我得到了真官的印符而亡魂超生，不再来这里啦。"说完，那人便打开门走出去。韩的夫人准备了床位留元照住下，睡觉时听不到有呼吸的声音，慢慢地看到青云从她的鼻端升起，一个婴儿长有三寸多，颜色如碧琉璃一般，光芒照射满床。婴儿在腹上盘旋，不一会儿就不见了。

循王张浚家中的婢女怀了孕，过了产期还不生产，请元照来看，王家的婢女纷纷杂杂地站在那里，元照只看着怀孕的婢女叹息说道："你前生是个砍柴的人，曾经袭击杀死大蛇，现在因为这个缘故和你结仇，并在你的肚中吃你五脏，要吃完才停止。元照赶忙告诉张王，让她出去，并写了两了符给了婢女，婢女按她说的方法把符烧掉，放在水中喝了，接着生出一条大蛇。张王听了这大为惊骇，非常礼敬元照，想赠送她金银和丝绸，元照不接受。像韩氏那样留她住了几天，元照想走，张王再三挽留不行，就流着泪和她道别。元照说以后不再来了。大家都怀疑她将升天。这天早上，雇了船回到萧山，元照到了家中没有得病便死去。

先是邑城中十几家人，却看见元照身穿着道服到各家去说话，停了一会儿便走了。几天后，有的人到元照家看她，家里人说元照死了。城邑中的许多老老小小先后到元照家，都说"昨天才到我家，怎么会走了呢？"查看元照到街坊家去的日子正好是去世的那一天。那时是宋高宗绍兴十一年（1142）。

存心斋

赵善琏与其弟居衢州，肄业城内一寺，榜小室曰：“亦乐斋。”是岁获解，而绌于春官。或为言乐与落同音，士子所深讳，而以名其居，宜不利矣。乃改为居易斋。久之梦老翁高冠雪须，来相访，指而言曰：“子所以易此者，正以乐字为不美，独不思居易者，唐白乐天之名乎，白乐之称尤为未韪。”琏谢曰：“然则何为而可。”曰：“当命为存心斋可矣。”觉而更之，遂以乾道五年登第，调章贡幕官，为予言。

【译文】赵善琏和他兄弟住在衢州（今属浙江），在城内的一座寺院中读书，有一小屋榜书“亦乐斋”。这年乡试中他中了举人，到第二年春天在考试中落了选，有人就对他说“乐”和“落字谐音，读书的人很忌讳，那这个字作为书斋的名字，是对自己不利。赵善琏就把书斋更名为“居易斋”。更名很长时间后，他做梦有一老人头戴高冠，满脸雪白的胡须来拜访，指着他的斋名说：“你所以更改它，正是因为“乐”字不美，就没有考虑“居易”两个字是唐代白乐天的名字吗？白乐的称谓尤其是不对的。”赵善琏感谢说：“那么用什么名字好呢？”老人说：“应当取名“存心斋”就可以啦。”赵善琏醒来以后既把斋名更改过来。于是在宋孝宗乾道五年（1170）考中进士，被任命为章贡幕官，他对我讲了这件事。

明州老翁

明州城外五十里小溪村有富家翁，造巨宅，凡门廊厅级，皆如大官舍，或谏其为非民居所宜，怒不听，财成而翁死。其子不能守。先是魏南夫丞相寓城中，无宅可居，及罢相来归，空橐中得千万买之。家人时时见老翁往来咨叹，如有恨者。共以白丞相，为立小室，塑以为土地，自是不复出。（徐亢说）

【译文】明州（今浙江宁波）城外五十里的小溪村有一个富户老翁，建造了很大的宅院，凡是门廊厅级，都按照大官府的标准修建，有的人劝谏他这不适合平民百姓所能居住的，此人反而恼怒不听劝告，宅院建成后老头就死去。他的儿子不能守住家业。先前魏南夫丞相，居住在城里，却没有私家宅院可以安居，等到他被罢免丞相回乡后，倾橐中所有的千万钱，买下了那老头遗留下来宅院。家里的人常常看见一个老头在宅院中来往叹息，好像有愤恨的事。家人一同把这件事告诉了魏丞相，丞相就让人盖了一个小屋，把老头塑为土地供奉，从这以后他便没有出现。

千鸡梦

新安郡士人梦鸡数百千只，飞翔廷中。时方应举，疑非冲腾之物，以告所善者。或曰："世谓鸡为五德，今若是其多者，千得万得也。可为君贺。"果登科。

【译文】新安郡（今安徽歙县）有个读书人，做梦梦见有成百上千只鸡，飞翔在庭院中。这时读书人正在应考科举，他怀疑鸡是不会飞高的，对考试是个不祥之兆，就把此事告诉了善于解梦的人。解梦的人说："世俗上称鸡有五德，如今像这样多的鸡出现，是表示千得万得啊！应该向你祝贺的。"果然这个读书人考试中第。

武唐公

武唐公者，本阆州僧官，嗜酒亡赖，当夜半出扣酒家求沽，怒酒仆启户迟，奋拳击其胸，立死。逾城亡命，迤逦至台州国清寺，自称武道人，素精医技，凡所拯疗用药，皆非常法。又必痛饮斗余，大醉跌宕，方肯诊视，然疾者辄愈。后浪游衢州江山县，豪族颜忠训之妻毛氏，孕二十四月未育，武乘醉欲入视。颜曰："道人醉矣，须明旦可乎？"武曰："吾自醉而疾人不醉也。"遂入，又呼酒数升，乃言曰："贤室非妊娠，所感甚异，率其物未出，设更半月，殆矣。吾请言其证。平生好食鸡，每食必遣婢缚生鸡于前，徐观其死，天明一饱食，终日不复再饭，审如是乎？"颜生惊曰："诚然。"武与约，索钱至二十万，始留药一服，戒家人预备巨钵及利刃，曰："即饵药，中夕腹痛，当唤我。"如期果大痛，急邀之入，入则毛氏正产一物，武持刃断为两，覆以钵，命婢掖孕者起，绕房行。明旦启钵视之，盖大鳖也，首足皆成全形，目亦开，特为膜所络，动转未快，故不能杀人。颜生敬谢，欲偿元约，且以所主酒坊与之，皆笑不取。曰："吾特戏君耳。"建炎中卒于国清。年八十余岁。国清僧道益从其学医，话此事。

【译文】武唐公这个人原来是阆州（今四川阆中）的僧官，嗜酒如命，曾经半夜去扣酒店的门乞求沽酒喝，因为酒店仆人开门迟缓而十分恼怒，举拳向仆人胸口打去，结果仆人立刻倒下死去，他就连夜离开城邑逃命去了。最后流落到台州（今浙江天台）国清寺，他自称为武道人，素来精通医术，凡是经过他治疗服用药的病人，都非常见效。又说必须在痛饮一斗多酒后，大醉到东倒西歪的程度，才愿意给病人诊断，经过治疗的病人总是能痊愈。后来，他浪游到衢州江山县（今属浙江），当地富豪颜忠训的妻子毛氏，怀孕二十四个月还没有生产，武唐公趁着酒劲想到那里看看，颜忠训说："道人已醉了，等到明天看行吗？'武道人说："我是醉了，但你的病人没有醉。"接着就进到内宅看病人。诊看过后，又叫拿来几升酒喝，才对颜忠训说："你的妻子不是怀孕，我诊看的感觉非常奇异，幸好肚子中的东西没有出来，假如再等半个月就危险了。我现在来证实一下，病人平时喜欢吃鸡，每当吃鸡时，一定让婢女逮来活鸡放在面前，慢慢看鸡死去，第二天早上饱餐一顿鸡肉，一天不再进食吃饭，是不是这样呢？"颜忠训惊奇的说："是这样，"武道人和他订约，索要钱到二十万，才留下了一服药，告诫家人准备一个大盆和一把快刀，说："现在可以吃药了，半夜肚子疼痛时，一定叫我。"果然到了半夜毛氏肚子大痛，颜家人急忙请武道人前去，到了毛氏屋子中，毛氏正在生产一个怪物，武道人拿着刀把那东西砍成两半，用盆把它盖住，然后让婢女搀扶着毛氏起来，绕着房子转圈走。第二天早上打开盆一看，原来是只大鳖。它的头脚都已长成完整的形状，眼睛也睁开了，只是由于产膜包裹着，转动不快，所以不能杀人。颜忠训恭敬地向武道人致谢，准备按照原来的协约付给他钱，同时还把自己家的造酒作坊也送给他。武道人笑着不要，说："我只是和你开个玩笑罢了。"宋高宗建炎年间武唐公在国清寺死去，当年八十多岁。国清寺的僧人、道人，跟着武道人学习医术，讲了这件事。

孔　都

饶州狱卒孔都，素与酒家妇人游。一日过其家门，用他故争阋，郡牙校夏生适见之。明晨妇人诉于郡，夏生颇左右之，孔受杖，心衔其事。后数日，出至永平监之东，欲买酒，而夏生又先在彼，望见孔入，从后户佚去。孔径回抵赡军库，以私酝告官。官亟追卖酒人，并比邻送狱。狱成，酿者坐徒刑，且籍产拆屋，四邻皆均赏钱，夏生亦被罪。酿者当出赏百余千，无以赏，至于鬻其女，不胜怨，率邻人共诣东岳行宫，具诉孔夏私隙，迁怒破其家，祈神为主。

是日，孔在家，忽震恐不自持，呼妻子和里人聚坐，过夜半乃言："遭十余人见捕，赖此间党盛，今舍去矣。"天未晓，索衫著出，曰："当往狱官厅。"是晚不还家，历五日，或言有溺者死于淡津湖者，孔妻惊疑，必其夫。乃厢官捞出尸，果也。盖孔挟一时之忿，致诸家挠坏如此，故神殛之云。淳熙元年四月也。

【译文】饶州（今江西波阳）狱卒孔都，常和酒店的女人有交往。一天，他路过女人的家门，因为别的事与她争吵起来，郡牙校夏生恰好看见他们吵架。第二天，那个女人状告孔都到了郡署，夏生对那女人很有些回护的意思，所以孔都受到了杖刑的惩罚，自此，他对夏生怀恨在心。几天后，孔都来到永平监的东边，想买点酒，见到夏生已现在那里，夏生看到孔都来这里，就从房子后门偷偷溜走。孔都就从那里径直回到赡军库，说有人私自酿酒告到官府，官府马上派人追查卖酒的人，并把卖酒人和他的邻居都抓进了监狱，此案审理完后，酿私酒的人被判流放，服劳役，而且注销了户口，拆除了他的房子，四周邻居都被罚了款，夏生也被判罪。酿酒的人被处罚了十几万钱，因没有钱交罚金，最后把自己的女儿也卖掉。他十分怨恨，带领着邻居一起到东岳行宫，陈述了孔夏他们私人的恨怨间隙，使他家破败，祈求神为他做主。

这天，孔都在家中，忽然非常恐惧而不能控制自己，叫妻子和乡里人来坐到一起，到了半夜才说，他遇十几个人来捕他，因为这里人多，阳气盛，他们才离开了。天还没有亮，孔都让人拿来衣服，穿上走出家门，并说："应该去狱官厅。"到了这天晚上他也没有回家。过了五天后，有人说有人溺死在淡津湖，孔都的妻子十分惊恐疑惑，认为一定是她的丈夫。等到厢官打捞出尸体一看，果然是孔都。因为孔都挟一时的私忿，致使许多家受到破坏骚扰成这样，所以神诛杀了他。这事发生在宋孝宗淳熙元年（1174）四月。

白崖神

梓潼射洪县白崖陆使君祠，旧传云姓陆名弼，终于梁泸州刺史。今庙食益盛。

政和八年十月七日，蜀人迪功郎郭畦，自昌州归临邛，过宿濑川驿。梦为二吏所召，行数里，至官府，极宏丽，厅事对设二锦茵，廷下侍卫肃然。顷之，朱紫吏十辈，拥一神人袍金带，引畦对立。畦愕眙未及言，神顾曰："且易服。"乃退如西庑。吏云："王自言与君有同年家契，当受君拜，曷为不言，王甚不乐。"畦曰："王为谁？"曰："射洪显惠庙神，昔年泸南安抚使，英州刺史王公也。其子云，今为简州守。"畦始悟与云实同年进士。甚惧曰："然则欲谢不敏，且致拜可乎？"吏曰："可。"再揖至茵次，通叙委曲，因再拜。神喜，跪受劳问，如世间礼。遂就坐。神曰："吾入蜀逾二纪矣，曩过陆使君庙，留诗曰：'泸州刺史非迁谪，合是龙归旧洞来。'一时传诵，指为警策，暨以言事得罪，弃官谢世，获居于此，独恨王氏族人无知者，籍子之简州告吾儿。"畦敬诺。

寤后云日至简池，谒太守弗获，不得告。明年过资州，复梦神召见，责其食言，畦愧谢。神曰："是行必为我言之，我近数有功于民，不久亦稍增秩礼命矣。"畦既觉，兼程至简，以手书达所梦，太守感泣，访手泽于家，而得其诗。

王公名献可，字补之，身文阶易武。仕至诸司使、英州刺史，知泸南而卒，岂非代陆公为白崖神乎。龙归洞之事，见于庙记。宣和七年，宇文虚中与云同在河北宣抚幕府，为作记云。

【译文】梓潼郡射洪县（今属四川）白崖地方，有一座庙，名叫陆使君祠，民间旧时传说，他姓陆名弼，是南朝梁朝时的泸州刺史，如今这个庙里的香火比从前更兴旺。

宋徽宗政和八年（1118）十月七日，四川人迪功郎郭畦，从昌州（今四川大足）返回临邛（今四川邛崃）故乡，半路中住在一个叫濑川驿的驿站里，梦见二个衙吏来请他，跟着衙吏走了几里路，来到一座衙门，建筑得十分华丽雄伟。大厅上对着放了两个用锦缎覆盖的坐墩，阶下侍卫肃穆地站了两排。等了一会儿，只见有身穿红袍、紫袍官服的官吏，簇拥着一个神人走进厅来，那神紫袍金带吏员引郭到厅上，站在神的对面。郭十分惊愕，还来不及说话，那神圣便回顾他的侍从说："且去换下衣服。"便有官吏领郭退到西边偏房换公服。这时有个官吏告诉郭说："大王自己说，他和你有同年世交的关系，应当受你的跪拜，刚才你为什么不说话呢？大王因此而很不高兴。郭便问："大王是谁？"回答说："是射洪县显惠王庙的神圣。过去担任过泸南安抚使，英州刺史的王公，他的儿子王云，现今是简州（今四川简阳）太守。"郭听了才恍然大悟，他确实和王云是同一年考中进士的。因而心中惧怕，便说："对自己的失礼向神道歉，并跪拜行礼可以吗？"官吏说："可以。"便又回到殿上，向神见礼，叙述了他们之间的世交关系，因而再拜行礼。神十分高兴，接受了郭的跪拜，并加以慰问，和人世间的礼节客套没有两样。二人就坐以后，神才说："我到四川来已经超过二十四年了，以前过陆使君庙时，曾经留有诗句说：'泸州刺史非迁谪，合是龙归旧洞来。'一时被人传诵，都说是警句，因为我是以上书建议而得罪，辞官去世，才获得这个神位而住在这里。可恨是我王家的后代还不知道这事。现在正好借你路过简州的机会，请告诉我儿子让他知道。"郭表示一定给捎信。

梦醒以后，动身北上，又走了六天，到了简池，去拜访太守，却没有见到，所以没有告诉他这事。第二年，郭又路过资州，再次梦见神召他相见，责问他失信，郭表示十分惭愧，向神谢过。神说：

“这次你路过简州，一定要替我捎信，我近来几次为百姓办好事有点功劳，不久以后，就可以稍加晋升官阶了。”郭醒来后，便赶路到简州，把梦中所见，详细写了一封信给太守王云。王云见了，感动得哭泣起来。并在家中查找了王公的手迹遗稿，果然找到了那首诗。

王公名叫献可，字补之。从文官改任武职，官至诸司使，英州（今广东英德）刺史，后知泸南而死，大概就是代替陆公做了白崖神。至于他的诗里所讲的“龙归洞”一词，见于这个庙里的碑记上。宣和七年（1125）宇文虚中和王云同在河北宣抚使幕府当幕官时替他写的。

慈感蚌珠

大观中，湖州人邵宗益，买蚌于市，烹而剖之，有珠宛然成罗汉像，偏袒右肩，矫首左顾，衣纹毕具。观者敬骇，遂奉归慈感寺。寺僧椟藏，客至必出示。

叶少蕴作诗云：

九渊幽怪舞垂涎，游戏那知我独尊。
应迹不辞从异类，藏身何意恋穷源。
归来自说龙宫化，久住方惊鹫岭存。
此话须逢老摩诘，圆通无碍本无门。

一时名流属和甚众。曾公衮（纡）云：

不知一壳几由旬，能纳须弥不动尊。
疑是吴兴清霅水，直通方广古灵源。
月沉浊水圆明在，莲出污泥宝性存。
隐现去来初一致，莫将虚幻点空门。

此寺临溪流，建炎间，两浙提刑杨应诚与客传玩，不觉越槛跃入水中，四座失色，亟祷佛求之，于烟波杳茫之间，一索而获。（葛常之方立说）

【译文】宋徽宗大观年间（1107-1110），湖州人邵宗益，在市场上买了一堆河蚌，煮了以后剥开吃，其中有一只蚌壳内有一颗珍珠，宛然是一个罗汉的形状，右肩袒露着，扭头左看，连衣纹都十分生动清楚。看见这个珍珠佛像的人，都十分惊骇恭敬，便把它送到慈感寺收藏。寺里和尚用一只锦盒装了起来，每当有客人来时，都要取出来瞻仰。

著名诗人叶梦得，字少蕴，曾经作诗题咏这个佛像说：

九渊幽怪舞垂涎，游戏那知我独尊。

应迹不辞从异类，藏身何意恋穷源。

归来自说龙宫化，主住方知鹫岭存。

此话须逢老摩诘，圆通无碍本无门。

一时之间的名流和诗人，纷纷地对这首诗进行唱和。诗人曾纡也写了一首诗说：

不知一壳几由旬，能纳须弥不动尊。

疑是吴兴清霅水，直通方广古灵源。

月沉浊水圆明在，莲出污泥宝性存。

隐现去来初一致，莫将虚幻点空门。

这座寺院是临着溪水修建的，高宗建炎年间，两浙提刑官杨应诚和客人来这里游玩，和尚又拿出珍珠佛像让他们传看，忽然这佛像自己越过栏杆跳入河里去了，在座的客人都大惊失色，和尚赶快向佛祷告，派人下水去寻捞，那里湖水浩茫，结果一找便找到了。

蔡郝妻妾

蔡待制之子某，建炎间自金州□阳令解官，避地入蜀，久之，得监大宁监盐井，挈家之任，妻生男五岁、女三岁矣，同处一舟，而蔡私挟外舍妇人，别乘一小艇，日往焉。常相距数里，至暮或相失。妻密知之，平旦，遣童执盒至蔡所，曰："孺人送点心来。"启之，则二儿首也。蔡惊痛如疾，止棹以须其至，已自刎矣。蔡竟与嬖人之官，持身复不谨，为郡守王君所按。其家多资，悉倾倒以献，仅得免。未几亦卒。

郝师庄者，尝为忠州垫江令，后寓夔府僧寺，妻先亡，一妾有子，专家政，郝生招同寺人饮酒，或指墙而笑曰："此处独无瓦，又光洁，得非僧徒夜逾垣至君内乎？"郝信以为然，日夕呵责其妾，疑忌百端，虽小故不舍，妾不胜冤忿，伺郝晓出，即刃厥子，且藏刀衣下，郝闻变走还，及门欲入，适别婢拥彗在前，瞬目使去，凶妾知不可奈，亦自戕。

妇人天资鸷忍，故杀子陨身而不惮，传记中所载，或有之。

【译文】蔡待制的儿子蔡某，在宋高宗建炎年间，从金州（今陕西安康）某县县令的任上任满去职，迁居到四川去，在四川停了很久，才又得到大宁监（今四川巫溪）的官职，主要管理这个地方的盐井，便带了家眷去上任，这时他的妻早已生两个孩子，男的五岁，女的三岁，一同乘坐一条船。而蔡某却偷偷又带了一个相好的女人，把她藏到另一只小船上，蔡每天总要偷偷地到那条小船上去和她相会。这个小船距离蔡某载家眷的船，相距几里路，有时到了天晚，往往找不到他的坐船。这件事被他妻子探听到了，有一天早晨，派了一个小童，拿了一只盒子，到蔡和那女人住的小船上，说："孺人（七品官妻子的封号）让送点心来。"蔡某把盒子打开一看，里面装的竟是他两个孩子的头。蔡某又惊又痛苦，和傻了一样。急忙叫停船，自己赶到大船边，他的妻子已经自杀了。蔡某便径自带了那相好女人一同去上任。在任上，他的作风又不严谨，被郡守王君抓住把柄，要奏请处分他，因为蔡某家中很有钱，便把家财拿出来活动，最后才免去处罚。不久也死了。

郝师庄，曾经当过忠州垫江（今属四川）县令，后来寄居在夔州（今四川奉节）一寺院里，妻子已去世，家中有一小妾，生了一个儿子，所以这小妾便管理家务。有一天，郝师庄请了同在寺内寄居的几个人一块吃酒，有人和他开玩笑，指着院墙笑着说："这一段墙上没有瓦，又光溜溜的，大概是和尚夜里从这里爬过墙来，跑到你家内室里去的吧？"郝竟然相信了这话，对小妾便猜疑百出，早晚不停地责骂她，即使一件小事，亦不放过，小妾被他冤屈，气愤得忍不下去了，有一天趁郝外出，便拿刀把儿子杀掉，并且把刀藏在衣下，郝听到家中出事，急忙赶了回来，到了房门口，正好一个婢女拿了扫帚在门外扫地，给郝使眼色，让他走开。小妾知道刺杀郝已不能成功，便自杀了。

妇人天性狠毒残忍，所以不惜杀掉孩子和自身，过去有人记过这类人的传记，大概是真实的。

郭提刑妾

政和末，陕西提刑郭允迪，招提举木筏叶大夫饮酒，出家妓侑席，一姬失宠于主人，解逢迎客意，叶乘醉谑之曰："吾从主公求汝，必可得，当卜日遣本相迎。"姬大喜，满望信为诚说，穷日夜望之，眠食尽废，遂绵绵得疾，不能兴。旁人往视病，辄曰："叶提举车马来未？"

明年元夕，忽自力新妆易衣，告人曰："向正约今日，而肩舆果来，我即去。"才举步，奄然而陨。盖叶君酒间戏言，旋踵不记忆，此姬乃用迷著以致死。

二司皆在河中府，时外舅为学官云。

【译文】宋徽宗政和末年（1118），陕西提刑郭允迪，宴请提举木筏运输事务的叶大夫。郭把家中的歌姬叫出来歌舞。其中有一个歌姬，最近失宠于主人，但她很会逢迎客人的意思，所以叶大夫十分满意，醉眼朦胧地给她开玩笑说："我可以从你主人那里求他把你送给我，他肯定会答应，我当选定一个吉日，派车来把你接走。"歌姬听了十分高兴，满怀希望，以为叶大夫讲的是实话，便日夜盼望来迎接她的车马，连睡觉吃饭都不能安心了，以致便慢慢得病，卧床不起，别人去探望她，她总要问："叶提举的车马来了没有？"

第二年正月，上元节的晚上，她忽然自己起床，梳妆打扮，换了衣服，对人说："以前约定今天来接我，现在轿子果然到了，我就要走了。"才举步，忽然倒在地上便去世了。那叶提举当时是酒席间开个玩笑而已，过后便很快忘了这事。而这个歌姬却因这一句话，而着迷以致死亡。

当时陕西提刑司和提举司两个衙门，都设在河中府（今山西永济），我的外舅那时正在那里担任学官，听说了这件事。

刘十九郎

乐平耕民植稻归，为人呼出，见数辈在外，形貌怪恶，叱令负担，经由数村疃，历洪源、石村、何冲诸里，每一村必先诣社神所，言欲行疫，皆拒却不听，怪党自云："然则独有刘村刘十九郎家可往尔。"遂往径入，趋庑下客房宿，略无饮食枕席之具。

明旦，刘氏子出，怪魁告其徒曰："击此人右足！"杖才下，子即仆地，继老妪过之，令击左足，妪仆如前；连害三人矣，然但守一房不浪出。有侦者密白："一虎从前跃来，甚可畏。"魁色不动，遣两鬼持杖待之。曰："至则双击其两足。"俄报虎毙于杖下。

经二日，侦者急报，北方火作，斯须间焰势已及房山，水又大至。怪相视窘慑，不暇取行李，单衣亟奔，怒耕民不致力，推堕田坎中。

蹶然而起，则身在床卧，妻子环哭已三日。乡人访其事于刘氏，云二子一婢同时疫困，呼巫治之，及门而死，复邀致他巫，巫惩前事，欲掩鬼不备，乃从后门施法，持刀吹角，诵水火轮咒而入，病者即日皆安。

予于乙志书石田王十五为瘟鬼驱至宣城事，颇相类。

【译文】江西乐平县有个农民，从田里种稻子回家，被人叫出门外，只见有好几个人在那里，形貌十分怪异凶恶，他们喝令这农民替他们担行李，经过了洪源、石村、何冲等好几个地方，每到一个地方，必先去见当地社神，对神说打算在这一带传播瘟疫，结果这些神都拒绝了他的要求。那几个鬼怪商量了一阵以后，说："既然各社都不让去，看来只有到刘村的刘十九家里去了。"遂即往刘家，进去住在厢房的一间客房里，行李十分简单，饮食、枕席等东西，都没有准备。

第二天早晨，刘家的儿子走出来，鬼怪的头领便告诉他的徒弟说："击打这个人的右脚！"徒弟拿了棍子，一棍才打下，刘家儿子便扑倒于地；停了一会儿，又有一个老妪走过来，鬼怪头领又下令击她的左脚，老妪如同前一人一样倒下。总共击倒三人。不过他们只守着一间客房，并不随便出门。一会儿，有个负责侦察的鬼怪来报告，说有一只老虎，跳跃着跑来，十分凶猛可怕。头领脸上没一点害怕的样子，只是派遣两个鬼，拿了棍子在门口等待。并说："老虎来了以后，要用棍子同时双击它两只脚。"停了一会儿，便有个鬼回报说，老虎已被打死。

又停了二天，侦察急急忙忙跑回报告，"北方火起！"转眼间，火势已经烧到这间屋子的墙边，接着大水又到。那些鬼怪互相看视，十分害怕窘迫，顾不得收拾行李，纷纷空身逃窜。又对这农民不努力抢运行李十分恼怒，用力把农民推到田间的沟中。

农民跌了一跤，爬起身来，发现自己躺在家里床上，老婆儿子围着啼哭，已经三天了。村上的人听说这件事后，便去刘家访问。说是两个儿子和一个老婢女同时被瘟疫困扰，叫了一个巫师来驱鬼，才到家门口就死了；又请了别的巫师，那巫师吸取教训，打算乘鬼不备时去攻击，便从后门偷偷进去，施法拿刀，又吹起号角，念诵水火咒进入宅内，病人当天就平安了。

我曾经在乙志里记载过石田王十五被瘟鬼抓去往宣城的事，

与这件事极为类似。

雷震犬

淳熙元年六月十五日，饶州大雷雨，市店有客携猎犬，来数日矣。是日正午，卧地茶卓下，忽浓云蔽屋，店中渐暗，客妻出呼犬，为一青面长人掣其手使去。少顷开晴，犬已死，毛皆焦灼，直上屋瓦，碎者甚多。犬之罪无由可知，然雷威亦亵矣。

【译文】宋孝宗淳熙元年（1174）六月十五日，饶州（今江西波阳）大雷雨。市面上有一家旅馆，有个旅客带了一只猎狗，已在这里住了好几天。这天正午，猎狗卧在茶几下边，忽然浓云密布，把旅馆遮蔽住，店房里光线变得暗下来。旅客的妻子从内室出来唤猎狗，被一个脸色青黑的高大鬼物用手拦住，让她走开。停了一会儿，天已开晴，而那只猎狗已经死了。浑身狗毛都被烧焦，并且狗尸被抛到房顶上去，屋瓦被压碎的很多。这只狗究竟有什么罪，而因此被雷击死。从这件事里可以知道，雷的威力未免用得太滥，有点不够庄重。

卷第十五（十六事）

谭李二医

（此下宋本缺二十七行）

梦龟告方

冀州士人徐蟠，因坠马伤折手足痛甚，命医者治之。其方用一活龟，既得之矣，夜梦龟言曰："吾惟整痛，不能整骨，有奇方奉告，幸勿相害也。"蟠扣之，云："取生地黄一斤，生姜四两，捣研细，入糟一斤，同炒匀，乘热以布裹罨伤处，冷即易之。先能止痛，扣整骨，大有神效。"蟠用其法果验。

【译文】冀州（今河北冀县）有个读书人徐蟠，因为从马上跌下来伤折手足，痛得无法忍耐，让医生为他治疗。其药方要用一只活龟，徐蟠弄到一只活龟以后，夜里梦见乌龟给他说："我只能治痛，而不能治骨伤。现在我有一个奇方奉献给您，希望您不要伤害我的性命。"于是徐蟠便问他药方，乌龟说："用生地黄一斤，生姜四两，捣研成细末，再加上酒糟一斤，一同炒匀，趁热用布裹到受伤的地方，冷了以后再换药。这方先能止痛，随之又可以整骨，是非常神效的。"徐蟠醒来后，便采用了这个药方治疗，果然十分效验。

田三姑

淄州人田珏，女嫁攸县刘郎中之子。刘下世数年，田氏病，遣仆至衡山，招表侄张敏中，欲托以后事。未克往，而田不起。初田有兄娶衡山廖氏女，女死，又娶其妹，兄亦亡，独后嫂在。乃与敏中同往吊，寓于张故居没山阁。时隆兴甲申冬也。

是夕廖嫂暴心痛，医疗小愈，过夜半，忽起坐语言不伦，张，往省候，则其姊凭焉。咄咄责妹曰："何处无婚姻，必欲与我共一婿，死又不设位祀我，使我岁时无所依，非相率同归不可。"张谏晓之曰："此自田叔所为，非今婶过，既一家姊妹，宁忍如此。"少顷忽拱手曰："叔翁万福。"又曰："庆孙汝可上床坐。"叔翁者，田三之季父珏，庆孙者其稚子也，皆亡矣。盖群鬼满室，左右尽悚。

俄开目变貌作田氏音声，顾张曰："知县其为姑来，姑生前有欲言者，今当具以告。"邀使稍前，道始死时，夫兄侵牟及婢妾窃攘事，主名物色，的的不差。且嘱立所养次子为刘氏后，复切切屏语，似不欲他人预闻。良久洒泪曰："我无大罪恶，不堕地狱道中，但受生有程，未能便超脱耳。"呜咽而去。方附著时，廖氏眼颊笑涡，及十指纤长，全如田姑在生容貌，如是继日来，讫于廖归。

明年春将附于刘茔，张与廖送葬，宿其冢次，方寒雨凄冷松风答响，皆起怖悸意。廖复为所凭，张谯之曰："必山鬼野怪假托。真田三姑，何为容色不与去冬等？"随声而变，宛然不少异。申言曩事，丁宁委曲，然后已。

迨廖氏还家，又来倩有祷于张，旁人曰："张知县居不远，盍径往白之？"曰："宅龙遮我，虽欲入不见容，我不免为是。"后一年，廖卒始绝。

鬼附生人多矣，独能使形状如之，为可怪也。

【译文】淄州（今山东淄博）人田珏的女儿，嫁给攸县（今属湖南）刘郎中的儿子，刘死了数年以后，田氏生病，派了仆人到衡山（今属湖南），叫表侄张敏中，打算向他托付后事。敏中来不及动身，田氏已经死了。当初田氏有个哥哥，娶了衡山廖家的女儿为妻，女死后，又娶了她的妹子续弦。不久，田氏的哥哥也死了，家中只剩下这位姓廖的后嫂。听到田氏死讯，她便和张敏中一同到攸县吊丧。住到张家旧居没山阁里。这时是宋孝宗隆兴二年（1164）的冬天。

当天晚上，廖嫂忽然得了急心疼病，经过医疗，稍微有点好转，过了半夜，忽然坐了起来，满嘴胡言乱语，张敏中听说后，忙去探视，原来是她被姐姐的鬼魂附上了身体。正在大声责叱她妹子，说："什么地方不能结婚，为什么你偏要和我同一个丈夫？我死了以后你又不给我设立牌位来祭祀我，使我每当过年时，总是没有落脚的地方，今天我非要让你和我一同去阴间不可。”张敏中便拿道理劝解她说：“这件事说起来，都是田叔的作为，不是婶娘的过错，既是一家姊妹，怎能这么狠心，不念及亲情呢？”停了一会儿，又见她忽然拱手行礼说：“叔翁万福。”又说：“庆孙，你可以上床来坐。”叔翁，是田三的叔父田珏，庆孙则是她的小儿子，都是已经死去了的人。这时室内充满鬼魄，来这里看视廖氏的人，都不由毛骨悚然，十分害怕。

不久，廖氏又张开眼睛，面貌亦起了变化，又换成田氏的声音，唤张敏中说：“知县，你到姑姑身边来，姑姑生前有话想对你说没说成，现在应当告诉你。”让张敏往前走了几步，便把田氏死时，丈夫的兄长来侵占家产，以及奴婢们趁机偷窃东西的事，一件件说了，所说的人名和物件，明明白白，一点不差。并且嘱咐立她所养的二儿子继承刘家的香火。以后又低声密语，好像有体己话，不愿别人听到似的。停了很久，才流泪说：“我没有大的罪恶，不会堕入地狱受苦，不过还得一段时间才能托生为人，不能马上脱离阴间呢。”呜咽地哭了一阵就走了。廖氏这时才苏醒。先是由三姑的鬼魂附在廖氏身上时，大家见她眼神和脸颊上的笑涡，以及纤长的十指动作，全和田三姑生前一样。这样，田三姑的鬼魂每天都要来附，直到廖氏回衡山才停止。

明年，刘家人将要将田三姑的灵柩附葬于刘家祖坟上，张敏中和廖氏又来送葬，晚上住在冢墓旁边守墓人的小房中，这时正是寒雨凄凄，松涛鸣响的夜晚，气氛十分恐怖。廖氏又被田三姑的鬼魂附上身体。张敏中责备鬼魂说：“你一定是山鬼野怪假托的，如果真是田三姑，为什么和去年冬天时的容貌声色不一样了呢？”他刚说完，廖氏的表情和声音就变化了，和去年的样子没有一点不同，并且讲了过去的事，又反复叮咛请托，然后才走了。

等到廖氏回到自己家中，田三姑却又附上她的身体，托人去请张敏中来，有事要请托于张。旁人说：“张知县家离这里极近，你怎么不直接去他家说，却要这么周折？”鬼魂说：“他家门口有宅龙守护，我虽然想进去，可是却被宅龙阻住不让进，才只好这样了。”此后又停了一年，廖氏病死后，鬼才绝迹。

鬼魂附在人身上的事，听说得很久了，但是像田三姑这样，附在人身上时，连形状都像死者，却是十分罕见可怪的。

汪澄凭语

番阳人汪澄，家颇富，独好以渔弋挂罥为乐。年才三十，以乾道九年五月死。其妻，里中余氏女也。稍取其敖戏之具与人，或毁弃之。

明年七月旦初夜，妻在床未睡，觉四体悚淅惊惴，呼告其乳媪，媪亦然。俄顷作澄语骂其妻曰：“贱人来，吾死能几时，汝已萌改适他人意，二子皆十许岁，家资殊不薄，岂不能守以终丧？吾甚爱鹦鹉雕笼及双角弓，何得便与三十五舅？”

三十五舅者，妻之兄仲滔也。所居正比邻，密觇壁间，澄厉声曰：“何不入视我，而顾窃听？”滔惧即舍去。

又使招其仲兄，辞以疾。则叹息曰：“生时不相睦，固知其不肯来，吾父可得见否？”父老且病，扶杖哭而入。澄拱手而揖为恭敬听命之状。父曰：“儿既不幸早世，得不堕恶趣，宽吾悲心，无为见怪于家，怖妻子也。”澄亦泣曰：“大人有言，澄当去。”媪遂厥然，而默如两。

食顷，复附语，呼其子曰："我将出，而土地见阻，汝宜办小祭，善为我辞。"子遽杀鸡取酒，诣祠祷解，媪乃苏。

【译文】番阳（今江西波阳）人汪澄，家里非常富有，并且他十分爱好捉鱼和打猎，以这作为他的娱乐大的方法。宋孝宗乾道九年（1173）五月去世，那年才三十岁，他的妻子是同街人家的女儿。自他死后，他的妻子余氏便慢慢把他生前使用的渔猎工具送给别人，或者扔掉。

第二年七月初一日，夜里余氏躺在床上还没有睡去，忽然觉得四肢发抖，心里好像受惊一样跳动不安，连忙喊呼侍候她们的奶妈，谁知那奶妈亦是一样。停了一会儿，鬼魂附在奶妈身上，变成汪澄的腔调，骂余氏说："贱人你过来！我死了才多少天？你就思量着改嫁别人，二个孩子才十几岁，家里又不缺乏资财，难道你就不能守，等我三年丧满再嫁？我非常喜爱的鹦鹉雕笼和角弓，你怎么能随便送给三十五舅！"三十五舅，就是余氏的哥哥余仲滔。他家正是在隔壁，听说这边吵闹，便偷偷地从墙角破洞中往这边偷看。汪澄的鬼魂厉声喝问说："怎么不进来看我，却躲在那里偷听！"仲滔听了十分害怕，慌忙走开。

汪澄又让喊他二哥来见面，二哥托词有病不来。汪澄的鬼魂叹息说："生前就不和睦，我早知道他是不肯来的，我父亲不知能见到吗？"他父亲年已老而且有病，听到这消息，便拄着拐杖，哭着进来。汪澄鬼魂附在乳母身上，十分恭敬，拱手为礼，表现出想听父亲说话的样子。老父说："儿既不幸早逝，现在又不至堕入地狱受苦，使我悲伤的心得到了一些宽慰，不过希望不要在自己家里扰乱，吓唬自己的妻子。"汪澄的鬼魂也哭着说："大人既然这样说了，孩儿也就应该走了。"这时，奶妈便晕倒在地不动不说了。

又停了一会儿，汪澄的鬼魂又附在奶妈身上，叫来他的儿子说：“我要出去，可是宅内土地阻挡，你应快办一点供品去祭祀，替我说点好话。”儿子赶快杀了只鸡，备了酒，去土地祠前祈祷。不一会儿，奶妈也就苏醒了。

聂进食厌物

北京人聂进家世奉道，不茹犬雁鳖蒜之属，唯进独喜食。父常戒之，辄曰：“将止矣。”他日以如初。

年二十二岁时，病伤寒困顿，见青衣人来唤，遂随以行。逾山涉水，乃抵大城门，门吏问此何人？青衣：“聂进也。”吏曰：“来矣，可速行。”已而到一宫阙门下，复有吏衣裾甚伟，亦抗声问曰：“何人。”青衣复曰：“聂进也。”吏亦曰：“来矣，官人相候久，可速入。”进殊惊悸，引立庑下。或呼令升阶，进密举首，见三人皆王者服，据案坐，谕进曰：“汝嗜食厌物，虽父兄戒食不敬听，是何理耶？此等物亦有何好。”进伏地告曰：“兹蒙严旨，自此决当断食。”王曰：“果能尔，当放还。进曰：“苟复念此，罪死不赦。”王命吏送归。冥行不知所之，及家，望孥累聚泣。吏推之，身投榻上，血污从鼻出，约两斗许。移时渐苏。

进后由北方归正得官。淳熙元年年四十九矣，为秉义郎，添监抚州酒税，自言其事。

【译文】北京（今河北大名）人聂进，家庭中世代崇奉道教，不吃狗、雁、鳖、蒜等食物。唯独聂进很喜欢吃。他父亲常告诫他，不要再吃。他说：“很快就戒除不再吃。”可是，停了几天，仍然老样子。

二十二岁时，他得了伤寒病，身体十分困顿。朦胧中看见一个穿黑衣的差役来叫他，遂跟着那人走去。登山过河，到达一座大城门，城门口守门的问：“这是什么人？”黑衣人说是聂进。守门的说：“来了！快进去吧！”既入城，到一座宫阙门口，又有一个守门吏，穿的衣服十分整齐威严，亦大声问是什么人。黑衣人照旧说：“是聂进。”守门吏说：“来了，官人已等很久了，快进去吧。”聂进见了这气势，十分惊怕，那黑衣人领他到大堂下站在一旁。不久，便传呼叫聂进上殿晋见。聂进偷偷抬头看去，只见上面三个人，都是帝王打扮，坐在公案后边，对聂进说：“你好吃神道讨厌的东西，父兄劝告你亦不听，这是什么道理呢？这等不干净的东西有什么好？”聂进爬在地下说：“今受神圣的严厉教训，决不再吃了。”大王说：“果能不吃，就放你回去。”聂进说：“如果再有这个念头，死罪不赦。”大王便叫送他回去。在阴司的路上也不知方向，等到了家，只见家中大人小孩正围着自己的尸体哭泣。阴司派来的吏员，把聂进推了一下，聂进便投入床上自己的身体内，于是便从鼻孔中流出来黑色血污，一直流了约二斗光景才停止。又停了一会儿，才逐渐苏醒过来。

后来，他从金兵侵占的北方逃到南方来，因而分配给他一个官职。宋孝宗淳熙元年（1174），聂进已四十九岁，官阶为秉义郎，任监理抚州（今江西临川）酒税的差事。这事是他自己讲的。

新广佑王

邵武军北，大乾山广佑王庙，考图记乃唐末欧阳使君之神。距县二十里，对路立屋数楹，以馆祠客。有王道人者，居其旁，躬洒扫事，颇谨朴戆直。

乾道四年秋，梦车骑满野，羽仪舆盖如迎方伯，连率而又过之，皆自庙中出。道士问："何所往？"一吏曰："远接新广佑王。"曰："敢问王何人，今居何地？"曰："在浦城县，故临江丞陈公也。"觉而记其语。明日径走其处询访之，果有陈丞，以进士登第，平生廉正，为乡里所称，死方五日。道人验梦可信，喜而归。稍以告人。今犹处祠侧。

【译文】邵武（今属福建）军北边的大乾山，有一座广佑王庙。据庙内的碑记所载，是唐朝末年欧阳使君的祠庙，距县城有二十里。庙的对面有几间屋子，以供来庙中烧香的客人居住。有一个姓王的道士住在这旁边屋子，管理庙里的洒扫事务，他十分勤恳朴实，忠厚憨直。

宋孝宗乾道四年（1168）秋天，他梦见车马遍地，仪杖列满了庙的周围，好像是迎接一方诸侯的声势，一队队的人马从大路上走过，都是从庙里出来的。道士走上前去，问是去干什么？一个吏员回答说："去远迎新广佑王。"又问："新广佑王是何人，住什么地方？"回答说："在浦城（今属福建），原临江（今江西清江）郡丞陈公就是。"道士醒来后记下这事，明日，便去浦城调查，果然有个陈丞，是个进士，为人廉洁公正，深受乡里爱戴，已死去五天。道人的梦证实了，十分高兴，回来后稍微把这事告诉给别人。至今，他仍住在庙的旁边。

詹小哥

抚州南门黄柏路居民詹六，詹七，以接鬻缣帛为生。其季曰小哥。尝赌博负钱，畏兄捶责，经窜逸他处，久而不反。母思之益切，而梦床占卜皆不祥，直以为死矣。

会中元盂兰盆斋前一夕，詹氏罗钱以待享。薄暮若有幽叹于外者，母曰："小哥真亡矣。今来告我。"取一纫钱，祝曰："果为吾儿，能掣此钱出，则信可验，当求冥助于汝。"少焉阴风肃肃，类人探而出之，母兄失声哭，亟呼僧诵经拔度，无复望其归。

后数月忽从外来，伯兄曰："鬼也。"取刀将逐之，仲遽抱止曰："未可。"稍前谛视，问其死生。弟曰："本惧杖而窜，故诣宜黄受佣，未尝死也。"乃知前事为鬼所诈云。"

【译文】抚州（今江西临川）南门外黄柏路，有一家居民，名叫詹六、詹七，以贩卖丝绸为生。他们还有一个小兄弟，名叫詹小哥。这詹小哥曾经因为赌博输了钱，怕哥哥责打，而逃窜到外地，好久不回来。他母亲对他想念越来越强烈，而做的梦和占卜算卦结果都是不吉利，便都以为詹小哥已经死了。

等到七月十五中元节，习惯举行盂兰盆斋向野鬼施食的那一天前夕，詹家准备了一些纸钱，准备第二天烧化送鬼。这天傍晚，好像有叹息的声音从门外传来，他母亲想念小哥心切，便说："小哥恐怕是真死了，现在是来告诉我，想取一挂纸钱的吧。"于是她便祷告说："你如果真是我的儿子，就把这些纸钱拿出屋外，我就相信了，当设法超度你。”稍停了一会儿，刮起一阵阴风，好像有人伸手一样，把一串纸钱带到屋外去了。于是他母亲和哥哥都失声痛哭，认为这是小哥显灵，便急忙寻找和尚，请他们念经超度詹小哥，打消了希望小哥再回家来的念头。

又停了几个月，詹小哥突然从外边回来，大哥一见，说是鬼，取出一把刀要把小哥逐出去，二哥拦住他说：“不要这样。”他走向前去，仔细看了詹小哥，询问他究竟是人是鬼？小哥说：“我本来怕哥哥责打我，所以跑到外地，在宜黄（今属江西）给别人家当雇工，活得好好的，怎么会死呢。”这时，詹家才知道以前那事是受了野鬼的诈骗。

晁端揆

晁端揆居京师，悦里中少妇，流眄寄情，未能谐偶。妇忽乘夜来，挽衣求共被，晁大喜，未明索去，留之不可。曰：“如是得无畏家人知乎？”既去，蓐褥间余血宛迹，亦莫知所以然。

越三日，过其间，闻哭声，扣邻人曰：“少妇因产而死，今三日。”晁掩涕而归。

【译文】晁端揆，家住在京师（今河南开封），看上了邻居的一个少妇，两人常常眉目传情，但是没有机会在一起。有一天夜里，那少妇忽然来到的住室，拉着晁的衣服，要求在这里过夜。晁十分高兴，便留她住在一起，到了天色还没有亮的时候，那少妇就要求走，晁端揆要她留下来。那少妇不同意，说：“如果这样，难道不怕家里人知道吗？”说罢便走了。晁端揆看床上的草垫和褥子留下很多的血痕，不知道这是怎么回事。

又停了三天，他从那少妇家门口过，听到那家人的哭声，就向邻居询问，邻居说：“那家少妇因为难产，已经死去三天了。”晁端揆听了十分难过，忍着涕泪回家了。原来那天晚上来的是少妇的鬼魂。

水上妇人

政和间，京西路提点刑狱周君，以威风峭直震郡县。尝乘舟按部还，遥见水上，若妇人，长尺余，衣袂蹁跹，迎舟而下。洎相近，容色凄惨，类有所诉。及相去只尺，迷不知所在，疑为偶然也。

次日，所见复如之，其色益悲，周谓必冤魄伸吐，遂停棹。即近县，追一倡，须语言稍警惠者。众莫测何为。既至，衣冠焚香祝之曰：“汝果抱冤，当凭此倡以言，吾为汝直。”须臾倡凛凛改容，哀且汝，音声如他人云：“妾某州某县某氏，为某人谋财见杀，事不闻于官，无由自白，敢以遗恨告。”周随录其语，密檄下彼郡，捕得凶民，一问具伏，遂置诸法。周表卿尚书为宜黄丞时，为疏山长老了如说，而志其名。或云，即茂振枢密父也。

【译文】宋徽宗政和年间（1111–1118），京西路（属今河南西南部，陕西东部，湖北北部地区）提点刑狱的周某，因为执法公正严明，名声震慑所属各州县。有一次，巡视各地坐船回来时，看见水上面有一个妇人，仅有一尺多高，迎着船走来，走近的时候，才看清楚她脸色凄惨，好像有什么想申诉的一样，等到相近到咫尺之间，却又失去了她的踪迹。周某疑心是偶然的，不以为意。

第二天，又见到这个妇女，她的脸色更加悲凄，周以为她一定有冤情诉说，便下令停船，泊在岸边，派了一个差人到最近的县城去找一个妓女，并要求是能说会道，机敏聪慧的人。左右侍从，都猜不出他想干什么，等到把妓女叫到，周提刑便穿了公服，焚香祝告说："你如果有冤情，就附到这个妓女身上说话，我替你伸冤。不一会儿，这妓女面色突变，悲哀地哭泣着，她的声音好像外地人，她说是某州某县人，姓某氏，被某某人谋财杀死，这事当地官府不知道，无法表白，所以才抱冤来这申诉。周便记录下来她的话，秘密向那妇人的原郡下了命令，让当地追捕凶手，捕到后，一问之下便招供了，最后将凶手置之于法。周表卿尚书当宜黄县丞时，曾给疏山寺的长老说过这事，但忘了周某的名字。也有人说，这位提刑就是后来当了枢密使的周茂振的父亲。

张珪复生

江吴之俗，指伤寒为疫疠，病者气才绝，即敛而寄诸四郊，不敢时刻留。

临川民张珪死，置柩于城西广泽庵。庵僧了焘，夜闻扑索有声，起而伺，则张柩中也。既不敢发视之，隔城数里，无由得言，但拱手而已。良久声息迟，明奔告其家，亦不问。至秋将火葬，剖柩见尸乃侧卧，掩面衣服尽碎裂。盖曩夕复苏，而不获伸也。吁可伤哉。番阳亦有小民，以六月拜岳帝祠，触热闷绝，亟棺厝于症通塔，其事正同。

【译文】江东一带的风俗，把伤寒病看成是一种瘟疫，病人气才绝，马上就收殓入棺，寄放到郊外，不敢有片刻停留，为的是怕传染。

临川（今属江西）有个百姓张硅，死去后把棺木寄存在城西的广泽庵里。庵中和尚了焘，夜里听到扑索的声音，起来察看，则声音是从张珪的棺材中发出来的，他既不敢擅开人家棺材，又因隔城数里，无法向其家人送信，只好对着棺材拱手致歉而已。过了好久，棺材里才没声音，第二天早上奔走去告诉张硅家里的人，他家人也不过问这事。直到秋天，准备火化时，打开棺材，只见尸体侧卧着，掩着面孔，身上衣服都撕碎了，这是那天夜里张畦复苏，而出不来，以致闷死。这真是悲惨啊！番阳（今江西波阳）亦有个百姓以六月去拜岳帝庙，中暑昏死，赶快放入棺材寄放普通塔下，和这件事正相同。

张客奇遇

余干乡民张客，因行贩入邑，寓旅舍。梦妇人鲜衣华饰，求荐寝。迨梦觉，宛然在旁，到明始辞去。次夕方阖庐，灯犹未灭，又立于前，复共卧。自述所从来曰：“我邻家子也。”无多言。

经旬日，张意颇忽忽，主人疑焉，告曰：“此地昔有缢死者，得非为所惑否？”张秘不肯言，须其来具以问之，略无羞讳色曰：“是也。”张与之狎，弗畏惧，委曲扣其实，曰：“我故倡女，与客杨生素厚，杨取我资货二百千，约以礼昏我，而三年不如盟，我悒悒成瘵疾，求生不能，家人渐见厌，不胜愤，投环而死，家持所居售人，今为邸店，此室实吾故栖，尚眷恋不忍舍，杨客与尔同乡人，亦识之否？”张曰：“识之，闻移饶州市门，娶妻开邸，生事绝如意。”妇人嗟喟良久曰：“我当以始终托子，忆埋白金五十两于床下，人莫之知，可取以助费。”

张发地得金，如言不诬。妇人自是正昼亦出，他日低语曰：“久留此无益，幸能挈我归乎？”张曰：“诺。”令书一牌曰：“廿二娘位。”缄于箧，遇所至启缄，微呼便出相见，张悉从之，结束告去。邸人谓张鬼气已深，必殒于道路，张殊不以为疑。日日径行，无不共处。

既到家，徐于壁间开位牌。妻谓其所事神，方瞻仰，次妇人遂出。妻诘夫曰：“彼何人斯勿盗良家子累我。”张尽以实对，妻贪所得，亦不问。

同室凡五日，又求往州中督债。张许之，达城南，正度江。妇人出曰：“甚愧谢尔，奈相从不久何。”张泣下，莫晓所云。入城门亦如常，及就店，呼之再三，不可见。乃亟访杨客居，则荒扰殊甚。邻人曰：“杨元无疾，适七窍流血而死。”张骇怖，遽归，竟无复遇。

临川吴彦周旧就馆于张，乡里能谈其异，但未暇质究也。

【译文】江西余干县有个商人张某，因为贩卖货物，到了一个县城，住到旅馆里。梦见一个妇人穿戴着华丽的衣服和首饰，要求和张某同睡。等到张某梦醒，那妇人竟然真的睡在身旁，直到天明才走。第二天晚上，张某才关门，还没有熄灯，那妇人又站在身边，于是二人又一同睡觉。那妇人只说自己是邻居家人，别的也不多讲。

经过十来天，张某有点精神恍惚的样子，旅店主人见了十分怀疑，便对张某说："这里过去曾有个妇人吊死，你是不是受了她的迷惑？"张某含含糊糊，不肯实说。等到那妇人又来，张某便把从旅店主人那里听来的话问她，她并没有一点羞惭和隐瞒的意思，承认她就是那个吊死鬼。张某仍然和她睡在一起，没有一点害怕的意思。又问她自缢的原因。那妇人告诉张某说："我原来是一个妓倡，和客人杨生交往非常要好，杨拿走了我的资财约二十万钱，约定以后来娶我为妻，可是一连等了三年，也不见他来践约，因此我忧郁成病，得了痨病，求生不能，家里人也日渐讨厌我，所以我不胜愤恨，便上吊自杀了。当年我家住的房子，卖给人家开旅店，这间房子正是我过去的住室，所以还眷恋着这间房子不忍离开。那个杨生和你正是同乡人，不知你认识他吗？"张说："认识，听说他已迁居到饶州（今江西波阳）城内，娶了妻子，开旅店，生意做得十分如意。"妇人听了后叹息了好大一会儿，才说："我当把我的一切托付给你，我记得曾经埋藏白金五十两在床下，没有人知道这件事，你可取出来，作为对你的帮助。"

张某挖开床下的地面，果然得到了金子。那妇人自此白天亦出现。有一天，与张某低声商量说："长久留在这里，也不是个好办法，希望能带我回家。"张某同意了。那妇人又教张某做了一个牌位，上写"廿二娘位"藏在箱子里。到路上住店休息时，只要打开箱子，对牌位低声叫："廿二娘！"就可以出来相会。张某一概听从她的安排，便收拾行装，准备离开这旅店。店里的人都以为张某受鬼气已深，必然要病死在路上。但张某没有一点疑虑，一路上天天赶路，晚上休息时，总是和那妇人在一起。

到了张家以后，张某把廿二娘的牌位供奉在墙上一个小龛里。张的妻子以为他供的是神，便来瞻仰，正看着，那妇人进来了。妻子便走出房门，询问丈夫，那女子是什么人？是不是拐来的良家妇女，如果是这样，绝不可连累于我，张某便把这事的始末，原原本本地告诉了妻子。妻子贪那妇人的钱财，也就不过问这事，以后他们便同住在一个房间内。

共停了五天，那妇人又提出要去州里讨债，张某同意了，便带着妇人，一同到达城南，正坐船渡江，那妇人忽然出现，对张某说："我十分惭愧地感谢你，只是跟你缘分不能太久，这能有什么办法呢？"张也感动得落泪，但是不晓得那妇人所说的话是什么意思。进入城门时，也十分正常，等到住入旅店后，张某取出牌位连叫几声，却再也不见那妇人出现，便急忙到杨生住的地方去探听消息，只见那里人来人往，正在惊慌纷乱。杨生的邻居告诉张某说："杨原来没有什么病，刚才突然七窍流血而死。"张某听了，十分害怕，赶快走了回来，以后竟再也见不到那妇人了。

临川的吴彦周，过去曾在张某所住的乡里教过私塾，能讲这件事的奇异，只是他没有空闲去深入调查询问。

吴二孝感

临川水东小民吴二，事五通神甚灵。凡财货之出入亏赢，必先阴告。忽来见梦曰："汝明日午时，当为雷击死。"吴乞救护，神曰："此受命于天，不可免也。"

吴虽下俚人，而养母至孝，凌晨具馔以进，白云："将他适，请暂诣姊家。"母不许，俄黑云起日中，天地冥暗，雷声填然。吴益虑惊母，趣使闭户，自出坐野田，以待其罚。顷之，云气廓开，吴幸免祸。亟归扶其母，犹疑神言不必实，未敢以告。是夜复梦曰："汝至孝感天，已宥恶，宜加敬事也。"母子至今如初。

【译文】江西临川的水东，有一个小百姓吴二，对他母亲十分孝顺，并且敬五通神，十分灵验。凡是经商时财货的出入和亏盈，必定事先来告知。有一天，神忽然在梦中告诉吴二说："你明天午时，当被雷击死。"吴二乞求神救护。神说："这是天命，不可避免的。"

吴二虽是个小百姓，但对母亲非常孝顺，第二天早上准备好早饭送给母亲吃，并说自己要往别的地方去，让母亲先去姐家住几天，母亲不同意。不一会儿，黑云骤起，天地昏暗，雷声隆隆，吴二怕吓到母亲，赶快把房门关好，自己却跑到野外，坐在田野里，等候雷击的惩罚。不一会儿，乌云散去，天又恢复晴朗。吴二幸免于祸，急怕回家看母亲，以为神的话不是事实，但却不敢告诉母亲。这天夜里，他梦见神告诉他说："因为你至孝，上天已赦免了你，以后应更敬事母亲。"母子至今仍然和过去一样，健康地活着。

杜默谒项王

和州士人杜默，累岁不成名，性英傥不羁，因过乌江，入谒项王庙。时正被酒沾醉，才炷香拜讫，径升偶坐，据神颈，扶其首而恸，大声语曰："大王有相亏者，英雄如大王，而不能得天下；文章如杜默，而进取不得官，好亏我。"语毕，又恸泪如雨，庙祝畏其必获罪，强扶掖下，掖之出，犹回首长叹，不能自释。

祝秉烛入检视，神像亦垂泪向未已。

【译文】和州（今安徽和县）读书人杜默，应科举考试，多年没有被录取，他为人倜傥，不拘小节，因为路过乌江，便到项羽庙中拜谒瞻仰。当时他正喝了点酒，很有醉意，才烧了一炷香拜罢，忽然走上前去，上到神座上，搂住项羽脖子，抚摸着神头，放声大哭，说："大王有同样吃亏的人在这里，英雄如大王一样的能有几人？可是大王却不能得天下；文章如我杜默的有几个？可我却多次考试不中，得不到一官半职，真亏我呀！"说罢，又大哭一场，泪如雨下。看守庙宇的庙祝，怕杜默得罪神圣，必然要获罪，便强行扶他走下神座，把他架出神殿，杜默犹然回过头来，看着项羽的塑像叹息不已，不能自止。

后来庙祝又点上一蜡烛，进入神殿察看，只见神像亦在落泪，还没有停止呢。

龟鹤小石

王仲礼，因作屋，就隙地取土洼池。得黑石小块，才广二寸许，汲水涤之，上有白龟、白鹤，形模宛然。鹤之尾，龟之背，则纯黑。初谓前人染成者，稍刮磨之，实然。于是盛以磁器，置之书案，犹未觉其异。

他日夕阳透窗，正照鼎上，二物皆浮起于水中，取出谛视，元在故处，复置诸水，亦如先所见。始加以珍秘。时绍熙甲子岁也。至于乙亥，恰一纪，忽焉失之。

【译文】王仲礼因为盖房子，在空地上挖土，遂挖成一个小坑，从坑中得到一块黑色石头，大小才有二寸的样子。后来用水洗涤，发现石头上的花纹、形状宛然是一只白龟和一只白鹤。鹤的尾巴和龟的脊背则是纯黑色。起初，他还以为是前人染成的，经过刮磨，才知道是天生的。于是便用一件瓷器把这石头装起来，放到书桌上，但是仍然没有发觉有什么奇异之处。

有一天，夕阳透过窗户，正照在石头上面，白龟和白鹤好像从石头上浮到水面上一样。王仲礼取出仔细地看，又像在之前的地方，放在水中，立刻又看见白龟和白鹤好似又浮上水面了。这时他才对这块石头加以珍秘保存。当时是甲子年，到了乙亥年，恰好是一纪，这块石头便忽然失踪，不知到哪里去了。

卷第十六（十九事）

扫码听谦德
君为您导读

胡飞英梦

淳熙二年，乡士张玘赴省试，诣吴山庙□□□，试罢，具酒炙约同往（以下缺十字），携纸钱致谒，愿……（下缺）。

蔡相骨字

……（上缺）后门人吕川作（此下缺十一字）湖湘旱，府帅张安国（此下缺十字）邦人或曰："东明石像观音，夙著显应□□□□说。"祷之，果雨。于是议饰殿宇，以备他日祈谒之地。蔡赞适在殿后，乃语其孙卫，使徙之。卫喜，于乘时得安厝，即卜地，命役。及启棺改殓，皮肉消枯已尽，独立骨上隐起一卍字，高一分许，如镌刻所就，闻者异焉。（王师愈齐贤说）

郑生夫妇

郑毅夫内翰侄孙燿，为林才中大卿婿。成亲四年，生一男一女，伉俪甚睦。郑因入京遇上元节，先一日将游上清宫，偶故人留饭，食牛脯甚美。暮方至宫，才观灯殿上，忽觉神思敞冈，亟归，已发狂妄语，手指其前，若有所见。曰："吾前生曾毒杀此人。"当时有男子在旁，见用药，亦同为蔽匿。旁人乃今妻子也。

呼问林氏，亦约略能记忆，中毒者责骂之颇峻。林氏曰："本非同举意，何为及我？"其人曰："因何不言？"

自是郑生常如病风，数欧詈厥妻，无复平时欢意，不能一朝居，林卿命女仳离归家，冤随之不释，遂为尼。

郑讫为废人，后出家，著僧服死于无锡县寺。

【译文】郑毅夫内翰的侄孙郑燿，是林才中的女婿。成亲四年，共生一男一女，夫妇二人十分和睦。郑因为进京，遇到上元节，先一天去游玩上清官，偶然碰到一个故旧，留郑燿吃饭，席上的牛脯十分味美可口。因而直到天色晚了以后，才到上清官。他正在殿上看灯，忽然觉得神思恍惚，赶快回家，到了家中，已经发狂，胡言乱语。他用手指着前面，好像看见了什么似的，说："我前生曾毒死过这个人！"并且又说，当时毒死人时，还有一个男人在旁边看见他用毒药，但是他却没有说出来。这个旁人，就是他今生的妻子林氏。

这时林氏亦被冤魂所缠上，恍惚记得当时的事，被毒死的那人的鬼魂责骂她十分严厉。林氏说："我又不是和他一起起意毒杀你的，和我有什么干系？"鬼魂说："那么你看见了他放毒，为什么不说出来呢？"

从此以后，郑生常常如得了疯病一样，不断殴打和漫骂他的妻子，完全没有了过去那样的恩爱，连一天也不能在一起居住。林氏的父亲便把女儿叫回娘家去，可是冤魂仍然跟着她不放，她只好出家当了尼姑。

郑生最后成了痴呆的废人，亦出家当了和尚，穿起了僧装，死在无锡县的一寺院里。

黄安道

番阳士人黄安道，治诗，累试不第，议欲罢举为商，往来京、洛、关、陕间。小有所赢，逐利之心遂固。

方自京赍货且西，适科诏下，乡人在都者，交责之曰："君养亲忍下自克，而为贾客乎？"不得已，同寓一寺。夜梦人著道服仙衣，据案坐，前有簿书，呼语之曰："此先辈榜。"黄意其神也，再拜哀祷求知姓名。仙问："汝谁氏子，何许人？"具以对，乃启簿累页，指一黄戛示之曰："君也。"对曰："姓是名非，恐必不然。"仙曰："是矣。"至于再三，黄始沉思曰："然则当易名应之耳。"谢而且退。仙又曰："典谟训诰，是汝及第时。"

黄寤，与乡人语，疑所治经复不同，或劝使并改经，遂名戛，而以书应举，即预荐到南省，第二道义题，问"典谟训诰誓命"之文，果登第。

【译文】鄱阳（今江西波阳）的读书士人黄安道，主攻《诗经》，可是多次参加考试，都没有被录取，他有点灰心，打算不再应科举，而去经商。便往来京、洛、关、陕等地贩运货物。得到一些微利，但更坚定了他经商的决心。

有一次他正打算从汴京运货到陕西去，恰好遇上朝廷下旨要举行科考。他在京城的同乡纷纷责备他说："你敬孝自己的双亲，为什么都要违背双亲的希望，忍耐不住放弃了志向，而去当商人呢？"都竭力劝他参加考试。黄安道没办法，只好在京师的一所佛寺住下，准备应考。夜里，他梦见一个穿着道家的仙衣，坐在一个几案前，几案上堆着很多文书，他喊黄安道，对黄说："这是先辈科举考试被录取的榜文。"黄估计这道人是个神仙，便哀求他查下，有没有自己的姓名。道士问他是谁的孩子，是什么地方人？黄一一回答，道人便打开簿册看了一会儿，指着一个叫黄戛的名字说："这就是你。"黄说："姓一样，名字却不同。"神仙说："这就是你。"坚持再三，黄才沉吟说："那么我得改名应考了。"而后拜谢退出来。神仙又说："典、谟、训、诰，是你及第的时候。"

黄安道醒来以后，把这梦给同乡们说了，疑心神仙讲的都是《书经》的篇名，与自己报考的《诗经》不同，有人劝他不如一并改下，于是他便改名黄戛，报考《书经》。应举经毕，果然被推荐参加南方各省的进士考试，到考试第二场，是问"典、谟、训、诰和誓命"的文章，他果然因此而登第。

吴民放鳝

吴中甲乙两细民，同以鬻鳝为业，日赢三百钱。甲尝得鳝未卖，梦人哀鸣曰："念我有子。"言至再四，惊而觉，无所睹。燃火照寻，声在桶内。一鳝仰头噞喁，审听之，口中如云："念我有子"者。甲遽悟曰："卖尔求利，本非善图。"即默发愿改业。

明日，又以常所赢钱与乙，而并买其所负者，放诸江。鳝迎水引首，随之久而不去。甲祝曰："我坐贫故，不念罪福，今既放尔，而相逐不舍，岂非尚有怨乎？"就声而没。既空归，其妻以失累日所得，诟之曰："必以供饮博费。"穷诘不已，始具告之，殊不信。

是夜别梦数十人言，汝欲图钱作经纪，盍往某路二十里间，当可得。既寤，忆所指非人常行处，试往焉。约二十里，草蔓邃密，中似有物。视之，得旧开元通宝钱二万，如宿藏者。欣然拜受，负以还。用为本业，家遂小康。

【译文】吴地有甲乙两个百姓，以卖鳝鱼为生，每天可以赚上三百文钱。甲有一次得到一批鳝鱼还没有到市场上卖，夜里梦见有人悲哀地喊着："念我有子，念我有子！"一连喊了好几遍。甲便因此惊醒了，仿佛声音还在，便点起灯火照看，不见人影，而声音好像从桶中发出来的，但去看，只见一条鳝鱼昂着头，口中发声，仔细听下去，很像在说："念我有子。"甲忽然省悟："卖了你而求利，本不是一件好事。"便默默发愿，准备改业。

第二天，又把自己平常卖鳝鱼赚来的钱，全都给了乙，而把乙捕获的鳝鱼全部买了下来，放到江里去了。那些鳝鱼把头昂出水面，跟着甲走，好久不离去。甲祝告说："我因为穷得没法过日子，为了挣钱，没想到是罪是福，如今既然把你们放回江内，还紧追着我不舍，难道对我还有什么怨恨吗？”刚说完，那些鳝鱼便应声没入水中去了。他空着手回家，没有得到一文钱，回到家里，他的妻子见他没赚到钱，鳝鱼都不见了，就骂他，说他一定是喝酒赌博，把钱挥霍光了。甲不得已，把情况如实告诉了妻子，他的妻子就是不相信。

当天夜里，甲又梦见有几十个人来告诉他说：“你如果打算弄点钱，作为做生意的本钱，应当到某条路上二十里外的地方，一定可以得到。”醒来以后，回忆梦中所指的道路，都是平常人迹不到的地方，就试着去找一下。沿着那路走了约摸二十里，只见野草丛生，长得十分严密，草丛中好像有东西放在那里。便走过去细看，却是唐朝时候的旧钱“开元通宝”，共有两万枚，好像是有人专门藏在那里的一样，甲看了十分高兴，便下拜行礼，把钱背回家了。用这些钱作为本金，做起生意来。他家遂达到小康水平。

仙舟上天

马忠玉随其父为金陵幕官，七月中，家一女一妇，同登舍后小楼。天色约未申间，仰空寓目，见一舟凌虚直上，数道士环坐笑语，须臾抵天表，天为之开。色正赤，舟径由开处入，天即合无际。而开处尚赤如霞。忠玉闻而往观，但犹见一道赤色耳。

【译文】马忠玉随着他父亲在金陵（今江苏南京）担任幕官，七月里，他家一个女儿和一个妇人，上到后院小楼依栏乘凉，当时是未申时刻（下午三时左右），她们仰头看天空，看见一只船在空中飞行，几个道士坐在船里说笑。不一会儿，船便飞到天顶，天忽然开了一个洞，颜色是正红色，飞船便进入洞中，天就合拢起来，而开洞的地方，仍然红得和红霞一样。马忠玉听说以后，急忙赶去观看，红色已经逐渐减退，但是仍然能够看见一道赤色的光横在天上。

雷　丹

吴智甫知抚州崇仕县，当七月下旬，晚坐厅治事，风雨忽作，雷电总至，霹雳相继数十声。庭中火块迸走，有飞光大如燕，自敕书楼过而南，须臾稍息。外报县南村中民饶相家，贮谷仓遭爇，仓在田间故寺基上，火至此而燃，月余方止。仓及谷皆烧，变如瓷状。

后数十日，有商客类道人，过其处，以石击所烧仓，仓中败谷坚如石，成五色，或如蜂蝶、蚓蚁、龟鱼、蚕蛾之类，或犹是谷穗。客取数品藏去，焚香拜于前，及取碎末于盆内研细，酌溪水调服之。人问其故，曰："此雷丹也，凡有祸有病者，此悉能治。"遂去。

邑人闻之，持以疗病祟，辄愈。取之几半，饶氏方知爱惜。设杙遮阑，众乃不至。而自外至中心，皆成佛像，侍卫罗汉俨然，徙归居室供事。智甫遣吏往求，但于裂罅中得类物形者少许而已。饶相官为率府率。

【译文】吴智甫是抚州崇仕县（今属江西）知县。在七月下旬的一天傍晚，他正坐在官厅上办公，忽然风雨骤至，雷电交加，霹雳声连续几十声。庭中火块迸走，有一火球大如燕子，从供奉皇帝诏书的“敕书楼”前飞过，向南方飞去。停了一会儿，外边来报告，县城财边居民饶相家火起，谷仓被雷击起火，这仓库所处，是在田野里一座废寺的旧地基上，火从这里烧起，一连烧了月余才止。仓库和谷都烧得变成瓷一样坚硬。后来又过了几十天，有个道士模样的旅客从这里路过，用石块敲击仓库，其中被烧焦的谷物坚硬得和石头一样，并且变得五彩缤纷，有的又像蜂蝶、蚯蚓、蚂蚁、龟鱼、蚕蛾等昆虫动物的形状，或者犹如谷穗一样。道士拿去几块以后，又焚香跪拜，上前撮取了一些碎末，放到小盆里研细，然后用溪水调和后喝了下去。有人问他为什么吃这东西。道士说：“这名叫雷丹，凡是有灾祸或者有病的，服用雷丹都能治。”说完道士离开了。

县里的人听到这事，纷纷前来敲取，拿回家治病或驱邪使用，凡服用过雷丹的，无论什么疾病都很快痊愈，直到被人敲取了几乎一半的时候，饶家才知道这东西的珍贵，便造了一批木栏，把它遮拦起来，乡民们才不再来。而这些烧焦的谷物，从外到里，又都变成了佛像、侍卫、罗汉的样子，于是饶家便取了回家，放在屋内供奉起来。吴智甫听到这事，派了一个吏员去求取，只在一个裂疑里找到一点类似物形的焦块。饶相后来当了守卫府城的带兵官。

酒　虫

齐州士曹席进孺，招所亲张彬秀才的馆客，彬嗜酒，每夜必置数升与床隅，遇其兴发，暗中一饮而尽，无此物，则不能聊生。一夕忘设焉，夜半大渴，求之不可，得忿闷呼躁，俄顷呕逆吐一物于地，既乏灯可照，倦极就枕，安眠达旦。诸生毕□□彬未起，往视之，见床下块肉如肝而黄，上□□□犹微动，诸生曰：“先生不夙兴索饮而因，□□□□□□出此虫乎。”取酒沃之，唧唧有声，□□□□□□□彬起视，试之亦然，始悟平生……（此下宋本缺一行）

【译文】齐州（今山东济南）的士曹参军（在一州主官下负责管理学生事务的中层官员）席进孺，请了他的亲戚张彬秀才来当教家塾的西席，张彬非常喜欢喝酒，每天夜里都要把几升酒放在床头，遇到想喝时，在暗地里拿起酒杯，一饮而尽，没有酒喝，就无法过日子了。

有一天晚上，忘记在床头放酒，半夜里口中大渴，想喝酒而没有，便气愤烦闷，心中急躁，停了一会儿，忍不住呕吐起来，吐出一件东西在地上，又没有灯可照，而且十分疲倦，便躺下安睡到天明。等到学生都来上学，张彬还没起床，学生到寝室一看，地下有一块肉，和肝子形状差不多，略带黄色，还在不停地抖动。学生说：“先生平常夜里都要饮酒，从来没有困睡成这样，也许和这虫有关系，便拿了一点酒来浇到虫身上，虫子发出唧唧的响声。张彬起来看，才省悟到自己离不开酒，原来是这虫在作怪。

牛舍利塔

恩州民张氏，以屠牛致富，一牛临命，跪膝若有请，张不肯释，杀之。将取其肝，食血筒处，忽水珠迸出，色如水银而圆，大小不等，张甚惊，尚疑是牛黄，始置未食，乃烹肉就货，乃不能切，皆有圆珠如石，满其中皮肉，胃藏尽然，始知舍利也。张即日罢业，裒从来所弃牛骨，并舍利作一塔葬之。

【译文】恩州（今广东恩平）人张氏，靠杀牛致富。有一头牛在临被杀时，跪下来好像请求饶命，张不放它，还是杀了。张氏准备摘取牛肝时，从血管中喷出一些水珠，颜色似水银，都是圆形，大小不等，张很惊异，以为是牛黄，便放下没吃。等到煮了肉拿出去卖，刀都切不动，才发现皮肉和胃中都有圆珠像石头一样，充满体内。这时张某才知道这是牛舍利，十分悔怕，自即日起，便停止杀牛的职业，把过去扔的牛骨和这些舍利都收到一起，造了一座佛塔来埋葬。

鸡子梦

东平董瑛坚老之父，知泽州凌川县，县素荒寂，市中唯有卖胡饼一家，每以饮馔萧索为苦，会将嫁妹，郡官寄饷干寥牙鸡子三十枚大以为珍味，食其七而留其余，挂于堂内梁上，已而妹婿至，庖妾请以供晨餐，董夜梦二十三小儿，自梁而下，同词乞命。中一女著裙帔而跛足，旦起颒面，妾持叉取所挂物，得二十三枚，方忆昨梦，乃舍之，遍求牝鸡于同官家，分抱焉。皆一一成鸡，唯一雌病脚，董自是不杀生。（右八事皆董坚老相授，云其先君少保所记也，故皆远年事）

【译文】东平（今属山东）人董瑛，字坚老，他父亲曾在泽州凌川县（今属山西）当过知县。这个县是山区荒辟小县，县城里只有一家卖烧饼的，所以董常常以没什么好吃的而苦恼。后来他妹子要出嫁，郡官给他送了一些干菜和三十个鸡蛋，董十分高兴，以为是难得的美味，便先吃了七个，其余的装进袋子挂到梁上。等到他的妹婿来迎亲时，董的小妾请求取这些鸡蛋来做早餐。这天夜里，董梦见有二十三个小孩从梁上下来，齐声请求饶命，其中有一个女孩，穿着裙子，而跛着一只脚。早上起来洗脸时，他的小妾正用叉子勾取挂在梁上的鸡蛋，数了一下，共二十三枚。董才想起昨夜的梦，便不让再吃，而找了几只母鸡，分放在几个同官家中，把这些鸡蛋分开去孵化，最后，都成为小鸡，其中有一只小母鸡，一条腿有毛病。董自此以后，便再也不杀生了。

浙西提举

司马汉章（倬），绍兴二十七年，自浙西提举常平罢，其干官张某，梦人告曰："司马复得旧物矣。"旁又一人言："乃其弟秀思（及）也。"张驰以白汉章，且贺其擢序，不久继邸报至，除国子监朱丞填阙，名字正同，已叹其验。

朱公即福州相君也。陛辞日，留为右正言，而谢景思得之，与季思名同，鬼神善戏人如此。

【译文】司马倬，字汉章，宋高宗绍兴二十七年（1157），从浙西提举常平仓的职务上任满去职，他手下的办事官员张某，夜里梦见有人告诉他说："司马这个官位，又复得原来的旧物了。"旁边一个人说，不是，是他的兄弟季思（名及）。张某睡醒以后，便去向司马报告，以为他一定要提升了。不久，朝廷方面的邸报送到常平州来，原来任命了国子监丞姓朱的来接替浙江提举的职务，这位朱丞，恰好跟司马汉章名字完全一样，名倬，字汉章。就是后来当了宰相的福州人朱倬，司马倬才惊奇神梦的灵验。

后来朱倬要来上任，去晋见皇帝辞行，请求指示，不料皇帝又临时改变主意，留下朱倬担任右正言的官职，而将浙西提举的职务另委派给谢景思。这谢景思名叫谢及，恰恰又和司马倬的兄弟司马及同名，原来鬼神也喜欢这样戏弄人。

胡邦宁

宜春人胡邦宁，为江西剧盗，出没吉州之西平山。官兵追捕，不能获，积为民间巨害。累岁，乃就擒。既磔死于豫章，本郡发夷其父冢，尸已槁，未尽坏，当心有白蛇穴，宛然如一剑，但未脱鞘耳。其子盗弄潢池兵，宜伏斧钺，异哉。（二事皆汉章说）

【译文】宜春人胡邦宁，是江西有名的大盗，平常活动在吉州（今江西吉安）的西平山，官兵多次追捕，而无法擒获，遂成为当地一大祸害。又停了一年，才算把他擒获，于是便在豫章（今江西南昌）将胡邦宁处以肢裂的酷刑，他的故乡官府，又下令挖掉胡家祖坟，士兵把坟墓打开，只见胡的父亲尸体已枯，但还没坏，当心的地方有一个白蚁窝，宛然像一把剑插在心上，只是没脱鞘而已。他的儿子当了强盗，他亦在冥冥中受斧钺的刑罚，这事真奇异呀！

祝钥二刀

缙云祝钥，乾道壬辰春就铨，梦人来报，已中第三等。又有持二刀授之者，即榜出，中选如梦，迨注官，射隆兴之新建尉。建昌之广昌，南剑之剑浦主簿，几三阙，竟得剑浦，乃悟二刀之兆。

【译文】缙云（今属浙江）人祝钥，在乾道八年（1172）参加官员铨叙考核，梦见人来报已中三等。又有人拿了两把刀给他，等到榜出来后，果然和梦一样是三等。到注册时，有三个缺可以挑选，一个是新建县尉，另二个是广昌和剑浦的主簿。最后，他得中了剑浦主簿的职务，才明白梦中所得到二刀的预兆。

国子监梦

汪安行，徽州绩溪人，既改官调知庐州舒城县，阙到，而代者再任。汪欲走都下别谋之，到郡见教授林文潜，同年生也。劝之曰："二年缺正自不易得，何以易为？"汪即有归志。

夜梦人促其行云："已得国子监差遣矣。"寤而喜，语其仆，复决行计，至都数日，乃被敕差充国子监别试所誊录对读官，给本监讲堂印一纽，所谓差遣者，乃如此，熟谓小事，非前定乎。

【译文】汪安行，是徽州绩溪（今属安徽）人，他任满调官安排到庐州舒城（今属安徽）任知县，等候递补，到舒城后，才知道原来代理知县又连任二年，所以汪打算再回京都，另求别的差事。到庐州（今安徽合肥）府后，府里儒学教授林文潜，是他的同榜进士，劝他说："二年后可以补缺的官位，并不容易得到，何必再去调换？"汪安行听了后，便又起了回舒城等候递补的念头。

夜里，梦见有人催促他快点进京，说："你已经得到了国子监的职务了。"醒来以后，心中高兴，便告诉仆人，决定赴京计划不变。到了京都以后，停不了几天，被派往国子监，临时担任别试所的誊抄卷子和校对的低级官员，并给了一颗国子监讲师的官印。梦中所谓派遣的职务，原来是这个，谁能说小事情不必由神前定呢？

龙华三会

汪安行为蕲州教授，乾道辛卯秋，校试庐州，得一卷，文理甚优，可居前列，而误用一"夔"字，□□黄州教授时俠坚谓当（当下缺九字）未有以（此下缺十五字又六行）三会也。（此下缺十五字）旁僧解之曰："此微事与（此下缺九字）二方勉为书庭谢去，遂觉乃验。

叶芮江舟

叶岳字子中，信州玉山人，自会稽渡钱塘，至江岸，同待渡二百人，其七十人立墩上，余皆趑趄水滨。值潮势甚大，水滨之人急回就岸，已为涛所溺，潮将至墩，众惶惑相视，无所逃命。俄一涵从西来，有出舷边，促篙工急救墩上官人者，岳即登其舟，随而登者三十辈，皆获免，半济，岳谢问姓名，乃芮国器祭酒之子，（此下缺七字），何为得得见救，芮云：“众（此下缺九字）后数年，岳侍兄（此下缺十二字）大江，先已渡（此下缺十三字）乱危（此下缺十六字）来（此下缺十七字）人皆仓卒（此下缺十四字）。（事皆祝养直说）

玉真道人

高子勉（荷）世居荆渚，多资而喜客，尝捐钱数十万，买美妾，置诸别圃，作竹楼居之，名曰：“玉真道人”，日游其间。有佳客至，则呼之侑席，无事辄终日闭关，未尝时节出嬉。

历数岁，当寒食拜扫，子勉邀与家人同出，辞不肯，强之至再三，则曰：“主公有命，岂得终违，我此出必凶，是亦命也。”子勉怪其言，但疑其不欲与妻相见，竟便偕行。玉真乘轿杂于众人间，甫出郊，上冢者纷纷，适有猎师过前，真战栗之声已闻于外，少顷双鹰往来掠帘外，双犬即轿中曳出之，啮其喉立死。子勉奔救已无及，容质俨然如生，将举尸归，始见尾垂地，盖野狐云。此事绝类唐郑生也。（王齐贤说）

【译文】高荷，字子勉，好几代人世居荆州地方的湖边，家里非常有钱，又喜欢宾客，他曾经花了几十万钱，买了一个美丽的姬妾，并在花园里盖了一座竹楼让她居住，又给她取了个名字叫作“玉真道人”，让她每天在那竹楼中游玩，有了重要客人来时，则把她叫了出来，歌舞侍宴。没事时，她便关着门在竹楼上，并没有出外嬉游过。

这样过了几年，正当寒食节，有扫拜祖坟的习惯，高子勉邀她和家里人一同出外上坟，她推辞不去。再三勉强邀她出去，她说：“主人既然有命令，我怎敢不听？只是我这次出去，一定不吉利，这亦是命啊。”子勉对她的话十分奇怪，又怀疑她是不愿和自己妻子相见的原因，最后还是让她一块出去。这玉真道人坐了一顶轿杂在众人中间，刚出郊外，只见各家上坟的人，络绎不绝，正好有个猎师从高家人群前走过，玉真吓得战栗的声音，在轿外亦能听见，停了一会儿，有两只老鹰围着轿子往来盘旋，直掠轿帘外边，又有二只猎犬，一径窜入轿中，把玉真道人拖出轿来，咬住她的咽喉，于是她立刻死去。子勉忽遇这种变故，慌忙来救，已经来不及了。看那尸体和活着时没有什么区别，子勉便叫把尸体抬起来，准备回家，这时才看见她的背后有一条很长的尾巴垂到地上，原来是一只野狐精。这件事与唐朝郑生的故事十分相似。

临邛李生

邛州李大夫之孙，元夕观灯，惑一游女，随其后，不暂舍。女时时回首微笑，若招令出郭，及门外，又一男子同途，适素所善者，以为得侣，窃身喜。徐行至江边，男子忽舍去，女不从桥过，而下临水滨，李心犹然颇怪讶，亟往呼之，女从水面掩冉而返，逼李之身，环绕数四，遂迷不顾醒，乃携手凌波而度，径人山寺中，趋廊下曲室，屋甚窄，几压其背，不胜闷，极声大呼。

寺僧固知所谓，秉烛来访，盖谁家妇鼓堂，李踞卧其上，如欲入而未获者。僧识之曰："此李中孚使君家人也。"急扶掖诣方丈，灌以药，到明稍苏，送之归，凡病弥月始愈。司马汉章云："乃其妻鲜于夫人之外弟也。"

【译文】邛州（今四川邛崃）李大夫的孙子，在元宵节那天晚上，到街上看灯，被一个游玩的女子所迷惑，跟在她后边紧紧不舍。那女人也时时回首对他微笑，好像招呼他出城一样，到了城外，又遇到一个男子一同走，那男子正是李平常很熟识的人，李心中以为有个人结伴走路，心里很高兴，慢慢走到江边，那男子忽然离开，那女子不从桥上过，却直下河边，李心里正在奇怪，那女人已经从水面飘然而回，走到李的身边，环绕着走了好几圈，李便迷迷糊糊，那女人便拉住李的手，从水面上走到对岸，一往走到一座山寺里，看见寺里走廊下有一间小屋，那女人拉他往小屋中走去，屋子非常窄小，几乎压得李直不起腰来，胸中又觉得气闷，便竭力大声呼叫。

这寺院里的和尚素知寺中有鬼，听到呼叫，便拿了灯火出来查看，只见走廊下有谁家寄存在这里的一具棺材，李正躺在棺材上，好像想进去的样子。认识他的和尚说："这是李中孚使君家里人。"急忙把他扶到方丈室，灌药，到天明才稍有些苏醒，便送他回家，病了一个月才好。司马汉章说："这人是他妻子鲜于夫人的表弟。"

吴氏迎妇

乐平吴璞女，嫁德兴余宁一，有子娶婺原张氏女为妇。

余生死，吴继改嫁，后十年亦亡。

余家老婢昼梦人来，谓己曰："吴夫人具彩舟在江中，遣我迎妇及汝。"婢梦中固拒，不肯往，妇独命车随其使登舟。

未数月，小病遽不起。时淳熙元年也，婢至今存。

【译文】乐平（今属江西）人吴璞的女儿，嫁给德兴（今属江西）的余宁一为妻，有一个儿子，娶了婺源（今属江西）张家女儿为妇。后来余宁一去世，吴氏又改嫁，改嫁后十年亦死了。

余家有一个老婢女，白天做了一个梦，梦见有个人来对她说："吴夫人已准备了船只在江中等候，派我来迎接主妇和你去。"这婢女拒绝不想去，那张氏媳妇却独自叫备车，坐车往江边随那使者上船去了。

这梦后不到几个月，张氏媳妇偶然得了点小病，便突然去世。这是宋宗淳熙元年（1174）的事。那个婢女至今仍活着。

卷第十七（十二事。按实只九事）

甘棠失目

番阳乡民甘棠病失一目，十年矣。淳熙三年六月一日，夜梦僧持数珠诵经，珠色莹黑，光耀可爱，试求之，得一珠。而觉后四日，以事入郡，出城东于永平桥，众中见道人倾而长，著黄布袍，顾棠来，径前揽其衣曰："与我偕去。"棠疑且怕，却之曰："素昧平生，适未尝相犯，何遽尔？"道人笑曰："但来，当示汝好事。"既不可脱，不得已随行，百步至江岸，岸先舣巨舟，即挽使登。鷁首挂金书牌刻，敕赐职医字。左右侍女数人，美容丽服，向所未睹。道人云："汝失明久，今夙缘相值，当为汝医。"棠谢曰："眼坏十年，瞳子已枯，虽医何益？"道人不听，强令仰卧，使四女分持其手足，取铜箸搜搅眶间，痛不堪忍，泣而言："感君恩意，吾尚存一眼，实不愿医。"乃掖之起坐，一女倾瓶中汤半杯，与饶，颇觉甘美，正念少憩，复拉卧如初。棠知无可奈何，委命而已。箸再入眶，觉脑后钩出一物，徐以片纸掩其上，有顷去之，持镜使照，则双目了然，了无痛楚。棠惊喜起拜谢，请暂还。既至邸，为人言所逢，无不骇异。好事者十余辈，亟随之，及舟处，略无见矣。棠时年三十八，其所居为崇德乡，自初得疾，家人日诵观世间菩萨名，香火供事甚谨，兹殆佛力云。

【译文】番阳乡甘棠，因病有一只眼失明，已有十年了。宋孝宗淳熙三年（1176）六月一日，甘棠夜里做梦有和尚手拿几个珠子念经，珠子的颜色发黑，发出的光芒柔和可爱，甘棠试着向和尚乞求要珠子，和尚就给他一颗珠子。等到梦醒后过了四天，因为办事要到郡城，走到城东的永平桥，看见人群中有个道人身材硕长，穿着黄布袍子，他看到甘棠走来，上前拉着他的衣服说："跟我一起走。"甘棠疑惑望着陌生人，胆怯地说："我和你素不相识，从来没有什么危害，为什么就和你走？"道人笑着说："只要跟我走，一定让你看到好事。"这样甘棠不能脱身，迫不得已跟着道人一起走，走有百步便到江岸边，岸边停靠着一艘大船，道人拉着甘棠的衣服让他登上船。船头上挂有金字牌匾，有皇帝下诏赏赐行医的诏书字样。船上左右有侍女几人，相貌美丽，衣着漂亮，从来没有见过，道人说："你的眼睛失明已久，平生希望眼睛明亮的夙缘今天我帮助你实现，一定为你医治好它。"甘棠谢道："眼睛已坏了十年，瞳子也已枯萎，治疗它还有什么用？"道人不听甘棠话，强令他躺下，让四个侍女分别按着甘棠手脚，自己拿出一双铜筷子在眼眶中拨来拨去检查，甘棠疼痛不堪，流着眼泪说："感谢你的恩情善意，我还有一只眼睛，实在不想医治。"道人就让侍女扶他坐起来，一个侍女把一个瓶子中的半杯汤药全部倒了出来，让甘棠喝，汤药味道非常甘美，甘棠正想稍休息一下，但又被侍女按倒躺下像原来一样。甘棠知道没有办法，只好听天由命了。不一会，铜筷子又插入眼眶，觉得脑后好像被勾出一物，又用纸片慢慢盖到眼上。停了一会儿，让甘棠拿镜自照，双目明亮，没有一点痛苦。甘棠惊喜的拜谢，并请暂时回去一趟。他回到旅馆，给人们讲了自己的奇逢，大家无不惊异，便有好事的十余人，随了甘棠去找那只船，到了江边，却找不到了。甘棠当时年龄是三十八岁，他所居住的地方叫崇德乡，自他开始得病时，家中人天天念诵观世音菩萨名，香火供奉得十分恭敬，这次甘棠的眼复明，大概是靠佛的力量吧。

琉璃瓶

徽宗尝以北流离胆瓶十，付小珰，使命匠范金托其里。当持示苑匠，皆束手曰："置金于中，当用铁篦熨烙之乃妥帖，而是器颈窄，不能容，又脆薄不堪，手触必治之，且破碎，宁获罪，不敢为也。"当知不可强，漫贮箧中。

他日行廛间，见锡工釦陶器精甚，试一授之曰："为我托里。"不复拟议，但约明旦来取。至则已毕。珰曰："吾观汝伎能，绝出禁苑诸人右，顾屈居此，得非以贫累乎？"因以实审之，答曰："易事耳。"当即与俱入，而奏其事。上亦欲亲阅视，为之幸后苑。悉呼众金工列庭下，一一询之，皆如昨说。锡工者独前取金锻治，薄如纸，举而裹瓶外。众咄曰："若然谁不能，固知汝俗工，何足办此。"其人笑不应，俄剥所裹者，押于银箸上，插瓶中，稍稍实以汞，掩瓶口左右澒洞之，良久金附著满中，了无罅隙，徐以爪甲匀其上而已。众始愕眙相视，其人奏言，琉璃为器，岂复容坚物振触，独水银柔而重，徐入而不伤，虽其性必蚀金，然非目所睹处无害也。上大喜，厚赉赐遣之。

予又记元佑间中官宋用臣谪舒州，郡新作大乐鼓，甚华，饰以金采，既登架，旁环忽断，欲剖之，重惜工费，宋命别为大环，岐其股为锁须状，以铁固鼓腹之窍，使极窄，即敲环入窍中，才入而须张，遂不复脱。是皆巧思得之于心，出人意表者。（前事刘子思说）

【译文】宋徽宗尝以北琉璃胆瓶十个，交给小太监，让他命令工匠在瓶里上托一层金。小太监拿着让宫内的工匠看，大家都没办法，说："要在瓶里托一层金，得用铁篦熨烙，才能使金紧贴在瓶里，但这瓶口小，铁篦进不去；再说琉璃又极脆薄，不敢用力捏拿，如果要托金，必然会使瓶子破碎。所以我们宁肯获不敢做的罪，也不敢承接这活。"小太监知道不可强迫，便先把这些瓶子放到箱子里。

有一天，他从集市上经过，看见一个锡工在锼砌陶器，技术十分精巧，便拿了一个琉璃瓶去试一试，对锡工说："给我托一下里。"锡工亦没说什么，只叫明天来取。第二天来，已经托好。小太监说："我看你技能绝对超过了宫廷里的工匠，为什么却屈居在这里受穷呢？"因而把实话向锡工讲了，锡工认为这活很容易干，于是小太监便把锡工带回皇宫，并且奏告皇帝。宋徽宗亦想亲自看下这工人的技巧，便到宫后的御花园来看工人表演，并且把宫廷内的御用金工都召集来，一一问他们能不能做这活。那些金工回答的仍和以前一样。只有那个锡工说能做。他先把金子锤锻成极薄如纸的金箔，然后把金箔裹在瓶外。那些宫廷工匠看了，嘲笑他说："这样做谁不会？早看出你是个俗工，决不能承担这项活计。”锡工只是笑了一笑，并不回答。等了一会儿，他把裹好的金箔剥下来，用银筷子夹住，压入瓶内，略略压实，然后倒一些水银在瓶中，捂住瓶口，左右滚动了一会儿，金箔便紧贴在瓶内壁上了。倒出水银，又用指头伸入略加按压，便完工了。果然衬得十分精巧美观，那些宫廷工匠才目瞪口呆，大眼瞪小眼地说不出话来。锡工这时才说：“琉璃做成的器皿，无论如何是不能用坚硬的东西掸触的，只有水银这东西十分柔软而且很重，慢慢用它把金箔压实，不会造成瓶子的损伤，虽然水银可以腐蚀金属，但是它在瓶里有一点腐蚀，也是在眼看不到的地方，没有什么关系的。”宋徽宗听了十分高兴，重赏了这个锡工让他走了。

我还记了这么一件事，在宋哲宗远祐年间，负责皇宫内工程事务的官员宋用臣，被降职贬谪到舒州（今安徽舒城），正好当地官府造了一面用于祭祀奏乐的大鼓，装饰得十分华丽，鼓身用金采镶砌，造好以后，放到鼓架上，而一侧的边环忽然断裂，必须更换，可是要换一只环，就得把鼓剖开，从鼓腹里装好。又嫌这样返工，破坏了鼓身的装饰，工本费太大。宋用臣便想了一个办法，让另造一个大环，把环的根部分成很多股，成为锁须一样，又以铁固定在鼓腹上的窟窿中，使窟窿变得极小，然后把环敲进窟窿里，才进去，环头上的锁须便向四下张开，卡住鼓身，环就脱落不下来了。这些都是心中有巧思，用出人意外的办法，而获得成功的例子。

袁仲诚

丹阳袁仲诚（孚）自右正言外补，已而为江东提刑。梦人告曰：“直而不倨，曲而不屈，其义如何？”梦中不能答。明日，以语馆客范存诚，存诚曰："下文盖云：'命世亚圣之大才。'真吉梦也。"未旬日，袁得风疾卒于官。识者，始解之曰："二句之上云，有风之人托物，二雅之正言。袁所历官，及所得疾，皆见于是矣。"何物黠鬼司梦，能戏弄人如此。时乾道三年。

【译文】丹阳（今江苏镇江）人袁孚，字仲诚，从右正言的官调任江东提刑，梦人告诉他说："直而不倨，曲而不屈，这两句话是什么意思？"仲诚在梦中不能回答。第二天他把这梦告诉他的门客范存诚，存诚说："这两句话的下一句是'命世亚圣之大才'，真是一个吉梦呀！"结果不到十天，袁仲诚忽然中风死在任上。有见识的人又解释梦中的那两句话，说那两句话的上二句文是"有风人之托物，二雅之正言。"正反映了袁的官职和疾病，不知是个什么狡猾的鬼，能在梦中戏弄人。这是宋孝宗乾道三年（1167）的事。

阎罗城

襄阳南漳人张腆，居县之雁汊，世工医。绍兴十八年夏，夜梦自所居东行二里许，过固城铺，北上久之，入大城，出北门，登溪上高桥，桥上水中，人往来如织。见其妻郑氏亦涉水登岸，欲前同途，转眄间已相失。俄别至一城，同行者莫知其数。腆已入门，回问户者，此何郡县？曰："阎罗城也。"腆知身已死，甚悲惧，彷徨无计，不觉又前进，至阶北，见大门三楹，与众俱入，过百许步，复至一门，五楹金碧照耀。顷之，又过一门，涂饰益华。两庑下对列司局，正殿极高大，垂黄帘，腆且行且观，至东庑吏舍门内，顾舍中人悉冠带，或衣或紫，前揖之，了不相应。独一绯衣者，微作答。腆立移时，绯衣颇相悯，以足拨一砖云："可坐此。"坐未定，妻忽立于门外，相顾皆漠然。

顷之，一人自殿帘出，著黄背子，背拱手，仰视屋桷，移步甚缓，若有所思，久而复入，腆问何官，绯衣摇手低语曰："此阎罗天子也。"腆曰："适观状貌与人间所画不同，却与清元真君甚相似。"言未既，殿上卷帘，呼押文字，吏奔而往下列囚其众，或送狱，或枷讯，或即放去，度两时许，人去且尽，腆在吏舍，遥见其妻亦决杖二十，但惊痛垂涕而已。

须臾帘复垂，吏还舍，解衣半坐半卧，绯衣指腆谓同列曰："此人无过，何不令还。"众皆默然，又言之，乃曰："公欲遣去，何必相问。"其中一人云："渠虽欲去，三重门如何过得？"绯衣戒腆曰："外边如有人相问，但云司里令唤狱子。"腆逊谢而出。每及一门，必有问者，如其言，即免，复寻旧路急行，将近屋东桥下，跌水中而寤。

鸡既鸣矣，呼其妻，亦矍然惊觉，语所梦，无不同者。妻骂曰："我方受杖时，君在旁略不顾我，情如路人，岂可复为夫妇。"遂各寝处，才数日，郑氏腰下忽微肿，继生巨疮，痛不堪忍。凡十日，脓始溃。又十日方愈。

腆慨然弃家，诣均州武当山，从孙先生者访道。越十七年乃亡。谷城医者王思明，与腆相好，景裴弟官襄幕，得于思明云。

【译文】襄阳南漳人张腆，住在县里的雁汉村，世代做医生。宋高宗绍兴十八年（1148）夏天，他夜里做了一个梦，梦见从家中出来往东走大约有二里路，过了固城铺，又往北走了很久，进入一个大城，走到城的北门处，上到一条河上的高桥顶上，看见桥上和水里，人来人往，他的妻子郑氏亦在涉水而过，他想赶上去一块走，转眼间却又找不到她了。不一会儿，又到一个城，同行的人多得不能计数。张腆进到门内，问看门的说："这是什么郡县？"那人回答说是"阎罗城"。张腆这时才省悟自己已死，不由悲伤恐惧，彷徨城内，不知应当怎么办，不觉又信步前进，走到北边，看见有座大门，它有三座大门，他跟着人群走入大门，又走了百余步，又是一座门，占了五间房子的大小，装饰得金碧辉煌。不一会儿，又过一门，则更加壮丽豪华，两边廊下，对列着不少办公室，中间正殿极为高大，挂着黄色帘幕，张腆边走边看，到了东侧偏房内，看见里边的人都是身穿公服，有穿红袍的，有穿紫袍的，张腆进屋对他们作揖见礼，却没有一个人理睬他，只有一个穿红袍的官吏，向张微微点头作答。张腆在房内站了一会儿，那穿红袍的人似乎很有点同情他，用足拨了一块砖头，说："可以坐到这里。"还没坐好，看见他的妻子站在门外，两人虽见彼此，看见了却显得十分漠淡，和不认识的人差不多。

不一会儿，只见一个人从中间大殿中掀帘出来，穿着黄袍，倒背着手，仰头看着屋角，缓缓地走着，好像正在思考什么。这样走了一大会儿，才又进入帘内。张便问是什么官？穿红袍的人忙向他摆摆手，低声对他说："这就是阎罗天子。"张说："刚才看他服饰相貌和阳世间所画的不一样，却和清元真君倒很相似。"话还没说完，听到正殿上喊叫卷帘，押上犯人来，只见一大郡吏员公差，往为奔走，殿外站立的囚犯十分众多。当时审判，或送地狱，或上刑具审问，或者放去，处理得很快，约有两个时辰，人都处理完了。张在东边吏舍里，远远望见他妻子也被责打了二十大板，只是惊恐落泪而已。

停了一会儿，正殿帘子又放下来，吏员们也都退下殿来，回到吏舍里来，解衣半坐，半卧地休息。那穿红袍的指着张腆对同列说：“这个人没有什么罪过，何不让他回去？”那些吏员都不吭声，穿红袍的又说了一遍，才有人搭腔说：“你既然想送他回去，又何必问我们呢？”其中一个人说：“他虽打算出去，三重门又怎么能过得去？”穿红袍的便对张腆说：“外面如果有人问，就说是司里让去喊狱卒就行了。”张腆道谢后，便走出来，果然每过一门，总要有人盘问，他按教导回答，便放他出来了。又找到旧路，急急赶回家去，当快要走到他家东边的桥下时，一跤跌入水中，便猛然惊醒。

这时公鸡已经叫明了，他连忙唤他妻子，他妻子也是刚刚梦醒，二人说了各自的梦，没有一点不同的地方。妻子骂他说：“我刚才被杖打的时候，你在一旁，一点也不管我，好像陌路人一样，这怎么能再做夫妇。此后，遂各自分居。才停了几天，他的妻子郑氏的腰下忽然发生轻微肿块，不几天，便发展成一个大疮，痛不可忍。又停了十天，脓才溃散出来，再过十天，才算好了。

经过这件事，张腆毅然抛弃家庭，到均州武当山跟随孙先生学道去了，又停了十七年才死。谷城县（今属湖北）的医生王思明，和张腆很要好，我的兄弟景裴，在襄阳当幕官的时候，听王思明讲了这个故事。

王稹不饮

严州观察判官王稹，京东人，每于人燕会，酒不濡唇，同官皆疑为挟诈。云："得非阴伺吾曹醉中过失，售诸长官，以资进身计乎？"益久稍以独醒侵之，稹长叹，移时啾然曰："久欲秘此事，诸君既相疑，敢不尽言？"即袒衣示之，背两瘢相对，如尝受徒刑者。徐而言曰：

"三年前疽发于背，甚恶。一日疮剧，冥冥不知人，或呼使出外，到官府中，有据案见诘曰：'汝曾为某州幕职乎？'对曰：'然。'曰：'某时某事某人，不应坐某罪，汝何得辄断之？'对曰：'此郡守之意，稹持之连日，尝人议状争辨，至遭叱怒，讫不能回。公牍始末具存，恨无由取至尔。'主者命左右云云，一卒越而出，俄顷已持文案来，主者反覆阅视，喜曰：'汝果无罪，几误杀汝，今遣汝归。'呼元追吏护送。吏颇贤，沿路款语，力戒曰：'回世间切勿饮酒。'问其故不肯言，及寤，腥血交流，疮已溃，即日遂愈。性本好饮，思冥吏之戒，不忍再速死也。"闻者皆惨惧自悔云。

【译文】严州（今浙江建德）观察判官王稹，是京东路人，每当参加宴会时，总是滴酒不沾唇，他的同僚都对此事十分怀疑，认为他是故意装的，说他是不是暗中窥伺我们醉中的过失，以向长官告密，当作自己向上爬的梯子呢？时间长了，又有人给他取了个"独醒"的绰号来讽刺他，王稹被逼得没办法，长叹一声，停了一会儿，才带着愁苦的脸色说："本来我想隐秘这事，诸位既然怀疑我，我怎敢不向大家说明白呢？"说着，他解开衣服，让人看他背上的两块相对的瘢痕，好像受过刑杖责打留下来的。然后他才慢慢说了这件事：

三年以前，他背上生了恶疽，十分厉害。有一天疮痛得很，已经迷迷糊糊不省人事，听到有人唤他出去，来到一个官府，看见一个官员在几案后坐着，看见王稹就问：“你曾经当过某州的幕职吗？’回答说：“是！”又问：“某年某一件事例里，某一个人不应当死，你为什么敢胡乱判他的死罪？”王稹回答说：“这是郡守的意思，我认为不妥，一直抵制了多天，又曾写了议状上报争辩这事，结果受到叱骂，无法挽回这事，现在公文档案里一定记有这件事的始末，可惜现在无法取来。”那个官员便唤左右吩咐他们去取。不一会儿，一个鬼卒把文书拿来，那官员反复看了一遍，高兴地说：“你果然没罪，几乎误杀了你，现在放你回去。”便叫原来拘我的那人护送我回去。那人很贤明，一路上给我讲了不少话，并劝诫我回阳后，切不可喝酒。问他为什么，他又不肯讲。等到我醒来，疮口脓血交流，已经溃烂，当天疮就好了。我本来好饮酒，但想起那阴司吏员的劝诫，便不想要喝酒速死了。听了这话的人都十分懊悔害怕。

淳安民

严州淳安县富家翁，误殴一村民至死，其家不能诉，民有弟，为大姓方氏仆。方氏激之曰：“当兄为人所杀，而不能诉，何以名为人弟。”即具牒将诣县。

方君固与富翁善，讽使来祈己。而答曰：“此我家仆，何敢然，当谕使止之。彼不过薄有所觊耳。”为唤仆面责，且导以利，仆敬听，谢不敢。翁归，以钱百千与仆，别致三百千为方君谢。

才数月，仆复宣言，翁又诣方。方曰：“仆自得钱后，无日不饮博，今既索然，所以如是，当执送邑惩治之。”翁惧泄，乞但用前策，又如昔者之数以与仆。方君曰："适得中都一知旧，讯倩市漆二百斤，仓卒不办买，翁幸为我市。当辇钱以偿直。翁曰："蒙君力如许，兹细事，吾家故有之，何用言价。"即如数送漆。

明年仆人又欲终讼，翁叹曰："我过误杀人，法不至死，所以不欲至有司者，畏狱吏求货无艺，将荡覆吾家，今私所费，将百万，而其谋未厌，吾老矣，有死而已。"乃距户自经。

逾三年，方君为鄂州蒲圻宰，白昼恍恍于厅事，对群吏震悸，言曰："固知翁必来，我屡取翁钱，而竟速翁于死，翁宜此来。"亟还舍，不及与妻子一语，仆地卒。吏以所见白，始知其冥报云。

【译文】严州淳安县（安属浙江）有一个很有钱的富翁，误打一个农民致死，死者家里人不敢去告这个富翁，他有一个兄弟在姓方的大户家当仆人。姓方的便挑拨他说："你哥被人打死了，而你不能状告凶手，替兄长伸冤，还算什么兄弟？"便帮助这仆人准备了状子，打算去县里告富翁。

这姓方的平素和那富翁很有些交情，便托有口才的人去暗示，让富翁来求自己。富翁来了以后，姓方的说："这人是我家的仆人，怎么敢这样？我可以给他讲，不让他去告状，所以他要告状，不过是想得到一些钱罢了。"便把仆人叫来，斥责一顿，并开导他能得到些钱就可罢手。仆人只是站在一边敬听，最后表示说不敢告。富翁回去后，便送了一百千钱给仆人，又另外拿出三百千钱来谢姓方的。

又停了几个月，这仆人又宣称要去告状，于是富翁又来找姓方的，姓方的说："那仆人自得了钱后，天天喝酒赌博，现在钱花光了，所以才又要告状，应当把这仆人送到县里去惩治。"富翁怕误伤人命的事被官府知道，便请求仍用以前的办法，给了仆人一万钱。姓方的对富翁说："这几天我得到中都一个朋友的信，托我代买二百斤漆，可是在仓促之间办不好，就托你给我代购吧，买好我就送钱去。"富翁说："蒙你大力帮助我，这些小事，我正应效力，我家就有现成的漆，不必去买。"后来富翁便按姓方的所说的数目，把漆如数送来了。

第二年，这仆人又打算去告状。富翁听到消息后，叹息说："我误伤人命，按法律罪不至于死，我所以不愿到县里打官司，是怕衙门的公差，狱吏勒索钱财，贪得无厌，弄得是我倾家荡产，可是现在用私了的方法，已花了将近百万钱，而对方的勒索还没有停止。我现在年纪已老了，只有死而已。于是便吊在门头上自缢死了。又停了三年，姓方的当上了鄂州的蒲圻县（今属湖北）县令，有一天白天正在办公，忽然精神恍惚，浑身战栗地给衙门里的吏员说："我早知道那富翁一定要来，我多次诈他的钱，结果造成了他死得更早，那富翁来索命是对的。"便立即站起来赶回家中，还来不及和妻子说一句话，便扑倒在地死了。衙门的吏员把所见方知县临死时说的话告诉了他的家人，才知道他的死是鬼物对他的报应。

薛贺州

郑人薛锐仲藏，为贺州守。晚年治事且退，意绪忽昏昏不佳，枕胡床假寐，或揖其前请行，身随以出；到某处，他吏来言曰："官人传语，使君大期甚不远，若自此不出仕，前程犹未艾也。”

薛寓会稽久，生理从容，宦情素薄，闻之即应曰：“原自此不复仕。”吏即去，俄复来曰：“官人欲得一文书为证。”薛索纸笔书授之。吏顾曰：“既已形于文牍，不可复悔矣。”遂去，已而又来曰：“官人甚喜，使君可归。”薛惘然如梦觉。

即日上章乞祠官。还越。时淳熙三年，官为朝请郎。为人言：“少须至大夫，经郊恩王子，当挂冠矣。”（后二年薛致仕）

【译文】郑州（今属河南）人薛锐，字仲藏。任职贺州（今广西贺县）太守。一天晚上他办公回来，头脑忽然昏沉疲倦，便倚在躺椅上休息，仿佛觉得有个人来，对他作揖行礼，请他到一个地方去，于是便跟着他走去，到了一处衙门，只见又一个吏员出来对薛传话说：“官人让告诉太守，你的大限（死期）已经不远了，如果能从此不再出来做官任职，前程还会很远大的。”

薛说长期以来，迁居于浙江会稽（今绍兴），家中十分富裕，做官的念头本来就很淡薄，听了这话便立刻回答说：“我愿意从此以后不再出来做官。”那吏员听了便走了，停了一会儿又来说：“官人想让你写一张保证文书作为凭据。”薛便要来纸笔，写了一张保证不再出来做官任职的保证书给了那吏员。吏员对他说：“既已形成了文字，以后不能再反悔了。”说完便走了。一会儿又来说：“官人看了你写的保证，非常高兴，就请太守回去吧。”于是薛便觉得好像从梦中醒来一样。

当天，他就写了一份报告上奏朝廷，请求免去职务当驻守道观的祠官（只按级别拿薪俸，而没有具体职务的闲散官员），经过皇帝批准，他便起程回会稽家中去了。这是宋孝宗淳熙三年（1176）的事，那时他的官阶是朝请郎。他常给人说，再停几年，他可以按资历升到大夫级的级别，那么，便可以按规定在皇帝郊祀祭天时，特恩任命他一个儿子做官，到那时，他就要申请退休了。（停了二年他果然退休）

三鸦镇

三鸦镇在河北孤迥处。镇官一员，俸入不能给妻孥，官况萧条，寺多塘泺，舍蒲藕鱼鳖之外，市井绝无可买。前后监司，未尝至。有运使行部，从吏导之过焉。入其治，则官吏已悉委去。无簿书可寻诘。徘徊堂上，顾纸屏间题字尚湿，试阅之，乃小诗曰：

二年憔悴在三鸦，无米无钱怎养家？

每日两餐唯是藕，看看口里出莲花。

运使默笑而去，好事者传诵焉。

蒙城高公泗师鲁，绍兴末监平江市征，吴中羊价绝高，肉一斤为钱九百。时郡守去官，浙漕林安宅居仁摄府事，其人介而啬，意郡僚买羊肉食者必贪，将索买物历验之。通判沈度公雅以告师鲁曰："君北人，必不免食此。盍取历窜改，毋为府公所困。"

师鲁笑谢。为沈话前说，且曰："亦尝仿其体，作一绝句云：

平江九百一斤羊，俸薄如何敢买尝。

只把鱼虾充两膳，肚皮今作小池塘。

闻者皆大笑，林公微闻之，索历之事亦已。（以上四事皆高师鲁说）

【译文】三鸦镇这地方是河北一个极为偏僻的小镇，设立有一个镇官管理，薪俸很低，不够养活老婆、孩子，收入亦很少。这地方池塘沼泽比较多，除了出产蒲藕鱼鳖以外，市场上买不到别的东西，所以以前上司官员，从来没来这地方视察过。后来，有一个转运使出来巡视，路过这里，才来顺便看看。由他的随员带路来到镇上，到了官厅，这里的官吏则因为无法开支薪俸，都精简去了，也没有任何文书、档案可查阅当地情况。转运使一个人徘徊在官厅的堂上，十分无聊，忽然看见屏风上写有几行字，好像刚写上去的，墨色还未干，便走过去看，原来写的是一首诗，诗说：

二年憔悴在三鸦，无米无钱怎养家？

每日两餐唯是藕，看看口里出莲花。

运使看了后，默默笑了一下，便离开这个小镇，后来好事的人，便把这首诗传诵出去了。

蒙城（今属安徽）人高公泗，字师鲁，宋高宗绍兴末年（1162），监管平江（今江苏苏州）市场上的税收。本地市场上羊肉价很高，一斤羊肉卖九百文钱。这时郡守去任，由浙江转运使林居仁来暂时代理。这人十分耿介，比较吝啬，他主观认为，羊肉价很高，能买羊肉吃的官吏，一定会有贪污行为，便要把各衙门中伙食账本调来查看。府里通判沈公雅得知此事后，便来告诉高师鲁说：“你是北方人，一定不免买些羊肉吃，把账本找出来加以窜改，把买羊肉的记载涂去，以免郡守找你的麻烦。”

师鲁笑着向沈通判道谢，因而对沈说了三鸦镇的那首诗，并且又说："现在我也来仿效它写一首诗。"那诗是：

平江九百一斤羊，俸薄如何敢买尝。

只把鱼是充两膳，肚皮今作小池塘。

听说这首诗的人，无不哈哈大笑。后来林居仁亦风听到了，于是查账的事便作罢。

刘尧举

绍兴十七年，京师人刘观为秀州许市巡检。其子尧举，买舟趋郡，就流寓试，悦舟人女美，日夕肆微言以蛊之。女亦似有意，翁媪觉焉，防察不少懈。

及到郡，犹憩舟中，翁每出，则媪止，媪每出，则翁止。生束手不能施。

试之日，出《垂拱而天下治》赋、《秋风生桂枝》诗。皆所素为者。但赋韵不同，须加修润，迨昏乃出。

次日试论，复然。既无所点窜，运笔一挥，未午而归舟。舟人固以为如昨日也。翁媪皆入市，独女在，生径造其所，遂合焉。

是夕生之父母同梦人持榜来报，秀才为榜首，傍一人曰："非也，郎君所为事不义，天敕殿一举矣。"觉而相语，皆惊异。生还家，父母责讯之，讳不言。已而，乃以杂犯见榜后。舟人来，其事始露。

又三年，从官淮西，果魁荐，然竟不第以死。

【译文】宋高宗绍兴二七年（1147），京师人刘观，担任秀州

（今浙江嘉兴）重要集镇许市（今江苏吴县浒墅关）的巡检。他的儿子刘尧举，雇了一只船，去秀州参加专门为寄居于本地的外籍学生举办的科举考试。在路上，他见船户的女儿长得十分漂亮，便天天用些话去挑逗她，而那闺女对他也像有点意思。这事被撑船的那对老夫妇发现了，便加意防范，以免出事。

到了秀州以后，刘尧举并不上岸，仍然住在船上，等候考试。那对老夫妇见了，也想法防备。每当有事上岸，丈夫出去，妇人便留在船上，妇人上岸，丈夫便留下来，使刘尧举无法和那闺女接近。

到了考试那一天，出的试题是《日出垂拱而天下治》赋，和《秋风生桂枝》诗。这两个题都是过去刘尧举练习作文时曾做过的，只是用韵要求不同，须加以修改。这样，刘一直写到黄昏，才交卷出来。

第二天考试，考试论文，题目也是刘尧举练习过的，所以一挥而就，太阳还不到正午，便交卷出来，回到船上。那两位老夫妇，还以为刘考试仍然和昨天一样，傍晚才回，所以便结伴上岸赶集，独留女儿在船上，于是刘尧举便跑到那闺女的船舱里，和她尽情地欢乐起来。

这天晚上，刘尧举的父母梦见有人拿了榜来报喜说："秀州秀才刘尧举是第一名。"旁边另一个人说："不对，刘尧举做了不道德的事，天帝已下了旨意，将他中举推迟到下一届了。"刘尧举的父母醒来后，互相说梦，完全一样，都十分惊异。等儿子考试完回家后，父母责问他，他却隐瞒下来不说。结果这次考试，他的试卷便因为有几处犯规，而被黜落下来。以后那撑船的老夫妇来说理，刘尧举干的坏事才被揭露出来。

又停了三年，刘尧举跟随父亲到淮西做官，在那里参加了考试，果然考中了第一名，被推荐参加进士考试，结果没有考上便死去了。

卷第十八（十二事）

扫码听谦德
君为您导读

路当可

丙志载梁子正说路当可事，云其父为商水主簿，路之父君宝为令，故见共得法甚的。滕彦智云："当可乃其舅氏，盖得法于蜀，而君宝实是其叔祖，子正之说不然。"滕言尝与中外兄弟白舅氏，丐一常行小术，可以护身者，舅曰："谈何容易？我平生持身庄敬，不敢斯须兴慢心，犹三遇厄，当为汝辈道之。

其一事云："顷经严州村落间，过旧友方氏家，留饮款洽，日且暮，里豪叶氏介主人来言：'笄女未嫁，而为魅所惑挠，凡以法至者，辄沮败以去，敢敬请于公。'吾虽被酒固不妨行法，即如叶氏，唤女出。既出，端丽绝人，默惊羡以为向所未睹。女忽奋而前，若为人所驱拥，吾惘然变色，急趋避于佛堂中，女追逐至门及反。吾以鬼见困，从其家求阒静处，将具奏于天。主人引吾至西边小圃，一堂前后皆巨竹，与所居相囗。云此最洁清。吾取箧笥朱丹符笔之属，置几上。未暇举笔，俄蒙然无所知，闭目审听，觉身在虚空，坐处摇兀不小定，盖已见縻于竹抄。食顷，还故处，则几案窗户皆粪秽，狼籍不可处，度未能与敌，急唤仆肩舆出外，行十许里，适得道观，遂托宿，精神稍宁，始趋庭中，望斗下焚香百拜谢过，退而焚奏章，留两宿，微似有影响，遣一道流诣叶氏物色之。归云：'火昨从圃中堂起，尽爇丛竹，延及山后高林，门前屋数十区，并土地小庙，皆煨烬。'吾知讼已直，自还扣之。

一家长少正相贺云：'女经年冥冥，不知人，今日如醉醒。"说去岁在房内见一老翁来为媒约，出入数四。又数日，以金珠币帛数合来，已而迎一少年入，与我为夫妇。明日挟我归谒翁姑，其他称叔伯者，又十余人，翁甚老，呼谓众曰：'吾家受叶氏香火几世矣。汝等后生，肆为不义，祸必及我，何不取诸他处乎？'少年曰："此凭媒纳币而取之，昏礼明白，何所怕。"后数闻术士至，必相与合力敌之，往往告捷。及路真官来，翁又呼谓众曰：'吾闻路真官法力通神，非常人比，必不免。'众亦颇怕，俄有唤我言：'真官叫汝。'我遂行，众皆从于后，将至书院，忽呼笑曰：'真官夸汝好，盍往就之。'遂拥我以前，既退，翁问所以。叹曰：'事已至此，果能杀之则大善，今祸犹在也。'适方会食，门内火遽起，烟炎亘天，翁拊肩恸哭曰：'祸至矣。'以手推我出曰：'为汝灭我家，我才得归，火乃稍息。'常时所见室宇台观，一切无孑遗，所谓行媒者，土地也。此事本末可畏，如此，吾几受其害，岂汝辈所当学哉。"

彦智举此时，尚有两事未及言而卒。

【译文】在丙志里边，曾记载有梁子正说路当可的事迹，梁子正的父亲是商水（今属河南）县主簿，而路当可的父亲路君宝当时正担任商水县令，所以见到路当可学得道法的情况，是十分确实的。但是滕彦智又说：“路当可是他的舅父，他的道法是从四川学来的，而路君宝则是当可的叔祖，梁子正的说法有些不对。滕彦智说，他曾和一些中表和舅家的兄弟一同向舅父路当可请求教一件平常的小法术，能护卫自己身体的。舅父说：“哪有那么容易！我一生小心谨慎地尊敬道家戒律，不敢有一时一事产生轻慢，还曾经三次遇到危险。现在可以给你们说下其中一件事。”

他说：他曾经经过严州（今浙江建德）的农村，到姓方的老朋友家探望，方家留下饮酒吃饭，谈得十分投机。天快晚的时候，这里有个姓叶的富户，托方姓朋友告诉我说，他的女儿才十六岁，还没出嫁，被妖精迷住，请了很多法师去降妖，都被妖精斗败，狼狈地走了，所以敬请先生能帮助降妖。当时，我虽然喝了很多酒，但并不妨碍行法，便到叶家去，把姓叶的女儿叫了出来。出来以后，只见她端庄美丽，是我以前从没见过的漂亮女子，不由惊叹羡慕。这时那女子好像暗中被人驱使一样，奋力向我冲来，我不由变了颜色，急忙躲到佛堂里去，那女人直追到佛常门外，不敢进门才返回去。我因为被鬼怪这样困扰，便向叶家要求找一个僻静地方，准备写下奏章，上奏天庭。主人便领我到西边一个小园里，有一间屋子，前后都种有很多大竹子围绕，这地方离叶家住的房子比较远，主人说这里最清洁僻静。于是我便打开提包，把朱墨和纸笔取了出来，放到桌上，还没有举笔，忽然脑子里一片糊涂，失去了思考的能力，闭上眼睛用耳朵去听，仿佛自己的身子处在空中一样，坐在那里摇摆不定，原来我已经被吊到竹梢上去了。停了有一顿饭的时候，我才得下来，回到那小屋里一看，室内凡是几案、窗户等地，到处抹着粪便，狼藉不堪，无法再停在这里，我估计自己的法术敌不过这鬼怪，便急忙叫仆人抬了小轿，从叶家出来，一口气走了十几里路，正好遇见路边有一所道观，便进去投宿，休息了一会儿，恢复精神后，才到天井里，对着北斗星烧香跪拜，百拜以后，才把我写的奏章烧化，上奏天庭。在这里住了两天，觉得我的奏章已有了一些作用，便派了一个道士，到叶家去探看情况，他回来以后说："昨夜叶家起火，从小园里那间屋子烧起，把周围的竹子都烧了，火热又延及山后的树林，叶家门前的几十间房子和土地庙，全被烧光。"我知道这场和鬼怪的斗法我已赢了，便自己前往叶家询问详情。

这时，叶家一家正在庆贺那少女清醒过来，这少女长年迷迷糊糊认不得人，今天才好像醉酒初醒一样。她叙述经过说："去年正在屋内，忽然看见一个老头进屋来给我做媒，一连来了三四次。又过了几天，送来几盒金银珠宝和绸缎，不久，又进来一个少年人，和我做了夫妻。第二天，又领我回家见公婆，又见了应称为伯伯、叔叔的，有十几个人。公公年纪最大，对大家说："我们家被叶家供养已经有了几代了，你们这些后生，却乱做一些不讲仁义的事，必然给我带来灾祸，为什么不娶别地方的女孩呢？"少年说："娶叶家女儿是有媒人介绍，又送过金银彩礼，结婚合乎礼仪，又怕什么？"以后又有好几次听说叶家请来了法师降妖。这些鬼怪总是合力和法师对抗，总是得到胜利。等到路真官来到叶家，公公又召集大家说："我听说过路真官法力高强，神通广大，不是平常法师能比得上的，我们恐怕难免除这场劫难。"大家听了，也都十分恐惧。一会儿，有人喊我说："真官叫你。"我便出来了。那些精怪都跟在我后边，快到书院的时候，忽然有人笑着说："真官夸奖你长得漂亮！快往他前边去亲近一下。”便推着我直朝路真官身上撞去。回来以后，公公问了情况，叹息说：“事情既以发展到这种地步，如果能把路真官杀死，我们当然就安全了，可是现在却让他逃走了，祸根还在呀！”后来，全家正坐在一起吃饭，忽然门口起火，浓烟遮天，公公捶胸大哭说：“祸事到了！”用手把我推了出来，说：“为了你，使我家被灭族了！”这样，我才得以回来，等到火势稍减，平时我所见这家精怪家里亭台楼阁，全被火烧得精光，没有一点遗留。所谓媒人，就是本宅的土地神。

舅父（路当可）说完这件事的始末以后，又说：“这次我差点被他们害死，这岂是你们能学的东西吗？”

滕彦智给说这件故事时，还有路当可的两件遇险故事，没来得及说，便去世了。

饶廷直

饶廷直，字朝弼，建昌南城人，第进士，豪俊有气节，绍兴七年以事过武昌，有所遇，自是不迩妻妾，悠然端居，如林下道人，自作诗纪其事云：“丁巳秋，夜半偶游黄鹤楼，忽遇异人，授以秘诀，所恨尚牵世故，未能从事斯也。因作诗以识之，其词曰：

黄鹤楼前秋月寒，楼前江阔烟漫漫。

夜深人散万籁息，独对清影凭栏干。

一声长啸肃天宇，知是餐霞御风侣。

多生曾结香火缘，邂逅相逢竟相语。

悠然洗尽朝市忙，直疑身在无何乡。

回看往事一破甑，下视举世俱亡羊。

嗟予局促犹轩冕，知是卢敖游未远。

他年有约愿追随，共看蓬莱水清浅。

后三年，岁在庚申，朝廷复河南，以为邓州通判。金人叛盟，邓城陷，缢而死。载其柩还乡，舁者觉甚轻，然无敢发验者。或疑其尸解仙去云。

东坡公作黄鹤楼诗纪，冯当世所言老卒遇异人事，王定国亦载之于书，疑此亦其流也。

【译文】饶廷直，字朝弼，建昌南城（今属江西）人，中过进士，为人十分豪放而有气节，宋高宗绍兴七年（1137），有事经过武昌，因为得到奇遇，自这时起，便和妻妾分居，一人住于寂静处，和林下道人差不多，他曾有诗专门记这件事，诗前有小序说："丁巳年秋天，半夜里我偶然去游黄鹤楼，忽然遇到一个奇人，传授我养生修道的秘诀。所恨的是我还有很多俗事牵连，不能从那时就跟着他走。因此写了首诗来记这事。"他写的诗是：

黄鹤楼前秋月是那么清寒，黄鹤楼前江水广阔烟雾弥漫。

夜深人散一切噪音都已寂静，只有我孤寂一人凭着栏杆。

忽然一声长啸从天空传来，知道是那餐霞乘风的仙人到来。

我们好几生都结下香火因缘，偶然重逢快乐地说个没完。

使我一下洗尽了红尘的繁忙，真怀疑我的身体在什么地方。

回首看往事像一只破烂的饭甑，抬头看世人都是迷途的羔羊。

叹息我短暂的一生还得做官，不过知道仙人卢敖离我还不远。

约会了他年要追随你前去，携手共看蓬莱仙山的流水清浅。

在这以后三年，庚申年(1140)朝廷收复了河南，又任命饶廷直为邓州通判。后来金国撕毁盟约，侵占了邓州，饶便自缢殉国。他的灵柩被运回乡时，抬棺材的人觉得很轻，但没有人敢打开看，不过有人怀疑他尸解成仙了。

苏东坡曾作过《黄鹤楼诗纪》，冯当世也讲过老卒遇异人的故事，王定国亦在他的书中记载过，大概和饶廷直的事都是同一类的事吧。

史翁女

南城人饶邠，大观间预贡西上，遂留近京，馆于士人胡质夫家。胡亦贡士也，他日同入京，暮投道店，见老媪以黄罗帕发，执青盖过门外，类庄家人，别有少女绝姝美，相逐而去，且行且眄，光艳动人。胡生惑之，率邠蹑其后，甫食顷，恍迷所如，益前进。

可六七里，至一豪民居，登其门。老翁垂白，负杖出，自言为史氏。见客极喜，迎肃殊有礼节，厅事上挂观世音像，香花奉事甚严，画绘光彩，非人间笔。

既夕留宿，休仆马于外，二子请入拜其媪，许之，则逆旅所见者，询其故，笑曰："早携孙女访姻戚，薄暮归，不知二君在彼，失于趋避，深负愧怍。"顷又呼孙女出，真国色也，言谈晤黠，姿态横生，二子恍然心醉。须臾引入中堂，供张华楚，治具丰洁，宾主酬酢欢甚。半酣，胡试挑其女，女欣然就之，邠起便旋，翁使乳婢秉烛从，姿色亦可悦。邠出盥手，沃以水为戏，皆大笑。酒罢，女侍胡寝，婢侍邠寝，皆熟寐。

及寤，寒风袭人，披衣起视，东方已白，回顾无复华屋洞户，乃在枫林古木间，二子相视叹怖，群仆亦莫知所以然，惝怳归邸，竟不测为何物妖魅也。

【译文】南城（今属江西）人饶邠，宋徽宗大观年间，被推荐到京城（今河南开封）参加进士考试。一路西上，借住到离京师不远的一个读书人胡质夫家中，胡也是一个贡士，于是便结伴往京师，半路里经过一个镇店住下，看见一个老太婆，用黄罗帕裹着头发，手中拿着一把黑伞，从门外走过，类似一个乡下人，另有一个少女却生得十分美好，跟着老太婆走，一边走一边斜着眼偷看人，脸色光艳动人，胡人被她所迷惑，便领着饶邠一同在那女人后边跟踪。走了六七里路，恍忽地不知道走到什么地方了，只好一直往前走。

又走了六七里，来到一座华丽的房子前面，便上去叫门。不一会儿，一个白发老翁，拄着拐杖出来开门，自称姓史。见有客人来，十分喜欢，便请他们进去休息，迎接十分有礼貌，大厅上挂着观音菩萨的画像，香烛供奉，十分周到，那画色彩光鲜，几乎不像人间画工的手笔。

看看天色已晚，便留他们在这里住宿，把随从仆马安顿到外院客房，胡、饶二人请求拜见老夫人。老翁同意，进了后堂，见那老夫人正是白天在镇上所见。问她去干什么？那老太婆笑着说：“早起带了孙女出去走亲戚，天快晚时才回来，不知二位在镇上，没有走避，深为不安。”停了一会儿，又叫孙女出来拜见饶、胡二位，二人看那女郎，更加漂亮，真是生平没见过的绝色，言谈晤黠，姿态横生，使二人看得心醉。不一会儿，又领他们到中堂，已经摆下了宴席，酒菜丰盛，用具整洁。胡、饶二人坐下，与老翁一家共吃，席间说笑得十分畅快。胡试拿些话去挑拨那女郎，女郎也没有拒绝，饶邠要出去方便，老翁让一个婢女拿了烛台，引他到厕所，那婢女姿色变得十分撩人，饶出来洗手，用手拨水戏耍那婢女，都大笑起来。酒宴已罢，那女郎便去侍候胡生睡觉，婢女侍候饶生睡觉，都熟睡起来。

到了早晨醒来，觉得寒风遍体，披衣起来，只见东方已经发亮，又回头一看，华丽的庄园房屋都不见了，二个人原来是睡在一座枫林古木之间，不由面面相觑，十分惊怕，而他的仆人们睡在不远的地方，也都不知道这是怎么回事，只好仓皇地回到镇上旅店。一直没法弄清他们见到的是什么妖魅。

紫姑蓝粥诗

临州谢氏，家城西，筑圃蓺花，子侄聚学其中，暇日迎紫姑神，作歌诗杂文。

友生江南过焉，意后生伪为之，而抚以惑众，弗信也，一日再至，见执箕者皆童奴，而词语高妙，颇生信心，于是默祷求诗，箕徐动曰：“德林素不见信，曷为索诗，漫赠绝句云：

末豆应急用，屑榆岂充欲；

嗜好肖赵张，苍皇救文叔。”

众不晓所谓，复祷求神，愿明以告我。又徐书云：“第一句见《晋书·石崇传》，第二句见唐书《阳城传》，第三句见《史记·仓公传》，第四句见《后汉·冯异传》。

检视之，皆粥事也。盖是时官妓蓝氏者，家世卖粥，人以蓝粥呼之。楠前夕方宿其馆，神因以此戏之云。德林楠字也。

【译文】临州谢氏，在城西造了一个私家花园，让他家子弟们集中在里边读书，他们在没事的时候，喜欢扶乩请紫姑神来作些诗歌以为娱乐。

他们有个文友江楠，来这里探访他们，江楠不相信紫姑神，以为不过是这些后生假托以迷惑人罢了。有一天，他又来访，正遇见谢家子弟在请神，在坛上扶乩的人都是小童，而在沙盘上写出的诗词句高妙，决不是小孩子能写出来的，才有点相信，于是心中便默默地祷求，请紫姑为他写一首诗，结果，乩笔飞动，写出字来，说："德林平常不相信，现在又来要求写诗，因而赠给他一首绝句"，那首诗是：

末豆应急用，屑榆岂充欲；
嗜好肖赵张，苍皇救文叔。

大家看了，都不晓得这诗是什么意思。于是便又请神加以解释。神便又在沙盘上慢慢写道："第一句见《晋书·石崇传》，第二句见《唐书·阳城传》，第三句见《史记·仓公传》，第四句见《后汉书·冯异传》。"

大家便找出书来查看，才发现讲的都是有关于粥的故事。当时有一个官妓蓝氏，她家世代在街上摆摊卖粥，所以本地人都叫她为"蓝粥"。这江楠来这里访友的前一天晚上，就住在蓝粥家里，所以神才写了这首诗开他的玩笑。德林，是江楠的表字。

刘狗摩

南城人刘生，别业在城南三十里，地名鲤湖，时往其所检视钱谷，至则必留旬日，徘徊不忍舍。

尝赴邻家饮，中夜未归，守舍仆倦甚，就卧主榻，少顷见妇人，衣二红衫，自外径入，登床熟视，审非刘生，骂曰："尔何人辄睡于此？"仆应声推之，脱手亟去，翻身逾垣。时月色正明，随逐之，化为花狗走出。仆因是始疑主翁留连不去之意，盖为所惑也。明日告邻人，则其家所畜者，杀之，剖腹，中已有异。方知其怪变如此，后乡人目之为刘狗摩。

【译文】南城（今属江西）人刘生，他家在城南三十里的地方有一座庄园，地名叫鲤湖，刘某时常到那里检查和收取租金和租谷，到那以后，往往留上十余天，徘徊不忍离开。

有一次，刘生被邻家请去夜宴，一直到半夜还没有回来，看门的仆人十分疲倦，便躺在主人的床上休息。不一会儿，看见一个妇人，穿了二红衫，从门外一径走进来，上到床上仔细看那仆人，并不是刘生，便骂着说："你是什么人，竟敢在这里睡？"仆人随着她的话声，用手狠推，把那妇人推下床来，她急忙翻身逃出房来跳墙而走。当时月色正明，仆人便追逐上去，却见那妇人变成一只花狗跑了。因此，仆人怀疑主人是被这只花狗迷住了。

第二天，仆人告诉邻居，这花狗正是他家养的，便把花狗杀掉，剖开肚子，中间已有异胎，才知道这是怪变。以后乡人都叫刘生为刘狗摩。

张珍奴

张珍奴者，不知其所自来。或云吴兴官妓，而未审也。虽落风尘中，而性颇淡素，每夕盥濯更衣，烧香扣天，祈脱去甚切。

某士人过其家，珍出迎，见其风神秀异，敬待之。置酒尽欢而去。明日又至，凡往来几月，然终不及乱。珍讶而问曰：“荷君见顾，不为不久，独不肯少留一昔，以尽相□□欢，岂非以下妾猥陋，不足以娱侍君子耶？”□曰：“不然，人情相得，不在是，所贵心相知尔。”他日酒半，客询珍曰：“汝居常更何所为。”对曰：“失身于此，又将何为？但每夕告天，祈竟此债尔。”客曰：“然则何不学道：“曰：“迫于口体之奉，何暇为此，且何从得师乎？”客曰：“吾为汝师何如？”曰：“果尔，则幸也。”起更衣炷香，拜之为师。

既去，数日不至。珍方独处，漫自书云：“逢师许多时，不说些儿个，及至如今闷损我。”援毫之际，客忽来，见所书笑曰：“何为者。”珍不答而匿之。客曰：“示我何害。”示之，即续其后云：“别无巧妙，与你方儿一个，子后午前定息坐，夹背双门昆仑过。凭时得气力，思量我。”

珍大喜，再三致谢。自是豁然若有悟，亦密有所传授，第不以告人，然未知其为何人也。累月告去，珍开宴饯之，临岐出文字一封曰：“我去后开阅之。”及启缄，乃小词一首，皆言修炼之事云：

坎离乾兑分子午，但认取自家宗祖。（原注：下缺一句）炼甲庚更降龙虎。地雷震动山头雨，要浇灌黄芽出土。有人若问是谁传，但说道先生姓吕。

始悟其洞宾也。遂斋戒谢宾客，绘其象严奉事，修其说，行之逾年，尸解而去。

【译文】张珍奴，不知道她是从哪里来的。有人说她是吴兴（今浙江湖州）的官妓，只是没有做过调查。她虽然沦落为妓女，但是性情不爱打扮，服饰淡素，每天晚上都要淋浴更衣，焚香告天，祈求能早日脱离妓女生涯。

有一天，有个读书士人来她家中，她迎接进去，见这人生得气概秀逸不凡，十分尊敬他，摆下酒来招待，尽欢而去。明天，这人又来，一连经过几个月，便是始终不肯在这里住宿。张珍奴十分惊讶，问他说："蒙你关心我，时间不能说不久了，可是你却不肯在这里住上一夜，以求尽欢。难道是嫌我粗陋，不配侍候你吗？"那人说："不然，性情相投，不在于那事，而是贵在知心。"有一天，又在一块饮酒，喝到半酣，那客人问珍奴说："你平常都干些什么事？"珍奴回答说："我失身在这环境里，还能做什么事？只有每天晚上焚香告天，祈求早日还清这债，脱离苦海罢了。"客人说："既如此，你为什么不学修道呢？"珍奴说："被生活压迫，为了吃穿，哪能有时间去修道，再说，又从哪里找得到老师呢？"客人说："我当你的老师怎样？"珍奴说："如果这样，真是我的幸运。"便起身更换衣服，烧香拜那客人为师。

那客人走后，便一连几天不来，珍奴独自坐在那里，十分无聊，便信手写道："逢师许多时，不说些儿个，及至如今闷损我。"正在写着，那客人忽然来了，看见她在写东西，便问写的什么？珍奴不回答，把写的东西藏起来。客人说："让我看看又有什么损害？"珍奴才拿出来让客人看。客人便在后边续写说："别无巧妙，与你方儿一个。子后午前定息坐，夹脊双门昆仑过。凭时得气力，思量我。"

珍奴看了十分高兴，再三致谢。自此以后。思想豁然有了省悟，客人也密有道术传授给她，但是她总不肯告诉别人，也不知那客人是什么人。这样，停了一个多月，客人要走，珍奴设宴为客人送行，临分手时，客人拿出一封信说："我走后，你可以打开看。"那人走后，珍奴打开信封一看，原来是写的一首小词，讲的都是道家修炼的事。词的内容是：

坎离乾兑分子午，但认取自家宗祖。（原注：此处缺失一句）炼甲庚更降龙虎。地雷震动山头雨，要浇灌黄芽出土。有人若问是谁传，但说道先生姓吕。

这时，珍奴才省悟那客人原来是吕洞宾。自此以后，她遂按道家戒律，开始吃斋，谢绝一切宾客的访问，并画了吕洞宾的肖像，供奉在居室里，十分谨慎拜祀，并且按吕的传授进行修炼。又停了一年，便尸解成仙而去。

袁从政（按：目录作袁孝显）

袁从政，宜春人，绍兴庚辰登第，调郴县尉，先是筠州上高陈氏女新寡，来归以妻。袁夫妇相欢，尝有彼此勿相忘，一死则生者不得嫁娶之约。既之官，未满秩，陈亡，不能挈柩归，但殡道旁僧舍之山下。

再调桂阳军平阳丞，遂负前誓，更娶奉新涂氏女，相与赴平阳道，由是寺，同年有官于彼者，为具召之，才就坐，见故妻从外来，戟手骂云："平生之誓云何，今反负约邪，不舍汝矣。"

袁但向空咄咄如与人言，又呼从史，令回城隍牒。史骇愕漫应云："已回牒了。"袁终席不复顾主人，不告而起。归与涂氏说其详，中夜发狂出走，涂追照以烛，袁吹灭之，竟赴井死。

【译文】袁从政是江西宜春人，宋高宗绍兴三十年（1160）进士，任郴县（今属湖南）县尉，先是筠州（今江西高安）上高县有一家姓陈的女儿新寡，又嫁给袁为妻。夫妇二人感情很好，便立下了彼此永不相忘，如果一个人先死，另一个则不得嫁娶的誓约。后来袁担任了郴县尉，上任以后，还没任满，陈氏便死了，袁因在任上，无法把棺柩送回老乡，便暂时把棺木寄殡在大路边一座寺院旁边的山下。

以后，袁又调任桂阳军平阳县（今湖南桂阳）县丞，便负了以前的誓约，又娶了奉新县（今属江西）涂家女儿为妻。带着涂氏一同往平阳上任，半路上经过埋藏他前妻的那座寺院旁边，恰好袁有一个同年做官的在那里，便约袁去见面吃饭。袁到了那里才坐下，便看见前妻陈氏从外边进来，用手指着袁大骂说："平生的誓言说的什么？你为什么要负约，现在我不能饶你了！"

这时大家只能看见袁抬头向着空中喝叱，好像和什么人争执一样，却听不到声音。一会儿，袁又招呼他的随从吏员，让他写一封回复城隍的文书，那吏员十分愕然，只得搪塞地说："已回过文书了。"这样，袁在酒席上再也不理主人，席散，也不向主人告别就走了。回到旅馆中，向涂氏详细讲了这件事，半夜忽然发狂，从旅馆跑出来，涂氏紧紧追赶，并拿了蜡烛照他，袁把蜡烛吹灭，便找到一口水井，投井自杀了。

卖诗秀才

张秀直，中原人，待湖北漕幕缺，寓居豫章龙兴寺。

尝昼寝，恍惚间闻人拊掌笑曰："休休得也，冈云深处，高卧斜阳。"惊起视之，无见也。再就枕，复闻之，张不敢寐，走出访寺僧。僧曰："昔年有秀才以卖诗为生，病终此室，岂其鬼乎。"

张悚然，立丐休官，不半年亦死。及葬西山，其地名得也冈云。（右三事李叔达说）

【译文】张季直是中原人氏，已得到湖北转运使司幕官的职位，等待现任幕官任满到期后递补，暂住在豫章（今江西南昌）龙兴寺内。

有一天白天午睡，恍惚间好像听见有人在鼓掌大笑，嘴里还说："休休得也，冈云深处，高卧斜阳。"因而惊起，起来一看，却见不到一个人影。便又躺下睡觉，刚睡下，又听见那鼓掌吟诗的声音，吓得他不敢再睡，便走出门来，找到寺里和尚，问他这是怎么回事？和尚说："早年曾有一个秀才寄住在寺里，靠卖诗为生，最后病死在这间屋子里，你听到的声音，恐怕就是这个鬼吧！"

张季直听了，不由怕得毛骨悚然，不敢再住下去，便申请休官，结果不到半年也死了。他的棺木被葬在西山下，这个地方名字正叫做"得也冈"。

齐安百咏

黄州赤壁、竹楼、雪堂诸胜境，以周公瑾，王元之，苏公遗迹之故，名闻四海。

绍兴戊午，郡守韩之美、通判时衍之，各赋齐安百咏，欲刊之郡斋。韩梦两君子，自言为杜牧之及元之，云："二君所赋？多是苏子瞻故实，如吾昔临郡时，可纪固不少，何为不得预，幸取吾二集观之，采集中所传，广为篇咏，则尽善矣。"韩梦觉，且愧且恐，方欲取《樊川》《小畜》二集，益为二百咏。会将受代，不暇作，遂并前百咏皆不敢刊。

【译文】湖北的黄州，有赤壁、竹楼、雪堂等著名的古迹，因为它们是周公瑾（瑜）、王元之（禹偁）、苏东坡（轼）等人遗迹的原因，而闻名天下。

宋高宗绍兴八年（1138），黄州郡守韩之美，通判时衍之，每人作了一百首诗来赞颂这些古迹旧事，总名叫《齐安百咏》，打算刻到石碑上，藏在地方衙署内。后来，韩梦见两个人来，自称是杜牧和王禹偁，他们说："你和通判二人作的诗，大都是讲苏东坡的事，但我们二人在这里做太守时，可记述的事亦不少，为什么你们不歌咏呢？你应当找出我二人的文集看看，采集其中记载，再补作一些诗篇，那么你的诗才算完美了。"韩醒来后，既惭愧又害怕，打算找出杜牧的《樊川集》和王禹偁的《小畜集》来读，增加为二百首诗。这时，他的任期已满，没时间再作，就是以前作好的一百首，也不敢刊刻到石碑上了。

东坡雪堂

黄人何琥，东坡门人何颉斯举之子也。兵革后寓居鄂渚，每岁寒食，必一归。

绍兴戊午，黄守韩之美重建雪堂，理坡公旧路，时当中春，琥适来游，梦坡公告之曰："雪堂基址，比吾顷年差一百二十步，小桥细柳皆非元所，汝宜正之。"

梦中历历忆所指不少忘。明日往白韩，韩如其言，悉改定。

他日有故老唐德明者，八十七岁矣，自黄陂来观，欢曰："此处真苏学士故基也。"（右二事韩守说）

【译文】黄州人何琥，是苏东坡弟子何颉（字斯举）的儿子。在中原战乱之后，寄居在鄂渚（今湖北武汉西南），但每年寒食节时，都要来黄州扫墓一次。

宋高宗绍兴八年（1138）黄州郡守韩之美，要重建"雪堂"，整理苏东坡旧时走过的小径，这时正是仲春二月，何琥回黄州来，梦见苏东坡告诉他说："现在雪堂的基址，比我当年所建的雪堂，差距已在一百二十步了，至于小桥、细柳，都不是原来地方，你应该去纠正一下。"

何琥醒来后，想起梦中苏东坡对他指点的各个建筑，树木位置，都记得十分清楚。第二天，便去把这事告诉了韩之美，韩便依据他的指点，把错的地方一一加以改正。

后来，有个当地老人唐德明，年纪已八十七岁了，从黄陂来看

“雪堂”，叹息地说：“这才真是苏学士建筑的原样啊！”

李茇遇仙

济南李茇，字定国，寓临安军营中，以聚学自给，暇则纵游湖山。

尝欲诣净慈寺，过长桥，于竹径迷路，见青衣道人林下属笋，茇揖之。道人问所往，曰：“将往净慈，瞻礼五百罗汉。”道人曰：“未须去，且来同食烧笋。”食之甚美。俄风雨晦冥，失道人所在。茇皇惧伏林间，少顷雨止，寻径而出，至寺门下，觉身轻神逸，行步如飞。洎归舍，不复饮食。

其从兄大猷，为诸王宫教授，将之任，遣仆致书，见其颜如桃红，且能辟谷，以语大猷，及大猷至，即已去云游茅山矣。

后又闻入蜀，隐青城山，大猷为梓路提刑，使人至眉访所在，眉守复书报，数年前已轻举，乘云而去，今唯绘象存。

【译文】济南人李茇，字定国，寄居在临安（今浙江杭州）的军营里，以教授学生来维持生活，空闲时，便去西湖一带游玩，领略湖光山色。

有一天想去净慈寺，路过长桥，在竹径中迷了路，看见一个道人在挖竹笋，便走上前去向道人揖手为礼。道人问他去哪里，李说：“打算到净慈寺礼拜五百罗汉。”道人说：“现在先不须要去，且坐下来，一同吃点竹笋吧。”便在空地上点起火来烧笋让李吃，味道十分鲜美。不一会儿，忽然风雨骤至，天空漆黑如夜，道人忽然不见了。李茇非常害怕，只好伏在林木茂盛的地方躲雨，不一会儿雨停了，他便找路往净慈寺去。到了山门，才觉得自己精神旺盛，身体也轻了，步行和飞的一样，回到住所，便不再吃人间饮食。

他的堂兄李大猷（名莫），担任诸王宫教授，将要出发上任，派仆人拿了信去见李茇，那仆人回来后对大猷说，李茇脸色有如桃红，并且能辟谷不吃饭。等到大猷到了临安，去访问李茇时，别人告诉他，李茇已经去游茅山了。后来，又听别人传说，李茇又到四川，隐居在青城山中。

后来大猷担任了四川梓州路（今四川三台）提刑，派人去眉州访问李茇的消息，当地郡守回信给大猷说："李茇前年已经成仙，乘云飞去，现在只有一幅他的画像还存在着。"

唐萧氏女

殿前司游奕军卒李立，以贫隶兵籍，日为主将刈马刍。

尝至湖山深僻无人处，遇女子秀丽姝少，类仕宦家人，自邀与合，仍以衣服遗之。自是日会其地，且时致钱帛，给用度，立赖是少苏。其徒积讶之，意必盗也。共自主将，密使察之，无他故，始疑其必有异遇。因善术者宋安国试扣焉。

宋使呼立，立至，作法召女子亦来，曰："妾非今世人，盖唐时萧家女，立宿生前乃白侍郎子，相许结昏，未嫁而妾不幸为洛中神物所录。遂弗克谐。立福力浅薄，展转堕为马曹，然妾一念，故未尝舍也。近者与神缘，尽得自由，遍求白氏子后身，到此乃知为李立，遂与偿夙契，怜其苦贫，是以赠给之尔。”宋曰：“汝所与物得非窃取乎？”曰：“非也，皆取诸豪贵家有余者。”宋曰：“汝可速去，勿复顾恋，恐贻后患。吾当移文东狱，令汝受生。”女唯唯拜谢而退，后果不复见，立贫如初。（右二事皆童敏德藻之说）

【译文】殿前都指挥使司下隶属的游奕军，有一个士卒名叫李立，因为家里贫穷才当了兵，为主将割马草。

他曾到湖山深处，荒僻无人处割草时，遇到一个年少女子，生得十分秀丽美好，像个官宦家族里的人，她邀请李立相会，二人便发生了关系，那少女并送给李立几件衣服。自此以后，天天在那里见面，那少女不时送给李立一些钱财使用，李立靠着这些钱，家中生活稍微有了些宽松。和李立在一块儿当兵的人，见李立忽然有了钱，心中惊讶，怀疑他一定干了偷盗的事，便一同去报告了主将，主将派人秘密访查，没发现李立有什么不法行为，便怀疑李立一定有异遇，因而叫术士宋安国来，向他询问这事的原因。

宋安国让人把李立叫来，并且又作法把那少女召来，少女说：“我不是今世上的人，乃是唐朝时候萧家的女儿，那时李立是白侍郎的儿子，我二人相许有婚约，还没有出嫁时，我不幸被洛中的神物摄走录用，因而未能与白侍郎的儿子结婚。李立的福命很薄，便辗转坠为马夫，但是我仍然一直想念着他，没有舍弃。最近和神的缘分尽了，我才得以自由，便到处访查白氏儿子的后身，终于找到了李立，遂向他偿还过去的夙缘。因为可怜他家中穷苦，才周济了他一些钱财。”宋安国说：“你给李立的财物，是不是偷窃来的？”少女说：“不是，那都是从豪富贵族家中拿的多余的东西，这些东西虽在豪门家中，但注定他们不能享受的。”宋安国说：“你可以快走，不要再恋着李立，恐怕会给他造成后患；我当写公函转给东岳大帝，让他安排你转生为人。”少女唯唯答应，拜谢而去。后来果然再也不出现了，李立遂和以前一样，十分贫穷。

卷第十九（十五事）

扫码听谦德
君为您导读

留怙香囊

衢人留怙彦疆，年二十余，进士及第，调官归乡。常独处一室，其地滨水，水次皆芰荷，景趣奇迥，忽若有所遇。家人莫得而知也。第怪其入室即扃户，非温凊与宾客至，辄不出。人窃疑之，而不可问。后因易衣浣涤，家人得珠囊于带间，皆北珠结成，而极圆莹粲洁，非世能有所，串银线柔软，光好不可名状。囊中香气又特异，持以叩所自来，不肯言，伺间密听之，杳闻奕棋下子声，遂作计启关，掩其不备，乃一美妇人对局，见外人至，急趋入屏后，就视之，无所见。

父兄意其鬼魅，深以为忧，呼方士巫者治祟，百方终不验，而怙颜貌充壮，了不类困于异物者。及将赴官，始绝不至。所存珠佩，其父遣掷弃海中。

怙生平康宁，无疾，至老嗜欲不衰，年八十余。

晚年人问昔所遇曰："水仙也。"当时失不询名氏，无

得而传，盖得养生之术于彼云。（其曾孙清卿说）

【译文】衢州人留怙，字彦强，二十多岁便进士及第，因为等候调任官职，便回乡间故居暂住。他独自处在一间屋子里，这屋子临着湖水，水中生满莲藕，景致十分好看。忽然，他好像遇到了什么事，家里人都无法知道，只觉得他常常责怪家人随便去他的屋子，后来他一进屋便把门户牢牢关闭，如不是房内太热太冷时，或有客人来，他便不出屋门。家里人十分怀疑，但又不能问出什么。后来因为他替换衣服洗涤，家里人在他换下的衣服中找到一个珠囊，都是用名贵的北方珍珠串成，珠子十分圆润，光彩灿灿，不像人间所能有之物，用银丝穿着，亦非常柔软光洁，说不出是怎么造的，而且囊中又散发出奇异的香气。家里的人拿了这珠囊去询问他是从哪里弄来的，他总是不肯讲，家里人更加疑心，便找机会在他屋门外窃听，听到屋内有人下棋的落子声，遂设计把门弄开，乘他不备，走进去看，却有一个美貌妇人在屋里，她看见有外人进来，急忙走到屏风后边躲藏起来，等家人赶到屏风后察看，已经什么也看不到了。

留怙的父兄以为一定是鬼魅作怪，深深为之担忧，便请了不少方士和巫师来治鬼，结果都是没有一点效应。不过留怙一直颜色红润，身体壮实，不像被鬼怪缠住的人。直到快要去上任时，这个美貌妇人才不再来，留怙所存的珍珠首饰，都被他父亲扔到海里去了。

留怙一生都非常健康，从来没有生过什么病，直到老年，性欲亦不衰退，年到八十多岁时，尚有少年姬妾十几个人。他的官阶达到中大夫，年纪已进九十岁。

到了晚年，有人问起他年轻时所遇到的美貌妇人究竟是什么人？他才告诉人说是水仙，可惜当时人们忘了问水仙的姓名，无法详细地把事情留传下来。至于留怙所以长寿，是从水仙那里学到养生秘诀的缘故。

英华诗词

缙云英华事，前志屡书，然未尝闻其能诗词也。今得两篇，其诗云：

夜雨连空歇晓晴，前山重染一回青。

林梢日暖禽声滑，苦动春心不忍听。

其惜春词云：

东风忽起黄昏雨，红紫飘残香满路。

凭阑空有惜春心，浓绿满枝无处诉。

春光背我堂堂去，纵有黄金难买住。

欲将春去问残花，花亦不言春已暮。

殊有情致，故或者又以为神云。

【译文】缙云鬼仙英华的故事，在前边志书里，我已多次记载过了，但是还没有听说过她会作诗。现在偶然得到两篇，所以记下来。她的诗是：

夜雨连空歇晓晴，前山重染一回青；

林梢日暖禽声滑，苦动春心不忍听。

又有《惜春词》是：

东风忽起黄昏雨，红紫飘残香满路。

凭阑空有惜春心，浓绿满枝无处诉。

春光背我堂堂去，纵有黄金难买住。

欲将春去问残花，花亦不言春已暮。

这两首诗都十分有情致，所以有人以为英华是一位神仙。

黄州野人

黄州麻城县境有泰陂山，邵武人黄志从居之。其地多茂林绝麓，黄常自种蓺其间，百果粟豆成实，每苦为物所窃食。密伺之，见如人而毛者，搏之则逝，追之不及。百计罗络，因结绳置垅间，而获焉。

初不甚了了，养之数日，始能言，乃实人也。云："我某村陈氏子，年四十余，靖康之难，全家死于兵，身独得脱，窜伏山间，山有高岩可扳，援藤萝而上，上有草如毯，可覆，饥餐草实木叶，渴菊涧泉饮之。久而惯习，遍体生毛，亦无疾痛，忘其去家，而居深山也，且敏捷如猿猱。"

黄与之食，又强使受室，久之肤毛皆脱，不复轻矫，人皆以为若复纵之还山，或可不死，使之饮食者欲为可惜。黄不从。时童邦直为郡守，外孙王仲共（垂）侍行，见其事，为作《野人记》并诗云。

【译文】黄州麻城县（今属湖北）境内有个泰陂山，邵武（今属福建）人黄志从寄居在这山中，这地方山高林深，黄在山中开荒种地，种各种果树及粟、豆等，成熟后，常常被偷吃。黄便埋伏起来察看，看到一个动物像人一样，却浑身生毛，黄走出来与那怪物搏斗，怪物奔跑如飞，追赶不上。因此，黄想了不少办法去捉这怪物。最后用绳结成网，放到田间，才把这怪物捉住。

刚开始，还弄不清是什么怪物，养了几天，那怪物才能说话，才知道实际上是个人。他说："我是某村陈姓家的孩子，今年已四十多岁了，靖康年间金兵南侵，我全家都遇难，只有我一个人得逃脱，藏在山中，山里有座高岩，便攀藤附葛爬到顶上，岩顶有草和毯一样，可以盖在身上，饥了就吃草根山果，渴了喝泉水，如此几年，遍体生出毛来，也没有疾病，也忘了家，便住在深山，并且敏捷飞跳和猿猴一样。"

黄便给他饭吃，以后又强迫他娶了一个老婆，时间久了，身上的毛便逐渐脱落，又恢复了人形。但走动跳跃，再也不如过去那样矫健轻快了。乡里人以为，如果放他回山，或者可以不死，让他饮食和娶妻，实在可惜。黄不听这种劝告，童邦直这时正在此地当郡守，他外孙王垂（字仲共）跟着他在这里，亲见这事，并写了一篇《野人记》，还写了诗记述。

史言命术

王垂仲共，南城人，绍兴乙丑赴省试，闻术士史言方有声，往谒之。史问知乡里曰："旦者仙郡李鼎、周楠、余去病、石仲堪四先辈来问命，言独不取石君，余皆当高过。"又询所业经，曰："习《易》。"史曰："适南剑邓暐先辈亦云治《易》，此人今年当擢第。"语罢，始推王五行，曰："毋讳吾说，君非但今兹不利，后举亦不得乡荐，岁在庚午，当再举，辛未必成就也。"王不乐而退。已而六人得失皆验，所谈王后来事，的的不差。

既廷对，又与同年乡人江秉钧往谒史，已不忆前事，独云："二君复何问，岂非欲知高下耶？然科级皆不高，王君尚可居黄甲，更有一说，江君生乙巳，带格角杀，必过房义养者。"二人相顾叹异，盖江本甘氏子，来为江翁后云。既唱名，王第四甲，江末等，史生之精妙如此。（右两事皆王仲共说）

【译文】王垂，字仲共，江西南城人，宁高宗绍兴十五年（1145）去参加礼部举行的考试。闻说有个叫史言的术士，正有声誉，便去拜访他。史言问了王垂的籍贯后，说："今日早晨，你们南城的李鼎、周楠、余去病、石仲堪四位先生来算命，我唯独没有取石先生，其余三位，这次考试都要高中。"又问王垂学的是哪一种经书。王回答说："学习《易经》。"史言说："刚才有南剑州（今福建南平）的邓暐先生来，亦说他是治《易经》的，此人今年应当中进士。"说罢，才开始推算王垂的五行八字，然后说："我不隐瞒，先生不但今年考试不利，就是以后的科举，也不会被荐举，只能等到庚午年，才能再次被荐举参加礼部考试，到辛未年必定考中进士，王垂听了很不高兴，便告辞了。考试结束，六个人的得失，都应验了史言的话，其所说王垂以后的事，亦是一点不差。

后来王垂在礼部试中选，要参加皇帝亲自主持的殿试，又和同年又同乡的江秉钧一同去拜访史言。这时史言已忘记以前给王垂算过命的事，便说："二位都要考中，莫非想问名次高下吗？我说二位名次都不高，不过王君还可以名上黄榜；另外，江君生于乙巳年，命中带格角杀，必定是过房义子。"二人听了十分惊异，原来江本姓甘，被江翁收养才改姓的。后来发榜，王垂考了个四等，江则为末等，史言的占卜就是这样精妙。

玉女喜神术

邵武人黄通判，自太平州秩满，寓居句容县僧寺，寺与茅山接，一女未出适，辄有孕，父终疑与人为奸。然女常日不出，亦无男子往来其家者。密诘之，女泣曰："儿实非有遇，但每睡时，似梦非梦，必为一道士迎置静室中，邀与饮宴，且行房室之事。以至有身，久负羞恨，而不敢言也。"

父意茅山方士所为，乃托故具斋，悉集十里内道流，使女自帷中窥之，果某观中道士，欣然秀整，类有道者，擒问之，具伏，遂缚致于县，县令考其迹，状曰："某所行盖玉女喜神术也。"命加械扭，囚诸狱。

道士高吟数语，未绝声，黑雾四塞，对面不相观，少顷雾散，唯五木狼籍于地，道士不见矣。（饶文举说）

【译文】福建邵武人黄某，担任太平州（今安徽当涂）通判，任期已满后，带了家眷寄居在句容县（今属江苏）的一佛寺中，这寺院紧靠茅山。黄通判有个女儿，还没有出嫁，不久却怀孕了，父母怀疑她和别人有奸情，可是这女儿平常并不出门，家中亦没有男子来过，这事十分可疑，父母便悄悄问他的女儿，这是怎么回事？女儿哭着说："女儿确实并没遇见过什么男子，只是每天晚上睡觉时，似梦非梦，总是被一个道士迎接到一处静室里，陪那道士在一起饮宴，并且一同睡觉，以至怀孕，实在内心羞恨已久，但是却一直不敢说出来。"

她的父亲听了这事，以为一定是茅山道士施展的邪术，便假托一件事要向道士施斋，把十里以内各道观的道士都请来了，让女儿偷偷躲在帷幕后探看指认。果然找到了那使邪术的人，是某道观里的一个道士，生得身体修长秀美，很像有道的人。黄通判便令人把道士擒下质问他，道士一口承认，便把道士捆了，送到县内法办。县令审问他犯罪的方法，道士招供说："我所行的法术，叫作'玉女喜神术'。"于是知县便叫给道士戴上刑具，送到监狱囚禁。

那道士便高声吟唱几句，声音还没停，便见黑雾四起，对面看不见人影。停了一会儿，黑雾散去，只见刑具被狼藉地抛在地上，道士已经不见了。

盱江丁僧

绍兴初，盱江城北十五里间，黄氏客邸，有僧过其家，体貌轩昂，云："俗姓丁。"留数日，自主人，日入城中行乞，夜即还。凡数月，所得钱物亦分以与黄，黄异待之，相处益久，出入无所疑。间遂挑其妻，妻年尚少，有容质，既喜僧姿相，又以数得财，故心许而佯拒之。迨暗排僧闼而入，房内无灯，而自然光明，僧衣金栏袈裟，坐壁间青莲华上，类世所画佛菩萨然。妻惊慕作礼，僧遽跃下语之曰："吾非世人，将度汝，汝勿泄，即留与乱。"

自是每天出必往。浸久，黄知诘之，不敢隐，尽以直告。黄怒，设计将捕治，托故出宿，密反，人定后，妻又诣僧，摘语之曰："我夫欲捉汝，为之奈何？"僧曰："汝无忧。"阖户就寝，黄伏户外，侧听愈怒，欲入而不可，但呼惊之。初亦相应答，已则其声渐远，俄寂然无闻。坏壁入，爇火照之，室已虚矣。四壁枵如，僧与妻及器物了不一存。而窗壁牖户无少损处，呼集邻里，追寻到明，杳无音迹，竟莫知所向。（建昌崇真隐士黄彦中说）

【译文】宋高宗绍兴初（1131），盱江城北十五里的地方，有一所黄家客店，有一个和尚住进这旅店中，和尚生得体貌轩昂，他说俗姓丁，在店里住了几天后，对店主说，他白天到城中化缘，夜晚就回店来住宿。一连数月，和尚把化来的钱物也分给姓黄的店主，所以姓黄的也十分优待这和尚。和尚和黄家相处时间久了，便自由出入黄家，黄对他也没有什么疑心。于是和尚便趁机用话来挑逗姓黄的妻子，黄妻年纪尚少，生得很有姿容，她既喜欢和尚面貌不俗，又因为几次得到和尚给的钱财，所以心里对和尚也有好感，只是表面上假装拒绝和尚的要求。等到天晚后，她却到和尚的住室，推门进去，房内没有灯光，却自然明亮，只见那和尚穿着金丝织成的袈裟，坐在墙边一个青莲花上，很像世间所画的菩萨像。黄妻看了十分惊慕，就走上去跪拜，和尚从莲台上跳了下来，对黄妻说："我不是世上的人，打算度你成佛，你不要泄漏出去。"便抱住黄妻，与她发生关系。

自从这时起，每当姓黄的外出，他的妻子总要去和尚屋中相会。时间长了，姓黄的也有觉察，就盘问他的妻子，妻子只好把事实告诉了黄，姓黄的十分生气，便要想办法捉奸，整治和尚。后来托故外出，又秘密返回家中，到了半夜，他妻子又跑到和尚屋内，对和尚说："我丈夫准备捉你，怎么办？"和尚说："你不必担心。"便关上房门和她上床睡觉。姓黄的在门外躲着，越听越气，想进屋又无法进去。便在门外大骂，起初，屋里还答应，不一会儿，屋中声音似乎越来越远，最后便没有一点声音。姓黄的只好挖开墙壁，点了火照看，只见屋中空空，和尚和妻子以及所有家具器物，一件也不见了。可是门窗墙壁，没有一点损坏的地方，他便招呼邻居乡里，四下追寻，直到天明，没有一点踪迹，也不知道和尚和妻子究竟到哪里去了。

江南木客

大江以南，地多山，而俗祀鬼。其神怪甚诡异，多依岩石树木为丛祠，村村有之。二浙江东曰五通，江西闽中曰木下三郎，又曰木客。一足者曰独脚。五通名虽不同，其实则一，考之传记，所谓木石之怪，夔、罔两及山獭胡；是也。李善注东京赋云："野仲游光兄弟八人，常在人间作怪，害皆是物"云。变幻妖惑，大抵与北方狐鬼相似，或能使人乍富，故小人好迎致奉事，以祈无妄之福。若微忤其意，则又移夺而之他。遇盛夏，多贩易材于江湖间，隐见不常，人绝畏惧，至不敢斥言，祀赛惟谨。尤喜淫，或为士大夫美男子，或随人心所喜，慕而化形，或止见本形。至者如猴猱，如龙如虾蟆，体相不一，皆矫捷劲健，冷若冰铁，阳道壮伟，妇女遭之者，率厌苦不堪，羸悴无色，精神奄然，有转而为巫者，人指以为仙。谓逢忤而病者，为仙病。又有三五日至旬月僵卧不起，如死而复苏者，自言身在华屋洞户，与贵人欢狎，亦有摄藏挟去，累日方出者，亦有相遇即发狂易，性理乖乱，不可疗者，所淫据者，非皆好女子。神言宿契当尔，不然不得近也。交际讫事，遗精如墨水，多感孕成怪胎，怪媚百端，今纪十余事于此。

建昌军城西北隅，兵马监押廨，一吏人曹氏居室，籍入于官，后有小祠，来者多为所扰，赵宥之之女，已嫁与夫，侍父行，为所迷，至白昼出与接，不见其形，但闻女悲泣呻吟，手足挠乱，叫言人来逼己，去而视之，遗沥正黑，浃液衣被中，女竟死。

赵不讷妾年可三十许，有姿态，尝奏溷欲起，髻忽为横木所串，阁于屋梁上，绝叫求救，人为解免，便得病，才数日死。

南城尉耿弁妻吴有祟孕，临蓐痛不可忍，呼僧诵孔雀咒，吞符乃下。鬼雏遍体皆毛，陈氏女未嫁而孕，既嫁产肉块，如紫帛包裹衣物者，畏而瘗之，女亦死。龚氏妻生子形如人，而绝丑恶，洎长、不畏寒暑，霜天能溪浴。翁十八郎妻虞年少，乾道癸巳，遇男子，每夕来同宿。夫元不知，虽在房，常掷置地上或户外，初亦罔觉，但睡醒则不在床。虞孕三年，至淳熙乙未秋，产块如斗大，弃之溪流，寻亦死。

饶氏妇王，在家为女时，已有感，既嫁亦来，遂见形，颜色秀丽如妇人，鲜衣华饰，与人语笑，外客至则相与丁豆蔬果，若家人，然少怫之，即掷沙砾，作风火，置人矢牛粪于饮食中，莫不惟畏。后遣归其父母家，祸乃息。王不知所终。

李　妻黄，刘十八妻周，生子如猪，毛甚长，堕地能跳踯，一死一失所在。黄氏妻是夜遇物如蟆而长大，逼与交，孕过期，乃生得一青物，类其父。胡氏妻黄，孕不产，占之巫云：“已在云头上受喜，神欲迎之，不可为也。”果死。

新城县中田村民李氏妾，生子躯干矬小，面目睢盱如猴，手足指仅寸，不类人。三弟皆然。今五六十岁。

南丰县京源村民丘氏，妻孕十年，儿时时腹中作声，母欲出门，胎必腾踏，痛至彻心，不出方止。后产一赤猴，色如血，弃之野，母幸独存。

宜黄县下潦村民衷氏女，汲水门外井中，为大蛇缴绕仆地，遂与接，束之困急，女号啼宛转，家人惊扰。召巫，巫云："是木客所为，不可杀，久当自去。"薄幕乃解。舁女归，色萎如蜡，病逾月乃瘳。颜状终不复旧，成痴人矣。

【译文】大江以南的地方，山比较多，民间习俗盛行祀奉鬼物。他们敬的鬼十分怪异，大都依傍岩石或树木建立小祠，村村都有。在浙江江苏一带的，被称为"五通"，在江西和福建的，则称为"木下三郎"，又别名"木客"；只有一只脚的则称为"独脚"。五通的名字虽然各地不一样，其实都是一类东西。根据史书传下的记载，所谓："木石之怪"、"夔"、"网两"（魍魉），以及"山㺐"等亦都是这种鬼怪的名字。李善在《文选·东京赋》的注释里说："野仲、游光兄弟八人，常在人间作怪，害皆是物"。南方"五通"的变化和祸害，大致上和北方的狐魅差不多。有时它也能使人暴富，所以有贪利小人都喜欢奉祀，以妄想得到意外的横财；如果略微违反了五通的心意，它又会把你的钱财夺走，搬移到别的地方去。每当盛夏，它们又会变幻成人形，贩运木材来往于江湖间，出没无常。人们对它都十分害怕，不敢得罪它们，祭祀恭谨，不敢有点马虎。这东西十分好淫，常变化成士大夫、美男子，或随人喜爱的各种形象；或者只现本形而不变。其本形则有的如猿猴，有的如狗如虾蟆等，各不相同。身体都十分轻捷矫健，但冷如冰铁，妇女遭遇到它，痛苦不堪，常因而得病；这种病又被称为“仙病”。又有三天五天，甚至十天一月无法下床的。终日僵卧，好像死后复苏广样。其被害妇女，有的说梦见和一位贵人在一块欢乐；有的又说是被怪物摄去，过了一天才放出来。也有偶与五通相遇，立刻发狂，精神错乱，不能治疗的。被五通淫占的女子，不一定都是好女子，据五通说，必须有宿缘，不然就不能接近。五通所遗精液黑如墨汁，被感孕的则生怪胎，奇异百端，各不相同，现记十几件事于此。

建昌军（今江西南城）城西北角的地方，有一座兵马监的官厅，本来是一个姓曹的私宅，后被没收入官，这所宅子里的屋后，为一座小祠庙。来这里居住的人，往往被它骚扰。有个叫赵宥之的人，他的女儿已出嫁，一次与丈夫一同来探望父亲，就被五通迷住，甚至白天也出现，家中人只见女儿悲泣呻吟，手足挠乱，口中嚷叫，说有人来逼自己。但家中人却看不见有什么东西来。等安静下来后，去探视，只见黑汁浸洒于衣被之上。后来这女儿终于被缠而死。

赵不讷有个小妾，年纪才三十多岁，很有点姿色，有一天上厕所，正要出来，忽然被一根横木从髻上穿过，把她吊到梁上，只好大叫救人。后来虽被人解救下来，也因此得病，不几天就死了。

南城县尉耿弁的妻子，被五通作祟而怀孕，临产时痛不可忍，叫和尚来念了孔雀咒，又吞了符水才生下一个鬼怪，遍体长毛。陈家的女孩出嫁而怀孕，等出嫁后，生下一个肉块，好像一块紫色绸布包裹着一堆衣服，家中人害怕，而将这怪胎埋掉，这女孩不久亦死。又有龚姓的妻子生下一子，形状和人一样，但面貌绝丑，后来长大，不怕寒暑，霜雪天气可以到溪水中洗澡。又有翁十八郎的妻子虞氏，年纪很轻。乾道九年（1173）遇到一个男子，每天晚上都来同住，她的丈夫原来并不知道，虽然他也在房内，但常常被扔到地下或门外。起初他并不知道，只到睡醒，才发觉已经不在床上了。后来虞氏怀孕，到淳熙二年（1175）秋天，生了一个肉块，像斗一样大小，家人把这怪胎扔到河里去了。虞氏不久亦死。

饶氏家的媳妇王氏，在家当闺女时已经有感遇，等到出嫁后，鬼祟亦跟着来，并且大白天现形，颜色秀丽和女人差不多，衣着十分华丽，和他家人说说笑笑。有外客来时，则拿出糕饼水果待客，好似主人似的。然而少有违背它的意思，便抛掷沙砾或作风火，把人屎牛粪放到饮食中，所以家中没有不怕它的。后来无法，只好把媳妇送回娘家去，祸事才停止。王氏后来情况如何，便不晓得了。

李一的妻子黄氏，刘十八的妻子周氏，都生了怪胎，生的孩子像猪一样，毛很长，一下地便能跳跃，后来一个死掉，另一个不知去向。黄家的妻子谢氏，夜里遇到一个怪物，形状和蛤蟆一样，但比较长大，强迫与交合，后来怀孕过期，才生下一青色的动物，很像其父。胡家的妻子黄氏，怀孕很久却不生产，请巫师占卜，说："已在云头上受喜，神要迎娶她，没有办法了。"后来果然死去。

新城县里有个地方叫田村，村中有个姓李的人，他的小妾生的孩子身体十分短小，眼睛精气和猴子一样，手脚指头仅长一寸，不像人类，后来又得三个兄弟，形状亦一样，如今已经五六十岁了。

南丰县京源村，有个农民姓丘，他妻子怀孕十年没有生产，胎儿在肚子里会发声，母亲要出门，胎儿必然在肚子里腾跳践踏，痛不可忍，不出去了，痛才停止。后来生下一赤色的猴子，毛色和血一样，便把它扔到野外去了，其母侥幸活了下来。

宜黄县下潦村，有一家姓袁的，他家闺女在门外井中打水，忽然来了一条大蛇，把这闺女紧紧缠住，扑倒在地，遂和她交合，女儿被缠得紧了，宛转哭叫，家人十分惊慌，召来巫师降治。巫师说：

“这是木客，不能杀它，只能等他自去。”一直到傍晚，那蛇才解开身体走了。把女儿抬回家去，颜色变得蜡黄病了一外多月才好，但是终不能复旧时容貌，并且变成了痴呆。

鬼卒渡溪

绍兴癸□，新城县村渡，月明中渔人系舟将归，闻隔岸人唤船欲渡。就之，则皆文身荷兵刃者，二十余辈，意其寨卒也，不暇问，而载之。既济，探囊予钱，登岸谢别而去，异时兵卒经过，未尝有也。渔人既喜且讶，明日视其钱，皆纸也，始悟其鬼。（邓汉说）

【译文】宋高宗绍兴某年，新城县某地的乡村渡口，有一天晚上月光很好，一个打鱼的人把船系好，正准备回家休息，忽然听到对岸有人叫船，准备过河。便把船撑到对岸，看见有二十多个士兵，皮肤上都刺有花纹，手中执着兵刃。打鱼的人以为是那个寨子里的守卫兵卒，也不在意，便把这二十多个士兵都渡到对岸去了。那兵卒从口袋里掏出船钱给渔人，便道谢而去。这个渔人十分惊喜，因过去兵卒过河，从来没有人给过钱的。第二天，渔人看那些钱时，原来都是纸钱，才知道昨晚那一队士兵原来的鬼卒。

龙门山

南城县东百余里龙门山，山颠有寺，幽僻孤寂，人迹罕至。

独一僧居焉，客僧过之，留宿他室，与主僧房相去差远。既寝，闻户外人呼声，惊怪不敢起，须臾门轧然自开，客悸甚，不敢喘息，急下床欲走，门已为巨石所塞矣。大呼移时，主僧始应。甫问答间，石忽不见。而门开如初，客不复能寐，往即主僧宿焉。且询其怪，曰："山鬼所为也。"前后见此事甚众，但不能相犯云。（邑士邓造说）

【译文】江西南城县东边一百多里的地方，有一座龙门山。山顶上有一座寺院，十分幽静偏僻，平常人迹罕到，只有一个和尚住在那里。

后来有一个云游和尚路过，便留在寺里过夜。另外打扫了一间客房让那和尚住，与寺里和尚住的房子距离少远一些。睡下以后，忽听到窗户外边有人呼叫，因而害怕不敢起来。一会房门，自开，和尚怕极了，急忙下床想逃走，门已被大石头塞住，无法出去。和尚急得大叫。又停一会儿，寺里和尚才听到他的喊声，便高声问是怎么回事。两个和尚正在问答间，堵门的大石头忽然不见了，但门仍然大开着。做客的和尚不敢再睡下去，便往寺中和尚的房子里去，和他做伴住在一间屋内。并且询问这是什么怪物。寺里和尚回答说："是山鬼干的事。前后出现这样的事已多次了，但是它并不伤人。"

郴卒唐颠

南城邓某，宣和五年为郴州户曹掾，时牢城卒唐胜，出处诡异，语默不常，若病风狂者，人目之为唐颠。有母无妻子，尝以过逃去，久乃从苏仙山白鹿洞中出，言洞中大有佳境，山川邑屋，另一人间也，或问：“尔保不遂留？”曰：“老母在，安可不归，异时去未为晚。”细扣之，则不答。

喜饮酒，常以马通及蛇置于怀，诣人索酒，若呼与之，酒虽副以粪秽，亦不拒，尝携毒虺来掾厅，掾呼至庭下，酌大白饮之，唐欣然一吸而尽。取虺啮食，留其半曰：“姑藏之，以俟晚饮。”

每醉后，辄坦半曰：“姑藏之，以俟晚饮。”每醉后，辄坦其腹，使人以铁锥撞之，如击木石，颜色略不变，后不知所终。（掾之孙植说）

【译文】江西南城人邓某，于宋徽宗宣和五年（1223）时，担任郴州（今属湖南）的户曹掾一职，当时在他管辖的牢城（劳改营）里，有一个管理犯人的兵名叫唐胜。来历十分怪异，他说话不正常，有时有滔滔不绝，有时又孤僻得一句话不说，好像有精神病，所以人都叫他作唐颠。他家中只有一个老母亲，却没有妻子。他曾经因为有过错逃走，过了很久才从苏仙山的白鹿洞中出来。他说那洞中有个非常好的地方，山川城池一切具备，简直是又一个世界。有人问他，那么你为什么不留在那里，呢？他说因为母亲年老，不能没有人侍候，所以不能不回来，将来再去，也不算晚。人们想详细再问下洞中情况，他却不回答了。

他又非常喜欢喝酒，又常把马通和蛇放到怀里，找人要酒跑，给他酒，即使很不干净，酒里杂有粪屎，他也不拒绝，照喝不误。有一次他带着一条毒蛇，来到户曹的官厅，邓某便把他叫到厅前，让拿酒来供他喝，唐颠很高兴，一大碗酒，一吸而尽，并拿出毒蛇来咬着吃，当作菜肴下酒。把毒蛇吃了一半，留下一半说："暂时放起来，等晚上吃酒时再用。"

每当喝醉酒以后，常常解开衣扣，露出肚子来，让人用铁锥撞击他的肚子，人们觉得他肚子十分坚硬，椎击上去，和撞到木头石头上一样，而唐颠面不改色，像没事的人一样。后来唐颠到哪里去了，却没有人知道。

复塘龙珠

豫章武宁县复塘村，乾道已丑岁，七月二十一日，白昼雷雨大作，牧童放牛垅上，见西北方电光中二龙斗，良久，东南震霆数声，起逐退之，二龙奔逃，坠一物于半空中，大如车轮，上下凡数十而不止，少顷红霞白云，盘旋围绕，竟不得上，遂坠田间，其光渐微，仅若凫卵大，圆明如珠。

众童竟取之。二樵者见其争不已，为击以斧，欲碎而分之，极力不少伤，相近富人余氏闻之来观，见光彩异常，知其龙珠也。易以数十钱，映空而视，中有仙女焉，遂为所得。

府帅吴明可给事闻而访之，余氏以伪珠塞命，吴亦不复取，自此后邑境连年水灾，继以荒旱，莫联其故也。

【译文】豫章的武宁县（今属江西）的复塘村，在宋孝宗乾道五年（1169）七月二十一日，大白天雷雨大作，有几个牧童在村外放牧，看见西北方的天上，电光闪闪，有两条龙在空中往来搏斗，斗了很久，从东南方响起几声大雷。才把那两条龙赶走。在那两条龙奔逃的时候，有一个东西掉了下来，有如车轮一样大小，发着光芒，在半空中忽上忽下地跳动。大概上下跳动了几十次，有红霞白云盘旋围绕在那东西周围，它才无法上升，便掉落到田野里，发出的光也渐渐没有了，体积亦变小，只有鸭蛋那么大小，圆明得像一颗珠子。

那些牧童看见了，争相前去拾取。这时过来二个樵夫，看他们争执不下，便拿了斧头，想把它打碎分给牧童，可是用斧头竭力敲打，却不能损伤它分毫。附近有个富人姓余，听说了这事，赶来观看，只见那东西光彩异常，他知道是一颗龙珠，便给牧童几十个钱，把珠子换走了。把珠子映着亮光看视，只见珠子中仿佛有一个仙女的影子在内，便拿回家中宝藏。

当地知府吴明可听说后，派人去调查这事，姓余的便造了一只假的珠子搪塞。吴明可也没有再派人来要。不过自从这以后，这武宁县地方，便遇上连年的水灾，水灾过后又接着闹旱灾，不晓得是什么原因。

建昌犀石

建昌县富民有不肖子，常亡赖纵饮，因大醉卧路旁，既醒，见一石如碗大，巉岩可爱，目光射其中，有物焉。审视之，则犀牛也。不甚以为贵，持往江州。德安民潘氏者奇之，饷钱十万、取其石。后父闻而索之，已无及矣。时乾道五年八月也。

【译文】江西建昌县有个富人，他的儿子品行很不好，常常在街坊上喝酒闹事。有一次因为喝得大醉，倒在路旁，看见一块和饭碗大小的石头，形状却像一座险峻的山崖，十分可爱，映着日光看去，半透明的石头中又有一个黑影，好似一只犀牛。这人并不以为十分贵重，只是觉得好玩，便拾取了，特到江州（今江西九江）去。德安县有个姓潘的，见了这块石头，十分称奇，便拿出十万钱，把石头买走了。等到那无赖子的父亲听到这事，向他儿子索要石头，已经来不及了，石头早被儿子卖掉。这是宋孝宗乾道五年（1169）八月时的事。

陈氏妻

新淦民陈氏，所居在修德乡之郭下里。隆兴初元，妻为物所魅。经数年，百方禳逐弗效。

夫问之：“汝常日所见几何人，厥状何如？”妻曰：“先有白衣人强我同寝，我每绩麻时，老妪必来伴绩，仍携两童为执爨，无日不然。”

姑亦苦之，谓妇曰：“若至，当报我。”妇奉教。会妪入室，走白姑，姑挟刃径往，褰帐，妪正理麻，即斫之。妪示以囊金，曰：“所为来，欲富汝家，安得杀我？”姑遂止，转眼间已灭不见。

陈曰：“妖易治尔。”磨刀授妻曰：“白衣至，便斫之。”妻如言，举刃中肩，怪走而妪至焉。曰：“郎与相处许久，今乃谋杀之，何无人情如此？使在家受尽楚痛，展转不能，亦不恨汝，令我来觅药。”妻不应，刀犹在手，伺隙剑其胁，妪奔大山，风掀裙起，狐尾露焉。

俄两女童哭而至，曰："汝已伤我郎君，又伤我婆婆，可谓无义。妻连斫之，皆化为石，自是绝不来。

【译文】新淦县（今江西樟树）有家姓陈的人，家住在修德乡的郭下里村。宋孝宗隆兴元年（1163），陈姓的妻子被妖物缠上，经过好几年，千方百计祈禳驱逐，都没有效果。

她丈夫问她："你平常共见到多少人，都是什么形状？"妻子说："先是一个穿白衣的男子来，强迫我同睡，以后我搓麻线时，又有一个老太婆一定要到，伴着我搓麻线，还有二个小女孩，给她做饭。每天都是这样。"

她的婆母也为这事十分烦恼，就对她说："如果再来了，你就告诉我！"媳妇答应。等到那老太婆来到后，她马上跑去告诉了婆母。婆母便拿了一把刀，走到媳妇屋里，掀帘一看，那老太婆正在那整理麻线。婆母也不问，举刀便砍。那老太婆提着一袋金子让婆母看，说："我来这里，是想让你家富起来，你为什么反要杀我呢？"婆母听说，便停下刀子，那老太婆却转眼不见了。

陈某听说这事，便说："这种妖怪好治。"便磨了一把刀，给他妻子，说："等到那白衣服男人来了，你就砍他。"妻子便依从他说的话，等到白衣人来后，一刀砍中白衣人的肩膀，白衣人遂带伤逃走。不一会儿，老太婆来了，对她说："白衣郎君和你相处已久，现在你反而要谋杀他，为什么没有一点人情呀！使他在家受尽痛苦，躺在床上，连翻身也不能了。不过他也不恨你，现在让我来找你讨一些治刀伤的药。"妻子也不答应，刀子还拿在手里，使找机会又向那老太婆胁下狠狠捅了一刀。老太婆大叫一声，跑出房门，向一座大山狂奔，山风吹起她的衣服，看见衣服下有一条狐狸尾巴露了出来。

不一会儿，两个女童又哭着走来，说道："你已经砍伤我郎君，现在又伤了我婆婆，因是没有一点情义呀！"妻子举刀连续砍她们，那两个女孩就变成了两块石头。从此以后，妖怪便再也不来了。

谢生灵柑

温州民谢生，母老病，不肯服药，以夏月思生柑，不啻饥渴。谢生拵手无策。家有小园种此果，乃夜拜树下，膝为之穿裂。诘旦，已累累结丹实数颗，跪摘以奉母，食之，痼疾遂瘳。

闻者传为孝感，远近士大夫争赋诗词歌诵其美，目曰：《灵柑诗轴》。郡守王溉巽泽，诒书它邦，夸广其事。惜不上诸朝，揭之史策，使继姜诗、孟宗之芳尘。以示不朽。时淳熙十四年也。

【译文】温州有个姓谢的读书人。母亲年老生病，不肯吃药。当时正在夏天，他母亲想吃柑子，如饥似渴，由于果实是秋末才成熟，现在没有，所以谢生急得团团转，束手无策。他家有个小园，种有柑橘树。他便在夜晚在树下跪拜，请求果实，膝盖都磨破了。第二天早晨，走到园内一看，树上已经结了红色柑子好几颗，他便摘下来，跪着奉献给母亲吃。结果，他母亲吃了柑子，多年痼疾竟然好了。

闻说这件事的人，都认为这是谢生的孝道感动了上天的原因，因而远近的文人和官员纷纷给他写诗词，来歌颂他的孝道。这些诗词写在一个卷轴上，取名叫《灵柑诗轴》。当地太守王溉，字巽泽，为这事致书信给别的府县官，广为宣传谢生的孝道。可惜的是这事没有上报朝廷，所以未能记入史册，使谢生得以像历史上著名孝子姜诗、孟宗那样流芳百世，永垂不朽。这事发生在宋孝宗淳熙十四年（1187）。

许德和麦

乐平明口人许德和，闻城下米麦价高，令干仆董德押一船出粜。既至，而价复增，德用沙砾拌和与人，每一石又赢五升。不数日，货尽，载钱回。甫及家，天气正好晴，或变阴暗，雷风掀其身于田畈间，即时震死。

【译文】江西乐平县明口镇有个富人，名叫许德和，他听说里米麦价钱上涨，便派了一个能干的仆人董德，押了一船米，进城贩卖。到了城里以后，米价又涨高了。董德便用沙砾掺进米里卖给人，每一石米又多赚了五升。不几天，米卖完了，董德便带钱回家。刚到家门，这时天气晴朗，忽然乌云四起，一会就变成阴天，风雷骤起，把董德掀了起来，刮到田野里，当时就被雷击死。

卷第二十（十五事）

扫码听谦德
君为您导读

郎岩妻

临川画工黄生，旅游如广昌，至秩巴寨卒长郎岩馆之中。夕一妇人出灯下，颇可悦，乘醉挑之，欣然相就，询其谁家人，曰："主家妇也。"自是每夕至，黄或窘索，必窃资给之，留连半年，渐奄奄病悴。

岩问之，不肯言。初岩尝与倡昵，妻不胜忿妒，自经死于房。虽葬，犹数为影响，虚其室，莫敢居，而黄居之。岩意其鬼也。告之故，始以实言。岩向空中唾骂之，徒黄出寓旅舍。

是夕复来，黄方谋畏避，妇曰："无用避我，我岂忍害子，子虽遁，我亦来。"黄不得已，留与宿。益久，黄终虑其害己，驰还乡。中途憩泊，纳凉桑下。妇又至，曰："是贼太无情，相与好合许时，无一分顾恋，意忍弃我邪，宜速反。"黄不敢答，但冥心祷天地，默诵经。妇忽长吁曰："此我过也。初不合迷谬，至逢今日，没前程，畜产何足慕，我独不能别择偶乎？"遂去，其怪始绝。

【译文】江西临川有个姓黄的画师，旅游往广昌（今属江西），路过一个地方叫秩巴寨，住到守寨乡兵队长郎岩的家中。有一天晚上，忽然有一个妇人在灯下出现，姿色很可观，黄生正喝醉了酒，便用言语挑逗那妇人，妇人也便很高兴地和黄同睡。黄问她是什么人？那女人回答说是主人家里的。自此以后，那妇人每天晚上都来。有时黄生手头不宽裕，那妇人总要拿些钱物给他。这样，黄生在郎家住了半年不走，渐渐地神色憔悴，气息衰弱。

邯岩问他什么原因，黄生吞吞吐吐不肯讲。原来这郎岩过去曾与一个妓女要好，郎岩的妻子十分生气又妒忌。便吊死在屋里，虽然已经埋葬，但还几次闹鬼，所以空下那屋子没有人住，而现在黄正住在那屋内。而现在黄正住在那屋内。所以郎岩恐怕是被鬼缠住，便把这事给黄讲了。黄生听了后，才说了实话。郎岩听了后，很生气，向空中大声唾骂他死去的妻子，并把黄生迁出来，搬到旅馆去住。

当天晚上，这个妇人又到旅馆找黄，黄看见了很害怕，正打算想法躲开，那妇人说："不用躲避我，我岂能忍心害你吗？即使你躲开，我也能找到你。"黄生没法，只好又留他住宿。时间更久，黄生终久怕那鬼害自己，便收拾东西返回故乡。半路中，在一棵桑树下休息乘凉，那妇人又出现了。她说："你这贼子太无情，和你相好了很久，你却没有一分情意，忍心抛弃我？应该快回秩巴寨去。"黄生不敢回答她的话，只好收拾心神，默默祈祷上天，暗诵佛经不止。那妇人忽然长叹一声说："这是我的过错呀！当初不应该迷恋你，以致到今天这样的地步；家中的牲口，财产都不值得羡慕而抛去，难道不能抛开你另外寻找配偶吗？"说罢，就走了，于是黄生才不再受鬼的挠扰。

黄资深

黄资深秀才，广昌人，馆于乡里王氏，去主家百步许，有妇人自言主家女，来与乱，既久，遂病瘵，主人疑焉。子弟于薄暮见牝狗，衔酒器，人立而扣馆门，匿迹窥之，黄启户延入，俄闻饮食语笑声，亦未敢呼问，明日密询之，讳拒甚力。

是日且晚，狗趋屋后山间，久不返。子弟随观其所为，乃入破冢中，戴髑髅而出，急逐之，弃而走，追击以杖，杀而曳归，剖其腹，似有孕，一物如皮球，膜里皆精液，凝结如乳。即煮熟之加盐酸，托为野物以啗黄，妇人遂不至。黄他日始知其详，大惊愧然，所患瘵疾亦愈（广昌黄襄说）

【译文】秀才黄资深，是江西广昌人，在乡里姓王的家里当家塾老师。家塾距王家只有百步远。有一个妇人，自称是主人家的女儿，来找黄资深同居。时间长了，黄遂疾病缠身，主人对这事十分疑惑。王家子弟于傍晚时，发现有一只母狗，衔着酒具跑到家塾门口，立起身来，和人的姿势一样，去敲家塾的房门。他们便隐蔽身子看个究竟。不一会，看见黄秀才开门，把狗迎进屋子；随后，便听见屋内吃喝说笑的声音，这些学生也不喊问。第二天，秘密询问黄秀才，黄却竭力否认有这回事。

这天快天黑时，王家子弟看见一只狗跑到屋后的山里，很久不回来，便悄悄跟去，看那狗究竟去干什么。只见那狗走进一个已破烂露出洞穴的坟墓中，一会戴着一个死人头盖骨钻了出来。于是王家的子弟立即群起追打那狗，狗被追急了，扔下死人头盖骨逃窜，最后还是被追上，用棍子打死，把死狗拖了回来。

回到家中，把死狗剥皮开膛，觉得狗的肚子内好像怀孕一样，有一个东西好像皮球，肉膜之中，包含的都是精液，已经凝结成块，颜色和奶一样白。便把这东西拿去煮熟，加上盐和醋，假托是得到的野味，而送给黄秀才吃。从这时起，那妇人就再也没来找过黄秀才了。又停了几天，王家的学生才把这事告诉给黄秀才，黄秀才大吃一惊，很惭愧地向学生道谢。从此以后，黄秀才的病也就好了。

蛇　妖

蛇最能为妖，化形魅人，传记多载。亦有真形亲与妇女交会者。

南城县东王十里大竹村，建炎间，民家少妇因归宁，行两山间，闻林中有声，回顾见大蛇在后，妇惊走。蛇昂首张口疾追，及绕而淫之，妇宛转不得脱，叫呼求救，见者奔告其家，邻里皆来赴，莫能措手。尽夜至旦乃去。

又壕口宝慈观侧，田家胡氏妇，年少白皙，春月饷田，去家数里，负担行山麓，过从薄中，蛇追之，妇弃担走，未百步，惊颤而仆，为所及，以身匝绕，举尾褰裳，其捷如手，裳皆破裂，淫接甚久。其夫讶饷不至，归就食，至则见之，愤恚不知所出，呼数十人持杖来救，蛇对众举首怒目，呀口吐气，蓬勃如烟，众股栗莫敢前，但熟视远伺而已，数日乃去。妇困卧不能起，形肿腹胀，津沫狼藉，舁归，下五色汁斗余，病逾年，色如蜡。

宜黄县富家，居近山，女刺绣开窗，每见一蛇相顾，咽间有声鸣其旁，伺左右无人，疾走入室，径就女为淫，时时以吻接女口，又引首搭肩上如并头状，如啼呼宛转不忍闻，家人环视，欲杀蛇，恐并及女，交讫乃去，遂妊娠，十月产蜿蜒数十。

南丰县叶落坑，绍兴丁丑岁，董氏妇夏日浴溪中，遇黑衣男子与野合，又同归舍，坐卧房内，家人但见长黑蛇，亦不敢杀，七日后而去，妇盖不知为异物也。

此四女妇皆存。（士人傅合宝慈道士黄师肇说）

【译文】蛇是最能成妖，变化人形是人的。过去的书上有很多记载。但是也有以原形亲自和妇女交合的。

南城县（今属江西）东五十里的大竹村，在宋高宗建炎年间，有个百姓家的少妇，因为回娘家，走到两山间，听到树林中有声响，扭头看时，瞧见一条大蛇跟在她后边。妇人惊慌地奔走，大蛇扬着头，张着嘴，飞快追上了她，便缠住她的身子进行奸淫。妇人被缠住，挣扎不脱，只好叫呼求救。有人看见，赶去告诉她家人，家人和邻里都赶了来，可是都没办法救这妇人，直到夜尽天明，那蛇才放开少妇后爬走了。

又有壕口的一座道观，名叫宝慈观，观旁有一户姓田的，他家媳妇姓胡，年轻美貌，皮肤很白。春天时去田间给丈夫送饭，担着挑子经过山脚，从草丛中走着，忽有一条大蛇窜出追她，她惊慌地拥下担子逃走，走一百步便吓得瘫倒在地上，被蛇赶上去，将她匝绕起来，扬起尾巴掀她的衣裳，尾巴和人手一样利索，衣裳全被撕裂，便被蛇进行奸淫，停了好久，她丈夫不见妻子来送饭，便回家吃饭，路上遇见那蛇正在奸淫自己的妻子。丈夫见了愤恨之极，立即叫了数十个人拿着棍杖来救援，那蛇看见众人来到，昂起头，张口吐气，吐出气和浓烟一样，众人都怕很发抖，无人敢走近，只好远远看着，一直等了好几天，那蛇才走，妇人躺在地下，无力坐起，已经浑身肿胀得不成人形，周围一片泡沫狱藉，把她抬回家后，泻出五色汁水一斗多，病了一年多才好，不过脸色从此变得蜡黄。

宜黄县有一家富户，住宅离山很近，他家女儿在闺房刺绣，每打开窗户，总要看见一条蛇伸着头看她，喉咙中咽呜有声。看到没有人时，飞快地游进屋内，对那女孩进行奸淫，还不时用口和女孩接吻，又把蛇头搭到女孩肩上，女儿宛转啼叫，惨不忍叫。她家人包围了蛇，想把蛇杀死，又怕伤了女儿，不敢动手，直到那蛇交毕走开。以后，这女孩便怀孕，十个月后，生下几十，条小蛇。

南丰县落叶坑村，在宋高宗绍兴二十七年（1157）时，董姓家的媳妇，夏天在小河中洗澡，遇到一个黑衣男子来和她交配，以后又随着她一同回到家中，直到她房内，坐卧不离。她家的人，看见的却是一条黑色大蛇，也不敢去杀。一直过了七天，那蛇才走。而这妇人则只看见是个黑衣男子，而不知道是一条蛇。

这四个妇女，至今都还活着。

二狗怪

临川县曹舍村吴氏女，未嫁而孕，父母责之，女云：“每夕黄昏后，有黄衣人逾墙推户入，强我与交，因遂感孕。”家人密伺之，果如女言。将入，迎棒以刀，即死，取火照视，乃邻家老黄狗也。以药去其胎，得异雏焉。

南城竹油村田家，尝失少妇，寻捕无迹，半月而后归。云：“为乌衣官人迎入山处大屋下，饮宴相欢，不知何人也。”自是常常去之，或至旬日，家人以为山鬼，率邻里壮男子，深入探逐，正见大石穴如屋，黑狗抱妇酣寝，不虞人至，无复能化形，遂击杀之，以妇归。

【译文】临川县曹舍村，吴家的女孩没有出嫁便怀孕了。父母责骂她。女孩说：“每天黄昏以后，有一个穿黄衣服的人，从墙上跳过来，推门进入屋内，强迫我和他交合，因此遂怀孕。”他家里人便埋伏起来等候，果然和女孩说的一样，便在那黄衣人将要进入女室的时候，猛扑上去，将他用刀捅死。拿了火把来照看，原来是邻居家的老黄狗。便用药给女孩堕胎，打下一个怪胎。

南城县竹油村，有一户农民，家中的小媳妇丢去了，寻找了半个月，也没有影子。后来她自动回来了，说是被一个穿黑衣服的绅士模样的人，接到山下一处大屋子里，和她饮宴睡觉，不知道他是什么主。自此以后，那媳妇常常神智迷糊，独自进山。有时十天才回来。她家的人以为是山鬼在作祟，便领着村上一伙年轻力壮的男子，深入到山中探查。结果找到一个大石洞，如同屋子一样，有一只大黑狗，正在搂住那媳妇酣睡。不料人群突然来到，黑狗无法变化成人形，遂被乡民一顿乱棍打死，救了媳妇回家。

红叶入怀

抚州金溪士人蓝献卿妻，颇有姿貌，与夫归宁母家，肩舆行途中，风雨暴作，空中飘红叶，冉冉入怀，鲜红可爱，抚玩不舍。至夜恍惚间，有人登床与接。及明，告其夫。俄得狂疾，言语错乱，被发裸跣不可制，蓝大以为挠，医巫无所施其伎，了不知何物为妖也。（朱柽说）

【译文】抚州（今江西临川）金溪县读书士人蓝献卿的妻子，生得很有姿貌。有一次和丈夫一同回娘家探望。坐着一顶小轿，半路中忽然风雨骤至，空中飘落一片红色树叶，直落到董妻的怀里，红叶十分鲜红可爱，所以她拿着玩，不忍扔去。到了家，当天夜晚，精神恍惚，觉得有人上到床上和她同睡。第二天天明，她把这事告诉了丈夫。不久，她便得了狂疾，言语错乱，常常披散着头发，赤着脚跑跳，无法制止她。蓝献卿为此很头痛，请了不少医生和巫师来给她治病驱邪，可是始终无法知道是什么怪物在作祟。

杨氏灶神

南城杨氏家颇富，长子不肖，父逐之，天寒无所向，入所贮牛藁屋中，藉草而寝。霜重月明，寒不得寐。忽一虎跃而来；翼从数鬼，皆伥也。直趋屋所，取草鼓舞为戏，子不敢喘，俄黑云劲风，咫尺翳冥，虎若被物逐，仓黄走，众伥亦散。

既神人传呼而至，命唤土地神，老叟出拜，神人责之曰："汝受杨氏祭祀有年矣，公纵虎为暴，郎君几为所食，致烦吾出神兵驱之，汝可谓不职矣，吾乃其家灶君司命也。汝识乎？"土地谢罪而退。

明日起视，外有虎迹，草皆散掷地上，后其父怒解，子得归，具言之，由是事灶益谨。（县士罗大临说）

【译文】南城县（今属江西）杨家，十分富豪，他的大儿子却品行很不好，有一次父亲生气，把他赶出门来。这时天气十分寒冷，他又没有地方可去，便到放牛草的空屋中，躺在草堆里住宿。这时霜天寒冷，月色十分明亮，他躺在草里睡不着觉。忽然有一只老虎跳跃而来，旁边还随着几个伥鬼。一直往这草屋里来。那些伥鬼来到草屋里，抓着稻草扔来扔去地玩耍。吓得这个杨姓儿子大气也不敢出。不一会儿，忽然天上黑云聚起，大风劲吹，咫尺之间看不见人影，那老虎好像被什么东西驱赶一样，夹起尾巴，仓促逃窜。几个伥鬼亦跟着散去。

停了一会儿，出现一个神人带了随从来到，命令去随从去传呼土地神。不一会儿，一个老头出来拜见神祇。那神责备他说："你受杨家祭祀，已经有多年了，却公然让老虎出来作祸，杨家郎君几乎被老虎吃掉，以致我不得不带神兵来把老虎赶走，你真可以说是失职了。我就是杨家的灶君，你认识我吗？"土地只有叩头谢罪而已。随后，土地和灶君便都走了。

第二天，杨家儿子睡醒，走出草屋察看，只见门外有老虎的脚印，屋中的稻草散落满地。后来，杨的父亲气平了，他的儿子才敢回家，便对父亲讲了所遇到的事。自此以后，杨家敬奉灶君更加恭谨了。

姚师文

姚师文，南城人。建炎初登第，得宜春尉以死。家之田园，先以岁饥，速售产去，而税存。妻弱子幼，莫知买者主名，阅十余年，负官物至多。邑令李鼎治逋峻，系姚子于狱累月。

会岁尽，鼎怜其实穷，使召保，任立期暂归。

子至家，除夜无以享，独持饭一器，祀其父，告以久囚，不能输税之故，哀号不已。屋上忽有人呼小名，惊视之，父衣公服，立索纸墨笔砚，子欲梯而上，止之曰："幽明异途，不宜相近，第置四物檐间可也。"子退，忍泪屏息，遥望之。姚稍步及檐，就膝书满纸，掷下。俯拾之际，父遂不见。

新岁持死父书至邑，邑宰读所书，某田归某家，税当若干，遂逮人至。皆骇异承伏，子乃得免。

子妇之父董，在临川，素相善，亦往访之，空中揖语，相劳如平生。且请具酒席叙款，而不见形。董曰："以何礼为席。"曰："与生人等耳。"董如言，相对尽敬，不敢少慢。又语及教子，为出论题，说题意，主张有条理，罢酒始辞去，仍嘱善护其子，自此寂然。

【译文】姚师文是江西南城县人，宋高宗建炎初年（1131）考中了进士，被任命为宜春县尉的官职，但是很快就去世了。他家的田地因为遇上荒年，在姚师文生前便匆匆卖掉了，但却没到官府办理正式契约手续，所以姚家仍然得交粮纳税。到姚死后，他的妻子不懂世事，儿子又年幼，也都不知道自家田地在什么地方，又卖给谁了。这样停了十年，拖欠公粮和税款很多。县令李鼎执法十分严峻，便把姚家的儿子抓了起来催缴粮款，在监狱里关了几个月。看看到了年底，李鼎可怜姚氏儿子确实太穷，便让他找了保人，限定日期暂时释放他回家过年。

姚家儿子回到家里，除夕晚上，也没有什么东西能祭祀祖先，只好盛了一碗饭，供在他父亲灵位前，并且哭诉无法交税的缘故，说罢大哭不止，忽然，听到房上有人叫他小名，他吃惊地抬头看，只见他父亲身穿官服，站在房顶，叫他拿笔墨纸砚来。儿子拿了纸笔，打算找梯子上房送去。他父亲说：“阴间和阳间有界限，你不宜走近我。把四件东西放到屋檐下就行了。”儿子放下东西退回，远远观看，只见他父亲走到檐边，就在膝盖上写满一张纸扔下。儿子上前拾取，他父亲便不见了。

过了年，他拿着死去父亲写的东西到县里投案，县令看那纸上写着某田卖给某某，应交多少税等，十分清楚，便下令把人抓来，那些人听说此事，却十分惊异害怕，都承认了。姚的儿子才得无罪释放。

儿子的岳父董某，在临川时和姚父关系很好，姚的鬼魂后来亦去拜访了董，在半空中见礼对话，和活着时一样。董想办酒席请他，却看不见姚的形象，便问如何办席，姚的鬼魂说：“和生前一样。”于是一起吃酒，敬鬼魂不敢有一点怠慢。姚的鬼魂又让儿子出来，给他出论文题，又向儿子解说题意，讲得十分有条理，酒席结束后，姚的鬼魂告辞，还托嘱董好好照顾他的儿子。自此以后，便不再出现了。

徐以清

（此下宋本缺十一行）

朱承议

南丰朱氏之祖轼，字器之，就馆于村墅，尝告归邑，居中道如厕，见一农夫自缢，而气未绝。急呼傍近人，共救解之。既得活，询其故，曰："负租坐系不能输，虽幸责任给限，竟无以自脱，至于就死，岂予所欲哉。"问所负几何，曰："得数千钱便了，特无所从出。"朱随身赍挟，仅有此数，悉与之，不告姓名而行。岁夕，无以祭神，亦不悔也。

后以累举。恩至承议郎，生五子，京至国子司业，彦终待制，褒为郎官，襄至郡守，皆知名当世。朱公清健康宁，及见诸子达官，享甘旨，年八十有余乃卒，里人中至今能言之。

【译文】南丰县朱家的祖父名叫朱轼，字器之，在村庄里当私塾老师。有一次私塾放假，回城里家中过年，半路上厕所，看见一个农民正在厕所里上吊，还没有气绝，便急忙叫来附近的人，共同把农民解救下来。救活以后，问他上吊的原因，农民说："因为欠了租税，被官府抓了起来，关入监狱，无法交纳。现在幸好被放了出来，不过仍然限期交上，我实在无法解决，才只好自杀，这并不是我甘心情愿的事啊。"朱问他欠租税多少，农民说："有几千钱便够了。"不过我无法弄到这笔钱。"朱轼这时身上带着一年教书的酬金，正符合那个数目，便全部拿出来，送给那农民，也不告诉他自己的姓名，便回家去了。到了除夕，朱轼没有钱买东西祭祀祖先，但他也不后悔。

后来，朱轼因为多次被推荐参加进士考试而没被录取。朝廷特依据规定，加恩给了朱轼一个承议郎的官阶。他有五个儿子，其中朱京当了国子监司业，朱彦做到了待制，朱褒当了郎官，朱襄位至某郡太守，都闻名于当时。朱轼一生健康安乐，到儿子们都做了官以后，他在家中享受清福，活了八十多岁才去世。至今他们乡里人还能讲他行善的事迹。

巴山蛇

崇仁县农家子妇，颇少艾，因往屋后暴衣，不还，求之邻里，及其父母家，皆不见，遂诣县告。县为下里正，揭赏搜捕，阅半月弗得。

其家在巴山下十里，山绝高峻，樵者负薪归，至半岭，望绝壁岩崖间，若皂衣人拥抱妇人坐者，疑此是也。置薪于地，寻磴道攀援而上，稍近，两人俱入穴中，穴深不可测。樵归报厥夫，意为恶子窃负而逃者，时日已夕，不克往，至明，家人率樵至其处侦视，莫敢入。或云："穴深且暗，非人能处，殆妖魅所为，宜委诸巫觋。"

闻乐安詹生素善术，亟招致之，詹被发衔刀，禹步作法，先掷布巾入，须臾青气一道如烟，吹巾出，又脱冠服掷下，亦为气所却。詹不得已，裸身持刀，跃而下穴，广袤如数间屋，盘石如床，妇人仰卧，大蛇缠其身，奋起欲斗，詹挥刀排堕床下，挟妇人相继跃出。妇色黄如栀，瞑目垂死。詹为毒氛熏触，困卧久乃苏，含水噀妇，妇即活，归之。明日始能言，云："初暴衣时，为皂袍人隔篱相诱，不觉与俱行。亦不知登山履危，但在高堂华屋内，与其寝处，饥则以物如饧与我食，食已，即饱，心常迷蒙，殊不悟其为异类也。"

乡人共请詹尽蛇命，詹曰："吾只能禁使勿出，不能杀也。"乃施符穴口镇之，自是亦绝。

【译文】崇仁县（今属江西）有一户农民，他家儿媳年轻漂亮，因为去屋后晒衣服，很久不回家，邻居和她父母家，都没找到，便到县里报案。县里下命令给各乡的里正，悬赏寻人，一连半个月，仍得不到踪迹。

她家在巴山下边十里路的地方，这山十分高峻，有一位打柴的樵夫背着柴火回家，走到半山腰里，望见绝壁悬崖顶上，有一个黑衣人抱着个妇人坐在那里，因而怀疑那妇女就是失踪的那个人。便把柴火放到地上，寻路向悬崖上攀登，离那两个人不远，看见那二人都钻进一个穴洞中去了。樵夫走进一看，只见那穴洞深不可测。于是便回去，告诉了那失踪妇人的丈夫。她丈夫以为是被无赖少年所拐走，因为已天晚，不能去那里查看，第二天他家里的人才让樵夫带路，去那穴洞大观看，可是却没人敢进去观看，有人说："这穴洞又深又黑，不像是人能居住的地方，恐怕有什么妖怪在内，应当请巫师来作法救人。"

那妇人的丈夫听说乐安县一个姓詹的，擅长法术，便去把他请来。詹生来到以后，披发衔刀，踏星布斗，作起法来。先拿了一条布巾掷下穴洞，不一会儿，穴中飞出青气一道，像烟一样，把布巾吹了出来；詹生便又脱下道袍，去掉道冠，一齐掷下洞中，结果又被青气推了出来。詹生没有办法，只好赤裸身体，手持钢刀，跃下穴洞。那穴底宽广有几间屋子大小，中间一块大石头，平坦和张床相似。一条大蛇，正缠在那妇人身上。它看见詹生跳入穴中来，便昂起头，奋身跃起，想和詹搏斗。詹挥起刀来，把那大蛇拍到石床下边，同时挟起妇人，飞跃着逃出洞来。到了洞外，只见那妇人脸黄如栀子，闭着眼睛，处于垂死状态；詹生亦被蛇的毒所熏，倒在地上，停了很久才苏醒过来。便含了水向那妇人脸上喷去，才把妇人救活，抬回家去，第二天才能说话。妇人叙述说："到屋后晒衣服时，看见一个黑袍人，隔着篱笆说话诱她，便不觉跟了走上山来，也不觉山势高险，到了一处高大华丽的屋子内，便与那黑衣人同睡，饥饿时，黑衣人取出一些像麦芽糖一样的东西让她吃，吃过就饱了。当时心里迷迷糊糊，并不觉得它不是人类。"

乡里的百姓都来请求詹生把那蛇精杀掉。詹生说："我的法力只能达到禁止它出来，还不能够杀掉它。"便用符策放在洞口镇压，自此便不见蛇精出来害人了。

兴国道人

刘大夫子昂，为赣州兴国宰，一子年十七八岁，尝出书馆中，见醉人酣寝于阶下，令掖出，则常日在市货药道人也。明日复然，疑其异人，命扶入斋舍，揖使坐，焚香作礼。道人曰："郎年少，拜我何为。且何所求也。"刘曰："某观先生，必非寻常人，愿求秘术尔。"道人笑探布囊，取文字三卷，缄其二，皆长二寸许，仅如指大，坚紧若木石，悉以授之，戒曰："谨守护勿遗失，勿泄他人。"先取不封一卷，敬行之余，以次启视，书尽，则事成矣。"丁宁反复乃去。

刘大喜，退发其书，皆符箓咒术也，依法稍行之，无不立验。咒一枣置水缸中，试饮病者，无新故瘥笃辄愈，请水者云集。

父闻之大以为忧，询小吏，得其实，索书欲观，子不敢隐，取以示，即命焚之火，毕室有声如雷，少顷神将数辈，如世所绘天下力士者，涕泣辞诀，谓子昂曰："明府误矣，贤子当积功行而得道，今乃如此，何不祥甚邪？岂惟不得道，将致祸，某年受大难，不可禳也。”言讫隐不见，及期子果死。

【译文】具有大夫官阶的刘子昂，担任着赣州兴国县知县，他有一个儿子，年纪才十七八岁，尝在书馆里看见一个人喝醉了酒，躺在台阶下睡觉，便叫仆人把他扶掖出去，原来那人就是常在市场上卖药的道士。第二天，那道士又来睡在台阶下。刘家的儿子十分疑心，以为这道士一定不是普通的人，便叫仆人扶道士到书房中，先向道人作揖，然后焚香正式拜见。道人说：“郎君年纪轻轻，拜我做什么呀？”刘说：“我看先生决不是普通人，希望能传授给我一些秘术。”道人笑着从随身的口袋中掏出三卷书，而把其中二卷封了起来。那三本书都只有二寸长，像一只指头大小，坚硬得和木头石块一样。道士把三本书都给了刘，对刘说：“要谨慎保存，切不可丢失，也不要泄露给别人，应先看那一卷没封口的书，恭敬地学那中的法术，然后依次看其他两本书，书看完以后，事就成功了。”反复叮咛以后才走。

刘十分高兴，回到住室，打开书看，内中讲的都是一些符箓咒语，便依书中所说，试了一下，没有不立刻灵验的。他对一只枣念了咒语，把枣放到水缸中，用这水试着给病人喝，不论新老疾病，都能立刻痊愈。于是，来请求水喝的人络绎不绝。

刘子昂听到这事后，十分担忧，怕儿子弄出事来，便叫办事的小吏来问这情况，小吏如实讲了。刘子昂便把儿子叫来，要他的书看，儿子不敢隐瞒，取出书来让父亲看，刘子昂让用火把书烧了。刚烧完，忽然有声音如雷一样响起来，不一会，有神将几人，装束和世上所画的黄巾力士一样，流着眼泪来拜辞。他们对刘子昂说：“贤明的县令呀，你办了错事，你儿子本来可以积功德得道成仙，现在这样不祥，不但不能得道，还要得祸。某年到来时，将有大难。”说罢，便不见了。到了那一年，刘子昂的儿子果然死去。

陈磨镜

衡州陈道人，以磨镜为业，中年忽盲，但日凭妻肩行于市，当到衡州，觉有拊其背曰：“陈翁，明旦出郭相寻，无失约。”明将往，其妻止之曰：“蛮寇方扰，安抚李尚书以重赏募级，或有杀平人以应命，汝设遭此奈何。”遂已。

明日复遇之，约如初，且责其失信。陈语其故，曰：“明日但出无害也。”乃如之，至则一道人携陈手行官道上，诣粉墙后，附耳语，俄顷别去，不知所言何事也。

自是陈不复出，独令妻自行磨镜，以取给，而闭户端坐，过百日，双目了然复明，颜色润泽如少年，时颇能谈人未来事，至今犹往为湖湘间。（右二条余翼说）

【译文】衡州（今湖南衡阳）有个陈道人，以给人磨镜子为职业。中年时忽然病瞎了眼，每天只能靠扶着妻子的肩膀到街上走。有一次他在衡州街上走，觉得有人拍他的脊梁说：“陈先生，明天早上请你出城见面，千万不要失约。”第二天，他就要出城，妻子劝阻他说：“现在正闹土寇，安抚使李尚书发出重赏，收购土寇的首级，便常常有些人想领赏，杀平民百姓，拿了头去冒充土寇而得赏金，你看不见，如出城遇上这类坏人怎么办？”于是陈道人便没出去。

第二天，他又遇上那人，仍然约他明天出城相见，并责问他为什么失信。陈便把原因给他讲了。那人说："明天只管出来，决不会有妨害的。"第二天，陈便如约以往，则是一个道士在那等他。道士拉着陈的手，走在大路上，到了一处粉刷过的墙壁后边，向陈低声耳语，不一会讲完，便向陈告别而去。没人知道他们说的究竟是些什么。

自此以后，陈便不再出门，让妻子一人独自上街给人磨镜以维持生活。他自己则关了房门，独自在屋内端坐。过了一百天后，双眼便霍然复明了，并且脸色变得红润光泽和少年人一样。同时还很能讲些别人的过去和未来的事。至今，这个陈道人还往来的湖北和湖南一带地方。

乌山媪

新建乌山村，乾道辛卯岁，邑境饥疫，有田家十余口尽死，唯老妪与小孙在。未几妪亦死，孙力疾出，哀祈邻里，丐掩葬。皆畏病染，不肯往。越五日，妪手足微动，俄体暖目开，遂复活。孙掖起坐问之，曰："数日何所往，若外人肯相助，则入土矣。幸而不至，岂非天乎？"妪曰："我了不觉知，但见人唤我去，担我破笼随行，到桥边，一人自桥而下，令留住行李，使行桥上，顾来者纷纷，在泥在水，举足如陷，不暇间，前诣官府，朱扉洞开，门内朱紫衣冠，缁黄男女，被驱逐甚众。路逢县中旧识吏，问是何处。吏曰：'非汝所知，汝不合来此，皆是劫会中人，五百年当一小劫，吾掌绫绢纸三等簿，纸簿勾已尽，绢簿亦勾半，汝系簿内人，然未当至，宜急回。'使人引出，复过桥，守者举手加额曰：'还尔笼，尔有善心，脱此劫

会，吾为尔喜，今速归救尔屋宅。’遂失脚坠桥下，乃苏。（齐彻说）

【译文】新建县（今属江西南昌）的乌山村，在宋孝宗乾道七年（1117）时，县境内遇到灾荒，并且起了瘟疫。有一家农民家十几口人都死了，只剩下一个老太太和小孙子还活着。停了不久，老太太也死了。他的孙子使尽气力外出哀求乡里邻居，请求帮助掩埋他祖母。可是乡里人都怕传染上疾病，不肯前来帮助。结果又停了五天，老太太手脚忽然微微活动，身体逐渐变暖，不一会儿，睁开双眼，又活了过来。她的孙子把她扶起来，问她说："这几天奶奶为什么死去？如果外人肯帮助我，那么就被埋葬了，幸而都不想来，这不是天意吗？"老太太说："我一点没有知觉，只是见有人叫我去，我仍然担着我的破箱子跟着那人走。走到一座桥边，有一个人从桥上走下来，让我留下行李后，从桥上走过去。一路上看见来人纷纷不绝，在泥里或水里走着，脚都陷在泥水里，我也没功夫问。来到一个官府前，只见朱漆大门洞开，门内有很多人，有的穿着朱紫官服，也有和尚道士，男男女女都被驱赶着走路。我正走着，遇见过去在本县当差的一个吏员，原来就认识他，便问他这是什么地方？他说：'这不是你应当知道的，你不应当来这里。来这里的人都是劫会里的人。五百年世上要出现一小劫，我掌管着绫、绢、纸三等不同的生死簿，现在纸本上的人已经勾完，绢本亦勾了一半，你是这个簿内的人，但是现在还不该来，应当快点回去。'便叫人领老太太出去。回来走过桥边，那个看守桥的人，把手放在额头上说：'还你箱子。你有善心，才脱离这个劫会，我真替你高兴，如今你快赶回家去，救你的躯壳（灵魂的住宅）。'我遂失足从桥上跌下，便苏醒过来。"

陈巫女

南城士人于仲德，为子翫纳妇陈氏，陈世为巫女，在家时尝许以事神，既嫁，神日日来惑蛊之，每至，必一犬踔跃前导，陈由盛饰入室，以须，众皆见犬不见人，逾时始去。于氏以为挠，召道士奏章告天，陈稍苏，自言比苦，心志罔罔，不忆人事，唯觉在朱门洞户，宫室之中，服饰供帐华丽焕好，一美男子如贵人，相与燕处，如是甚久。其母忽怒呼，谓子曰："不合留妇人于此，今上天有命，汝将奈何？盖以平日所积钱为自脱计。"子亦甚惧，遽云："急遣妇。"自而复常。

于氏父子计以妇本巫家，故为神所扰，不若及其无恙时，善遣之。遂令归父母家，竟复使为巫。（王三锡说）

【译文】江西南城的读书人于仲德，给儿子于所娶了一个姓陈的媳妇，陈家世世代代当女巫，她没出嫁时，便曾经答应过嫁给她家供奉的神。既嫁到于家以后，那神便天天来于家惑蛊她。每来到的时候，必定有一只狗跳跃着在前领路。这时陈氏则总是打扮一番进入寝室去。每次这时，于家的人都只能看见那只狗，而见不到神人。所以于家深以为挠扰不安。便请了道士作法，奏章上告天帝。不久，陈氏便稍微清醒了一些。她说也常常苦恼的是有时心中糊糊涂涂，不记得人间事，只觉得身子住在一座朱红大门屋舍深远宫殿里，里面的衣服用具床帐等，都十分华丽美好，有一个美男子像一位大官，来与她住在一起，如此时间很久。后来，这大官的母亲忽然发怒，对儿子说："不应当留这个妇人在这里。如今上天已下了命令查这事，你怎么办？你应当把平日存的钱拿出来打点使用，设法平息这事。”那大官听了也十分害怕，忽然说：“快把这女人送走！”自此后，陈氏便头脑清楚，恢复正常。

于氏父子在一块商量，以为这女人本是个女巫人家，所以才被神来扰乱，不如趁她现在身体无事时，妥善把也送出去。遂让这女人回娘家去了。以后，她父母竟又让她当了女巫。

雪中鬼迹

绍兴庚午岁十一月，建昌新城县永安村，风雪大作，半夜，村中闻数百千人行声，或语或笑，或歌或哭，杂扰匆遽，不甚明了，莫不骇怪。而凝寒阴翳，咫尺莫辨，有胆者开门谛视，略无所睹。明旦，雪深尺余，雪中迹如兵马所经，人畜鸟兽之踪相半，或流血污染，如此几十许里，入深山乃绝。（自十八卷至此，除路当可一篇外，皆建康士人邓植端若转为余言）

【译文】宋高宗绍兴二十年（1150）十一月，建昌军新城县（今江西黎川）永安村，风雪大作，时间已过半夜，村里的居民听到好像有好多万人结队走过，脚步声、说笑声，或歌或哭，纷纷扰扰，只是走得快，也不知道是怎么回事，都十分骇异，而且当时天寒地冻，大雪纷飞，咫尺以外就看不清人影。有胆大的人，开了门缝往外偷看，也没见到什么。

第二天天明，村中雪深尺余，村民开门看时，雪中好像有兵马经过一样，有人的脚印，牲口蹄印，还有各种鸟兽脚印。互相掺半，还有血迹污染，这种迹印连绵几十里，到深山里后才失去踪迹。